榎 本 福 寿 著

古代神話の文献学

―神代を中心とした記紀の成りたち及び相関を読む―

塙 書 房 刊

目次

目　次

二　各　論

古代神話の文献学

――神代を中心とした記紀の成りたち及び相関を読む――

序章　本書の主張、基本事項に関する手引き

一、はじめに

この序章は、本書の内容のごく大まかな素描を目的とする。論述に使う主な用語、さらには神代紀の成りたちやその古事記との関連等の概略を述べ、本書への導入をはかる。

本書のねらいは、大きく三つある。一つが、書名に掲げた「文献学」により、課題とする神代紀や神武紀さらに古事記などの神話（所伝）を対象にその分析・解明をめざすことだが、神話研究にこの方法が有効、適切なのか、あるいはそもそも「文献学」による研究とはいかなる研究なのかといった根本的な問題がある。序章では、まずはこの問題に対する本書の基本的な見解について述べる。

次に、ねらいとした第二が神代紀の成りたちの解明である。神代紀の各段は、〔本伝〕と一書とを組み合わせて成りたつものとみるのが本書の基本的立場だが、〔本伝〕という呼称を採用した理由や〔本伝〕と一書とのその関係をめぐる本書の主張などを中心に、神代紀の成りたちについて概要を述べる。

さらにねらいの第三が、神代紀と古事記との関係の究明である。神代紀の各段の解明にまずは取り組み、その成果を基に、それに対応する古事記の所伝について分析・検討を加え、互いの内容を比較・考察しながら実証的に結論を導くという姿勢を貫くことに努めたが、結果としてそのいずれの段のどの所伝でも、一様に、神代紀を

もとに古事記が成りたっているという同じ結論を得る。それが本書の一貫した主張でもある。具体例にそくしてその主な内容を中心に述べる。

なお、本書が題に付した「古代神話」について少しく説明を加えれば、桜井好朗氏が「古代神話は『日本書紀』や『古事記』に集中しているのではなく『続日本紀』以下の史書にも、随所に示されている。」（「中世神話と宗教」『中世日本の神話と歴史叙述』所収。222頁。二〇〇六年一〇月。岩田書院）と指摘した上でこれに続き「中世神話」の語を使う通り、げんに「中世神話」の語が書名として『中世神話と神祇・神道世界』（伊藤聡編。中世文学と隣接諸学3。二〇一一年四月。竹林舎）などと定着していることに加え、その研究成果にしても、質量ともにまさに刮目・瞠目に値する実績がすでに厳然として存在する。この「中世神話」を一方ににらみ、その本家筋に当たる神話を指す適当かつ便利な汎称としての用語「古代神話」を使い、副題を「神代を中心とした記紀の成りたち及び相関を読む」とする。旨として、神代紀及び神武紀を中心に主には通釈でその成りたちの解明に取り組み、さらに各論では、神代紀及び神武紀が所伝の成立の上では先行し、かつ根幹をなす位置を占め、古事記はそれから派生的にその所伝をもとに成りたつことを論じる本書の構成を表示する。

これら三点のねらいを基に取り組んだ文字通り試行錯誤の実践が、本研究である。神代紀及び神武紀を中心とした各神話（所伝）について、本書が採った研究方法により分析・考察を加え解釈を導くことそれ自体も、もとより大きな課題とする。試みや課題解決に向けた取り組みに入るに先立ち、この序章であらましその要点に説明を加え、本書への導入の手引きとする。

二、文献学的研究

さて、まず書名の「文献学」については、辞書に「文献の原典批判・解釈・成立史・出典研究を行う学問」（広辞苑）などの説明がある。多岐にわたる領域を指すだけに、実際に用例を分析あるいは処理する上の技術的な方法やその内容については、実は必ずしも明確ではない。その点では、本書はいわば実験的な試行や模索の結果を、未熟なまま愚直に報告する記録でもある。

ただ、拠るべき手懸りが無いわけではない。書名に「文献学的研究」と謳う先行研究も、もちろんある。今これを参照してみるに、小野田光雄氏の『古事記・釈日本紀・風土記の文献学的研究』（平成八年二月。続群書類従完成会）がその実例である。残念ながら、この著書には、書名あるいは「文献学的研究」についてなんら言及がない。著書の内容にそくしてその実際を探るほかなく、そこで「古事記の助字『尓』について」と題する論考を、書名としたその方法を具現する実例として採りあげてみる。

この論考じたいは、「一九五五・一稿」（『古事記年報』二所収。一九五五年一月）と最後に付記しているが、右の書名のもとに収載することを適当と判断したものであろう。古事記の助字「尓」について、先行する説のとりわけ山田孝雄『古事記上巻講義』中の所論を詳細に検討した上でこれを批判して退け、二五四例に及ぶとするその全用例を対象に次のように指摘する。

「爾」は「於是」によって總括される一章の中にあって、前句を承けて文脈が展開する一節の冒頭をなす。即ち「於是」によって總括される一章の構成要素として「爾」によって統括された独立性を持つ一節が、一

章の構成に参与する事を條件として包含累加されていると考える事ができる。（25頁）

その上で「『於是』と相互関連の意識において使用され、これが『尓《ママ》』の原則的用法であると考える。かくの如き用法は上代文献中最も特異なものと言わなければならない。」と説く。実際に、このあと「上代に於ける『尓』字の用例」の節に「古事記以外の典籍の用法は次表のようになる。」と各文献ごとに、自身が分類する14の用法に当たるそれぞれの用例数を示してもいる（27〜29頁）。

これが「文献学的研究」及びその成果の実態である。確かに、古事記という文献の「爾」の用例について詳細に検討を加え、その語法上の特徴を析出してはいる。他の上代の文献の用例と比較して「特異」を指摘するなど、その限り、書名に著しくは背くものではないかも知れない。しかし、一方にたとえば神田秀夫氏『古事記の構造』（昭和三十四年五月。明治書院。元「国語国文」昭和三十三年二月所収）が「句頭の『爾』の方は、登場人物の科白や動作が将に発せられよう《ママ》とする直前（さうでなければ直後）に位置するものが多く、『於是』や『故』より劇的で、場面の緊張を伴なふ場合が多い。だから字面に『爾時』とは書いてないけれども、語意を汲めば、『時に』とでも訳すべきものが多い。」（98頁）と説く。語法に焦点を当てた小野田氏の研究に対して、運用上の特徴により光を集めているだけに、古事記の「爾」をめぐる文脈上の意味も浮かび上っている。とはいえ、主観的あるいは恣意的な解釈に流れていることも否めない。

右に例として採りあげた二つの研究のいずれも、「文献学的研究」には恐らく当たらない。二つの研究を位置づけるならば、たぶんに語法研究と文体研究という二つの潮流に分かれるであろう。今日では研究も深化し、たとえば前者に瀬間正之氏「古事記『爾』再論」（西宮一民編『上代語と表記』平成十二年十月。おうふう）がある。「爾」をめぐる研究の流れやその成果を丁寧にたどり、とりわけ漢籍・仏典などの用例と比較対照してその「特殊な用法」を見定めた上で「古事記の『爾』は、『爾其』『爾乃』『爾迺』などの復音語の連詞の訓読に由来すると考えざるを得ないだろう。『爾其』を訓読する際、「ソレソノ」（大唐西域記序長寛点）のように、一字に一訓を附して二語に分けて訓んだのではないだろうか。」（373頁）「復音語の連詞『爾○』を『しかくして～』と二語の意識で読む語法があって、その訓読法から『爾』を単独で用いる表現が出てきたということではないだろうか。」（376頁）と指摘する。また後者につながる研究としては、「爾」を含む古事記の接続語の多用を、矢嶋泉氏『古事記の文字世界』（その第三章の「接続語の頻用」。二〇一一年三月。吉川弘文館）が「接続語を駆使した文脈の展開方法」による成果として捉えた上で、「文と文（ときには句と句）の間の関係を接続語によって読み手に示し、ときには展開に緊張をもたせつつ、文脈の流れを巧みに誘導するという『古事記』固有の文体を文字の上で獲得したのである。」（362頁）と説く。研究の質を格段に向上させていることは、もはや疑うべくもない。一方では、しかし矢嶋氏の説く「ときには展開に緊張をもたせつつ」などという一節は、神田秀夫氏がかつて「爾」の句頭の例に「劇的で、場面の緊張を伴なふ場合が多い」と指摘した内容に通じる。それだけに、実際にはそうして通じるという以上に、語法研究あるいは文体研究が精緻になれば、それだけむしろ文献学的研究からはかけ離れるといった傾向がおのずから強まる。

　そこで目を転じてみるに、実は文献学それじたいを明確に解き明かした論考がある。亀井孝『言語文化くさぐさ』（亀井孝論文集5。昭和六十一年八月。吉川弘文館）所収の二篇だが、まず「言語の歴史」に文献学について述べた次の一節がある。

> 言語の歴史（の研究）は、（中略）ある所与の現実の言語全体のその展開を追求することをもってそれ自体その使命とするものというべきである。これをうらから——つまり、否定のことばで——いいかえれば、具体

> の個別の言語の歴史をおいて言語の歴史はありえない。このような一定のすでにそれ自体において歴史としての言語、これにたいするそのあなたざまな記述は、なかんずく言語学をおのれに奉仕せしめるところの、もし〝なになに学〟といいたいならば、むしろ文献解釈学、すなわち文献学である。（3頁）

さらにこの「文献学」の歴史を、日本へ移入した当初に遡って「文献学とは、もとより philology に対する日本語である。もっと厳密にいえば、おそらくこの訳語はもとドイツ（語）の Philologie に対して芳賀矢一あたりがあたえた名であるとおもわれる。」と述べ、本来それは「ヨーロッパに発達した由緒ある〝げいもん（芸文）〟の研究」であり、本来の「その名に即していうならば、philology〈philologia〉こそ本来《ことばの〝がくもん〟》であったはず。」（4頁）と説く。

この最後に引いた一節の「本来《ことばの〝がくもん〟》」は、さきに引用した「ある所与の現実の言語全体のその展開を追求することをもってそれ自体その使命とするもの」と敷衍する「言語の歴史（の研究）」を指す。この対応にそくしていえば、文献学とは言語の歴史を研究する学問にほかならない。そして「口語の慣用の徴証につきその発掘と評価」と題する論考に、この考えにそくした次の具体的な指摘がある。

> 言語史は　いやおうなしに　文献学で　あると　いう　ことをもういちど　わたくしなりに　強調しておくことは　その意味で　いたずらでは　ない。なによりも　重要なのは　徴証である。徴証の　その　おもみに　くらべれば〝解釈〟なんど　いうものは　ふいてとぶような　ものでしか　ない。あからさまに　実証主義の　たちばを　おもてに立てて　いうかぎり、しかるべき　徴証さえ　えられれば　解釈なんか　むこうから　かたりかけてくる　かたちで　おのずから　ついてしまう。徴証の　伯楽で　あってこそ　ひとは言語史家で　ありうる。（60頁）

「徴証の伯楽」とは、「実例はそれがそのうちにやどす徴証としての価値こそそのいのちである。」（同）というように実例がやどす「徴証」を発掘する達人であり、この「伯楽」であってはじめて「言語史家」であり得るという。文献学の担い手も、当然この系統につらなる。

　されば、この文献学の本来のありかたを自覚的にみずからの研究上の主な方法として取り組む限り、その基本を外さない研究をひろく文献学的研究と称して大過ないであろう。その名にふさわしい実が、すなわち「徴証の伯楽」である。用例の数をかぞえ、それがどのようなあらわれをみせるかといった点にそくしていくら語法上の分析を深めたとしても、またあるいは文体上の傾向にどんなに解釈を加えたところで、文献学的研究とは、所詮、無縁というほかない。めざすは、徴証の発掘である。

　そこで、前述のとおり先学の研究のいわば限界について批判を加えた手前、同じ「爾」を採りあげて私見を明らかにする必要がある。ただ、小野田光雄氏の調査によれば二五四例あるというその全用例を対象とするまでもない。検討に必要な用例さえ確保すれば正確さはほぼ担保できるはずだから、対象範囲を、神代紀第八段に相当する部分、具体的には須佐之男命が「所二避追一而降二出雲国之肥河上、名鳥髪地一」と出雲に降ったあと、大国主神が国作りに共に取り組んだ少名毘古那神の去った直後に出現した神の「吾者、伊二都岐奉于倭之青垣東山上一。」という要めに応えるまでの所伝とする。この範囲内に用例が31例ある。系譜には該当する例がなく、物語に専用するなかで、唯一「故、自レ爾、大穴牟遅与二少名毘古那一二柱神、相並作二堅此国一。」だけが指示語に当たり、これ以外すべて語頭ないし語中に立つ。いわゆる接続語に相当する例が主な対象である。

　この例には、顕著な傾向を認めることができる。どれも、「爾」の前後で主語が転換している。語法上は、主語を異にする文二つを結びつけるのがそのはたらきである。便宜その主語を、名前の頭に当たる二字をとり、須佐之男命は須佐、足名椎・手名椎は足手、大国主神（大穴牟遅神）は大国、八十神は八十、八上比売は八上、神産巣日神は神産、蚶貝比売・蛤貝比売は蚶蛤、須勢理毘売は須勢などの略称に変換して表し、「爾」が結びつける前後二文のその主語を次に列挙してみる。右の略称によるもの以外は、各文の主語を多少簡略化して表す。まずは「爾」の直後に続く一文が主語を表す例を拾い出す。「爾」は／をもって代える。

足手／須佐、須佐／足手、足手／須佐、八俣遠呂智／須佐、裸菟／八十、其菟／其塩、和邇／吾（菟）、八上／八十、大国／御祖、神産／蚶蛤、八十／御祖、御祖／八十、須勢／大神（須佐）、火者／其鼠、八千矛（大国）／后（須勢）、皆（所レ従之諸神）／多邇具久、神（光レ海依来之神）／大国、以上17例。

これら主語を表した例は、右のように一見して明らかだが、後続文に主語を表さない例でも、「爾」の原則に変りはない。その例を次に列記する。主語をカッコで括って示す。

（足手）童女置レ中而泣／問賜之（須佐）、（足手）答白言（略）／問二其形如何一（須佐）、（足手）答白／答詔（須佐）、御刀之刃、毀／思レ怪（須佐）、雲立騰／作二御歌一（須佐）、（大神）出二立其野一／持二其矢一（大国）、（大神）令レ取二其頭之虱一／見二其頭一者（大国）、（大神）於レ心思レ愛而寝／握二其神之髪一（大国）、（大国）遠逃／追二至黄泉比良坂一（大神）、有二帰来神一／雖レ問二其名一（大国）、（久延毘古）答白（略）／白二上於神産巣日御祖命一者（大国）、以上11例

17例に対して半数以上に当たる11例という数は、「爾」の直後に主語を表さないばあいでも、それがあるだけで、先行する一文と主語を異にすることを、慣用的にも示し得ていることをものがたる。いわば、「爾」を表示する限り、その直後に主語を表すと否とにかかわらず、それだけで先行する一文との主語の違いを意味するということだから、指標としての意味あいが強い。その分、この「爾」じたいの固有の意味は稀薄である。関係的意味と

しては、順接の範疇に属する。この意味を明示的に表す表現が、すなわち「故爾」である。これにも、主語を表す「故爾、八十神忿、欲レ殺二大穴牟遅神一」と表わさない「故爾、見二其頭一者、呉公多在」という二通りのかたちがある。順接の関係的意味を明示するばあい、「故」単独の使用が通例であり、その点に照らしても、「爾」に「故」を上接させるという語構成のかたちをとったに違いない。その逆では恐らくない。

なお、この関係的意味が稀薄な語の性格を共有する例に「而」がある。「爾」とは、たがいに分ち難く関連する。ただ通例、「而」は主語を下接させない。要するにこの「而」の直後に文を続けないのが原則である。「爾」を調査対象としたと同じ範囲内に、「而」が62例あるなかでも、私の見出し得た例外は「其天沼琴払レ樹而地動鳴」の一例にすぎない。遺漏を恐れる一方、この例外にしても、樹を払って琴がまず鳴り、それに大地が鳴動したという関係の上に表現が成りたつ。表現を変えれば、地を鳴動させたという使役表現も可能である。例外にしても、先行する文の主語が、意味上「而」に後続する文にかかわる。その限り、「而」を介してその前後が主語を共有しながら接続するという原則を大きく逸脱するものではない。

「而」をめぐっては、それだけ原則のもつ規制力が強い。関係としては、前後で主語を共有してつながるその結びつきが強固である。これとは対照的に、「爾」は主語を異にするだけに、前後の文の間に介在して、むしろ転換させる力としてはたらく。関係的意味が稀薄な点では、語の性格を共有しているはずだから、この対照性は、「而」と「爾」との相補的な関係をおのずからかたちづくる。この関係を担保として、時に越境を起こす。このばあい、「而」の位置に、その結びつきを断ち切るべく「爾」が割って入るかたちをとる。実は、上掲のつごう28例のほかに、それらとは違い、逆に、その前後で主語を共有する「而」にかたちの通じる例が二つある。二例とも、まさしく「而」の位置に立つ。

○　故是以、其速須佐之男命、宮可㆓造作㆒之地求㆓出雲国㆒、爾、到㆓坐須賀地㆒而詔之、

○　以㆑火焼㆓似㆑猪大石㆒而転落、爾、追下、取時、即於㆓其石㆒所㆓焼著㆒而死。

前者は「求㆓出雲国㆒」と「到㆓坐須賀地㆒」が、また後者も「転落」と「追下」とがそれぞれ主語を共有している。主語を共有する前後二つの文を接続するはたらきは「而」の語法上の原則だから、そのかたちの上では、「而」を当てるのが順当であろうが、それでは前後が強く結びつく結果を招く。しかし、その前後を断ち切るほうが、意味は確実にひろがる。たとえば前者では、「宮可㆓造作㆒之地求㆓出雲国㆒」とは国覓ぎにほかならないが、その意向なり行為なりを表したあと、「爾」の介在により、各地を覓ぎ回った果てにようやく理想の地に到ったという意味あいを帯びる。後者にしても、八十神が猪に似た大石を焼いて山上から転がし落とすという先行文の内容に、「転落」の語は通常自動詞だから、その転がり落ちている大石を、あとから八十神が「追下」するという前後の緊迫した展開が重なる。

原則あるいは語法などに照らせば、「而」に当たる接続の関係のなかに、「爾」を当てることによってそれ以上の関係的意味を獲得しているとみるのが、恐らく用例のそこにある実情にそくした見方であろう。原則や語法を逸脱したというより、むしろそれを前提に柔軟にそれこそ文脈のまにまに活用をはかっている。「爾」は、まさにこの活用に本領がある。そしてその本領の核心に、主語を異にする前後の文の間に介在して転換するはたらきがある。このはたらきが、また「而」との相補的な関係をかたちづくってもいる。古事記の表現は、こうした関係の上に成りたつ。その表現が構成する総体こそ、古事記という文献にほかならない。そうである以上、「爾」という実例にあって、前後に先行し後続する文の主語を転換するはたらきは、まさに「それがそのうちにやどす徴証」の実質に当たるはずである。文献学のめざす徴証の発掘も、恐らくこれと別ではないであろう。徴証の発

掘は、このばあい文献の表現やその成りたちの解明に確実につながる。この徴証の発掘を基本とする研究上の取り組みを、本書は自覚的方法としてめざす。方法ないし方法論として確立したものではない。どこまでも研究上の取り組みだとはいえ、それの自覚的な取り組みやその徹底した実践をとおして、たとえば実証的研究などの結局は方法を自覚的・体系的に確立し得なかった従来の研究を乗りこえるといった展望も開けるのではないか。試みながら、研究上の体係的なその方法の確立を、本書はめざしてもいる。

三、神代紀の一書、その差違化による成りたち

いちおう念のため刊行年月をいえば、拙稿「神代紀の一書とはなにか――第九段、皇孫の天降りをめぐって――」を掲載した『京都語文』（第6号。佛教大学国語国文学会）は二〇〇〇年十月の発刊である。言わずもがなのことながら、あえて示すというのも、この旧稿に論じた内容とほぼ重なる論述を、斯界の権威の講演記録中に見出すことができるからである。もちろん一部にとどまるとはいえ、基本となる見方は確実にあい通じる。旧稿のその一節は、三国志に裴松之が尨大な数の資料、記録の類を注として付したことを「多角的、多面的に歴史をふちどるという裴松之の方法」によるものとして次のように説く。

いいかえれば、多角的、多面的な歴史のふちどりを方法としたことが、あい反する事実もまたその歴史のあり方の一つとして、その事実をそのまま伝えることに道をひらいたということにほかならない。史料批判に厳しい姿勢を貫く反面、事実との距離だけを唯一の物指しとして所伝をはかる硬直は、そこにはない。（43頁）

次がその権威の講演記録（六朝学術学会『六朝学術学会報』第三集。二〇〇二年三月）、すなわち林田愼之助氏「歴史

記録と志怪小説――裴松之『三国志』注引の異聞説話をめぐって」の一節である。

どうも裴松之は志怪説話を含めていろいろな文献から逸事とか異聞をできるだけ取り上げているのです。そしてそれを注に書き入れる作業を通して、史実をさらに深く多角的、多面的に照らし出す、そういう工夫を凝らしているのです。（中略）たとえ史実にたいして相反する異聞、まったく矛盾する異聞というものがあったとしても、それを含めて検証していけば、より深い史実に到達できる道があるのではないかと、それが本物の史実あるいは歴史の発見につながる方法だと、裴松之は考えていたようです。（129頁）

林田氏の主張は、右の一節の（中略）以降に重点を置く。裴松之のこの方法を、別に「論証されることによって真実なるものが浮かび上ってくる」「そういう論證的な歴史観の方法」（119頁）と規定してもいる。

この林田氏の説のうち、旧稿と対応するのは（中略）以前であり、それ以降の林田説の中核をなす指摘には疑いを禁じ得ない。拙稿に裴松之注をめぐって指摘した「多角的、多面的な歴史のふちどり」は、「事実との距離だけを唯一の物指し」とする硬直した方法などとは無縁である。林田説のように多様な逸事や異聞を含め「検証していけば、より深い史実に到達できる道がある」、しかも「それが本物の史実あるいは歴史の発見につながる方法だと、裴松氏は考えていた」とすれば、なぜ「より深い史実」「本物の史実あるいは歴史」を示していないのか、またそれは「史実をさらに深く多角的、多面的に照らし出す、そういう工夫」とどうかかわるのか、少くともこれらについても説明があって然るべきではなかろうか。

詳細は第九段の所伝について論じた「十三、『三国志』裴松之注の施注方法」（947頁以下）のなかに明らかにしているが、『三国志』の本伝を始め、付載する各種文献を中心に厳格な史料批判を加えると共に、「本伝のもとにそうしてそれを補完するために文献の記述を網羅的に付載する」（950頁）点にこそ裴松之の施注をめぐる方法上の特質を認めるのが本書の基本的立場である。この立場から、神代紀が〈本伝〉に付載する多様な一書について、「具体的には、裴松之が注として付載した文献になぞらえ、注以外はその歴史記述に加えた史料批判をはじめ一切を捨てる一方、その文献の多様だけにそのまま倣い、一書をそれにあてたことになる。」（952頁）とみる。本書が使用する〈本伝〉という呼称も、裴松之が『三国志』本文の記述をさして「本伝」という例に倣う（第九段について論じた本文冒頭及び注（1）」参照）ものだが、〈本伝〉と一書との関係について論じた先行研究も、本書の「二、第九段の〈本伝〉と各一書に関する先行研究」（909頁以下）のなかに採りあげている。

旧稿を世に問い、すでに十年をはるかに経過したものの、わずかに伊藤剣氏『日本上代の神話伝承』（新典社研究叢書211。平成22年10月）が右の旧稿の一部を参照はしても、「見るべきなのは強い規制力の中でのみ異伝が存在しているという事実である。」（54頁）と説く。この伊藤説に限らず、異伝を「存在している」記録あるいは文献、伝承とする見方が大方の翕勢である。たとえば上代文学会が開催した二〇一二年度秋季大会シンポジウムは「記紀の成立を考える」をテーマとし、この成果を「『古事記』と『日本書紀』――シンポジウム『記紀の成立を考える』を振り返る――」と題して松本直樹氏がまとめている（『上代文学』第一一〇号。二〇一三年四月）。そのなかに、「〈神代史〉としての〈建国神話〉の成立過程」をめぐって次のように指摘する（52頁）。

複数の〈建国神話〉群は、交互に主文となり、一書となり、総合的な〈建国神話〉としての〈神代史〉を形成しているのである。『古事記』は「諸家の賷たる」〈建国神話〉を一本化して絶対的な〈神代史〉を築こうと努め、一方の『日本書紀』は多くの〈建国神話〉群を取り込みながら、総合的な〈建国神話〉の枠組みに収めることを目指していたように思う。

ここでは、〈建国神話〉なる語を、個個別別に群として存在する〈建国神話〉と、それらを取り込んだ総合的な

〈建国神話〉との二通りに使う。後者の総合的な〈建国神話〉は、統一的・体系的な企図・方針のもとにいわば素材を加工・造形して成るはずだから、その素材でしかなく、ほとんど断片的な内容に過ぎない記録あるいは伝承などさえ含む資（史）料類をそもそも〈建国神話〉と称することじたい、わたくしには肯いがたい。またさらにその「複数の〈建国神話〉群は、交互に主文となり、一書となり、」という交替を繰り返すという指摘についても、前述のとおり三国志の裴松之注のような多種多様な一書を繰りひろげることなく、そのように「交互に」交替可能な〈建国神話〉に納まっている事実を説明しきれるのか、はなはだ疑問というほかない。

もっとも、こうした説の詳細を、松本氏は「神代紀の構造——主文と一書が作る神代——」（『国語と国文学』平成二十二年十一月特集号）に論述している。拙稿にも一部言及するが、たとえば第六段について「前段主文の『天』『天上』が高天原のことであり、そこをアマテラスが治めていることについて、ほぼ抵抗なく読むことが出来るとしたら、それは読者が、記を知り、一書を含めて神代紀を読み進めてきたことによるのであり、主文が〈建国神話〉の常識の上に定められている所以ではないだろうか。」（136頁）と説く。「読者」なるものを仮想し、このものが「ほぼ抵抗なく読むことが出来るとしたら」と仮定するが、そうして仮想に仮定を重ねることもさることながら、そもそも「出来る」か否かなど検証しようがない。仮りに「出来る」としても、だからといって「それは読者が、記を知り、一書を含めて神代紀を読み進めてきたことによるのであり、」と結論を導いても、なんら説得力をもち得ない。だい一、神代紀の「読者」になぜ「記を知り」などの前提を設けるのか、異なる文献の知識を「出来る」必要用件としているのだろうか、理解に苦しむといわざるを得ない。最後に一つだけ付言すれば、「〈建国神話〉の常識」についても、説明がないのでその内容は不明だが、この論文のあと『国文学　解釈と鑑賞』（特集　古代文学研究の現在。第76巻5号。二〇一一年五月）に掲載の同氏「〈神話テキスト〉としての『古事記』神代」に、関連する「『古事記』の〈神話〉は、〈建国神話〉の常識、すなわち合理的には両立し得ない『日本書紀』の主文と一書群とが形作っているような大きな流れを前提に成り立ち、故に神話力を持つ。その全体が、後に「記紀神話」と呼ばれる漠然とした〈建国神話〉の世界なのである。」(125頁)という一節がある。「すなわち」以下がその「常識」の説明だが、通常の常識をとび越えた学術用語とみなすほかない。〈建国神話〉群と「故に神話力を持つ」という関係も、やはり説得力を欠く。

さて、〈建国神話〉という名称や「群」を成すありかたなどはともかく、従来の異伝という用語を使うとして、さきに伊藤氏の論著の一節にそくして言及したとおり、この異伝を、神代紀がその成りたちに取り込んだ、したがってその成立にさきだちなんらかのかたちで存在していたものとみなす見方が大勢である。しかしながら、一書が形態・内容ともに多様を形成するどころか、逆に体系性、統一性、系統性などを強く示す事実を、その見方は説明できない。固執するかぎり、前掲伊藤説のように「強い規制力の中でのみ異伝が存在している」という力学を持ち出すか、あるいは松本説のように「総合的な〈建国神話〉の枠組みに収めることを目指していた」などと裏付けを欠く説明を施すか、いずれにせよ隘路に入りこまざるを得ない。

その欠陥を乗り越える拠りどころとしたのが、すなわち裴松之の注である。ただし、その注の収載した記録、資料の多種多様にならい、〔本伝〕を差違化して一書の多様化をはかりながらも、所詮は〔本伝〕という原拠をもとに紡ぎだしたものでしかない。それこそが、一書に限界をもたらしている。旧稿に、それを「過去の実際あった事実ならぬ、かくあったものとして歴史をつむぎだすほかなかった神代史の、それはまた限界でもあったろう。」(39頁)と説く。第九段だけを対象としたこの指摘は、これ以降採りあげた各段にもおのずから当てはまる。しかもつむぎだすそのありかたに、神代紀各段を通じて類型を認めることができる。各段ごとのその内容の詳細については本論に譲り、ここでは予備的な作業として、類型じたいに的を絞りこんで、ごく簡潔にそのありかたを各段ごとに順次まずは確かめてみることにする。

冒頭の第一段では、通釈（76頁）に「六、〔本伝〕に対応する一書の二つの系列」という一節を立てるとおり〔本伝〕の「故曰」を境に、これに先行する前半と後続の後半とのそれぞれに、一書六つが系統的に対応する。この相互に対応する〔本伝〕及び一書の系統だった配列、またそうした配列の〔本伝〕及び一書の連なりを、本書は系列と称する。たがいに対応する記述を、次に系列ごとに示す。

（第一段）

〔本伝〕前半――故、天先成而地後定。然後、神聖生二其中一焉。

〔書一〕―天地初判、一物在二於虚中一。

〔書四〕―天地初判、始有二倶生之神一。

〔書六〕―天地初判、有レ物。

〔本伝〕後半――（故曰）開闢之初、洲壌浮標、譬猶三游魚之浮二水上一也。于レ時、天地之中生二一物一。

〔書二〕――古国稚地稚之時、譬猶二浮膏一而漂蕩。于レ時、国中生レ物。

〔書三〕――天地混成之時、始有二神人一焉。

〔書五〕――天地未レ生之時、譬猶三海上浮雲無レ所二根係一。其中生二一物一。

前半冒頭に「古、天地未レ剖、陰陽不レ分」という状態が分かれてそれぞれ天と地に成る過程をつたえるが、これを集約して簡潔にまとめた一節が前半の「天先成而地後定」である。この系列に属するどの一書も、そうした天と地の成りたちを凝縮して表現した一句「天地初判」に続いて、前半最後にいう「神聖生二其中一焉」に当たる物

（化生して神となる）や神が、その天と地が成りたつことに必然的に伴う事象として存在することをいう。天地がただ天地としてあるように、その物を、「状貌難レ言、其中自有二化生之神一。」〔書一〕とはなはだ素っ気なくつたえるか、もしくはせいぜい「若二葦牙一、生二於空中一。因レ此化神（三神）。又有レ物、若二浮膏一、生二於空中一。因レ此化神（一神）。」というごく単純な比喩表現によるだけにすぎない。

後半は、それとは著しく対照的である。その端的な例が、〔本伝〕と、〔書三〕を除く一書すべてが共有する「譬猶」である。特徴は、名詞単独ではなく、主語と述語（明示しない場合を含む）とを組み合わせたかたちをすべての例がとる点である。しかも〔本伝〕の表現が、この系統的な表現に流れこんでいる。

洲壌浮漂〔本伝〕
→譬猶二浮膏一而漂蕩〔書二〕

譬猶三游魚之浮二水上一也〔本伝〕
→譬猶二海上浮雲、無レ所二根係一〔書五〕

前者は〔本伝〕の「浮漂」をもとにその「浮」「漂」それぞれに熟語を構成した単純な例だが、後者のばあい、「游魚」の「浮二水上一」という様態にそくして「浮雲」の「海上」に浮かぶさまにその表現を転換し、「天地未生之時」のかたちの定まらない状態を比喩する。そしてこの「天地未生之時」〔書五〕という原始を起点として、天地が生じて間もなくなお渾沌とした状態の「天地混成之時」〔書三〕へ、さらにこの天地間に成った国土のまだ稚い状態の「古、国稚地稚之時」〔書二〕へと順次進化する過程を逆にたどる（遡る）ように一書を配列している。これが、一書の構成の上では、〔本伝〕前半の系列に属する一書冒頭の一節「天地初判」に対応する。しかもこの時に誕生する物（化生して神となる）や神をめぐる表現も、これまた前半と対応して、〔本伝〕後半の

「于レ時、天地之中生二一物一。状如二葦牙一。便化為レ神（三神）」をひき継ぎ、ほぼあい通じる「于レ時、国中生レ物。状如二葦牙之抽出一也。因レ此、有二化生之神一（三神）」〔書二〕、「其中生二一物一。如三葦牙之初生二埿中一也。便化為レ人（一尊）」〔書五〕などいずれも場所（～中）・生（述語）・物（主語）という語順の現象文を構成し、その表現にそくした、すなわち同じく主語（葦牙）・述語から成る「状如二葦牙之抽出一也」〔書二〕、「如三葦牙之初生二埿中一也」〔書五〕という比喩表現のかたちをとる。

ここに至るまで、〔本伝〕後半及びこれに系統的に連なる一書が、多様や多彩を、とりどりに表現ないし内容に実現しようとはかっていることは明らかである。多様や多彩といっても、もちろん相対的なものだから、〔本伝〕前半及びこれに系統的に連なる一書と比較した上でのこと、いわば先行する前半主導の系列を前提に、この所伝に対して多様や多彩を実現すべくはかって成りたつというのがその実態である。通釈のとりわけ第九段について論じたなかに、そうした先行所伝に対して改変を加えるはたらきを差違化とみなし、その実態に検討を加えているが（412頁以下）、そもそも神代紀の冒頭所伝からして差違化の顕著なあらわれをみせる。すなわち差違化こそ、神代紀の一書を成りたたせる基本的なはたらきであり、だからこそ決して無限定ではなく、多様や多彩をめざしてはいても、あくまで先行する所伝に対してその実現をはかることに力点を置く。

それだけに、多様や多彩とは、先行所伝に対して差違化をはかったその結果のあらわれにほかならない。そのあらわれのもとを質せば、〔本伝〕の前半にあくまでそくして「天地初判」というただ天と地の分化だけをあらわす定型表現の繰り返しに対して、時間を軸に所伝の差違化をはかった点に特徴がある。時間軸にそくして、その原始の「天地未レ生之時」から「天地混成之時」を経て「古、国稚地稚之時」へ変遷する流れを各一書が展開する。このそれぞれの時点の世界を、前述のとおり「譬猶」以下に比喩的にあらわす。多様や多彩をそうして実現する。

冒頭第一段が時間を軸に差違化をはかったというのも、天地の創始や神化生の原初を主題とすることによる。同じように各段ごとに、その主題や所伝の内容などに基本的にはそくして差違化をはかっている。実際のそのあらわれを実例を通してひとわたりごく簡潔に確かめてみるに、神の化生したあとその神による国生みを主題とする第四段では、「天神」が差違化に大きくかかわる。

（第四段）

〔本伝〕――伊奘諾尊・伊奘冉尊立㆓於天浮橋之上㆒、共計曰「底下豈無㆑国歟。」廼以㆓天之瓊矛㆒、指下而探之。

〔書一〕――天神謂㆓伊奘諾尊・伊奘冉尊㆒曰「有㆓豊葦原千五百秋瑞穂之地㆒。宜㆓汝往脩㆒之。」廼賜㆓天瓊戈㆒。於㆑是、二神立㆓於天上浮橋㆒、投㆑戈求㆑地。

伊奘諾尊・伊奘冉尊の二神の「共計」にもとづき、したがって「欲㆘共為㆓夫婦㆒、産㆗生洲国㆖」という目的を達成するまでの全てを二神が独力で行うかたちをとる〔本伝〕に対して、〔書一〕は、「天神」の指示が発端でもあり、また国生みに失敗した際の善後策、対処についても「天神」に指示を仰いでもいるとおり、「天神」の意志が決定的な意味をもつ。後に天孫の降臨をつたえる第九段でも、〔書一〕がこの「天神」の指示に通じる天照大神の勅を次のようにつたえている。

天照大神乃賜㆓天津彦彦火瓊瓊杵尊、八坂瓊曲玉及八咫鏡・草薙剣、三種宝物㆒。（中略）因勅㆓皇孫㆒曰「葦原千五百秋之瑞穂国、是吾子孫可㆑王之地也。宜㆓爾皇孫就而治㆒焉。行矣。宝祚之隆、当㆘与㆓天壌㆒無㆖窮者矣。」

さきの「瑞穂之地」の修成からここでは「瑞穂国」の統治に進展をみているが、内容・表現ともに類似する度合が高く、第四段の〔書一〕を先蹤としてこの勅をめぐる一節は恐らく成りたつ。一方、くだんの第四段〔書一〕にしても、〔本伝〕に対してそれを差違化するに当って、後にこの勅をつたえることを予定していたであろう。天壌無窮の神勅として著名なこの勅により、天照大神みずから子孫の葦原中国統治を保証し権威づけているように、天神が伊奘諾尊・伊奘冉尊二神による国生みや神生みにつながる「豊葦原千五百秋瑞穂之地」の修成を保証し権威づけることに、その指示は主眼を置くはずである。〔書一〕の差違化のねらいも、当然そこにある。

続く第五段は、〔本伝〕が冒頭に「次生レ海。次生レ川。」とつたえるとおり第四段の国生みを直接ひき継ぐ。このあと山、木、草といった神神を生み、直後に「既而伊奘諾尊・伊奘冉尊共議曰、吾已生二大八洲国及山川草木一。何不レ生二天下之主者一歟。」と天下の統治者を生もうとする。しかし、その意図した子とは別の子が次次に生まれ出る。第五段の主題も、これら子の誕生に関連し、この主題をめぐって差違化を順次はかって一書が展開する。そうして成りたつ一書が、この第五段には十一ある。

それだけ差違化によって一書も多様・多彩を極めるが、もちろん無原則ではない。大別して二つの系列に分かれる。そのそれぞれの系列のもとになる所伝の、たがいに対応する一節を次に示す。

（第五段）

〔本伝〕――（海、川、山、木、草などの神を生んだあと）既而伊奘諾尊・伊奘冉尊共議曰「吾已生二大八洲国及山川草木一。何不レ生二天下之主者一歟。」於レ是、共生二日神一。号二大日孁貴一。

〔書六〕――伊奘諾尊与二伊奘冉尊一共生二大八洲国一。（風神、倉稲魂命、海神、山神、水門神、木神、土神を生んだあと）然後、悉生二万物一焉。（中略）然後、洗二左眼一。因以生レ神、号二天照大神一。

両者ともにまず大八洲国を生み、つづいて自然界を構成する山川草木などの主要な神をはじめとする万物を生んだあと、日神あるいは天照大神が誕生するという大筋にはほとんど違いがない。さらに素戔嗚尊を根国に放逐するという所伝の結末も、たがいに共通する。冒頭の所伝の発端から、日輪を神格化した神をはじめ三子の誕生という核心、さらに素戔嗚尊の放逐という所伝の結末にいたるまで明らかに対応する、という以上に対応させたはずである。言いかえれば、そうして〔本伝〕をもとにその所伝を差違化して〔書六〕は成りたつ。

しかもこの二つの系列ごとに、それぞれ〔本伝〕と〔書六〕をもとにこの所伝を差違化して各一書が成りたってもいる。注目すべきは、各系列のその連なりの最後に位置する一書が、そこで単に系列に結着を付けるだけにとどまらず、次に展開する系列ないし段につながりをもつという事実である。次に展開する所伝に先行して、その内容にかかわる根拠なり布石なりとしての意味をもつ。次にそのつながりを示す。

〔本伝〕の系列

伊奘冉尊、生二火神一時、被レ灼而神去矣〔書五〕

→至二於火神軻遇突智之生一也、其母伊奘冉尊、見レ焦而化去。〔書六〕

〔書六〕の系列

于レ時、天照大神（中略）乃以二粟稗麦豆一為二陸田種子一、以レ稲為二水田種子一。又因定二天邑君一。即以二其稲種一始殖二于天狭田及長田一。其秋垂穎、八握莫莫然、甚快也。〔書十一〕

→（何則）天照大神、以二天狭田・長田一為二御田一。時、素戔嗚尊、春則重播二種子一、且毀二其畔一。秋則放二天斑駒一、使レ伏二田中一。（第七段〔本伝〕）

右の第七段〔本伝〕の冒頭の一節は、〔書十一〕がその前提として位置すればこそ、それを踏まえ、なんら説明を要するまでもなく所伝を開始、展開し得たはずである。第五段〔書六〕の右の一節もまた、〔本伝〕の系列に連なる一書の最後に位置する〔書五〕の右に引用した一節との対応上、その系列の所伝の基本、すなわち伊奘諾尊・伊奘冉尊二神が大八洲国、自然界の神神さらに万物など全てを生んだという前提に立つ。その生みのはての最後に生んだ火神により焦かれて伊奘冉尊が神去ったという事態を受け、だからそれまでの所伝を総じてはひき継いで、ここから新たな展開に入ることを、その対応が示唆する。この新たな展開こそ、〔書六〕がめざした差違化の端的なあらわれにほかならない。

この差違化を通して、伊奘諾尊の黄泉入りに続く亡妻との絶縁及び黄泉の遮断、その濁穢を滌去するために行った祓除、そしてその最後の「洗㆓左眼㆒（右眼、鼻）」による三子の誕生とこの三子にそれぞれ高天原などの統治を命じた勅任など全く面目を一新する。とりわけ一連の祓除のその最後の「洗㆓左眼㆒」による天照大神の誕生に、恐らくは主眼を置くであろう。念のためこの洗眼についていえば、前述の「滌㆓去吾身之濁穢㆒」を目的とした一連の行為の最後に位置する、いわば総仕上げに当たる。眼から濁穢を洗い落とすことにより、眼の機能を回復すれば、光明を得る。この伊奘諾尊の行為にそくした結果を、その行為により子がもって生まれたかたちをとる。だからこそ、光明をおのが身上とする天照大神、月読尊というそれぞれ日神、月神に当たる神が誕生するはずである。もとより、〔本伝〕がつたえる「此子、光華明彩、照㆓徹於六合之内㆒」という日神、また「其光彩亜㆑日」という月神の、即物的な、しかも生むという人間をモデルにした誕生ではなく、洗眼によって光明を得るなかに生まれたというすぐれて象徴的な誕生に変貌を遂げる。鼻を洗って誕生する素戔嗚尊は、そもそもその当初から日神、月神とは素性を異にする。

なお、〔本伝〕の系列に属する〔書一〕でも、人間モデルとは異なる神の誕生をつたえている。その限り、むしろ〔書六〕に通じ、系列の上でもそれだけが特異な様相を呈している。その冒頭は、次のように始まる。

伊奘諾尊曰「吾欲レ生二御寓之珍子一」。乃以二左手一持二白銅鏡一、則有二化出之神一。是謂二大日孁尊一。

このあと月弓尊、素戔嗚尊も、それぞれ「化出之神」「化神」というように誕生するが、この冒頭に「吾欲レ生二御寓之珍子一」という一節や三子をめぐる「大日孁尊及月弓尊、並是質性明麗。故使レ照二臨天地一。素戔嗚尊、是性好二残害一。故令三下治二根国一。」という一節なども、〔本伝〕の生むかたちや尊卑先後之序（通釈71頁参照）にもとづく処遇を基本的に踏襲する。〔本伝〕の系列のなかで差違化をはかっているにすぎない。〔本伝〕とは系列じたいを異にする〔書六〕の差違化とは、そのはたらきじたいは同じでも、本質的に異なる。

一方、〔書六〕の系列にしても、この系列内で、〔書六〕をもとに、その所伝の部分ごとに差違化をはかり、伊奘冉尊の神退ったあとを各一書が継起的にたどる。伊奘諾尊が火神の軻遇突智を三段に斬ったとつたえる〔書七〕、五段に斬ったとする〔書八〕のあと、殯斂の処に到って伊奘冉尊の醜悪な様態を見て逃げるまでをつたえる〔書九〕が続き、その伊奘冉尊と別離後に黄泉に到ったことを不祥としてその穢悪を濯除するというように〔書十〕が展開して、最後は〔書十一〕が天照大神の高天原統治をもって閉じる。これら〔書六〕の系列の一書を、〔書六〕がとくに主眼を置く伊奘冉尊の神退って以降の展開にそくして差違化をはかりながら継起的につなげるというのも、先行する〔本伝〕の系列が伊奘冉尊の神退るまでの展開にそくして差違化をはかりながら一書を継起的につなげていることに倣い、系列間のいわば切り分け、対照的な対応をはかればこそ、そのかたちをとるはずである。系列間の対照的な対応も、もちろん差違化による。これを構造にそくして言えば、〔本伝〕とそれを差違化して成りたつ〔書六〕とをもとに、主たる対象領域を、前者の神退り以前と、後者のそれ以後とに切り分け、それぞれその親に当たる所伝を差違化した一書がたがいにかかわりをもちながら（その一書が、継起的に）連なって系列をかたちづくり、その総体が系列間の対照的な対応をなす。この構造を、第六段以降がひき継ぐ。

その第六段では、第五段のそれぞれ〔本伝〕の系列の所伝が日神を、一方の〔書六〕の系列が天照大神を名辞とする関係を逆転させ、〔本伝〕及びこれを差違化した〔書二〕が天照大神を、一方〔書一〕及びこれを差違化した〔書三〕が日神を、それぞれ素戔鳴尊に対立させている。系列間の違いは、その神に対して素戔鳴尊が潔白を証明するという主題にかかわり、とりわけ証明のため行う「誓《うけひ》」を提案する主体に顕著なあらわれをみせる。

（第六段）

〔本伝〕――于レ時、天照大神復問曰「若然者、将何以明二爾之赤心一也。」対曰「請与レ姉共誓。夫誓約之中、必当レ生レ子。如吾所レ生、是女者、則可二以為レ有二濁心一。若是男者、則可二以為レ有二清心一。」

〔書一〕――於レ是、日神共二素戔鳴尊一相対而立レ誓曰「若汝心明浄、不レ有二凌奪之意一者、汝所レ生児、必当レ男矣。」

「誓」の内容に関連した詳細は通釈や各論に譲り、その提案者に論点を絞りこんでいえば、〔本伝〕は天照大神の問いと素戔鳴尊の答えを繰り返し、最終的に素戔鳴尊による右の提案を天照大神が受け容れる。この展開は、第五段の天照大神をつたえる〔書六〕の、勅任に背く素戔鳴尊の「常以啼泣恚恨」をめぐる「故、伊奘諾尊問之曰、汝何故恒啼如レ此耶。対曰、吾欲レ従二母於根国一、只為泣耳。」という問答のはてにこの素戔鳴尊の要望をあたかも受け容れるかのように伊奘諾尊が「可二以任レ情行一矣」と告げて素戔鳴尊を放逐することに明らかに通じる。第五段から第六段へ移行したあとに、伊奘諾尊の対処をなぞるかのように天照大神が素戔鳴尊に対処する。〔本伝〕の本文に、天照大神が第五段〔書六〕の勅任を踏まえて「夫父母既任二諸子一、各有二其境一。」と主張するほどではないにせよ、それはそれで、いわば人物造形をとおして、天照大神が伊奘諾尊をひき継いで高天原統治に当っていることをものがたる。「誓」を前に、天照大神の高天原統治を確認・保証することに力点を置くこうした展開は、確かに〔本伝〕に固有だとはいえ、素戔嗚尊が姉にまみえることに加え、羽明玉の献上した「珍宝瑞八坂瓊之曲玉」を奉るために天照大神を訪ねて昇天するという〔書二〕も、天照大神の高天原統治を前提に成りたつ。しかもその所伝に始まり、またそれを含む「誓」の前段に力点を置くという点でも、明らかに〔本伝〕の系列に連なる。

これとは対照的に、〔書一〕はむしろ「誓」以降に力点を置き、その結果をめぐって素戔嗚尊の勝を強調する。右に引いた一節でも、日神が素戔嗚尊に対して一方的に「誓」を提示しているが、その結果、五男神を得た素戔嗚尊を明確に勝とした上で、日神の対応を中心に所伝が展開する。〔書一〕がそれを「於レ是、日神方知三素戔嗚尊固無二悪意一」とつたえても、日神所生の三女神に処遇を限っているのに対して、〔書三〕にいたっては「故、日神方知三素戔嗚尊元有二赤心一、便取二其六男一以為二日神之子一、使レ治二天原一。即以二日神所レ生三女神一者、使レ降二居于葦原中国之宇佐嶋一矣。」と男神に天原を統治させてもいる。「誓」を境に、それ以前のその経緯を中心とした所伝前半に力点を置く〔本伝〕の系列に対して、むしろそれ以降に展開する所伝の後半に力点を移し、素戔嗚尊の勝や所生神の処遇などに焦点を当てて差違化をはかって〔書一〕の系列の所伝は成りたつ。

この第六段の〔本伝〕の天照大神、一書の日神という対応する関係を、つづく第七段がそのままひき継ぐ。所伝は、構成上、〔本伝〕が「甚無状」とつたえる素戔嗚尊の所行と、それがもとで天石窟に閉じこもってしまった天照大神〔日神〕に対して行った神事とのこの二つを中心に成りたつ。差違化も、そのそれぞれに顕著なあらわれをみせる。素戔嗚尊の所行をめぐっては、天照大神の「御田」、新嘗の「新宮」さらに神衣を織る「斎服殿」というどれも高天原を統治する天照大神の権威を象徴する営造物及びその祭祀等の神聖な行為に対して妨害や侮辱を加えることを主な内容とするが、この〔本伝〕に対して、同じく天照大神を主体に立てる〔書一〕では、「斎服殿」だけに場を限ったうえで、結果について「稚日女尊、乃驚而堕レ機、以二所レ持梭一傷レ体而神退矣。」と稚日女尊を死に至らせる。〔本伝〕の、同じ素戔嗚尊の所行により「天照大神驚動、以レ梭傷レ身。」という天照大神じしんが梭で身を傷つけるかたちをもとに差違化をはかったに違いない。

一方、日神をつたえる系列の一書では、ともに素戔嗚尊の所行を二つに分ける。前段が「御田」と「織殿」を場とするものだが、その所行を、まずは〔書二〕が「雖レ然、日神、恩親之意、不レ慍不レ恨。皆以二平心一容焉。」と容赦する。場を「日神之田」に限定する〔書三〕もまた、素戔嗚尊の所行に対して同じく「雖レ然、日神不レ慍、恒以二平恕一相容焉。」というように許容する。〔書二〕が、素戔嗚尊の所行については〔本伝〕を基本的には踏襲し、差違化の力点を、容赦のあともなお止めない所行の悪質に置いたのに対して、むしろ所行を田の耕作妨害の一点に絞り込み「日神之田、有二三処一焉。（中略）此皆良田。」「素戔嗚尊妬二害姉田一」と原因まで示して〔書三〕は差違化をはかっている。それだけ、つまり〔本伝〕をもとに差違化をはかった〔書二〕をもとにしながら、これを差違化するという二重の操作のなかで姉との対立に重きを置き、この一書全体の独自な展開を導く。

この許容したあとなお続く所行を含め、その全体にわたる内容の詳細については通釈（275頁以下参照）に譲り、この直後に続く天石窟に閉じこもった天照大神に向けた神事に関しては、差違化も多岐にわたる。そこで一つだけ、素戔嗚尊の所行に〔書二〕の系列の所伝が許容を加えたかたちの増幅とは逆に、〔本伝〕の系列にあって〔書二〕の系列にはない例を採りあげてみる。それが思兼神である。次のとおり〔本伝〕の系列の所伝では、神事の実際をこの神が司る。

（第七段）

〔本伝〕――于レ時、八十万神会二於天安河辺一、計二其可レ禱之方一。故、思兼神、深謀遠慮、遂聚二常世之長鳴鳥一、使二互長鳴一。亦以二手力雄神一立二磐戸之側一。

〔書二〕――于レ時、諸神憂之、乃使二鏡作部遠祖天糠戸者造レ鏡、忌部遠祖太玉者造レ幣、玉作部遠祖豊玉者造レ玉。又使下山雷者採二五百箇真坂樹八十玉籤一、野槌者採中五百箇野薦八十玉籤上。凡此諸物、皆来聚集。

思兼神が集めた長鳴鳥にまず始めに鳴かせている。神事は、この鳥の長鳴に始まり、さらには手力雄神を磐戸の側に立たせ、天照大神の手を引いて磐戸から出御を促す用意までさせている。神事の始めと終りだけではなく、右に引用した一節の直後に続く「而中臣連遠祖天児屋命・忌部遠祖太玉命掘二天香山之五百箇真坂樹一、（この上中下の枝それぞれに御統、八咫鏡、青白の和幣を懸け）相与致二其祈禱一焉。」という祈禱、天鈿女命による「巧作二俳優一」や「顕二神明一之憑談」といった呪的行為なども、思兼神のいわば全体構想の描き出すシナリオにもとづく。〔書一〕もまた、思兼神の思慮に焦点を当て「時有二高皇産霊之息、思兼神者一。有二思慮之智一。乃思而白曰、宜下図二造彼神之象一而奉中招禱上也。」とその考案した図象による招禱に差違化をはかる。

これに対して、〔書二〕の系列の所伝に思兼神は登場しない。神事全体を諸神が仕切る。右に引用した一節では、使役を表す「使」を、「造レ鏡」の天糠戸以下及び「採二玉籤一」の山雷や野槌などにいちように使う。その一節の直後につづく「時、中臣遠祖天児屋命、則以二神祝一祝之。」も、諸神の仕切りに当然かかわる。同じ日神を立てる〔書三〕は、諸神の仕切りを明確に表し、「諸神遣二中臣連遠祖興台産霊児、天児屋命一而使レ祈焉。」と天児屋命を中心に神事の差違化をはかる。この神事が奏功して日神が磐戸を出た後も、諸神はひき続いて天児屋命を使い「故、諸神大喜、即科㆓素戔鳴尊、千座置戸之解除㆒、以㆓手爪㆒為㆓吉爪棄物㆒、以㆓足爪㆒為㆓凶爪棄物㆒。乃使㆘天児屋命掌㆓其解除之太諄辞㆒而宣㆖之焉。」と解除の呪辞を宣らせている。先行する〔書二〕はただ解除をつたえるだけだから、これをもとに差違化をはかったことは疑いを容れない。一方の〔本伝〕の系列は、所伝にそもそも解除などなく、通釈（285頁以下参照）に説くとおり唐律にそくした贖罪のかたちをとる。素戔鳴尊に対する処分でも、こうして〔本伝〕の系列が律を、〔書二〕の系列が令をそれぞれ拠りどころにするいわば切り分けを行っている。

　次の第八段は、素戔鳴尊を主体とする所伝が〔本伝〕及び大半の一書を占めるが、〔書六〕だけはその子の大己貴神を主人公に立てる。〔本伝〕は、天から降った素戔鳴尊が八岐大蛇を退治して奇稲田姫を救い、そのあと姫と結婚して大己貴神を生んだ末に根国へ就くという筋立てから成る。一方の〔書六〕が大己貴神の国造りを主題とするという関係の上では、その〔本伝〕に、必要であれば、たとえば第五段が素戔鳴尊の誕生につづいて暴逆（〔本伝〕）あるいは勅任違反（〔書六〕）をつたえるように、〔書六〕の内容をつなげることも可能だったはずだが、そのかたちをとらなかったということ、この事実は、むしろ積極的に〔書六〕を〔本伝〕から切り離すという意図によることを示唆する。切り離しながら、一方では、大己貴神の国造りを、第八段をひき継ぐ第九段に〔本伝〕としてつたえることなく、あたかもとって付けたように神代上の最終段に当たる第八段最後の一書にまとめていることも、その意図に恐らくは根ざす。要は、大己貴神の国造りに、〔本伝〕に立てるに相当する意味や位置付けを与えなかったということに尽きる。通釈（374頁「付論」参照）に説くとおり、それこそが古事記との違いを際立たせる。

この〔書六〕についてはひとまず棚上げして論を進めるとして、これまで採りあげた諸段と同様、第八段も基本は、〔本伝〕の系列の所伝が〔書三〕まで、そのあとに〔書四〕〔書五〕と別系列の一書がつづくというように二つの系列から成りたつ。整然とした構成は、各系列内の所伝相互の関係にも一貫する特徴だが、系列を分かつ徴証が素戔嗚尊による奇稲田姫との結婚の有無である。〔本伝〕の系列は、〔本伝〕をはじめ全ての一書が結婚をつたえるが、〔書四〕の系列の所伝では、結婚に関連した記述がなく、それに代って素戔嗚尊が天から子をひき連れて降下したとする。

そこで各系列ごとに所伝の展開をみるに、結婚をめぐっては、〔本伝〕が、結婚による大己貴神の誕生をうけ素戔嗚尊が「因勅之曰、吾児宮首者、即脚摩乳・手摩乳也。故賜二号於二神一、曰二稲田宮主神一。」と二神に賜う名をつたえている。その「稲田宮主神」をもとに、それぞれ〔書一〕が「稲田宮主簀狭之八箇耳女子、号稲田媛」というように稲田媛の父の名の一部とする一方、〔書二〕では「稲田宮主簀狭之八箇耳生児、真髪触奇稲田媛」というように母（脚摩手摩の妻）の名の一部として差違化をはかる。〔書三〕にその名はなく、全体に大蛇退治及び剣関連記述に軸足を移す。一書の展開に従い、差違化により所伝が次第に変容する。そこで〔本伝〕を基準に、一書ごとに素戔嗚尊の行為をめぐる変容のあとをたどってみる。

〔本伝〕	〔書一〕	〔書二〕	〔書三〕
1、天から降下	○	○	
2、国神と出会	○	○	○
3、女への求婚			○
4、準備の指示		○	

5、大蛇の退治		○	○
6、神剣の献上			
7、婚地へ移動		○	
8、結婚と出産	○	○	（○）
9、根国へ就行			

8の項の〔書三〕に（○）とカッコを付けたが、実際には該当する記述を欠いている。しかしながら、「3、女への求婚」の項に○を付したとおり「素戔嗚尊欲㆑幸㆓奇稲田媛㆒而乞之。脚摩乳・手摩乳対曰、請先殺㆓彼蛇㆒、然後幸者宜也。」という結婚の申出を、八岐大蛇殺しを条件にしているとはいえ両親が受け容れ、げんに大蛇を退治している以上、結婚を織り込んでいることは明らかだから、それをもって該当記述扱いとしたことによる。8が全ての一書にそろい、2とそれは対応する。〔本伝〕の系列が、大蛇退治もさることながら、なによりもまず大八洲国在地の国神の女との結婚とこれに伴う大己貴神の誕生を主要な内容とすることを、二つの項のその対応がものがたる。

さらに一書間では、前述のとおり「稲田宮主」を名に組み込んだ父、母をそれぞれ〔書一〕と〔書二〕がつたえ、かつまたこの一書が、稲田媛に関連して「於㆓奇御戸㆒為㆑起而生児、号㆓清之湯山主三名狭漏彦八嶋篠㆒。（中略）此神五世孫、即大国主神。」〔書一〕、「為㆑妃而所㆑生児之六世孫、是曰㆓大己貴命㆒。」〔書二〕と表現を異にしながら、結局は同じ素戔嗚尊から起算して六世の孫に「大国主神」「大己貴神」がそれぞれ当たるとつたえる。二つの一書があい前後して〔本伝〕をもとに差違化をはかったこの例に、次のように〔書二〕と〔書三〕の組み合わせの例が重なる。

○　至二断レ尾時一、剣刃少欠。割而視之、則剣在二尾中一。是号二草薙剣一。此今在二尾張国吾湯市村一。即熱田祝部所レ掌之神是也。其断レ蛇剣、号曰二蛇之麁正一。此今在二石上一也。〔書二〕

○　其断レ尾之時、剣刃少欠。故裂レ尾而看、即別有二一剣一焉。名為二草薙剣一。此剣、昔在二素戔嗚尊許一。今在二於尾張国一也。其素戔嗚尊断レ蛇之剣、今在二吉備神部許一也。出雲簸之川上山是也。〔書三〕

共に「今」まさに現存していることを強調する。今につなげることにより、二振りの剣はもとより、八岐大蛇退治や延いてはそれに流れこむ神代上の所伝すべてに、実際に生起した歴史事実としての意味を賦与するであろう。差違化をはかったそれが最大のねらいだったに違いない。これにまた通じるのが、〔書一〕〔書二〕共に大己貴神や大国主神を素戔嗚尊から起算して六世の孫とする点である。すなわち第一段に開闢の神として最初に化生したとつたえる国常立尊から起算して「自二国常立尊一、迄二伊奘諾尊・伊奘冉尊一、是謂二神世七代一者矣。」（第三段〔本伝〕）というように六世代経た後に伊奘諾尊・伊奘冉尊が「欲下共為二夫婦一、産中生洲国上」と国生みを開始する。天から降下した素戔嗚尊も、いわば始祖に当たる。その血統を引く六世の孫という設定こそ、この二尊の国生みに、その子の素戔嗚尊を介して、大己貴神の国造りをつなげるべく差違化をはかったねらいだったのではなかろうか。

　ここは解釈より事実を示すことを優先すべきだから、深追いは避けるが、〔本伝〕の系列の所伝を特徴づける右の一切と、〔書四〕〔書五〕は全くかかわりをもたない。明確に系列を異にする。たとえば奇稲田姫やその結婚などについても、関連する記述が皆無である。その一方、〔本伝〕との対応は、次の一節などにも明らかである。

（第八段

〔本伝〕――是時、素戔嗚尊、自レ天而降二到於出雲国簸之川上一。

〔書四〕――是時、素戔嗚尊、帥二其子五十猛神一、降二到於新羅国一、居二曽尸茂梨之処一。

〔書四〕は、右の一節に先立ち「素戔嗚尊、所レ行無状。故、諸神科以二千座置戸一而遂逐之。」と冒頭につたえる。先行する第七段〔本伝〕の、それぞれ冒頭の「是後、素戔嗚尊之為レ行也、甚無状。」と結末の「然後、諸神帰二罪過於素戔嗚尊一而科之以二千座置戸一、（中略）已而竟逐降焉。」とを組み合わせた表現だから、〔書四〕がこれを冒頭に置くことじたい、第七段〔本伝〕をひき継ぐこと、すなわち右に引用した第八段〔本伝〕と同じ位置に立つことをまずは明示する。同時に、そうして明示する必要を認めるほど、ことほどさように〔本伝〕とは内容を大きく異にすることを示唆してもいる。その異なりは、二つある。素戔嗚尊の天から降下した先を、〔本伝〕の系列が大八洲国の内とするのとは逆に、その外（新羅国）とする点が一つ、もう一つが子の五十猛神をひき連れて降下した点である。

二つながら〔書四〕に独自な所伝の展開をもたらすが、詳細は通釈（317頁以下参照）に譲り、ここではむしろ目立たない細部の差違化に着目してみる。〔本伝〕をもとに差違化をはかった明らかな一節を、まずは次に挙げる。

素戔嗚尊、乃以二(A)天蝿斫之剣一、斬二彼大蛇一。(B)時、斬二蛇尾一而刃欠。即擘而視之、尾中有二一神剣一。素戔嗚尊曰「此不レ可三以吾私用二也。」乃遣二(C)五世孫天之葺根神一、上二奉於天一。(D)此今所レ謂草薙剣矣。〔書四〕

この一節に対応するのが、次の〔本伝〕の一節である。

時、素戔嗚尊、乃抜二(A)所レ帯十握剣一、寸斬二其蛇一。(B)至レ尾、剣刃少欠。故割二裂其尾一視之、中有二一剣一。(D)此所レ謂草薙剣也。素戔嗚尊曰「是神剣也。吾何敢私以安乎。」乃上二献於天神一也。〔本伝〕

右掲の〔書四〕をもとに親疎の関係をみたばあい、傍線を付していない部分は、この〔本伝〕が他の一書より

〔書四〕に近いか、もしくは他に所見のない独自な表現から成りたち、傍線部は、それとは逆に、むしろ他の一書に類似する度合の高い表現をもつことをそれぞれ示す。後者に該当する例を、便宜、次に一括して列挙する。

（A）　乃以二蛇韓鋤之剣一、（斬レ頭斬レ腹）〔書三〕

（B）　至二斬レ尾時一、剣刃少欠。割而視之、（則剣在二尾中一）〔書二〕

（C）　此神五世孫、（即大国主神）〔書一〕

（D）　此今（在二尾張国吾湯市村一）〔書二〕

論述の繁雑を避けるため、一つだけ最後の（D）を採りあげて説明を加えてみるに、〔本伝〕の（D）は「今」を欠くという以上に、ただ剣を指してその名称を示すに過ぎない。〔書二〕の「此今」は前述のとおり草薙剣が今まさに現存していることを表し、いわば所伝を歴史上の事実につなげる意味をもつ。この「此今」の用例に倣い、〔書四〕もまた、〔本伝〕の「此所レ謂草薙剣也」に「今」を加えて大蛇退治譚に現実とのつながりをもたせたはずである。

この（D）を含め（A）以下の諸例は、〔書四〕が、〔本伝〕をもとに差違化をはかるに当って、先行する一書も適宜参照し、その表現や内容を必要に応じ積極的に取り込んでいたことを明らかにものがたる。〔書四〕とは対照的に、〔書五〕は大蛇退治譚すら消し去って〔本伝〕離れを決定的なものとする一方、〔書四〕の系列に立ち、その五十猛神による「凡大八洲国之内、莫レ不三播殖而成二青山一焉。」という「樹種」をめぐる展開をうけ、「青山」にちなむその木材の用途を素戔嗚尊が定めたとつたえる。それじたいは差違化の然るべき展開だとはいえ、冒頭にその理由について「韓郷之嶋、是有二金銀一。若使吾児所レ御之国、不レ有二浮宝一者、未二是佳一也。」と明示するとおり、「吾児」すなわち〔本伝〕に「相与遘合而生二児、大己貴神一」という大己貴神の大八洲国統御に資するためのものとする。すでにこの〔書五〕に続いて〔書六〕に展開する大己貴命による国造り後の「理二此国一」を見越している。そうして布石を打った上で、最後を「然後、素戔嗚尊居二熊成峯一而遂入二於根国一者矣。」と結ぶ。差違化を重ねたはてに、〔本伝〕離れを決定的にしながら、ここでも、つまり〔書四〕の冒頭に対応させ、〔本伝〕の結末の「已而素戔嗚尊遂就二於根国一矣」を襲っている。〔本伝〕の系列に対して、この〔書四〕の系列を、それじたい体系をなす一つのまとまりとして対置させることに、恐らくそのねらいがある。

その点でも、二つの対応する系列の外に立つ〔書六〕は特異というほかない。そしてそれこそ、神代上を神代下へつなぐまさに恰好の位置であったろう。内容の上でも、大己貴命は素戔嗚尊の児として、もう一人の天からひき連れてきた子の五十猛命と対応的に国造りに当たる。その国造りと、〔書五〕に素戔嗚尊が見越したとおり「吾児所レ御之国」という統御とをひき継いで、神代下がそれを踏まえた所伝を多様に展開する。

さて、その神代下に入ると、差違化のはたらきにも変化が生じる。二つのあい異なる系列が対応するという基本的構造を維持した上で、その系列間の違いを越えて先行所伝を取り込むことに積極的に出る。第八段〔書四〕の所伝にすでに著しい事実ではあるが、そうした差違化のはたらきがいっそう顕在化する。それには、実は天孫の降臨を主題としたこの第九段の個別事情がかかわってもいる。

まずは基本的な二つの系列間の対応をみるに、天孫の降臨に先立って葦原中国の平定が課題となり、この平定をめぐる発議をはじめ平定完了後の降臨の指示に至るまでのその行為の主体に、とりわけ顕著な違いをみせる。次にその発議に関連した一節を示す。

（第九段）

〔本伝〕――故、皇祖高皇産霊尊、特鍾二憐愛一以崇養焉。遂欲下立二皇孫天津彦彦火瓊瓊杵尊一以為中葦原中国之主上。然彼地、多有二蛍火光神及蝿声邪神一、復有二草木咸能言語一。故、高皇産霊尊、召二集八十諸神一而問之曰「吾欲レ令レ撥二平葦原中国之邪鬼一。当レ遣レ誰者宜也。」（中略）於レ是、高皇産霊尊、賜二天稚彦、天鹿児弓及天羽羽矢一以遣之。

〔書一〕――天照大神勅二天稚彦一曰「豊葦原中国、是吾児可レ王之地也。然慮、有二残賊強暴横悪之神一者。故、汝先往平之。」乃賜二天鹿児弓及天真鹿児矢一遣之。

皇祖の高皇産霊尊が皇孫の火瓊瓊杵尊を葦原中国の主とするために降臨させるという〔本伝〕に対して、天照大神が子の天忍穂耳尊を豊葦原中国の王として降臨させると〔書一〕がつたえていることは、紛れも無い事実である。その限り、〔本伝〕の高皇産霊尊の系列と〔書一〕の天照大神の系列とがたがいに対比的に対応し、さればこそこの神代下に入っても、神代上の諸段と同じ構造を維持していることを容易に推測させる。一面では確かにそのかたちをとるが、しかし委細にみると、二つの系列は必ずしも対応する関係にあるわけではない。

右に引用した一節でも、〔書一〕はそれが冒頭である。〔本伝〕のばあい、その一節に先行して、天照大神の子の天忍穂耳尊が高皇産霊尊の女の栲幡千千姫を娶り火瓊瓊杵尊を生んだという一節を冒頭に立てる。しかも（中略）とした箇所には、葦原中国の平定のため天穂日命を派遣したが、三年も報聞しない事態をうけ、さらに第二陣として派遣したその子の大背飯三熊之大人の同様の不首尾をつたえている。（中略）のあと、〔書一〕に対応をもつ天稚彦の派遣は、実は三番手に当たる。対応はしても、〔書一〕では、天照大神の簡潔かつ要を尽くした勅がそれを実質的には担う。見かけとは裏腹に、記述の繁と簡と頗る不均衡というのがその内実である。

不均衡は、さらに天稚彦のあと派遣した武甕槌神と経津主神による葦原中国の平定をめぐるくだりでも著しいが、この平定完了後、それぞれの結果を復命したあとには、それが一転する。とりわけ皇孫の降臨に先立って、

〔本伝〕にはない所伝を〔書一〕は多くつたえる。それらを貫く特徴を集約していえば、天照大神による皇孫に対する手厚い加護である。すなわち降臨に際して、八坂瓊玉・八咫鏡・草薙剣の三種の宝物を賜い、また天石窟の神事に功績のあった天児屋命、太玉命、天鈿女命らの五部神を配侍させた上に、いわゆる天壌無窮の神勅を下す。さらにいよいよ降る間際には、猨田彦大神が天の八達の衢に「聞三天照大神之子、今当二降行一。故、奉レ迎相待。」と出迎えてもいる。皇孫は、ここで「天照大神之子」、さらに「天神之子」という位置づけを得るに至る。

これら〔本伝〕にはない特徴をもったあれこれの記述を続ける一方、〔本伝〕がつたえる降臨後の、国覓ぎして到った先での事勝国勝長狭との出会い、天神が大山祇神を娶って生んだ鹿葦津姫との結婚、一夜娠みにより我子ではないと疑う夫に対して潔白を証明する「誓《うけひ》」のさなか、三子を次次に姫が生むなどの一連の展開の一切を、〔書一〕はつたえていない。いわば、次につづく第十段への展開を犠牲にしてまでも、皇孫に対する天照大神の手厚い加護を強調しているといっても過言ではない。これが、実は後の一書に大きく影響を及ぼすことになる。

たとえばまずは〔書二〕だが、全体に〔本伝〕をもとに大きく差違化をはかっている。しかし〔本伝〕の枠組みを基本的には踏襲した上に、内容に独自色を強めたなかにも、一定の傾向をみせる。全体を次のように三段に構成し、かつ継起的に展開するかたちをとる。

〔前段〕高皇産霊尊を中心とした展開

まず天神の遺した経津主神・武甕槌神が大己貴神に国譲り（以二此国一奉三天神二）を迫る。その不首尾をうけ、高皇産霊尊がまた二神を遣して大己貴神に条件（顕露の事を皇孫に譲り神事を治めるという分治を承諾すれば、ひき換えに、居住用に天日隅宮を造営することを始め優遇を与える等）を示すと、大己貴神はこの勅に応じて

「吾将二自レ此避去一。即躬被二瑞之八坂瓊一而長隠矣。」と長隠する。そのあと、経津主神が周く国を巡り、逆命者、帰順者それぞれに罰、賞を与える。この時、帰順した大物主神が八十万神をひき連れて昇天し忠誠を陳べると、高皇産霊尊は女を娶らせた上で「宜下領二八十万神一、永為二皇孫一奉上レ護」と勅して降らせる。高皇産霊尊はさらに「吾則起二樹天津神籬及天津磐境一、当下為二吾孫一奉上レ斎矣。汝天児屋命・太玉命宜下持二天津神籬一、降二於葦原中国一、亦為二吾孫一奉上レ斎焉。」と勅し、二神を天忍穂耳尊に陪従して降らせる。

（中段）天照大神を中心とした展開

こうして天忍穂耳尊の葦原中国に降る準備を高皇産霊尊が万端整えた時に、今度は天照大神が降臨後に向けた指示を与える。まず天忍穂耳尊には宝鏡を授け、祝《ほ》きて「吾児視二此宝鏡一、当レ猶レ視レ吾。可三与同レ床共レ殿以為二斎鏡一。」という。また天児屋命と太玉命には「同侍二殿内一、善為二防護一」と「以二吾高天原所レ御斎庭之穂一、亦当レ御二於吾児一。」と勅を下す。さらに高皇産霊尊の女を天忍穂耳尊に娶《めあわ》せ妃とした上で天降らせるが、途中で火瓊瓊杵尊が生まれると、父と同様にこの皇孫に天児屋命らの神神及び諸用品を授け、父に代って天降らせる。

（後段）火瓊瓊杵尊を中心とした展開

日向の高千穂の峯に降った火瓊瓊杵尊は、国覓ぎのはてに国主の事勝国勝長狭の「是有レ国也。取捨随レ勅。」という進言をうけ宮殿を立て、さらに美人と出会って求婚すると、その父の大山祇神が姉を加え「使下二女持二百机飲食一奉進上」と応じる。醜悪な姉を退け、妹の神吾田鹿葦津姫を娶ると一夜にして妊娠する。不義の子と疑う皇孫に潔白を証明する誓のさなか、三子が次次に誕生する。

三段のうち、（前段）（後段）が〔本伝〕をもとに、（中段）が〔書一〕をもとにそれぞれ差違化をはかっている。

比較的単純な〔中段〕のばあい、〔書一〕は天照大神が天降る皇孫に三種宝物を賜い、五部神を配侍した上で天壌無窮の勅を下すなど、いわば皇孫の統治を保証する意味あいが強い。〔書二〕はこれを承けて、全般により具体的かつ周到な内容に改め、統治の維持ないし保護のほうに力点を置いて差違化をはかったものとみることができる。

差違化という点でとりわけ注目に値するのが、〔前段〕と〔後段〕である。〔前段〕は高皇産霊尊を中心に展開し、いわゆる国譲りをめぐっては、〔本伝〕のその枠組みにもとづきながら、

〔本伝〕　二神、於レ是、降二到出雲国五十田狭之小汀一、（中略）而問二大己貴神一曰「高皇産霊尊欲下降二皇孫一、君中臨此地上。故、先遣二我二神一、駈除平定。汝意何如。当レ須レ避不。」

〔書一〕　時、二神降二到出雲一、便問二大己貴神一曰「汝将二此国一奉二天神一耶以不。」

→　既而二神降二到出雲五十田狭之小汀一、而問大己貴神一曰「汝将以二此国一奉二天神一耶以不。」〔書二〕

国譲りを主題とする以上、〔本伝〕のつたえる「駈除平定」こそ本来あるべきかたちのはずだが、それを、波線部のとおり天照大神の権威を前面に立てた「将二此国一奉二天神一」に〔書一〕が差違化したあとのそのかたちを、〔書二〕はひき継ぐ。なおまた大物主神の帰順をめぐる一節のあとには、高皇産霊尊をはじめ天児屋命・太玉命の行為にも、一様に「為二吾孫一奉レ斎」と皇孫に対する敬語表現を使う。さきに〔本伝〕では、皇孫に対して「高皇産霊尊以二真床追衾一覆二於皇孫天津彦彦火瓊瓊杵尊一、使レ降之。」と使役をもって表現していた関係が、この〔書二〕に至って逆転したことになる。

一方、〔後段〕もまた〔本伝〕を差違化して、皇孫の結婚相手を、鹿葦津姫一人からその姉とあわせて二人とした上で「大山祇神、乃使下二女持二百机飲食一奉進上。」という展開をはかったはずだが、この「奉進」も、〔前

段）の敬語表現に明らかに通じる。そしてさらにはこのあとにつづく鹿葦津姫の妊娠をめぐって、姫の「妾孕二天孫之子一。不レ可二私以生一也。」という発言も、皇孫に対する敬意にもとづくであろうし、これに応じた皇孫の「雖二復天神之子一、如何一夜使二人娠一乎。」という反論にもち出した「天神之子」に至っては、〔書一〕に猨田彦大神が天降る皇孫を指して「天照大神之子」「天神之子」ということの表現を踏まえるはずである。

もはや神代上の各段のような二つの系列そうごの対応という単純な関係を、この〔書二〕に認めることはできない。あくまで〔本伝〕の枠組みを踏襲しながら、そのなかに〔書一〕の天照大神（天神）及び皇孫を「天神之子」とつたえる内容や表現に関連した展開を多様に生かし取り込んで差違化をはかっている。この差違化の手法を、〔書二〕以降も基本的にはひき継ぐ。その詳細は通釈（448頁以下参照）に譲り、ここでは〔書一〕にそくした差違化の特徴に的を絞ってみるに、それには、〔書二〕に指摘した敬語表現と「天神之子」との二つがある。前者は、具体的には天孫の降臨をつたえる表現に著しいあらわれをみせる。

〔本伝〕于レ時、高皇産霊尊、以二真床追衾一、覆二於皇孫天津彦彦火瓊瓊杵尊一、使レ降之。

〔書四〕高皇産霊尊、以二真床覆衾一、裹二天津彦国光彦火瓊瓊杵尊一、則引二開天磐戸一、排二分天八重雲一以奉レ降之。

〔書六〕是時、高皇産霊尊、乃用二真床覆衾一、裹二皇孫天津彦根火瓊瓊杵根尊一而排二披天八重雲一以奉レ降之。

〔本伝〕の「使レ降之」という使役表現を、〔書二〕の敬語表現をひき継いで〔書四〕〔書六〕ともに「奉レ降之」に転換する。これに伴うのが、〔書四〕では、天忍日命が大来目をひきつれ「背負二天磐靫一、臂著二稜威高鞆一、手捉二天梔弓・天羽羽矢一及副二持八目鳴鏑一、又帯二頭槌剣一而立二天孫之前一。」という物物しいまでの先導である。さらに天降ったあと国覓ぎして到った先での、国はあるのかとの天孫の問いをめぐっては、事勝国勝長狭が「随レ勅奉矣」と敬意を込めて答える。〔書六〕でも、それを「奉二上天孫一矣」と表現する。〔本伝〕は、ただ「此焉有レ国。請任レ意遊之。」という上位者に対するむしろ丁寧な言い回しにとどまり、内容も肝腎な国の献上とは無縁というほかない。

もう一つの「天神之子」をめぐっては、〔書三〕〔書五〕がもっぱらひき継いでいる。ただ、〔書三〕はなお生まれた子及び母について「凡此三子、火不レ能レ害、及母亦無レ所二少損一。」と共に火にいささかも損なわれないその霊異をつたえるだけにとどまっているが、〔書五〕では、その子じたいを「故、吾田鹿葦津姫、抱レ子而来進曰、天神之子、寧可二以私養一乎。」というように明確に「天神之子」に位置づけ、なおかつ霊異をその父じしんが「欲レ明下汝有二霊異之威一、子等復有中超レ倫之気上。」と説き明かすかたちをとる。〔書一〕に始まるこの「天神之子」の展開と、同じく〔書一〕に基づく皇孫に対する尊貴化とが、差違化により所伝に多様なあらわれをもたらす。言いかえれば、前述したとおり〔本伝〕の枠組にもとづく所伝の多様を、各一書がそれぞれに〔書一〕にそくして差違化をはかりながら演出しているというのが実態である。

〔書一〕のこの強い影響力の圏外には、原則として、つまり〔書七〕〔書八〕の系譜関連の一書を除き、どの一書も立ち得ない。そうである以上、かりに〔書一〕が〔本伝〕と入れ替れば、その〔本伝〕に位置する〔書一〕の影響を、〔本伝〕から転じた〔書一〕も受けざるを得ない。たとえば皇孫の天降りに関して高皇産霊尊による「使レ降之」という表現も、第九段から消えることになる。差違化にも大幅に制約が加わり、前述（13頁以下参照）した多面的・多角的な神話の展開でさえ、はたして可能だったのか。げんにある〔本伝〕は、まさにこうした仮定の逆をめざしたものにほかならない。その点では、高皇産霊尊を中心とする展開の所伝を〔本伝〕に立てたことじたい、天照大神を中心に据える所伝を〔書一〕に配し、それによって差違化をはかることを織りこんでいたはずである。天照大神を中心とした展開の所伝を〔本伝〕に立てれば、それに全て染めあげられ、恐らく実現不可能だった多様、多彩な一書の展開を、げんにある〔本伝〕だからこそ逆に実現できたといっても恐らく過言ではない。

この〔本伝〕は、かくて第十段の構成はもとより、次のように第十段を含む神代下全体を構想したはからいをもとに、第九段の冒頭に立つ。第九段のこの〔本伝〕と一書とのそれぞれのありかたを、第十段がそっくりそのままひき継いでいる。例によって詳細は通釈（463頁以下参照）に譲り、ここではそのひき継ぎにまずは焦点を当ててみるに、とっかかりが、第十段を特徴づける「天神之孫」である。第九段の「天神之子」をひき継ぐ表現としても注目すべき例だが、〔本伝〕にそれが一例もないのとは対照的に、一書は火火出見尊を海神が迎えた場面に一様に使う。通釈（464頁以下参照）と重複するが、論点には違いもあるので、全てを次に列記する。

（第十段）

〔本伝〕　海神、於レ是、鋪二設八重席薦一以延内之。坐定、因問二其来意一。時、彦火火出見尊、対以二情之委曲一。

〔書一〕　於レ是、豊玉彦遣レ人問曰「客是誰者。何以至レ此。」火火出見尊対曰「吾是天神之孫也。」乃遂言二来意一。時、海神迎拝延入、慇懃奉レ慰。因以二女豊玉姫一妻之。

〔書二〕　及レ至二彦火火出見尊将レ帰之時一、海神白言「今者、天神之孫、辱臨二吾処一。中心欣慶、何日忘之。」

〔書三〕　是時、海神自迎延入、乃鋪二設海驢皮八重一、使レ坐二其上一、兼設二饌百机一以尽二主人之礼一。因従容問曰「天神之孫、何以辱臨乎。」（一云は省略）彦火火出見尊、具申二事之本末一。因留息焉。海神則以二其子豊玉姫一妻之。

〔書四〕（豊玉姫侍者）因以仰二見天孫一、即入告二其王一曰「吾謂二我王独能絶麗一、今有二一客一、彌復遠勝。」海神聞之曰「試以察之」乃設二三床一請入。（中略）則寛坐二於真床覆衾之上一。海神見之、乃知二是天神之孫一、益加二崇敬一。

第九段との類似をいえば、同じく〔本伝〕に無いことに関連するが、火火出見尊を迎え、さすがに海神は「鋪二設八重席薦一」と丁重にもてなしても、敬意を表わす記述をもたない。これに対して、まずは〔書一〕が「吾是天神之孫也」と表明したあと、明確に「迎拝延入、慇懃奉レ慰」と尊敬の心情を表した上で、具体的な行動のかたちをとり「因以二女豊玉姫一妻之」とつたえている。〔本伝〕の枠組みを踏襲しながら、「天神之孫」にそくして差違化をはかったこの〔書一〕を、あとにつづく一書が多様にひき継ぐことになる。

すなわち、〔書二〕以降すべてこの〔書一〕の火火出見尊じしんが「吾是天神之孫」と自称する例を前提とし、これを海神の側に転換する。海神がそれぞれみずから受けとめるこの「天神之孫」に相応しい意識・心情などにそくした行動を、一書ごとに多様に展開する。「天神之孫」に対する同じ「辱臨」の念を表わしても、〔書二〕が別れ、〔書三〕が出会いというように対比的に配し、なおかつ敬意をかたちにしたもてなしを〔書三〕は極度に強調する。それをさらに差違化して、あの天孫の降臨にさいして「高皇産霊尊以二真床覆衾一裹二天津彦国光彦火瓊瓊杵尊一、（中略）以奉レ降之。」（第九段〔書四〕）「高皇産霊尊乃用二真床覆衾一裹二皇孫天津彦根火瓊瓊杵根尊一、（中略）以奉レ降之。」（同〔書六〕）という高皇産霊尊が皇孫を裹んだ故事にちなむ「真床覆衾」によって権威づけをはかったのが、一書の最後に位置する〔書四〕である。

一方、「天神之孫」にそくして差違化をはかるなかでも、前頁に列記した一節にも明らかなとおり、海神がもてなしの一環として女の豊玉姫を妻《め》あわせたとつたえる一書が、〔書一〕と〔書三〕である。対照的にそのかたちをとらない〔書二〕は別離に際して海神が表白した惜別の心情表現のなかに、また〔書四〕も皇孫降臨にちなむ表現を使った海神の接待をつたえる場面に、それぞれ「天神之孫」を移している。二つの一書に、それぞれそれを別離と面会とに対比的に配して差違化をはかったこの例は、各論（981頁）のなかでは表にまとめたとおりそれこそ多様な組み合わせを通して、多面的・多角的に神話伝承をつむぎ出す手法による。さらに第九段でも、「天神之子」の誕生をめぐる一書として〔書三〕と〔書五〕が、また皇孫の降臨やその後に関連した一書として〔書四〕と〔書六〕がそれぞれ対的に対応する関係にある。この第九段から第十段へと、差違化をはかる具体的な手法としてひき継ぎ、これに、第九段では「天神之子」、第十段では「天神之孫」にそくした差違化をいわばかぶせるかたちをとったということ、これが神代下をとおして一貫した差違化のはたらきである。そのかぶせた分、多様をいっそう増してはいるけれども、差違化をはかるその基本的なありかたじたいは、神代上も変らない。かくて、神代紀全体の成りたちに差違化を統一的な原理として参与させていたというのが実態である。

四、差違化に伴うわたり

そしてこの差違化には、もう一つまた別の一面が伴う。それが、次の段へのわたりである。次の段に展開する一節の内容や語句などに、先行する段の一書がその先触れや布石として立つことをいう。差違化による多様な展開のなかに、そのわたりを組み込むことによって多様をいっそう際立たせてもいる。

その最も著しい例が、大己貴神による国造りである。第八段〔書六〕が「夫葦原中国、本自荒芒。至㆔及磐石草木㆒、咸能強暴。然、吾已摧伏、莫㆑不㆓和順㆒。」「初大己貴神之平㆑国也、」などとつたえるだけで、〔本伝〕をはじめ他にこの葦原中国の平定に関連した記述は一切ない。ところが、第九段では、一律に大己貴神に国譲りないし国の献上を迫る。〔本伝〕は、大己貴神みずから「我怙之子、既避去矣。故、吾亦当レ避。」と告げた上で「乃以二平レ国時所レ杖之広予一授二二神一曰、吾以二此矛一卒有レ治レ功。」と国造りを振りかえった記述のなかに、傍線部のとおり第八段〔書六〕と同じくそれを「平レ国」と表現する。先行する段の一書が差違化をはかって成りたつ表現を、後継段の〔本伝〕が踏襲していることを、この「平レ国」は端的にものがたる。

また第五段〔書十一〕がつたえる農事も、その著しい例である。具体的には、月夜見尊が殺した保食神の死体に生じた五穀を、天照大神は「是物者、則顕見蒼生、可二食而活一之也。」と定めて陸田や水田の種とする一方、「又因定二天邑君一、即以二其稲種一、始殖二于天狭田及長田一。」「又口裏含レ繭、便得レ抽レ糸。自レ此、始有二養蚕之道一焉。」と高天原に稲作と養蚕を始める。後に第七段が〔本伝〕につたえる素戔嗚尊の悪逆な数数の行為は、これを標的とする。水田や稲作については「天照大神、以二天狭田・長田一為二御田一。時、素戔嗚尊、春則重播二種子一、且毀二其畔一。秋則放二天斑駒一、使レ伏二田中一。」、一方の養蚕に関連しても「又見下天照大神方織二神衣一、居中斎服殿上、則剥二天斑駒一、穿二殿甍一而投納。」と、それぞれに先行する第五段の一書の内容にそくして共に展開する。第六段〔本伝〕以下には、関連する記述さえ一切ない。当該一書に、第七段の〔本伝〕に展開する内容を予定した上で、差違化をはかるなかにわたりとして組み込んでいたはずである。

類例は、もちろん神代下にもある。いくぶん特異な例を一つ挙げてみるに、第九段が天孫の降臨後を〔書六〕に「到二于吾田笠狭之御碕一、遂登二長屋之竹嶋一。乃巡二覧其地一者、彼有レ人焉。名曰二事勝国勝長狭一。天孫因問之曰、此誰国歟。対曰、是長狭所レ住之国也。然、今乃奉二上天孫一矣。」とつたえる。傍線部のとおり「長屋之竹嶋」に態態登って巡覧する。〔書六〕の独自を際立たせるが、実際には〔本伝〕をはじめ一書に部分的に対応する地名がある。

〔本伝〕到二於吾田長屋笠狭之碕一矣。其地有二一人一。自号二事勝国勝長狭一。

〔書三〕時、以二竹刀一、截二其児臍一。其所レ棄竹刀、終成二竹林一。故、号二彼地一、曰二竹屋一。（長狭関連記述を欠く）

〔書四〕到二於吾田長屋笠狭之御碕一。時、彼処有二一神一。名曰二事勝国勝長狭一。（中略）故、天孫留二住於彼処一。其事勝国勝神者、是伊奘諾尊之子也。亦名、塩土老翁。

到達地をめぐっては、〔本伝〕をひき継ぐ〔書四〕の「吾田長屋笠狭之御碕」に拠り、ここから「長屋」を抜き出すことにより「吾田笠狭之御碕」とする一方、この抜き出した「長屋」の地に、〔書三〕が「竹林」によって名付けた「竹屋」を結びつけ、さらには「御碕」からの連想により「嶋」を導き出して「竹嶋」とするなどの差違化をはかれば、「長屋之竹嶋」の構成につながる。また別に天孫がこの地を巡覧中に出会った事勝国勝長狭について、〔書四〕が亦名を塩土老翁とする。〔書六〕がひき継ぐこの組み合わせを、続く第十段の〔本伝〕が恐らくは踏まえる。具体的にまずは彦火火出見尊（山幸）が兄による鉤返還の過酷な要求に苦しんで海畔をさまよっている際に塩土老翁に出会い、問われるままに事情をうち明けると、「老翁曰、勿二復憂一。吾当二為レ汝計一之。乃作二無レ目籠一、内二彦火火出見尊於籠中一、沈二之于海一。」とつたえるが、この「無レ目籠」こそ、あの「長屋之竹嶋」の竹林にちなむ。〔書一〕では、さらに次のように当該「籠」にそくして大きく変容をとげる。

老翁即取二嚢中玄櫛一、投レ地、則化二成五百箇竹林一。因取二其竹一、作二大目麁籠一、内二火火出見尊於籠中一、投二之于海一。」

〔本伝〕のただ「作二無レ目籠一」というだけの籠は、「長屋之竹嶋」以外に竹とのかかわりをもたない。それを踏まえ、右のように差違化をはかったに相違ない。ここに「玄櫛」を地に投じて化成したという数多くの「竹林」にしても、前掲〔書三〕に棄てた竹刀がおのずから成ったという「竹林」に対応するが、これまた〔書六〕の「長屋之竹嶋」という竹にちなむ地名が両者を仲介しているとみるのが自然である。

　神代下にもう一つ例を拾ってみるに、この最後が系譜を主体とした第十一段である。神代紀の掉尾を飾る位置に立ちながら、ほとんど拍子抜けするほどの内容だが、冒頭に「彦波瀲武鸕鷀草葺不合尊、以㆓其姨玉依姫㆒為㆑妃、生㆓彦五瀬命㆒。次稲飯命、次三毛入野命、次神日本磐余彦尊、凡生㆓四男㆒。」とある。傍線を付したこの尊の名義については、第十段に次のようにその由来をつたえている。

〔本伝〕乃以㆑草裹㆑児、棄㆓之海辺㆒、閉㆓海途㆒而俓去矣。故、因以名㆑児、曰㆓彦波瀲武鸕鷀草葺不合尊㆒。

〔書一〕所㆔以児名称㆓彦波瀲武鸕鷀草葺不合尊㆒者、以㆘彼海浜産屋、全用㆓鸕鷀羽㆒為㆑草、葺之、而甍未㆑合時、児即生㆖焉故、因以名焉。

〔本伝〕の概略をつたえるだけの内容に対して、名を構成する各部分にまで説明を加え、その名の由来じたいを独立してつたえるかたちに差違化をはかったのが〔書一〕である。これは、しかし「鸕鷀草葺不合」だけに限っている。名の由来を説く記述はこれ以上ないけれども、〔書四〕には、右に引用した〔本伝〕の一節に対応する記述がある。

　遂以㆓真床覆衾及草㆒、裹㆓其児㆒、置㆓之波瀲㆒、即入㆑海矣。此、海陸不㆓相通㆒之縁也。

〔本伝〕の名の由来を、ここでは海陸不通の起源に転換している。このあと「初豊玉姫別去時、恨言既切。故、火折尊知㆓其不㆑可㆓復会㆒。」という再会不能の事態へつなぐことを想定した転換だが、傍線部の表現をめぐっては、むしろ同じ〔書四〕の右の一節に先立つ所伝の展開にかかわる。

すなわち、第十段は通釈に説くとおり〔本伝〕の彦火火出見尊を「天神之孫」として各一書が差違化をはかり、とりわけ〔書四〕が尊貴な存在とする著しい特色をみせる。そこに利用したのが「真床覆衾」である。豊玉姫の侍女の「吾謂二我王独能絶麗一。今有二一客一。弥復遠勝。」という報告を聞いた海神が、「試以察之、乃設二三床一、請入。」と請じ入れたあとを次のようにつたえる。

於ㇾ是、天孫（中略）、於二内床一則寛二坐於真床覆衾之上一。海神見之、乃知二是天神之孫一。益加二崇敬一。

「真床覆衾」は、「天神之孫」をいわば象徴する意味をもつ。〔本伝〕の「以ㇾ草裹ㇾ児、棄二之海辺一。」というあたかも遺棄したかのような扱いに対して、この象徴的な意味をもつ「真床覆衾」にそくして差違化をはかったのが、前掲〔書四〕の一節の傍線を付した表現にほかならない。「真床覆衾」でつつみ「波瀲」に置くことじたい、海神が試した右の先例に倣い、豊玉姫じしんが「天神之孫」の実子と認め、それに相応しく扱ったことをいう。名義の「波瀲」が、改めてその由来を象徴的にあらわす。〔書一〕の「鸕鷀草葺不合」にそくした差違化は、所伝の展開に根ざした説明という意味以上はもち得ないが、所伝の内容をむしろ逆に象徴する意味を「波瀲」はもつであろう。そしてまさにこの「彦波瀲武鸕鷀草葺不合尊」をこそ、続く第十一段はひき継ぐはずである。

この「波瀲」の象徴的な意味は、〔本伝〕の限りでは、けっして表に出ない。差違化に伴う一書の成りたちのなかに、前述のとおりわたりとして組み込み、〔本伝〕間のひき継ぎの補完あるいは付加をはかる。従前の例すべてに、それは当てはまる。これまで採りあげていない段にも、もちろん類例がある。念のため拾い出せば、第三段が〔本伝〕に「乾坤之道、相参而化。所以、成二此男女一。」とつたえる限り、男と女でしかないが、当段に唯一の一書〔書一〕では、これを「男女耦生之神」とする。「乾坤之道、相参而化」という男女の化成に対して、当初から一対の男と女の神として生まれたというかたちに差違化をはかり、第四段の〔本伝〕に「二神、於ㇾ是降二居彼嶋一、因欲下共為二夫婦一、産中生洲国上。」という夫婦となり国を生む後の展開につなげる。〔本伝〕のひき継ぎを、そうして補っている。

また第七段は、天照大神の権威を象徴する営造物を標的とした素戔嗚尊の悪逆な行為を承け、天照大神の天石窟幽居、神神による神事、素戔嗚尊の贖罪と追放などを主な内容とする。〔本伝〕を始め各一書とも、その構成上の基本から外れてはいない。しかしこの第七段の最後に立つ〔書三〕だけは、右の構造を成りたたせる主要な柱をひき継ぎながら、その結構を組み替えている。なかんずく、素戔嗚尊が「誓」のあと根国に去る直前に日神に申し上げた別離のことばは独自なのだが、そこに「今則奉レ覲已訖。当下随二衆神之意一、自レ此永帰中根国上矣。」という。書紀集解がこの「覲」について「礼記曲礼曰、諸侯北面而見二天子一曰レ覲○周礼春官太宗伯曰、秋見曰レ覲。鄭玄曰、覲之言勤也、欲三其勤二王之事一也。」と挙例するとおり、天子にお目見得する、あるいは王事に勤労するなどの意をあらわす。〔本伝〕以下、素戔嗚尊をめぐって悪逆な行為と贖罪、根国放逐を中心につたえるだけで、直後の第八段〔本伝〕に、八岐大蛇を寸斬した後に尾から得た草薙剣に関連して「素戔嗚尊曰、是神剣也。吾何敢私以安乎。乃上二献於天神一也。」などという献上を前提もなくもち出せるはずがない。実際には、唐突でもなく、異和感を抱かせない。先行して、第七段の最後に〔書三〕が差違化をはかるなかに「奉覲」とした、これをまさにわたりとして第八段はひき継ぐであろう。

神代紀の上下を通じ、かくて各段いずれも一書に差違化をはかり、神話の多角的・多面的な展開をめざすなかに、特に最後の一書に、後に続く段へのわたりを組み込む傾向が著しい。もはやそれを原則といっても、けっして過言ではない。神代紀全体の構成を俯瞰する上にも、この原則のあらわれを、これまで採りあげた用例にそくして表にまとめることにする。表中の〔主体〕は、当該段の所伝に主要ないし中心的な活躍をするいわば主役た

神代紀	段	〔本伝〕（主体）	〔本伝〕主要事項	〔本伝〕（引継語句）	わたり語句	〔最後の一書〕
上	一 二 三	乾道・乾坤之道	純男化生 男女化生 神世七代		男女耦生	〔書一〕
上	四 五	伊奘諾尊・伊奘冉尊	大八洲国生み 万神生み	（夫婦）	農事	〔書十一〕
上	六 七	天照大神・素戔嗚尊	誓約 天石窟神事	（営田・斎服殿）	奉覲	〔書三〕
上	八	素戔嗚尊・奇稲田姫	八岐大蛇退治 結婚・子誕生	（剣奉上）	国造り	〔書六〕
下	九	火瓊瓊杵尊・鹿葦津姫	降臨 結婚・子出産	（国避去）	塩土老翁 竹嶋	〔書四〕〔書六〕
下	十	彦火火出見尊・豊玉姫	海宮訪問 結婚・子出産	（塩土老翁）（無目籠）	波瀲	〔書四〕
下	十一	彦波瀲彦—尊・玉依姫	為妃 結婚・子誕生	（波瀲）	天下平定	〔書一〕
神武紀		（神日本磐余彦尊）	東征	（兼六合・掩八紘、即位）		

ちを表す。この〈主体〉をもとに段分けすると、複数段が一つにまとまる。神代上は、それがむしろ通例であり、第八段の特異、すなわち神代下への連続が目立つ。それを含め、表中のあらわれに関しては、通釈や各論に譲ることにする。

五、神代紀から古事記へ

さて、残る最後の課題が、前節に解き明かしたとおり差違化によって成りたつ神代紀と古事記との関係の究明である。神代紀各段の古事記との関係については、通釈や各論のなかに適宜個別的に検討を加えているので、ここでは神代紀全体に視野をひろげ、いわば総体あるいは体系としての神代紀を対象として、その古事記との関係の一端を瀬踏み的に探ってみることにする。この取り組みも、全面展開に先立つ予備的な試掘にとどめざるを得ない。それでも、もはや神代紀の〈本伝〉をもとに一書が成りたつことはひととおり明らかだから、試掘とはいえ、その基盤の上にめざすのは潤沢な鉱脈である。

その基盤を拠りどころにここに改めて採りあげる例が、前述の第九段の「天神之子」、第十段の「天神之孫」である。ともに〈本伝〉になく、それぞれ「天神之子」、「天神之孫」に関連した所伝として先行する一書が差違化をはかったあと、以下に続く一書もそれをひき継ぐ。古事記との関連を探る上でとりわけ注目に値するのが「天神之子」である。一方、古事記には、それに対応する「天神御子」の例が散見する。「天神之子」とは、語構成はもとより、ともに天照大神が「天神」に当たるという点でもあい通じる。実は、たがいの所伝じたいが次のようにほぼ同じ内容をあらわしてもいる。

（天照大神）故、特勅二天鈿女一曰「汝是目二勝於人一者。宜二往問一之。」（中略。天鈿女）対曰「(A)天照大神之子所レ幸道路、有二如レ此居之者一、誰也、敢問之。」(B)衢神対曰「聞三天照大神之子、今当二降行一。故、奉レ迎相待。吾名、是猨田彦大神。」（中略）天鈿女復問曰「汝何処到耶。皇孫何処到耶。」対曰「(C)天神之子、則当レ到二筑紫日向高千穂槵触之峯一。吾則応レ到二伊勢之狭長田五十鈴川上一。」因曰「発二顕我一者、汝也。故、汝可三以送レ我而致一矣。」（第九段〔書一〕）

故爾、天照大御神・高木神之命以、詔二天宇受売神一「汝者雖レ有二手弱女人一、与二伊牟迦布神一面勝神。故、専汝往将レ問者『(a)吾御子為二天降一之道、誰如レ此而居。』」故、問賜之時、(b)答曰「僕者国神、名猿田毘古神也。所三以出居一者、聞二天神御子天降坐一、故、仕二奉御前一而参向之侍。」（中略）故爾、詔二天宇受売命一「此立二御前一所二仕奉一猿田毘古大神者、専所二顕申一之汝、送奉。」（古事記・上巻）

傍線を付したそれぞれ（A）（a）、（B）（b）の対応は、一見して明らかである。表現の細部にまで、その対応は確実に及んでいる。（A）（B）の「天照大神之子」を（C）が「天神之子」と言いかえたと同じく、（a）の「吾御子」を言いかえた語が、（b）の「天神御子」である。古事記では、このあとさらに右の猿田毘古神に関連した所伝がつづき、「於レ是、送二猿田毘古神一而還到、乃悉追二聚鰭広物・鰭狭物一以問二言『汝者、天神御子仕奉耶一』之時」というその（b）と同じ例をつたえている。

この天宇受売命が大小の魚に奉仕を問う所伝は、神代紀にはないが、当然、猿田毘古神に関連したなかで、右の傍線部の例がその（b）の「天神御子」をひき継ぐ。その内実は天照大御神の御子（実際は、孫に当たる）、すなわち日子番能邇邇芸命を指す。さらに邇邇芸命が天降った後の、大山津見神の二女との結婚をめぐる所伝のなかでも、美人の妹だけを納れて結婚する一方、「甚凶醜」という姉のほうは退けたことに大いに恥じた大山津見神が、邇邇芸命に申し送った言葉のなかに同じ「天神御子」を使う。

我之女二並立奉由者、使二石長比売一者、天神御子之命、雖二雪零風吹一、恒如レ石而常堅不レ動坐。亦使二木花之佐久夜毘売一者、如二木花之栄一栄坐、宇気比弖貢進。此令レ返二石長比売一而独留二木花之佐久夜毘売一。故、天神御子之御寿者、木花之阿摩比能微。

この一節には、神代紀（第九段〔書二〕）に対応する所伝もあるが、大山祇神ではなく磐長姫じしんを主語とする「故、磐長姫大慙而詛之曰、仮使天孫不レ斥レ妾而御者、生児永寿、有下如二磐石一之常存上。今既不レ然。唯弟独見レ御。故、其生児必如二木花一之移落。」という呪詛のかたちをとる。「天神御子」にも、火瓊瓊杵尊を指す「天孫」が対応する。そうして対応するだけに、逆に「天神御子」を一貫させる古事記の独自がいっそう際立つ。

もっとも、改めてこの「天神御子」の素性を洗ってみるに、前掲（b）の一節が初出ではない。そもそも通常の親子関係にのっとる子ではなく、実態は、「天神」を親とするその子をあらわす。もとを質せば、天照大御神の言葉にもとづく。その言葉を、葦原中国の平定に遣わされた建御雷神が大国主神に問うなかに次のようにつたえる。

問二其大国主神一言「天照大御神・高木神之命以問使之『汝之宇志波祁流葦原中国者、我御子之所レ知国、言依賜』故、汝心奈何。」

この問いに、大国主神は子の八重事代主神に答えさせるが、その答えに「恐之。此国者、立二奉天神之御子一。」という。さらに同じ大国主神の子の建御名方神も、建御雷神に力によって屈服させられると、命乞いのあと「除二此地一者、不レ行二他処一。亦不レ違二我父大国主神之命一。不レ違二八重事代主神之言一。此葦原中国者、随二天神御子之命一献。」と答える。天照大御神・高木神の命とこれら大国主神の二子の答えとは、次のように対応する。

○　汝之宇志波祁流葦原中国者、我御子之所レ知国、言依賜。（天照大御神・高木神の命）

○　此国者、立二奉天神之御子一。（事代主神の答え）

○　此葦原中国者、随二天神御子之命一献。（建御名方神の答え）

右のように命と答えとが対応する事実に照らして、天照大御神・高木神の「我御子」を、国神の立場から言い換えた呼称の「天神之御子」や「天神御子」などと一つに括ることが可能である。語構成や表現の上でも、「天神之御子」の「之」一字を落としただけだから、「天神御子」との意味や内容にかかわる違いは無いはずだが、しかし「天神御子之命」というこの語全体に目を転じれば、話は別である。

だい一、そんな命など存在しない。事代主神の答えた「立二奉天神之御子一」のかぎりは、確かに「汝之宇志波祁流葦原中国者、我御子之所レ知国」という天照大御神・高木神の命に忠実に従う行為として対応する。この対応を、天照大御神・高木神の命を「天神御子之命」に改めた上でその命に従うものとしてうつしかえたかたちが、建御名方神の答えにほかならない。「我御子」の言いかえにすぎない「天神之御子」に対して、天照大御神・高木神に相当する存在の重み、権威を、この「天神御子」には込めている。それが建御名方神だけの認識にとどまらないことは、直後に、次のように同じ表現を建御雷神が襲用することに明らかである。

故、更且還来、問二其大国主神一「汝子等、事代主神・建御名方神二神者、随二天神御子之命一、勿レ違白訖。故、汝心奈何」。爾答白之「僕子等二神随レ白、僕之不レ違。此葦原中国者、随レ命既献也。」

右の一節の最後の傍線部は、建御名方神の「此葦原中国者、随二天神御子之命一献。」と明らかに重なる。それは、すでに当初の「天照大御神・高木神之命」ではないけれども、この命をひき継いでまさに「天神御子」が発したものとして、右のような所伝の展開をとおして定着する。右の一節の直後には、国譲りとひきかえにみずからの住居について「唯僕住所者、如二天神御子之天津日継所レ知之登陀流天之御巣一而（中略）治賜者、僕者於二百不レ足八十坰手一隠而侍。」と大国主神が要求したとつたえる一節がつづく。この「天神御子」では、「天津日継所レ知」という皇統を継ぐ統治者としての意味あいを強めてもいる。

もはや神代紀に、これに対応する記述など一切ない。しかし事代主神の答えやそれに先行する大国主神に対する建御雷神の問いなどにまで遡れば、対応する記述が確かにある。その対応する部分に限定して、次にそれを抜き出してみる。まずは武甕槌神及び経津主神による問いをめぐる一節、

　便問二大己貴神一曰「汝将二此国一奉二天神一耶以不。

次に事代主神の答えをめぐる一節、

　天神所レ求、何不レ奉歟。

神代紀第九段〔書一〕のこの問答に関する一節は、ともに葦原中国を献る相手を「天神」とする。所伝が内容上たがいに対応することは明らかだから、この所伝間の対応のなかで「天神」（第九段〔書一〕）と「我御子」「天神之御子」（古事記）とが対応をかたちづくっているというのが実態である。

実は、この実態こそが重要である。なぜなら、ひとりここだけのあらわれにとどまらず、それじたいが類型をなしているからである。どれもがすでに掲出した例なので、重複を避け、類型を示す上に必要な部分に限って引用する。引用文はほぼ全て会話文だから、その会話の主語を引用文の最後にカッコで括って示す。また便宜、各所伝の内容にそくした小見出しと「天神御子」の神名を示すことにする。

（1）　葦原中国の献上、「天神御子」は忍穂耳命。

汝将二此国一奉二天神一耶以不。（武甕槌神及経津主神）　天神所レ求、何不レ奉歟。（事代主神）――第九段〔書一〕

葦原中国者、我御子之所レ知国、言依賜。（天照大御神・高木神の命）
恐之、此国者、立二奉天神之御子一。（事代主神）
此葦原中国者、随二天神御子之命一献。（建御名方神）
汝子等、事代主神・建御名方神二神者、随二天神御子之命一勿レ違、白訖（建御雷神）
如二天神御子之天津日継所レ知之登陀流天之御巣一、（大国主神）――以上、古事記

（2）猨田彦神の出迎え、「天神御子」は火瓊瓊杵尊。
天照大神之子所レ幸道路、有二如レ此居之者一。誰也。敢問之。（天鈿女）
聞三天照大神之子今当二降行一。故、奉レ迎相待。（猨田彦神）
天神之子、則当レ到二筑紫日向高千穂槵触之峯一。（猨田彦神）――以上、第九段〔書一〕

専汝往将レ問者、吾御子為二天降一之道、誰如レ此居。（天照大御神・高木神の命）
所二以出居一者、聞二天神御子天降坐一、仕二奉御前一而参向之侍。（猿田毘古神）
汝者、天神御子仕奉耶。（天宇受売命）――以上、古事記

（3）神武天皇の遭難救出、「天神御子」は神倭伊波礼毘古命。
夫葦原中国、猶聞二喧擾之響一焉。宜二汝更往而征一之。（天照大神）
（高倉下、夢中の教えにより剣を得て進る）于レ時、天皇適寤。忽然而寤之曰「予何長眠、若レ此乎。」。
（神武天皇）――以上、神武紀

葦原中国者、伊多玖佐夜芸帝阿理那理。我御子等、不レ平坐良志。（天照大神・高木神の命）
此時、熊野之高倉下、賫二一横刀一到二於天神御子之伏地一而献之時、天神御子、即寤起、詔「長寝乎。」（神武天皇）――以上、神武記

まずは類型の明らかなかたちをとる古事記をみるに、（1）以下の波線部すべてが、天照大御神・高木神の命に「我御子」をいう。（1）にかぎっては、それを直ちに「天神之御子」がひき継ぐけれども、このあと続く「天神御子」が古事記に初出する例だから、「我御子」を「天神御子」につなぐ仲立ちとして位置する。天照大御神・高木神の命にいう「我御子」を、前述（55頁）のとおり二神をひき継ぐかたちをとりながら、高天原を統治するその天神を（擬制的な）親とするその直系の子という高貴な権威ある存在として言いかえたのが「天神御子」であり、言い換え以降はこれを襲用する。（3）の神武天皇のばあい、その襲用が即位前まで続く。

このかぎりは、「天神御子」について論じた拙稿「『古事記』が伝える天神御子とはなにか」（『京都語文』第四号。一九九九年十月）の内容にほぼ重なるが、この「天神御子」が類型をなす事実と関連するもう一つの事実に、ここでは着目する。すなわち右掲の（1）以下どの項でも、「天神御子」に先立ち、「吾御子」について言表した「天照大御神・高木神の命」（波線部）に、神代紀や神武紀の最初に掲出した一節が対応するという顕著な事実である。ただ（1）だけは、武甕槌神ら二神に先立ち、まず始めに遣わした天稚彦に天照大神が「豊葦原中国、是吾児可レ王之地也。」と勅したこの命を、掲出した「汝将二此国一奉二天神一耶以不」が踏まえる。その分、間接的だとはいえ、古事記の「葦原中国者、我御子之所レ知国、言依賜。」に対応する事実は揺らがない。（2）以下の対応は、改めてつき合わせるまでもなく明らかである。

この事実には、実は裏がある。対応する神代下第九段の〔書一〕は、同段の系譜だけの二つの一書を除くつご

う五つの一書と、そして基本の位置を占める〔本伝〕などがあるなかの一つでしかない。しかし前述のとおり、〔本伝〕に対しては差違化をはかって成りたち、また一方このあとにつづく一書が「天神之子」を中心にひき継ぐといった枢要な一書でもある。さらに関連してつけ加えれば、これも前述したとおり明らかに〔書一〕をひき継いだ〔書二〕だけが大山祇神の二女との結婚をめぐる所伝をつたえ、古事記の「天神御子」に関連した所伝がそれに対応する。この対応を図式化して示せば、次の関係が成りたつ。

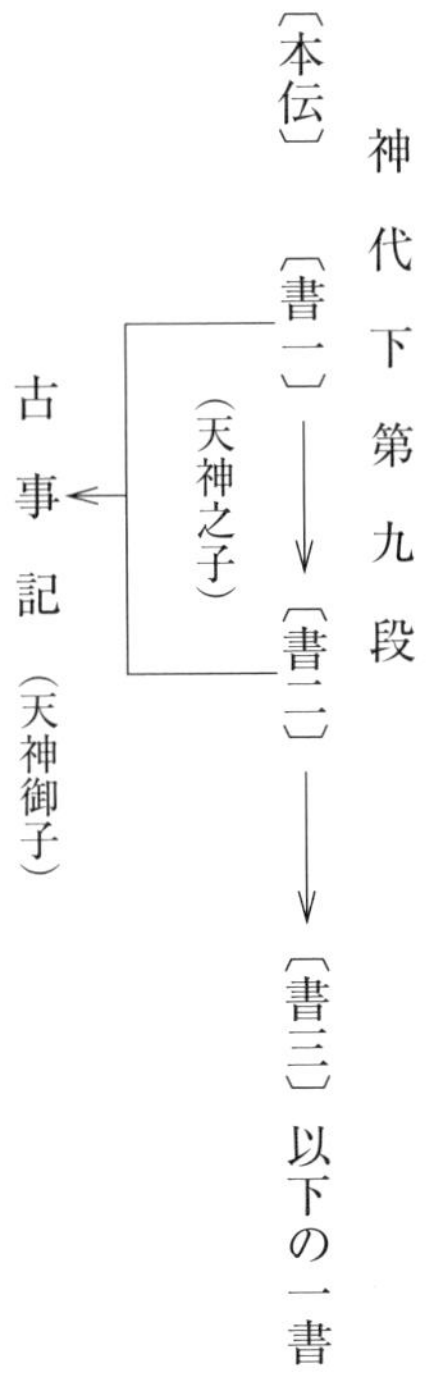

対応が成りたつ以上、〔書一〕から〔書二〕へ展開したと同じ矢印を、神代紀から古事記への展開として想定するのが筋である。さらには、〔書二〕が〔書一〕の「天神之子」をもとに差違化をはかったと同じように、古事記が〔書一〕〔書二〕をもとに「天神御子」に関連した所伝として差違化をはかったという構図をそこに読みとることもできる。

　この構図に明らかな関係に照らして、古事記は、神代下の冒頭に立つ第九段をもとに、そのとりわけ天照大神を主体とする「天神」の命による葦原中国の平定と皇孫の降臨、さらにこれを承けた「天神之子」による葦原中国の統治の始まりを中心に、「天照大御神・高木神の命」や「天神御子」により差違化をはかったはずである。げんに、第十段に至ると、「天神之子」をひき継ぐ「天神之孫」が差違化を導き、それによって成りたつどの一書にも、「天照大御神・高木神の命」や「天神御子」に対応する記述は一切ない。古事記のいわゆる海幸・山幸をめぐる所伝に、そうして「天神御子」が皆無であるというのも、一義的には、そもそもこの語を含む対応する記述が神代紀に無かったからという理由によるとみるのが自然である。このことは、また別の推測を促す。すなわち第九段から〔書一〕〔書二〕を採択したと同じ認識を、神代上の各段の所伝採択に際しても、古事記は同じく基準としていたのではないか、と。遡れば、第五段〔書六〕の天照大神の誕生から高天原の統治の受命、第六段〔本伝〕の「誓」、さらに第七段〔本伝〕の石窟幽居に至るこれら天照大神に関連した所伝のことごとくを、古事記はつたえている。たがいのこの歴然とした対応を有意的な関係とみる限り、「天神御子」をめぐって考察を加えた結果は、その関係の内実を探る一つの端緒となるはずである。具体的なその検証も含め、次にいよいよ神代紀及び神武紀の所伝の実態を見極める作業に本格的に取り組むことにする。

一通釈

神代上　第一段

一、第一段の構成をめぐる先行諸説

日本書紀の冒頭に位置する神世七代章と名のつく第一段のほぼ半ばあたり、天が先に成ったあと地が定まり、その後に神聖が誕生したとつたえた直後に、問題の「故曰」がある。それにより、前後の一節が条件接続の関係において結びついている。そのことじたいは自明だとはいえ、そうして結びつくその中身、すなわちそれに先立つ一節とそのあとに続く一節との相関のその内実となると、必ずしも定まった見解があるわけではない。そのうちの代表的な解釈を示せば、以前の一節（前半）と以後の一節（後半）との違いに焦点をあてる『日本書紀①』（新編日本古典文学全集2　一九九四年四月。小学館）の頭注（八、19頁）は「冒頭から盤古出現までは中国の神話伝説を借りて、天地の始まりはこういうものだと一般論として述べる。」（前半の説明）、「日本でも天地の開始の時にこういうことがあった、と続く。」（後半の説明）と説く。前半を中国神話の借用による一般論、後半を日本の個別神話とみて、両者を峻別する。

こうした見方は、かつて津田左右吉が前半に淮南子や三五暦紀の借用を指摘する一方、後半について「これは支那伝来の思想ではなく、我が国民の間に生じたものと見なければなるまい。」とみなす立場、系統にたつ。これとは逆に、この津田説を、廣畑輔雄氏は「誤解であろう。」として退ける。廣畑説（『記紀神話の研究―その成立における中国思想の役割―』190頁。昭和五十二年十二月。風間書房）では、前半と後半それぞれ「天地成立の前後関係が、どう説かれているのかを比較してみると、天がまず成立して、その時に地はまだ固まっていなかったとする点で、両者は一致するのである。」としてむしろ「中国独特の説」に基づくことを強調する。

また別に、神野志隆光氏も、前半をめぐる研究動向を「近世期にいたって（中略）、一般論として本文理解から排除する傾向が強くなって現在に及んでいる。」と振り返り、さらに後半との関係については次のように総括する。

「故曰」以下とはつながらない、「ギャップ」をかかえて「かざり」として冠せられた「一般論」という、この捉え方が、近世期以来の主流をなすといってよい。

神野志説は、こうした先行説を批判した上で、改めて前半の出典による記述に検討を加え、前掲廣畑説を踏まえながら、前半と後半との「照応」を次のように指摘する。

第一に、「洲壌浮漂」とは、天がまず成立して、その時に地はまだかたまっていなかったということにほかなるまい。「重濁之凝竭難」だから「開闢之初」にはまだ地の側は固まっていない――、そうした文脈的照応をみるべきであろう。第一段前半をうけて、天地ひらくはじめにありえた神々は、「地」いまだかたまらないところでなる三神だという。「洲壌」はあくまで大地についてのべるのであることを字義に即して認めつつ、それが「浮漂」する（その比喩が「遊魚之浮二水上一」）ととるのが自然な理解であろう。(1)（『古代天皇神話論』「第二章『日本書紀』において成り立つ神話、一冒頭部をめぐって」120頁。一九九九年十二月。若草書房）

これに関連して古事記との違いを説き、さらに「第二に、陽神のみのクニノトコタチ以下三神、ウヒヂニ以下陰陽神四代八神は、陽気の合摶易く天先に成り重濁の陰気凝竭難きがゆえに地後に定まるという宇宙論に規定されて意味づけられると見るべきなのである。」と続き、「第三」では「イザナキ・イザナミ」が「陰陽神」として「第一段前半の宇宙論のもとに意味づけられること」をめぐる論が展開する。

この「陰陽論的宇宙論」（122頁）の、冒頭部に限定的ではない、むしろ原理的な性格について、日本書紀が冒頭前半において自己の「作品的統一をはたしうる立場を獲得しようとしたもの」であり、「それによって、いかに天地そのものがなりたってくるかというところからはじめて、一貫する展開をくみたてえたのである。」（同前）、そしてこれ以降「第五段まで、日月神を生むにいたり全世界の秩序化というべきところに及ぶ」展開がこの「陰陽論の宇宙論による世界像のもとに統一を得ている。」（同前書「二陰陽論の世界像」126頁）と説く。神野志氏のこの「陰陽論的宇宙論」をめぐる一連の分析に対する評価は、おしなべて高い。顕著なものでは、たとえば毛利正守氏が「日本書紀冒頭部の意義及び位置づけ」と題する論考（『国語と国文学』平成十七年十月号）のなかに、最後の引用部分について「その見解に従うべきである。」（23頁）、また「故曰」に関しても右に引用した「第一に」以下の一節を引いて「首肯される。」とそれぞれ神野志説を評価する。

二、第一段前半の成りたち

確かに、神野志氏の指摘は示唆に富む。ただ、改めて振り返ってみると、「陰陽論的宇宙論」で全てを律しきれるのか、疑いがないわけではない。そもそも第一段を構成する文章の成りたちやその表現でさえ、膨大な研究成果の積み重ねにもかかわらず、詳細はなおいまだ実証の光のもとに明白になっているとはいいがたい。「故曰」の分析、そこからさらに冒頭部の成りたちについて検討を進めるに先立ち、その前提としても、第一段前半の文章をまずは丁寧に読み解く必要がある。

この文章は、構成上、三段落から成る。神の誕生に到る経緯を順を追って記述して、その展開は、次のように極めて整然としたかたちをとる。

（一）古、天地未レ剖、陰陽不レ分、混沌如二鶏子一、溟涬而含レ牙。

（二）及二其清陽者薄靡而為レ天、重濁者淹滞而為レ地、精妙之合摶、易、重濁之凝竭、難。故、天先成而地後定。

（三）然後、神聖生二其中一焉。

各段とも冒頭に、まずは以下に記述する事態に関連した時にかかわる語を立てる。（一）が「古」により時を限定したあと、（二）の「及」と（三）の「然後」は、事態が展開していくその次第順序をあらわす。

この三つの各段は、すでに詳細に分析が加えられている出典(2)の違いに付随する。すなわち、（一）は淮南子（巻二）俶真訓の「有下未四始有三夫未二始有一レ有レ無者上、天地未レ剖、陰陽未レ判。」と三五暦紀の「未レ有二天地一之時、混沌状如二鶏子一、溟涬始牙。」とを結合して成る。また（二）も、冒頭の一語「及」を除く全てを、淮南子（巻三）天文訓の一節に若干修正を施し（「凝固」→「淹滞」、「清妙」→「精妙」、「合専」→「合摶」）借用している。（三）もまた三五暦紀の「天地混沌如二鶏子一、盤古生二其中一。万八千歳、天地開闢。陽清為レ天、陰濁為レ地。盤古在二其中一、一日九変。神二於天一、聖二於地一。」による。各段とその出典とは、次のように対応する。

（一）――淮南子（俶真訓）と三五暦紀

（二）――淮南子（天文訓）

（三）――三五暦紀

このいかにも整然とした出典の利用は、各段を一つのまとまった単位として構成する意図によるであろう。（一）は、原初の「古」の天地や陰陽が未分化で混沌とした状態をあらわす。そこに変化が生じて、先に清陽が天となり、後に重濁が地となる次第を（二）が、そのあとに神聖が誕生することを（三）がそれぞれあらわす。（一）が冒頭に設定した「古」という時のもと、事態は（一）から（二）（三）へと継起的に展開する。そのなかで、天地成定をつたえる（二）の記述が最も詳細ではあるけれども、それはどこまでも継起的な展開の過程に過ぎない。その展開の最後に位置する（三）の、そこにいう神聖の誕生こそ、全体を締め括る結末である。言い換えれば、この神聖の誕生に到る経緯を、天地、陰陽の未分化な「古」まで溯って詳細に辿ったということにほかならない。この主題に照らして、やはり、少くとも「宇宙論」として全体を規定することはそぐわない。

そしてこの記述のなかでは、前述のとおり「古」（一）に始まってそのあと「及」（二）、「然後」（三）というように事態の展開を、その次第順序にどこまでもそくして伝えようとする顕著なあらわれをみせる。なかんずくそのいわば核心的な一節が、末尾の「天先成而地後定。然後、神聖生二其中一焉。」である。天地神の三者の成りたちをめぐる先後を、それが必然的な次第順序として確定する過程にそくして強調する。第一段前半を通して、主題ともいうべき神の誕生を結末とするこの三者の成りたちの次第順序、とりわけ「先」「後」「然後」という継起的な展開の先後が、このあと所伝の展開に深く関与することになる。

三、第一段の前半と後半との相関、「故曰」の役割

この前半をひき継ぐのが、「故曰」を介してつづく後半である。前半と後半とを、まさにこの「故曰」が関係

づける役割を果たす。本章の冒頭に若干言及したとおり、前半と後半との内容上のかかわりそれじたいに論が多く集中するのとは裏腹に、従来この語ないし表現を対象とした考察じたい、総じて手薄である。毛利氏前掲論考（19頁）でも、日本書紀全体を通して当該例しかないと指摘する中で、これに関連してわずかに「『故諺曰』、『故歌曰』、『故問曰』などは別。なお割注に『故云』をみる。」と付記するだけにとどまる。

孤例とはいえ、文脈に照らしてこの語の果す役割、またあるいはそのもつ意味はなかなかに重い。解明の手がかりは類例以外にないので、毛利氏も言及（挙例はない）する「故云」に当たってみるに、確かにすべての例が本文の注記として、その内容について説明を加えている。つごう三例ある。

（一）是秋、日鷹吉士被レ遣レ使後、有二女人一、居二于難波御津一、哭之曰「於レ母亦兄、於レ吾亦兄。弱草吾夫㤽怜矣。」（仁賢天皇六年九月）

↓古者不レ言二兄弟長幼一、女以レ男称レ兄、男以レ女称レ妹。故云「於レ母亦兄、於レ吾亦兄」耳。（注記）

（二）十二年秋七月丁酉朔、詔曰「属二我先考天皇之世一、新羅滅二内官家之国一。」（敏達天皇十二年七月）

↓天国排開広庭天皇廿三年、任那為二新羅一所レ滅。故云「新羅滅二我内官家一」也。（注記）

（三）徳爾等昼夜相計、将レ欲レ殺。時、日羅身光、有レ如二火焔一。由レ是、徳爾等恐而不レ殺。遂於二十二月晦一、候レ失レ光殺。日羅更蘇生曰「此、是我駈使奴等所レ為。非二新羅一也。」言畢而死。（敏達天皇十二年是歳）

↓属二是時一、有二新羅使一。故云「爾」也（注記）

三例とも、注記は、本文の会話に関してその内容をめぐる背景あるいは理由などを示し、それをいわば論拠として、だからその会話のように言うと説明する。注目にあたいするのが、どの例も「古」（一）、「天国排開広庭天皇廿三年」（二）、「属二是時一」（三）というように時の限定を冒頭に示した上で、その時に現にあった事実を拠りどころとして説明を加えている点である。注記という性格上、裏付けとなるこうした過去の事実を拠りどころとする手法は確かに適切かつ説得力をもつ。そしてより広くは、歴史的実証を重んじる姿勢にもそれはつながっていたはずである。

ただ、しかしそれは硬直的なものではない。過去の事実を拠りどころに説明を加えるという注のあるべき手法を一貫させてはいるが、その一方、注記の形式にとらわれない自由な記述にときには踏み出すことがある。たとえば（一）では、「故云」以下の説明の文末に「耳」を付す。また（二）は、「故云」以下の説明に、

新羅滅㆓内官家之国㆒（本文）⟶新羅滅㆓我内官家㆒（注記）

本文を若干改変してさえいる。（三）にいたっては、本文の「此、是我駈使奴等所㆑為。非㆓新羅㆒也。」をただ「爾」一語に置き代える。いずれも、本文を機械的に移すだけのいわば形式的記述ではない。注記という枠を担保としている、その分だから限定的には違いないが、説明することに自由の介在する余地があったことになる。

その点を過大に評価はできないが、注記だとはいえ、十分参照するに足るであろう。「故云」の「云」は、本文の「曰」を、注記の表記にそろえて改めたものだから、説明の表記形式上、この「故云」は「故曰」と別ではない。説明のありかたも、前述のとおりげんにあった事実を拠りどころとするが、その過去の表示をめぐって、（一）に「古者、不㆑言㆓兄弟長幼㆒」以下に展開する説明の表現のかたちが、くだんの「古、天地未㆑剖、陰陽不㆑分」と重なる。しかもこの第一段冒頭の一節が拠った出典の原文には、すでに引用したとおり「古」が無い。「古」をことさら冠したその意図が、天地や陰陽がまだその本来のありかたにおいて成立する以前を、歴史的に遡る過去として位置づけることにあったことは明らかである。もとより、それは歴史上の過去にげんにあった事実の説明というかたちをとり、それを拠りどころに後半を展開する前提としての意味あいが強い。

四、易と天地神の成りたちをめぐる先後、第二段以降への展開

構成上は、だからあくまでも後半が本論である。冒頭の「開闢之初」じたい、前掲の三五暦紀に「天地開闢、陽清為レ天、陰濁為レ地。」という天地の開闢したその当初を指すであろう。ここに天と地とがそれぞれ成りたち、その地もしくはその地の側の状態を「洲壌浮漂、譬猶三游魚之浮二水上一也。」があらわす。時をことさら「于レ時」と限定した上で、主題となる神の化生について「天地之中生二一物一。状如二葦牙一。便化為レ神。号二国常立尊一。」とつたえる。

前半とは違い、この後半は、冒頭に設定した「開闢之初」から、時も、また次第順序も動かない。事態に変化は生じても、しかしその変化した状態の描写にもっぱら力点を置く。それが、天地間の状態と化生神の状態であり、ともに比喩表現を伴う。前半にこの天地神三者の成りたちの次第順序を詳述し、前述のとおりそれを歴史上げんにあった事実として拠りどころにした上で、後半はそれを踏まえ、したがって積極的にその成りたった当初の状態を中心に表現をくみ立てていることは明らかである。

そしてこの後半が、内容の上でも前半と不可分にかかわる。なかんずくその後半末尾の「(凡三神矣)、乾道独化。所以成二此純男一。」は、第三段に当たる「(凡八神矣)、乾坤之道、相参而化。所以成二此男女一。」ともども、第一段前半をしめ括る一節「天先成而地後定。然後、神聖生二其中一焉。」を承ける。従来は、しかし多くその両者ともに易（周易繋辞上伝）の「乾道成レ男、坤道成レ女」に拠ることを指摘するだけに過ぎない。それにとどまらないことは、乾道のはたらきを「独化」というこの一件にすでに著しい。「乾」の卦にそくしてそのはたらき

を強調した表現のはずだから、これも同卦の「乾道変化」（彖伝）を踏まえる。さらに「純男」にしても、同じ「乾」がその偉大を説く「大哉乾乎、剛健中正、純粋精也。」（第五節）という一節の「純粋精」、すなわち陰・柔（坤の象）を全くまじえない純陽の卦にそくした表現にほかならない。

こうして「乾道成㆑男、坤道成㆑女」という対応を捨て、易の「乾」にそくしてその「独化」やそれによる「純男」の化成を優先的に表わす。後半をしめ括るこの化生が、前半の最後に「天先成而地後定」という地に先行する天の成りたちに応じることは、「乾」が「天」そのものに当たる関係に明らかである。しかも直後に「然後、神聖生㆓其中㆒焉」というこの「神聖」は、当然この「純男」にまずもって具現化する。第三段に「乾坤之道、相参而化。所以成㆓此男女㆒。」という「男女」も、もちろんこの「神聖」に当たるはずだから、「神聖」の誕生を、まさに「天先成而地後定」というこの先後の次序にそくしてまずは「純男」の化成、その後に「男女」の化成が続くという二つの段階に区分することに明らかに主眼を置く。

この先後は、もとより単に時間に限定的なものではない。前掲の「乾道成㆑男、坤道成㆑女。」じたい、これをつたえる易の繋辞上伝の冒頭に「天尊地卑、乾坤定矣。」と掲げるとおり「天尊」と「地卑」とに対応する。「天先成」にそくして「乾道独化」により化成した「純男」は、だからより一層そうした「天尊」の価値的関係を強く体現するであろう。しかもまた、この先後と尊卑との対応そのものは、古典がつたえる世界ではむしろ通例ですらある。その関係を端的にあらわすのが「尊卑先後之序」である。荘子（外篇。天道篇第十三）は、具体例にそくして次のような論を展開する。便宜、段落分けを施す。

（一）　君先而臣従、父先而子従、兄先而弟従、長先而少従、男先而女従、夫先而婦従。

（二）　夫尊卑先後、天地之行也。故聖人取㆑象焉。天尊地卑、神明之位也。春夏先、秋冬後、四時之序也。万物化作、萌区有レ状、盛衰之殺、変化之流也。

（三）夫天地至神、而有二尊卑先後之序一、而況人道乎。

（一）の段落では、さまざまな人倫の関係における先後の序列をいう。次に尊卑先後の序列をめぐる自然界の現象を説くのが（二）段落であり、これを踏まえ、最後の段落（三）は至神の天地にも尊卑先後の序列があることを前提として、（一）に関連して人道にも当然それがあることを強調する。この最後にいう天地の「尊卑先後之序」が、前掲周易の繫辞伝上の冒頭に説く「天尊地卑」に通じることは著しい。くだんの「天先成而地後定」も、当然、天地の「尊卑先後之序」にのっとるはずである。

この次序の成りたちは、「天先地後」という成立をめぐる先後が、そのまま「天尊地卑」という価値的な序列と分かちがたく結びついていることを端的に示す。この結びつきを基に、第一段は成りたつ。その点を中心に改めて第一段の構成についていえば、「天先成而地後定」としてかたちをなしたこの世界が、その天地にはじまる「尊卑先後之序」において秩序づけられていて、この中で神も誕生したことを前半に述べ、これを踏まえた上で、後半に、この秩序を拠りどころにして（故曰）、その具体的なあらわれとして純男の神の化生をつたえるというのがあらましである。第二段以降は、原理的にすべてこの「尊卑先後之序」の秩序のもとに展開する。第四段につたえる国生みのさなか陽神（伊奘諾尊）が陰神（伊奘冉尊）の先唱をとがめた「吾是男子。理当二先唱一。如何婦人反先レ言乎。」という言葉は、それを「理」と明言する。所伝のなかでは、こうした明示的な表現は姿を消してしまうけれども、もちろん一貫している。その来源を、具体的な天地神の成りたちにそくして伝えるところに、第一段のねらいがある。

五、第一段の〔本伝〕と一書との対応

さて、この第一段には、「一書曰」というつごう六例の所伝がある。この一書の表示をめぐっては、旧稿(3)にすでに使い慣らした形式にならい、その各一書を指す略式表記として、配列順に〔書一〕〔書二〕などと記すことにする。この一書を除く書紀の本文については、たとえば正文、正伝、本書などの呼称があるが、これも旧稿どおり〔本伝〕の表記に従う。

一書じたいに関しても、諸種多様な議論がある。その一方の有力な説は、一書が本来はまとまった文献としてあったとみる。北川和秀氏「古事記上巻と日本書紀神代巻との関係」（『文学』《古事記の時代Ⅱ》。第四十八号。一九八〇年五月。岩波書店）は「本文は一続きの本文としてまとまった一本であったものが、書紀編纂の際に幾つかの段落に切り離され、切り離された各部分が書紀のある段では正文として立てられ、別のある段では一書として用いられた、という可能性も十分に考えられる。」という見通しのもとに、「書紀成立以前の文献の姿を復元する道を求め」（126頁）る野心的な作業に取り組んでさえいる。第一段に限っても、中村啓信氏「神代巻一書をどう見るか」（『日本書紀の基礎的研究』142頁。二〇〇〇年三月。高科書店）が、一書の神名記述中の「亦曰」について検討を加えた結果「すると1一書と同類の別伝は七種類あったことが分かる。一書の主文と合わせれば八種類に及ぶ。したがって、七種類はいわばそれぞれの本文（叙述部）が省略されたのであり、その記載表現が『亦曰』に他ならない。」と説き、これを、山田宗睦氏『日本書紀史注』（巻第一、神代上。30頁。一九九七年二月。風人社）は「有力な一説というべきである。」と評価する。

このほか、一書を文献とする主張とは異なる論説も一方にある。松田信彦氏「『日本書紀』神代巻におけるト部家諸本の問題——段落意識に関する一疑問——」（『菅野雅雄博士古稀記念　古事記・日本書紀論究』（平成十四年三月。おうふう）が「実は神代巻の一書は極めて独立性が強く、その一書だけでもある程度の有機的な内容を有し、単なる本書中の一単語（あるいは数単語）の注記ではなく、一書のある一定の内容に対しての注であり異伝になっているのである。」（310頁）と指摘した上で、第二、三段を中心に「分注形式の一書」について分析を加えている。

また一方、一書の内容に関しては、前掲毛利氏論考に、一書を別伝とみなし、次のような見解を述べる。

別伝は、「第五の一書」を除いて、「故曰」のあとの内容（神話）から存在しているとみてよさそうである。即ち六つの一書のうち、「第五の一書」は「故曰」以前の冒頭部分に近いようにもみられるが、それとて、天と地とが別々に誕生していくさまを語る冒頭部分とは異なっている。ただし、日本書紀成立時までには、口承のほか、漢籍が将来することによって、それらの影響をうけた書承もあったかと考えられる。（24頁）

「ただし」以下にわざわざ漢籍の「影響をうけた書承」の存在を想定してもいるが、「第五の一書」、すなわち〔書五〕を除く他のすべての一書が内容上第一段後半の記述に対応するなかで、唯一そこから外れるその〔書五〕について解釈を試みたもの、それだけ〔書五〕の特異が目立つということでもあろう。またさらには、植田麦氏「日本書紀の冒頭表現」（萬葉語学文学研究会編『萬葉語文研究』第3集。二〇〇七年六月。和泉書院）が、この毛利説を踏まえ「一書が正文の前半ではなく後半に対する異文であること」（132頁）により、「後半が相対化されることによって却って前半が絶対視されると考えられるのではないか。」（132頁）と一書が〔本伝〕に対してもつ意義にまで言及してもいる。

さし当り採りあげたこれら先学の論考の中では、〔本伝〕と各一書とのつながりを指摘した毛利説はとりわけ注目に値するが、はたして一書は後半の別伝なのか。書紀成立前にそれらが「口承」「書承」いずれの別伝としても存在していたことを想定する以上は、内容上も多彩多様であったはずのそれらが、なぜ後半の別伝という限定的な内容でしかないのか。その点を始め、一書の記述そのものに対する分析を尽くしているとはみなしがたい。

たとえば〔書二〕をみるに、〔本伝〕後半とはたがいに表現の細部にいたるまで緊密に対応する。次に両者をつき合わせてみる。

〔本伝〕　(A)開闢之初、(B)洲壌浮漂、(C)譬猶㆔游魚浮㆓水上㆒也。(a)于㆑時、(b)天地之中生㆓一物㆒。(c)状如㆓葦牙㆒。

〔書二〕　(A)古国稚地稚之時、(C)譬猶㆓浮膏㆒而漂蕩。(a)于㆑時、(b)国中生㆑物。(c)状如㆓葦牙之抽出㆒也。

ともに所伝の冒頭（A）に時を限定して表示する。その上で世界の状態を、（B）（C）が同じ比喩の表現「譬猶」によってあらわす。〔書二〕が（B）を欠くのは、（A）に「国稚地稚」とすでに領域及びその状態を規定していることによるであろう。特にこの（B）（C）をめぐっては、その状態の表現に関連して、〔本伝〕の「浮漂」と〔書二〕のあたかもこれを敷衍したかのごとき「浮膏而漂蕩」とが対応を成りたたせてもいる。（a）以下は、〔本伝〕〔書二〕の親近の度合がいっそう増す。その全体が、かりに模式化すれば、

于㆑時、場所之中生㆑物。状如㆓葦牙㆒。

右のように共有する「于時」以下ほとんど同じ表現形式を採って成りたつ。

こうして〔書二〕に限れば、確かに毛利氏の指摘どおり〔本伝〕の後半とたがいに分かちがたい対応をもつ。それだけに、また逆に、別伝という見方じたいを疑わせる。対応が構成、内容、表現等の細部に及ぶ事実は、たがいの直接的なかかわり、すなわち〔本伝〕をもとに〔書二〕が成りたつことを強く示唆する。一方、この〔書二〕に先行する〔書一〕は、これらとは全く違う表現から成る。

〔書一〕　天地初判、一物在㆓於虚中㆒。状貌難㆑言。其中自有㆓化生之神㆒。

最も大きな違いが、冒頭に時を表示する（A）を置かず、したがってまたそうして時を限定した世界の状態を比喩表現によってあらわす（B）（C）との対応をもたない点である。さらに「物」に関する表現も、（b）はいわゆる現象文（場所・動詞・主語）だが、通常の叙述文（主語・動詞・於・場所）のかたちをとる。そしてこの叙述文による表現を含め、〔書一〕はむしろ前半が出典とした三五暦紀に近い。

〔三五暦紀〕　天地開闢、陽清為㆑天、陰濁為㆑地。盤古在㆓其中㆒、一日九変。

ここにいう天地の開闢に始まる陽清と陰濁とのそれぞれ天と地に分かれる様態は、これを縮約して一言で表せば、まさしく「天地初判」に当たる。その中に神が存在することをつたえる直後の一文は、表現にいたるまで一致をみる。前述のとおりこの三五暦紀を出典とするのが前半である。その前半はこの三五暦紀よりはるかに詳細に天地の成りたちをつたえるが、それを、結果にそくして要点を中心にまとめれば、やはり「天地初判」に尽きる。見かけ上の疎遠とは裏腹に、こうしていわば表現の基本構造をはじめ、〔書一〕は確実に前半に通じる。

六、〔本伝〕に対応する一書の二つの系列

この一書と〔本伝〕との、たがいに対比的な〔書一〕と前半、〔書二〕と後半という対応を偶然の所産とみなす余地は、もとより皆無であろう。言いかえれば、〔本伝〕の前半と後半をもとに、それぞれその前半に対応する所伝を〔書一〕に、後半に対応する所伝を〔書二〕に対比的に配したということにほかならない。〔本伝〕に対応する所伝を一書に振り分けるこの構成を、しかも六つの一書すべてに一貫させているというのが実態で

ある。

その一書そうごの対応に、原則がある。〔本伝〕の前半と後半とにそれぞれ対応する前節に指摘した対比的な対応にたぐい、神の誕生をつたえる表現が、連続する二つずつの一書そうごに類同する。次にその部分を示す。

其中自有㆓化生之神㆒〔書一〕
因㆑此有㆓化生之神㆒〔書二〕　※　化生により出現する

始有㆓神人㆒〔書三〕
始有㆓倶生之神㆒〔書四〕　※　化生によらず始めに出現する

便化為㆑人〔書五〕
因㆑此化神〔書六〕　※　化して出現する

右のうち、※印以下にまとめた要点どおり〔書三〕〔書四〕を除く全てが神の誕生を「化」によるものとする。したがってまたその「化」に先立って、「物」の出現をいう。神の誕生にこうして「物」「化」がかかわるグループ、これを以下には系列と称するが、この〔書一〕〔書二〕ならびに〔書五〕〔書六〕と、それらによらず最初から神や人として出現する系列の〔書三〕〔書四〕とは、それぞれ、〔本伝〕にあって「天地之中生㆓一物㆒。状如㆓葦牙㆒。便化為㆑神。」とつたえる後半と、専ら神の誕生だけを「天先成而地後定。然後、神聖生㆓其中㆒焉。」という前半とにほぼ重なる。

さらにこの神の誕生をめぐる表現以外でも、〔本伝〕と各一書との間にはもう一つ別に緊密な対応が成りたっている。すなわち〔書三〕〔書四〕を除くすべての一書が、物の出現とその神への化生に先行してそのいわば場ともいうべき世界の成りたちをつたえるが、その表現に系統的なあらわれの違いをみせる。

天地初判、一物在二於虚中一。状貌難レ言。〔書一〕
天地初判、有レ物。若二葦牙一。生二於空中一。（中略）又有レ物。若二浮膏一。生二於空中一。〔書六〕
古国稚地稚之時、譬猶二浮膏一而漂蕩。于レ時、国中生レ物。状如二葦牙之抽出一也。〔書二〕
天地未レ生之時、譬猶二海上浮雲無レ所二根係一。其中生二一物一。如三葦牙之初生二泥中一也。〔書五〕

各系列の先出例〔書一〕、〔書二〕が、それぞれの系列の一書の先頭に立ち、前節に既述のとおり〔本伝〕のそれぞれ前半と後半とに対応する。そこに指摘した表現上際立つ違い、たとえば時の限定の有無、世界の状態に関する比喩表現の有無、現象文と叙述文、物をめぐる表現の簡繁など、各系列ごとに、いずれも先行する一書と緊密に対応する後続の一書にも明らかに見てとることができる。

それだけに、かりに棚上げした〔書三〕〔書四〕も、冒頭表現が各系列の表現の類型に一致する以上、やはりそれぞれの系列に位置づけるべきであろう。げんに、それら一書の、その所属するそれぞれの系列の所伝と一体的ないし連続的な関係を裏付ける徴証を、その表現に認めることができる。すなわち〔本伝〕の後半とこれに対応する系列の一書との冒頭表現どうし、内容に系統的な関連をもつ。この連なりのなかに、〔書三〕は確実に位置する。

○　開闢之初、洲壌浮漂、譬猶三游魚之浮二水上一也〔本伝〕後半
○　古国稚地稚之時、譬猶二浮膏一而漂蕩〔書二〕
○　天地混成之時、（始有二神人一焉）〔書三〕
○　天地未レ生之時、譬猶二海上浮雲無レ所二根係一〔書五〕

〔本伝〕にいう「洲壌」の「浮漂」していまだ地もしくはその地の側のかたちを成す以前の状態を基調に、「游

魚」「浮膏」「浮雲」などのようにただよい浮かぶ状態をあらわすこの系列の冒頭表現に、〔書三〕の「天地混成」は明らかに通じるという以上に、その状態そのものをむしろ簡潔かつ端的にあらわしているといっても決して過言ではないであろう。いわば比喩をもって表現を補うまでもないからこそ、それを省いただけに過ぎない。〔書二〕の「国稚地稚」も、あるいは〔書五〕の「天地未レ生」も、その状態が明確を欠く分、補足の必要がおのずから生じる。なおまた配列上も、天地が成立する過程のその次第・順序に対応させて、最初に当たる天地成立以前をいう「天地未レ生」〔書五〕のあと、かつまた「国稚地稚」〔書二〕は天地の成立を前提とするはずだからそのまえにというように、「天地混成」〔書三〕の状態にそくした然るべき位置に配したものだったに相違ない。

　明らかに系統的であり、天地の創生・成立を、「時」が象徴するように時間軸にそくしてその過程ごとに段階的につたえるべく、〔書二〕以下三つの一書を配列したことは疑いを容れない。改めて辿れば、「天地未レ生之時」〔書五〕が最初の段階となる。次が天地の誕生間もない状態をいう「天地混成之時」〔書三〕という中間の段階であり、このあと天地の成立した直後に当たる「国稚地稚之時」〔書二〕が最後の段階となる。最後のその国や地の状態をあらわす比喩表現に関連して、前述（75頁）したとおり〔本伝〕の後半の「開闢之初、洲壌浮漂」がその〔書二〕の段階と対応する。比喩表現も、すでに言及してもいるが、この段階に応じた違いをみせる。最初の段階に当たる〔書五〕では、「天地未レ生之時」だけに「物」の状態も「如三葦牙之初生二涅中一也」という芽生え始めの段階である。それが〔書二〕の最後の段階に至ると、「状如二葦牙之抽出一」という成長の進んだ状態になる。明らかに天地とその状態、さらにその中で化生する神とその状態とを、たがいに関連させながら段階を追ってつたえている。

七、一書の系統的な成りたちと〔書四〕の「又曰」

すぐれて系統的なこの一書の成りたちは、もとより〔本伝〕の後半に対応する系列に限らない。しかもこの後半対応の系列に属する一書の段階的な関連とは対照的に、それらを除く〔書一〕〔書四〕〔書六〕の各一書は、いちように冒頭を「天地初判」とする。いわば統一的に揃えたこの冒頭の一節こそ、〔本伝〕の前半をまとめた「天先成而地後定」を踏まえこれを集約した表現にほかならない。これら一書は、確実に〔本伝〕の前半の系列に属する。この〔本伝〕の前半と後半とにそれぞれ対応しながら系統を異にする表現に、前述のとおり各系列ごとに一書の多様な展開をはかっている。神の誕生をつたえる表現や世界の成りたちをつたえる表現なども、とりどりに系統的なあらわれをみせる。それには、前半に対応する系列と後半に対応する系列との間に原則的に違いがない。したがって、そのいずれもが、〔本伝〕をもとにその内容あるいは表現に系統的に変化を加えて成りたつはずである。〔本伝〕に対して一書が差違化をはかって成りたつという点では、このあと採りあげる各段、たとえば第五、六、九、十段などとまさに軌を一にする。なお、差違化という一書の成りたちをめぐるはたらきやその原理などの詳細については、通釈第九段、各論第六章に重点的に説明を加えている。

実は、この差違化が極端なかたちをとることを理由に、これまで検討を保留してきた例がある。〔書四〕の「又曰」以下の一節である。ここに初出の高皇産霊尊をはじめ三神及び高天原などそのまとまり全体が、特に古事記の冒頭にほぼ一致する点でも、きわめて重要な意味をもつ。この一節を含む〔書四〕全体を次に示す。

一書曰、天地初判、始有㆓倶生之神㆒。号㆓国常立尊㆒。次国狭槌尊。又曰、高天原所㆑生神、名曰㆓天御中主尊一。次高皇産霊尊。次神皇産霊尊。

「高天原」や「天御中主尊」以下の神名、さらにその表示形式の「所レ生神、名曰」などのどれもが他の一書との違いを際立たせている。その一方、古事記の冒頭とは、他の一書との違いがそのまま類似・共通点となり、極めて近い関係にある。

もとより、だからといって古事記じたいに拠る、もしくはそれが依拠したと同じ文献資料を借りたものとみることには、なんら根拠がない。前掲山田宗睦氏『日本書紀史注』が「卓見である。」（52頁）とする津田左右吉説が「此の神（高皇産霊尊――榎本注）の名が旧辞の既に作られた後になって添加せられたもの」と指摘するなかに説く「かういふ神の生まれた後になって補はれた話」という主張も、説得力を欠く。「高天原所レ生神」は確かに独自だが、〔書二〕もまた「古国稚地稚之時。（中略）国中生レ物。」という他に比類ない表現によって神の誕生をつたえている。またあるいは表現上も、「所レ生」に上接する「高天原」が、主語ではなく場所を表すことについて、これに同じ「時有二天石窟所レ住神一（名辞略）」（第九段〔本伝〕）という例がある。見た目とは裏腹に全くあい容れないというほどに異質ではなく、逆に、実態としては、前述（77頁）のとおりこの〔書四〕は〔書三〕と対応する。神の出現を、「物」や「化（生）」などによらず直ちに「始有二神人一焉」〔書三〕、「始有二倶生之神一」〔書四〕とつたえる独自を共有し、これが〔本伝〕前半との結びつきをもつ。「高天原所レ生神[4]」も、この系列に属することに齟齬ないし矛盾などなく、まさに〔書四〕の「天地初判」に合わせ、つまりはここを適所と見定めた上で配したはずである。

問題は、その内実である。〔書三〕〔書四〕の独自は、神の出現を直ちに「始有」とする表現だけには限らない。さらにこの二つの一書は、共に「可美葦牙彦舅尊」と「国底立尊」〔書三〕、「国常立尊」と「国狭槌尊」〔書四〕

という二神の誕生のかたちをとる。後者は、それを「倶生之神」と明示してもいる。第一段では、「乾道独化」により化生した「純男」を、易の繋辞下伝に「陽卦奇、陰卦耦」という奇にそくして、〔本伝〕が「凡三神」とする原則にもとるとはいえ、〔書一〕では、三神が「亦曰」という多くの別名をもつ。また〔書五〕は国常立尊だけ、〔書六〕でも、二つの「有レ物」をもとに、一方が「化神」二柱、もう一方が一柱と区区である。こうしたなかでは、「又曰」の三神こそ〔本伝〕に合致する。しかもまたこの〔書四〕に限り、前述のとおり「天地初判、始有二倶生之神一」という冒頭表現が、〔本伝〕前半をまとめた「天先成而地後定。然後神聖生二其中一焉。」にほぼ重なる。さればこそ、〔書四〕のその冒頭表現は「天先成而地後定」という形成過程を内実とする。この「天先成」を、まさにそのかたちをとって成りたつ高天原として具現化し、かつ「神聖生二其中一」にそくして神の誕生をそれと一体的にまとめた表現こそ、くだんの〔書四〕に付加した「又曰」以下の一節を構成しているとみるのが相当である。

そうした成りたちにそくして改めてその内容を振り返ってみれば、高天原の「天先成」というそのありかたは、明らかに〔本伝〕の後半にいう「洲壌浮漂」及びこの系列に連なる各一書のなおいまだ浮漂する状態に先んじて成る。またあるいは「高天原所レ生神」というそこに誕生した三神も、同じ「天地初判」の系列の〔書一〕の「一物」、〔書六〕の「物」などから化生する神にこれまた先んじている。〔書四〕にありながら、「又曰」の異例なかたちをとってもいない。第一段に所在する〔本伝〕及び一書の全てとこうして違えばこそ、「倶生」のかたちをとった、とらざるを得なかったはずだが、この違いはただの結果でしかない。端的には高天原と三神との造型をめざしている。それを「天先成」にそくして造型する上に、前述した「尊卑先後之序」を拠りどころとしたというのが内実である。

八、「高天原」をめぐる展開、第四段、第五段

「尊卑先後之序」にそくして全てに先んじてかたちを成した、まさにこれこそが高天原の実態にほかならない。各論第一章に分類した神神のカテゴリー上（665頁）、その最高に位置する尊貴を、それは体現する。換言すれば、尊貴を体現すべく異例な形成のかたちをとったということであり、これ以降の各段の展開を通して、とりどりにこの尊貴の実質化をはかる。それの実現に向け、段階的に進めてもいる。

第一段では、一書のなかに「又曰」というかたちをとる。第四段に至ると、一書の所伝に登場する。それに関連する表現を、しかも慎重に選んでいる。比較の便宜にしたがい、〔本伝〕以下の当該記述を次に列記する。

〈第四段〉

〔本伝〕伊奘諾尊・伊奘冉尊立二於天浮橋之上一、共計曰（中略）。廼以二天之瓊矛一、指下而探之。

〔書一〕天神謂二伊奘諾尊・伊奘冉尊一曰（中略）。廼賜二天瓊戈一。於レ是、二神立二於天上浮橋一、投レ戈求レ地。因画二滄海一而引挙之。

〔書二〕伊奘諾尊・伊奘冉尊、二神立二于天霧之中一曰（中略）。乃以二天瓊矛一、指垂而探之。

〔書三〕伊奘諾・伊奘冉、二神坐二于高天原一曰（中略）。乃以二天瓊矛一、画二成磤馭慮嶋一。

傍線部では、〔本伝〕以下各一書に表現のばらつきが目立つ。しかしそこを場とする動詞は、「立」以外、〔書三〕だけが「坐」を使い、これが「高天原」に対応することは言を俟たない。また「矛」「戈」による行為にしても、「探」「画」の探り掻き回すなどの程度をこえて、〔書三〕だけが磤馭慮島の形成にまで及ぶ。「坐」を、この〔書

三）が「手抱《たむだ》きて我者将レ在天皇朕」（天皇賜二酒節度使卿等一御歌。6・九七三）、「大汝《おほなむち》少彦名《すくなひこな》の将レ座」（生石村主真人歌。3・三五五）などの敬語「います」に当てることは、「高天原」を場とするからであり、そこに坐す神のいわば神わざを島の形成が強調する。

この〔書三〕は、確かに高天原[5]を尊貴な神の坐す場とつたえてはいるけれども、〔本伝〕に対応させれば、磤馭慮島の形成に限ったごく断片にすぎない。一書に地歩を占めるに至りながらも、なお断片にとどまる第四段から第五段に転じると、〔本伝〕じたいを相対化する段階を迎える。次にその〔本伝〕をはじめ各一書の関連する記述を対比して示す。[6]

〈第五段〉

〔本伝〕既而伊奘諾尊・伊奘冉尊共議曰（中略）於レ是、共生二日神一。号二大日孁貴一。此子光華明彩、照二徹於六合之内一。故二神喜曰「吾息雖レ多、未レ有二若レ此霊異之児一。不レ宜三久留二此国一。自当下早送二于天一而授以中天上之事上。」是時、天地相去未レ遠。故、以二天柱一挙二於天上一也。

〔書一〕伊奘諾尊曰（中略）。乃以二左手一持二白銅鏡一、則有二化出之神一。是謂二大日孁尊一。（中略）即大日孁尊及月弓尊、並是質性明麗。故、使レ照二臨天地一。

〔書二〕日月既生。次生二蛭児一。

〔書六〕然後洗二左眼一。因以生レ神、号曰二天照大神一。（中略）已而伊奘諾尊勅二任三子一曰「天照大神者、可三以治二高天原一也。」

〔書十一〕伊奘諾尊勅二任三子一曰「天照大神者、可三以御二高天之原一也。月夜見尊者、可三以配レ日而知二天事一也。」（中略）既而天照大神在二於天上一曰「聞三葦原中国有二保食神一。宜二爾月夜見尊就候レ之。」

第五段は、後に詳述するとおり〔本伝〕に連なる系列と、〔書六〕を基軸とする系列とに大きく二つに分かれる。それぞれ前者が天と日神、後者が高天原と天照大神という組合せを特徴とする。右掲の例文では、傍線部がその特徴にかかわり、〔本伝〕の「授以二天上之事一」、〔書一〕の「使レ照二臨天地一」に、それらとは系統を異にする〔書六〕の「天照大神者、可三以治二高天原一也」、〔書十一〕の「天照大神者、可三以御二高天之原一也。」が対応する。しかし「授以二天上之事一」という天では、「照二臨天地一」と同じ地に対応するあくまで場所的な意味を出ない。対照的に、高天原は天照大神の統治する対象であり、その統治に関連してすぐれて政治的な意味を帯びる。

そしてこの一書にとどまるとはいえ、高度に政治的な意味をもつ高天原を、次に続く第六段では、ついに〔本伝〕に立てる。その記述じたいは、素戔嗚尊が天照大神に暇乞いすることの許しを伊奘諾尊に請うなかに「吾今奉レ教、将レ就二根国一。故、欲下暫向二高天原一(7)与レ姉相見而後永退上矣。」とつたえるだけだけれども、これを迎える天照大神の次の言葉にむしろ所伝は力点を置く。

吾弟之来、豈以二善意一乎。謂当レ有二(A)奪レ国之志一歟。(B)夫父母既任二諸子一、各有二其境一。如何棄二置当レ就之国一(C)而敢窺二窬此処一乎。

この一節の謀反を疑う内容の詳細は後述しているので、ここは傍線部に焦点を当てるとして、その（A）（B）（C）が関連し、これらの核に、統治対象という以上に、統治やその権威を象徴する高天原を確実に据えている。この高天原とその統治者の天照大神とを、もはやたがいに不可分のかかわりのもとに、続く第七段以降の各段がひき継ぐ。

そればかりか、この高天原を統治する天照大神の長子が、神神に先んじて高天原に誕生した高皇産霊尊の女を娶り、その結果生まれた皇孫が天降りして、葦原中国の統治に当たる。第一段がその高天原の形成に具現化した天地成定の原理に基づく「天先成」のあとを襲い、ここに至ってようやくそれに対応する「地後定」をひき継ぐ葦原中国のその統治につながる。皇孫のその統治も、そうした原理と無縁ではありえない以上、やはり「尊卑先後之序」の埒外にはない。第一段の一書に付加した「又曰」以下に、これら後の展開を準備する種を周到に播いていたはずである。さればこそ、神代紀はそこに所伝の来源を定めている。古事記がこれとほぼ同じ内容を冒頭につたえるが、もとより無縁などではなく、日本書紀が播いた種を、その実態にそくして所伝の始源に移しかえたとみるのが自然である。

注

（1）初出は、「『日本書紀』『神代』冒頭部をめぐって」（『神田秀夫先生喜寿記念　古事記・日本書紀論集』続群書類従完成会。平成元年十二月）

（2）出典については諸説ある。神野志隆光氏「『日本書紀』「神代」冒頭部と『三五暦紀』」（吉井巌編『記紀万葉論叢』平成四年五月。塙書房）は先行説を批判的に踏まえてとりわけ詳細であり、「『淮南子』は伝来が確認され、直接利用の蓋然性が認められるのに対して、『三五暦紀』は間接利用とみるのが穏当ということになろう。」（97頁）と説き、その三五暦紀については修文殿御覧利用説を追認する（99頁）。しかし近時、池田昌広氏「『日本書紀』の潤色に利用された類書」（日本歴史学会編『日本歴史』第七二三号。二〇〇八年八月。吉川弘文館）がその修文殿御覧利用説を否定し、淮南子、三五暦紀とも、同じ類書でかつ修文殿御覧より引用が長文の華林遍略（この継承関係については、同氏「『日本書紀』と六朝の類書」《日本中国学会『日本中國學會報』第五十九集。二〇〇七年十月》に図示する）を引いたという新しい見解を提示している。ただし、『華林遍略』は五運説にもとづくから、その天部、太易類以下には上述『淮南子』『三五暦紀』の全き諸文が収載されていたという可能性は十分あり得る。また『書紀』の「然後神聖生二其中一焉」句は、各類書や『淮南子』に見あたらず出典は

明白でないが、『華林遍略』所引の佚書だったと考えれば説明はつく。」（10頁）

出典に「佚書」を想定するこうした論調は、説得力に乏しい。確かにその「佚書」の存在を、たとえば「呂済三五暦記《ママ》云、開闢之初有二神聖一。一身十三頭。号二天皇一。」（釈日本紀巻十六・秘訓一・神代上「神聖」の私記所引。220頁。本文は新訂増補國史大系第八巻所収の同書による。以下同じ）などが類推させるにせよ、さりながら、同じ釈日本紀巻五・述義一・神代上「然後神聖生二其中一焉」の私記（72頁）が「盤古事」をその引証とするように、当該部分に限れば、三五暦紀（原文は本段66頁所引）がつたえる一日九変して天地より神聖となったという盤古伝承の一節を出典文とみなす従来説の方が説得力がある。

もっとも、この三五暦紀の一節を出典文とみなすことじたいを、注（1）所引神野志氏前掲稿（611頁）は否定する。これに対して、植田麦氏「日本書紀の冒頭表現」（本段74頁所引）が芸文類聚（巻一・天部「天」）所引三五暦紀の影響の可能性を指摘している（118頁）。

（3）拙稿「神代紀の一書とはなにか――第九段、皇孫の天降りをめぐって」（佛教大学国語国文学会『京都語文』第6号、二〇〇〇年十月）、同「『うけひ』を論じて『日本書紀』神代上第六段の所伝のなりたちに及ぶ」（『京都語文』第7号。二〇〇一年五月）、同「『根国』の展開――日本書紀神代上第五段〔本伝〕と各一書、及び古事記との相関――」（古事記学会編『古事記論集』平成十五年五月、おうふう）、同「海幸山幸をめぐる所伝の展開――日本書紀〔本伝〕から一書、そして古事記へ――」（『京都語文』第10号。二〇〇四年十一月）

（4）中村啓信氏「高天の原について」（倉野憲司先生古稀記念論文集刊行会編『古代文学論集』昭和四十九年九月。桜楓社）が古事記と日本書紀の「高天の原」について詳細に論じている。太田善麿氏（『古代日本文学思潮論Ⅱ』139頁）の三分類説を踏襲し、この枠組の中で各用例に考察を加えている。しかし挙例のかぎり、たとえば古事記の用例などは、天照大神の統治世界（葦原中国に対応）と高い天空の比喩（底津石根に対応）の二通りを基本とし、これとは別に降到あるいは発着の起点・帰点となる天や天上（地上に対応）があり、そしてこれらとは別の唯一の例が冒頭の「天地初発之時、於二高天原一成神名」という「高天原」となるが、三分類説をもとにした考察じたい、説得力を欠くのではないか。

（5）注（4）所引中村論文に「この用例について『高』一字のない本がいくつもある。卜部兼方自筆本、水戸本、池内本、熱田本、北野本、丹鶴本、また岩清水八幡宮の類聚国史などがそれである。これらの本の中のいくつかには頭書があって、それによると、この部分を『高天原』とするのは『家本』であり、『天原』とするのは『江（家）本』であることが知られる。家本というのは卜部家の『家本』であると見ることが出来、『江家本』とか『江本』というのは大江家の本であることは言を俟たないであろう。」（359頁）という指摘がある。

（6）注（3）所掲拙稿「『根国』の展開」に、一書間の系統の違いを論じている。

（7）この「高天原」を「高天」に作るテキストが一部にあり、それについて注（4）所引中村論文は「厳密に言えば江家本と類聚国史だけが『原』のない本文をもっている」、「兼方本以後の卜部系本が、ここでは『原』を除かなかったのは、兼方本の表記態度の不明確なこと、他に『高天原』の本文をもった写本の在ったことなどによるものと考えられる。ただしこの場合、江家本・類聚国史の『高天』という語は、異例であって、日本書紀中他に同じ語を見出すことが出来ない。」（360、361頁）と指摘した上で、しかし結論としては「使用例の上からこの『高天』が原型であるかどうか俄かに断ずることは難しいが、書写にかわ《ママ》る本文の上からするならば「高天原」の本文に原型性を認めるわけにはいかないのが、この場合のまず適当な判断というべきであろう。」（361頁）と説く。

　中村氏の主張は「神代巻本書に『高天原』は一例もなかったことになる」（361頁）だが、それだけに、本文の異同だけを論じることに終始し、「高天」の意味、あるいはそれと「高天原」との関係などになんら言及がないのは不審というほかない。『校本日本書紀二』（國学院大學日本文化研究所編。昭和五十年十二月。角川書店）でも、本文「高天原」（28頁）に異同は示しても、「訓」は、「高天」を含め「タカマノハラ」以外はない。されば、右の引用文に中村氏じしんが言及する「他に『高天原』の本文をもった写本の在ったこと」を検討すべきではなかったか。たとえば日本書紀私記（乙本。前掲注（2）所引。67頁）に「向高天原太加万乃波良尓伊太利弖」とつたえる表記がその写本の本文であった可能性を示唆する。

　なおまた、たとえ「高天」だったとしても、それが「天」や「天上」とは系統を異にする点にその本領を認めるべきであろう。そしてその場合は、また別の可能性、すなわち、当該例の直前の第五段〔書十一〕では、差違化に伴い、次のように表記を変えているので、

〔書六〕　天照大神者可三以治二高天原一也。月読尊者可三以治二滄海原潮之八百重一也。（「之」ナシ）

〔書十一〕　天照大神者可三以御二高天之原一也。（中略）素戔嗚尊者可三以御二滄海之原一也。（「之」アリ）

この表記が直後の例の表記か、もしくは書写に影響を与えた可能性についても考慮する必要もないわけではない。暫く、現行諸テキストにならい「高天原」として扱うが、少なくとも第五段〔本伝〕の日神と対応する天もしくは天上を第六段〔本伝〕が捨て、それに代えた表記として採用したという事実は動かない。

神代上　第二段・第三段

一、男女対耦神の化生と易との関連

第二段は、第一段の「乾道独化、所以成二此純男一。」という「三神」にひき続き、「乾坤之道、相参而化。所以成二此男女一。」という「八神」の化生をつたえる。第一段（本伝）の前半に「天先成而地後定、然後、神聖生二其中一焉。」とつたえる「天先成」に「乾道独化」が対応する以上、「地後定」に対応する「坤道」の成りたちじたい、その状態や程度はともかくすでに概ねはかたちをとり、そうして「乾道」と「坤道」とが互に交りあって化成した男女八神をそれがつたえていることは疑いを容れない。「乾道」に対して、前掲の典拠とした「乾道成レ男、坤道成レ女」（易・繋辞上伝）という「坤道」ではなく、「乾坤之道」を対応させ、その乾坤の交合による神の化成というかたちをとる点に、この第二段は著しい特色をみせる。

しかしその実、易離れを起こしているわけではない。乾と坤、すなわち天と地（の気）の交りあいを内容とする卦に「咸」がある。この「彖伝」に次のように説く。

咸、感也。柔上而剛下、二気感応而相与。止而説、男下レ女。（中略）天地感而万物化生。

「咸」は交感や感応を意味し、上の柔と下の剛（陰と陽）の二気が感応して交合するという卦であり、これを極言したのが「天地感而万物化生」である。天と地（乾と坤）の二気が交感して万物の化生するというこの卦の内容に、くだんの「乾坤之道、相参而化。」は明らかに通じる。しかも「咸」は、易の構成の上では下経の冒頭に位置する。「乾道独化」という「乾」の位置は上経の冒頭だから、この「乾」と「咸」との対応にそくして、第一段にまずは「乾」の独化による「純男」の神の化成を当て、これとは対比的に、この後の第二段に「咸」の感応・交合による「男女」の化成を配したとみて恐らく大過ない。この「男女」の後に、第四段がそれに当たる伊奘諾尊・伊奘冉尊による「欲㆘共為㆓夫婦㆒産㆗生洲国㆖」という国生みをつたえるが、「男女」から「夫婦」への展開についても、この「咸」を下経の首《はじめ》に立てたことをめぐって説明した易の序卦伝の下篇冒頭に「有㆓天地㆒、然後有㆓万物㆒。有㆓万物㆒、然後有㆓男女㆒。有㆓男女㆒、然後有㆓夫婦㆒。」というあい通じる一節をつたえている。

ここに繰り返す「然後」は、天地から夫婦に至る継起的な展開を如実に示す。第一段〔本伝〕でも、前半をしめ括る一節に「天先成而地後定。然後神聖生㆓其中㆒焉。」とこの「然後」によって天地から継起的に神の誕生にいたることを表す。この継起的な展開が、右のように「天」→「地」→「純男」(神聖)→「男女」→「夫婦」へと続く。それだけに、この展開にも、前述のとおり天地の成立をめぐって指摘した「尊卑先後之序」が必然に伴う。「純男」を国常立尊以下三神とし、「男女」をそれぞれ耦生神四組とすることもその序にしたがうが、純男三神を三代、男女四組八神を四代とするこの数の配分も、易の繫辞下伝に「陽卦奇、陰卦耦」という陽を奇、陰を耦とする陰陽の数をめぐる対応に合致する。

二、神世七代（純男の世三代と対耦神の世四代）の構成と時代区分

これら純男三神三代と男女八神四代とを一括して、第三段〔本伝〕は「自㆓国常立尊㆒、迄㆓伊奘諾尊・伊奘冉

尊一、是謂二神世七代一者矣。」という。この世界の始まりの時代を、それ以降と画して理想の世とする歴史観は、中国古代の文献に散見する。類書がそれらを多くつたえている。たとえば太平御覧（巻第七十七「皇五部」）から例を拾いあげてみると、

○　天地大矣。生而弗レ成レ子而弗レ有。万物皆被二其沢一、得二其利一而莫レ知三其所二由始一。此三皇五帝之徳也。（叙皇王下。呂氏春秋）

○　夫上古称二三皇五帝一而次有二三王五伯一。此皆天下君之冠首也。（同右。桓譚新論）

これら一括して原始の理想的帝王とする例とは別に、「三皇歩、五帝驟、三王馳、五霸鶩。」（叙皇王上。孝経鈎命決）というようにむしろ違いを強調する一群の例がある。

○　三皇、三才也。五帝、五常也。三王、三明也。五霸、五嶽也。（叙皇王下。董仲舒答問）

○　三皇、結縄。五帝、画像。三王、肉刑。霸世、黠巧。此言二歩驟一、稍有二優劣一也。（同右。応劭風俗通）

○　三皇、依レ道。五帝、伏レ徳。三皇、旋レ仁。五霸、行レ義。強国、任レ智。蓋優劣之異、薄厚之降也。（同右。阮籍通老論）

三皇五帝では、その違いに優劣の違いも伴う点に、神世七代との繋がりを認めることができる。しかしそれらを「代」とはみなさないという点には、決定的な違いがある。（古事記の序文にいう「歩驟各異、文質不レ同」もその例）

その「代」に関連してとりわけ注目すべき例が「三代」である。用例はいくぶん多岐にわたるが、およそ二通りに大別できる。ここでは、さし当たり礼記の例に焦点を当ててみることにする。

子夏曰「三王之徳、参二於天地一。敢問、何如斯可レ謂レ参二天地一矣。」（孔子閒居第二十九）

子夏が孔子に問うこの「三王」は「夏禹、商湯、周武（文を含む）」（新釈漢文大系「語釈」788頁）を指し、このあと

また子夏の別の問いに対する孔子の答えに次のようにいう。

三代之王也、必先二其令聞一。詩云「明明天子、令聞不レ已。」三代之徳也。「弛二其文徳一、協二此四国一。」大王之徳也。

さきの「三王之徳」をうけて、その三王をここでは「三代之王」といい、それを一まとめにして約言した語が「三代」に当たる。これの類例が、「孔子遂言曰、昔三代明王之政、必敬二其妻子一也有レ道。」（哀公問第二十七）「子言レ之、昔三代明王、皆事二天地之神明一、無レ非二卜筮之用一。」（表記第三十二）などである。

これら主には禹・湯・武らの夏殷周三代の明王をいう例とは別に、その明王治政の理想の代を一括して三代と称する例がある。端的には「三代之礼、一也。民共由レ之。或素、或青。夏、造。殷、因。周、坐レ尸、詔侑武レ方。其礼亦然。其道一也。」（礼器第十）と三代それぞれの時代の違いを越えて礼が一貫していることを強調する。また孔子がみずからの理想とする「大同」の実現した古代に、「三代」のすぐれた時代を重ねて説いた一節がある。

孔子曰「大道之行也、与二三代之英一、丘未二之逮一也。而有レ志焉。」（礼運第九）

どちらの時代についても、孔子はまだ目にしてはいないが、記録があるとして、その理想の世の具体的なありかたの実例を示した上で「是謂二大同一」（新釈漢文大系の「語釈」に「天下が公共全体の物とみなされ、人類が大きく合同して一世界をなしている状態」328頁）という。この「大同」の隠れたあとの時代になると、「各親二其親一、各子二其子一」という自分の親や子だけを親や子とする私の支配が世を蔽い私有、私利に走るために、城郭溝池で守り、礼義を設けて人倫を正し、制度を支えるなどの必要が計謀を生み、兵戦も起こる。この直後に次の一節が続く。

禹・湯・文・武・成王・周公、由レ此其選也。此六君子者、未レ有下不レ謹二於礼一者上也。（同前）

禹以下の者は、「此」すなわち計謀や兵戦によって功業を成したが、みな礼儀に謹み深い君子であり、その具体的事例を以下に列ねた上で、最後を「是謂二小康一。」と結ぶ。「大同」のあとの時代を、後世聖人とみなす偉大な為政者が礼を中心とした営為によってなんとか安泰を保つ「小康」の世とする。「大同」と「三代之英」との対応が、時代を経て「小康」と「六君子」との対応に移り変っていることは明かだから、この「三代」は、従前の例とは違い、まさに「大同」の世に通う理想の時代を指すであろう。

この「三代」そのものか、もしくは従前の夏殷周の聖王の治世三代か、いずれとも一概には定めがたいけれども、歴史の始まるその最初の時を理想の世として三つの時代に区切り、これをまとめて三代とする考えを、神世七代のその歴史の始まりを三代とする時代区分にとり込んでいるとみて恐らく大過ない。

そのとり込むねらいは、乾道独化による純男三神を、ただに尊貴な神の誕生、またあるいは神神の始祖などというそれだけの伝承にとどめず、そこから全てが始まることを強調することにかかわる。内容の上では、歴史の始まりの時代であり、かつまたその時代をまさに歴史の始源に当たる理想の時代として意味づけることに主眼を置くはずである。言い換えれば、歴史の始まりを理想の時代とするものがたりを、易の原理をもとに、乾道独化の三神の化生に具現化させたということにほかならない。さらにそのあとに続く乾坤のあい参じて化した男女耦神を、その理想の時代より下る後の時代とする。この純男の三代とそれに続く男女耦神の四代とを合わせて、神世七代として一括する時代区分は、乾道や乾坤之道のはたらきが神の化生に与ったという共通する時代の括りである。この道のはたらきに男女の営為・活動がとって替わる時代を、次に続く第四段以降がつたえる。そうした時代の転換を織り込めばこそ、この神世七代という括りが重い意味をもつ。

三、伊奘諾・伊奘冉二神をめぐる異伝、第二段一書の新しさ

しかしその一方、一書では、先行する第一段の〔書四〕が後に展開する萌芽を「又曰」に仕込んでいたように、実はもはや道のはたらきを表に立てない。神の誕生じたい、物から化生したり、あるいは当初から「有」という存在のかたちをとったりなどはしない。それに代るかたちを、第二段の一書が次のようにつたえる。

〔書一〕　此二神（伊奘諾尊・伊奘冉尊）、青橿城根尊之子也。

〔書二〕　国常立尊生二天鏡尊一。天鏡尊生二天万尊一。天万尊生二沫蕩尊一。沫蕩尊生二伊奘諾尊一。

この二つの一書が全てである。もはや第一段の一書のように天地の成りたちを冒頭に示した上でそれを神の化生につなげるなどといったかたちも、ここではとらない。天地も、道も、なんら関与しない。この記述をめぐっては、新編日本古典文学全集の当該頭注（一六）が、前者について「第二段正文によると青橿城根尊は女神なので、具体的には母子系譜となる。母子系譜は系譜の諸形式中の古型。」と説き、後者についても「この系譜は父子系譜で、新型。」と指摘する。さらに山田宗睦氏『日本書紀史注巻第一』の「注釈」（68頁）では、この頭注の説明を引き「アオカシキネは女性であった。二神がその子というのは、まず母系制的な表現である。母だけが分っている。そして二神が同母ならこれは兄妹となり、やがて結婚すれば当然に兄妹婚ということになる。」と説くばかりか、「解釈6」に「イザナキミは兄妹婚—あわせて一元的な文化形成説を排す」と見出しを立て発展的に論を展開してもいる。

伊奘諾尊・伊奘冉尊の国生みに先立つ結婚をめぐっては、確かにこうした兄妹婚説が根強い。山田説は、当該

〔書一〕の記述をいわばとっかかりとする。前掲新編全集の頭注でも、「母子系譜」「古型」、「父子系譜」「新型」と説くけれども、そもそも系譜としての実質を備えているのか、そのことから疑ってかかる必要がある。

前者〔書一〕の眼目は、前述のとおり「此二神」、すなわち直前の〔本伝〕末につたえる「次有レ神、伊奘諾尊・伊奘冉尊」の出現を、〔本伝〕の「乾坤之道、相参而化。所以成二此男女一。」という道のはたらきではなく、「青橿城根尊之子」と位置づけることにより、親の所生とする点である。この親が子を生むかたちを、〔書二〕はいっそう明確に表現する。両一書のこうしたあい通じる子の所生こそ、〔本伝〕の道のはたらきによる化生を差違化して、第四段が主題とする男女の結婚・出産に前提として位置し、かつはその先触れの意味をもつはずである。それだけに、もとより男女の結婚や出産をいまだ経ていない以上、子の所生をそのまま系譜とみなすのは早計というほかない。

たとえば〔書二〕は、外見上は系譜のかたちをとるとはいえ、あくまで「国常立尊」という第一段〔本伝〕がつたえる最初の神が、この「純男」のまま天鏡尊を生み、次次にそれをひき継いで伊奘諾尊の誕生に至ったという次第をつたえているに過ぎない。この国常立尊から伊奘諾尊に至るいわば歴代を、神世七代という括りを前提に、それに相当する区分として列記したというのがその実態である。ただし、「純男」の国常立尊から続くそのひき継ぎに、切れ目あるいは転換などといった区分の存在をうかがわせるなんらの手懸りもない。ひき継ぎを重ねた末の誕生というかたちをとる以上、しかも勿論ここに伊奘冉尊は誕生していないのだから、伊奘諾尊もまた「純男」とみなすのが筋である。そして第二段の一書をその「純男」によるひき継ぎによって第一段につなげたことが、本来その第二段〔本伝〕のもとに位置するはずの一書を、次の第三段に回すという配置につながったに違いない。

四、男女耦生の異伝、第三段の一書から第四段へ

もっとも、理由はそれだけではない。第三段〔本伝〕が第二段を承けて「凡八神矣。乾坤之道、相参而化。所以成㆓此男女㆒。」と総括していることにも、恐らくはかかわる。第一段が先に〔本伝〕を「乾道独化。所以成㆓此純男㆒。」と最後にまとめたこの総括のもとに、各一書を列記するという構成に、第三段を対応させていることは明らかである。総括のもとに、まさに同じ構成にしたがい一書を配したとみるのが自然である。この第一段との対応にそくして、まずは冒頭に「男女耦生之神」と強調する。それに始まる〔書一〕全体を次に示す。

〔書一〕　男女耦生之神、先有㆓埿土煑尊・沙土煑尊㆒。次有㆓角樴尊・活樴尊㆒。次有㆓面足尊・惶根尊㆒。次有㆓伊奘諾尊・伊奘冉尊㆒。

第三段にただ一つだけ置く一書というこのありかたも、第一段との対応上ここに配置することさらな意図を認めざるを得ないけれども、それがまた内容を規制するバイアスとしてはたらいたことも見易い。具体的には、冒頭の「男女耦生」というこのありかたを強く刻む。たとえば〔本伝〕の「大戸之道尊・大苫辺尊」をこの一書は欠く替りに、〔本伝〕にはない「角樴尊・活樴尊」をつたえている。この「くひ」をめぐる対応には、古事記に名高い軽太子と衣通王の悲恋所伝に「泊瀬の河の、上つ瀬に斎杙《いくひ》を打ち、下つ瀬に真《ま》杙を打ち、斎杙には鏡を懸け、真杙には真玉を懸け」とうたう例がある。万葉集（13・三二六三）もこの歌をつたえるが、「斎杙」と「真杙」との対応、対偶に明らかに通じる。そしてこの「樴」をめぐってそれこそ数多くの説があるにしても、こと「角」と「活」については、たとえば「室寿ぎの詞」（顕宗天皇即位前紀）に「脚日木《あしひき》の此の傍《かた》山に、牡鹿《さをしか》の角挙《つのささ》げて吾

が儛すれば」と寿《ほ》く「牡鹿の角」のごとく雄々しく立派な「角《つの》」と、これにたぐう活力に溢れた「活《いく》」とを、「男女耦生」にそくしてそれぞれ男女に配したに相違ない。

こうしてただ神をさし換えただけにとどまらず、「男女耦生」の実質をいっそう強調する神の体系が整う。同じく男女四組八神ながら、〔本伝〕に「乾坤之道、相参而化。所以成二此男女一。」という男女の化生に対して、一組の男女のあいたぐう出生を強調することじたい、その当の伊奘諾尊・伊奘冉尊のペアあるいはカップルとして協働する行為や活動へ道を開くといった意味あいが強い。また一方、先行する第二段の一書が、前述のとおり親が子を生むというかたちをとり、来たるべき時代の出生の先駆け的な位置をしめることとうちあう関係にある。〔本伝〕に対する異伝だからもち得た、あるいは許容のうちにある自由を逆手にとり、そうして積極的な活用をはかり、新しい時代をとりどりに準備する役割を一書に託していたというのが、すなわち第二段、第三段に共通する一書の実態である。第二、三段ともに、〔本伝〕よりこの一書こそが第四段に直につながる。けっして明示的ではないけれども、序章に指摘したとおり（49頁）、これはこれで差違化に伴うわたりとしての意味を確かに担う。第一段〔書四〕が「又曰」に高天原や高皇産霊尊をつたえ、これが後の段に展開するわたりとしての意味をもつことにそくしていえば、「純男」から「男女耦生之神」への連続を梃子に、あい通うこのわたりを組みこんでいたとみるのが自然である。

神代上　第四段

一、瓊矛で探り潮が滴って成る嶋、磤馭慮嶋

次に続く第四段は、第二段に化生した伊奘諾尊・伊奘冉尊二神による国生みを中心に所伝が展開する。冒頭に「伊奘諾尊・伊奘冉尊立二於天浮橋之上一、共計曰、底下豈無レ国歟。」という国に言及した一節が立つ。直前の第三段に「乾坤之道、相参而化。所以成二此男女一。」という男女（対耦神）の化生をつたえ、そうして化生した八神の最後の男女神に伊奘諾尊・伊奘冉尊二神が当たるというこの成りたちは、周易の繋辞上伝に「乾道成レ男、坤道成レ女。」という男女の化生が当該繋辞伝の冒頭にいう「天尊地卑、乾坤定矣。」を承けることに通じるはずだから、乾坤の定立、すなわち天と地がすでに定まったあとを承ける。天地の定まった世界で、次に二神の活動する場が国である。

ただし、その当の一節の「底下豈無レ国歟」をめぐっては、訓みに問題がある。たとえば新編日本古典文学全集の当該頭注に「この『豈』は反語表現のほかに、『歟』と呼応して疑問表現をもなす。」と説いた上で「もしや国はないだろうか」と訳を施す。また日本古典文学大系では「補注」（二七。552頁）に「ここのアニはケダシ（恐らく）の意。」と前置きして「そのもとに、『クニアラム』というに類するヤマトコトバがあったので、それを漢訳したのではあるまいか。」と推測するなど、多くが反語表現とはみなしていない。この先行説に「反対である。

反語で十分である。」と異を称えるのが『日本書紀史注』（巻第一。88頁）である。この直後に「紀の作者は、イザ二神を国土創造、天下之主者たる三貴子を生んだ国初の貴神とみなしている。その神がアルカナ、ナイカナなどとためらうはずはない。確乎としてカナラズアルとのぞんだのだ。」と主張する。

　これら先学の説に参照した跡をとどめないけれども、同じく会話文にあって表現の構成もあい通じる類例が神代紀にある。二例あるうちのまず始めが第八段〔書六〕の「吾等所レ造之国、豈謂二善成一之乎。」、次に第十段〔書二〕の「天孫之胤、豈可レ産二於海中一乎。」であり、とりわけ後者は、直後に「故、当二産時一、必就二君処一。」と続けるとおり確実に反語をあらわす。当面の例にこれら二例を加えた三例すべてを、主に会話文に使う反語表現として一括することが可能である。神代紀の「豈」を特徴づけるこの用例は、はるか時代は下るが、今昔物語にも共通する。「豈」の全二十九例について調査した結果を、谷光忠彦氏『増補版今昔物語集の文体の研究』（第二章の「第一節『豈（アニ）』の用法」。二〇一一年五月。武蔵野書院）が次のように述べる。

　今昔物語集では「豈」の全用例中、巻十三と巻十七の二例の「地」を除いてすべて会話の例であることが知られたが、当時、文語文ともいうべき訓読語の「豈」が会話文に例の多いことはなぜだろうか。

こう提起した問題に「漢文の先行文献に起因するところが大きいものと考えるべきであろう。」（59頁）と解釈を加えた上で、さらに広く「平安初期から、鎌倉時代にかけて、訓読資料にみられた用法をたどってみると、『豈』の承応は平安前期には『…ジ』の打消の承応を除いて『…ム』『…ムヤ』『…ヤ』が用いられている。この反語形式は、後世まで引続いて最も一般的に用いられる用法である。」と説き、これらの調査をもとに今昔物語の全用例のほとんどが「平安時代の訓点資料にみる『豈』の承応法の域を一歩も出ないものである。」（65頁）と指摘する。そして恐らく会話文に用例が集中する点を考慮したからであろうが、「仮名文学作品」の「古くは、万葉集・続日本紀宣命・日本書紀歌謡にその例をみる。」として逐一採りあげて「奈良時代では、反語で承応するもののほかに、打消で承応するものがあることがわかる。」（66頁）という見解を示す。用例にここまで広く当っても、ついに疑問表現の例は皆無、この結果はやはり参照するに値するであろう。念のため築島裕氏『平安時代の漢文訓読語につきての研究』（533頁。一九八〇年九月。東京大学出版会）を徴するに、「豈《アニ》」について「上代では、否定で結ぶ場合と反語で結ぶ場合とがあったが、平安時代ではすべて反語で結ぶ場合ばかりで、しかもそれはすべて訓読の例であり、和文にはこの語の例を全く知らないのである。」と説く。

結局、「豈」の当面の例にしても、反語表現とみなすのが最も自然である。さらにこの前後の一節をめぐる解釈にも、反語表現が適切である。すなわちこの表現により、底下に国があるに違いないと二神が言表したうえで、これを前提とした行為を「硒以二天之瓊矛一、指下而探之。」とあらわす。言表とそれに伴う行為とのこの関係は、天神の命を承けて国譲りを迫る経津主神・武甕槌神の二神に対して大己貴神が答えたなかに言う国の平定につながる。それを、第九段〔本伝〕が次のようにつたえる。

乃以二平レ国時所レ杖之広矛一、授二二神一曰「吾以二此矛一卒有レ治レ功。天孫若用二此矛一治レ国者、必当二平安一。

大己貴神が国を平定する際に使用して功績をあげたという「広矛」を二神に授けて、これを推奨することをいう。その効能に、「平レ国」と「治レ国」の二つを挙げる。

一方の「瓊矛」のばあい、矛の長いという特性上、「指下而探之」に適した道具という一面も確かに無視できない。たとえば壬申の乱の最終局面となる安河の攻防戦をつたえるなかに、大分君稚臣が敵陣に突入する際に「棄二長矛一以重二擐甲一、抜レ刀急踏レ板度之。」（天武天皇元年七月）と長矛を刀に換えている。また古事記では、倭建命を東国平定に派遣する際に景行天皇が「遣之時、給二比比羅木之八尋矛一。」と八尋にも及ぶ長い矛を給う。

しかしこの矛は、日本書紀の、同じ日本武尊を東国平定に遣すさいに景行天皇が「天皇持二斧鉞一以授二日本武尊一」（景行天皇四十年七月）と授けた斧鉞（誅罰を加える刑具）に相当する。後者は、神功皇后が新羅討伐に出立するに当って「時、皇后親執二斧鉞一、令二三軍一。」（神功皇后摂政前紀）と皇后みずから執った斧鉞に類する。神功皇后は、この斧鉞を執って軍を進め、新羅を屈服させた上で、最後には「即以二皇后所レ杖矛一、樹二於新羅王門一、為二後葉之印一。」とみずから杖ついていた矛を新羅王の門に樹て、後の世につたえる印とする。この矛をめぐる「皇后所レ杖矛」という表現は、「皇后親執二斧鉞一」との別を確かに示す。そしてむしろ、大己貴神による国の平定をつたえる前掲の「平レ国時所レ杖之広矛」に明らかに通じる。前掲のあの東国平定に遣すに当って景行天皇が倭建命に与えた「比比羅木之八尋矛」も、文脈上の斧鉞との対応とは裏腹に、用途じたいは、誅罰用の刑具ではなく、平定を進めるさい杖として権威や武威を示す象徴的な意味が強い。

実際に、平定のために矛を杖にして敵陣に臨むという例を古事記がつたえている。すなわち安康天皇を殺害した目弱王が逃げこんだ都夫良意美の家を雄略天皇軍が囲むと、迎撃して矢を雨のように射かけてくる。この直後に「於レ是、大長谷王以レ矛為レ杖、臨二其内一詔、我所二相言一之嬢子者、若有二此家一乎。」とつたえる。これに、都夫良意美は「先日所二問賜一之女子、訶良比売者侍。亦副二五処之屯宅一以献。」と八拝して応じながら、「自二往古一至二今時一、聞三臣連隠二於王宮一、未レ聞三王子隠二於臣之家一。」と理由を挙げ、死を覚悟して目弱王を守り抜こうとする。女の訶良比売の献上では天皇に対する都夫良意美の忠節を強調する一方、死すら厭わない断固たる拒絶は、王族の信頼を裏切りまいとする臣下の涙ぐましい覚悟に力点を置く。この都夫良意美を相手とすればこそ、傍線部のように矛を杖ついて平定するというかたちをことさらとるはずである。この矛じたい、神功皇后の前掲「皇后所レ杖矛」に確実に重なる。

もとより、相手がいない以上、平定とは直接に結びつかないけれども、あの大己貴神の「広矛」を「平レ国」に功があり、さらに「治レ国」にも効果を発揮するとつたえ、そのあと採りあげた諸例がこれに連なる実態にかんがみて、伊奘諾尊・伊奘冉尊二神の瓊矛もまたこれらと一連のものとみなすのが自然であろう。そうである以上、大己貴神が「広矛」を「平レ国」や「治レ国」に使用して功ありとしたと同じように、二神が国の存在を想定した上で、地にその国をあらしめるさいに使って功を収めることになるが、げんになによりも先んじるその功をつたえるのが、くだんの「以二天之瓊矛一指下而探之、是獲二滄溟一。其矛鋒滴瀝之潮、凝成二一嶋一。」という一節だったはずである。この成りたちにそくして名を磤馭慮嶋とするけれども、矛を使って国をあらしめる二神のはたらきのその第一歩に当たり、その限り島はまさに二神による矛の功の端的な表現にほかならない。そして磤馭慮というその名じたいは、国をあらしめる実質的な行為を始めるべき適当な時期、状態に地が達していることを示唆してもいる。

二、磤馭慮嶋という国中の柱

滄溟に出現した磤馭慮嶋は、いかにも象徴的である。一つは、形のない滄溟に出現した形あるものという点、もう一つが名辞の磤馭慮のあらわすおのずから成りたつという点である。前者は、第一段に「洲壌浮漂」という形の定まらないなかに、まさにその時「于レ時、天地之中生二一物一」と誕生した一物が「便化為レ神」と化して神となるこの形あるものとして出現したかたちに類同する。後者はこの神に関連するが、同じく第一段〔本伝〕に「乾道独化。所以成二此純男一。」という他のかかわりもなく単独でそれみずからが純男に成るかたちに、名辞とする島の「其矛鋒滴瀝之潮、凝成二一嶋一。」というおのずからの成りたちが通じる。

たがいのこの対応は、形の定まらないところに形あるものが成ること、その出現が形をなすものの単独かつ自発的、自律的なかたちをとることの、この二つの点に集約することができる。もちろん、これには続きがある。それが、一つには第三段に「乾坤之道、相参而化。」という乾坤の交合による男女神の化生である。この男女神の最終の対となる伊奘諾尊・伊奘冉尊二神による「共為二夫婦一、産二生洲国一。」という第四段につたえる男女の結婚による洲国の生産が、前者を承けて展開するもう一つの続きである。所伝を、こうして第一段の純男の化生と第二段の男女の化生とにそれぞれ対応させてなぞるように成りたたせている点に、第四段〈本伝〉の特徴がある。内容上も、この成りたちに伴い、なかんずく第二段に列記する男女の化生とのかかわりを強くもつ。

さて、磤馭慮嶋に天から降った二神は、そこでまず「便以二磤馭慮嶋一、為二国中之柱一。」というようにこの嶋を国中の柱とする。後に「分二巡国柱一」と言いかえているので、これを国柱と称するとして、嶋を国柱とすることについて、重要な問題でありながら、いまだ定説をみないのではないか。たとえば神の依代として立てる柱の忌柱説や柱の周囲を男女が巡ることにちなむ婚姻儀礼説など（『日本書紀史注』。94頁）の主な先行説は、「国の中央に立てる神霊の宿る柱」（新編日本古典文学全集当該頭注一八）という説明をはじめ柱を立てることを前提とする。しかしそれが前提とはなり得ないことは、右に引用した当該一節の表現に明らかである。げんに、対応する古事記の「見二立天之御柱一」の注解に引用する当該一節の国柱に言及した「柱については、オノゴロ島を『国中之柱』と見なすのであり、そしてそれは、当然のことのように、その周囲をめぐるものとして捉えられている。」（『古事記注解2』上巻その一。89頁。笠間書院）という指摘もある。ただし、「見なす」のではない。なお、古事記の「天之御柱」をめぐって付言すれば、勝俣隆氏『異郷訪問譚・来訪譚の研究　上代日本文学編』（その第四部の第三章「天の御柱と天上世界への昇天」。二〇〇九年一二月。和泉書院研究叢書398）が先学の研究成果を踏まえ該博な論説を展開している。その注（1）に「なお、日本書紀神代上第四段本文に見られる『国中の柱』については、実質的には『天の御柱』と同じものと見なせると考えるが」（297頁）とある。

あくまで磤馭慮嶋を柱とするというのが、当該一節の内容である。これには、恐らく先例がある。その候補の一つが崑崙山である。崑崙山をめぐっては、神仙の山とつたえるなかに特徴をみせる。たとえば「（赤松子）至二崑崙山西王母石室一」（『列仙伝』芸文類聚巻七十八「仙道」）「夫帝者、位殊二万国一、富有二天下一。（中略）宮殿闕庭、等二耀紫微一。何顧二乎王母之宮、崑崙之域一哉。」（「魏陳王曹植弁道論」同前）「周穆王十七年、西征至二崑崙丘一、見二西王母一。」（「紀年」芸文類聚巻七「崑崙山」）など西王母の居所とする伝承が著名だが、これとは別に天帝の下界の都とし、その高さが天に達するといった特徴に恐らくは関連して、この山を柱（天柱）に関連づける。次にそれらの例を一括して挙げる。類書の例を引用する便宜上、芸文類聚の巻七「崑崙山」を（崑）、同巻七十八「仙道」を（仙）、また太平御覧巻三八「崑崙山」を（太）とそれぞれ略称し、その下に出所書名を記すことにする。

（1）崑崙山、天中柱也。（崑「龍魚河図」）

（2）崑崙有二銅柱一焉。其高入レ天。所レ謂天柱也。圍三千里。円周如レ削。銅柱下有二廻屋一焉。（崑「神異経」）

（3）崑崙山有レ柱焉。其高入レ天。所レ謂天柱也。圍三千里。円如レ削。下有二仙人九府治一、与二天地一同二休息一。（仙「神異経」）

（4）崑崙従広万一千里。神物之所レ生、聖人神仙之所レ集。（崑「博物志」）

（5）崑崙、一曰二玄圃一。（中略）一曰二天柱一。皆仙人所レ居也。（崑「葛仙公伝」）

（6）崑崙之山、地首也。是惟帝之下都。故其外絶以二弱水之深一、又環以二炎火之山一。（崑「捜神記」）
（7）崑崙月精、水之霊府、惟帝下都。西羌之宇、嶸然中峙、号曰二天柱一。（崑「晋郭璞崑崙丘賛」）
（8）崑崙之山、為二地首一。（中略）横為二地軸一。上為二天鎮一。立為二八柱一。（太「河図括地象」）
（9）崑崙山、天中柱。（太「河図」）
（10）槐江之山、実惟帝之平圃、南望二崑崙一。（太「山海経」）
（11）崑崙之墟、方八百里、高万仭。（中略）百神所レ在。（同右）
（12）崑崙之山、是惟帝之下都。環以二炎火山一。（太「捜神記」）
（13）是陵、崑崙山也。上有二金台玉闕一。亦元気之所レ合。天帝君治処。（太「十洲記」）

原則として同じ書名で記述内容の一致度が高い例は一方のみを掲出したが、（2）と（3）、また（6）と（12）のようにその異なりの大きい例は共に採っている。関連する例の全てを採りあげたとは到底いえないにしても、崑崙山をめぐる記述の大勢や概要を知るには、恐らく不足はない。

そのうち特に崑崙山と柱とのかかわりをみるに、（2）（3）のように崑崙山に柱があるとする例は、「其高入レ天」をはじめ柱そのものに焦点を当てる。また（6）（8）に崑崙山を「地首」（地の頭）という例では、（6）の捜神記の原文（二十巻本巻十三）が「火浣布」（火で洗う布。火に焼けない）を産する西域所在の山とする。これとは別に山そのものを柱とする例のうち、（5）の「一曰二天柱一」と（7）の「号二天柱一」は、天柱の名をもつだけに過ぎない。しかも、前者が葛洪、後者が郭璞という共に晋人のつたえる所伝である。一方、（1）（8）は「天中柱」とする。従来、特に（2）の「神異経」の例に多くが着目する。

前掲の勝俣氏の論著でも、当該例を引き、『書紀集解』がこれを「天柱」の出典として挙げていると指摘する。

その上で、この例を踏まえる一方、「崑崙山と昇天図」と題する曾布川寛氏の論考の崑崙山と北極との関連をめぐる所説を援用して「端的に言えば、崑崙山自体が、不動の北極星を、世界の中心で天空を支える柱状の高山に見為したものだったのである。」（前掲書295頁）と説く。勝俣説は北極星に焦点を当て、この直後には、これに関連するエリアーデの論述（『永遠回帰の神話』及び『シャーマニズム』）を引いて独自な論述をさらに展開してもいる。古事記の「天の御柱」をめぐる論としてはともかく、ここでは参照すべくもないので改めて当面の問題にたち返るとして、磤馭慮嶋じたいを柱とする例としては、（2）以上に、むしろ「崑崙山、天中柱」とつたえる（1）（9）に目を向けるべきだし、実は、さらに内容の近い一節を、同じ緯書がつたえている。それを収載する初学記（巻第五、地理上「総載地第二」の〈叙事〉）の記述は次のとおり。

　河図括地象曰、崑崙山為二天柱一。気上通レ天。崑崙者、地之中也。地下有二八柱一。柱広十万里。有二三千六百軸一、互相牽制。名山大川、孔穴相通。

この一節は、「淮南子云、天有二九部八紀一、地有二九州八柱一」という見出しの下にある。この「九州八柱」をめぐっては、淮南子（巻四地形訓）に「天地之間、九州八柱」とあり、新釈漢文大系の「校訂」が「柱」の校異を巡り「原文は『極』。『御覧』一五七州郡部三等の所引により改めた（王念孫説）」と注を付す。げんに、初学記所引の淮南子の一文には、別に『太平御覧』一五七州郡部三の「叙州」に収載する「河図括地象」の「天有二九部八紀一、地有二九州八柱一」という同一の文がある。それだけに、同じ「河図括地象」の右に引用した一節はいっそう注目に値するが、見出しの淮南子「地有二九州八柱一」に対応するのが、その一節の「地下有二八柱一」であり、そうしてこの「地下」に対応するいわば地上に「崑崙山為二天柱一。気上通レ天。崑崙者、地之中也。」のすべてがかかわる。すなわち、この崑崙山そのものが天柱であり、そこからは気が上昇して天に通い、またそこが地の中央に当たるという位置を示す。

この天柱は、たとえば前掲（2）（3）に「其高入ㇾ天。所ㇾ謂天柱也。」という崑崙山所在の天柱とは、実質を明確に異にする。その実質にそくしたかたちを、前掲初学記所引とは別に、同じ「河図括地象」の一文がつたえている。『太平御覧』（巻三六、地部一「地上」）が収載するその一文の例に、「崑崙山為ㇾ柱。気上通ㇾ天。崑崙者、地之中也。」とあり、傍線を付した内容・表現とも、当面の「以二磤駁慮嶋一、為二国中之柱一」に明らかに通じる。崑崙山という著名な神山だけに、これを参照してくだんの一節が成りたつとみて恐らく大過ないはずである。

念のためこの見方にそくして「国中之柱」の内実を確めてみるに、前述のとおりそれを言い換えた国柱に関連する例がある。すなわち、国柱の語構成を上下倒逆させた語の「柱国」である。実例を戦国策（斉巻第四「国子曰」）がつたえている。強国秦が境を接する魏、趙、楚を侵伐して奪い取ったそれぞれの国の都を、それは指す。「安邑者、魏之柱国也。晋陽者、趙之柱国也。鄢郢者、楚之柱国也。」というこの「柱国」に、宋の鮑彪が「言其於ㇾ国、如二室有ㇾ柱。」と注を付し、新釈漢文大系の同書当該語の「語釈」に「柱が家を支えるように、国家を支持する重要な土地。国都。首都」と解釈を施してもいる（533頁）。国を支える柱となる重要な土地であればこそ、そこを都とする。それゆえにまたそこが国の中心に位置するというありかたは、国を地に置き換えれば、崑崙山に確実にあてはまる。ひいてはそれが磤駁慮嶋にもあてはまることは、疑いを容れない。

かくて「為二国中之柱一」とは、磤駁慮嶋に国の支柱となる中心的な位置を賦与する行為にほかならない。崑崙山の位置する「地之中」に通じるそのありかたに鑑みて、国を支える柱としての意味あいは認めがたい。国を生む以前の段階だから、むしろそれが当然なのだが、翻って柱をめぐる崑崙山とのかかわりの上では、「河図括地象」の所伝とは別の系統ながら、前掲の神異経にいう「圍三千里。円周如ㇾ削。銅柱下有二廻屋一焉。」（2）、「圍三千里。円如レ削。下有二仙人九府治一。」（3）などのいわば円柱ないしそれに類する形状も崑崙山の一面という以上に、その形状じたい、柱から必然的にかたちをとった、つまりは連想によるはずだから、磤馭慮嶋を柱とするそもそもの発想に、その形状への連想がはたらくことは自然である。この形状の磤馭慮嶋は、その周囲を廻る、ないし旋回する行為におのずからつながる。伊奘諾尊・伊奘冉尊二神による磤馭慮嶋を国柱とした左旋右旋こそ、そのつながりをかたちにした表現にほかならない。

三、二神の柱巡り、右旋左旋

もっとも、二神による国柱の旋回については、一般にさきに挙げたとおり多くが柱を立てることを前提とした説を採る。忌柱説や婚姻儀礼説などがその典型だが、これに批判的な「柱については、（中略）当然のことのように、その周囲をめぐるものとして捉えられている。」（前掲『古事記注解2』。89頁）という見解も、確かに一方にはある。それでも、立てるものではないにせよ、というより、立てるものではないとするだけに、いっそう柱と旋回との関連について説明を尽くす必要がある。ただ無条件に「その周囲をめぐるもの」とみる限り、前提説と本質的には違いがない。

柱だから、これを立てるもの、あるいは周囲をめぐるものとみるのは、常識や思いこみの域を出ない。前節に指摘した崑崙山に通じる柱のありかたに、それらは通用しない。前述したとおり磤馭慮嶋を「国中之柱」とすることじたいに、国の中心となる位置をそれが占めるといった意味をこめているはずである。その周囲をめぐることを、もとよりそれは前提としない。柱とすることとその周囲をめぐることとが、本来的にはたがいを前提としないにもかかわらず、前者を承けて後者が継起的に展開するについては、だからこの両者の関係が導くのではなく、むしろ後者にその契機がある。

具体的には、後者の柱めぐり、すなわち二神の旋回じたいに関連するが、そもそも柱とはかかわりをもたない。この旋回と続く二神の唱和に、従来は中国古典の一節とのつながりを指摘するのが通例である。主要な例を新編日本古典文学全集の頭注が要領よく挙げているので、次にその該当部分を引用する。

（一）男が左旋、女が右旋というのは、「天ハ左旋シ、地ハ右動ス」（春秋緯・元命包）、「北斗ノ神ニ雌雄有リ、…雄ハ左行シ、雌ハ右行ス」（淮南子・天文訓）、「天ハ左旋シ、地ハ右周ス。猶《なほ》シ君臣陰陽相対向スルガゴトシ」（『芸文類聚』天部所引『白虎通』）など、漢籍に例が多い。（頭注一九。26頁）

（二）左旋右旋後の男女唱和の例は『医心方』和志第四所引『洞玄子』に「天ハ左転シ、地ハ右廻ス。…男唱ヘテ女和《こた》フ」とある。男唱女和の順序を逆にしたため異常出産したとする。（頭注二。同右）

（二）を（一）とは切り離しているけれども、日本古典文学大系が補注（1―二八。552頁）に「左旋右旋」の標題の下に、（一）の『白虎通』の例と共にこの『医心方』の一節をより詳細にわたって引く。男唱女和については後に言及するとして、男女の左旋右旋にかかわるあい通じる例として（一）（二）の各例を一括するのが従来の取り扱いである。

その特徴は、天と地とがそれぞれ左旋右周するという点にある。天と地のこの旋回についても、勝俣氏は「北極星を中心とした回転運動」（前掲書292頁）と北極星に言及する。一般には、しかし天と地との対応にもっぱら関心を寄せる。用例じたい、たとえば白虎通がその旋回する天地を君臣などの「相対向」にたとえるとおり向きあうかたちをとり、それにどこまでも終始する。頭注が「漢籍に例が多い」と付言しても、二神の旋回がこうしたかたちを参照したとは考えがたい。天と地の限りでは、どこまでも相対の関係にとどまり、「分二巡国柱一、同会二一面一」という旋回が会合につながる契機をもたないからである。しかしそのなかでも、頭注の（一）に採りあげている准南子の例は、実はこの一群のなかでは異質である。まさに旋回が会合に不可分のかかわりをもつ。

そこで、改めて准南子の原文を採りあげてみる。北斗の神（斗杓）に雄神（陽建）と雌神（陰建）とがあり、この二神がたがいに逆廻りに十二辰を巡り、子に当たる十一月の昏と午に当たる五月の昏と二回会合する。この原文は次のとおり。

北斗之神有二雌雄一。十一月始建《シ》二於子《ニ》一、月徙二一辰一。雄左行、雌右行。五月合レ午、謀レ刑。十一月合レ子、謀レ徳。（巻三天文訓。二十一段）

二回の会合のうち、十一月は冬至の一陽来復の時なので徳（陽）を謀り、五月は陰の長じはじめる夏至なので刑（陰）を謀る。陰陽の性質を象徴的に表すこの刑徳については、別に次の記述がある。

陰陽刑徳有二七舎一。何謂二七舎一、室・堂・庭・門・巷・術・野。（中略）徳在レ室則刑在レ野。徳在レ堂則刑在レ術。徳在レ庭則刑在レ巷。陰陽相徳、則刑徳合レ門。八月二月、陰陽気均、日夜分平。故曰二刑徳合一レ門。徳南則生、刑南則殺。故曰、二月会而万物生、八月会而草木死。（同七段）

刑と徳とがそれぞれ「七舎」を逆に巡る。新釈漢文大系の淮南子当該一節の「余説」（149頁）によると、この七舎と十二辰とは、室（子）、堂（丑・亥）、庭（寅戌）、門（卯・酉）、巷（辰・申）、術（巳・未）、野（午）という対応関係にあり、逆方向に巡る徳と刑とは、二月と八月に門に会同する。陰陽の気がこの時（仲秋と仲春）あい均しく、昼夜は平分であり、このあと徳が南にむかうと万物が生じ、刑が南に向かうと万物が死ぬ。これら雌雄の神と刑徳との相関を、この「余説」では表にまとめているので、次にそれをひき写してみる。

刑の所在		(右行)	雌神の所在	徳の所在		(左行)	雄神の所在	
(野)	午	↑	子	(室)	子	↓	子	十一月
(術)	巳		亥	(堂)	丑		丑	十二月
(巷)	辰		戌	(庭)	寅		寅	一月
(門)	卯		酉	(門)	卯		卯	二月
(庭)	寅		申	(巷)	辰		辰	三月
(堂)	丑		未	(術)	巳		巳	四月
(室)	子	↑	午	(野)	午	↓	午	五月
(堂)	亥		巳	(術)	未		未	六月
(庭)	戌		辰	(巷)	申		申	七月
(門)	酉		卯	(門)	酉		酉	八月
(巷)	申		寅	(庭)	戌		戌	九月
(術)	未	↑	丑	(堂)	亥		亥	十月
七舎			十二辰	七舎			十二辰	

※
表中に、七舎・十二辰及び左行・右行・矢印・四角の囲みなどを私に書き加えている

一年を周期として巡行・旋回する雌雄の神や刑徳が、表のとおりそれぞれ十一月と五月、二月と八月とに会合するというこの説を含め、「しかし淮南子天文訓は六律六呂と二十四気との配当の仕方がまだ充分整理されていない。（中略）漢書律暦志にいたって始めて十二律と十二月、十二辰、二十四気との結合が完全となり、かつ易との結合が見られる。」という指摘が、鈴木由次郎氏『漢易研究』（その「第二部　漢代象数易の研究」228頁。昭和三十八年三月。明徳出版社）にある。この研究は、易を中心とする。その「爻辰は十二辰、十二律、二十四気、二十八宿等を乾坤二卦の十二爻に配当して作られた象数易の一大組織で、鄭玄によって唱えられた易論である。」（226頁）という爻辰説を詳細に分析し、鄭玄がこの配当を「呂氏春秋や月令から着想したものであろう。」（231頁）と

説く。論述のあれこれに批評を加える能力も余裕もない。しかし注目すべきは、「このような爻辰の配当法はけだし漢書律歴志にもとづいたものであろう。」と指摘したあとの次の一節である。

そして鄭玄は爻辰において乾の初九を十一月子に、坤の初六を六月未に置き、一つ置きに配当する思想的根拠を易緯乾鑿度の次の文に求めたのである。

天道左旋、地道右旋。二卦十二爻而朞一歳。乾陽也。坤陰也。並治而交錯行。乾貞㆓於十一月子㆒、左行、陽時六。坤貞㆓於六月未㆒、右行、陰時六。以㆓奉順㆒成㆓其歳㆒。（233頁）

易緯の所説がなにを拠りどころとしているのか知るすべもないが、「坤の初六を六月未に置」くと説く鄭玄の爻辰説が、易緯の「坤貞㆓於六月未㆒」という一節を踏まえることは当然ありうる。しかしそれは、どこまでも乾と坤、天道と地道という天地をもとに成りたつ基本を同じくしているからであろう。同じ易でも、たとえば京氏易伝（漢魏叢書。明の陳榮刻本。新興書局発行）は「龍徳十一月在㆑子、在㆓坎卦㆒、左行。虎刑五月午、在㆓離卦㆒、右行。」（巻下）という淮南子の説に通じるかたちをとる。

これ以上の穿鑿は、もはや徒らに煩雑を重ねるだけでしかない。当面する二神の旋回にたち戻るとして、採りあげたどの説をひき当てるのか、もちろん重要な問題には違いないが、恐らく決め手を欠くのではないか。しかしそのひき当てもさることながら、ここで注目すべき事実が、天、乾、雄、徳と地、坤、雌、刑とのあいたぐう二項が十二月、十二辰などを旋回し、かつ会同するという点である。その旋回が、前者の左旋、後者の右旋というかたちをとる点はいずれにも共通する。いわばこの共通する思想的基盤の上に、たとえば淮南子天文訓がつたえるあの斗杓の雌雄二神をめぐる旋回と会同も成りたっていたはずである。伊奘諾尊・伊奘冉尊二神の旋回と会同も、もちろんこの一類型として位置する。

そしてその類型を所伝に採り入れたとすれば、ここからはもはや推論に属するが、二つの想定がおのずから成りたつ。一つは、伊奘諾尊・伊奘冉尊二神の旋回が十二月や十二辰などの時間の推移や季節を生みだしたのではないかというもの。もう一つが、旋回は一周を予定するはずだから、半周を終えて会同し、徳から刑に転換した時点の、たとえば淮南子の前掲一節に「五月会レ午、謀レ刑」（二十一段）、一方では「八月会而草木死」（第七段）という五月あるいは八月に当たる陰のいよいよ陰気を伸長させようとする形勢が、伊奘冉尊に「陰神先唱」を促したのではないかという想定である。二つの想定ともに、裏付けは得がたい。しかし後の所伝の展開を説明する上には、想定の内容ははなはだ有効である。

前者では、たとえば第五段〔本伝〕に「吾已生二大八洲国及山川草木一。何不レ生二天下之主者一歟。」という伊奘諾尊・伊奘冉尊二神の協議をつたえ、ここに言及する「草木」の生育は季節の存在を前提とする。同段〔書十一〕は、端的に「即以二其稲種一、始殖二于天狭田及長田一。其秋垂穎、八握莫莫然、甚快矣。」という春の播殖と秋の収穫をつたえる。これを承けて、第七段〔本伝〕がこの田をめぐる「素戔嗚尊、春則重播二種子一、且毀二其畔一。秋則放二天斑駒一、使レ伏二田中一。」という春と秋に加えた素戔嗚尊の悪行をつたえる。自然の推移、四時（四季）の循環、さらに春や秋などの始源を求めるならば、まさに二神の旋回こそがそれに相当する。発生あるいは誕生の順序としても、第一段〔本伝〕冒頭の記述に対応する天と地の成りたちをつたえる淮南子天文訓の一節の最後にあたる「故天先成而地後定。」をひき継いで、次に「天地之襲精、為二陰陽一。陰陽之専精、為二四時一。」と春夏秋冬の四時がなり、このあとに「四時之散精、為二万物一。」と万物の化生をいう。天地成定のあとのこの陰陽、四時、万物の生成をめぐる継起的な展開に対応して、それぞれ陰陽（伊奘諾尊・伊奘冉尊）と万物（大八洲国及山川草木）との間に、四時は当然あり得る。されば、二神の旋回こそその生成に関与したとみるのが自然である。

一方、後者の、旋回を半周終えて陰気の伸長する形勢が伊奘冉尊の先唱を促したとみなす想定だが、実は、男女の唱和をめぐる先後じたいに問題の本質がある。伊奘冉尊の先唱を促しているとすれば、陰気の伸長する形勢はその契機に当たる。この本末の関係上、問題の本質を解明する作業への取り組みが優先する。先唱を促しているか否かの見極めも、その結果にかかっている。

四、二神の唱和、先唱後和

そこで改めて伊奘諾尊・伊奘冉尊の唱和に立ちかえってみるに、磤馭慮嶋を国柱とした上でこれを旋回して唱和する一連の展開は、そもそも「欲下共為二夫婦一、産中生洲国上。」という二神の企図に発し、最終的に「於レ是、陰陽始遘合為二夫婦一。」というその企図どおり夫婦になるまでの諸事態、経緯をものがたる。要は結婚を主題とする。いわゆる国生みは、この結婚の必然的な結果である。その結果以上に、そこに至る一連の展開、なかんずく結婚をめぐる二神の行為やはたらきに焦点を当てる。

一方で、第一段の「乾道独化、所以成二此純男一。」、第三段の「乾坤之道、相参而化。所以成二此男女一。」という純男から男女へ神の化生が進展する延長上に、この男女二神の結婚を位置づけている。それだけに、第一段、第三段ともに易をもとにその化生をつたえているとさきに指摘したと同じく、結婚をめぐって、易との関連の上にこの第四段も成りたつことをおのずから見通すことができる。そしてげんに易の「帰妹」の卦が、その具体的内容をつたえている。

その卦の内容を「帰妹、征凶、无レ攸レ利。」と冒頭に示す。王弼の注に「妹者、少女之称也。」、また正義には

「婦人謂レ嫁曰レ帰」と説く少女の嫁ぐことをいうが、この卦辞について彖伝はそれぞれ次のように説明を付す。

彖曰、(A)帰妹、天地之大義也。(B)天地不レ交而万物不レ興。(C)帰妹、人之終始也。(D)説以動、所レ帰妹也。(E)征凶、位不レ当也。无レ攸レ利、柔乗レ剛也。

傍線部に新釈漢文大系『易経中』（今井宇三郎氏訳注。平成五年十二月。明治書院）の施す解説によれば、それぞれ（A）「陰陽二気の交感を示す天地の大義（条理）であるとの意。」、（B）「天地の二気が交感しなければ、万物は起こり盛んにはならないとの意。」、（C）「帰妹は、女の道の終りであり、婦の道の始めであるとの意。」、（D）「女が悦び男の迎え来るを待たず、先きに自ら往き男もこれに感じ動くをいう。（中略）嫁ぎ行くのは妹（少女）であるとの意。」、（E）はそれぞれ「征凶」「无レ攸レ利」という冒頭の卦辞についてその理由を爻位の「不正」「不善」によるとするものだが、卦辞じたいについては「迎えを待たずに『少女』が自ら嫁ぎ往くのは、礼に反し不善であるから、当然、凶であり、万事によろしくないとの占である。」（以上、一〇七三、四頁）と説く。この解説をもとに帰妹の概要をまとめれば、少女の帰嫁を天地陰陽の気の交感と同じく大義（条理）とみなす基本認識に立ち、それゆえその大義に背く少女の男の迎えを待たずみずから嫁ぎゆく帰妹を、礼に反した不善な所行だから凶とするという、ほぼこれが内容である。

この卦の内容を端的に示す特徴が、右に引用した一節の（D）「説以動、所レ帰妹也」、（E）「柔乗レ剛」などの、嫁して往く少女が悦んで進み行き、柔爻が剛爻の上に乗じる表現である。これと対照をなす卦が、下経の冒頭に立つ「咸」である。卦辞をまず「取レ女、吉」と示し、彖伝に「咸、感也。柔上而剛下、二気感応以相与。止而説、男下レ女。」と説く。この最後の「男下レ女」について、王弼注の「取レ女吉也」を承けて正義が「婚姻之義、男先求レ女。親迎之礼、御輪三周。皆是男先下二於女一、然後女応二於男一。所以取レ女得レ吉者也。」と親迎にそくした説明を加えている。この男が女を親迎する礼にのっとった結婚の「男先求レ女」や「男先下二於女一、然後女応二於男一。」という本来のありかたに、帰妹はまさに違背、逆行する。

この妹（少女）に、対応する剛柔二気の柔を配し、それがまた陰陽二気の陰にも当たるという対応上、逆行は陰気の過剰な突出に当たる。前節（116頁）に述べた陰気の伸長する形勢がその契機となって促したとみる想定にも、それは確実に適う。しかも逆行そのものは、陰の本質に根ざす。易のその陰を体現する坤の卦が、それの顕著なかたちをつたえている。卦辞にまず「牝馬之貞」というこの卦を象徴する牝（雌）馬の柔順な貞正を示したあとに「君子有レ攸レ往、先迷、後得主利」と説く。ただ、傍線部の解釈には問題がある。新釈漢文大系『易経上』の「補説二」（185頁）は「得レ主利」「得主レ利」「得二主利一」の三種の訓みについて検討を加えた上で、佐藤一斎が「『主』の利を得ることとしている。この説が最も通じ易い。」とする。関連する先行説を批判的に検証して導いた結論だが、傍線部の卦辞には、次のようにこれを敷衍した彖伝や文言伝などの一節が対応する。

○　先迷、後得主利。（卦辞）

○　先迷失レ道、後順得レ常。（彖伝）

○　後得レ主而有レ常。（文言伝）

類同は明らかだから、新釈は「最も通じ易い」とする「説」と整合させるために、文言伝については、佐藤一斎の「主の下に利の字を脱す。」という説を、先行する脱字説を援用して採る。一方、彖伝の例は、押韻説により疏通させている。

ここは、しかし誤字説などもち出すまでもなく、「後得レ主利」と訓むべきではないか。新釈漢文大系のさきの検討（「補説二」）のなかにも引用している（結局は退けた）正義の当該表現をめぐる「これは『得主利』を『得レ主利』（主を得て利あり）と解するもの」という解釈を、本書はむしろ採用する。その正義の問題の一節を次に引く。

先迷、後得レ主利者、以二其至柔一、当二得レ唱而後和一。凡有レ所レ為、若在二物之先一、即迷惑、若在二物之後一、即得レ主利。以三陰不レ可レ先レ唱、猶二臣不レ可レ先レ君、卑不レ可レ先レ尊故也。

このなかの当該部分をめぐっては、くだんの新釈が「この『主』は『陽』（乾）を意味する。」と付言してもいる。右の一節の傍線部二つの対応に照らして、付言は妥当だが、重要なのは、坤の卦の、そうした主（陽）に対する従（陰）という関係にそくして、これを君と臣、尊と卑という人倫のありかたに展開している点である。傍線部の「得レ唱而後和」にいう「唱」は、後出の傍線部にいう「先唱」に当たる。乾、陽の先唱を得てその後に和するのが、坤、陰の然るべき本性、本分にそくしたありかたにほかならない。易の本文にしても、「得レ主」以前は、「先迷」（卦辞）「先迷失レ道」（象伝）と必然的にまずは迷い道を失うが、その後に「乃順承レ天。（中略）後順得レ常」（象伝）「後得レ主而得レ常」（文言伝）という本来の柔順にして主（天・乾）のよろしきを得ればこそ、「元亨」（諸事大いに亨通し望み通りになる─新釈の「通釈」）と卦辞冒頭に表し、これを承け「至哉坤元、万物資生。」「坤厚載レ物、徳合二无疆一。」と象伝にその至大な徳を敷衍するというかたちをとる。

この坤の卦にいう「先迷、後得レ主利」（卦辞）「先迷失レ道、後順得レ常」（象伝）「後得レ主而有レ常」（文言伝）というその本質、ことにはこれを疏通させた正義の「凡有レ所レ為、若在二物之先一、即迷惑、若在二物之後一、即得レ主利。」という坤をめぐる具体的な説明に、こなた伊奘冉尊の「先唱」は確実に対応する。それは伊奘冉尊の「乾坤之道、相参而化。」と化生したその坤の本性に根ざす。正義に「陰不レ可二先唱一」と説くとおりその本性、本分上、なすべからざることであり、まさに「先迷失レ道」にあたる。この直後、伊奘諾尊が「陽神不レ悦曰、吾是男子。理当二先唱一。如何婦人反先レ言乎。事既不祥、宜二以改旋一。」と諫め、そうして「二神却更相遇。是行也、陽神先唱。」という「理」にのっとった唱和をおこなうことが、前掲の「後順得レ常」（象伝）、「後得レ主而有レ常」（文言伝）などの言辞に当たることを含め、この唱和をめぐる一連の展開が易の言説を踏まえることはもはや疑いを容れない。

しかもそれを裏付けるように、伊奘諾尊が「如何婦人反先レ言乎」と非難した上でこれを「事既不祥」とみなすこの「不祥」の語も、また恐らくは易による。困の卦の「六三」に「困二于石一、(A)拠二于蒺蔾一。(B)入二于其宮一、不レ見二其妻一、凶。」というそれぞれ傍線部（A）（B）についてこの象伝が「乗レ剛也」（A）、「不祥也」（B）と説く。いま便宜この新釈漢文大系『易経中』の「語釈」を参照すれば、（A）に「陰柔不正の身を以てその上に乗じているのは、あたかも棘の多い草の上にあるが如き危険があるからである」「『乗』は陰柔を以て陽剛の上に在るに称す」、また（B）に「『妻』は本来、内にあるべきであるが、今、その対爻の上にあり外に居り、又相応ぜず、（中略）言うまでもなくその占は凶である。皆、『六三』の陰柔にして不中不正なるに拠る。」（938頁）と解釈を加えている。陰柔が陽剛の上にあり、外に居て相応じない不中不正の内容について凶というこの語を、説明的に言い換えた表現が「不祥」である。類例を、墨子（巻之七、天志中第二十七）が「且夫天下蓋有二不仁不祥者一。曰、当レ若二子之不レ事レ父、弟之不レ事レ兄、臣之不レ事レ君、与謂二之不祥者一。」とつたえている。日本書紀にも、これらに連なる例（神功皇后摂政前紀の征韓伝承、斉明天皇四年十一月の有馬皇子謀反伝承等）が散見する。次にその一例を挙げる。

○　勿レ殺二自服一。今既獲二財国一。亦人自降服。殺レ之不祥。（神功皇后摂政前紀「皇后」の言）

○　有馬皇子向二赤兄家一、登レ楼而謀。夾膝自断。於レ是、知二相之不祥一、倶盟而止。（斉明天皇四年十一月）

五、二神の身体問答、結婚確認

二神の結婚に至る最後の行為が、いわゆる身体問答である。唱和をひき継ぐ関係の上でも当然なのだが、この問答にも易がかかわる。本文をまずは次に挙げる。

因問二陰神一曰「汝身有二何成一耶。」対曰「吾身有二（A）雌元之処一。」陽神曰「吾身亦有二（B）雄元之処一。思下欲以二吾身元処一、合中汝身之元処上。」於レ是、陰陽始遘合為二夫婦一。

易とのかかわは、書紀集解がそれぞれ傍線部（A）に「周易彖曰《ニ》、至哉坤元万物資生《テス》」、（B）に「周易彖曰《ニ》　至《ママ》哉乾元万物資《テ》生《ママス》」と指摘する。引用した後者は「大哉」を「至哉」、「始」を「生」に作るが、指摘じたいに過誤はなく、前者（A）に集解の指摘した坤の彖伝の一節の直後に「乃順承レ天」という柔順にして天道（乾）を承ける坤、すなわち陰神の本性、本分にのっとること、したがってまた乾に当たる陽神もその本然のまにまにこの問答を主導していることをおのずから暗示する。

その陰神、陽神の易とのかかわりの委細な内容に至っては、集解の指摘は到底十分とは認め難い。それでも、（A）「雌元」（B）「雄元」にそれぞれ「メノハシメ」「ヲノハシメ」と付した集解の訓みを、日本古典文学大系が踏襲する一方、新編日本古典文学全集は「めのもと」「をのもと」と訓み頭注に「女性（男性）であることの根元。『爾雅』釈詁に『初…元…、始也』」と説く。易とのかかわりを、もはやなんら考慮すらしない。しかしたとえば「元」一語をとり出して、それだけを単独に解釈することじたい、むしろ後退に映る。

そこで改めてそのかかわりを探ってみるに、前述したとおり（A）「雌元」（B）「雄元」と「坤元」「乾元」とが、まさに陰陽を介して分ちがたく対応する。そしてこの彖伝に「乾元」を説く乾の卦のその卦辞冒頭に「乾、元亨利貞」という一節について、正義が「子夏伝」を引く。そこに「元、始也」というこの伝の解釈をもとに、集解は「雌（雄）元」を「メ（ヲ）ノハシメ」と訓むはずだが、しかしそれはあくまでも解釈の一つに過ぎない。易じたいにそくしていえば、乾卦の終りに正義が「文言曰」としてつたえる文言伝に「元者、善之長也。亨者、嘉之会也。利者、義之和也。貞者、事之幹也。君子体レ仁、足二以長一レ人。嘉会、足二以合一レ礼。利レ物、足二以和一レ義、貞固、足二以幹一レ事。君子行二此四徳者一。故曰二乾、元亨利貞一。」というなかの、その四徳の第一の「元」を解釈したむしろ「善之長也」という内容こそ、同じ乾の卦辞冒頭の一節に関連した説明という点でも注目に値する。ただし、これに関連するまた別の一節を、春秋左氏伝（襄公九年夏）が次のようにつたえている。

姜曰「亡。是於二周易一曰『随、元亨利貞、無レ咎。』元、体之長也。亨、嘉之会也。利、義之和也。貞、事之幹也。体レ仁、足二以長一レ人。嘉徳、足二以合一レ礼。利レ物、足二以和一レ義。貞固、足二以幹一レ事。然故不レ可レ誣也。是以、雖レ随無レ咎。

魯の宣公の夫人穆姜が東宮に幽閉される際に、史（占い者）は随の卦を引いて速かにそこを出ることを進言する。穆姜も同じ随の卦辞を示し、その四徳を挙げた上で、自分にその一徳すらなく、随の卦などにもあてはまらないとして、「我則取レ悪。能無レ咎乎。必死二於此一。弗レ得レ出矣。」と死の覚悟をつたえて固く拒むという展開だが、随の卦に四徳に関連した記述はない。そこでこの四徳に関連した言説をめぐっては、文言伝のあい通じる前掲一節との関係におのずから疑問が生じる。そもそも文言じたいこの穆姜の言説にもとづくとする説と、また別に文言伝も左伝の穆姜の言説もともに共通の「古語」を採ったとする説との二つを挙げ、先行諸説や左伝の記述などに詳細に検討を加えた上で、新釈漢文大系『易経上』が朱子の「『本義』の古語説を妥当の見解とし、ここにはこれを採る。」（「補説九」156頁）と結論づける。

傾聴に値するとはいえ、「古語説」には確証がない。ここでは参照するにとどめるとして、当面する日本書紀の「雌元」「雄元」とのかかわりの上では、左伝がつたえる穆姜の言説の例こそ重要である。左氏会箋に「元、首也。以レ象言、故曰レ体。」と説くとおり身体の首《かしら》をそれはあらわす。しかもその例の「元、体之長也」にそくして、穆姜はさらにみずからの悪行を具体的に「今、我婦人而与二於乱一。固在二下位一而有二不仁一。不レ可レ謂レ元。」と敷衍してもいる。傍線部は、直前にいう「体レ仁、足二以長一レ人」を踏まえ、そのあるべき理想に背くことをいう。「仁徳を身につければ人のかしらとなれる」（新釈漢文大系『春秋左氏伝』の「通釈」883頁）というこの「長」を、「元」を説明した「体之長」に明らかに対応させている。「不仁」に当たる行為に及んで（人のかしらとなるべくもなく）、「元」（身体のかしら）とは到底言うことができないというのが、穆姜の自白である。

この穆姜の言説を「周易」にそくして、しかもその文言伝に通じる内容を交えて展開する文脈に、同じく周易をもとに二神の唱和をつたえたあとをひき継ぐ結婚に関連した文脈が緊密に対応する。さらにまた表現の上にも、身体にちなむ前者の「元、体之長也」に、当面の「雌元」「雄元」は確実に通じる。すなわち雌雄それぞれの「体之長」を具現・象徴する部分を、この語はあらわす。ただし、ともに、それぞれ「大哉乾元、万物資始」、「至哉坤元、万物資生」（乾、坤の彖伝）という「乾元」「坤元」にちなむ表現であることも、集解の挙例が示唆する。さればこそ、直後の「万物資始」「万物資生」というように万物がそのそれぞれを資《と》って始まりかつ生まれる、言いかえれば、万物の始発や誕生にそれぞれが資するという展開を、それは導く。

易では、その資するありかたに関連した例として、咸の卦の彖伝に「天地感而万物化生」とつたえるほか、泰の卦の彖伝にも「天地交而万物通」とつたえる。これらに通じるのが、「陽神曰、吾身亦有二雄元之処一。思下欲以㆓吾身元処㆒合㆗汝身之元処㆖。」という伊奘諾尊の発案にもとづく「於㆑是、陰陽始遘合為㆓夫婦㆒。」と、この結果に当る「吾已生㆓大八洲国及山川草木㆒。」（第五段〔本伝〕）という大八洲国及び万物の誕生である。対応がこうして明らかなだけに、易の用語の「乾元」、「坤元」ではなく、またあるいは「陽元」、「陰元」でもなく（〔書一〕はこの表現を採る）、「雄元」、「雌元」を採用するについては、ことさらな意図がそこに介在するとみるのが筋である。右に挙げた「山川草木」の誕生に関連して、そのヒントがある。すなわちその一節は一括した表現であり、直前にその個個の誕生を「次生㆑海。次生㆑川。次生㆑山。次生㆓木祖、句句廼馳㆒。次生㆓草祖、草野姫、亦名野槌㆒。」とつたえている。ここに「草野姫」という以上、草は雌に属する。そしてその雌の性別を尋ねれば、来源は雌元以外にはあり得ない。

そうした個別にとどまらず、万物のうち雌雄の性別をもつもの全てが、その生みの親の伊奘諾尊の雄元と伊奘冉尊の雌元のいずれかを受けつぐことを意味する。結婚に当り身体をめぐる問答をあえて交すそもそものねらいも、二神の結婚・出産に人間をモデルとしたかたちを与えることに加え、もう一つ、その生みなす万物のもつ雌雄の別が二神に由来するという起源をものがたることにも主眼を置くはずである。直接その起源じたいをものがたるものではないだけに、表だった位置を占めないとはいえ、確実に起源をつたえるこのありかたは、前述の年月や季節の起源に通じるであろう。それが二神の旋回にちなむように、これは身体問答にちなむ。あいたぐうこの二つが、実際にはこの世界とここに存在するもの全てのありかたを決定する起源をものがたる。さればこそ、この起源を天地はじめ森羅万象、万物の起源を説く易を借りて説くのは、当然かつ必然でもある。その起源をもっぱら説く第四段まで、いずれも易を踏まえて成りたつことも偶然ではない。国生みを主題とする第四段の全体の成りたちに、大きく易がかかわっている。ここで振り返りをかねて、その所伝の成りたちに対する易や淮南子のかかわりを、展開の次第を追って図に表示してみる。

旋回―准南子　　唱和―易

〔初度〕

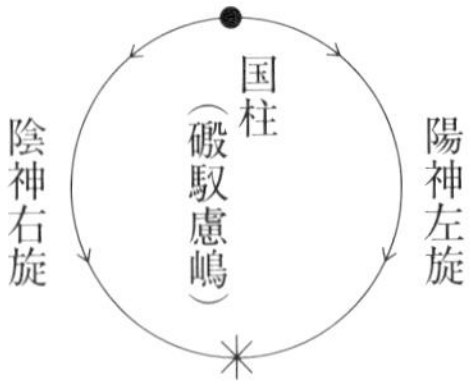

同会一面
陰神先唱

先迷、失道（坤・彖伝）
説以動、柔乗レ剛（帰妹・卦辞）

← 陽神不レ悦曰「吾是男子。理当二先唱一。如何婦人反先レ言乎。事既不祥。宜二以改旋一。」

〔再度〕

同会一面
陽神先唱

後従、得レ順（坤・彖伝）
後得レ天而有レ常。承レ天而時行（坤・文言伝）

← 陽神曰「（前略）思下欲以二吾身元処一合中汝身之元処上。」於レ是、陰陽始遘合為二夫婦一。

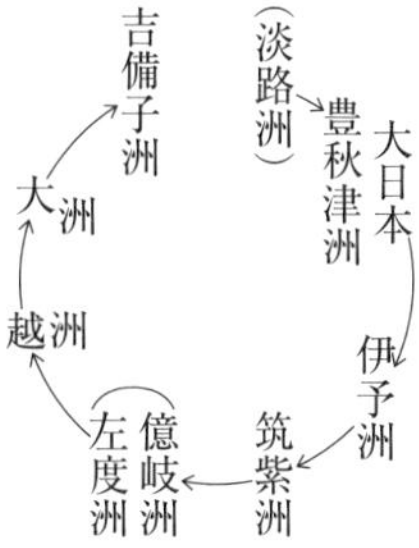

生㆓大八洲国及山川草木㆒

取㆑女、吉（咸・卦辞）
柔上而剛下、二気感応以相与、天地感而万物化生（咸・彖伝）
大哉乾元、至哉坤元、（乾、坤彖伝）

六、〔本伝〕を差違化する、〔書一〕の「脩」

第四段の一書には、顕著な特徴がある。その数合計十点にのぼり、第五段の十一件に次ぐ多くを数えるなかで、〔書一〕以外、ほとんど断片的な内容をつたえるだけにすぎない。これらとは対照的に、〔書一〕だけが伊奘諾尊・伊奘冉尊二神による国生みをめぐって、結末も含め〔本伝〕にほぼ全体にわたり対応する異伝としてのかたちをとる。第四段全体としての構成上、〔本伝〕と〔書一〕とを対応させる一方、爾余の一書を、それらの一部ないし断片をつたえる異伝として列挙するという配列を意図的に成りたたせている。

考察も、〔書一〕に専ら力点を置く。全体を通して、〔本伝〕との対応が著しい一方、内容に独自な点も少なくない。所伝の個性を際立たせるその最大の特徴が、すなわち天神の存在である。〔書一〕の冒頭に位置するこの天神による二神に対する命が、決定的に重要な意味をもって所伝を規定してもいる。

天神謂㆓伊奘諾尊・伊奘冉尊㆒曰「有㆓豊葦原千五百秋瑞穂之地㆒。宜㆓汝往脩㆒之。」廼賜㆓天瓊戈㆒。

天神の発話した内容は、〔本伝〕のそれの「底下豈無㆑国歟」という国に言及したものとは著しく異なる。違いは特に「有二豊葦原千五百秋瑞穂之地一」と具体的に言及する表現に際立つが、この地を対象とする「宜二汝往脩一之」という指示にしたがう二神の行為を中心に、所伝は展開する。冒頭に位置するこの天神による指示が、〈本伝〉とは決定的に異なる〈書一〉のその所伝の成りたちや展開のすべてに方向を与える意味をもつ。

それだけに、「宜二汝往脩一之」というこの一節の解明がなにより優先する。問題は、「脩」である。従来は古訓の「シラス」（『校本日本書紀二』156頁）が定着していて、日本古典文学大系はその訓みを採って注すら付さず、新編日本古典文学全集も頭注に「『修』に同じく、治める意。」と説いてやはり同じ訓みに従う。しかし「修」と同じく「治める意」を、「しらす」がそもそも表すものなのか、疑いは拭えない。解明に向けた取り組みをなおざりにして、古訓に盲従するばかりでは、内実にはもとより迫り難い。所伝全体を読み解く前提としても、まずもって「脩」というこの語じたいに検討を加える必要がある。

ただし、手順として、日本書紀に当該例を含め二例ある「脩」のもう一つの例を採りあげるのが先決である。神武天皇が東征の途上に吉備国に宮を起て三年間居住して戦備を整えたことを「徙入二吉備国一、起二行館一以居之。是曰二高嶋宮一。積二三年一之間、脩二舟檝一、蓄二兵食一、将欲三以一挙而平二天下一也。」（即位前紀乙卯年三月）とつたえる傍線部のとおり「脩二舟檝一」と「蓄二兵食一」という対句をこの例は構成する。戦争を予め想定した食糧の備蓄に対応して、兵士の輸送や戦闘に向けた船の準備をいう。この「脩」に通じる例を、礼記（月令第六、仲夏之月）が次のようにつたえている。

是月也、命二楽師一、脩二鞀鞞鼓一、均二琴瑟管簫一、執二干戚戈羽一、調二竽笙箎簧一、飭二鐘磬柷敔一。

この月に楽師に対して楽器や舞楽の器具等の取り扱いを命じる。楽器などの内容については、新釈漢文大系の「通釈」に詳しいが、ここにいう「脩」をめぐって注目すべきなのが鄭玄の注である。右に引用した一節をうけて直後に「命二有司一、為レ民祈二祀山川百源一、大雩レ帝用二盛楽一。」とつたえるが、この山川やあらゆる流れの源の神などに祭祀を行い、天帝に対しては雩（天乞い）を行って盛大に楽を奏する内容を踏まえ、「為レ将二大雩レ帝、習レ楽也。」と注する。さらに各楽器等をめぐって「脩・均・執・調・飭者、治二其器物一、習二其事一之言。」と指摘する。鄭注に「治二其器物一」とは楽器等の手入れ、また「習二其事一」がそれら楽器等の演奏や使用に備えた練習をそれぞれいう。「脩」は、その「鞀」（振り鼓）「鞞」（八面の鼓）などの楽器を手入れし、また練習するといった祭祀演奏の本番に向けた準備をその内容とする。

この「脩」の手入れや練習をあらわす用例に、さきに挙げた神武紀の「脩二舟檝一」は明らかに通じる。礼記（月令）は、しかもこの「脩」を、月ごとに定めたなすべき用務を表すいわば一種の専用語的に使っている。この語を中心に、関連する一節を次に列挙する。


（正月）王命、布二農事一。命レ田舎二東郊一、皆脩二封疆一、審端二経術一、善相二丘陵阪険原隰、土地所レ宜、五穀所レ殖、以教二道民一、必躬二親之一。

（二月）耕者少舎。乃脩二闔扇一、寝廟畢備。

（五月）命二楽師一、脩二鞀鞞鼓一。（前出）

（七月）命二有司一、脩二法制一、繕二囹圄一、具二桎梏一。

（七月）農乃登レ穀。（中略）完二提坊一、謹二壅塞一以備二水潦一、脩二宮室一、坏二垣牆一、補二城郭一。

（十月）坏二城郭一、戒二門閭一、脩二鍵閉一、慎二管籥一、固二封疆一、備二辺竟一、完二要塞一、謹二関梁一、塞二蹊徑一。

（十二月）命レ農、計二耦耕事一、脩二耒耜一、具二田器一。


右掲の最後、翌年の春耕に備えた農具の手入れをいう十二月から、田地を実際に耕作する上に必要な区画の確定や道、溝の整備に加え、形状や状態、あるいは五穀のそれぞれに適した耕作地を見定めて民を教え導くと共に自らやってみせるという正月に連続的につながる。春耕に向け、十二月の農具の手入れを終えたあとをひき継いで、正月はいわば田地の手入れに移る。

その正月の田地の手入れをいうなかの「脩二封疆一」に、ここでは着目する。「脩」が、当面の〔書一〕の用例と同じように土地を対象とするからである。類例に、前掲（十月）の「固二封疆一」がある。新釈漢文大系の「通釈」はこれを「諸侯の土地の境界を明確にして争いの起こらぬようにさせ」（262頁）と解釈し、「脩二封疆一」についても、「農夫らに命令して田の境界を確かめ」（230頁）という。しかし「封疆」という以上、そもそも周礼（地官「大司徒之職」）が「諸公之地、封疆方五百里」以下に侯伯子男の諸侯の領有する土地について定めた記述を原拠とする。（十月）の「固二封疆一」は、これに通じる。

「脩二封疆一」に限れば、田の境界の確定などとは全く違う意味を表す例を、春秋左氏伝（成公三年）がつたえている。晋の知罃《ちおう》が、捕虜同士の交換によって捕われていた楚から釈放されて帰国するに際して、楚の共王に帰国後の身の処し方を問われ、問答の末に答えた次の一節にその例がある。

若不レ獲レ命而使レ嗣二宗職一、次及二於事一而帥二偏師一以脩二封疆一、雖レ遇二執事一、其弗二敢違一、其竭レ力致レ死、以尽二臣礼一。

もし生きて父のあとを継がせてもらい、国事にも参与して一部の軍を率いて「脩二封疆一」、執事（共王を指す）と遭遇したとしても、けっして逃げたり退いたりなどせず、死力を尽くして戦うことが、王に対して臣の礼を尽くすことだという。問題の「脩二封疆一」を、新釈漢文大系は「国境を守るということ」と解釈（「通釈」706頁）する。確かに、捕虜になった邲《ひつ》の戦い（宣公十二年）は鄭国が主戦場だったが、「脩二封疆一」は、むしろ共王が楚の大軍を率いて晋の領地に攻め込むことを想定した表現に違いない。ただ国境の守りという限りでは、知罃の意を汲んだものとは認め難い。漢語大詞典が見出し語「脩」に多くの訳を付すなかのその一つに、当該左伝の一節にそくして「治理」を挙げる。王の領地を、その命により境界まで管理・統治するという点に、「治理」は意味の核心を置くはずである。そのなかには、国境の守備もおのずから含む。この「治理」する「封疆」に進攻することを断じて許さないという気概と覚悟を、知罃は共王に表明したはずである。

ただ、それもなお知罃の意を汲んだ解釈にすぎない。「脩二封疆一」に、礼記（月令）の前掲（正月）の用例とこの左伝の用例というあいたぐう二つがあり、たがいに共存するようにむしろ緩い意味上の拡がりを認めるべきであろう。この緩い拡がりがあればこそ、礼記の多様な対象に対応する「脩」の用例をもたらすことも可能だったに違いない。「脩」のこのみずからが対象とする名詞との相関、あるいは文脈に応じて意味を決定するという点にそくしていえば、関係的意味の卓越する特質をおのが身上としている。

当面する〔書一〕の「脩」にしても、前掲のとおり「有二豊葦原千五百秋瑞穂之地一」をただに「宜二汝往脩一之」がうけるだけだから、この相関に大きく文意を委ねている可能性が高い。このいわば句相互の対応には、実は類例がある。「脩」をもつ句に対応するのが、当該例を含めすべて「葦原中国」にかかわる内容の句である。

（一）　既而(A)天照大神在二於天上一曰「(B)聞三葦原中国有二保食神一。(C)宜二爾月夜見尊就候一之。」（第五段〔書十一〕）

（二）　(A)天照大神勅二天稚彦一曰「(B)豊葦原中国、是吾児可レ王之地也。然慮、有二残賊強暴横悪之神者一。故、(C)汝先往平之。」(D)仍賜二天鹿児弓及天真鹿児矢一、遣之。（第九段〔書一〕）

（三）　天照大神乃(D)賜二天津彦彦火瓊瓊杵尊、八坂瓊曲玉及八咫鏡・草薙剣、三種宝物一。（中略）(A)因勅二皇孫一曰「(B)葦原千五百秋之瑞穂国、是吾子孫可レ王之地也。(C)宜二爾皇孫就而治一焉。行矣。宝祚之隆、当下与二天壌一

無レ窮矣。」（同右）

この類型の核心は、傍線部（B）（C）の相関である。（二）の「豊葦原中国、是吾児可レ王之地也。然慮、有二残賊強暴横悪之神者一。」（B）を「故」を介して「汝先往平之」（C）につなげるかたちが、その内実を端的にあらわす。すなわち葦原中国に関連して、そこを場とする行為にかかわる原因や理由を前句があらわし、これにその結果や帰結をあらわす後句が対応する。さらにその後句のあらわす行為を使役する主体として、（A）の主語にいずれも天照大神が立つ。

その主語を異にするとはいえ、くだんの第四段〔書一〕の一節は、まさにこの類型的な表現をもとに成りたつ。ただに表現上の一致にとどまらないという以上に、たがいの関連はその内容に本領がある。その内実を探る上に、改めて当該一節を次に引用する。

（A）天神謂二伊奘諾尊・伊奘冉尊一曰（B）「有二豊葦原千五百秋瑞穂之地一。（C）宜二汝往脩一之。」（D）廼賜二天瓊戈一。

この（B）のあと、国生みによって大八洲国が誕生したあとを承けて、この地は葦原中国となるが、その例の初出が前掲（一）である。そこに天照大神が「聞三葦原中国有二保食神一」というその情報じたいは葦原中国から発するにせよ、「聞」に達するその取得元ないし情報源は、右の一節の（B）に「有二豊葦原千五百秋瑞穂之地一」とその地を知悉している天神とみるのが自然である。天照大神は、葦原中国をめぐって天神に明らかな接点をもつ。

一方、（二）は、葦原中国の平定を天照大神が命じている。これには、大己貴神による葦原中国の平定に関連して繋がりをもつ所伝が先行する。「戮レ力一レ心、経二営天下一。」という少彦名命が常世国へ去ったあとを「独能巡造。遂到二出雲国一。」とつたえた直後の次の一節だが、

乃興言曰「夫葦原中国、本自荒芒。至二及磐石草木一、咸能強暴。然吾已摧伏、莫レ不二和順一。」遂因言「今理二此国一、唯吾一身而已。其可三与レ吾共理二天下一者、蓋有之乎。」于レ時、神光照レ海、忽然有二浮来者一。曰「如吾不レ在者、汝何能平二此国一乎。由二吾在一故、汝得レ建二其大造之績一矣。」

葦原中国の平定をめぐっては、大己貴神じしんが「吾已摧伏、莫レ不二和順一。」、さらに海上から浮来する者（大三輪之神）が「平二此国一」「大造」とそれぞれ表現する。これを承けて次に続く段階に、「理二此国一」「理二天下一」が位置する。平定をひき継いでそのあとに展開する行為という点では、確実に「治」に通じる。

この平定から理への展開をうけ、その理の新たな展開をみる所伝こそ前掲の（三）にほかならない。天照大神が（二）に平定を命じ、それが実現したあとを承けて（三）に（C）「宜二爾皇孫就而治一焉」という統治を命じるにいたる。表現の類型は、この平定から統治へ天照大神が関与して所伝が展開するそうした継起的な展開に伴う表現上の形式だから、もちろん、（一）もこの連続のうちにある。という以上に、（一）の引用した一節に「葦原中国有二保食神一」というこの保食神をめぐる五穀の起源に関連して、「是物者、則顕見蒼生可二食而活一之也。」と天照大神がその取得を喜び、かつ播殖させるというかかわりをもつことに、葦原中国への天照大神の関与が始まる。このあと、素戔嗚尊の暴虐を受けて天石窟に幽居した際にも、外でくりひろげる天鈿女による「顕神之憑談《かむがかり》」を聞いて天照大神は「吾比閉二居石窟一。謂レ当三豊葦原中国、必為二長夜一、云何天鈿女命嘘楽如レ此者乎。」（第七段〔本伝〕）とまず葦原中国（の「顕見蒼生」）を気遣う言葉を口にする。この延長上に、前掲（二）に「豊葦原中国、是吾児可レ王之地也。」といい、そして（三）に至って（B）に「葦原千五百秋之瑞穂国、是吾子孫可レ王之地也。」といういずれも天照大神の言葉が位置する。この展開に、くだんの一節が表現、内容ともにあい通じるかたちをとってつらなる以上、前掲のとおりその冒頭に立つ天神に重なることはもとより、この天神を天照大神はひき継ぐものとみなければならない。

七、〔本伝〕を差違化する、〔書一〕の〔天神〕

さて、ここからが本題である。天神を天照大神がひき継ぐ立場に立つことは、とりもなおさず天神の命を受けた当の伊奘諾尊・伊奘冉尊二神がその命を果たしていないことをおのずから含意する。所伝は、まさにこの命を受けたあとの、それを果たし得なかった経緯なり次第なりをものがたることに主眼を置いて展開する。そこに、つまり天神の存在の有無にとどまらない、本質的な〔本伝〕との相違がある。

もっとも、全体の基本的な所伝の内容じたいはあい通じ、結びにいたっては「由ㇾ是、始起㆓大八洲国之号㆒焉」〔本伝〕、「由ㇾ此、謂㆓之大八洲国㆒矣」〔書一〕というようにたがいに緊密に対応する。相違は、もっぱら二神の造形による。前述のとおり〔本伝〕は二神を易の乾坤にそくして造形し、男女のいわば性差（尊卑）を明確にしていたが、〔書一〕ではむしろ一体的なかたちをとる。そしてその二神が過誤を犯し、結果として災厄を招くことに焦点を当てる。この所伝の展開を、二神の行為にそくして次にたどることにする。便宜、筋を追いながら番号を付す。

（1）二神に天神が命を下し、天瓊戈を賜う
（2）二神は戈を投じて地を求め、滄海を画した戈の先から垂れた潮が固まり嶋となる
（3）二神は島に降りて八尋殿を化作し、天柱を化竪する
（4）二神は身体問答を交し、陽神が交合を思欲する

（5）天柱巡りに当り、妹の左巡、吾の右巡を約束する
（6）巡り遇った際に、陰神先唱し、陽神後和する
（7）夫婦となり、まず蛭子を生んで流し、次に生んだ淡洲も子としない
（8）天に還り、次第を天神に奏する
（9）天神は卜占により、（子を生み損なった）原因を婦人の先唱と明かし、時日を卜して降す
（10）二神はまた天柱を巡り、陽神左巡、陰神右巡し、遇った時に陽神先唱、陰神後和する
（11）二神は同じ宮に共に住み、子を生む
（12）大日本豊秋津洲以下の子、つごう八洲により大八洲国という

右の展開は、（1）の天神の命に始まり（7）の障害をもつ子の誕生までの前段と、（8）以下の同じ天神の教示によりやり直して大八洲国を生みなすまでの後段との、大別して二つの部分から成る。そのそれぞれに、国生みをめぐって、前半では二神が過誤を犯し、後半はそれを修正するという対照的なかたちをとる。たがいを、明らかに対応する関係に置く。

念のためその過誤の内実をみるに、（3）のまずは八尋殿だが、（11）に「同レ宮共住而生レ児」というように本来はそこに一緒に居住して子を生むべきだったにもかかわらず、（7）は夫婦となっていきなり子を生むとつたえる。天柱巡りについても、陽神の「妹自レ左巡、吾当二右巡一。」という（5）の「約束」は、やり直しの「陽神自レ左、陰神自レ右。」と逆であり、その指示じたい間違いというほかない。そして決定的な過誤が、天神も「婦人之辞、其已先揚乎」と指摘する（6）の陰神の先唱である。

問題はなぜかくも過誤を犯すのか、これこそが重要かつ本質的な点である。問題を解く鍵が（3）にある。従

来は、八尋殿や天柱、またそれぞれ化作や化竪などに、論点をほぼ限るのが通例である。しかし原文を示せば「二神降二居彼嶋一、化二作八尋殿一、又化二竪天柱一。」というこの展開こそ、なにより重視すべきである。後の（11）の原文が「同レ宮共住而生レ児」と「宮」の存在を前提に「同レ宮」を表現していることは自明であり、それの前提に当たる記述は、その「化二作八尋殿一」を措いて外にない。しかもこの（11）の表現には、類例がある。まずは八岐大蛇を退治して奇稲田姫を救った後の素戔嗚尊について「然後、行覓二将レ婚之処一、遂到二出雲之清地一焉。乃言曰、吾心清清之。於二彼処一建レ宮。乃相与遘合而生二児大己貴神一。」（第八段〔本伝〕）とつたえるなかの傍線部が、その表現に緊密に対応する。また高天原から降臨した直後の皇孫についても「時、皇孫因立二宮殿一。」（第九段〔書二〕）とつたえたあと、海浜で出会った女との結婚の意向をその父の大山祇神に語り、「於レ是、大山祇神乃使下二女持二百机飲食一奉進上。時、皇孫謂二姉為レ醜、不レ御而罷。妹有二国色一、引而幸之。」と大山祇神の真心こめた奉仕・対処に背いて姉を返し、妹だけを召す。その「引而幸之」の舞台は、皇孫の立てた「宮殿」以外にはない。しかもその寵愛が一夜限りであったことにより、妊娠をめぐって「雖二復天神之子一、如何一夜使二人娠一乎」という皇孫の疑惑を招く。この疑念を晴らして皇孫の実の子を生むというのが結末であり、これを含め、所伝はほぼ類型的に成りたっている。すなわち新たに足を踏み入れた地にまずは居住し、そこで結婚し出産する一連の展開がそれで、素戔嗚尊の「建レ宮」、皇孫の「立二宮殿一」に相当するのが、くだんの「同レ宮共住」というこの宮をめぐる「化二作八尋之殿一」にほかならない。そしてそれが地への定着を象徴的にものがたるとすれば、かたやもう一つの建造物の造営をあらわす「化二竪天柱一」は、この「化二作八尋殿一」に続き、だからその宮殿の柱とすることをいささかも意味しない。あくまで「天柱」である以上、この「天」が指標となって天や天神とのつながりを確保する。げんに第五段〔本伝〕が、これを「是時、天地相去未レ遠。故、以二天柱一挙二於天上一也。」と日神を天上に挙げる手段としたことをつたえる。

それだけに、これら八尋殿や天柱をめぐる「一書では、二神が殿と柱をわざわざ立てた。そして、その立て方を、何もない所にぱっと出現させるという神異の業として説明しようとし、『化作』『化竪』と表現したのである。」（『古事記注解2』。上巻その一。90頁。山口説）、「漢語としての『化作』『化竪』はこれはこれで理解しうる。何もないところで（草木も伊奘諾尊・伊奘冉尊が生みなすのだ）、天柱・八尋殿をどのように述べることができるかといえば、『化作』というよりその存在を説明しようがない。」（同。93頁。「神野志説」）などの説（前者「山口説」は仏典を引く。97頁）も、見直す余地がある。「化作」「化竪」には、むしろ次の「化出」が通じる。

伊奘諾尊曰Ⓐ「吾欲レ生二御寓之珍子一」乃Ⓑ以二左手一持二白銅鏡一、Ⓒ則有二化出之神一。是謂二大日孁尊一。右手持二白銅鏡一、則有二化出之神一。是謂二月弓尊一。Ⓓ又廻レ首顧眄之間、則有二化神一。是謂二素戔嗚尊一。（第五段〔書一〕）

第五段の〔本伝〕をひき継ぎ、こうして化出した三神を、このあとそれぞれ「大日孁尊及月弓尊、並是質性明麗。故使レ照二臨天地一。」と「素戔嗚尊、是性好二残害一。故令三下治二根国一。」というようにその本性にそくして対比的に処遇する。前者は、（A）の明確な意欲をもとに、（B）の象徴的な所作により、（C）にその結果をいう。一方、（D）はそれら（A）（B）に当たる意欲や所作を欠く。まさに首を廻して振りかえった瞬間に「化」したその不意の結果ゆえに、（A）に反する悪子を生んだという展開を成りたたせている。（A）の「御寓之珍子」と（C）の「化出之神」との対応上、この関係は（C）が（A）の発現ないしその具体的なあらわれであったことを強く示唆する。そこに（B）は、尊貴な子のその化生を結果する要因を担うはずだから、神の化出そのことにそくしていえば、まさに（A）の意欲こそがそれを主には導いたことになる。「化作」「化竪」も、この化出と同じく二神の意欲ないし念慮が八尋殿や天柱を出現させた、実体化したとみるのが相当である。

それが可能だというのも、二神じしんが、上述のとおり「乾坤之道、相参而化。所以成二此男女一。」という出自をもち、この点ではまさに「化」をおのが存在の根源や本質に負うからであろう。やり直し以前の前半にあって、「化二作八尋殿一」「化二竪天柱一」に限っては、なんら過誤を犯かし、また問題を生じさせてもいない。この直後に続く身体問答のそのあとになると、前述（135頁）のとおりそれが続出する。本文中「云爾」を境に、それ以前と以後とに断層がある。「化」のはたらきの有無に、その断層が重なる。以前の男女は、その「化」によって成り、それだけに「乾坤之道」になおつながりをもつ。男女がたがいのその性別によるありかたの違いを、それぞれの形状をたがいに言表することによって確めあうのが身体問答である。ここまでは「所以成二此男女一」の必然的な延長にとどまる。男と女のその陽と陰に根ざす、たとえば男尊女卑などの性差やそのはたらきあるいは役割などの異なりといった本質的な内実については、身体問答にとどまればこそ、自覚し認識するまでには至らない。これこそが、要は過誤を続出させる決定的要因だったはずである。

その証拠に、以後に過誤を犯しても、当人はその自覚をまったくもたない。それが重大な結果（全き子を生み損なう）を招来して始めて異変に気付く。気付いても、過誤の自覚をもたないくらいだから、原因ないし理由は依然として不明のままである。結局、命を下した当の天神を頼るほかない。しかし天神でさえ、分からないから卜占を頼みとする。またさらに「卜二定時日一而降之」と二神の降る時日も、天神は卜している。後に神功皇后が新羅討伐を前に「爰卜二吉日一而臨レ発有レ日」（摂政前紀、仲哀天皇九年九月）と吉日を卜したことに、それは通じる。天神も、ここでは絶対的あるいは超越的な存在ではなく、卜占頼みの対応に終始する。しかしそれはそれで、二神に下した命及びこれにもとづく二神の取り組みを限りなく神聖かつ重大なものとする意味あいが強い。

二神は、この天神の指示を得て遂には大八洲国を誕生させる。しかし、それだけが天神の当初命じた全てではない。実際にこのあと続く第五段〔本伝〕の冒頭に「既而伊奘諾尊・伊奘冉尊共議曰、吾已生二大八洲国及山川草木一。何不レ生二天下之主者一歟。」と、大八洲国に加えここを場としてその上に成りたつ山川草木などの自然物を生んだ上に、天下を統治する主者を生むことをいう。〔本伝〕を構成するこの所伝の基本的枠組みをいずれにせよ踏まえる以上、自然物や主者を生むという展開を、当然のこととして予定するであろう。

もはや第五段に踏みこまざるを得ないが、その〔本伝〕をはじめ伊奘諾尊・伊奘冉尊二神が生むかたちをとる所伝は、後に述べるとおり尊卑先後之序を基本原理として成りたつ。〔書二〕がつたえる蛭子の誕生に関して、特に「初伊奘諾・伊奘冉尊巡レ柱之時、陰神先発二喜言一。既違二陰陽之理一。所以、今生二蛭児一。」と断ることじたい、自余の子の誕生が〔本伝〕と同じ尊卑先後之序にもとづくことを強く示唆する。これらは、明らかに第四段の〔本伝〕の系統をひき継ぐ。

これに対して、〔書六〕以下の一書は、伊奘冉尊の死、伊奘諾尊の黄泉訪問、二神の訣別、帰還後の禊祓、最後の洗滌における三貴子の誕生という経緯をたどる。〔本伝〕の「何不レ生二天下之主者一歟」という意向にもとづく日神、月神以下の子の誕生に、その三貴子の誕生が対応する。所伝の最後に素戔嗚尊の根国追放を置くという結末を含め、たがいに所伝の基本を共有しているはずだから、三貴子の誕生も、〔本伝〕の「何不レ生二天下之主者一歟」という意向と無縁ではありえない。そしてげんに、三貴子のうちの素戔嗚尊に、伊奘諾尊は「素戔嗚尊者、可三以治二天下一也。」と勅任する。根国への追放という事態が、その実現を不能にする。天下は、その統治者を欠いたままの状態が続く。この最中、あたかもこの〔書六〕をひき継ぐかのように、前掲（131頁）の（一）のとおり、同じ第五段の最後に位置する〔書十一〕が天照大神による葦原中国への関与を始めてつたえる。以後、この関与は（二）（三）と次第に深まる展開をみせる。恐らくこの〔書六〕に〔書十一〕を後置させた、内容上は主者不在の天下を、天照大神の関与する葦原中国へ転換をはかったところに大きな意義がある。この転換以降、天照大神が葦原中国に関与するという構図のもとに、最終的には〔三〕の皇孫による葦原中国の統治実現に道筋をつけるにいたる。

葦原中国をめぐるこの壮大な展開を、くだんの天神による二神への命が織り込んでいることは疑いを容れない。改めてその内容についていえば、大八洲国を生み、山川草木をはじめ万物を生み、そしてこの天下の主者を生んで統治に当たらせること、すなわちその予定した地に実態的（国土・万物）、実質的（統治）に国をあらしめる一切の行為を包含するが、まさにこれが「豊葦原千五百秋瑞穂之地」について天神の命じた「脩」の内実だったに違いない。もちろんそれは、〔三〕に「葦原千五百秋之瑞穂国、是吾子孫可レ王之地也。」と宣言して「宜二爾皇孫就而治焉」と命じた天照大神の神勅を準備することであり、また翻っては、その勅を支える根拠でもあったはずである。〔本伝〕ではなく、この〔書一〕こそが後段の所伝に発展的につながる。そしてそのつながりの後段への展開が、序章に指摘した「わたり」にちなむことも、もはや疑いを容れない。

八、〔書一〕以外の各一書の展開、特徴

かくて〔本伝〕と対立する異伝というばかりでなく、後段に展開する所伝のいわば布石としても位置するだけに、〔書一〕は、一書のなかでも際立って特異である。この〔書一〕以外の一書は、どれも片片たる内容の所伝にすぎない。そのほとんどが〔本伝〕に対応をもつなかで、最後の〔書十〕だけは、唯一〔書一〕の系統に立つ。その内容をまずは次に確かめてみる。

陰神先唱曰「妍哉、可レ愛少男乎。」便握二陽神之手一。遂為二夫婦一、生二淡路洲一、次蛭児。

いかにも断片的な内容だが、〔書一〕の「陰神乃先唱曰、妍哉、可レ愛少男歟。（中略）遂為二夫婦一、先生二蛭児一。（中略）次生二淡洲一。」を明らかに踏襲する。陰神の先唱とそれによる生み損いに焦点を当てる。〔書一〕の系列に属し、まさに〔本伝〕の蛭子生みのないかたちと決定的に異なり、それだけ特徴を卓越させているのがその点であり、この一書が新たに付加した独自な「（陰神）便握二陽神之手一」という一節も、〔書一〕が天神の卜占により「婦人之辞、其已先揚乎。」と明らかになったとする陰神の過誤を強調したものにほかならない。〔書一〕をもとに、こうしてその特徴的な内容を差違化して〔書十〕は成りたつ。

これに対して、〔書二〕から〔書九〕までの各一書は、〔本伝〕の展開にそくしてその各部分を順序立ててひき継いでいる。まずは〔本伝〕の冒頭に当たる内容をつたえる一書だが、磤馭慮嶋を得るまでにいずれも限定した内容をあらわす。配列順は、〔本伝〕との近さによる。どの一書も「伊奘諾尊・伊奘冉尊二神」を主語に立て、以下に次の一節をつづける。

〔書二〕　立二于天霧之中一曰「吾欲レ得レ国」乃以二天瓊矛一指垂而探之、得二磤馭慮嶋一。則抜レ矛而喜之曰「善乎、国之在矣。」

〔書三〕　坐二于高天原一曰「当レ有レ国耶」乃以二天瓊矛一画二成磤馭慮嶋一。

〔書四〕　相謂曰「有レ物、若二浮膏一。其中蓋有レ国乎。」乃以二天瓊矛一探二成一嶋一。名曰二磤馭慮嶋一。

どの一書も、国の取得ないし存在を想定した上で、天瓊矛によって探ることにより磤馭慮島を得たり、成したりする。〔本伝〕に基づきながら、その「滄溟」を欠き、したがって「其矛鋒滴瀝之潮」も無く、必然的に磤馭慮嶋の形成が〔書一〕とは全く異なる。〔書三〕〔書四〕では、それを直截、端的に「画成」「探成」と表現してもいる。これに伴う傾向が、〔本伝〕離れである。〔書四〕に至っては、傍線部に独自を際立たせる。この一節は、第一段の一書のうち、冒頭が「天地初判」に始まる系統の、〔書一〕の「一物在二於虚中一。状貌難レ言。其中自有二化生之神一。」と〔書六〕の「又有レ物、若二浮膏一、生二於空中一。」といういずれも「国常立尊」の化生に関連した所伝の表現を組み合わせて成りたつ。

どの一書も、天瓊矛をもって探り得《え》たないし成した磤馭慮嶋を、たとえば〔書二〕の傍線を付した「善乎、国之在乎」という喜びの言葉のように国が実際に存在する象徴としてつたえ、かつまたそこに焦点を当てている。第四段が主題とする国生みをめぐって、〔本伝〕〔書一〕に共通する八洲を生んだはてに「大八洲国」と名づけるという起源譚とは違い、磤馭慮嶋それじたいを国の実在につなげている点に、これら一書の特徴がある。恐らくこれら一書の先行することが、〔書六〕から〔書九〕までに八洲誕生をつたえても「大八洲国」としてそれらを括らない、あるいはその名辞を与えない結果をもたらしたに違いない。

このあとに配した〔書五〕は、国生みをめぐる核心部分ともいうべき陰神先唱に焦点を当てる。〔本伝〕に拠りながら、陰神先唱を陽神が戒めるのではなく、「時、以二陰神先レ言故、為二不祥一、更復改巡。」とする。地の文により、「不祥」を陽神の判断、解釈からより普遍的、一般的な性質をもつ評価に転じる。直後に「則陽神先唱曰、美哉、善少女。」と改めて陽神が先唱したあと、「遂将二合交一而不レ知二其術一」とつたえる。柱巡りや唱和という結婚に伴う厳格な決まりを全て済ませて、肝心なその行為のすべを知らずに、「時有二鶺鴒一、飛来揺二其首尾一。二神見而学之、即得二交道一。」というように鶺鴒に学ぶ。「交道」に、柱巡りや唱和に連なる決まり〔雄が雌に乗る交尾のかたち〕としての意味あいが著しい。この「得二交道一」により、結婚から出産へと順調に進むはずだから、同じように冒頭を「陰神先唱曰」とする前述の〔書十〕のまさに「不祥」の結果を招く展開とは、著しく対照的でもある。同じ冒頭を共有すればこそ、その対照性が際立つ。それを織り込んでたがいを配したに相違ない。

これに続く一書は、結婚後の洲生みに内容を限定する。また〔書六〕の「二神合為二夫婦一。先以二淡路洲・淡洲一為レ胞、生二大日本豊秋津洲一。」という冒頭を、これ以降どの一書も前提として踏まえ、傍線部の一節を略して書き出している。その〔書六〕の冒頭が〔本伝〕の「（陰陽始遘）合為二夫婦一。（及二至産時一）先以二淡路洲一為レ胞。」を踏まえるのに対して、〔書七〕は「先生二淡路洲一」を冒頭とする。「胞」を欠く出産じたいは、〔書一〕の「（然後、同レ宮共住而）生児（号二大日本豊秋津洲一）」に通じるが、書式上は、「胞」の有無により、同じ淡路洲をめぐって〔書六〕の「先以二淡路洲・淡洲一為レ胞、生二大日本豊秋津洲一。次伊予洲。」以下と〔書七〕の「先生二淡路洲一。次大日本豊秋津洲。次伊予二名洲。」以下とを明らかに対応させている。次に続く〔書八〕と〔書九〕は、冒頭を「以二磤馭慮島一為レ胞、生二淡路洲一。次大日本豊秋津洲。」と「以二淡路洲一為レ胞、生二大日本豊秋津洲一」という緊密な対応に置く。しかも〔書六〕とは、まずは冒頭が対応することに加え、その双生をいう「次双生三億岐洲与二佐度洲一」が〔書八〕の「次双三生億岐洲与二佐度洲一」に一致する一方、右に引いた〔書九〕の冒頭は〔書六〕の「以二淡路洲・淡洲一為レ胞、生二大日本豊秋津洲一」と「淡洲」の有無の違いしかない。そしてまさにこの双生をめぐる一節が、同じ双生をつたえる〔本伝〕の「次双三生億岐洲与二佐度洲一」と一致することじたい、〔書九〕にいたる一書がなべて〔本伝〕にもとづくことを明示する確かな徴証となるであろう。

九、第四段〔本伝〕及び一書と古事記との相関、ひき継ぎ

最後に、この第四段に対応する古事記の所伝について若干の検討を試みる。〔書一〕との全体にわたる対応、

さらに踏みこんでいえばその相通や類似をもたらす関係の内実を、可能な限り実証に徹して探ることをさし当っては課題とする。すでに検討を加えた第三段以前を対象とした両者の関係をめぐる、書紀をもとに古事記が成りたつというその結論を、この第四段でも導くことができるのか否か、その検証もここで取り組む課題の一つである。

従来は、しかしこの第四段の所伝にそくして記紀の所伝相互の関係を究明する課題に正面から取り組んだ論考を参照しようにも、管見には入らない。対照的に、第四段に相当する古事記のいわゆる国生みをめぐる段を対象とした論考は、それこそ応接に遑ない。考察も、精緻を極める。たとえば冒頭に「天神諸命」というこの命の「修二理固成是多陀用弊流之国一」という一節をめぐっては、傍線部に議論が集中する。中川ゆかり氏『上代散文その表現の試み』（その第二章の「第一節　伊奘諾尊・伊奘冉尊の国作り—『修理』の語義から—」。二〇〇九年二月。塙書房）は語義の考証においてなかんずく詳細だが、それを「国土の大規模な作り直し」と解釈して、「古事記が国土の『創造』ではなく、『修理』を語るのは、国作りの伝承がイザナキ・イザナミの国生みだけではなく、他にも存在することに配慮したためではないかと思う。」（146頁）と説き、その「他にも存在する」「国作り伝承」や「国土生成の神話」などを採りあげて論を展開する。

しかし当該一節の解釈に、他の所伝をもち込むことがどれほど有効なのか、その方法じたいに疑いを残す。語義を明らかにして取り組むべき課題は、それのもつ意味の解明こそ優先すべきである。具体例を挙げれば、西宮一民氏『古事記の研究』（その「第二章『訓読』各説」の「第一節　修理固成」。平成十年十月。おうふう）が「かくして、『修理固成』は『修理《をさ》め固め成《な》せ』と訓み、その解釈は『まとめて整へ固めて完成せよ』となる。要するに、この語句は、天地初発時における国土浮漂をまとめること、固めることによつて人間の住む国土を完成せよといふ内容であつて、この過程全体が、いはゆる『国作り』なのである。」（507頁）と説く。「修理固成」を人間の住む国土の完成とするだけでは、一般論を出ない。「いはゆる『国作り』」も、その内容は具体性を欠くが、「国作り」との関連の指摘じたいは重要である。これを、明確にオホクニヌシの「国作り」として「修理固成」に関連づけるのが、『古事記注解2』（上巻その一「淤能碁呂嶋」。平成五年六月。笠間書院）である。論の把握の正確を期して、やや長文にわたり引用する。

「天神」の命なのだから、「修理」というとき、タダヨヘルだけの「国」のあるべきすがた（未然のものだが）はすでに「天神」のもとに掌握されていて、それにむけてととのえるという意味づけがなされるのである。「固」はタダヨヘルのを定まったものとすること、「成」は仕上げて完成することをいう。以下につづく、イザナキ・イザナミの「生」むことからオホクニヌシの「作」ることまで、その「修理固成」をはたしているものとして位置づけられることとなる。

さらに「換言すれば」と断った上で、「生」むと「作」るとの対応をめぐって「『天神』の掌握したあるべきすがたに帰着することを語るものとしての『国作り』の文脈に、イザナキ・イザナミの「生」む物語とオホクニヌシの「作」る物語とを定位する、その要をになうのが『修理』なのである。」と指摘し、さらに「生」むに当って「天神」に指示を請い、オホナムチに対してスクナビコナと共に国を「作り堅」めることをカムムスヒが命じたというこの「『天神』の関与によってこそ正しく『修理固成』はなされうるというわけである。」（以上、61頁）と説く。

「天神」の命じた「修理固成」が、こうして「国作り」にまで及びかつ「天神」の関与によって正しくなされるという所説は、傾聴に値する。長い引用もそれゆえだが、しかし天神が関与するからといって、正しくなされているとは限らない。むしろたとえば国生みに続く神生みでは、火神を生んで伊耶那美命が死に、黄泉に伊耶那美命を訪ねた伊耶那岐命が「吾与レ汝所レ作之国、未二作竟一。故可レ還。」と帰還を促す。また国作りでも、神産巣日神が協力を命じたとする少名毘古那神は途中で常世に度り、残された大国主神は「吾独何能得レ作二此国一」とその未完成を嘆いている。後に「孰神与レ吾能相二作此国一耶」という訴えに応え、確かに神が海上から来て「能治二我前一者、吾能共与相作成。」と告げ、なおまた「吾者、伊二都岐奉于倭之青垣東山上一。」と求めるけれども、国作りへの関与はおろか、この神を大国主神が祭ったことにも一切触れない。という以上に、国作りをなしとげた、あるいは国を作り終えたとしない保留の状態にとどめ置いていることが重要である。その状態こそ、所伝のこれ以降の展開につながる。この後に天照大御神が「豊葦原之千秋長五百秋之水穂国者、我御子正勝吾勝勝速日天忍穂耳命之所レ知国」と統治を御子に委ねた水穂国は、この時でも「伊多久佐夜芸弖有那理」（忍穂耳命）、「於二此国一道速振荒振国神等之多在」（高御産巣日神・天照大御神）という有様である。この国を鎮めるには、「故、建御雷神返参上、復下奏言二向和平葦原中国一之状上。」という建御雷神の活躍を待たなければならない。

要は、大国主神による「国作り」をもって「修理固成」の完成なり仕上げなりとみなすには、右のような所伝の展開に照らして無理がある。そしてそれ以降にまで範囲を広げ、かつまた物理的な国土の造作に限定しないとすれば、右の建御雷神による言趣（向）けと、そしてそのあとに続く天照大御神の「此豊葦原水穂国者、汝将レ知国。」という詔命により天降る邇邇芸命の統治との二つを、そこから排除する理由がない。しかもまた、「修理固成」の対象としてこのどちらが実質的な意味をもつかといえば、邇邇芸命の統治であることは論を俟たない。もっとも、その当初から対象としていたのではなく、伊耶那美命が火神を生んで焼死しなければ、またあるいは黄泉国を訪ねた伊耶那岐命の「吾与レ汝所レ作之国、未二作竟一。故可レ還。」という促しに直に応じて伊耶那美命が帰還していれば、この二神による「国作り」によって、「修理固成」は完成につながる展開をみる。逆にいえば、「修理固成」を天神が命じた当初は、まさにこの命を受けた二神がそれを実現することを予定していたはずである。伊耶那美命を襲った不慮の事故ほかの事情が予定を狂わせた上に、紆余曲折の果てに邇邇芸命の統治にまでたち到ったということにほかならない。

この経緯と展開を始めとして、神代紀第四段〔書一〕の前掲（132頁）一節の傍線部に「有二豊葦原千五百秋瑞穂之地一。宜二汝往脩一之。」という天神が二神に下した命をもとに繰りひろげた事態のその成りゆきにほぼ対応する。その果てが皇孫の統治にまで及ぶことも、その対応に伴う。このたがいの対応は、実はさきに指摘した第一段〔書二〕と古事記との内容上あい通じる一節同士の関係にそのまま重なる。次にそれらの対応を、該当する箇所をつき合わせて確かめてみる。

神代紀	古事記
古国稚地稚之時、譬猶二浮膏一而漂蕩。于レ時国中生レ物。状如二葦牙之抽出一也。因レ此有二化生之神一。号二可美葦牙彦舅尊一。（第一段〔書二〕）	次国稚如二浮脂一而久羅下那州多陀用弊流之時、如二葦牙一因二萌騰之物一而成神、名二宇摩志阿斯訶備比古遅神一。（別天神）
天神謂二伊奘諾尊・伊奘冉尊一曰、有二豊葦原千五百秋瑞穂之地一。宜二汝往脩一之。廼賜二天瓊戈一。（第四段〔書一〕）	於レ是、天神諸命以詔二伊耶那岐命・伊耶那美命二柱神一、修二理固成是多陀用弊流之国一。賜二天沼矛一而言依賜也。（神世七代）

表中の神代紀第一段〔書二〕と古事記との対応は著しく、これを、古事記が神代紀をもとに成りたつ結果とみな

す見解を前述したが、第四段〔書一〕と古事記との対応がそれに重なる以上、ここでも同じく神代紀をもとに古事記が成りたつとみなすのが筋である。具体的には、古事記が冒頭の高天原に続き国をめぐって最初につたえる〔別天神〕の「国稚如二浮脂一而久羅下那州多陀用弊流」という「国稚」の状態を、後につづく〔神世七代〕の「是多陀用弊流之国」がひき継ぐ。「国稚」という状態の国をめぐる展開は、神代紀の第一段〔書二〕の「〔国稚〕地稚」の状態をあらわす「譬猶二浮膏一而漂蕩」から、この地をひき継ぐ第四段〔書一〕の「豊葦原千五百秋瑞穂之地」への展開に明らかに対応する。〔本伝〕は、この対応の埒外にある。

表中の対応についても、細部にわたってはなお指摘すべき点をいくつか残す。しかしその個別のあらわれ以上に重要な点が、原理の存在である。全体にわたり、統一的な原理がはたらいている。それが、古事記による〔本伝〕と〔書一〕の利用に顕著なあらわれをみせる。すなわち全般にわたっては、古事記は〔書一〕に依拠する。その象徴が「天神」の存在である。前掲表のとおり所伝冒頭の天神の命をつたえる一節そうごの対応は明らかであり、さらにこの天神をめぐって、二神が国を生み損ねたあとにも、天神を訪ねて指示を受け、それによって国生みを果たすことができるというように所伝の基本的枠組みを神代紀第四段〔書一〕と共有する。所伝展開の次第も、たとえば淤能碁呂嶋に天から降って「見二立天之御柱一、見二立八尋殿一」と柱や殿を見立てた直後に身体問答が続くというこの順序が〔書一〕に一致し、生み損なった子の「久美度邇興而生子水蛭子。此子者入二葦船一而流去。次生二淡嶋一。是亦不レ入二子之例一。」という処遇にしても、〔書一〕の「先生二蛭児一。便載二葦船一而流之。次生二淡洲一。此亦不三以充二児数一。」に重なり、成りたちの上では、古事記がこれらを採り込んだ結果とみて恐らく大過ない。

また一方、この神代紀をもとに古事記が成りたつとみなすべき確かな徴証が、実は〔本伝〕に対応する一連の用例である。そもそも国生みをめぐって、古事記が二神の身体問答に伴い「以二此吾身成余処一、刺下塞汝身不二成合一処上而以為レ生二成国土一、生奈何。」と明示する目的じたい、〔本伝〕の「欲下共為二夫婦一、産中生洲国上。」を踏まえる。〔書一〕には、目的に一切言及がない。〔本伝〕とつながるその典型が、柱を巡り終えた直後の唱和に関連した記述である。該当するその〔本伝〕〔書一〕古事記の各用例を次につき合わせてみる。

〔同会二一面一〕時、Ⓑ陰神先唱曰「憙哉、遇二可レ美少男一焉。」陽神不レ悦曰「吾是男子。理当二先唱一。Ⓐ如何婦人反先レ言乎。事既不祥。宜二以改旋一。」於レ是、二神却更相遇。〔本伝〕

〔既而分巡相遇〕Ⓑ陰神乃先唱曰「妍哉、可レ愛少男歟。」陽神後和之曰「妍哉、可レ愛少女歟。」遂為二夫婦一、先生二蛭児一。〔書一〕

〔約竟以廻〕時、Ⓑ伊耶那美命先言「阿那邇夜志愛袁登古袁。」後伊耶那岐命言「阿那邇夜志愛袁登売袁。」各言竟之後、告二其妹一曰Ⓐ「女人先レ言、不レ良。」雖レ然、久美度邇興而生子、水蛭子。〔古事記〕

〔本伝〕の「陽神」「陰神」については、前述のとおり易の乾坤にそれぞれを当て、「先迷」の坤を乾が主導するという関係にそくした行動をそれぞれとることを指摘したが、右に引用した一節がこれを端的にものがたる。そのまさに象徴的な表現の「吾是男子。理当二先唱一。」という陽神の教示を、それこそが根拠たるべき原理であるにもかかわらず除外して、その直後の（A）の部分だけを、〔書一〕の（B）によって成りたつ一節のあとにつづけている。「不良」と知りながら子を生み、生み損なったはてに昇天して天神の命を請う。これが古事記所伝の独自を際立たせる。

〔書一〕のように（A）をそもそも持たなければ、「理」を意識することなく、生み損ないの原因すら、昇天して天神の卜占によって始めて知る事だから、なんら問題はない。二神の無知をいうだけでしかない。それだけに、往往にして、「不良」を知りながら天神の命を請うという展開を、矛盾ないし齟齬などと見誤りかねない。たとえば戸谷高明氏『古事記の表現論的研究』（その「第九章　伊奘諾尊・伊奘冉尊神による国土の修理固成と聖婚」。平成12年3月。新典社研究叢書127）は「記と一書第一は天つ神の命を神話の中核的要素とする新しい神話観によって構成されたものと考えられる。」と述べた上で、直後には問題の一節をめぐって「古事記の伝承は自発的な要素（すなわち「不良」とする判断）を残したまま天つ神を登場せしめたため、辻褄の合わないところができたのではなかろうか。天つ神の命による男神先唱、そして国生みという構想が記および一書第一の基本理念であったと思われる。」（539頁）と説く。わざわざ傍点を付してまで強調する「天つ神の命による男神先唱」など、もちろん〔本伝〕の「理当㆓先唱㆒」とはあい容れないという以上に、そもそもあり得ない。前述のとおりその原理を表から消して天神に代えたなかに、それにもかかわらず（A）を取り込んだはずだが、これに伴い、〔本伝〕のそれが陽神の主導というかたちをとることにそくして、伊耶那岐命じしんを、もはや〔書一〕のつたえるような夫婦一体的な伊耶那美命とのセットの関係から解き放ち、その陽神になぞらえ主導的な神として位置づけ直すことにも力点を置く。さればこそ、「女人先言」を看過することなく「不良」と咎める。

この伊耶那岐命の主導する展開こそ、〔本伝〕をひき継ぐなかで獲得した古事記の所伝を貫く特徴でもある。（B）に関連しても、〔書一〕はその直後に二神を夫婦一組みとして「遂為㆓夫婦㆒、先生㆓蛭児㆒。」と続ける。この続きを断つ一方、波線部に「告㆓其妹㆒曰」と告げた上で（A）に咎めるというかたちをとる。主導を強調する類例は、身体問答に付随して交合を提案したあと、〔書一〕がそこで「云爾」と区切りを入れて柱巡りに転じるのに対して、さらに続けて「以為㆑生㆓成国土㆒、生奈何。」と提起する。前述のとおりこれも〔本伝〕の「因欲㆘

共為二夫婦一、産中生洲国上」を借りながら、その夫婦共同の国生みの発意を捨て、伊耶那岐命がみずから率先して主導するかたちに改変する。天神の命に専ら従い、みずからなすその行為じたいもいわば盲目的な展開に終始する〔書一〕とも違う個性を、伊耶那岐命を中心に一連のつながりのなかで演出している。

そして最後に一つ付言すべき例が、この伊耶那岐命の主導のありかたを、いっそう端的かつ明確にあらわす柱巡りである。まずその〔本伝〕の例だが、前述のとおり淮南子などがつたえる天体の運行にそくして「陽神左旋、陰神右旋」とする。陰陽の理法にのっとり、おのずからそのかたちに従う。一方、〔書一〕はまず「将レ巡二天柱一、約束曰」とたがいに取り決め、その内容を陽神が「妹自レ左巡。吾当二右巡一。」と指示する。後に天神の太占による教示を得て再修するさいには「二神改復巡レ柱。陽神自レ左、陰神自レ右。」と陽神の指示もなく逆に巡り、それが正常な国生みにつながることに鑑みて、初回の柱巡りをめぐる陽神の指示は誤りであり、後につづく陰神先唱の誤りと重なり、かつ両神ともその誤りを自覚しないままに国を生み損なうにいたる。これら〔本伝〕と〔書一〕に対して、古事記はまた別に「乃詔二汝者自レ右廻逢、我者自レ左廻逢一」とつたえるが、両所伝とのかかわりも実は深い。次にそのそれぞれの対応を図に示す。

即将レ巡二天柱一、約束曰、妹自レ左巡、吾当二右巡一。（初度）～故、二神改復巡レ柱。陽神自レ左、陰神自レ右。（再度）〔書一〕

陽神左旋、陰神右旋、分巡二国柱一。（初度）～二神却更相遇。（再度）〔本伝〕

然者吾与レ汝行二廻逢是天之御柱一（中略）如レ此之期、乃詔、汝者自レ右廻逢、我者自レ左廻逢。（初度）～更往二廻其天之御柱一、如レ先（再度）（古事記）

この対応の核心は、伊耶那岐命が正しい旋回を指示している点である。〔本伝〕と〔書一〕を取り込みながら、そのどちらにもない独自を強くうち出しているが、それがまさに伊耶那岐命の主導とその正しさにほかならない。この延長上に、今度は唱和をめぐって伊耶那美命を「女人先レ言、不レ良」と咎める一節が後続する。伊耶那岐命の主導を無視した結果がその過誤につながるというこの関係は、その主導の重要かつ決定的な意味をあざやかに映し出してもいる。

十、第四段、古事記それぞれの爾後の展開とその対応

古事記がその成りたちに神代紀を取り込んだ実態は、第一段に続いて採りあげたこの第四段でも、かくて著しい。所伝が展開しても、その実態にいささかも変化をきたしていない。ところで、第四段から第五段に転じると、当段は〔本伝〕のほか、つごう十一の一書をもつ。詳細なその内容の分析は次章に譲るとして、第四段の〔本伝〕と一書及びこれに対応する古事記を、それぞれどのようにひき継ぐのか、とりわけ特徴的な用例にそくしてそのそれぞれの次への展開を、いわば橋渡しをかねてあらまし押さえておくことにする。ここでは、採りあげる対象を二神の相関に絞りこむ。特には伊奘諾尊（伊耶那岐命）の主導に焦点を当ててみる。

まずは第四段〔本伝〕だが、伊奘冉尊の「先唱」に対して、伊奘諾尊は「吾是男子。理当二先唱一。如何婦人反先レ言乎。事既不祥。」と咎めだてはするものの、ひき続いてただちに「宜二以改旋一」とやり直しを指示する。これにより事無きを得て、国生みを無事終える。この一連の展開、すなわち伊奘冉尊の過失とその伊奘諾尊による指摘・指導これの結果とが、前述（120頁）のとおり易（坤）の「先迷、後得レ主利」（卦辞）「先迷失レ道、後順得

レ常」（彖伝）などに合致する。表向きは「伊奘諾尊・伊奘冉尊立二於天浮橋之上一、共計」「二神、於レ是、降二居彼嶋一。因欲下共為二夫婦一、産中生洲国上。」と対等共同のかたちをとって事を進めるが、第一段に「天先成而地後定」というさきに指摘した「尊卑先後之序」を、この第四段でも「吾是男子。理当二先唱一。」と原理としてひき継いでいる。この原理を体現する伊奘諾尊の主導に、伊奘冉尊は従順に応えるというのが内実である。

第五段〔本伝〕がこの関係をそのままひき継ぐ。冒頭に「既而伊奘諾尊・伊奘冉尊共議曰、吾已生二大八洲国及山川草木一。何不レ生二天下之主者一歟。」という「共議」は、第四段〔本伝〕冒頭の前掲「共計」に当たる。「天下之主者」を望んでも、結局はそれを生むことがかなわない。しかしそれでも、伊奘冉尊は死に至らない。明示していないだけで、伊奘諾尊の主導に伊奘冉尊が従順に従うという原理にのっとるかたちをとるからであろう。〔書二〕に至って、「日月既生」のあと、「巡レ柱之時、陰神先発二喜言一。既違二陰陽之理一。所以、今生二蛭児一。」という蛭児と、「此神性悪、常好二哭恚一。」という素戔嗚尊とに続いて火神を生み、「時、伊奘冉尊為二軻遇突智一所レ焦而終矣。」というように伊奘冉尊は焼死する。国生みに先立つ結婚の時点に遡って、その原因を「違二陰陽之理一。所以、今生二蛭児一。」と明示する。それだけに、蛭児以下の三子は、「日月」と対照的な、前述の「尊卑先後之序」の「卑」の側に立つ。生まれつき脚の立たない蛭児をはじめ、次の素戔嗚尊が生まれついての暴虐、このあとに続く火神は母殺しというのがその実態である。

これに対して、同じ第五段でも、〔書六〕に至ると、内容はまさに一変する。火神の軻遇突智を生んで焼死するという発端だけは〔本伝〕に通じるものの、そのあとに、伊奘諾尊は黄泉に伊奘冉尊を訪ねる。そこで二神が再会して以降、別離、帰還、禊祓と続いたはてに天照大神以下の三子が化生し、伊奘諾尊が分治を勅任するも、素戔嗚尊はこれに反抗した挙句に根国に追放されるという展開をたどる。焼死は、三子化生のはるか以前に、したがって「尊卑先後之序」とは無縁に、「悉生㆓万物㆒焉」という二神による順調な営みの直後に突如発生する。火神を生むことも、その営みの一環のはずだから、伊奘冉尊だけが直接の犠牲に当たってはいても、二神を襲った不慮の事故というのがその実態である。発生も、順調に「万物」を生んでいる以上、二神の想定外のことになる。そうしたこの事故をめぐる特質は、第四段〔書一〕のつたえる二神による子の生み損ないに通じる。前述のとおり二神は柱巡りや唱和に誤りを犯すが、それを自覚しないままに国を生み損なう。まさに想定外の事故に直面するという点では、その第四段〔書一〕と、〔書六〕は同じ系列に属する。

このあと、伊奘冉尊の死を「伊奘諾尊恨之曰、唯以㆓一児㆒替㆓我愛之妹者㆒乎。」と恨むが、この「我愛之妹者」も、これまた第四段〔書一〕の唱和に際して伊奘諾尊の口にした「可㆑愛少女」に通じる。そして黄泉に伊奘冉尊を訪ねた折の「伊奘諾尊追㆓伊奘冉尊㆒、入㆓於黄泉㆒而及之共語。」という「共語」と、伊奘冉尊の「吾夫君尊、何来之晩也。」という対応とが、生前の二人の心情をそのままもち込んでいることを如実にしめす。二神が対立して「遂建㆓絶妻之誓㆒」という別離を迎えた際にも、たがいに「愛也吾夫君」「愛也吾妹」と親愛のことばを交し合う。黄泉を訪ねた伊奘諾尊の真意は、これも国生みの目的に言及しない第四段〔書一〕と同じく明示しないけれども、こうした断ち難い愛情を抱く亡妻を黄泉から連れ帰る、つまりはよみがえらせることにあったとみて恐らく誤りないであろう。

古事記も、この〔書六〕とほとんど同じように伊耶那美命の焼死を契機として三貴子の化生、須佐之男命の追放までの展開をたどる。たがいの対応は明らかだから、その逐一に言及する煩を避け、一点だけに的を絞り込んでその対応の内実を探ってみるに、黄泉国を訪ねた伊耶那岐命は、戸口に出迎えた伊耶那美命に向かって「愛我那邇妹命、吾与㆑汝所㆑作之国、未㆓作竟㆒。故可㆑還。」と促す。伊耶那美命は、これに「悔哉、不㆓速来㆒。吾者為二黄泉戸喫一。然愛我那勢命入来坐之事、恐。故欲レ還。且与二黄泉神一相論。」と応じる。先行する国生みをめぐる二神のそれぞれ主導と従順という対応する関係を、さながら第四段の〈本伝〉を引き移すかたちをとって、この国作りでもひき継いでいる。とりわけ伊耶那美命の過誤に関連して、国生みでは「女人先レ言、不レ良。」により国を生み損なうという結果を承けて直ちに天神の命を請い、またこの国作りでも火神を生んで焼死したあと直ちに黄泉に伊耶那美命を訪ねて国作りの完成のため帰還を促すというこの伊耶那岐命の主導をめぐる継起的な展開は重要であり、まさに注目に値する。

なぜなら、この継起的な展開の延長上にこそ、天照大御神の化生を位置づけているからである。化生した三貴子のなかでも、天照大御神は別格である。それを、伊耶那岐命の主導にそくして次のようにつたえる。

此時、伊耶那伎命大歓喜詔「吾者、生二生子一而於二生終一得二三貴子一。」即其御頸珠之玉緒母由良邇取由良迦志而賜二天照大御神一而詔之「汝命者、所レ知二高天原一矣。」事依而賜也。

伊耶那岐命が「御頸珠」を賜い、高天原の統治を天照大御神に「事依」というこのかたちは、かって天神が「天沼矛」を賜い、「修二理固成是多陀用弊流之国一」という「事依」を伊耶那岐命・伊耶那美命が受けたという先例に倣うであろう。国生み、国作り（未完だが）を主導して進めてきた伊耶那岐命（従順だった伊耶那美命は不在）だからこそ、この先例に倣うひき継ぎを行う立場にたつ。そしてこのひき継ぎを受けた天照大御神が、また同じように降臨する日子番能邇邇芸命に「此豊葦原水穂国者、汝将レ知国、言依賜。故随レ命以可二天降一。」と「言依」を与えた上で、いわゆる三種の神器を賜うさい特に「此之鏡者、専為二我御魂一而如レ拝二吾前一伊都岐奉。」と鏡を大御神じしんの御魂として大御神同様に拝し仕えよと詔命する。天神の「天沼矛」、伊耶那岐命の「御頸珠」、天照大御神の「鏡」と揃うからには、そうした神器の授与がそのまま国生み、国作り、葦原中国の統治へという繋がりを保証する一方、皇統の継承にも重なることをおのずから示唆する。これらの繋がりや重なりの核心にこそ、伊耶那岐命の主導は位置する。古事記の所伝は、まさにその主導におのが独自をかけたといっても決して過言ではないはずである。

神代上　第五段

一、「尊卑先後之序」にもとづく子の誕生とその〔本伝〕の構成

この第五段は、伊奘諾尊・伊奘冉尊二神が国国や神神を生みつづけた果てに迎える最終の段階に当たる。〔本伝〕のはじめに、それを「伊奘諾尊・伊奘冉尊共議曰、吾已生二大八洲国及山川草木一。何不レ生二天下之主者一歟。」と明示する。この最後にあっても、生むという行為じたいに違いのあるはずもなく、したがって所伝が「尊卑先後之序」をもとに展開するという基調にも、もとより変化はないが、「天下之主者」の誕生に恐らく関連して、それが主題にもかかわる著しいあらわれをみせる。

なにより重要な点が、「尊」と「卑」との対応が「先」と「後」との対応に重なり、この「尊・先」「卑・後」の序をもとに〔本伝〕全体が成りたつという構成である。文字通り「尊卑先後之序」を拠りどころに所伝の全てが成りたつ。対立するその二つの、まずは「尊」と「先」に当たるのが、日神と月神との誕生である。その一節を次に抜き出す。

於レ是、共生二日神一。号二大日孁貴一。此子、光華明彩照二徹於六合之内一。故二神喜曰「吾息雖レ多、未レ有二若レ此霊異之児一。不レ宜三久留二此国一。自当下早送二于天一而授以中天上之事上。」是時、天地相去未レ遠。故以二天柱一挙二於天上一也。次生二月神一。其光彩亜レ日。可二以配レ日而治一。故亦送二之于天一。

日神の「光華明彩照二徹於六合之内一」、また月神の「其光彩亜レ日」というその「霊異」ゆえに、ともに天（上）に送られている。明らかに「尊」を体現し、かつまた「先」に誕生する。

このあとは、まさに一転して日神・月神とは著しく対照的な子が続いて誕生する。はじめが蛭児であり、「雖二已三歳一、脚猶不レ立。」という状態ゆえに「載二之於天磐櫲樟船一而順レ風放棄。」とつたえる。次に誕生する素戔嗚尊にいたっては、次のように異常な悪神ぶりを際立たせてもいる。

此神有二勇悍以安忍一。且常以二哭泣一為レ行。故令二国内人民多以夭折一、復使二青山変レ枯。故其父母二神勅二素戔嗚尊一「汝甚無道。不レ可三以君二臨宇宙一。固当三遠適二之於根国一矣。」遂逐之。

遂には「甚無道」の宣告をうけ、根国に放逐される。三歳になっても脚が立たないために放棄された蛭児ともども、「天下之主者」たり得ないばかりか、天下に存在することすら許されない。伊奘諾尊・伊奘冉尊の当初の企図が、こうして結局は破産するにいたる。

ついえたのは、しかし二神の企図だけではない。「霊異之児」の日神と「其光彩亜レ日」という月神はともに天上に送られたにせよ、ついに「天下之主者」には全く適わなかったという点では、蛭児や素戔嗚尊と変りがない。生んだ全ての子が適わないとする以上、企図より、そもそもそれがもとづく「尊卑先後之序」のほうを問うのが筋である。もっとも、「尊卑先後之序」じたいは原理ないし原則でしかない。問題は、むしろ「尊卑先後之序」が、天地の創成や神々の誕生に続いて「大八洲国及山川草木」を伊奘諾尊・伊奘冉尊二神が生みなす原理ないし拠りどころとして作用してきたものの、「天下之主者」については望みどおりの結果を得ていない点である。「天下之主者」を生みなす上には必ずしも相応しくないことを、そのことは明らかに示唆する。二神の生みなすものが、その企図に背き、それぞれ「尊」と「卑」に過度なかたちをとって出現する、そしてその生みなしたものの対処を中心に所伝は展開する。この〔本伝〕との対応をめぐって、一書は二つの系列に分かれる。一つが、〔本伝〕をひき継いで「尊卑先後之序」のより徹底したかたちをとる系列すなわち〔本伝〕系列と、もう一つがそれに代って別に新たな原理にのっとったかたちをとる〔書六〕及びこれに基づく一書の系列である。

二、「白銅鏡」による伊奘諾尊単独の神生み、〔書一〕

まずは〔本伝〕の系列に属する一書としては、第五段のほぼ前半に当たる〔書一〕から〔書五〕までのすべてがそれに該当する。「尊卑先後之序」のより徹底したかたちとは、日神と月神とを「尊」とする一方、それ以外の所生神を「卑」とする〔本伝〕のこの基本にのっとりながら、その「尊」「卑」それぞれを強調する所伝の展開やあらわれを指す。〔書一〕が「尊」を、つづく〔書二〕が「卑」をそれぞれ強調する。残る〔書三〕から〔書五〕までの各一書は、〔書二〕が強調する「卑」にそくして、伊奘冉尊がみずから生んだ火神に焦かれて死ぬことをめぐっていずれも展開する。

基本的には〔本伝〕にのっとりながら、その実、こうした一書のあらわれは、それぞれに多様である。〔書一〕では、子の誕生を、二神の生殖による出産ではなく、伊奘諾尊ただ一神による化出とする。それをつたえる冒頭の一節を次に示す。

伊奘諾尊曰「吾欲レ生二御寓之珍子一。」乃以二左手一持二白銅鏡一則有二化出之神一。是謂二大日孁尊一。右手持二白銅鏡一則有二化出之神一。是謂二月弓尊一。

この二神の化出をめぐっては、伊奘諾尊のそれが単独行為である点も含め、〔本伝〕との違いのほうが大きい。

ただし、このあと二神について「大日孁尊及月弓尊、並是質性明麗。故使照臨天地。」とつたえ、さらに二神とは対照的に「素戔嗚尊、是性好残害。故令下治根国。」という以上、〔本伝〕とこれらの対応上、ここでも基本は「尊卑先後之序」にのっとるはずである。

それだけに、〔書一〕が差違化に力点を置いた部分は、二神の化出だったに違いないが、一方、その「以左（右）手持白銅鏡」という表現には類例がある。降臨する「吾児」に天照大神が鏡を授けたという第九段〔書二〕の次の一節が、それをつたえる。

是時、天照大神、手持宝鏡、授天忍穂耳尊而祝之曰「吾児視此宝鏡、当猶視吾。可与同床共殿以為斎鏡。」

宝鏡に映るわが形像を、さながらそこに座す現身を視るように視るべきだというこの一節の傍線部の表現の一致に照らして、白銅鏡を持つことは、それが映す伊奘諾尊の神像をいわば分身として化出させることにつながる。なおまた鏡を持つ手の違いにより、「以左手持白銅鏡」が大日孁尊を、反対の「右手持白銅鏡」が月弓尊をそれぞれ化出する。化出する神をめぐるこの左右の違いは、国生みをつたえる第四段〔本伝〕の次の一節に明らかに対応する。（天照大神ら「三子」の化生との関連は後述191頁）

二神（伊奘諾尊・伊奘冉尊）、於是、降居彼嶋、因欲共為夫婦、産生洲国。便以磤馭慮嶋為国中之柱而陽神左旋、陰神右旋。分巡国柱、同会一面。

この直後の「時陰神先唱。」を、伊奘冉尊が「吾是男子。理当先唱。如何婦人反先言乎。事既不祥。宜以改旋。」と非難し、柱巡りにまで立ち戻って再修をはかる。一体的に連続するこの関係上、唱をめぐる「吾是男子。理当先唱」という「理」（次の〔書二〕に「陰陽之理」と敷衍する）、すなわち「尊卑先後之序」は、右の一節の傍線部にいう「陽神左旋、陰神右旋」のこの柱巡りにもおのずから及ぶ。国生みをこうして「尊卑先後之序」にのっとって厳修したことのその延長上に、第五段〔本伝〕の前掲「吾已生二大八洲国及山川草木一。何不レ生二天下之主者一歟。」が位置し、これを〔書一〕が差違化したという系統の上でも、「陽」と「左」、「陰」と「右」との対応をひき継ぎ、同じ「尊卑先後之序」にそくしてこれを「左」と「日」、「右」と「月」との対応に移しかえたに違いない。

それは、〔本伝〕が日神と月神とを、蛭子や素戔嗚尊の「卑」との対応にそくして表現上はあくまでも「尊」に力点を置いて一体的につたえるその方向にありながら、だから「大日孁尊及月弓尊、並是質性明麗。故使レ照二臨天地一。」と一括するのだけれども、そのまさに「照二臨天地一」のとおり日と月、昼と夜といった対立的な対応に伴う。そしてこの対応には、次の素戔嗚尊がもう一つ別の対立的な対応のかたちをとって加わる。

　素戔嗚尊、是性好二残害一。故令レ下二治根国一。

〔本伝〕とほぼ共通するなかで、傍線部の「下治」だけが決定的に違う。〔本伝〕に「固当三遠適二之根国一矣」という根国が水平方向の「遠」、すなわち僻遠の地にあるの対して、垂直方向の「下」をそれはあらわす。大日孁尊と月弓尊とが照臨する天地とは別の「下」だから、地下以外にはない。昼夜の別はあるにせよ、天地が光明の地上だとすれば、それは暗黒の地下に当たり、二神と素戔嗚尊とを、地上と地下とに対立的に対応させている。

ところで、この素戔嗚尊の誕生を「又廻レ首顧眄之間、則有二化神一。」とつたえる。「又」という以上、左右の手に白銅鏡を持って二神を化出したあと、それと関連するはずだが、「顧眄」というこの語には、「自分の勢を他に示すさま」（大漢和辞典。次に掲げる用例も同辞典による）をあらわす例がある。

○　授レ鞍顧眄、以示レ可レ用。（後漢書、馬援伝）

○撫レ剣顧眄、亦足三以為二人豪一。（後漢書、呂布伝）

白銅鏡を持って「並是質性明麗」という二神を化出させたことにひき続いて、文脈上は、まさにそのことが、この「顧眄」につながっている。それを意図したのではないにしても、少くとも生むことについては、いささかも意識にすら上げていない。その意味では誤って化してしまったことが「是性好二残害一」という素戔嗚尊を化する結果を招来したはずだから、これらは一つづきに繋がっている。

関係じたいはけっして明示的ではないけれども、この望みもしない素戔嗚尊の化は、ほとんど過ちと表裏する。もちろん、白銅鏡を左右の手に持つことが「並是質性明麗」という二神の化出につながったことと、それは照応する。「尊」と「卑」のそれぞれに当たる子を生み分けたとはいえ、〔本伝〕のそれが生殖によるものとする限り、所詮は偶然にすぎない。それを、生むから化すに改めた上で、関連する物品や行為と、化した子の質性とを因果の関係のもとに結びつけたところに〔書一〕の独自がある。偶然の結果としての「尊」「卑」の対立を、因果の必然の関係にそれを転換したというのが実態であり、そこに「尊卑先後之序」のより徹底したあらわれをみることができる。さきに指摘した白銅鏡を持つ手の左右と日月との対応、またその大日孁尊と月弓尊の地上と素戔嗚尊の地下との対応などを含め、もはや〔書一〕全体が「尊卑先後之序」をもとに成りたつといっても過言ではないであろう。

三、蛭児・素戔嗚尊・軻遇突智の誕生とその処遇、〔書二〕

ただし、〔書二〕全体としては、たとえば化出した三子のうち二子が「尊」に当たり、化出じたいも「尊」の伊奘諾尊の単独行為とするなど、相対的に「尊」により力点を置く。次の〔書二〕では、それが一転する。冒頭にわずかに言及する「日月既生」が「尊」に当たるほかは、〔本伝〕と同じくこれ以降に生みなす蛭子や素戔嗚尊などをはじめ、さらに火神の軻遇突智も加わり、全体が「卑」を中心に展開するといった様相を呈する。しかもそうして「卑」の誕生する原因について、わざわざ所伝を遡ってつたえてもいる。

日月既生。次生二蛭児一。此児年満二三歳一、脚尚不レ立。初伊奘諾、伊奘冉尊巡レ柱之時、陰神先発二喜言一。既違二陰陽之理一。所以、今生二蛭児一。次生二素戔嗚尊一。此神性悪、常好二哭恚一。国民多死。青山為レ枯。故其父母勅曰「仮使汝治二此国一、必多レ所二残傷一。故汝可三以馭二極遠之根国一。」次生二鳥磐櫲樟船一。輙以二此船一載二蛭児一、順レ流放棄。

「初」以下の傍線部は、第四段〔本伝〕の一節の要約である。このうち、傍線部にいう「巡レ柱」に関連して、前述のとおり「陽神左旋、陰神右旋」を直前の〔書一〕が踏まえるなかに、ここにいう「陰陽之理」、その内実の「尊卑先後之序」にのっとるその「巡レ柱」にそくして左右の手に白銅鏡を持ち、大日孁尊と月弓尊という「尊」に当たる二子を化出する。〔書一〕がそうして踏まえる同じ所伝の、ここでは「尊卑先後之序」に違背した「陰神先唱」にそくして、「尊」から一転してまさに対照的な蛭子という「卑」に当たる子を生んだものとする。〔書一〕が「尊」に当たる子を、「尊卑先後之序」にのっとって化出させたというそのかたちを倒逆させ、「尊卑先後之序」に違えばこそ「卑」に当たる子の誕生をみたという理由づけを施したのが〔書二〕である。

「卑」を中心に展開する理由も、当然そこにある。「日月既生」までは、たとえ「巡レ柱」において「尊卑先後之序」に違背してはいても、陽神の諫めに従って改める（121頁）。しかし一端「卑」子を生んでしまえば、止めようがない。蛭子のあとも素戔嗚尊、さらに火神の軻遇突智と「卑」に当たる子の誕生がうち続く。結局は、生み続けるその当の伊奘冉尊が火神を生み、焦かれて死ぬことによってようやく終息を迎える。

「違二陰陽之理一」という重大な過ちを犯したことが招来する「卑」に当たる子の誕生をめぐる負の連鎖だけに、その母体たる伊奘冉尊の死をもって断ち切るほかなかったとみて恐らく大過ないであろう。伊奘冉尊じしんにそくしていえば、「卑」の母体たるおのが身に、それはそれで決着を付けたことになるが、「卑」に当たる子も、けっして生みっぱなしにはしていない。素戔嗚尊を根国に追放するという処分は〔本伝〕を踏襲したにせよ、それ以外は、「卑」に当たる子の処分にかかわる子を別に生んでいる。素戔嗚尊を放逐した直後に生むのが、次の鳥磐櫲樟船である。

次生二鳥磐櫲樟船一。輒以二此船一載二蛭児一、順レ流放棄。

〔本伝〕のただ「次生二蛭児一。雖二已三歳一、脚猶不レ立。故載二之於天磐櫲樟船一而順レ風放棄。」というだけの記述には、船の出所に関する言及が全くない。右の一節の傍線部は、〔書二〕が蛭児を「既違二陰陽之理一、所以、今生二蛭児一。」とつたえることにおのずから関連する。

この蛭児は、障害の程度は〔本伝〕と同じながら、先行する第四段〔本伝〕に伊奘諾尊が「吾是男子、理当二先唱一。如何婦人反先レ言乎。事既不祥。」という不祥の子にほかならない。不祥というこの語の特質にそくした解釈もそこ（121頁）に述べているが、類例を示せば、

但親見二泉国一。此既不祥。故欲レ濯二除其穢悪一。（第五段〔書十〕）

不祥の結果だから、ここにいう「穢悪」にまみれた存在であり、本来的にも「濯除」などの水による濯滌・除去を必要とする。〔本伝〕の基本を踏襲するなかで、その水による処理にちなむ意味あいを強く込めた表現が「順レ流放棄」だったに違いない。くだんの前掲一節の「生二鳥磐櫲樟船一」じたい、不祥の子なればこそ、水に流す

べく、この子を放棄する船まで生んで周到な処分を行ったことをおのずから含意する。

この蛭児以上に、「卑」の卓越した子が軻遇突智である。生んだ当の母を、おのが火によって死に至らしめる。極悪非道の極み、「卑」の最たるこの子を生み、焦かれて死ぬ間際に、伊奘冉尊は土神と水神とを生んでいる。蛭児を放棄するため鳥橡樟船を生んだことに、明らかに重なる。

次生㆓火神軻遇突智㆒。時、伊奘冉尊為㆓軻遇突智㆒所㆑焦而終矣。其且㆑終之間、臥生㆓土神埴山姫及水神罔象女㆒。

この土神と水神とは、諸注がほぼ一致して鎮火の神とみる。確かに、二神の誕生をめぐる「且㆑終之間、臥生」という表現は、火に焦かれて瀕死の状態にありながらみずからの意志により伊奘冉尊があえて生みなしたことを示唆する。その二神に火神を鎮める役務を託したという見方も、二神との関係に限れば、成りたたないわけではない。しかしながら、直後につづく次の一節がものがたる内容を、はたして鎮まった火神を表わしているとみるべきなのか、疑いを禁じ得ない。だいいち、火が鎮まってしまえば、もはや火として存在し得ない。それでは、次の一節も成りたちようがない。

即軻遇突智娶㆓埴山姫㆒、生㆓稚産霊㆒。此神、頭上生㆓蚕与㆑桑、臍中生㆓五穀㆒。

この稚産霊の誕生をめぐっては、「火と土とからワカムスヒが生れ、そこから五穀が生れたとするのは、焼畑などによる農業の起源を説いたものか。」（日本古典文学大系の補注、新編日本古典文学全集の頭注もほぼ同じ内容）といった焼畑との関連を指摘する説が有力である。ただし、表現の上では、あくまでも軻遇突智が埴山姫を娶り、その結果、かの伊奘諾尊が伊奘冉尊を主導して大八洲（国）を生んだように、火神（男）が主導して土神（女）に稚彦霊を生ませたとみるのが自然である。大八洲国の誕生に続き、水神の誕生を踏まえ、土の神に活力に富む農産の神の稚産霊を生ませ、この神に「蚕与レ桑」や「五穀」が生じたということだから、伊奘冉尊に立ち戻れば、火神に対処すべくはからい、これを受け容れる土神と逆に鎮め止める水神とを生み、火神の選びとった土神との結婚が稚産霊の誕生につながり、さらに水神のはたらきにより農産物の発生に至ったということにほかならない。火神の軻遇突智が、脅威どころか、人民の生活（衣・食）に有用な神としてその本来もつ神のわざを発揮したことを、埴山姫を娶った以降の展開をとおしてつたえることに主眼を置くに違いない。さればこそ、この埴山姫はもとより水神の罔象女も、鎮火を一義的には役務としない。火神を生んで瀕死のなかで、それこそ死力を尽くして土神や水神を生んだ伊奘冉尊のはからいを承け、これを火神がひき継いだればこそ、土神を娶り、稚産霊を生むに至る。

なお、この稚産霊の体に生じた「蚕与レ桑」と「五穀」という結びつきは、中国古典の知識にもとづく。礼記（月令第六）の次の一節は、著名なその一例である。

是月（孟春）也、天子乃以二元日一祈二穀于上帝一。乃択二元辰一、天子親載二耒耜一、措二之于参保介之御間一、帥二三公・九卿・諸侯・大夫一、躬耕二帝籍一。（中略）善相二丘陵阪険原濕、土地所レ宜、五穀所レ殖、以教二導民一。

是月（季春）也、（中略）后妃斎戒、親東郷躬桑、禁二婦女一毋レ観、省二婦使一以勧二蚕事一。

それぞれ前者（孟春）が天子の親耕に、後者（季春）が后妃の親蚕に関連する。後者の一節を、雄略天皇六年三月条に「天皇欲レ使下后妃親桑以勧中蚕事上。」と利用してもいる。さらに付けくわえれば、このあと〔書十一〕がつたえる保食神の屍体に生じた五穀や繭をもとに天照大神が始めた耕作や養蚕、なおまたこれをひき継いで後の第七段〔本伝〕が「素戔嗚尊之為レ行也、甚無状。」と前置きしてつたえる乱暴狼籍の表現のなかにも、この親耕と親蚕とのかかわりをみることができる。詳細は後述するが、この〔書二〕がそれを準備する下地の意味をもつ。

四、伊奘冉尊の火神生みに伴う神の化生、〔書三〕と〔書四〕

「卑」に当たる子の出産とその子をめぐる五穀等の起源をつたえる〔書二〕のあとは、焦点を伊奘冉尊の死に絞り込んで、そうした限定のもとに、以下の各一書は成りたつ。当然、大枠を共有する。その顕著な例が、冒頭の一節の対応である。次にその部分を挙げる。

〔書二〕　次生㆓火神軻遇突智㆒時、（伊奘冉尊）為㆓軻遇突智㆒所㆑焦而終矣。

→一書曰、伊奘冉尊生㆓火産霊㆒時、為㆑子所㆑焦而神退矣。亦云、神避。

→一書曰、伊奘冉尊生㆓火神㆒時、被㆑灼而神退去矣。

↓印を付した一書の前者が〔書三〕、後者が〔書五〕である。神名や受身表現を異にするとはいえ、その実、冒頭に〔書二〕に対応する表現を立てた上で、〔書二〕を前提にその表現を合致させながら、差違化をはかったとみるのが相当である。蛭子や素戔嗚尊を採りあげない理由も、やはり〔書二〕を前提とするからであろう。そして右の一節のあとには、〔書三〕〔書四〕が同じく〔書二〕に対応した一節を続けている。次にそれを挙げる。

〔書二〕　其且㆑終之間、臥生㆓土神埴山姫及水神罔象女㆒。

〔書三〕　其且㆓神退㆒之時、則生㆓水神罔象女及土神埴山姫㆒。又生㆓天吉葛㆒。

〔書四〕　且㆑生㆓火神軻遇突智㆒之時、悶熱懊悩。因為㆑吐。此化為㆑神。名曰㆓金山彦㆒。次小便。化為㆑神。名曰㆓罔象女㆒。次大便。化為㆑神。名曰㆓埴山媛㆒。

傍線部をはじめ明らかに表現を揃えながら、〔書二〕を基に、それの差違化をはかっている。その各一書間の関係の詳細については、各論（694頁）に図解（↓）を示して説くとおりだが、右掲の一節の内容にそくしていえば、伊奘冉尊の死ぬ間際を〔書三〕に、また火神を生む間際を〔書四〕にそれぞれ振り分けている。両一書とも、あくまでそのそれぞれの間際に時間を限定する。その〔書三〕は、右に並記したとおり〔書二〕に近い。ただし、水神と土神との先後を〔書二〕とは逆転させた上に、天吉葛を新しく加えている。こうした点に従来ほとんど関心を寄せないが、それに意味がないわけではない。〔書二〕のばあい、前述のとおり軻遇突智が土神の埴山姫を娶って稚産霊を生むという展開上、この埴山姫は鎮火と無縁というほかない。またさらに水神である罔象女も、埴山姫と一対の関係上、その土神の生んだ稚産霊に生じる農産物の育成をはかり担う神として存在する。

この〔書二〕に続き、しかも構成、内容ともあい通じる以上、〔書三〕〔書四〕の罔象女、埴山姫を〔書二〕のそれと違う神とみることなどできない。しかし従来は、とりわけ水神の罔象女をはじめいずれも、火神を鎮める神とみなすのが通例である。もはや結果は明らかだが、天吉葛の実態解明につながるので、ここでこの通説を検証してみる。「鎮火祭祝詞」（延喜式）の次の一節を、通説は論拠とする。

神伊佐奈伎・伊佐奈美の命、妹妋二柱嫁継ぎ給ひて、国の八十国・島の八十島を生み給ひ、八百万の神等を生み給ひて、まな弟子に火結神を生み給ひて、みほと焼かれて、石隠り坐して、（中略）石隠り給ひて、よみつ枚坂に至り坐して、思ほし食さく、吾がな妹の命の知ろし食す上つ国に、心悪しき子を生み置きて来ぬと宣りたまひて、返り坐して、更に生める子、水の神・匏《ひさご》・川菜・埴山姫、四種の物を生み給ひて、此の心悪しき子の心荒びるは、水・匏・埴山姫・川菜を持ちて鎮め奉れと、事教へ悟し給ひき。

「水」を筆頭とするこの傍線部にいう順序は、さきに挙げた〔書三〕の「水神罔象女及土神埴山姫」という二神の先後の順に一致する。しかも二神にひき続いて（又）伊奘冉尊が最後に生んだ天吉葛《あまのよさづら》を、右の傍線部の「匏《ひさご》」

に当てる説が、今に至るまで有力である。

その説の初見は、『日本書紀口訣』である。これを『書紀集解』（二。51頁。昭和四十四年九月発行。臨川書店）が「口訣曰天吉葛者匏也」と引き、右の祝詞の一節を並記した上で「按為レ鎮レ火生者」と述べる。祝詞の注釈も、たとえば『延喜式祝詞講義』（十一之巻。國文註釋全書第十八巻。21頁。明治四十年国学院大学刊。昭和四十四年四月再版。すみや書房）が、右の「鎮火祭祝詞」の「匏」について「匏は神代紀口訣に天吉葛者匏也と有り」と注し、さらに契沖の『冠辞考』が万葉集歌の「青《あを》角髪《みづら》（依網原）」（7・一二八七）を天吉葛と同じとみて「偖此吉葛は匏の蔓にて茎も葉も世に青ければ青真蔓（アヲミヅラ）と云て云係たり」と説く説明を引用してもいる。この匏説は、天吉葛を「鎮火祭祝詞」にそくして解釈する立場にたつ。この立場の注釈に、「匏。蔓草。鎮火祭の祝詞にも匏を産み給ひしことが見える。」（日本古典全書頭注）、さらに契沖や折口信夫の説に拠る「折口以後は、たとえばアマノヨサヅラを〔天の匏葛〕として『天界のひさご』（古語）とするようになった。ヨサツラは契沖以来の解でいいと思う。」（山田宗睦氏『日本書紀史注』巻第一。200頁）などがある。

しかし、匏説には、「鎮火祭祝詞」をただひき当てているだけではないかという不満しか残らない。祝詞では、伊佐奈美の命が「まな弟子に火結神を生み給ひて、みほと焼かれて、石隠り坐して」、黄泉からひき返して匏を生んだとする。生前とする一書とは、背景を異にする。その上、天吉葛や匏じたいにそくして前者に後者をひき当てる合理的な根拠を提示しているとは認めがたく、天吉葛を食料に関連させる見解も一方に根強い。「食料の代表」（日本古典文学大系頭注）、「葛根《くずね》のような食料になる蔓草をいうか」（新編日本古典文学全集頭注）、「ヨサツラはヨシカヅラ（吉葛）つまり食用に良い葛を意味しているのであろう（古典本）。」（角林文雄氏『日本書紀神代巻全注釈』。138頁）などだが、このいわば食料説は、天吉葛を「葛」の根（葛粉）にそくして解釈する。

葛の利用は、もとより根だけにとどまらない。文献上は、その茎からつくる葛布に関連した例が少なくない。実際に、『日本書紀纂疏』（巻第三。神代上之三。天理図書館善本叢書和書之部第二十七巻。57頁。昭和五十二年一月発行。八木書店）が、くだんの天吉葛について次のように説明を加える。

天吉葛謂レ葛也。自然生故曰二天吉一。吉言レ美也。葛性柔葛生。可レ為二絺綌一。上言二蚕葉一、此言二絺綌一。皆女功之事也。

葛の細い糸で織った布やその布で作った衣服を絺、そのあらい糸で織った布を綌とそれぞれ言い、絺綌は葛の繊維で織ったあらい布で作る衣服（廣漢和辞典）を指す。右の説明にそれを女性の仕事として「女功之事」と言い添えている。毛詩「葛覃」（周南）の「葛之覃兮、施二于中谷一。維葉莫莫、是刈是濩。為レ絺為レ綌、服レ之無レ斁。」という章句の表わす女性の絺綌を作る仕事が、まさにそれに当たる。しかも〔書一〕の、前述のとおり「此神（稚産霊）頭上、生二蚕与一レ桑」という女性の養蚕に関連した内容をあらわす一節と「女功之事」において共通することをいう。

そうしてこの葛衣説も、またさきの食料説も、天吉葛が「葛」を原料として加工した品物に当たるとみる点であいたぐう。鎮火の呪縛から自由な分、匏説よりはるかに説得力をもつ。ただし文脈の上では、二説の一方の葛衣説はそぐわない。食料説となれば、葛粉が最たる物だが、それそのものではない。少し時代は下るが、白居易の詩（招二韜光禅師一詩）に「濾レ泉澄二葛粉一、洗レ手摘二藤花一」という「葛粉」も、水に溶解したさまをいう。食用に供する代表格といえば、葛湯にとどめを刺す。天吉葛は、恐らくこの葛湯の形状にちなむ。

また一方、この〔書三〕と対をなす〔書四〕に、伊奘冉尊が軻遇突智を生もうとする時に「悶熱懊悩、因為レ吐。此化為レ神。名曰二金山彦一。」と吐いた反吐の化す神をつたえている。神名の金山彦とは、この反吐が黄土色の山塊を連想させることにちなむはずだから、対応上、〔書三〕の天吉葛には、水溶性の白濁した涎《よだれ》を当てるのが相当である。しかも、嘔吐物から化した金山彦に対して、天吉葛は伊奘冉尊の所生という違いが確かにあるけれども、罔象女や埴山姫の誕生をめぐる〔書三〕の「生」、〔書四〕の「化」という対応にそれは伴う。それだけに、この誕生をめぐる違いは、むしろ天吉葛と金山彦との対応を逆に示唆するであろう。〔書四〕では、この金山彦のあと、「次小便化為㆑神。名曰㆓罔象女㆒。次大便化為㆑神。名曰㆓埴山媛㆒。」と続く。「悶熱懊悩」の結果、いわば筋肉の弛緩により嘔吐物や排泄物などが漏れ出し神に化したことをいう。同じ神名をもつ神でも、〔書三〕は「其且㆓神退㆒之時、則生㆓水神罔象女及土神埴山姫㆒。又生㆓天吉葛㆒。」と死の間際に生んだものとする。前述のとおり天吉葛が金山彦に対応するのとたぐい、この罔象女も小便に、埴山媛も大便にちなむはずだから、これらの神を生むことは、まさに死に瀕した重篤な容態を暗示する。一方、改めて〔書四〕を検するに、「伊奘冉尊且㆑生㆓火神軻遇突智㆒之時、悶熱懊悩。」という結果に伴う神の化生だから、そこに伊奘冉尊の死は、予定されてはいるにせよ、いまだ明確に兆しているわけではない。それにもかかわらず、同じ神が化生したということは、その時すでに重篤に陥っていたことを意味する。言い換えれば、火神を生もうとするその時すでに、火神の威力によって重篤に陥り、体から嘔吐物や排泄物が漏れ出すほどだったということにほかならない。その時は、火神を生んだことにより焦かれて「其且㆓神退㆒之時」という〔書三〕が設定する生む時間より遡る。

それだけ、〔書二〕の「其且㆑終之間、臥生」をひき継ぐ〔書三〕の「其且㆓神退㆒之時、則生」に対して、時間の上でも〔書四〕は大きく差違化をはかっている。生む間際だから、嘔吐や排泄のかたちをとり、体外に漏れ出たそれら汚物に神が化生する。同じ化生でも、〔書一〕に「吾欲㆑生㆓御寓之珍子㆒。乃以㆓左手㆒持㆓白銅鏡㆒、則有㆓化出之神㆒。」という明確な意図をもとに化出した大日孁尊などとの、尊卑の違いを際立たせることが、そのかたちをとった差違化のねらいだったはずである。もっとも、すでに〔書三〕にこの差違化の先鞭を付けている。そしてその著しい徴証こそ、あの天吉葛だったはずである。

五、伊奘冉尊の葬と祭、〔本伝〕系列の結び、〔書五〕

さて、この尊卑をめぐる一書間の対応は、第五段の構成をみる上でも重要である。そこで「化」に関連した表現に目を向けてみるに、なかんずく注目に値するのが、嘔吐物や排泄物による「化為㆑神」という神の誕生のかたちである。開闢の始めに誕生した国常立尊以下三神の「天地之中生㆓一物㆒。状如㆓葦牙㆒。便化為㆑神。」〔本伝〕と、それは共通する。この〔本伝〕に対応する一書のなかには、たとえば「于㆑時、国中生㆑物。状如㆓葦牙之抽出㆒也。因㆑此有㆓化生之神㆒。号㆓可美葦牙彦舅尊㆒。次国常立尊。」〔書二〕という例がある。一書のこのかたちに通じる例が、くだんの第五段〔書一〕のつたえる次の一節である。

伊奘諾尊曰「吾欲㆑生㆓御寓之珍子㆒。」乃以㆓左手㆒持㆓白銅鏡㆒則有㆓化出之神㆒。是謂㆓大日孁尊㆒。右手持㆓白銅鏡㆒則有㆓化出之神㆒。是謂㆓月弓尊㆒。

「化生」と「化出」とに違いは確かにあるけれども、あい通じることまで否定するものではないであろう。

第一段 ｛化為㆑神〔本伝〕
　　　　有㆓化生之神㆒〔書二〕

第五段 ｛化為㆑神〔書四〕
　　　　有㆓化出之神㆒〔書一〕

右のように〔書四〕が〔書一〕と対応することは、もとより偶然ではない。なぜなら、この対応は、もう一つ別の、誕生をめぐる出生と化生という基本的な二つの対応のなかのその化生につながるからである。

共生二日神一（以下、月神、素戔嗚尊）〔本伝〕
有二化出之神一〔書一〕

生二水神一（以下、土神、天吉葛）〔書三〕
化為レ神〔書四〕

右の二組の対応は、一見して明らかである。対応にそくして〔書四〕が成りたつ以上、〔書一〕の「以二左（右）手一持二白銅鏡一則有二化出之神一」との対応が、くだんの〔書四〕の「因為レ吐。此（小便、大便）化為レ神。」のかたちにつながったはずだから、内容の上では、大日孁尊や月弓尊を「白銅鏡」を手に持つことによって化出させたというまさにこの表現にそくして、嘔吐物や排泄物が化して金山彦以下三神になったという〔書四〕が成りたっていることに疑問の余地はない。

そもそもこの〔書一〕の「白銅鏡」を手に持って化出させることは、そうして誕生した大日孁尊や月弓尊に明らかなとおり「尊卑先後之序」の「尊」に当たる。化出した神のその「尊」を「尊」たらしめるものは、もとより「白銅鏡」である。〔書一〕との対応上、〔書四〕の嘔吐物や排泄物がこの「白銅鏡」に相当し、その「尊」と対比的に対応する「卑」にそれら汚物が当たることも著しい。その汚物の主が伊奘冉尊である。かたや「白銅鏡」の主は伊奘諾尊である。汚物と伊奘冉尊、「白銅鏡」と伊奘諾尊というこの組み合わせは、伊奘諾尊・伊奘冉尊をそれぞれ「尊」「卑」を体現する神として位置づけていることにおのずから根ざす。

伊奘諾尊と伊奘冉尊とをめぐっては、こうして「尊」「卑」のそのありかたを徹底させた極端に対照的なあらわれをみせる。それをそれぞれに象徴的につたえる一書が、すなわち〔書一〕と〔書三〕〔書四〕である。ともに、〔本伝〕がつたえる生殖という夫婦の営みとは別の、伊奘諾尊・伊奘冉尊がおのおの単独で神を化生させるかたちを対応的につたえている。この〔書一〕から〔書四〕への展開上、転換となる一書が〔書二〕である。ここに、新たに伊奘冉尊の死とその所生の神を次のようにつたえる。

〔書一〕　伊奘諾尊、白銅鏡を持ち、日月神を化出する。また素戔嗚尊化す。

〔書二〕　日月（天上送致）
　　　　蛭児（流水放棄）
　　　　素戔嗚尊（根国放逐）
　　　　軻遇突智（土神・水神出生対処）→伊奘冉尊所生の土神を娶り、稚産霊を生む。その体に、蚕と桑、五穀生じる。

〔書三〕　伊奘冉尊、火産霊生みによる神退り間際に、水神・土神又天吉葛を生む。

〔書四〕　伊奘冉尊、火神生み間際に悶熱懊悩、その汚物、金山彦・水神・土神に化す。

〔書二〕が「卑」に当たる子の誕生に関連した記述を中心に成りたつことをさきに指摘したが、つづく〔書三〕は、伊奘冉尊の死に関連した記述だけを選り出して成りたつ。しかしそれがなお三神を生むかたちをとどめるのに対して、〔書四〕にいたっては、「卑」の伊奘冉尊のそのありかたを象徴する汚物が神になるという「卑」を徹底したかたちに変貌を遂げる。言いかえれば、伊奘冉尊じしんの「卑」がそこに極まる。

この「卑」の極まった直後に、つづく〔書五〕が、伊奘冉尊の死を「伊奘冉尊生㆓火神㆒時、被㆑灼而神退去矣。」とわざわざ「去」を付け加えてあらわすことはもちろん単なる修辞ではない。「去」を付加したもう一つの

〔書六〕では、

至二於火神軻遇突智之生一也、其母伊奘冉尊見レ焦而化去。――→然後、伊奘諾尊追二伊奘冉尊一、入二於黄泉一。

伊奘冉尊の「化去」を踏まえ、伊奘諾尊の「追」「入二於黄泉一」がそれに対応する。〔書五〕も、伊奘冉尊がこの世界から「去」ったことをその付加によって明示したはずである。この「去」のもつ意味は、はなはだ重い。「神退去」を、ただに死滅するという以上にこの世界からの退去として明確化することにより、伊奘諾尊のこの世界が、「尊卑先後之序」の「卑」に当たる蛭児をはじめとする子たちだけではなく、生みの親という「卑」のそもそもの根源までもが退き去り、「尊」を中心とするいわば一元的な原理に移行したことを示唆する。

その上で、退去後の伊奘冉尊に対する扱いについて、「葬二於紀伊国熊野之有馬村一焉」につづいて次のようにつたえる。

土俗祭二此神之魂一者、花時亦以レ花祭、又用二鼓吹幡旗一歌舞而祭矣。

「土俗」は、伊奘冉尊を埋葬した有馬村の習俗をいう。神功皇后が新羅親征を無事果たして帰国後、これに従軍した住吉三神が皇后に「我荒魂、令レ祭二於穴門山田邑一也。」と誨えたのをうけ、穴門の直の祖、践立を「為下祭二荒魂一之神主上。」、さらに「仍祠二立於穴門山田邑一」（以上、神功皇后摂政、仲哀天皇九年十二月）とつたえるが、同様に「祠」を立て、有馬村の習俗として祭ることをあらわすであろう。その「歌舞而祭」については、天武天皇の崩後の殯宮儀礼に「次国々造等、随二参赴一各誄之。仍奏二種々歌舞一。」（天武天皇朱鳥元年九月）とつたえる「歌舞」に通じ、亡き伊奘冉尊の魂を祭り鎮めることが目的だったに違いない。先行する一書の、火神の軻遇突智を生んで死ぬ間際に、この火神が伊奘冉尊の生んだ土神を娶り農の祖神を生みなしたとつたえる一連の記述を、それは確実にひき継ぐ一方、「卑」をめぐって展開してきた所伝に、その主役たる伊奘冉尊の鎮魂を果たしたことをもって幕を引いてもいるはずである。

六、伊奘諾尊の黄泉入りと伊奘冉尊との絶縁、〔書六〕(1)

〔書五〕の幕引きにより、〔本伝〕の系列がそこに終り、〔書六〕及びこれにもとづく一書のまた別の展開が始まる。この〔書六〕の系列に属する所伝の特徴は、死去した伊奘冉尊を伊奘諾尊が黄泉に訪ねたことをきっかけとして、帰還した伊奘諾尊の「祓除」により天照大神ら三子が誕生する点である。〔書一〕の「化出」とも、それは違う。「白銅鏡」などの「尊」を象徴する道具立てもなく、三子は左右の眼と鼻を洗うなかに次々と生まれる。この三子それぞれに、生みなした伊奘諾尊が分治を勅任する。分治をめぐっても、〔本伝〕の系列とは著しい違いをみせる。全般にわたるこうした顕著な相違にもかかわらず、所伝の枠組じたいは、ほぼあい通じる。それどころか、冒頭は、〔本伝〕の系列がつたえる火神軻遇突智出生による伊奘冉尊の死をひき継ぐ。もっとも、そのひき継ぐなかに、すでに独自な展開に大きく踏み出している。まずはそれをつたえる一節を次に示す。

（前略）木神等号二句句廼馳一。土神号二埴安神一。然後、悉生二万物一焉。至二於火神軻遇突智之生一也、其母伊奘冉尊見レ焦而化去。

万物を生む過程で火神を生み伊奘冉尊が死去するというこの一節に限れば、〔本伝〕の系列に通じるが、直後に続く所伝は、全く様相を異にする。

于レ時、伊奘諾尊恨之曰「唯以二一児一替二我愛之妹一者乎。」則匍二匐頭辺一、匍二匐脚辺一而哭泣流涕焉。

軻遇突智は、伊奘諾尊にとってただの「一児」でしかない。愛する妻をその児の代償として喪った恨み、さらに

「匍匐」「哭泣」といった喪や殯の儀礼を彷彿とさせる行為などには、かの倭建命の崩に参じた后や御子らの「作二御陵一、即匍二匐廻其地之那豆岐田一而哭為レ歌。」（古事記景行天皇条）に通じる悲痛があらわである。第四段に「於レ是、陰陽始遘合為二夫婦一。」（本伝）、「遂為二夫婦一」（書一）、「二神合為二夫婦一」（書六）というように夫婦となったそもそもの始めから人間になぞらえ、いわば人間モデル（世界の成りたつ原初に神が化生する神話の建て前の上では、むしろ人間が神に倣い、神をモデルとする）の夫婦の役割を演じてきて、妻を不慮の死によって喪った夫の悲痛もまた、当然すぐれて人間的な様相を呈する。

　これ以降も、伊奘諾尊の心情や行動には、この人間モデルが目立つ。それも、理を拠りどころにするより、むしろ情に駆られた行動が際立つ。前掲の一節にそくしていえば、伊奘冉尊は「恨曰、唯以二一児一替二我愛之妹一者乎。」というように恨みの言葉を発する。直後の「匍匐」や「哭泣流涕」につながる一方、それにつづく「遂抜二所レ帯十握剣一、斬二軻遇突智一、為二三段一。」というわが子を斬断する行動じたい、「卑」の子を処分するより、むしろその恨みが惹き起こしたものとみるべきであろう。さらに恨みの言葉のなかに「我愛之妹」というように妻に愛情を強く寄せていればこそ、死んでも諦めきれず、黄泉まで追う行動に駆りたてる。ただし、あくまで亡妻を一目だけでも見たい、再会を果たしたいという思いを出ない。

　この点は重要なので、念のため古事記を参照すれば、黄泉国入りの当初こそ「欲レ相二見其妹伊耶那美命一、追二往黄泉国一。爾自二殿縢戸一出向之時、伊耶那岐命語詔之。」というあい通じる内容だが、その内容に至っては「吾与レ汝所レ作之国、未二作竟一。故可レ還。」と国作りの未完を挙げて帰還を促す。（書六）では、国作りとは無縁だし、そもそも帰還など求めてはいない。実際、黄泉入り当初を次のようにつたえる。

　然後、伊奘諾尊追二伊奘冉尊一、入二於黄泉一而及之共語。時、伊奘冉尊曰「吾夫君尊、何来之晩也。吾已湌二

泉之竈一矣。雖レ然、吾当二寝息一。請勿レ視之。」

「共語」のなかで、伊奘諾尊の来訪を遅きに失したと言うことじたい、それを予期して待つ妻の心情はあからさまであり、伊奘諾尊は生前と変りない伊奘冉尊と再会をはたす。死者の世界で亡妻と再会し、情を交すということのかたちは、『捜神記』（巻二・45）に類例がある。それは「能令下人与二已死人一相見上」という道人の助けを借りるが、「俄而得レ見レ之。於レ是与レ婦言語、悲喜恩情如レ生。」と実際に冥界に往って亡妻と再会し、語りあった上に情を交す。しかし生人（男）と鬼（女）とが会遇しても、所詮は「死生異レ路」（同巻十六・394）だから、いずれ別離を迎える。現に「若聞二鼓声一、即出勿レ留。」と道人があらかじめ戒めていた忠告に従い、冥界を出る。この忠告を、かりに冥界に存する聴覚にかかるタブーとすれば、伊奘冉尊の課す視覚にかかるタブーに通じるだけに、伊奘諾尊の黄泉入りに、こうした志怪小説を利用したことを強く思わせる。ちなみに、古事記のほうが、たとえば帰還（蘇生）にまで踏み込んだ内容をはじめ、その可能性はさらに高い（拙稿「『古事記』の黄泉譚と志怪小説」佛教大学文学部論集第七十九号。平成七年三月）。

夫婦の語らいが始まって間もなく、全く期待を裏切って、伊奘冉尊は折しも「吾当二寝息一」、だから「請勿レ視之」と一方的に言い放つ。この伊奘冉尊の要請を、伊奘諾尊は黙殺する。その「伊奘諾尊不レ聴、陰取二湯津爪櫛一、牽二折其雄柱一以為二秉炬一而見。」という伊奘諾尊は、要請じたいを不当なあるまじきものとみなしたはずだから、さきの第四段（本伝）に伊奘冉尊の先唱を「陽神不レ悦曰、吾是男子。理当二先唱一。如何婦人反先レ言乎。」と否定した陽神の伊奘諾尊を確実にひき継ぐ。まさに「尊卑先後之序」に立つ伊奘諾尊のその陽神としての立場上、容認できるはずもなく、「不レ聴」というその行為じたいが自ずから死者に対する生者の優位を象徴的にものがたる。要請までは、伊奘冉尊が「吾夫君尊」と敬語を使ってもいる。

所伝のこのあとの展開のなかでは、その優位を数字が明示する。すなわち伊奘冉尊の要請を無視し、その腐乱屍体さながらの光景を目のあたりにして驚きのあまり急ぎ逃げ帰る伊奘諾尊を、伊奘冉尊は追う。始めに泉津醜女八人に追わせ、最後にみずから追って来る。逃げる伊奘諾尊は、遂に泉津平坂に至り千人引きの磐石でその坂路を塞ぐと、絶縁を宣言する。この直後に、一日に千人殺すという伊奘冉尊に対して、その数を上回る国民を産むと応じる。

（遂建二絶レ妻之誓一）時、伊奘冉尊曰「愛也吾夫君、言如レ此者、吾当下縊二殺汝所レ治国民一、日将中千頭上。」伊奘諾尊乃報之曰「愛也吾妹、言如レ此者、吾則当三産日将二千五百頭一。」

この対応にしても、かって第四段〔書一〕に伊奘諾尊・伊奘冉尊が唱和した折にたがいに言いかわした「可愛少女」「可愛少男」に通じる。その陽神・陰神の先唱後和がもとづく「尊卑先後之序」を、このたがいの応酬がひき継いでいることは疑いを容れない。生死の起源をものがたるなかに、生を死に対して優位に位置づける上で、その「尊卑先後之序」を恰格の拠りどころとしたに違いない。

この生と死の秩序が「尊卑先後之序」を拠りどころに成りたつありかたは、改めて注目に値する。人間をモデルとした展開であればこそ、人倫の秩序を拠りどころとする。その秩序を形成するばかりか、人の生死そのものにまで「尊卑先後之序」は及ぶ。それだけ夫婦をめぐる関係やその所伝の展開に、「尊卑先後之序」が顕著なあらわれをみせることじたい、所伝が人間をモデルに成りたつ基調を一貫させていることを強く示唆する。右の一節でも、傍線部の愛情表現は、伊奘諾尊と伊奘冉尊とに共通する。伊奘冉尊は、伊奘諾尊に直接攻撃を加えていないし、人を殺したくて殺すわけではない。夫が「建二絶レ妻之誓一」と一方的に離絶を宣告してきたから、すなわち伊奘冉尊の抱く愛情をいとも無雑作に踏みにじったと受けとめればこそ、それが許しがたく、対抗手段に訴え出たのであろう。そうした情に駆られた行動じたい、結果的には伊奘諾尊のそれとほぼ一致する。そのなかでも、とりわけ注目に値するのが「恨」をめぐる表現の一致である。

于レ時、伊奘諾尊恨之曰「唯以二一児一替二我愛之妹者一乎。」則匍二匐頭辺一、匍二匐脚辺一而哭泣流涕焉。

于レ時、伊奘冉尊恨曰「何不レ用二要言一、令二吾恥辱一。」乃遣二泉津醜女八人一、追留之。

ともに全く思いもかけず到底受け容れ難い事態が発生した時に、その事態を「恨」として言表するというかたちをとる。到底受け容れ難いだけに、それが、それぞれ「則」「乃」以下の次の行動を惹き起こす。その展開を追えば、まずは伊奘諾尊が前述のとおり右の一節のあとわが子を斬断した上で、伊奘冉尊を追って黄泉に入る。そしてその黄泉において、伊奘冉尊の「恨」とする事態が発生する。右掲のその一節のあと、伊奘冉尊が逃げる夫をみずから追うという展開がつづく。「恨」を契機とするこの展開の基本は、次のように伊奘諾尊の黄泉入りに至るそれに重なる。

伊奘諾尊：（愛妻を殺され悲痛）恨──→追（伊奘冉尊）──→共語

伊奘冉尊：（正体を見られ恥辱）恨──→追（伊奘諾尊）──→別離

この重なりは、「恨」に始まり、かたやそれが共語をもたらすのに対して、もう一方が逆にそれが別離をもたらすという対照性に加え、さらに一方（伊奘諾尊）から他方（伊奘冉尊）へ継起的につながるという構造をもつ。

人間モデルという点では、この「恨」をめぐる展開に劣らず重要な例が、黄泉から帰還した直後の伊奘諾尊の「追悔」である。悔だから、当然、すでになしてしまったことを不本意とする否定が伴う。この「追悔」は、しかも黄泉で伊奘諾尊がすでに発した言葉をほとんどなぞるものでもある。次の傍線部がそれ。

（見之者、則膿沸虫流）時、伊奘諾尊大驚之曰「吾不レ意到二於不須也凶目汚穢之国一矣。」乃急走廻帰。（黄泉在

留中）

伊奘諾尊既還、乃追悔之曰「吾前到二於不須也凶目汚穢之処一。故当レ滌二去吾身之濁穢一。」則往二至筑紫日向
小戸橘之檍原一而祓除焉。（帰還後）

前者と後者に、ほとんど違いのない表現を繰り返しているが、たとえば〔書九〕に「時伊奘冉尊脹満太高。上有二八色雷公一。伊奘諾尊驚而走還。」とあって、前者の傍線部に当たる表現を不要とすることにかんがみて、あえてそれを表わしたこと、そして黄泉を視覚的にも嫌悪すべき汚穢れた場所として伊奘諾尊の立場から改めて表現すると共に、本来そこには到るべきでなかったことを「不意」により示唆していることも明らかである。この前者の内容をほぼそのまま承け、とりわけ「不レ意到」にそくして、伊奘諾尊が到ったことを不本意とする心情を言外に表わすのが後者の「追悔」にほかならない。

これら「不意到」や「追悔」は、それがみずからの行為を不本意なものとする意識に出ていることに明らかなように、人間モデルの一つの典型とみることができる。「恨」が行動を惹き起こす契機だとすれば、後にその行動について否定的に評価した結果でもある。たがに分かちがたくかかわるそうした相関をもとに所伝が展開する以上、それらに限らず、むしろ〔書六〕全体をとおして人間モデルを基調とすることに疑問の余地はない。

七、黄泉の濁穢祓除と神の化生、〔書六〕（2）

ところで、前節の最後に引いた一節の傍線部をめぐっては、そうして黄泉を視覚的にも嫌悪すべき汚穢れた場所としたことが伊奘諾尊の「不意到」や「追悔」につながる。翻って所伝の展開上、それらが不可欠かと問えば、

必ずしもそうとは言いきれない。げんに、〔書九〕は、前述のとおり該当箇所に傍線部の記述を欠いている。「追悔」をめぐっては、前掲のその発話の「吾前到二於不須也凶目汚穢之処一。故当レ滌二去吾身之濁穢一。」という一節の傍線部しかそれに対応しない。つづく「故」以下が、その対応の外にあり、「追悔」する傍線部の内容にそくした対処法をあらわす。そしてそれが、直後にいう「祓除」を導く。この展開の主要な部分は、「追悔」でも、またそれに対応する傍線部でもない。かりにそれらを、「伊奘諾尊既還」をうけてただ「(乃)曰」の一語に置き換えたとしても、ほとんど所伝の展開に支障をきたさない、ことほどさようにあえて加えた説明的な性格が強い。

しかし、まさにその説明的なありかたこそ、むしろそこを強調していることを裏付ける。もとより、人間モデルを強調しているわけではない。傍線部を「不意到」や「追悔」などと組み合わせ、視覚的にも嫌悪すべき汚穢れた場所として表現することに加え、それを対象とする主体にそくして、たとえばそこに到ったことを不本意とする、またあるいは到ったことじたいを後悔するといったそうした否定的なうけとめかたに力点を置く表現をとおして、黄泉の汚穢を強調する。この汚穢は、死に強く結びついている。

黄泉に由来する汚穢だから、死との結びつきはむしろ当然なのだが、この結びつきには類例がほとんどない。水によるみそぎのばあい、万葉集では、たとえば挽歌に当たる「石田王卒之時、丹生王作歌」(3・四二〇)に「(前略)久かたの天の川原に、出で立ちて潔身《みそぎ》てましを、高山の巌の上にいませつるかも」とあり、また「(神亀)四年丁卯春正月、勅二諸王諸臣子等一、散二禁於授刀寮一時作歌」(6・九四八)に「(前略)千鳥鳴くその佐保川に、岩に生ふる菅の根取りて、しのふ草解除《はらへ》てましを、往く水に潔《みそ》ぎてましを、天皇《おほきみ》の御命《みこと》恐み、ももしきの大宮人の、玉桙の道にも出でず、恋ふるこのころ」といった反実仮想の表現の例に明らかなように、否定的事態を回避する手段、手立てとして歌に詠む。ほかに「君に因り言の繁きを、古郷の明日香の河に、潔身《みそぎ》しに去く」

（4・六二六）「玉久世の清き川原に、身祓《みそぎ》して斎《いはふ》命は、妹が為こそ」（11・二四〇三）などの例も、死とは無縁なだけに、いっそう黄泉の汚穢れを清めることの特殊を逆に示唆する。

それらしい例は、古事記がつたえている。唆《そそのか》しに乗って主君を殺した隼人の曽婆加理を、水歯別命が斬殺する。この水歯別命をめぐる履中天皇条の次の一節に、その例がある。

爾取下出置二席下一之剣上、斬二其隼人之頸一、乃明日上幸。故号二其地一謂二近飛鳥一也。上二到于倭一、詔之「今日留二此間一、為二祓禊一而明日参出、将レ拝二神宮一。」故号二其地一謂二遠飛鳥一也。

この「祓禊」を、隼人を斬殺した穢れを清めるものとみるのが通例である。しかしそれを行うのは、隼人を斬殺した当日でもその翌日でもなく、石上神宮に参拝する前日である。類例に、天武天皇二年四月条の「欲レ遣二侍大来皇女于天照太神宮一而令レ居二泊瀬斎宮一。是先潔レ身、稍近レ神之所也。」という一節がある。神に近づくためには欠くべからざる前提としての行為、それがすなわち水歯別命のばあい石上神宮に参拝するための祓禊だったに違いない。隼人を斬殺した穢れを身に付着させているから、身を清める必要は確かにあるが、だからといって祓禊をそのためだけに行ったとみるのは短絡にすぎる。古事記には、なお別に仲哀天皇の崩御時の「国之大祓」もある。「生剝」以下の列挙する種種の罪を祓うというこの例にいたっては、もはや論外だが、以上のどれも該当するものとはみなしがたい。

他に類例を見出すことができないというのも、水により死穢を清めることの存在じたいを、まずもって疑わせる。西宮一民氏『上代祭祀と言語』（平成二年十月。桜楓社）が「ケガレ」「ミソキ」「ハラへ」についてとりわけ詳細に論を展開したなかにも、当該例以外にその存在を確認できない。そもそも当該例にしても、それをつたえる表現が「滌二去～濁穢一」「祓除」「盪二滌～所レ汚」などと区区であり、実際の習俗あるいは行事等に直接根ざすものとは考えがたい。他方、中国古典のなかには、それに通じる例がある。しかも、三月上巳の禊祓の起源にかかわる著名な例でもある。一つが徐肇、もう一つが郭虞の共に三女を生んですぐに死んだことを忌み、水辺に行って災を消去することをつたえる。ここでは、荊楚歳時記（三月三日）の注文（隋、杜公瞻）に拠ってその例を次に示す。本文は守屋美都雄氏『中國古歳時記の研究—資料復元を中心として—』（昭和三十八年三月。帝国書院）により、併せて同氏訳注他二名補訂『荊楚歳時記』（東洋文庫三二四。昭和五十三年二月。平凡社）を参照している。

（続斉諧記）漢章帝時、平源徐肇、以二三月初一生二三女一、至二三日一倶亡、一村以為レ怪、乃相与携レ酒至二東流水辺一、洗滌去レ災。（中略）周処呉徽注二呉地記一、則又引郭虞三女、並以二元巳日一死、故臨レ水以消レ災。（中略）孔子暮春浴二乎沂一、則水浜禊祓、由来遠矣。

郭虞についての記述はやや簡略に過ぎるが、後漢書（志第四、礼儀上）の「是月上巳、官民皆潔二於東流水上一、曰（自）洗濯祓除、去二宿垢疢一、為二大潔一。」の注（梁、劉昭）所引の郭虞の伝承には「後漢有二郭虞者一、三月上巳産二二女一。二日中並不レ育。俗以為二大忌一。至二此日一諱レ止レ家、皆於二東流水上一為二祈禳一、自潔濯。謂二之禊祠一。」とある。表現の細部に多少の異同はあっても、内容の大筋はほぼ共通する。芸文類聚や初学記、さらには太平御覧などの類書も、一方または両方をつたえてもいる。

　中国古典のなかでは、とりわけこの三月上巳あるいはその日にちなむ禊祓や曲水に関連して徐肇や郭虞をめぐる故事がよく知られていたはずである。生まれて間もない女《むすめ》三人あるいは二人の連続死を「大忌」としてこの災を消す禊祓（洗滌）の場を、内容に多少の異同はあっても、ひとしく「東流水辺（上）」とする。後漢書の例も、場を同くする。死の汚穢を水によって清める伊奘諾尊の祓禊と、この二人の故事がつたえる禊祓との関連を見極める上には、まずはこの場所が重要である。伊奘諾尊の場合、「（故当レ滌二去吾身之濁穢一）則往二至筑紫日向小戸橘之檍原二而祓除焉。」という日向をその地名に含む。従来、日向をめぐっては、これを普通名詞とみるか、固有名詞として特定の地に比定するか、二通りの解釈があり、いまだ決着をみない。固有名詞説に、論拠はほとんど無く、もう一方の「朝日の射す所」（日本古典文学大系頭注）「朝日のさす東向き、の意か。」（新編日本古典文学全集頭注）などの説明にしても、やはり説得力に乏しい。ただし、後者には拠りどころがある。すなわち、日向の地名起源をつたえる景行天皇十七年三月条の次の一節である。

　幸二子湯県一、遊二于丹裳小野一。時東望之謂二左右一曰「是国也直向二於日出方一。」故号二其国一曰二日向一也。

日向とは、「東望」して「直向二於日出方一」という日の出る方角に直接向いていることが原義であり、そのことをもって国の名としたのが日向国である。原義どおりか、日向国と同じく日の出る東に向いた場所を指すか、決め手を欠くものの、これがつづく小戸にかかる。小戸は、万葉集に「留火《ともしび》の明石《あかし》大門に入らむ日や、榜ぎ別れなむ、家の当《あた》り見ず」（3・二五四）という「大門」とは逆に、水の狭い出入口を指すが、「瀬」と対応するばあい、川の例が集中する。

山高み白木綿花《しらゆふ》に落ちたぎつ菜摘《なつみ》の川門見れど飽かぬかも（9・一七三六）
大瀧を過ぎて菜摘に傍居《そほりゐ》て清き川瀬を見るがさやけさ（9・一七三七）

天漢《あまのがは》河門八十有り何《いづく》にか君がみ船を吾が待ち居らむ（10・二〇八二）
秋風の吹きにし日より天漢瀬に出で立ちて待つと告げこそ（10・二〇八三）

この対応にそくして、すなわち「小戸（門）」に当たる「瀬」の状態を「上瀬是太疾、下瀬太弱」と見定めた上で、伊奘諾尊の選択した場所が「便濯二之於中瀬一」という「中瀬」である。「小戸」にはさらに「橘之檍原」がつづくが、「盪二滌身之所レ汚」の実質的な場は、その「中瀬」である。

上、中、下という「瀬」をめぐる表現は、たとえば吉野川をうたった「上つ瀬に鵜川を立ち　下つ瀬に小網《さで》刺し渡す」（1・三八）などの例を始め川に相応しい。さらには前述のこの「瀬」と「門」の「川瀬」「川門」の対応もまた、「小戸（門）」を「川門」とする見方を支持する。しかし、この直後には、一転して「又沈二濯於海底一」に始まる海を場とする記述が続く。以下「潮中」「潮上」に神が次々に誕生するが、川にそくした「中瀬」に誕生した神とは、大きな違いがある。便宜、それらを前段と後段とに分けて示す。

（前段）　便濯二之於中瀬一也。因以生神号曰二八十枉津日神一。次将レ矯二其枉一而生神号曰二神直日神一。次大直日神。

（後段）　又沈二濯於海底一。因以生神号曰二底津少童命一。次底筒男命。又潜二濯於潮中一。因以生神号曰二中津少童命一。次中筒男命。又浮二濯於潮上一。因以生神号曰二表津少童命一。次表筒男命。

この直後に、生まれた神々の総計を「凡有二九神一矣」と示した上で、「其底筒男命・中筒男命・表筒男命、是即住吉大神矣。」と「底津少童命・中津少童命・表津少童命、是阿曇連等所レ祭神矣。」というように、（後段）所生の神にかぎって祭神であることを付記する。その点では、祭神の起源をものがたる注記の性格をもち、この付記と（後段）とが一体的にまとまる分、それだけ（前段）との違いを際立たせてもいる。

内容の上では、そもそも伊奘諾尊が目的とした「滌二去吾身之濁穢一」や「将レ盪二滌身之所一レ汚」などには、（前段）がより緊密に対応する。げんに、「将レ矯二其枉一而生神」のその「神直日神」や「大直日神」という神名が、死の汚穢を清めたことを象徴的にものがたる。（後段）は、その（前段）をうけて、清浄化により力点を置く。清浄化したその極みに誕生する神が天照大神以下の三神だから、ともに、それに先駆けて、いわばその誕生に向けた準備や地均しなどといった意味をもつ。段を追って段階的かつ継起的に、（後段）がそうして三神の誕生を直接導き、これとは対比的に、（前段）はむしろ汚穢の除去を担う。
（前段）と（後段）とのこの切り分けは、それぞれが場とする「上・中・下」（瀬）という水平の流れと、「底・中・上」（海）という垂直の深さとが端的に象徴してもいる。そこで改めてその格段それぞれの内実に目を向けてみるに、まず（前段）では、実際の行為をあらわす「濯二之於中瀬一」が、その決意をあらわす「将レ盪二滌身之所レ汚」におのずから重なる。これらをいわば具体とすれば、その前提として全体を包括的に説明するのが、それらに先行する「往至二筑紫日向小戸橘之檍原一而祓除」である。一体的に連なるこの展開上、右のようにその行為の場である川にちなむ語として「小戸」が位置している。川幅の狭まって流れの急な「瀬」に、この小さな川門が対応する。上接する「日向」は、日の出る東に向いていること、もしくはその場所をあらわして「小戸」を修飾する。いわば東に向いた（もしくは、その地名起源をもつ場所の）小さな川門であるから、語の構成上も、あの徐肇や郭虞をめぐる故事にいう「東流水辺（上）」に通じる。もとより、死の汚穢を清めるという行為（禊祓）じたいが一致する。前述のとおり二人の故事は著名だったはずだから、それを参照した上で、汚穢を清める方向に力点を移し、「小戸」と「瀬」との組み合わせを成りたたせたことを強く示唆する。それはそれで、万葉集の歌に、これも前述した川でみそぎするとうたった例がつたえるかたちに明らかに通じる。

細部については、なお検討すべき余地を残すにせよ、中国古典に名高い故事に通じる内容を（前段）が特徴とすることに限れば、もはや疑いの余地はない。その（前段）につづく（後段）は、海を場とする展開の上でも、（前段）とは別のまとまりをもち、所生の神々を祭神とすることに著しい特徴がある。その神とは、「其底筒男命・中筒男命・表筒男命、是即住吉大神矣。」と「底津少童命・中津少童命・表津少童命、是阿曇連等所レ祭神矣。」である。

右に引用した記述の直前に「凡有二九神一」とわざわざ一括して総数（八十枉津日神以下の三神を含む）を示す。このいわば総計注のあとに、表示した神をめぐって説明を加えるという記述のありかたには、先例がある。第三段〔本伝〕の次の一節がそれである。

凡八神矣。乾坤之道、相参而化。所以成二此男女一。自二国常立尊一迄二伊奘諾尊・伊奘冉尊一、是謂二神世七代一者矣。

第二段につたえる対耦神の四組八神についての説明と、第一段の最初に誕生した神から第二段の最後に誕生した神までを神世七代というとの説明との二つの部分から、この一節は成りたつ。二つのうち、右の記述と対応する前者をみるに、八神が、単に対偶的な関係ではなく、「乾坤之道、相参而化」という化生だからそれぞれ男と女として成りたっていることをいう。第二段に「次有レ神」とだけつたえる神のその化生の内実を説明したものだが、これと同じように、「九神」のうちの「六神」について、その祭神としての内実を明らかにすることを、右の記述もおのずから目的とする。ただし、たとえば始祖注のようにただ祭神の始源をつたえることだけにそれは限らない。

文脈にそくしてかの記述をみる上には、住吉大神と阿曇連等の祭神とを明確に分けるこの扱いがまずは留意すべき点となる。二神をめぐる日本書紀の関連記述も、その扱いと同じくたがいに異なる。住吉大神は、神功皇后の新羅征討に「従レ軍神、表筒男・中筒男・底筒男三神」（摂政前紀、仲哀天皇九年十二月）であり、征討に発つ直前に神みずから「和魂服二王身一而守二寿命一、荒魂為二先鋒一而導二師船一。」（同九月）と教誨したことをつたえる。一方、阿曇連等の祭神をめぐっては、実は他に記述がない。まさに「阿曇連等所レ祭神矣」というこの表現が示唆するとおり、阿曇連が肝腎な点であり、応神天皇三年十一月条に、関連する一節を次のようにつたえている。

処処海人、訕哤之不レ従レ命。則遣二阿曇連祖大浜宿禰一、平二其訕哤一。因為二海人之宰一。

阿曇連が「海人之宰」の地位を得るにいたった経緯をものがたる。この海人のいわば総元締の地位にそくして、くだんの「阿曇連等所レ祭神矣」をことさら付加したに違いない。

二神に共通する項を、海に濯いで誕生したことにちなみ、その神を海に深いかかわりをもつ祭神としたというかぎりにもはやとどめるべきではないであろう。住吉大神が神功皇后の新羅征討に従軍して先導を務めたことと、阿曇連が処処の海人の騒乱を勅令によって平定したこととは、あい通じる。航海の守護神と海人の総元締めというその海を背景としてもつ力を、ともに王権の支配の先兵として役立てたということ、まさにそのことを二神は内実とするはずである。

この内実を示唆する以上、二神の誕生直後、「濯」からわずかに「然後」を介して連続的につながる「洗」のなかに誕生する神が、それと無縁であるとは考え難い。逆にいえば、後につづく三神の誕生、天照大神が体現する天神の誕生に通うそれを、直前に位置する二神の誕生が先導するといった意味あいが強い。伊奘諾尊の体全体を対象とした「濯」の繰り返しが、浄化を促進して部分の「洗」を準備することに、それはおのずから通う。

八、伊奘諾尊による三神の化生、勅任、素戔嗚尊放逐、〔書六〕(3)

さて、第五段の主題ともいうべき天照大神以下三神の誕生をめぐっては、それこそ応接にいとまないほど数多くの説がある。そのなかの少なからぬ説が、中国の古代神話の一つとして名高い盤古説話との関連を指摘する。盤古説話そのものについては、それをつたえるテキストの問題を含め、廣畑輔雄氏『記紀神話の研究――その成立における中国思想の役割――』（昭和五十二年十二月。風間書房）に詳しく、このなかの「左眼は日となり、右眼は月となる」を「モデル」（255頁）として三神の誕生の所伝が成りたつことを説く。新編日本古典文学全集の頭注は、より踏みこんだ内容の次のような説明を掲げる。

（天照大神・月読尊・素戔嗚尊の）以上の三神は日・月・暴風雨であるから、伊奘諾尊は著しく巨人化していて、中国の盤古説話（天地開闢の冒頭に現れた天子の盤古を天地自然の祖とする説話）に酷似する。そこでは、日・月はこの記事と同じく左右の眼から生まれているが、気（呼吸）から風、声から雷霆（かみなり）が生じたとする。

盤古説話をつたえる文献を、廣畑氏前掲書は『述異記』と『五運暦年記』の二種挙げている。日月に関しては、前者の「目為㆓日月㆒」に対して、詳細に「左眼為㆑日、右眼為㆑月」とつたえる後者に、右の頭注は依拠したはずだが、いまその原文を関連する部分に限って示せば次のとおり。

首生㆓盤古㆒。垂㆑死化㆑身。気成㆓風雲㆒、声為㆓雷霆㆒、左眼為㆑日、右眼為㆑月、四肢五体為㆓四極五岳㆒、血液為㆓江河㆒、筋脈為㆓地理㆒、肌肉為㆓田土㆒、髪髭為㆓星辰㆒、皮毛為㆓草木㆒。（以下略）

盤古は死の間際に人に化身する。その気息が風雲となったことに始まり、人身と化した盤古の各部分が、それに対応する自然界の各構成要素となる。言いかえれば、自然界の風雲は、その素性が盤古の気息だったということにほかならない。日や月も、もとを質せば盤古の左眼や右眼であり、出石誠彦氏「上代支那の日と月との説話について」（『支那神話傳説の研究』〈増補改訂版〉昭和四十八年十月。中央公論社）が、盤古説話以外にも「日月を神や巨人などの目と考へる」（74頁）さまざまな例を挙げてもいる。頭注の説明に「日・月は（中略）左右の眼から生まれている」とする解釈は、そもそも成りたたない。伊奘諾尊が「著しく巨人化して」いることも、ありえない。

盤古説話との関連は、古くから指摘されてきてもいるが、出石氏前掲書が別に『玄中記』に「北方在二鍾山一焉、山上有レ石、首如二人首一、左目為レ日、右目為レ月。開二左目一為レ昼、開二右目一為レ夜。」という一節を類例として挙げてもいる。しかしこうした例を含め、「日月を神や巨人などの目と考える」（前掲出石氏の指摘）といった日月と目との、形態あるいは機能その他にかかわる対応の直接性を、天照大神や月読尊と「洗眼」との間に認めることができない。対応は、むしろ〔書一〕の「持二白銅鏡一」との間に緊密である。次にその対応を示す。

〔書一〕
- 持白銅鏡
  - 左手——大日孁尊
  - 右手——月弓尊
- 廻首顧眄之間——素戔嗚尊

〔書六〕
- 洗眼
  - 左眼——天照大神
  - 右眼——月読尊
- 洗鼻——素戔嗚尊

ほぼ重ね合わせに近い相似形をなす。〔書一〕にそくして〔書六〕が成りたつことに、疑問の余地など無い。〔書六〕は、その相似を作る内実たる〔書一〕がもとづく「尊卑先後之序」という成りたちの原理そのものまでひき継ぐであろう。

そして実は、まさにその点にこそ〔書一〕をひき継ぐ理由がある。〔書一〕では、「大日孁尊及月弓尊、並是質性明麗。故使レ照二臨天地一。」という尊の側に立つ二神と、これとは対照的な「素戔嗚尊、是性好二残害一。故令三下治二根国一。」という卑の素戔嗚尊とを明確に分ける。神の資質とその神の処遇とが対応する。ところが〔書六〕のばあい、そうした対応は、わずかに左眼と右眼及び眼と鼻などといった顔の部位にとどまる。しかもその所生じたい、洗眼の際の、いわば意図せざる産物、さらに言えば余禄にすぎない。この三子を価値的にも弁別認定するのは、あくまでも伊奘諾尊の「勅任」による。

已而伊奘諾尊勅㆓任三子㆒曰「天照大神者、可㆔以治㆓高天原㆒也。月読尊者、可㆔以治㆓滄海原潮之八百重㆒也。素戔嗚尊者、可㆔以治㆓天下㆒也。」

理由あるいは根拠の明示もなく、世界の分担統治という重大な任務を「勅任」によって振り分ける。「尊卑先後之序」の枠組みを踏襲しているだけに、資質に言及がない以上、男の素戔嗚尊が、たとえ姉（次頁所引第七段〔書三〕の一節傍線部）であろうと、女の天照大神より下位に立つことなどありえない。そして相続上も、この枠組に対応するはずの唐令（仁井田陞『唐令拾遺』復刻版。一九八三年一月。東京大学出版会）は「諸応㆑分㆓田宅及財産㆒者、兄弟均分。」（戸令第九。「応分条」、245頁）と女子を除外する。日本でも、この条文をめぐって『律令』（日本思想大系。岩波書店）の「補注（8戸令）23b」に解説を付すほか、「23l」に「なお大宝令では女子の相続分についての規定がなかった。」（562頁）と指摘する。天照大神を高天原の統治者に任じる根拠はなにか。資質は神名に明らかだという理屈が、はたしてこの「勅任」による振り分けを妥当とするのであろうか。

一方、振り分けられた任地は、尊卑の懸隔がそれこそ天と地以上に大きい。天よりいっそう高い「高天」に対して、素戔嗚尊の任地は対照的な「天下」であり、はるか後でさえ、統治の極めて困難な「彼地（葦原中国）多有㆓蛍火光神及蠅声邪神㆒。復有㆓草木咸能言語㆒。」（第九段〔本伝〕）という有様である。この歴然たる格差を、素戔嗚尊が容認するはずはない。げんに、のちの第七段〔書三〕が次のようにつたえてもいる。

是後、日神之田有㆓三処㆒焉。号曰㆓天安田・天平田・天邑幷田㆒。此皆良田。雖㆑経㆓霖旱㆒、無㆑所㆓損傷㆒。其素戔嗚尊之田亦有㆓三処㆒。号曰㆓天樴田・天川依田・天口鋭田㆒。此皆磽地。雨則流之、旱則焦之。故素戔嗚尊妬害二姉田一。春則廃二渠槽一及埋レ溝、毀レ畔、又重播二種子一。秋則捶レ籤、伏レ馬。凡此悪事、曽無二息時一。

素戔嗚尊は「勅任」に反発して「年已長矣。復生二八握鬚髯一。雖レ然、不レ治二天下一、常以啼泣恚恨。」という徹底した抵抗を続ける。「勅任」だから、もとより攻撃的な行動に出ることなどできない。それが、右の一節の「妬害」に通じながら、はるかに複雑な心情を素戔嗚尊に惹起させることになる。念のため言い添えれば「年已長矣」とは、れっきとした成人になっていることをいう。しかも、「勅任」の直後に「是時」とわざわざ限定したその時点の状態をいう。「勅任」を受ける以前に、素戔嗚尊が「常以啼泣恚恨」していたわけではない。ましてや資質などではない。

その「常以啼泣恚恨。」のなかでは、とりわけ「恨」が重要である。前述（179頁）のとおり人間モデルの神を特徴とする〔書六〕の所伝は、この「恨」を契機に展開する。わが子に妻を殺された伊奘諾尊の「恨」、また夫に信頼を裏切られた伊奘冉尊の「恨」に並ぶのが、この父に冷遇された素戔嗚尊の「恨」にほかならない。ただに心情を表すだけではなく、前二者と同じように所伝展開の重要な契機として位置する。伊奘諾尊の「汝何故恒啼如レ此耶」という問いに対する素戔嗚尊の、勅命に対して反抗する、あるいは違背するといったかたちを表向き抑えた次の答えをそれがまずは導く。

吾欲レ従二母於根国一、只為レ泣耳。

この一節についても、さまざまな見解がある。たとえば「まるで漫画の主人公のような滑稽な神格をもって描かれている」とみる『全注釈』は「ここでスサノヲは母を慕って根の国へ行きたいと言っているが、これは黄泉の国（死者の世界）と根の国（現世の、生きている人の世界）を混同した杜撰な解釈で意味をなさない。さらに母（伊奘冉尊）に従って根の国に行きたい、というスサノヲの言葉は意味をなさない。彼は伊奘冉尊から生まれたのではない！」と批判し、これらを「思い違い」さらには「後に付加されたもの」と断じる。

表記上の字面を追うかぎり、右のような解釈もなんら突飛ではない。同様の解釈は、「第六の一書では、三貴子は伊奘諾尊一人で生んだ。だからここでスサノヲが母をもちだすのは理に合わない。この齟齬は齟齬として直視すべきである。」（『日本書紀史注』巻第一。270頁）などにとどまらない。問題は、恐らく「従母」の一点にある。従来、これを「母のいないスサノヲが、なぜ母を慕って泣きつづけるのか。」（同前）などといった「慕母」を核とする意味領域にあるものとみなすのが通例である。この見方は、しかし文脈にそぐわない。どこまでも文脈にそくして捉えるかぎり、「従母」は「恨」やひそかな抵抗の意志に分ちがたくつながるという以上に、そのかたちをとったあらわれ、すなわち行為あるいは行動そのものでなければならない。

その条件を満たして「従母」に該当する例が、実は唐律にある。凶悪犯罪について規定した「十悪」の第三にあたる「謀叛」の罪状説明の注の文中の「従偽」がそれにあたる。その一節を、疏議と併せて次に示す。

三曰謀叛。謂㆑謀㆓背㆑国従㆒㆑偽

疏議曰、有㆑人(A)謀㆑背㆓本朝㆒、将㆑投㆓蕃国㆒、(B)或欲㆓翻㆑城従㆒㆑偽、(C)或欲㆓以㆑地外奔㆒、即如㆘莒牟夷以㆓牟婁㆒来奔、公山弗擾以㆑費叛之類㆖

疏議の文は、便宜傍線を付したように（A）～（C）の三つの部分から成る。そのあとに挙げた実例については、莒の牟夷の例をつたえる『春秋左氏伝』（昭公五年夏）が「牟婁」だけではなく「防」「兹」を加えた三邑を持って魯に逃げこんで来たことをいい、これに対して『論語』（陽貨第十七）の公山弗擾の例は李氏の家老として治めていた「費」を根城として叛いたことをいう。牟夷の例が表現をほぼ一致させているように、いずれも（C）に当たる。

問題の「従偽」を含む（B）は、その（C）に対応する。四字句を基調とするこの疏議の訓みには、冒頭を「人アリテ本朝ニ背カント謀リ、将サニ蕃国に投ゼントス。」（律令研究会編『譯註日本律令五、唐律疏議譯註篇一』36頁。昭和五十四年十月）と、また別に日本の「八虐」の「謀叛」の注に「謂、有レ人謀下背二本朝一。将レ投二蕃国一。或欲二翻レ城従レ偽。或欲中以レ地外奔上。」（日本思想大系『律令』一九八五年五月。岩波書店）という二種がある。四字句の表現上のまとまりの上では、前者のほうが適当であろう。次のように二つの部分から成る。

（一）謀レ背二本朝一（A）
　　　将レ投二蕃国一（B）

（二）欲二翻レ城従レ偽（C）
　　　欲二以レ地外奔一（D）

まずは㈠に、「謀叛」というこの罪状を構成する基本的なありかたを具体的に示す。そして㈡の（C）と（D）の対応上、「従レ偽」は「外奔」に通じ、㈠を具体的な行動に移したもの、まさに現王朝から偽政権へ寝返ることを意味する。

この「従レ偽」は、もとより伊奘諾尊の「勅任」に対応する。「勅任」などというこの語じたい、令（巻第四）に「凡任レ官、大納言以上、左右大弁、八省卿、五衛府督、弾正尹、大宰帥勅任。」（選叙令第十二の3。前掲『律令』269頁）という国家の枢要な官職を勅任とする規定を踏まえる。「本朝」の権威を前提としたいわば国家意志の発動になぞらえるこの伊奘諾尊の「勅任」に対して、「謀叛」に当たる「従レ偽」を拠りどころに、その権威そのものを否定して寝返るというその先が「従レ母」の「母」、すなわち伊奘冉尊である。黄泉にあって「以二千人所レ引磐石一塞二其坂路一、与二伊奘冉尊一相向而立、遂建二絶妻之誓一。」という措置に抗して、「吾当下縊二殺汝所レ治国民一、日将中千頭上。」というように伊奘諾尊が統治する国の人民を毎日大量に殺すと宣告した、まさに「本朝」に重大な脅威を与える敵対的な相手として伊奘冉尊は位置する。こうした伊奘諾尊にとってまさに「偽」にあたる伊奘冉尊を、その「母」が象徴する。この素戔嗚尊の「母」への寝返りをめぐっては、たとえ口にしただけとはいえ、それ以前の「生已長矣。後生㆓八握鬚髯㆒。雖㆑然不㆑治㆓天下㆒、常以啼泣恚恨。」という態度や行為がその真実性、実行性を裏付ける。〔本伝〕の「汝甚無道」と伊奘諾尊に言わしめた素戔嗚尊とは全く違い、まさに人間モデルにそくして極悪の罪人ぶりをあらわにする。

なお、従来、〔書六〕がつたえるこの伊奘冉尊については、所伝の展開上、素戔嗚尊の「母」には当たらないという指摘がつねにつきまとう。確かに血統上の実「母」ではなく、また父の妻とはいえ、離別後に誕生したのだから、義「母」という関係もあてはまらない。しかし、その一方、素戔嗚尊が「母」といえば、父が伊奘諾尊である以上、実態のいかんにかかわらず、その父は伊奘冉尊以外のだれも妻としたことがなく、かつて妻であった伊奘冉尊をおのずから想起させる。こうした構図にそくして、前述のとおり伊奘諾尊にとって「偽」にあたる伊奘冉尊をあえて「母」とみなした上で、それへの寝返りを口にしたはずである。明確な意志をもって「謀叛」にあたる凶悪を口にする素戔嗚尊にとって、伊奘冉尊が実母か否かなど、ほとんど取るに足らない瑣末なことでしかなかったであろう。いわば確信犯の意図を伊奘諾尊は察知すればこそ、なんら躊躇することなく「伊奘諾尊悪之曰、可㆓以任㆑情行㆒矣。乃逐㆑之。」と放逐する。

九、伊奘諾尊による軻愚突智斬断と神の化生、〔書七〕〔書八〕

第五段は、この〔書六〕のあと五つの一書をつたえる。そのすべてが、とりどりに〔書六〕をひき継ぐ。それには原則があり、〔書七〕以下各一書は、冒頭を〔書六〕の一節に緊密に対応させ、かつその所伝の展開を順に追った配列に従っている。この原則は、もう一つ別の原則、すなわち「尊卑先後之序」を基調とする第五段前半の各一書を貫く原則に重なる。

その前半では、〔書六〕に当たる位置を〔書一〕が占める。伊奘冉尊が生んだ軻遇突智に焦かれ死ぬというこの所伝は〔書二〕に初出であり、つづく〔書三〕以下の一書すべてが原則どおりその一節を冒頭に据える。詳細は前述（167頁）のとおりだが、後掲する後半の一書の配列との比較の必要上、該当する部分に限り一括して次にそれを示す。

次生二火神軻遇突智一。時伊奘冉尊為二軻遇突智一所レ焦而終矣。其且レ終之間、臥生二土神埴山姫及水神罔象女一。〔書二〕

→一書曰、伊奘冉尊生二火産霊一時、為レ子所レ焦而神退矣。亦云二神避一。其且二神退一之時、則生二水神罔象女及土神埴山姫一。又生二天吉葛一。〔書三〕

→一書曰、伊奘冉尊且レ生二火神軻遇突智一之時、悶レ熱懊悩。因為レ吐。此化為レ神。名曰二金山彦一。（以下、小便が罔象女、大便が埴山媛となる）〔書四〕

→一書曰、伊奘冉尊生二火神一時、被レ灼而神退去矣。故葬二於紀伊国熊野之有馬村一焉。（以下、土俗による伊奘冉尊の祭り）〔書五〕

この最後の〔書五〕に至るまで、火神を生んで焦かれ死ぬ伊奘冉尊をめぐって、臨終（書二、三）、出産（書四）、葬祭（書五）と一つに連なるなかに描き分けていることは明らかである。〔書六〕以下の後半は、この展開に重なる。伊奘冉尊に代って、一書すべてが伊奘諾尊を冒頭に据える。ただし、基本とする〔書一〕の特定の一節に狭く限定していた前半とは違い、〔書六〕を構成する所伝の柱となる要素のほぼ全てを対象とし、所伝展開の流れにそって各要素ごとに一書を配置する。最初が、伊奘諾尊による軻遇突智の斬断に関する要素である。

遂抜二所レ帯十握剣一、斬二軻遇突智一、為二三段一。此各化成レ神也。復剣刃垂血、是為二天安河辺所レ在五百箇磐石一也。即此経津主神之祖矣。（中略）復剣鋒垂血、激越為レ神。号曰二磐裂神一。次根裂神。次磐筒男命。一云二磐筒男命及磐筒女命一。復剣頭垂血、激越為レ神。号曰二闇龗一。次闇山祇。次闇罔象。〔書六〕

→一書曰、伊奘諾尊抜レ剣、斬二軻遇突智一、為二三段一。其一段、是為二雷神一（以下、大山祇神、高龗）。又曰、斬二軻遇突智一時、其血激越、染二於天八十河中所レ在五百箇磐石一而因化成レ神、号曰二磐裂神一、次根裂神。児磐筒男神、次磐筒女神。児経津主神。〔書七〕

→一書曰、伊奘諾尊、斬二軻遇突智一、為二五段一。此各化成二五山祇一。一則首、化為二大山祇一。（以下、二の身中が中山祇、三の手が麓山祇、四の腰が正勝山祇、五の足が䨄山祇となる）是時、斬血激灑、染二於石礫樹草一。此草木沙石、自含レ火之縁也。〔書八〕

〔書六〕の右に引用したなかの（中略）には、「復剣鐔垂血、激越為レ神。号曰二甕速日神一。次熯速日神。其甕速日神、是武甕槌神之祖也。亦曰二甕速日命。次熯速日命。次武甕槌神一。」という一節が当てはまる。このなかの傍線を付した「亦曰」以下では、最後の「武甕槌神」だけを神とする。（中略）が全体として「是武甕槌神之祖也」を導くかたちをとることと、それは関連し、その全体は、次のように（中略）直前の記述と対応する。

復剣刃垂血、是為二天安河辺所レ在五百箇磐石一也。即此経津主神之祖矣。（中略）直前の一節

復剣鐔垂血、激越為レ神。号曰二甕速日神一。〜是武甕槌神之祖也。（中略）とした一節

この経津主神と武甕槌神の二神こそ、のちの第九段〔本伝〕に「令レ平二葦原中国一」の命をうけ「二神、於レ是、降二到出雲国五十田狭之小汀一、則抜二十握剣一、倒植二於地一、踞二其鋒端一而問二大己貴神一曰、高皇産霊尊、欲下降二

皇孫㆓君㆗臨此地㆖。故先遣㆓我二神㆒、駈除平定。汝意何如。当㆓須避㆒不。」と大己貴神に国譲りを迫った神にほかならない。二神の「十握剣」を地に逆さにつき立て「踞㆓其鋒端㆒」というこの威脅も、〈書六〉の（中略）直後の「復剣鋒垂血」とつながる。この「剣鋒」から垂れた血が「激越為㆑神」という三神を、〈書六〉は「磐裂神、根裂神、磐筒男命。一云、磐筒男命及磐筒女命。」とつたえるけれども、前掲のとおり〈書七〉が、「又曰」のあとに同じく「其血激越」によってその血が磐石を染め化成したとつたえる神がそれら三神に当たり、系譜に示せば、

この系譜上の関係が、国譲りを迫る二神の一方、つまりは経津主神について第九段〈本伝〉がつたえる「磐裂・根裂之子、磐筒男・磐筒女所㆑生子、経津主神。」に一致する。

恐らくこの一致は偶然ではないはずだから、経緯をたどれば、「剣鋒」から垂れた血が磐裂神、根裂神、磐筒男命の三神、もしくは「一云」にいう磐筒男命及び磐筒女命になったとつたえる〈書六〉をもとに、その神神を夫婦に組み替えその子として経津主神を位置づけた、すなわち、同じ表現の「激越」を介して、「復剣鋒垂血、激越為㆑神。」〈書六〉をひき継ぎ「其血激越、染㆓於天八十河中所㆑在五百箇磐石㆒而因化成㆑神、～児経津主神。」〈書七〉と展開したこの流れの延長上に、十握剣のその「剣鋒」に垂る血によってなった神の子孫として「踞㆓其鋒端㆒」という行動に出たものとみることができる。ちなみに、経津主神を〈書七〉が「又曰」のもとにつたえることにも、それはかかわる。この「又曰」をめぐっては、第一段〈書四〉に「又曰、高天原所㆑生神、名曰㆓天

御中主尊㆒、次高皇産霊尊、次神産霊尊。」というように高皇産霊尊の誕生をつたえる。第五段〔書七〕が同じ「又曰」のもとに経津主神の誕生をつたえることに通じ、はては第九段〔本伝〕が葦原中国の平定をめぐって命じる者と命じられる者との関係に両者を結びつけることにまでそのつながりが及ぶ。

さて、ここで改めてさきに引用した一節にたち戻ってみるに、〔書七〕は、段落分けを施したとおり「一書曰」と「又曰」との二つの部分から成りたつ。そしてその後半にあたる「又曰」以下は、右に指摘したように〔書六〕をもとに、系譜的な関係を、経津主神へつながる展開に狭く限定する。武甕槌神との対応に配慮して、経津主神の系譜を欠く〔書六〕に手を加えたものであろう。〔書八〕にいたると、独自がいっそう顕著となる。その前半は、軻遇突智の斬断をめぐって「為㆓三段㆒」という〔書六〕をひき継ぐ〔書七〕に対して、「為㆓五段㆒」と数を増やす。後半もまた、軻遇突智を斬った血が飛び散って神になるという〔書六〕の基本を踏襲する〔書七〕を、たとえば「又曰、斬㆓軻遇突智㆒時、其血激越」にそくして「是時、斬血激灑」と簡略化する一方、

其血激越、染㆓於天八十河中所㆑在五百箇磐石㆒而因化成㆑神、号曰㆓磐裂神㆒。次根裂神。児磐筒男神、次磐筒女神。〔書七〕

斬血激灑、染㆓於石礫樹草㆒。此草木沙石、自含㆑火之縁也。〔書八〕

神の化成に代えて、恐らくその「磐石」に関連する「石礫樹草」にちなむ起源をつたえる。一書が順を追って独自性を次第に強めるという第五段前半に著しい傾向を、この〔書七〕〔書八〕にも見てとることができる。

しかし、念のため言いそえれば、たとえ独自を強くうち出してはいても、〔書六〕構成の柱となる要素がつたえる筋の基本を逸脱してはいない。独自は、たとえば〔書八〕が軻遇突智を斬って三段から五段としたようにむしろその基本を強めることにつながっている。それが顕著なあらわれをみせるのが、次の〔書九〕〔書十〕の両

一書である。死んだ伊奘冉尊を追って伊奘諾尊が黄泉に到り、そこで再会をはたすが、一書はその後の別離に焦点を当てる。

十、伊奘諾尊の黄泉入り、伊奘冉尊との訣別、〔書九〕〔書十〕

まずは〔書九〕だが、〔書六〕の基本を襲いながら、伊奘諾尊の逃走に力点を置く内容に特徴がある。伊奘冉尊の視るなの禁を破って伊奘諾尊の目にした光景を「伊奘冉尊、脹満太高。上有㆓八色雷公㆒。」とつたえ、追いかけてくるこの雷から逃げる伊奘諾尊をめぐって展開する。この「八色雷公」が、〔書六〕が伊奘冉尊の遣わしたとつたえる「泉津醜女八人」に相当することは明らかである。しかもこの伊奘諾尊が身につけている物を投げると、それらが「黒鬘」は「蒲陶」に、また「湯津爪櫛」は「筍」に化成する。「醜女」がこれを噉む間に逃げるという〔書六〕の展開に対して、追って来る「雷公」に伊奘諾尊は反撃に出て「桃」を投げつけて撃退する。「桃」は、新編日本古典文学全集の当該頭注が「『芸文類聚』菓部・桃に『歳時記、桃ハ五行ノ精、邪気ヲ厭伏《ようふく》シ、百鬼ヲ制ス』その他の記事がみえ、この思想が我が国にも伝来した。」と説く呪物であり、〔書六〕の「蒲陶」や「筍」が「醜女」を惹きつけるとは逆に、「雷公」を撃退する霊力を発揮する。たがいの対照は、この「雷公」を伊奘冉尊が遣わしたのでもなく、まして伊奘冉尊が追うというかたちもとらない点に極まる。次にその一節を引用する。

時道辺有㆓大桃樹㆒。故、伊奘諾尊隠㆓其樹下㆒、因採㆓其実㆒以擲㆑雷者、雷等皆退走矣。此用㆑桃避㆑鬼之縁也。

時伊奘諾尊乃投二其杖一曰「自レ此以還、雷不二敢来一。」是謂二岐神一。此本号曰二来名戸之祖神一焉。

桃により邪鬼を払う習俗や道祖神などの起源をここにつたえることじたい、死に伴う邪鬼を完全に遮断したことを意味する。また「岐神」については、〈書六〉が夫婦絶縁後につたえる「因曰二自レ此莫一レ過。即投二其杖一。是謂二岐神一也。」を踏まえる。

ちなみに、この〈書九〉が、〈書六〉の「陰取二湯津爪櫛一、牽二折其雄柱一以為二秉炬一而見之者、則膿沸虫流。」をもとに「挙二一片之火一而視之。時伊奘冉尊脹満太高。上有二八色雷公一。」という雷につなげたことと、〈書七〉が、前述のとおり〈書六〉の「遂抜二所レ帯十握剣一、斬二軻遇突智一、為二三段一。此各化成レ神也。」をもとに「抜レ剣、斬二軻遇突智一、為二三段一。其一段、是為二雷神一。」とするこの雷の化成とは、恐らく無縁ではない。伊奘冉尊は軻遇突智の母であり、その母所生の神から化生した雷が、死んだ母の屍体上の雷につながったに違いない。この雷をめぐっても、基とした〈書六〉に対して、〈書七〉と同じように〈書九〉は近い関係にある。

つづく〈書十〉も、基調は〈書九〉と同様に〈書六〉にもとづくとはいえ、それの内容を狭く限定する一方、徹底させている点に特徴をみせる。対象を、二神の別離と死穢濯除との二つに限る。その上で、しかし伊奘諾尊の黄泉入りについて、〈書六〉の「及之共語」とは違い、明確に「悲レ汝故来」とまずもってその理由を開示する。人間モデルの徹底をはかっている。これに対する伊奘冉尊の「族也、勿レ看レ吾矣。」という要請に対しても、〈書六〉の「伊奘諾尊不レ聴、陰取二湯津爪櫛一、牽二折其雄柱一以為二秉炬一而見之。」という具体的な描写を一切伴うことなく、直ちに「伊奘諾尊不レ従、猶看之。」と完全に無視した行動に出る。前述のとおり伊奘諾尊にとっては「尊卑先後之序」にもとづく当然の行為のはずだから、付随的な一切を排除して焦点をその行動に明らかに絞り込んでいる。

人間モデルの徹底した展開は、これ以降いっそう顕著なかたちをとる。伊奘諾尊が見ると、伊奘冉尊は「恥恨之曰、汝已見二我情一。我復見二汝情一。」と負けずに応酬する。伊奘諾尊のこれに対する「亦慙焉。因将二出返一。」という行動は、表向きあまりに弱腰だが、しかしこの直後には「于レ時、不二直黙帰一而盟曰、族離。」と盟う。さらに「又曰、不レ負二於族一。乃所レ唾之神、号曰二速玉之男一。次掃之神、号二泉津事解之男一。」と続く。「盟」は、たとえば大友皇子が左右大臣以下の重臣と共に行った「誓盟」を「六人同レ心、奉二天皇詔一」、重臣たちのそれを「臣等五人随二於殿下一、奉二天皇詔一」、さらにこの六日後の例を「五臣奉二大友皇子一、盟二天皇前一。」（以上、天智天皇十年十一月）とつたえるように同盟のかたちをとる。これに背けば、「若有レ違者、必被二天罰一。」「若有レ違者、四天王打、天神地祇亦復誅罰。」（同前）などと誅罰を被る。本来的にも、「有レ渝二比盟一、明神先君、是糾是殛。」（左伝僖公二十八年）、「有レ渝二此盟一、亡二其宗族一、俾レ墜二軍族一、無二其貴育一。」（晋劉琨与二段匹磾一盟文。以上、芸文類聚巻三十三・人部「盟」）とあり、「渝《ユ》（改める、変える、違える）」を厳しく戒める。日本古典文学大系の当該頭注に、〈書六〉の「建二絶レ妻之誓一」と「同じ事柄をいう」と説くが、むしろそれにそくして内容を徹底させたところにこそ独自を認めるべきであろう。

なおまた続く「不レ負二於族二」にしても、日本古典文学大系の「補注1―六四」に「女神が一日に千人絞殺すると言ったに対して、男神が一日に千五百人生ましめようと言った事を指す。」（558頁）と指摘する一方、直後に「乃所レ唾之神」というこの「唾」については、当該頭注に「唾は約束を固めるに使い、木花開耶姫や海幸・山幸の話にも見える。未開社会にいくつも例がある。」と説き、「補注1―六五」にその例を挙げてもいる。しかしここでも「不レ負二於族二」という言表を、挙例した木花開耶姫の所伝に「顕見蒼生者、如二木花一之俄遷転当二衰去一矣。」（第九段〔書二〕の「一云」）、また後者の所伝でも「汝生子八十連属之裔、貧鉤・狭狭貧鉤。」（第十段〔書四〕）などのいずれも「唾」を伴う呪詛に通じる言語呪術として意味づけている点に独自がある。生死の対立、というより死に対して生の優位をものがたる〔書六〕の一節に対して、それを踏まえながら内容の徹底を明らかにはかっている。「唾」に続く「掃」にしても、従来は「ここでは関係を断つ意」（日本古典文学大系頭注）といった解釈が大勢を占めるけれども、むしろそうした優位な立場の自覚をもとに、それまでの伊奘冉尊が「我復見二汝情一」というこの「情」を含む一切を、それこそ一掃するといった意味あいが強い。

　この直後の「及其与レ妹相二闘於泉平坂一也」という伊奘諾尊は、いよいよ最終の局面に入って伊奘冉尊との関係を清算する。げんに、まず「始為レ族悲及思哀者、是吾之怯矣。」と過去のおのが怯懦を反省する。この直後、所伝は次のような展開をみる。

　時、泉守道者白云「有レ言矣、曰『吾与レ汝已生レ国矣。奈何更求レ生乎。吾則当レ留二此国一。不レ可二共去一。』」

　是時、菊理媛神亦有二白事一。伊奘諾尊聞而善之、乃散去。

二段に分かち書きした前半は、泉守道者という「泉平坂」にあたかも道祖神のように坐す者が伊奘冉尊の言葉を伝える。「奈何更求レ生乎」の表現上、主語を先行する「吾与レ汝已生レ国矣」と共有する一方、内容の上では、後続の句の根拠に当たる。この「生」は「求二更生一」とは違い、「已生レ国」の国生みには当たらないという点でも、通例の「生《い》かむこと」という訓みが妥当である。もはや生前の国に戻って生きること（生）など求めないというこの伊奘冉尊の固い意志は、〔書六〕の「吾夫君尊、何来之晩也。吾已湌二泉之竈一矣。」という伊奘諾尊の到来の遅れを口にする内容とは著しく対照的である。さきに伊奘冉尊の見るなの要請を伊奘諾尊が一顧だにせずに見たことに起因する対立も不問のまま、みずからの意向だけを、伊奘冉尊は一方的に主張している。

すでに伊奘冉尊には、「死生異㆑路」（前掲178頁）の自覚がある。実際、この直後に続く「吾則当㆑留㆓此地㆒。不㆑可㆓共去㆒。」という一節は、あたかもさきに伊奘諾尊が宣告した「族離」を、みずからの主体的・自律的判断において選びとったかの観を呈する。後半が、これに対応する。同じ「白」を使い、泉守道者に菊理媛神を対応させている以上、かたや伝言とこなた申す言との違いはあっても、前者が「族離」にかかわるように、後者もまた泉守道が伝えた伊奘冉尊の「言」に通じるとみるのが恐らく自然である。菊理媛神はその内容を明かさないけれども、「くくり」というその神名は総括の意をもち、かつ黄泉の神というその立場上、伊奘冉尊の側に立つはずだから、やはりその「言」と同じような趣旨の内容だったはずである。さればこそ、その二神の申すことを聞いて、伊奘諾尊は自分の意向にかなうものと評価して「善」と応じたに相違ない。最後の最後に、その伊奘諾尊の言葉が、二神はたがいの立場・主張をそれぞれ認めあった上で、完全に和解に至ったことを強く示唆する。ちなみに、唐律（故唐律疏議巻十四「戸婚」）に、いわば協議離婚に相当する「義絶離之」について、「若夫妻不㆓相安諧㆒而和離者、不㆑坐。」と規定する。「和離」とは、疏に「両願離者」と説く。

このあと、次には〔書六〕の祓除に対応をもつ記述がさらに続く。ここでも、基本の枠組みを襲うなかに、新たな展開をはかっている。たとえば〔書六〕が「将㆑盪㆓滌身之所㆑汚」に最適な場を「上瀬是太速、下瀬是太弱」と見きわめた末に「便濯㆓之於中瀬㆒也」と選びとったとするこの手順を、次のように〔書十〕も同様に踏む。

乃往見㆓粟門及速吸名門㆒。然此二門、潮既太急。故還㆓向於橘之小門㆒而拂濯也。

しかも「瀬」の上、中、下ではなく、それより遥かに規模の大きい海の門二ケ所にわざわざ足を運んだ上で、そこを不適としてもとの橘の小門にたち還るという大きな移動さえ伴うかたちをとる。ここまでが、〔書六〕のさきに段落分けした一節（186頁）との対応の上では、「便濯㆓之於中瀬㆒也」に関連したその（前段）に相当する。

一方、〔後段〕は、〔書六〕の「又沈二濯於海底一」以下に住吉大神や阿曇連らの祭る神などの誕生をつたえるくだりであり、〔書十〕の次の一節がこれに当たる。

于レ時、入レ水吹二生磐土命一、出レ水吹二生大直日神一。又入吹二生底土命一、出吹二生大綾津日神一。又入吹二生赤土命一、出吹二生大地海原之諸神一矣。

この三回の入出のたびごとに二神を「吹生」するかたちも、〔書六〕が三回の「沈二濯於海底一」「潜二濯於潮中一」「浮二濯於潮上一」のつど二神を誕生させるかたちを踏まえる。その三回の各濯を「又」がつなぐこの接続の方法を、右に引用した〔書十〕の一節のなかにまったく同様に採用していることがそれを裏付けてもいる。

ただし、こうした成りたちの上で〔書六〕の枠組みに依拠してはいても、前述のとおりその三回の各濯による住吉大神や阿曇連らの祭る神などの誕生を、天照大神ほか三子の誕生を導く前提として位置づけるといった〔書六〕が負っていた事情、ないし制約からは多分に自由だった分、〔書十〕は三回の入出のたびごとに「吹生」により多様な神を誕生させる。極めつけが、最後の「出吹二生大地海原之諸神一」である。伊奘諾尊が単独で「大地海原之諸神」を誕生させたというこの一節は、黄泉にあって泉守道者が伊奘冉尊の言として伊奘諾尊につたえた「吾与レ汝已生レ国矣。奈何更求レ生乎。」に対応する。すなわち、伊奘冉尊との共同では、国しか生んでいないその後をひき継ぐ一方、〔書六〕が冒頭につたえる次の、国生みを終えたそのあとの伊奘諾尊単独の神生みを参照するであろう。

伊奘諾尊与二伊奘冉尊一、共生二大八洲国一。然後、伊奘諾尊曰「我所レ生之国、唯有二朝霧一而薫満之哉。」乃吹撥之気、化為レ神。号曰二級長戸辺命一。亦曰二級長津彦命一。是風神也。

この風神に続いて海神、山神、水門神、木神、土神等を次々に生んで「然後、悉生二万物一焉。至二於火神軻遇突智之生也、其母伊奘冉尊、見焦而化去。」と展開する以上、伊奘諾尊単独の神生みは、右の「吹撥之気、化為神」以外には黄泉から帰還したあとの祓除による「九神」（八十枉津日神以下、表筒男命まで）と「三神」（天照大神以下、素戔嗚尊まで）しかない。それだけに、祓除による神の誕生という枠組みの基本を踏まえながら、冒頭がつたえる神々や「万物」の誕生までそこに取り込んだのが、すなわち〔書十〕の「出吹生大地海原之諸神矣」にほかならない。

この「諸神」のなかには、黄泉からの帰還後だから、当然、火神はいない。またそれ以前に二神の生んだ神々も、含まない。それでも「諸神」という表現に、はたして齟齬なり矛盾なりはないのかといった、所伝の展開や内容じたいに問題がないわけではない。しかし、むしろそうした問題を恐らくは承知の上で、それには目をつむって一書の最後を締めくくった右の一節に、伊奘諾尊を「大地海原之諸神」の祖と位置づける意図は明らかである。天照大神ら「三神」の誕生を〔書六〕に委ね、つまり唯一のかたちとして一元化すると同時に、伊奘諾尊の神功（次の第六段〔本伝〕の冒頭）を神生みにそくして極大化することを、それはめざすはずである。

十一、天照大神による月夜見尊の拒絶、日夜分離、〔書十一〕前

第五段の文字どおり棹尾を飾る一書が、天照大神を中心に構成する〔書十一〕である。冒頭につたえる伊奘諾尊の「勅任」をめぐっては、〔書六〕を踏襲するなかに、差違化をはかってもいる。最も重要な点が、月読尊（潮の干満や月齢の数を司る）に関する改変である。

月読尊者、可以治滄海原潮之八百重也。〔書六〕

月夜見尊者、可三以配レ日而知二天事一也。〔書十一〕

後者の「可三以配レ日而知二天事一也」は、第五段〔本伝〕が月神について「其光彩亜レ日。可二以配レ日而治一。」という一節に対応する。しかも、そこに月神を「故亦送二之于天一」とつたえる後をひき継ぐかのように、右に引用した一節の直後に、天上にあって天照大神が月夜見尊を葦原中国に使いに出すことを契機に所伝が展開する。このなかでは、必然的に、〔本伝〕の伊奘諾尊・伊奘冉尊二神の立場に天照大神が立つ。立場の交替は、おのずから「尊卑先後之序」から天照大神を中心とした新たな体制や秩序への転換を伴う。そのことを象徴するのが、次の一節である。

既而天照大神在二於天上一曰「聞三葦原中国有二保食神一。宜二爾月夜見尊就候レ之。」月夜見尊受レ勅而降。

前述（195頁）したとおりいわば律令用語の「勅任」と同様、この「受レ勅而降」は令が規定する次の条文の傍線部にあたる。

凡受レ勅出レ使、辞訖、無レ故不レ得レ宿二於家一。（公式令第廿一、79）

「受勅出使」には、当然さまざまな規制がかかる。その任にある官人が理由もなく自宅に宿泊することを禁じているのも、その一つの例示にすぎない。律は、別に罰則を含め次のように定める。

諸受レ制出レ使、不レ返二制命一、輒干二他事一者、徒一年半、以レ故有レ所二廢闕一者、徒三年。（以下略。『故唐律疏議』巻第十「職制119」）

「疏議」に「受二制、勅一出レ使」と説明するように「受レ勅出レ使」（日本律は「受レ詔出レ使」に作る）も同じだが、その直後に「事訖、皆須二返命奏聞一。」と説く義務がそれにおのずから付帯する。違反した場合の事例を、一つは「干二他事一者」という「制、勅」によって命じられた任務以外のこと（なすことが処罰の対象となるそのこと）を干犯することと、もう一つその任務じたいを投げ出してしまうことの二つを挙げる。「受レ勅出レ使」には、勅使としての任務に専念すべき厳しい義務を課す。重い役務を負うことを、月夜見尊の場合でも「受勅」の語に託しているはずである。それだけ、だから、天照大神が天上から遣したこの「受レ勅出レ使」の勅使を迎えた保食神は、それに相応しい接待に心を砕く。国、海、山の食物を「廻レ首嚮レ国則自レ口出レ飯。又嚮レ海則鰭広鰭狭亦自レ口出。又嚮レ山則毛麁毛柔亦自レ口出。」というように口から出して備え、これらの品々を「百机」に盛りあげて「饗」す。これを見た月夜見尊の反応をつたえるのが次の一節である。

月夜見尊忿然作レ色曰「穢哉、鄙矣。寧可下以二口吐之物一敢養上我乎。」廼抜レ剣撃殺。

月夜見尊としては、「以二口吐之物一敢養レ我」とみなせばこそ、「穢哉、鄙矣」と嫌悪して「廼抜レ剣撃殺」という行動に出ることになんら躊躇などなかったであろう。しかしその犠牲となった保食神に、悪意などあろうはずがない。「饗」をめぐる「夫品物悉備、貯二之百机一而饗之。」という表現は、後に海神のもとに来臨した「天神之孫（彦火火出見尊）」を海神が厚くもてなした「是時、海神自迎延入、乃鋪二設海驢皮八重一、使レ坐二其上一。兼設二饌百机一以尽二主人之礼一。」（第十段〔書三〕）という一節に明らかに重なる。海神のこのもてなしを、「尽二主人之礼一」が特徴づける。礼記では、賓客をもてなす礼をこと細かく定めているが、そのなかにこの一節に通じる記述がある。賓客をまず迎える「主人拝迎二賓于庠門之外一入、三揖而后至レ階、三譲而后升、所三以致二尊譲一也。」、そのあと賓客の座について「主人者尊レ賓、故坐二賓於西北一。」（以上、郷飲酒義第四十五）などのほか、関連の深い次の例がある。

壹食、再饗、燕与二時賜一、無レ数。所二以厚重レ礼也。（中略）然而用レ財如レ此厚者、言レ尽二之於礼一也。（聘義第四十八）

「壹食再饗」の「使節に食事を供する酒宴一回と、主客献酬する饗宴二回」（新釈漢文大系。949頁）をはじめ、酒宴や賜与も無数だといい、それこそが礼を厚く重じることをあらわすことであり、財物を惜しみなく用いることは「真に礼を重んずる心が尽くされる、と言うべきである。」（同上）と説く。海人の「設二饌百机一以尽二主人之礼一。」は、この聘礼に確実に吻合する。保食神のばあいも、その、「品物悉備、貯二之百机一而饗之。」は御馳走の限りを尽くして月夜見尊をもてなすはからいに出るはずである。「饗之」に供する食材について、国の飯、海の魚、山の鳥獣を取り合わせているというのも、後に保食神の屍体に生じた五穀について天照大神が「是物者則顕見蒼生可二食而活一之也」と見定める展開に先立ち、食をめぐって、魚や鳥獣も飯と同じ食に当てるものであることを示すねらいによるであろう。さればこそ、それらを口から吐き出すことによってその食用であることを、むしろ月夜見尊に態態演じてみせたとみるのが相当である。もちろん、それは天照大神の「勅」旨に応じるものでもある。

　こうした保食神のはからいを、月夜見尊はいささかも察知しない。そもそも月夜見尊が天照大神から命じられた任務は、「聞三葦原中国有二保食神一。宜二爾月夜見尊就候一之。」にいう保食神のもとに「就候」すること、ただそれだけのことでしかない。「就候」には、たとえば『大漢和字典』が語構成の同じ次のような類例を挙げる。

○　太守戴渉、聞三昱鮑永子有二智略一、乃就謁、請レ署二守高都長一。（後漢書、鮑昱伝）

○　庶曰、此人可二就見一、不レ可二屈致一、将軍宜二枉レ駕顧一レ之。（蜀志、諸葛亮伝）

前者に「その人の所へでかけて行って面会する。」、また後者に「でかけて行って会ふ。」などと訳を付すとおり、わざわざ出かけて行くという意を「就」があらわし、これに「候」が結びつく。同じく『大漢和字典』にその例を徴するに、

○　武王使二人候一レ殷。（呂覧、貴因）

○　宋王使三人候二斉寇之所レ至。（呂覧、壅塞）

前者の例に「候、視也」という「注」を付してもいるが、二例とも王が人を使ってさぐらせる意をあらわす。それに「就」が結びついた「就候」の命をうけ、それに忠実に従ってわざわざ保食神のもとにでかけて行ってさぐる直前を「到二于保食神許一」があらわす。この到来のあと、保食神が口から国、海、山の食物を出して「饗」することに激怒した月夜見尊が保食神を殺害するに至る経緯は前述のとおりだが、この殺害が、ただに横暴な振る舞いという以上に、勅使という立場上、その任務の「就候」を逸脱したまさに「受レ勅出レ使」に関連して律の禁じる「干二他事一」に相当することは明白である。

その後、月夜見尊は「復命」する。唐律は、前掲のとおり「受レ制出レ使」に付随して、使の「事訖、皆須二返命奏聞一」という結果報告の義務にまで言及している。この「返命」が、月夜見尊の「復命」に当たる。表現を「復命」とするについては、第九段に、葦原中国平定をめぐって〔本伝〕が、大己貴神の「当下問二我子一、然後将上報」には「使者既還報命」とするのに対して、高皇産霊尊にかかる「致二高皇産霊尊勅於事代主神一」や「今天神有二此借問之勅一」などの「勅」には「果以復命」として明確に使い分けていることにかんがみ、それを積極的に採用したはずである。同段〔書一〕でも、葦原中国の平定を命じた天照大神にその完了を報告する表現に「復命而告之曰、葦原中国、皆已平竟。」とやはり同じ「復命」を使う。どれも、勅やそれに相当する命を受けて使した結果を報告することをあらわす。この極めて限定的な用法を、日本書紀は一貫させている。

天皇命二田道間守一、遣二常世国一、令レ求二非時香菓一。──→今天皇既崩、不レ得二復命一。（垂仁天皇後紀）

臣受二命天朝一、遠征二東夷一。──→冀曷日曷時、復二命天朝一。（景行天皇四十年是歳）

臣既被二天皇命一、必召率来矣。──→復二命天皇一。天皇大歓之、美二烏賊津使主一而敦寵焉。（允恭天皇七年十二月）

乃遣㆔紀国造押勝与㆓吉備海部直羽嶋㆒、喚㆓於百済㆒。──→還㆑自㆓百済㆒、復㆓命於朝㆒。（敏達天皇十二年十月）

右に拾い出した一部のこうした例に明らかなとおり、「復命」の先は天皇もしくは朝廷である。くだんの「受㆑勅出㆑使」が、右掲の例文の──→印以前の一節に重なり、それらと同じく「復命」に対応する以上、同じ用法にのっとり、月夜見尊が「復命」する先の天照大神を、統治に伴う関係上、地上を支配する天皇に対して天上を支配する神として位置づけていることは明らかである。

なお、この位置づけに関連して言いそえれば、地上を支配する天皇が「宮」ないし「宮殿」を居所とするように、天照大神にもそれに相当する居所があることを想定していたに違いない。なによりも「勅任」の語がその徴証となるであろう。その居所は、当然「宮」に当たる。明示してはいないが、もしそれに拠りどころがあるとすれば、同じ唐律が「十悪」の「謀大逆」の疏議に説く次の一節がそれであった可能性が高い。

宮者、天有㆓紫微宮㆒、人君則㆑之。所㆑居之処、故曰㆑宮。

人君の「宮」を、天の紫微宮に則るものとする。紫微宮は紫宮ともいい、星座の名であって、なおかつそこを「紫宮垣十五星、其西蕃七、東蕃八、在㆓北斗北㆒。一曰㆓紫微㆒。大帝之座也。天子之常居也。」（『晋書』「天文志上」）と天帝や天子の居所とみなすこうした考えにそれは立つ。天にまず紫微宮があり、それに人君の宮が則るということの関係は、天上を支配する天照大神と地上を支配する天皇との居所をめぐる関係にそのまま当てはまることはもとより、後者が前者を踏まえて成りたつことを示唆する。

「復命」に関しても、神代紀のすでに言及した例を除けば、日本書紀が天皇に専用する用法を一貫させている以上、天皇になぞらえて天照大神にそれを使用したというのが実態だったにせよ、あくまで「受㆑勅出㆑使」に当たる「受㆑勅而降」との対応にそくしてその表現を選び採ったはずである。その点では、唐律の疏議が説くさきの「宮」と同じように、天照大神に対する「復命」がまずあり、これに則って天皇に対して専用する用法を一貫させているとみるのが、少くとも用例のあらわれに忠実な見方である。そして「受レ勅出レ使」に当たる「受レ勅而降」とこれに対応する「復命」とを組み合わせ、のちの天皇に相当する統治者の地位に天照大神が立つことを、その表現をとおして強調することに力点を置き、「尊卑先後之序」一辺倒からの転換をはかっている。

この点に関連して、天照大神が伊奘諾尊に重なることは、改めて注目にあたいする。そもそもの発端となる天照大神の「聞三葦原中国有二保食神一。宜二爾月夜見尊就候一之。」という「勅」じたい、伊奘諾尊の「勅二任三子一」に重なるが、その使命を逸脱して月夜見尊が保食神を殺害したことに激怒した天照大神は、「復命」した月夜見尊に「汝是悪神。不レ須二相見一。」と言い放つ。伊奘諾尊も、前述のとおり「勅任」による自分の分担に不満を抱いて反抗する素戔嗚尊に、憎悪して「可二以任レ情行一矣」と引導を渡す。その言葉に加え、月夜見尊による「抜レ剣撃殺」という保食神の殺害が律の「干二他事一」に相当するように、素戔嗚尊の「吾欲レ従二母於根国一」という反抗が律の「謀叛」に当たり、こうした所伝の核心そのものが共通する。念のため、一連の展開の柱となる部分を次につき合わせてみる。

○伊奘諾尊勅任──→素戔嗚尊の解釈・言い分「吾欲レ従二母於根国一、只為レ泣耳。」──→伊奘諾尊悪之曰、「可二以任レ情行一矣」──→素戔嗚尊を根国へ放逐〔書六〕

○天照大神勅命──→月夜見尊の解釈・言い分「抜レ剣撃殺」──→天照大神怒甚之曰、「汝是悪神。不レ須二相見一。」──→月夜見尊を夜へ隔離〔書十一〕

天照大神を、こうした一連の展開をとおして伊奘諾尊になぞらえていることは明らかである。伊奘諾尊の「勅任」による「可三以御二高天之原一」という以上に、天照大神を伊奘諾尊の後継として関連づける意図がそこには著しい。その意図にかかわるのが、月夜見尊を夜に追いやった後をつたえる後段である。

十二、天照大神による農及び食の起源、〔書十一〕後

従来は、しかし、たとえば「保食神が死に、その死体の各所から食物や動物が生まれてきたというのは、先に第五段一書第二のところで述べた食用植物起源神話である。」（『『日本書紀』神代巻全注釈』201頁）という指摘はまだしも、しばしば「食物でないものが混在している。これは古代朝鮮語の言語の遊戯とみなす説がある。」（新編日本古典文学全集。60頁頭注四）など朝鮮語との関連にまで言及してはいても、右のように天照大神をめぐって〔書十一〕がひき継ぐ当の〔書六〕には一切目もくれない。〔書二〕に「此神頭上生二蚕与一レ桑。臍中生二五穀一。」と確かにつたえてはいても、ただ「生」じたというだけにすぎない。〔書十一〕の特徴は、徹頭徹尾、天照大神を主体とする点である。月夜見尊を隔離したあとの展開を、便宜、段落分けして次に示す。

（一）是後、天照大神復遣二天熊人一、往看之。是時、保食神実已死矣。唯有三其神之頂、化為二牛馬一。顱上生レ粟、眉上生レ蠒、眼中生レ稗、腹中生レ稲、陰生二麦及大小豆一。天熊人悉取、持去而奉進之。

（二）于時、天照大神喜之曰「是物者、則顕見蒼生可二食而活一之也。」乃以二粟稗麦豆一為二陸田種子一、以レ稲為二水田種子一。

（三）又因定二天邑君一、即以二稲種一始殖二于天狭田及長田一。其秋垂穎、八握莫莫然、甚快也。又口裏含レ蠒、便得レ抽レ糸。自レ此始有二養蚕之道一焉。

まず始めに、天照大神の遣わした天熊人が保食神の屍体に生じた五穀やその頂の化した牛馬などを持ち帰って奉

進する（以上、一）。勇猛で人にちなむ名に負う天熊人がこれら牛馬や五穀などの知識を有することを、天照大神は知った上で遣わしたに違いない。さればこそ、それらを天熊人がもち帰って奉ると、ただちに「是物者、則顕見蒼生可二食而活一之也。」と見定め、かつまた見分けて、それらを陸田や水田の種子とする（二）。牛馬は、それらの田の耕作に使う。そして農事を司る天邑君を定めると、田植えが豊作の成果を挙げ、また養蚕によって糸を紡ぐことも可能になり、これにより養蚕が始まる（三）。ここに至るまで、当初の保食神のもとに月夜見尊を就候させに遣わしてから一貫して、天照大神を食や農の創始者、主宰神としてつたえるべく所伝が展開する。その結果は、とりわけ（三）に稲作と養蚕の始源というかたちをとる。礼記（月令）の定める親耕（孟春の月）と親蚕（季春の月）を恐らくは踏まえる。「天邑君」も「村の首長」（新編日本古典文学全集当該頭注）の名をもつが、実質的には「令三告レ民出二五稲一、令三農計二耦耕事一」（同、季冬の月）という「農」（田官）の司る稲作の管理をその職掌とするはずである。この稲作と養蚕との二つながら、次の第六段に天照大神をめぐる統治に関連して新たな展開をみせる。

右の（一）以下は、その第六段の展開に道筋をつけるという点でも、〔書六〕と並んでとりわけ重い意味をもつ。それだけに、ここに「顕見蒼生」というこの表現については、「文脈の論理でいうと、これは現に生きているヒトではなく、やがてはっきりとあらわれてくるヒトをさしている。やがてあらわれるのがわかっている、あらわれるにきまっているヒトのために、ウケモチの死体に生じた穀物や蚕は役に立つ、というのである。」（日本書紀史注。巻第一。298頁）というように将来出現予定の「ヒト」とみなす説もあるが、むしろ天照大神の統治との関連に目を向ける必要がある。その前提としても、まずは「蒼生」を見きわめることが先決である。

禹曰「兪哉帝。光二天之下一、至二于海隅蒼生一、万邦黎献、共惟帝臣。」（『書経』「益稷」）

禹が帝舜の言葉に答えたなかに、万国の賢人を表わす「万邦黎献」と対をなして海の片隅の民衆をいう「海隅蒼生」の例がある。また『晋書』（巻四十三「謝安伝」）にも、幼時の王夷甫を評して「然誤二天下蒼生一者、未三必非二此人一也。」という一節があり、『世説新語』（識鑒第七・5）がこれを「乱二天下一者、必此子也。」とする。『書経』の右掲の一節の「伝」に「蒼生」について「蒼蒼然生二草木一」と説く草木のうっそうと繁るさまに人の衆多をたとえた表現だから、「海隅」あるいは「天下」を冠するように、天下の数知れぬ民衆をそれは指すであろう。天照大神のいう「是物者、則顕見蒼生可二食而活一之也。」も、天熊人が天上で天照大神に奉進したものだけに、それが葦原中国（天下）の民衆を対象とすることを明示する必要があり、「蒼生」をまさにその恰好の表現として選び採ったに違いない。

天照大神がおのが本質を「日神」とする以上、葦原中国の「蒼生」すべてを対象とすることは当然だが、それを修飾する「顕見」は、「天下」や「海隅」などの場にそくした表現とは明らかに異質というほかない。「顕見」に通じる語に、「顕露」がある。第九段〔書二〕の次に引く一節にその例がある。

時高皇産霊尊乃還二遣二神一、勅二大己貴神一曰、「今者聞二汝所一レ言、深有二其理一。故更条条而勅之。夫汝所レ治顕露之事、宜二是吾孫治一之。汝則可三以治二神事一。

この「顕露」は、〔書二〕の最後にそれを「阿羅播弐」と訓む訓注があり、同様に訓注に「宇都志枳阿烏比等久佐」と訓みをしめす「顕見」とは確かに違う。しかし、その一方、右の一節でも、「顕露之事」が「神事」やこれを言いかえた「幽事」に対応し、目に見えるこの世界の事をあらわしていることは明らかである。その意味の核心を「顕」が担うはずだから、訓注に違う語を当ててはいても、「顕見」もまた目に見えるこの世界をあらわすことは疑いない。当然またそれは、「顕露」と同じように「神」「幽」と対比的に対応する。

その対比的な関係にかかわる例を挙げるとすれば、〔書六〕の伊奘諾尊の「顕」と伊奘冉尊の「幽」とに極まるであろう。夫婦の離別に際して、それぞれ伊奘冉尊が「吾当下縊二殺汝所レ治国民一、日将中千頭上」といい、これに対抗して伊奘諾尊が「吾則当三産日将二千五百頭一」という。この「千頭」「千五百頭」は、葦原中国の民を指す。伊奘冉尊がその千人を「縊殺」、すなわち「幽」の世界に引き入れるのに対して、伊奘諾尊がその数を上回る千五百人を「顕」の世界に誕生させるという人の死生の起源をものがたる。

さらに「幽」に関連して、〔書六〕がひき続き素戔嗚尊の「吾欲レ従二母於根国一」という前述のとおり伊奘冉尊への寝返り（謀叛）をつたえる。素戔嗚尊がこの叛意を抱く原因が、伊奘諾尊の「勅任」である。不当な冷遇という怒りや恨みのもう一方に、天照大神に対する妬情がある。もとより「顕」の世界に属する天照大神とは、こうして対立する。この対立は、だから「顕」と「幽」というそれぞれ志向なり所属なりする世界の違いに重なる。「幽」の世界を背景に素戔嗚尊が伊奘冉尊に結びついたと同じように、それとは対立的にだが、「顕」の世界を背景として天照大神を伊奘諾尊に結びつけるその結接の役割をはたすのが、前述のとおり葦原中国の民衆を対象にした天照大神の「是物者、則顕見蒼生可二食而活一之也。」という言葉だったに違いない。すなわち、素戔嗚尊がその抱く叛意を強調する「従レ母」によって伊奘冉尊に結びつこうとしたと同じかたちをとって、天照大神はその言葉によって伊奘諾尊に結びつく。この「幽」「顕」それぞれの結びつきを、次に対比して示す。

（幽）伊奘冉尊「吾当下縊二汝殺所レ治国民一、日将中千頭上」――→素戔嗚尊「吾欲レ従二母於根国一」――――死

（顕）伊奘諾尊「吾則当三産日将二千五百頭一」――→天照大神「是物者、則顕見蒼生可二食而活一之也」――――生

天照大神のこの言葉をめぐって展開する〔書十一〕の後段についていえば、あくまで「顕見蒼生可二食而活一」という目的にもかなう農事に関連した基盤を天上に整え、それが成果を挙げていることをつたえる。伊奘諾尊が誕

生させた葦原中国の民衆を活かす準備が順調に進んでいることを通して、天照大神が伊奘諾尊をひき継いでその地歩を固めたことを示唆する。〔書六〕を基に、その「幽」の世界の展開を踏まえながら、これと対立する「顕」の世界の展開のなかで、天照大神の地位・立場を高め、権威づけをはかっている。

ところで、この〔書十一〕が展開する「顕」の世界は、もはや「尊卑先後之序」を一義的には原理などとしない。天照大神は「尊」子に当るにしても、〔本伝〕がつたえるような放棄される蛭児や放逐される素戔嗚尊といった「卑」子がいるわけではない。素戔嗚尊も、この〔書十一〕では、統治領域を〔書六〕とは異にする。伊奘諾尊の「勅任」した「可㆑以御㆓滄海之原㆒」じたい、〔書六〕に月読尊が受けたとする「勅任」の「可㆑以治㆓滄海原潮之八百重㆒也」に通じる上に、その月読尊と同じく「勅任」後の所伝をもたない。そしてこの素戔嗚尊とあたかも入れ替わるかのように、月夜見尊が「勅任」を受け、保食神殺しの暴虐をはたらいた結果、天照大神によって夜に隔離される。その隔離は、当然、伊奘諾尊による素戔嗚尊の放逐に重なる。それは、天照大神が伊奘諾尊をひき継ぐ立場にたつという関係の上では、構造的なもの、具体的には次のように構造そのものが一致する。

〔書六〕　〈伊奘諾尊〉　　　　　　〈素戔嗚尊〉
1、天下統治の勅任 ——→ 違勅（啼泣・従㆑母）
2、憎悪・放逐 ←——
　　　　　　　——→ 根国就き

〔書十一〕　〈天照大神〉　　　　　〈月夜見尊〉
1、保食神との会見の勅命 ——→ 違勅（保食神殺害）
2、激怒・隔離 ←——
　　　　　　　——→ 夜居住

もともと「月夜見尊者、可㆔以配㆑日而知㆓天事㆒也。」という「勅任」を受けた時点では「尊」子だった月夜見尊が、過誤を犯して「卑」子に転落したのではなく、伊奘諾尊の「勅任」によって「顕」の世界に君臨する地位に就いた天照大神がその支配を葦原中国に及ぼす過程で月夜見尊を排除したということ、すなわちそうして唯一絶対の支配者としての地位を確立することと、伊奘諾尊の後継として葦原中国の民衆の生活に必須な農事関連の諸整備に着手したということ、すなわちいわば農の祖神としての地位を確立することを継起的につたえたものとみるべきであろう。この前、後段を通して、天照大神みずから高天原に君臨する絶対的支配者、農及び食の始祖として葦原中国にまで及ぶ支配の一元的体制を成りたたせている。「尊卑先後之序」のように原理として存在するすべてにはたらき及ぶものではなく、天照大神を中心とした一元的・集権的な統治がそれに代ったということである。この天照大神の統治をめぐって、あるいはそれに関連して、次につづく第六段以降の所伝が展開する。

神代上　第六段

一、第五段との関連をめぐる先行説批判

ただし、第六段が第五段をひき継ぐそのありかたは、決して単純でも明快でもない。ひき継いでいることじたいは、第六段〈本伝〉の冒頭に「於レ是」を置き、これが同じ〈本伝〉に「於レ是、天照大神乃索二取素戔嗚尊十握剣一」という先行一節を承ける例と同じように、先行する第五段の一節を前提とした表現だから、疑問をさし挟む余地などあり得ない。問題は、どこを、どうひき継いでいるのかその内実である。

従来は、ひき継ぎとは逆に、〈本伝〉をめぐる第五段と第六段との違い、あるいは断絶のほうに多く論が集まる。古く本居宣長が「はじめをはりとほざる事ども」の例に「まず天照大御神の大御名、はじめには、ただ号二大日孁貴一とのみしるして、亦名天照大神などいふこともなきに、次の段よりは、天照大神と記されたるは、これ初と後と違ひたり」（「書紀の本書一書の事」『玉勝間』九の巻）と言及しているが、極め付きが北川和秀氏の所説「古事記上巻と日本書紀神代巻との関係」（『文学』四八―五、一九八〇年五月）である。北川説は①天照大神と日神といった「固有名詞の表記」、②蛭児はいつ生まれたか、三貴子は誰が生んだか、熯速日はいつ生まれたかなど三ケ条の「話の内容」、③神の誕生を述べる場合に「生児号――」「化為神号曰――」などの『号』を含む表現法」をとるか否か、この①～③をもとに神代紀を二つの系列に区分する。その結論のうち、ここに取り扱って

いる問題に直接かかわる部分を次に抜き出してみる。

日本書紀神代巻は、当時存在したⓐ系ⓑ系の写本群を広く集め、それぞれの文献を段に分かち、その中から適当と思われるものを段毎に正文と定め、他を一書と定める、という形で成立したものであろう。（145頁）

区分論を無批判に成立論につなげて導いた結論であるから、検証もなにもないが、区分それじたい、たとえば②に「固有名詞の表記による二系列と話の内容による二系列との対応」とはいっても、「蛭児はいつ生まれたか」に関して、第五段〔本伝〕〔書二〕は「日月のあと」だからⓑ日神系に区分できたとして、第四段〔書一〕〔書十〕を、そこに「国生みの時」につたえていることを根拠にⓐ天照系に区分（129頁）することが妥当であろうか。第四段では、そもそも日神も天照大神もまだ誕生していない。この不審は、他の①〜③に挙げるどの項目にも該当する用例をもたない〔本伝〕や一書についても同様である。そこには、区分すべき指標（項目）が一切ない。それらを含め、神代紀全体を二つの系列に区分することじたい、合理的な根拠を欠く以上、恣意的という批判を免れ難い。まして、それをただちに成立に短絡させて導いた結論が、はたして説得力をもつだろうか。

北川説につきまとうこうした疑義は、早い段階ですでに指摘されている。たとえば「二系列の分類には、かなり微妙な問題もあり、『一書』間の接続についても厳密さを欠いているので、この見通しをより確かなものにするためには、一層の精査が要請されるところであろう。」という三宅和朗氏の指摘（「第二　神代紀の基礎的考察」の注（42）。『記紀神話の成立』昭和五十九年三月。吉川弘文館）がある。もっとも、これは北川説批判ではない。その説を踏まえていっそう深く掘り下げる必要を説いた上で、詳細な論を展開する。先行研究に目配りしながら所伝の内容に分析を加え、その結果を「天岩戸神話の諸「異」は、『記』、『紀』本文、第一の一書の本文系統と、第二・第三の一書の第二の一書系統に大別可能である。」（同書102頁）以下六項目にまとめている。伝承の成立時期にまで言及するが、論拠には乏しい。それでも、北川説じたいは梅沢伊勢三氏『記紀批判』の結論と一致するものとして「みごとな分析で、梅沢説が一段と進められたことを、生涯を記紀問題にかけた梅沢のためにも、よろこびたい。」と『日本書紀史注』（巻第一。306頁）が称賛するまでに揺ぎない地位を確立するにいたる。

今日では、松本直樹氏「神代紀の構造—主文と一書が作る神代—」（『国語と国文学』八七—一一、平成二十二年十一月特集号）が、あたかもそれを自明の前提とするかのように「第五段主文はいわゆる日神系の伝承であり、次の第六段以降の主文は天照系となり」（136頁）と述べ、注に北川説を引用する。このほか、「蛭児」をめぐっては、それを「日子《ひるこ》」（太陽神）と解釈して「大日孁貴の日神的性格を〈ヒルコ（日子）流し〉により薄めることにより、天照大神への変質をスムーズにしたとよめるのではないか。」と指摘する青木周平氏の説（「第四〈研究史〉篇、第五章『日本書紀』一書論—本書から見た場合—」『古事記研究』606頁。一九九四年十二月。おうふう）がある。青木説は、第五段から第六段へ移行するなかに「日神から天照大神へという主役の交替」を読みとる。

二、素戔鳴尊の実態、その第五段〔書六〕からのひき継ぎ

先行説はとりどりに傾聴に値するけれども、実証の裏付けを欠く。内容を委細にみれば、〔本伝〕どおし第五段から第六段へ不可分の相関のもとに展開する実態は明白である。ここにその一端を採りあげてみるに、第六段〔本伝〕冒頭の、さきに言及したとおり第五段を端的に承ける「於レ是」のあと「素戔鳴尊請曰、吾今奉レ教、将レ就二根国一。」という「今」は、この一節が、後に素戔鳴尊が天照大神に弁明したなかに「父母已有二厳勅一、将三永就二乎根国一。」という一節と対応することは明らかだから、第五段〔本伝〕の最後に「故其父母二神勅二素戔鳴

尊一、汝甚無道、不レ可三以君二臨宇宙一。固当三遠適二之於根国一矣。遂逐之。」という父母の勅によって放逐先の根国へ向け旅立つ間際を指す。この一節を踏まえる以上、「於レ是」に加え、「今」もまた第五段を内容上確実に承けることを端的にあらわす徴証として挙げることができる。

またもう一つ素戔嗚尊に関して例を挙げてみるに、素戔嗚尊が永別する天照大神に暇乞いのため昇天した際を、第六段は「昇レ天之時、溟渤以レ之鼓盪、山岳為レ之鳴呴。」とつたえ、直後にわざわざ「此則神性雄健使二之然一也」と解説めいた一節をつけ加える。昇天に際して、それこそ山海鳴動する異変が発生するが、「神性」をその原因とし、他方またそれが邪悪などの意図によるものではないことも暗示する。この「神性」の惹き起こした異変には、第五段の次の例が対応する。

○　此神（素戔嗚尊）有二勇悍以安忍一。且常以二哭泣一為レ行。故令二国内人民多以夭折一、復使二青山変レ枯。
〔本伝〕

○　素戔嗚尊、是性好二残害一。故令三下治二根国一。〔書一〕

○　此神性悪、常好二哭恚一。国民多レ死、青山為レ枯。〔書二〕

両一書が「性」と明記するとおり、〔本伝〕の傍線部もまた素戔嗚尊の「神性」をあらわすであろう。第六段〔本伝〕がつたえる異変は、この「神性」をひき継いだものにほかならない。

第六段が第五段をひき継ぐ上では、この「神性」を解説的に付け加えているように、それと明らかに展開をたどり得るよう表現には細心だったに違いない。それだけに、天照大神のかかわる記述が、素戔嗚尊関連の記述から一転して、第五段〔本伝〕とのかかわりにおいて分明さを欠く事実は改めて注目に値する。その記述を、まずは次に示す。

天照大神素知二其神暴悪一、至レ聞二来詣之状一、乃勃然而驚曰「吾弟之来、豈以二善意一乎。謂当レ有二奪レ国之志一歟。夫父母既任二諸子一、各有二其境一。如何棄二置当レ就之国一而敢窺二窬此処一乎。

分明を欠く第一の点は、事前に「欲下暫向二高天原一与レ姉相見而後永退上矣」と請願して伊奘諾尊から「勅許」を得た素戔嗚尊に対して、天照大神が「謂当レ有二奪レ国之志一歟」と疑うことである。もっとも、「勅許」については、天の下の動静を知らなかったからといえばそれまでだが、この重大な嫌疑はなにを根拠とするのか。その手懸りを表現に探ってみるに、

{ 素知二其神暴悪一
{ 至レ聞二来詣之状一
→ 勃然而驚 →
{ 吾弟之来、豈以二善意一乎。
{ 謂当レ有二奪レ国之志一歟。

「来詣之状」は、前述のとおり昇天時の山海鳴動する異変を指す。根拠にかかわりはしても、この異変じたい「神性」によるとわざわざ付言する以上、それだけで直接的な脅威とはなりえない。「其神暴悪」と結びついてはじめて「奪レ国之志」につながる。因果の関係の上で、天照大神の嫌疑を惹き起こす主因といえば、その「暴悪」のはずだが、それが具体的にどのような内容なのか、判然としない。第五段がつたえる「令二国内人民多以夭折一、復使二青山変レ枯」〔本伝〕、「国民多死、青山為レ枯」〔書二〕などは、「暴悪」の極印を押す理由や根拠等にはなりえても、その限りでは、ただちに「奪レ国之志」という具体的な意図や犯意を形成するとは、やはり考えがたい。

　分明を欠くという以上に、不審を抱かせる例が「夫父母既任二諸子一、各有二其境一。」である。第五段の〔本伝〕のなかでは、この「諸子」に当たるものとして、日神、月神に疑問の余地はないが、放逐という処分を受けた素戔嗚尊までその中に入るのか、疑いを禁じえない。蛭児にいたっては、ただ放棄されたというだけの記述のどこ

にも、「任」に伴う「其境」を見出すことができない。それとも、「諸子」に蛭児は含まないとみるべきなのか。いずれにせよ、不審というほかないが、翻って目を同じ第五段の〔書六〕に転じてみると、そこに表現にいたるまで合致する次の一節がある。

已而伊奘諾尊勅二任三子一曰「天照大神者可三以治二高天原一也。月読尊者可三以治二滄海原潮之八百重一也。素戔嗚尊者可三以治二天下一也。」

この「勅二任三子一」が「任二諸子一」に、天照大神の高天原統治をはじめとする三子の各分担領域の統治が「各有二其境一」にそれぞれ相当することは、一見して明らかである。それだけ、内容の上でも緊密なつながりをもつ。違いは、天照大神の主張をつたえる前掲一節が主語を父母とする一方、右に引用した〔書六〕のなかでは主語を伊奘諾尊とするこの一点に尽きる。相違を捨象すれば、両者はほぼ完璧に重なる。すなわち、不審を抱かせるかの一節は、第五段〔書六〕をひき継いでいる。前に挙げたあれこれの不明や不審につながる問題のもとを質せば、第六段が第五段をひき継ぐなかに、〔本伝〕間のひき継ぎを基調としてはいても、そこに〔書六〕を交えていたというこの事実に行き当たる。

その事実のもつ意味は、なかなかに重い。しかもくだんの一節が素戔嗚尊に対する天照大神の嫌疑をめぐって展開していることにかんがみ、そこに焦点を当て改めてその内容を振りかえってみるに、「既任二諸子一、各有二其境一。」という対句を基調とした表現により、「子」がそれぞれ任地の「境」を所有していることをいう。第五段〔書六〕では、それぞれ天照大神が「高天原」を、素戔嗚尊が「天下」を任地とする。この前提の上に、天照大神の問題とするのが「如何棄二置当レ就之国一而敢窺二窬此処一乎」である。この天照大神の糾弾は、「而」を介して「棄二置当レ就之国一」と「敢窺二窬此処一」とを結びつけているが、一つの事態の表裏をそれぞれ指す。これには、前述のとおり第五段〔書六〕が素戔嗚尊の「謀叛」をつたえる「不㆑治㆓天下㆒、（対曰）吾欲㆑従㆓母於根国㆒。」という一節が対応する。念のため、次に両者をつき合わせてみる。

不㆑治㆓天下㆒、（対曰）吾欲㆑従㆓母於根国㆒（第五段〔書六〕）
棄㆓置当㆑就之国㆒而敢窺㆓窬此処㆒（第六段〔本伝〕）

前者の「不㆑治㆓天下㆒」と「（対曰）吾欲㆑従㆓母於根国㆒」とは、実質的に表裏の関係にある。素戔嗚尊みずから「吾欲㆑従㆓母於根国㆒」というように「謀叛」を明らかにしている。後者のなかでは、素戔嗚尊を糾弾する「窺㆓窬此処㆒」がそれに当たる。

さて、問題は「謀叛」と対応するその内容だが、くだんの一節の直前に「有㆓奪㆑国之志㆒」というなかの「奪㆑国」に、その「窺㆓窬此処㆒」は対応する。関係上はそうして明らかな反面、「窺窬」というこの語の特質には、従来ほとんど関心を寄せることがない。そもそも、日本書紀に他に例がなく、それだけ特異なこの語を使う上には、相応の必要や理由があったに相違ない。古く『書紀集解』（二、82頁。臨川書店）が注に挙げる『文選』の次の例は、その点はなはだ示唆に富む。

王倹褚淵碑文曰「桂陽失㆑圖、窺㆓窬神器㆒」。善曰「劉琨勧進表曰『狄寇窺窬』左氏伝、師服曰『民服㆓其上㆒、下無㆓窺窬㆒』杜預曰『下不㆑冀㆓望上位㆒也』」（中略）向曰「窺窬、謂㆑欲㆑有㆓簒逆之心㆒也」

注じたい明確とはいえず、注釈類もほとんどが無視するなかで、新編日本古典文学全集の頭注は恐らく稀な例外だが、「王仲宝『褚淵碑文』の『窺窬神器』の李善注に、下の者が上位を『冀望《きぼう》』する意とする」と説く。しかし「下の者」以下の言辞は、『書紀集解』が引くとおり、杜預の注の「下不㆑冀㆓望上位㆒也」から「不」を除けばそうなっても、李善注にはない。まして説明に「ウカカフは清音。『窺』も『窬』も、すきをうかがう意。」といった語釈をまず挙げるにいたっては、当該頭注の最後に示す『書紀集解』の右に引用した一節の末尾の訓読文「簒逆《さんぎゃく》ノ心有ラムト欲スルヲ謂フ也」とその説明がどう関連するのか、理解に苦しむ。

その六臣注は「窺窬、謂レ欲レ有二簒逆之心一也」のあと、「神器、帝位也」と注する。素戔嗚尊に対して天照大神の懐く嫌疑の「謂レ欲レ有レ奪二国之志一也」は、まさにこの熟語「窺窬」の内実に外ならない。『文選』「褚淵碑文」でも、「桂陽失レ圖、窺二窬神器一」とは、李善注が引く「沈約宋書」のなかに「遂挙レ兵反」という桂陽王休範による天子の位をねらった「反」をあらわす。この「反」に関連して、唐律（故唐律疏議巻第十七「賊盗」248）の疏議に「謀反」を説明した次の一節がある。

（人君者、与二天地一合レ徳、与二日月一斉レ明、上祇二宝命一、下臨二率土一）而有二狡竪凶徒一、謀レ危二社稷一。始興二狂計一、其事未レ行。将而必誅、即同二真反一。

謀反を「同二真反一」とする。これについて、『譯註日本律令七』（唐律疏議譯註篇三、律令研究会編。62頁。昭和六二年六月。東京堂出版）の注に「謀反は、反を謀る——予備・陰謀——だけで極刑に問われ、実行の着手があった（真反）か否かは問題とされない。」と説く。しかも右の一節の直後には、「名例『称レ謀者、二人以上。若事已彰明、雖二一人一、同二二人之法一』。」と「名例」（故唐律疏議巻第六。55）の律本文とその注文とを挙げる。謀反と同様に『譯註日本律令五』（唐律疏議譯註篇一。330頁）の解説を参照すれば、「謀」について原則として二人以上の謀議を要件とすると指摘した上で「ただし、犯行の意図・動機が明らかであり、かつ客観的に犯行への着手と認められる行動があったときは、一人であっても『謀』と認めることを妨げない。」と説く。

この解説は、「名例」律の注文の疏議にそくして、それぞれ「有レ人持二刀仗一入二他家一」を「客観的に犯行への着手と認められる行動があったとき」、また「勘有二仇嫌一」を「犯行の意図・動機が明らかであり」の具体例に挙げる。この具体例の示す着手と認められる行動と意図・動機を、犯罪の構成要件とする点が重要である。素戔嗚尊に対する嫌疑についても、この疏議が挙げる二つの例示に通じる根拠に基づく。念のため、改めて天照大神のその嫌疑をあらわす一節を次に示す。

天照大神素知二(A)其神暴悪一、至レ聞二(B)来詣之状一、乃勃然而驚曰「吾弟之来、豈以二善意一乎。謂当レ有二奪レ国之志一歟。」

この（B）は、前述の通り神性の発現ながら、「昇レ天之時、溟渤以レ之鼓盪、山岳為レ之鳴呴。」という山海鳴動の勢いをもって昇天する行動が、それの向かう相手に脅威にならないはずはない。対応上、疏議の「刀仗を持って他人の家に押し入る」がまさにそれに当たる。一方、（A）はただ「暴悪」というに過ぎない。具体的内容は不明というほかなく、第五段のなかでは、〔本伝〕の「此神有二勇悍以安忍一。且常以二哭泣一為レ行。故令二国内人民多以夭折一、復使二青山変レ枯。」がそれにあてはまるとはいえ、特に「向二高天原一」と明示し、なおかつ天照大神じしんの懐く嫌疑という点では、より直接的に〔書六〕の伊奘諾尊の「勅任」、とりわけ「天照大神者、可三以治二高天原一。」という処遇に素戔嗚尊が恚恨（いかり・うらみ）をもち、それが「吾欲レ従二母於根国一」という謀叛につながったという展開に重ね、（A）の「暴悪」に、天照大神がみずからに向かう凶行を感知していたとみるべきであろう。この「暴悪」が、疏議の例示する「勘有二仇嫌一」にあたる。

　こうして（A）（B）は、唐律の規定に照らして謀反を疑わせるに足る徴証としての要件を備える。この事実は、逆に、素戔嗚尊の謀反を天照大神が疑うに足る徴証を所伝の展開に組み込んでいたことを示唆する。そして天照大神がみずからを対象とした謀反を疑うことじたい、唐律が「謀反」（故唐律疏議巻第一「名例」の6十悪）の疏議に「王者居二宸極之至尊一、奉二上天之宝命一、同二二儀之覆載一、作二兆庶之父母一。」という「王者」に天照大神を擬することに通じる。謀反じたいにそくしていえば、さきに参照した『譯註日本律令五』がそれについて次の「註記」（34頁）を付す。

　現在の皇帝の廃位・殺害を直接目指しないしは窮極的にそれに連なる性質の暴力の行使——現王朝そのものの顚覆を意図する場合もありそうでない場合もあり得る——それが「反」であり、その予備・陰謀が「謀反」である。

皇帝の廃位・殺害、あるいは王朝の顚覆などは、もとより皇帝や王朝の存在を前提とするはずだから、謀反の嫌疑であれ、天照大神を王者とする王朝、いわば天照大神の統治する体制が高天原に確立していたことをそれはものがたる。この統治者の自覚が、天照大神に「謂当レ有二奪レ国之志一歟」と疑わせ、さらに素戔嗚尊を問い詰めるなかにあえて「窺窬」といった表現を採らせたことになる。

三、素戔嗚尊と天照大神の対立、そして誓約へ、〔本伝〕

第六段の〔本伝〕がことさら第五段の〔書六〕を拠りどころとした実態とそのねらいとは、かくて天照大神を統治者として位置づけることにかかわる。しかし、翻って所伝の展開にそくしていえば、それはあくまで天照大神がみずから嫌疑をいだくそもそもの根拠を明示したものでしかない。その点を含め、第六段〔本伝〕が総体としてひき継ぐ基本は、やはり第五段の〔本伝〕にほかならない。天照大神が根拠とする「父母既任二諸子一」の「父母」が、そのことを端的に裏付ける。だからひき継ぎは一見して幅湊しているとはいえ、所伝の基本となる筋立てに矛盾や齟齬をきたすことなく、それこそ巧妙に、天照大神の嫌疑に第五段〔書六〕を取り込んでいる。

行論の便宜上、ここで改めてその実態を確認しておく。各項とも↓以下がそれに当たる。

（一）勅任

伊奘諾尊勅二任三子一曰、天照大神者可三以治二高天原一也。（月読尊略）素戔嗚尊者可三以治二天下一也。（第五段〔書六〕）↔其父母二神勅二素戔嗚尊一、汝甚無道。（同〔本伝〕）

↓父母既任二諸子一、各有二其境一。（第六段〔本伝〕）

（二）背任（素戔嗚尊）／放逐（伊奘諾尊〔書六〕、父母〔本伝〕）

不レ治二天下一。常以啼泣恚恨。／可三以任レ情行一矣。乃逐之。（第五段〔書六〕）↔常以二哭泣一為レ行。／固当三遠適二之於根国一矣。遂逐之。（同〔本伝〕）

↓棄二置当レ就之国一。（第六段〔本伝〕）

（三）素戔嗚尊に対する嫌疑

吾欲レ従二母於根国一、只為泣耳。（第五段〔書六〕）――謀叛

↓謂当レ有二奪レ国之志一歟、敢窺二窬此処一乎（第六段〔本伝〕）――謀反

（一）の「勅任」が発端であると同時に、以下の展開すべてを規制する。それに背くことなど絶対にあるまじきことだから、（二）がただちに（三）に結びつくばかりでなく、（二）と（三）は表裏をなす。

しかし、一方では、前述のとおり素戔嗚尊にも言い分がある。それに、素戔嗚尊は根拠を挙げている。第六段〔本伝〕のその該当する一節を、改めて次に示す。

（1）伊奘諾尊への請願

吾今奉レ教、将レ就二根国一。故欲下暫向二高天原一、与レ姉相見而後永退上矣。

（2）天照大神への弁明

但父母已有二厳勅一、将三永就二乎根国一。如不三与レ姉相見一、吾何能敢去。是以跋二渉雲霧一、遠自来参。

傍線部は、内容上たがいに対応する。そして（1）が天照大神に暇乞いするため暫時高天原に立ち寄ることを請願したもの、これに伊奘諾尊の「勅許之」を受ける。（2）の傍線部にいう「厳勅」も、もともと「汝甚無道。不レ可三以君二臨宇宙一。固当三遠適二之於根国一矣。」（第五段〔本伝〕）という放逐を命じたまさに厳しい内容だったが、それに「将三永就二乎根国一」を続けることにより、放逐に至った経緯やその事実などの一切が退き、だから、あたかもその根国就きだけを厳格に命じたものであるかのような意味あいを帯びる。この「厳勅」を受けた根国就きであるとした上で、それに「永」を付加して永訣を示唆し、それゆえ最後の暇乞いのため一見がなんとしても欠かせないとその強い意向を訴える。「跋二渉雲霧一」も、その意向と無縁ではない。

こうして（1）の請願に「勅許」を得て、（2）には肉親の情に発する惜別の止むに止まれぬ願いを強調する以上、素戔嗚尊にとって、武装して出迎えた「阿姉翻起二厳顔一」は、文字通り「不意」というほかなく、それをまさに本心として所伝の展開をはかっていることも疑いを容れない。かたや天照大神にとっても、前掲（一）の「勅任」にみずからの主張の根拠をいう「父母既任二諸子一、各有二其境一。」は現に今ある地位・身分に照らして真実以外のなにものでもなく、これまた所伝がそのかたちを演出している。このいわば食い違いは、両者の意見の対立を構成してはいるが、素性を洗えば、対立する意見のそれぞれが依拠する所伝の違いに根ざす。しかも所伝じたい、素戔嗚尊が依拠する第五段〔本伝〕を基調としてひき継ぐなかに、天照大神が依拠する同段〔書六〕を取り込んでいるというこの関係にそくしていえば、第五段〔本伝〕の「日神」から、同段〔書六〕の天照大神へ、第六段〔本伝〕が主役を交替させたことに、さながら名に実が伴うごとく、この食い違いが付随する。第五段から第六段へ展開するこの所伝の流れを仮りに図解して示せば、次のようにまとめることができる。

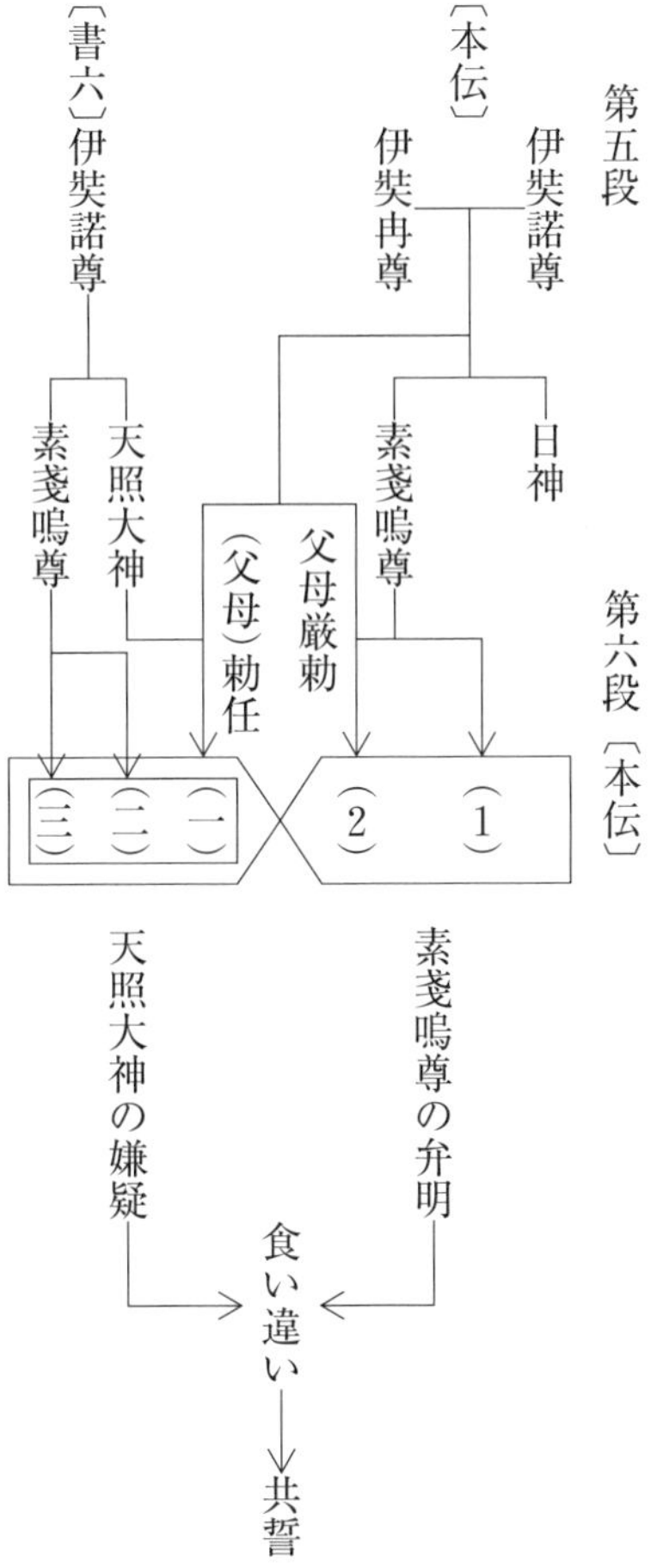

右の図解のうち、「父母厳勅」は、さきに挙げた素戔嗚尊の（1）「伊奘諾尊への請願」中の傍線部の「教」や（2）「天照大神への弁明」中の傍線部の「厳勅」などの、伊奘諾尊・伊奘冉尊が素戔嗚尊を根国へ放逐した勅命を指す。これに対して「(父母)勅任」は、「父母」にカッコを付す。天照大神の嫌疑をめぐる（一）「勅任」中の傍線部「父母既任二諸子一」が、同じ傍線部の第五段〔書六〕の「伊奘諾尊勅二任三子一」を踏まえながら、その「伊奘諾尊」に代えて「父母」を主語に立てて成りたつことを表示する。この「(父母)勅任」によって、（一）～（三）の全てにそれが及び、かつ連なり第五段〔本伝〕に繋がる。天照大神の嫌疑もまた伊奘諾尊・伊奘冉尊を後ろ楯としていることを、図解は如実に示す。天照大神が伊奘諾尊・伊奘冉尊を後ろ楯とすることじたい、素戔嗚尊に対抗する上に必要だったという以上に、伊奘諾尊・伊奘冉尊を父母とする関係に天照大神を位置づける必

要がそのかたちをとらせたに違いない。(一)~(三)の嫌疑を父母の後ろ楯につなげることを通して、日神から、高天原を統治する天照大神への主役の交替を導く。この交替には、日神の体現する「尊卑先後之序」を一義的に原理とする体制から、前節に指摘した天照大神を中心とする高天原の一元的支配の体制への移行がおのずから伴う。

天照大神は、かくて唯一絶対の統治者の地位に立つ。素戔嗚尊に対しても、尊卑に伴う君臣の関係にもとづきながら、端的にはこの統治者・支配者の立場をもって応対する。素戔嗚尊もまた、その立場にそくした対応に出てもいる。たとえば素戔嗚尊が天照大神の「詰問」に対えたなかに、みずからの潔白を主張した「吾元無二黒心一」という例がある。これが、天照大神の「謂当レ有二奪レ国之志一歟」という嫌疑に対応する。

この潔白の主張と嫌疑との対応に構造上あい通じる例を、応神天皇九年四月条の武内宿禰をめぐる所伝がつたえている。その所伝の要点をかいつまんでいえば、宿禰に天下取りの野望があると、弟の甘美内宿禰が天皇に讒言する。この甘美内宿禰と、「弁レ無レ罪」という兄の宿禰の二人に天皇が「推問」すると、「二人各堅執而争之、是非難レ決。」、このため「勅之、令下請二神祇一探湯上。」という天皇の勅に従い探湯した結果、宿禰が勝つという内容だが、讒言とこれを否定する宿禰の弁明とが次のように対応する。

武内宿禰常有下望二天下一之情上(讒言)←→吾元無二弐心一(弁明)

天照大神の嫌疑と素戔嗚尊の弁明との対応が、次のようにこれに重なる。

謂当レ有二奪レ国之志一(嫌疑)←→吾元無二黒心一(弁明)

讒言と嫌疑とはもちろん同一視できないが、讒言にしても、これを天皇が真に受け「遣レ使以令レ殺二武内宿禰一」という段階では、天皇の意志に転換する。この直後、武内宿禰が歎いた言葉に「吾元無二弐心一、以レ忠事レ君。今何禍矣、無レ罪而死耶。」というなかの「吾元無二弐心一」が右掲のとおり讒言と対応するが、それの具体的行為が「以レ忠事レ君」である。たがいに通じる以上、素戔嗚尊の弁明を具体的行為としてあらわせば、この「以レ忠事レ君」に通じるかたちをとるであろう。

天照大神と素戔嗚尊とは、姉と弟ではあっても、実質は君臣相当の関係にある。この天照大神に「将何以明二爾之赤心一也」と迫まられた素戔嗚尊にすれば、これに応じるほかない。しかし「赤心」を証明するためだけならば、なにも「請与レ姉共誓」などとわざわざ天照大神に要請するまでもない。げんに、夫にかけられた密通の疑いを晴らすべく同様に「誓」を行なう鹿葦津姫（第九段〔本伝〕、神吾田鹿葦津姫〔書二〕、豊吾田津姫〔書六〕）は、みずから一人でそれを行なっている。この鹿葦津姫の「誓」をもって一般化することには慎重でなければならないが、少くともその「誓」のありかたに不自然さはない。それだけに、ただ潔白を証明するだけではない、共に「誓」を行なうことじたいに素戔嗚尊がなにか意図していたとみるのが筋である。素戔嗚尊じしんは、天照大神のもとに暇乞いのため立ち寄ることに伊奘諾尊の「勅許」を得ている。つまりは潔白の確信がある。共に「誓」を行なうことの意図とはなにか。

この推測をたすける手懸りが、前にも参照した武内宿禰をめぐる所伝である。弟の甘美内宿禰が兄の武内宿禰を讒言し、この兄弟をめぐる「二人各堅執而争之、是非難レ決。」という事態打開のため天皇が「勅之、令下請二神祇一探湯上。」、二人は「共出二于磯城川湄一、為二探湯一。」というように讒言した者とされた者との隔てなく「探湯」に臨む。「是非難レ決」である以上、当然といえば当然であろうが、この「探湯」が讒言の虚偽を暴き出すことになる。素戔嗚尊が潔白を確信している以上、天照大神の嫌疑は、まさに「不レ意、阿姉翻起二厳顔一。」という不意を突かれた言葉どおり、唐突かつ不当なものに映り、ひいては敵愾心させ感じさせるであろう。嫌疑のこうした不当や問題を明らかにする上には、「探湯」と不可分の関係を本来的に内在させている「誓」こそ恰好の手立てだったに違いない。素戔嗚尊のねらいが、この「誓」を共にすることによって、みずからの潔白を証明することの裏に、天照大神の嫌疑に反駁を加えようとする意図を含むものであったことは疑いを容れない。

素戔嗚尊の要請した「誓」のその内容は、「請与レ姉共誓。夫誓約之中、必当レ生レ子。」という姉をまき込むものであり、実行するに当って、条件を「如吾所レ生、是女者、則可二以為レ有二濁心一。若是男者、則可二以為レ有二清心一。」と設定する。この条件が、右に言及した反駁の意図にかかわる。すなわち生む子をめぐる女を濁心、男を清心とする対応は、先行する第四段の国生みに際して伊奘冉尊の先唱を「吾是男子、理当二先唱一。如何婦人反先レ言乎。事既不祥。」（本伝）と咎めた伊奘諾尊の言葉に内容上あい通じる。しかしより具体的に、その先唱によって蛭子を生んで流棄し、また淡洲を生んでも子として認知しなかったという〔書一〕の内容に強く結びつく。女の先唱がこのいわば悪子の誕生を結果した関係は、素戔嗚尊の提案したさきの生む子をめぐる対応にほとんど重なる。次にそれをつき合わせて示す。

第四段〔書一〕｛女の先唱→不祥（悪子、蛭子等の誕生）
　　　　　　　　男の先唱→祥（善子、八洲の誕生）

第六段〔本伝〕｛女子の誕生→濁心
　　　　　　　　男子の誕生→清心

前述のとおり第四段は、伊奘諾尊の咎めた言葉に明らかな「尊卑先後之序」を原理とし、伊奘諾尊・伊奘冉尊がこれを基に大日本豊秋津洲以下八洲を生む。くだんの素戔嗚尊の条件設定は、明らかにこれをひき継いでいる。当然、確かな勝算を素戔嗚尊は抱いていたことになる。しかしそれは、すでに天照大神の統治するもとでは、原理への固執ともいうべき素戔嗚尊の独善でしかない。天照大神は、この弟のたくらみを篤と承知の上で、争うことを周到に避ける対処に徹する。この直後に「於レ是、天照大神乃索二取素戔嗚尊十握剣一。」とつづくように、天照大神はただちに「誓」に着手する。それは、確かに素戔嗚尊の要請に応えてはいるが、あくまで「夫誓約之中、必当レ生レ子。」にそくした限りの対応でしかない。しかもこの先制着手により、みずからを「尊卑先後之序」の原理に照らして上位（臣に対する君）にまずもって明確に位置づける。また一方、素戔嗚尊のようには「誓」に伴う条件を設定していない。それにより、「誓」の結果からの自由を、天照大神は確保する。

天照大神の周到な対処は、それに限らない。極めつけが物根による子の処遇である。「誓」に着手する当初からその子生みの結果まで恐らくは見越して、みずからの髻や腕に纏く「五百箇御統」を素戔嗚尊に取らせ、それによって生んだ五男神を、「御統」を「物根」としてそれから誕生したと指摘した上で、天照大神は「悉是吾児」と認定し、かつ「乃取而子養焉」と処遇する。勿論、天上の高天原がその五男神の養育の場であろう。これとは対照的に、機先を制して素戔嗚尊の「十握剣」を取り天照大神の生んだ三女神は、「剣」からの誕生を指摘した上で「悉是爾《いまし》児」と認定し、かつ「便授二之素戔嗚尊一」と処置する。直後には、三女神について「此則筑紫胸肩君等所レ祭神是也」という地に降したことを示唆する記述を続けてもいる。これら五男神、三女神をめぐる、男を天上、女を地へそれぞれ振り分ける措置は、従前の「尊卑先後之序」と不可分であり、必然的に「誓」に際して素戔嗚尊が提案した子生みに拠りどころとした「尊卑先後之序」を逆手にとって、その「卑」を素戔嗚尊が根源なり本質なりとするという烙印を押すものでもあったはずである。素戔嗚尊にそれと気付かせることなく。

このため、素戔嗚尊は、ねらい通り、武内宿禰の所伝が「探湯」の結果とする「武内宿禰勝之」になぞらえて仮りに表せば、勝ちを得たという確信をもち続ける。素戔嗚尊が勝ったと思い込む以上、これも武内宿禰の所伝を参照すれば、「武内宿禰勝之」のあと「便執二横刀一以殴二仆甘美内宿禰一、遂欲レ殺矣。天皇勅之令レ釈、仍賜二紀直等之祖一也。」というように讒言した甘美内宿禰に懲罰を加えるほどではないにせよ、天照大神の負けか、少くとも嫌疑の不当が暴き出されるはずであったろう。天照大神が前述のとおり機先を制して条件設定なく「誓」に着手したことが、結果的にこうした素戔嗚尊の目論見をうち砕く。もちろん、素戔嗚尊がそれを承服するはずはない。行動をいよいよエスカレートさせる。次に続く第七段が、天照大神の権威を否定する意図的な行動に出た素戔嗚尊を大きくつたえることになる。

四、素戔嗚尊の提案する誓約、〔本伝〕をひき継ぐ〔書二〕

ところで、第六段には、〔本伝〕とは別につごう三つの一書がある。各論に指摘したとおり、その中の〔書二〕が〔本伝〕と同じ系列に属する。これとは別に、「日神」を中心に所伝を成りたたせる〔書一〕〔書三〕がもう一つの系列をかたちづくっている。それらの検討に先立ち、前節につづいて〔本伝〕と同じ系列の〔書二〕について、ここで一通り目を通しておく。

〔本伝〕と共通する点は、各論（第四章813頁）に逐一列記しているので、ここではむしろ違い、とりわけ〔書二〕の個性に焦点を当てながら検討を進めるとして、その最も顕著な例が次に引く冒頭の一節である。

素戔嗚尊将レ昇レ天時、有二一神一、号二羽明玉一。此神奉レ迎而進以二瑞八坂瓊之曲玉一。故、素戔嗚尊持二其瓊玉一而到二之於天上一也。

この冒頭の表現を、〔本伝〕の「始素戔嗚尊昇レ天之時」に対応させていることは著しい。これを始めとして以下に続く一節でも、次のように対応を両者間にみることができる。

〔本伝〕(A)始素戔嗚尊昇レ天之時、(B)溟渤以レ之鼓盪、山岳為レ之鳴呴。此則神性雄健使二之然一也。(C)天照大神素知二其神暴悪一、（中略）発二稜威之嘖譲一而徑詰問焉。(D)素戔嗚尊対曰「（中略）如不二与レ姉相見一、吾何能敢去。是以、跋二渉雲霧一、遠自来参。（中略）」(E)于レ時、天照大神復問曰「若然者、将何以明二爾之赤心一也。」(F)対曰「請与レ姉共誓。夫誓約之中（以下略）」

〔書二〕(A)素戔嗚尊将レ昇レ天時、(B)（羽明玉をめぐる右掲一節略）。(C)是時、天照大神疑三弟有二悪心一、起レ兵詰問。(D)素戔嗚尊対曰「吾所二以来一者、実欲二与レ姉相見一、亦欲レ献二珍宝瑞八坂瓊之曲玉一耳。不二敢別有レ意也。」(E)時、天照大神復問曰「汝言虚実、将何以為レ験。」(F)対曰「請吾与レ姉共立二誓約一。誓約之間（以下略）」

傍線を付した（A）から（F）に至るあい通じる展開、とりわけ天照大神の（C）「詰問」以下、（D）「素戔嗚尊対曰」、（E）「于時、天照大神復問曰」、（F）「対曰」などにわたる問答関連の緊密な対応上も、〔書二〕が〔本伝〕をもとに成りたつことを示唆するが、その一方、〔本伝〕の右に引用した一節のどこにも、素戔嗚尊に根国への放逐を命じた伊奘諾尊・伊奘冉尊の「厳勅」や天照大神らに対する「任二諸子一」などの〔本伝〕を特徴づけた記述がない。それだけに、たとえ〔書二〕の（C）に「天照大神疑三弟有二悪心一」とつたえてはいても、その「悪心」が、〔本伝〕に「吾弟之来、豈以二善意一乎。謂当レ有二奪レ国之志一歟。」という謀反を内容とするのか、疑いを残す。当然、「敢窺二窬此処一乎」に対応する記述はない。

謀反との結びつきに代って、〔書二〕が個性とする記述こそ、前掲（B）に該当する羽明玉をめぐる一節にほかならない。素戔嗚尊の「昇天」に際して発生した事態という同じ（B）でも、〔本伝〕が「溟渤以レ之鼓盪、山岳為レ之鳴呴」を謀反の疑いを惹きおこす契機とするのに対して、後に素戔嗚尊みずから「実欲二与レ姉相見一」と並べて「亦欲レ献二珍宝瑞八坂瓊之曲玉一」と来意を説明することに繋がる曲玉の入手の経緯及びそれを持参した昇天をつたえるだけだから、直後につづく「是時」以下の（C）への繋がりには、いささか整合を欠くとみなさざるを得ない。（C）が〔本伝〕に通じることから、問題があるとすれば（B）に探るべきだが、さきに引用したその一節が「瑞八坂瓊之曲玉」をめぐって展開するばかりか、この曲玉をめぐっては、後に「誓約」に先立ち、天照大神が「以二吾所レ帯之剣一、今当レ奉レ汝。汝以二汝所レ持八坂瓊之曲玉一、可二以授一レ予矣。」と剣との交換を求めている。さらに「誓約」を実行するなかでは、この曲玉の「瓊端」「瓊中」「瓊尾」を天照大神が「切齒断」して、そこに三女神が化生する。「誓約」全体が、この曲玉をめぐって展開するといっても過言ではない。〔書二〕の所伝の成りたちの核心にかかわるだけに、この曲玉のもつ意味をまずは確かめる必要がある。

この曲玉を、後に素戔嗚尊が天照大神に来意を説明したなかに「珍宝瑞八坂瓊之曲玉」というように「珍宝」とする。「八坂瓊之曲玉」の限りでも、後に天照大神が葦原中国に天降る火瓊瓊杵尊に下賜した「八坂瓊曲玉及八咫鏡・草薙剣」の「三種宝物」（第九段〔書一〕）の筆頭に挙げるが、それに「瑞」が伴う。「珍宝」という表現は、この「瑞」に深くかかわる。さりながら、日本書紀がつたえる「瑞」の通例とは、必ずしも合致するものではない。通例は、一定のかたちをとる。

（一）　其鵄光曄煜、状如二流電一。由レ是、長髄彦軍卒、皆迷眩、不二復力戦一。（神武天皇即位前紀戊午年十二月）

（二）　天皇於レ茲執レ矛、祈之曰「必遇二其佳人一、道路見レ瑞。」比レ至二行宮一、大亀出二河中一。天皇挙レ矛刺レ亀、忽化為レ石。（垂仁天皇三十四年三月）

（三）　初天皇生日、木菟入二于産殿一。明旦、誉田天皇喚二大臣武内宿禰一語之曰「是何瑞也。」大臣対言「吉

祥也。復当二昨日臣妻産時一、鷦鷯入二于産屋一。是亦異焉。」（仁徳天皇元年正月）

神武天皇の皇軍が長髄彦を相手に苦戦するなかに「金色霊鵄」が飛来し救援したことを、（一）は「鵄瑞」という。これになぞらえれば、（二）が「大亀瑞」、（三）が「木菟瑞」と「鷦鷯瑞」などという表現を当てることができるように、どれも動物の出現を霊異なあらわれとする。（三）では、二羽の鳥の出現を「並有レ瑞。是天之表焉」というように天意のあらわれとみなす。

こうした霊異のあらわれとは、くだんの曲玉に伴う「瑞」は無縁である。しかしその一方、「瑞」の霊異なあらわれを表すというその意味から逸脱することも、これまたありえない。実は、玉が「瑞」を伴うもう一つ別の例がある。大己貴神の国譲りをつたえる第九段〔書二〕の次の傍線を付した例であり、とりわけその表現は注目に値する。

於レ是、大己貴神報曰「天神勅教、慇懃如レ此。敢不レ従レ命乎。吾所レ治顕露事者、皇孫当レ治。吾将退治二幽事一。（中略）吾将二自レ此避去一。」即躬被二瑞之八坂瓊一而長隠者矣。

曲玉ではないが、類例とみなして大過ないであろう。「天神勅教」とは、これ以前に高皇産霊尊が大己貴神に提示した事細かな条件を指し、そのなかに「汝則可三以治二神事一。又汝応レ住天日隅宮者、今当二供造一。」「又当レ主三汝祭祀一者、天穂日命是也。」などと大己貴神の「治二神事一」や「祭祀」に言及してもいる。これらが、右の一節の「退治二幽事一」に当たる。そしてそれに伴い「避去」「躬被二瑞之八坂瓊一而長隠」というように展開する。大己貴神が幽隠の世界に退き、そこで「治二神事一」「治二幽事一」に加え「祭祀」を受ける上に、その神に相応しい呪具として「瑞之八坂瓊」を身に着けたとみなすのが自然である。霊異なあらわれを表す「瑞」は、そうした呪具を修飾する格恰の表現だったに違いない。

この「瑞之八坂瓊」に、問題とする曲玉は明らかに通じる。「瑞」の通例とは違うあらわれや表現はもとより、大己貴神が幽隠の世界に退く際に身に着けていたということじたい、「素戔嗚尊持二其瓊玉一而到二之於天上一也」に対応してもいるが、この曲玉の入手の経緯を「素戔嗚尊将レ昇レ天時、有二一神一。号二羽明玉一。此神奉レ迎而進以二瑞八坂瓊之曲玉一。」とつたえるとおり、羽明玉が「奉迎」しているのであるから、昇天するに当って素戔嗚尊がこの神のもとに出向いたこと、その用向きが昇天にかかわる「欲二与レ姉相見一、亦欲レ献二珍宝瑞八坂瓊之曲玉一。」という目的に対応するもの、すなわち天照大神に会見して献上する曲玉を受けとるためであったことなどを推測させる。素戔嗚尊が天照大神の「疑三弟有二悪心一、起レ兵詰問。」という思いも寄らない出迎えに咄嗟にでっち上げた空事だった可能性も排除できないとはいえ、「誓約」の結果に照らして、その目的に虚偽はないとみるのが相当であろう。

しかも、この見方には裏付けがある。同じ素戔嗚尊が、のちに天から降った出雲国で退治した八岐の大蛇の尾に一振りの剣を得て「是神剣也。吾何敢私以安乎。」と考え、これを「上二献於天神一也」と献上したことを第八段〔本伝〕がつたえている。「神剣」だから自分のものにはできないという以上に、「吾何敢私以安乎」は、虚偽などあろうはずがない。「天神」を尊貴なものとしてみずから遜るという素戔嗚尊の考えに、「背レ私向レ公、是臣之道矣。」（推古天皇十二年四月「憲法十七条」の第十五条）に通じる。この「臣之道」を見事に実践した者として、壬申の乱に戦功を立てた恵尺を、天武天皇はその臨終に当たり詔に「汝恵尺也、背レ私向レ公、不レ惜二身命一、以二遂雄之心一労二于大役一。恒欲二慈愛一。故、爾雖二既死一、子孫厚賞。」（天武天皇四年六月）と顕彰している。素戔嗚尊の「神剣」献上は、まさにこの恵尺の「臣之道」の実践に当たる。両者をつきあわせてみれば、次のように対応する。

〈背私〉　〈向公〉
素戔嗚尊　何敢私以安乎　上㆓献於天神㆒
（不㆑惜㆓神剣㆒）
恵尺　不㆑惜㆓身命㆒　以㆓遂雄之心㆒労㆓于大役㆒

くだんの「珍宝瑞八坂瓊之曲玉」とこの「神剣」（草薙剣）とは、のちに天照大神が天降る火瓊瓊杵尊に賜う「三種宝物」（第九段〔書一〕）と同じものとしてあい通じることはもとより、それを献上する者とその献上先もまた共通する以上、献上のもつ意味そのものにしても別ではないとみるのが筋である。

曲玉の献上は、こうして素戔嗚尊のいわば「臣之道」の実践を意味するはずである。昇天以前に、素戔嗚尊がすでに天照大神に対して臣従する立場にあったことの、それは明らかな徴証でもある。〔本伝〕の前述のとおり「如何棄㆓置当㆑就之国㆒而敢窺㆓窬此処㆒乎」などの「謀反」を含意する表現を通して天照大神の統治者としての立場を強調する方向にそいながら、しかしそれとは対比的に、対応する君臣の臣の立場に素戔嗚尊を立たせている。「誓約」にしても、〔本伝〕はあくまで「謀反」をめぐって天照大神の「若然者、将何以明㆓爾之赤心㆒也。」という「詰問」に、素戔嗚尊が「赤心」を証明するというかたちをとるが、〔書二〕では、来意に関連して、告別に併せとりわけ曲玉献上をいうその言葉の虚実に焦点を当てる。

時天照大神復問曰「汝言虚実、将何以為㆑験。」対曰「請吾与㆑姉共立㆓誓約㆒。誓約之間、生㆑女為㆓黒心（つまり虚）㆒、生㆑男為㆓赤心（つまり実）㆒。」

この「誓約」が、基本的には〔本伝〕のそれをひき継ぐことを各論（第四章799、813頁）に言及している。しかし「くかたち」との近似の度合は、明らかに〔本伝〕の例をはるかに上回る。各論にも採りあげているが、念のため次に「くかたち」の例を示す。その典型ともいうべき「盟神探湯」は、氏姓の錯誤を正すことを目的とする。実行するに当たり、「得レ実則全、偽者必害」とその結果に言及する。実際は、次のとおり厳粛に行う。

於レ是、諸人各著二木綿手繦一而赴レ釜探レ湯。則得レ実者自全、不レ得レ実者傷。（允恭天皇四年九月）

また継体天皇の時代に任那の安羅に遣わされた近江毛野臣の横暴を任那の使が奏上したなかに、「懶レ聴レ政」の実態を次のようにつたえている。

爰以下日本人与二任那人一頻以二児息一諍訟難上レ決、元無二能判一。毛野臣楽置二誓湯一曰「実者不レ爛、虚者必爛。」是以、投レ湯爛死者衆。（継体天皇二十四年九月）

この一節の傍線部「実者不レ爛、虚者必爛」は、前掲「盟神探湯」にいう「得レ実則全、偽者必害」に一致する。「諍訟難レ決」に決着をつける日本の伝統を、毛野臣は異国の地でもち出したということだが、「盟神探湯」も、そもそもは「一氏蕃息、更為二万姓一。難レ知二其実一。」という事態を解決する方法であり、応神天皇の時代に武内宿禰に「弐心」ありと讒言した弟の甘美内宿禰と「無罪」を弁じる武内宿禰との「二人各堅執而争之、是非難レ決。」を決着させるために「天皇勅之、令下請二神祇一探湯上。」（応神天皇九年四月）と同じ「くかたち」に神判を仰いでいる。

毛野臣の無法な「くかたち」では、さすがに神を登場させてはいないが、恐らくはその「探湯」に代えて「誓」を加えたのが、「誓湯」であろう。しかしこの「誓」にどのような意味を付与しているのか、残念ながら正確には知りえない。ただ単に神聖という意味を表すだけではないはずだから、語構成の上では、〔書二〕の「誓約」に結びつく。少なくとも、この「誓約」を行うに当って「掘二天真名井三処一、相与対立。」と井を掘るが、〔本伝〕にはないこのことさらな行為は、右に採りあげた応神紀がつたえる「くかたち」の、天皇がそれを命じたあと「是以、武内宿禰与二甘美内宿禰一共出二于磯城川湄一、為二探湯一。」という川辺にわざわざ出て行う例に明らかに通じる。〔書二〕の「誓約」が、こうしてほぼ丸ごと「くかたち」にそくして成りたつ以上、前掲一節中の傍線を付した「汝言虚実、将何以為レ験。」にしても、直に虚実を判定するより、むしろ「虚」と「実」とがそれぞれ必然的に結果する「験」をもって判断するという「くかたち」にのっとる以上、かりに対比して示せば、

得レ実則全、偽者必害〔允恭紀〕
実者不レ爛、虚者必爛〔継体紀〕
実者生レ男、虚者生レ女〔書二〕

「実」と「虚」にそれぞれ対応する「験」として、本来は右のように「生レ男」「生レ女」のかたちをとるほうが自然である。「生レ女為二黒心一、生レ男為二赤心一」では、「為」に判断ないし解釈が介在する上に、それを天照大神に委ねたかたちをとる。それだけに、「汝言虚実」の「験」には必ずしもそぐわないこのズレこそ、〔書二〕が〔本伝〕の「如吾所レ生、是女者則可二以為一レ有二濁心一、若是男者則可二以為一レ有二清心一。」をひき継ぐなかで生じた不具合にほかならない。ズレといい、不具合などとみなすこの評価は、しかしあくまで〔本伝〕に立脚する。軸足を〔書二〕に移せば、〔本伝〕の枠組みをもとにしながら、「臣之道」の実践に焦点を当て、かつまたそれをめぐる虚実のそれぞれ「験」によって判断する「くかたち」により近似したかたちに改変するなかに、みずからの独自を発揮したものとみることができる。その改変をなにより優先すればこそ、もはや化生した子の帰属をめぐる記述を一切もたない。そこに、まさに差違化のくわだてはあからさまである。

五、日神提示の「誓約」、その「祈《うけひ》」との相関、〔書一〕〔書三〕

この〔書二〕の二項対立に対して、〔書一〕〔書三〕の「誓約」は、日神が提示する単項独立のかたちをとる。二項対立の「くかたち」とは対比的に、こちらは「祈《うけひ》」に通じる点に特徴がある。しかしその「祈」の通常のかたちからは、やはりズレをみせる。それが、〔書二〕と同じく〔書一〕〔書三〕が差違化をはかった結果であることをもはや容易に見通すことができる。

問題は、差違化により、〔書一〕〔書三〕の「誓約」が、共に右のように「祈」に通じるなかにみせるズレのその内実である。解明に取り組むに当たり、各論をもとに「誓約」が関連をもつ「祈」を振りかえってみるに、その用例として採りあげた（1）～（4）のどれもが、「ねがうあるいはめざす事が実現することを仮定し（以上、A）、それが実現するばあいにその予兆として現象するかもしくは可能となる事態を帰結とする（以上、B）関係に抽象できる」（各論第四章810頁）というこの（A）（B）の組み合わせから成りたつ。「祈」をめぐるこの「ねがうあるいはめざす事の実現は、もとよりはかりがたい。その不可知を、可視の具体的な事態を通してみきわめること」という（A）と（B）との関係に、「誓約」の「可視をもって（B）、不可視をみきわめる（A）」という関係が明らかに重なる。

関係じたいはこうして確実に通じる反面、実はその（A）にズレが生じている。念のため「祈」の用例から（A）にあたる部分を次に抜きだしてみる。

（1）　必遇二其佳人一（垂仁紀）

（2）朕得レ滅二土蜘蛛一者（景行紀）

（3）若有レ成レ事者（神功皇后摂政前紀）

（4）若有レ成レ事（神功皇后紀）

（3）（4）は共通するが、その「事」は、それぞれ前者が「朕西欲レ求二財国一」という企図による新羅遠征、また後者が麛坂王・忍熊王の「吾等何以レ兄従レ弟乎」という反抗に発する神功皇后とその子の殺害をはかる企てを指す。ともに「若」を伴い、（A）が将来に実現を期す「ねがうあるいはめざす事」をあらわすことを端的にものがたる。しかし「誓約」では、この（A）に当たる〔書一〕の「若汝心明浄、不レ有二凌奪之意一者」、〔書三〕の「汝若不レ有二奸賊之心一者」いずれにも、その肝腎な将来に実現を期すといった意味あいなど求むべくもない。「若」を伴い「者」が受けるまさに（A）の典型ともいうべき表現のかたちをとりながら、意味の上では「祈」そのものとはみなしがたい、この構造と内実との乖離のもとを質せば、やはり〔本伝〕の「誓約」を差違化したという成りたちがかかわるであろう。

〔本伝〕Ⓐ如吾所レ生、是女者、Ⓑ則可二以為レ有二濁心一。Ⓐ若是男者、Ⓑ則可二以為レ有二清心一。

〔書一〕Ⓐ若汝心明浄、不レ有二凌奪之意一者、Ⓑ汝所レ生児、必当レ男矣。

〔書三〕Ⓐ汝若不レ有二奸賊之心一者、Ⓑ汝所レ生子、必男矣。

かりに〔本伝〕の一節に（A）（B）を付せば、（A）に男もしくは女の化生を仮定し、（B）にその所生の女を濁心、男を清心とする関係が、右のように〔書一〕〔書三〕とは逆転する。とりわけ（B）に、表現の著しい違いをみせる。一書は、共に「必」を加え、仮定した（A）の成立が必然的に（B）の発生・惹起につながることを強調する。〔本伝〕は、逆にまず二つの事態を（A）に仮定し、そのそれぞれの場合について（B）に帰結を示す。事態がそのどちらになるかによって判定を下す。両一書とも、この二項対立の「くかたち」を単項独立の「祈」に転換したはずだが（各論第四章808頁）、構造上の改変をめざすこの差違化に、逆転は伴うに違いない。しかし逆転である限り、所詮は〔本伝〕の枠組の外に出てはいない。逆転がこうして〔本伝〕のいわば磁力の影響下に成りたつことと同様に、両一書の（A）も「祈」を借りながら同じ磁力によりズレを生じさせたとみなすのが相当である。

その結果として、確かに「祈」の将来に実現を期すといった意味あいを犠牲にする。しかし、むしろ「不可知を、可視の具体的な事態を通してみきわめる」という構造こそ、「誓約」が「祈」に表現を借りた直接の理由だったとみて恐らく誤りない。そのことは、だからその構造を採る「誓約」が、日神の言葉を借りれば、「汝心明浄、不レ有二凌奪之意一」〔書一〕、「汝不レ有二姧賊之心一」〔書三〕か否か、素戔嗚尊のそうした目には見ることのできない不可視の心の真実をみきわめることに焦点を当てていたことを強く示唆する。しかもそのみきわめようとする主体は、「誓約」をもち出した当の日神だから、日神がこの「誓約」すべてを主宰・主導しているといっても過言ではない。〔本伝〕〔書二〕が、ともに素戔嗚尊の「請与レ姉共誓」「請吾与レ姉共立二誓約一」という請願を契機とし、前述のとおり「くかたち」に通じる二項対立のかたちをとるように、こと「誓約」をめぐっては天照大神をいわば受け身の立場に置くのとは、著しい対照をなす。「誓約」のこの日神を中心としたありかたに対応する内実は、とりわけ「祈」の帰結に通じる一節にあからさまである。

それを、〔書一〕が「汝所レ生児、必当レ男矣」、また〔書三〕も「汝所レ生子、必男矣」とつたえる。ともに「必」により、日神が強い確信をもって結果を断言している。仮定したことにそくしてその帰結をあらわすだけだとはいえ、単なる予見以上のものだから、この帰結をめぐっても、〔本伝〕〔書二〕の「くかたち」に通じる二項対立にあっては仮定と帰結もいわば組み合わせでしかなく、それじたいが判断をなんら含むものではないただの帰結だから、決定的に異なる。さきの仮定ばかりか、この帰結という「誓約」を構成する一方の柱までこうしてほとんど異質というほかないが、しかし、関連をもたないわけではない。げんに、ここに挙げた〔書一〕〔書三〕の帰結をあらわす一節では、潔白であれば生む子は男であろうというようにその表現を逆転させてはいるけれども、〔本伝〕の「（如吾所レ生）若是男者、則可二以為レ有二清心一。」、〔書二〕の「生レ男、為二赤心一。」が確実に対応する。

この対応は、それぞれあい異なる「くかたち」と「祈」に通じる「誓約」という異なりのなかの部分でしかない。それだけ局部的なあらわれにとどまるとはいえ、逆にまたそれだけに、〔本伝〕に依拠せざるを得なかった、つまり基本的にはそれを踏まえて成りたつことを確かに示唆する。〔書一〕では、そもそもその冒頭の一節がすでに〔本伝〕と深くつながっている。具体的なそのつながりを、次に両者をつき合わせて確かめてみる。

〔本伝〕於レ是、素戔嗚尊請曰（中略）是後、伊奘諾尊、神功既畢。（中略）始、素戔嗚尊昇レ天之時、（中略）Ⓐ天照大神、素知二其神暴悪一、Ⓑ至レ聞二来詣之状一、Ⓒ乃勃然而驚曰「吾弟之来、豈以二善意一乎。謂当レ有二奪レ国之志一歟。」

〔書一〕ⓐ日神、本知三素戔嗚尊有二武健凌レ物之意一、ⓑ及二其上至一、ⓒ便謂「弟所二以来一者、非二是善意一。必当レ奪二我天原一。」

（中略）の三ケ所とも、直前の文にそくした内容をあらわす。その最後の（中略）にいたるまでの一節の全てを除き、傍線を付したとおり（A）「天照大神」以下が、〔書一〕の冒頭の（a）「日神」以下に確実に結びつく。〔書一〕にそくしていえば、「天照大神」を「日神」とし、〔本伝〕の筋をほぼそのままなぞるかたちをとって成りたつ。またその関係を担保に、〔本伝〕の右の一節が（中略）部分を前提に展開するように、〔書一〕でも、た

とえば傍線部（b）の「其上至」や同（c）の「我天原」などが、

吾今奉レ教、将レ就二根国一。故欲下暫向二高天原一、与レ姉相見而後永退上矣。勅許之。乃昇二詣之於天一也。

〔本伝〕のさきに引用したなかでは最初の（中略）とした右の一節の傍線部に通じるだけにとどまらず、恐らくは踏まえる。さきに「誓約」に関連して〔本伝〕のそれを〔書一〕が「祈」に通じるかたちに改変する差違化の一端をつぶさにみたが、改変の度合こそ小幅にとどまるとはいえ、右のようにそもそも〔書一〕の冒頭から〔本伝〕を差違化して成りたつというのが実態である。

六、「誓約」の新たな展開、その素戔嗚尊の勝の強調、承前

ところが、「誓約」の結果及び誕生した子の処遇となると、一転して〔本伝〕と著しい違いをみせる。〔本伝〕が「誓約」の結果を「三女」「五男」の誕生とその子の帰属とにほぼ限定するだけに、いっそう違いの際立つのが〔書一〕の次の一節である。

（凡五男神矣）故、素戔嗚尊既得二勝験一。於レ是、日神方知三素戔嗚尊固無二悪意一、乃以二日神所レ生三女神一令レ降二於筑紫洲一。因教之曰「汝三神宜下降居二道中一奉二助天孫一而為二天孫一所上祭也。」

同じように子の誕生をつたえて、それを締めくくる「凡五男矣」もあい通じながら、そのあとを誕生した子の帰属に転じる〔本伝〕とは違い、ここでは素戔嗚尊の「勝験」をめぐって展開する。それに続く「於レ是、日神方知三素戔嗚尊固無二悪意一。」が、日神が「誓約」に当り事前に言表した「若汝心明浄、不レ有二凌奪之意一者、汝所レ生児、必当レ男矣。」という予見どおりの結果を得たあとの反応をあらわす。

「誓約」の結果を、素戔嗚尊の「勝験」や日神が素戔嗚尊の潔白を知ったことなどに結びつけるこの〔書一〕の展開は、〔書三〕にも共通する。ただし、「勝験」については、子の誕生直後に素戔嗚尊みずからそれを言表するかたちをとる。次にその〔書三〕の一節を、子の誕生にまで遡って示す。

已而素戔嗚尊含二其左髻所レ纏五百箇統之瓊一而著二於左手掌中一、便化二生男一矣。則称之曰「正哉吾勝。」故、因名之曰二勝速日天忍穂耳尊一。

これ以降も、それぞれ右手掌中、左右の臂中、左右の足中に次々と五柱の男が化生する。日神のばあい、「日神先食二其十握剣一化生児、瀛津島姫命、亦名市杵島姫命。」以下三女神すべてが、化生は「食」に伴う。〔書一〕の「食二所レ帯十（九・八）握剣一生児」（三女神）「以二其頸所レ嬰五百箇御統之瓊一（中略）食之、乃生児」（五男神）などの「食」に生が伴う例とも違い、「五百箇統之瓊」を含み、これを「掌中」に著けてそこに男が化生するという特異なかたちをとる。しかし、類例がないわけではない。第五段〔書一〕に、それぞれ日、月に当たる神の誕生をつたえる次の例がある。

伊奘諾尊曰「吾欲レ生二御寓之珍子一。」乃以二左手一持二白銅鏡一則有二化出之神一。是謂二大日孁尊一。右手持二白銅鏡一則有二化出之神一。是謂二月弓尊一。

白銅鏡を左右の手に持つと神が化出するこのありかたは、〔書三〕の五百箇の統の瓊を含んで左右の手の掌中に著けると男が化生するというかたちに明らかに通じる。前者がその化出を「生二御寓之珍子一」に相応しいものとするように、後者でも、誕生した後に「便取二其六男一以為二日神之子一、使レ治二天原一。」と処遇するこの子に相応しい誕生の仕方として演出したに違いない。

その演出は、〔書二〕が〔書一〕をひき継ぐなかで、子の誕生に加え、誕生した子の尊貴化をはかる差違化に伴うであろう。〔書二〕の差違化に伴うこの〔書三〕の子の尊貴化をはかる展開は、子の誕生とはすなわち「誓約」の結果なのだから、この「誓約」の結果ともおのずからかかわる。〔書一〕の、前述のとおり客観的な事実として「（凡五男神矣）故、素戔嗚尊既得二勝験一。」とつたえるだけのいかにも簡潔な記述に対して、〔書三〕では、同じ結果ながら「（便化二生男一矣）則称之曰、正哉吾勝。故、因名之曰二勝速日天忍穂耳尊一。」と勝利宣言のかたちをとり、なおかつそれを子の名の冒頭に冠する。「誓約」の結果を素戔嗚尊にそくしてつたえるこれら記述に対応するのが、日神にそくしてつたえる記述である。〔書一〕は、さきに掲出したとおり両者を「於レ是」を介して一体的につながっている。

〔書一〕

五男神
　素戔嗚尊既得二勝験一
　（於レ是）日神方知三素戔嗚尊固無二悪意一
　→乃以二日神所レ生三女神一令レ降二於筑紫洲一（以下略）

この素戔嗚尊と日神とを分け、誕生した子やその処遇を中心により詳細な内容をつたえるのが〔書三〕である。

〔書三〕

化二生男一
　（素戔嗚尊）称之曰二正哉吾勝一
　⇓故因名之曰二勝速日天忍穂耳尊一（中略）其素戔嗚尊所レ生之児、皆已男矣。
　（故）日神方知三素戔嗚尊元有二赤心一
　⇓便取二其六男一以為二日神之子一使レ治二天原一
　→即以二日神所レ生三女神一者、使レ降二居于葦原中国之宇佐嶋一矣（以下略）

〔書一〕との構成上の対応は明らかであり、この対応にそくして、素戔嗚尊と日神それぞれに「化二生男一」にそくした処遇を、⟹以下のようにことさら敷衍したに違いない。素戔嗚尊の勝（得二勝験一）や潔白（固無二悪意一）に狭く限定した〔書一〕に対して、〔書三〕はその構成を襲いながら、素戔嗚尊みずから勝利宣言し、なおかつそれにそくして子の名に勝を冠するというように勝を強調する。一方、日神についても、みずから生んだ三女神を葦原中国の宇佐嶋に降居させる一方、素戔嗚尊の子は自分の子とした上で天原を統治させる。日神のこの扱いは、素戔嗚尊の「元有二赤心一」を知ったことを直接の契機とはしているが、「正哉吾勝」という勝利宣言によりその勝を名に冠した子だから、親の「元有二赤心一」や勝をその身に体現していることを含意するであろう。誕生の仕方も、前述のとおり珍貴な子に相応しいかたちをとる。さらに日神がみずからの子として位置づけるというこれらすべてが、天原を統治させることにつながることは疑いを容れない。これと際立つ対照的な存在が、日神所生の三女神である。次に両者を対比して示す。

○取二其六男一以為二日神之子一、使レ治二天原一

○以二日神所レ生三女神一者、使レ降二居于葦原中国之宇佐嶋一矣

素戔嗚尊の化生した六男に天原を統治させ、もう一方の日神の生んだ三女神を葦原中国の宇佐嶋に降居させるというこの対照的なありかたは、〔本伝〕の天照大神が五男神を吾が子として養育し、三女神を素戔嗚尊の子として授ける（そして地に降す）という天照大神を中心とした展開とは著しく対立する。素戔嗚尊の勝を強調する所伝の展開がその大きな要因だが、遡れば、素戔嗚尊がみずからの「物根」によって六男を化生した「誓約」による。その六男をみずからの子として天原を統治させる一方、自身の生んだ三女神を宇佐嶋に降居させる日神は、もとより天照大神に比すべくもない。否、かつて伊奘諾尊・伊奘冉尊の生んだ日神の「此子光華明彩、照二徹於六合

之内一。」（第五段〔本伝〕）という特質さえ、ほとんど見るかげもない。これとはまさに対照的に、ここに勝を宣言する素戔嗚尊は、神さが、神わざをあらわにするだけの、この日神に続いて誕生したあの「汝甚無道」と父母が断じて根国に放逐した素戔嗚尊そのものではない。それだけに、日神はもはや「尊卑先後之序」を体現するかつての日神の座から陥落しているとみなさざるを得ない。

しかし、翻って「尊卑先後之序」じたいは、いささかも揺らいではいない。それどころか、〔書一〕に「若汝心明浄、不レ有二凌奪之意一者、汝所レ生児、必当レ男矣。」、また〔書三〕でも「汝若不レ有二奸賊之心一者、汝所レ生子、必男矣。」などという男子の誕生を潔白とする言辞は、さきに図解（236頁）した〔本伝〕の「男子の誕生↓清心」におのずからあてはまる。さらに素戔嗚尊が勝を強調し、対比的には日神（第七段〔書三〕に「姉」という）が負に当たるという展開、またこれに伴うそれぞれの子の処遇、なかんずく日神所生の三女神を地に降居させるというかたちに至るまで、いわば「尊卑先後之序」が全てを貫いているといっても恐らく過言ではない。そしてまさにこの所伝の成りたちにこそ、前述した日神の陥落を仕組んでいる。日神の凋落は、必然的に天照大神の地位の高まり、上昇と表裏する。相対的なものだとはいえ、系統の上でも違い、そもそも出自もそれをつたえる所伝もあい異なり、だから本来的に別ながら相関するだけに、日神と天照大神とのその地位・立場の逆転を、〔本伝〕と各一書の所伝の展開裡に潜ませていたに違いない。

七、二つの系列の対立、その「物根」と「勝験」

もとより、この転換なり、逆転なりが所伝の成りたちにかかわらないはずはない。振り返れば、大筋の限りでも、「誓約」によって素戔嗚尊の潔白が証明されるという同じ筋立てながら、「誓約」をめぐって、〔本伝〕〔書二〕と〔書一〕〔書三〕とは所伝の成りたちを系統的に異にする。便宜、所伝に登場する神名にそくして前者を天照大神の系列、後者を日神の系列と仮称した上で一括すると、「誓約」にいたる経緯に力点を置く天照系列の所伝は、その記述や表現をとおして高天原の統治者としての天照大神を強調する。〔本伝〕を、それまでの日神から新たに天照大神にそくした展開に転換したことに、それは明らかに伴う。そして「誓約」にいたる経緯に力点を置けばこそ、逆に、結果については子の誕生とその子の帰属とにほぼ限定したはずだから、「誓約」の前と後とは、転換がそれぞれそのかたちをもたらしたものとみることができる。

　これと対照的なのが日神系列の所伝である。「誓約」後の、とりわけ素戔嗚尊の勝と化生した子の処遇とに焦点を当てている。〔本伝〕を前提としてはいるが、高天原の統治者として天照大神の存在を強調する必要も必然性もないままに、そのかたちを採ったというより、前述のとおり素戔嗚尊の勝に力点を置く度合を〔書一〕から〔書三〕にかけて明確に強めている。それが日神の地位を下げ、またそのことを通して、天照大神の地位を高める一方、勝をめぐっては、続く第七段〔本伝〕冒頭の「是後、素戔嗚尊之為ㇾ行也、甚無状。」へ展開する準備にもつながっているはずである。

　大局的にみる限り、天照系列と日神系列双方の成りたちをめぐる特質については、あらましこの見方に大過ないはずだが、しかし問題はこれだけにとどまらない。その一つに、系列の特徴を際立たせてもいる素戔嗚尊の勝をめぐる問題がある。それになんら言及しない天照系列と、むしろ力点を置く日神系列と、それぞれの系列がつたえる「誓約」のそのかたちの違いにも、この問題がかかわる。

　たとえば天照系列の「誓約」については、それが「くかたち」に通じることをさきに指摘しているが、その具体例の一つ、すなわち「弐心」ありと讒言する弟の甘美内宿禰と「弁レ無レ罪」という武内宿禰との「二人各堅執而争之、是非難レ決。」に当たり「天皇勅之、令下請二神祇一探湯上。」という「くかたち」では、結果を「武内宿禰勝之」とつたえる。このあと「便執二横刀一以殴二仆甘美内宿禰一、遂欲レ殺矣。」（以上、応神天皇九年四月条）と続くとおり、武内宿禰が勝者の立場に立ち、弟の甘美内宿禰を敗者として扱い懲罰を加えてもいる。この「くかたち」との関連の詳細については前述のとおりだが、通じる以上、「誓約」の結果を素戔嗚尊の勝と表示することも当然ありえたはずである。

しかし勝はおろか、「くかたち」に通じはしてもそれそのもののかたちをとりえない事情が、天照系列の「誓約」にはある。前述のそれにかかわる各論（第四章806頁）の一節を、次に抜き出してみる。文中の「うけひ」所伝とは、〔本伝〕の「誓約」を中心とした所伝を指す。

しかし、「うけひ」所伝には、「くかたち」のかたちをどうしてもとりえない事情がある。すなわち、「くかたち」としたばあい、武内宿禰所伝（右に採りあげた讒言をうち砕く応神紀の所伝）との対応にかんがみ、それになぞらえていえば、天照大神が一方の当事者となり、素戔嗚尊とともに、「くかたち」の判定をうける立場にたたざるを得ない。天照大神がどんなかたちであれ神の御前で判定を受けることもそうだが、そもそも「くかたち」の「得レ実則全、偽者必害」（允恭天皇条）あるいは「実者不レ爛、虚者必爛」（継体天皇条）といったありかたに、天照大神はそぐわないであろう。その点は所伝としても譲れない一線だったはずだから、「くかたち」以外のかたちをとるほかなく、その一方、所伝の展開上は、「くかたち」をもって決着をつけてもなんら不自然ではない方向をたどる。「誓」の使用は、まさにこうしたいわばせつない事情を背景とする。

行論の都合上、天照大神についてほとんど言及できなかったけれども、〔本伝〕がつたえるこの神の立場、地位は、前述のとおり高天原の統治者である。この絶対的な支配者を、是非あるいは虚実の判定を受ける一方の当事者に置くことなど、もとよりありえない。実際に、「請与レ姉共誓。夫誓約之中、必当レ生レ子。」と提案してはいるけれども、結果については「如吾所レ生、是女者則可二以為レ有二濁心一。若是男者則可二以為レ有二清心一。」と素戔嗚尊ひとり設定するだけにとどめ、天照大神はなんらそれに言及するまでもなく直ちに実行に移る。結果になんら囚われも、縛られもしない自由に天照大神を意図的に置いていることは、そうした記述じたいに明らかである。同じ天照系列に属する〔書二〕も、前述のとおり「汝言虚実」を判定する一層「くかたち」に近いかたちをとってはいるが、基本はその〔本伝〕となんら変りがない。

天照大神を「誓約」の結果から自由に置く以上、「くかたち」に通じるかたちだから、あらかじめ勝と設定した通りの結果を素戔嗚尊が得て勝とすることが可能だったにせよ、その勝は一方的なものとならざるを得ない。負のない一方的な勝は、勝の実質を失う。しかしたとえ一方的ではあっても、勝は勝であり、「誓約」により誕生したわが子の名にこの事実を刻むべく命名する。〔本伝〕は、それを第一子の名に冠し「号曰二正哉吾勝勝速日天忍穂耳尊一」と明示するが、〔書二〕では、所生の五子のなかの第二子の名としてただ「次正哉吾勝勝速日天忍骨尊」とつたえるだけにすぎない。

ここに至れば、素戔嗚尊の勝はほとんど消え入るばかりだが、これと逆の過程をたどるのが日神系列の所伝である。すでに言及した〔書一〕の「得二勝験一」から〔書三〕の「便化二生男一矣。則称之曰、正哉吾勝。故、因名之曰二勝速日天忍穂耳尊一。」へ展開するなかで、素戔嗚尊の勝が所伝に大きな比重を占めるに至る。しかしながら、この日神系列の「誓約」は、前述のとおりそもそも単項独立のかたちをとって「祈《うけひ》」に通じる。このあい通じる関係を、「祈」にそくして論じたこれも各論（第四章810頁）の一節を次に引用してみる。

ねがうあるいはめざす事の実現は、もとよりはかりがたい。その不可知を、可視の具体的な事態を通してみきわめるということだから、この関係は、さきにとりあげた単項独立のかたちをとる「誓」の、可視をもって不可視をみきわめるという関係に明らかに通じる。

「祈」の用例としてあげた、たとえば「天皇於レ兹執レ矛祈之曰、必遇二其佳人一、道路見レ瑞。」（垂仁天皇三十四年三月）以下四例のどれにも、「祈」の結果を勝とする所伝はもとより、勝につながる記述すらない。右に引用した一節のとおり「祈」に通じるかたちをとる「誓約」に、勝など本来結びつくことなどあり得ないというのが実情である。

このことは、勝をつたえる記述じたいに裏付けをとることができる。たとえば〔書三〕のばあい、「誓約」の「汝若不レ有二奸賊之心一者、汝所レ生子、必男矣。」に対応する結果を、「其素戔嗚尊所レ生之児、皆已男矣。故、日神方知三素戔嗚尊元有二赤心一。」とつたえる。これはこれで齟齬などありえず、勝の介在する余地もない。それだけに、同じ内容の「誓約」をつたえる〔書一〕が、その結果をめぐって、

已而素戔嗚尊（中略）乃生児、号二正哉吾勝勝速日天忍骨尊一。（以下四神略）凡五男神矣。故、素戔嗚尊既得二勝験一。於レ是、日神方知三素戔嗚尊固無二悪意一。

男神の誕生を同じ「故」が承けながら、傍線部の通りそこから「得二勝験一」を導くことは不審というほかない。「誓約」の「祈」に通じるその本来のありかたにかんがみても、この傍線部の一節は、素戔嗚尊の勝をことさら強調する付加的な性格が色濃い。この〔書一〕の延長上に、勝を誕生した子の命名に結びつけて所伝を展開するのが〔書三〕だから、日神系列の所伝はこの素戔嗚尊の勝を順次拡張する方向を辿る。

「誓約」が「祈」に通じるかたちをとる限り、本来その結果を勝とすることなどあり得ないだけに、右のよう

な勝の拡張に、男の化生を勝に結びつける日神系列の意図が際立つ。これと対照的に、前述のとおり天照系列の「誓約」は「くかたち」に通じ、結果を勝とすることもあり得たにもかかわらず、誕生した男神の名にただその痕跡を留めるだけにすぎない。男神の誕生を、勝よりむしろ帰属に結びつける。この両グループの対照的対立は、勝の有無におのずから関連して、勿論「誓約」のありかたじたいにも及ぶ。

まずはそれの単純な日神系列の「誓約」をみるに、物根の交換がない。〔書一〕〔書三〕それぞれ、日神が「所レ帯十握剣・九握剣・八握剣」という三振りの剣を「食」して三女神を生（化生）む一方、素戔嗚尊もまた「其頸所レ嬰五百箇御統之瓊」などの瓊により、前述のとおりそれを「濯二于天渟名井一（亦名は省略）而食之。乃生児」〔書一〕と「含（其左髻所レ纏五百箇統之瓊以下、身の各部位に着ける瓊は省略）、著（左手掌中以下、四肢の各部位は省略）、便化二生男一。」〔書三〕と違いはあっても、両一書ともに男神を生む。生みなすその具体的行為を異にしながら、こうして日神が剣により女神を、また一方素戔嗚尊も瓊により男神をそれぞれ生むという対応的なかたちをとる。両神ともにみずから身に着ける物品をもとに生めばこそ、それが、生む親を生まれた子にいっそう強く結びつける。また「誓約」に当り日神が言表した「（若汝心明浄、不レ有二凌奪之意一者）汝所レ生、必当レ男矣。」〔書一〕、「（汝若不レ有二姧賊之心一者）汝所レ生子、必男矣。」〔書三〕という言葉（予見）どおりの結果を得たことにより、あくまでもこの言表をもとに、そして素戔嗚尊としてはそれを楯に、「得二勝験一」〔書一〕や「称之曰、正哉吾勝。」〔書三〕などと勝を強調する。生む親と生まれた子との不可分の結びつきにそくして、この素戔嗚尊の勝を強調していることは明らかだから、成りたちの上では、むしろ逆に、勝を強調すべく、素戔嗚尊を男神の誕生に明確に結びつけ、そのため自身が着ける物品をもとに子を生みなすというかたちをとったはずである。

これとまさに対照的なのが天照系列である。〔本伝〕〔書二〕ともに、生む主体と生まれた子とを直接結びつけてはいない。生むというより、正確には生むという行為の主体に当たるが、この行為者として、天照大神が三女（神）を生（化生）む一方、素戔嗚尊も五男（神）を生（化生）む。その点に限れば、前述の日神系列とほとんど変りがない。問題は、生むという行為によってそれぞれ三女、五男を生みなしてはいても、その子を、生む行為に使用した物品の所有者に帰属させている点である。しかも、天照大神がそれを一方的に宣告する。「誓約」を終えた後に、天照大神を主体として、まずは〔本伝〕が次のようにつたえる。

天照大神勅曰「原二其物根一、則八坂瓊之五百箇御統者、是吾物也。故、彼五男神、悉是吾児。」乃取而子養焉。又勅曰「其十握剣者、是素戔嗚尊物也。故、此三女神、悉是爾児。」便授二之素戔嗚尊一。

〔書二〕は、こうした「物根」に言及する一節を欠くけれども、「誓約」に当り所持品をめぐって「是時、天照大神謂二素戔嗚尊一曰、以二吾所レ帯之剣一、今当レ奉レ汝。汝以二汝所レ持八坂瓊之曲玉一、可二以授レ予矣。如レ此約束、共相換取。」とつたえる。所持品をめぐるこの「共相換取」が〔本伝〕にいう「物根」の交換に通じることは明らかであり、「物根」じたいも、天照大神のそれを〔本伝〕が「天照大神髻鬘及腕所レ纏八坂瓊之五百箇御統」とする一方、〔書二〕では右のように「吾所レ帯之剣」とするといった違いにもかかわらず、そのいずれにせよ「五男（神）」になる。天照大神の「物根」であれば、瓊であれ剣であれ化生して「五男（神）」になるのが原則であって、同様に、素戔嗚尊の所持する「物根」が三女（神）となる。

生む行為がその生まれた子の帰属に直結しないこのありかたは、第九段がつたえる皇孫の誕生にも関連をもつ。いま〔本伝〕にそくしてかいつまんでいえば、天降った皇孫（天津彦彦火瓊瓊杵尊）は娶った鹿葦津姫（大山祇神の女）の「一夜而有レ娠」について「汝所レ懐者、必非二我子一歟。」と疑う。疑惑をうけ、鹿葦津姫は「乃作二無戸室一、入二居其内一而誓之曰、妾所レ娠、若非二天孫之胤一、必当二焦滅一。如実天孫之胤、火不レ能レ害。即放レ火焼レ室。」という非常手段に出る。この場合は、それによって疑惑を晴らしたという結末だが、非常手段に訴えた事実が表に出ない限り、皇孫は疑惑を抱きつづけるほかない。鹿葦津姫の生むという行為じたいも、皇孫にとってみれば、子の帰属（つまり我が子であること）を直ちに保証するものではない。当然といえば当然だが、子の帰属は、生むという行為ではなく、むしろその行為によって子となるそのもとの「胤（たね）」こそが決定する。右に引用した一節にいう「天孫之胤」がそのことを端的にものがたる。

八、子の帰属をめぐる天照大神の「勅」と素戔嗚尊の「勝」

しかし、実際にはそれも、子の帰属に最終的に決着をつけるものではない。皇孫があくまで疑惑を捨てないことも、当然ありうる。疑惑を捨て、子として認めること、いわゆる認知こそが最終決着となるが、認知は生むという行為とはおのずから別である。さきの「物根」をめぐる天照大神の「勅」は、まさに「五男神」と「三女神」とをそれぞれ天照大神の子、素戔嗚尊の子として認知したものにほかならない。認知する上に、その根拠としたのが「物根」である。それはまた、「天孫之胤」に当たる。そしてこの関連にそくしてつけ加えれば、鹿葦津姫の生むという行為よりその「天孫之胤」の真実の証明を中心に所伝が展開するように、「物根」をめぐる天照大神の「勅」が大きな比重を占め、それだけ、本来「誓約」の中心を占めるはずの子を生むという行為の位置が相対的に低下する。この低下が、そもそも「誓約」に当って素戔嗚尊が提案した「如吾所レ生、是女者則可二以為レ有二濁心一。若是男者則可二以為レ有二清心一。」という内容どおり五男を生んだその結果そのものを、さながら所伝展開の後景に押しやるにいたる。

天照大神の「勅」に付随して、いわば力学が働いている。念のため、もう一つ別の用例にそくしてその点を掘り下げてみるに、たとえば古事記が垂仁天皇条につたえるかの沙本毗古の謀反に際して、兄に与力せざるを得なかった后の沙本毗売命は逃げこんだ稲城の内で生んだ子について、天皇に対して「若し此の御子を天皇の御子と思ほし看さば、治め賜ふべし。」という。天皇の子を生んだという事実など、認知の問題の前にはなにほどの意味も持ちえないことを、この沙本毗売命の言葉は如実にものがたっている。「誓約」が子を生むという行為を中心に構成されている上に、「物根」をめぐる天照大神の「勅」を伴う以上、この認知を内容とする「勅」こそが「誓約」の全体を左右するといっても過言ではない。素戔嗚尊の子を生むという行為にも、もちろんそれは及ぶ。さきに力学といったけれども、この「勅」が、素戔嗚尊の五男を生んだというその行為の実質を削ぐほどの力をもつというのが実態である。

素戔嗚尊は、もはや五男を生むという行為の主体でしかなく、その限り、「誓約」に提案したとおり「有㆓清心㆒」を証明したことになるが、しかしその五男をおのが子とはなし得ない。そしてその五男の帰属についていえば、「物根」によって天照大神の子とする〔本伝〕に対して、前述のとおり日神系列の〔書三〕が「誓約」の結果をうけて「日神方知㆔素戔嗚尊元有㆓赤心㆒、便取㆓其六男㆒以為㆓日神之子㆒、使㆑治㆓天原㆒。」というように素戔嗚尊の勝により日神の子とする。他の一書に帰属は言及していないが、恐らく系列間の次のような異なりを共有するであろう。

天照系列
天照大神の「勅（物根）」——→天照大神の子
日神系列

素戔嗚尊の「勝（赤心）」——→日神の子

両系列とも、男を子とし、この結果を導く展開を「誓約」に組み込んでいる。しかもその「誓約」を、それぞれ「物根」と「勝」にそくして構成していることも、前述のとおり明らかである。たがいに対照的なこのありかたを、偶然の所産とみなす余地はない。

天照系列については、「誓約」に先立って天照大神を高天原の統治者として強調する顕著な傾向をみせるが、それが「誓約」それじたいにも及び、とりわけ「物根」をめぐる「勅」にその端的なあらわれをみることができる。子の帰属及び処遇を定めるこの「勅」は、天照大神を始めとする三子に高天原ほか三領域の統治を任じた伊奘諾尊のかの「勅任」（第五段〔書六〕〔書十一〕）に通じるという以上に、それを踏まえるであろう。天照大神が伊奘諾尊をひき継ぐことを、同じ「勅」やその内容が示唆してもいる。

これとは反対の方向に力の作用するのが日神系列である。「誓約」の提案をはじめすべてを日神が主宰・主導していた成り行き上、素戔嗚尊の「勝」が、日神の当初いだいた疑惑の間違いを露にするばかりか、素戔嗚尊を反発へと駆り立てることは必定である。日神がみずから生んだ三女神を天上から降すことじたい、前述のとおり確かに「尊卑先後之序」を拠りどころにしてはいても、所伝の展開上、素戔嗚尊が男神を生んだことを踏まえた処遇だから、それに対する配慮に出たものとみなければならない。特に〔書三〕は、その処遇と対応して、素戔嗚尊所生の男神について日神が「便取二其六男一以為二日神之子一、使レ治二天原一。」とつたえる。日神のこの素戔嗚尊に対する配慮、さらに言えば弱腰とも映る遠慮が、素戔嗚尊を増長させずにはおかない。第七段は、この増長した素戔嗚尊の悪事に始まる。明らかにこの〔書三〕の素戔嗚尊を、第七段はひき継ぐ。また一方、素戔嗚尊の子をみずからの後継者と位置づけたこの日神の措置が、その子の生みの親の素戔嗚尊を最大限尊重するものであり、ひいては天原の統治者としての立場上、天照系列が「物根」によって高天原の統治者として天照大神をいっそう高めているだけに、対照を際立たせることになる。次につづく第七段は、この対照をひき継いで展開する。

神代上　第七段

一、先行段をひき継ぐ素戔嗚尊の「無状」、その標的と実態

続く第七段だが、〔本伝〕冒頭に「是後」と置く。先行する第六段の「誓」に関連した所伝を承け、天照大神とそれを共に行うことを通して謀反の嫌疑を素戔嗚尊が晴らしたその事後をめぐって所伝が展開する。嫌疑を晴らした以上、そして「暫向二高天原一、与レ姉相見。」（第六段〔本伝〕冒頭）という当初の目的をすでに果たしているのだから、もはや「就二乎根国一」に移って然るべきであろう。順当なこの展開に違い、高天原に居続けた挙句の素戔嗚尊の所行に、第七段は焦点を当てる。それをつたえる一節が、冒頭の「（是後）素戔嗚尊之為レ行也、甚無状。」である。

具体的なその「為レ行」に当たる行為を、このあと「何則」以下につたえているが、それらを一括して規定した「無状」については、従来「あづ（ぢ）きなし」の古訓に従い、先行する第五段〔本伝〕に父母二神が素戔嗚尊に勅したとつたえる「汝甚無道」というこの「無道」に通じるものとみるのが通例である。しかし古訓が同じだからといって、この素戔嗚尊じしんについていう例と、かたや行為についていう「無状」とを同列に扱うことはできない。「無状」は多義的だが、書紀集解の引く漢書（楚元王伝第六）の「責以二公主起居無状一」（原文は「徳数責」）に付した顔師古の注「無状、無二善状一也。」がとりわけ有力である。同じ漢書（杜周伝第三十。延年条）の

一節の「至㆔擅召㆓中二千石㆒、甚無状。」にも顔師古は「無㆓善状㆒」と注し、王先謙の補注には「無状、猶㆑言㆑無㆑礼。」と説く。さらに例を補えば、史記（項羽本紀第七）が次の所伝をつたえている。

到㆓新安㆒、諸侯吏卒、異時故繇使屯戍過㆓秦中㆒、秦中吏卒、遇之多無状。及㆔秦軍降㆓諸侯㆒、諸侯吏卒、乗㆑勝、多奴虜使㆑之、軽折辱㆓秦吏卒㆒。

秦の末期、秦将の章邯が吏卒を率いて諸侯に降ると、かつて夫役や辺境守備などに出た折に通過した秦中の吏卒に「多無状」という処遇を受けていた諸侯の吏卒が、勝に乗じて今度は逆に「多奴虜使㆑之、軽折辱㆓秦吏卒㆒。」と報復を加えたことをいう。秦中吏卒と諸侯吏卒との、形勢や立場の逆転に伴い相手に対する処遇が逆転したという対比的な関係を強調する。この関係に鑑み、「無状」が、その奴隷扱いや些細なことでも侮辱を加えるといった扱いなどに類することは明らかである。吏卒として当然期待される扱いどころか、人間扱いすらしないという点では、漢書の例について顔師古や王先謙が施した注の「無㆓善状㆒」あるいは「無礼」と軌を一にする。

この人間としての尊厳を損うという、究極的には無礼や非礼に連なる行為が、権威を損うというかたちをとったのが素戔嗚尊の「無状」の実態である。すなわち、具体的なその行為は、すべて天照大神に帰属する営造物（施設）を対象とする。そのことも、逆にまた「無礼」の実態を如実にものがたるはずだが、表現もまた一定のかたちをとり、ほぼ類型的に成りたつ。次に段落に分けてその一節を示す。

（素戔嗚尊之為㆑行也、甚無状。何則、天照大神以㆓天狭田・長田㆒為㆓御田㆒。時、素戔嗚尊）

春則重播㆓種子㆒、且毀㆓其畔㆒。秋則放㆓天斑駒㆒、使㆑伏㆓田中㆒。（A）

復見㆘天照大神当㆓新嘗㆒時㆖、則陰放㆓屎於新宮㆒。（B）

又見㆘天照大神方織㆓神衣㆒、居㆗斎服殿㆖、則剥㆓天斑駒㆒、穿㆓殿甍㆒而投納。（C）

○印を付した「則」が、各段とも上下の文を関係づける。（A）も「見」を表わしていないだけで、「則」じたい、それぞれ耕作して稲種を播きおえた「御田」の「春」の光景を、また収穫をひかえ稲の稔った「御田」の「秋」の光景を「見」たという表現を前提とする。この（A）の「御田」を対象とした行為につづいて、（B）は新嘗の儀式を天照大神がまさに執り行う時をみはからってその「新宮」を対象とし、さらに（C）も天照大神が今まさに神衣を織っている「斎服殿」を対象とする行為をあらわす。ちなみに、（B）と（C）とは、「新嘗」ゆえにその新穀にちなむ排泄物で「新宮」を汚穢し、「神衣」ゆえに駒の着衣に当たる（古事記上巻に素菟を「和邇捕レ我悉剥二我衣服一。」とつたえる）皮を剥いで「斎服殿」に投げ込むという、それぞれ「則」に上下して相関する表現の構造においてもあい通じる。

もとより、これら素戔嗚尊の対象とした宮造物が、天照大神にとって統治に不可欠、不可分の重大な意味をもつことは自明である。いわばその権威を象徴する。（B）（C）に対して、（A）はやや趣を異にするけれども、この「御田」のもつ意味は極めて重い。その始源をここに改めて振りかえってみるに、もと「天狭田・長田」というこの田に「稲種」を始めて植えたことが農事の始まりである。それを、第五段〔書十一〕が次のようにつたえる。

（天照大神の遣わした月夜見尊が誤解により殺害した保食神の死体に生じた牛馬、粟、繭、稗、稲、麦、大小豆を天熊人が持ち帰って奉ると、天照大神は「以二粟稗麦豆一為二陸田種子一、以レ稲為二水田種子一」、さらに）又因定二天邑君一、即以二其稲種一始殖二于天狭田及長田一。其秋垂頴、八握莫莫然、甚快也。又口裏含レ繭、便得レ抽レ糸。自レ此始有二養蚕之道一焉。

この一節の注目すべき点が、カッコ内に「陸田種子」と「水田種子」とを対比させながら、「又」以下には「稲」

と「繭」に対象を特に限っていることである。二つは、それぞれ「以二其稲種一始殖二于天狭田及長田一」と「口裏含レ繭」とに始まる対応を成りたたせている。ともに、天照大神の創始というかたちをとり、天邑君に「天狭田・長田」に播植させた稲は成育して豊かに稔り、あいたぐう一方の繭からは糸を抽くことができたという。二つを、それぞれ稲作、養蚕の始源としてつたえることに主眼を置く。

二、天照大神の権威を犯す素戔嗚尊の大罪

天照大神の始めたこの稲作と養蚕の始源譚（「わたり」（序章46頁）としてのその二つ）をひき継ぐ当の所伝の一節こそ、まさにくだんの第七段〔本伝〕の冒頭にほかならない。ここでも、二つは対応する。素戔嗚尊が標的として狙った営造物は、「天狭田・長田」という豊かな稔りをもたらす「御田」と、そこで収穫した稲（新穀）を「新嘗」に供える「新宮」、そしてまた繭から紡いだ糸によって「織二神衣一」という「斎服殿」などである。高天原を統治する天照大神の創始した稲作と養蚕が、かの親耕と親蚕に対応することは著しい。げんに、稲作の始源をつたえる前掲の第五段〔書十一〕の一節に先立ち、天熊人から牛馬及び粟を始めとする五穀をうけとった天照大神の次のように喜ぶ言葉をつたえている。

天照大神喜之曰「是物者、則顕見蒼生、可二食而活一之也。」

この傍線部には、崇神天皇六十二年七月条にも引く漢書（巻四）文帝紀二年九月条の「詔」の冒頭にいう「農、天下之大本也。民所二恃以生一也。」が対応する。同じ年の二月条の「詔」に、親耕について次のようにいう。

夫農、天下之本也。其開二藉田一。朕親率耕以給二宗廟粢盛一。

親耕する「藉田」が、天照大神の「御田」に当たることも言を俟たない。さらに漢書（巻五）景帝紀後二年四月条に「朕親耕、后親桑、以奉二宗廟粢盛・祭服一、為二天下先一。」とつたえてもいるように、親耕は、后妃の行う親桑（親蚕）と対をなす。加えて、親耕により収穫した新穀（粢盛）と親桑により育てた蚕から紡いだ糸で織った祭服とを、あいたぐう供物として宗廟に奉ってもいる。宗廟はともかく、景帝紀にいう「親耕」と「親桑」、そしてその成果に当たる「粢盛」と「祭服」のこの対応が、天照大神の「御田」と「斎服殿」、また同じくそこの作物をもとにする「新嘗」と「神衣」の対応にそれぞれ重なることは改めて注目に値する。令（神祇令第六）が四時祭として定めたなかの季秋の「神衣祭、神嘗祭」という対応する祭典に一致するからである。この祭典だけに狭く限定できるかは議論があるにせよ、一連のこれら「親耕」「親桑」に究極的には連なる帝王の職事や儀礼を踏まえて所伝を成りたたせていることを、対応する密接な関連の事実が強く示唆している。

そこで念のため歴史に関連する記述を探ってみるに、該当する例が少なくない。しかも「新嘗」に限れば、日本書紀がつたえるその伝承は、ゆうに大化以前に遡る。古い例として「御二新嘗於磐余河上一」（用明天皇二年四月）「乙卯、新嘗。蓋因レ幸二有間一以闕二新嘗一歟。」（舒明天皇十一年正月）「丁卯、天皇御二新嘗一。是日、皇子・大臣、各自新嘗。」（皇極天皇元年十一月）などがあり、「己卯、新嘗。辛巳、百寮諸有レ位人等、賜レ食。乙酉、侍二奉新嘗一神宮及国司等、賜レ禄。」（天武天皇六年十一月）については「養老神祇令では十一月の下の卯の日に行なわれる定めであり、ここと合致する。ただし官人に饗禄を賜うことは、のちの制では翌辰日の豊明節会で行なわれる。」（日本古典文学大系当該頭注八）と説明を加えている。この「豊明節会」をめぐっては、「新嘗之月」に行ったという「是歳、当二新嘗之月一、以二宴会日一、賜二酒於内外命婦等一。」（仁徳天皇四十年是歳）などの類例がある。

さらに目を日本書紀から転じれば、古事記の雄略天皇条につたえる三重婇の歌やこれに唱和した大后の歌などに「新嘗屋」がある。この歌詞の限りでは詳細を知りえないが、「にひなへ」に関連して、その祭祀の当日の潔斎にちなむ古老の伝承を、常陸国風土記が筑波郡の条につたえる。そこに「新粟初嘗、家内諱忌」、すなわち新穂を備える祭祀当日は厳しく忌み籠りしてよそ者を家の内に入れないことをいう。万葉集にも、東歌に「にほ鳥の葛飾早稲《わせ》をにへすとも　その愛《かな》しきを外に立てめやも」（14・三三八六）「誰れぞこの屋の戸押そぶる　にふなみに我が背を遣りて斎《いは》ふこの戸を」（同三四六〇）などあい通じる歌がある。実際にこうして厳重な潔斎を伴うこの「にひなへ」の祭祀の場としてのありかたに、くだんの「新嘗」にかかわる「新宮」が対応する。そこに「陰放㆓屎於新宮㆒」とは、前掲例に「御㆓新嘗㆒」という新穀を天皇じしん神に供え、みずから食するというこの上なく神聖かつ荘厳な祭儀を執り行う場に通じる「新宮」に、汚穢の典型ともいうべき糞を放ったことをいう。

この素戔嗚尊の行為を、新嘗の祭儀を妨害すること、ましてやそれを中断・中止させることを狙ったものとみることは妥当ではない。それらを狙ったのであれば、かつて第六段〈本伝〉に「素戔嗚尊昇㆑天之時、溟渤以㆑之鼓盪、山岳為㆑之鳴呴。」という神わざをもって、いとも手易くそれは可能だし、少くともそうした神わざの発現のかたちをとったであろう。実際はむしろ逆に、その行為には「陰（放屎）」が伴う。いわば隠密裡の、目立たないかたちをわざわざとる。素戔嗚尊の神わざの本来のあらわれとは裏腹なこのかたちは、実は「御田」をめぐっても同様である。改めて振りかえれば「春則重播㆓種子㆒、且毀㆓其畔㆒。秋則放㆓天斑駒㆒、使㆑伏㆓田中㆒。」という限り、かの昇天の折に大変な地異を惹き起こした素戔嗚尊らしさが全くない。しかもこの記述のどこにも、被害あるいは損壊の結果などには一切言及がない。さきに耕作や収穫の妨害と述べてはいるが、その実質を欠くというのが内実である。

しかし、そこにこそ素戔嗚尊の狙いの真意を探るべきであろう。具体例として「御田」に関する「毀㆓其畔㆒」

というこの行為を採りあげてみるに、類例に、古事記が顕宗天皇条につたえる次の傍線を付した一節がある。

天皇深怨下殺二其父王一之大長谷天皇上、欲レ報二其霊一。故、欲レ毀二其大長谷天皇之御陵一而遣レ人之時、其伊呂兄意祁命奏言「破二壊是御陵一、不レ可レ遣二他人一。専僕自行、如二天皇之御心一、破壊以参出。」

顕宗天皇の傍線部にいう意向を、後に仁賢天皇となる兄の意祁命が汲み実行して、早早と還り「少堀《ママ》二其陵之傍土一」と報告する。みずからの意向に違う報告に不満の天皇に対して、報復を「誠理」と断った上で、意祁命は「然、其大長谷天皇者、雖レ為二父之怨一、還為二我之従父一、亦治二天下一之天皇。是今単取二父仇之志一、悉破下治二天下一之天皇陵上者、後人必誹謗。」とその非を説いて、次のように考えを述べる。

唯父王之仇、不レ可レ非レ報。故、少堀二其陵辺一。既以二是恥一、足レ示二後世一。

わずかに陵の辺を少しばかり掘ったというだけの行為にすぎないが、右のように父の仇に対する報復となり得るばかりか、侮辱を加えることにもなるという。この考えを、顕宗天皇も「大理」と認めている。拙稿「『古事記』の復讎をめぐる所伝――下巻最後の所伝の成り立ちとその意義――」（古事記年報36、平成六年一月）に指摘のとおり、行為の規模の大小、あるいはその及ぶ対象の広狭などの量ではなく、むしろ質、さらにいえば行為のもつ象徴的な意味に焦点を当てる。この点において、「毀二其畔一」は「少堀二其陵辺一」に明らかに重なる。

改めていえば、この「毀二其畔一」は「重播二種子一」や「放二天斑駒一、使レ伏二田中一。」と一連の、天照大神の「御田」を狙った行為にほかならない。これらに続く「新嘗」に際しての「陰放二戻於新宮一」もまた、祭儀それじたいの妨害や中止を目的としたという以上に、汚穢を加えるべく、まさに「新宮」を標的とする。最後の「剥二天斑駒一、穿二殿甍一而投納。」に至っては、実際に「是時、天照大神驚動、以レ梭傷レ身。」と天照大神に被害が及ぶ。行為じたいも、前二者とは比較を絶した乱暴な様態を呈するとはいえ、その対象は「斎服殿」である。

こうして「御田」をはじめ、続く「新宮」「斎服殿」まで全てが、高天原を統治する天照大神のいわば権威を象徴する営造物に当たる。これを要するに、素戔嗚尊の一連の行為、所伝の冒頭に「甚無状」というそれの狙いは、高天原の統治者としての権威を象徴する営造物をことさら標的とし、攻撃を加えることによっておのが思いを晴らすことに主眼を置くであろう。（次頁に詳述）

この行為は、かつて生んだ当の父母をして「汝甚無道」と言わしめ、さらに姉に「其神暴悪」と思わせた類とつながりながら、それら生来のものより、直前の第六段の所伝の内容との関連のほうが恐らく深い。すなわち暇乞いのため昇天した素戔嗚尊は、謀反を疑い武装して問い詰める天照大神に対して、釈明するなかに「如不二与レ姉相見一、吾何能敢去。是以、跋二渉雲霧一、遠自来参。不レ意、阿姉翻起二厳顔一。」と不満を口にする。なおも疑いを解かない天照大神が「将何以明二爾之赤心一也。」と迫り、このため「誓」を提案・実行してようやく潔白を証明したという展開のなかで、本来の性情がやがていわば憤懣あるいは敵愾心にかたちを変えてもなんら不自然ではない。まして、通釈（第六段253頁）に説くとおり〔書三〕では、素戔嗚尊の「勝」を強調する。それが素戔嗚尊の増長につながることに言及したが、実際に悪事に駆りたてたという展開を、第七段が必然的な流れとしてひき継ぐ以上（わたりに当たる展開上）、「勝」に発する心情のかたちをとったあらわれこそ、くだんの「甚無状」という一連の行為だったはずである。

この場合、第六段〔本伝〕に、結局は天照大神による一方的な嫌疑、いわば濡れ衣にすぎなかったとはいえ、「謂当レ有二奪レ国之志一歟」「如何棄二置当レ就之国一而敢窺二窬比処一乎」などの上述のとおり謀反がかかわっていたことにも関連する。なぜなら、右に述べきたった素戔嗚尊の「甚無状」という一連の行為も、その謀反とたぐう、律では大逆という重大犯罪に当たるからである。ここでも『故唐律疏議』（巻第一）によるとして、「十悪」の

「二曰謀二大逆一」について、その注に「謂レ謀レ毀二宗廟・山陵及宮闕一」と規定する。このうち、「謀レ毀二山陵一」は、古事記顕宗天皇条がつたえる前掲傍線部の「欲レ毀二其大長谷天皇之御陵一」に表現を含め対応する。そこにまた「少掘二其陵辺一」というかたちをかえた例もつたえるが、規模の大小などといったかたち以上に、狙いや実質が犯罪を構成する要件となる。『譯註日本律令五、唐律疏議譯註篇一』の「註記（35頁）」を参照してみるに、本項注・疏に説くように、皇帝の権威を象徴する重要な営造物を破壊する――それによって皇帝の権威に重大な侮辱を加える――行為を意味していたことに注意する必要がある。宗廟・山陵・宮闕は決して比喩的な言葉ではない。

「宗廟・山陵・宮闕」を「皇帝の権威を象徴する重要な営造物」という。実は、素戔嗚尊の犯行を右に集約した説明にこの解説の文言を借りているが、統治者の「権威を象徴する重要な営造物」という点に彼此の違いはなく、それを対象とした犯行が統治者の「権威に重大な侮辱を加える」ことを狙った点でも、完全に一致する。

これらを踏まえた上で、いっそう注目すべき一節が唐律の疏にある。すなわち犯行の動機について、具体的に「潜思レ釈レ憾、将レ図二不逞一。遂起二悪心一、謀レ毀二宗廟・山陵及宮闕一。」と明示する。素戔嗚尊の犯行をめぐっては、動機も理由などにも一切言及がない。それらが全くなく犯行に及んだ、いわば神さが、神わざのおのずからな発現という可能性は、ここでは恐らく皆無に等しい。犯行の対象を、上述のとおり天照大神の権威を象徴する「営造物」に限定している上に、その犯行じたい、それに及ぶ時期を「春則」「秋則」「復見」「又見」と全てにわたり見定め、かつたとえば「陰放二屎於新宮一」というように隙を狙った極めて意図的な様態に特徴をもつからである。この犯行が唐律の規定する大逆に通じる以上、動機はその内容と多分に不可分のはずだから、右に引いた疏に明示する「潜思レ釈レ憾」を素戔嗚尊も動機としていた可能性が高い。

これには、傍証となり得る一節がある。前述の天照大神をはじめとする三子の誕生やこの三子に対する勅任をつたえる第五段〔書六〕が、伊奘諾尊のその勅任に背く素戔鳴尊を「年已長矣。復生二八握鬚髯一。雖レ然、不レ治二天下一、常以啼泣恚恨。」と表している。傍線部の「恚恨」の対象は、もちろん伊奘諾尊だが、さきにも言及したとおり「天照大神者、可三以治二高天原一也。（月読尊は省略）素戔鳴尊者、可三以治二天下一也。」という勅任した内容、そのとりわけ高天原とはあまりにかけ離れた天下を任地として割り当てた処遇に対する不満にそれは根ざす。それだけに、勅任した伊奘諾尊に向けたこの「恚恨」が、素戔鳴尊にとっては到底受け容れがたい理不尽な処遇により、高天原を統治することになった天照大神にまで及んでも、いわゆる逆恨みのように、心情的にはそれはそれであり得ないことではない。

げんに、関連する伝承がある。第七段のなかでも特異な〔書三〕だが、日神のもつ三処の良田に対して、素戔鳴尊の田は三処とも耕作に不適であり、このため「妬二害姉田一」というように嫉妬して春秋ともに繰り返し損害を与え続けたことをいう。同じく田をもつ神同士の設定だからこそ、良田に嫉妬するというかたちをとったとみるのが自然である。田とは比較を絶する高天原と天下というこの統治先の違いにかかわる不満が素戔鳴尊を「恚恨」に駆りたて、それが天照大神にも及ぶことが十分あり得るなかで、「誓」をめぐる対立が最終的に素戔鳴尊の「勝」という結果をもたらし、ひいては増長させてもいるはずだから、こうした経緯が要因となり、やはり前述のとおり唐律の疏に明示する「潜思レ釈レ憾」に通う犯意を抱くに至り、遂にはかの「甚無状」という一連の犯行に及んだとみるのが相当である。謀反の疑いだけに終った第六段を受け、この第七段では、確信犯として素戔鳴尊が大逆を実行し、もはや退っ引き成らない状況に至る。大逆の活用は、まさに絶妙というほかない。

三、素戔嗚尊の悪行を一度は許容する日神、〔書二〕〔書三〕

素戔嗚尊をかくていわば確信犯として仕立てあげるべく、唐律をもとに周到に所伝を成りたたせている。段そうごの関係の上では、第七段〔本伝〕の冒頭は、「天照大神以二天狭田・長田一為二御田一」が第五段の〔書十一〕を、また「素戔嗚尊之為レ行也、甚無状」も同じ段の〔書六〕につながりをもちながら、より直接的には第六段の〔書三〕をそれぞれひき継ぐとみるべきである。もちろん先行する段の〔本伝〕を承けてはいる。だからその〔本伝〕の担保する枠を出ないが、いずれも段の最後に位置する一書を選択的にひき継いで〔本伝〕は成りたつ。しかもこの〔本伝〕の「無状」に対して差違化をはかり、「天照大神謂二素戔嗚尊一曰、汝猶有二黒心一。不レ欲二与レ汝相見一。」と「黒心」につくるのが〔書一〕である。当該一節じたい、〔本伝〕の冒頭と同じく、第五段〔書十二〕の「天照大神怒甚之曰、汝是悪神。不レ須二相見一。」を踏まえる。そうして差違化するなかに、〔書一〕は〔本伝〕を確実にひき継ぐ。一方、その内容を差違化して成りたちながらも、むしろ第六段の同じ日神系列の一書をひき継ぐのが〔書二〕〔書三〕である。

その徴証とみなすべき、〔本伝〕との決定的な違いがある。日神系列の二つの一書とも、素戔嗚尊の加えた妨害を日神が一端うけ容れるかたちをとる点である。このうち〔書二〕は〔本伝〕と妨害の内容を同じくするばかりか、さらには「凡此諸事、尽是無状。」という同様の表現によって一括してもいる。これとは所伝の構成じたいを大きく異にする〔書三〕では、妨害を田に限定した上で、日神所有の三処の「良田」を、対照的に三処の田とも「皆磽地」の素戔嗚尊が「妬害」する。その具体的な加害行為やその説明「凡此悪事、曽無二息時一。」などに至っては、〔書二〕と明らかにあい通じる。日神の許容は、これらのあい通じる妨害に関連した一節に続く。素戔嗚尊に対する従前の肉親の情や親近の念にいささかも変りがないことを、それは次のように強調する。

雖レ然、日神、恩親之意、不レ慍不レ恨。皆以二平心一容焉。〔書二〕

雖レ然、日神、不レ慍、恒以二平恕一相容焉。〔書三〕

右の〔書三〕の一節の直後には、「云云」を介して「至三於日神閉二居于天石窟一也」という石窟に閉居した日神の出御を願う諸神の祈禱をめぐるくだりが展開する。「云云」は、その始まりの一節にいう日神の「閉居」にいたる経緯や理由などを省略したことを表す。省略が可能だというのも、同じ日神系列の先行する〔書二〕にこの省略した部分に相当する記述があり、それに文脈上の支えを得ることができるからにほかならない。同じ系統に立つこの先行〔書二〕を前提に一部をそれに委ねる一方、祈禱に力点を置き、日神がこの称辞を評価して石窟を出るかたちに〔書三〕は差違化をはかってもいる。

そこで二つの一書を〔書二〕に代表させ、必要のつど〔書三〕にも言及するとして、さし当たり焦点を、この日神系列の所伝を特徴づける許容に当てることにする。許容の対象とする妨害の内容じたいは〔本伝〕の大逆に当たる犯行に概ね通じるけれども、ここでは妨害の標的を、「御田」と「織殿」という、親耕と親蚕にちなむ場に明確に限っている。しかもそれが、次のように前者から後者へ段階を追って連続する。

日神尊以二天垣田一為二御田一。時素戔嗚尊、春則塡レ渠毀レ畔。又秋穀已成、則冒以二絡縄一。

（以上、親耕に関連）

且日神居二織殿一時、則生二剥斑駒一、納二其殿内一。

（以上、親蚕に関連）

右の一節の直後に、前述のとおり全体を「凡此諸事、尽是無状。」と一括することやその表現も、ともに〔本伝〕に繋がる。その一方、妨害の行為は、〔本伝〕のそれにも増してあからさまである。すなわち〔本伝〕のまずは「以㆓天狭田・長田㆒為㆓御田㆒」にそくした「以㆓天垣田㆒為㆓御田㆒」をめぐって、垣をめぐらした田にちなみ、「塡㆑渠」により水を遮断する一方、田を囲む畔を「毀㆑畔」と損壊して、こちらは水を溜めることを不能とし、秋には「冒以㆓絡縄㆒」というように田に丈夫な縄を勝手に張ってその収穫する「秋穀」をわが物とする。万葉集には、「縄だに延へよ守りつつ居らむ」（7・一三五三）「縄延へて守らまく欲しき」（10・一八五八）「縄だに延へよ守ると知るがね」（10・二二一九）など縄を張ることを占有の標識とする類例がある。素戔嗚尊の犯行も、垣をめぐらす田を春は耕作できなくさせ、縄により秋穀を横取りする露骨かつ挑発的な様相を帯びる。またさらに「織殿」に投げこむ斑駒をめぐっても、ただ「剥」〔本伝〕だけではなく「生剥」といっそう残虐を増してもいる。

妨害行為の悪質を、全般にわたって強調していることは明らかである。これを逆接的に受ける「雖㆑然」は、だから、以下に続く「日神、恩親之意、不㆑慍不㆑恨。皆以㆓平心㆒容焉。」について、本来はあり得ないという含みを伴いながら、それにもかかわらずそうあった、つまり怒りも恨みもなく平常心をもって受け容れたという事実を強調する展開を導く。日神の「恩親之意」がそうさせた理由である。この表現の展開の上では、素戔嗚尊による妨害行為の悪質を強調すればするほど、それをこともなげに受け容れる日神の「恩親之意」を称揚することにつながる。ここにこそ、殊更に妨害を一端は受け容れるかたちをとる〔書二〕のねらいがある。

しかしながら、この「恩親之意」が〔書二〕に唐突にあらわれたわけではない。日神に固有の神意として、実は先行する第六段にその一端のあらわれをみせてもいる。前述のとおりそこでは日神が「誓」を提案し、その結果として素戔嗚尊が男子を生み、「既得㆓勝験㆒」〔書一〕、「則称之曰、正哉吾勝。」〔書三〕というように勝を明確にあらわす。これを受けて、また同様に「日神方知三素戔嗚尊固無二悪意一」〈書一〉、「日神方知三素戔嗚尊元有二赤心一」〈書三〉と素戔嗚尊の潔白を日神が知ったことに言及した上で、所生子の処遇をつたえてもいる。処遇は、すべて日神による。そのなかに、素戔嗚尊の潔白を知った日神が「便取二其六男一以為二日神之子一、使レ治二天原一。」〈書三〉というように、素戔嗚尊の生んだ六柱の男神を引きとり己が子としたことをいう。〈書一〉に日神が素戔嗚尊を「弟」というとおり肉身だから、潔白を知ればその生んだ子をわが子とすることになんら不自然はない。この関係の上にこそ、「恩親之意」は成りたつ。

そうである以上、深く肉身の関係に根ざす「恩親之意」だけに、妨害を一端うけ容れた後にもなお続く悪事は、それを踏みにじることに等しく、悪事そのものに加えて、素戔嗚尊の邪悪をいっそう際立たせる。その違う分、「無状」という妨害とはもはや質を異にする。実際、〈本伝〉がつたえる犯行の「陰放二屎於新宮一」に対して、〈書二〉は該当箇所を「云云」に代置しているので〈書二〉の記述に従えば、「於二新宮御席之下一、陰自送レ糞。」と日神自身を標的とした上で、その悪質な企みが日神にもたらす重篤な結果などの、〈本伝〉に関連する記述の全くない独自色を次のように強くうち出している。

及下至日神当二新嘗一之時上、素戔嗚尊、則於二新宮御席之下一、陰自送レ糞。日神不レ知、俓坐二席上一。由レ是、日神挙レ体不レ平。故以恚恨。

最後の「故以恚恨」も、それによって天石窟に隠れてしまうという点では、〈本伝〉の「由レ此、発レ慍。」に通じるとはいえ、比較的に衝動的・感情的な性格の強い「発レ慍」とは遠く、前述のとおり第五段〈書六〉の素戔嗚尊が勅任に対して抱いたという「常以啼泣恚恨」のほうにむしろ近似する。またこれが、素戔嗚尊の際立つ邪悪に内容的にも対応する。「恩親之意」から一転してこの「恚恨」に突如劇変させるについては、「新嘗」の祭儀をとり行う日神の「御席」を糞で穢すことにより日神じしんが著しく不調を来たしたからだが、それはとりもなおさず、「新嘗」という斎忌を厳修すべき神聖この上ない祭儀を妨害する以上に、究極的には日神の神聖ないし日神じしんを狙った犯行と日神がみなしたからにほかならない。前述のとおり天照大神の権威を象徴する営造物を攻撃の対象とした〔本伝〕の、実際に皮を剝いだ天斑駒を大神が神衣を織っている斎服殿に投げ納れたことに伴い「是時、天照大神驚動、以レ梭傷レ身。由レ此、発レ慍。」という偶発的な事故がもとで感情的に怒りを露にする展開とは、決定的に異なる。

この〔書二〕の穢れは、日神を天石窟の閉居に追いこむことにつながる重要な点なので、改めて本文にそくして内容を確かめてみるに、「素戔鳴命、則於二新宮御席之下一陰自送レ糞。」と直後の「日神不レ知、俓坐二席上一。」との相関上、「送レ糞」の企みを知らないまま席上に坐したというところまではなんら疑問はない。その直後に続く「由レ是、日神挙レ体不レ平。」も、前述のとおり「送レ糞」によることは明らかだが、問題は、その「送レ糞」の事実を知った後に不調を来たしたのか、それとも逆に不調を来たした後にその事実を知った（推認した）のか、どちらとも一概には決めがたい点である。前者であれば、精神的・心理的な影響による不調の可能性も排除できない。しかし表現の上では、素戔鳴尊の「送レ糞」と日神の「不レ知、俓坐二席上一」とが「俓」により直結し、それらを直接「由レ是」が承けて「日神挙レ体不レ平」が続くこうした緊密な承接関係の間に、日神の「知」の介在する余地は恐らくあり得ない。実際上も、「送レ糞」を知らずにただちに席上に坐したと同じように、そのことを知らないまま不調に陥った、すなわち穢れにそれは起因する。

四、素戔嗚尊の犯した罪に対する祓え、承前

日神が天石窟にこもる原因を、〔書二〕ではその穢れという一点に絞りこんでいることは疑いを容れない。〔本伝〕がつたえる天照大神のばあい、前述のとおり大逆に通じる一連の犯行があり、その最後の神衣を織っている斎服殿に皮を剥いだ天斑駒を投げ納れるといった悪行に驚動して「以レ梭傷レ身、由レ此、発レ慍。」の結果、天石窟にこもるに至る。原因という点では、直接的には「傷レ身、由レ此、発レ慍。」を挙げるべきだが、「発レ慍」にしても、「傷レ身」に加え、先行する一連の犯行も作用していたに違いない。一方、素戔嗚尊の同じ悪行でも、〔書二〕は「稚日女尊乃驚而堕レ機、以二所レ持梭一、傷レ体而神退矣。」と直ちに死につなげる。

この〔本伝〕を始めとする天照系列との対応上、一連の犯行に、右のように「於二新宮御席之下一、陰自送レ糞。」という穢すこと一つが当たるのであるから、そのもつ意味はなかなかに重い。もちろん、この「送レ糞」により日神が「挙レ体不レ平」に陥ってもいることも、「送糞」の悪質、すなわち大逆に通じるまさに重大犯罪ともいうべき一連の犯行に相当することを如実にものがたる。いまそのそれぞれの悪事を、〔本伝〕のそれは一連の犯行、かたや〔書二〕のそれは穢しと仮称するとして、その悪事により天照大神、日神を同じく天石窟幽居に至らしめるという点にそくして対応をみてきたが、悪事が対応する以上、当然のことながら、悪事への対処も、その悪事の内容に応じたかたちをとってたがいに対応するであろう。具体的には、それぞれ、〔本伝〕では一連の犯行に対して「帰二罪過於素戔嗚尊一而科之以二千座置戸一、遂促徴矣。」と処罰し、かたや〔書二〕の穢しに「科二罪於素戔嗚尊一而責二其祓具一。」と処分を下す。表現や内容の上でもたがいに通じ、かつ明確に対応する。実

は、これに符合する対応を歴史がつたえている。

その一つが、次に引く天武天皇五年八月条につたえる二つの「詔」である。前出の「詔」にとりわけ多く論が集中し、それだけに終始する傾向が従来は著しい。「詔」二つの全文を、まずは続けて示す。

> 辛亥（十六日）、詔曰「四方為二大解除一。用物則国別国造輸。秡柱、馬一匹・布一常。以外郡司。各刀一口・鹿皮一張・钁一口・刀子一口・鎌一口・矢一具・稲一束。且毎レ戸、麻一条。」壬子（十七日）、詔曰「死刑・没官・三流、並降二一等一。徒罪以下、已発覚、未二発覚一、悉赦之。唯既配流、不レ在二赦例一。」是日、詔二諸国一以放生。

辛亥と翌壬子と二日連続して、しかもあいたぐう表現によって出した詔であるから、二つに関連がないとは考えがたい。ただ、その関連は、従来ほとんど目を向けなかったように明示的ではない。関連を前提としない立場から、つき離してそれぞれの「詔」についてまずは内容を検討することが先決である。

さて、前者「大解除」については、日本古典文学大系の当該頭注（424頁・一〇）がつとにその令とのかかわりを次のように指摘する。

> 養老神祇令に「凡諸国須二大祓一者、毎レ郡出二刀一口、皮一張、鍬一口、及雑物等一。戸別麻一条。其国造出二馬一匹一」とあり、この詔と関係する。おそらくこの規定が令文に定着したのであろう。

ここに言及する神祇令は、詔に限らず、当面の第七段とも深くかかわる。たとえば『律令』（日本思想大系3、井上光貞氏他による校注。一九七六年。岩波書店）に、「大祓」に関して「補注18ａ」（539頁）が次のように解説を加えている。

> 記紀神話の天岩戸の段で、御田の耕作を妨げ、大嘗の殿の神聖をけがしたスサノヲに千位置戸を科して高天

原から神夜良比する話は、大祓の儀の祝詞の内容とも密接な関係をもつ。

「記紀神話」と一括するその中身は、「御田」が神代紀、「大嘗の殿」が古事記、「千位置戸を科して」が神代紀〔本伝〕（併し、原文は「千位」を「千座」に作る。古事記は「千位置戸を負せ」）、「高天原から神夜良比する」が古事記にそれぞれ基づく。大祓とのかかわりをめぐっては、概して「記紀神話」と一括して論じる傾向が強い。青木紀元氏「天津罪・国津罪」（倉野憲司先生古稀記念『古代文学論集』328頁。昭和四十九年九月・桜楓社）は、さらに踏み込んでそれを「起源説話」として次のように説く。

スサノヲノミコトの天上における罪の説話が先にあって、これに基づいて大祓詞の中で「畔放・溝埋」などを「天津罪」と称したのではなく、逆に「畔放・溝埋」などが「天津罪」と名づけて最も重大な罪と指定されたが故に、その起源説話としてスサノヲノミコトの説話が作られたとすべきである。国家社会の重要な事がらは、記紀の神話体系の中のどこかに、その起源が説かれる必要があった。そこでこれを、スサノヲノミコトの一身に負わせることになったのである。

実証の裏づけを欠くこうした論考に、はたしてどれほど説得力があるだろうか。そもそも「記紀神話」という括りかたじたい、少くとも文献にその実体をとどめてはいない以上、無限定であってはならないであろう。細部にこだわれば、大祓の祝詞のなかに「天津罪」として一括する「畔放・溝埋」と「生剥・逆剥」や「屎戸」などを、古事記も神代紀も明確に分け、前述のとおり神代上第七段では〔本伝〕と〔書二〕でさえたがいに位置づけを異にする。関係の上では、それこそ「記紀神話」につたえる罪の諸相を、のちに整理して「天津罪」「国津罪」に体系化した結果として祝詞の大祓を捉えるほうが、はるかに無理はない。

ともかくも、先学がほぼ一致して指摘する大祓との関連それじたいは、否むべくもない。ただし、その関連をもつ対象は「記紀神話」ではない。前述のとおり穢しに対して「科二罪於素戔嗚尊一而責二祓具一。」と処分を下したとつたえる〔書二〕に、その対象は限定的である。まず「祓具」に、前掲天武紀五年八月条の詔にいう「大解除」の「秡柱」が対応する。それをはじめ、〔書二〕及びあい通じる〔書三〕の一節と、これに関連する大祓の一節との対応の内実を、次に具体的にみきわめることにする。

○　科二罪於素戔嗚尊一而責二其祓具一。是以、有二手端吉棄物、足端凶棄物一。亦以レ唾為二白和幣一、以レ洟為二青和幣一、用レ此解除竟。〔書二〕

○　科二素戔嗚尊千座置戸之解除一、以二手爪一為二吉爪棄物一、以二足爪一為二凶爪棄物一、乃使下天児屋命掌二其解除之太諄辞一而宣上之焉。〔書三〕

次がこれに対応する大祓に関連した一節である。

○　四方為二大解除一。用物則国別国造輸。秡柱、馬一匹・布一常。以外郡司。各刀一口・鹿皮一張・钁一口・刀子一口・鎌一口・矢一具・稲一束。且毎レ戸、麻一条。（天武天皇五年八月辛亥条）

○　凡諸国須二大祓一。毎レ郡出二刀一口・皮一張・鍬一口及雑物等一。戸別麻一条。其国造出二馬一疋一。（神祇令第六・19）

一書と天武紀とは、「解除」及びそれに供える「祓具」と「秡柱」という祓いをめぐる基本を共有する。また一方、その天武紀と神祇令とは、馬をはじめ「秡柱」がほぼ共通する。これらはすでに先学の指摘に明らかだが、神祇令では、右掲のとおり定める諸国の「大祓」とは別に、条項としてはそれに先立ち、六月と十二月との晦の日に朝廷が行う「大祓」（同前・18）を定めている。このなかに、百官の男女の聚まる祓所で行う「中臣宣二祓詞一」がある。「祓詞」を延喜式祝詞（六月晦大祓、十二月准レ此）がつたえてもいる。この祝詞の一節に次のようにいう。

大中臣、天津金木乎、本打切末打断弖、千座置座尓置足波志弖、天津菅曽乎、本苅断末苅切弖、八針尓、取辟弖、天津祝詞乃太祝詞事乎宣礼。

中臣氏の大祓奉仕について、「千座の置座」に祓え物を置き、「太祝詞事を宣」るというそのありかたは、右の〔書三〕に「千座置戸の解除」として手足の爪を「吉爪棄物」「凶爪棄物」とみなし、中臣氏の遠祖、天児屋命に「其の解除の太諄辞を宣」らせたとつたえる内容に明らかに通じる。

ここではそれらあい通じる内容の詳細にまで言及する余裕はないが、あい通じるというそのことにそくしていえば、先学の指摘する天武紀や神祇令との関連は前述のとおり諸国の「大祓」を中心に〔書二〕が担い、これとは対応的に、同じ神祇令のなかでも、朝廷の行う「大祓」（18）の「中臣宣二祓詞一」に焦点を当てたかたちを〔書三〕はとっていることになる。しかしそれは、あくまでかたちの上にとどまるであろう。実態としては、後述するとおり天石窟に閉居した日神に対して行う神事に天児屋命が「神祝祝之」〔書二〕「広厚称辞祈啓矣」〔書三〕という祈祷により中心的役割を果たすという展開を承け、その延長上に、素戔嗚尊の罪穢を祓う役割まで天児屋命に担わせたということにほかならない。天児屋命の活躍をこうして特筆大書する展開に、祓えがおのずから深くかかわる。日神を立てる一書は、まさにその点に特徴をもつ。

五、素戔嗚尊に科す贖罪、資財没官、〔本伝〕

祓えを特徴とする一書とは対照的に、〔本伝〕に「解除」はもとより、これにかかわる「祓具」など関連する語は一切ない。祓えに代って特徴とすべき語が、素戔鳴尊に課した最終の処分を表す「至レ使三抜レ髪以贖二其罪一」という「贖罪」である。しかし、従来、罪の処理法というそのありかたにそくして、この贖罪も祓えと共通するものとみるのが通例である。たとえば「已而科二罪於素戔鳴尊一而責二其祓具一（神代紀上）至レ使三抜レ髪、以贖二其罪一。亦曰、祓二其手足爪一贖之。（神代紀上）／これはスサノヲの命の犯した〈罪〉であり、明らかにハラヘツモノが科せられ、贖はしめられてゐる。」（西宮一民氏「古事記行文注釈二題」中の「祓禊」の節の一文。傍線は原文のまま。前掲倉野憲司先生古稀記念『古代文学論集』215頁。また同氏『上代祭祀と言語』158頁。平成二年十月桜楓社）など、贖罪と祓えそれぞれの特質といった肝腎な点をほとんど閑却した論に終始する。

確かに「抜レ髪以贖二其罪一」や「抜二其手足之爪一贖之」など、罪の処理に身体の一部を供せしめるという点では、祓えに通じる。しかしそれは、あくまで手段に過ぎない。罪を贖うということじたいは、祓えとは本質的に異なる。そのことを端的につたえる例が、日本書紀雄略天皇十年九月条の次の所伝である。

身狭村主青等、将二呉所レ献二鵝一到二於筑紫一。是鵝為二水間君犬一所レ囓、死。由レ是、水間君恐怖憂愁、不レ能二自黙一、献三鴻十隻与二養鳥人一、請三以贖レ罪。

呉の献上した二羽の鵝を、自分の飼う犬が囓《く》って死なせた結果を放置できず、水間君は鴻十羽と鳥養い人とを献上して贖罪を願い出る。このあとも、臣下の過失（罪）を天皇が厳しく問う所伝がつづく。そのなかに「天皇便疑三御田奸二其采女一、自念レ将レ刑而付二物部一。」（十二年十月）、「天皇因嘖譲曰（中略）。仍付二物部一、使レ刑二於野一。」（十三年九月）などと物部に刑を執行させる例がある。この物部については、日本古典文学大系が前者の例の頭注に「ここでは刑吏のこと。令制の囚獄司の伴部に物部四十人がおり、罪人を主当し決罰の事を掌っている。また同司には物部丁二十人が属し杖を帯して獄を守ることになっていた。」（頭注二。488頁）と説く。

右の物部を登場させる二つの所伝の間に、もう一つのとりわけ注目に値する例がある。内容も、采女奸しやその処理などをめぐって二つの所伝とあい通じるが、最終的な処理に関して「資財」をいう。

狭穂彦玄孫、歯田根命竊奸二采女山辺小島子一。天皇聞、以二歯田根命一収二付於物部目大連一而使二責譲一。歯田根命、以二馬八匹・大刀八口一祓二除罪過一。既而歌曰（山辺の小島子ゆゑに人ねらふ馬の八匹は惜しけくもなし）。目大連聞而奏之。天皇使三歯田根命資財露置二於餌香市辺橘本之土一。遂以二餌香長野邑一賜二物部目大連一。

采女奸しに、前述した二例のとりわけ後者（十三年九月）がその実際をつたえる「天皇因嘖譲曰（中略）仍付二物部一、使レ刑二於野一。」という処刑もありうるが、歯田根命は「以二馬八匹・大刀八口一祓二除罪過一」と祓えによって処理を済まさせたと独り合点した上に、祓えに供した馬など惜しくないなどと歌う。万葉集に、安貴王の「娶二因幡八上采女一。係念極甚、愛情尤盛。於レ時、勅断二不敬之罪一、退二却本郷一焉。」と左注にいう歌（4・五三四・五）をつたえてもいる。采女奸しが重大犯罪に当たるという通念すら、恋は踏み越える。この情欲が、歯田根命に祓えを択ばせ、さらには歌にうそぶかせたという展開をそこにみることができる。

祓えや歌などに関する目大連の報告をうけた天皇が、今度はみずから直直におこなった処罰を「天皇使三歯田根命資財露置二於餌香市辺橘本之土一。遂以二餌香長野邑一賜二物部目大連一。」とつたえる。傍線を付した「資財」について、さきにも採りあげた日本古典文学大系の当該頭注に「資材は、律令の用語としては、田宅などの不動産に対して、牛馬・奴婢・稲など動産の意。」と説く。大筋はともかく、厳密には、むしろ律がそれを規定する。唐律（故唐律疏議巻第十七・賊盗一）は特に重大犯罪として定める「十悪」のなかでも筆頭に置く謀反及び大逆の罪を厳しく処断し、犯行に及んだ当人を斬とすることをはじめ、父と十六歳以上の子は絞、十五歳以下の子や母以下の親族「若部曲、資財、田宅」などの全財産を「並没官」、すなわち官への没収とする。歯田根命に対して天皇が命じた「資材露置二於餌香市辺橘本之土一」という「資財」の取り扱いはもとより、それに併せて物部目大連に賜与した「餌香長野邑」は歯田根命の「田宅」に当たるはずだから、この処分もまた「没官」に通じる。律は、特に「謀反・大逆人家資、合二没官一者」を「簿斂之物」（同前巻四、名例三二「疏議」）と称するが、『譯註日本律令五、唐律疏議譯註篇一』の当該条の「解説」に「簿斂之物とは、反逆罪において没収せられる犯人所有の全財産を指していう。まずその財産目録を作成した上で没収の手続きに入るゆえにこの名があるのであろう。」（190頁）と説く。歯田根命から全財産を没収し、それぞれ「資財」「田宅」ごとに然るべく処分したことになる。律を踏まえて所伝にそのように決着を付けたに相違ない。

罪の重さの自覚を欠いたがゆえに厳罰に処せられたこの例とは逆に、前述（285頁）のとおり「恐怖憂愁、不レ能二自黙一。」と罪に恐れおののき進んで贖罪を申し出た水間君は、天皇の許しを得る。二つの所伝は、登場する人物のおのが犯した罪に対する意識の違いに応じて、まさに対照的な結末を辿る。対照的ということじたい、律をともに踏まえた証しでもある。ただし、念のため言いそえれば、唐律では、五刑との対応上、贖罪ではなく贖刑という。五刑の第一「笞刑」の起源を説く疏議のなかに、「漢文帝十三年、太倉令淳于意女、緹縈上書、願下没入為二官婢一以贖中父刑上。帝悲二其意一、遂改二肉刑一。」とつたえるほか、「死刑」の疏議には「未レ知三贖刑起自二何代一」という問いに対する答えのなかに贖刑の沿革を説いてもいる。『譯註日本律令五、唐律疏議譯註篇一』の「解説」がこの贖刑について詳細な説明を加え、そこに「贖とは刑罰の重さに対応して所定の額の財貨を提供せしめることをもって、実刑の執行に代える制度である。」（29頁）という。日本でも、獄令（第廿九・52）に「凡贖二死刑一、限二八十日一。」と規定するが、律はこの刑をすべて罪に改め、笞刑以下の五刑を五罪とする。贖銅も、この五罪に対応させていたことは、『律令』（1名例律）の補注（491頁）に、日本律も唐律に倣って贖を銅で納めさせることとし、五罪との換算は徒までが唐律と同じで、流・死の両者は重くしている（名例1～5）。しかし実際には「凡贖レ罪無レ銅、准レ価徴レ銭」との規定（刑部式）もあり、右のように唐律に基づきながら、規定に手直しを加え運用・施行した実態や具体例の「贖罪」の語に明らかである。この日本的に手直しを加えた律及びその施行実態と、また一方それが基づく唐律とを明確に弁別することは容易ではない。両にらみが必要だとはいえ、当面の問題に限れば、唐律の規定に重点を置くはずである。

さて、ここでくだんの素戔嗚尊の贖罪に関連した「抜レ髪以贖二其罪一。亦曰、抜三其手足之爪一、贖之。」に立ちかえってみるに、右に採りあげた一連の律の贖罪の例にそれが通じることに加え、なかんずく雄略紀の前掲「献三鴻十隻与二養鳥人一、請二以贖レ罪。」とは、同じく律の贖罪を踏まえた所伝としても共通する点が重要である。なぜなら、素戔嗚尊の処罰をめぐっては、まずは「諸神帰二罪過於素戔嗚尊一而科レ之以二千座置戸一。」と罪を素戔嗚尊に帰し、かつそれを贖う贖金ないし贖銅に相当する現物を科しているからである。なおまた同じ雄略紀の前掲例に「天皇使三歯田根命資財露置二於餌香市辺橘本之土一。」という資財の没官にも、それは当たる。もっとも、この歯田根命のばあい、いわば判決と執行とを別けてはいない。素戔嗚尊に対する処罰の「科レ之以二千座置戸一」は、その点では判決にすぎない。そこで次に資財没官に当たる刑の執行に移るが、素戔嗚尊のばあい、直後に「遂促徴矣」とあり、「千座置戸」という罪を贖うべき資財ないし家資を科したあとも、それを納入しないという事態をうけてその納入を督促していることをあらわす。唐律でも、「名例律三三」に、注にいう「（余贓非二見在一及）収贖之物、限内未レ送者、並従二赦降一原。」の疏議に「収贖之物者、謂二犯レ罪徴銅一。依レ令節級、各依二期限一。限内未レ送、並従二赦、降一原。」とした上で、「過レ限不レ送、不レ在二免限一。」というように贖銅の所定送納期間を超過して納入しなければ、赦・降があっても未納分を免除する限りではないと定めている。「千座置戸」はこの

「収贖之物」に当たるから、未納であれば、当然のことながら督促をうける。そしてそれに応じる資財の無い者に対する措置を、「名例律四七」の注に「応レ徴二正贓及贖一、無レ財者、準二銅二斤一、各加二杖十一。」と杖刑に換えるほか、前掲のとおり「贖二死刑一」について規定した獄令の条文には「若欠二負官物一、応レ徴二正贓及贖物一、無二財以備一者、官役折レ庸。其物雖レ多、限止二五年一。」などと五年を上限とする労役により弁済することを定めてもいる。素戔嗚尊の場合も、「促徴」を受けてなお未納かつ納入に当てる資財が無いことから、労役ならぬ「抜レ髪」（「亦曰、抜二其手足之爪一」）をもって贖罪せしめたという関係を認めるのが、律をもとに所伝を成りたたせている展開上、最も自然である。

六、律と令それぞれに根ざす天照系列の贖罪と日神系列の祓え

律をもとに所伝を成りたたせている実態、なかんずく贖罪に関連したその〔本伝〕の展開は、雄略紀の水間君による贖罪をつたえる伝承と、明らかに一連のつながりにある。このつながりを手繰れば、同じ雄略紀の、水間君とは対照的に厳しい処罰を受けた歯田根命が、当初は祓えによって処理を済ませたと勝手に早合点した伝承にゆき当たる。この伝承が、祓えによる処理と律を踏まえた贖罪とを前後に切り分け、そのそれぞれが基づく令と律との対応的な関係にそくして成りたっていることは、前述のとおりもはや疑いを容れない。これと一連のつながりにある以上、素戔嗚尊に課した処分をめぐって、〔本伝〕と一書とがそれぞれ所伝を成りたたせる上に、律と令とにそれぞれ振り分けたとみるのが筋である。

すなわち、〔本伝〕は律をもとに、贖罪を中心に所伝を成りたたせている。これに対して、祓えに関連した令

の規定を踏まえて所伝を成りたたせているのが〔書二〕〔書三〕である。雄略紀が歯田根命をめぐって令と律とを対比的・対照的に踏まえながら所伝を展開させていたのと、それは確実にあい通じる。もとより、偶然の結果ではないであろう。律令という国の体制や秩序の拠りどころのそれぞれのありかたに即応したかたちをとることが、なかんずく重要である。高天原を統治する天照大神に対する重大犯罪であればこそ、その処分に、祓えと贖罪とがつみやけがれなどに対処する二つのあいたぐう手立て、いわば対処法として定着してきた歴史を踏まえることを強く思わせる。そしてその歴史のつたえる一つの例として、前掲（281頁）天武天皇五年八月条の二つの「詔」が存在する。二つの「詔」は、あい前後して、それぞれ大祓と大赦を命じている。念のため歯田根命の例も加え、それぞれに対応する記述を次につき合わせてみる。

天武天皇「詔」大祓	素戔嗚尊〔書二〕	歯田根命（初度）
四方為二大解除一。用物則国別国造輸。祓柱、馬一匹・布一常（中略）各刀一口。	責二其祓具一。是以有二手端吉棄物（手の爪）、足端凶棄物一（足の爪）。（中略）、用レ此解除竟。	以二馬八匹・大刀八口一祓二除罪過一。

天武天皇「詔」大赦	素戔嗚尊〔本伝〕	歯田根命（再度）
死刑・没官・三流、並降二一等一。徒罪以下（中略。）悉赦之。	科之以二千座置戸一、遂促徴矣。至レ使三抜レ髪以贖二其罪一。	資財露置（中略）以二餌香長野邑一賜二物部目大連一。

右表のそれぞれ大祓と大赦とに、素戔嗚尊をめぐる所伝の〔本伝〕と〔書二〕の各記述が対応する。見方をかえ

れば、歯田根命の所伝を含め、表中の各記述は、それぞれ大祓か大赦かのいずれか一方に関連して排他的なあらわれをみせるということだから、歴史の事実をつたえるその大祓と大赦の代表するそれぞれ令と律との対応をもとに、すなわち歴史に根ざす対応を拠りどころに所伝は成りたつ。

なお念のため付言すれば、右の見方を裏付ける事実が、実はもう一つある。大祓に関連する、したがって〔書二〕の所伝にかかわるが、天石窟にひきこもっている日神の出御を祈請する神事をつたえるなかに、中臣の遠祖である天児屋命のはたらきだけを、他とは切り離して最後に特筆する。

（日神の「閉二其磐戸一」の直後）于レ時、諸神憂之、乃使二鏡作部遠祖天糠戸者造レ鏡、忌部遠祖太玉者造レ幣、玉作部遠祖豊玉者造レ玉。又使下山雷者採二五百箇真坂樹八十玉籤一、野槌者採中五百箇野薦八十玉籤上。凡此諸物、皆来聚集。時、中臣遠祖天児屋命、則以二神祝一祝之。

この神事が奏効して、この直後に「於レ是、日神方開二磐戸一而出焉。」と日神は天石窟を出る。天児屋命の活躍を、〔書三〕ではいっそう強調する。神事の全体を、さながら一神で取りしきるかたちをとる。

（至三於日神閉二居于天石窟一也）諸神遣二中臣連遠祖興台産霊児天児屋命一而使レ祈焉。於レ是、天児屋命掘二天香山之真坂木一而上枝懸以二鏡作遠祖天抜戸児石凝戸辺所レ作八咫鏡一、中枝懸以二玉作遠祖伊奘諾尊児天明玉所レ作八坂瓊之曲玉一、下枝懸以二粟国忌部遠祖天日鷲所レ作木綿一、乃使二忌部首遠祖太玉命執取一而広厚称辞祈啓矣。

諸神は天児屋命一神に全て委任し、これをうけて執り行う神事も、諸神ではなく天児屋命が祭具の準備をはじめ全て差配する。〔書二〕が強調する「以二神祝一祝之」という祭詞に関連した役割を、右の一節の最後に、神事の中心に位置する「広厚称辞祈啓」に焦点を当てていっそう明確につたえている。日神系列の所伝では、さきに採りあげた第六段が〔書一〕の「素戔嗚尊既得二勝験一。」を〔書三〕に「（素戔嗚尊）便化二生男一矣。則称之曰、正哉吾勝。」と勝を明確化する方向に改変を加えているが、これと軌を一にするであろう。

天児屋命の活躍じたいを特筆強調することに加え、これに対応させ、受け手である日神に「（日神聞之曰）頃者人雖二多請一、未レ有二若レ此言之麗美者一也。」とまで言わせた上に「乃細開二磐戸一而窺之。」と戸外を窺う契機として位置づけてもいる。一連の展開や記述を通して、神事全体を天児屋命を主体に構成していることは明らかである。このなかでは、右に日神が「若レ此言之麗美者」と称える「広厚称辞祈啓」（書三）「以二神祝一祝之」（書二）などといった祈祝を核に据える。天児屋命を中臣氏の遠祖とする関係上、この神祇令（18）が規定する六月、十二月の大祓にいう「中臣宣二祓詞一」などの中臣氏の職掌とする儀式行事との関連が深い。げんに神祇令（13）が中臣氏の職掌として、もう一つ「凡践祚之日、中臣奏二天神之寿詞一。」と規定する。この中臣による天神の寿詞の奏上には、ひき続き「忌部上二神璽鏡・劔一」という忌部による神璽の鏡と剣の献上が伴う。中臣と忌部がそれぞれ職掌として奉仕するこのありかたに対応する例を、日本書紀が次のようにつたえている。

（天武天皇二年十二月五日）侍二奉大嘗一中臣・忌部及神官人等、并播磨・丹波二国郡司、亦以下人夫等、悉賜レ禄。

（持統天皇四年正月朔日）物部麻呂朝臣樹二大盾一。神祇伯中臣大嶋朝臣読二天神寿詞一。畢、忌部宿禰色夫知奉二上神璽剣・鏡於皇后一。皇后即二天皇位一。公卿百寮、羅列匝拝而拍レ手焉。

これら日本書紀の記述を踏まえた上で、『律令』（日本思想大系）が前掲神祇令（13）に関連して「補注13 a」に「これはおそくも浄御原令に、13条と同じく、践祚＝即位の日に中臣の天神之寿詞奏上と忌部の神璽之鏡剣奉上が規定されていたことを示す。」（537頁）と指摘する。

浄御原令はともかく、少くとも神祇令が践祚を規定するなかに、中臣による天神の寿詞の奏上と忌部による神璽の鏡と剣の奉上とを組み合わせたかたちが定着していたことは疑いを容れない。日神を天石窟から出すための神事のなかでも、前述のとおり特に天児屋命の活躍を強調する〔書三〕のかたちが、まさにそれに対応する。すなわち天児屋命じしんが天香山の真坂木を掘ってその上中下の各枝に八咫鏡・八坂瓊の曲玉・木綿を懸けながら、わざわざそれら祭具を「使二忌部首遠祖太玉命執取一」と太玉命に取り扱わせている。太玉命による祭具の「執取」と続く天児屋命による「広厚称辞祈啓」というそれぞれの職掌に根ざす神事行為やその組み合わせは、中臣による天神の寿詞の奏上と忌部による神璽の鏡と剣の奉上とを組み合わせた神祇令の規定を踏まえたものだったに相違ない。

そして〔書二〕と〔書三〕とを分かつ最大のポイントが、共に踏まえるこの令とのかかわりである。〔書二〕では、天児屋命の役割を強調してはいても、忌部についてはわずかに「忌部遠祖太玉者、造レ幣」という祭具の造作をつたえるだけにとどまり、他の祭具作成に当たる氏族と選ぶところがない。一方、〔書三〕は右のように日神を天石窟から出すための神事のみならず、素戔嗚尊に対する「解除」のなかでも、最終的に「使下天児屋命掌二其解除之太諄辞一而宣上之焉。」と天児屋命に解除の辞を宣らせて決着を付ける。それが神祇令（18）の大祓に「中臣宣二祓詞一」という規定を踏まえることはさきに指摘のとおり明らかだから、そうして令の規定を拠りどころに天児屋命の活躍を前面に押し出した所伝の成りたちに、〔書三〕は特徴をもつ。

七、日神系列の「解除」をめぐる古事記との対応、〔書三〕

令を拠りどころとした所伝の成りたちは、かくて〔書二〕から〔書三〕にかけてその度合を強め、素戔嗚尊の罪の解除にとどまらず、日神の天石窟からの出御を祈請する神事にまで及ぶ。このなかでは、令が規定する中臣の職掌を踏まえ、その中臣の遠祖に当たる天児屋命を中心に所伝は展開する。令に依拠して内容の差違化をはかりながら所伝を成りたたせる点に、日神系列の一書は一貫して特徴を際立たせている。その特徴の一切と、本伝を中心とする天照系列の所伝は無縁である。素戔嗚尊の犯した罪も、大逆になぞらえたかたちをとり、その処罰は律を踏まえる。日神系列とは、令ではなく律を拠りどころとした点に顕著な違いをみせる。

確かにそうして一つに括り得るとはいえ、所伝の展開自体には、実は〔書二〕と〔書三〕との間に大きな違いがある。〔書二〕が〔本伝〕の展開に概ね重なるのとは対照的に、〔書三〕はそれら先行所伝すべてと構成そのものを異にする。〔書二〕とは同一系列に属するほどに特徴を共有する一方の、それとはまさに裏腹なその独自を、〔書三〕は周到かつ細心に演出してもいる。それが、また他の所伝と分かちがたくかかわる。

ただ、それでも冒頭を「是後」とするこの表現は、第六段の日神系列の一書をひき継ぐことの明確な証左である。直後の田に関して「故、素戔嗚尊妬二害姉田一。」以下につたえる春の耕作や種播き、秋の収穫等をめぐる一連の「凡此悪事、曽無二息時一。」という悪行、及び「雖レ然、日神不レ慍、恒以二平恕一相容焉。」という許容なども、前述のとおり明らかに〔書二〕に通じる。このあと「云云」を介して続く日神の天石窟閉居や解除を中心とした神事も、〔書二〕に通じるが、問題はこの直後である。念のため次にその一節を、段落分けして示す。

既而諸神嘖二素戔嗚尊一曰「汝所行、甚無頼。故不レ可レ住二於天上一、亦不レ可レ居二於葦原中国一。宜三急適二於底根之国一。」乃共逐降去。（A）

于レ時、霖也。素戔嗚尊結二束青草一以為二笠蓑一而乞二宿於衆神一。衆神曰「汝是、躬行濁悪而見二逐謫一者。如何乞二宿於我一。」遂同距之。是以風雨雖レ甚、不レ得二留休一而辛苦降矣。（B）

自レ爾以来、世諱下著二笠蓑一以入中他人屋内上。又諱下負二束草一以入中他人家内上。有二犯レ此者一、必債二解除一。此太古之遺法也。（C）

是後、素戔嗚尊曰「諸神逐レ我。我今当二永去一。如何不下与二我姉一相見上而擅自俓去歟。（D）

右の（A）に素戔嗚尊を責める諸神の言辞は、〔本伝〕以下どの所伝にも無い。そこでは不要のその言辞は、だからあえて付加したはずだが、しかしその元を質せば、遡る第五段〔本伝〕の最後に素戔嗚尊を放逐する父母二神の勅としてつたえる「汝甚無道。不レ可三以君二臨宇宙一。固当三遠適二之於根国一矣。」を、根国の所在をはじめ表現に手直しを加えながら、直後の「遂逐之」と併せ借用したものにほかならない。第五段に続く第六段では、その放逐を承け、〔本伝〕が「於レ是、素戔嗚尊請曰、吾今奉レ教、将レ就二根国一。故欲下暫向二高天原一、与レ姉相見而後永退上矣。勅許之。」とつたえる。この一節のなかんずく傍線部を、右に引用した（D）に使う。この「勅許」を得た上で姉に見えるという展開も、その（D）の「如何不下与二我姉一相見上而擅自俓去歟」という擅断自制を姉との会見につなげるなかに利用する。

こうして第五段から第六段への展開、またさらに第六段の「誓約」をめぐるその前後の展開に至る基本的枠組みを踏襲して成りたつのが、すなわち〔書三〕の実態である。右の（D）をうけ、後は昇天、誓約、六男誕生などの、先行所伝と共有する枠組みにそくした展開が続く。それが直後には一転する。素戔嗚尊が日神に既往の事態の経緯などを述べる。〔書三〕の独自とする要点を中心に、素戔嗚尊の振り返りを通して集約した上でまとめているといった観が強い。内容も、それだけ重い意味をもつ。

於レ是、素戔嗚尊白二日神一曰「吾所二以更昇来一者、衆神処レ我以二根国一。今当二就去一。若不二与レ姉相見一、終不レ能レ忍レ離。故、実以二清心一復上来耳。今則奉観已訖。当下随二衆神之意一、自レ此永帰中根国上矣。請姉、照二臨天国一、自可二平安一。且吾以二清心一所レ生児等、亦奉二於姉一。」已而復還降焉。

この一段に、特に傍線を付した「今則奉覲已訖」の一句が象徴的に位置する。新編日本古典文学全集の当該頭注に説文や周礼の一節を引いて「天子にまみえるという文字を選んでいる点に注意。」と喚起する通りだが、その注意すべき内容には言及がない。ここで「白」を使うことと一連の、素戔嗚尊が日神に対して臣下の地位・身分に立つことを、それは明確かつ端的に表現する。

漢籍の例として参照すべきは、むしろ礼記である。「奉覲」とは、「朝覲」を下敷きにした表現のはずだから、「朝覲、所三以教二諸侯之臣一也。」（祭義第二十四）「朝覲之礼、所三以明二君臣之義一也。」（経解第二十六）という天子に対する諸侯としての臣下の道を教え、あるいは君臣の義を明らかにするなどの例が端的に示すように、臣下として御目見得することをいう謙譲語にほかならない。地に降下したそのあと「若不二与レ姉相見一、終不レ能レ忍レ離。」と態態来訪したが、日神に対して臣下として御目見得するというのがその実態なり内実であったと改めて明確にすることを、その語の使用は恐らくねらいとする。姉と弟という肉身の関係に変りはないが、それ以上に君臣の関係が卓越する。右に引用した一節の最後に「照二臨天国一、自可二平安一。」という請願も、相手は姉ながら、内容の上では君主に対する臣下の祝福であり、素戔嗚尊が清心の証しとして生んだ六男を、ここでは臣下が献上するというかたちをとる。

この素戔嗚尊みずから所生の六男を進んで日神に献るというかたちは、同じ日神系列の先行する第六段〔書三〕の「其素戔嗚尊所レ生之児、皆已男矣。故、日神方知三素戔嗚尊元有二赤心一、便取二其六男一以為二日神之子一、使レ治二天原一。」という同じ内容ながら日神を主体とする展開をひき継いだ上で、素戔嗚尊主体の展開に転換して成りたつはずである。臣下としての立場や身分を、その転換にあわせて素戔嗚尊みずから自覚的に明確にする。

	（断罪）	〔本伝〕	〔書二〕	〔書三〕
（1）	処分内容	帰二罪過於素戔嗚尊一、而科レ之以二千座置戸一。	科二罪於素戔嗚尊一、而責二其祓具一。	科二素戔嗚尊、千座置戸之解除一。
（2）	弁償品物	（未納）	是以有二手端吉棄物、足端凶棄物一。亦以レ唾為二白和幣一、以レ洟為二青和幣一。	以二手爪一為二吉爪棄物一、以二足爪一為二凶爪棄物一。
（3）	言語行為			乃使下天児屋命掌二解除之太諄辞一而宜上之焉。
（4）	督促	遂促徴矣。（未納）		
（5）	処分終了	至レ使三抜レ髪以贖二其罪一。亦曰、抜二其手足之爪一贖之。	用レ此解除竟。	
（6）	根拠	贖罪＝律	解除＝令	解除＝令

第六段から第七段にかけて、こうして素戔嗚尊じしんによる臣下の自覚を強めている。日神系列の所伝の一連の展開は、まさにこの〔書三〕に極まるといっても過言ではない。

ただ、そうは言っても、〔書三〕の構成上、前述のとおり第五段の〔本伝〕最後に当たる素戔嗚尊放逐関連の一節や、これをひき継ぐ第六段〔本伝〕では冒頭の素戔嗚尊の昇天及び以下に続く誓約関連の一節などを利用しながら対応させ、放逐により一端は地に降下した素戔嗚尊を改めて姉と会見のため昇天させて誓約、男子の誕生と続く展開のあと、右のように臣下の素戔嗚尊を強調する結末を導くという成りたちにかんがみて、〔本伝〕とのかかわりをなおざりにはできない。端的にいえば、日神系列の所伝に際立つ特質を極限まで深く身に刻みながら、一方では〔本伝〕とのかかわりを強く維持してもいる。その内実を見極める格好の例が、日神系を特徴づける解除である。もはや逐一検討を加えるまでもなく、要点について確かめる限りだけれども、ここで振り返りを兼ね、解除と、〔本伝〕のそれに相当する贖罪とをまずは表（前頁参照）にまとめて示すことにする。

なお、〔書三〕の（3）言語行為は、これに先立ち、日神が天石窟に閉居した際に「諸神遣二中臣連遠祖興台産霊児、天児屋命一而使レ祈焉」と諸神が遣わした天児屋命の「広厚称辞祈啓」を聞いた日神の「頃者、人雖二多請一、未レ有二若レ此言之麗美者一也。」という絶賛のことばに対応する。天児屋命による言語呪術の絶大な威力を、素戔嗚尊に科した解除に振り向けたもの、天児屋屋の活躍を〔書三〕では特筆大書するその一環である。

当面する問題は、むしろ（1）及び（2）のほうである。（2）では、〔書二〕の「手端吉棄物、足端凶棄物」を、〔書三〕の「以二手爪一為二吉爪棄物一、以二足爪一為二凶爪棄物一」が明らかにひき継ぐ。ただしそれに、〔本伝〕の（5）に「亦曰」として髪ではなく手足の爪をひき抜く例を参照したか否か、容易には判定しがたい。しかし、（1）では、〔本伝〕の「科レ之以二千座置戸一」を、〔書三〕の「科二素戔嗚尊、千座置戸之解除一」がひき継ぐはずだから、これに連動することは当然あり得る。またその「解除」は、日神系の基調だから、〔書二〕の「用レ此解除竟」を承けることも明らかである。前述のとおり本来は贖金ないし贖銅に相当する「千座置戸」は、それこそ莫大な賠償を意味し、それを贖わない、未納という事態が、「抜レ髪」（刑としては「髠《コン》」に通じる。故唐律疏議巻一の「死刑」の疏議に「晋律応二八議以上、皆留レ官収レ贖、勿二髠鉗・笞一也」とある）を贖物に代えて強制により執行するのだから、〔書二〕に解除の供物とする「祓具」にはそもそも当たらない。それをば（2）に手足の爪とするのは、罪にかたどって棄却・祓除する意をこめる。〔書三〕では、いっそう明確に〔本伝〕を承け、その「祓具」を「千座置戸」とする。この莫大な解除であってこそ、それを必要とする素戔嗚尊の罪の重さにつながる。さらに前述のとおり天児屋命の言語呪術の付加を引き出す。放逐されて地に降る際に宿を乞う素戔嗚尊に向って衆神の言いはなつ「汝是、躬行濁悪而見二逐謫一者。」という悪口も、この罪の重さを前提とすればこそ、むしろ必然的に結びつく。地に降りた後に改めて姉に見えようとすることを、擅断の自制（勝手には根国に去らない）を理由とするほか、臣下として自覚的に行動するに至る一連の展開が、とどのつまりは素戔嗚尊の犯した罪の重さに来源をもつ。

　もとより、〔本伝〕の「千座置戸」をそうした展開に格好の「祓具」に当てていることは明らかである。これを要するに、前述の第五段、第六段に続いてこの第七段でも、〔書三〕は〔本伝〕の記述を取り込んで所伝を成りたたせている。この〔本伝〕といわば一連の関係を、続く第八段では、逆に〔本伝〕が先行する第七段のこの〔書三〕をひき継ぐなかにみることができる。すなわち出雲に降った素戔嗚尊は退治した八岐大蛇の尾を割裂してそこに剣を見出すが、その際の「素戔嗚尊曰、是神剣也。吾何敢私以安乎。乃上二献於天神一也。」という素戔嗚尊は、〔書三〕の臣下として自覚的に行動する素戔嗚尊にほとんどそのまま重なる。第七段の〔本伝〕には、一方的に贖罪させて放逐するだけだから、そうした契機はそもそも見出し難い。

ちなみに、この〔書三〕に関連して注目すべきなのが古事記との関連である。古事記が独自につたえる須佐之男命の勝さびやそれに続いて天照大御神の「営田」、「聞看大嘗之殿」などに加えた悪行に対する天照大御神による詔り直しは、内容をはじめ日神系列の所伝に対応する。ただし、解除をめぐっては、若干入り組んでいる。古事記のその記述は、わずかに「於速須佐之男命(A)負千位置戸、(B)亦切鬚及手足爪、(C)令祓。」というごく簡潔な三つの句から成る。前掲の表にあてはめてみると、内容のほとんどが、実は〔本伝〕の次の一節に対応する。

(A)科之以千座置戸、（中略）至使(C)—(B)抜髪以贖其罪、(C)亦曰、(B)抜其手足爪、贖之。

表現に若干手直しを加えれば、それだけで古事記の各句に重なる。しかし（C）の「祓（「抜《ぬく》」説は採らない）」の一語だけは、この一節のどの語句とも、内容に対応をもたない。しかもこの一語が全てを受け、解除へと染めあげる。前述した〔書三〕のあの「科素戔嗚尊、千座置戸之解除」という特質を際立たせる表現こそ、まさに贖罪をいう右の一節を解除に転換する点を含め、その拠りどころだったに相違ない。また古事記が「天児屋命・布刀玉命指出其鏡、示奉天照大御神之時、天照大御神逾思奇而稍自戸出而臨坐之時、」と天児屋命を布刀玉命と並べる共同についても、この限り「中臣神・忌部神、則界以端出之縄。」という〔本伝〕のかたちをひき継ぎながら、最終的には、やはり、解除に続く「令祓而神夜良比夜良比岐」という神やらひに、日神系列の〔書二〕に「用此解除竟、遂以神逐之理逐之。」という「神逐《かむやらひ》」を取り込んでいる。ごく一部の関連だとはいえ、古事記の所伝の成りたちを明らかに象徴する。後に須佐之男命が出雲に降ったあと、退治した八俣遠呂智〔大蛇〕の尾を割いて取り出した大刀を「思異物而白上於天照大御神也。」とつたえる。この大刀献上も、もとを洗ってみれば、〔書二〕が強調する素戔嗚尊の臣下としての忠誠が浮かび上ってくるはずである。

八、天照系列の天石窟神事を演出する思兼神と常世の長鳴鳥、〔本伝〕

さて、いささか日神系列の所伝を深追いしすぎた嫌いもあるが、この成果をもとに、ここで改めて第七段の主題ともいうべき天照大神の天石窟閉居をめぐる積み残した課題について採りあげることにする。この課題では、思兼神や長鳴鳥などに加え、天照大神というこの世界を主宰する神の実態解明を中心に取り組む。最後に回してはいるが、重い課題である。

まずは思兼神に焦点を当てる。天石窟の前の神事を総合的に演出する。そのはたらきの上では、日神系列の所伝を特徴づける天児屋命に比すべき不可欠の存在である一方、不明の点がいくつかある。〔書一〕に「高皇産霊之息、思兼神」という高皇産霊尊との関係を示す記述が〔本伝〕に無く、高皇産霊尊の神名に「尊」を欠く点など、またさらに神代上第一段の天地開闢の初めに誕生したとつたえる高皇産霊尊にいったいどうして子息がいて、神世から遠く隔たるこの第七段の所伝に登場するのかといった不審もある。そもそも最初にこの神の登場をつたえる〔本伝〕の記述は、唐突でさえある。まずはその一節を次に示す。

（天照大神が天石窟に幽居して「故、六合之内常闇而不ㇾ知二昼夜之相代一。」）于ㇾ時、八十万神会二於天安河辺一、計二其可ㇾ禱之方一。故、思兼神、深謀遠慮、遂聚二常世之長鳴鳥一、使二互長鳴一。亦以二手力雄神一立二磐戸之側一、

（以下略）

念のため日神系列の所伝のあい通じる記述を引き合いに出せば、冒頭のカッコで括った一節の直後に当たる「于ㇾ時、諸神憂之。」以下、まずは鏡など祭具を作成させた上で、「凡此諸物、皆来聚集。時、中臣遠祖天児屋命、

則以二神祝一祝之。」〔書二〕や、より簡潔に「諸神遣二中臣連遠祖興台産霊児天児屋命一而使レ祈焉。」〔書三〕など、どれも祈祝に関連した行為に繋げている。〔本伝〕の右に引用した一節のあと、最後の省略した（以下略）には、それら日神系列の一書がつたえる祈祝に相当する天児屋命らによる「祈禱」関連の記述が続く。このあい通じる記述に先立つ右の一節こそ、天照系列の所伝に独自であり、それだけ個性や特徴をそこに深く刻むであろう。

そのなかでもとりわけ注目に値する語が、すなわち思兼神の「深謀遠慮」である。所伝の展開の上では、八十万神の「計二其可レ禱之方一」をうけるはずだから、直接的には「遂聚二常世之長鳴鳥一、使二互長鳴一。」という神事の始まりと、遂には天照大神の出御を誘い、さらに促し導く「時、手力雄神、則奉レ承二天照大神之手一、引而奉レ出。」という手助けに備えて手力雄神を「立二磐戸之側一」と待ち構えさせた仕かけに言及するだけにすぎないとはいえ、その手助に「於レ是、中臣神・忌部神、則界以二端出之縄一。乃請曰、勿二復還幸一。」という最終処理が、言及がないにもかかわらず直ちに続くように、神事全般にわたりこの「深謀遠慮」にもとづくとみるのが自然である。そして神事のなかでは、八十万神による「計二其可レ禱之方一」に、中臣連遠祖の天児屋命と忌部遠祖の太玉命による「相与致二其祈禱一焉」が対応する。そして続く媛女君遠祖の天鈿女命の活躍が、天石窟に幽居する天照大神じしんに「云何天鈿女命嘘楽如レ此者乎」と聞きとって磐戸を少し開け外を窺わせている。そのあとに続く手力雄神による前述の手助けこそ、それが無ければただに窺っただけにとどまることもあり得たはずだから、最終的に出御を実現する決め手の役割をはたしたことになる。その出御をすでに後戻りできない決定的なものとする中臣・忌部両神の「端出之縄」による結界も含め、「深謀遠慮」から出たはからいやその成果として出御が実現する。〔書一〕では、その「思慮之智」の一点に絞り込んで、「乃思而白曰、宜下図二造彼神之象一而奉中招禱上也。」を承けた神の形象造りをつたえ、そこで幕をひく。天照大神の出御を犠牲にしてまで、思兼神の活躍を強調することを、高皇産霊尊の子息という位置づけが支えている。

こうした所伝の展開を踏まえ、改めて思兼命のはからいによる実際の行為に立ち戻ってみるに、その始めが「聚二常世之長鳴鳥一、使二互長鳴一。」である。従来、これについて次田真幸氏『日本神話の構成と成立』（その第一章の「三　常世長鳴鳥の信仰」8頁。昭和六十年十一月。明治書院）が先行諸説を踏まえ、「鶏の長鳴きが邪気をはらい、闇を逐うて陽光を招くと信じられたことは、この鳥が神秘な鳥と考えられたことを示すとともに、この信仰が鶏とともに大陸から伝えられたものではあるまいか、ということを推測させる」と説くほか、「鶏は中国では悪気邪霊を払う力能があるとされていた。鶏が鳴けば東天から太陽が昇るわけで、太陽を蘇らせるために、鶏を鳴かせるのであろう。」（日本古典文学大系。当該頭注一三。112頁）「『常世の…』の表現は、鶏が異国の原産であることにもよるが、その鳴き声が暁を告げ、闇の邪気を払う朝日を招くことを意識した命名。」「鶏を鳴かせて太陽の出現を期待する一種の感染呪術。」（新編日本古典文学全集。当該頭注八、九。76頁）など鶏の鳴き声が太陽を出現させるとする見方にほぼ終始するが、そうした見方をとっていたとすれば、態態なにも神事などに頼るまでもない。だい一、太陽が出るから、まさにその時を告げるように鳴くのであって、よばいに関連した歌、たとえば古事記がつたえる八千矛神のそれは夜が明けることに「青山にぬえは鳴きぬ、さ野つ鳥きぎしは響《とよ》む、庭つ鳥かけは鳴く、うれたくも鳴くなる鳥か」といらだつ神をうたい、継体紀七年九月条の勾大兄皇子の歌でも「庭つ鳥かけは鳴くなり、野つ鳥きぎしは響む、愛しけくもいまだ言はずて明けにけり我妹」とうたい、万葉集には「野つ鳥きぎしはとよむ、家つ鳥かけも鳴く、さ夜は明け、この夜は明けぬ、入りてかつ寝む、この戸開かせ」（13・三三一〇）とうたう。万葉集には類歌が少なくなく、七夕歌でさえ「遠妻と手枕交へて寝たる夜はとりがねな鳴き（原表記「鶏音莫動」）明けば明けぬとも」（9・二〇二一）とうたう。鳥にかわって鹿の鳴く「秋萩の妻をまかむと、朝月夜明けまく惜しみ、あしひきの山彦とよめ、呼び立て鳴くも」（9・一七六二）という歌などもある。

鳥も鹿も鳴いて夜明けを告げるけれども、さすがに「長鳴」だけは、鶏に固有の特技とみるべきであろう。鶏に長鳴きは、いわば定番のとりあわせであり、古代中国では詩や賦などにその例が少なくない。便宜、芸文類聚（巻九十一、鳥部中「雞」）からいくつか例を拾い出してみるに、「塒雞識レ将レ曙、長鳴高樹巓」（梁簡文帝雞鳴詩）「何伺二晨之早発一、抗二長音之逸声一」（晋陸善長鳴雞賦）「乃拊レ翼以讃レ時、遂延レ頸而長鳴」（晋習嘏長鳴鶏賦）、また晦明にも長鳴する鶏を讃えた「精神妙覚、独暁冥冥、風雨如レ晦、不レ彸二其鳴一」（晋湛方生長鳴雞賛）という賛もある。「長鳴」といえば、夜明けを告げて長く鳴くこうした長鳴鶏を容易に連想したに違いない。

もっとも、「常世之長鳴鳥」は長鳴鶏そのものではない。連想によって、長鳴鶏に重ねながらも、しかしなによりそれは「常世」の鳥である。「常世」については諸説があり、このあと第八段〔書六〕に大己貴命の国造りをつたえるなかに、協力した少彦名命をめぐって「其後、少彦名命行至二熊野之御碕一。遂適二於常世郷一矣。」という一節があるので、詳細はそちらに譲るとして、ここで参照すべきは、次の神武天皇即位前紀戊午年四月条の記述である。神武天皇一行は中洲入りに際して長髄彦の激しい反撃に遭い、「今我是、日神子孫而向レ日征レ虜、此逆二天道一也。不レ若、退還示レ弱、礼二祭神祇一、背負二日神之威一、随レ影壓躡。」と策をめぐらせて巻き返しをはかる。しかし途中で兄の五瀬命は戦傷がもとで薨去し、熊野まで到り海中を進むと、今度は暴風に遭遇する。このなかで、三兄の三毛入野命が漂蕩する皇舟を捨てて行った先が常世郷である。

三毛入野命亦恨之曰「我母及姨、並是海神。何為起二波瀾一以灌溺乎。」則踏二浪秀一而往二乎常世郷一矣。

三毛入野命にとって、母（玉依姫）も姨（豊玉姫）も海神であり、その海神がどうして波瀾を起こして溺れさせるのかと、恨み言を口にする。その挙句だから、海の拡がるこの世界全体を、もはや身を寄せる場所ではないと拒絶して向かった先であり、この世界とは隔絶した場として、それは存在する。

その場を、古代中国の神仙境に重ねてつたえる一節が、垂仁天皇の崩御した翌年の記事（後記）にある。垂仁天皇の「令レ求二非時香菓一」という勅命を奉じて常世国に至り、目的を果して十年振りに帰朝した田道間守は、天皇が前年に崩御したと知り、悲歎して言う。

受二命天朝一、遠往二絶域一。万里踏レ浪、遥度二弱水一。是常世国、則神仙秘区、俗非レ所レ臻。

傍線部の「弱水」とは、日本古典文学大系の当該頭注（二、280頁）が挙げる二例、すなわち「天下之弱者、有二崑崙之弱水一、鴻毛不レ能レ載。」（玄中記）「弱水、謂二西域絶遠之水一、乗二毛車一以度者。」（漢書、司馬相如伝の顔師古注）とつたえる「崑崙之弱水」「西域絶遠之水」になぞらえた絶遠の彼方にある水（川）をいう。そこは、「鴻毛不レ能レ載」「乗二毛車一以度」などと伝えるように通常の手段では度ることができない。田道間守がそれをなしたことを、傍線部「遥度二弱水一」は明確に表す。表現上それと対をなす「万里踏レ浪」もまた、通常ではよくなし得ないことのはずだから、「踏レ浪」を、神仙境に至るためには前提となる超人的な行為とみなすべきであろう。前述した三毛入野命の「踏二浪秀一」も同様であるという以上に、それこそが常世に到達する手段にほかならない。

この世界をうち捨てて三毛入野命が行った先という点では、天照大神が天石窟に幽居して闇に閉ざされた世界とは別であり、また田道間守がそこから持ち帰った非時香菓は、その世界の物品が、非時という時間を超絶した点に特徴をもつことをものがたる。この世界の鶏は闇のなかでは鳴かないからこそ、まさにこの世界ではない常世の、時を超絶して長鳴する鳥を必要とする。思金神の「深謀遠慮」がその必要に対応したしかけとして「聚二常世之長鳴鳥一、使二互長鳴一。」と演出したことは明らかだが、「長鳴」そのことが目的ではない。勿論、さきに言及した鶏の鳴き声によって太陽を出現させるためでもない。律を拠りどころとする〔本伝〕の成りたち、なかんずく天照大神を親耕や親蚕などに関連する高天原の統治者と位置づけた所伝の展開上、この統治者としての立場に必然的に伴う義務や責任を天照大神は負う。そのことを、げんに後に「吾比閉二居石窟一、謂当三豊葦原中国必為二長夜一。」と大神じしんに言わせてもいる。この統治者にはたらきかけることこそが、思金神が「使三互長鳴二」に託したねらいである。

こうして長鳴させる鳥に、前述のとおり「長鳴雞」を重ねあわせ、天照大神に向けてはたらきかけるというこの構図は、詩経の篇名を「雞鳴」とする詩（斉風）を彷彿とさせる。内容も、示唆に富む。そのかかわりの明らかな詩の章句をまずは次に引く。それに加えた解釈を示した上で、かかわりの内実をみることにする。

鶏既鳴矣　朝既盈矣（鶏既に鳴きぬ　朝既に盈たむ　第一章）
東方明矣　朝既昌矣（東方明けぬ　朝既に昌ならむ　第二章）

第一、二章のそれぞれ冒頭句に、鶏が鳴いて夜が明けたことを詠む。これに続く「朝既盈矣」「朝既昌矣」の「朝」について、漢詩大系『詩経上』（高田眞治訳注。昭和四十一年二月。集英社）が「毛・鄭・朱は、共に会朝の朝の意味として、朝廷にて朝早く政務を聴くことと解する。」と説くとおり、毛伝・鄭箋のみならず、朱子の集伝まで揃って同じ解釈を下す。「鶏鳴」が夜明けを告げたからには、朝廷の政務はすでに盛んに執り行われている。これをうけ、君と同寝の甘い楽しみに耽って寝過ごせば、「会且帰矣」（会且に帰らむとす）、すなわち「群臣の政庁に出勤する者も、帰り始めるかも知れないと心配する心情。」（同前。362頁）という懸念を続く第三章に詠む。

その懸念を、詩では「鶏鳴、思二賢妃一也。哀公、荒淫怠慢。故陳二賢妃貞如夙夜警戒相成之道一焉。」（詩序）というまだ夜の明けないうちから君の寝過ごして政務を怠ることを警戒する賢妃にそくして詠むものとする。第一、二章の前掲「雞既鳴矣、朝既盈矣。東方明矣、朝既昌矣。」という朝廷の政務をめぐる理想の実現に向け警戒を緩めないのがこの賢妃だとすれば、そのありかたを回復させるべく打った策が、くだんの思金命による「聚二常世之長鳴鳥一、使二互長鳴一。」にほかならない。その策の策たる所以こそ、回復をすでに実現したものとして、高天原の統治者としての義務や責任を負う天照大神じしんに向け直接そのありかたを演出した点である。長鳴鳥が鳴くだけではない。げんに回復の実現を、中臣連遠祖天児屋命と忌部遠祖太玉命による祭具を使った「相与致二其祈禱一焉」、猨女君遠祖天鈿女命による「巧作二俳優一」や「火処焼、覆槽置、顕二神明一之憑談。」などといった所作を伴う神事を通して演出してもいる。神々の世界にあって、それら神事は政務に当たる。なかんずく目立った天鈿女命のパフォーマンスを、天石窟に幽居する天照大神が聞きつける。

　是時、天照大神聞之而曰「吾比閉二居石窟一。謂レ当三豊葦原中国必為二長夜一、云何天鈿女命噱楽如レ此者乎。」乃以二御手一細開二磐戸一、窺之。

この記述のどこにも、中臣・忌部二神の「祈禱」が効果を発揮したとみるべき形跡は全くない。天鈿女命のパフォーマンスの前に、二神はまるで顔色無い。神事のかたちをとりながら、その実、パフォーマンスこそが効果をもたらし、その結果をうけて「時、手力雄神、則奉レ承二天照大神之手一、引而奉レ出。於レ是、中臣神・忌部神、則界以二端出之縄一。乃請曰、勿二復還幸一。」という結末を迎える。

　全てが、思兼神の「深謀遠慮」のもとに展開するものであろう。さきの詩経「鶏鳴」の詩序にいう「賢妃」に対応して、この思兼神は間違いなく賢臣に当たる。賢臣の出現した意味は大きい。危機に際して、神々の一致した意志を体し、職掌に応じて対処する役務を割り当てるはたらきを賢臣が担うということは、とりもなおさずまつりごとの体制が確立をみたこと、あるいはそれがすでに確立していたことを示唆する。この第七段のはじめにつたえる「御田」をはじめとする親耕・親蚕の確立を思わせる記述と確かに対応する。もちろん、天照大神を中心とした高天原の統治にそれらはかかわるが、同時に、前述のとおり大神じしん「吾比閉二居石窟一、謂当三豊葦原中国必為二長夜一。」と語る。なによりもまず葦原中国を気づかい、閉居によって受ける影響や被害に思いをはせるこの言葉に、統治が世界全体に及ぶなかで、とりわけ葦原中国を重要な対象としていることは明らかである。この後には、第九段にこれも天照大神みずから「豊葦原中国、是吾児可レ王之地也。」（書一）と勅していっそう具体的にその統治が葦原中国にも及ぶ関連をもつことをものがたる。そこへ導く上でも、葦原中国をまっさきに思いやる天照大神の言葉は重要な位置を占めるが、その統治を賢臣が補佐するという体制の確立を、思兼神の活躍があざやかに浮かび上がらせてもいる。

九、天照大神の実像（前）、照臨をめぐる文王との関連

葦原中国に心を砕く統治者という天照大神像は、しかし第七段に唐突に姿を見せるのではない。遡れば、保食神の屍体から化生した牛馬を始め粟、蚕、稗、稲、麦、大小豆などを得た喜びを「是物者、則顕見蒼生可二食而活一之也。」と語った上で「陸田種子」や「水田種子」としたことを、つとに第五段（書十一）がつたえている。天照大神の石窟幽居は、これらの農事に甚大な被害を与える。葦原中国を第一に憂慮したあの「謂当三豊葦原中国必為二長夜一」が、この農事への影響を含むことは言を俟たない。さきにも引用した「夫農、天下之本也。」（前掲漢書、文帝紀二年正月「詔」）に通じる思想的・政治的基盤に天照大神が立ち、統治をこの理念のもとに行っていることの、それは明確な証左にほかならない。

天照大神のこの統治者像は、古代中国の古典がつたえる理想的為政者に確実に重なる。そもそも「天照」とい

う名辞じたい、その理想的為政者のありかたに分かちがたくかかわる。該当する用例は、数も少なくないが、表現もまた多様なあらわれをみせる。その基本に、「天照」の本体や来源ともいうべき日の働きを表わす「日月得㆑天而能久照。」（周易、下象伝「恒」）、「日居月諸　照㆓臨下土㆒」（詩経、邶風・日月）などの例があり、これに関連した類例のなかには、たとえば次のように、

明明上天　照㆓臨下土㆒
我征徂㆑西　至㆓于艽野㆒（詩経・小雅・小明）
皇矣上帝　臨㆑下有㆑赫
監㆓観四方㆒　求㆓民之莫㆒（詩経・大雅・皇矣）

「明明上天」「皇矣上帝」などという天が人民の住む下土を照らし臨み、監視していることをいう。「大明」（大雅）の冒頭「明明在㆑下、赫赫在㆑上」、またその詩中の一節「天監在㆑下」なども、「照臨」の語を使ってはいないが、類例となる。この天にかわって、「天子」「人君」「大人」などにそくしてそのはたらきをいうまた別の一群の例がある。この例では、それら理想的人格の徳を、万物を恵む天地の徳に、またその明を、下土を照監する日月になぞらえる。

（1）天子者、与㆓天地㆒参。故徳配㆓天地㆒、兼利㆓万物㆒。与㆓日月㆒並㆑明、明㆓照四海㆒而不㆑遺㆓微小㆒。（礼記・経解第二十六）

（2）人君者、与㆓天地㆒合㆑徳、与㆓日月㆒斉㆑明。上祇㆓宝命㆒、下臨㆓率土㆒。（故唐律疏議巻第十七、賊盗律1）

（3）夫大人者、与㆓天地㆒合㆓其徳㆒、与㆓日月㆒合㆓其明㆒。（周易・上経、乾の文言）。大人以継㆑明、照㆓于四方㆒。（同、上経、離の大象）

これらの例と一連の関係にあってとりわけ注目に値するのが、文王をめぐる一群の例である。関連する用例じたいが、前掲諸例に通じる表現の類型を踏む。

（4）惟我文考、若二日月之照臨一、光二于四方一、顕二于西土一。（書経、泰誓下）

（5）文王、若レ日若レ月乍照、光二于四方于西土一。即此言下文王之兼二愛天下一之博大上也。譬下之日月兼二照天下一之無上レ有レ私也。（墨子、巻之四、兼愛下第十六）

（6）詩曰「唯此文王、帝度二其心一。莫其徳音、其徳克明。」

（6）は、春秋左氏伝（昭公二十八年秋）がつたえる詩（詩経・大雅・皇矣）の一節であり、左伝では、魏献子に答えた大夫の成鱄がこの一節を引いた上で「照二臨四方一、曰レ明。」と説明を加えている。その表現は、（4）（5）と確実に一つに連なる。ただ、厳密にみれば、魏献子がみずから行った任用について身びいきだったか否かを訊ねた問いに、文王の詩を引いてその中の九語に説明を加え「九徳不レ愆、作レ事無レ悔。」と積極的に評価したなかの「明」についての言及であり、文王の徳のその「克明」を「照二臨四方一」と敷衍している点では、文王じしんをいう（4）（5）とは違いがある。しかしまた一方「日月之照臨」のように文王じしんであれ、その徳であれ「光二于四方一」（4）「光二于四方于西土一」（5）「照二臨四方一」（6）と地上の隅隅まで照らすことにそくして称える表現を明らかに共有する。

数多い聖人のなかでも、文王を他と分かつ特徴といえば、この「若二日月之照臨一」や「照二臨四方一」などが最有力なのではないか。念のためもう少し掘り下げてみるに、（6）のあの詩の一節は、左伝のほか礼記の楽記が「徳音」について説明したなかにも引く。その「其徳克明」には、書経（康誥）の「惟乃丕顕考文王、克明徳、（中略）以修二我西土一。」が重なる。また別に、文王を特徴づける表現を、武王をめぐるこれまた特徴的な表現と対比させた一群の例がある。たとえば同じ書経に「以覲二文王之耿光一以揚二武王之大烈一」（立政）とあるほか、前掲「康誥」と同じ「丕顕」を、次のように、

嗚呼、丕顕哉、文王謨。丕承哉、武王烈。啓二佑我後人一、咸以レ正罔レ欠。（君牙）

革命をなし遂げた武王をいう「烈」に対して、文王の「謨」（「謀《はかりごと》」に同じ、313頁参照）についていう。この「丕顕」には、「顕」を反語表現によって強調する「不顕」が対応する。詩経にその例が少なくない。まずは周頌の冒頭「清廟」に「不レ顕不レ承、無レ射二於人一斯」（顕れざらんや承けざらんや、人に射＝厭はるること無し）とあるのを始め、「維天之命」に「於乎不レ顕、文王之徳之純」（ああ、顕れざらん、文王の徳の純なる）「烈文」に「不レ顕維徳、百辟其刑レ之」（顕《あきらか》ならざらんや維《こ》れ徳、百辟《ひやくへき》其《そ》れ之に刑《のっと》る）などがある一方、同じ周頌でも、武王については「執競」に「執レ競武王、無レ競維烈」（競《つよき》を執る武王、競きこと無らんや維れ烈）というように「烈」をもって表す。前掲書経（君牙）の例に確実に通じる。

これら書経の「丕顕」、詩経の「不顕」という「顕」に集約される表現が、前掲の諸例に顕著な文王の「若二日月之照臨一」や「照二臨四方一」という特徴とあい応じることは疑いを容れない。表現の上でもたがいに補いあう関係にあって、なかんずく文王を特徴づける上には、後者の日月にそくした比喩表現が明確なくまどりをみせる。（1）〜（3）のあい通じる表現の例にしても、その「天子」「人君」「大人」などに想定する人格には、文王こそが相応しいはずである。文王をその範とする理想的な人格、端的には聖人をめぐるこの「若二日月之照臨一」や「照二臨四方一」という比喩表現を一語に集約すれば、「照」に止めを刺す。この「照」をもって、日神に高天原の統治者にまさに然るべき名辞として付与した名が、すなわち天照大神だったに違いない。

十、天照大神の実像（後）、非暴力、幽居をめぐる文王との関連

天照大神の「照」とは、かくてたとえば文王が地上を隈なく照らし臨んで民に限りない恵みを施すといったはたらきをいう。その実際のあらわれに関連した例を、この節の冒頭に言及したとおり農事の起源をつたえる第五段〔書十一〕や幽居する石窟を出る直前の天照大神の言葉をつたえる第七段〔本伝〕などに指摘したが、こうした理想的な統治者という点では、石窟に幽居したことそれじたいもまた恐らく無縁ではあり得ない。素戔嗚尊の「甚無状」という行為が天照大神の高天原統治を象徴する営造物を狙った重大な犯罪に当たることは前述の通りであり、天照大神が石窟から出た後にその処罰を行い、結着を付けてはいる。けれども、それはあくまで律に基づく処分に止まる。「甚無状」という一連の行為を受けた当の天照大神、いわば被害者当人には直接かかわりがない。そしてこの被害者という立場に天照大神を置いたばあい、「発レ慍、乃入二于天石窟一。」という選択肢しかなかったわけではないであろう。第六段に素戔嗚尊の「昇二詣之於天一」を「謂当レ有二奪レ国之志一歟」と疑った天照大神をつたえているが、その出迎える有様は、男装して厳重に武備に身を固めた上に「奮二稜威之雄誥一、発二稜威之嘖譲一。」という威脅をあらわにしてもいる。それだけに、この勇猛を発揮し、武器を執って立つあるいは反撃に出るほうが、むしろ有力な選択肢たりえたはずである。

結局のところ、「発レ慍」の矛先を素戔嗚尊には向けず、いわばみずからの内に閉じ込めたということ、石窟入りにはそうした意味あいがこもる。表向きながら非暴力に徹したかたちをとるこの石窟入りについて考える上に示唆に富むのが、やはり文王に関連した記述である。それは文王の事蹟のなかでは転換点ともなる重要な事件だ

が、殷の紂が文王を羑里に幽閉したという内容である。ただし、それをつたえる所伝ごとに、その内容に違いもある。史記じたい、基本の枠組みを共有しながら、殷本紀と周本紀とは次のようにあい異なる。

殷本紀

（百姓の怨望や諸侯の離反があい継ぎ）於レ是、紂乃重二辟刑一、有二炮格之法一。以二西伯昌、九侯、鄂侯一為二三公一。九侯有二好女一。入二之紂一。九侯女不レ憙レ淫。紂怒、殺レ之而醢二九侯一。鄂侯争レ之強、弁レ之疾。并脯二鄂侯一。西伯昌聞レ之、竊嘆。崇侯虎知レ之、以告レ紂。紂囚二西伯羑里一。

周本紀

（文王が偉大な先人の業や法を遵奉、篤仁、敬老、慈少に加え、賢者を厚遇するや、有能な人材が多数帰参する）崇侯虎譖二西伯於殷紂一曰「西伯積レ善累レ徳。諸侯皆嚮レ之。将レ不レ利二於帝一。」帝紂乃囚二西伯於羑里一。

それぞれ殷本紀が紂の暴虐に、一方の周本紀は文王の善徳に焦点を当て、紂が文王を幽閉する契機として介在する傍線部の崇侯虎の行動も、その内容に対応する。淮南子（巻十二、道応訓）に至っては、崇侯虎の発言や内容に限れば周本紀に通じる（だけ、違いも小さくない）ものの、それを承けて「屈商乃拘二文王於羑里一」というように幽閉に当たる紂の臣、屈商を登場させる。こうした違いにもかかわらず、羑里幽閉じたいにはなんら違いはなく、それだけ動かしがたい重要な事件だったことをものがたる。げんに、すでに天下を三分してその二を有していた文王は、珍貴な献上品に目がくらんで紂が幽閉を解くと、帰郷し「陰修レ徳行レ善」（殷本紀）「陰行レ善」（周本紀）、あるいは紂に天下を望んでいないと思わせて「待二紂之失一也」（道応訓）などのはてに、遂には「受命之君」（周本紀）の評価を得るにいたる。ちなみに、この淮南子（道応訓）では、「待二紂之失一也」のあと、これにより暴虐をいっそう過激にさせた挙句に自滅に追い込んだことを「文王乃遂二其謀一」とつたえる。孟子（滕文公下篇）は、これを「書曰」として収載する。

さて、天照大神の天石窟幽居とのかかわりに関連して、この羑里幽閉のとりわけ注目すべき点が、文王が紂のその横暴に抵抗したり反撃などに出ることなく受け容れていることである。天下の三分の二を有する勢力と信望、さらに特徴的な策謀などの一切を捨て、だからあえてみずから幽閉を受け容れる選択を下したというのが実態である。この点で、殷本紀の記述は興味深い。三公の地位にある九侯のさし出した女をめぐる一件だが、紂は、淫を喜ばないその女に怒って殺した挙句、九侯まで醢（塩辛）にする。その蛮行を強く弁じたてる鄂侯を、こんどは脯（乾し肉）にする。これを聞いた文王は、しかし「竊歎」以外に目立った行動には出ない。この延長上にあるのが、幽閉である。それを受け容れることとは、すなわち紂の言いなりになることにほかならない。この一節に正義が注として引く帝王世紀には、紂の言いなりのさらに過激な例をつたえる。

囚㆓文王㆒、文王之長子曰㆓伯邑考㆒、質㆓於殷㆒、為㆓紂御㆒。紂烹為㆑羹、賜㆓文王㆒曰「聖人当㆑不㆑食㆓其子羹㆒。」文王食之。紂曰「誰謂㆓西伯聖者㆒。食㆓其子羹㆒、尚不㆑知也。」

内容は、人質にしている長子を紂が烹て作った羹を文王に食わせると、文王がそれを食ったというものであり、幽閉中という特殊な状況のなかだとはいえ、人道倫理にもとるそうした行為を、ほかならぬ聖人の誉高い文王に行わせたところにこの所伝の眼目がある。この所伝が、前述の九侯を醢とする一方、鄂公を脯とするなどの史記の所伝に関連して、その暴虐非道をいっそう強調していることは明らかである。

羑里幽閉をめぐっては、かくてその契機となる事件からその最中の事件にいたるまでの関連するすべてが、紂の加えた暴虐非道を文王が受け容れるという構図にそくして成りたつ。受け容れる理由については、どの所伝も多くを語らない。構図そのものが、文王の聖人たる所以をものがたるものとして定着していたであろう。この文王の後を継いだ子の武王が紂を征討して周を建国する。しかしその武力革命を、伯夷・叔斉が「以レ暴易レ暴兮、不レ知二其非一矣。」（史記・伯夷列伝第二）と非難し、この伯夷を「孔子序二列古之仁聖賢人一、如二呉太伯・伯夷之倫一詳矣。」と孔子は称える。「武」に訴えるより、やはり「文」に徹した文王こそ評価は高い。聖人文王を象徴するともいうべきこの構図の、暴虐非道に対して無抵抗・非暴力をもって応じるという基本となる枠組みは、天照大神の天石窟幽居に通じる。すなわち素戔嗚尊の加えた一連の「甚無状」という攻撃をうけて、天照大神が天石窟に幽居してしまうことも、畢竟、無道な行為に対して無抵抗・非暴力をもって応じることにほかならない。紂の暴虐非道に羑里幽閉を受け容れた文王に、この素戔嗚尊の無道に対して幽居した天照大神が重なることは、恐らく偶然ではないであろう。高天原の統治が葦原中国に及び、そこに居住する人民がその統治に依存する世界に最適な統治者として天照大神を理想化する上に、聖人文王を参照してその羑里幽閉の故実を所伝の成りたちに取り込んだのではなかろうか。天照大神による理想の統治を高天原に実現していることを、この石窟幽居や幽居に追い込んだ素戔嗚尊の無道及びそれに対する処分などの一連の展開をとおしてものがたることを第七段は主なねらいとする。律にもとづく所伝の成りたちを、そこに基調としてもいる。後の律令の時代に確実に通う高天原を中心とした天のあるべきありかたをつたえたあと、次に、第一段に「天先成而地後定」というこの尊卑先後之序にしたがい、地上の葦原中国を舞台とする第八段の所伝に転じる。

神代上　第八段

一、素戔嗚尊の大蛇退治と子五十猛神による青山回復、〔書四〕

その第八段は、第七段の天から転じて地を舞台として展開することと、神代上の最後に位置することとのこの二つの固有のありかたが所伝を規定する。天に天照大神（日神）が照臨するもとで、それが第一段にいう「天先成」に対応すると同じように、そのあとを承けて「地後定」のそのあるべきありかたに対応した所伝が展開する。天と同じく地も、この第八段の所伝をとおして、それまでの関連するあれこれに一定の結着を付ける内容を主な主題とする。そこに、所伝のすぐれて特徴的なあらわれをみせる。

このいささか先走った物言いにも、実は拠りどころがある。論述の便宜にしたがい、まずはその拠りどころに関連した所伝を採りあげてみる。はじめに〔書四〕だが、冒頭に「素戔嗚尊所行無状。故、諸神科以二千座置戸一而遂逐之。」と前置きする。先行する〔書三〕までとは、とりわけ五十猛神にかかわる部分などに大きな違いがあり、第八段の枠組みを逸脱した所伝と受けとられかねないことを予め防ぐ必要がその前置きにつながったに違いない。それだけ、内容も特異が際立つ。その象徴的な始まりを、次のようにつたえる。

是時、素戔嗚尊帥二其子五十猛神一、降二到於新羅国一、居二曽尸茂梨之処一。乃興言曰「此地、吾不レ欲レ居。」遂以二埴土一作レ舟、乗レ之東渡、到二出雲国簸川上所レ在鳥上之峯一。

天を遂われて降った先を新羅国とするほか、五十猛神という子を伴っていたなど、それまでの一書にはない全く独自な要素を、この一節は冒頭にもつ。なかでも、特に傍線部が重要である。新羅国に降ったあと、その地に居たにもかかわらず、東渡するために「埴土」で舟を作ったことをいう。埴土作りの舟などおよそ現実離れした代物だが、そうせざるを得なかった次第を辿れば、すなわち新羅国に造船に適した木材がなかったことが、舟材に「埴土」を使うことを余儀なくさせたばかりか、延いては、そもそも東渡を決意させるそれが「此地、吾不レ欲レ居。」という素戔嗚尊の興言につながったとみるべきであろう。

このあと、東渡した先の出雲国簸川上にある鳥上の峯にいる「呑レ人大蛇」を退治した素戔嗚尊が、大蛇の尾中から得た神剣を「此不レ可二以吾私用一也」と言い、天の葺根神を遣して天に献上するという一節がつづく。右掲の一段をひき継ぐとはいえ、東渡を介して繋がるだけ、大蛇退治は、あくまで東渡して到った先に大蛇がいて退治したという限りの、先行する〔本伝〕や一書がつたえる八岐大蛇退治をごく簡略化した内容だから、東渡以前の新羅国を舞台とした前段とほとんど交渉をもたない。この大蛇退治の直後に、一転して五十猛神の天降りに遡ってつたえる次の一節が、実は内容の上でも前段に深くかかわる。

初五十猛神天降之時、多将二樹種一而下。然不レ殖二韓地一、尽以持帰。遂始レ自二筑紫一、凡大八洲国之内、莫レ不三播殖而成二青山一焉。所以称二五十猛命一、為二有功之神一。即紀伊国所レ坐大神是也。

ここに「初五十猛神天降之時」とは、前掲一節の冒頭にいう「素戔嗚尊帥二其子五十猛神一、降二到於新羅国一。」に当たる。そして「多将二樹種一而下。然不レ殖二韓地一、尽以持帰。」とつたえるように新羅国に樹の種を殖えなかったことと、素戔嗚尊の興言や「埴土」で作った舟で東渡せざるを得ないといった事態とは不可分のはずだから、この所伝の展開にそくしていえば、素戔嗚尊が東渡するに至る経緯やその次第にかかわるそもそもの由縁を知る手懸りとしても、右の一節ははなはだ示唆に富む。

しかし、もとよりそれだけではなく、傍線部の記述がつたえる本筋がそのあとに続く。本筋、つまり「有功之神」の称を得るに至る由縁をものがたる主題に相当するが、それの前提でありながら、同時に東渡にいたる経緯や次第をものがたる前段に対しても同じく前提となるこの関係は、素戔嗚尊と五十猛神とをめぐって、関連する所伝をたがいに対応させた結果でもある。

	素戔嗚尊	五十猛神
天降り	帥二其子五十猛神一、降二到於新羅国一。	天降之時、多将二樹種一而下。
韓地を忌避	居二曽尸茂梨之処一、乃興言曰「此地、吾不レ欲レ居。」	然不レ殖二韓地一。
東渡帰国	遂以二埴土一作レ舟、乗レ之東渡、到二出雲国簸川上所レ在鳥上之峯一。	尽以持帰。
功績	時彼処有二呑レ人大蛇一乃以二天蠅斫之剣一斬二彼大蛇一。	遂始レ自二筑紫一、凡大八洲国之内、莫レ不三播殖而成二青山一焉。
関連譚	尾中に得た神剣、草薙剣を、天之葺根神を遣し天に献上。	有功の神の称を得て紀伊国に鎮座。

表に見出しとして掲げた各項ごとに、両者の対応は緊密である。しかし一方では、天降りに際して「帥二其子五

十猛神一」と断らなければ、五十猛神は単独で天降り、その後も独自に行動したものと見まごうほど、ことほどさように素戔嗚尊とのかかわりが希薄である。新羅に降った素戔嗚尊の「此地吾不レ欲レ居。」という興言にしても、東渡の理由に当たるとはいえ、前述のとおり五十猛神の「（樹種を）不レ殖二韓地一」という意向を導くはずだから、五十猛神のほうに比重を大きく移した観すら呈している。

さて、そうである以上、もはや〔書三〕までの一書とは一線を画しているとみるほかないが、右表の下段に示した五十猛神をめぐる記述には、一見して明らかな特徴がある。すなわち天から「樹種」を将来し、大八洲国の隅隅にまで播殖して青山に成すという過程のどこにも、いわば曲折がない。「樹種」を将来する当初から、それを韓地ではなく大八洲国の内に播殖して青山と成すことが、既定路線でもあるかのように一直線に展開する。五十猛神というこの神も、その既定の目標達成を担うためだけに登場する。属柄を、ただ素戔嗚尊の子とするだけにすぎない。

青山と成すことは、それ以前のそうではない状態を前提とする。その状態とは、第五段〔本伝〕が素戔嗚尊の「此神有二勇悍以安忍一。且常以二哭泣一為レ行。」という所行の結果とつたえる「故令二国内人民多以夭折一。復使二青山変レ枯。」という被害の後者、すなわち青山の枯変したさまを指す。この状態を青山に戻すことが、くだんの青山と成すこと、そしてそれを五十猛神が担うのも、父に代って子がその事業に当たるということにほかならない。さらに付言すれば、被害の前者に「令二国内人民多以夭折一」という「国内」は、素戔嗚尊誕生に先立つ「吾（伊奘諾尊・伊奘冉尊の二神）已生二大八洲国及山川草木一。」という「大八洲国」の内に当たる一方、この限定を「復使二青山変レ枯」」にいう「青山」は伴わない。省略した可能性も皆無ではないが、この〔書四〕に「然不レ殖二韓地一」という以上、韓地も青山ではなく、つまりは青山の枯変した状態にあったことを前提とするであろう。しかしその韓地には殖えずに全て持ち帰り、筑紫から始めて「凡大八洲国之内、莫レ不三播殖而成二青山一焉。」と大八洲国の内は隅隅まで樹種を播殖して青山となす。大八洲国の内と外とを切り分けして、扱いを異にするこの五十猛神の行為も、もとを質せば、やはり同じ第五段〔本伝〕に伊奘諾尊・伊奘冉尊の二神が大八洲国を生んだという前掲一節を踏まえるはずである。この内と外の切り分けは、次の〔書五〕に至ると、それぞれその国の宝の違いというかたちをとって所伝の成りたちにかかわる。その詳細については、〔書五〕の所伝を採りあげるなかで述べることにする。

ところで、大八洲国をことごとく青山に成した五十猛神は、その功績により「有功之神」の称を得る。前掲の表に示したとおり、その功績には、素戔嗚尊の大蛇退治が対応する。〔本伝〕以下の八岐大蛇退治譚の構成については後に改めて採りあげるとして、この〔書四〕は、大蛇についても恐らくその功績と対応する独自なかたちをとる所伝をつたえる。八岐大蛇のような異形をもつのではなく、人を狙って毎年来襲する習癖などもない。ただこの大蛇の「呑レ人」という特性だけは、〔本伝〕のつたえる「為二八岐大蛇所一レ呑」に確実に対応する。この特性以外の、たとえば大蛇が棲息する地と思しい、素戔嗚尊の東渡して到った「出雲国簸川上所在鳥上之峯」に居たという点では、むしろかの日本武尊が素手で退治しようとした五十葺山の大蛇（日本書紀景行天皇四十年是歳）に類同する。

この五十葺山の大蛇は、「山神化二大蛇一」という山神であり、世間には「聞三近江五十葺山有二荒神一」と聞こえた荒神でもある。日本武尊もこの荒神の正体を見誤って死を招くが、荒神の生息地に足を踏み入れて襲われる、あるいは撃退するといった類例が少なくない。ことに日本武尊による東夷の征討や神武天皇による東征など版図の拡大あるいは皇権の拡張に関連した所伝に、それらの集中する傾向が著しい。五十葺山の山神に対応する海神は、日本武尊が相模から上総に向け馳水の海を渡る折に暴風を起こして進行を妨げる。一行に従う弟橘媛が「今風起浪泌、王船欲レ没。是必海神心也。」と明かす。神武天皇の東征でも、熊野に至ったところで「海中卒遇二暴風一、皇舟漂蕩。」というように同様の危機に見舞われる。これを無事乗りきった直後には、「時、神吐二毒気一、人物咸瘁。由レ是、皇軍不レ能二復振一。」という瀕死の状態に陥る。この危機も、天照大神の加護により切り抜ける。荒神の毒気による被害の例は、はるか後の仁徳天皇の時代に「是歳（六十七年）、於二吉備中国川嶋河派一有二大虬一、令レ苦レ人。時、路人触二其処一而行、必被二其毒一以多死亡。」とつたえている。「聖帝」（十年十月）と称える仁徳天皇の時代に相応しく、勇悍強力で鳴る笠臣祖の県守が智謀を使ってこの大虬を退治する。それを次のようにつたえる。

臨二派淵一、以二三全瓠一投レ水曰「汝屢吐レ毒、令レ苦二路人一。余殺二汝虬一。汝沈二是瓠一、則余避之。不レ能レ沈者、仍斬二汝身一。」時、水虬化レ鹿以引二入瓠一。瓠不レ沈。即挙レ剣入レ水斬レ虬。更求二虬之党類一、乃諸虬族満二淵底之岫穴一。悉斬之、河水変レ血。

この大虬の「化レ鹿」という変化は、前掲五十葺山の「山神化二大蛇一」に通じる。これら山、海、川などの神が、おのが棲息地に侵入した人に現前して危害を加えるというかたちをほぼ一様にとる。まさに類型的なあらわれをみせている。くだんの「呑レ人大蛇」も、確実にその類型を踏むはずだが、ただし「呑レ人」だけは、類例に広く当っても、該当する例がない。毒気を吐く、あるいは人を苦しめ、死に至らしめるというかたちを一般にとるなかで、「呑レ人」の特異はやはり際立っている。それだけに、一方で〈本伝〉が八岐大蛇に関連してつたえる「往時、吾児有二八箇少女一。毎年、為二八岐大蛇一所レ呑。」に確実に対応する事実は、この「呑」をひき継ぐことを強く示唆する。

この示唆に関連して、もう一つ〔本伝〕に対応する一節がある。「呑レ人大蛇」が八岐大蛇をひき継ぐことの有力な証しとみなし得る例でもあるが、次にそれを引用する。

〔素戔嗚尊乃以二天蠅斫之剣一斬二彼大蛇一〕時、(A)斬二蛇尾一(B)而刃欠。(C)即擘而視之、尾中有二一神剣一。(D)素戔嗚尊曰「此不レ可二以吾私用一也。」乃遣二五世孫天之葺根神一、(E)上二奉於天一。此今所レ謂草薙剣矣。

八岐大蛇を斬ってその尾中から草薙剣を得るという〔本伝〕の(A)「寸斬二其蛇一、至レ尾、(B)剣刃少欠。(C)故割二裂其尾一、視之、中有二一剣一、此所レ謂草薙剣也」を、(A)〜(C)の全てにわたり縮約する。このあとに続く神剣献上をめぐるくだりも、〔本伝〕の(D)「素戔嗚尊曰、(C)是神剣也、(D)吾何敢私以安乎。(E)乃上二献於天神一也。」という素戔嗚尊みずから「神剣」と判定した文言を「中有二一剣一」と組み合せ、地の文にまとめ「尾中有二一神剣一」としている。神剣を、もはや素戔嗚尊の判定によるものではなく、客観的な事実としてつたえるように改変し、なおかつそれを、(E)が〔本伝〕には伝えのない五世の孫の天の葺根神を遣わして天に献上しているという点は、ただ縮約しただけにはとどまらない。そしてこの神剣献上をめぐっては、歴史に類例がある。崇神天皇六十年七月条がつたえるこの例の発端は、「武日照命従レ天将来神宝、蔵二于出雲大神宮一。是欲レ見焉。」という天皇の詔である。神宝献上の命を承け、管理していた出雲臣の遠祖、出雲振根がたまたま筑紫に往って不在だったため、弟の飯入根が「被二皇命一、以二神宝一付三弟甘美韓日狭与二子鸕濡渟一而貢上。」と対応する。この献上の事実を知った出雲振根は弟に恨忿を懐き、後に策略により殺害するに至るが、これを弟の甘美韓日狭と子の鸕濡渟が朝廷に訴え出ると、朝廷が吉備津彦と武渟河別とを遣して振根を誅殺する。このあとにも出雲大神の祭祀をめぐって所伝はなお続くが、それはさて置き、右に引用した飯入根の対応にそくしていえば、先祖伝来の神宝も、皇命があれば貢上するほかなく、飯入根はそれに忠実だっただけに過ぎない。このいわば臣下の務めに、くだんの素戔嗚尊の神剣献上もおのずから当てはまる。

「呑レ人大蛇」を退治して人々の害悪をとり除いた功績に加え、その尾中に得た神剣を天に献上する忠義に、素戔嗚尊の忠臣ぶりは際立っている。この素戔嗚尊に対応するもう一方の神が、前述のとおり大八洲国の内の隅隅にいたるまで樹種を播殖し青山に成した功績により「有功之神」の称を得る五十猛神である。父と子のこのあいたぐうはたらきをとおして、大八洲国の内は荒神の脅威のない秩序を確立した上に、青山も回復して、天に対応する地の世界としての実質を備えるにいたったことをものがたる。〔本伝〕とはこうして伝を異にする異伝、すなわち一書が成りたつ。けれども、「呑レ人」をはじめ八岐大蛇に関連した要素をいくつか残している。その限り、とりわけ神剣の献上をめぐる所伝の柱を活かした点では、なおやはり基本の枠組みの内にとどまる。この〔書四〕を挺子に、だからあくまでその差異化の範囲を逸脱しないながらも、もはや〔本伝〕とはほとんどかかわりをもたない所伝として成りたつのが〔書五〕である。ここに八岐大蛇は痕跡すらとどめていない。

二、素戔嗚尊の樹木・木種等起源譚、〔書四〕をひき継ぐ〔書五〕

〔書五〕が、大蛇退治を捨てる一方、それに代えて素戔嗚尊を木材の用途を定める神として登場させ、なおまた〔書四〕を特徴づける樹種の播殖に関連した所伝については、それに縮約を施しながらひき継いでいることは著しい。しかし、縮約のその内実はといえば、木種の分布に焦点を絞り、「于レ時、素戔嗚尊之子、号曰二五十猛命一、妹大屋津姫命、次枛津姫命。凡此三神、亦能分二布木種一。即奉レ渡二於紀伊国一也。」というごく簡単な内容を表すだけにすぎない。

〔書五〕全体を通して中心的な役割を担い活躍するのが、素戔嗚尊である。その主要な所伝は、素戔嗚尊みずから身体の各部位の体毛を抜き散じて成した杉、桧などのそれぞれの用途を指示するという筋だが、この直後に関連して「夫須レ噉八十木種、皆能播生。」という一節を付加する。五十猛命以下三神の「亦能分二布木種一」は、この一節を承ける。さらにその木種分布関連のくだりのあと、所伝の最後を「然後、素戔嗚尊居二熊成峯一而遂入二於根国一者矣。」という一節をもって閉じる。

この所伝の最後が、先行する第七段の素戔嗚尊に関連した結末をひき継ぐ「素戔嗚尊、所行無状。故、諸神科以二千座置戸一而遂逐之。」という〔書四〕冒頭と首尾呼応することは明らかである。この対応は、〔書四〕と〔書五〕とのさらに所伝の成りたちにも及ぶたがいの分ちがたい関連を示唆するであろう。このことを念頭において、まずは〔書五〕の冒頭から始まるその関連を示唆する一節を次に抜き出してみる。

素戔嗚尊曰「韓郷之嶋、是有二金銀一。若使吾児所レ御之国、不レ有二浮宝一者、未二是佳一也。」乃抜二鬚髯一散之、即成レ杉。又抜二散胸毛一、是成レ桧。尻毛、是成レ柀。眉毛、是成二櫲樟一。已而定二其当レ用、乃称之曰「杉及櫲樟、此両樹者、可三以為二浮宝一。桧可三以為二瑞宮之材一。柀可三以為二顕見蒼生奥津棄戸将レ臥之具一。」夫須レ噉八十木種、皆能播生。

この所伝の特徴は、素戔嗚尊がみずからの体毛を抜き散じて杉以下のいわば用材を成し、その用途まで指定している点である。付随的に「夫」以下は食用の木種を播生したことをいうが、生活に役立つそうした果樹まで含め、およそ社会や人間の営みに必要な樹木の全てを、素戔嗚尊がみずからの意志によって大八洲国の内に誕生させたという、明らかに起源をものがたることに主眼を置いている。

されば、〔書四〕が「凡大八洲国之内、莫レ不三播殖而成二青山一焉。」という起源をものがたりながら、前述のとおりあくまで第五段〔本伝〕がつたえる素戔嗚尊による「使二青山変レ枯一」との対応をはかっていることは、ここに改めて注目に値する。なぜなら、右の一節もまた、人や社会の必需品としての用材や果樹の起源をものがたる一方、同じ第五段〔書十一〕の、前述のとおり保食神の屍体に生じた牛馬や五穀などについて「是物者、則顕見蒼生可二食而活一之也。」という天照大神の教示に対応するからである。既掲の例を含め、こうした両者の対応を次に表にまとめることにする。

第五段〔書十一〕	第八段〔書五〕
天照大神喜之曰「是物者、則顕見蒼生可二食而活一之也。」乃以二粟稗麦豆一為二陸田種子一、以レ稲為二水田種子一。	（素戔嗚尊）乃称之曰「杉及櫲樟、此両樹者、可三以為二浮宝一。桧可三以為二瑞宮之材一。柀可三以為二顕見蒼生奥津棄戸将レ臥之具一。」夫須レ噉八十木種、皆能播生。

現代の区分にかりに当てはめれば、天照大神が農業、素戔嗚尊が林業をそれぞれ創始したことになり、その起源をものがたる所伝としてたがいに対比的に対応する。対応はするけれども、農こそがなによりも優先する。天照大神じしん「顕見蒼生可二食而活一之也。」と教示し、後には「詔曰、農、天下之大本也。民所二恃以生一也。」（崇神天皇六十二年七月）、「詔曰、朕聞、士有二当レ年而不レ耕者、則天下或レ受二其飢一矣。女有二当レ年而不レ績者、天下或レ受二其寒一矣。故、帝王躬耕而勧二農業一、后妃親蚕而勉二桑序一。」（継体天皇元年三月）というように人民の生活が成りたつ基本として最も重視する。高天原を統治する天照大神にこの農業創始の起源は相応しく、所伝の成りたちの先後の上でも、この天照大神による農業創始の起源をめぐる所伝にそくして、これに素戔嗚尊による林業創始をめぐる所伝を対応させたとみるのが、前掲表の対応に照らしても自然である。

さて、この天照大神と素戔嗚尊とのそれぞれ農業と林業とをめぐる対応は、第五段と第八段の一書間に成りたつ。前述した「青山」をめぐる対応も、同じ所伝間に成りたっている。いまこの相互の対応を一つの図に落としこむと、次の整然としたかたちを得る。

第五段　青山変枯〔本伝〕　　農業創始〔書十一〕
　　　　　　↑　　　　　　　　　↑
第八段　青山回復〔書四〕――→林業創始〔書五〕

右の図にそくして所伝の展開を辿ってみるに、第五段〔本伝〕の素戔嗚尊による「使二青山変一レ枯」の状態を、第八段〔書四〕に素戔嗚尊の天から降るさいに伴った子の五十猛神が「天降之時、多将二樹種一而下。（中略）凡大八洲国之内、莫レ不三播殖而成二青山一焉。」ともとの「青山」に育成したことをつたえる。この〔書四〕をひき継ぎ、青山育成の功績により「有功之神」の称を得た子に対して、父の素戔嗚尊みずから用材や果樹に役立てる林業を創始したことを、天照大神による農業の創始に対応させてものがたるのが第八段〔書五〕である。

　ただし、天照大神による農業の創始は、あくまで「顕見蒼生可二食而活一之也」（第五段〔書十一〕）という統治者として最も重要な課題とする民生のためだが、素戔嗚尊による林業のばあい、その一部だけ「柀可三以為二顕見蒼生奥津棄戸将レ臥之具一」と定めるだけに過ぎないというのが実態である。そもそもの始まりに遡れば、

　素戔嗚尊曰「韓郷之嶋、是有二金銀一。若使吾児所レ御之国、不レ有二浮宝一者、未二是佳一也。（第八段〔書五〕）

新羅を連想させる金銀のある「韓郷之嶋」に渡航する船が「吾児所レ御之国」に無いことに対する慮りによる。「柀」を「顕見蒼生」の棺槨の用材に当てるという一節との対応上、この傍線を付した「国」とは明らかに葦原中国を指す。国に役立てるという点では、究極のところ、天照大神の農業創始と方向を同じくするけれども、

「吾児所ㇾ御」と限定したこの「児」とは、〔書四〕〔書五〕の五十猛神らを指す「子」と使い分けて、〔本伝〕に「乃相与遘合而生ㇾ児、大己貴神」という大己貴神を指し、この神がやがて国造りをなし遂げることを念頭に置いた上で、素戔嗚尊は林業の創始をいう。それはまた、わが児の大己貴神をこの葦原中国に生みなした果てに根国へ就くことをつたえる〔本伝〕を踏まえ、その児の国造りをも慮り、みずからなした「使ニ青山変ㇾ枯」による禿山や荒廃を回復させたばかりか、林業の創始まで手当てした上で根国へ就ったという結末を付すことにほかならない。功罪あわせもつ素戔嗚尊というこの神の、最終的にはむしろ功績を顕彰して結着をつける意味を、その結末に込めたはずである。

三、素戔嗚尊の八岐大蛇退治と稲田媛との結婚、〔本伝〕～〔書三〕

林業の創始は、素戔嗚尊にとって、あくまで天照大神との対応にそくして特に付け加えた副次的な伝承にとどまるであろう。本道ともいうべき伝承を挙げれば、第八段の〔本伝〕及び一書がつたえる八岐大蛇退治に極まる。天から降ったあとの素戔嗚尊のその活躍を中心に展開するいわゆる出雲神話をめぐって、従来あまた議論が集まる主要なテーマでもある。ただし、それら多くの議論・研究の積み重ねにもかかわらず、解明はそれほど進んでいるとはいいがたいのではないか。比較的最近の注釈〔新編日本古典文学全集・小学館〕を例にとれば、肝腎な八岐大蛇について頭注〔一四〕に次のような説明を示している。

八岐大蛇は幾つも渓谷をもつ斐伊川の表象である。斐伊川の精霊の大蛇に奉仕する巫女が毎年選ばれて祭祀が行われたが、この種の儀礼は巫女にとって苛酷なものであったらしく、しだいに精霊を悪者視し、巫女を被害者化する方向で説話化されてゆく。これが八岐大蛇神話となったものか。（91頁）最後を「か」で結んだところが唯一の救いといえば救いだが、こうした言説に根拠があるとは到底みなしがたい。そもそも読みを尽くしているのか、それさえ疑わしい。

これは、いかにも象徴的である。〔本伝〕の所伝じたいについて、残念ながら、信頼するに足る研究成果が管見には入らない。そのことも考慮して、確実に検証可能な例を優先すべく、順序を後先逆に〔書四〕の「呑レ人大蛇」をまず採りあげたのだけれども、前述のとおり「出雲国簸川上所在鳥上之峯」に居るこの大蛇は、八岐ではなく、まして越から毎年来襲するのでもない。実態は、むしろ「荒神」に通じる。しかしそれら「荒神」に「呑人」の例がなく、もとを質せば〔本伝〕の「毎レ年為二八岐大蛇一所レ呑」を踏まえるはずだから、八岐大蛇を差違化により「呑レ人大蛇」としたという経緯を想定するのが筋である。この経緯に鑑みて、つまり差違化が荒神に通じるかたちを採らせた以上、八岐大蛇は荒神そのものではあり得ない。右に引用した頭注のなかに「斐伊川の精霊の大蛇」という見解は、そもそも成りたち得ない。川の精霊なら、前述のとおり大蛇より「大虬」（仁徳天皇六十七年是歳）のかたちをとるほうが自然である。

さて、こうした若干の瀬踏みを試みる限りでも、さし当っては全体の構成を見極めることがなにより先決であろう。八岐大蛇の解明は、その作業とあいまって取り組むべき課題である。そこで改めてこの所伝の成りたちを探ってみるに、まず第一に、〔書四〕以降と〔書三〕以前とには、決定的な違いがある。前述のとおり〔書四〕では、素戔嗚尊が天から降下するさい五十猛神という子を伴い、この子が樹種を国の隅隅にまで播殖して青山に成すという所伝を構成上大きな柱とする。そしてこの五十猛神がとって代ったかのごとく、奇稲田媛が姿を消し、当然のなりゆきにしたがい、素戔嗚尊の結婚、これに付随する大己貴神の誕生等にも一切言及しない。言い換えれば、〔書三〕までの、素戔嗚尊が天から降下した後の結婚により大己貴神の誕生をみるという所伝の柱に代えて、〔書四〕以降は、素戔嗚尊が天から降下するさい連れてきた子による樹種の播殖を柱とする構成に一変させている。また同じ子ながら、天から伴った五十猛神らを「子」、天から降下した後の結婚により誕生した大己貴神を「児」と書き分けてもいるとおり、二神を対比的な関係に置く。

〔本伝〕以下〔書三〕までの所伝を〔書四〕以降と分かつ特徴は、かくて素戔嗚尊の結婚に止めを刺すといっても過言ではない。一書の口火を切る〔書一〕じたい、天から降下した素戔嗚尊が稲田媛と出会って結婚後に子を生みなし、その五世の孫に大国主神が誕生したとつたえるだけだから、それだけ所伝の右に指摘した特徴を象徴的にものがたる。〔書三〕もごく簡略であり、天からの降下や出会いなどを省いても、冒頭には「素戔嗚尊欲㆑幸㆓奇稲田媛㆒而乞之」という。所伝をこうして求婚から始める点にもあからさまだが、この求婚に対する「脚摩乳・手摩乳対曰、請先殺㆓彼蛇㆒、然後幸者、宜也。」という取り引きを思わせる応答に、大蛇退治を結婚の条件とする、すなわち結婚こそ素戔嗚尊が求める目的であり、その達成のために大蛇を退治するという所伝の本来のかたちを明らかに見てとることができる。ついでながら、〔書二〕はこれとも異なり、八岐大蛇の難から救った夫婦の間に子が生まれ、後に素戔嗚尊みずからこの子を「長養」「為㆑妃」とつづき、これにより誕生した子の六世の孫として大己貴神をつたえる。

〔本伝〕から遠ざかるに従い、所伝に占める結婚の比重は次第に低下する。〔書三〕に至ってそれが極まり、もはや大蛇退治の前提としての位置を占めるだけにとどまる。所伝の展開の上では、大蛇退治後に位置するはずの結婚はおろか、大己貴神の誕生さえ所伝から全く消え去る。それでも一書として成りたつというのも、まさに基本ともいうべき〔本伝〕が、所伝の枠組みを確保するなどのいわば支えの役割を果たしているからにほかならない。その〔本伝〕の結婚をめぐる所伝じたい、実は類型に根ざす。天から男神が降下して留まる場合、その地所在の神の女《むすめ》を娶るというのがその類型であり、ほとんどが類型にそくしたかたちをとる。

（1）此神（天稚彦）亦不二忠誠一也。来到、即娶二顕国玉之女子、下照媛一。因留住之曰「吾亦欲レ馭二葦原中国一。」（第九段〔本伝〕）

（2）（皇孫）天二降於日向襲之高千穂峯一矣。（中略）到二於吾田長屋笠狭之碕一矣。其地有二一人一。自号二事勝国勝長狭一。皇孫問曰「国在耶以不。」対曰「此焉有レ国。請任レ意遊之。」故、皇孫就而留住。時、彼国有二美人一。名曰二鹿葦津媛一。皇孫問二此美人一曰「汝誰之子耶。」対曰「妾是、天神娶二大山祇神一所レ生児也。」皇孫因而幸之。（同右）

（3）（彦火火出見尊）忽至二海神之宮一。（中略）海神、於レ是鋪二設八重席薦一以延内之。（事情を知った海神が赤女の口から失った鉤を得る）已而彦火火出見尊因娶二海神女、豊玉姫一。仍留二住海宮一、已経二三年一。（第十段〔本伝〕）

傍線を付した「留住」が類型の核となる語である。（3）の彦火火出見尊は天から降下したのではないが、葦原中国からは海宮に至ることも降下に通じるはずだが、げんに類型どおり「留住」を使っている。この（3）は、（1）と同じく「留住」に結婚が先行する。来訪した貴神をその地在住の神が迎え入れた証しとしての、いわば象徴的な意味を結婚はもつ。この来訪の例とは異なり、もはや帰還を想定しない「留住」の例が（2）である。「留住」が、その地に住みついて結婚する契機としての意味をもつ。しかしいずれにせよ、天から男神が降下すれば、これに留住と結婚がセットで伴うことには違いがない。降下の事情あるいは状況に応じて、そのセットの関係が変異するということだから、この類型の枠組みじたい、固定的というよりむしろ柔軟なものとみるべきであろう。素戔嗚尊の降下のばあい、根国へ就く途上という事情をかかえ、当初から限定を伴うとはいえ、八岐大蛇を退治したあと「然後、行覓ニ将レ婚之処一、遂到ニ出雲之清地一焉、乃言曰、吾心清清之。於ニ彼処一建レ宮。」と宮を造営し、かつそこで「相与遘合而生ニ児大已貴神一」と児を生むまで確かに留住する。この表現に、類型とのかかわりを確実にみることができる。

そしてこの類型にそくしていえば、留住とセットの関係にある一方の結婚をめぐっては、よりいっそう類型どおり所伝が展開する。その端的な例が次の一節である。

素戔嗚尊勅曰「若然者、汝当ニ以レ女奉レ吾耶。」対曰「随レ勅奉矣。」

「若然者」とは、かって八人いた少女が八岐大蛇に毎年呑まれ、残った一人も今呑まれようとして、それから逸れるすべのないことをいう。危機的な状況が切迫すればこそ、それへの対処をなにより優先するのが道理だから、素戔嗚尊の「汝当ニ以レ女奉レ吾耶」という問いは、必ずしもその状況に即応したものではない。展開次第では、弱みにつけ込んだ強要といった意味あいさえ帯びかねない。それがそうではなく、むしろ然るべき問いかけとして位置することじたい、類型を踏まえ、この所伝が素戔嗚尊の結婚に照準を合わせていることを如実にものがたる。いわば結婚する相手を絶体絶命の危機から救い出すこと、これが所伝の基本的なテーマにほかならない。

四、〔本伝〕を差違化した〔書二〕、その八岐大蛇の変貌

このテーマにとって、八岐大蛇退治は手段にすぎない。簡単に言えば、奇稲田媛と結婚するために八岐大蛇を退治する、あるいは結婚する相手の奇稲田媛を、八岐大蛇を退治して救い出すというものだが、ここでは八岐大

蛇とは何ものかといった問いに正面きって取り組むのではなく、それをつたえる記述にまずは着目する。〔本伝〕では、なかんずく次の一節が重要である。

至レ期、果有二大蛇一。（大蛇の容態についての説明）及二至得レ酒、頭各一槽飲。酔而睡。

○印を付した「期」とは何か。たとえば「時孕、月已満、産期方急。」（第十段〔書三〕）という出産の時期を表わす例などの通例に違い、この「期」は限定する語を伴わない。それでも、〔書二〕の「至二産時一、必彼大蛇当レ戸、将レ呑レ児焉。」を、直前の「我生児雖レ多、毎レ生、輙有二八岐大蛇一来呑。」を承けてそれに対応させているように、表現上、同じく直前の「往時、吾児有二八箇少女一。毎レ年、為二八岐大蛇一所レ呑。」を踏まえていることは明らかである。「毎年」繰り返し来襲するその時期を表すことになるが、それを漠然と表現すればこそ、いわば習性によることを含意するであろう。〔書二〕とは、次のように対応する関係にある。

〔本伝〕　毎レ年、為二八岐大蛇一所レ呑──→至レ期、果有二大蛇一──習性

〔書二〕　毎レ生、輙有二八岐大蛇一来呑──→至二産時一、必彼大蛇当レ戸、将レ呑レ児──知性（見計らい）

〔書二〕について付言すれば、いかに神話とはいえ、子を生む時期をいつと知ることなどできないはずであるにもかかわらず、生むたび毎に、生む当の夫妻が「今吾且レ産。恐亦見レ呑。」と素戔嗚尊に愁訴するとおり、実際には出産直前の時期を見計らって大蛇は来襲する。それだけ知性をもち、神としての性格を強くもつ。そうした大蛇なればこそ、来襲した折には「素戔嗚尊勅レ蛇曰、汝是可レ畏之神。敢不レ饗乎。」と畏敬の気持を表明して饗応するというかたちをとる。

ただし、八岐大蛇のありかたにそうして独自を強くうち出しながらも、〔本伝〕がつたえるそれの基本をやはり踏襲していることも明らかだから、当然その含みにおいてだが、この〔書二〕の饗応には、実は類型がある。

その点が八岐大蛇の実態を解き明かす上にも重要なので、〔本伝〕に先立って採りあげるとして、類型は、大蛇ではなく人、それも王化の及ばぬ僻遠の賊の討伐にかかわる。典型を、神武天皇即位前戊午年十月条につたえる八十梟帥撃破後のその余党討伐にみることができる。八十梟帥を国見丘に斬った後、

既而余党猶繁、其情難レ測。乃顧勅二道臣命一「汝宜下帥二大来目部一、作二大室於忍坂邑一、盛設二宴饗一、誘レ虜而取上之。」

この「密旨」を道臣は奉じて「掘二窨（むろ）於忍坂一而選二我猛卒一、与レ虜雑居。陰期之曰、酒酣之後、吾則起歌。汝等聞二吾歌声一則一時刺レ虜。」と策を講じて、次のように虜を殲滅する。

已而坐定酒行。虜不レ知三我之有二陰謀一、任レ情徑酔。時、道臣命乃起而歌之曰「（歌略）」時、我卒聞レ歌、倶抜二其頭椎剣一、一時殺レ虜。虜無二復噍類者一。

念のため傍線部をたどってみるに、盛んに宴饗を設営して虜を誘い集め一挙に討つという神武天皇の「密旨」に従い、準備万端整え、虜が「陰謀」も知らずに酒にしたたかに酔った時に一挙に斬殺したという筋立てだが、このなかの天皇の「密旨」にいう「盛設二宴饗一、誘レ虜而取レ之。」が類型の核心部分である。

いくつか類例を挙げれば、景行天皇の九州討伐の最初の例に当たるが、周芳の娑麼に到った折に南望して「於二南方一烟気多起、必賊将レ在。」と詔したこの賊の討伐にかかわる。賊の名を麻剥といい、「潜聚二徒党一」「其所レ拠、並要害之地。故、各領二眷属一、為二一処之長一也。皆曰、不レ従二皇命一。」とつたえた直後の、

於レ是、武諸木等、先誘二麻剥之徒一、仍賜二赤衣・褌及種種奇物一、兼令レ撝二不レ服之三人一。乃率二己衆一而参来。悉捕誅之。（十二年九月）

この傍線部の一節が、前述した類型の核に明らかに対応する。さらに景行天皇のこのあとに続く熊襲討伐に関連

したなかに、ある臣下の「熊襲梟帥有二二女一。兄曰二市乾鹿文一、弟曰二市鹿文一。容既端正。心且雄武。宜下示二重幣一以撝中納麾下上。因以伺二其消息一、犯二不意之処一、則曽不レ血レ刃、賊必自敗。」（十二年十二月）という進言を天皇が「可也」として実行した例は「幣」をもって誘う。

於レ是、示レ幣、欺二其二女一納二幕下一。天皇則通二市乾鹿文一而陽寵。時、市乾鹿文奏二于天皇一曰「無レ愁二熊襲之不一レ服。妾有二良謀一。即令レ従二一二兵於己一。」而返レ家以多設二醇酒一、令レ飲二己父一。乃酔而寐之。市乾鹿文密断二父弦一。爰従兵一人、進殺二熊襲梟帥一。

市乾鹿文の「良謀」による例は、傍線部に「設二醇酒一」という、前述の神武天皇が用いた「設二宴饗一」に通じるかたちをとる。

これら「設二宴饗一」「設二醇酒一」の「設」とは、相手を誘うためにことさらその相手の好む飲食や物品を用意することをいう。「陰謀」（神武紀）「良謀」（景行紀）などという謀略にそれは基づく。くだんの八岐大蛇に対しても、まさにこの謀略により、「設レ酒」に加え「勅レ蛇」として「汝是可レ畏之神。敢不レ饗乎。」というように饗をもって誘う。その結果の「其蛇飲レ酒而睡。素戔嗚尊、抜レ剣斬之。」もまた、やはり類型にそくしたかたちをとる。これら大蛇を退治する一連の展開のほぼ全てが、虜や賊、あるいは梟帥などを討伐する類型にあてはまる事実は、大蛇の退治をその類型をもとにかたちづくっていることを強く示唆するであろう。

素戔嗚尊の謀略による誘いにまんまとひっかかった八岐大蛇は、本来狙いとする夫妻の生む児には目もくれず酒に飛びつく。大蛇が狙いとした相手を奇稲田姫に代え、襲来を「毎レ生」から「毎レ年」に改めれば、この謀略による大蛇退治は、〔本伝〕にもそのまま当てはまる。「敢不レ饗乎」と誘えばこそ、その酒をわざわざ「以二衆菓一醸二酒八甕一」と果実酒に設定するといった手のこんだ仕掛けも〔書二〕は施してはいるけれども、差違化をはかった結果であり、〔本伝〕のただ「使㆔脚摩乳・手摩乳醸㆓八醞酒㆓」と作らせて「作㆓仮庋八間㆒、各置㆓一口槽㆒而盛㆑酒以待之也。」と待つかたちをその拠りどころとみるのが相当である。勿論、〔本伝〕のその待つかたちにしても、八醞酒を餌に、奇稲田姫よりこちらに誘き寄せる謀略によることにいささかも違いはない。

五、八岐大蛇の特異、先行諸説の再検討

そこで、こうした基本の一致、とりわけ〔書二〕が〔本伝〕をもとに差違化して成りたつ実態を押さえ、かつまた参照しながら、以下には〔本伝〕にそくして八岐大蛇退治をめぐる所伝の成りたちについて改めて考察を加えることにする。すでにこの所伝の構成上、第一に、奇稲田媛を相手とする素戔嗚尊の結婚については、天から降下した男神が留住してその地在住の神の女を娶るという類型をもとに成りたち、この結婚する相手を絶体絶命の危機から救い出すことをテーマとし、第二に、八岐大蛇退治をめぐっては、僻遠の異俗を謀略により誘って討伐するという類型をもとに成りたつことを確認したが、テーマに関連しては、八岐大蛇退治がその危機からの救出に当たる。基本的な筋立てにしても、大蛇に呑まれる危機から女を救い出して結婚するというごく単純な内容でしかないけれども、しかし右に指摘した類型だけで、それを基にこの筋立てにそくして所伝が成りたつわけではない。類型とは無縁ともいうべき特異が、一方にある。しかもそれがもっぱら八岐大蛇じたいに集中していることに、特異の内容がかかわる。

その一つに、前に問題としたこの大蛇の「呑㆑人」という狂暴な習性がある。〔本伝〕の「毎㆑年為㆓八岐大蛇㆒所㆑呑」ほか、〔書二〕「毎㆑生輙有㆓八岐大蛇㆒来呑」もそうだが、「呑㆑人」に付随していっそう注目すべき特異が、

「毎レ年」「毎レ生」のいずれにせよ期を見計らってどこからともなく襲来する点である。〔書四〕の「呑レ人大蛇」だけは、前述のとおり素戔嗚尊の到った鳥上の峯にいる。素戔嗚尊がそこで斬殺するが、類例に、山あるいは川を棲処とする荒神の討伐がある。この対応上、〔書四〕の大蛇は荒神に通じ、そうして差違化により「八岐」を除くと共に、〔本伝〕のどこからともなく襲来するというこの八岐大蛇のありかたも削って、もはや見るかげもない。それだけに、〔本伝〕のその荒神との距離は、「毎レ年」「毎レ生」に加え、八岐大蛇の「頭尾各有二八岐一。眼如二赤酸醬一。松柏生二於背上一而蔓二延於八丘八谷之間一。」という形状においていっそう拡大する。

この八岐大蛇に類例などあろうはずもないが、その実、捜神記の所伝との関連に言及する先学の研究上の積み重ねがある。近来のその研究史のなかでは、廣畑輔雄氏に「その成立における中国思想の役割」という副題のとおり関連を詳細に論じた『記紀神話の研究』（昭和五十二年十二月。風間書房）がある。古事記の当該所伝を二十一の構成要素に分け、「類似が見られる」事項として（2）山里深くたずね入る、（5）それまでに少女たちが大蛇に食われている、（6）それは毎年のことである、（7）少女には女きょうだいが多くある、（8）犠牲になった少女の数が記されている、（10）大蛇の目が恐ろしげに記されている、（15）大蛇を欺くための飲食物を用意する、（16）剣で大蛇を斬り殺す、（19）少女は後に妃となる、（20）少女の父が長官に任ぜられる、（21）その物語についての歌謡が残されている、などを挙げている。それまでに指摘されていた古事記の捜神記利用の例や捜神記のわが国への輸入、六朝小説類に精通する人々の多くなった時代その他の事情等を「総合すると、『捜神記』も、その頃わが国人に知られていて、神話に影響を及ぼしたと考えられるのである。」（384頁）と説く。

しかしながら、この廣畑氏の論考をひき継いだ研究になると、管見には入らない。逆に、むしろ直接の影響に否定的な論考が目立つ。その代表が、福島秋穂氏『記紀神話伝説の研究』（一九八八年六月。六興出版）である。この書所収の当該論考（原題「スサノヲ神のヲロチ退治譚について」『国文学研究』第八二集。一九八四年三月）は広汎にわたり、捜神記についても「同書の著者が生存していた四世紀半ば以前の中国東南部の民間伝承を、忠実に採集・記録したものと見て良いだろう。」と捉えた上で、次のように説く。

　大蛇が毎年一童女を呑むこと既に九度、其れに蜜とむぎこがしを混じた物をかけた数石の蒸し米団子を食わせ、「好剣」を用いて退治することは、『古事記』及び『日本書紀』巻第一の第八段（宝剣出現章）本文のヲロチ退治譚の構成素C・E・Fと一致しており、彼此の間に伝播の関係を認めて良いように思われる。

さらに大蛇を退治する者の男女の違いや犬の登場の有無の違いなどにそくして「両者の間に直接の関係があるとは思われない。」と述べた後に、記紀の大蛇退治譚の成立について、

『捜神記』の大蛇退治譚が我国に伝わり、伝承・保存の間にいま一度主人公を男性にするという変化をしたものと考えるより、『捜神記』の当該譚のもとになった物語が我国にも伝わり、其の大筋が変えられることなく、新たな構成素D・Gの如きが付加されたものとする方が、蓋然性は高いと考えられる。（以上、326頁）

福島氏の右に引用した一節に「構成素」というC・E・Fは、それぞれ廣畑氏の「構成要素」（5）、（15）、（16）に、またD・Gは同じく（14）（少女を装身具に変える）、（17）（大蛇の尾から宝剣が現れる）に当たる。この対応は、たがいに緊密なだけに示唆にとむ。すなわち、前者C・E・Fは、いずれも廣畑氏が「影響を及ぼした」と指摘する構成要素であり、また一方後者のD・Gについては、カッコ内に私に内容を書き入れたように「類似が見られる」事項から外れた、いわば「影響」の及んでいない構成要素に当たる。捜神記の影響によらず、したがって後に付加した独自要素とみなす以上、福島氏が右の一節に「新たな構成素D・Gの如き付加されたもの」と指摘するように、項目が対応するばかりか、それを新たな付加とみるこの見方じたいが重なる。

両氏の見解は、そうした付加などにより成る大蛇退治譚を物語成長の最終段階のものとみなす点でも共通する。したがって、文献上の直接の影響を説く廣畑説と伝播を主張する福島説とに、いわば書承と口承といった受容に関する異なりはあっても、翻って捜神記の収載する大蛇退治譚が八岐大蛇の退治をめぐる所伝の形成に参与したというこの一点に限れば、ほとんど違いがない。さらには、神田秀夫氏が「古事記と捜神記」と題する論考（古事記年報29・昭和六十二年一月）に「古事記成立の当時、捜神記は原書がまだあったという仮定」に言及してもいる。受容を想定する以上、仮定にとどめず、当該大蛇譚をつたえる捜神記の記述を収載する類書にも目を向ける必要がある。類書だから、その収載箇所によっても、内容や表現に違いがある。試みにいえば、二十巻本捜神記にもっとも近く、重なりの大きいのが太平御覧（巻四四一「貞女下」）、以下、芸文類聚（巻九十四「狗」）、太平御覧（巻四三七「勇五」）、同（巻三四四「剣下」）、北堂書鈔（巻第一百二十二「剣」）の順に簡略化が進んでいる。

類書を含め、これら文献資料として捜神記の当該所伝を利用できる条件の存在を前提とすれば、文献による受容を想定するのが自然である。また一方、捜神記を利用したにせよ、実際のその程度は、むしろ一部にとどまる可能性が高い。前述のとおり廣畑説と福島説がともに受容を認定した（5）C、（15）E、（16）Fの各事項に当たる原文を、日本書紀が利用したとみなす説の有力な類書のうちの芸文類聚から次に引用してみる。

（5）C——常八月祭送二蛇穴一。蛇輒呑之。已用二九女一。

（15）E——作二数斛餈一、蜜灌之、置二穴口一。

（16）F——蛇出レ頭、大如レ囷。目如二二尺鏡一。先啖二餈灌一。奇便放レ犬咋レ蛇。以レ剣斫二殺之一。

内容上の類似は、確かに両氏が指摘するとおりだとしても、あくまでそれは基本的な筋立てにとどまり、細部に及ぶものとは到底みなしがたい。受容を想定するにせよ、せいぜい、その基本部分に拠りながら、前述の謀略により異俗を討伐する類型にそれが通じることにそくして、八岐大蛇じたいに関連する部分を中心に利用したというのが実態ではないか。その部分にしても、捜神記の所伝をそのまま借りたのではなく、むしろそれを参照しながら創りだした独自の占める割合こそ大きいに違いない。試みにその利用した部分をいえば、「往時、吾児有二八箇少女一。毎レ年為二八岐大蛇一所レ呑。」及び「眼如二赤酸醤一。松柏生二於背上一而蔓二延於八丘八谷之間一。」などのもっぱら大蛇に関連した限定的な部分を想定するのが相当である。この部分だけでも、八岐大蛇退治をめぐる前述（334頁）の類型から外れた主要な要素の全てを満たす。

そしてこれら類型を踏むか、もしくは捜神記の所伝を利用するかといった、成りたちに関連してこれまで言及した一切とのかかわりを見出しがたいのが、素戔嗚尊が八岐大蛇を退治してその尾から得た剣を天神に献上するという一節である。大蛇退治のいわば後日譚でもあり、福島氏が「新たな構成素D・Gの如き付加されたもの」と説き、これをひき継ぐ松本直樹氏『古事記神話論』（平成15年10月。新典社）に「（福島によれば）これは大蛇退治譚が我国内で成長・変化を遂げた最終段階に付加された可能性が考えられるという。原伝承にはなく、それでいて記・紀の全伝承に共通して在るということは、それが王権神話として必須な要素であったことを示している。刀剣出現の要素が加えられた当初より、その刀剣は王権のレガリアとしての草薙の大刀であった可能性が高いと思われる。」（298頁）といった解釈を示しているが、草薙剣に関連した一節としても重要な意味をもつ。

六、素戔嗚尊による神剣の献上、先行所伝のひき継ぎとその意味

ただし、その王権とのかかわりについては、古事記の当該所伝の注釈（新編日本古典文学全集。頭注解説。小学

館）に「草なぎの剣は、八尺の勾玉・鏡とともに、降臨にあたって邇々芸命に授けられる。それらは、天皇の正統性の証として『三種の神器』と一般によばれている。しかし、『記』のなかで、『神器』としての草なぎの剣が語られているとはいえない。（中略）『神器』は、後代の神話によって作り出されたものである。」という説明が、当該一節についても妥当であろう。もちろん、「当初より、その刀剣は王権のレガリアとしての草薙の大刀であった可能性」はもとより、「大蛇退治譚」じたい「最終段階に付加された可能性」もあり得ない。

また一方、「是神剣也。吾何敢私以安乎。乃上二献於天神一也。」という神剣の献上については、前述のとおり〔書四〕があい通じる内容をつたえている。〔書四〕の所伝じたいは、素戔嗚尊が天から伴って降下した子の五十猛神による樹種の播植などを構成のもう一つの柱とする。そこに独自を際立たせてもいる。大蛇退治をめぐっても、そもそも八岐大蛇ではなく、「呑レ人大蛇」のその内実は荒神に通じ、謀略など一切使うことなくいとも簡単に斬殺するだけに過ぎない。それだけに、基本的には〔本伝〕に通じるかたちをとってこの神剣の貢上をめぐるくだりが成りたっていたとしても、やはり改めて〔本伝〕の当該一節そのものに検討を加える必要がある。

神剣の貢上をめぐっては、〔書四〕の検討のなかで参照したあの崇神天皇六十年七月条がつたえる出雲臣の飯入根による神宝献上に、まずは立ちかえってみる。神宝を見たいという天皇の詔を承け、兄の出雲振根の不在中にそれを貢上したところ、兄の恨念をかい、後に殺害されるが、この事件を知った朝廷は二臣を遣わして振根を誅殺するというのが顚末である。先祖伝来の神宝も、皇命があれば貢上しなければならない。天皇の絶大な権威を象徴するこの一件には、実は類例がある。肥前国風土記が彼杵《そのき》郡の郡名の由来をつたえるなかの一節だが、景行天皇が九州討伐を終えて凱旋するさい、陪従する神代《かみしろ》の直《あたひ》に土蜘蛛を捕えさせると、速来津姫と名のる者がまっ先に現れて「妾弟、名曰二健津三間《たけつみま》一、住二健村之里一。此人有二美玉一。名曰二石上《いそのかみ》神之木蓮子玉《いたびたま》一。愛而固蔵。

不レ肯レ示レ他。」と密告する。神代の直が探し求め、逃げる三間を追いつめて捕獲・推問したところ「実有二一色之玉一。一者曰二石上神木蓮子玉一、一者曰二白珠一。雖レ比二礵砆《しゆくふ》一、願以献レ之。」と願い出た上に、さらに「有レ人、名曰二篦簗《のやな》一、住二川岸之村一。此人有二美玉一。愛レ之罔レ極。定無レ服レ命。」とこれまた密告する。神代の直は同じく追い捕獲して問うと、篦簗が「実有レ之。以貢二於御《みもと》一。不二敢愛惜一。」と差し出したのをうけて、三種の玉を景行天皇に献上する。この玉にそくした天皇の「此国、可レ謂二具足玉《そなひだま》国一」という勅により、「具足玉国」が訛して今に「彼杵郡」というと結ぶ。

　こうしてそれぞれに愛蔵していた神宝や宝玉などを朝廷が強制的に献上させ、かつまたいずれも献上を当然とする前提に立つ。肥前国風土記では、それぞれ「願以献之」（健津三間）「以貢二於御一、不二敢愛惜一。」（篦簗）と進んで献上するというかたちをとる。一方、崇神紀の所伝は神宝を管理していた出雲振根にそくして、献上した弟の飯入根に恨念を懐いて殺害したことを朝廷に訴えられ、当の自分が誅殺されるという展開を辿る。神宝があれば、それを開示、献上することを責務として課せばこそ、その皇命に背くことを反逆とみなすはずである。

　素戔嗚尊が神剣を献上するについては、しかしあくまでも自発による。遡れば、前述（296頁）のとおり先行する第七段〔書三〕に、「奉覲」の語によって素戔嗚尊を日神に御目見得する忠実な臣下として明確につたえている。神剣の献上はこの延長上に位置するはずだけれども（299頁）、まずは八岐大蛇の尾を割いてそこに視た剣を「是神剣也」と素戔嗚尊が判断した点が重要である。〔書四〕のように地の文に「即擘而視之、尾中有二神剣一。」と規定した表現では、その判断によってみずから自主的かつ自発的に献上を思いたった素戔嗚尊の意志との、いわば有機的な関連を著しく削ぎかねない。さらにいっそう重要な点が、宝器とは肥前国風土記の前掲例に「愛而固蔵」（健津三間）「愛之罔レ極」（篦簗）というように珍重し愛蔵や愛惜するものだが、素戔嗚尊のいう「吾何敢私以安乎」はそれらとは逆に、いわば私有や私用をめぐる強い否定をいう。このわたくしする「私」の否定によって、天神に献上するというその「私」とは正反対の行為に出るのだから、献上が「公」に当たることは明らかである。この「私」と「公」との関係は、あの聖徳太子が作成したとつたえる「憲法十七条」（推古天皇十二年四月）の第十五条の規定に確実に対応する。

十五曰、背レ私向レ公、是臣之道矣。

臣の遵守すべき規範意識や行動原理として示したものというだけにとどまらず、この「臣之道」は広く共有されていたに違いない。所伝にひとつ例をとれば、安康天皇が大泊瀬皇子のため大草香皇子のもとにその妹の幡梭皇女との結婚を申し入れる使者として根使主を遣わしたことが発端となって、ついには安康天皇じしんが弑殺される事件にまで発展するという歴史をつたえた所伝（安康天皇元年二月）に、結婚の申し出を応諾した大草香皇子の次の言葉をつたえている。

是（結婚の申し出）甚之大恩也。何辞二命辱一。故、欲レ呈二丹心一、捧二私宝一、名押木珠縵一、附二所レ使臣、根使主一而敢奉献。

結婚の応諾とは「呈二丹心一」にほかならない。それをかたちにした実際の行動が、「捧二私宝、名押木珠縵《おしきのたまかづら》一、附二所レ使臣、根使主一而敢奉献。」である。押木珠縵は、「私宝」とはいえ、これを見た根使主《ねのおみ》を「感二其麗美一以為、盗為二己宝一。」と魅惑し盗に走らせるほどの名宝である。もとより大草香皇子が大切に愛蔵していたはずだが、そうであればこそ、その「私」することを断念して献上することが「呈二丹心一」につながるということだから、関係としては、まさしく憲法十七条の「背レ私向レ公、是臣之道矣。」という条文どおり臣のふみ行うべき道を実践したことにも明らかに重なる。

素戔嗚尊の神剣献上も、このいわば臣道の実践といった意味あいが強い。したがってまた、それが大草香皇子の示そうとした類の「呈二丹心一」につながることも明らかである。「丹心」は、かつて暇乞いのため高天原に詣でて会見した天照大神に「吾弟之来、豈以二善意一乎。謂当レ有二奪レ国之志一歟。」と嫌疑をかけられた上に、「将何以明二爾之赤心一也。」とそれを晴らすよう求められたなかの（第六段〔本伝〕）、この傍線部「赤心」に当たる。「誓約」によって「有二清心一」を証明するが、「丹心」がこれら「赤心」や「清心」に通じる以上、神剣の献上によってまた改めてみずからのそうした天照大神に対する清明心を明示することをおのずから含意する。ただ、献上する先を「天神」と特に断ってもいる。天照大神を対象とするというより、天照大神の統治する高天原を中心とした天のその天神に対して、神剣を私することなく、臣道の実践として献上するのだから、その天神を公の代表とする一方、葦原中国の素戔嗚尊に私を代理させ、私が公の支配をうけ、かつまた公が私に優先するという秩序を前提に所伝は成りたつ。神剣の献上が、天照大神に対しては清明心を明示することにつながるとさきに述べたけれども、葦原中国との関係の上では、天石窟に幽居した天照大神が天鈿女命らによる神事を聞いて「吾比閉二居石窟一。謂当三豊葦原中国必為二長夜一、云何天鈿女命嘘楽如レ此者乎。」（第七段〔本伝〕）と葦原中国への影響を憂慮するとおりそこがその支配下にあることを踏まえ、この支配と被支配との関係を、改めて公と私という関係に再定義する意味をもつであろう。

これ以降、公と私という関係が所伝に大きく関与することになる。その一端を示せば、第九段では、葦原中国に降臨した天津彦火瓊瓊杵尊が神吾田鹿葦津姫と出会い結婚した後に「妾孕二天孫之子一。不レ可二私以生一也。」という姫の告言を受ける。私に出産してはならないことをいうこの〔書二〕に対して、〔書五〕が同じ吾田鹿葦津姫の言葉ながら「天神之子、寧可二以私養一乎。」と私に養育してはならないことをいう。公を代表する「天孫之子」や「天神之子」を、私的に出産や養育すれば、それは私することだから、公私の秩序に違背するというのがその論理である。「私」という語こそ使ってはいないが、第十段でも、同じく豊玉姫の言葉として、「天孫之胤、豈可レ産二於海中一乎。」〈書三〉、「天孫之胤、不レ宜レ置二此海中一。」〈書四〉というように天孫の胤〈彦波瀲武鸕鷀草葺不合尊〉を海中に産んだり、安置したりなどしてはならないことをいう。それらの海中での行為が私することに当たり、公私の秩序にもとるとする前提に立つことは疑いを容れない。素戔嗚尊に始まり、鹿葦津姫、豊玉姫と続くどれもが、私の側から公私の秩序に言及する。公から押しつけたものではなく、あくまでも私の側に立った、その意味でも自発的、自主的な秩序として形成・定着をみたということ、ここに実は大きな意味がある。

第一に、第七段〈書三〉を第八段〈本伝〉がひき継ぐ展開のなかで、それぞれに素戔嗚尊をこの秩序を自覚的に体現する実践者として、理念あるいは規範ではなく、臣の道の具体的な行為により率先、明示した点である。さらに大きな意味は、まさに無秩序のなかにそれを行った点にある。現実は、素戔嗚尊が奇稲田姫との間に生んだ児の大己貴神でさえ、国造りの当初を「夫葦原中国、本自荒芒。至二及磐石草木一、咸能強暴。」と回想する有様である。傍線部の表現は、伊奘諾尊・伊奘冉尊が国生みや神生みを終えたあと「吾已生二大八洲国及山川草木一、何不レ生二天下之主者一歟。」〈第五段〈本伝〉〉と共議したとつたえるなかの傍線部に対応する。この対応にそくして、「山川」のそれぞれ岩石をあらわす「磐石」と「草木」とを、声を発せず、また動かない例として組み合わせたはずである。それらでさえ、もともとは「強暴」であった、「磐石草木」でさえそうした状態なのだから、あとはことさら例示するまでもないという言外の意味をこめるであろう。仮りに分類すれば、「磐石」が鉱物に、「草木」が植物に当たり、残りは動物である。表現の対応の上でも、この動物は大八洲国に跋扈し、「強暴」をもって君臨しているとみるべきだが、これら諸要素をあわせもつ存在として最も相応しいのが八岐大蛇である。

七、八岐大蛇の大八洲国との関連、その草薙剣と断蛇剣

八岐とは、古事記の当該所伝に「身一有二八頭八尾一」という独立した頭や尾がそれぞれ八個ずつあるという謂ではない。あくまで「頭尾各有二八岐一」と明示するように一個の頭、一個の尾がそれぞれに八つに分岐しているさまを表す。分岐した八つの各部分の集合なり結合なりのまとまりとして一つの頭、一つの尾を構成しているというこのさまは、大八洲国のありかたに重なる。念のため第四段〔本伝〕の記述を次に示す。

廼生二大日本豊秋津洲一。次生二伊予二名洲一。次生二筑紫洲一。次双三生億岐洲与二佐度洲一。世人或有二双生一者、象レ此也。次生二越洲一。次生二大洲一。次生二吉備子洲一。由レ是、始起二大八洲国之号一焉。

双子を含むため、七回で八洲を生むが、その八洲をもって「大八洲国」という一つの国を構成する。八岐大蛇と対応させれば、次のとおり。

八岐大蛇の頭：八つに分かれた部分（名称なし）のまとまり
　　同　尾：八つに分かれた部分（名称なし）のまとまり
大八洲国　　：八つに分かれた部分（大日本豊秋津洲以下の洲）のまとまり
　手　　　　：五つに分かれた部分（親指以下の指と掌）のまとまり

右の「手」を例にすれば、手を構成するのは、親指以下の五本の指と掌（てのひら）である。五つの指それぞれが独立した名称をもつ。同様に、大八洲国も、それぞれ独立した名称をもつ八つの洲から成る。八岐大蛇の特異は、頭も尾もそのような独立した名称をもたないにもかかわらず、部分としては八つに分岐している点である。

ただし、その実態を「及二至得レ酒、頭各一槽飲。」とつたえるとおり、頭のその八つに分岐した各部分があたかもそれぞれ一個の独立した頭のごとく「飲」という行動をとる。それが、たとえ古事記がつたえる「身一有二八頭八尾一」と見かけ上違いがないとしても、そうして八岐の各部分をひとしなみにそれぞれ頭や尾と一括しない、あくまでも一つの頭、一つの尾であって、その頭、尾を八つに分岐した部分が構成している、言い換えれば、その部分のまとまりがそれぞれ一つの頭、尾を形成しているということ、すなわち八つに分岐した形状の頭と尾が、その頭、尾という統一のもとに、それぞれその分岐した部分ごとにあたかも一つの頭、尾のようにふるまうところにこそ、八岐大蛇の本領がある。

こうした八岐をめぐる考えに大過なければ、八岐大蛇は、大八洲国に君臨するに相応しく、大八洲国のその八つの洲から成るそもそもの成りたちをかたどるはずである。かたどるとは、大八洲国の成りたちにかたちだけ仮託することをいう。バラバラな八頭八尾ではなく、大八洲国をかたどり、八つのそれぞれ独立した名称をもつ洲が一つの国を構成するように、八つに分岐してあたかも独立した頭や尾のような形状を備えかつ動く部分がそれぞれ一つの頭と尾とを形成するという同じかたちをとり、大八洲国に君臨することを身をもって象徴的に表示する。大八洲国全体をおのが領域とするという点では、八岐大蛇の犠牲となった女性は、その領域全体に広く存在するであろう。奇稲田姫も、「往時、吾児有二八箇少女一」という数の多いことを強調した「八箇少女」のその一人である以上に、そうした大八洲国全体に散在する数をも知れぬ犠牲者に危うくなるところだったとみるほうが実情にそくしている。素戔嗚尊の八岐大蛇退治は、だから姫一人の救出にとどまらない。広くは、大八洲国をこの八岐大蛇の恐怖や被害から解放したことを意味する。かつて「令二国内人民多以夭折一。」（第五段〔本伝〕）と国民を早世せしめた死神から、逆に救済に当たる善神に全く変貌を遂げた素戔嗚尊を、そこに確かに暗示してもいる。

この来歴が、八岐大蛇の尾から取り出した草薙剣の威力につながる。そもそも「強暴」この上ない八岐大蛇であれば、その君臨する大八洲国に敵対する勢力などあり得ないが、この大蛇の威力を草薙剣が身に刻むことを前提とした上で、後に日本武尊が東征の際この剣を佩帯携行しているだけで蝦夷や荒神などを平定する成果を挙げる一方、尾張の宮簀媛を娶り「解レ剣、置二於宮簀媛家一而徒行之。」（景行天皇四十年是歳）とひとたびこの剣を身から離してしまうと、退治にむかった五十葺山の荒神の逆襲にひとたまりもなく「失レ意如レ酔」に陥り、回復することなくついに崩じるに至るという展開を成りたたせることも可能だったはずである。それだけに、草薙剣は王権にかかわる前に、大八洲国の平定を、素戔嗚尊による八岐大蛇退治といういわば物語（神話）を伴って刻印する象徴にほかならない。

この草薙剣に通じるのが韴霊（ふつのみたま）である。神武天皇が熊野で遭難したさい、天照大神による救助の要請に応じて武甕雷神が「雖二予不レ行而下二予平レ国之剣一、則国将二自平一矣。」と対えた上で、熊野の高倉下にその剣を天皇（この時は「天孫」）に献れと夢を通じて教える。高倉下がそれを進ると同時に、天皇及び士卒は正気をとり戻す。韴霊というこの剣じたいが、かつて武甕雷神（本来は武甕槌神と経津主神）が振るった「平レ国」の威力をおのずから発現した結果である。この「平レ国」という点でも韴霊に通じるとはいえ、その当事者に直接「平レ国」に言及させ、なおかつ救助にそれを使うというかたちをとる神武紀とは違い、結局は手離すことによって崩を招いてしまうという逆のかたちをとる草薙剣を、景行紀はつたえることになる。後の世の歴史的事実にそうして抜き差しならないかかわりをもつだけに、その事実に関連する名称（草薙剣）を剣に与えたばかりか、八岐大蛇の尾からそれを取りだしたことも加わり、大蛇退治というこの事蹟（事件、出来事）のいわば真実性（いわゆるリアリティ）を担保する記述を必要とするのは自然である。現にそれに当たる一節を、〔書二〕〔書三〕が次のようにつたえている。

〔割而視之、則剣在二尾中一。是号二草薙剣一。〕此今在二尾張国吾湯市村一。即熱田祝部所レ掌之神、是也。其断レ蛇剣、号曰二蛇之麁正一。此今在二石上一也。〔書二〕

〔裂レ尾而看、即別有二一剣一焉。名為二草薙剣一。〕此剣、昔在二素戔嗚尊許一。今在二於尾張国一也。其素戔嗚尊断レ蛇之剣、今在二吉備神部許一也。出雲簸之川上山、是也。〔書三〕

両一書は、草薙剣と断蛇剣のそれぞれ今所在する場所が対応することに加え、断蛇剣でも、右の〔書二〕の「蛇之麁正」という名称に、〔書三〕の「以二蛇韓鋤之剣一、斬レ頭斬レ腹、」が対応する。〔書三〕のばあい、右掲の一節が結びに位置し、もはや大己貴神の誕生に関連した記述は全く姿を消すに至る。

もっとも、〔書二〕でさえ、〔本伝〕を成りたたせていた所伝の類型のうち、危機にある女性を救出して結婚するという柱を取り払っている上に、八岐大蛇を退治して救った夫婦の生んだ児を素戔嗚尊が養育したのち「為レ妃而所レ生児之六世孫、是曰二大己貴命一。」というように大己貴神を六世の孫とつたえてもいる。いわば素戔嗚尊と大己貴神との直接的な関係を薄くする方向をたどるその流れのはてに、ついには関係そのものを切り捨てたということ、そのことは、一連の流れにこの〔書三〕が区切りを付けたことを意味するであろう。その区切りを、右に引用した〔書三〕の一節の最後の一文「出雲簸之川上山、是也。」が端的にものがたる。一つには、〔本伝〕の冒頭に位置する一文「是時、素戔嗚尊、自レ天而降二到於出雲国簸之川上一」と首尾呼応する関係にあり、なおかつこの〔本伝〕を始めとして当該場所をつたえる「素戔嗚尊、自レ天而降二到於出雲簸之川上一」〔書一〕、「是後、以二稲田宮主簀狭之八箇耳生児、真髪触奇稲田媛一、遷二置於出雲国簸川上一。」〔書二〕という流れの最後に位置するなど、明らかに結びの役割を担う。

さらには、「断蛇之剣」のげんに今所在する場所「吉備神部許」を、「出雲簸之川上山、是也」と明示することにより、素戔嗚尊の天から降り下った当の場所が、素戔嗚尊が八岐大蛇を斬った剣を祭る場所に重なる。しかもその現にいま「吉備神部」が祭りの対象としているという事実が、その場所に、実際にあった歴史の遺蹟地としての意味を賦与するであろう。八岐大蛇退治をめぐる伝承は、ここに確実に実在の現在と結びついて実質化する。いわば歴史と化す。それが既往の伝承全てに及ぶことも、とくと想定ずみだったに違いない。

八、素戔嗚尊の「児」大己貴神による負の遺産始末、〔書六〕

さて、第八段の所伝のうち、残るは〔書六〕だけである。この所伝について検討するに当たり、これまで採りあげた〔本伝〕をはじめ各一書を通して見出し得る著しい傾向を押さえておく必要がある。この傾向が、実は〔書六〕の所伝の成りたちにも大きく関与しているからである。

その傾向を一言でいえば、セットである。第八段の所伝は、このセットすなわち内容上対応する、小は語の表現から大は所伝の構成に至る二つの組み合わせを基本に成りたつ。たとえばまずは前節の最後に採りあげた剣をめぐっては、草薙剣とは別に断蛇剣をつたえ、この二つの剣それぞれの現今所在場所を明示するのが、〔書二〕と〔書三〕である。また草薙剣を神剣として天に献上するとつたえる所伝も、〔本伝〕と〔書四〕との二つが対応する。さらに素戔嗚尊が子の五十猛神を伴って天から降下し、この神が大八洲国に木種を播殖するという所伝も、〔書四〕と〔書五〕とに対応する関係を成りたたせている。一方、その細部の表現でも、「毎レ年為二八岐大蛇一所レ呑」〔本伝〕と「毎レ生輙有二八岐大蛇一来呑」〔書二〕、「使三脚摩乳・手摩乳醸二八醞酒一」〔本伝〕と「教之曰、汝可㆘以㆓衆菓㆒醸㆗酒八甕㆖。」〔書二〕、「素戔嗚尊乃以㆓蛇韓鋤之剣㆒、斬㆑頭斬㆑腹。」〔書三〕と「素戔嗚尊乃以㆓天蝿斫之剣㆒、斬㆓彼大蛇㆒。」〔書四〕などの対応の明らかな例のほか、連続した文の承接をめぐって、

抜㆓所㆑帯十握剣㆒、寸斬㆓其蛇㆒。至㆑尾、（剣刃少欠）〔本伝〕
抜㆑剣、斬之。至㆔斬㆑尾之時㆒、（剣刃少欠）〔書二〕
→以㆓蛇韓鋤之剣㆒、斬㆑頭斬㆑腹。其斬㆑尾之時、（剣刃少欠）〔書三〕

（剣刃少欠）故、割㆓裂其尾㆒視之、中有㆓一剣㆒。〔本伝〕
（剣刃少欠）故、裂㆑尾而看、即別有㆓一剣㆒焉。〔書三〕
→（剣刃少欠）割而視之、則剣在㆓尾中㆒。〔書二〕

右掲の前者をひき継いだ後者のように、〔本伝〕と〔書二〕との条件を表す上句の対応が、帰結を表す下句に至って〔本伝〕と〔書三〕との対応に切り替わるというようにねじれをみせる例さえある。

対応はまさに多様というほかないが、所伝がこの対応をもとに、これを表現や内容をかたちづくるうえに依拠すべき一つの形式として、いわば原理として成りたつことは明らかである。もちろん、〔書六〕もこの原理のもとに成りたつ。前述したなかにも言及した、素戔嗚尊の子をめぐる表現にその顕著なあらわれをみることができる。五十猛神については「是時、素戔嗚尊帥㆓其子五十猛神㆒、降㆓到於新羅国㆒。」〔書四〕「于㆑時、素戔嗚尊之子、号曰㆓五十猛命㆒。」〔書五〕という「子」の表記に従う。校本日本書紀（一。神代巻〈全四巻〉國學院大學日本文化研究所。昭和五十年十二月。角川書店）に徴しても、前者の例に一峯本（卜部家の本とは別系統の一本）「ナシ」と注を付すほかは、諸本に異同がない。この「子」に対して、同じ素戔嗚尊の子でも、奇稲田姫と結婚して「乃相与遘合而生㆓児、大己貴神㆒。」〔本伝〕と生んだ当初から、大己貴神には「児」の表記を専用する。

素戔嗚尊のこの二人の子をめぐる表記上の使い分けは、もとより内容と不可分である。すでに〔書五〕のなかで、冒頭に「素戔嗚尊曰、韓郷之嶋、是有二金銀一。若使吾児所レ御之国、不レ有二浮宝一者、未二是佳一也。」とつたえる「吾児」を、のちに「素戔嗚尊之子、号曰二五十猛命一、妹大屋津姫命、次枛津姫命。凡此三神、亦能分二布木種一。」という「子」とは明確に分け、傍線部全体として、大己貴神が国造りした後を想定した内容をあらわす。想定通り、皇孫の降臨に先立って高皇産霊尊の「吾欲レ令レ撥二平葦原中国之邪鬼一。当レ遣レ誰者、宜也。」という問いにより推挙を受けて遣わされた天稚彦が、顕国玉（大己貴神の亦名）の女、下照姫を娶り「吾亦欲レ馭二葦原中国一」という野心を抱く。これが、顕国玉による葦原中国の統御を前提として、天の権威を笠に着た天稚彦が顕国玉にとってかわろうとする企みであることは疑いを容れない。この葦原中国の統御に先立ち、なおかつその前段として位置するのが国造りである。大己貴神による統御を、五十猛神ら三神の「能分二布木種一」と、たとえば「児」と「子」を使いわけているように対応させるが、これの延長上に、五十猛神を「有功之神」と称えるに至る「凡大八洲国之内、莫レ不三播殖而成二青山一焉。」という〔書四〕がつたえる青山に成す事業に、かたや〔書六〕がつたえる大己貴神の国造りの事業も、第八段を貫く原理をもとに成りたつ必然として対応するものとみるのが自然である。

この対応のもつ意味は、極めて重い。なぜなら、五十猛神による青山にする事業が前述のとおり父の素戔嗚尊の「使二青山変レ枯」という被害の回復をめざしているように、これとの対応上、大己貴神による国造りの事業も、素戔嗚尊の「常以二哭泣一為レ行」という神わざがもたらすもう一つの「令二国内人民、多以夭折一」（第五段〔本伝〕）とのかかわり、たとえばその災厄への対処等を示唆するからである。「夭折」とは、天寿を全うできず、崇神天皇の時代に大物主神の意により発生した「国内多二疾疫一。民有二死亡者一、且大半矣。」（崇神天皇五年）という「疾疫」などによる早死や不慮の急死をいう。国造りの事業のなかに、実際にそれらへの対処に関連した事項を含む。〔書六〕の国造りに関するいわば総論に当たる一節に、それを次のようにつたえる。

夫大己貴神与二少彦名命一、戮レ力一レ心、経二営天下一。復為二顕見蒼生及畜産一、則定二其療レ病之方一。又為レ攘二鳥獣昆虫之災異一、則定二其禁厭之法一。是以、百姓至レ今、咸蒙二恩頼一。

この一節は、「復」を境に二つに分かれる。その前の部分は、「経二営天下一」という国造りの国を対象とする。「復」以下が、その人民についていう。表現上は、対句を構成して、「定二其療レ病之方一」と「定二其禁厭之法一」などは逐語的にも対応するが、前句の「為」が対象とする「顕見蒼生及畜産」のため、すなわち目的をあらわすのに対して、後句では、関係上「攘二鳥獣昆虫之災異一」を目的とはしても、あくまでその手段・方法として「定二其禁厭之法一」が位置する。「攘二鳥獣昆虫之災異一」も、その本来の目的は「為二顕見蒼生及畜産一」に帰一するであろう。いわば葦原中国に生きる人民やその飼育する家畜などを守るため、病には「其療レ病之方」を、また鳥獣や昆虫がひき起こす災異には「其禁厭之法」をそれぞれに応じて適宜定めたことをいう。この方や法が無ければ、それこそ病あるいは災異がもとで「夭折」しかねないはずだから、さきの素戔嗚尊による「令二国内人民、多以夭折一」に右に引用した一節の「復」以下が確実に関連する。

この素戔嗚尊のもたらした甚大な被害との関連は、先行する〔書四〕がつたえる五十猛神による青山になす事業にも、前述のとおり共通する。そしてたがいに対応する。この両者の対応を、念のため該当する一節をたがいに次につき合わせて確かめることにする。

此神（素戔嗚尊）有二勇悍以安忍一。且常以二哭泣一為レ行。故、(A)令二国内人民、多以夭折一。(B)復使二青山変レ枯。
（第五段〔本伝〕）

（A）――→（大己貴命）為二顕見蒼生及畜産一、則定二其療レ病之方一。又為レ攘二鳥獣昆虫之災異一、則定二其禁厭之法一。是以、百姓至レ今、咸蒙二恩頼一。〔書六〕

（B）――→初、五十猛神天降之時、多将二樹種一而下。（中略）凡大八洲国之内、莫レ不三播殖而成二青山一焉。所以、称二五十猛命一、為二有功之神一。〔書四〕

ただし、右の対応が全てを尽くしているわけではない。特に（A）については、第五段の「国内人民」と〔書六〕の「顕見蒼生及畜産」とに差違を認めざるを得ない。後者は、むしろ同じ第五段の〔書十一〕に深くかかわる。すなわち天照大神の遣わした月夜見尊は盛大な饗応によってもてなす保食神を誤解により撃殺してしまうが、その屍体の各部位に五穀などと共に「其神之頂、化為二牛馬一。」と牛馬も化生する。それらを天熊人がすべて取りもち帰って天照大神に奉る。その時の様子を次のようにつたえる。

于レ時、天照大神喜之曰「是物者、則顕見蒼生、可二食而活一之也。」

農の起源をものがたるこの一節の「是物」は、基本的に五穀を指し、「牛馬」、「繭」がこれに付随する。「繭」については、右の一節の直後に天照大神が天狭田及び長田に播殖した稲種が豊かに稔ったとつたえたあと、これと対応する一節に「又口裏含レ繭、便得レ抽レ糸。自レ此始有二養蚕之道一焉。」という。さきの「是物者、則顕見蒼生、可二食而活一之也。」は、だから「繭」やこれに関連した「養蚕」、さらには衣などと一連のかかわりをもつ。「牛馬」も、広く農耕というかかわりをそこにもつであろう。

翻って〔書六〕の「畜産」に、書紀集解（二）（小島憲之補注（二）、昭和四十四年九月。臨川書店）が「史記秦本紀曰、君子不下以二畜産一害上レ人。」と注するが、この引用した一節の直後に「吾聞、食二善馬肉一、不レ飲レ酒、傷レ人。」（良馬の肉を食っても酒を飲まないと、人を傷つけると私は聞いている）と続くとおり食に供する「善馬」を「畜産」は表す。しかし一般には、むしろ「匈奴日已驕、歳入レ辺、殺二略人民畜産一、甚多。」（史記、匈奴列伝第五十。漢孝文皇帝十四年）という人の飼育する家畜を指す。恐らくこうした「人民畜産」といった用例を踏まえながら、農の起源をものがたるなかに「是物者、則顕見蒼生、可二食而活一之也。」という天照大神が思い描いた制度設計にそくして、農を中心とした「顕見蒼生」の「畜産」を飼育する生活が成りたつ。そしてこれを前提に、この「顕見蒼生及畜産」のために病を治療し、また鳥獣昆虫による災異を攘う禁厭などの処方を定めてもいたはずである。

　こうして第五段〔書十一〕がつたえる天照大神による農の起源譚を承け、第七段がまず天照大神の親耕、親蚕に通じる営農をつたえ、そのあと天にひき続き、地でもすでに、「顕見蒼生」による営農が天に対応して成立しているという前提に立った上で、当該第八段〔書六〕の展開をはかっている。具体的には、農の開始のあとをうけて、それによって食い活きる人民や農耕用の家畜のため、その病や鳥獣昆虫による災異などに対処する方法を定めたことが、「是以、百姓至レ今、咸蒙二恩頼一。」という結果をもたらす。〔書四〕に五十猛命が功績により「有功之神」という称を得たことに対応するとはいえ、内容はそれをはるかに凌ぐ。素戔嗚尊による「令二国内人民、多以夭折一」に対応しながら、内容の上では天照大神の農の起源譚の後をひき継ぐというくだんの一節の成りたちに、それは起因するはずである。農の開始とそのあとをひき継ぐ人民や家畜の病あるいは災異の救済方法も確定をみる一方、すでに青山も復旧している。葦原中国の統御に向けた環境を、ここにひと通り整えたことを意味するであろう。神代上の最終第八段の最後に位置する〔書六〕が、そうしたいわば決着を付ける役割を担ってもいたに違いない。そしてもう一つの役割が、天孫の降臨に向けた準備である。これを担うのが、次に続く大己貴神による国造りである。

九、大己貴神による国造りとその少彦名命との協働

大己貴神の国造りをめぐっては、国譲りを承けて天孫が降臨するという展開の起点となるだけに、もとより重要な意味をもちながら、これをつたえる所伝の読みを尽くしているのか、はなはだ心許ない。近年の研究成果のなかでは、松本直樹氏の「神代紀の構造——主文と一書が作る神代——」と題する論考（「國語と國文學」平成二十二年十一月特集号。139頁）に次のような言及がある。

主文（第九段——榎本補筆）の文脈では、第八段においてスサノヲの子として生まれたオホナムチが、何らの根拠も示されないまま、いつの間にか葦原中国の支配神となっている。オホナムチが根拠なき支配神ならば、それによる国譲り、ひいては天皇による天下統治の正当性も保証されない。ただ記や紀第八段一書第六として伝えられる〈建国神話〉の常識の範囲では、オホナムチが葦原中国の支配神であるという主文は、殆ど無理なく、むしろ自然に読めてくる。

傍線は私に付したものだが、「〈建国神話〉の常識」とは何か。このあとに「一定の振り幅の中で、〈建国神話〉の異伝が作られ」と説くように〈書六〉が作られたのか、そもそも「一定の振り幅」とは何か、松本氏の所論に、それらについて具体的な、本文を逐一挙げながら解釈を加えた説明を見出すことはできない。「常識の範囲」とはいっても、あい通じるいくつかの所伝の類似した部分をとり出し、その大まかな共通点にそくしてただそう規定しているだけに過ぎない。「常識」をもち出し、またあるいは「自然に読めてくる」など享受の側にそくした解釈に、そもそも問題を認めざるを得ない。

一方、〈書六〉の本文全体を挙げ、構成に分析を加えているのが伊藤剣氏『日本上代の神話伝承』（新典社研究叢書211。平成22年10月）である。その「補章、神代紀一書の本文補助的性格」（92頁）に本文を三段に分けた最後の段落の「記事」は直前の第二段落の「内容とは脈絡がないようにも思われる。」と説いた上で、その冒頭の「初」に着目し、この段落の「記事の意味は、天下経営を大己貴命とともに行う少彦名命が、実は『天』に出自を持つ神であったことを明かす点にある。つまり、大己貴命の天下経営も『天』の関与の下に行われたのであり、天下の支配には『天』の力が必要だったことを示したものなのであった。」、さらにこれを踏まえ「『日本書紀』は地上支配に『天』の存在が不可欠なものであることを神代で明示している。従って、少彦名命の退場により、大己貴命の支配にも正当性がなくなることになる。」（93頁）と指摘する。「天」に「出自」をもつだけで、その「退場」が「大己貴命の支配」の「正統性」を失わせることになぜ直結するのか、やはり説得力を欠くと言わざるを得ない。

だい一、天に出自をもつことを明らかにするためであれば、少彦名命について、なぜ高皇産霊尊はわが子と認めた上で「最悪、不レ順二教養一。」などと評し、さらに大己貴神に向かって「宜二愛而養一之」と指示するのか、わざわざそこまでつたえる必要はなかったであろう。さきに採りあげた松本氏の論考でも、こうした少名彦命に言及は一切ない。ほかにたとえば「スクナヒコナノ神――神統譜から締め出された神――」（『天皇の系譜と神話二』。昭和51年6月。塙書房）と題して広くスクナヒコナに関連する記述を採りあげて詳細に論じた吉井巖氏の論述でさえも、せいぜい「スクナヒコナノ神がオホナムチノ神と併挙される巡行、医療、農事などの物語は、広い意味では国作りの物語と考えられるし、二神の競争の物語もその変異と考えてよい。」（81頁）と説くだけにとどまり、国作りをめぐって「単独例がスクナヒコナノ神の場合にはみられない。これは、スクナヒコナノ神に国作りと言う性格がもともとはなかったと言うことを示すのではなかろうか。」とむしろ本来の関与を否定してもいる。

管見に入る限りという限界を強く意識せざるを得ないとはいえ、先学の研究では、少彦名命の国造りへの関与を過少評価しすぎるきらいが強い。それが実態かといえば、むしろ逆である。結局は、すぐれて読みにかかわる問題であり、その読みに取り組むに当たり、まずは〔書六〕全体の構成に着目する。さきに採りあげた伊藤説では全体を三段落に区切るが、ここではもう少し細分化する。その指標となるのが、時に関連した内容を表現する語である。その指標となる語をもとに、全体を次の五段落に分けることができる。

（一）夫大己貴命与二少彦名命一、戮レ力一レ心、経二営天下一。（この直後の前述した「復為二顕見蒼生及畜産一」以下略）

（二）嘗、大己貴命謂二少彦名命一曰「吾等所レ造之国、豈謂二善成一之乎。」少彦名命対曰「或有レ所レ成、或有レ不レ成。」是談也、蓋有二幽深之致一焉。

（三）其後、少彦名命行二至熊野之御碕一。遂適二於常世郷一矣。亦曰、至二淡嶋一而縁二粟茎一者、則弾渡而至二常世郷一矣。

（四）自後、国中所レ未レ成者、大己貴神、独能巡造。遂到二出雲国一、乃興言曰「夫葦原中国、本自荒芒。至二及磐石草木一、咸能強暴。然吾已摧伏、莫レ不二和順一。」遂因言「今理二此国一、唯吾一身而已。其可三与レ吾共理二天下一者、蓋有之乎。」

于レ時、神光照レ海、忽然有二浮来者一。曰「如吾不レ在者、汝何能平二此国一乎。由二吾在一故、汝得レ建二其大造之績一矣。」是時、大己貴神問曰「然則汝是誰耶。」対曰「吾是、汝之幸魂奇魂也。」大己貴神曰「唯然。廼知、汝是、吾之幸魂奇魂。今欲二何処住一耶。」対曰「我欲レ住二於日本国之三諸山一。」故、即営二宮彼処一、使二就而居一。此大三輪之神也。（以下、この神の子に関連した記述略）

（五）初、大己貴神之平レ国也、行二到出雲国五十狭狭之小汀一而且当二飲食一。是時、海上忽有二人声一。乃驚而求之、都無レ所レ見。頃時、有二一箇小男一、以二白蘞皮一為レ舟、以二鷦鷯羽一為レ衣、随二潮水一以浮到。大己貴神、即取置二掌中一而翫之、則跳囓二其頬一。乃怪二其物色一、遣レ使白二於天神一。

于レ時、高皇産霊尊聞之而曰「吾所レ産児、凡有二一千五百座一。其中、一児最悪、不レ順二教養一。自二指間一漏堕者、必彼矣。宜二愛而養一之。」此即少彦名命、是也。（以下掲出語の訓読略）

どの段落も、時に関連した表現の語が冒頭に立つ。その語が段落分けの指標となると同時に、当該段落内でつたえる事がらの生起する時を表す。そこに、しかも原則がある。段落冒頭に立つ語は、順に「嘗」（二）、「其後」（三）、「自後」（四）、「初」（五）のどれも、所伝の展開のなかで当該所伝の位置するいわば相対的な時を表す例が占める。これとは対照的に、段落内の時間表示に関連する語は、これまた一様に「于レ時」（四）（五）、「是時」（四）（五）、「頃時」（五）などと事がらの発生する時を表す。こうして段落冒頭と段落内とで時を表示する語を明確に使い分けることにより、所伝の展開やその展開する場面の構成を鮮明にするねらいがあったに違いない。さらに内容の上では、（一）（二）が大己貴神と少彦名命の国造りをめぐる協働、（三）（五）は少彦名命を中心とした展開など、少彦名命にも〔書六〕が大きく光を当てていることは明らかである。そして実は、段落のなかでは最長かつ重要な意味をもつ（四）にも、少彦名命が大きくかかわる。以下には、こうした構成を踏まえ、所伝の内容について検討を加える。

検討に当っては、時間にそくして所伝を構成する関係上、やはり時間を遡って（一）に先行する（五）をまず採りあげる。冒頭に「初」と示した上で、「大己貴神之平レ国也、行二到出雲国五十狭狭之小汀一而且当二飲食一。」とつたえる。傍線部に「大己貴神之平レ国也」というこの「也」をめぐっては、神代紀に次の類例がある。

○　是後、素戔嗚尊之為レ行也、甚無状。（第七段〔本伝〕）

○　既而皇孫遊行之状也者、則自二槵日二上天浮橋一、立二於浮渚在平処一而膂宍之空国、自二頓丘一、覓レ国行去、到二於吾田長屋笠狭之碕一矣。（第九段〔本伝〕）

句相互の関係上、「也」の受ける上句がいわば主題を提示し、その主題についての説明を下句が担う。この語法にそくしていえば、「初」と示した当初から「平レ国」を大己貴神はつとめとしている。その説明に当たる、すなわち実際にそのつとめにかかわり、その実現に向けた行動を表わすのが「行到」以下である。この当初、大己貴神を「当二飲食一」とわざわざ描くことじたい、少彦名命がその食事に興味をもつか、引きつけられて寄ってきたという、そもそもは「平レ国」などとはなんらかかわりのない出会いだから、後の途中離脱に向けた布石といった意味あいが強い。

このあと、大己貴神は少彦名命に出会う。その折の少彦名命をめぐる「頃時、有二一箇小男一」以下と、高皇産霊尊の語る「其中一児」以下とは、明らかに対応する。そのなかでとりわけ注目すべきなのが、少彦名命をめぐる描写である。

〔一箇小男〕　取置二掌中一而翫之、則跳囓二其頬一。

〔其中一児〕　最悪、不レ順二教養一、自二指間一漏堕者。

（四）に「咸能強暴」という荒神を「吾已摧伏、莫レ不二和順一。」と手なづけるほどの大己貴神を恐れるどころか、その頬にかみつく行為は、高皇産霊尊の語る「最悪、不レ順二教養一。」というこの神の反抗を事とする神さが、神わざを如実に示す振るまいであろう。いわば規範や秩序など全く歯牙にも掛けない悪童ぶりを本領とする。高皇産霊尊のもとを脱し、天から葦原中国に降下して大己貴神の前に現われたという展開も、この本領にそもそも由来するはずである。

　そしてそれが本領である以上、別にかたちをとっていずれ発現することは必定である。しばらく高皇産霊尊の「宜二愛而養一之」という指示を遵守・励行し、この間に大己貴神は少彦名命と「平レ国」に従事することになる。それが（一）に当たる。やがてこの協働が破綻する。（二）がつたえるその経緯とは、大己貴神の発言がきっかけである。少彦名命に向かって「吾等所レ造之国、豈謂二善成一之乎。」と言いはなつ。新編日本古典文学全集（小学館）が当該部分の頭注に「この『豈』は疑問と呼応して、ここでは『もし～だろうか』の意を表す。」と説く。しかし類例に「伊奘諾尊・伊奘冉尊立二於天浮橋之上一、共計曰、底下、豈無レ国歟。廼以二天之瓊矛一、指下而探之。」（第四段〔本伝〕。当該例の解釈は本書103頁参照）とあり、他に「吾欲レ得レ国」〔書二〕、「当レ有レ国耶」〔書三〕、「其中蓋有レ国乎」〔書四〕などのいずれも国の存在を前提とした表現に類縁をもつ。さらには、第十段の所伝中に、

　天孫之胤、豈可レ産二於海中一乎。〔書三〕

　天孫之胤、不レ宜レ置二此海中一。〔書四〕

「不レ宜」と対応する例もあり、反語を表すとみるのが妥当である。その頭注にそくして訳を「我々が造った国は、はたして立派に造り上げたと言えようか」と付すが、反語だから、立派に造りあげたと言えようか、いや作りあげたとは言えない、という意を表す。

　ことは、「豈」を含む一文の解釈にかかわる。大己貴神が、少彦名命に問いを投げかけたわけではない。（一）の「戮レ力一レ心、経二営天下一。」を踏まえ、それにもかかわらず、その成果に深い疑義を抱く。疑う根拠を、げんに後に少彦名命が離脱したあとをつたえる（四）の冒頭に「自後、国中所レ未レ成者、大己貴神、独能巡造。」という一節及び「興言」の内容が示唆してもいる。大己貴神のその疑義は、少彦名命が高皇産霊尊の実子であり、

いやしくも天神の側に属するその出自に端を発する。いわば天神の子として国造りにかかわりながら、その成果にいたっては、大己貴神の期待に応えるほどではない。この失望不満が、厳しい評価となり、あの発言を生むことは、「平レ国」に打ちんでいるだけに、むしろ自然ではなかろうか。少くとも、大己貴神の発言が期待外れのあらわれであることは疑いを容れない。

この発言に、少彦名命は「或有レ所レ成、或有レ不レ成。」と応じる。さきにも挙げた（四）の冒頭にいう「国中所レ未レ成」に、この「或有レ不レ成」が当たることは明らかだから、少彦名命は、現実に国造りの到達半ばの斑《まだら》状態をありのまま言い表わしたままであろう。いわば現実を突き放してとらえている。ひたすら「善成」をめざし、そこに到達し得ない現状ゆえに不満を口にする大己貴神に対して、逆に突き放した立場からその現実に目を向けるべき必要を言外にこめているといった意味あいさえ汲みとることができる、そうした少彦名命の応答の機微にそくして「是談也、蓋有二幽深之致一焉。」と批評を付したのではないか。少彦名命は、国造りはもはら大己貴神の任務であったという当初の認識に立ち、大己貴神をつき離すかのようにその許を去る。それはまた、奔放不羈な本領を発揮すること、その本来のおのれの意のままのふるまいでもあったに違いない。

そして（三）に、少彦名命の常世郷行きをつたえる。なぜ常世の郷を行く先に選んだのかについては、明確にはかたらない。その理由を含め、この常世郷行きには類例があるので、それと併せて後（373頁）に考察を加えることにする。しかしその常世ということ以上に重要な点が、「戮レ力一レ心、経二営天下一。」という共同戦線から少彦名命が離脱したことである。これが次の（四）へ所伝をつなぐことになる。

（四）の冒頭に「自後、(A)国中所レ未レ成者、大己貴神、(B)独能巡造。」という一節は、それぞれ（A）が「或有レ不レ成」（二）を、また（B）が「遂適二於常世郷一矣」（三）を承ける。少彦名命の戦線離脱後、いまだ完成していない地域を大己貴神が単独で巡り国造りを進めたことをいう。その直後に「遂到二出雲国一」とつたえる。ただに帰着を表すだけではなく、国造りをめぐって（五）に「初、大己貴神之平レ国也、行二到出雲国五十狭狭之小汀一。」という出雲国に始まることに対応させ、出雲に始まり出雲に終わるというかたちをとって、基本的には国造りが葦原中国の全域に及んだことを暗示する。この国造りを振りかえり、完成を高らかに宣言したのが「興言曰、夫葦原中国、本自荒芒。至二及磐石草木一、咸能強暴。然吾已摧伏、莫レ不二和順一。」である。しかし、このあと「遂因言、今理二此国一、唯吾一身而已。其可三与レ吾共理二天下一者、蓋有之乎。」という。「今理二此国一」という現状は、宣言中の「吾已摧伏、莫レ不二和順一。」をひき継ぎ、あくまで葦原中国を対象とする統理を「吾一身」が担っているが、より広汎に及ぶ「理二天下一」を共に担う者がいるだろうかなど弱音を吐露する。ここに登場するのが、大己貴神じしんの「幸魂・奇魂」である。その発言は、厳しく「興言」を戒め、叱呔の語気を帯びる。

十、「幸魂・奇魂」の国造りへの関与とその処遇

ここまでが（四）の段落の前半に当たり、大己貴神の独白を中心とする。後半の冒頭に「于レ時」と示したあと、その独白に異を称える者の登場によって所伝が急転回する。「理二天下一」の懸念など一切お構いなく、そもそも「如吾不レ在者、汝何能平二此国一乎。由二吾在一故、汝得レ建二其大造之績一矣。」というように大己貴神のさきに宣言した国の平定が「吾」の存在によってはじめて可能であり、大きな国造りの功績も挙げることができたという実情を明かす。さきに少彦名命が国造りの実態を示した例に通じ、高らかに宣言したあの「興言」を痛烈に戒めた内容である。

大己貴神に弁解の余地などない。目の前に現れたこの者の発言を契機に、大己貴神との問答がつづき、これを通してこの者の、「吾之幸魂奇魂」という正体や「吾欲レ住二於日本国之三諸山一」という意向なども知り、それに従い処遇する。振りかえれば、この魂の出現をつたえる「神光照レ海、忽然有二浮来者一」という記述は、少彦名命の出現を表した「海上忽有二人声一。（中略）随二潮水一以浮到。」という表現に明らかに通じる。少彦名命が国造りの共同戦線を離脱したあとを襲い、その出現に重なるかたちをとって姿を現わしたものとみるのが恐らく自然である。少彦名命の離脱後、大己貴神は単独で国の平定、国造りを成就したと高らかに宣言したが、実はそれを魂が加護していたというこのありかたには、類例がある。神武天皇の東征がそれである。両者とも国内を巡り平定をめざすという基本の枠組みを共有することに加え、所伝の展開の大筋もたがいにあい通じる。次に両者の所伝の展開を比較対照してみる。

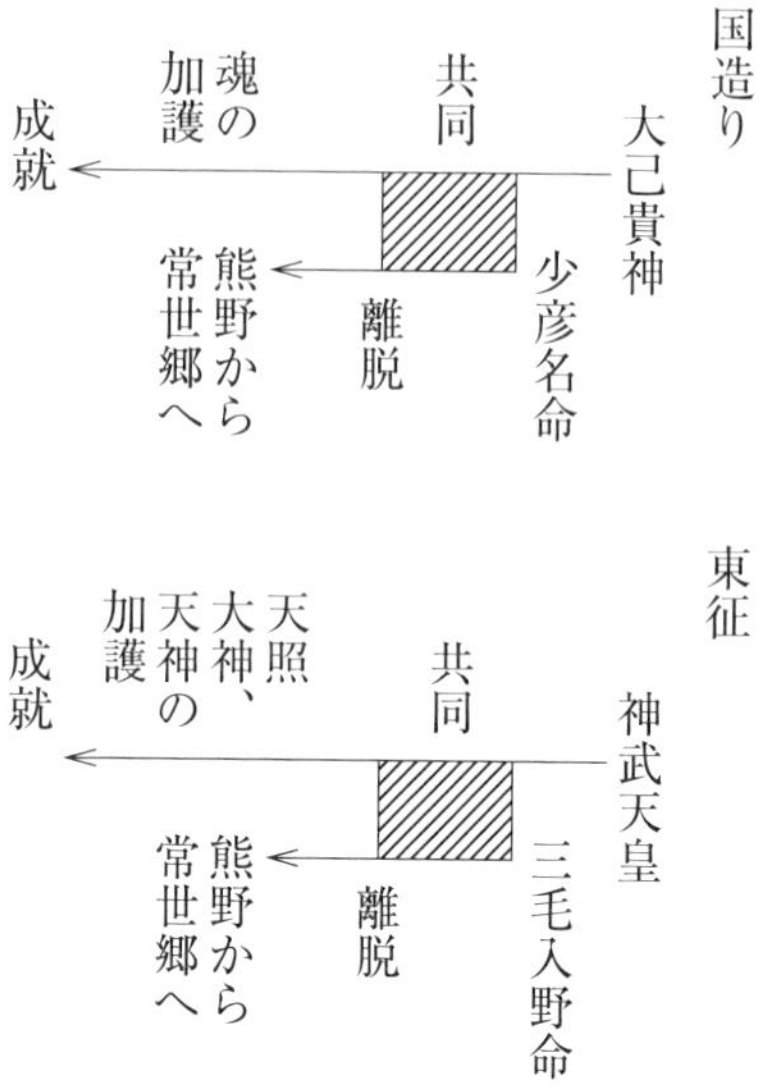

両者とも基本とする要素また展開の一致ないし類似する度合が高く、構造上も重なることに疑問の余地はない。

ただ、全く同じでは勿論ないので、違う点についても押さえておく必要がある。東征のばあい、その大業の前に、大きく熊野遭難と山中遭難の二つが立ち塞がる。しかもこの遭難の克服に、前者は天照大神が、また後者は天神及び高皇産霊尊がかかわり、大がかりな展開をみせる。たとえば前者では天照大神が加護を武甕雷神に指示し、武甕雷神がこの指示により夢を通して高倉下に剣の献上を教え、高倉下が実際にその剣を得て天皇に献り、そこでようやく剣を得たことにより「忽然而寤之」とまず神武天皇が回復し、そのあと「尋而中レ毒士卒、悉復醒起。」（神武天皇即位前紀戊午年六月）というように全軍が正気をとり戻す。さらに一行が「山中嶮絶、無二復可レ行之路一。」という困難に遭遇すると、天照大神は天皇に夢によりまたも「朕今遣二頭八咫烏一。宜三以為二郷導者一。」と諭す。この夢のさとしどおり頭八咫烏が翔び降ると、天皇は「此烏之来、自叶二祥夢一。大哉、赫矣。我皇祖天照大神欲三以助二成基業一乎。」と確信するに至る。そしてこれ以降、頭八咫烏が天皇一行を郷導する。後者は、各論（丹生川上の祭祀）に説くとおりいっそう大がかりなかたちをとる。

一方、国の平定、国造りを魂が加護するについては、大己貴神に対して魂自身発言した「如吾不レ在者、汝何能平二此国一乎。由二吾在一故、汝得レ建二其大造之績一矣。」という一節以外に、具体的な記述が無い。大己貴神に自覚すらないまま魂が存在したというだけのことでしかないが、この魂の加護をめぐっては、諸注が引くように類例がある。その例に、神功皇后の新羅討伐のさい出現した神が誨えたという次の言葉をつたえる。

和魂服二王身一而守二寿命一。荒魂為二先鋒一而導二師船一。（神功皇后摂政前紀・仲哀天皇九年九月）

この誨えに従い、依網吾彦男垂見に神を祭らせた上で、いよいよ新羅に向け出航するに当たり「既而則撝二荒魂一、為二軍先鋒一、請二和魂一、為二王船鎮一。」と二つの魂を勧請し、軍船を導く先鋒とする一方、皇后の船を守る鎮護としたことをつたえている。このありかたを、皇后じしんとのかかわりでは、さきに引用した神の誨えに「和魂服二王身一」と表現していることは明らかである。この魂が皇后の身に服したかたちこそ、国造りでも魂が大己貴神の「平レ国」に存在したというその具体的なかたちとみることができる。

　この魂の守護に加え、神功皇后の新羅討伐との関連を、右の神の誨え以上に強く示唆する一節がまた別にある。討伐を終えて日本に凱旋後に、国造りではその成就した後に当たるが、祭りをめぐる次の所伝をつたえる。ここにも、魂がかかわる。

　於レ是、従レ軍神、表筒男・中筒男・底筒男三神誨二皇后一曰「我荒魂、令レ祭二於穴門山田邑一也。」時、穴門直之祖、践立・津守連之祖、田裳見宿禰、啓二于皇后一曰「神欲レ居之地、必宜レ奉レ定。」則以二践立一為下祭二荒魂一之神主上。仍祠立二於穴門山田邑一。（同前、仲哀天皇九年十二月）

従軍した三神は、そもそも仲哀天皇に新羅征服を神託によって誨えた神々の中に入ってもいる上に、この神を祭る神主となった践立も、その神託のなかに祭りを求めると共に「其祭之、以二天皇之御船及穴門直践立所レ献之水田、名大田、是等物一為レ幣也。」（仲哀天皇八年九月）とその祭の料の幣に指定する水田を献上した者として名をみせる。神功皇后は、仲哀天皇が神託を軽んじて崩に至った後を承け、この神託に従って新羅征服に乗りだすが、征討事業に着手した当初から三神は従軍し、その凱旋後、荒魂を鎮めることを恐らくは目的として、祭りを求めたという経緯をたどる。神託に名をみせた践立が、三神の求めに従うことを皇后に啓し、それに応えて祠の建立が成る。征服に当初から従軍し、凱旋後に祭祀の場所を要求・指定する三神を、前述の和魂と荒魂をもつ神と同一視する見方が大勢だけれども、祭る場所を異にする上に、神主も、また祭る目的も違う。従来の見方には疑いを残すとはいえ、この二つの、先行する魂の加護と後出の祭祀場所の要求・建立とを組みあわせたかたちを、国造りに関連した一節が、簡潔な記述ながら共に要領よくつたえている事実は疑うべくもない。この事実にそくしていえば、ことに国造り成就後の「今欲二何処住一耶」と「吾欲レ住二於日本国之三諸山一」という問答及び「故、即営二宮彼処一、使二就而居一。」という宮の造営・居住などを、後者の住吉三神をめぐる祭祀場所の要求・建立がその例にあたる、国神の祭祀・鎮座に関連したかたちになぞらえて表現したものとみて恐らく大過ない。

これを、住吉三神の例を参照した結果とは断言できない。「幸魂・奇魂」じたい、後に、大己貴神と共に存在して国の平定、国造りを当初から担いかつ成就に貢献した神として、住吉三神にも劣らない地位を確実に占めるに至る。その証拠が、「此、大三輪之神也。」と示したあと、「此神之子、即甘茂君等・大三輪君等、又姫踏鞴五十鈴姫命。」とつたえる五十鈴姫命である。これに異伝が伴う。

又曰、事代主神、化為二八尋熊鰐一、通二三島溝橛姫、或云、玉櫛姫一而生児、姫踏鞴五十鈴姫命。是為二神日本磐余彦火火出見天皇之后一也。

大三輪の神の子とは別に、五十鈴姫命を、神婚譚のかたちをとって誕生した女性として、まさに神武天皇という天神の子に配する皇后に相応しくその異伝がものがたっていることに、疑いの余地はない。しかしそれだけではなく、国造りを担った魂じしんが居住を求めたその地が、後に神武天皇が「東有二美地一。青山四周。（中略）余謂、彼地、必当レ足下以恢二弘大業一、光中宅天下上。蓋六合之中心乎。」（神武天皇即位前紀甲寅年）と塩土老翁に聞いたという土地に重なることは、決して偶然ではあり得ない。このあと、神武天皇はこの土地をめざして東征を開始する。その東征のはてに、塩土老翁に聞いた理想の土地に到達して、まさに国造りを担った神の女としてこの土地に生まれた五十鈴姫命を娶る。初代天皇の統治を、こうして理想の土地（六合の中心）で理想の女性（神の女）を皇后に立てて始めるという展開を異伝は織り込んでもいたはずである。

後のこの展開に照らしても、大三輪の神が国神を代表する地位を占めること、そしてそれが国造りを成功に導く魂として存在したというこの神の来源によることなどは明らかである。しかしこのどこまでも国や国神という限定のうちにとどまる展開に、あの高皇産霊尊の子という悪童かつ中途離脱の少彦名命がかろうじてそれらしい以外、国造りをいわば権威化し、その意義を高める要素は見出しがたい。さきに示した神武天皇の東征と対応させた図式にたち戻れば、天照大神をはじめ、天神や高皇産霊尊などの加護をうける東征との違いは歴然としている。否、むしろそうして明確に違いを出したところに、国造りの本質をみなければならない。国神の側に立つ魂の加護というそれのありかたに対応するもう一つの特徴が、大己貴神が自主的かつ自律的にあくまでみずから発意して国造りを行っている点である。

十一、国造りをめぐる展開、その神代上から神代下へのわたり

この点は重要な問題を含むので、丁寧に掘り下げてみるに、要は国造りに素戔嗚尊が一切関与していていないということに尽きる。前節までに採りあげた〔書六〕のどこにも、素戔嗚尊の名さえ見出すことができない。〔書五〕には、前述のとおり素戔嗚尊じしんの「若使吾児所レ御国、不レ有二浮宝一者、未二是佳一也。」という発言をつたえる。傍線部が国造り成就後の大己貴神の統御する葦原中国を指すことは明らかだが、「御」に素戔嗚尊の意志ないし指示等がかかわったことを、文脈のどこにも示してはいない。

この〔書五〕に顕著な特徴が、前半の、素戔嗚尊を主語に立て、その体毛によって化成した杉などの木材の用途を定めた部分と、後半の、「于レ時」で始まる五十猛命ら三神による木種の分布関連の部分とが全く交渉をもた

ない点である。さらにそれらのあと、「然後、素戔嗚尊居二熊成峯一而遂入二於根国一者矣。」と殊更結末まで付加している。所伝の展開上、それら三つの部分は、素戔嗚尊を主語とする最初と最後の段落の間に、五十猛命らの木種分布に関連した段落が介在するという関係を成りたたせている。中間に介在する段落は、他の段落と内容にかかわる関連をもたない。

　言い換えれば、素戔嗚尊を中心とした所伝の展開のなかに、子の五十猛命らに関連した一節が介在するという状態である。実は、〔書四〕も同様である。冒頭に天上から放逐されたと前置きした上で、「是時、素戔嗚尊帥二其子五十猛神一、降二到於新羅国一。」というように素戔嗚尊が五十猛命を連れて新羅国に降ったことをいう。しかしこのあと、まず新羅国での居住を嫌って舟で東渡し、出雲国では「呑レ人大蛇」を斬って尾中に神剣を得、これを天に献上したなど素戔嗚尊を主体とする所伝が続くが、直後には、また改めて天上から降った当初に立ち戻って「初、五十猛神天降之時、多将二樹種一而下。然不レ殖二韓地一、尽以持帰。」とつたえるとおり素戔嗚尊とは一切かかわりなく、五十猛命を主語に立てた所伝が展開する。これ以降も、この命が大八洲国の内の隈隈に樹種を播殖して青山に成し、「有功之神」と称せられた紀伊国に坐す大神であるなどとつたえる。当初から五十猛神が全てを自主的かつ独自に発案・実行するというかたちを貫く。

　二つの一書とも、素戔嗚尊とその子とのかかわりは、直接外形上「其子五十猛神」〔書四〕「素戔嗚尊之子」〔書五〕と明示する父子関係以上にはほとんど出ないというのが実態である。とりわけ所伝のなかでは、素戔嗚尊が五十猛神を連れて天から降ったという以外、全く没交渉なのだから、逆に、第八段では、素戔嗚尊が天から放逐された後をものがたるという設定にそくして、その放逐の経緯を冒頭に述べた上で、素戔嗚尊が天から降るというあくまで所伝の展開にあわせ、その素戔嗚尊の子として伴うかたちをとったに過ぎない。その限定を

「子」の表記が象徴してもいる。子として伴うというだけの結びつきが、関係の全てをものがたってもいる。

翻って大己貴神のばあい、素戔嗚尊が奇稲田姫を娶って生んだことを、その八岐大蛇退治などにも及ぶ経緯を含め「相与遘合而生児、大己貴神」〔本伝〕と詳しくつたえている。しかし、生んだとつたえたきり、父と児とのかかわりについてはなんら実質的な所伝がない。生んだあとに「因勅之曰、吾児宮首者、則脚摩乳・手摩乳也。故、賜二号於二神一、曰二稲田宮主神一。」と二神の処遇はつたえても、肝腎なその「吾児」に一切言及しないまま、直後に素戔嗚尊の根国行きに転じて「已而素戔嗚尊、遂就二於根国一矣。」と所伝を結ぶ。

そして素戔嗚尊と大己貴神との関係を、ただに親とその児という限りの結びつきにとどめればこそ、その関係をめぐって、親子とは別のものとする異伝を呼びこみやすかったはずである。素戔嗚尊と稲田媛との間に生まれた児から起算して、〔書一〕が「此神五世孫、即大国主神」と五世の孫とする一方、〔書二〕は「（素戔嗚尊以為レ妃而）所レ生児之六世孫、是曰二大己貴命一。」というように六世の孫とする。このあとに続く〔書三〕に至って、ついに大己貴神の誕生すら所伝から消え、以後は〔書五〕まで大己貴神には一切言及しない。この流れを一転させているのが〔書六〕である。大己貴神に関する一書として徹底している。素戔嗚尊の名も無ければ、親と児との関係をうかがわせる痕跡すらない。

〔書六〕のこの徹底ぶりは、極端には違いないが、第八段がつたえる素戔嗚尊とその子との関係という大局からみて、逸脱しているわけではない。五十猛神の自発的かつ自主的な行動と、さながら軌を一にする。それだけに、大己貴神のばあいも、素戔嗚尊の関与をまったく受けない自発的かつ自主的な行動を国造りの基調としていたとみるのが自然である。所伝の成りたちの上では、この基調が、少彦名命の国造りへの参画、その離脱後の国造り成就と興言、国神の側に立つ魂の加護とその祭祀といった所伝の主要な構成要素を導き、かつそれらの継起的な展開をもたらす。この基調ゆえに、それをもとに成りたつ国造りに、成就・完成をめぐって、国造りを担った大己貴神の認識と現実との間に乖離が生じることは避けがたい。のちに第九段に至って、天神の側から、天孫の降臨には不適当な状態として退けられる要因が、この乖離にある。遡れば、あの少彦名命の国造りをめぐる「是談也、蓋有㆓幽深之致㆒焉。」にもつながる。

　神代下の所伝がこのあと始まるという点では、それを準備する位置に、国造りは確実に立つ。一方、その所伝に天孫の降臨に不適当な状態を強調するには、国造りを理想化はおろか完成したものとすることさえできない。そうした国造りの、とりわけ国神の側に立つ魂の加護をうけて成就したというその実態は、やはり〔本伝〕につたえるべき内容ではないという認識を生むべくして生んだであろう。素戔嗚尊の八岐大蛇退治を中心に据えたかたちをとる所伝を〔本伝〕に立てる以上、その認識が国造りに関連した所伝を〔本伝〕から最も遠く、一書のなかでも最後の位置に据えることにつながったとみるのが自然である。いわば表向きの〔本伝〕ではなく、一書の最後に、神代下につたえる天孫の降臨に向けた地ならし用に当てた異伝としては、絶妙な位置を占めているとも考え得る。また一方、神代紀の成りたちの上では、神代上のものがたる国生みや神生みにおのずから付随する課題、すなわち伊奘諾尊・伊奘冉尊が共に議り「吾已生㆓大八洲国及山川草木㆒。何不㆑生㆓天下之主者㆒歟。」（第五段〔本伝〕）とめざした主者の誕生にいまだ決着をみていない。この課題を、天孫の降臨によって解決することを予定しているという点では、天孫の降臨に向けた地ならしが、そのまま同時に主者の誕生を準備する意味をもつ。神代上の最後に位置する第八段のその最後の〔書六〕ではあっても、その所伝のもつ存在の意義は、〔本伝〕にけっして引けをとるものではない。

　なお、最後に取り残した課題について一言つけ加えれば、こうした〔書六〕のもつ重要な意義に鑑み、とりわけ国造りの評価をものがたる点でもやはり改めて押さえておくべきそれが、大己貴神の問いに応えたあの少彦名命の「談」及び直後の常世郷行きである。大己貴神が国造りの成就を興言したあとでも、荒神や邪鬼がうごめき、草木すら言語する有様（第九段〔本伝〕）だから、少彦名命が国造りの共同戦線を離脱する時にも、国造りを振りかえって大己貴神の語る「葦原中国、本自荒芒。至二及磐石草木一、咸能強暴。」という草創期のままではないにせよ、部分的にはなおそうした状態を色濃く残している。さきに国造りと比較して対応を確かめたとおり（364頁参照）、東征のなかでは、熊野の海で暴風に遭遇した三毛入野命が嘆く「我母及姨、並是海神。何為起二波瀾一以灌溺乎。」という状態がそれに対応する。三毛入野命は、この状態を見限って常世の郷に行く。

少彦名命のばあい、事情はそれほど単純ではない。まずはその父じしんが「吾所レ産児、凡有二一千五百座一。其中、一児最悪、不レ順二教養一。」と評する独特の性格づけがなされている点が一つ。さらにその父とは、この後の展開（ことに第九段の皇孫に対して皇祖に当たる地位や立場に伴う振る舞い）を棚上げしたとしても、あの天石窟に幽居する天照大神に向けた神事を取りしきった思兼神も実父とする、天神を代表するというべき高皇産霊尊である点が一つ。同じ父をもつ子として、その思兼神には及ぶべくもないにせよ、せめてなにがしかの力を国造りに活用することを期待しても、さして不自然ではない。この二つの点に加え、大己貴神が国造りをめぐって「吾等所レ造之国、豈謂二善成一之乎。」ともっぱらその成果の質を問題としている点も、考慮する必要がある。

少彦名命の答えも、やはり単純ではない。大己貴神の評価に「或有レ所レ成、或有レ不レ成。」と応じるが、この対応をめぐっては、前述（362頁）のとおり直接答えたものとはみなしがたい。質よりも、むしろ国造りの成っている部分といまだに成ってはいない部分が混在した状態にあることを言う。「善成」などを殊更に問うより以前に、国造りがなお途半ばである現実を突き放して指摘したはずである。問題はそのさき、この直後に国造りの協同戦線から離脱する理由である。可能性は多岐にわたるが、少くとも少彦名命が国造りを大己貴神のもっぱら担うべき任務とみなしてはいても、この命じしん最後までそれをやり遂げる確固とした決意をもっていたかはなはだ疑わしい。前述した少彦名命の「（高皇産霊尊の数多くの児のうち）最悪、不レ順二教養一。」という性格づけや、親の手の指の間から漏れ落ち、天から降って海を航行する奔放不羈な行動などは、国造りの成就まで精励してやり通すことにはほとんど向いていない。そうした性格づけなり行動なりは、むしろ途中離脱することを前提に、いわば布石として周到に設定したものだったに相違ない。

この布石を置いた上で、実際にそれの活用をはかる契機としたのが、国造りに着手した当初の混乱をなお斑のように残す状況である。これが、三毛入野命の嘆いた状況に対応する。この対応に照らして、三毛入野命と同じように、とはいえ、それほど単純ではなく、布石とする諸事情が動機なり誘因なりを構成しているが、少彦名命もまたそんな状況を見限って常世の郷に行ったとみるのがやはり自然である。少彦名命が見限って去ったあと、残された大己貴神が、少彦名命の遺した「或有レ未レ成」という言葉に当たる未達成地域に国造りを進めることになる。そして国造りを成就したところで、みずからの魂に向き合う。国造りを独力でなし遂げたと思いこんでいる大己貴神の短慮や高慢を、厳しく「如吾不レ在者、汝何能平二此国一乎。由二吾在一故、汝得レ建二其大造之績一矣。」とたしなめる。少彦名命が国造りを離脱しなければ、こうした展開もあり得ないという以上に、むしろその離脱こそ、この展開を導く重要な契機として位置していたはずである。

「付論」神代紀から古事記へ、国造（作）りをめぐる展開

一、国造りをめぐる神代紀と古事記との相関、その先行諸説

ところで、この国造りは、神代上に終止符を打ち、そうして神代下へつなぐ重要な役割を果たす。一方、古事記のばあい、右にあれこれ論じた少彦名命についてほとんどつたえていない。神代紀との違いを、古事記の少名毘古那神が象徴的にものがたっている。そこで、手始めにこの神を採りあげ、古事記が国造りをめぐってなにをめざし、その特徴は何かを探ることにする。さらにこの作業をとおして、神代紀と古事記との所伝間のかかわりについても、可能なかぎり実証に徹して見極めること、これが以下に取り組む課題のあらましである。

さて、まずは古事記のつたえる少那毘古那神だが、神代紀の〔書六〕と比較してみると、際立った特徴がある。さきに〔書六〕の国造りに関連した記述を五段落に分けたなかでは（358頁）、（一）（二）（三）（五）が少那毘古那神にかかわる。内容も、大筋では重なりが大きい。たとえば海上から姿を現したその奇怪な姿態、素性を明らかにする経緯、天神の助言といった国作り前にとりわけ著しい類同を示す。ところが肝腎な国作りへの関与に至っては、次につたえるだけに過ぎない。

故、自レ爾、大穴牟遅与二少名毘古那一二柱神、相並作二堅此国一。然後者、其少名毘古那神者、度二于常世国一也。

たかだか一文しかなく、それも大穴牟遅神と国作りに共同で取り組むかたちをとる。後続の一文が、少名毘古那神の常世国への渡りをいう。国作りと常世国渡りとを、間に前後の関係を表示する「然後」を介在させてつなぐだけでしかない。いわば行為の結果をつたえることに狭く限定したこの記述からは、常世国へ渡ったその理由など探るべくもない。

しかもそれに先行する国作りの記述にしても、実は神産巣日神の「故、与二汝葦原色許男命一為二兄弟一而作二堅其国一。」という発言を、その「為二兄弟一」を「相並」に改めた以外はほぼそのままなぞっただけのものに過ぎない。それが実態である以上、国作り自体、神産巣日神のその発言に規定され、したがってまたこの神の意を体して実践するといった他律的な性格を強く帯びる。神代紀のつたえる前述の国造りとは、著しく様相を異にするが、その決定的要因が、すなわち神産巣日神のあの発言である。ただし、神代紀の国造りとあい通う点が一方にある。次にその対応する記述を抜き出してみる。

神代上第八段〔書六〕

遣レ使白二於天神一。于レ時、高皇産霊尊聞之而曰「吾所レ産児、凡有二一千五百座一。其中一児、最悪、不レ順二教養一。自二指間一漏堕者、必彼矣。宜二愛而養一之。」

古事記上巻

白二上於神産巣日御祖命一者、答告「此者、実我子也。於二子之中一、自二我手俣一久岐斯子也。故、与二汝葦原色許男命一為二兄弟一而作二堅其国一。」

ともに我が子と認め、指の間から漏れ落ちて大己貴神（大穴牟遅神）のもとまで行っていることを、天神じしんが問い合わせに応じて答えるかたちをとって明らかにする。内容に加え、構成や表現に至るまでたがいに密接に対応する。傍線部も、もちろんこの対応の一部には違いないが、内容が大きく異なる。古事記のその部分については、新編日本古典文学全集（神野志隆光氏校注。小学館）の頭注（一二）に「従来『作り堅めよ』と読んで、葦原色許男に対する命令と解してきた。しかし、ここは葦原色許男に対する呼びかけであり、少名毘古那が一緒に国作りをするだろうの意として、『作り堅めむ』と読む。」と説く。確かに、傍線部は、そもそも八十神の虐待によって死んだ大穴牟遅神を「其御祖命哭患而参二上于天一、請二神産巣日之命一時、乃遣二𧏛貝比売与二蛤貝比売一、令二作活一。」と神産巣日神が貝比売を遣わして生きかえらせたことをつたえる記述に対応する。「令」の使役表現により、神産巣日神が貝比売に実施させる「作活」こそ「命令」とみなすべく、とはいえ、「葦原色許男に対する呼びかけ」でもない。あくまで「此（少名毘古那神）者」についての説明だから、神産巣日神としては、「少名毘古那が一緒に国作りをするだろうの意」にそった国作りへの共同参画を請け合う、あるいは確認・保証する意味あいが強い。〔書六〕では、高皇産霊尊がそうした国造りとのかかわりに一切言及していない。

まさにその一点が、〔書六〕と古事記との緊密な対応を決定的に破っている。少名毘古那神は当初から国作りの役割を担い、それへの神産巣日神の関与という点で、参照するため引用した貝比売の派遣をつたえる一節と明らかに連なる。要するに、国作りをめぐる一節と貝比売派遣に関連した一節とが、神産巣日神の関与という共通項をもち、一連のかかわりにあるということにほかならない。この一連のかかわりが、結果的に〔書六〕との対応を疎外する。それは、右に引用した一節の傍線部にかぎらない。天神が葦原中国に関与するかたちをとる古事記とその関与のない〔書六〕という、所伝そうごの全般にわたる成りたちの違いにかかわる。

すなわち、国造りを主要なテーマとして展開する〔書六〕と、これに先行する素戔嗚尊の八岐大蛇退治及び奇稲田媛との結婚・大己貴神の誕生などを中心に展開する〔本伝〕とに、古事記の所伝はおおむね対応する。しかしその〔書六〕と〔本伝〕とに対応をもたない、いわば独自な所伝を、古事記は一方でつたえている。その独自な所伝が、〔本伝〕と〔書六〕との間にほとんど無理も齟齬もなく、さながらそこに合わせたかのように納まる点が重要である。便宜、古事記を主に項目を立て、内容的なまとまりを大雑把に括り、その各まとまりごとに見出しを立てて次に対照させてみる。○×は、該当する所伝の有無を表す。神代紀では、その所伝の出所を示す。

項目	見出し	神代紀	古事記
1	スサノヲ、天から出雲へ降り、その地でヤマタノ大蛇退治、クシイナダヒメとの結婚	〔本伝〕	○
2	オホアナムチの誕生、スサノヲの根国就き	〔本伝〕	×
3	スサノヲの子孫系譜（大国主神の誕生）	〔書一〕	○
4	オホアナムチ、稲羽の八上比売を妻問う兄弟の旅に随従、稲羽の裸菟に傷を癒す処方を教示、その菟の予言、八上比売によるオホアナムチとの結婚の意向表明	×	○
5	オホアナムチに対する八十神の熾烈な迫害、御祖命、天に参上しオホアナムチの助命請願、神産巣日神による貝比売派遣・救命	×	○
6	オホアナムチに対する八十神のうち続く苛烈な迫害、御祖命による救出、木国の大屋毘古神の許へ避難教示、スサノヲの根国への参向を詔命	×	○

7	オホアナムチ、根国に参到、スセリビメとの結婚、その父スサノヲの課す試練を妻の助力により克服、スサノヲの呪具を奪い、妻を負い根国を脱出	×	○
8	脱出時のスサノヲによる指示（庶兄弟を討伐し、大国主神・宇都志国玉神となり、スセリビメを適妻とし、宇迦山本に宮殿を建てて居れ）、オホアナムチ、これにより、呪具を使って八十神を討伐し、国作りに着手。	×	○
9	八上比売と約束通り結婚、比売は適妻スセリビメを畏れ、子を処分して帰郷	×	○
10	八千矛神の求婚（よばひ）、迎えた越の沼河比売との間答歌、翌晩に結婚	×	○
11	八千矛神、適后スセリビメの嫉妬に苦しみ旅立準備、出発間際に歌の応酬、和合	×	○
12	大国主神の系譜（十七世の神まで列記）	×	○
13	大国主神、出雲でスクナヒコナの来訪に遭遇、奇怪な姿態に天神に申し上げ、その子と判明、スクナヒコナの共同国作りをめぐる天神の発言	〔書六〕	○
14	スクナヒコナ、国作りに共同で取り組むも、途中で離脱し常世行き	〔書六〕	○
15	独りを嘆く大国主神に海上から神来訪、国作りの成就に尽力、大和の御諸山での祭祀（居住）を要求	〔書六〕	○

表のあらわれのなかで最も興味深い点が、神代紀の〔本伝〕と〔書六〕とのいわば間隙に、古事記に独自な所伝がさながらそれを埋め、つなぎ合わせるかのように納まり、なおかつその所伝が、神代紀に対応をもつ前後の所

伝に有機的につながり一体的に展開しているその実態である。

ただし、従来の研究では、この実態への目配りが必ずしも十分とはいえない。たとえば所伝にとりわけ重要な意味をもつ6の八十神の迫害については、すでに尨大な研究成果が積み上げられているが、なかでも松村武雄氏『日本神話の研究』（第三巻「第十二章、大国主神の神話」昭和四六年五月。培風館）の説く成年式とのかかわりが論点としても大きく扱われてきている。松村説の一端を示せば、「大国主神が二度まで死して然る後に生き還ったとされる如き、同神が顕国《うつしくに》を去って一の別世界に赴いたとされる如き、同神が突如として葦原醜男と呼ばれる如き、（中略）成年式儀礼は、それ等のすべてをその須要な成素としてゐる。自分は、かうしたさまざまの事情から推して、問題の神話は、本然的には成年式儀礼を母胎として生れ出たものであると見たいのである。」（299頁）と説く。博引傍証の論述は、ここにとうてい示し得ない。ただ、それが妥当な見解かといえば、むしろ問題が少なくない。松前健氏『日本神話の形成』（「四、大国主神と八十神」平成三年一〇月。塙書房）の「八十神による迫害の話は、一般にイニシエーション、それもすべての若者達の受ける部族的成年式というよりも、一種の呪術団体ないし男子秘事団体の入門式・入団式・加入儀礼のオーデヤルの説話化であろうといわれている。これは先ず確かであろう。」（253頁）という指摘もその一つだが、こうしたなんらかの儀礼などをもとに所伝が成りたつとする見方は、今日でも根強い示持を受けている。寺川眞知夫氏『古事記神話の研究』（「第五節、『古事記』の大国主神の国作りの性格と大国主神の形式」二〇〇九年三月。塙書房）に、古事記の所伝の展開（右の表中の4～8）にそくして「冥界遊行、死と再生の話型に属し、成年式もしくは巫祝のイニシエーションあるいは巫祝王となるイニシエーションを反映する物語とみられている。」（225頁）という言及がある。

本来、ここに挙げた先学の研究成果についても、紹介だけにとどめるべきではないが、逐一批判を加える余裕がない。ここに挙げえない研究成果には、もはや目をつむるほかないが、しかし、八十神の迫害より、それを受ける大穴牟遅神が徹底して無抵抗を貫くことに目を向けた論考が、はたしてそのなかにあるだろうか。さらに八十神が加えた迫害はなぜ「八十神忿、欲レ殺二大穴牟遅神一。」という殺意を伴うのか。迫害により死んだ大穴牟遅神を、そもそもなぜ御祖命が救命するのか。父が一切関与しないことをどう捉えるのか。これらの問題じたい、ほとんど無視されてきたというのが実情である。

二、庶兄弟による虐待と妻の助力をめぐる古事記と舜の所伝

問題は、しかし迫害に限らない。たとえば7の「根国」逃避をめぐっても、あの黄泉入りをつたえる所伝が志怪小説をもとに成りたつ実態（178頁）に照して、同じ志怪小説の利用を想定するのが自然である。実際に、たとえば八十神の迫害について、これに出典等を指摘した説は管見に入らないけれども、内容のあい似た例が実はある。舜が帝位に即く過程をつたえる所伝がそれである。八十神の迫害に限らず、関連のたどり得る箇所を可能な限り広く拾い上げてみる。

まずは問題の八十神の迫害を採りあげるとして、さきに示した表では、4の八上比売の結婚表明をそれは承ける。大穴牟遅神の処法により傷の癒えた菟の「此八十神者、必不レ得二八上比売一。雖レ負レ袋、汝命獲之。」という発言（予言）どおり、八上比売は八十神に答えて「吾者、不レ聞二汝等之言一、将レ嫁二大穴牟遅神一。」と明言する。こうして比売みずから「負レ袋」というあたかも従僕のごとき立場の相手を選び、求婚を断固拒絶したことに忿怒する八十神は、大穴牟遅神を殺そうとする。迫害に至る理由は明確であり、殺意も揺ぎない。ただ八十神をめ

ぐっては、大穴牟遅神にとって「庶兄弟」（根国脱出時の須佐之男命の言）だから、古事記の中、下巻の所伝に類型的な、例えば神武天皇崩後、庶兄の当芸志美美命が「将レ殺二其弟一」と謀ったという庶兄の謀反に通じるものの、庶弟が謀反に加わったという例がない。大穴牟遅神の父が多数の妻妾をもち、子沢山でもあったということだが、しかし庶弟までこの殺害の企てに加担するについては、冒頭に「其八十神各有下欲レ婚二稲羽之八上比売一之心上。共行二稲羽一時、於二大穴牟遅神一負レ袋、為二従者一、率往。」と明示するとおり彼らじしん求婚の当事者だったからにほかならない。彼らも、大穴牟遅神を従僕並に扱い、その負わせる袋には求婚の礼物などをあふれるばかりに詰めこんでいたであろう。この庶兄弟と大穴牟遅神との関係は、多分に日常の延長のはずだから、日常生活のなかにその関係を規定する、ないしその関係に影響を与える者を想定すれば、父親が第一、うわなり（後妻）が第二、さらに大穴牟遅神の母以外の妻妾がそれに加わるという順になるのではないか。仮りに言えば、父親じしんが大穴牟遅神をないがしろにしている、庶兄弟がそれにならってないがしろに扱うのを見て見ぬふりをする、またあるいはうわなりによる虐待をその子がまねるなどといったこともあり得る。

所詮は、しかし想定の域を出ない。そうしたなかでも、最低限確認できることがある。すなわち庶弟が殺害に加担し、父さらにはその子の母（うわなり）もそれを少なくとも黙認しているという事実である。大穴牟遅神の母（御祖命）が天に参上して神産巣日神に助けを求めた背景に、父をはじめ他に誰も頼りにすることができなかったという事情を読みとるのが筋である。

翻って舜のばあい、実母が死んだあと、父の瞽叟は後妻を娶り、象が生まれる。この象が父母の愛情を一身にうけて成長し、舜をないがしろにする傲慢な態度をとる。この所伝を、孟子（万章上）もつたえ、御手洗勝氏『古代中國の神々』（その本論第二部第八章「帝舜の伝説」547頁。昭和五十九年二月。創文社）は孟子をもとに論述するが、史記のほうが詳しい。その史記（巻一、五帝本紀第一「虞舜」）は、次のよう記す。

象、傲。瞽叟愛㆓後妻子㆒、常欲㆑殺㆑舜。舜避逃。及㆑有㆓小過㆒、則受㆑罪。順㆓事父及後母与㆒㆑弟、日以篤謹、匪㆑有㆑解。

後妻の子の象を愛すればこそ、父にとって舜は邪魔な存在以外のなにものでもなく、常に殺そうと機会を伺っているが、その度に舜は難を避けて逃げる。小さな過ちであればその罪を受け、父・後母・弟に従順に事え、毎日篤謹であって怠ることがなかったという。殺意を抱く相手でも、父母弟だから、従順・篤謹に仕え励んで倦むことがない。迫害を受けるなかで、たとえば次の（一）（二）のような危機に瀕しても、やはり無抵抗を貫く。

瞽叟尚復欲㆑殺㆑之、使㆓舜上塗㆒㆑廩。瞽叟従㆑下縦㆑火、焚㆑廩。舜乃以㆓両笠㆒自扞而下去、得㆑不㆑死。（一）

後、瞽叟又使㆓舜穿㆒㆑井、舜穿㆑井、為㆓匿空㆒、旁出。舜既入深。瞽叟与㆑象共下㆑土実㆑井。舜従㆓匿空㆒出去。（二）

（二）では、このあと舜の死を確信した象が舜の遺産の処分をはじめる。史記は、そもそも殺害計画そのものを象が立案したことを次のようにつたえる。

象曰「本謀者、象。」象与㆓其父母㆒分。於㆑是曰「舜妻堯二女与㆑琴、象取㆑之。牛羊倉廩、予㆓父母㆒。」

主謀者として象が勝手に舜の遺産の処分を決めた上で、舜の宮居にとどまって琴をひいているところに、舜が姿を現す。劇的な場面を演出しているが、このことがあった後でも、「舜復事㆓瞽叟愛弟㆒、彌謹。」と舜はいささかも態度をかえていない。

大穴牟遅神との関連では、（一）が倉の壁塗り、（二）が井戸掘りという過酷な労働に使役することが、「於㆓大穴牟遅神㆒負㆑袋、為㆓従者㆒、率往。」に当たる。しかもそれに謹厳実直につとめる。もとより最大の核心が、その（一）（二）とも舜殺害の企てでありながら、舜がその命に従容として就く点である。大穴牟遅神もまた、同じく八十神の命に従順にしたがう。その殺害の企ても、あい通う。（一）の倉の壁塗りでは、下から火を放って焼殺しようとはかるが、八十神も「以レ火焼二似レ猪大石一而転落」、山の下でそれを待ち取るよう命じて焼殺する。また（二）の井戸掘りでも、井戸の中に入って掘り出し作業中の舜を、井戸に上から土を入れて埋め（この原文「実井」に、索隠が「亦作『填井』」と注を付す）、生き埋めにしようとする。八十神も大穴牟遅神を山に連れて入り、切り倒した大樹の割れ目にくさびを打ちこんでその中に入らせ「即打二離其氷目矢一而拷殺也」と殺す。井と木とに違いがあっても、その中に入らせたところで圧殺をはかる点は確実に共通する。

もちろん、舜は死んではいない。難に遭遇する度ごとに機智によって切り抜ける。かねて難を防ぐ手立てを講じているからであり、（一）では、下から火を放たれると笠を両手にもって下り、また（二）でもあらかじめ脱出用の横穴を作って備え、上から土を落とすとただちにそこから逃亡する。この機智を、大穴牟遅神は傷ついた菟を癒す処方に「今急往二此水門一、以レ水洗二汝身一、即取二其水門之蒲黄一、敷散而輾二転其上一者、汝身、如二本膚一必差。」と発揮する。もちろん「故、為レ如レ教、其身、如レ本也。」と効果に言及してもいる。

その機智以上に舜を特徴づける父母庶弟への対応に関連しても、大穴牟遅神は舜と同じように、苛酷かつ理不尽な使役を篤と承知の上で、庶兄弟の命であるがゆえにひたすら謹厳実直に実行する。その実母（を表すため「御祖命」という）は、庶兄弟の側に立つ夫を見限り、止むなく天に参上して神産巣日神に助力を求めたはずである。この点をめぐって付言すれば、そもそも舜の先祖は黄帝の孫の帝顓頊であったが、史記によれば「虞舜者、名曰二重華一。重華父曰二瞽叟一。（中略）窮蟬父曰二帝顓頊一。顓頊父曰二昌意一。以至レ舜、七世矣。自二従窮蟬一以至二帝舜一、皆微為二庶人一。」（五帝本紀第一）とつたえるとおり、黄帝に次ぐ五帝の一人、帝顓頊から数えると六世の孫に当たる。大穴牟遅神も須佐之男命から数えてちょうど六世の孫に当たる。偉大な先祖をもちながら代を重ねるなかで血筋が劣化してついに瞽叟が生まれるに至ったことも、大穴牟遅神の父（天の冬衣神）を、劣悪な八十神の父とする位置づけに符合する。

関連は、さらに妻にも当然及ぶ。これもごく手短に言及するとして、まず大穴牟遅神の妻には、物語中に二人の女性をつたえる。一人が八上比売で、前述のとおり「吾者不レ聞二汝等（八十神）之言一、将レ嫁二大穴牟遅神一。」とみずから結婚の意志を告げる。もう一人が須佐之男命の女、須勢理毘売で、大穴牟遅神が須佐之男命の御所に参り到るや「其女須勢理毘売出見、為二目合一而相婚。」というように八上比売にも増して積極的に結婚にまで及ぶ。後に、大穴牟遅神が先の約束どおり結婚して同居のため連れて来たところ、適妻の地位にあった須世理毘売を畏れ、八上比売は身を引いて稲羽に返ってしまう。須勢理毘売が唯一の妻として立ち、それに相応しく、活躍もまためざましい。その最も顕著な例が、須佐之男命の課す試練を大穴牟遅神に克服させる助力である。

これには、二つある。しかも、ともに須佐之男命が大穴牟遅神を室に喚び入れ、そこで難題聟（『日本昔話集成』本格昔話1。角川書店）に当たる難題を課す。次にそれぞれ該当する一節を抜き出して示す。

（1）即喚入而令レ寝二其蛇室一。於レ是、其妻須勢理毘売命、以二蛇比礼一授二其夫一云「其蛇将レ咋、以二此比礼一三挙打撥。」故、如レ教者、蛇自静。故、平寝出之。亦来日夜者、入二呉公与レ蜂室一。且授二呉公・蜂之比礼一、教如レ先。故、平出之。

（2）喚二入八田間大室一而令レ取二其頭之虱一。故爾、見二其頭一者、呉公多在。於レ是、其妻取二牟久木実与二赤土一、授二其夫一。故、咋二破其木実一、含二赤土一、唾出者、其大神以下為咋二破呉公一唾出上而於レ心思レ愛而寝。

（1）（2）に共通する表現の型をとり出せば、次のようにまとめることができる。

大神喚入（蛇室、呉公与レ蜂室、大室）、令（寝、取虱）。於レ是、其妻以（比礼、木実与二赤土一）授二其夫一。（危難脱出）

この類型をもとにした構成のなかで、所伝の強調するのが妻の活躍である。危難を察知してそれに対処するのに必要な物品を夫に授けるというのがその内実である。

この妻の活躍に内容の上でもあい通じるのが、舜の妻をめぐる所伝である。舜の妻といえば、史記は「舜年二十、以レ孝聞。三十而帝堯問二可レ用者一、四嶽咸薦二虞舜一曰「可」。於レ是、堯乃以二二女一妻レ舜、以観二其内一。（中略）堯二女、不二敢以レ貴驕一、事二舜親戚一（父・後母・庶弟及び妹を指す。正義による）、甚有二婦道一。」（五帝本紀第一。同前）というように堯が娶らせた女でありながら、高貴だからといって驕ることなく親弟妹に仕えて婦人の尽くすべき道を堅持する理想的女性としてつたえるだけだが、それとは別に、その才智にちなむ逸話を、列女伝などがつたえている。その逸話とは、実はさきに採りあげた舜に加えた迫害をめぐる（一）（二）（382頁所掲）に関連する。そこでは、舜はみずからの才智によって難をきり抜けるとつたえるが、この逸話では、妻が才智を発揮するというかたちをとる。史記の注の索隠が引く列女伝に、それぞれ（一）は「二女教二舜鳥工上レ廩」、（二）は「龍工入レ井」とあるが、正義の引く通史が、その詳細な内容をつたえている。次の一節がその全文である。

（一）瞽叟使二舜滌レ廩。舜告二堯二女一。女曰「時其焚レ汝。鵲二汝衣裳一、鳥工往。」舜既登。得二免去一也。

（二）舜穿レ井。又告二二女一。二女曰「去二汝裳衣一、龍工往。」入レ井。瞽叟与レ象、下レ土実レ井。舜従二他井一出去也。

（一）（二）ともに、さきに挙げた舜が独力で脱出する例に比べより多くの共通する要素をもとに成りたつことを、引用文中に付した傍線部の表現がなにより明らかにものがたる。念のため表現の型を次にとり出してみる。

（瞽叟の使役）、舜告二二女一。女曰「（変装）衣裳、（鳥、龍）工往。」（危難脱出）

大穴牟遅神の妻の活躍をつたえる所伝と比較してさえ、類型に依存する度合がより高い上に、内容もたがいにあい通う。傍線部の「烏工」「龍工」は、今本列女伝になく、ただ「二女曰、往哉。」と助言するだけにすぎない（下見隆雄氏『劉向列女傳の研究』に、当該本文の異同をめぐる古本、今本の違いについて考證がある。119～121頁。平成元年二月。東海大学出版会）ので、問題も無くはないが、それぞれ廩から飛び下りる鳥にちなむ細工を施す、井戸の横穴から脱出する龍（土龍、もぐら）にちなむ細工を施すなどの類ではないか。その内容は確かめ難いにせよ、危難を予知してそれを防ぐ手立てとして案出していることに疑いはない。舜にそれを身に着けて行かせ、ねらい通り危難から脱出させることに成功する、聖人堯がわざわざ舜に娶せるに相応しい女の才知を、この逸話は如実にものがたっている。

類型にもとづくたがいにあい似た表現の所伝二つを連続させるという構成をはじめ、二つながら妻の才智によって夫を危難から脱出させるという内容もあい通じる以上、舜の妻とのこの対応が、さきの分類（378頁）では7の項目に続き、さらに8の項目にも及んでいることはおのずから見通し得る。具体的には、妻の須世理毘売を負い逃げて黄泉比良坂まで来た大穴牟遅神に向かい、須佐之男命が投げかけた言葉のうちの次の一節の傍線部がそれである。

其我之女須世理毘売為二適妻一而、於二宇迦能山之山本一、於二底津石根一宮柱布刀斯理、於二高天原一氷椽多迦斯理而居、是奴也。

須佐之男命が殊更に女を「適妻」にせよと指示した点が重要である。なぜなら、これ以前に「妻須世理毘売」として定着した経緯を踏まえ、だからそれとの明確な違いをその語に託しているからである。「適妻」は、他の妻妾と立場や身分を異にする正統・正当な本妻を表す。もちろん、舜の妻としては、「堯乃以二二女一妻レ舜」（前掲385頁）という堯の二女がこれに当たる。

所伝の展開の上では、適妻に就いたと同時に、須世理毘売が夫を独専する傾向を明らかに強めていく。その第一が、「其八上比売者、如二先期一美刀阿多波志都。」と結婚した八上比売を大穴牟遅神が出雲に連れて来たさいの、八上比売の「畏二其適妻須世理毘売一而、其所レ生子者、刺二挟木俣一而返。」という対応である。適妻の存在に畏れをなすこともさりながら、自分の生んだ子を処分するとは、適妻（の生む後継者）に配慮した立場上やむを得ない苦渋の選択・措置にほかならない。

続く第二は、須世理毘売じしんにも焦点を当てる。このなかでは、大穴牟遅神を八千矛神と称する。詳細は拙稿「八千矛神の未遂の恋をめぐる歌と物語」（『古事記年報』平成20年一月）に譲り、ここに必要な点を参照すれば、所伝の冒頭に「此八千矛神将レ婚二高志国之沼河比売一幸行之時、到二其沼河比売之家一歌曰、」というその歌に「八千矛の神の命は　八島国妻娶《ま》きかねて　遠遠し高志《こし》の国に　賢《さか》し女を有りと聞かして　麗《くは》し女を有りと聞こして

さよばひに有り立たし　よばひに有り通はせ（以下略）」とうたう。理想の女性がいると聞き、僻遠の高志（越）国まで求婚に出かけたということだが、この高志はかの「高志之八俣遠呂智」の高志に重なる。僻遠の地の高志に視点を置けば、共に日本書紀にはないかたちの、八俣大蛇が女を喫いにそこから来る一方、八千矛神は女をよばいにそこに行くという正逆の関係が見えてくる。後の崇神天皇の時代でも「又此之御世、大毘古命者、遣二高志道一、其子建沼河別命者、遣二東方十二道一而、令レ和二平其麻都漏波奴人等一。」という朝廷に服属しない異俗が勢力を振るう地域として、平定して版図に組み込むことを時の政権が課題としている。日本書紀が崇神天皇

十年九月条につたえる同じ将軍派遣の「以二大彦命一遣二北陸一」という地の極遠だから、八俣大蛇と八千矛神とをめぐる正逆の関係を、僻遠という異界につながる特異を契機に紡ぎ出した可能性が高い。

一つの推測にどこまでもとどまるとはいえ、八俣大蛇を退治した須佐之男命の末裔として、その本拠地の高志国の「賢し女、麗し女」をよばう出で立ちに、八千矛と名に負うばかりに厳めしく武威を身に装っていたであろう。よばい当夜には沼河比売の拒絶にあった八千矛神も、翌日の夜に思いを遂げる。しかしその結果、「其神之適后須勢理毘売命、甚為二嫉妬一。」という夫を独専する適后の激しい嫉妬に、八千矛神は困りはてて出雲から倭国に旅立つことを準備する。その旅立ちの装いを整える歌により、さしもの須勢理毘売も「八千矛の神の命や我《あ》が大国主　汝《な》こそは男《を》にいませば　うち廻《み》る島の崎崎　かき廻る礒の崎落ちず　若草の妻持たせらめ」と夫の多妻に理解を示した上で、一転してみずからの女の弱い立場を「我《あ》はもよ女《め》にしあれば　汝《な》を措《(お)き》て男《を》は無し　汝を措《(お)き》て夫《つま》は無し」と訴え、沼河比売の歌に対抗していっそう妖艶に共寝を誘う歌詞を連ねてうたいあげ、和解を演出する。

その歌の直後には、和合が成ったことを「如レ此歌、即為二宇伎由比一而、宇那賀気理弖、至レ今鎮坐也。」と明確につたえてもいる。須勢理毘売を駆りたてた嫉妬も、おのずから鎮静化、終息したはずである。このあと続く系譜が、そのなにより有力な証拠である。八千矛神の歌が須勢理毘売を化した結果として、かつて須佐之男命が別れ際にかけた言葉に「其我之女須世理毘売為二適妻一」と指示した理想の「適妻」に変身を遂げるに至る。ここにまた史記を参照すれば、堯が舜の評判を聞いて「吾其試哉」と様様な仕事を課して試すなかに、

於レ是、堯妻二之二女一、観二其徳於二女一。舜飭下二女於嬀汭一、如二婦礼一。堯善レ之。

二人の女を娶らせ、家政をきり盛りする二女の立ち居ふるまいやはたらきぶりに舜の徳を観察しようとする。集

解が「舜所レ居嬀水汭（ほとり）」と説く家に二女を住まわせると、婦人の礼を履み行うようであり、これを舜の徳化による成果として堯は「善」とする。正義に「欲下以二二女一試レ舜、観中其理レ家之道上也」という「理家」を舜が立派にやり遂げていることを、堯は実地に確認・評価したということにほかならない。

八千矛神のばあいも、すでに妻となっていた須世理毘売を須佐之男命がことさら「其我之女須世理毘売為二適妻一」と指示し、この適妻を中心とした「理家」を課題としていたが、ついにこれをやり遂げたことになる。さきにも言及したが、この直後に系譜をつたえる。

此大国主神娶下坐二胸形奥津宮一神、多紀理毘売命上生子、阿遅鉏高日子根神。次、妹高比売命。（中略）大国主神、亦娶二神屋楯比売命一生子、事代主神。亦娶二八島牟遅能神之女、鳥取神一生子、鳥鳴海神。（以下略）

この「以下略」の最後に誕生した遠津山岬多良斯神の直後に「右件、自二八島士奴美神一以下、遠津山岬帯神以前、称二十七世神一。」と付け加える。八島士奴美神は須佐之男命と櫛名田比売との間に生まれた子だから、須佐之男命の系譜から起算した数を「十七世神」というはずだが、実際には「第一代八島士奴美神から第十五代遠津山岬帯神までしかなく、『十七世』とあるのは不審。」（新編日本古典文学全集の当該頭注三四。小学館）という指摘がある。しかしこの系譜が、あとに続く国作りをめぐる所伝に先行する位置にあることじたい、通常の系譜とは異なる。それこそ、八千矛神こと大国主神が「理家」の実を挙げ、須勢理毘売命のほか同じ須佐之男命の女、多紀理毘売命をはじめとする女性達を娶り、子を生《な》し、多妻共住の「家」を構成してさえ、適后も嫉妬することなく和合して、さながら「螽斯、后妃子孫衆多也。言下若二螽斯一不二妬忌一、則子孫衆多上也。」（詩経、周南「螽斯」の詩序）という「子孫衆多」をなし遂げたことを、ことさらこの位置に系譜を据えてつたえることをねらいとするであろう。須佐之男命の系譜につなぐことにより、この大国主神の系譜じたいが須佐之男命にまで遡り、そのいわば始祖に始まる血統が連綿と続いていることを強調する意味も、もちろん一方にはある。

さらに付言すれば、系譜に付け加えた「右件」以下にいう「十七世神」は、この国の始まりの時をいう「神世七代」に対応する。記述を次につき合わせてみる。

○　上件自㆓国之常立神㆒以下、伊耶那美神以前、并称㆓神世七代㆒。──→このあと国生み所伝へ

○　右件自㆓八島士奴美神㆒以下、遠津山岬帯神以前、称㆓十七世神㆒。──→このあと国作り所伝へ

高天原に成った天之御中主神をはじめ五柱の「別天神」のあとに、右の国之常立神以下「神世七代」の神神が誕生する。「国稚如㆓浮脂㆒而、久羅下那州多陀用弊流之時」というまだ国の創生間もない時期に誕生したこの神神の最後に生成したのが伊耶那岐・伊耶那美二神であり、二神が黄泉国で別れた後、伊耶那岐大神の禊祓に鼻を洗う時に成った神が須佐之男命である。この須佐之男命を実質的な始祖とする神神を一括した「十七世神」は、明らかに「神世七代」に対応し、しかも須佐之男命が後者から前者へつなぐ位置に立つ。この系譜のつながりにそくして、直後にそれぞれ国生み、国作りの所伝が展開する。国を場とするこのつながりこそ、国作りを国生みにつなげ、その正統を、系譜にあわせて所伝に保証するであろう。系譜直後に、この系譜と同じ「大国主神」として登場するこの神の国作りに向けた、それはそれで周到な準備だったに違いない。

三、古事記の造型、大国主神の国作りに至る展開の構成と内実

さて、八十神による迫害に始まる所伝は、最後は迫害を克服するばかりか、その過程で娶った適后の嫉妬を終息させて、和合に至る。そしてこれに続くのが国作りである。大国主神の事蹟も、前掲表（377、378頁）の見出し

をもとに大別すれば、これら八十神の討伐、適后との和合、国作りに三分することが適当であろう。その各区分ごとに、主人公の名を変え、継起的に展開するが、内容の上でも、たがいに密接なかかわりをもつ。その象徴的な語が、和合に関連して参照した史記の注の正義にいう「理家」である。これは、もちろん斉家に当たる。

この斉家を含め、君子の段階的自己実現の過程を表わす語が、修身・斉家・治国・平天下である。表現に若干の違いはあるものの、四つを一つのセットとしてつたえる文献がいくつかある。その代表的な例を、次に該当する部分に限って抜き出して示す。

○　古之欲レ明二明徳於天下一者、先治二其国一。欲レ治二其国一者、先斉二其家一。欲レ斉二其家一者、先修二其身一。（中略）身脩而后家斉、家斉而后国治、国治而后天下平。自二天子一以至二於庶人一、一是皆以二脩身一為レ本。（礼記・大学）

○　（治国について問う楚王に詹何が答え）以為、為レ国之本、在二於為レ身。身為而家為、家為而国為、国為而天下為。故曰、以レ身為レ家、以レ家為レ国、以レ国為二天下一。此四者、異レ位同レ本。（呂氏春秋・執一篇）

○　能有二天下一者、必不レ失二其国一。能有二其国一者、必不レ喪二其家一。能治二其家一者、必不レ遺二其身一。能脩二其身一者、必不レ忘二其心一。（淮南子・巻十四・詮言訓）

このうち、最も注目すべき例が大学である。「明明徳」は儒学を修める者になじみ深い表現でもある。その語をはじめとする右掲の一節などの特質を、たとえば齋木哲郎氏『秦漢儒教の研究』（「第一節　秦儒と『禮記』大學篇」110頁。平成十六年一月。汲古書院）が明快に説いている。やや長いが、「明徳」の概念を荀子（致士篇）が「王者たる者の義務責任として倫理的に定義し直した」と前置きした上で展開する論述を次に引いてみる。

全文中に記される「明徳」は政治の具體的側面を述べるものであるとともに、多くの場合、自国の統治がすぐれたものであるとしてその行為を後世に顯彰せんとするものであって、それはひとえに周王朝の支配が揺らぎつつあった時に戦国諸侯が自国の統治と支配に自信を意識しはじめていたことを示すものであろう。荀子はこうした風潮を受けて、當時の為政者が褒辭として常套していた「明徳」の語に倫理的責任を付與したのである。この立場から言えば、大學篇は荀子によって開かれた視野を更に廣げ、かつ堯・舜の理想的君主像を背景として、時の權力者に「明徳を天下に明らかにす」る者の理想的境地を集約的に示さんとしたもの、となるであろう。

「王者たる者」「時の權力者」といった統治に当たる者に、義務や責任あるいは理想的境地を集約的に示す点に「大學篇」の意義を認めているが、「明明徳」以下の上掲一節は、それを段階的自己実現の理想的ありかたとして示したものとみることができる。舜にも言及するとおり理想的君主像の一つの典型でもある。

もちろん、迫害や嫉妬などにも苦しむ大国主神をめぐる所伝が、この理想的ありかたの全てにあてはまることなどあり得ない。ただ、舜の事蹟やその妻の助力などが対応することに加え、段階を追って展開するそのありかたにも、大学が理想とする理想的君主の自己実現の段階的ありかたとの対応が成りたつとみて、恐らく大過ないであろう。その詳細について議論があるにせよ、国作りが治国に当たることは自明だから、その大国主神をめぐって、適后を和合に導くまでを斉家に、さらにそれ以前の庶兄弟八十神の苛烈な迫害に無抵抗を貫いた末にこれを討伐するまでを修身にそれぞれ結びつけ、継起的かつ段階的な展開をはかっていることは、疑いを容れない。この構成は、所伝の成りたちと不可分である。改めてこの修身・斉家・治国の三段階を、さきに所伝の展開を15の項目に分類した表（377、378頁）に重ね合わせてみると、整然とした図柄が浮かび上がる。

次頁に示すその相関の最も著しいあらわれは、神代紀と古事記との間に、対応する部分と対応しない部分とい

神代紀 → **古事記**

神代紀

〔本伝〕素戔嗚尊による八岐大蛇退治、奇稲田姫との結婚、大己貴神誕生

〔書一〕素戔嗚尊による稲田媛との結婚、六世の孫に大国主神誕生

〔書六〕大己貴神による国造り

古事記

須佐之男命による八俣大蛇退治、櫛名田比売との結婚（1、2）
須佐之男命の系譜、六世の孫に大国主神誕生（3）

修身

稲羽の素菟、八上比売（4）
八十神の迫害、御祖命の請願・教示を承け、神産巣日神による救命、大屋毘古神による根国参向の詔命（5、6）
大穴牟遅神の根国避難、須勢理毘売との結婚、須佐之男命の課す試練を妻の助力により克服、根国脱出（7）
須佐之男命の指示を承け、八十神討伐、国作り着手（8）

斉家

八上比売と結婚、適妻を畏れ八上比売帰国、子の処分（9）
八千矛神の妻娶き、沼河比売との結婚（10）
適后須世理毘売の嫉妬、和合（11）
大国主神の系譜、十七世まで列記（12）

治国

大国主神の国作り（13、14、15）

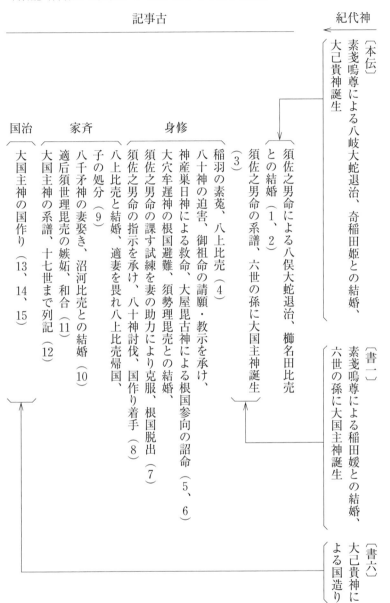

う二つが存在することである。古事記にそくしてみれば、所伝がその二つをかかえながら成りたっている。具体的には、始めの（1、2）及び（3）と終りの（13、14、15）が対応する部分、その始めと終りに挟まれた（4）～（12）が対応しない部分にそれぞれ当たる。要するに、神代紀と対応する部分が始めと終りを占め、その間に対応しない部分が介在するという構成である。対応する部分が、対応しない部分をサンドイッチのように挟みこんで成りたつというのがその構成の特徴である。

そしてこの構成上重要な点が、対応しない部分の内容である。（4）～（8）の修身から（9）～（12）の斉家へと継起的かつ段階的に展開し、神代紀に対応しない部分としてそれらが一つにまとまる一方、その展開を承け、所伝の継起的かつ段階的な展開を内容的にもひき継いでその先に発展的に位置するべくして位置する（13、14、15）の治国につながる。もとよりこの展開は偶然ではあり得ないはずだから、合理的に解釈するとすれば、その修身、斉家、治国という展開を所伝に組み込んでいる、言いかえればそうした展開をもって所伝を構成したはずである。問題はこのあとである。その最後に位置する治国だけがなぜ神代紀に対応するのか。

この問題を解く手懸りが、実はその治国じたいにある。それの内実は、わが子の少名毘古那神を一致協力して国作りを行う者とする母、神産巣日神の発言に力点を置く。その発言以前については、大国主神を「故、大国主神坐二出雲之御大《みほ》之御前一。」と冒頭につたえる。少名毘古那神とは、この直後に出会う。「御大之御前」の地は、後に国譲りをめぐってその当事者の事代主神が「為二鳥遊一取レ魚而往二御大之前一」と遊楽を事とする場所なのだから、ここに坐す大国主神も遊楽さなかの可能性が高いだけに、（8）の須佐之男命に指示を受けた国作りに取り組んでいたことすら疑わしい。ここでの少名毘古那神との出会いが、その親の神産巣日神につながり、あの発言を引き出す。その点では、少名毘古那神が国作りを実質化する契機の役割を果たしている。実際、神産巣日神の発言による国作りを、わずかに「故自レ爾、大穴牟遅与二少名毘古那一二柱神、相並作二堅此国一。」とつたえるだけに過ぎない。天神の関与をことさら強調するもう一つの例が、先行する八十神の迫害をめぐる所伝である。八十神に殺された大穴牟遅神の救命に、同じ神産巣日神が動く。天神の関与を重要な柱として展開するこの二つの所伝は、もちろん一連のものとして成りたっている。この関与なくして、大穴牟遅神の救命があり得ないと同様に、国作りもまたなし得ないという以上に、そもそもそれじたいあり得ない。天神の関与を強めれば、それだけ、国作りを担う大穴牟遅神の活躍及びその功績を表舞台の主題から斥ける力が必然的にはたらく。これが、かのわずか一文で記述する国作りの成りたつ実態だとすれば、国作りの本来のかたちをそれがつたえているとは到底みなしがたい。つまり、本来の国作りは別にあるとみなすのが筋である。

国作りそのものを、いわば真っ当につたえている所伝といえば、神代上第八段〔書六〕に止めを刺す。大己貴神じしんがそれこそ自主的・主体的に取り組むかたちを終始貫いてもいる。しかも、前述（351頁）のとおり素戔嗚尊の児として取り組むこの国造りには、同じく素戔嗚尊の子の五十猛神が全て自主的・主体的に行った木種の分布が対応する。青山になすその取り組みが、素戔嗚尊の「使二青山変一レ枯」（第五段〔本伝〕）を回復する意味をもつように、これにたぐう国造りじたい、真っ当な国造りといっても過言ではない。この真っ当な国造りを特徴づけるほとんど全てに、少名毘古那神をめぐる大筋を除き、古事記の国作りは対応をもたない。代って、右のように、天神の関与をそこに重要な柱とする。さらに根国での須佐之男命の指示による八十神討伐後に「始作レ国也」とつたえるが、もちろんこれも対応しない。このまさに対応を欠く一切を、古事記は国作りに向けたいわば前史とする。言い換えれば、国作りの経緯であり、かつまたそれを正統化する根拠として位置づけている。神代紀の真っ当な国造りからみれば、それじたい端的に国作りの正統化をはかるくわだてといった性格が強い。

これには、神代紀と古事記との所伝間の対応をめぐる前述のサンドイッチ構造もおのずからかかわる。古事記の所伝の、構成上始めと終りとが、それぞれ神代紀の〔本伝〕〔書一〕と〔書六〕とに対応する。神代紀のこの前と後とを合わせて内容上つながらない、あるいは矛盾をきたすなどといったことは発生しない。しかしただ合わせただけでは、須佐之男命による八俣大蛇退治とその子孫の大国主神による国作りとが、ただ祖業のひき継ぎという限りでつながるに過ぎない。国作りにそくしていえば、さきの前史にあたる経緯やその劇的な展開、さらに主人公にまつわるその中国の古典に名高い舜の事蹟に対応する特徴などは、国作りの事業を正統化する上に、そのもつ意味が重くなればそれだけ、所伝が強く必要とするであろう。かくてそれに力点を置く所伝が生まれるべくして生まれるが、それがサンドイッチの中身を豊にする所伝として実現をみた内実だったに違いない。

四、神代紀との相関、類型を嵌め込む所伝の成りたち

そしてその中身を豊かにする演出に、とりわけ顕著なあらわれをみせる。その特徴的なあらわれの一つが、前述のとおり修身と斉家という理念をもとに成りたつ所伝である。さきには言及しなかったけれども、当然、治国にかかわるという以上に、それの前提として位置する。そしてその治国に当たる国作りを、神産巣日神のあの発言が導く。この関係の上で、特に改めて注目に値するのが修身の内実の、庶兄弟の苛烈な迫害に徹底して無抵抗を貫いた大穴牟遅神の対応である。舜の同じ無抵抗に徹した対処については前述のとおりだが、もう一つ重要な例が実はある。天照大神が素戔嗚尊による前述の営造物への度重なる悪行に対して無抵抗に徹した対応である。無抵抗のはてには、天照大神の天石窟幽居に、大穴牟遅神の根国への避難が当たる。しかもこの無抵抗をめぐっ

ては、それぞれ天照大神の例では文王の逸話、大穴牟遅神の例でも舜の逸話に対応する点まであい通う。こうした事蹟により天照大神が高天原の統治を実質化して世にしらしめたように、そもそもこの神代紀の天照大神に古事記の天照大御神が基本的にあい通じる事実にかんがみて、大穴牟遅神を国作りに当たる資質や能力を十全に備えた適任として、神産巣日神のあの発言につなげた上で、まさに天上に対応する地上の国作りや統治に当たらせることを恐らくはそのねらいとする。

この天照大神の事蹟との対応も含め、所伝の同じような内容や型を取り込むことに、実は際立った特徴がある。もちろん、そうしたいわば類型にただ乗るだけではない。その典型が、大穴牟遅神が八十神による迫害の避難先として根国に入る、いわゆる異界訪問の話型を襲う所伝である。神田典城氏「古事記神話における界界」（古事記研究大系4『古事記の神話』古事記学会編。一九九三年六月。高科書店）に、「『地上世界に属す神が訪問し、時を過ごして帰還する』という共通した文脈のもとに」展開する三例について加えた考察がある。共通する点を中心にそれを次に示す。

（イザナキの黄泉国訪問）即ち、イザナキは黄泉国からの帰還の後、禊によって生じた三貴子を、支配者に相応しいとして三界の統治者に当てている。（中略）ここの新たな秩序は、イザナキが黄泉国という異界を体験することによって齎されたものと捉えることができる。

（オホナムチの根国訪問）オホナムチは根国で入手した生大刀・生弓矢の力によって兄弟を追い払い、『大国主』となることを得る。（中略）つまりここでもオホナムチが根国という異界を体験したことが、その世界に新たな秩序を齎す因となっているのである。

（ホヲリの海界訪問）ホヲリは海の神の助力、及び海界で得た玉の力により、年長者（兄）を臣下たらしめる。

（中略）ホヲリが、地上世界の支配者たるべく天降った父ホノニニギの後継者になるという事態が現出する。（以上、169 170頁）

三つの所伝に共通する点を、異界行が「もともと不本意な状況の中でやむを得ず踏みきるというかたちになっていること」（171頁）なども加えて右のように要領よくまとめている。しかし一括するだけでは、三者をめぐるいっそう重要な事実を見失いかねない。核心は、根国訪問の特異である。だい一、それだけが、神代紀に一切対応をもたない。これに対して他の二者、すなわち黄泉国訪問と海宮訪問とは神代紀に重なりをもつが、反面、たがいには全く重なりがない。逆に、根国訪問だけが、そのどちらとも重なる。たとえば「黄泉比良坂」を黄泉国訪問と共有する一方、海宮訪問とは、訪問先の結婚する相手との出会い当初の「目合」以下の展開に一致をみる。もちろん、それは神田氏の右のまとめにも著しい。この事実こそ、根国訪問が神代紀とはかかわりなく、つまりおのれ独自に所伝を成りたたせ、かつその成りたちに類型を参与させていた証左にほかならない。そしてまたその独自が、中国古典に由来する事蹟をとり込む演出につながっている。

類型の共有は、だから、そこが神代紀に対応をもたないことを逆手にとり、他とあい通じる所伝をあてはめて成りたつことを強く示唆する。大穴牟遅神のばあい、根国入り前にも、その類型の一つに、主に中巻に散見する「庶兄の殺害のくわだて」をめぐる所伝がある。庶兄を特徴づける語が「邪心」である。当芸志美美命（神武天皇条）、建波邇安王（崇神天皇条）、香坂王・忍熊王（仲哀天皇条）、大山守命（応神天皇条）などがこの庶兄に当たり、それをめぐる所伝についてすでに拙稿（「反乱、そのありかたと時代」古事記研究大系8『古事記の文芸性』一九九三年九月。高科書店）に論じているので、詳細はこれに譲るとして、大穴牟遅神に迫害を加える八十神をことさら「汝庶兄弟」（黄泉比良坂での須佐之男命の発言）と表現したあと、まさにこの庶兄をめぐる所伝と同じ展開をとおして、庶兄弟を追い伏せて大国主神となった上で国作りを始める。しかしもちろん、一方では異界訪問譚の類型をも踏まえ、いわば複合して成りたつことに伴い、それら中巻の所伝に比してはるかに劇的な内容に富む。前掲神田氏が共通点を指摘したホヲリの海界訪問譚と較べても、類型に重なりをもってはいても、実の兄弟とは違い、庶兄弟による迫害は、格段に熾烈・残酷を極める。

さらにもう一つ顕著な例に、「適后による嫉妬」をめぐる所伝がある。大穴牟遅神が八千矛神として高志国の沼河比売を求婚するところから、それ以前の「適妻」を「適后」に改め、この身分に嫉妬を「其神之適后、須勢理毘売甚為㆓嫉妬㆒。」と結びつける。これが、仁徳天皇の大后、石の日売命をめぐる「其大后、石之日売命甚多㆓嫉妬㆒。」に重なる。大后に就いて後宮に君臨すればこそ、嫉妬が生じ、天皇の好色とないあわさって所伝が展開するそのありかたについても、拙稿（「『古事記』の所伝のなりたちと漢籍――仁徳天皇条の所伝をめぐって、その（二）――」『佛教大學大學院研究紀要』第16号。昭和六十三年三月）にすでに論じている。天皇の好色と大后の嫉妬というこのたがいに相関するかかわりに通じる一方、大穴牟遅神の決断が須勢理毘売の嫉妬を終息させ、それによって和合に至ったことに所伝は力点を置く。仁徳天皇も、最後には石の日売命と和解したことを暗示するが、それを臣下が段取りしたことを中心に所伝は展開する（拙稿「『古事記』がつたえる蚕のはなし」『國學院中國學會報』第三十八輯。平成四年十月）。この仁徳天皇を、三年間の課役免除により人民を貧窮から救済した「聖帝」として古事記・日本書紀ともにつたえる。嫉妬から和合に転じる上に、この著名な「聖帝」にもまして力を発揮したことを寓意的に表わしてもいる。

一方、神代紀に対応する所伝があっても、それが類型をなすほどではない、まさに断片にすぎない一節を借りて所伝を展開した例がある。

まずは前掲表の4に、稲羽の素菟に大穴牟遅神が傷を癒す処方を教示したという所伝だが、神代上第八段の〔書六〕が大己貴神について「復為二顕見蒼生及畜産一、則定二其療レ病之方一。」とつたえ、菟は畜産ではないけれども、畜産にも及ぶこの神の「療レ病之方」が裸菟に教示した処方に通じることは明らかである。またこの〔書六〕の大己貴神に関する記述は、もう一つの「又為レ攘二鳥獣昆虫之災異一、則定二其禁厭之法一。」と対をなす。古事記では、須佐之男命に蛇、呉公、蜂などの室に寝かされた大穴牟遅神に対して妻の須勢理毘売が「其蛇将レ咋、以二此比礼一三挙打撥。」（以下、呉公、蜂も同じ）と助言して救ったという例が、表の（7）にある。蛇などが襲って咋うことは、まさに「鳥獣昆虫之災異」に当たる。比礼を三度ふり挙げて打撥うことも、大己貴神が定めた「禁厭之法」の実例の一つにほかならない。対応は、一見して明らかである。

最後にもう一例だけ挙げれば、そもそも大穴牟遅神の避難先を須佐之男命の根国としていることじたい、唐突さは否めない。須佐之男命の六世の孫（大穴牟遅神）が女（須勢理毘売）と結婚するといった常軌を外れた事態さえ出来する。それもこれも、もとを質せば、同じ表の（7）につたえるとおり木国の大屋毘古神のはからいによる。この教示に従って木国を経由し根国へ入ったとみなせば、これは、先に須佐之男命が出雲から根国入りしたはずの展開（推定）とは異なる。この矛盾をどう解くのか。ここに参照すべき所伝が、次の第八段〔書五〕の一節である（この一節及び古事記との関連については、各論（716頁）に言及がある。以下には、そことは違う論点、対象にそくして考察を加える）。

于レ時、素戔嗚尊之子、号曰二五十猛命一。妹大屋津姫命。次柧津姫命。凡此三神、亦能分二布木種一。即奉レ渡二於紀伊国一也。然後、素戔嗚尊居二熊成峯一而遂入二於根国一者矣。

二重傍線を付した「大屋」を名に冠する姫神は、「奉レ渡二於紀伊国一也」にちなみ紀伊国に坐すことになり、古事記が木国の神とする大屋毘古神に対応する。問題はその「奉レ渡」の主語だが、直後の「然後」が関係を明示しているので、これに着目してみるに、第八段内にも次の用例がある。

○　素戔嗚尊曰「是神剣也。吾何敢私以安乎。」乃上二献於天神一也。然後、行覓二将レ婚之処一、遂到二出雲之清地一焉。〔本伝〕

○　脚摩乳・手摩乳対曰「請先殺二彼蛇一、然後、幸者宜也。」〔書二〕

右の二例でそれの多様な運用例を尽くせるはずもないが、しかし原則を特徴的に表わしてもいる。すなわち「然後」は、主語ないし主題を同じくする（つまり「然」が担う）事柄二つを前後の関係において結びつけるというのがその基本的な用法である。たとえば「於レ是、中臣神・忌部神則界以二端出之縄一、乃請曰、勿二復還幸一。然後、諸神帰二罪過於素戔嗚尊一而科レ之以二千座置戸一、遂促徴矣。」（第七段〔本伝〕）のように先行する一文と主語を異にする例でさえ、中臣神らの行為が「于レ時、八十万神会二於天安河辺一、計二其可レ禱之方一。」という神事のその最後を締め括る位置に立ち、それ以前の全体（その全体が「八十万神」）を受けて「然後」はその後（その主語が「諸神」）という関係を表わしている。くだんの例も、この〔書五〕の冒頭にはじまる素戔嗚尊の用材をめぐる展開を受け、その最後に「夫須レ噉八十木種、皆能播生。」という一節のあと、これに関連して、「于レ時」以下に三神関連の事蹟の「亦能分二布木種一」という同じ木種分布をつけ加えた上で、それをいわばかかえ込んで「奉レ渡二於紀伊国一也」が位置する。主語は、文脈上、素戔嗚尊以外にはない。そうして三神を、「分二布木種一」という功績にちなみ紀伊国に渡し申し上げたあと「居二熊成峯一而遂入二於根国一者矣。」と続くこの関係構成の上では、紀伊国を経由して根国に入ったとみても、それはそれであり得ない見方ではない。実際には、第八段の〔書四〕をひき継ぐ〔書五〕のその関連等をもとに各論（717頁）に説くとおり、問題の「熊成峯」は出雲所在とみるのが自然である。ただ、この素戔嗚尊の「居二熊成峯一」に古事記はなんら関連をもたないだけに、これを飛ばすことに支障などあろうはずがない。という以上に、飛ばしてこれを消せば、紀伊国が直ちに根国入りに結びつく。これこそ、古事記の「違二遣於木国之大屋毘古神之御所一」が、「故、随二詔命一而参二到須佐之男命之御所一」に繋がるかたちそのものである。この結びつきは、あくまでつながり、すなわち関連であって、ルートを直ちに意味するものではない。まさにこのルートを見まごうばかりの関連のもとにつなげたというのが、そのかたちの内実にほかならない。

その関連は、須佐之男命の根国入りからは着想しえない。右のようにむしろ〔書五〕の素戔嗚尊の根国入りをめぐって対応する以上、その対応する〔書五〕に着想を得た、すなわちそれが拠りどころであったと考えるのが自然である。さきに採りあげた〔書六〕の「療病之方」や「禁厭之法」も、古事記の所伝がそれを拠りどころにしたに相違ない。サンドイッチの中身は、かくてそれを挟むパンと同じ拠りどころを共有している。神代紀をもとに、その所伝を巧みに取り込みながら所伝を成りたたせて古事記は成りたつはずである。

神代下　第九段

一、神代上各段の系統的な成りたち、展開のひき継ぎ

日本書紀第九段は、神代下（巻二）の冒頭にあたる。天津彦彦火瓊瓊杵尊の葦原中国への降臨を基軸として所伝は展開し、それを境に舞台が天上（高天原）から地上（葦原中国）に遷り転じるという点でも重要な位置を占める。この〔本伝〕と各一書との関係については、別に各論に論じているが、要点を言えば、多角的・多面的なひろがりにおいて所伝を展開するという基本にのっとり、〔本伝〕を基にその所伝を様々に差違化して各一書が成りたつ。差違化を、所伝の多様を演出する手だてとして活用したその必然的な結果として、〔本伝〕と各一書とは、表現を始め内容の上でも密接なかかわりをもって関連する。異伝は、あったのではなく、あらしめたのであり、まさにすぐれて意図的なかたちをとって成りたつ。

各論では、差違化の実態究明にもっぱら努め、そのため所伝それ自体の成りたちにそくした内容やその構成、さらに所伝相互の関連などについても、必ずしも十分考察ができているとは言いがたい。ここでは、むしろその積み残した課題に焦点を当てて検討を進める。この検討に当たっては、これまで取り上げた神代上各段を貫く原則的な所伝の成りたち、とりわけ一書をめぐるその所伝の差違化による成りたちとの関連が重要な視点となる。

その関連とは、すなわち各段とも〔本伝〕と各一書が対立する二つ以上の系列（グループ）に分かれて成りた

つが、こうした所伝の系統的な成りたちの違いを、第九段にもみることができるというそのことである。天地成定のあと神神の誕生を伝える第一段からして、〔本伝〕を含む各所伝が二つの系列に分かれ、しかも系列ごとに系統的に成りたっている。これ以降の各段の顕著なあらわれを、振り返りを兼ねてごくかいつまんでいえば、所伝の実質的内容の乏しい第二、三段は措き、第四段は、国生みをめぐる所伝のそもそもの冒頭に二つのかたちがある。まずは「伊奘諾尊・伊奘冉尊立二於天浮橋之上一、共計曰、底下豈無レ国歟。廼以二天之瓊矛一指下而探之。」という伊奘諾尊・伊奘冉尊二神の「共計」に始まるとする〔本伝〕に対して、〔書一〕は「天神謂二伊奘諾尊・伊奘冉尊一曰、有二豊葦原千五百秋瑞穂之地一。宜二汝往脩一之。廼賜二天瓊戈一。」という「天神」の指示によるものとする。〔書二〕以降の各一書が〔本伝〕に対応する所伝の断片でしかなく、しかもそれらをいわば一括して列挙しているのに対し、先出する〔書一〕は、それらとは別に、むしろ〔本伝〕に全体が対比的に対応する所伝として成りたつ。〔本伝〕と〔書一〕との、わずかに二つの所伝そうごの対応にすぎないけれども、その対応じたいは、系統的なかたちをとる他の段の対応と別ではない。

　系統的な対応の顕著な段の一つが、次につづく第五段である。〔本伝〕と十一条に及ぶ一書とから成るが、内容の上では、大きく二つの系列に分かれる。ここではその要点だけを摘記してみるに、〔本伝〕に基づき、その所伝を差違化して成る〔書五〕までの系列が一つ、もう一つが〔書六〕に基づき、その所伝を差違化して成る〔書十一〕までの系列である。このそれぞれの系列の核となる〔本伝〕と〔書六〕との特徴の一つに、子の誕生がある。前者は伊奘諾、伊奘冉二尊の生んだ日神と月神とをそれぞれ「此子、光華明彩、照二徹於六合之内一。」（日神）、「其光彩亜レ日」（月神）という尊貴な神とする一方、蛭児を「雖二已三歳一、脚猶不レ立。」、また素戔嗚尊を「此神有二勇悍以安忍一。且常以二哭泣一為レ行。」というように劣悪な神とする。尊貴な神は天上に挙げ、劣悪な神は放棄あるいは放逐する。この劣悪な神の一群に、後出の所伝〔書二〕・〔書三〕では、生んだ母を死にいたらしめる火神の軻遇突智が加わる。この系列が、こうして生んだ神神を尊貴と劣悪とに明確に区別するのに対して、後者の系列にはそれがない。日神は天照大神となり、月読尊、素戔嗚尊と共に、伊奘諾尊が黄泉入りの濁穢を滌去したはてに成る。この三子に関して、伊奘諾尊は「勅二任三子一」〔書六〕・〔書十一〕によりそれぞれの統治領域を指定はしても、二項対立的に峻別するといったかたちをとらない。

この第五段の系列間の違いは、〔本伝〕系列の日神と〔書六〕系列の天照大神との違いが象徴してもいるが、次の第六段以降がほぼそのままひき継ぐ。ただし、〔本伝〕の主役は交替する。すなわち第六段では、〔本伝〕と〔書二〕が天照大神を、逆に〔書一〕・〔書三〕が日神をそれぞれ主役とし、これに伴い、内容にも、たとえば誓約をめぐって〔本伝〕系は素戔嗚尊がそれを提案するのに対して、〔書一〕系は日神が一方的に提起するかたちをとるといった系列間の違いがある。そして続く第七段も、基本的にはこのかたちを踏む。天照大神を立てる〔本伝〕・〔書一〕が、素戔嗚尊の乱暴狼藉を天照大神はただ受けるだけとつたえるのに対して、〔書二〕・〔書三〕とも、それを一端は容認する「雖レ然、日神、恩親之意、不レ慍不レ恨、皆以二平心一容焉。」〔書二〕という寛容な態度をみせる。また磐戸隠れへの対応でも、〔本伝〕系列は参集した八百万神の中の思兼神の案出した筋書きに従って展開するが、〔書二〕系列にその断片すらなく、ただに諸神が善後策を講じるにすぎないといったように、系列間に明らかな違いがある。

神代上の最後に位置する第八段は、素戔嗚尊の大蛇退治とその児（もしくは子孫）大己貴（大国主）神の誕生をめぐる所伝の系列〔本伝〕・〔書一〕・〔書二〕・〔書三〕と、これに対して素戔嗚尊の子の五十猛神による木種播殖（分布）関連の所伝を伝える系列〔書四〕・〔書五〕とから成り、この直後に、別に、大己貴命と少彦名命による国造りに関連した所伝を付帯する。各系列に属する所伝がどれも素戔嗚尊に関連した内容をつたえるなかにあって、それを前提とするにせよ、表向き素戔嗚尊とのかかわりを一切もたないこの所伝はやはり特異というほかない。そしてこの特異こそが、翻って、逆に系列ごとに所伝を成りたたせていることを強く示唆する。

また一方、この所伝のいわば番外の位置は、まさに神代上の最末尾にほかならないという点では、神代上内での連続より、むしろその外に立って神代下へ橋渡しする役割におのずからつながる。橋を渡してその向こう側に展開する所伝の核心が、神代下のつたえる国譲りにほかならない。その国譲りに、同じく大己貴神を主体とする一連の所伝として、神代上の国造りが直結することはもとより、高皇産霊尊をめぐっても、国造りにはその子の少彦名命について「夫大己貴命与㆓少彦名命㆒、戮㆑力一㆑心、経㆓営天下㆒。」と伝え、また一方の国譲りに先立つ葦原中国の平定を高皇産霊尊じしんが命じるというように、神代紀の上から下への所伝の連なりを結接するその要の位置に立つ。

二、高皇産霊尊主体の〔本伝〕と天照大神主体の〔書一〕、その各系列

こうして神代上最末尾に位置する所伝を承け、その展開の延長上に神代下の冒頭に立つ所伝が連なる以上、神代下各段の成りたちも、前節にあらまし述べた神代上のそれをひき継ぐはずである。げんに、第九段の〔本伝〕と各一書の所伝は系統的に成りたつ。その内実を以下に明らかにするなかでは、系統的に成りたつ所伝がそれぞれ個別にあらわす意味に加え、その所伝の系列ごとに部分あるいは総体としてもつ意味についても問う必要がある。実は、段の違いを越えて系列そうごに対応する例がある。系列ごとに所伝を成りたたせるその手法それじた

いに、まずは着目する。

さて、以下に第九段の所伝についてまずは系列ごとにその成りたちをみるに、葦原中国の平定とそれに続く火瓊瓊杵尊の天降りに誰がどのようにかかわったかをめぐってあい異なる二つの系列がある。一つが〔本伝〕・〔書四〕・〔書五〕の系列で、高皇産霊尊が平定、天降りとも主導する。この系列に属する所伝は、特に天降りに関して次のように一定の表現を共有する。

〔本伝〕于レ時、高皇産霊尊、以二真床追衾一、覆二於皇孫天津彦彦火瓊瓊杵尊一、使レ降之。

〔書四〕高皇産霊尊、以二真床覆衾一、裹二天津彦国光彦火瓊瓊杵尊一、則引二開天磐戸一、排二分天八重雲一、以奉レ降之。

〔書六〕是時、高皇産霊尊、乃用二真床覆衾一、裹二皇孫天津彦根火瓊瓊杵根尊一而、排二披天八重雲一、以奉レ降之。

この表現部分を始めとする差違化のありかたの詳細については各論（914頁）に説くとおりだが、このほか、天降りに先立つ葦原中国の平定をめぐっても、それを欠く〔書四〕は除き、〔本伝〕・〔書六〕ともに高皇産霊尊の主導とする。

〔本伝〕故、皇祖高皇産霊尊、特鍾二憐愛一、以崇養焉。遂欲下立二皇孫天津彦彦火瓊瓊杵尊一、以為中葦原中国之主上。然彼地多有二蛍火光神及蠅声邪神一。復有二草木咸能言語一。故、高皇産霊尊、召二集八十諸神一而問之曰、

〔書六〕及三至奉レ降二皇孫火瓊瓊杵尊於葦原中国一也、高皇産霊尊、勅二八十諸神一曰、葦原中国者、磐根木株草葉、猶能言語。夜者若二熛火一而喧響之、昼者如二五月蠅一而沸騰之、云云。

高皇産霊尊がすべてを取り仕切るが、しかし火瓊瓊杵尊の天降りをめぐる表現では、〔本伝〕が唯一「使レ降之」

という使役とする以外、〔書四〕・〔書六〕ともに「奉レ降之」という敬語を使う。高皇産霊尊と火瓊瓊杵尊との尊卑関係が、〔本伝〕から一書に移って逆転したことになる。

一方、その火瓊瓊杵尊の天降りと葦原中国の平定との双方を、〔書一〕の所伝では、ともに天照大神の主導とする。さらに〔本伝〕系列の所伝との相違の特に著しい点が、天降りをめぐって、天照大神じしん当初は子の正哉吾勝勝速日天忍穂耳尊と定めていたにもかかわらず、葦原中国の平定後、天忍穂耳尊に妃を配し、天降る間際に皇孫が誕生すると、この皇孫の火瓊瓊杵尊をその父天忍穂耳尊に代えたことである。〔書二〕もまた、同様にこの天降りをめぐる父と子の交替をつたえる。

〔書一〕　既而天照大神、以二思兼神妹、万幡豊秋津媛命一、配二正哉吾勝勝速日天忍穂耳尊一、為レ妃、令レ降二之於葦原中国一。（中略）且将レ降間、皇孫已生。号曰二天津彦彦火瓊瓊杵尊一。時有レ奏曰、欲下以二此皇孫一代降上。

〔書二〕　則以二高皇産霊尊之女、号万幡姫一、配二天忍穂耳尊一、為レ妃、降之。故、時居二於虚天一而生児、号二天津彦火瓊瓊杵尊一。因欲下以二此皇孫一代レ親而降上。

二つの所伝間に、傍線部のとおり天忍穂耳尊の妃となる女性の係累をめぐって違いがある。系譜をたどれば、女性は同一人物なのだから、関係を誰に繋げるか（兄か父か）の違いでしかないとはいえ、その誰にするかについては、所伝全体の展開がそこに密接にかかわる。まず「思兼神妹」とつたえる〔書一〕では、この天降りに先立つ葦原中国の平定に関連して、派遣された天稚彦が八年間も報命しない事態を受けて天照大神が講じた打開策を次のようにつたえる。

故、天照大神乃召二思兼神一、問二其不レ来之状一。時、思兼神思而告曰「宜二且遣レ雉問一レ之。」於レ是、従二彼神謀㆒、乃使㆑雉往候之。

雉の巡遣を告げる「神謀」は、思慮の神である思兼神のはかりごとを称える表現であり、天照大神がそれに従い事態の打開に向けた手を打ったこととあわせ、天照大神が思兼神を格別に重要視していたことを如実にものがたる。この後、雉を天稚彦が射殺したことから、「返矢」による天稚彦の死、その葬儀、参喪者の味耜高彦根神関連の所伝へと展開し、それが一段落した直後に、右掲〔書一〕の「既而天照大神」以下の傍線を付した一節がつづく。一連の所伝展開の端緒となったのが思兼神のかの「神謀」だからこそ、その妹を天照大神はわが子の妃としたという、いわば所伝の展開上の必然の関係をそこにみることができる。それだけに、また一方では、そのそれぞれの右に引用した一節の冒頭部、すなわち「天照大神乃召㆓思兼神㆒、問㆓其不㆑来之状㆒。」と、その前に引用した「天照大神以㆓思兼神妹、万幡豊秋津媛命㆒、配㆓正哉吾勝勝速日天忍穂耳尊㆒、為㆑妃、令㆑降㆓之於葦原中国㆒。」とがあい呼応し、そうして天照大神の主導を所伝の基軸とするかたちを明確にとっていたことも明らかである。高皇産霊尊が主導するかたちをとる〔本伝〕に対して、その核心となる高皇産霊尊の存在を徹底して排除したところに、この〔書一〕の差違化をめぐる特徴がある。

一方、次に〔書二〕だが、右に〔書一〕と並記したとおり密接な対応をもって同じ系列に属するにもかかわらず、女性の係累を「高皇産霊尊之女、号万幡姫」とする。もっとも、天照大神が「為㆑妃、降之。」の主体である以上、天照大神が天降りを主導することじたいには、なんら変化も変更もない。ただし、〔書一〕のようにそれだけに終始してもいない。全てを天照大神が主導するというかたちをとらないまさにその点に、この〔書二〕の特徴がある。天照大神が主導する領域を、天降りに直接かかわる部分に限定した上で、それに先立つ葦原中国の平定については高皇産霊尊の主導とする。構成上は、高皇産霊尊が主導する平定関連部分と、そのあとに続く天照大神が主導する天降り関連部分とをつなぎ合わせたかたちをとって〔書二〕は成りたつ。

そのとりわけ特異な内容の高皇産霊尊が主導する部分については後に改めてとりあげるとして、〔書一〕と〔書二〕とは右に述べた違いにもかかわらず、構成の上では、実はあい通じる。たがいに対応する部分を次につき合わせて示す。

	（葦原中国の平定に向けた取り組）	（天照大神が天忍穂耳尊の妃とする女）
〔書一〕	天照大神主導・思兼神建策	思兼神の妹
〔書二〕	高皇産霊尊主導	高皇産霊尊の女

念のため説明を加えれば、前述のとおり葦原中国の平定に関連し枢要な役割を演じる神（思兼神と高皇産霊尊）のその係累の女を天忍穂耳尊の妃とするという点では、〔書一〕と〔書二〕になんら違いがない。そして〔本伝〕系列の所伝と違うもう一つ重要な共通項が、両一書とも「配」と明示して天照大神が天忍穂耳尊の妃を選定したとする点である。その選定こそが、天忍穂耳尊に子の火瓊瓊杵尊を誕生させ、右掲の表に明らかなとおり、その皇孫に対して高皇産霊尊を皇祖（外祖父）に位置づけるという結果につながる。いわば、高皇産霊尊を皇祖たる地位に、ほかならぬ天照大神じしんがその選定によって押し上げたということにほかならない。天降りを高皇産霊尊が主導したとする〔本伝〕系列の所伝に対して、同じ主導者として高皇産霊尊を天照大神にただ置き替えたという以上に、高皇産霊尊の皇祖としての位置づけそのものにまで天照大神が関与していたという、天照大神の

主導する役割を新たに加え、そうして所伝の改変、すなわち差違化をはかったものとみることができる。

天照大神の主導する役割の増大は、この系列の所伝にまた別の展開を加えることになる。その一つが、火瓊瓊杵尊の天降りに際して天照大神が侍神や神器を授けるというくだりである。同じ火瓊瓊杵尊の天降りをめぐって、たとえば〔本伝〕が葦原中国平定の復命直後に「于レ時、高皇産霊尊以二真床追衾一覆二於皇孫天神彦彦火瓊瓊杵尊一、使レ降之。皇孫乃離二天磐座一、」とつたえるなかに、火瓊瓊杵尊を衾で覆う高皇産霊尊の配慮をわずかに読み取ることはできても、天照大神の配慮はその比ではない。かつまた次のように天降り後に備える性格が強い。

〔書一〕故、天照大神、乃賜二天津彦彦火瓊瓊杵尊、八坂瓊曲玉及八咫鏡・草薙剣、三種宝物一、又以二中臣上祖天児屋命・忌部上祖太玉命・猨女上祖天鈿女命・鏡作上祖石凝姥命・玉作上祖玉屋命、凡五部神一、使二配侍一焉。

〔書二〕故、以二天児屋命・太玉命及諸部神等一、悉皆相授。且服御之物、一依レ前授。

〔書二〕の傍線部については、「天児屋命・太玉命」の順序の一致に照らして、〔書一〕の名ごとに氏族名を冠した「中臣上祖天児屋命・忌部上祖太玉命」を前提に、同系列の所伝であることを担保に表記を簡略化しているはずである。それに続く「諸部神等」も、やはり〔書一〕の「猨女上祖天鈿女命」以下の「五部神」の神神を略筆したものであることは疑いを容れない。差違化のなかで、後続の所伝が先行する所伝を簡略化するその著しい例でもあるが、〔書二〕のばあい、後述するとおり、実は同じ系列に属する所伝を差違化してひき継ぐだけではない。〔書二〕と〔本伝〕とのそれぞれの所伝が力点を置く部分にそくして、それを組み合わせて所伝の新たな展開をはかり、内容を大きく変えてもいる。

三、天稚彦の喪儀と味耜高彦根神の「大臨」、〔書一〕（前）

さて、ここまで、一書が〔本伝〕に対して差違化をはかる上に顕著な、天降りを天照大神が主導するその役割の増大を中心に論を進めてきたが、差違化のあらわれは、もちろんそれだけに限らない。所伝の成りたちそのものにも、当然のことながら深くかかわる。第九段の構成の上では、〔本伝〕を基にして、これにほぼ所伝の枠組み全体にわたって対応する〔書一〕・〔書二〕と、ごく一部だけが対応する、もしくは省略を交えたそれ以降の一書とを、前後に分けて配置している。第九段の一書の本領は、もちろん前者が発揮する。そこで後者は後に回し、まずはその主要な〔書一〕・〔書二〕に対象を絞り込み、所伝の成りたちに差違化がかかわるその実態を、それぞれの一書のなかでも特徴的な事例にそくして見極めることにする。

まずその〔書一〕は、天照大神が豊葦原中国の平定に向け天稚彦を遣すという一節を冒頭に置くが、天稚彦をめぐる所伝じたい、その死に至る経緯や殯喪、さらに味耜高彦根神による弔喪などの大筋が〔本伝〕に重なる一方、天稚彦の死に伴うそれぞれ〔本伝〕〔書一〕ともに「此世人所レ謂、反矢可レ畏之縁也。」という同じ一節以降に、たがいの違いが次第に増大する。その始めの天稚彦の屍を天に上げて催す殯に関連した記述では、〔本伝〕が「挙レ尸致レ天、便造二喪屋一而殯之。」以下に、これに伴う八日八夜に及ぶ儀礼と「啼哭悲歌」を通して追悼を強調するのとは違い、〔書一〕は「将レ柩上去而於レ天作二喪屋一、殯哭之。」と簡潔につたえるに過ぎない。〔本伝〕の強調する部分には、なんら対応をもたない。

しかし、ただに簡潔だけを旨としているのではない。天に上げる天稚彦の屍を、「尸」とする〔本伝〕に対して、〔書一〕は「柩」に納め、いわば儀礼的な扱いさえ彷彿とさせる。極めつけが、あい通じる一節のなかに次のように突出した表現の「大臨」である。

○　先レ是、天稚彦在二於葦原中国一也、与二味耜高彦根神一友善。故、味耜高彦根神昇レ天弔レ喪。時、此神容貌、正類二天稚彦平生之儀一。故、天稚彦親属妻子皆謂「吾君猶レ在」則攀二牽衣帯一、且喜且慟。〔本伝〕

○　先レ是、天稚彦与二味耜高彦根神一友善。故、味耜高彦根神登レ天弔レ喪、大臨焉。時、此神形貌、自与二天稚彦一恰然相似。故、天稚彦妻子等見而喜之曰「吾君猶レ在」則攀二持衣帯一、不レ可二排離一。〔書一〕

この後も、味耜高彦根神が弔喪にわざわざ来たのに「何為誤二我於亡者一」〔本伝〕、「如何誤二死人於我一耶」〔書一〕と忿りの余り、剣を抜いて「斫二仆喪屋一」〔本伝〕「斫二倒喪屋一」〔書一〕、これが落ちて成った山が美濃国の喪山であると地名起源につなげる点に至るまで、表現を含めたがいに緊密に対応する。そのなかの唯一の例外が、〔書一〕の二重傍線を付した「大臨」なのだから、ここにとりわけ重点を置いていることは多言を要しない。

この語については、新篇日本古典文学全集の当該頭注に「告別式の時、大声で泣く儀礼。『左伝』宣公十二年に「卜《ママ》臨二于大宮一」（杜預注「臨、哭也」）。」と説く。杜預の施注した箇所を採るが、この左伝では引用箇所の直後に「国人大臨」という同じ表現の例こそむしろ参照に値する。楚軍に攻めこまれて窮地に陥った鄭の人が、まず和平を乞うべきか卜すると、不吉であり、そのあと頭注が挙げた例のように大宮（祖廟）で鄭の滅亡を臨哭して巷（都の中心地）に戦車を出す（最後の一戦に臨む）ことを卜すると、吉だったので、その卜の結果に従う。それの実際行動をつたえるのが次の一節である。

国人大臨。守陴者、皆哭。

鄭の国人がこうして「大宮」すなわち鄭の祖廟で大いに臨哭し、城の短牆を守る者まで哭する様をみた楚は、その決死の覚悟を知って軍を引く。「大臨」は、国人がこぞって臨哭するそれこそ国を挙げて行う儀礼である。「臨」じたい、それを行う場所に関する細かい定めがある。同じ左伝（襄公十二年秋）が、呉子の寿夢の卒に際して「臨二於周廟一、礼也。」と礼にかなうことを説いた上で、諸侯の「臨」について「凡諸侯之喪、異姓臨二於外一。同姓於二宗廟一。同宗於二祖廟一。同族於二禰廟一。是故、魯為二諸姫一、臨二於周廟一。為邢・凡・蔣・茅・胙・祭、臨二於周公之廟一。」とその死者が異姓か同姓かといった親疎の違いに応じて廟を異にすることをいう。一方、この「臨」の具体的な儀礼のありかたを、礼記（雑記上第二十）が詳細につたえている。主に代ってその命を使者が喪主に伝えるかたちをとり、「上客臨曰」以下に延延とこの「哭」を行うまでのやりとりが続く。新釈漢文大系の当該「語釈」の一部を引けば、「賓客は門に入って左（西側）に立つのを正位とするが、使者は礼儀としてひとまず右（東）に並んだ。そこで孤（喪主）がそれを拒み、ぜひ正位に就くことを請う。」（627頁）といった有様である。

煩些に耐えないほど続くなかに、殯や喪に伴う儀礼上の「臨」の実態を、如実にものがたる。左伝の前掲例と併せ、死を悼う儀礼のいわばハイライトとして、最も重要、あるいは重視する中心にそれが位置する。しかも国の滅亡を国人がこぞって哭することにそくして表現した前掲の「大臨」と同じかたちを、くだんの味耜高彦根神の例はとる。実際には、たとえば「朝暮臨」（漢書、霍光伝第三十八）すら過剰のはずだから、まして味耜高彦根神の「大臨」は、この儀礼を受ける者や参列する者に強く深い感動を呼ばずにはおかない。そしてこの「大臨」こそが、〔書二〕に独自な所伝を導く。それは「時、味耜高彦根神、光儀華艶、映二于二丘二谷之間一。故、喪会者歌之曰、」という一節に始まり、その歌を中心に成りたつ。

それだけに歌が重要な意味をもつはずだが、従来、歌の解釈には問題が少なくない。歌をなおざりにはできないので、それらにも少しく言及するとして、まずは次に歌を示す。右に引用した「喪会者歌之曰」直後の一首目。

天なるや弟棚機《おとたなばた》の頸《うな》がせる、玉の御統《みすまる》のあな玉はや、み谷二渡《ふたわた》らす味耜高彦根

これにつづく「又歌之曰」直後の二首目の歌。

天離《あまさか》る夷《ひな》つ女《め》のい渡らす、瀬戸《せと》石川片淵《かたふち》、片淵に綱張り渡し、目《め》ろ寄《よ》しに寄し寄り来《こ》ね石川片淵

この歌の後には「此両首歌辞、今号㆓夷曲㆒。」という歌曲名の説明があり、二首の一体的な関係を示唆する。しかし従来は、むしろ独立歌謡とみるのが一般的である。歌と地の文との関係についても、一例を挙げれば「『書紀』本文では、喪に集うた者たちが、味耜高彦根神の『光儀華艶』を讃めた歌ということになり、味耜高彦根神が死者とまちがえられたことを怒ったといういうこととちぐはぐな関係になっている。また『天離る　夷つ女』の歌にしても、単に喪に集うた者の歌というだけでは、物語とどう結びつくのか見当もつかない」（土橋寛『古代歌謡全注釈　日本書紀編』23頁。昭和五十一年八月。角川書店）と断じる。この見解に立って、一首目の歌を「元来は味耜高彦根神に関する全く別個の物語を背景とした歌であったらしい」、さらに二首目歌についてはいっそう具体的に「これは独立の民謡、おそらく水辺の歌垣の誘い歌であろうと思われる」（同書[考説]「『夷曲』歌の所伝と実体」24頁）とみなす。この土橋説に先立ち、山路平四郎氏『記紀歌謡評釈』（「評」。261頁。昭和四十八年九月。東京堂出版）が二首目の「目ろ寄し」にそくして「これが民衆の間に発生したことを示すもので、おそらく、水辺で催された歌垣（一二四歌を見よ。）における、男の誘い歌がその原歌であったろう。単純素朴で明るいひびきを持った歌である。」と指摘してもいる。そしてこの山路説の来源を探れば、恐らく橘守部『稜威言別』（「巻之一、神之御代（紀）下照媛詠」47頁。昭和十六年七月。冨山房）の「妹盧豫嗣爾」をめぐる「東国の偏土の俗は、（中略）見る目前の物以て、其ま丶云るなり。」という東国偏土の俗人が眼前の実景をそのまま詠んだとみる旧説につながる。

二首がこうした指摘とは逆に、高度に洗練された構造や表現から成りたつことは、その対応に著しい。一首目

の「天なるや弟棚機の頸がせる玉の御統あな玉はや」が、天上の若い機織り女性（七夕歌に詠む織姫に当たる）のその身を美しく装う首飾りの玉を称え、これとは対照的に地上の田舎娘が（赤裳の裾を濡らしながら）渡る浅瀬のその片側の深い淵を、その美玉に対置するのが二首目である。次には、織姫の首飾りの玉が美しく輝いて映えるように、その「味耜高彦根神、光儀華艶、映二于二丘二谷之間一。」にそくして二つの丘や谷の間に華麗な姿装いの輝き映える味耜高彦根神を称え、この「大臨」の儀礼の姿や場とは対照的な、片淵で漁網を張り渡したあとにたぐり寄せる労働やその仕事の場を対置する。この二首目の歌の眼目が「寄し寄り来ね」であり、前掲『稜威言別』が「古語には寄《よ》せをヨシと云へり」と説いて万葉集の例歌を引き、「網《アミ》を引《ケ》ば、網の目の引人の方へ寄来《ヨリク》るものなれば、其如くに、思ふ人の我方《ガ》へ依来よかしとなり。」と釈く。この「思ふ人」を「女たち」（前掲全注釈）、「娘さん」（同評釈）とみるのが通例だが、二首の対応の上では、一首目にその「大臨」する容姿を称えた味耜高彦根神こそがそれに当たる。「殯哭」の沈痛・厳粛な場でありながら、「喪会者」をして讃嘆措くあたわず、思わず嘆息が漏れるほどの容姿に、それを称えるばかりか、その上に寄って来てと誘うことを禁じ得ない、さればこそあからさまな表現を避け、対応にそくしていかにも思わせぶりに比喩的な詠歌のかたちをとったはずである。

もとより、周到な用意による。一連の展開をたどれば、天稚彦を「柩」に納めて天に送り、この「殯哭」の儀礼の場で味耜高彦根神が「大臨」を行い、その容姿を「喪会者」が讃嘆する。喪儀を中心に展開したその果てに、天上の神に地上の神を讃嘆・羨望させるという関係を仕組んでいる。地上を、そうして天上の神の仰ぐべき神の存在する、居住する世界として受けとる方向に所伝を明らかに導く。この周到な展開の直後に「既而天照大神以二思兼神妹・万幡豊秋津媛命一配二正哉吾勝勝速日天忍穂耳尊一、為レ妃、令レ降二之於葦原中国一。」という〔書一〕を特徴づける所伝をつなげる。天照大神のこの判断・措置を、一連の展開が自然に誘ってもいる。

四、降臨をめぐる主役の交替と「天神之子」、〔書一〕（後）

もっとも、この天照大神の命に従って天降る天忍穂耳尊が天浮橋に立ってよくよく見下ろすと、「彼地未レ平矣。不須也頗傾凶目杵之国歟。」という状態であり、天上に戻り「具陳二不レ降之状一」とつたえる。天照大神の思惑に外れたという以上に、当を失したとみなさざるを得ない。直前の味耜高彦根神をめぐる周到な展開こそ、この失当を誘う布石として位置する。実は、これには類例がある。先行する第六段がつたえる素戔嗚尊の昇天をめぐる所伝である。根国行きを前に天照大神に暇乞いのため昇天したにもかかわらず、天照大神は「素知二其神暴悪一」と知る上に、それが「溟渤以レ之鼓盪、山岳為レ之鳴呴」という異変を惹き起こしたのを聞くに及んで、「謂当レ有二奪レ国之志一歟」と疑い、武装して待ちうける。このあと、素戔嗚尊が「誓約」を提案し、それによって「有二清心一」という潔白を証明する。その結果は、天照大神が素戔嗚尊に対して当初かけた嫌疑の失当を明らかにものがたる。この失当と、さきの天忍穂耳尊に対して天降りを命じた失当とは、ともに所伝の展開の上ではいわば予断に当たる。たがいの対応が、実は極めて重い意味をもつ。そこで、この対応を次に表にまとめてみる。

ただ、天照大神による葦原中国についての状況判断を明示していないので、表にはカッコで括ったが、その「葦原中国の平定の実現」という「予断」があって、次の「対処」をそれが導く。根拠となる味耜高彦根神の「大臨」が天上を揺るがすほどだっただけに、この展開に無理などはない。表のとおり、素戔嗚尊に謀反の嫌疑をかけ、それが「詰問」などの「対処」につながる展開に明らかに重なる。

	第六段〈本伝〉	第九段〈書一〉
根拠	素知二其神暴悪一 聞二来詣之状一（溟渤以レ之鼓盪、山岳為レ之鳴呴）	将レ柩上去而於レ天作二喪屋一、殯哭之。 味耜高彦根神登レ天弔レ喪、大臨、（中略）光儀華艶、映二于二丘二谷之間一。故喪会者詠歌二首
予断	謂当レ有二奪レ国之志一	（葦原中国の平定の実現）
対処	（物物しい武装や威嚇する行動）詰問、誓約	（思兼神の妹を天忍穂耳尊に）配為レ妃、令レ降二之於葦原中国一

この緊密な対応によれば、素戔嗚尊にかけた嫌疑を契機として、素戔嗚尊の提案による「誓約」（第六段）から天照大神の「天石窟幽居」（第七段）以下の一連の所伝が展開することに、こなた天照大神による「対処」を契機とする所伝の一連の展開が通じることに、いささかも疑う余地などない。それだけに、天照大神の「予断」による「対処」なくしてその後の所伝の展開もあり得ない。げんにこの「対処」のあと、改めて「故、天照大神復遣二武甕槌神及経津主神一、先行駈除。」と平定を命じ、これをなし遂げて「二神乃昇レ天、復命而告之曰、葦原中国、皆已平竟。」と復命するが、これに次の一節が続く。

時、天照大神勅曰「若然者、方当レ降二吾児一矣。」且将レ降間、皇孫已生。号曰二天津彦彦火瓊瓊杵尊一。時有レ奏曰「欲下以二此皇孫一代降上」

前掲表の「対処」にいう結婚後に天忍穂耳尊に皇孫が誕生したことを波線部が、また結婚と同時に命じて未遂に終った降臨を、成長したこの皇孫が代行することを、傍線部がそれぞれあらわす。葦原中国の平定に伴う時間経過が、これらを確実に準備する。所伝の成りたちの上では、むしろこの皇孫の誕生や降臨代行を織り込んで、だから布石を置くかたちをとって「対処」をつたえ、その上で後にそれが皇孫誕生や降臨代行を実現するために必要な期間として二神による葦原中国の平定に潜ませ、いわば潜在的に重ね合わせて展開をはかったとみるのが相当である。波線部の「且将レ降間、皇孫已生。」は、二神による復命の「皆已平竟」に直結するが、すでに「対処」にいう結婚の命に予定したおのずからの結果だから、なんら唐突などではない。一方、降臨を代行することについても、すでにそれに必要な条件を備えていることを前提とした「有レ奏」だったはずだが、これにも「対処」が有効にはたらいている。

そしてこの父に代って皇孫が降臨するという新たな事態にそくして、〔書一〕が差違化をはかった最大の見どころ、いわばハイライトをつたえる一節がこのあとに続く。〔本伝〕の「高皇産霊尊以二真床追衾一覆二於皇孫天津彦彦火瓊瓊杵尊一、使レ降之。」とはあまりにも懸け離れた内容である。この一節だけを差違化したというより、前述のとおり所伝の全体にわたる展開の全てに網をかけ、直接的にはさきの「対処」につながる。そして皇孫による代行降臨が、次のような全く新しい内容に所伝を一変する。

（以二皇孫一代降）故、天照大神乃賜二天津彦彦火瓊瓊杵尊、八坂瓊曲玉及八咫鏡・草薙剣、三種宝物一。又（五部神の配侍――略）因勅二皇孫一曰「葦原千五百秋之瑞穂国、是吾子孫可レ王之地也。宜二爾皇孫、就而治一焉。行矣。宝祚之隆、当与二天壌一無レ窮者矣。

いわゆる三種神器に当たる「三種宝物」の下賜、「五部神」の配侍、天壌無窮の神勅など、のちの天皇による統治上不可欠かつ基本的な神器、近臣、神勅などを、天照大神が全てとり揃えて与えている点では、この一節こそ皇祖神（天皇始祖）神話の核心にほかならない。所伝の展開上も、〔書一〕冒頭の「豊葦原中国、是吾児可レ王之地也」というただ「吾児」の統治だけをいう天照大神の勅から、「吾子孫」による久遠に続く統治へと内容の転換を明らかにはかっている。降臨する主体を子から皇孫に代えたことが、それを可能とする。そうである以上、すでに前述の「対処」をはじめ表にまとめた展開じたい、これらへの展開を予定していたはずである。

さらにこの皇孫の降臨に伴い、これまた〔書一〕が独自につたえる猨田彦神をめぐる所伝も、「吾児」から「吾子孫」に転換をはかった一環として位置する。皇孫の位置づけに、ここでは焦点を当てる。皇孫の天降る天の八巷に居る神と、天照大神が「汝是目勝㆓於人㆒者」として遣わした天鈿女との問答を中心に所伝は展開する。

是時、衢神問曰「天鈿女、汝為之何故耶。」対曰「天照大神之子所㆑幸道路、有㆓如㆑此居㆒之者、誰也。敢問之。」衢神対曰「聞㆔天照大神之子、今当㆓降行㆒。故、奉㆑迎相待。吾名、是猨田彦大神。」

このあと天降り先をめぐる問答に「天鈿女復問曰、汝何処到耶。皇孫何処到耶。対曰、天神之子、則当㆑到㆓筑紫日向高千穂槵触之峯㆒。吾則応㆑到㆓伊勢之狭長田五十鈴川上㆒。」とつたえる。傍線を付したとおり、まず天鈿女が皇孫を指して「天照大神之子」と称するが、天降りをことさら「幸」と表現することにちなむ。この呼称を、猨田彦神が襲用する。二神は、のちにはこれをそれぞれ「皇孫」「天神之子」と言い換えている。この言い換えた呼称は、たとえば「皇孫」をさきの天壌無窮の神勅に天照大神が使っているように、ことさらな意図によらない。「天神之子」も、この「皇孫」の使用に対応して「天照大神之子」を言い換えているはずだから、天照大神の子という特殊、個別の名称を、その関係のまま、だからその実質をなんら変えることなく、普遍化、一般化したことになる。「皇孫」と同じく普通名詞と化す。天や天神との関係の上では、延いては「天子」にも通じる。

こうして天鈿女のねらいをうけとめるという以上に積極的に応じ、猨田彦神みずから天降りに関与する意向を明かしたのが右掲の一節である。この神を「居㆓天八達之衢㆒」にそくして「衢神」と表しても、従来ほとんど通説的なたとえば「道祖神。（中略）村界などに立っていて邪神の侵入を禁止する神なのでサヘ（塞）ノ神とも」「文脈では道案内をするのだが、これは動く防塞神としての機能であろう。」（新編日本古典文学全集。当該頭注一八、一九）などの「道饗祭」（延喜式祝詞）の「八衢比古・八衢比売」になぞらえる説は当たらない。むしろ「橘の影踏む道の八衢に物をそ思ふ　妹に逢はずして」（2・一二五）があれこれ思い悩む比喩として表現する「八衢」に通じ、「天照大神之子所㆑幸道路、有㆓如㆑此居之者㆒」という出現も、「天八達之衢」で迷わないよう導くべく「奉㆑迎相待」という理由による。

それが天照大神の意を体するものとみることは、恐らく容易である。天降り先を、天鈿女の問いに間髪を入れずに「天神之子、則当㆑到㆓筑紫日向高千穂槵触之峯㆒。」と明確に答えてもいる。もとより、その地を事前に想定していたはずである。言いかえれば、「天照大神之子、今当㆓降行㆒。」と聞いて「奉㆑迎相待」というすでにこの時点で、猨田彦神は天降り先を想定している。その想定は、天照大神の意を体して、天降る「天照大神之子」に最適の地を厳選した結果である。当該「日向」の地は、当然、天照大神にかかわる。後に神武天皇が長髄彦と戦い、東征の出端を挫かれるかのように敗れたあと「今我是日神子孫而向㆑日征㆑虜、此逆㆓天道㆒也。」と神策を運らせたというなかのこの「日」は、天照大神を象徴する。大神に弓を射る如き「向㆑日征㆑虜」が「逆㆓天道㆒」に当るだけに、「征虜」とは逆に、天照大神じしんが神勅に「宜㆓爾皇孫就而治㆒焉」という命の忠実な実践である以上、「向日」という天照大神に面と向き合う関係が、その統治を天道にかなうものとする。

しかも一方に、「吾則応㆑到㆓伊勢之狭長田五十鈴川上㆒」と猨田彦神みずから指定した伊勢とは、たがいに対応的な関係を構成する。「狭長田」について、しばしば引く新編日本古典文学全集が頭注に「文字どおり、狭く細長い田と解し、神田の特徴に基づいた表現（神田は山の最初の水を取って治られる山田であるから、狭くて細長い）とみて、サナガタと訓みたい。」(三) と説く。「天照大神之子」を導いた先のその天照大神にかかわる「筑紫日向」と対応する「伊勢之狭長田」と名に負う以上、天照大神にちなむとみるのがむしろ筋である。げんに第五段〔書十一〕がまず「(天照大神)又因定二天邑君一。即以二其稲種一始殖二于天狭田及長田一。」とつたえ、これを承けて第七段〔本伝〕が「天照大神以二天狭田・長田一為二御田一」という新嘗などに供する稲を収穫する「御田」に「天狭田・長田」をもってあてることをいう。この「狭田・長田」に対応させた呼称として、その天照大神の「御田」にちなむ地を指すのが「狭長田」である。さらには、のちに天照大神を鎮めるため、倭姫命が国覓ぎのはてにその望みどおり伊勢国に遷座させ、またここに「興二斎宮于五十鈴川上一」と斎宮を興て、この「斎宮」を「磯宮」と名づけた上で「天照大神始自レ天降之処也」というようにこのまさに「五十鈴川上」を降臨地とする（垂仁天皇二十五年三月）。「伊勢」「狭長田」につづいて猨田彦神がことさら示した「五十鈴川上」は、もちろんその降臨地の「五十鈴川上」に当たる。先取りした所伝というより、むしろ降臨地とする上にいわば根拠なり由縁なりをつたえる始源伝承としての意味あいが強い。

猨田彦神の到った伊勢がこうして天照大神に深くかかわることが、一方では、皇孫の到る日向を、この日に向き合う地に位置づけることにつながる。猨田彦神によるこの位置づけは、皇孫の到る西偏とみずから到る東偏とを対応させ、おのずから葦原中国の版図の区画にもつながる。〔本伝〕の「天二降於日向襲之高千峯一」に対しては、その天降りをめぐる所伝の差違化をはかるなかに、たとえばこの「日向」を「筑紫日向」とすることをはじめ、なぜそこに天降るのか、それに伴う経緯や理由などを含めた詳細をつたえることにも力点を置く。天照大神の神勅を承けて天降る皇孫の尊貴化、権威化をそこに達成すればこそ、もはやそれ以降なお続く所伝を〔書一〕は必要としなかったのであろう。天降りをもって、〔書一〕は所伝を閉じる。この一書の冒頭に天照大神の勅を置き、そこに「豊葦原中国、是吾児可レ王之地也。」と指示した内容に、その「吾児」を「天神之子」とした上で道筋をつけ、そうして首尾の呼応をはかってもいる。それが周到な所伝構成の一環だったことは、疑いを容れない。

五、高皇産霊尊の主導する顕幽の分治、〔書二〕(1)

この〔書一〕に続く位置が、〔書二〕を〔書一〕とのさまざまな関連のもとにおく。端的には、猨田彦神をめぐる所伝に「天照大神之子」を「天神之子」と言いかえたこの〔書一〕の表現を、〔書二〕では鹿葦津姫の「一夜有レ身」に関連したなかに「皇孫曰、雖二復天神之子一、如何一夜使二人娠一乎。抑非二吾之児一歟。」と踏襲する。皇孫をこの「天神之子」という至高な身分にそくして尊貴化、権威化する著しいあらわれを、〔書二〕はまずもって特徴とする。〔書一〕が、そこに大きく関与する。その関与が〔書二〕全体の構成に及ぶことを、実は冒頭の一節が如実にものがたる。

〔書二〕じたい、次のように天照大神による天稚彦派遣の勅を冒頭に置くが、この一節は〔本伝〕を踏まえる。

天照大神勅二天稚彦一曰「①豊葦原中国、是吾児可レ王之地也。②然慮、有二残賊強暴横悪之神者一。故、③汝先往平之。」④乃賜二天鹿児弓及天真鹿児矢一、遣之。

この傍線部に対応する〔本伝〕の記述を、それぞれ次に挙げる。

①――遂欲下立二皇孫天津彦彦火瓊瓊杵尊一以為中葦原中国之主上。

②――然彼地多有二蛍火光神及蝿声邪神一。復有二草木咸能言語一

③――以二天穂日命一往平之。

④――於レ是、高皇産霊尊賜二天稚彦、天鹿児弓及天羽羽矢一以遣之。

〔本伝〕をもとに、差違化をはかりながら天稚彦の派遣にいきなり踏み込んだ一節を冒頭に置き、ここから〔書二〕は所伝を開始する。この〔書一〕の冒頭の成りたちに、〔書二〕の冒頭もならう。ただ先行所伝を〔本伝〕と〔書一〕の二つもつことに伴い、いくぶん複雑ではあるけれども、先行所伝の記述をとり込んで成りたつ基本はなんら変りがない。次にまず〔書二〕の冒頭を示すが、この「天神」に始まる一節の（A）や（D）をめぐっては、対応に若干問題がある。

(A)天神遣二経津主神・武甕槌神一、(B)使レ平二定葦原中国一。（天津甕星に関連した一節省略）(C)既而二神、降二到出雲五十田狭之小汀一(D)而問二大己貴神一曰(E)「汝将以二此国一奉二天神一耶以不。」対曰、

この傍線部に対応するそれぞれ〔本伝〕〔書一〕の記述を次に順に示す。

（A）――天照大神復遣二武甕槌神及経津主神一〔書一〕
（B）――（武甕槌神）故以即配二経津主神一、令レ平二葦原中国一〔本伝〕
（C）――二神、於レ是降二到出雲国五十田狭之小汀一〔本伝〕
（D）――而問二大己貴神一曰〔本伝〕
（E）――便問二大己貴神一曰「汝将二此国一奉二天神一耶以不。」対曰〔書一〕

（A）に〔書二〕の一節を挙げているが、表現の一致をもとにした便宜による。実質は、（A）に派遣する神を「経津主神・武甕槌神」の順とし、かつまた大己貴神の「長隠」の後に「故、経津主神以二岐神一為二郷導一、周流削平。」とつたえるとおり経津主神を主、武甕槌神を副とする明確な序列に、〔書二〕は二神を置く。この序列どおりの関係は、むしろ〔本伝〕が「此神（武甕槌神）進曰、豈唯経津主神独為二大夫一而吾非二大夫一者哉。其辞気

慷慨。故、以即配㆓経津主神㆒、（B）令㆑平㆓葦原中国㆒。」とつたえている。傍線部（B）の一致が、その対応を裏づける。したがってまた（E）も、「便問㆓大己貴神㆒曰」まで〔書一〕と関連づけ仮りに挙げているけれども、（C）（D）と連続する一節を一体的に〔本伝〕から採りこんでいるとみなければならない。

それだけ〔本伝〕に大きく依拠して〔書二〕が差違化をはかるなかで、（A）を、その右掲の〔本伝〕の一節によらず、実質（二神の序列など）を残しながらも〔書一〕の表現に即応させるについては、対応するそのまさに〔書一〕の一節では、さきに指摘のとおり天照大神の命をうけて天降る天忍穂耳尊が「彼地未㆑平矣。不須也頗傾凶目杵之国歟。」といって引き返した事態をうけ、改めて二神を遣わすという所伝の展開がそこを起点に始まるからであり、この起点に立つことにそくしてその表現を採りこんだというのが実情である。〔書一〕が天稚彦の派遣を冒頭に置いたと同じように、先行所伝の展開の切れ目に割り込み、その区切りの適当な部分を採り込んで冒頭に置く、いわば〔書一〕の先例にならい（A）を所伝の冒頭に位置づけたということにほかならない。

この所伝の構成の上では、改めて（A）に〔書一〕とのかかわりを認める必要がある。とりわけ（A）と（E）の「天神」をめぐる対応は、条件付きだとはいえ、〔書一〕の右に引用した一節の（A）「天照大神」と（E）「天神」との対応に重なるだけではなく、〔書二〕は実質的にはその「天神」に高皇産霊尊を当てているとみるのが相当だけれども、天照大神をおのずから彷彿とさせる。一律に二神のいずれと決めつける表現を採らない事実こそ、右のように〔本伝〕と〔書一〕とを採りこみながら所伝を成りたたせる〔書二〕の、まさに差違化の妙ともいうべき成りたちに根ざすであろう。

さて、しかし構成の上で〔書一〕に倣う所伝の成りたちは、（E）にも明らかな内容の分かちがたいかかわりを強く示唆する。それが、第九段が所伝の柱の一つとする国譲りに及ぶことは容易に見通し得る。なかでも注目に値する語が「治」である。〔書一〕の「大臨」が所伝の展開に深く根ざすのと同様に、〔書二〕に独自であり、かつ国譲りにも重要な意味をもつ。

すなわち国譲りをめぐっては、〔本伝〕を基本的にはひき継ぐ。高皇産霊尊が主導してその遣わした経津主神、武甕槌神の二神が大己貴神に「高皇産霊尊欲下降二皇孫一君中臨此地上。故、先遣二我二神一、駈除平定。汝意何如。当レ須レ避不。」と問い詰め、これに大己貴神が「我怙之子、既避去。故、吾亦当レ避。（中略）今我当下於二百不レ足之八十隅一、将中隠去上矣。」と応じて「言訖、遂隠。於レ是、二神誅二諸不レ順鬼神等一。果以復命。」と幕を閉じる〔本伝〕の一節に対応する表現を、大己貴神の「吾将二自レ此避去一」、あるいはこの直後の「即躬被二瑞之八坂瓊一而長隠者矣。」などの言動にみることができる。しかし構成上は、大己貴神が国譲りを受け容れたあとに位置し、直後に「薦二岐神於二神一曰」という岐神を推薦するなかに、どこまでもそれに付随的につたえるものでしかない。

国譲りのいわば核心ともいうべき内容は、高皇産霊尊が大己貴神に勅した「夫汝所レ治顕露之事、宜二是吾孫治一之。汝則可三以治二神事一」である。この勅を承知させるべく、このあとに「汝応レ住天日隅宮者、今当二供造一。即以二千尋栲縄一結、為二百八十紐一。其造レ宮之制者、柱則高大、板則広厚。」という壮大な宮殿造営を提案するなど、さまざまな優遇策を示す。これに応じて、大己貴神は「天神勅教、慇懃如レ此。敢不レ従レ命乎。吾所レ治顕露事者、皇孫当レ治。吾将三退治二幽事一。」と勅をなぞるように報じてもいる。明らかにそれぞれ顕露の事、神幽の事を分治することに力点を置く。

国譲りをめぐるこの分治という新たなかたちを、〔書二〕が差違化によって案出していることは疑いを容れない。国譲りの変容を結果しているという点でも、改めて注目に値する。そこで先行する所伝の該当する一節とつき合わせて、その実態を見極めることにする。まずは次にその一節を並記する。

〔本伝〕高皇産霊尊欲下降二皇孫一君中臨此地上。故、先遣二我二神一、駈除平定。汝意何如。当レ須レ避不。（問）
→我怙之子、既避去矣。故、吾亦当レ避。／今我当下於二百不レ足之八十隈一、将中隠去上矣。言訖遂隠。（答）

〔書一〕汝将二此国一奉二天神一耶以不。（問）
→天神所レ求、何不レ奉歟。（答）

〔書二〕（初度）汝将下以二此国一奉中天神上耶以不。（問）
→疑、汝二神非二是吾処来者一。故、不レ須レ許也。（答）
（再度）夫汝所レ治顕露之事、宜二是吾孫治一之。汝則可三以治二神事一。又汝応レ住天日隅宮者、今当二供造一。（以下略、勅）
→吾所レ治顕露事者、皇孫当レ治。吾将三退治二幽事一。／吾将二自レ此避去一。即躬被二瑞之八坂瓊一而長隠者矣。（答）

若干説明を加えてみるに、〔本伝〕は大己貴神の国造りを承け、「此地」すなわち葦原中国に君臨していた大己貴神に皇孫を交替させるかたちをとる。国譲りは、交替して「此地」を統治する立場を失った大己貴神の、そこからの避去、退隠を内実とする。〔書二〕は冒頭に「豊葦原中国、是吾児可レ王之地也。」と天照大神が勅にいう王土を、大己貴神が献上するというかたちをとる。この二つの要点をまとめ一括していえば、葦原中国を対象とする統治権と所有権の帰属の変更、いわば譲渡にほかならない。

この先行する二つの所伝がつたえるかたちに差違化をはかるとすれば、統治権も所有権もひっくるめて全てを皇孫が管掌するというかたちをとるのが自然である。この全てとは、言い換えればこの現し世の全てをいう。

〔書二〕が「顕露之事」に表現した内容こそ、まさにこれに当たるであろう。そして大己貴神に関しても、「吾将三退治二幽事一」というように〔本伝〕の避去や退隠を踏まえる一方、そのまま行方知れずとする放置から転じて、皇孫と顕幽（神）の事を分治するかたちをとって優遇し、それによって最終的に処遇上も結着をつけるといった意味あいが強い。

この分治を担う語が、当初注目に値するとして挙げた「治」である。遡れば、第五段〔書六〕に、天照大神以下三子のそれぞれ統治すべき領域について伊奘諾尊が分治を勅任しているが、この第九段では、〔書一〕が天降る皇孫に対する天照大神の「葦原千五百秋之瑞穂国、是吾子孫可レ王之地也。宜二爾皇孫就而治一焉。」という勅をつたえる。統治の勅任を、伊奘諾尊、天照大神とひき継いでいる。くだんの「治」も、この統治を明らかに踏まえる。ただし、右に並記した〔本伝〕〔書一〕の国譲りについては、譲渡をその内実とすればこそ、そのままであれば、放置につながるが、〔書二〕は、皇孫と顕幽を分治するというかたちをとり、その上さらに優遇策を講じて平和的かつ最終的にも決着をつける。これに伴い、「顕露之事」を対象とする全く新たな所伝に差違化をはかったはずだから、〔書一〕が前述のとおり「大臨」により味耜高彦根神の弔喪関連所伝の新たな展開をはかった差違化と同じく、これ以降の所伝の展開についても、この差違化がおのずから主導する。その結果が、国譲りに続く所伝のそれまでにない展開に必然的につながる。

六、高皇産霊尊による皇孫の加護、〔書二〕(2)

その最初に中心となる神が大物主神である。大己貴神の国譲り直後は、〔本伝〕の「言訖、遂隠。於レ是、二神誅二諸不レ順鬼神等一。」に対応する一節を、「長隠者矣。故、経津主神以二岐神一為二郷導一、周流削平。有二逆レ命者一、即加二斬戮一、帰順者、仍加二褒美一。」とつたえているが、これに伴う次の全く新たな所伝を、〔書二〕は直後に続ける。ここから独自な展開に移る。

是時、帰順之首渠者、大物主神及事代主神、乃合二八十万神於天高市一、帥以昇レ天。陳二其誠款之至一。時、高皇産霊尊勅二大物主神一「汝若以二国神一為レ妻、吾猶謂三汝有二疏心一。故、今以二吾女三穂津姫一配レ汝、為レ妻。宜下領二八十万神一、永為二皇孫一奉上レ護。」乃使二還降一之。

この一節の眼目は、もちろん傍線部の一句にある。葦原中国のあらゆる神を率いて天に昇り、至誠を誓う大物主神に高皇産霊尊が自分の女を妻に配し、神神を統率して皇孫を護れと命じているのも、前述の「顕露之事」を皇孫が治める将来に向けた周到な手当てにほかならない。

この傍線部と不可分のかかわりをもちながら、その実態をはじめとして、直後に続く一節には問題が少なくない。まずはそれを次に示す。便宜、段落分けを施す。

Ⓐ即以二紀国忌部遠祖手置帆負神一定為二作笠者一。（以下、神神を「作盾者」「作金者」「作木綿者」「作玉者」と定め）

Ⓑ乃使下太玉命以二弱肩一被二太手繦一而代二御手一以祭中此神上者、始起二於此一矣。

Ⓒ且天児屋命主二神事一之宗源者也。故、俾下以二太占之卜事一而奉上レ仕焉。

全体を、二重傍線を付した助辞（A）（B）（C）を冒頭に置く三つの部分に分ける。かつまたそれぞれの部分を、その助辞によって関係づけている。（A）は、前掲の皇孫守護を大物主神に命じた一節を承け、降下後間を置かずにという関係的意味をあらわす。この（A）がつなぐ部分に各祭具の製作者として神を定め、これを承け、（B）がつなぐ部分に太玉命による祭りをいう。（C）は、（B）の部分に並列する関係をあらわし、天児屋命によるト占の奉仕をいう。従来たとえば「天の岩戸と天孫降臨の段とは、元来、一連の伝承であったことが先学によって明らかにされている」（松倉文比古氏「『古事記・日本書紀』に描かれた中臣氏」『日本書紀研究』第二十五冊。213頁。平成十五年九月。塙書房）といった指摘はあるが、厳密には、（A）の部分にいう祭具の製作に関して対応を示せば、

第七段〔書三〕	第九段〔書二〕
玉作遠祖伊奘諾尊児天明玉所レ作八坂瓊之曲玉	櫛明玉神為二作レ玉者一
粟国忌部遠祖天日鷲所レ作木綿	天日鷲神為下作二木綿一者上

この表に明らかなとおり第七段〔書三〕にあい通じる例がある。〔書三〕は、天石窟の神事を、「諸神遣二中臣連遠祖興台産霊児、天児屋命一而使レ祈焉。於レ是、天児屋命掘二天香山之真坂木一（右掲の表にいう祭具を上中下各枝に懸け）乃使二忌部首遠祖、太玉命執取一而広厚称辞祈啓矣。」というように天児屋命を中心に執り行い、石窟内の天照大神に「未レ有二若レ此言之麗美者一也」と思わせた上に「乃細開二磐戸一而窺之。」と磐戸を開くきっかけをつくる。このあとも、素戔嗚尊の解除をめぐって「乃使下天児屋命掌二其解除之太諄辞一而宣上之焉」とつたえてもいる。右掲の第九段〔書二〕が（C）の部分になんら前置きもなく「天児屋命主二神事一之宗源者也」と天児屋命について説明する上に、この第七段〔書三〕の天児屋命の神事に関連した所伝が無縁ではあり得ない。また太玉命も、主体的に職掌を分担するかたちをとる。そのことじたい、天石窟の神事に「中臣遠祖天児屋命、忌部遠祖太玉命」と第七段〔本伝〕がつたえる共同ではなく、むしろ〔書三〕の右掲一節の太玉命と天児屋命との対比を暗黙裡に踏まえる。第七段〔書三〕は、前述のとおり日神系列に属する。〔本伝〕を始めとする天照大神の系列と

は別に、内容の上でも神事を強くうち出す独自な展開をみせる。この延長上に、すなわち天照大神ではなく高皇産霊尊の主導というかたちをとり、〔書三〕の天石窟の神事にそくして、その祭祀を担った神に、それぞれの職掌と一体的に天から地上に降して祭祀に当たらせることに主眼をおく。この右掲の一節を、改めて（A）以下の各項ごとにまとめれば、次のとおり。

（A）祭具ごとにその製作神を指定

（B）太玉命を皇孫に代って司祭神として指定

（C）天児屋命を卜占による奉仕者として指定

こうした（A）以下の布陣により、（B）に「祭二此神一」という祭りを皇孫（御手）に代って執り行うことを、高皇産霊尊は命じている。祭りの場を当然のことながら地上とする。「此神」も、必然的に地に降った神が該当する。

しかし実際には、日本古典文学大系、新編日本古典文学全集などが頭注に「大己貴神」を挙げるように、大己貴神説が有力である。一方に、たとえば若松博恵氏「天孫降臨段の様相――『日本書紀』本文の成立と各書の関係をめぐって――」（『日本書紀研究』第二十一冊。平成九年六月）が論末注（28）に「諸神が祭る神についてはオホナムチ説（日本古典文学大系の説を挙げる――榎本補筆）、皇孫説（尾崎知光「日本書紀巻二天孫降臨一書（第二）の解釈について―特に「以祭此神者始起於此矣」―」『古事記考説』和泉書房、一九八九年）、オホモノヌシ説があるが、拙論ではオホモノヌシ（オホナムチとは別神）と考えたい。」（465頁）と説く。ただし、若松氏に自説の考証はなく、紹介する尾崎氏の皇孫説にも言及がない。尾崎氏の論述を示せば「『此神』を『皇孫』をさすとした場合、『神』といふ表現は不当ではないかといふ点である。これは確かにこの解釈の弱点である。しかし、さりとて、『神』といふ表現を重視すれば『大物主神』以外にはなく、さすれば前後の関係も不明になり、又、別の難点も生じる。そこで、やや苦しいが、『此神』を含む部分が、前項で指摘したやうに、注釈的、説明的な文章とみられることと関連して考へてみてはどうかと思ふ。神話の本筋の流れの中では『皇孫』であるが、後々までそれを祭る立場からはこれを『此神』と表現したと解しても許されるのではないか。」（245頁）という「言訳け」を自認する窮余の策に出るものでしかない。そうして無理を重ねるまでもなく、表現にそくした解釈の線を貫く限り、前述のとおりすでに高皇産霊尊が大己貴神に対して分治案や優遇策に併せて、「又当レ主二汝祭祀一者、天穂日命是也。」と勅している以上、大己貴神の祭祀については、高皇産霊尊が抜かりなく手当てを済ませている。もとより、「此神」は大己貴神ではあり得ない。

　さきに言及したとおり「此神」を、この後に高皇産霊尊が「使下二神陪二従天忍穂耳尊一以降上之」と天忍穂耳尊に陪従させて天児屋命と共に降す太玉命が祭る。尾崎氏の傍線部（榎本加筆）の指摘は、これに先立ち同じく高皇産霊尊による「勅二大物主神一、（中略）故、今以二吾女三穂津姫一配レ汝、為レ妻。宜下領二八十万神一、永為二皇孫一奉上護。乃使二還降一之。」という命を受けた大物主神をいう。この八十万神を統率して皇孫を護るべく天から降った大物主神を祭るという任務を、太玉命が担う。天児屋命も、右掲の（B）（C）の対応上、卜占によりこの大物主神に奉仕する命を高皇産霊尊から受ける。皇孫に対してはまた別に「汝天児屋命・太玉命宜下持二天津神籬一、降二於葦原中国一、亦為二吾孫一奉上斎焉。」と高皇産霊尊は勅を下し、これが右の大物主神に命じた皇孫守護に分ちがたくかかわる。高皇産霊尊みずから「吾則起二樹天津神籬及天津磐境一、当下為二吾孫一奉上斎矣。」と勅してもいるとおり、全ては皇孫のために高皇産霊尊が勅により実現をはかるというかたちをとる。総合的ないわばプロデューサー兼ディレクターとして高皇産霊尊が一切をとり仕切る。これまでの論述のまとめを兼ね、そうして成りたつシナリオを次に図解してみる。

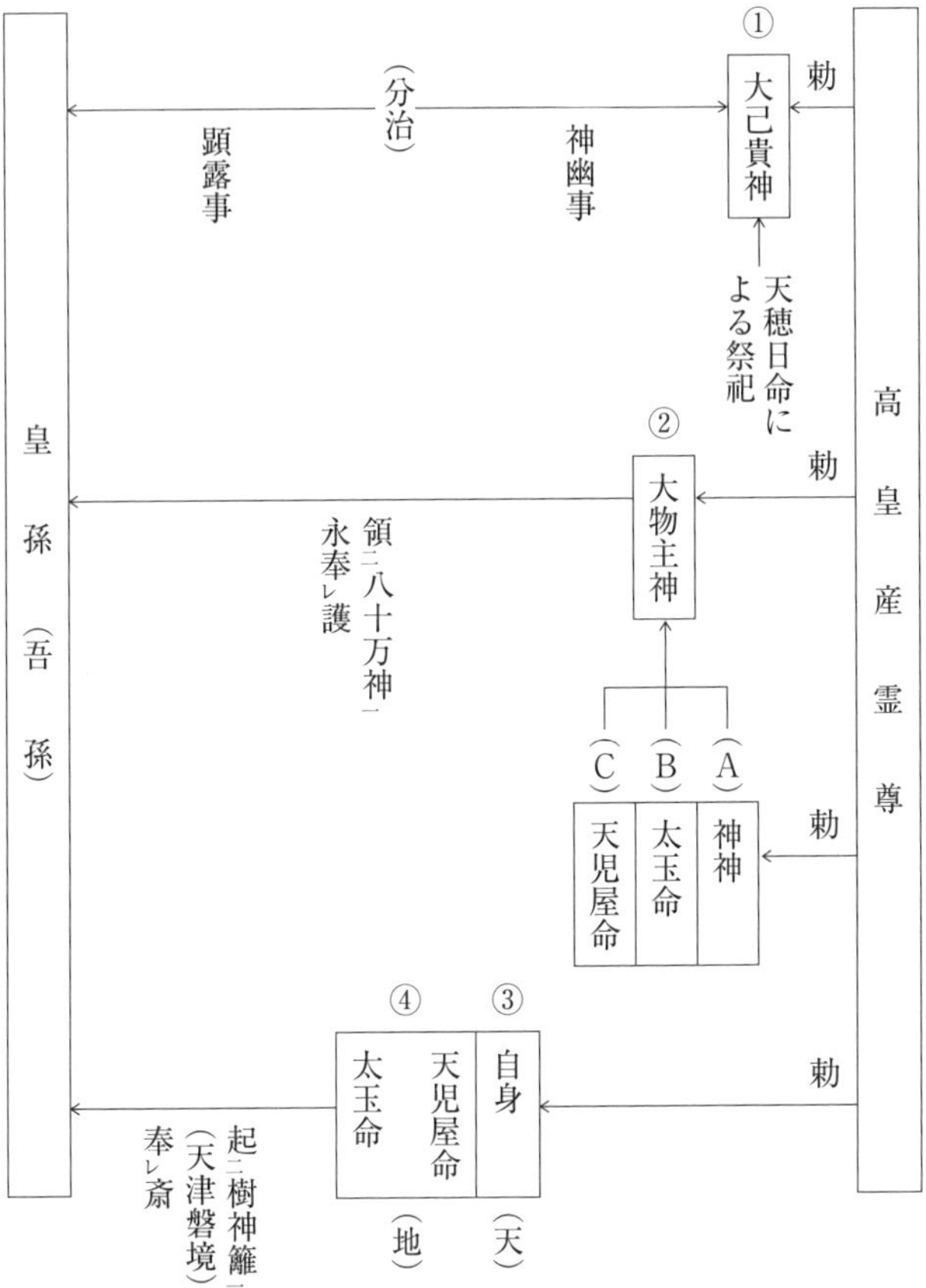

右の①以下の数字は、勅の順序をあらわす。また（A）以下の記号は、さき（431頁）にまとめたそれぞれの神の職掌をあらわす項の代用である。大物主神との関係について若干補足すれば、皇孫を守護する大物主神に対して、神神を祭具の製作者とし、皇孫に代って太玉命に祭らせ、また天児屋命には卜占により奉仕させるというの

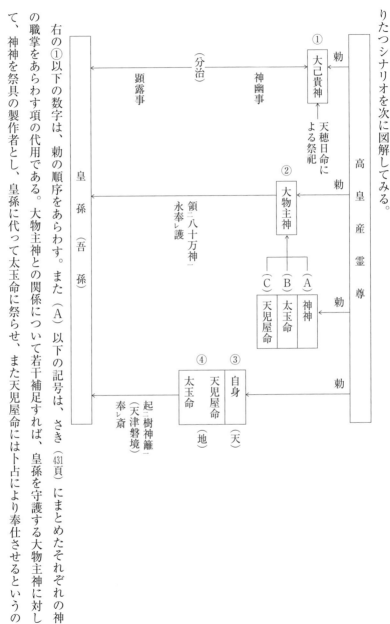

が、高皇産霊尊の勅の内容である。この構図は、実はのちに崇神天皇五年条がつたえる大物主神の祭祀に通じる。すなわちその年に「国内多二疾疫一、民有二死亡一者、且二大半一矣。」という事態が発生し、天皇が神浅茅原で「会二八十万神一以卜問之」と原因を問うと、倭迹迹日百襲姫命に神懸りして、「若能敬祭レ我者、必当二自平一矣。」と告げ、この神じしんが「我是倭国域内所レ居神、名為二大物主神一。」と明かす。ただちに教えに随って祭祀するも、験が無く、再び祈ると夜の夢に大物主神が立ち、「以二吾児大田田根子一令レ祭レ吾者、則立平矣。亦有二海外之国一、自当二帰伏一。」と誨す。大田田根子を祭主として大物主神を祭るほか、大国魂神や群神を祭るなどした結果、「疫病始息、国内漸謐。五穀既成、百姓饒之。」という繁栄を得るというのがあらましである。

大物主神じしんが祭主を指名するのではないけれども、高皇産霊尊による（A）以下の祭祀に関連した勅が、大物主神を鎮祭することにより皇孫の守護に万全を期すという主旨にもとづくことは疑いない。高皇産霊尊の意向は、構図にも明らかなとおり全てに及びかつ一貫して、そのねらいを、①に大己貴神に勅した「夫汝所レ治顕露之事、宜二是吾孫治一之。」、これに大己貴神が応じた「吾所レ治顕露事者、皇孫当レ治。」という顕露の事の統治に資することに置くとみて大過ないはずである。大物主神の祭祀も、究極的にはここに帰一する。したがってこの祭祀に対応する、大己貴神に高皇産霊尊が提供した数々の厚遇措置も、とどのつまりはこの皇孫の統治に資するものとしての意味あいが強い。振りかえれば、大己貴神の国譲りをめぐって、〔本伝〕の「今我当三於百不レ足之八十隈、将二隠去一矣。言訖、遂隠。」はもとより、〔書一〕の「（事代主神）対曰、天神所レ求、何不レ奉歟。故、大己貴神以二其子之辞一、報二乎二神一。」とも、皇孫の統治に主眼を置く点に決定的な違いをみる。しかしそれだけではなく、皇孫と分治するというかたちをとりながら、大己貴神じしんに「汝則可三以治二神事一」（高皇産霊尊の勅）、「吾将三退治二幽事一」（大己貴神の応答）という統治を用意した点を閑却すべきではないであろう。国譲りした後になんら言及しない〔本伝〕〔一書〕に対して、前述のとおり〔書二〕はむしろ国譲り後に焦点を当てる。さればこそ、差違化じたい、新たな所伝への変貌といった様相を限りなく呈するに至る。

この差違化に伴い、構図中の②大物主神の祭祀に、後の崇神天皇の大物主神の祭祀をめぐる所伝が通じる事実は、改めて注目に値する。④の太玉命や天児屋命についても、たとえば横田健一氏「中臣氏と卜部」（『日本書紀研究』第五冊。昭和四十六年一月。塙書房）がこの両神の「職能上の関係」を「大祓」「天神寿詞の奏上」「鎮火祭と道饗祭」「その他の諸祭における中臣と卜部との関係」などの各項目にわたり詳細に論じているとおり、後の律令の時代の職掌と深いかかわりをもつ。そのかかわりじたい、天石窟の神事への奉仕に通じる。

七、天照大神主導の降臨する主役交替、〔書二〕(3)

このかかわりのいっそう顕著なあらわれをみせるのが、ひき続いて天忍穂耳尊の天降りをつたえる一節である。高皇産霊尊から一転して、ここでは天照大神が全てをとり仕切る。

是時、天照大神、手持二宝鏡一、授二天忍穂耳尊一而祝(甲)之曰「吾児視二此宝鏡一、当レ猶レ視レ吾。可三与同レ床共レ殿以為二斎鏡一。」復勅(乙)二天児屋命・太玉命一「惟爾二神、亦同侍二殿内一、善為二防護一。」又勅(丙)曰「以二吾高天原所レ御斎庭之穂一、亦当レ御二於吾児一。」則以二高皇産霊尊之女、号万幡姫一、配二天忍穂耳尊一、為レ妃降之。

天降る当の主体を、この直後に「故、時居二於虚天一而生児、号二天津彦火瓊瓊杵尊一。因欲下以二此皇孫一代レ親而降上。」と父の天忍穂耳尊から子の火瓊瓊杵尊に交替させる。天照大神のいわば一存による。当の天忍穂耳尊も、「復還二於天一」と従うほかない。

この交替劇は、基本的には〔書一〕をひき継ぐ。ただ、〔書一〕のばあい、前述のとおり国譲りに思兼神が大きくかかわった経緯があり、天照大神はこれにより「思金神妹、万幡豊秋津媛命」を忍穂耳尊に配して天降らせるが、国譲りをうけていよいよ天降ろうとする間に「時、有レ奏曰、欲下以二此皇孫一代降上。」という奏上があったのでこれをうけ容れたという展開に、それほど不自然さはない。これと比較しても、〔書二〕の交替はあまりにも唐突というほかない。この交替にかかわるのが、天忍穂耳尊に配した相手を「高皇産霊尊之女、号万幡姫」という高皇産霊尊の女とする点である。当然、〔書一〕に顕著な活躍をみせる思金神の妹と対比的な関係にある。

	〈国譲り主導〉	〈天降る妃〉
〔書一〕	思金神	思金神の妹
〔書二〕	高皇産霊尊	高皇産霊尊の女

この対応には、さらに国譲りや皇孫守護などを高皇産霊尊が独占的かつ徹底して主導するかたちをとる〔書二〕の前述した展開が、おのずから関与する。天照大神は、こうした展開にそくして、すなわち〔書一〕が交替の契機とした「有レ奏」をひき継ぐのではなく、関係の上では近い「吾児」より、高皇産霊尊にとっても「皇孫」に当たる火瓊瓊杵尊を適任とすればこそ、交替させたはずだから、それはそれで自然でもあり、説明を加えるまでもなかったのであろう。高皇産霊尊にとっても、先行する所伝の展開上、もちろんそれはいわば想定の範囲内にあったに違いない。「皇孫」「吾孫」の語も、この範囲を出るものではない。

さて、さきに引用した一節は、この交替直前の、なお天照大神が天忍穂耳尊の天降りを予定して事前に準備した措置をつたえる。これらに特徴的な点が、前述のとおり後の世とのかかわりである。しかし交替劇に高皇産霊尊が関与していた、いわば影の主役ともいうべき存在だったように、そのかかわりにも高皇産霊尊が影を落としている。まずは前引の一節の（甲）「祝之」以下につたえる「吾児視二此宝鏡一、当レ猶レ視レ吾。可三与同レ床共レ殿以為二斎鏡一。」という天照大神がみずから手にもって授けた宝鏡をめぐっては、大神じしんと視て同居し「斎鏡」とせよと教示する。これに関連する一節を、さきに採りあげた崇神天皇条の大物主神祭祀に関連したなかにつたえている。五年に発生した疫疾が六年に入るといっそう猖獗を極め、天皇が「是以、晨興夕惕、請二罪神祇一。」と対処した直後の一節だが、

先レ是、天照大神・倭大国魂二神、並祭二於天皇大殿之内一。然畏二其神勢一、共住不レ安。故、以二天照大神一託二豊鍬入姫命一、祭二於倭笠縫邑一。仍立二磯堅城神籬一。

この危機事態以前は、傍線部のとおり天皇は大殿の内に天照大神を祭って共に住んでいたことをいう。日本古典文学大系が当該頭注に、〔書二〕の前引一節の（甲）「祝之」に前後する一文を挙げる。説明を加えてはいないけれども、関連に徴する限り、歴史の事実はともかく、「先レ是」以下につたえる天照大神の宮中祭祀について、〔書二〕のくだんの一節がその起源をつたえているとみるのが相当である。この一節に先行して、高皇産霊尊が大物主神に「宜下領二八十万神一、永為二皇孫一奉上レ護。」と勅を下しても、時代の下ったはるか後に、大物主神はこの勅に背くに至る。同じように天照大神の「祝」をもはや守りきれない時に至っていることを、崇神天皇条の右掲の一節が如実にものがたる。その点でも、たがいに分かちがたいかかわりにある。

　そして後の世に関連をもつ別の実例が、前掲一節の（甲）の「祝」に続く（乙）（丙）二つの「勅」である。（乙）に「復勅曰」という表現は、先行する天忍穂耳尊に対する天照大神の「祝之曰」と一体的な関係を前提とし、内容の上でも、天忍穂耳尊の宝鏡と共住する「与同レ床共レ殿」にそくして、その「勅」に「惟爾二神、亦同侍二殿内一、善為二防護一。」という。（丙）の「又勅曰」も、（乙）と一連の関係を前提とした表現であり、同じく

天児屋命・太玉命を対象とするであろう。（乙）には、さきに高皇産霊尊が「汝天児屋命・太玉命、宜下持二天津神籬一、降二於葦原中国一、亦為二吾孫一奉上斎焉。」と勅した先例に倣う起用といった性格が強い。この措置も、高皇産霊尊の女を「配二天忍穂耳尊一、為レ妃降之」と天降す配慮に連なる。一方の（丙）のばあい、食事を内容とするだけに、とりわけ天照大神の「斎庭之穂」を中心にこれまで見解も少なくないが、ただその点にだけ焦点を当てて論じる傾向が根強い。たとえば、岡田精司氏「天皇家始祖神話の研究」（その「四　古代王権と稲の祭」。『日本書紀研究』第二冊。昭和41年1月。塙書房）は、（丙）に関連して「『高天原ニ御《キコシ》メス斎庭《ユニハ》ノ穂《イナホ》』を授けた神話」とみなし、次のように説く（362頁）。

　この神話は、大王が全支配領域＝食国に頒つ斎種の聖なる由来をしめすとともに、稲種の天上からの降下を語るものである。また後世の大嘗祭に奏上される寿詞に、この神授の稲穂の神話が語られるのは（「中臣寿詞」）、この伝統に基づく。まさに初春の予祝の場における即位儀礼こそ、天孫降臨神話の基盤となるものであった。

ここに「神話」を語ってはいても、（丙）のあの「勅」に天照大神が心砕いて命じた肝心な「当レ御二於吾児一」には言及が一切ない。「神話」の内容や解釈以前に、まず問うべきはその点である。一方、右に岡田氏の指摘する「中臣寿詞」との関連についても、たとえば前掲横田健一氏「中臣と卜部」のなかに次の指摘がある（357頁）。

　義解によると天神寿詞は「神代之古事。為二万寿之宝詞一」という。その本旨は天神から天皇に授けられ、代々に伝えられるべき神聖な由庭＝斎庭の瑞穂の稲をいつまでも永遠に豊作であらしめるよう、神の加護を得て豊かなる水を得て耕作し、生産できるようにすることであった。

「その本旨」に関して「神の加護を得て豊なる水を得て耕作し、生産できるようにすること」と説くが、注目すべきはあくまで「代々に伝えられるべき神聖な由庭＝斎庭の瑞穂の稲」である。これは、(丙)に天照大神が「吾高天原所レ御斎庭之穂」という稲に当たる。その祝詞（中臣寿詞）の一節を、便宜、訓読して次に示す。

高天原に神留《かむづまり》坐《ま》す皇親《すめむつ》神ろき・神ろみの命《みこと》を持《もち》て、八百万の神等を神集《かむつど》へ賜て、「皇孫尊《すめみまのみこと》は、高天原に事始て、豊葦原の瑞穂《みづほ》の国を安《やす》国と平《たひら》けく所知食《しろしめし》て、天つ日嗣《ひつぎ》の天つ高御座《たかみくら》に御坐《みまし》て、天つ御膳《みけ》の長《なが》御膳の遠《とほ》御膳と、千秋の五百秋に、瑞《みづ》穂を平けく安けく由庭《ゆには》に所知食《しろしめせ》」と事依《ことよさ》し奉《まつり》て、天降坐《あまくだしまし》し後に、中臣の遠《とほ》つ祖《おや》、天児屋根命、皇御孫尊《すめみまのみこと》の御前に奉仕《つかへまつり》て、

右の傍線を付した一節は、先学の指摘する以上に緊密に(丙)の勅に対応する。次に両者をつき合わせてみる。

（勅）　以二吾高天原所レ御斎庭之穂一、亦当レ御二於吾児一。

（祝詞）　天つ御膳の長御膳の遠御膳と、千秋の五百秋に、瑞穂を平けく安けく由庭に所知食。

少くともこの対応に関して、さきの横田説を容れる余地などあり得ない。祝詞の「御膳」に明らかなように、斎庭の稲穂を口にすることに共に主眼を置く。この祝詞は近衛天皇の大嘗祭に大中臣朝臣清親が称えた詞章なので、『律令』（日本思想大系）の「補注（6神祇令）8ｃ」に「令では大嘗祭に（一）毎年のそれ、即ち後の新嘗祭と、（二）毎世のそれ、即ち後の践祚大嘗祭の二義があり（神祇14）」（534頁）という後者に当たるが、同じ「補注（13ｂ　天神之寿詞）」では「持統紀には四年正月の践祚（＝即位）の儀に天神寿詞を奏するとみえるので、浄御原令も同じか。但し同紀五年十一月条の大嘗（後の新嘗）祭の記事にも『神祇伯中臣朝臣大嶋読二天神寿詞一』とあるので、新嘗祭でも奏されたか。」（538頁）と説く。仮りにこの指摘どおりだとすれば、右掲の（勅）と（祝詞）との対応は、奈良時代より以前にまで遡り、さらにその関連が新嘗祭から神今食に及ぶ可能性も生じてくる。西本昌弘氏『日本古代儀礼成立史の研究』（その「第三編『内裏式』の成立と伝来」。一九九七年二月。塙書房）の「神今食

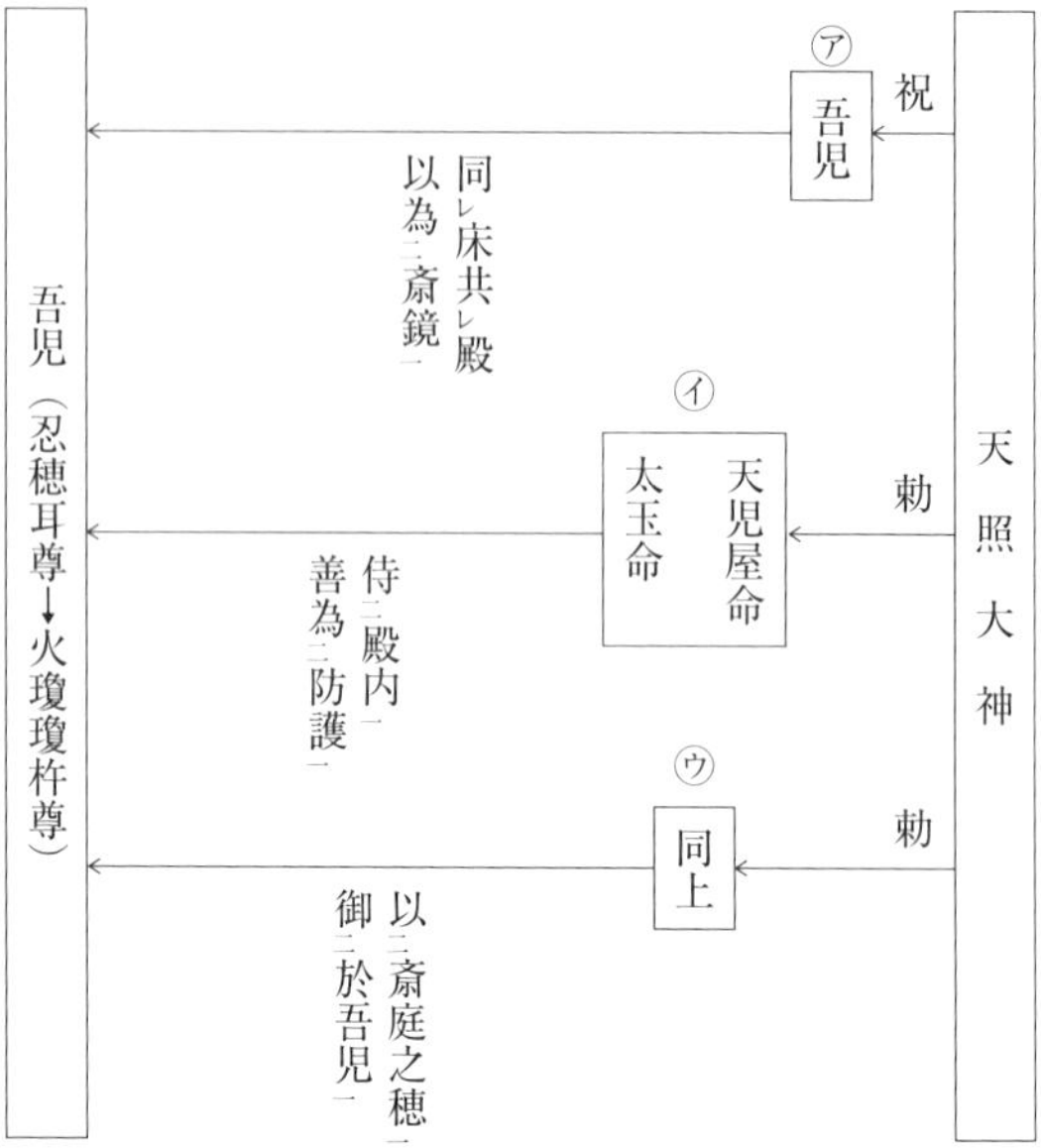

祭と新嘗祭の卯日神事とは供神物のことが違うのみで、他はまったく同内容の儀式であったことになる。」（251頁）という指摘は改めて注目に値する。

しかし、その関連を突きとめる取り組みには、課題が少なくない。ここでは関連する可能性の限りに言及をとどめるとして、前掲の祝詞をめぐって、もう一つ重要な点が天児屋根命による皇御孫尊に対する奉仕である。〔書二〕のさきに挙げた一節では、（乙）の同じ天児屋命らに対する勅の内容にそれが対応する。次にそれを示す。

（勅）（天児屋命・太玉命）惟爾二神、亦同侍㆓殿内㆒、
善為㆓防護㆒。

（祝詞）天降坐し後に、中臣の遠つ祖、天児屋根命、
皇御孫尊の御前に奉仕て、

対応の内実は、必ずしも緊密とは言いがたい。しかし、翻って、「殿内」と「御前」という近侍する場をはじめ、皇孫に対する天児屋命による近侍奉仕のあい通じる事実は否むべくもない。この事実を、前述の「斎庭之穂」をめぐる（丙）と祝詞との対応が裏付けてもいるという以上に、（乙）（丙）の天照大神の「勅」によるという一体的な祝詞との対応の事実こそ、むしろ本質に根ざすであろう。なによりも「祝」に「吾児視㆓此宝鏡㆒、当㆑猶㆑視㆑吾、」㆒、また「勅」にも「以㆓吾高天原所㆑御斎庭之穂㆒、亦当㆑御㆓於吾児㆒」と天照大神が「吾児」とする関係を

もとに成りたつ点が重要である。火瓊瓊杵尊を父に代って天降らせるに当っては、「以二天児屋命・太玉命及諸部神等一、悉皆相授。且服御之物、一依レ前授。」と断るとおり一切を授けている。この措置じたいは、天降る皇孫に対して天照大神が「三種宝物」を賜い、かつ「五部神」を「配侍」させるなどした先例をひき継ぐが、〔書二〕のなかでは、前の高皇産霊尊が取り仕切った例に対応する。高皇産霊尊の例にならい、前頁にそれを図解して示す。

　高皇産霊尊の前掲図解（433頁）と確実に対応するだけに、天照大神が高皇産霊尊の措置に倣い、天降る「吾児」（皇孫）に同様の措置を講じていることは明らかである。実際には、その措置じたい、神にそくしてそれぞれに特徴をもつ。その顕著な例が、同じ「天児屋命・太玉命」に対する勅でありながら、前掲図解の④が「宜下持二天津神籬一、降二於葦原中国一、亦為二吾孫一奉上レ斎焉。」という「天津神籬」を奉斎の場とするのに対して、こちらは㋑に「侍二殿内一、善為二防護一」という「殿内」であり、これが㋐の「同レ床共レ殿以為二斎鏡一」と一体的な関係にある。前述した崇神天皇五年条の大物主神の祭祀に関連した所伝のなかでも、傍線部のとおり「天照大神・倭大国魂二神、並祭二於天皇大殿之内一」という殿内での祭祀を、「共住不レ安」という理由から「故、以二天照大神一託二豊鍬入姫命一、祭二於倭笠縫邑一。仍立二磯堅城神籬一。」と宮殿の外に移し、祭祀用の「神籬」を立てる。この天照大神の祭祀をめぐる殿内と神籬という場の違いに、高皇産霊尊が皇孫に向けた奉斎の場とする神籬と、一方で天照大神が吾児の防護のため侍仕させる場の殿内とがそれぞれ表現を含め緊密に対応する。そのそれぞれの主体の違いに応じて、いわば高皇産霊尊の外と、天照大神の内とに切り分けたというのが実態である。

　なお、この実態の二つの図解にまとめた〔書二〕の成りたちをめぐっては、先学の研究成果とはほとんどあい容れないので言及していないが、念のため挙げれば、中村啓信氏『日本書紀の基礎的研究』（その「第一部　成立論のために」の「10　巻第二の三章」。二〇〇〇年三月。高科書店）が「C・DはA・Bが本来別個の神話であったそのように、やはり別個の二つが綯い交ぜに一体化されたものである。」（173頁）という結論を導く。C・Dは、それぞれ高皇産霊尊関連の図解の③④と天照大神関連の図解の㋐㋑㋒に当たり、またA・Bは、同じく前者の図解の①と②に当たる。A・Bそれぞれの主体に関連して「大己貴神と大物主神とは、元々伝来を異にする固有名詞であり、神話の生成過程で同一神と見做され習合された姿が、現在の②一書（〔書二〕を指す。榎本補筆）と言えるものであろう。」（171頁）という論も展開している。記述の異なりを、ただ「本来別個の神話」あるいは「神話の生成過程で同一神と見做され習合された姿」などと解釈するに過ぎない。一般にも、概してこの傾向が根強い。もちろん、高皇産霊尊の外、天照大神の内という切り分けは、解釈とは無縁である。

八、皇孫降臨後の国神の女二人との結婚、〔書二〕(4)

先学のこれまでの見解との違いは、火瓊瓊杵尊の天降り後をめぐって、いっそう広がる。なかんずく大きな違いが、磐長姫に関連した所伝である。〔書二〕の、〔本伝〕〔書一〕の先行所伝に対して差違化をはかって所伝を成りたたせる手法を、ここでも貫いている。具体的には、〔本伝〕がつたえる鹿葦津姫との出会い、姫の「妾是天神娶二大山祇神一所レ生児也」という素性明かしを承けて続く「皇孫因而幸之。即一夜而有レ娠。」という一宿婚に関連した内容を踏まえ、新たにこれに付加したのが磐長姫をめぐる所伝である。差違化を周到にはかる。その最初の、いわば後の展開の布石として位置する一節が、天降ったあと国主の事勝国勝長狭の「是有レ国也。取捨随レ勅。」という申し出を承けた直後の「時、皇孫因立二宮殿一。是焉遊息。」である。

この宮殿こそ、後に所伝の展開する場である。鹿葦津姫と出会って交した問答にはじまる当該所伝を次に抜き出して示す。便宜、内容のまとまりにそくして段落分けを施す。

（A）後遊二幸海浜一、見二一美人一。皇孫問曰「汝是誰之子耶」対曰「妾是大山祇神之子、名神吾田鹿葦津姫、亦名木花開耶姫。」因白「亦吾姉、磐長姫在。」皇孫曰「吾欲二以レ汝為レ妻、如二之何一。」対曰「妾父、大山祇神在。請以垂レ問。」

（B）皇孫因謂二大山祇神一曰「吾見二汝之女子一。欲二以為レ妻。」於レ是、大山祇神乃使三二女持二百机飲食一、奉進。

（C）時、皇孫謂二姉為レ醜、不レ御而罷。妹有二国色一、引而幸之。則一夜有レ身。

（D）故、磐長姫大慙而詛之曰「仮使天孫不レ斥レ妾而御者、生児永レ寿、有下如二磐石一之常存上。今既不レ然、唯弟見レ御。故、其生児、必如二木花一之移落。」

（E）一云、磐長姫恥恨而唾泣之曰「顕見蒼生者、如二木花一之俄遷転、当二衰去一矣。」此、世人短折之縁也。

右の（A）（C）の傍線を付した記述は、〔本伝〕に対応をもつ。それが集中する（A）のなかでは、〔本伝〕に対応する鹿葦津姫に関連した部分と、「因白」以下の対応の全くない部分とに画然と分かれ、もっぱらその後半に磐長姫をめぐる所伝が展開する。まさにその後半の冒頭に立つ「白」を始め、これ以降に敬語的表現を使う。（A）の「請以垂問」と（B）の「奉進」、また「幸」に対応させた（C）（D）専用の「御」などは、その著しい例でもあり、これが、〔書一〕が皇孫の天降りに際して猨田彦神の出迎えを「聞三天照大神之子今当二降行一。故、奉レ迎相待。」とつたえる謙譲表現に明らかに通じる。〔本伝〕をひき継ぐ鹿葦津姫関連の記述に、いわば木に竹を接いだように接続させる上に、この〔書一〕の表現を発展的に採り込んだものとみるのが自然である。

そしてこの磐長姫をめぐる所伝の成りたちには、〔書一〕が「大臨」により差違化をはかったと同じ手法がかかわる。（C）にまずは磐長姫に関連した記述に使う「御」がそれであり、（D）はこの語を中心に展開する。（C）の傍線部の〔本伝〕をひき継いで鹿葦津姫につかう「幸」との違いを、確実に表現に刻んでいる。さらに（D）に「仮使天孫不レ斥レ妾而御者」という表現そのものが、これまた「大臨」と同じように恐らく次の西施に関連した故事を踏まえることを強く示唆する。

斥二西施一而弗レ御兮、縶二騕褭一以服箱（張衡「思玄賦」文選巻第十五）

六臣注に「衡曰、斥、却也。西施、越之美女也。御、幸也。」、またこれに加えて「良曰、西施美女、斥而不レ御。騕褭善馬、羈縶以駕二大車一。賢才之人、斥逐不レ用、或在二下位一也。」と説く。越の美女の西施、日に千里を行く駿馬の騕褭《ようじよう》などといった賢才の人が斥却されて用いられない不遇をいう。この一節の李善注が引く楚辞の一節は、いっそう注目に値する。原文は、類同した内容の対句を構成する文選とは逆に、あい反する内容の次のような対句から成る。

西施斥二於北宮一兮、仳倠倚二於彌楹一（楚辞巻第十六「九歎（愍命）」）

王逸注は「仳倠、醜女也」とした上で、美醜の対比関係を「西施美好、弃二於後宮一、不レ見二進御一。仳倠醜女、反倚二立徧両楹之間一、侍二左右一也。」と説く。西施を、ここでは醜女が寵愛を得て絶頂にある状態と対比的に、その価値が見捨てられて不遇にあるという。

この美醜の対比は、一見する限り木花開耶姫（鹿葦津姫の亦名）と磐長姫とにあてはまる。しかしその実、（D）に「仮使天孫不レ斥レ妾而御者」とは、西施のように見捨てず寵愛すればということであり、そうであったならば「生児永レ寿、有下如二磐石一之常存上。」という西施の美に相当する永遠の寿を得られたことをいうはずである。西施をめぐっては、同じ楚辞巻第四「九章」の「惜往日」に「雖レ有二西施之美容一兮、讒妬入以自代。」という一節

（西施のような美容の者でも、讒言や嫉妬などする人が追い出してとって代わるという意）でも、説明には「春秋の越の美女。呉王夫差を迷わせるために、越王勾践が献じた。夫差はこれを愛して国を亡ぼした。」（新釈漢文大系の当該「語釈」）という故事を引くが、宋人の洪興祖の補注が引く越絶書には「越王句践得㆓採薪二女、西施・鄭旦㆒以献㆓呉王㆒。」とつたえる。この二女献上は、（B）の「大山祇神乃使㆔二女持㆓百机飲食㆒、奉進。」に通じる。

それだけ、磐長姫をめぐる所伝の枠組みや展開を含んだ全般に関連が及んでいる。従来は、しかしこの関連には言及がなく、古事記がつたえる類似の所伝とあわせて「短命起源神話」と捉え、バナナタイプ神話との関連について論じる。たとえば松本弘毅氏「天皇の短命起源神話」（菅野雅雄博士喜寿記念『記紀・風土記論究』。平成二十一年三月。おうふう）に、当該〔書二〕の所伝にも言及した次の論述がある（189頁）。

バナナタイプの死の起源神話は、あくまで人一般をその対象とするものであった。その意味で「一云」（前掲443頁の（E）―榎本補筆）が「世人」の短命を説くのは原型に近いといえる。それが王権史に馴染んで普遍性を失うと、一書第二のように「其生児」がその対象とされることになろう。そして古事記では天皇の寿命の起源となっており、短命の対象自体は特殊性が増しているのであるが、天皇一般の短命起源となっているということは、ある意味で普遍性を取り返そうとしているといえるのではないか。

また磐長姫の「呪詛」をめぐって「磐長姫が展開の中心にあり、また彼女が根拠となって短命起源が説かれている点、やはり書紀の方が死の起源神話の原型に近いといえよう。」（183頁）と指摘してもいる。当該神話の「原型」にまで説き及ぶが、そもそも神話の型を備えたまとまりある所伝のかたちをとっていたのか、そこに疑いがある。磐長姫をめぐっては、ほかに、松本氏も大きく取りあげている「ウケヒ」との関連、またあるいは「神話における『恥』と表現」といった観点から、その「凶醜」ゆえに送り返されたことを「オホヤマツミの恥」とする古事記と比較した上で「本来は⑩のようにイハナガヒメが恥じたとするのが自然であろう。」と当該〔書二〕の本文及び「一云」について説く戸谷高明氏『古事記の表現論的研究』（449頁。平成12年3月。新典社）のように論点は多岐にわたる。

しかし前述のとおり西施の故事と関連する以上、西施の絶世の美女という真価に世間は盲目であって、それゆえ斥けて見向きもしないというこの点にこそ、目を向ける必要がある。超絶的な価値は、容易には世間が評価しない。磐長姫のばあい、その価値が「生児永レ寿、有下如二磐石一之常存上。」という永遠の生命を与える能力をもつことである。皇孫は、この磐長姫の外貌を見て「姉為レ醜、不レ御而罷。」と醜悪ゆえに遠ざけ見捨ててしまう。磐長姫のその能力を得られなかったばかりか、「唯弟独見レ御。故、其生児、必如二木花一之移落。」という花の移ろうような不安定、いわば無常を宿命づけられることになる。あくまでも「如二磐石一之常存」と対比的な「如二木花一之移落」というありかただから、短命につながっても、それそのものではない。人という存在のまさに移ろいやすく衰滅するほかないその本質を、それは比喩した表現にほかならない。「短命起源神話」という規定は、この実態にはたしてそぐうものか、どうか。

さらにこの磐長姫の「磐石」、木花開耶姫の「木花」という対比は、磐長姫をめぐって差違化をはかった結果だから、改めて木花開耶姫をめぐって差違化をはかった所伝の展開をおのずから予見させるであろう。〔本伝〕に対して〔書二〕が新たに付加した部分だが、磐長姫をめぐる所伝の直後に続く鹿葦津姫の一夜娠みに関連して、次のそれに先行する一節が該当する。

是後、神吾田鹿葦津姫見二皇孫一曰「妾孕二天孫之子一。不レ可二私以生一也。」

この一節に先立ち、「（皇孫）引而幸之。則一夜有レ身。」という〔本伝〕の「皇孫因而幸之。即一夜而有レ娠。」に対応をもつ記述がある。またこの一節の直後には、同じく〈本伝〉の「皇孫未レ信之曰、雖二復天神一、何能一夜之間、令二人有レ娠乎。汝所レ懐者、必非二我子一歟。」に対応する「皇孫曰、雖二復天神之子一、如何一夜使二人娠一乎。抑非二吾之児一歟。」という一節が続く。総じてこうした一夜娠みをめぐって〈本伝〉と緊密に対応するなかに、さながらその間隙に割り込ませたかのように右に引用した一節を介在させている。

　対応にそくしていえば、西施を斥けたと同じように磐長姫を外貌にとらわれて斥け、結果として移ろい易い生、永くはない寿しか得ることができなかったことは、皇孫の不明のなせるわざという以上に、とり返しのつかない大失態にほかならない。これに加え、右にあらまし述べた〈本伝〉をひき継ぐ一夜娠みをうけて「非二吾之児一」と言いはなった皇孫は、この後に鹿葦津姫が「誓」により実の子と証明する展開上、やはり不明を重ねているというほかない。実際は、むしろ〈本伝〉をひき継ぐ一夜娠みをめぐる展開に、その皇孫の不明にそくして、これとあいたぐう類話を、西旋に関連した故事に借りて付け加え差違化をはかったに相違ない。これに伴い、〈本伝〉をひき継ぐ不明を、ただに「一夜有レ身」という事実だけにそくした不信から、引用した一文のように明確に「妾孕二天孫之子一。不レ可二私以生一也。」と告げたにもかかわらずなお「抑非二吾之児一也」と言いはる頑迷に転換する。そうして、「天孫之子」をめぐる「不レ可二私以生一也」という禁忌に焦点を移す。のちに第十段がつたえる豊玉姫のばあいも、まず〈書三〉は出産に「妾已有レ娠也。天孫之胤、豈可レ産二於海中一乎。」、また〈書四〉では養育に関して「天孫之胤、不レ宜レ置二此海中一。」と、「天孫之胤」を対象とすればこそ禁忌が伴う。禁忌じたい、当の天孫の子や胤の聖性、尊貴を前提とする。所伝は、だからそれを保証すべく展開する。

　さればこそ、この後に展開する「天孫之胤」をめぐる出産や養育に関して規範を仰ぐとすれば、まさにあの鹿葦津姫のいう「妾孕二天孫之子一、不レ可二私以生一也。」こそその先例に当たる。「天孫之子」から「天孫之胤」へ移っても、その規範をひき継いでいるという点では、まさにその先例は起源にほかならない。この天神の子孫の出産、養育をめぐる「私」の禁止という起源にたぐい、磐長姫に関連した所伝にいう「其生児、必如㆓木花㆒之移落。」をもとに「一云、磐長姫恥恨而唾泣之曰、顕見蒼生者、如㆓木花㆒之俄遷転、当㆓衰去㆒矣。此世人短折之縁也。」とつたえる天寿を全うしえない人の寿命をめぐる起源が対応する。磐長姫と木花開耶姫という対比にそくして対応する起源譚として差違化をはかっている。先行する天照大神による皇孫の天降り後に向けた措置やそれ以前の高皇産霊尊による同じく皇孫の天降った後の統治にかかわる事前対応などの、前述のとおり歴史に深いかかわりをもつ特質も、後世に視点を置けば、起源としての意味あいが強い。天照大神の意を体し、高皇産霊尊の周到なはからいを得て火瓊瓊杵尊が天降ることじたい、天に基づく、あるいは負う、葦原中国を世界とする地上統治、その社会の始まりにほかならない。人の営みや社会、歴史がそこから始まるまさに人文の世の興りのその起源につなげることも、〔本伝〕〔書一〕をもとに、ことにはその地へのかかわりを中心に差違化をはかるなかに、〔書二〕は確実にめざしていたはずである。

九、子の火中出生に限定した一書の差違化、〔書三〕、〔書五〕

皇孫を尊貴な存在とする差違化とは、いわば皇孫の尊貴化・権威化にほかならない。右に採りあげた若干の例にもはや明らかなとおり、〔書二〕の全体を通してこの尊貴化・権威化をはかっていたことになる。〔書三〕以降の各一書も、とりどりに差違化をはかって成りたつが、そこに尊貴化・権威化が大きくかかわる。しかもその基になるのが、もちろん全てではないけれども、くだんの〔書二〕である。

まず〔書三〕だが、〔書二〕をひき継いだその逐一の事例については各論（943頁）に指摘しているので、ここでは尊貴化・権威化に関連する例に限って採りあげる。その端的な例を次に示す。

凡此三子、火不レ能レ害、及母亦無レ所二少損一。

傍線部の表現じたいは〔本伝〕の「如実天孫之胤、火不レ能レ害。」の襲用だとしても、この〔本伝〕の一節が「誓」を表わすのとは相違し、内容をむしろ「誓」の結果に転換した上で、子等に加え母にも言及して差違化をはかっている。じしんの潔白を証明する「誓」から、火ですらなんら損害を与えることができなかったという母子の尋常ならざる資質・能力を強調する方向に、力点を移していることは明らかである。

また一方、これと同じ差違化の方向を辿りながら、物語仕立ての劇的な展開をはかったのが〔書五〕である。〔書三〕の「母亦無レ所二少損一」を踏まえた関連部分を次に示す。

然後、母吾田鹿葦津姫、自二火燼中一出来、就而称之曰「妾所レ生児及妾身、(A)自当二火難一、無レ所二少損一。天孫豈見之乎。」対曰「我知二本是吾児一。但一夜而有レ身。慮レ有二疑者一、(B)欲レ使四衆人皆知三是吾児、并亦天神能令二一夜有一レ娠、亦欲レ明下汝有二霊異之威一、子等復有中超レ倫之気上。故有二前日之嘲辞一也。

冒頭の「然後」は、「放レ火焚レ室」という室中から子等が次々に飛び出てきたその後を指す。〔書三〕の前掲一節と同様、母子ともに火になんら損われなかったことをあらわす（A）と、そのいわば種明かしにあたる（B）とを、この一節は明らかに対応させている。その対応を通して、それぞれ「霊異之威」「超レ倫之気」をもつ母子のその偉大さをものがたる。またそれらに並ぶ直前の「天神能令二一夜有一レ娠」も、

天孫曰「心疑之矣。故嘲之。何則雖二復天神之子一、豈能一夜之間、使二人有一レ身者哉。固非二我子一矣。」

右の傍線部の一節に対応し、同様に天神の偉大を強調するねらいがそこにある。

さて、しかし、右の妊娠をめぐる対応には、表現を委細にみれば、実は「天神之子」と「天神」という違いがある。なんらかの過誤の紛れ込んだ可能性は、恐らくない。なぜなら、右に引用した一節の傍線部にいう「天神之子」は、〔本伝〕に「雖二復天神一、何能一夜之間、令二人有一レ娠乎。」という「天神」の言い換え、これに対してもう一方の「天神」も、同じ〔書五〕冒頭に「天孫幸二大山祇神之女子、吾田鹿葦津姫一。則一夜有レ身。」という「天孫」やこれが基づく〔書二〕の「雖二復天神之子一、如何一夜使二人娠一乎。」という「天神之子」などを踏まえ意図的に選択した表現のはずだから、「天神之子」を「天神」にあえて置き換えたというのが実態である。こうして置き換えるについては、理由がある。すなわち、吾田鹿葦津姫の「誓」のあと「放レ火焚レ室」というなかからとび出してきた子が皆口々に「吾是天神之子」というように言い放つ。出てきた子すべてが「天神之子」であることをことさら強調したあとに続くのが、〔書五〕の「天神」を含むあの前掲一文である。直前の文を含め改めてそれを次に引用してみる。

〔天孫〕対曰「我知二本是吾児一。但一夜而有レ身。慮レ有二疑者一、欲レ使四衆人皆知三是吾児、并亦天神能令二一夜有一レ娠。

ここにいう「吾児」が、直前にその子みずから言い放ったとおりまぎれもなく「天神之子」である以上、子の親たる天孫を同じ「天神之子」とすれば混乱を生じかねない。それを避け、同時に、生まれた子をあくまで「天神之子」とする〔書五〕が進めた差違化の独自を貫く必要が、「天神之子」の親としてむしろ自然な「天神」の表現をとらせたに相違ない。

かくて「天神之子」の子もまた「天神之子」であるとする論理を、〔書五〕は貫いている。この論理をなんら矛盾ないものとして貫く以上、その確信の拠りどころあるいは裏づけの存在を当然想定すべきであろうが、実はこれには先例がある。改めてその例を採りあげてみるに、〔書一〕が皇孫の天降りに際して天の八衢に居る神とその神を訊問するために遣わされた天鈿女との問答をつたえるなかに、次のように「天照大神之子」を言い換えた「天神之子」の初出の例がある。

是時、衢神問曰「天鈿女、汝為之何故耶。」対曰「(1)天照大神之子所レ幸道路、有二如レ此居之者一誰也。敢問之。」衢神対曰「聞三(2)天照大神之子、今当二降行一。故奉レ迎相待。吾名、是猨田彦大神。」〔中略〕天鈿女復問曰「汝何処到耶。(3)皇孫何処到耶。」対曰「(4)天神之子則当レ到二筑紫日向高千穂槵触之峯一。吾則応レ到二伊勢之狭長田五十鈴川上一。」

天鈿女が「天照大神之子」（1）（2）を「皇孫」（3）と言い換えたのに対して、衢神〔猨田彦大神〕がそれとは別に、その「天照大神之子」にそくして、天神たる天照大神の子という関係〔擬制的な親子〕を明示的にあらわす呼称として使うのが「天神之子」（4）である。前述〔420頁〕のとおりこの「天照大神之子」を言い換えた「天神之子」〔皇孫〕を前提として、その延長上に〔書五〕は「天神之子」〔天孫〕の子を「天神之子」〔天孫のいう「吾児」〕とする論理に立つ。実は、この〔書五〕の冒頭に「天孫幸二大山祇神之女子、吾田鹿葦津姫一。則一夜有レ身。遂生二四子一。」という「四子」は、前述の火中出生した四子ではない。この四子さえ、次のように「天神之子」とする。

故、吾田鹿葦津姫抱レ子而来進曰「天神之子、寧可二以私養一乎。故、告レ状知聞。」

傍線部の表現は、〔書二〕の「妾孕二天孫之子一、不レ可二私以生一也。」をひき継ぎながら、出産を養育に改めた以上に、〔書二〕では尊貴な「天孫」の子という通常の親子関係をもとにする表現を、それじたいが「天照大神之子」を内実とする唯一絶対の尊貴な存在である「天神之子」に転換したところに、差違化の主眼を置くはずである。傍線部の類型的な表現は、この「天神之子」の尊貴を強調する上にも格好の形式だったに違いない。もとより、それが、所伝の最後を締め括る一節に、また別に、第十段につなぐ「天神之子」とその母とを尊貴化・権威化する「汝有㆓霊異之威㆒、子等復有㆓超㆑倫之気㆒。」を予定したものであることも言を俟たない。

十、降臨する皇孫を先導する先払い、〔書四〕

その尊貴化・権威化という点では、〔書五〕はさながら極まった観さえ呈している。所伝の差違化の展開にそくして、前節では〔書三〕のあと引き続いて〔書五〕をとりあげたけれども、その間に介在する〔書四〕も、差違化に伴う尊貴化・権威化の流れの外に出るものではない。

そのあらわれの一つが、火瓊瓊杵尊を表示する上に、〔書五〕と同じように「皇孫」を避けて「天孫」を専用することである。各論（927頁）に指摘の通り、会話文において国神がわのものが敬意をもって皇孫を言い換えた呼称として使う。特に〔書二〕にそれは著しいが、その一方、〔書二〕が皇孫をつかう事勝国勝長狭をめぐるくだりも含め、〔書四〕は一律に天孫を専用する。〔書五〕は、この〔書四〕の専用をひき継ぐはずである。

もっとも、その元になった〔書四〕じたいに目を向けると、素性を洗えば、〔本伝〕との不可分の関係が浮かびあがる。まずは〔書四〕の冒頭に伝える火瓊瓊杵尊の天降りについて、〔本伝〕の「高皇産霊尊以㆓真床追衾㆒、覆㆓於皇孫天津彦彦火瓊瓊杵尊㆒、使㆑降之」という使役の表現から、文の基本構造をほぼそのまま踏襲しながら、文末を「奉降」に改め、

高皇産霊尊以㆓真床覆衾㆒、裹㆓天津彦国光彦火瓊瓊杵尊㆒、則引㆓開天磐戸㆒、排㆓分天八重雲㆒以奉㆑降之。

逆に高皇産霊尊が敬意を表わす表現に差違化をはかっている。そのなかに、〔本伝〕には対応を欠く傍線部の一

節を加える。掲出した冒頭の一節の限りでは対応を欠くとはいえ、実は〔本伝〕が「皇孫乃離二天磐座一、且排二分天八重雲一。」と皇孫の天降りをつたえるなかの一節であり、これをひき継ぐ。具体的にはその主語を皇孫から切り離し、「以二真床覆衾一、裹二天津彦国光彦火瓊瓊杵尊一、」と一連の、天降りの実際の行為まで配慮したかたちをとるべく高皇産霊尊に移した上で「奉レ降之」につなげ、皇孫をその行為の受け手とする。高皇産霊尊が敬意をはらう対象として火瓊瓊杵尊を尊貴化・権威化することに、その差違化のねらいがある。

さらにまた火瓊瓊杵尊の天降りに関連して、尊貴化・権威化をかたちに具現する、この〔書四〕だけに独自な先払いがそれに伴う。その先払いをつたえる一節は、次のようにいかにもことごとしい表現からなる。

于レ時、大伴連遠祖天忍日命帥二来目部遠祖天槵津大来目一、背負二天磐靫一、臂著二稜威高鞆一、手捉二天梔弓・天羽羽矢一、及副二持八目鳴鏑一、又帯二頭槌剣一而立二天孫之前一、遊行降来、到二於日向襲之高千穂槵日二上峯天浮橋一而立二於浮渚在之平地一、膂宍空国、自二頓丘一覓レ国行去、到二於吾田長屋笠狭之御碕一。（以下省略）

描写は以下にも途切れることなく続き、それらを含め、天忍日命以外に主語がない。その限り、全体が同じ主語を共有するとみるほかないが、また一方、内容上、右の一節の傍線部「遊行降来」以下を、それ以前とは切り分けて天孫を主語とするものとみなす見解もある。主語を一つとみるか、二つと見るかをめぐって説がわかれる。しかし「遊行降来」以下は、先行する〔本伝〕の「皇孫遊行之状也者、則自二槵日二上天浮橋一立二於浮渚在平処一而膂宍之空国、自二頓丘一覓レ国行去、到二於吾田長屋笠狭之碕一矣。」という一節に表現上ほぼ対応するだけに、内容上、直前の「立二天孫之前一」まで続く物物しい先払い関連記述とは際立った違いをみせる。「覓レ国」などは天孫に相応しく、まさにその「立二天孫之前一」の一句がそこで先払いに決着をつける一方、天孫の天降りを導いているとみるのが相当である。実際には、そうして差違化をはかる上に、〔本伝〕の一節をその主語を含め一体的にひき継ぐことを自明としていたに違いない。

ここに列挙する天忍日命の装備及び武具については、根国に向かう途中に暇乞いのため訪れた素戔嗚尊を待ちうける天照大神の武装を彷彿とさせる。そしてげんに、律（故唐律疏議巻七「衛禁律」の「諸車駕行」条）の疏議に「車駕行幸、皆作二隊杖一。」と行幸に警備の隊列がつくことをいう。令（宮衛令第十六）の条文では、さらにその実際について「13凡鹵簿内、不レ得二横入一。」と禁じ、「監仗之官」（衛府の官人）に「検校」させるほか、「14凡車駕有レ所二臨幸一、若夜行、部隊主帥、各相弁識。」と夜間の行幸には「部隊主帥」（「左右兵衛府番長、左右衛士府主帥、衛門府門部以上也」古記）の「弁識」を定める。行幸を隊列が厳重に警護することに関連したこの律令の規定を、戦士たる大来目を重武装した天忍日命（武門大伴氏の祖）が統率する先払いは、恐らく踏まえる。しかも外見上目につきやすい武具には、「背負二天磐靫一」「手捉二天梔弓・天羽羽矢一」などいずれも「天」を冠している。天忍日命や天槵津大来目などいずれにも「天」を冠する名と共に、天の威光・権威をそれらが後ろ楯とすることを明示的にあらわす。

この天忍日命が天槵津大来目を率いて「立二天孫之前一」という先払いを伴う天降りを妨げるものなど、あり得ない。しかし以前には、げんに「天照大神之子所レ幸道路」に予告なく待ちうける神を、〔書一〕が「已而且レ降之間、先駆者還白、有二一神一、居二天八達之衢一。」とつたえている。異様な形態のその神には、「時有二八十万神一。皆不レ得二目勝相問一。」というようにどの神も対抗できないが、ひとり天鈿女だけが「目勝二於人一」という神威をもつゆえに遣わされ、この天鈿女の問いに対して、くだんの神は「聞三天照大神之子、今当二降行一。故奉レ迎相待。」と応じる。「天照大神之子」とは言いながら、実際は天照大神じしんが「宜爾皇孫就而治焉。行矣。」（〔書一〕所伝のいわゆる天壌無窮の神勅）と天降りを命じている。これを承けて、前述のとおり〔本伝〕の「使レ降之」

を〔書四〕が「奉レ降之」に改めているのであるから、この傍線部の「奉レ降」は「奉レ迎」に明らかに通じ、その延長上に位置する。されば、この「奉レ迎」という猨田彦神が八衢に居ると報告しただけの「先駆者」に対して、代って「露二其胸乳一、抑二裳帯於臍下一而咲噱向立。」と対処したこの天鈿女の向かうところどんな神にもうち勝つほどの威力をもつ先払いに改めるべく、いかにも物物しい武力を誇示する重装備へと差違化をはかり、高皇産霊尊が「奉レ降之」と敬意を表す天孫の天降りに対応させて成りたつはずである。

その点では、差違化によって大きく所伝を変貌させながら、それでも〔本伝〕を基本的にひき継ぐ根幹は、いささかも揺らいでいないといっても過言ではない。〔書四〕のこの所伝の成りたちをいっそう明確かつ具体的にあらわすのが、このあとの天降りにつづく事勝国勝長狭をめぐるくだりである。それは、天降り関連の前に言及した一節と同じように全体が〔本伝〕を襲う。

○其地有二一人一。自号二事勝国勝長狭一。皇孫問曰「国在耶以不。」対曰「此焉有レ国。請任意遊之。」故皇孫就而留住。〔本伝〕

○彼処有二一神一。名曰二事勝国勝長狭一。故天孫問二其神一曰「国在耶。」対曰「在也。」因曰「随レ勅奉矣。」故天孫留二住於彼処一。〔書四〕

両者を隔てる大きな違いはほとんど一つ、傍線部だけしかない。〔書四〕がそこに差違化をはかっていることは明らかであり、表現の上では、先行する〔書二〕が伝える同じ長狭の応対の「対曰、是有レ国也。取捨随レ勅。」とは、とりわけ「随レ勅」に一致をみるなど近い関係にある。すでに言及したとおりこの〔書二〕の応対は、天降りした皇孫をつたえる「膂宍胸副国、自二頓丘一覓レ国行去、立二於浮渚在平地一、乃召二国主事勝国勝長狭一而訪之。」という一節の、なかんずく傍線部「覓レ国」に焦点を当てる。〔書二〕では、これも前述のとおり国譲りをめぐる大己貴神に対する最初の問いかけに経津主神・武甕槌神の二神が「汝将以㆓此国㆒、奉㆓天神㆒耶以不。」というう。こちらは「奉」が、右掲〔書四〕の傍線部の表現に一致する。それだけいっそう親近する一方、翻ってその〔書二〕の一節は、〔書一〕の「汝将㆓此国㆒、奉㆓天神㆒耶以不。」の襲用であり、このあとは「吾所㆑治顕露事者、皇孫当㆑治。吾将㆔退治㆓幽事㆒。」と大己貴神が報じて国譲りを結着させる。その〔書二〕に独自な展開のどこにも、「奉」を使ってはいない。〔書二〕の「奉」は、ただ借用しただけに過ぎないとみるのが相当である。これを〔書四〕の問題の「奉」に当てることには、なおやはり疑いが残る。

関係の近さの上では、確かに前述の〔書二〕の「随㆑勅」をひき継いでいたとしても、「奉」に限れば、むしろ〔書一〕の、〔書二〕も借用した問題の「汝将㆓此国㆒、奉㆓天神㆒耶以不。」と、これに対応する「天神所㆑求、何不㆑奉歟。」とに一貫させている「奉」を拠りどころとしたとみるべきであろう。この「奉」は、そもそもの始め天照大神じしんの「豊葦原中国、是吾児可㆑王之地也。（中略）故汝先往平之。」という天稚彦に対する勅に発し、不首尾に終った天稚彦の後に「天照大神復遣㆓武甕槌神及経津主神㆒、先行駈除。」という二神が、それの相手とする大己貴神と国譲りをめぐって交渉したなかの核心をなす語である。必然的に、大己貴神が葦原中国を天神に奉ったというこの故事を踏まえる、という以上に、その故事を基に、事勝国勝長狭が天孫を天神に重ねて国を奉るというかたちに差違化をはかったに相違ない。

この〔書四〕の最後には、「其事勝国勝神者、是伊奘諾尊之子也。亦名、塩土老翁。」という一節を付す。続く第十段の所伝では、山幸を海神のもとに導く重要な役をこの塩土老翁に与えている。国を奉る事勝国勝長狭だからこそ、この国に連なる海についても知悉しているという展開の布石には違いないが、それはそれとして、ここでは「伊奘諾尊之子」と付記するむしろこの位置に着目する。「奉㆑降」に始まり、物物しい先払い、「随㆑勅奉」

などに一貫するこの〔書四〕の基調は、前述のとおり〔書一〕に「天照大神之子」という天孫に対する敬意である。天照大神が伊奘諾尊の禊祓によって誕生した経緯に照らせば、天照大神と事勝国勝神とは父を同じくする。大国主神の退隠したあと、この国を統べる神として、まさにそれに相応しい系譜上の関係を必要としてそれは恐らく成りたつ。所伝の展開の上では、天照大神の意向により天降ったその子を、同じ父をもつよしみにより、事勝国勝長狭が歓待し、みずから統べる国を進んでその子に奉ったことになる。天孫の尊貴化・権威化をめざす差違化のその著しいあらわれの一例である。〔書四〕の最後につけ加えた付記が、確かにこの新しい一書の展開を支えている。

十一、「皇孫」「天孫」を使い分ける段落の構成、〔書六〕

この〔書四〕を中に挟んで、〔書三〕から〔書五〕へと続く一連の一書は、第九段の〔本伝〕が対象とする範囲の全体からみて、概ね狭く限定したテーマないし領域にそくした内容から成る。ところが、〔書六〕になると、それが大きく様変わりする。ただその枠組じたいは、天照大神の子、天忍穂根尊が高皇産霊尊の女を娶って二子を生み、弟にあたる皇孫の天津彦根火瓊瓊杵根尊を高皇産霊尊が天降らせるというこの冒頭をはじめ一書全体が、〔本伝〕の構成にほぼ対応する。その対応を支えとして、省略を示す「云云」を五ヶ所に使い、全体として所伝の大幅な縮約をはかっていることも、先行一書との違いを際立たせる。

しかしその一方、内容や表現の上では、とりわけ〔書四〕と同じ系列に属することも、すでに各論（933頁）に指摘した通り明らかである。先行一書との違いは、だから差違化の一環とみるべきだが、それにしても、先行一書と基調を同じくしながら、より積極的に尊貴化・権威化をはかってもいる。その上で、火瓊瓊杵尊を指す皇孫と天孫とを、〔書二〕のように使い分けるのではなく、たとえば「天孫因問之曰」と「皇孫因幸㆓豊吾田津姫㆒」というように併用する。使い分けが二つのその違いを文脈に生かすのに対して、違いよりむしろ同一であることをそれは含意するであろう。先行一書がその同一を担保することになる。

さてその併用の実態であるが、所伝の展開を追って、皇孫、天孫、皇孫の順にそれぞれまとまったあらわれをみせる。まず始めの皇孫は、二例とも高皇産霊尊が主導する天降りに「奉㆑降」を当て、「及㆑至㆑奉㆑降㆓皇孫火瓊瓊杵尊於葦原中国㆒也、高皇産霊尊勅㆓八十諸神㆒曰、」というその発端と、これに対応する「是時、高皇産霊尊乃用㆓真床覆衾㆒裹㆓皇孫天津彦根火瓊瓊杵根尊㆒而排㆓披天八重雲㆒以奉㆑降之。」という結末とに登場する。とりわけこの結末の一節のばあい、〔書四〕の「裹㆓天津彦国光彦火瓊瓊杵尊㆒」に「皇孫」を態態付加しただけに、天降りをめぐって「皇孫」を専用する顕著な姿勢を裏付ける。このあと、天降り後に出会った事勝国勝長狭との問答を中心とするくだりに登場するのが天孫である。問答は二件、一つは、長狭と出会った直後の「天孫因問之曰、此誰国歟。」という国に関する天孫の問いに、長狭が「奉㆓上天孫㆒矣。」と答える。もう一つも、その答えに続く直後の「天孫又問曰、」に始まる「（前略）是誰之子女耶。」という天孫の問いに、同じく長狭が「大山祇神之女等、大号㆓磐長姫㆒、少号㆓木花開耶姫㆒。亦号㆓豊吾田津姫㆒。」と答える。最後が、この豊吾田津姫の一夜娠みを疑うことにより姫と不和になる皇孫であり、その嘆きをうたった歌をもって幕を閉じる。

所伝の筋立ての上では、ほぼ右の三つの段落から成りたち、段落ごとにそれぞれ皇孫、天孫、皇孫を順に専用していたことになる。その順番は、もとより偶然ではない。皇孫から天孫に、また天孫から皇孫にというその転換が段落の区分に対応することは明らかだから、一つには、それらが段落の区分を明示する指標として機能するであろう。そうした読みにかかわる効果とは別に、もう一つに、それじたいのもつ意味の独自にそくした使い分けも、当然あり得る。実は、こちらのほうが重要である。もっとも、〔書二〕のどこまでも地の文に皇孫、会話文中に葦原中国の側に立つ者が敬意を込めてその皇孫を指す呼称としてつかう天孫というように同じ文脈のなかで区別するそうした使い分けとは異なり、段落のあらわすその内容に付随する。たとえば最初の天降りをめぐる段落では、天降りを主導する高皇産霊尊との関係にそくして、この皇祖に皇孫は対応する。次に天降り先の住人、長狭との問答をめぐる段落では、天降った火瓊瓊杵尊のその天に由来する出自をもとに、これを在地の長狭が待遇するという関係にそくして天孫を使う。最後の一夜娠みをめぐる段落では、それが「皇孫之胤」に関する疑念を契機とする点は、皇祖と皇孫とが血統上の関係にもとづくように、血統が深くかかわる。その血統の正統を問い質す者として、皇祖に対してその血統を正しくひき継ぐ皇孫こそまさに適切だったに違いない。

ちなみに、血統上の正統が証明されたあとに、関連して、疑いを抱いた皇孫に対して「豊吾田津姫恨二皇孫一、不二与共レ言。」という態度を姫がとり、これに皇孫が「沖つ藻は辺には寄れども　さ寝床もあたはぬかもよ浜つ千鳥よ」とうたって応じた、つまり姫のかたくなな態度にほとほと困り果てたという皇孫の嘆きを結末に置く。皇孫が疑念を抱いたことを改めて不当として難じるこの姫の態度はもとより、皇孫も嘆きの歌をみずからの非を受けいれた上でうたう。「皇孫之胤」を証明したという「母誓已験」を、物語仕立てのそれら結末の一節によって跡付けるといった意味あいが強い。

このあと、系譜だけをつたえる〔書七〕〔書八〕がつづいて第九段は幕を閉じる。その点では、この〔書六〕が、物語の実質を備えた所伝として第九段を締め括る位置に立つといっても過言ではない。しかも右にあらまし述べたとおり皇孫と天孫とを各段落ごとに使い分け、そうして併用することじたい差違化の一環にほかならないが、なおまた内容についても、皇孫を中心に、その誕生から天降り（第一段）、天降り先での長狭との問答（第二段）、そして一夜娠みをめぐる嫌疑と証明（第三段）へと展開するそのどの段も、実は先行する所伝をとりどりにひき継ぐ。念のためその対応を示せば、第一段冒頭の「天忍穂根尊娶二高皇産霊尊女子、栲幡千千姫万幡姫命一（中略）生二天津彦根火瓊瓊杵根尊一。」という一節は〔本伝〕冒頭に、第三段末の「皇孫因幸二豊吾田津姫一、則一夜而有レ身。皇孫疑之、」についても、同じく〔本伝〕の「皇孫因而幸之。即一夜而有レ娠。皇孫未レ信之、」にそれぞれ重ね、そうして〔本伝〕との首尾の呼応をはかってもいる。また第二段は「天孫」を専用する〔書四〕を中心に、たとえば「笠狭之御碕」「名曰二事勝国勝長狭一」、さらにこの長狭による国の「奉」などを共有する一方、「大山祇之女等、大号二磐長姫一、少号二木花開耶姫一」に限っては、〔書四〕に該当記述がなく、〔書二〕の当該所伝をひき継ぐ。しかし「亦号豊吾田津姫、云云。」と直後に付記する亦号が、〔本伝〕の「亦名神吾田津姫」に合致する以上、むしろ〔書二〕から距離を置くことを示唆する。その独自の思わせぶりな所伝の展開を、直後の「云云」に込める。

　そしてまさにそこにこそ、〔書六〕の特質はあからさまである。すなわち先行所伝をひき継ぐなかに、なかんずく葦原中国を舞台とした展開に、差違化を通して独自を発揮する。具体例を二、三挙げれば、葦原中国に関しては、〔本伝〕の「彼地多有二蛍火光神及蠅声邪神一。復有二草木咸能言語一。」を敷衍して「葦原中国者、磐根木株草葉猶能言語。夜者若二熛火一而喧響之、昼者如二五月蠅一而沸騰之。」という詳細な状況描写を施す。無名雉も、まず「無名雄雉」とした上で「此雉降来、因見二粟田・豆田一則留而不レ返。此、世所レ謂雉頓使之縁也。」と諺を新たにつけ加える。このあとに、〔本伝〕にそくした雉の派遣が続く。すなわち粟や豆の誘惑に負けてそのまま地に留まる、あたかも〔本伝〕の天穂日命らと同じように務めを果たさない事態を承けて、今度は「無名雌雉」

の派遣となり、この雌のほうが天稚彦に射られたとする。雄雉の「不レ返」は、天稚彦の「久不レ来」をなぞるものであろう。その雄雉を追って天から降った雌雉が射殺されることによって「中二其矢一上報」と報じることに、恐らくは皮肉をこめる。しかも雉は「春の野にあさる雉の妻恋に　己があたりを人に知れつつ」（万・8・一四四六）とうたう仲睦まじい鳥だけに、いっそう哀れを誘う。大山祇神の女も、ただ「美人」〔本伝〕〔書二〕「妹有二国色一」〔書二〕などとする型どおりの単純な表現ではなく、超俗的な神女の趣さえ彷彿とさせる「其於二秀起浪穂之上一起二八尋殿一而手玉玲瓏、織経之少女」という人物像に一新する。この妹豊吾田津姫が一夜娠みをめぐって皇孫からかけられた不義の嫌疑を晴らしたあとの皇孫とのやりとりをあらわす「豊吾田津姫恨二皇孫一、不二与共一レ言。皇孫憂之、乃為レ歌之曰、」にいたっては、その歌を含めすぐれて物語的な展開を繰りひろげている。

この姫の恨みは、しかし、すでに「母誓已験。方知、実是皇孫之胤。」という後なのだから、従来の所伝の枠組みとはあい容れない。もはや新しい所伝へ踏み出している。ただ「豊吾田津姫恨二皇孫一」じたいは、前述のとおり〔本伝〕をひき継ぐつながりにかんがみ、〔本伝〕の「鹿葦津姫（亦名、神吾田津姫）、忿恨、乃作二無レ戸室一、入二居其内一而誓之」をもとに、対応することを前提に当該一節及び以下の展開を「云云」に代えることに伴い、そこに差違化をはかったことにかかわる。すなわち、誓による子の誕生後に、その嫌疑を晴らして今度は恨む女とそれを憂える男という立場の逆転をそこに重ねたはずである。先行所伝が、たとえば〔書三〕は子を生んだあとのその臍の緒を切った竹刀から生じた竹林にちなむ地名起源、さらに卜定田などから収穫した稲による酒や飯の嘗に関する起源などに展開する一方、〔書五〕にしても、「一夜有レ身」をめぐる疑念の内幕関連の所伝をわずかに加えるのに対して、あくまで嫌疑を晴らしたあとのいわば後日譚として位置する。差違化が、ここでは新しい所伝への展開を導いている。歌を交えた男女の不和などは、次に続く第十段の皇孫と豊玉姫との同じように歌を交える別れに通じる。その〔書四〕には、「云云」も散見する。第十段へ、そうして確実につながる。

神代下　第十段

一、「天神之孫」による差違化、その口火を切る展開、〔書一〕

第九段の一書がたどる尊貴化・権威化という差違化の流れは、各一書ごとにそのあらわれを異にするとはいえ、一書全体を貫く基調とみることができる。〔本伝〕に対しては、基調を共有するいわば一書群として別にまとまりを構成してもいる。従来、火瓊瓊杵尊を天降す神の違いにそくして、一つは高皇産霊尊の系統ともう一つ天照大神の系統とに二分するのが通例であったが、それ以上に、尊貴化・権威化の有無が〔本伝〕と各一書とを明確に分かつことになる。この点から改めて尊貴化・権威化の流れを振り返ってみるに、その流れをつくる直接の契機となった所伝が、天照大神が皇孫の天降りを主導したとつたえる〔書一〕である。ここで、皇孫は「天照大神之子」すなわち「天神之子」としての位置づけを確立する。この上に、あとに続く一書が展開する。〔書二〕では、皇孫に高皇産霊尊が敬語表現を使い、天降りに際しては、高皇産霊尊はもとより、天照大神もさまざまな手厚い保護・配慮を加える。天降り後は、今度は葦原中国の事勝国勝長狭や大山祇神が皇孫を厚遇する。〔書二〕以降、皇孫の天降りをめぐっては、高皇産霊尊が主導するとつたえる一書（〔書四〕〔書六〕）だけとなるが、天照大神より高皇産霊尊のほうが尊貴化・権威化に都合がよかったという事情も、恐らくそこに介在していたはずである。〔書五〕にいたっては、さながら「天神之子」の神威を強調する様相さえ呈している。

こうして第九段の一書がとりどりに「天神之子」の尊貴化・権威化をはかる差違化を進めたのに対して、その「天神之子」の血統を継ぐ「天神之孫」の尊貴化・権威化を、同様に一書全体を貫く基調とするのが第十段である。この第十段の〔本伝〕と各一書との相互関連あるいは系列の違いなどの、各論（981頁）に検討を加えた差違化に伴うさまざまなあらわれにも、この「天神之孫」の尊貴化・権威化が深くかかわる。しかもその尊貴化・権威化じたい、第九段のそれとほとんど同じ軌跡を描く。差違化に著しいあらわれをみせる尊貴化・権威化をめぐって、第十段は第九段をほぼそのままひき継いで展開する。

たとえばまず第一に、尊貴化・権威化の口火を切る〔書一〕だが、ここに「天神之孫」の初出例を次のようにつたえる。

（貴客が来訪したという豊玉姫の報告を承け。「一云」は報告者を豊玉姫の侍者とする）於レ是、豊玉彦遣レ人問曰「客是誰者。何以至レ此。」火火出見尊対曰「吾是天神之孫也」乃遂言二来意一。時、海神迎拝延入、慇懃奉レ慰。因以二女豊玉姫一妻之。故、留二住海宮一、已経二三載一。

火火出見尊がみずからの身分と来意とを明かしたあとの「時」以降、「天神之孫」というその尊貴な身分にそくした、海神による心からの手厚い接待ぶりをあらわす。この文脈のなかでは、海神がみずからの女を妻とすることさえ、厚遇の一環としての意味あいが強い。その厚遇の居心地の良さに安んじ、だからこそ海宮に居住してまたたく間に三年が経ってしまったということまで、肝腎な鉤の一件を棚上げしたまま展開する。

ところが、〔本伝〕はこれとは大きく異なる。〔書一〕の前掲一節に対応する部分は、接待時とそれ以降との二段から成る。便宜、段落に分けて次に引用してみる。

海神、於レ是鋪二設八重席薦一以延内之。坐定、因問二其来意一。時、彦火火出見尊対以二情之委曲一。海神乃集二大小之魚一、逼問之。僉曰「不レ識。唯赤女、比有二口疾一而不レ来。」固召之探二其口一者、果得二失鉤一。

已而彦火火出見尊、因娶二海神女、豊玉姫一。仍留二住海宮一、已経二三年一。

ここでは、彦火火出見尊が来意を明かすと、海神はそれに直ちに応じて赤女の口から失った鉤を得る。来意の明示と鉤の回収とを、いわば一体的につなげている。段落分けしたとおり、海神の応待にそくした鉤の回収にいたる一連の展開から成るこの前段に対して、「已而」以下が、火火出見尊を中心に豊玉姫を娶って海宮に三年留住するというまた別のまとまりを構成していることは明らかである。その後段に、海神の関与は一切ない。前段の鉤の回収にしても、火火出見尊の窮状を見かねた海神が手を差し延べたという助力の性格が強く、宴席の場ながら、厚遇には直結していない。せいぜい前掲一節のはじめに「鋪二設八重席薦一」という表現がそれらしくはあっても、これさえ、火火出見尊をもてなす海神の豪華なしつらえを強調するはずだから、むしろ「其宮也、雉堞整頓、台宇玲瓏。」に連なる。

もとより、火火出見尊を迎えた折の、〔書二〕がつたえる「海神迎拝延入、慇懃奉レ慰」というあくまでも行為にそくして厚遇を強調する表現に比すべくもない。女を妻《めあわ》せることも含めそれだけ厚遇を強調するというのも、火火出見尊を「天神之孫」として位置づけたことに伴う。この位置づけじたい、当然、火火出見尊の尊貴化・権威化をはかる差違化の一環だったはずである。豊玉姫がにわかに出会った火火出見尊を親に報告するなかで、〔本伝〕がただその出会いだけを「白二其父母一曰、有二一希客者一、在二門前樹下一。」と簡潔に表わす「希客者」をめぐっても、〔書一〕はその素性に焦点を当て、次のように委細に表現してもいる。

白二其父神一曰「門前井辺樹下有二一貴客一。骨法非レ常。若従レ天降者、当レ有二天垢一。従レ地来者、当レ有二地垢一。実是妙美之。虚空彦者歟。」

とりわけ傍線部の表現に尊貴化・権威化は著しく、すでにこうして出会いの当初から「吾是天神之孫也」と海神に素性を明かす伏線を張っていたことになる。これを海神の厚遇がひき継ぎ、出会いから厚遇へと続く一連の表現をとおして尊貴化・権威化をはかっている以上、もちろんこの基調は後の展開にも及ぶ。

そのなかには、火火出見尊の帰郷について、具体的なその方法あるいは手段に一切言及のない〔本伝〕とは違い、わざわざ海神が「乗二火火出見尊於大鰐一以送二致本郷一」という手厚い配慮をみせることのほか、主題にも直接かかわる兄に対する報復がある。〔本伝〕では、海神は釣鉤と潮の干満を自在に操る二つの瓊とを授けるさいそれぞれその方法、仕方を教示するだけにすぎない。報復の実際は、火火出見尊じしんが行う。これとは対照的に、〔書一〕は、鉤に限れば呪いの言葉が増える以外ほぼ〔本伝〕と同じ内容だが、瓊に関するそもそも伝えがない。かわって海神じしんを、次のように報復の直接的な実行者とする。

汝兄渉レ海時、吾必起二迅風洪濤一、令二其没溺辛苦一矣。

自在に風濤を起こす能力を持つ海神じしんの能力あるいは威力を強調するというより、むしろその力によって「天神之孫」の手を煩わすことなく兄を溺らせ苦しめる、そうした海神みずから進んで報復の肩代りを申し出てその実行に当たることに、この一節は焦点を当てている。間接的な助力にとどまる〔本伝〕がつたえる海神の関与を、海神じしんによる報復の肩代わりという直接的な支援のかたちをとることにより、おのずから奉仕に尽力する海神のいわば忠誠ぶりが際立つ。「天神之孫」として火火出見尊の尊貴化・権威化をはかることが、海神の関与に、釣鉤の回収という本来の筋立てにはない、それだけ忠誠を強調する直接的な支援というもう一つ別のかたちを加えるにいたる大きな要因でもあったに違いない。

二、海神の敬慕・助力、弟の「神徳」に焦点化、〔書二〕

そしてこの〔書一〕のあとでは、第十段にも大別して二つの系列があり（各論966・969頁）、〔本伝〕の系列に属する〔書三〕でさえ、瓊の操作を報復の手段とするかたちをとりながらも、その報復を手助けする海神の事細かな指示を列挙した上で、これを「海神尽㆑誠奉㆑助、如㆑此矣。」と一括する。さながら主君に対する忠臣の奉仕にたぐう。もはや海神みずから報復に当たるとする〔書一〕及び同じ系列に属して報復も同じかたちをとる〔書四〕に連続的であり、報復をめぐる海神の関与の仕方それじたいを異にはしても、翻って「天神之孫」に対する援助に関連して尊貴化・権威化をはかるという基調を完全に共有するにいたる。かくてこの〔書三〕を含め、〔本伝〕を差違化して〔書一〕が切り拓いた尊貴化・権威化の方向にそって、第十段の一書は展開する。

まずは〔書一〕の次に位置する〔書二〕だが、火火出見尊が来意を明らかにすると、直ちに海神は鉤の探索に乗りだす。前述のとおり来意の明示と鉤の探索を一体的に繋ぐこのかたちの上では、明らかに〔本伝〕の系列に属する。表現も、該当部分を示せば次のように緊密に対応する。

〔本伝〕　坐定、因問㆓其来意㆒。時、彦火火出見尊対以㆓情之委曲㆒。海神乃集㆓大小之魚㆒、逼問之。

〔書二〕　坐定。因問㆓来意㆒。対以㆓情之委曲㆒。時、海神便起㆓憐心㆒、尽召㆓鰭広鰭狭㆒而問之。

〔本伝〕を〔書二〕が襲用した結果に相違なく、したがって差違化により新しく加えた主要部分は、右の一節のなかでは傍線を付した「便起㆓憐心㆒」だけにとどまる。しかしそれは、海神が火火出見尊に対して懐く心情をあらわす一例にすぎない。所伝の基本的な展開の大筋を〔本伝〕に拠りながら、そのなかに、右の一節のように海神の心情をつぶさにつたえる点に、〔書二〕は特徴的なあらわれをみせる。心情を火火出見尊に直接つたえ、さらには訴えるかたちをとるのが、次に引く一節である。

及レ至二彦火火出見尊将レ帰之時一、海神白言「今者、天神之孫、辱臨二吾処一。中心欣慶、何日忘之。」乃以二思則潮溢之瓊、思則潮涸之瓊一、副二其鉤一而奉進之曰「皇孫雖レ隔二八重之隈一、冀時復相憶而勿二棄置一也。」因教之曰、「以二此鉤一与二汝兄一時、則称二貧鉤、滅鉤、落薄鉤一、言訖以二後手一投棄与之。勿二以向授一。」（以下略）

傍線を付した二つの会話文の内容は、海神が火火出見尊をそれぞれ「天神之孫」「皇孫」として敬慕する心情を端的にあらわす。その会話文を導く「白」や「奉進」といった敬語の使用とあわせて、〔本伝〕を差違化して新しく加えた右の会話文なども、火火出見尊を「天神之孫」として尊貴化・権威化することに伴い、とりどりにその火火出見尊に対する海神の心情をあらわす表現として具現化をはかったものだったに相違ない。

もとより尊貴化・権威化のあらわれはそれだけにとどまらない。豊玉姫が父母に報告したなかに、火火出見尊を「顔色甚美、容貌且閑。殆非レ常之人者也。」と形容する表現が、前述の〔書一〕の「骨法非レ常。若従レ天降者、当レ有二天垢一。従レ地来者、当レ有二地垢一。実是妙美之。」に通じる反面、外観の美をいっそう強調していることは明らかである。

また一方、兄に対する報復と兄の屈服に、この〔書二〕は焦点を当てる。特には「伏レ罪曰、吾已過矣。従レ今以往、吾子孫八十連属、恒当レ為二汝俳人一。」と臣従を強調し、隼人の「至レ今不レ離二天皇宮墻之傍一、代吠狗而奉事者矣。」という宮中奉仕の起源とする。この屈服してみずから過ちを認めた兄を「於レ是、兄知三弟有二神徳一、遂以伏二事其弟一。」とつたえる。瓊を操作して潮を自在に干満させる超能力をもつことにそくして「神徳」というのだが、もとを質せば海神の助力に帰するとはいえ、その助力を海神みずからかって出るについては、火火出見尊に対して懐く「天神之孫」という認識、すなわち右掲一節の傍線部が端的にあらわす敬慕の心情がそこに大きく作用しているはずだから、「神徳」の来歴を洗えば、おのずから「天神之孫」にゆきつく。こうして〔書二〕が他の一書に比して詳細につたえる報復をめぐる展開を通して強調する「神徳」も、尊貴化・権威化をはかる上に「天神之孫」に相応しいかたちを与えるべく案出したものと考えるのが相当である。

所伝の力点を、この「天神之孫」にそくして尊貴化・権威化をはかることに置くことによって、海神が敬慕する心情や兄の屈服による「神徳」などを強調する新たな展開に道を開く反面、海神の女との結婚及びそれによる彦波瀲武鸕鷀草葺不合尊の誕生などの棚上げを招いている。豊玉姫を登場させている以上、その結婚も、また子の誕生も後景に退けたに過ぎないが、〔本伝〕と同じ系列に属することに照らして、この〔本伝〕が子の誕生にいたる展開を、兄の伏罪のあと「後」によってそれ以前と切り分けていることが、その棚上げのかたちにつながったことは言を俟たない。〔本伝〕の枠組みを担保とすればこそ、この差違化も可能だったはずである。

三、御路（往路）と一尋鰐（復路）と干満二種の宝物、〔書二〕（前）

ところで、この〔書二〕は、冒頭を「門前有二一好井一」という火火出見尊がすでに足を踏み入れている海神の宮の情景描写から始めている。そこに至る経緯の一切をつたえないばかりでなく、海神の女との結婚やそれによる彦波瀲武鸕鷀草葺不合尊の誕生などの所伝構成の主要な柱を欠く。前述のとおり〔本伝〕の系列に属するこの一書は、それらの柱を〔本伝〕に委ね、所伝の力点を「天神之孫」の尊貴化・権威化に置くことによって、海神が敬慕する心情や兄の屈服による「神徳」などを強調する新たな展開に道を開く。

いわば大幅な省略と引き換えに、尊貴化・権威化をはかるなかで所伝の新たな展開をめざすこの〔書二〕の直後に、〔書三〕は位置する。〔書二〕が加えたこの省略と新たな展開を、当然、〔書三〕は踏まえ、あるいは前提として差違化をはかる。ただし、そのあらわれはけっして単純ではない。たとえば火火出見尊が足を踏み入れた海神の宮の門前（〔書一〕は門外）の井のほとりで豊玉姫と出会う劇的な場面は、〔本伝〕をはじめ先行一書がすべてつたえるにもかかわらず、〔書三〕にその断片さえ言及がない。それに代わるのが、海神みずからの出迎えである。豊玉姫などの介在を省いた上で、他にはないそうした独自な展開に力点を置く。

この海神の出迎えは、火火出見尊が豊玉姫との出会いをはたす劇的な場面に代えているだけに、そのもつ意味はなかなかに重い。みずから直々に出迎えることじたい、このあとに続く海神の一連の対応を象徴的にものがたってもいる。火火出見尊が海神の宮に到った以降の、海神の対応をつたえる一節を次に引用する。

（火火出見尊）自至二海神之宮一。是時、海神自迎延入。乃鋪二設海驢皮八重一、使レ坐二其上一。兼設二饌百机一以尽二主人之礼一。因従容問曰「天神之孫、何以辱臨乎。」

ここにつたえる接待の内容は、たとえば敷物の「海驢皮八重」が「八重席薦」〔本伝〕、「八重席」〔書二〕などにはるかに優る貴重な物品であることは明らかだし、この上に坐らせたうえ「饌百机」を供して「尽二主人之礼一」にいたっては、厚遇ぶりを特に際立たせている。このあと海神が問いかけた「天神之孫、何以辱臨乎。」という格別丁重な言葉遣いは、〔書二〕の「今者、天神之孫、辱臨二吾処一、中心欣慶、何日忘之。」をひき継ぐ。しかし問いかけの中身じたいは、〔書二〕のただ「坐定、因問二来意一。」という型通りの内容（〔本伝〕と同じ）とは違い、むしろ〔書一〕の「客是誰者、何以至レ此。」に通じる。このあとに展開する結婚をめぐって、後述するように「因以二女豊玉姫一妻之」という〔書一〕の型を踏襲していることにかんがみ、海神の問いかけも、基本は〔書一〕

に従いながら、それに丁重な言葉遣いを基調とする〔書二〕の表現を取り込んで成りたつであろう。厚遇を際立たせる接待からこの丁重な問いかけへと続く対応が、海神の宮に足を踏み入れた火火出見尊を海神みずから出迎えたことと一連の、「天神之孫」として尊貴化・権威化をはかる意図によることは疑いを容れない。

もとより、この尊貴化・権威化にかかわる例はこれだけに限らない。そのうちの〔書三〕だけがつたえる特徴的な例をいくつか以下に採りあげてみるに、まずは火火出見尊が海神の宮を訪れ、そして帰るその往復に関する記述だが、とりわけ帰還をめぐっては、〔本伝〕の系列が「已還レ宮」〔本伝〕、「帰二来本宮一」〔書二〕と素っ気なくつたえるのに対して、〔書一〕がまずは「於レ是、乗二火火出見尊於大鰐一以送二致本郷一。」という鰐に乗せて送るかたちをとり、さらにこれの差違化をはかり、〔書三〕は内容を大きく変える。

已而召二集鰐魚一、問之曰「天神之孫、今当二還去一。儞等、幾日之内、将二以奉レ致。」時、諸鰐魚、各随二其長短一、定二其日数一。中有二一尋鰐一。自言「一日之内、則当レ致焉。」故、即遣二一尋鰐魚一以奉レ送焉。

召集した諸鰐魚に向かってわざわざ「天神之孫、今当二還去一。」と前置きした上で、送致に要する日数を問うこのいかにも物物しい口吻といい、さらには一日という最短の日数を申し出た一尋鰐に送らせる配慮といい、海神はそれこそ心を砕く。「天神之孫」を送り帰すに当たっては、それが当然であるかのようにつたえるが、まさに「天神之孫」をこの上なく尊貴な存在とする認識に立つ。海神の「奉レ致」と地の文の「奉レ送」と、その認識を共有してもいる。

同じ認識に立つ表現を、実はこの復路に対する往路にもみることができる。それが「御路」である。海神の宮に到るまでの往路については、「乃作二無目籠一、内二彦火火出見尊於籠中一、沈二之于海一。即自然有二可怜小汀一。」〔本伝〕をはじめ、海に沈んだ直後を「可怜小汀」に繋ぐ記述が通例であり、〔書三〕の「御路」ははなはだ異例というほかない。

乃作㆓無目堅間小船㆒、載㆓火火出見尊㆒、推㆓放於海中㆒。則自然沈去。忽有㆓可怜御路㆒。故尋㆑路而往。自至㆓海神之宮㆒。

傍線部以下は、この他の記述と同じように〔書一〕の「沈之。（中略）于㆑時、海底自有㆓可怜小汀㆒。乃尋㆑汀而進。忽到㆓海神豊玉彦之宮㆒。」をほぼ襲用しているはずだから、「（可怜）小汀」を「（可怜）御路」に改めただけに過ぎないとはいえ、その表わす意味は全く違う。漢語の「御路」は、「供帝王車駕通行的道路」という「御道」と同じ意味を表わす（漢語大詞典）が、右に引用した〔書三〕に酷似した古事記の一節中の同じ「御路」について、中川ゆかり氏『上代散文　その表現の試み』（その第一章「第四節　神話を記述する言葉」。二〇〇九年三月。塙書房）が「漢語の御路」とみなして「その敬意の対象は天子に限られ、〝天子のいでましの道〟の意で遣われる。」（105頁）と指摘した上で、次のように説く。

ワタツミの国に到るミチは、シホツチの神によって霊力を与えられた、選ばれた人であるホヲリの命がお通りになる道であり、その意味をより適確に表わそうとする記述者の配慮によって、先にあげたような漢籍に見える「御路」がミチの表記に選ばれたと考える。（107頁）

さらに当面の〔書三〕の例に関連して「海幸・山幸譚の『御路』は、古事記と日本書紀の第三の一書に見え、それらの原資料にすでにあった語であろう。」と指摘してもいる。古事記はさて置き、日本書紀に限れば、「ホヲリの命」を「シホツチの神によって霊力を与えられた、選ばれた人」とみなすこの見方じたい疑わしいが、当面の「御路」をめぐる解釈にも問題がある。たとえそのお通りの道という意味を的確に表わそうとする記述者の配慮によって「御路」が選ばれたとしても、「原資料」にすでにそれがあったというのであれば、その記述者と「原資料」を記述した者は異なり、そうなると、「御路」にシホツチの神がどうかかわるのか、またそもそも「シホツチの神によって霊力を与えられた、選ばれた人」の「ホヲリの命」に対して、前述のとおり〔本伝〕ほかが「有㆓可怜小汀㆒」とするなかで、ひとりその「原資料」だけがなぜ「有㆓可怜御路㆒」という独自に出たのか、かえって新たな疑問もかかえこまざるを得ない。

ただ、しかし〔書三〕が「御路」を帝王車駕の通行に供する道路の意を表わす漢語になぞらえ、その帝王に相当する尊貴な身分のものとして、それによって「天神之孫」の尊貴化・権威化をはかっていることは疑いを容れない。この「御路」を「天神之孫」の通行に相応しくその用に当てる一方、またその御来駕であればこそ、みずから出迎えるというかたちをとるはずである。所伝の展開上、さらに「天神之孫」を、海神が集めた諸鰐魚のなかから特に選び抜いた一尋鰐を遣わして「奉㆑送」という復路がこれに対応する。往路と復路とをそうして対応させていることが、前述の海神による際立った厚遇や延いては女を妻わせることなどの「天神之孫」に対する一連の手厚いもてなしにつながる。

それだけに、このあとに続く火火出見尊を送別する際の海神の言動を伝える記述は、改めて注目に値する。前述のとおりその記述をめぐっては、鯛の口から回収した鉤を兄に与える方法を教示することに加え、〔本伝〕〔書二〕が潮の干満を自在に操る二種の瓊を与えてその使用方法を教示するとつたえ、一方の〔書一〕〔書四〕は海神みずから風や濤を起こすとつたえる。系列間に明確な違いがあるにもかかわらず、そのあい異なる方策を鉤の教示と一括して、いわばセットでつたえることは共通する。すなわち、系列間になんら違いがない。各系列を〔本伝〕と〔書一〕とに代表させて関連記述を次に示す。

〔本伝〕　便授㆓所㆑得釣鉤㆒。因誨之曰（以下略）復授㆓潮満瓊及潮涸瓊㆒而誨之曰

〔書一〕（鉤猶在レ口。便得之）乃以授二彦火火出見尊一。因教之曰（以下略）又汝兄渉レ海時、吾必起二迅風洪濤一、令二其没溺辛苦一矣。

いずれも「以下略」部分に、兄に鉤を与える方法を教示する海神の言葉があてはまる。その前後は、一体的に連続する。その結びつきを、〔書二〕の「乃以二思則潮溢之瓊、思則潮涸之瓊一副二其鉤一而奉進之曰」という「副」が象徴的に表わしてもいる。

これに対して、〔書三〕はそれぞれ鉤と瓊とに関連する二つを分け、その間に前述の一尋鰐による「天神之孫」の送致をめぐる一節を介在させる。ひとり〔書三〕だけが全く独自な展開をみせる。〔書三〕のこの独自は、前述のとおり「御路」を通る来駕と対応させて一尋鰐による送致を〔書三〕が独自につたえていたこと、それによって「天神之孫」として尊貴化・権威化をはかっていたことなどと当然結びつく。念のため、右に引用した〔本伝〕〔書一〕の各一節にならい、それらに該当する〔書三〕の記述を、その展開の順どおり次に抜き出してみる。便宜、段落分けを施す。

（一）於レ是、進二此鉤于彦火火出見尊一。因奉レ教之曰（以下略）

（二）已而召二集鰐魚一、問之曰（以下略）故、即遣二一尋鰐一以奉レ送焉。

（三）復進二潮満瓊・潮涸瓊、二種宝物一、仍教二用レ瓊之法一。又教曰「兄作二高田一者、汝可レ作二洿田一。兄作二洿田一者、汝可レ作二高田一。」海神尽レ誠奉レ助、如レ此矣。

（一）の全てと、（三）の傍線部とが独自な記述である。（三）のばあい、「進二潮満瓊・潮涸瓊、二種宝物一」をうけ、「仍」を介して「教二用レ瓊之法一」がまず対応し、この直後に「又教」を続けていることから、瓊の使用法を教示した上で、その瓊を実際に使用する場面にそくして必要な準備・用意を予めしておくべきことを教示したものであろう。この教示が先行する「教二用レ瓊之法一」と対応をもつように、(一)の「進」と(三)の「復進」とが対応する。その間に介在する(二)を含め、連続する(一)~(三)の全てを集約して、別離の最後を「海神尽レ誠奉レ助、如レ此矣。」と結ぶ。「天神之孫」を迎えいれたその当初の手厚いもてなしを強調する「尽二主人之礼一」と、それは確実に呼応する。

その結びに、「天神之孫」に寄せる海神の心情はあからさまである。同時に、その結びは別離を前提とし、したがって(二)の「奉レ送」をひき継ぐはずである。別離に際して、海神は干満の瓊「二種宝物」をたてまつる。瓊を鉤と切り離す扱いと、瓊をさすこの呼称とは恐らく相関する。瓊を鉤と一括する〔本伝〕、またあるいは鉤に瓊を副える「以二思則潮溢之瓊、思則潮涸之瓊一副二其鉤一而奉進」といった〔書二〕などを差違化した結果のはずだが、これには、直前の第九段の〔書一〕に次の先例がある。

故、天照大神乃賜二天津彦彦火瓊瓊杵尊、八坂瓊曲玉及八咫鏡・草薙剣、三種之宝物一。又以二中臣上祖天児屋命・忌部上祖太玉命・猨女上祖天鈿女命・鏡作上祖石凝姥命・玉作上祖玉屋命、凡五部神一使二配侍一焉。

葦原中国に天降る皇孫に対して、五部神を配侍させると共に天照大神の賜うのが、八坂瓊曲玉以下の「三種之宝物」である。そして右に引いた一節の直後には、関連して天壌無窮の神勅が続く。そのなかに「葦原千五百秋之瑞穂国、是吾子孫可レ王之地也。宜二爾皇孫、就而治一焉。」という葦原中国の統治を補佐する役目を、五部神は負うであろう。「三種之宝物」についても、統治に必要な呪具の性格がつよい。同じ〔書一〕の冒頭につたえる天稚彦の派遣をめぐる次の記述が、ここに参考になる。

天照大神勅二天稚彦一曰「豊葦原中国、是吾児可レ王之地也。然慮、有二残賊強暴横悪之神一者。故、汝先往平之。」乃賜二天鹿児弓及天真鹿児矢一、遣之。

神勅と同様に「豊葦原中国、是吾児可レ王之地也。」と明示した上で、残賊以下の統治を妨げ、あるいは障害となる神々の平定用に「天鹿児弓及天真鹿児矢」を賜う。派遣目的にそくした物品を賜うというかたちにおいて互いに共通する。その一方、たとえば草薙剣は、素戔嗚尊が八岐大蛇の尾に見出し「是神剣也。吾何敢私以安乎。」として天神に献ったという由緒あるまさに神剣であるように、八坂瓊曲玉以下どの品も、客観的に宝物であるよりなにより、天照大神じしんが宝とするまさに神器であったろう。天稚彦に下賜した天鹿児弓や天真鹿児矢などとは、その点に決定的な違いがある。

翻ってくだんの「二種宝物」にしても、ただに水を自在に操ることができる瓊という以上に、海神を海神たらしめる（いわゆるドラゴンボールのごとく）霊妙不可思議な能力を発揮する呪具として海神じしんが宝とするものであったとみるべきであろう。鉤と一括するものでも、またあるいは鉤に副えるものでもない。鉤とは別に、それじたいが「天神之孫」に対する海神の「尽レ誠奉レ助」を象徴的に表現する「宝物」だからこそ、別離の最後に位置づけたに相違ない。瓊のもつ意味を強め、また一方その占める意義を高めるこうした差違化のねらいが、それをたてまつる相手の「天神之孫」の尊貴化・権威化にあることは疑いを容れない。

四、「天孫之胤」の出産をめぐる禁忌、〔書三〕（中）

ところで、この〔書三〕には、〔本伝〕をはじめ他の一書にない独自な点がいくつかある。差違化した結果だから、独自じたいはなにも異とするまでもないが、その独自が古事記に通じるという点でもとりわけ注目に値する例が、火火出見尊と豊玉姫との間で交した贈答歌二首である。歌二首を含む豊玉姫に関連した所伝全体に、

〔書三〕の前節に指摘した基調は及んでいるはずだから、その二首じたい、この基調と無縁ではありえない。そこで二首の基調とのかかわりを視野に入れながら、豊玉姫に関連した所伝の内容を改めて見極めることにする。まずは〔書三〕に独自かつ特徴的な記述が、豊玉姫関連の所伝を説き起こす次の一節である。火火出見尊が兄を懲罰した直後の、時間上はそれより溯る別離の間際をつたえるものだが、

先レ是、豊玉姫謂二天孫一曰「妾已有レ娠也。天孫之胤、豈可レ産二於海中一乎。故、当二産時一、必就二君処一。如為レ我造二屋於海辺一以相待者、是所レ望也。」

全体に〔本伝〕〔書一〕とほぼ共通した内容をあらわすなかで（〔書二〕は該当記述がなく、〔書四〕は省略して「云云」とする）、傍線部だけは〔書三〕にしかない。「天孫之胤」の出産に伴う禁忌を内容とする。〔本伝〕以下では、陸で出産することがあたかも当然、あるいは自明であるかのように豊玉姫はなんら理由を示さない。もとより、それで文脈上支障なり不都合なりが生じてはいないだけに、ひとり〔書三〕が陸で出産する理由として禁忌をもち出すのは、所伝の展開に必要だったことを一義的に目的とはしていない。実は、これには前例がある。第九段の〔書二〕のすでに言及した次の一節だが、

妹有二国色一。引而幸之、則一夜有レ身。（中略）是後、神吾田鹿葦津姫見二皇孫一曰「妾孕二天孫之子一。不レ可二私以生一也。」皇孫曰「雖二復天神之子一、如何一夜使二人娠一乎。抑非二吾之児一歟。」

これに対応する〔本伝〕の一節は、ごく簡潔に「皇孫因而幸之。即一夜而有レ娠。皇孫未レ信之曰、雖二復天神一、何能一夜之間令二人有レ娠乎。汝所レ懐者、必非二我子一歟。」と記述するだけに過ぎない。出産には、一切触れていない。その必要がなかったからというほかないが、それだけに、右に引用した一節の傍線部をことさら付加していることは明らかである。そしてその付加が皇孫の尊貴化・権威化をはかる〔書二〕の独自な意匠によることも、

前述のとおり明白である。この意匠と軌を一にするのが、すなわちくだんの〔書三〕を特徴づける前掲一節の傍線部にほかならない。

　そのことを踏まえた上で、改めて傍線部の内容をみるに、「天孫之胤、豈可レ産二於海中一乎。」という禁忌を口にする豊玉姫は、天孫を迎え「天神之孫、何以辱臨乎。」と問いかけた海神の女であり、「天神之孫」たる天孫を尊貴とする身分秩序を父と共有していることが、その天孫の子を海中で出産してはならないと言わしめたはずである。天孫の尊貴を、天孫の子がそのままひき継ぐ。この限りは、しかし前述のとおり軌を一にする第九段〔書二〕の「妾孕二天孫之子一。不レ可二私以生一也。」と同じ「天孫之子」でも不足はなかったはずだが、それに代えて「天孫之胤」としたこの表現にこそ、実は特別な意味がある。〔書四〕には、これをひき継ぐ例を「一云」がつたえている。詳細は後述するが、本文に「遂以二真床覆衾及草一裹二其児一、置二之波瀲一、即入レ海去矣。」とつたえた直後に「一云、置二児於波瀲一者非也。豊玉姫命、自抱而去。久之曰、天孫之胤、不レ宜レ置二此海中一。乃使二玉依姫持一之送出焉。」と続く。異伝とはいえ、「天孫之胤」を「真床覆衾」でつつむ児に対応させていることは明らかである。そもそも「胤」の用例じたい、神代下以外になく、当該第十段の二例のほかには、次の第九段の例がすべてであり、前述のとおり鹿葦津姫が夫の疑念を晴らすべく行う誓いに伴う類型的なあらわれをみせる。

〔本伝〕　誓之曰「妾所レ娠、若非二天孫之胤一、必当二燋滅一。如実天孫之胤、火不レ能レ害。」

〔書五〕　誓之曰「妾所レ妊、若非二天神之胤一者、必亡。是若天神之胤者、無レ所レ害。

〔書六〕　母誓已験。方知、実是皇孫之胤。

所伝ごとに「天孫之胤」「天神之胤」「皇孫之胤」と違うにもかかわらず、どれもが火瓊瓊杵尊の血統をうけついだそのあとつぎ（継嗣）を表わす。誓は、まさしくそのあとつぎであることを証明するための行為にほかならない。血統をうけつぐ正真正銘のあとつぎという、子ではあらわしえない意味を込めたこの胤を、表現のかたちを含めそっくりひき継いだのがくだんの「天孫之胤」である。

天孫の子を、こうして正真正銘のあとつぎとして明確に位置づけることに「天孫之胤」の意義がある。そのことじたい、天孫の「天神之孫」という血統に伴う尊貴を前提とする。天孫の正真正銘のあとつぎだから、おのずから「天神之孫」の尊貴をうけつぐ。ほかでもないそれゆえに、すなわち陸が本来の生棲地だからとか、またあるいは陸上こそが統治領域だからなどの理由ではなく、「天神之孫」の尊貴をそのまま受け継いだあとつぎとして尊貴な存在ゆえに、海中で産んではならないという禁忌を導くはずである。出産する当の豊玉姫にその禁忌を言わしめることは、「天神之孫」を尊貴とする認識による。その豊玉姫の言に、天孫の尊貴化・権威化の意図はあからさまである。

五、豊玉姫との別離に伴う歌の贈答、〔書三〕（後）

この尊貴化・権威化のあらわれは、「天神之孫」を迎えた海神の対応をめぐる前半から、豊玉姫による「天神之胤」の出産に関連した後半に転じて、海神の立場や役割を豊玉姫がひき継いでいることを示唆する。これに伴い、豊玉姫の存在が所伝に大きな比重を占めるに至る。たとえば天孫のもとに至るさまをつたえる「豊玉姫自馭㆓大亀㆒、将㆓女弟玉依姫㆒、光㆑海来到。」をはじめ、出産した児の名号についても「既児生之後、天孫就而問曰、児名何称者当㆑可乎。対曰、宜㆑号㆓彦波瀲武鸕鷀草葺不合尊㆒。」と豊玉姫の命名による。これら〔書三〕に独自な所伝のなかでもとりわけ著しい特徴が、天孫と豊玉姫との「贈答歌二首」である。豊玉姫の「報歌」は、〔書三〕全体を実質的にしめ括る位置を占める。

後半全体の構成の上では、その冒頭に当たる「先レ是、豊玉姫謂二天孫一曰、妾已有レ娠也。」から出産、窃覘、子の命名、別離とつづく一連の展開のその最後に、次の天孫の歌が位置する。

沖《おき》つ鳥　鴨著《づ》く島に　我が率《ゐ》寝《ね》し　妹は忘らじ　世のことごとも

別れたあとも世の続くかぎり思慕しつづけるという熱烈な恋情をうたう。そしてこの歌のあと、続いて海神のもとに帰り去った後の豊玉姫をめぐる所伝が、いわば段落が改まったように「是後」のあと次のように展開する。豊玉姫の歌は、その最後に位置する。

是後、豊玉姫聞二其児端正一、心甚憐重、欲二復帰養一。於レ義不レ可。故、遣二女弟玉依姫一、以来養者也。于レ時、豊玉姫命寄二玉依姫一而奉二報歌一曰、

赤玉の　光は有りと　人は言へど　君が装《よそひ》し　貴《たふと》くありけり

凡此贈答二首、号曰二挙歌一。

右の一節全体が、別離後の豊玉姫に焦点を当てたまとまった内容をあらわしていることは明らかである。別離を境として、かりにそれ以前を前段とすると、別離をあらわすこの一節が後段に当たる。構成上、この前段と後段との二つの単位的なまとまりを結びつけて全体を成りたたせている。

その結びつきは、前段と後段との対応に著しい。たとえば段の冒頭部分は、次のように対応する。

前段――豊玉姫謂二天孫一曰「妾已有レ娠也。天孫之胤、豈可レ産二於海中一乎。」

後段――豊玉姫聞二其児端正一、心甚憐重、欲二復帰養一。

「天孫之胤」と「其児」とは、共に豊玉姫の子（前者が出産前、後者が出産後）を指す。その子に対する思いが、母

を突き動かす契機となる。さらにつきつめていえば、子が「天孫之胤」であり、またその胤であればこそ「端正」であることに尽きるが、そのことが原因となって、豊玉姫を行動に駆り立て、事態が展開する。さきに「天孫之胤」にそくして、それが天孫の尊貴化・権威化をはかるねらいによることを指摘したが、かたちを変えた「其児端正」は、それを後段でひき継ぐ。

対応は、最後に「贈答歌二首」として括られる歌を前、後段とも末尾に配することにとどまらず、その歌のありかたや内容にも及ぶ。まずは歌の位置にかかわる対応だが、天孫がうたった「贈」歌を最後に、豊玉姫との関係を天孫の立場にそくしてつたえる記述が無くなると同様に、それに応じた「報歌」を豊玉姫がうたったあとには天孫との関係をつたえる記述が無い。歌は、天孫と豊玉姫とがたがいに相手と結びつく最後のつながりであり、その最後の思いをそれぞれが言葉に表したものとして位置する。前段・後段ともに、所伝のはじまりを「天孫之胤」「其児」に対する豊玉姫の思いが導き、またそれを契機とし、かつそれをめぐって所伝が展開するにもかかわらず、最後を、そうして天孫と豊玉姫とのたがいのつながりをめぐる「贈答二首」をもって閉じる点は、所伝の成りたちにかかわる構造上の特徴であり、歌を解釈する重要な手懸りともなる。

内容上も、もちろんこの特徴にかかわる。贈歌では、天孫は「わが率寝し妹は忘らじ」とうたう。過去の経験にそくしたイメージとしても、「率寝し妹」は生々しく烈しい。今抱くこのイメージを将来にわたってずっと持ち続けるというこの天孫の歌に豊玉姫の「報歌」が応じる。ただし、従来、この「贈答二首」のありかたに焦点を当てた解釈、あるいは右の構造上の特徴や対応にそくした考察じたいが手薄である。多くはむしろ歌じたいの構成に着目し、上句の「赤玉は光はありと人は言へど」と下句の「君が装し貴くありけり」とをめぐって「甲ナレドモ乙ナリという型で、乙を賞賛するために、甲をあげ、しかしながらと乙を導く。」（日本古典文学大系、頭注九）、また同じく「甲もよいが乙はそれ以上によいと、乙を賞賛する表現形式」（新編日本古典文学全集、頭注四）などと、下句を賛美する表現形式とみなすのが通例である。

上句と下句とに相関する関係を認めることに異存はないが、賛美表現の型とみなす見方は肯い難い。表現のかたちとして、たとえば類型的な例を次に列挙してみるに、

（1）漁《あさり》する海人《あま》の児どもと人は言へど見るに知らえぬ良人《うまひと》の子と（5・八五三）

（2）相ひ見ては恋ひ慰むと人は云へど見て後にそも恋ひ益りける（11・二五六七）

（3）朝顔は朝露負ひて咲くと云へど暮影《ゆふかげ》にこそ咲き益りけれ（10・二一〇四）

（4）常盤《ときは》なす石室《いはや》は今もありけれど住みける人ぞ常なかりける（3・三〇八）

一重傍線部のとおり語法上は、逆接の助詞「ど」が上句と下句との関係を規定する。下句では、（1）が見てわかったという事実にそくした強い断定を表すほか、二重傍線を付した係り助詞と「けり」との相関を成りたたせている。くだんの例が上句にもつ「人は言へど」にそくして歌の句相互の意味上のかかわりをたどれば、上句に世間一般ないし通常見聞きすることを人の言として提示した上で、それに反する、あるいは違って思いもよらない事態やその出来事などを詠嘆をまじえて下句があらわす。さらにまた係り結びに代って副詞が「けり」と相関する「相ひ見ては須臾《しましく》恋はなぎむかと　念へど弥《いよよ》恋益りけり」（4・七五三）のほか、条件句を含む「秋の夜を長しと言へど　積りにし恋を尽くせば　短かかりけり」（10・二三〇三）なども類例に加えることができる。

これらの歌のかぎりだとはいえ、賛美表現の型などみるべくもない。類型としてはむしろ右に指摘したとおり逆接の助詞「ど」を介してその上下の句的相関を構成し、豊玉姫がうたったくだんの歌も、この型に該当する。「あかだま」については、前掲注釈書では「明珠」（日本古典文学大系）あるいは「赤玉（琥珀）」（新編日本古典文学

全集）などとみる。決め手を欠くといわざるを得ないが、いずれにせよ、たとえば「瑾瑜之玉、潤沢而有レ光。」（山海経。『芸文類聚』巻八十三「玉」）という光のある宝玉を貴いものとして人々が口にすることをあらわす点に、下句を前提としたこの上句は力点を置く。一方、句の相関上、それにまさって君の装いは貴いとその貴さを強調するのが下句である。装いは、これも万葉集に例をとれば、「白栲に舎人《とねり》装束《よそ》ひて」（安積皇子の薨去を悼む大伴家持歌。3・四七五）、「君なくはなぞ身装《みよそ》餝はむ　匣《くしげ》なる黄楊《つげ》の小梳《をぐし》も取らむとも念はず」（石川大夫の遷任上京時に贈った播磨娘子歌。9・一七七七）など状況や相手にあわせて特別に身を装飾するものをいう。くだんの歌の「君が装《よそひ》」も、たとえばこの播磨娘子が石川大夫との交わりに際して特に黄楊の小梳をさして身を装ったと同じように、豊玉姫のために特に美しく着飾った装いをあらわすであろう。その装いが、世間の人が貴いと口にするあか玉を引きあいに出し、それをはるかに越えて輝くばかりに貴いというのが歌の大意である。

　この歌が、別れたあともなお豊玉姫が天孫に対して抱く思いを、その思いにちなむ装いにそくしてあらわすことは疑いない。言いかえれば、貴いその「君が装《よそひ》」こそ天孫に今もなお豊玉姫が抱きつづけるイメージにほかならない。さきに天孫が豊玉姫に対して将来にわたって抱きつづけるとうたったイメージの「率寝し妹」と、この豊玉姫の抱くイメージの「君が装《よそひ》」とは緊密に対応する。念のため図に示せば、対応は次のとおり。

天孫歌――わが率寝し妹（忘らじ世のことごとも）

↑贈　↓報

豊玉姫歌――君が装《よそひ》（貴くありけり）

たがいに鮮烈に焼きついた相手のイメージを通して思いあっている以上、別れたとはいえ、深く心を通わせていることになる。〔本伝〕の「今既辱之。将何以結二親昵之情一乎。」と豊玉姫じしんが心情的にも明確に関係の断絶を表明する例はもとより、〔書一〕のただ「遂以レ見レ辱為レ恨、則径帰二海郷一。」という別れたきりのまま終息する例などとは、明らかに違う。別離という所伝の基本的な枠組みから逸脱してはいないものの、心情や心理の上では強い結びつきを保っている。それも、しかし豊玉姫の思いなくしてはありえない。

その思いをうたった歌にこそ、〔書三〕の独自や個性はあからさまである。差違化のねらいも、もちろんそこにある。そして歌に、光のある宝玉より貴いと天孫をうたうことを織りこんだ上で、この歌と「贈答二首」として対応するもう一方の天孫の歌を配したに違いない。〔書三〕の後段は、かくて天孫を貴いとうたう歌をもって所伝を閉じるこの終幕に向け、筋や内容をそれにあわせた差違化をはかっている。所伝の後半の「天神之孫」の尊貴化・権威化をはかる一連の流れの延長上に、まさにその同じ流れを終幕に至るまで〔書三〕は一貫させていたとみることができる。

ちなみに、前半と後半との結びつきに関して付言すれば、鉤を失い兄に厳しく責められた天孫が心塞ぎ海浜をさまよっていた時、罠に掛って苦しむ川鴈を見つけて解き放ってやると、すぐさま塩土老翁が来て海神の宮へと天孫を導く。川鴈を助けたことが、あたかもその報恩によるかのように塩土老翁の登場に繋がっている。古事記〔上巻〕がつたえるあの大穴牟遅神が、皮を剥がれた菟を助ける所伝を彷彿とさせる。この所伝では、治療の仕方を教えてもらって傷の癒えた菟が、低い身分ながら大穴牟遅神が八上比売を獲ることを予言する。八上比売じしん、げんに、八十神の求婚の申し出に対して「吾者不レ聞二汝等之言一、将レ嫁二大穴牟遅神一。」と応じる。なにが八上比売をそうさせたのか。少なくとも、菟の予言がそこに大きくかかわることだけは間違いない。

危難に陥っている動物の救助を、ただそれだけ単独にものがたることなどあり得ず、救助した者になにごとかその善行に見合う結果をもたらすか、もしくはそれが新たな事態の展開をひき出すはずだが、川鴈の解放と塩土

老翁の登場との繋りを、右の菟の予言のように明確にたどることはできない。記述じたい、改めて引用すれば、

　時有二川鴈一、嬰レ羂困レ厄。即起二憐心一、解而放去。須臾有二塩土老翁一来、乃作二無目堅間小船一、載二火火出見尊一、推二放於海中一。

右のようにわずかに「須臾」一語をもって関係をあらわすにすぎない。その限りは、類型的なたとえば「彦火火出見尊憂苦甚深、行二吟海畔一。時逢二塩土老翁一。」〔本伝〕、「〔彦火火出見尊〕但有二憂吟一。乃行二至海辺一、彷徨嗟嘆。時有二一長老一、忽然而至。自称二塩土老翁一。」〔書一〕、「弟、愁吟在二海浜一。時遇二塩筒老翁一。」〔書四〕など天孫がまさに苦悩しているまさにその時に塩土老翁に出会うというなかに、ただ川鴈解放のエピソードを織りこんだだけにすぎないけれども、しかしそのエピソードが天孫の苦悩と塩土老翁との出会いとをつなぐ関係的意味をになう位置に立つ以上、その意味の上でも、川鴈解放が塩土老翁との出会いを導くとみるのが自然である。それが報恩の意味をもつか否かはさて措き、傍線を付した「起二憐心一」が、先行する〔書二〕の「海神便起二憐心一」と同じ意味を共有しながら、文脈の上では、むしろ大穴牟遅神が八上比売の心を捉えたと同じ効果をもたらすとしても、不自然ではない。実際、そのことをそれが含んだ上で、後半に天孫に別れた後の豊玉姫をつたえる次の傍線部の表現に対応させた可能性が高い。

　是後、豊玉姫聞二其児端正一、心甚憐重、欲二復帰養一。於レ義不レ可。故遣二女弟玉依姫一以来養者也。

傍線部「心甚憐重」が、この一節では玉依姫を遣わして我が児の養育にあたらせることにつながるが、また一方、豊玉姫がそうした心をもつことによって、明示的ではないけれども、天孫の歌への「報歌」を玉依姫に託し、その歌に天孫の装いを限りなく貴いとうたうといったこのあとの展開を導く。天孫と豊玉姫との歌を所伝の最後に「贈答二首」として括る以前に、しかし最終的にはそこに落ち着く二人の対応をあらかじめ織り込んだ上で、そ

の一方の天孫の「起二憐心一」をめぐるエピソードとして川鴈解放の一節を仕組んだはずである。ふたりの対応の核心には、もちろん「（海神則以二其子豊玉姫一妻之。）遂纏綿篤愛、已経二三年一。」という細やかな交情がある。

六、〔書三〕を反転、「真床覆衾」をめぐる展開と異伝、〔書四〕

歌の贈答に極まる二人の心情を通わす深いつながりを大きく描きだしているという点では、〔書三〕は、第十段に位置する所伝の枠組みの内にかろうじて踏みとどまりながらも、独自を存分に発揮したといっても過言ではない。所伝全体を通じて天孫の尊貴化・権威化をはかるなかで、もう一つの基調として二人の心の結びつきに力点を置く筋の流れをかたちづくっている。二人が陸と海とに別れた後も、なお陸で産んだ我が子の養育のため妹の玉依姫を遣すなど、陸と海とのつながりを完全に断ち切るまでには至っていない。この〔書三〕と鋭く対立するのが〔書四〕である。

げんに「此海陸不二相通一之縁也」という起源譚としての一面を、この〔書四〕はもつ。なおかつ所伝のなかでは、天孫の背信とそれに対する豊玉姫の恨み言がその海陸不通につながるが、この背信と恨言をめぐって、先行する第五段〔書六〕がほぼあい通う内容をつたえている。次に両者をつきあわせてみる。

○　伊奘諾尊不レ聴。（中略）于レ時、伊奘冉尊恨曰「何不レ用二要言一、令二吾恥辱一。」（第五段〔書六〕）

○　皇孫不レ従。豊玉姫大恨之曰「不レ用二吾言一、令二我屈辱一。」（第十段〔書四〕）

女（一般には異類）が課したいわゆる見るなの禁忌を男（一般には人間）が破って関係の破綻を招くという類型にそくした一節であり、内容はもとより、表現の細部にわたって一致度が高い。類型を踏まえるという以上に、前出の第五段〔書六〕のつたえる内容を先例とする。それについては、このあとにつづく「絶妻之誓」を含む諸冉二尊の決定的な別離と同じく、二人の別離を決定的なものとするはからいによるのであろう。そして伊奘諾尊と伊奘冉尊との別離を人の生死の起源とするように、恐らくこれにもならい、二人の別離を海陸不通の起源につなげたはずである。所伝の最後には、右の一節に関連した「初豊玉姫別去時、恨言即切。故、火折尊知二其不レ可二復会一、乃有レ贈レ歌。已見レ上。」という天孫の贈歌について、ことさら付言してもいる。これも、「不レ可二復会一」に別離が決定的なものであることをいう。この天孫の歌には、〔書三〕がつたえる豊玉姫の「報歌」があったことすら一切言及しない。別離に力点を置く所伝の基調とは、もとよりその「報歌」はあい容れない。

〔書四〕は、こうして〔書三〕をいわば反転させたかのような内容に独自を発揮する。天孫が「天神之孫」であることに関しても、それを海神が既知のものとする〔書三〕とは逆に、〔書四〕はその事実を知ることそれじたいに焦点を当てる。「試以察之」にはじまるその知る過程を詳述し、結果を「乃知二是天神之孫一、益加二崇敬一。」とつたえる。これはこれで天孫の尊貴化・権威化をはかったものにほかならないが、この尊貴化・権威化に関して、いっそう注目に値するのがその知る過程である。

〔豊玉姫侍者〕即入告二其王一曰「吾謂二我王独能絶麗一、今有二一客一、弥復遠勝。」海神聞之曰、「試以察之」乃設二三床一、請レ入。於レ是、天孫於二辺床一則拭二其両足一、於二中床一則拠二其両手一、於二内床一則寛二坐於真床覆衾之上一。海神見之、乃知二是天神之孫一、益加二崇敬一。

三床それぞれに相応しい、然るべき行動をとる。とりわけ傍線部の「真床覆衾」の上にくつろいで坐ったことをもって、海神は天孫が「天神之孫」であることを知る。「真床覆衾」こそ、「天神之孫」が「天神之子」をひき継ぐことを証明するまぎれもない現物にほかならない。もちろん、それによりあの高皇産霊尊がみずから天降る皇孫をつつんだという由緒にちなむ。

皇孫の天降りは第九段につたえるが、すでに通釈（407頁）に指摘したとおりそれを〔本伝〕が「高皇産霊尊以二真床追衾一覆二於皇孫天津彦彦火瓊瓊杵尊一、使レ降之。」と表わすのに対して、一書は傍線部の表現にそれぞれ「真床覆衾」「奉レ降之」（〔書四〕〔書六〕）をあてる。高皇産霊尊が皇孫に敬意をあらわす表現により、皇孫の尊貴化・権威化をはかった著しい例である。海神が設けた床の最後で、天孫はこの「真床覆衾」に寛坐する。文脈を追うかぎり、海神がそれを用意したことをうかがわせる徴証がなく、一方また天孫みずから持参するはずもないが、少くとも高皇産霊尊がかつて天降る皇孫を覆ったと同じまさにその「真床覆衾」だから、それをつたえる第九段〔書四〕の最後に付記した「其事勝国勝神者、是伊奘諾尊之子也。亦名塩土老翁。」という一節は、この塩土老翁の関与を少くとも暗示する余地を残すとはいえ、決め手を欠く。

ところで、この「真床覆衾」に寛坐したことをめぐっては、「ここに彦火火出見尊が真床覆衾つまり玉座に坐ったことによって、彦火火出見尊が支配者の家系に属すること、つまり天神の孫であることを海神がさとったという意味に解釈できる。」（日本古典文学大系、頭注四）、またあるいは「天神の降臨（即位儀礼）を意味していることになる。海神はこの客人を『天神の子孫』であると認識したわけである。」（新編日本古典文学全集、頭注一九）など天孫の降臨や即位式（儀礼）に関連付けて解釈するのが通例である。〔本伝〕の表現との違いなどには、従来、一切目もくれない。引用したさきの一文が明確に「真床覆衾」という〔書四〕〔書六〕の表記を採る以上、これにどこまでもそくして解釈するのが筋であり、この場合、手懸りはむしろ次の一節である。

天皇曰「天神子亦多耳。汝所レ為レ君、是実天神之子者、必有二表物一。可二相示一之。」長髄彦即取二饒速日命之天羽羽矢一隻及歩靫一以奉レ示二天皇一。天皇覧之曰「事不レ虚也。」還以二所レ御天羽羽矢一隻及歩靫一賜二示於長

髄彦一。長髄彦見二其天表一、益懐二踧踖一。（神武天皇即位前紀戊午年十二月）

長髄彦の仕える饒速日命が天神の子であるか、その真偽の判定をめぐる一節である。傍線部のとおり天神の子であれば、それを証明する「表物」、また神武天皇にそくしていう「天表」があるとする。饒速日命と神武天皇と共に、そのいわば身分を証明する「天羽羽矢一隻及歩靫」を所持している。翻ってくだんの「真床覆衾」の来源については不明であるにせよ、前述のとおり高皇産霊尊が天降る皇孫を覆ったまさにそのものという含みにおいて、いわば右の「表物」あるいは「天表」に通じるものとして、天孫がその上に寛坐したことをうけて「海神見之、乃知二是天神之孫一。」という展開をはかったに違いない。

しかも、これが後にまた別の展開につながる。すなわち天孫が陸に帰って兄を服従させたという記述の直後に「先レ是、豊玉姫出来、当二産時一謂二皇孫一曰、云云。」という省略を含む一節が続き、そのあと二人の別離をつたえるなかでは、産んだ児をこの「真床覆衾」をもってつつむ。またこれら豊玉姫の出産をめぐる一連の所伝を通して、それまでの天孫に代えて「皇孫」をつかう。第九段〔書六〕に段落分けの指標とする前例があり、そこに「云云」の散見する点もあい通うが、「云云」につづくその一段を次に引用する。

皇孫不レ従。豊玉姫大恨之曰「不レ用二吾言一、令二我屈辱一。故自レ今以往、妾奴婢至二君処一者、勿二復放還一。君奴婢至二妾処一者、亦勿二復還一。」遂以二真床覆衾及草一裹二其児一、置二之波瀲一、即入レ海去矣。此海陸不二相通一之縁也。

この「真床覆衾」についても、前掲例と同じく「これが登場するのは、天神の降臨で即位儀礼の反映とされる場合。その証拠のおくるみに皇孫を包んで汀に置いたのである。」（新編日本古典文学全集、頭注八）といった注釈はあるが、この用例じたいに分析を加えた論考が管見に入らない。関心の低さとは裏腹に、そのもつ意味はなかなかに重い。そもそもそれは「表物」や「天表」に通じる「天神之孫」の身分を直接裏づける現物であり、「以二真床覆衾及草一裹二其児一」とは、その主語の豊玉姫が、みずから産んだ児が紛れもなく「天神之孫」の血統を継ぐ子であることを確認・保証することにほかならない。さきに鹿葦津姫（木花開耶姫）による「吾所レ娠、是若他神之子者、必不レ幸矣。是実天孫之子者、必当二全生一。」（第九段〔書二〕など）と「天孫之子」であることを証明する「誓」をつたえているが、これに対応する。第九段、第十段と続くなかで、天降った皇孫と大山祇神の女、居住したあとは山幸と海神の女という出身、身分を異にする男女の結婚に必然的に伴う子の出産に伴う疑惑ないし不審を解消し、それぞれ紛れもなく天神の子孫として証明する所伝を必要としたであろう。その出生に明確に決着をつけること、そこに、〔書四〕が最後に「真床覆衾」によって差違化をはかったねらいがある。

なお、この「真床覆衾」関連の一文がさらに「遂以二真床覆衾及草一裹二其児一、置二之波瀲一、即入レ海去矣。」とつづく、この傍線部にかかわる異伝がある。「一云」というその異伝の内容もさることながら、「真床覆衾」とのかかわりが注意を惹く。次にそれを引用する。

一云、置二児於波瀲一者非也。豊玉姫命自抱而去。久之曰「天孫之胤、不レ宜レ置二此海中一。」乃使二玉依姫持一之送出焉。

この一節については、「一云」が対象とする範囲や「非」が否定する対象などをめぐって対立する意見がある。ただ、「置二児於波瀲一者非也」が本文の「置二之（其児）波瀲一」をうけるからといって、それを根拠に「子供を渚に置いたというのはちがうのだ——これが…者非也だ——と、紀作者が書きおこした、そういう文である。」（『日本書紀史注』巻第二。396頁）とは認めがたい。冒頭に位置はしても、「置二児於波瀲一者非也」が「一云」の記述を構成するまぎれもないその一部である以上、それは以下につづく一文とむしろ一体とみるべきである。しかも日本古典文学大系がそれと以下につづく「豊玉姫自抱而去」との二文だけを「一云」の範囲としたことが、そのことじたいは誤りであるにせよ、二つの文の不可分の関係を象徴的にものがたる。関係は因果だが、上文の「置二児於波瀲一」を「非」（いわばしてはならないこと、非行）と否定した上で、それに代わるもう一つ別の選択肢として（意味的には、だから）、下文の「自抱而去」を豊玉姫がえらびとったというのが内実である。こうして本文の「遂以二真床覆衾及草一裹二其児一、置二之波瀲一、即入レ海去矣。」にそくして、その児の取り扱いをめぐる別案をつたえることを「一云」は主眼とする。

この別案の筋をたどれば、海中にその児を留め置くことになり、必然的に「天孫之胤、不レ宜レ置二此海中一。」という禁忌に触れる。先行する一書の〔書三〕に豊玉姫が「天孫之胤、豈可レ産二於海中一乎。」を天孫の居処で出産する理由としたとつたえていることに、当然それは通じる。結果も、同じように天孫のもとに送り出すことを「使二玉依姫持一之送出焉」とつたえている。さき（478頁）に指摘したように天孫の尊貴化をはかって〔書三〕がその一節を新たにつけ加えたと同じ尊貴化のねらいが、あい通じる所伝を成りたたせたに違いない。そして「一云」という異伝そのものを尊貴化へと導く契機こそ、前述のとおり天孫の尊貴化をはかって特に付加した「以二真床覆衾及草一裹二其児一、置二之波瀲一。」という一節の核心をなす、なかんずく「真床覆衾」にほかならない。その上に寛坐したことが「天神之孫」の身分の証しだったように、それをもって裹むことは、「天神之孫」の血統を継ぐ疑いない児として保証する象徴的な意味をもつ。この保証を、明確な言葉として、しかも産んだ当の豊玉姫の言葉に代えた点にこそ、本文に対して「一云」がもつ独自な意義がある。かたちをかえてはいても、というより本文とは別にいっそう強調するかたちをとって、尊貴化・権威化をはかっていることは疑いを容れない。

一方、この「天神之孫」の血筋を継ぐ正統の嗣子をあらわす「天孫之胤」をめぐっては、先行する第九段に類例がある。鹿葦津姫が妊娠した子を、夫の皇孫にわが子ではないと疑われ、証明のためみずから進んでおこなう「誓」に関連した所伝のなかに、〈本伝〉はそれと同一の語を次のようにつたえる。

故、鹿葦津姫忿恨、乃作二無レ戸室一、入二居其内一而誓之曰「妾所レ娠、若非二天孫之胤一、必当二焦滅一。如実天孫之胤、火不レ能レ害。」即放レ火焼レ室。

同じ「誓」関連の所伝でも、〈書六〉はその結果を中心に「母誓已験。方知、実是皇孫之胤。」と簡略化した上で、「天孫」を「皇孫」に改変する。前述（458頁）のとおり天降った天孫とそこに在住する事勝国勝長狭との問答をめぐるくだりから「云云」を介してつづくそのあとでは、「天孫」から一転して「皇孫」の専用となる。その専用が「皇孫之胤」への改変につながる。翻って当面（第十段〈書四〉）の「一云」にそうした専用の下地がないとはいえ、〈本伝〉の「天孫之胤」にそのまま従ったのではなく、この〈書四〉が全般に使用する「天孫」の流れをうけるなか、天孫に屈服した兄の「俳優者」の所伝をつたえたあと、一転して「皇孫」に切りかわった豊玉姫の出産に関連したくだりにあって、先行する〈書三〉の「天孫之胤、豈可レ産二於海中一乎。」という表現全体を踏まえればこそ、この「天孫之胤」により、一連のその「皇孫」を差違化した表現だったに相違ない。「一云」が本文を差違化した例には、「豊玉姫」に「命」を付加した「豊玉姫命」がある。「天孫之胤」の尊貴化・権威化をはかる上に、その母を尊貴化・権威化する必要が「命」の付加を促したはずである。「一云」では、こうして差違化をはかる具体的なはたらきとして、尊貴化・権威化に向け表現の細部にいたるまで周到な配慮をみせる。

七、貴子に関連した禁忌をめぐる一書間対応、神代下

さて、〔書四〕を特徴づけるあらわれをここに振り返ってみるに、そのなかでは、〔書三〕との相反する関係が重要でもあり、改めて注目に値する。各論（972・976頁）にも指摘したとおりそもそも〔書三〕と〔書四〕とは系列を異にするが、その異なりにかかわり、〔書三〕の所伝を反転させたかのような内容に、〔書四〕の所伝はすぐれて特徴的である。

その典型が、天孫と豊玉姫との関係である。そこで以下には、一書そうごの対照的なありかたに焦点を当て、その関係の内実を探ることにする。二人は最後に陸と海とに分かれるが、別離後もなお精神的、心情的なつながりを保ちつづけ、それを二人の「贈答二首」が象徴的に歌にした〔書三〕に対して、別離の直後に「此海陸不レ通之縁也」と海と陸との断絶の起源を二人の別離によるものとする〔書四〕は、歌も「故火折尊知二其不レ可二復会一、乃有レ贈レ歌。」という断絶を念押しする役割を担う。それだけ二人の関係の断絶が深い。

別離後の二人の関係をめぐるこの〔書三〕と〔書四〕との違いは、二人の結婚をはじめ、海神との関係や、さらに所伝全体の構成などの違いともかかわるのではないかといった推測をおのずから誘う。海神との関係では、〔書三〕がそれを端的にあらわす一節に「海神尽レ誠奉レ助、如レ此矣。」がある。前述（474頁）のとおりこれに当たる援助三件（一）〜（三）のうち、〔本伝〕をはじめ他の一書にも無く、〔書三〕だけが唯一つたえる海神の援助が、帰郷する天孫の一尋鰐による送致である。諸鰐のなかでも所要日数が最短の一尋鰐をわざわざ選び出して天孫を送らせる海神の配慮に、天孫との関係を最大限尊重し、その将来にわたる永続を願う意向が著しい。

もう一方の〔書四〕では、海神のもとからの天孫の帰郷、すなわち復路に関連した記述を欠く。そのことじたい〔書三〕とは対照的だが、復路とは逆の往路については、詳細な記述がある。一尋鰐魚は、この往路に登場する。しかも一尋鰐魚に関する「唯我王駿馬、一尋鰐魚、是当下一日之内、必奉上致焉。」という一文は、〔書三〕が一尋鰐魚による天孫の送致をつたえる「〔諸鰐魚〕中有二一尋鰐一、自言、一日之内、則当レ致焉。」に通じる。ここに「天神之孫」を一日で送致した最速の鰐としての実績にみあう、〔書四〕では新たに「我王駿馬」という地位を設定したことを思わせるが、少くともそうした彼此の相関さえ成りたつほどに、「一尋鰐」をめぐって〔書三〕と〔書四〕とは一体的なつながりをもつ。なお、この「我王駿馬」に乗せて海神の宮に送ることを建策した八尋鰐もまた「海神所レ乗駿馬」だが、天孫をこの八尋鰐のもとに連れて行く役割を、塩筒老翁が担う。こうして塩筒老翁、八尋鰐、一尋鰐とひき継いで海神の宮に送り届けるという手の込んだ仕掛けをこらすについては、もちろん後にものがたる「三床」に関連してその最後の内床の「真床覆衾」上に寛座するさまを「海神見之、乃知二是天神之孫一。益加二崇敬一。」とつたえるいわば見せ場、ハイライトを準備する意味あいが強い。かつまた、「天神之孫」が海神の宮にいたるその往路に、前述のとおり〔書三〕がわざわざ「御路」の語を当てたことと恐らく別ではない。「天神之孫」にふさわしく、その海神の宮に到る過程にまで尊貴化・権威化をはかることさらなはからいが、両者の成りたちに深くかかわる。

この両者の関係を質せば、〔書三〕を踏まえながらその復路に天孫を送る一尋鰐を往路に移しかえているはずだから、〔書三〕の所伝を反転させたまさに〔書四〕に特徴的な一例とみることができる。同じ移しかえという点でも、いっそう注意を惹く例がある。まずは、その天孫の帰郷に先立って豊玉姫の所望をつたえる〔書三〕の記述を次に示す。

先レ是、豊玉姫謂二天孫一曰「妾已有レ娠也。天孫之胤、豈可レ産二於海中一乎。故当二産時一、必就二君処一。如為レ我造二屋於海辺一以相待者、是所レ望也。」

右のうち傍線部の一節だけが、前述のとおり〔本伝〕をはじめ他の一書にも該当する用例はなく、豊玉姫がわざわざ地上に出て出産する理由をあらわす。また別に、表現上これとあい似た一節がある。前述の〔書四〕の「一云」がつたえる次の記述である。

置二児於波瀲一者非也。豊玉姫命自抱而去。久之曰「天孫之胤、不レ宜レ置二此海中一。」乃使二玉依姫持一之送出焉。

この一節は本文の「以二真床覆衾及草一裹二其児一、置二之波瀲一、即入レ海去矣。」に対して、天孫の子の処遇をめぐる異伝に当たる。いま本文の文脈を踏まえた上でその筋の展開を辿れば、豊玉姫がみずから抱いて海中までつれてきて養育する「天孫之胤」を、傍線部にいう理由から天孫のもとに送りかえす、つまり天孫との関係を結びつけていた唯一の絆を手放すというそのことは、当然の帰結として天孫との永訣を意味する。対応する〔書三〕では、身ごもった同じ「天孫之胤」を、これも傍線部にいうあい似た理由から天孫のもとに身ごもった状態でとどける、つまりこちらは逆に天孫との間を結びつける絆を生みだすというそのことが、天孫との将来にわたる固い結びつきにつながる。

「天孫之胤」の状態の違いにより、身ごもっている場合は「豈可レ産二於海中一乎」〔書三〕、出産したあとでは「不レ宜レ置二此海中一」〔書四〕とそれぞれ相応しいかたちをとるけれども、むしろこの異なりこそ、両者をそれぞれ表現し分けた結果として、たがいの不可分の関係を端的にものがたる。この結びつきに伴うのが、天孫と豊玉姫との関係である。〔書三〕が繋がりを、〔書四〕がそれを反転させた切れを、それぞれ関係の核に置く。

この両者の正反の対応は、もとより、さきに採りあげた〔書三〕と〔書四〕との本文同士の対応と連続する。本文の対応では〔書三〕を踏まえた上でその内容を反転させた点に〔書四〕の特徴があり、まさにその特徴的なかたちをとる「一云」は、異伝ではあっても、本文の所伝に並ぶ位置を占めるはずである。その内容が、豊玉姫が天孫と別れたあとその児を海中まで抱いて連れ去ったという、〔本伝〕がふち取る当該所伝の基本的枠組みから踏み出している点は、その枠組みのうちにあくまでとどまっている本文の内容とは際立って対照的である。それは偶然の結果であるより、枠組みにそくした所伝を本文に、一方その枠組みから外れた所伝を「一云」にそれぞれ振り分けるといったそうした差違化に伴うはからいが明らかに介在する。

直接この見方を裏付ける決め手を欠くとはいえ、少なくとも〔書三〕の「天孫之胤、豈可レ産二於海中一乎。」と、〔書四〕の本文に準じる「一云」の「天孫之胤、不レ宜レ置二此海中一。」とが、後者が前者をひき継ぐかたちで相関する関係にあることは疑いを容れない。そしてこれに対応する例が、実は先行する第九段にある。この対応じたい、翻って第十段の当該〔書三〕と〔書四〕との関係を確かめる有力な手掛かりとなり得る。次にその例を対比して示す。

第九段	第十段
神吾田鹿葦津姫見二皇孫一曰「妾孕二天孫之子一。不レ可二私以生一也。」〔書二〕	豊玉姫謂二天孫一曰「妾已有レ娠也。天孫之胤、豈可レ産二於海中一乎。」〔書三〕
吾田鹿葦津姫抱レ子而来進曰「天神之子、寧可二以私養一乎。」〔書五〕	豊玉姫命自抱而去。久之曰「天孫之胤、不レ宜レ置二此海中一。」〔書四〕（一云）

第九段と第十段と共に、妊娠した当の姫が出産に伴う禁忌を夫に告げるという一書が先行し、次に出産を終えたその姫が子の養育に関する禁忌を口にするという一書がつづく。各段とも、本来、一書はそれぞれそれじたいが自己完結的に閉じているはずだが、右のように妊娠、出産、養育という順序にしたがい、先行一書から後続の一書へと内容も展開している。一書の異なりを越えて、それはあたかも一書二つが一つの筋を追うかのような密接

な関係をもつ。そしてもう一つ重要な点が、すでに繰り返し言及しているとおり引用した一節はそれをつたえる一書だけにほとんど独自であり、〔本伝〕をはじめ他に類例がないことである。その独自が、当該一書がそれによって天孫の尊貴化・権威化をはかった結果であることも前述のとおりだが、その際に、先行する一書にそくして、尊貴化・権威化という同じ基調をてこに、右のように密接な関連をもつ一節を後続の一書に配したということの成りたちの上でも、第九段と第十段とはあい通じるはずである。

　後続の一書には、第九段が本文、第十段は「一云」という違いがあるにもかかわらず、重要な共通点がある。すなわち「一云」が、本文の「以二真床覆衾及草一裹二其児一、置二之波瀲一。」という一節のなかでも、実質的には「置二之波瀲一」という特定部分についての異伝であるのと同じく、第九段〔書五〕の本文だとはいえ、この一書じたい、冒頭に「天孫幸二大山祇神之女子、吾田鹿葦津姫一、則一夜有レ身。遂生二四子一。」というなかの特に「一夜有レ身」を中心とした内容に狭く限っている。所伝の最後を締め括る天孫の「我知二本是吾児一。但一夜而有レ身。慮レ有二疑者一、欲レ使四衆人皆知三是吾児、并亦天神能令二一夜有レ娠。」という弁明が、そのことを端的に裏付けてさえいる。内容上は、〔本伝〕の「皇孫因而幸之。即一夜而有レ娠。」以下に展開するこの「一夜而有レ娠」をめぐる所伝に対する異伝としての意味あいが強い。本文に対する異伝として位置する「一云」と、この〔本伝〕に対する異伝としての意味あいの強い〔書五〕とがあい通じることはもとより、さらにはこの第九段との緊密な対応に照らしても、第十段〔書四〕が「一云」を、〔本伝〕を差違化して成るおのれみずからと同じように差違化をはかって成りたたせていたということ、第十段の所伝の成りたちをそこに象徴的にものがたってもいる。

神代紀補遺

一、第九段「天神之子」から第十段「天神之孫」への展開

もっとも、「一云」はどこまでも本文を前提とする。本文とはなんら関係のない、それじたい別個独立した伝承ではなく、あくまでも本文の一節にそくした異伝あるいは別伝として内容を狭く限定している。それだけ、関係の上では、「一云」は本文に対して従属かつ一体的である。「一云」のもつこのありかたに、先行する第九段の〔書五〕が通じる。〔本伝〕に対して、あくまでそれと一体的に対応する内容に限った異伝ないし別伝としてのありかたを、〔書五〕は本領とする。しかも「一云」とは、前節の表に明らかなとおり内容上も対応するだけに、この〔書五〕を介して、それと一体的な〔本伝〕をはじめとする第九段と第十段とがつながる、このつながりが実は重要である。

第九段と第十段とのつながりは、一書のありかたを含めた神代下の構成そのものに直結する大きな問題を実ははらんでいる。その一つに、第九段から第十段へ〔本伝〕を中心に所伝が転換するこの展開とは別に、一書では、差違化が「天神之子」から「天神之孫」への展開をかたちづくっているからである。その実態はどうか、なかんずくそれが神代下全体の成りたちにどうかかわるのか。もちろん、これには多岐にわたる問題が派生する。そこで論点を絞り込む上にも、前節ですでに明らかになった方向にそって、第九段を中心に検討を進める。

さて、その〔書五〕が〔本伝〕をひき継いでいることについては、一部の記述にそくしてすでに言及したが、それを踏まえて、前節の表に掲出した一節を中心に、その〔書二〕〔書五〕と、これに対応する〔本伝〕とのそれぞれの該当記述の比較検討をとおしてこの三者そうごの関係を明らかにすることが先決である。第十段にそれらがどのようにつながるのか、そのつながりをはるかさきに見据えながら考察を加えるとして、指し当たってまずは考察の対象とする三者の記述を次に抜き出して示す。

〔本伝〕（一夜而有レ娠）(甲)皇孫未レ信之曰「雖二復天神一、何能一夜之間、令二人有一レ娠乎。汝所レ懐者、必非二我子一歟。」(乙)故、鹿葦津姫忿恨、乃作二無レ戸室一、入二居其内一而誓之曰「妾所レ娠、若非二天孫之胤一、必当二燋滅一。如実天孫之胤、火不レ能レ害。」(丙)即放レ火焼レ室。

〔書二〕（一夜有レ身。以下、磐長姫関連伝承）是後、神吾田鹿葦津姫見二皇孫一曰「妾孕二天孫之子一。不レ可二私以生一也。」(甲)皇孫曰「雖二復天神之子一、如何一夜使二人娠一乎。抑非二吾之児一歟。」(乙)木花開耶姫、甚以慙恨、乃作二無レ戸室一而誓之曰「吾所レ娠、是若他神之子者、必不レ幸矣。是実天孫之子者、必当二全生一。」則入二其室中一、(丙)以レ火焚レ室。

〔書五〕（一夜有レ身。遂生二四子一。）故、(ア)吾田鹿葦津姫抱レ子而来進曰「天神之子、寧可二以私養一乎。故、告レ状知聞。」(イ)是時、天孫見二其子等一、嘲之曰「妍哉、吾皇子者、聞レ喜而生之歟。」故、(ウ)吾田鹿葦津姫乃慍之曰「何為嘲レ妾乎。」(甲)天孫曰「心疑之矣。故、嘲之。何則雖二復天神之子一、豈能一夜之間、使二人有一レ身者哉。固非二我子一矣。」(乙)是以、吾田鹿葦津姫益恨、作二無レ戸室一、入二居其内一、誓之曰「妾所レ妊、若非二天神之胤一者、必亡。是若天神之胤者、無レ所レ害。」(丙)則放レ火焚レ室。

対象を揃える上で「一夜有レ娠」から「放レ火焼レ室」までに限り、分節の目安としたそれぞれ皇（天）孫と鹿葦津姫とを主語とする二つの区分と共通する「放火」以下の部分との始めに、〔本伝〕の構成にそくして（甲）以下の記号を付したが、〔書五〕に限っては、傍線部（ア）以下の通りに別に区分けを施してもいる。このほか〔書二〕に固有の磐長姫関連の伝承（カッコ内、省略）など、いずれも各一書が差違化をはかったその著しい例であり、これらを除いた残りが比較検討の対象となる。猶、傍線を付した箇所は、三者のうち二者に該当する表現がなく、それだけ独自性が高い。三者がほぼ同じか、全く区々であるか、いずれのばあいも傍線を付してはいない。

独自な部分の比較的多いのが〔書二〕である。たとえば木花開耶姫の「誓」のあとの「入二其室中一」は、〔本伝〕〔書五〕ともに「誓」に先行し、表現を「入二居其内一」とするなど、違いが大きい。また「如何一夜使二人娠一乎」にしても、たがいにあい似た〔本伝〕の「何能一夜之間、令二人有レ娠乎。」と〔書五〕の「豈能一夜之間、使二人有レ身者哉。」とは、表現に明らかな違いがある。さらに「是若他神之子者、必不レ幸矣。」でも、〔本伝〕の「若非二天孫之胤一、必当二燋滅一。」と〔書五〕の「若非二天神之胤一者、必亡。」とに共通する表現「若非」のほか、内容も同じく「之胤」やあい通じる「燋滅」、「亡」などともほとんど親近をもたない。

それだけ、だから〔本伝〕の差違化に大きく踏み出した〔書二〕とは対照的に、〔書五〕はむしろ〔本伝〕の系列との結びつきが強い。（甲）の傍線部や（ア）～（ウ）を除き、引用した一節のほとんどが〔本伝〕と同じか、せいぜい小幅な異なりにとどまる。〔本伝〕を襲っていることは明らかだが、しかしまた一方〔書二〕と全く没交渉でもない。まずなにより前述のとおり（甲）を共有している。部分的にも、〔本伝〕の「令二人有レ娠乎」と「必非二我子一歟」とをつなぐ表現の「汝所レ懐者」を、〔書二〕〔書五〕ともに省く。引用した一節の最後に〔本伝〕があらわす「焼レ室」を、〔書二〕〔書五〕とも「焚レ室」に作る。〔本伝〕に対して、〔書二〕〔書五〕が足並みを揃えて改変を加えた、すなわち差違化をはかったこうした例に徴するかぎり、〔書五〕は、〔本伝〕に多く依拠する一方、部分的には〔書二〕をひき継いでもいるとみるのが自然である。

ここに問題は、「天神之子」の扱いである。（甲）に、〔本伝〕の「天神」に対して〔書二〕〔書五〕がともに「天神之子」とするこの例を、たとえば右掲の「焚ㇾ室」と同じように〔書五〕が〔書二〕をひき継ぐものとにわかには決めがたい理由がある。すなわち〔書二〕〔書五〕以外に例のない「焚ㇾ室」とは違い、「天神之子」は〔書二〕に先行する〔書一〕にその例がある。しかもまた、皇孫の火瓊瓊杵尊を指すそれが初出例だからでもある。火瓊瓊杵尊の天降る道路にたちふさがる衢神の猨田彦大神と、天照大神が問い質すため遣わした天鈿女とが交わす問答をつたえるなかに、その「天神之子」を含む次の一節がある。

天鈿女復問曰「汝何処到耶。皇孫何処到耶。」対曰「天神之子則当ㇾ到二筑紫日向高千穂槵触之峯一。吾則応ㇾ到二伊勢之狭長田五十鈴川上。」

傍線部の「天神之子」は、この一節に先立って、天鈿女と猨田彦大神とが問答のなかにそれぞれ火瓊瓊杵尊を指して使った二回の「天照大神之子」の言い換えである。天降る火瓊瓊杵尊に対して天照大神じしんが「葦原千五百秋之瑞穂国、是吾子孫可ㇾ王之地也。宜二爾皇孫就而治一焉。」と勅を下したなかに「吾児」天忍穂耳尊の子を指す「皇孫」に対応し、天照大神を親とするその子という擬制的親子関係にそれはもとづく。この「皇孫」「天照大神之子」「天神之子」の三者を同一とみなすいわば等式を、まずは〔書二〕が踏まえることは疑いない。

このあと、〔書五〕がその〔書二〕をひき継いでいるのか、それとも〔書一〕を〔書二〕と共にひき継ぐのかだが、同じ文脈のなかで、しかも肝心要の当該用例を核とする「雖二復天神之子一」という表現を〔書二〕とは共有する以上、前者の観点に立つべきであろう。もっとも、後者であっても、関係の上では〔書二〕を介して〔書五〕は〔書一〕に確実につながる。しかしそうした継承の関係以上に重要なのが、〔書一〕が新しく創出した

「皇孫」「天照大神之子」「天神之子」を同一とする等式をひき継ぎながら、〔書五〕が新たにその応用をはかっている点である。それが、すなわち前節の表に示した第九段の〔書二〕の一節との対応である。改めてまた示せば、

〔書二〕　妾孕二天孫之子一、不レ可二私以生一也。

〔書五〕　天神之子、寧可二以私養一乎。

鹿葦津姫が天孫との間に生んだ同じ子を、〔書二〕がその関係のとおり「天孫之子」と表示するのに対して、〔書五〕は「天神之子」とする。げんに、この「天神之子」の誕生をつたえるなかに、

〔放レ火焚レ室〕其火初明時、躡誥出児自言「吾是天神之子、名火明命。吾父何処坐耶。」〔以下に火進命、火折尊、彦火火出見尊が同様に誕生して同じような名告りをそれぞれ行う〕

みずから「吾是天神之子」と告げたことをいう。そしてこの「天神之子」の親という立場にそくして、

但一夜而有レ身、慮レ有二疑者一、欲レ使四衆人皆知三是吾児、并亦天神能令二一夜有一レ娠。

天孫がみずからを「天神」という。等式のなかに、その応用によって、さきの「天孫之子」をこの「天神」じしんに直につなぐ関係を、〔書五〕は新たに組み込んでいる。

一見するかぎり、その応用によって、対象の拡大した等式が内包するその個々の例そうごの関係は捉え難い。しかし実際には、もとの等式をもとに、その「天神之子」である「天孫」の子もまた「天神之子」であるとするごく単純な応用にすぎない。「天神之子」の親はおのずから「天神」なのだから、これなどは応用にも当たらない。「天神之子」じたい、そもそも「天照大神之子」でありながら、実際には天照大神の孫の「皇孫」がその内実という擬制の関係にそくした呼称でしかなく、この点では「天神之子」の子が同様にまた「天神之子」であっても、それはそれで擬制の擬制たるゆえんとみるべきであろう。

その一方、「天神之子」の子であれば、もう一つの表現に「天神之孫」が当然あり得る。第九段は、だからそのあり得べき「天神之孫」をあえて採用しなかったということだが、代ってそれを専用するのが第十段である。前述のとおり〔書二〕に「豊玉彦遣㆑人問曰、客是誰者。何以至㆑此。火火出見尊対曰、吾是天神之孫也。乃遂言㆓来意㆒。」と当人みずから明かしたあと、これ以降のすべての一書がそれをつたえる。第九段の「天神之子」と、この第十段の「天神之孫」とをたがいに排他的に使い分けているのが実態である。両段とも、〔本伝〕には一切その例がない。一方、一書はすべて、皇孫ないし天孫さらにはその子の尊貴化・権威化をはかるすぐれて象徴的な語、またあるいは表現として「天神之子」や「天神之孫」を使っている。これらの事実は、第九段と第十段、さらに段内部の〔本伝〕や一書などといった違いを越えて一つの原理がすべてを貫いていたことを強く示唆するであろう。その原理を集約して表せば、すなわち「天神」を至尊とする原理である。「天神之子」や「天神之孫」などをめぐる尊貴化・権威化じたい、それをひき継いで各世代が実質化するそのはたらきにほかならない。

二、神代上から神代下へのひき継ぎ、その高皇産霊尊の関与

さて、ここまで一書に焦点を当てて検討を進めてきたけれども、〔本伝〕については、ただ一書と比較対照する必要のつど、該当する部分だけを採りあげて言及したにすぎない。一書が身上とする差違化や尊貴化・権威化にしても、それじたいは結果でしかなく、どれほど詳細にそのあとを辿ったところで本質の究明にはなお至らない。〔本伝〕こそ、一書が差違化するそのもとの本体だったばかりでなく、そもそもその差違化などのはたらきを促す要因を内在させていたはずである。それらが明らかになってはじめて、差違化などのはたらきにくまなく

光を当てることが可能となる。必然的にも、この作業は、これまでの成果を検証する意味を兼ねる。

とはいえ、〔本伝〕を無限定に採りあげても、いたずらに論を拡散しかねない。差違化・権威化にかかわる対象に的を絞り込む必要がある。第九段は「天神之子」にそくした尊貴化・権威化の顕著なあらわれをみせ、これを第十段が「天神之孫」にかえてひき継ぐことにかんがみ、その「天神」にあたる天照大神が、差違化や権威化・尊貴化をはかる上に決定的に重要な契機の役割をはたしていることは疑いない。所伝の展開上でも、たとえば葦原中国の平定を下命する神として、天照大神は〔本伝〕の高皇産霊尊に相当する。〔書一〕がこの高皇産霊尊に代えて天照大神とした以上、この差違化を促すそもそものはたらきあるいはその原因を探るとすれば、まずもって高皇産霊尊に着目するのが筋である。

そこで、改めて高皇産霊尊を中心にこれに関連する〔本伝〕の記述を振り返ってみる。葦原中国の平定をめぐる所伝の実質的な始まりが、第九段〔本伝〕冒頭に「遂欲㆘立㆓皇孫天津彦彦火瓊瓊杵尊㆒以為㆗葦原中国之主㆖」という高皇産霊尊の意向である。内容の上では、明らかに第五段〔本伝〕がつたえる「伊奘諾尊・伊奘冉尊共議曰、吾已生㆓大八洲国及山川草木㆒、何不㆑生㆓天下之主者㆒歟。」をひき継ぐ。本来この「主」の地位に就くべきだった日神が「吾息雖㆑多、未㆑有㆓若㆑此霊異之児㆒。不㆑宜㆔久留㆓此国㆒。自当㆘早送㆓于天㆒而授以㆗天上之事㆖。」として外れ、素戔鳴尊も「汝甚無道。不㆑可㆔以君㆓臨宇宙㆒。固当㆔遠適㆓之於根国㆒矣。」と放逐されたという「主」不在の事態の打開に向けた措置でもあったはずであり、同段〔書六〕の「伊奘諾尊勅㆓任三子㆒曰、(中略)素戔鳴尊者可㆔以治㆓天下㆒也。」も含め、問題は、この「主」選任の役務を高皇産霊尊がなぜひき継ぐのかという点である。

確かに、その理由については、右に引用した一節に先立って「天照大神之子正哉吾勝勝速日天忍穂耳尊娶㆓高皇産霊尊之女栲幡千千姫㆒、生㆓天津彦彦火瓊瓊杵尊㆒。故、皇祖高皇産霊尊特鍾㆓憐愛㆒以崇養焉。」というそれに相当するような説明があることはある。しかし、異を称えれば、皇孫をどんなに大切に養育したところで、それは皇孫と皇祖との二者間の関係でしかない。その関係の限りでは、強調すればそれだけ、溺愛の高じた皇祖の恣意的な専断といった性格が強まるであろう。その点では、天照大神の孫、あるいは天照大神の子を婿とする女《むすめ》の子などといった関係も、皇孫に対する高皇産霊尊の情愛や尊崇を強調する背景とはなりえても、「葦原中国之主」を高皇産霊尊が選任する理由には当たらない。

ただ、だからといって、皇統や情愛などが全く無縁と決め付けることもできない。それらが重要な要素だったことは否むべくもないが、直接的にはむしろ皇孫を「為㆓葦原中国之主㆒」というこの行為じたいにかかわる。伊奘諾尊・伊奘冉尊が共議した「生㆓天下之主者㆒」も、この二神が大八洲国や山川草木を生んで天下を創造してきたあとの最終的な仕上げに当たる。その成就を期しながら結局はやり残した課題のまさにその解消を意味する以上、天下の創造をすでに終えた段階だとはいえ、それになんらかのかかわりを高皇産霊尊はもつはずである。第八段〔書六〕の次の一節が、そのかかわりをつたえる位置に立つ。便宜、段落分けを施す。

（一）夫‖、大己貴命与㆓少彦名命㆒、戮㆑力一㆑心、経㆓営天下㆒。（下略）

（二）嘗‖、大己貴命謂㆓少彦名命㆒曰「吾等所㆑造之国、豈謂㆓善成㆒之乎。」少彦名命対曰「或有㆑所㆑成、或有㆑不㆑成。」是談也、蓋有㆓幽深之致㆒焉。其後、少彦名命行㆓至熊野之御碕㆒、遂適㆓於常世郷㆒矣。（下略）

（三）初‖、大己貴神之平㆑国也、行㆓到出雲国五十狭狭之小汀㆒而且㆑当㆓飲食㆒。是時、海上忽有㆓人声㆒。乃驚而求之。都無㆑所㆑見。頃時、有㆓一箇小男㆒。以㆓白蘞皮㆒為㆑舟、以㆓鷦鷯羽㆒為㆑衣、随㆓潮水㆒以浮到。大己貴神即取置㆓掌中㆒而翫之、則跳齧㆓其頬㆒。乃怪㆓其物色㆒、遣㆑使白㆓於天神㆒。于㆑時、高皇産霊尊聞之而曰「吾所㆑産児、凡有㆓一千五百座㆒。其中一児最悪、不㆑順㆓教養㆒、自㆓指間㆒漏堕者、必彼矣。宜㆓愛而養㆒

之。」此即少彦名命、是也。

各段冒頭の二重傍線を付した語を指標として区分するように、（一）に二神が協力して天下経営したという事蹟をつたえたあと、その事蹟に関連するエピソードと別離を（二）が、そして二神のそもそもの出会いをさかのぼって（三）がそれぞれ述べる。この（三）のあとは、語の訓みを示す注を五点つたえるだけだから、実質的には〔書六〕の所伝の最後をしめ括る位置を占める（三）にいたるまで、すなわち（二）の国造りの総括と別離、またさらに（三）の出会いにしても、共に少彦名命に大きく焦点を当てた記述を成りたたせている。

そうしたなかでも、少彦名命の素性明かし関連部分は、記述の量的にも比重が大きい。わざわざ大己貴命が使いを遣わして天神に報告するというこのかたちは、伊奘諾尊と伊奘冉尊の二神が国生みの失敗を天神に奏上するという第四段〔書一〕の所伝に通じる。この所伝では、天神は失敗の原因を「婦人之辞、其已先揚乎。」と挙げた上で、「宜㆓更還去㆒」と教す。（三）でも、同様に天神の高皇産霊尊が素性を「吾所㆑産児、凡有㆓一千五百座㆒。其中一児最悪、不㆑順㆓教養㆒、自㆓指間㆒漏堕者、必彼矣。」と示した上で「宜㆓愛而養㆒之」と指示する。国生みと国造りという事業自体があい通うことをはじめ、その事業に取り組む際に発生した異変について天神に報告しその指示に従うことにまで類似は及ぶ。諸冉二尊の国生みほどには直接的ではないにせよ、異変の発生を怪しんで直後に天神に報告するという以上、国造りも含め、葦原中国に対して天神が直接間接のいずれにせよ関与をする立場にあったとみるのが筋である。そしてその関与の中心に位置した神が、すなわち高皇産霊尊にほかならない。この関係こそ、高皇産霊尊の子の少彦名命を、（一）の大己貴命の天下経営に同等の立場で参画、協力するとした最大の要因だったに違いない。

高皇産霊尊がこうして葦原中国に対する天あるいは天神の関与の中心にいたというこの立場なり地位なりの前

提なくては、皇孫に対してどんなに篤い情愛や尊崇の念をもったとしても、「欲㆘立㆓皇孫天津彦彦火瓊瓊杵尊㆒以為㆗葦原中国之主㆖」（第九段〔本伝〕）という意向には結びつかない。げんに、この意向を実現する上にその前提ともなるもう一つの「吾欲㆑撥㆓平葦原中国之邪鬼㆒」（同前）という葦原中国の平定をめぐっても、高皇産霊尊が一切を仕切る。葦原中国に関与する中心的な立場なり地位なりを高皇産霊尊が占めていればこそ、平定の必要を察知した上で、その指示につながったはずである。実際に八十諸神を召集して「当㆑遣㆑誰者、宜也。」と問い、諸神の推薦した神を次々に遣わすことになるが、これら一連の展開を主導するのが高皇産霊尊である。

そのなかでは、葦原中国の平定に最終的に決着をつける事代主神の、父の大己貴神に報じた「今天神有㆓此借問之勅㆒。我父宜㆑当㆑奉㆑避。吾亦不㆑可㆑違。」（同前）という勧告がとりわけ重い意味をもつ。「此借問之勅」とは、経津主神と武甕槌神の二神が大己貴神に問い質した「高皇産霊尊欲㆘降㆓皇孫㆒、君㆗臨此地㆖。故先遣㆓我二神㆒、駈除平定。汝意何如。当㆑須㆑避不。」を指す。事代主神がただちにこの勅に従うようすすんで父に勧めたというのも、もちろん武力の威嚇等に屈したのではなく、天神の「勅」、すなわち高皇産霊尊のそれが意向だからにほかならない。言葉を補えば、葦原中国に関与する立場なり地位なりが、いわば所管するその天神たる高皇産霊尊の「勅」に絶対的に服従すべき権威を付与していたはずである。

このあと、葦原中国の平定をすべてなし終えた二神が復命すると、高皇産霊尊はただちに皇孫を天降らせる。特にそれをあらわす「使㆑降之」は、冒頭につたえる高皇産霊尊のその発端となった意向の「欲㆘立㆓皇孫天津彦彦火瓊瓊杵尊㆒以為㆗葦原中国之主㆖」と表現の上でも首尾呼応する。皇孫を葦原中国の主とするという意向の実現に向け、葦原中国の平定から皇孫の天降りまで、高皇産霊尊が一貫してすべて取りしきっている。のちに即位前の神武天皇（神日本磐余彦尊）が東征を兄や子たちに呼びかけたなかに、天孫の降臨をめぐる天神の関与を振りかえり、その冒頭に「昔我天神、高皇産霊尊・大日孁尊挙二此豊葦原瑞穂国一而授二我天祖彦火瓊瓊杵尊一。」（神武天皇甲寅年）と高皇産霊尊を大日孁尊に先立って挙げる。東征を正当化する根拠としても重い意味をもつが、葦原中国ではなく豊穣の国を含意する豊葦原瑞穂国とした上で、その国をすっかりそのまま、しかも高皇産霊尊と大日孁尊の二神がじきじきに授けたなどと神代紀の所伝をいわば再解釈して示す。〔本伝〕の高皇産霊尊を主体とする「欲下立二皇孫天津彦彦火瓊瓊杵尊一以為中葦原中国之主上」と、これとは別に〔書一〕の天照大神を主体とする「葦原千五百秋瑞穂之国、是吾子孫可レ王之地也。宜二爾皇孫、就而治一焉。」とをただ単純に結合あるいは折衷するのではなく、ことさら天照大神ならぬ大日孁尊と並記している以上、その大日孁尊は第五段の伊奘諾尊・伊奘冉尊が「授以二天上之事一」という大日孁貴〔本伝〕より、むしろ伊奘諾尊が「使レ照二臨天地一」という大日孁尊〔書一〕を引くはずだから、共に葦原中国に関与する立場なり地位なりにあっても、天降りにいたる一切を取りしきったという〔本伝〕に基いて高皇産霊尊を先に立てる、つまりは優先する一方、この〔本伝〕の異伝にして、かつまた天地（世界）全体の統治をその任とする関係上、大日孁尊を後置したものとみることができる。豊葦原瑞穂国を天祖に授与するという神代紀の再解釈のなかでも、高皇産霊尊こそが葦原中国に関与する立場なり地位にあったとする〔本伝〕の基調を、歴史の事実としてひき継いでいる。それが、また高皇産霊尊の天神としてのいわば本領でもある。

三、高皇産霊尊を天神とする系図の重なりと神代下の構造

このことは、一つの推測をさそう。第九段〔本伝〕の独自を際立たせながら、従来ほとんど論点にもならな

かった問題だが、いまそれを要約していえば、すなわち〔本伝〕が一書とは全く違って女性とする大山祇神を娶った当の天神の本体こそ、ほかなら高皇産霊尊ではないかというのがその内容である。次にその一節を示す。

　時、彼国有二美人一。名曰二鹿葦津姫一（亦名は省略）皇孫問二此美人一曰「汝、誰之子耶。」対曰「妾、是天神娶二大山祇神一所レ生児也。」皇孫因而幸之。

この天神を高皇産霊尊に比定すべき明確な裏付けは、残念ながら見出し難い。しかし状況証拠ながら、ここに「彼国」とは、降臨した皇孫の「覓レ国」という国を直接には指すが、実体としては、先行する国譲りをめぐる一節にいう「葦原中国」に重なる。それだけに、かつて高皇産霊尊が皇孫を天降らせた経緯にちなみ、さらに遡ってこの国を支配する大己貴神の問いに子の事代主神が「今天神有二此借問之勅一。我父宜レ当レ奉レ避。」と勧告するこの「天神」が高皇産霊尊を直接名指しすることを避けたいわば敬避表現であるのと同様、鹿葦津姫もまたその敬避表現を遣ったものと考えるのが自然である。

また一方、神代上がつたえる国造りのなかでも、大己貴神が「遣レ使白二於天神一」（第八段〔書六〕）と少彦名命について問い合わせているとおり、高皇産霊尊を「天神」と称する。この神は、少彦名命を含め「吾所レ産児、凡有二一千五百座一。」とみずからいうほどに子沢山である。しかもそのなかに、大己貴神と協力して天下経営を進めた少彦名命のように葦原中国に在留する子がまじる。第九段〔書二〕に「時、高皇産霊尊勅二大物主神一、汝若以二国神一為レ妻、吾猶謂三汝有二疏心一。故、今以二吾女三穂津姫一配レ汝為レ妻。」とつたえる一節は、葦原中国の統治に当たる皇孫を加護するため、三穂津姫という自分の女を、「宜下領二八十万神一、永為二皇孫一奉上レ護」と命じるに先立ち、いわばその実現を担保させるかのように葦原中国の首渠の大物主神に妻《め》合わせることをいう。当然、これもまた「天神」の勅に当たる。「天神」とはまさしく高皇産霊尊を指すのが、少くとも〔本伝〕及びそれ以前の所伝の展開上、固い決まりといっても過言ではない。くだんの鹿葦津姫のばあい、皇孫みずから求婚したというかたちをとってはいるけれども、その父の「天神」が高皇産霊尊だとすると、必然的に結婚が特別な意味をおびる。結婚によって生まれた三人の子を含め、まずは系譜上の関係を図（〔系図一〕）に示す。

〔系図一〕

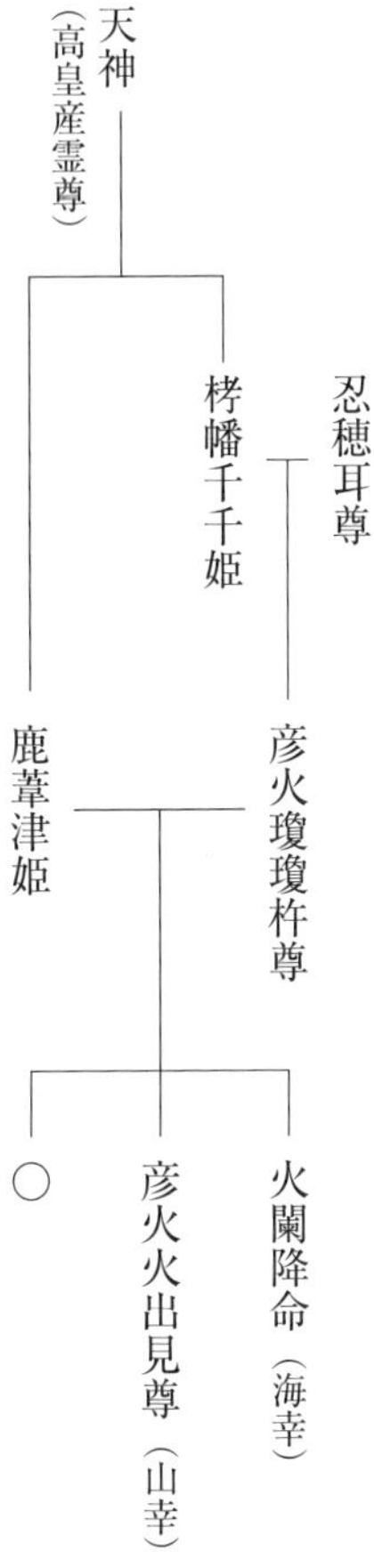

〔系図二〕

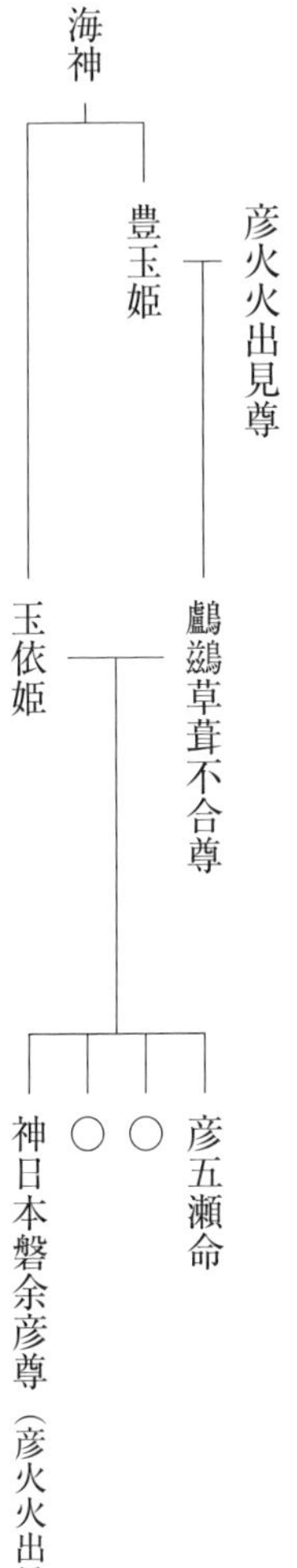

鹿葦津姫の母の大山祇神を系図から除外したのは、所伝の上では高皇産霊尊のもう一人の女である栲幡千千姫との関係が不明ゆえだが、それはともかく、この系図で注目すべき神が彦火瓊瓊杵尊である。叔伯どちらかは定めがたいが、結婚した相手はおばに当たる。同様におばといっても、叔母だが、その叔母の玉依姫を彦波瀲武鸕鷀草葺不合尊が妃に立て、神武天皇ら四子を生んだと第十一段はつたえる。系図に示せば、右掲〔系図二〕が

成る。

この〔系図二〕が並べて示す一方の〔系図一〕とほぼ重なる、いわば相似形をなすことは一見して明らかである。しかも両者は、神代下の第九段と第十、十一段とにそれぞれ対応する。系図そうごのこの対応じたい、葦原中国の主の誕生をめぐって樞要な立場にたつ神々の関係を、さながら二枚の合わせ絵のように同じ図柄でうつし出す。偶然とみなすには余りにも密接な対応であり、このあいたぐう図柄のなかでとりわけ重要な点は、外孫に当たる火瓊瓊杵尊、葺不合尊が、ともにおばに当たる外祖父の女を娶っているこの事実である。

もとより、娶るに到る経緯は、たがいに異なる。〔系図一〕は、〔本伝〕の「皇孫問二此美人一曰、汝誰之子耶。対曰、妾是天神娶二大山祇神一所レ生児也。皇孫因而幸之。」という所伝によるが、わざわざ「因」を使って天神所生の児であることを理由に娶ったことを強調する。天神の女（栲幡千千姫）の子だから、同じ天神の女（鹿葦津姫）であることを娶る理由としたということ、すなわち火瓊瓊杵尊は父に代って天降った地で、父が高皇産霊尊の女を娶った先例をあたかも喚起するがごとく、まさにその天神（高皇産霊尊）の女と名告ったればこそ、なんら躊躇することもなく娶ったというのが内実だったに違いない。結婚をめぐるこの〔系図一〕の関係は、〔系図二〕にも通じる。すなわち〔本伝〕が「以レ草裹レ児、棄二之海辺一、閉二海途一而徑去矣。」とつたえるように母が捨て去った児を母に代り養育する適任者は、その母がかつて「将二其女弟玉依姫一、直冒二風波一、来到二海辺一。」と連れてきた妹がいる以上、この妹、つまり児にとってのおば以外にはあり得ない。母が海神の女（豊玉姫）だっただけに、その母の代役は同じ海神の女（玉依姫）が適任であるということは、言いかえれば、海神の女の子だから、同じ海神の女であることを娶る理由としたということにほかならない。おばとの結婚をめぐるこの同じ枠組みが、〔系図一〕と〔系図二〕との符合をもたらしている。

さて、問題はここからである。系図にあらわしたたがいの相関は、〔本伝〕にもとづく。〔本伝〕を差違化して成りたつ一書に、この相関がどう展開しているのか、これが問題の核心である。第九段の〔本伝〕をもとに、〔書二〕が天照大神を中心とする展開に差違化をはかったあと、これ以降に続く一書が順次それぞれに差違化をはかる実態について検討を加えたが、これらは天孫の降臨までをその主な対象とする。天降ったあとの火瓊瓊杵尊の結婚をめぐっては、〔書二〕に関連する所伝が一切ない。したがって〔書二〕以下の一書がその降臨後の展開にどう差違化をはかったのか、その有無を含め実態の解明をこれまで保留してきたが、右に示した系図そうごの対応こそ、この当面する課題に取り組む手懸りを提供する。

すなわち、すでに明らかな〔系図二〕にそくしていえば、彦火火出見尊の来訪をうけた海神の対応をめぐって、〔本伝〕をもとに各一書がとりどりに差違化をはかり、「天神之孫」として尊貴化・権威化を所伝に展開する。〔系図二〕のこの海神に当たるのが、〔系図一〕の天神（高皇産霊尊）である。この〔本伝〕では、天神が大山祇神を娶って鹿葦津姫を生んだとするが、一書はこれとは違い、たとえば〔書二〕は鹿葦津姫じしんが「妾是大山祇神之子」「妾父大山祇神」と明かしている。鹿葦津姫の父母をめぐるこの相違は、〔本伝〕をもとに一書が差違化をはかり、そっくり改めた可能性が高い。系図が、これを示唆する。

そこで改めて〔本伝〕に立ちかえってみるに、まずは問題の天神（高皇産霊尊）だが、みずから天神の「所生児」と名告る鹿葦津姫を娶っている以上、たとえ「即一夜而有ㇾ娠」という結果にせよ、皇孫のこれに対する次のような反応は、その名告りの直後だけに、いかにも過剰である。

皇孫未ㇾ信之曰「雖二復天神一、何能一夜之間令二人有ㇾ娠乎。汝所ㇾ懐者、必非二我子一歟。」

経緯に照らして、ここに皇孫が天神を引きあいに出すことじたい、鹿葦津姫の怒りに油を注ぐものというほかない。それが、「故、鹿葦津姫忿恨」以下につたえる身の潔白を証明する「誓」につながる。展開上は必然の成りゆきには違いないが、天神が高皇産霊尊に重なる（展開上、同一神）という〔本伝〕の文脈では、この皇孫の不信の言葉が高皇産霊尊所生の子という事実にさえ及びかねない。

翻って、前述のとおり大山祇神を父（母は不明）とする〔書二〕では、皇孫の求婚に対して「大山祇神、乃使二二女持二百机飲食一、奉進。」と求められてもいない姉と二人に沢山の飲食まで持たせて奉っている。鹿葦津姫の父が天神から大山祇神に改まったことに必然的に伴い、明かに国神の立場から皇孫を処遇する。これに重なるのが、前述の第十段〔書一〕がつたえる彦火火出見尊を迎えた海神の「海神迎拝延入、慇懃奉レ慰。因以二女豊玉姫一妻之。」という対応である。この「奉慰」が「奉進」に対応するように、結婚も、同じく父の処遇としての意味を強める。そしてこの処遇を強く促すそもそもその相手が、海神（豊玉彦）にとって「天神之孫」であったように、山神（大山祇神）にとっては「天神之子」である。

火瓊瓊杵尊を「天神之子」とする最初は、繰り返し言及するとおり直前の〔書一〕に皇孫の天降りを迎える猨田彦大神が天鈿女との問答のなかで「天照大神之子」を言いかえた「天神之子」である。〔書二〕のくだんの例は、これをひき継ぐ。しかもさきの一夜娠《はら》みをめぐる一節に、〔本伝〕の「天神」に代えて次のようにつたえる。

是後（結婚後）、神吾田鹿葦津姫見二皇孫一曰「妾孕二天孫之子一。不レ可二私以生一也。皇孫曰「雖二復天神之子一、如何一夜使二人娠一乎。抑非二吾之児一歟。」

鹿葦津姫は国神の大山祇神を父としながら、「天孫之子」を身ごもったために、実家での出産ができないという。〔本伝〕に関連する所伝がなく、新たな展開をはかったものだが、まさに父を国神の大山祇神としたことがこの展開に道をひらいたはずだから、〔本伝〕の天神から大山祇神に代えて差違化をはかった一連の改変に伴うであろう。これと一体的に展開するなかの「天神之子」も、だから〔本伝〕の差違化に伴い、〔書一〕の「天神之子」を採り込んだものだったに違いない。皇孫の天降りしたあとの葦原中国を場とする展開に、かくて差違化が顕著なあらわれをみせる。〔書二〕に続きあい通じる所伝をつたえる〔書五〕も、その基調をひき継ぐ。ただし、こちらは出産後に設定した上で、「天神之子」に揃えてさらに差違化を進めている。

○　妾孕二天孫之子一。不レ可二私以生一也。〔書二〕

　→天神之子、寧可二以私養一乎。〔書五〕

○　雖二復天神之子一、如何一夜使二人娠一乎。〔書二〕

　→何則雖二復天神之子一、豈能一夜之間使二人有レ身者哉。固非二我子一矣。〔書五〕

このいわば差違化の進展も、第十段の「天神之孫」に関連した差違化のはたらきにほぼ重なる。もちろん、さきの系図の重なりに、それは対応する。

　この差違化をめぐる、第九段が「天神之子」、第十段は「天神之孫」を中心とするたがいに対応する展開が一書全体に及ぶ事実は、神代下（神代紀巻二）じたいが、構成上、第九段にそくして第十段を展開するかたちをとって成りたつことを強く示唆する。まとめを兼ねてごくおおまかにその大筋を示せば、天から降臨した「天神之子」に大山祇神（山神）がじしんの女を娶らせることが、陸から入海した「天神之孫」に豊玉彦（海神）がおのが女を妻《めあわ》せることに重なる。以下、山神の女については「皇孫謂二姉為レ醜、不レ御而罷。」と姉が拒絶にあい、海神の女も姉のほうが「以レ見レ辱為レ恨、則俓帰二海郷一。」と関係の破綻を迎える。夫婦の関係が成りたっていれば、「此世人短折之縁也」（陸）、「此海陸不二相通一之縁也」（海）という人間の短命、海陸の不通は生起していないことになり、ともにその起源をかたる。この姉とは対照的に、そして姉に代ってともに妹が子を生《な》す。しかもその子が、「彦火火出見尊」（母は鹿葦津姫）、「彦火火出見」（神日本磐余彦尊の諱。母は玉依姫）という同じ名をもつ。
対応のめぼしい例を拾い出した限りだけれども、いずれも所伝を構成する要に当たる。しかもそれらを中心に、親子や夫婦の関係を系図にうつしとってみると、段の違いが系図の対応にさながら形影のように付随する。

〔系図三〕第九段・一書

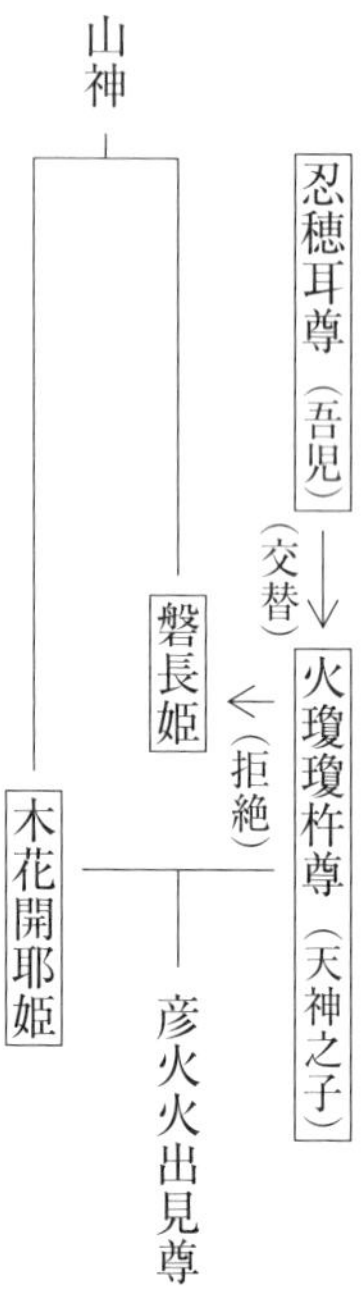

〔系図四〕第十段・一書　第十一段

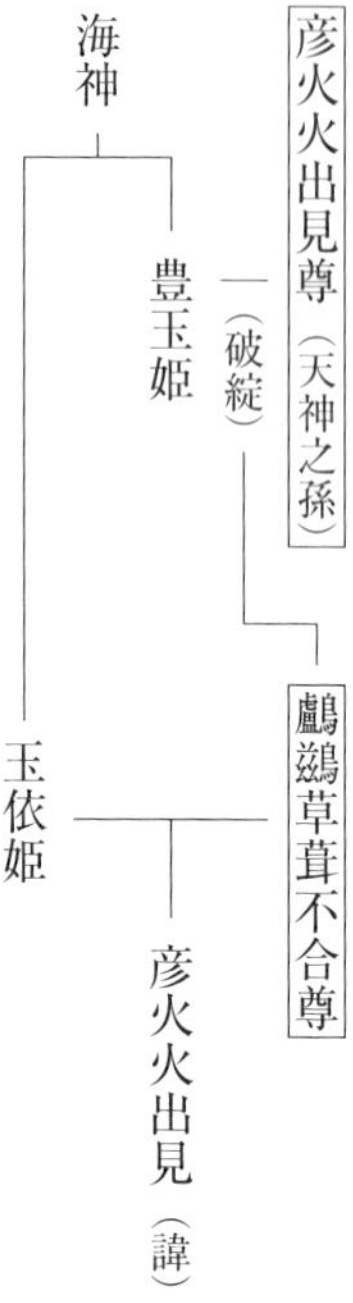

形影のたとえのついでにいえば、〔系図三〕がまず形をなし、これを投影して第十段の一書と第十一段とに振り分けたもう一つ別の形が〔系図四〕ということになる。もちろん、影とは類型に過ぎない。形の実質は、山神と海神をはじめとするたがいの対応、なかんずく共に「彦火火出見」に収斂する系図の構造そのものに明らかである。

この系図の、そもそも〔本伝〕を差違化した一書にもとづくというその成りたちの上では、前掲の〔本伝〕にもとづく〔系図一〕〔系図二〕に対して差違化をはかって成りたつといっても過言ではないであろう。この差違化が、右の系図の構造的な対応をかたちづくる。言い換えれば、構造的な対応にそくして差違化をはかり、最後に「彦火火出見」に収斂する展開の所伝、すなわち神代下が成りたつ。その点では、「彦火火出見」とは神代下が生み出すと共に、逆にそれを深く身に刻む記号的意味あいが強い。神武天皇が「諱」として選びとったことは、神代下の世界をみずから体現することにほかならない。この自覚に立てばこそ、東征に着手し、また東征が神代下と深くつながる。そのつながりを導く準備にも、神代下はかくて周到な配慮をみせる。

神武紀　第一章　東征の発議

一、「天神」「瑞穂国」を中心とした神代紀神話の再解釈

神代紀と神武紀とは、巻二から巻三に巻を追って連続する。内容上も、神代紀の第十段が所伝の最後に彦火火出見尊の子を豊玉姫が産んだとつたえたあと、第十一段が、この子をめぐって「彦波瀲武鸕鷀草葺不合尊、以二其姨《をば》玉依姫一為レ妃、生二彦五瀬命一、次稲飯命、次三毛入野命、次神日本磐余彦尊。凡生二四男一。」という四男の誕生をつたえ、そのなかの特に「神日本磐余彦尊」に限り「尊」を当てる。この「尊」による東征、即位を神武紀がつたえることを前提とする。内容上も一つに連なるこの展開を承けて、神武紀は幕を開ける。

その一方、両者の間には決定的な断絶がある。一例にすぎないが、たとえば第九段〔本伝〕は、天から天降った皇孫が鹿葦津姫に三子を生ませた直後に「久之、天津彦彦火瓊瓊杵尊崩。因葬二筑紫日向可愛之山陵一。」とつたえて所伝を閉じる。続く第十段も、〔本伝〕の最後を、右のように彦火火出見尊の子の鸕鷀草葺不合尊を豊玉姫が生み、海途を閉じて去った直後にやはり同じく「後久之、彦火火出見尊崩。葬二日向高屋山上陵一。」という崩御・埋葬の記述をもって結ぶ。神代紀最後の第十一段もまた、神日本磐余彦尊ら四男の誕生の直後に「久之、彦波瀲武鸕鷀草葺不合尊崩二於西洲之宮一。因葬二日向吾平山上陵一。」と同じ結びの表現形式による。神代下を、これら全て「彦《ひこ》」を冠する「天津彦彦火瓊瓊杵尊」、「彦火火出見尊」、「彦波瀲武鸕鷀草葺不合尊」の三代をもっ

て構成することと、三代の各段の最後を同じ崩御・埋葬に関した表現に揃えることとは、内容上の一体的な関係を如実にものがたる。そしてその各代の最後を一括してまとめた同じ表現の「久《ひさし》」に、それら三代の特質はあからさまである。すなわち各代とも継起的に事態は展開しても、そこに時が存在しない。

この神代紀を承けながら、神武紀は劇的に転換をとげる。最後も、「七十有六年春三月甲午朔甲辰、天皇崩二于橿原宮一。時、年一百廿七歳。明年秋九月乙卯朔丙寅、葬二畝傍山東北陵一。」という崩御・埋葬の各年月日を記す。歴史的時間が流れ、その時が時代を刻むという原理の上に神武紀は成りたつ。その時の起点を、神武紀の冒頭につたえる。神武天皇が兄達や子らに次のように語る。

（A）昔、我天神、高皇産霊尊・大日孁尊挙二此豊葦原瑞穂国一而授二我天祖彦火瓊瓊杵尊一。於レ是、火瓊瓊杵尊闢二天関一、披二雲路一、駆二仙蹕一以戻止。（B）是時、運属二鴻荒一、時鍾二草昧一。故、蒙以養レ正、治二此西偏一。（C）皇祖皇考、乃神乃聖、積レ慶重レ暉、多歴二年所一。自二天祖降跡一以逮、于レ今一百七十九万二千四百七十余歳。

（A）にまず火瓊瓊杵尊の天降りに至る経緯やその様態を挙げ、その時の時代状況と統治のありかたとを（B）に示した上で、これ以降に皇祖や亡父がめでたい世を重ね、そうして長い年を経たはてに、天祖の天降りから今に百七十九万二千四百七十余年が経過したことを（C）にいう。天祖の天降り以降を、経過した時の積算によって明示する。現今は、この時の経過したあとに続く最新の時点として位置し、この現在を基点として、過去や未来といった時間の概念が生じる。

右の一節は、この時間の発生をつたえるものだが、そこから遡り天祖の天降り以降を時間によって区切ることを、神代紀の継起的展開を象徴する「久」は予定しない。それどころか、「久」を時間によって改めて規定することじたい、いわば後づけというほかなく、神武紀の側から神代紀を捉え直したこと、さらに言えば塗りかえたことを意味するであろう。その点とりわけ注目に値する表現が、冒頭の（A）「昔、我天神、高皇産霊尊・大日孁尊挙二此豊葦原瑞穂国一而授二我天祖彦火瓊瓊杵尊一。」という天降りに先立つ国授《くにさず》けをつたえる一節である。天神二柱の並記にせよ、またあるいは「授」にせよ、神代紀の関連した記述とは明らかに違う。それらを新たに塗りかえる表現をめざしている。

念のためこの（A）の冒頭部分に該当する一節を、天降りをつたえる第九段から抜き出してみるに、〔本伝〕と〔書一〕の例が代表的なものだが、実は該当するというより、内容上せいぜい対応をもつ程度にとどまるのが実態である。それも、直接的な関係ではない。

〔本伝〕故、皇祖高皇産霊尊特鍾二憐愛一以崇養焉。遂欲下立二皇孫天津彦彦火瓊瓊杵尊一以為中葦原中国之主上。

〔書一〕天照大神勅二天稚彦一曰「豊葦原中国、是吾児可レ王之地也。然慮、有二残賊強暴横悪之神者一。故、汝先往平之。」乃賜二天鹿児弓及天真鹿児矢一、遣之。

右の〔本伝〕が「葦原中国之主」、また〔書一〕も「豊葦原中国、是吾児可レ王之地也。」と表現するとおり、統治者の身分を確定して天降すというかたちを神代紀はとる。その統治の対象が「葦原中国」である。そしてこの「葦原中国」をめぐっては、慣用がある。

初出が、第五段が〔書六〕の三貴子の分治を踏まえ〔書十一〕に天照大神の発言としてつたえる「聞三葦原中国有二保食神一。宜二爾月夜見尊就候一之。」という例であり、これ以降、第六段では〔書三〕に日神による措置を「故、日神方知三素戔嗚尊元有二赤心一、便取二其六男一以為二日神之子一、使レ治二天原一。即以二日神所レ生三女神一者、使レ降二居于葦原中国之宇佐嶋一矣。」とつたえたなかに「天原」と対比的につかい、第七段は〔本伝〕が天照大神の発言として「吾比閉二居石窟一、謂レ当三豊葦原中国必為二長夜一、云何天鈿女命嘘楽如レ此者乎。」とつたえるほか、

〈書三〉に「既而諸神嘖二素戔嗚尊一曰、汝所行甚無頼。故、不レ可レ住二於天上一。亦不レ可レ居二於葦原中国一。」というように「天上」に対応させる一方、さらに素戔嗚尊の誓《うけ》いのなかに「吾今嚙レ玉生児、必当レ為レ女矣。如レ此則可三以降二女於葦原中国一。如有二清心一者、必当レ生レ男矣。如レ此則可四以使三男御二天上一。」という同じ対応例をつたえている。これら高天原や天上などからみて対応する地上のなかでも四方、四海の中に位置する国をあらわす例が続いたあとを承け、第八段が〈書六〉に大己貴神による国造りをつたえ、ここに「夫葦原中国、本自荒芒。至二及磐石草木一、咸能強暴。然吾已摧伏、莫レ不二和順一。」という力による支配が始まる。第九段の前掲〈本伝〉と〈一書〉の二例ともに、その延長上に位置する。

これらが「葦原中国」をめぐる段階的な展開をかたちづくっているだけに、表現を異にする前掲（A）の「豊葦原瑞穂国」を軽軽に一括することはできない。むしろその違いこそ、重要である。しかも実は、これには類例がある。わずかに二例だけだとはいえ、たがいにあい通じる特徴をみることができる。

○天神謂二伊奘諾尊・伊奘冉尊一曰「有二豊葦原千五百秋瑞穂之地一。宜二汝往脩一之。」廼賜二天瓊戈一。（第四段〈書一〉）

○天照大神乃賜二天津彦彦火瓊瓊杵尊、八坂瓊曲玉及八咫鏡・草薙剣、三種宝物一。（五部神の配侍は略）因勅二皇孫一曰「葦原千五百秋之瑞穂国、是吾子孫可レ王之地也。宜二爾皇孫就而治一焉。」（第九段〈書一〉）

後者の「是吾子孫可レ王之地也」という表現は、前掲第九段の同じ〈書一〉に「豊葦原中国、是吾児可レ王之地也」という先行する一節をひき継ぐ。ただ、しかし慣用による「葦原中国」を言い換えただけではなく、後続の「宜二爾皇孫就而治一焉」と対応させるべく、それとほぼ共通する右掲の前者第四段〈書一〉の「宜二汝往脩一之」をひき継ぐことに伴い、整合をはかり、「葦原千五百秋之瑞穂国」と表現したはずである。さればこそ、ともに統治の対象領域という特定の対象にそれを限っている。またさらに、天神がその統治を命じた上で所要の物品を下賜するという表現の構造を、たがいに共有してもいる。当面する（A）に物品の下賜を欠くとはいえ（神武天皇が神代の事蹟を振り返る上に、それに言及していないだけで）、表現の構造上基本とする統治をめぐるその天神の命による点、統治対象という点、そしてその核となる統治そのことという点などは、たがいに確実に一致する。（A）に続いて（B）に「治二此西偏一」とげんに統治に言及する事実が、その一致を裏付けてもいる。

　もとより、一致する以上、これら神代紀の天神による伊奘諾・伊奘冉二尊に対する命や天照大神のいわゆる天壌無窮の神勅などをひき継ぐはずだけれども、それだけをもとにくだんの一節が成りたつわけではない。皇孫の天降りをめぐって第九段の〔本伝〕や〔書一〕がつたえる前掲一節も、その成りたちに参与していることは明らかである。このいわば天降りをめぐる所伝の大筋にもとづきながら、しかしむしろ積極的に捉えなおし、新たに天降り神話を装いなおす、これを便宜ここでは再解釈と称するとして、この再解釈をはかった新装というのが実態だったに違いない。くだんの一節の「挙二此豊葦原瑞穂国一而授二我天祖彦火瓊瓊杵尊一」という表現も、天降りをめぐって第九段〔書二〕が「天照大神、手持二宝鏡一、授二天忍穂耳尊一。」、あるいは忍穂耳尊から火瓊瓊杵尊に交替したあとも「以二天児屋命・太玉命及諸部神等一、悉皆相授。且服御之物、一依レ前授。」などと授与を強調する「授」に通う。さらに「我天神」を「高皇産霊尊・大日孁尊」とする上に、第九段の〔本伝〕に皇孫の天降りを主導する高皇産霊尊を採用すると共に、一方では、第五段が〔本伝〕に伊奘諾尊・伊奘冉尊の「我已生二大八洲国及山川草木一。何不レ生二天下之主者一歟。」という共議により「於レ是、共生二日神一。号二大日孁貴一。」と生み、〔書一〕では伊奘諾尊の単独による「吾欲レ生二御寓之珍子一。乃以二左手一持二白銅鏡一則有二化出之神一。是謂二大日霎尊一。」と誕生したとつたえる〔本伝〕の系列の神の名をひき継ぐ。これら先行所伝に続く〔書二〕が冒頭に「日月既生。」とまとめてもいるが、〔本伝〕にいう「日神」こそこの「大日霎尊」の実質にほかならない（この神の化出については通釈159頁参照）。

　この「日神」は、のちに神武天皇が東征途上の初戦に当たる孔舎衛坂の戦いで長髄彦に惨敗を喫した後「今我是日神子孫而向レ日征レ虜。此逆二天道一也。不レ若、退還示レ弱、礼二祭神祇一、背負二日神之威一、随レ影圧躡。」（戊午年夏四月）と神策を運らせたなかの「日神」に当たる。この所伝の展開に対応するという以上に、その布石として「日神」につながる「大日霎尊」を採用したはずである。（A）にこうして後の展開を織り込んで「大日霎尊」を「天神」とする以上、並記する「天神」のもう一方の高皇産霊尊も、後の所伝の展開に深くかかわるとみるのが筋である。げんに東征の恐らく最大の山場として位置する八十梟帥や兄磯城を相手とする一連の戦いに際して、天神の「宜下取二天香山社中土一以造二天平瓮八十枚一并造二厳瓮一而敬中祭天神地祇上」という夢の訓えを実行に移すなかで「今以二高皇産霊尊一、朕親作二顕斎一。」という高皇産霊尊による「顕斎」を行い、この後は「天皇嘗二其厳瓮之粮一、勒レ兵而出。」と兵をくり出して敵をことごとくうち破る。まさに戦局を一変する回天の契機として、この「顕斎」を位置づけている。この高皇産霊尊の加護に対して、大日霎尊のばあい、前述のとおり孔舎衛坂の会戦で「今我是日神子孫而向レ日征レ虜。此逆二天道一也。」と一敗地に塗《まみ》れはしても、「礼二祭神祇一、背負二日神之威一、随レ影圧躡。」というようにその威を背に負い、加護を得て戦いを進めることになる。「天神」二神の並記に、この後の加護をめぐる展開を織り込んでいる。

　「天神」に関連したこの再解釈とは別に、独自を際立たせるその著しい例が、くだんの（A）の一節に「我天祖彦火瓊瓊杵尊」という「天祖」である。神代紀では、第九段の〔本伝〕が前掲一節のとおり「皇祖高皇産霊尊」に「皇孫天津彦彦火瓊瓊杵尊」を対応させ、一書それぞれ「皇孫」あるいは「天孫」とする。これらの「孫」ではなく、火瓊瓊杵尊じしんを「祖」とする点にねらいがある。（A）に続く（B）に「是時、運属二鴻荒一、時鍾二草昧一。故、蒙以養レ正、治二此西偏一。」という火瓊瓊杵尊による統治をつたえる。この統治を進め、いわば皇朝の統治を創始した高祖として「天祖」を位置づけている。火瓊瓊杵尊をこうして「天祖」と位置づけることと、この尊に「豊葦原瑞穂国」を授ける主体を「天神」とすることとは、不可分にかかわる。「天神」は、「高皇産霊尊・大日孁尊」の二尊を一括して指すとおり、もはや「皇祖」ではなく、だから火瓊瓊杵尊も「皇孫」などには当たらず、そうした血縁ないし親属の関係とは違い、天上にあって豊葦原瑞穂国を授けた「天神」と、この授与を承けて統治を創始した「天祖」という全く新しい関係に再解釈をはかったというのが実態である。神武天皇の東征を、まさにこの関係が規定する。

二、天祖の天降りとその西偏の実情、理想の統治

「天祖」の時代、これを「是時、運属二鴻荒一、時鍾二草昧一。」と表現する。神代紀の、たとえば第八段〔書六〕が「夫葦原中国、本自荒芒、至二及磐石草木一、咸能強暴。」とつたえ、またあるいは第九段〔本伝〕に「彼地（葦原中国）多有二蛍火光神及蝿声邪神一、復有二草木咸能言語一。」という邪鬼悪神の跋扈して草木すら言語する神代とは明らかに違い、出典をもつ語句による。新編日本古典文学全集の頭注がその出典を逐一挙げているので、参照すべきなのだが、語を中心とした出典の指摘にとどまる。上記の「鴻荒」でも、「大昔。『文選』巻十一・魯霊光殿賦「鴻荒」の注に『鴻、大也』。古訓アラキ」というようにただ出典をなぞる説明に終始する。原文が

「上紀二開闢遂古之初一」にそくして「鴻荒朴略」をいう文脈に照らして、天地開闢の大昔の初めに当たる時を表す点が重要である。対応する「草昧」についても、同全集の頭注の説明に「世の開け始め。『周易』屯卦「草昧」の疏に『天万物ヲ草創ノ始メニ造ルコト、冥昧ノ時ニ在ルガ如シ』。古訓クラキ。」と挙げる「疏」は、「草謂二草創一、昧謂二冥昧一」の直後に、原文の「天造草昧」にそくした「言、天造二万物於草創之始一、如レ在二冥昧之時一也。」という解釈であり、本来はその屯卦の彖伝に「天造草昧、宜レ建レ侯而不レ寧。」という一句全体に目を向ける必要がある。天が万物を創造する当初の草創冥昧の「屯難の世であるから、諸侯を封建して（君を立てて）治めさせるのがよい。」（新釈漢文大系『易経』上。同書「通釈」196頁）という展開を承けて、次に神武紀でも「故、蒙以養レ正、治二此西偏一。」と続く。

この一節でも、同全集の頭注が出典を「『周易』蒙卦に『蒙クシテ正シキヲ養フ』」と挙げる。しかし屯卦にもとづく「草昧」を、直後に蒙卦にそくした「蒙以養レ正」が承けるということの関係は、同じ易の「序卦伝」がつたえる屯から蒙への展開にそのまま重なる。その一節を次に示す。

有二天地一、然後万物生焉。盈二天地之間一者、唯万物。故、受レ之以レ屯。屯者、盈也。屯者、物之始生也。物生必蒙。故、受レ之以レ蒙。蒙者、蒙也。物之稺也。物稺、不レ可レ不レ養也。

ここでも前掲新釈漢文大系の「通釈」（1788頁）をもとに要点を摘記すれば、万物が始めて生じることをいう屯をうけ、その物は必ず幼稚かつ蒙昧であり、養い育てなければならず、養育を待ってはじめて成長するというように蒙が受ける。蒙卦の彖伝にいう「蒙以養レ正」は、この展開に対応する。蒙は幼稚な童蒙に擬せられるが、これを啓蒙すると、その蒙昧がよく亨通することをいう。直後には、これを「聖功也」とする。

この最後の一句については、解釈に若干不審がある。前掲新釈漢文大系の「語釈」（217頁）に「童蒙の時に正道を以て本性を養うのが、聖人となる工夫である。」と説き、また全釈漢文大系（易経上。集英社。昭和四十九年一月）の語釈（145頁）も「聖人にする方法」と注を付す。しかも「功」を、ともに「工夫、方法、仕方」などと釈す。しかし挙例するまでもないが、女功に関連して「蚕事既登、分レ繭、称レ糸、効レ功。」（礼記、月令第六「季春」）とあり、易の当該「蒙以養レ正、聖功也。」の一節を疏が「能以二蒙昧隠黙一、自養二正道一、乃成二至聖之功一。」と通じる。「成二至聖之功一」は、従来の語釈とは違い、むしろこの上なく神聖な功績ないしはたらきを成すことをいう。少くとも神武紀が当該一節をとり込む上では、この疏の解釈を採っていた可能性が高い。さればこそ、その「聖功」をもたらす「養正」が「治二此西偏一」に次のようにつながる。

是時（天祖、天降り）、{ 運属二鴻荒一 ——— 魯霊光殿賦
　　　　　　　　　　　{ 時鍾二草昧一 ——— 屯卦
＝ 蒙、以養レ正 —— 蒙卦
＝ 治二此西偏一

右の「養レ正」は、東征をなしとげたあと橿原に宮都を造営するに当たり、「上則答二乾霊授レ国之徳一、下則弘二皇孫養レ正之心一。」と神武天皇が決意を述べたなかに、天神（乾霊）の「授レ国」と対をなす天祖（皇孫）の偉業を象徴的に表現した語として位置する。「治二此西偏一」という天祖の統治を、「蒙以養レ正」というそのありかたにそくして理想化する上に、「聖功」をいわば契機として踏まえていたはずである。

この直後に「皇祖皇考、乃神乃聖、積レ慶重レ暉、多歴二年所一。」と続く。この表現上、皇祖と皇考に、それぞれ「乃神」「乃聖」以下の対応を当てる。古事記序文（上表文）にいう「歩驟各異」（長孫無忌「進五経正義表」）の

「雖下歩驟不レ同、文質有上レ異」による）のそのありかたを如実にあらわすだけに、天祖に続く時代を概括した表現として重要な意味をもつ。例によって新編日本古典文学全集が頭注に「皇祖皇考」（『大戴礼記』巻九・千乗）、「乃聖乃神」（『尚書』大禹謨）と用例を挙げる。前者の「於レ時、有レ事、享二（嘗新、蒸）于皇祖皇考一。」など四季ごとに行う祖先祭祀にかかわる例に対応はしても、後者のばあい、「神」と「聖」との語順の違いを無視はできない。とりわけそれを皇祖と皇考とに対比させているとすれば、天祖を含めれば三代になる数、さらに前掲した宮都造営をめぐって天皇が決意を述べたなかに「乾霊授レ国之徳」と表現していることなどを勘案すると、西偏に統治を始めた天祖から三代を、いわば理想的な聖代として、天地成ってその後に誕生した神聖（「天先成而地後定。然後、神聖生二其中一」）に対応させている可能性が高い。この「神聖」の誕生をめぐって神代上第一段〔本伝〕がつたえる「凡三神矣。乾道独化。所以成二此純男一。」という一節も、前述（通釈71頁）のとおり易の乾卦をもとに成りたつ。三神の各神を一代として、神世三代をこの「純男」の理想的な聖代とする点も、あい通じる。その点でも、「乃神乃聖」は抽象的な表現ではなく、「三神」のその「神聖」というありかたに対応させた実質をもつ。

三、遼遠の地の王化、天下統治の理想の地をめざす東征を発議

天祖から皇祖、皇考へと理想的な聖代とも称すべき三代が続き、この間に「多歴二年所一」と長年を経る。具体的には「自二天祖降跡一以逮、于レ今一百七十九万二千四百七十余歳。」という途方もなく長い時が経過し、「（而）遼邈之地、猶未レ霑二於王沢一。」と統治の中心から遠く隔たった地はなお未開の状態にとどまる。この展開の眼目

が、長時間の経過とその状態の表現とを繋ぐ「而」である。逆接の関係的意味をあらわし、後句の「猶未」と呼応する。文脈を追えば、理想的な統治が三代にわたって継続し、この間に極めて長い時間が経過したにもかかわらず、はるか遼遠の地はなおいまだその王沢に潤っていないとなる。この王化の及ばない地のありさまを、直後に「遂使二邑有レ君、村有レ長、各自分レ疆、用相凌躒一。」と具体的事例にそくしてつたえている。

この事例には、類例がある。景行天皇四十年七月条に天皇が日本武尊を東夷平定に遣わすとつたえ、そのなかに言及する東夷の俗である。次のようにそれを詳細に述べる。やや長文にわたるので、段落分けを施して示す。

朕聞、其東夷也、識性暴強、凌犯為レ宗。村之無レ長、邑之勿レ首。各貪二封堺一、並相盗略。（A）

亦山有二邪神一、郊有二姦鬼一。遮レ衢塞レ径、多令レ苦レ人。（B）

其東夷之中、蝦夷是尤強焉。男女交レ居、父子無レ別。冬則宿レ穴、夏則住レ樔。衣レ毛飲レ血、昆弟相疑。登レ山如二飛禽一、行レ草如二走獣一。承レ恩則忘、見レ怨必報。是以箭蔵二頭髻一、刀佩二衣中一。或聚二党類一而犯二辺堺一、或伺二農桑一以略二人民一。撃則隠レ草、追則入レ山。（C）

故、往古以来、未レ染二王化一。（D）

右の（A）につたえる東夷の俗が類例に当たり、（D）の「未レ染二王化一」も、神武紀の「未レ霑二於王沢一」に対応する。しかし委細に内容をみると、（A）の「村之無レ長、邑之勿レ首。」とは対照的に、神武紀が「遂使二邑有レ君、村有レ長」の限りを、それ以下とは別にまとまりをもつ一節として確実に表現を組み立てている。この村邑を君長が支配する状態のなかに、たがいに境界領地を奪いあう争いを出来させているというのが「未レ霑二於王沢一」の実態である。東夷の俗よりはるかに進化したこの状態での境界争いは、むしろ西伯（後の文王）をめぐる次の所伝に通じる。

西伯陰行レ善。諸侯皆来、決レ平。於レ是、虞芮之人有レ獄、不レ能レ決。乃如レ周入レ界。耕者皆譲レ畔、民俗皆譲レ長。虞芮之人未レ見二西伯一、皆慙相謂曰「吾所レ争、周人所レ恥。何往為、祇取レ辱耳。」遂還、倶譲而去。

（史記、周本紀第四）

虞《ぐ》と芮《ぜい》の君が訴訟してその決着を求めて西伯の周に入ると、民がたがいに譲り合っている。これを見て、西伯に会わずみずからの争いを恥じて引き返し、たがいに譲りあって去ったという。直後にこの話を聞いた諸侯の「西伯、蓋受命之君」という西伯の偉大を称える語を史記はつたえるが、芸文類聚の「譲」（巻二十一人部五）及び「田」（巻六十五産業部上）に「家語曰」として「入二其境一則耕者譲レ畔、行者譲レ路。入二其朝一則士譲レ為二大夫一、大夫譲レ為レ卿。」と譲り合いを強調した所伝を載せる。西伯の徳が人を化して争いを終息させたという著名な例であり、なおまだ王沢に潤っていないことが、君長に境界領地争いを惹起させているという現状の先に、王沢に潤う西伯の世を理想として措定していたであろう。遼遠の地にまでこの王化をおし及ぼすことを東征がめざすことに、くだんの一節は確実に結びつけている。

この一段に続いて、東征じたいの目的をものがたる次の段階に移る。その中心に、塩土老翁からの伝聞が位置する。そしてこの段が前段をひき継ぐことを、まずは冒頭に明示する。

抑又、聞二於塩土老翁一、曰「東有二美地一。青山四周。其中亦有下乗二天磐船一而飛降者上。」余謂、彼地必当レ足下以恢二弘大業一、光中宅天下上。蓋六合之中心乎。厥飛降者、謂是饒速日歟。何不二就而都一之乎。

傍線をことさら付した冒頭の「抑又」が、この一節の眼目である。「又」とはどこを承けるかといえば、神武天皇の語り初めに挙げた冒頭の「昔我天神」による国の授与に始まる一節である。たがいに構造もあい通じる。それを確認するため、次に両者をつき合わせてみる。全体は、およそ三つの部分から成る。

祖先の仰ぐべき事蹟

昔我天神、高皇産霊尊・大日孁尊挙二此豊葦原瑞穂国一而授二我天祖彦火瓊瓊杵尊一。於レ是、火瓊瓊杵尊闢二天関一、披二雲路一、駆二仙蹕一以戻止。（A）
是時、運属二鴻荒一、時鍾二草昧一。（B）
→故、蒙以養レ正、治二此西偏一。（C）

伝聞に基づく目標

抑又、聞二於塩土老翁一。曰「東有二美地一。青山四周。其中亦有下乗二天磐船一而飛降者上。」（a）
余謂、彼地、必当レ足下以恢二弘大業一、光中宅天下上。蓋六合之中心乎。厥飛降者、謂、是饒速日歟。（b）
→何不二就而都一レ之乎。（c）

若干説明を加えれば、（A）は天神による瑞穂国の授与と、これに続く天祖の天降りという神代紀を再解釈した事蹟をまず振り返る。（a）の塩土老翁から伝聞した内容も、「乗二天磐船一而飛降」に著しい神話的過去の事実に当たる。これを承けて、それぞれ四角で囲った「是時」の実態的内容を（B）に、一方その「彼地」と「厥飛降者」の具体的内実を（b）にあらわした上で、この（B）（b）の内容に相応しい然るべき対処・対応を（C）（c）に導く。（A）以下から（a）以下へたがいに内容上対応しながら、それぞれ一体的なまとまりをもって展開する。具体的には、前段にいう前述の天祖（高祖）によって始まった西偏の理想的統治を承け、後段では、塩土老翁に聞いた「美地」こそ「必当レ足下以恢二弘大業一、光中宅天下上」という地であり、かつまたそこには饒速日が飛び降っているものと推考し、「何不二就而都一レ之乎」という目標を掲げる。前述（530頁）のとおり、東征を果たしたあと表明する決意をそこに織り込んでもいるはずである。表現の対応に、それは著しい。

前段を承けて後段が内容的にも対応して展開する点にかんがみて、（b）のなかでもとりわけ「大業」が重要な意味をもつ。例によって新編日本古典文学全集がその動詞「恢弘（大業）」の頭注に「『後漢書』巻二・明帝紀に『大道ヲ恢弘シ、之ヲ八極ニ被《おほ》フ』。」と指摘するほか、これとは別に「大業」について「天上界の霊的な事や物を継承すること。天皇の『大き業《みわざ》』をさす。」と説く。出典とこの解釈ともに、若干の問題がある。出典については、その指摘する原文の直前に「大業」がある。

（斯固聖祖功徳之所レ致也）朕以二闇陋一奉二承大業一、親執二珪璧一、恭祀二天地一。仰惟、先帝受レ命中興、撥レ乱反レ正以寧二天下一。封二泰山一、建二明堂一、立二辟雍一、起二霊台一、恢二弘大道一、被二之八極一。（永平二年正月）

カッコ内に「聖祖功徳之所レ致」という光武帝の功徳の成果を承け、明帝が暗愚ながらひき継ぐ偉業としてたたえる表現が「大業」である。「大道」は、その偉業とは全く別である。（A）を承ける展開上、その天祖をはじめ皇祖皇考とひき継ぐ偉大な統治の業績こそ「大業」に当たり、これを世におし広めるという「恢弘」の対象とする表現に改めている。

出典をめぐっては、この一節と組み合わせ直後に続けた「光宅天下」にも問題がある。この一節を挙げて、新編日本古典文学全集は頭注に「『尚書』堯典に『光宅天下』とあり、その『孔伝』に『聖徳ノ遠クニ著ハルルヲ言フ』とある。」と説明を施す。しかしたとえば新釈漢文大系が「真古文尚書」とするテキストは、当該一節を含む「孔氏伝」の文章を「堯典」から除く。一方、それを「堯典」の始めに置く十三経注疏本（清の阮元撰。芸文印書館）によれば、その本文を「昔在二帝堯一、聰明文思、光二宅天下一。」、注に「言、聖徳之遠著」、これを疏が「聖徳、解二聰明文思一。遠著解二光宅天下一。」と通じている。このいわゆる偽孔伝に、神武紀は恐らく基づく。古事記の序文にも「得レ一光宅、通レ三亭育。」という元明天皇を称えた一節があり、序文全体を長孫無忌の「進五経正義表」によって修文するなかの当該例も、その表の「得レ一継レ明、通レ三撫レ運。」という傍線部を偽孔伝によって入れ替えたものとみるべきだが、「光二宅天下一」は、それぞれ帝堯、元明天皇に関して、その聖徳などが遠くまで著しいあらわれをみせることをいう。神武天皇を主体とする当面の例でも、「恢二弘大業一」をうけ、それが天下という当時の世界全体に著しくあらわれることをいい、「彼地」をその大業恢弘を進める好適地に擬す。この（b）から（c）に、その地へ行き、都を造営しようという東征へつながる決意の表明へと展開する。（A）に天神が授け天祖が天降ったとする「豊葦原瑞穂国」を承け、（a）に天磐船に乗って飛び降ったとするその中心の「美地」へつなげたあと続くこの展開を貫く基調は、大業の象徴する偉大な祖業を天下におし広めるべく、これに相応しい土地をめざすことにある。東征の理想化に、全てが収斂する。

四、天孫降臨を先払いした天忍日命をひき継ぐ日臣命

そうした点でも、（A）と（a）との対応は改めて注目に値する。（A）についてさきに神代紀がつたえる事蹟の再解釈を指摘したが、（a）の塩土老翁に関連した内容は、むしろ新たな神話の創作にも通じる。それを可能にしているのが対応であり、さらにはその対応の内実でなければならない。神代紀がそこに介在する。

その核心ともいうべきまずは（A）の天降りの実態について、内容を掘り下げてみる。記述は、前掲のとおり「火瓊瓊杵尊（甲）闢二天関一、披二雲路一、（乙）駆二仙蹕一以戻止。」という漢文調を卓越させた表現をもとに成りたつ。特に傍線部が神代紀につながるという点でも重要な意味をもつ。その（甲）には、次の第九段〔書四〕の一節が当たる。

高皇産霊尊以二真床覆衾一裹二天津彦国光彦火瓊瓊杵尊一、[1]則引二開天磐戸一、排二分天八重雲一以奉レ降之。[2]于レ時、大伴連遠祖天忍日命帥二来目部遠祖天槵津大来目一、背負二天磐靫一、臂著二稜威高鞆一、手捉二天梔弓・天羽羽

矢一及副二持八目鳴鏑一、又帯二頭槌剣一而立二天孫之前一。

右の傍線部（1）は、〔本伝〕以下どこにも類例のない独自な内容だが、「引二開天磐戸一」を、第七段が天照大神の石窟幽居に伴い〔本伝〕に「乃以二御手一細開二磐戸一窺之」、また〔書二〕に「日神方開二磐戸一而出焉」とつたえる「開二磐戸一」に借りていることは疑いない。（甲）では、「天関」に古訓（内閣文庫所蔵伊勢本）を「阿末乃《あまの》イハト」と付す。後世の解釈ながら、（甲）が（1）の「引二開天磐戸一」をもとに成りたつとみる一例である。また主語を高皇産霊尊から火瓊瓊杵尊じしんに改めるについては、〔書四〕が天降りを「奉レ降之」と改める契機として位置する〔書一〕が、まさにその火瓊瓊杵尊のみずから天降るかたちをとる。これにも借り、「天祖」の天降りに相応しく、対句による美文調の際立つ表現に向けた修辞上手直しを加えたに違いない。

そのあとに続く（乙）は、〔書四〕の（2）「于レ時」以下につたえる天忍日命の先払いに、これまた先行する対句に表現を合わせた修辞を施して成りたつ。これには、確かな裏付けがある。すなわち次の三例が、たがいに不可分のかかわりをもつ。

（乙）　駆二仙蹕一

（2）　于レ時、大伴連遠祖天忍日命帥二来目部遠祖天槵津大来目一、背負二天磐靫一（以下略）又帯二頭槌剣一而立二天孫之前一。（天孫）遊行降来、到二於日向襲之高千穂槵日二上峯天浮橋一而立二於浮渚在之平地一。〔書四〕

○　是時、大伴氏之遠祖日臣命帥二大来目一、督二将元戎一、蹈レ山啓レ行、乃尋二烏所一レ向、仰視而追之。（天皇）遂達二于菟田下県一。（神武天皇即位前紀戊午年六月）

（乙）を除く後二者に関しては、日本古典文学大系が後者の頭注に前者の一節を挙げ「天孫を護衛して天降ったとあるのは、ここの大伴・久米の関係と全く等しい。」と説き、新編日本古典文学全集もその頭注に「（前者の）

構図と、（後者の）構図と全く等しい。」と同じ説明を加えている。さらに新編日本古典文学全集の頭注は、後者の表現に特徴的な「督二将元戎一、蹈レ山啓レ行。」に「『毛詩』小雅『六月』に『元戎十乗、以先啓レ行』（毛伝「元、大也」）とみえ、大形の車、兵車の意。」と指摘する。ただに表現を借りているだけではない。東征時の六月じたい、毛詩の「六月」と一致するが、内容上のかかわりは、征討そのものに及ぶ。そもそも「六月」の詩は、頭注の指摘した句に続く章句に「薄伐二獫狁《けんいん》一、至二于大原一。文武吉甫、万邦為レ憲。」と北方に勢力を張る獫狁（北狄）を征伐、追撃して大原に至り（撃退）のあと、文武の徳を備えた尹吉甫《いんきつほ》を万邦の手本としてその武功をたたえる。詩序に「六月、宣王北伐也」というこの北伐のありかたをめぐって「毛伝孔疏は、宣王が親征し、また尹吉甫をして伐たしめたこととするが、鄭氏は、独り吉甫をして伐たしめたのであって、宣王が親征したのではないとする。」（漢詩大系2『詩経下』高田真治解説84頁。集英社）と二説あるが、神武紀では、東征をこの宣王の北伐になぞらえ、実際の征伐をめぐって、大将（箋云、吉甫、此時大将也）として将兵を率い北狄を撃退した尹吉甫に日臣命を重ねている可能性が高い。そしてこれに、後述する稚根津彦と太公望との重なりが対応する。

神代紀の〔書四〕がつたえる先払いは、いかめしく武装したこしらえが征伐に通じるにせよ、あくまで天孫の先導である。この先払いを天孫が駆って天降ることを、（乙）の「駆二仙蹕一」は表す。天孫を主体とする（甲）以下の「闢二天関一」「披二雲路一」に続き、あいたぐう一連の表現に染めあげるべく、そのかたちをとったはずである。とはいえ、〔書四〕の「背負二天磐靫一」以下の一節こそ、神武紀のその漢文調に改まった先払いの源泉である。系統的にも、第九段〔書四〕→（乙）→戊午年六月条という大伴氏や来目をめぐる先払いの時を超えたひき継ぎをはかっている。

五、降臨した天孫を迎えた神（亦名）塩土老翁につながる珍彦

さて、前述のとおりこの（A）の系統的なひき継ぎに対応する以上、（a）についても、この対応におのずから添い、神代紀に淵源をもつとみるのが筋である。その一節を改めて示せば、「抑又、聞二於塩土老翁一。曰、東有二美地一。青山四周。其中亦有下乗二天磐船一而飛降者上。」という塩土老翁からの伝聞を内容とする。塩土老翁は、彦火火出見尊を海神の宮に送る案内役として神代下第十段がつたえるが、当該伝聞内容とのかかわりを、この第十段の所伝がはたしてもつだろうか。〔本伝〕と各一書とも、少くとも直接的な徴証は見出しがたい。

翻って、まさに対応する（A）と同じく第九段〔書四〕が、天降ったあと国覓ぎのはてに天孫の到った「吾田長屋笠狭之御碕」に所在する神の亦名として塩土老翁をつたえている。天孫との出会い以降の関連する一節を次に示す。

時、（1）彼処有二一神一。名曰二事勝国勝長狭一。故、天孫問二其神一曰「国在耶。」対曰「在也。」因曰「随レ勅奉矣。」故、天孫留二住於彼処一。其事勝国勝神者、（2）是伊奘諾尊之子也。亦名塩土老翁。

この所伝の独自は、傍線部に極まる。念のため対応する他の記述を参照すれば、〔本伝〕「其地有二一人一」、〔書二〕「召二国主事勝国勝長狭一」、〔書六〕「彼有レ人焉」とつたえるのが全てである。（1）に「神」として、その出自、亦名を（2）があらわす。伊奘諾尊の子という身分は、この尊が黄泉から帰還して「故、当レ滌二去吾身之濁穢一、則往二至筑紫日向小戸橘之檍原一而祓除焉。」という第五段〔書六〕の所伝にちなむ。その点では、この祓除に際して生まれた住吉大神（航海の守護神）や阿曇連等の祭神（海部の奉祭神）らと同じ父をもつ。そしてまさに

この祓除した「筑紫日向」の地（小戸橘之檍原）と、天孫の天降り遊行した先に「彼処有二一神一」と（1）にいう地（吾田長屋笠狭之御碕）とのつながりを基に、住吉大神らになぞらえ、事勝国勝神を（2）に伊奘諾尊の子として位置づけ、かつまた塩土老翁を亦名とする。この神であればこそ、はるか後の神武天皇も伝聞が可能である。天孫に「随レ勅奉」とこの神が国を献じたという右の一節がつたえる故実をもとに、この天孫、すなわち火瓊瓊杵尊を天祖とする神武天皇がこの神の助言を得ることも、神代紀に根ざす展開上、これまた自然というほかない。

前述した（A）と同じく、かくて（a）も第九段〔書四〕を源泉として成りたつというのが実態である。塩土老翁が両者をつないでいる。〔書四〕が、まずみずから事勝国勝長狭と名告る神を、天降った天孫を出迎えた案内役とする。この神の亦名が塩土老翁である。これをもとに、塩土老翁を、神武天皇を東方の美地に導く情報提供者として（a）がつたえる。この延長上に、塩土老翁に関連して位置するのが、「海導者」の珍彦、すなわち椎根津彦である。（A）の系統が大伴氏の遠祖という明確な紐帯と先払いという役務を共有するほどには、その塩土老翁と椎根津彦との間に強いつながりは認めがたいけれども、この珍彦の「漁人」という身分や「釣二魚於曲浦一」というなりわいが塩土老翁とのかかわりにつながる。これに、より本質的なつながりとして「海導者」が加わる。

それが、（A）と（a）との対応にそくして所伝を展開する神武紀全体の構想に及んでいる。具体的には、その対応上、それぞれ（A）の系統では「大伴氏之遠祖、日臣命」を、（a）の系統も「国神、名曰二珍彦《うづひこ》一」を主体とする、たがいにきわだって対照的な個性を演出している。その始めに、（A）の系統は前述のとおりその主人公の日臣命を尹吉甫になぞらえて登場させたが、（a）の系統も、対応上その主人公の珍彦の登場を歴史上の著名人にそくして脚色した可能性が高い。その候補を探るに当って、まずは珍彦登場の一節を次に示す。

其年冬十月丁巳朔辛酉、天皇親帥二諸皇子舟師一、東征。至二速吸之門一。時有二一漁人一、乗レ艇而至。天皇招之、因問曰「汝誰也。」対曰「臣是国神、名曰二珍彦一。釣二魚於曲浦一、聞二天神子来一、故、即奉レ迎。」又問之曰「汝能為レ我導耶。」対曰「導之矣。」天皇勅授二漁人椎橋末一、令レ執而牽二納於皇舟一以為二海導者一、乃特賜レ名、為二椎根津彦一。此即倭直部始祖也。

珍彦は「一漁人」であり、「釣二魚於曲浦一」を生業とする。これにあてはまる著名な人物に、太公望呂尚がいる。史記（斉太公世家第二）によれば、「太公望呂尚者、東海上人。其先祖嘗為二四嶽一。佐レ禹平二水土一、甚有レ功。」という東海のほとりの人であり、禹の治水事業に助力して大功のあった先祖をもつが、「呂尚、蓋嘗窮困、年老矣。以二漁釣一奸二周西伯一。」と困窮して漁業により周の西伯（後に文王）に出仕を求めていたりする。この出仕をめぐっては、怪異譚のかたちをとる説苑（史記会注考證収載の正義所引）をはじめ異伝が少くない。その一方、孟子（尽心章句上）では、ごく簡潔に「太公辟レ紂、居二東海之浜一、聞二文王作興一曰、盍レ帰乎来。吾聞、西伯善養レ老者。」と文王の徳を慕って身を寄せたとつたえるにすぎない。ここではひとまず、史記によるとして、文王との出会いについては、西伯が猟に先立ち卜を行うと、獲物は龍、彲《ち》、虎羆のいずれでもなく「霸王之輔」と出る。この卜辞どおり「果遇二太公於渭之陽一」、西伯は大いに喜び、先君が言い残した「当下有二聖人一適上周。周以興。」（聖人が来て周は興隆する）ということばの聖人と呂尚を認めた上で、この太公が久しく待ち望んでいたことにより、太公望と号を与えて「為レ師」とつたえる。

もとより、椎根津彦は聖人ではない。呂尚との違いをあげつらえば、それこそ際限ないが、しかし海辺で漁をしながら、天下統治の途上にある王について「聞二文王作興一」（孟子）、「聞二天神子来一」（神武紀）と聞いてそのもとに参じ、一方のこれを迎えた王も「吾太公望レ子久矣。故(A)号レ之曰二太公望一。載与倶帰、(B)立為レ師。」（史記）、

「天皇勅授二漁人椎檮末一、令レ執而牽二納於皇舟一(B)以為二海導者一、(A)乃特賜レ名、為二椎根津彦一。」とその出会いにちなむ名を与え（A）、指導者として仰ぐ（B）。さらにこの（B）の処遇をめぐる後の展開でも、太公望の呂尚は西伯をもりたて、まさに先君の太公の予言したとおり周の隆盛をもたらすが、これに関連して「天下三分、其二帰レ周者、太公之謀計居レ多。」（史記）と謀計の功を強調する。椎根津彦も、東征をとおして戦闘や殺戮に一切関与しない。あくまで参謀役に徹し、たとえば兄磯城攻略に当って「兄磯城等猶守二愚謀一、不レ肯二承伏一。時、椎根津彦計之曰、」とまさに太公と同じように謀計をめぐらし、これに「天皇善二其策一」と応じてはいても、「斬二其梟帥兄磯城等一」という戦果を得るまでの実戦に名を出すことがない。

これをただちに太公望をモデルに造型していると断じることなどできないが、あい通じるという事実そのことに意味がある。具体的には、つまり太公望に通じる役柄を椎根津彦に与えていることが、前述のとおり道臣を尹吉甫に重ねていることと分かちがたくかかわるという対応上の顕著な事実が重要である。その一方だけに中国古典に名高い人物とのつながりを認めるのではなく、緩いながら、その緩い関係の二つの組み合わせに着目する。なによりも、対応じたい、神武天皇との出会いの当初から明確である。椎根津彦が「釣二魚於曲浦一、聞二天神子来一、故即奉レ迎。」といって出迎えた場を「天皇親帥二諸皇子舟師一、東征。至二速吸之門一。時有二一漁人一、乗レ艇而至。」という潮流の急激な難所とするこの設定は、熊野から中洲をめざす天皇軍に立ちはだかる「山中嶮絶、無二復可レ行之路一。乃棲遑不レ知三其所二跋渉一。」というこちらは山に当たる難所に、天照大神の遺した「郷導者」の頭八咫烏を「仰視而追之」という役を担う日臣命を始めて登場させる設定と、内容上も緊密に対応する。この対応のほうを、所伝を成りたたせる上では当然優先する。出典を利用しても、あくまでその枠組に従属させればこそ、明確なかたちをとらないのは必定である。その上で特徴を言えば、椎根津彦は太公望に通じる参謀役に、また道臣命は尹吉甫に通じる大将にそれぞれ役柄の重点を置く。そしてこの側近二臣の活躍を中心に所伝を構成、展開することに、神武紀は初代天皇の歴史的事蹟の記述をかけてもいたはずである。

神武紀　第二章　天皇紀を導く神武紀

一、東征の歴史的位置づけ、歴史がつたえる理想の征伐

東征を提起する神武天皇の発言に、こうして東征のありかたにかかわる構成上柱となる内容を、いわば先触れする。とりわけ東征を天祖の偉業（大業）を天下におし広める王化になぞらえる一方、つき従う重臣二人を、それぞれ神代の天祖の天降りに関係した祖先、縁者をもち、しかも中国古典の聖王に従って大功を挙げた臣下に重ねるなど、理想化の顕著なあらわれをみせる。東征じたい、この発言を実行に移す企てなのだから、王化またあるいは理想化とは本来的に無縁ではあり得ないはずなのだが、東征をめぐる研究史に目を向けてみるに、たとえば山中鹿次氏「神武東征伝承の成立過程に関して」（『日本書紀研究』第二十七冊。平成十八年六月。塙書房）が「神武天皇伝承の諸説」を「戦後の研究、一九六五年以前」「一九六五年以降」と概要を示し、また白旗千尋氏「分科会・日本書紀研究ノート（巻三・神武天皇）」（『古事記年報』四十八。平成十八年一月）でも「古事記学会分科会において、四回（平成十六年七月以降、年月日省略―榎本）にわたって『日本書紀』巻三の講読」の成果を報告するなど、過去の研究を総括的に振りかえってたどったなかにも、王化ないし理想化はもとより、これに関連した事項ですら、主要な論点やテーマとしては挙がってはいない。管見には、関連する論考も入らない。

実は、王化や理想化へのこだわりは、神武天皇の発言にそうあるからという理由だけによるのではない。神武

紀についで実質的な天皇伝承によって成りたつ崇神紀以降の、天皇による討伐のそのありかたには、ほぼひとしなみに王化がかかわる傾向が著しく、これと軌を一にする、実質的にはその先蹤として位置することも考え得るからである。後に続く天皇が先例や模範として仰ぎ、だから後には王化にのっとる討伐のかたちをとるのではないかという見通しを、あの神武天皇の発言が促す。

そこで、ひとまず外堀りを埋めるべく、崇神紀以降の討伐に関連した記述に着目してみるに、まずはその巻五の崇神天皇十年七月条に将軍派遣を発議する次の詔をつたえる。

詔二群卿一曰「導レ民之本、在二於教化一也。今既礼二神祇一、災害皆耗。然遠荒人等、猶不レ受二正朔一、是未レ習二王化一耳。其選二群卿一、遣二于四方一、令レ知二朕憲一。」

この詔を七月二十四日に発したあと、九月九日には北陸、東海、西道、丹波の各地に将軍を遣す。その詔りを次のようにつたえる。

因以詔之曰「若有二不レ受レ教者一、乃挙レ兵伐レ之。」既而共授二印綬一、為二将軍一。

いわゆる四道将軍の派遣を命じた詔であり、前掲発議の詔がこれの根拠に相当する。その前詔の傍線部は、神武紀が天皇の発言としてつたえるくだんの「遼邈之地、猶未レ霑二於王沢一。」に確かに通じる。しかし前詔では、力点を「導レ民之本、在二於教化一也。」に置く。この「教化」の「教」をまとめた教則を、最後に「令レ知二朕憲一」という「憲」があらわす。傍線部には、都から遠く離れた未開の人たちが王の定めた暦を受けいれずにいることを、いまだ王化に習っていない徴証とするが、この傍線部の「不レ受二正朔一」と派遣の詔にいう「不レ受レ教」とが明らかに対応する。その「正朔」「教」は、もちろん「憲」に当たる。それらを受け容れ、究極的には未開を脱してその教えの法則に忠実な臣下あるいは臣民に化することを、「教化」や「王化」はめざすであろう。

一皮剥けば支配や統治の押しつけ以外のなにものでもないが、これを拒絶ないしそこを離脱すれば、ただちにそれを敵対行為とみなして討伐する。さきの派遣を命じる詔にいう「若有二不レ受レ教者一、乃挙レ兵伐レ之。」が、その教条的かつ強権的な性格を端的にものがたる。十年十月に将軍たちが征途に就き、翌十一年四月の「四道将軍、以下平二戎夷一之状上奏焉。」という報告を承け、十二年三月の詔のなかには、疫病により百姓が災厄を被ったけれども、解罪改過して敦く神祇を礼拝したことと併せて、四道将軍の派遣に言及し「亦垂レ教而綏二荒俗一、挙レ兵以討レ不レ服。」とその成果を強調する。教化と討伐とを組み合わせたこのセットが、その派遣をめぐるさきの前詔にいう「教化」「王化」と、続く後詔に「若有二不レ受レ教者一、乃挙レ兵伐之。」という討伐とにそれぞれ当たる。二つのこうした組み合わせこそ、辺境を版図に組み込む戦略、さらには政策の基本的なかたちの先例としての位置を確実に占める。

これとほぼ同じ戦略を、巻七の景行紀につたえる日本武尊の東征が採用する。景行天皇四十年六月条に「東夷多叛、辺境騒動。」という事態が発生し、七月にはこれを承けて天皇が「今東国不レ安、暴神多起。亦蝦夷悉叛、屢略二人民一。遣二誰人一以平二其乱一。」と群卿に詔を下す。日本武尊だけが雄誥《おたけ》びしてその任を買って出ると、天皇は斧鉞を日本武尊に授け、東夷のなかでも最強の蝦夷《えみし》についてその習俗、非道を詳細に列挙した上で「往古以来、未レ染二王化一。」と指摘し、次のように命を下す。

願深謀遠慮、探レ姦伺レ変。示レ之以レ威、懐レ之以レ徳。不レ煩二兵甲一、自令二臣隷一。即巧レ言而調二暴神一、振レ武以攘二姦鬼一。

暴神や姦鬼はさて措き、この命では、前述の崇神天皇が示した教化と討伐とのセットの組み合わせのうち、教化にあくまで力点を置く。これを承けて、日本武尊は次のように応じる。引用は、対応する部分だけに限る。

往臨二其境一、示以二徳教一、猶有レ不レ服、即挙レ兵撃。

念のため再掲すれば、崇神天皇が十二年三月条の詔に四道将軍の戦果を称えたあの「亦垂レ教而綏二荒俗一、挙レ兵以討レ不レ服。」という一節にセットの組み合わせを含めほぼ重なる。もとより偶然の介在する余地などあり得ないはずだから、崇神紀から景行紀へ討伐をめぐる表現のひき継ぎをそこに認めるのが相当である。

そしてこの見方を裏付けるのが、討伐を受ける側の対応である。なかんずくその降伏をめぐる表現は、ほぼ一定のかたちをとり、かつ複数の天皇紀に共通する。まずは日本武尊の東征に関連して、標的となった蝦夷の降伏をつたえる一節を次に示す。日本武尊の威勢や人倫に秀でた容貌をみ、「現人神之子」という素性を知ったあとの「自服」に当たるさまを強調する。

於レ是、蝦夷等悉慄、則褰レ裳披レ浪、自扶二王船一而著レ岸。仍面縛服レ罪。故免二其罪一。因以、俘二其首帥一而令レ従レ身也。蝦夷即平、自二日高見国一還之。

傍線部の「面縛」については、先行する例を垂仁天皇五年十月条に「乃知、妾有レ罪。何得二面縛一。自経而死耳。」とつたえている。皇后の狭穂姫が兄の狭穂彦の謀反にまき込まれた挙句、それが発覚して稲城《いなき》にたて籠る兄のもとに身を寄せ、死を覚悟した言葉だが、書紀集解が注に左伝僖公六年の伝の「許男、面縛。」という本文及びこれに加えた杜預の「縛二手於後一、唯見二其面一。」という注を挙げる。後の注釈は、ほぼこれを踏襲するのが例である。

しかしその左伝の例は、一端を切り取ったにすぎず、杜預の注だけでは実態には迫り得ない。そこでごく簡潔に説明を加えてみるに、僖公六年の夏に諸侯が鄭を伐つと、秋には楚が許を圍んで鄭を救う。諸侯は、許を救って還る。その冬、蔡の穆侯が許の僖公を連れて武城で楚子に見える。敵の面前に僖公が出た光景をつたえるのがくだんの一節である。これには続きがある。

　許男、面縛、銜レ璧。大夫衰絰、士輿櫬。楚子問二諸逢伯一。対曰「昔武王克レ殷。微子啓如レ是。武王親釈二其縛一、受二其璧一而祓レ之、焚二其櫬一礼而命レ之、使レ復二其所一。」楚子従レ之。

僖公が手を後手に縛り璧を口にくわえ、大夫が喪服を着し、士が棺をこしに乗せるとは、死罪に当たることを示す出で立ちである。そしてむかし武王が殷をうち破ると、微子啓も同じ出で立ちで武王の前に出たが、武王はその縛をみずから釈くなど許した上で所領を復したという故事を聴き、楚子もそれに従ったという。面縛は、このみずから死罪に当たることを認めた上で、死刑を受け容れる象徴的な意味をもち、たぶんに儀式めいた性格が強い。喪服や棺なども、葬儀用である。ちなみに、史記（巻三十八。宋微子世家第八）がつたえるこの故事では、「微子乃持二其祭器一、造二於軍門一、肉袒面縛、左牽レ羊、右把レ茅、膝行而前以告。於レ是、武王乃釈二微子一、復二其位一如レ故。」と儀式の内容を、葬儀より処罰を受ける罪人の出で立ちに作る。

　いずれにせよ、こうした処刑あるいは処罰を覚悟した出で立ちで降伏するさいの儀式的行為の中心を、面縛は確かに占める。微子啓や許男以上に、縛をみずから釈いて罪を許した武王をたたえる故事として名高く、面縛して降伏する側より、それを許す勝者に力点を置く。その典型となる例を、巻九の神功皇后摂政前紀（仲哀天皇九年十月）がつたえている。皇后軍の征討を受け、軍船と共に潮浪が国中に押し寄せるという建国以来未曽有の事態に恐れおののいた新羅の王は、「吾聞、東有二神国一、謂二日本一。亦有二聖王一、謂二天皇一。必其国之神兵也。豈可二挙レ兵以距一乎。」と観念して降伏する。

　即素旆而自服。素組以面縛。封二図籍一、降二於王船之前一。

聖王の討伐に武器をもって立ち向かうことなどできないと思い定めて、その討伐にそくした降伏のかたちをとる。

朝貢を誓う王を誅せという発言に、皇后は「初承二神教一、将レ授二金銀之国一。又号二令三軍一曰、勿レ殺二自服一。今既獲二財国一。亦人自降服。殺之不祥。乃解二其縛一、為二飼部一。」と教え覚した上で、傍線部のように面縛している新羅王の縛を解く。まさに武王の故事にのっとり、降伏の儀式のかたちをとった出ち立ちの新羅王を、武王と同じく処遇していることは明らかである。新羅王のいう「亦有二聖王一、謂二天皇一。」を、武王の故事をもとに実際の行為にそくして実質化することに確実に主眼を置く。

もっとも、この新羅王の降伏をめぐる一節については、右に引用した記述を含め、日本古典文学大系の頭注（七）が「この一節、漢書、高帝紀の『秦王子嬰、素車白馬係レ頸以レ組封二皇帝璽符節一、（以下略）』によるか。」と指摘する。疑いを残すとおり、降伏の儀式的なかたちをとってはいるけれども、引用した一節の肝腎な面縛をはじめ「素旆而自服。素組以面縛。」のどの表現とも一致をみない。この子嬰降伏の所伝は、書紀集解が注に引く「史記秦始皇本紀」もほぼ同じ内容をつたえるとおり、よく知られていたであろう。それを捨ててこれを採ったという事実こそ、むしろ注目に値する。「素旆而自服」と「素組以面縛」との対応が重要である。聖王の教化、王化をめざした征伐だからこそ、降伏は「自服」というそれを受ける側が進んでうけ容れるかたちをとり、「自服」と「面縛」とが一つに組み合う。さきに採りあげた日本武尊の東征に蝦夷が降伏するさまをつたえた一節（544頁）を、改めてここに示せば、

褰レ裳披レ浪、自扶二王船一而著レ岸。（以上、自服に相当）仍面縛服レ罪。

この直後に「故免二其罪一」と続けている。これを、あの武王の故事にそくして「日本武尊親釈二其縛一」と表現することも、当然あり得たはずである。さらに言えば、垂仁紀がつたえる狭穂彦の謀反に犠牲となる皇后の狭穂姫のばあい（544頁）でも、「乃知、妾有レ罪。何得二面縛一。自経而死耳。」という一節は、罪を自覚した上で、面縛す

れば、降伏して天皇のもとに帰順し罪に服することをそれは意味するはずだから、赦免されることがおのずから期待されるにもかかわらず、否むしろそうであればこそそれはできないという意志的な判断のもと、自経による死を選びとることをいう。垂仁天皇をかの武王にはさせないという明確な意志表示でもあったに違いない。

ところで、この面縛に関連して注目すべき例が、前述の新羅王の降伏をつたえる一節に「素旆而自服」という白幡（旗）である。面縛と対をなして、やはり聖王の征討にみずから進んで降伏する、自服するといった象徴的な意味をもつ。景行天皇十二年九月条に天皇による熊襲討伐をつたえるが、天皇が周芳の娑麼（山口県防府市佐波）に到り、南方に烟気のたちのぼる光景を見て臣下を遣わすと、「其徒衆甚多、一国之魁帥也。」という神夏磯媛は、使者の到来を聞き、直ちに素幡を船首に立て天皇のもとに参じる。

則抜二磯津山之賢木一以上枝挂二八握剣一、中枝挂二八咫鏡一、下枝挂二八尺瓊一、亦素幡樹二于船舳一、参向而啓之曰「願無レ下レ兵。我之属類、必不レ有二違者一。今将レ帰レ徳矣。（以下略）」

賢木の枝に挂けた剣、鏡、瓊がかの天照大神の天石窟幽居のおりの「掘二天香山之五百箇真坂樹一而上枝懸二八坂瓊之五百箇御統一、中枝懸二八咫鏡一、下枝懸二青和幣・白和幣一、相与致二其祈禱一焉。」（第七段〔本伝〕）という神事に使用した祭具に重なることは明らかだが、また一方、前述（545頁）の武王の故事をめぐる左伝の一節に、「許男、面縛、銜レ璧。」という許男の降伏がもとづく微子啓の降伏に対して「武王親釈二其縛一、受二其璧一而祓之。」とつたえる「璧」との関連も、恐らく皆無ではない。引用した文中の傍線部に「今将レ帰レ徳矣」と降伏を表現することにつながる一方、降伏の出で立ちそれじたいは、日本武尊の東征を受けた蝦夷の「褰レ裳披レ浪、自扶二王船一而著レ岸。仍面縛服レ罪。」（前述546頁）に明らかに通じる。その東征にさいして景行天皇が示した「示レ之以レ威、懐レ之以レ徳、不レ煩二兵甲一、自令二臣隷一。」という徳による懐柔、すなわち聖王による討伐を受けいれたことを、その出で立ちが象徴的に表現する。しかも、それが象徴的表現たり得るには、素幡を欠くことができない。その点では、常陸国風土記（行方郡芸都の里）のつたえる寸都《きつ》毗古、寸都毗売という二人の国栖をめぐる所伝が参考になる。倭武天皇の巡幸に当たり、「違レ命背レ化、甚无二粛敬一。」という寸津毗古を、天皇は「爰抽二御剣一、登時斬滅。」と斬殺する一方、これを見て「懼悚心愁、表二挙白幡一、迎レ道奉レ拝。」という寸津毗売には「矜降二恩旨一、放二免其房一。」と恩寵を賜う。白幡は、ここでは「違レ命背レ化」の逆、いわば教化、王化を受け容れて臣従する、それじたいが象徴的な意味をもつ。この直後に「寸津毗売、引二率姉妹一、信竭二心力一、不レ避二風雨一、朝夕供奉。」と、その臣従の実際をつたえてもいる。

二、類似表現をめぐる景行紀との関連（前）

さて、神武紀とは離れ、もっぱら後の天皇紀、特に崇神紀以降の討伐や降伏に関連した所伝を中心に考察を加えてきたが、ひとまずその要点をまとめてみるに、徳をもって懐柔することをなにより優先する。したがって討伐は、必然的に教化、王化といったかたちをとる。討伐を受ける側も、みずから進んで罪に服す、つまりはその教化、王化を受け容れる。面縛あるいは白幡による儀式的な出で立ちがそれに伴う。武力の行使は、この関係の不成立の場合に厳しく限る。

大要は、右にほぼ尽きるであろう。そしてその限りでも一向に差し支えないが、巻三の神武紀には、それらに対応する記述が一切ない。この事実がなかんずく重要である。巻五の崇神紀以降とは、明確に一線を画している。また一方では、これと裏腹に、巻七の景行紀とは、他の巻との関係のようには疎遠ではない。この巻三と巻七との関係について、「共通稀語」「氏族名に姓をつけず氏をつける例」「各独自用語」の各項にわたり詳細な調査・分析をおこなってその成果をまとめた論考に、横田健一氏「神武紀と景行紀との比較の問題―とくに用語と文体について―」（『日本書紀成立論序説』その第五章。一九八四年十一月。塙書房）がある。二つの巻そうごの関係は、けっして単純ではなく、その実態を次のように「結論」にまとめている。

> 以上述べてきたところで最大の問題は、巻三と巻七とが、『書紀』全体の中では、とびはなれていながら、共通の稀な用語を少なからず使用し、同一の筆者さえも推定されないではないほどの類似性を示しているにもかかわらず、他方できわめて対照的で独自な接続詞の使用、ひいては異なる文体をもっているのみならず、「虜」と「賊」のように鮮やかな対照的用語法までみられるということである。

さらにこの用語や文体の特徴をもとに、両巻の編述をめぐって「両巻を共通の筆者ないしは編者が、編修・記述したことがあるのではないかと思われる。／それは『書紀』編集の最後的段階ではない。最後的段階では、別の人が巻三と巻七を別々に文飾したのではないだろうか。」（170頁）と推測する。この直後には、特に巻三に焦点を当て「そして、その最後の段階では巻三のほうはとくに念入りの文飾が施され、極度にむずかしい荘重・厳粛な語が選ばれて、建国のはじめの記述にふさわしい威容が整えられて、巻七などとは異なり、一段と独自な性格が与えられたと思われる。」（170頁）と指摘する。こうした巻三、巻七の段階的成立の時期にも、具体的な言及がある。

実例にそくした手堅い研究の成果だから、確かに傾聴に値する。ただその分析手法も、段階的成立やその時期を解き明かす上に真に有効な方法とはみなしがたい。そもそも段階的成立じたい、巻三と巻七とに「共通稀語」と「各独自用語」とを拾い出して、その「共通」と「独自」という矛盾した用例のあらわれを整合させるためにとった解釈上のいわば便法にしたがって案出した見解ではないか。少くとも、なお再考すべき余地を残す。

ただ、横田氏論考の右に引用した一節に「共通の稀な用語を少なからず使用し、同一の筆者さえも推定されないではないほどの類似性を示している」という指摘は、看過すべきではない。問題は、そうしたあらわれを結果する巻三と巻七との関係のその内実である。「類似性」は、横田氏の掲出した例に限らないという以上に、さらに句や節、章段といった広汎な領域に及んでいる。次にその実例を列挙するが、挙例に当っては、まず神武紀の例を挙げ、次にそれに対応する景行紀の例を示す。そのあとに、対応する表現について若干の説明を加える。

（一）　則曽不レ血レ刃、虜必自敗矣。僉曰、「然」。於レ是、（甲寅年四月九日）

――則曽不レ血レ刃、賊必自敗。天皇詔「可也」於レ是、（十二年十二月）

ともに「則」以下に武力によらない敵の自敗という結果を示し、それを実現する具体的な提案を、いずれも「則」に先立つ一節に示す。その提案の全体を、提案を受けるものが了承し、そこで「於レ是」以下にその提案の実行に移るという、この全体にわたる展開が一致する。このなかの「不レ血レ刃」は、たとえば荀子（議兵篇第十五）が堯舜禹湯の四帝と文王武王の両王との「仁義之兵」を述べたなかに「故、近者親二其善一、遠方慕二其徳一。兵不レ血レ刃、遠邇来服。」とつたえる。聖王の徳を慕い、兵器など使わずに遠近の別なく来服するという「仁義之兵」に表向き通じるとはいえ、ただ提案どおりならば無血の勝利を得るという、（一）はそれだけのことでしかない。それがそっくり共通する。

（二）　流血没レ踝。故、号二其地一曰二菟田血原一。（戊午年八月二日）

――血流至レ踝。故、時人其作二海石榴椎一之処、曰二海石榴市一。亦血流之処、曰二血田一也。（十二年十月）

引用した一節の直前に、それぞれ「時陳二其屍一、而斬之。」（神武紀）「悉殺二其党一。」（景行紀）と斬殺をつたえ、その結果生じた流血を強調する。書紀集解が注に、前者は「成二年伝曰郤克傷二於矢一、流血及レ屨」、また後者も「南史侯安都伝曰躬自接戦、為二流矢所一レ中、血流至レ踝。」と例を挙げる。この流血をめぐる表現については、書経（武成）に武王率いる軍が殷軍と牧野で会戦したさまを「血流漂レ杵」とつたえる。新釈漢文大系の当該「語釈」（477頁）が、「杵はきねのことであるが、ここでは武器の楯。」と指摘した上で、武成の当該表現に関して「仁人無二敵於天下一。以二至仁一伐二至不仁一、而何其血之流レ杵也。」（孟子、尽心下篇）という疑義を提する例を挙げるほか、「また、賈誼の過秦論に『流血漂レ鹵』とあり、戦国策などにも同じ表現がみえることから、このような句は、戦勝で人を殺すことの多い定句で、七国の君臣が武成に藉口して聖人もそうだとしたのだと説明している。」という閻若璩の説などにも言及する。（二）に武成とのかかわりは薄い。しかし同じ流血でも、書紀集解の引く左伝（成公二年六月）の「及レ屨《くつ》」を神武紀の「没レ踝」が参照した可能性も低い。それだけ、だから「没レ踝」は独自であり、これに景行紀の「至レ踝」が共通することは、もとより偶然ではあり得ない。しかもより重要な共通点が、同じ「故」以下に続く地名起源をめぐる一節である。流血が踝《くるぶし》に及ぶほどの異常な事態だから、それにちなむ地名とする。「血原」（神武紀）と「血田」（景行紀）も、あい通じる。

（三）　無二復可レ行之路一。乃棲遑不レ知三其所二跋渉一。（戊午年六月）

――無二復可レ行之路一。乃棲遑不レ知三其所二跋渉一。（四十年十月）

全く同じ表現が句二つの相関にまで及ぶ。ただし、この一節の文脈上もつ意味には、大きな違いがある。神武紀では、先行する「既而皇師欲レ趣二中洲一而山中嶮絶。」を受け、その「山中嶮絶」による通行不能へと続き、この困難な窮地に陥っているさなかに発生した神助を「時夜夢、天照大神訓二于天皇一曰」以下につたえる。これとは逆に、「時山神之興レ雲零レ氷。峰霧谷曀。」という山神の発生させた事態に続くのが景行紀の一節である。以下に

「然凌レ霧強行、方僅得レ出。」と強行してかろうじてそこを脱出する。日本武尊だから突破できたという展開をそこに演出したものだが、通行不能をいうこの引用した一節を軸にして、自然の険阻─→通行不能─→神助という展開の神武紀と、山神の発生させた気象異変─→通行不能─→超人的日本武尊強行突破というかたちをとる景行紀とが、たがいに対応的な関係にある。そしてこの対応の上では、日本武尊がともかくも強行突破するのだから、景行紀のばあい通行不能の担ういわば文脈にかかわる意味は、神武紀のばあいに較べてはなはだ稀薄である。たとえば次のようにそれを省略しても、ほとんど文脈に支障をきたさない。

　時、山神之興レ雲零レ氷、峰霧谷曀。然、凌レ霧強行、方僅得レ出。

省略を疑わせないという以上に、むしろ四字句の緊密な文の展開さえ認めることができる。景行紀の当該通行不能の一節に内在するこの実態は、神武紀との対応を対等ないし相互的なものとみる見方に再考を促す。

(四)　賊虜所レ拠、皆是要害之地。故、道路絶塞、無二処可レ通。(戊午年九月五日)

──是四人也、其所レ拠、並要害之地。故、各領二眷属一、為二一処之長一也。皆曰「不レ従二皇命一」。願急撃之、勿レ失。(十二年九月)

神武紀は「賊虜所レ拠」の直前に、神武天皇が菟田高倉山の頂上から望見した光景として「時、国見丘上則有二八十梟帥一。又於二女坂一置二女軍一、男坂置二男軍一、墨坂置二焃炭一。其女坂・男坂・墨坂之号、由レ此而起也。復有二兄磯城軍一、布二満於磐余邑一。」と詳細に記述する。これらを一括したのが「賊虜所レ拠」であり、その地のもつ戦略上、地理上の重要な意味を「皆是要害之地」という。「故」以下に、敵側がそこを占拠していることによる、味方の不利をいう。神武天皇の望見した結果にそれがおのずから当たるように、一体的なまとまりをみせる。

　一方の景行紀も、「是四人」について、この直前に「唯有二残賊者一。一曰二鼻垂一、妄仮二名号一、山谷響聚、屯二結於菟狭川上一。二曰二耳垂一、残賊貪婪、屢略二人民一。是居二於御木川上一。三曰二麻剥一、潜聚二徒党一、居二於高羽川上一。四曰二土折猪折一、隠二住於緑野川上一、独恃二山川之険一以多掠二人民一。」と詳細に記述している。神武紀の「賊虜所レ拠」との対応に徴する限り、この記述に続くのは、「是四人」ではなく、むしろ「是四人所レ拠」のほうが相応しい。実際に、神武紀の女坂、男坂、墨坂、磐余邑に、鼻垂の菟狭川上、耳垂の御木川上、麻剥の高羽川上、土折猪折の緑野川上が対応し、そこはまさに「是四人所レ拠」に当たる。このいずれも川上（川の上《ほとり》。各論1016頁参照）に位置する地を以下に「並要害之地」とわざわざ表現するについては、その根城を戦略上重要な要衝とした上で、ここから「武諸木等先誘二麻剥之徒一、仍賜二赤衣・褌及種種奇物一、兼令レ撝二不服之三人一。」と誘い出した挙句、「乃率二己衆一而参来。悉捕誅之。」と計略に乗せて皆殺しにするという、この誘い出しの計略への展開をはかるためであろうが、それにしてもいかにもことさらな表現とみなさざるを得ない。

そもそも「是四人也、其所レ拠、並要害之地。」という表現じたい、これと一連の土蜘蛛討伐（十二年十月）をつたえる一節に「是五人、並其為レ人、強力、亦衆類多之。」という一文に近い。しかし構造上は、それが日本語表現の主題（是五人）、主語（其為レ人、衆類）、述語（強力、多之）という文法をもとに成りたつのとは違い、むしろ次の例に一致する。

其国也、郊原曠遠、不レ見二人居一。（十八年六月、阿蘇国）

是野也、麋鹿甚多、気如二朝霧一、足如二茂林一。（四十年是歳、駿河）

是国也、山高谷幽、翠嶺万重、人倚レ杖而難レ升。（同右、信濃）

漢語「也」（詩経・衛風「氓《ぼう》」に「女也、不レ爽、士貳二其行一。士也、罔レ極、二三二其徳一。」とあり、楊伯峻・何乐士『古汉语语法及其发展』（下、修订本。854頁。二〇〇一年八月。语文出版社）に「四、在陈述之中表示提顿，多用在句子成分之后，或从

句之后。一方面表示语音停顿，一方面引起下文。使文章气势起伏跌宕，生动活泼。读来如闻其声，如见其人。」とこの例について説く。）を主題成分に付接して、その下に四字句を基調とする述語成分を連ねる類型的な表現であり、意味上は、主題（国、野）について述語成分が説明を担う。「今朕察、汝為レ人也、身体長大、容姿端正、力能扛レ鼎、猛如二雷電一、所レ向無レ前、所レ攻必勝。」（四十年七月）と長々と続ける例でも、表現の基調は崩していない。この表現の類型に照らして、「是四人也」の主題成分に、「其所レ拠、並要害之地」が述語成分として整合的に対応しているとは認めがたい。少くとも、これに続く「（故）各領二眷属一、為二一処之長一也。」のほうがはるかに対応は緊密である。表現の類型に倣って仮りに示せば、

是四人也、各領二眷属一、為二一処之長一也。

成分同士のこの緊密な対応を、むしろ本来とすることを強く示唆する。それだけ、やはり（三）と同じく景行紀の「其所レ拠、並要害之地」も付加的な性格が強い。

（五）勒レ兵而出、先撃二八十梟帥於国見丘一、破斬之。（戊午年十月一日）

——勒レ兵、先撃二八田於穪疑野一而破。（十二年十月）

たがいの表現が、ほぼ逐語的に対応して一節全体に及ぶ著しい例である。「勒兵」が重要な意味をもつ。先学が挙げる漢籍の例に徴するに、書紀集解は注に文選（巻第三十四、枚叔「七発」その第七章）の例を挙げる。浙江の潮の濤について「其波涌而雲乱、擾擾焉、如二三軍之騰装一。其旁作而奔起也、飄飄焉、如下軽車之勒レ兵、六二駕蛟龍一、附中従太白上。」とその涌き乱れるさまを三軍の奔騰にたとえ、その横出するさまを軽車が兵を習い六龍を駕し河伯を従えて馳するようだと表現する。一方、新編日本古典文学全集の頭注所掲の二例だが、その原文を示せば「上親労レ軍、勒レ兵、申二教令一、賜二吏卒一。」（漢書巻四、文帝紀十四年冬）という文帝みずからの匈奴討伐に向

けた準備をつたえ、もう一例は「帝自将レ征レ之。己亥、幸二宜陽一。甲辰、親勒二六軍一、大陳二戎馬一。大司馬呉漢精卒当レ前、中軍次レ之、驍騎、武衛分陳二左右一。」（後漢書巻一上、光武帝紀第一上、建武三年閏月）という光武帝軍の威容を目のあたりにした「赤眉望見震怖、遣レ使乞レ降。」という敵の降伏をつたえてもいる。光武帝紀には、ほかに「光武復与大戦二於蒲陽一、悉破降之、封二其渠帥一為二列侯一。降者猶不二自安一。光武知二其意一、勅令二各帰レ営勒レ兵。」（同前光武帝紀第一上、更始二年五月）と降伏した敵軍にも使った例がある。帝王に専用する語ではないけれども、文選の例では、「三軍」と対比し、漢書、後漢書の例ともに帝の親征にかかわる。特に後漢書では、光武帝の六軍を統率した威容を強調する表現の核心をなす。

　これらの用例をそのまま持ちこんだのではないにしても、少くとも帝王の親征になぞらえ、その威容を演出する表現として「勒兵」を選びとっていることは疑いを容れない。その証拠に、この直後に「先撃」、敵を撃破する破竹の勢いが続く。しかしこの引用した一節の直前までは、それとは正反対に、敵の攻撃の前に共に窮地に陥っていて、それぞれ「賊虜所レ拠、皆是要害之地。故、道路絶塞、無二処可一レ通。」（神武天皇戊午年九月）、「時、賊虜之矢、横自レ山射之。流二於官軍前一、如レ雨。」（景行天皇十二年十月）とつたえる。しかもこの窮状を打開する手だても、あい通じる。神武紀のばあい、この直後に「天皇悪レ之、是夜、自祈而寝。夢有二天神一訓之曰、宜下取二天香山社中土一以造二天平瓮八十枚一、并造二厳瓮一而敬二祭天神地祇一、亦為中厳呪詛上。如レ比則虜自平伏。天皇祇承二夢訓一、依以将レ行。」という夢の訓えを承け、これの実行をめぐる長文の所伝が展開する。これに続くのが「冬十月（一日）、天皇嘗二其厳瓮之粮一、」という一節であり、夢の訓えを全て実行に移し終えてこの一節をいわばまとめとして置き、その上で、かの引用した「勒兵」以下につなげている。

　この窮状打開の手だてを、景行紀は「天皇更返二城原一而卜二於水上一。」とはなはだ素気なくつたえるにすぎない。この「卜」については、「卜居の意であろう。ウラナヒをして、よい場所を占めてそこに居を定める意。」（日本古典文学大系の頭該頭注七）といった説明もある。しかし直後に前掲「勒兵」以下の敵を撃破する一節を続ける以上、居住などの悠長な話ではあり得ない。たとえば春秋左氏伝（成公十六年六月）に、晋と楚の戦いに関連して、楚の共王が晋の陣中の様子を遠望して伯州犂に問い、これに答えたなかに次のようにつたえている。

王曰「騁而左右、何也。」（伯州犂）曰「召二軍吏一也。」（王曰）「皆聚二於中軍一矣。」（伯州犂）曰「合レ謀也。」（王曰）「張レ幕矣。」（伯州犂）曰「虔卜二於先君一也。」

晋軍の陣中で幕を張った動きを共王が問うと、伯州犂が「つつしんで先君の霊に勝敗をうらなっているのです」（新釈漢文大系の「通釈」793頁）と答える。この直後に、晋軍は「戦禱」、すなわち戦うに当っての戦勝の祈りを行ってもいる。景行紀でも、「卜」に先立つ一連の戦いに際して「是時、禱神、則志我神・直入物部神・直入中臣神三神矣。」と禱を行う。

しかもこの「禱」に当たり、直前に天皇は「祈《うけひ》」をおこなう。次にその一節を示す。重要なのは、その時である。

天皇初将レ討レ賊、次二于柏峡大野一。其野有レ石。長六尺、広三尺、厚一尺五寸。天皇祈之曰「朕得レ滅二土蜘蛛一者、将レ蹶二茲石一、如二柏葉一而挙焉。」因蹶之、則如レ柏上二於大虚一。故号二其石一、曰二踏石一也。

この直後に、さきの「禱」に関連した一節が続く。「祈」と「禱」とは、一体であり、かつ「初将レ討レ賊」という討伐当初に位置する。その時とは、十二年十月に天皇が碩田国の速見邑に到り、「有二女人一、曰二速津媛一。為二一処之長一。」という速津媛の出迎えを受け、土蜘蛛に関して「茲山有二大石窟一。曰二鼠石窟一。有二二土蜘蛛一、住二其石窟一。一曰レ青、二曰レ白。」という部族と「又於二直入県禰疑野一有二三土蜘蛛一。一曰二打猨一、二曰二八田一、三日二国摩侶一。」という部族の二類があり、「是五人、並為レ人強力、亦衆類多之。皆曰、不レ従二皇命一。若強喚者、興レ兵距焉。」という説明を聴いたその後に当たる。説明を聴くと、「天皇悪之、不レ得二進行一。即留二于来田見邑一、権興二宮室一而居之。」と仮宮を造営してここに居を置く。そしてここを拠点に、討伐に着手する。まさにこの時を、前掲一節のあの冒頭に「天皇初将レ討レ賊」という討伐当初は指す。

この一節を後に回して、所伝は討伐じたいを優先して記述するかたちを採る。前述のとおり二類ある土蜘蛛のそのそれぞれにそくして、討伐も前後二段に分ける。前段が、拠点とする仮宮での群臣との協議に始まる。

仍与二群臣一議之曰「今多動二兵衆一以討二土蜘蛛一。若其畏二我兵勢一、将下隠二山野一、必為中後愁上。」則採二海石榴樹一、作レ椎為レ兵。困簡二猛卒一、授二兵椎一以穿レ山排レ草、襲二石室之土蜘蛛一而破二于稲葉川上一、悉殺二其党一。血流至レ踝。（地名起源略）——以上、前段

右の文中に「襲二石室之土蜘蛛一」と明記するとおり、この前段の討伐は、「鼠石窟」を根城とする青、白を対象とする。この一党を殺したあとに、後段の討伐が続く。こちらは、内容により前後二分して示す。

復将レ討二打猨一、径度二禰疑山一。時、賊虜之矢、横自レ山射之。流二於官軍前一如レ雨。天皇更返二城原一而卜二於水上一。便勒レ兵、先撃二八田於禰疑野一而破。爰打猨謂レ不レ可レ勝而請レ服。然不レ聴矣。皆自投二澗谷一而死之。——以上、後段

この後段は、速津媛の説明する「直入県禰疑野」を根城とする土蜘蛛の八田を狙った討伐である。傍線を付した「勒兵」以下の一節が、前述のとおり神武紀に対応をもつ。二分した前半に打猨の猛反撃を受けながら、後半に入って「卜」後は、一転して破竹の勢いで八田、打猨らの土蜘蛛を撃滅する。こうしたこの後半全体にわたる構成が、これも前述のとおり神武紀の「祈」とこのあと同じ「勒兵」以下の神武軍による敵の撃破をつたえる展開

に一致する。

この後段の直後に位置する「天皇初将レ討レ賊」以下の「祈」をめぐる展開とこれに伴う「禱」とは、前段と後段とを組み合わせた一体的な構成部分に、本来の時間軸の上では先行する。今この時間軸にそくして所伝の筋をさかのぼって辿ると、次のとおり前後二つの段の継起的に展開し、かつまたその内部が相互に対応する関係をそこに見出すことができる。

（1）天皇、碩田国に到る。
（2）速津媛出迎えて、土蜘蛛五人の抗命の内情を説明する。
（3）強力で衆類の多い土蜘蛛を前に、進軍不能に陥る。
（4）天皇討伐に当たり、大野で「祈」と「禱」
（5）天皇、群臣と協議して、海石榴樹を椎に作り武器とし、また精鋭を選抜し、石室の土蜘蛛（青、白）を急襲、殲滅する。——以上、前段
（6）禰疑山の打猨らの討伐に当たり、猛反撃を受ける。
（7）天皇、撤退して、水上で「卜」
（8）天皇、「勒兵」して、直入県の禰疑野の土蜘蛛（八田）をまず撃破し、打猨の降伏請願も聴き入れず、すべて自死せしめる。——以上、後段

この天皇の碩田国到着以降の一連の所伝は、土蜘蛛について速津媛の説明した二類の部族にそくして展開する。天皇による討伐も、この土蜘蛛の二類に対応し、そのそれぞれ前段と後段とが緊密に重なりあう。念のためその重なりを次に示す。

一、天皇、磧田国入り――（1）
二、土蜘蛛の抗命、討伐不能――（2）、（3）と（6）
三、神意を探り、神助を得る――（4）と（7）
四、皇軍による土蜘蛛撃破――（5）と（8）

前段と後段との重なりは、この構造の共有による。そしてもう一つこの構造を共有するのが、前掲の神武紀の所伝である。冒頭に並記した「勒兵」以下の一節は、まさにこの構造の共有を象徴する。

そこで改めて構造にそくして、今度は神武紀と景行紀との重なりを確かめてみるに、（3）の「天皇悪之、不レ得二進行一。」が、神武紀の「道路絶塞、無二処可一レ通。天皇悪之。」にまずもって対応する。（4）の「祈」と「禱」をめぐっても、対応は著しい。次にその主要な部分をつき合わせてみる。

（4）天皇祈之曰「朕得レ滅二土蜘蛛一者、将レ蹶二茲石一、如二柏葉一而挙焉。」因蹶之、則如レ柏上二於大虚一。是時禱神、則志我神・直入物部神・直入中臣神三神矣。

（神武紀）天皇又因祈之曰「吾今当下以二八十平瓮一、無レ水造上レ飴。飴成、則吾必不レ仮二鋒刃之威一、坐平二天下一。」乃造レ飴。飴即自成。又祈之曰「吾今当下以二厳瓮一、沈中于丹生之川上。如魚無二大小一、悉酔而流、譬猶二被葉之浮流一者、吾必能定二此国一。如其不レ爾、終無レ所レ成。」乃沈二瓮於川一。其口向レ下。頃之、魚皆浮出、随レ水噞喁。時、椎根津彦見而奏之。天皇大喜、乃抜二取丹生川上之五百箇真坂樹一以祭二諸神一。（「顕斎」及びこの祭祀の供物「厳瓮」「糧」等は省略）冬十月癸巳朔、天皇嘗二其厳瓮之糧一。

この直後に、神武紀は、冒頭の「勒兵」以下の一節を続ける。そして景行紀のこれに対応する一節が、同じ「勒兵」以下の（8）である。

神武紀と景行紀とがこうして明らかに対応する一方、この対応の次第は、所伝の展開とは一致しない。その実態を見極めるに当たり、右に所伝の展開をまとめた一～四の順に従い、その順が神武紀の所伝の展開に重なるので、これを基準に立てた上で、景行紀の所伝とつき合わせてみる。表中の×は、該当する所伝を欠くことを表す。

	神武紀	景行紀		
		（重なり）	→ （前段）	（後段）
一	敵勢力圏入り	（1）		
二	強敵抗命 討伐困難	（2、3と6）	（2、3）	（6）
三	祈、祭	（4と7）	×	（7）
四	「勒兵」以下	（5と8）	（5）	（8）
				（4）

表中に（重なり）とした段では、さきに立てたそれぞれ一～四の各項に、神武紀に内容上対応する景行紀の所伝を一括して当てているだけにすぎない。→以下の（前段）（後段）が、所伝本来の展開にそくした配列である。これまでの論述をもとに両紀のそれぞれ対応する所伝を表にまとめただけだから、実態は整理にとどまる。そしてここからが解釈である。問題は、四の「勒兵」以下の一節をはじめ、三の「祈・祭（禱）」や二の内容等にかかわる上段と実際の所伝の展開にそくしてまとめた下段の配列との関連である。簡単にいえば、神武紀の展開に緊密かつ整然と対応する上段（重なり）とは違う下段の展開の、前段は×をはさみ、後段も（4）を（8）に後置させているその内実、それが問題である。

下段の（前段）に×を付した項は、該当する所伝、すなわち三の「祈・祭」に当たる所伝を欠く。しかし上段の（重なり）のとおり、（2、3）に続いて（4）があてはまり、げんに「天皇初将レ討レ賊」にはじまる所伝がある。下段の最後にその（4）を位置させていることが、重要な意味をもつ。すなわち下段の（前段）に（2、3）から（5）が続くというのも、前述のとおりその間は仮宮の造営や群臣との協議など討伐に向けた準備を進める緊迫した状勢に描写の力点を置き、そこに（4）の「祈」「禱」を介在させることを避けた結果だったに違いない。素通りはしたけれども、記述の必要まで無しとしたわけではない。それどころか、かえって「祈（うけひ）」を重要ないわば討伐余話として大写しにつたえている。それじたい、（前段）の×の項から、後段の最後の（4）に移し替えた、その余話にふさわしい位置を選びとったはずである。しかしそれを「天皇初将レ討レ賊」とわざわざ明示した上で、「祈」のかたちをとることは、まさに神武紀に対応するという以上に、それを先例として倣った可能性が高い。この（4）に同じ三の項にあてはまる例として、表中の（7）が対応する。実際には「卜二於水上一」という、ほとんど卜居などと見間違いかねないながら、（4）にそうして対応する事実は、その対応上、（4）の「祈」を前提に、それとかたちの違う「卜」を選びとったことを強く示唆する。表では下段に位置する（後段）の、この（7）をはさんで（6）～（8）と展開する配列が、神武紀のそれと整然と対応する事実も、やはり神武紀を先例として倣ったという見方を示持するであろう。

三、討伐をめぐる景行紀との関連（中）

さて、神武紀と景行紀とのあい通じる一節をとりあげ両者の関係を探ってきたが、たがいに密接不可分のかかわりをもち、明らかにそれが所伝の成りたちに及んでいる。特に最後の（五）の「勒レ兵」以下に展開する用例をめぐって、そのかかわりが所伝を構成する枠組みの全体に及ぶこと、さらに神武紀を先例として景行紀が成りたつことを、ひととおり確かめ得たかに思う。両者にあい通じる一節に限定しても、それは全体の一部だから、やがてそのまま全体に重なることは必定である。改めて振り返れば、その（五）は景行天皇十二年十月の土蜘蛛討伐に関連した所伝の一節であり、この討伐の全体が神武紀に対応をもつ、すなわちそれを先例として成りたつ。実は、その同じ年十二月の「議レ討二熊襲一」にはじまる熊襲討伐の本番じたい、神武紀の討伐に内容・構成とも深くかかわる。十月の土蜘蛛を対象とした討伐は、この本番を前にしたいわば前哨戦として位置する。

神武紀と景行紀との対応の上でも、景行紀の前述（557頁）のとおり討伐する対象（敵）を「茲山有二大石窟一（鼠石窟）」と「直入県禰疑野」という山や野を根城とする土蜘蛛と、別に平地を支配下に置く熊襲《くまそ》梟帥《たける》との二勢力に二分していることとじたい、神武紀が戊午年九月に「国見丘上則有二八十梟帥一」と「復有二兄磯城軍一、布二満於磐余邑一。」との二類を、まず「天皇陟二彼菟田高倉山之巓一、瞻二望域中一。」と天皇が俯瞰した全体の配置上に示し、前者のもっぱら山地を勢力下に置く八十梟帥らの討伐に先に着手し、これを撃滅した後に平野部に拠点を置く兄磯城討伐に移るという展開にそう。これを要するに、神武紀と景行紀との討伐をめぐる対応は、次のようにその討伐ごとにそれぞれ一括してひき継ぐ関係をもとに成りたっている。

神武紀		景行紀
八十梟帥の討伐（十月）	——→	土蜘蛛の討伐（十月）
兄磯城の討伐（十一月）	——→	熊襲梟帥の討伐（十二月）

景行紀では、もともと「十二年秋七月、熊襲反之、不二朝貢一。八月乙未朔己酉、幸二筑紫一。」という経緯により、

土蜘蛛ではなく熊襲の討伐を主目的とする。神武紀もまた、菟田の高倉山で瞻望した当初（九月）は、八十梟帥以上の敵の主力として兄磯城の討伐に力点を置く。しかもその討伐に伴う困難を、ともに「祈《うけひ》」や「祭祀（卜・禱）」などによって克服する。それが、対応の基本である。

問題はその対応の内実だが、神武紀では兄磯城討伐をいくつかの部分に分けて構成し、始めに、その該当する箇所に先立つ前段について前置きする。まず「十有一月癸亥朔己巳、皇師大挙、将レ攻二磯城彦一。」という一節が冒頭に立つ。この「磯城彦」の兄弟に使者を遣わして徴すが、対応が分かれる。

（1）まず兄磯城はその召集の命を承けず、また頭八咫烏を遣わして召すも、その声を悪み、弓で射る。烏は退避する。

（2）烏は次に弟磯城宅に到り、天神子が召すと鳴いて告げると、弟磯城は居住まいを正して饗応した上で、烏に随って天皇のもとに参じ、兄の兄磯城が決戦を挑んでいると明かし（密告）、早急に図るよう進言する。

この展開の最後に弟磯城のいう「可二早図一之」にそくして、以下に対応する該当箇所が続く。次にそれをつき合わせて示す。

一、可二早図一之。（神武紀）

議レ討二熊襲一。（景行紀）

ともに討伐に着手する契機を、討伐計画の立案作成に置く。その案の内容を、天皇が下問する。

二、天皇乃会二諸将一、問之曰、（神武紀）

於レ是、天皇詔二群卿一曰、（景行紀）

討伐案を天皇が臣下に諮るという着手の前段階が共通する。

三、（聚二八十梟帥一、具二兵甲一、将二与決戦一。）今兄磯城果有二逆賊之意一。召亦不レ来。為レ之奈何。（神武紀）
朕聞之、襲国有二厚鹿文・迮鹿文者一、是両人熊襲之渠帥者也。衆類甚多。是謂二熊襲八十梟帥一。其鋒不レ可レ当焉。少興レ師、則不レ堪レ滅レ賊。多動レ兵、是百姓之害。何不レ仮二鋒刃之威一、坐平二其国一。（景行紀）

天皇の下問内容に、長短の違いが目立つ。しかしここでは、討伐のめざす主敵について、その頑強な抵抗を強調することに力点を置く。景行紀の長文は、その強敵を「熊襲之渠帥」として示し、なおかつ武力によらない討伐をめざすとする。神武紀は、右に引用した一節に続いて「諸将曰、兄磯城、黠賊也。宜下先遣二弟磯城一、暁喩之、并説中兄倉下・弟倉下上。如遂不二帰順一、然後挙レ兵臨之、亦未レ晩也。」という説得工作を優先すべきとする提案があり、これに従い「乃使下弟磯城開中示利害上」と弟磯城に説得に当たらせるが、「而兄磯城等猶守二愚謀一、不レ肯二承伏一。」と工作は失敗に終る。頑強な抵抗を、こうした説得の失敗をとおして強調する。この所伝の展開のかたちをとる神武紀に較べ、景行紀は長文の説明により、討伐ではなく、「百姓之害」にならない武力不行使の平定という理想化にむしろ力点を置く。

四、時、椎根津彦計之曰「今者宜下(A)先遣二我女軍一、出上レ自二忍坂道一。虜見之、必尽レ鋭而赴。吾則駆二馳勁卒一、直指二墨坂一、取二菟田川水一以灌二其炭火一、儵忽之間、(B)出二其不意一、(C)則破之必也。」天皇善二其策一。（神武紀）
時、有二一臣一、進曰「熊襲梟帥有二二女一。兄曰二市乾鹿文一、弟曰二市鹿文一。容既端正、心且雄武。宜下(A)示二重幣一以撝中納麾下上。因以伺二其消息一、(B)犯二不意之処一、(C)則曽不レ血レ刃、賊必自敗。」天皇詔、可也。（景行紀）

三に天皇が臣下に諮った討伐の具体策を、ここにともに臣下が提案する。傍線を付した（A）「宜」以下がそれの具体的内容である。傍線部（B）は、その実旋に伴う手立ての最後に打ついわば奥の手をいう。

ともに敵側の不意を突くというかたちをとる。それが決定打となって、（C）に敵の敗北は必定という。この提案を、同じく天皇が可とする。端的に裁可を下したというその表現も、あい通じる。

五、乃出二女軍一以臨之。（神武紀）

──→四の「宜下先遣二我女軍一、出上自二忍坂道一」という作戦の実行。

於レ是、示レ幣、欺二其二女一而納二幕下一。（景行紀）

──→四の「宜下示二重幣一以撝中納麾下上」という作戦の実行。

四に臣下が提案した作戦を天皇が可として、これを実行に移す。──→に示したとおり、ともに四の提案内容にそくして、その実行に着手する。

これ以降は、それぞれ提案した作戦の違いにしたがい、実行をめぐる所伝の展開にも乖離が漸増する。対応をひとまずこれまでとしても、前節に採りあげた十月の討伐に続く一連の広がりをもつ対応がここまで連続する事実は、改めて注目に値する。所伝の一～五に及ぶ展開の対応、なかんずく四の細部にわたる表現上の対応は、基本的な所伝の成りたつ構造を、神武紀と景行紀とが共有していることを示唆するであろう。

さて、この構造の共有がもたらす一連の用例に関連するが、神武紀には、右に掲出した景行紀の例文に対応をもつ一節が別にある。実は、この対応こそがなにより重要である。前節の対応をめぐる検討も、この前提として位置する。そこでまずは景行紀の前節に挙げた例文から該当する一節を次に抜き出してみる。

三、多動レ兵、是百姓之害。何不レ仮二鋒刃之威一、坐平二其国一。

四、宜下示二重幣一以撝中納麾下上。因以伺二其消息一、犯二不意之処一、則曽不レ血レ刃、賊必自敗。

武力を使わずに国の平定、賊の討伐をなしとげることが、この三、四を通じてめざす理想であり、また目標でもある。前節の三の項に神武紀のこれに対応する一節としては挙げていないが、説明のなかには、兄磯城討伐をめぐる諸将の提案を示している。その提案のなかに、まさに右の景行紀の四の一節に対応する「宜㆘先遣㆓弟磯城㆒、暁喩之、并説㆗兄倉下・弟倉下㆖。如遂不㆓帰順㆒、然後挙㆑兵臨之、亦不㆑晩也。」という一節がある。「宜」を冒頭に立てた表現をはじめ、説得による帰順を優先して武力を使わない討伐めざすその内容も、確実に対応する。

しかしながら、両者には、決定的な違いがある。神武紀は、武力を使わないとはいえ、説得を武器に替えているに過ぎない。その説得も、実際には「使㆔弟磯城開㆓示利害㆒」という利害に訴えるものでしかない。一方、景行紀では、なによりもまず三に「多動㆑兵、是百姓之害。」という兵の大規模な動員や移動が人民に被害を及ぼすことを懸念する。敵を利害打算によって攻略する以前に、人民の利害に重点を置けばこそ、「何不㆑仮㆓鋒刃之威㆒、坐平㆓其国㆒」という武器使用によらない平定を、天皇はめざす。戦術でも、戦略でもなく、それはいわば統治ないし国、天下の平定にかかる理念に当たる。それの神武紀の一節との対応も、したがってたぶんに形式的ないし間接的な類似の域を出ない。

この三、四ともに、直接対応する一節は、神武紀が別につたえている。景行紀の一節にそれをつき合わせて次に示す。

三、何不㆑仮㆓鋒刃之威㆒、坐平㆓其国㆒。（景行紀）

——天皇又因祈之曰「吾今当㆘以㆓八十平瓮㆒、無㆑水造㆖㆑飴。飴成、則吾必不㆑仮㆓鋒刃之威㆒、坐平㆓天下㆒。」乃造㆑飴。飴即自成。（神武紀、戊午年九月。菟田）

四、則曽不㆑血㆑刃、賊必自敗。（景行紀）

——天皇憂之、乃運㆓神策於沖衿㆒曰「今我是日神子孫而向㆑日征㆑虜。此逆㆓天道㆒也。不㆑若、退還示㆑弱、

礼二祭神祇一、背負二日神之威一、随レ影圧躡。如レ此、則曽不レ血レ刃、虜必自敗矣。」（神武紀、戊午年四月。孔舎衛坂）

傍線を付した一節が、句の相関を含め対応することは一見して明らかである。この直接的な対応も、内実となると、やはり完全ではない。神武紀の例では、当該一節はともに条件句を承け、「則」がその関係的意味をあらわす。抜き出して示せば、次のとおり。

条件句　帰結句

飴成、則吾必不レ仮二鋒刃之威一、坐平二天下一。（三）

如レ此、則曽不レ血レ刃、虜必自敗矣。（四）

ともに条件と帰結の句相互の相関という同じかたちをとる表現として成りたつ。これと較べ、景行紀の例は、表現に統一を欠く。前述のとおり武器を使わない討伐という同じ理念にもとづき、三と四とを、一対の問いとその答えとして組み合わせたかたちをとった結果である。同じ句相互の相関から成りたつ表現を、その組み合わせに使ったことが、直接の対応をもたらしたとみるのが恐らく自然である。

もっとも、あくまでそれは表現のかたちをめぐる対応にとどまる。そこでさらにこの対応の内実を探ってみるに、景行紀が武器を使わない討伐という理念をもとに一連の展開をはかっているのに対して、神武紀のばあい、三、四に対応する一節をおのおの別の所伝がつたえている。それにもかかわらず、同じ句相互の相関をもとに成りたつ表現を共有する。もとより、内容にしてもたがいに深くかかわる。三に挙げた所伝は、その傍線部にいう武力によらない天下平定の可否について、水を使わず飴が造れるか否かによって見極めるという天皇の「祈（うけひ）」を内容とする。飴の製造に使う「八十平瓮」が、ここでは重要な意味をもつ。すなわちそれを「以二此埴一、造二作八十平瓮・天手抉八十枚・厳瓮一而陟二于丹生川上一、用祭二天神地祇一。」というように天香山の埴土で造り、天神地祇の祭祀に使うが、もとを質せば、天皇の「是夜、自祈而寝。夢有二天神一、訓之曰、宜下取二天香山社中土一以造二天平瓮八十枚一、并造二厳瓮一而敬二祭天神地祇一、亦為中厳呪詛上。如レ此、則虜自平伏。」という「祈（のむ）」（詳細は各論1009頁参照）に発し、これに天神が応えた訓えによる。くだんの一節に「吾必不レ仮二鋒刃之威一、坐平二天下一。」という武力によらない天下平定は、この天神の訓えの最後にいう「虜自平伏」をひき継ぐ。

一方、四は天皇の「神策」の一節である。孔舎衛坂で長髄彦の反撃に遭い、兄の五瀬命が致命的な傷を負うなど窮地に陥ったなかで、「我是日神子孫而向レ日征レ虜。此逆二天道一也。」と反省して戦法を改め、「礼二祭神祇一、背負二日神之威一、随レ影圧躡。」という攻撃をめざす。これを「如レ此」と承け、その帰結をいうのが傍線部の一節である。ここでも神祇祭祀をはじめ日神を背に負って反攻する戦法を採り、武力を使わず敵が必ず自敗することをいう。その「如レ此、則曽不レ血レ刃、虜必自敗矣。」という表現は、前述の三の一節がひき継ぐ天神の訓えの最後に「如レ此、則虜自平伏。」という教示に明らかに一致する。三と四、そしてこの教示も含む表現の一致は、かくて神助を主体とする戦法により、武器を使わずにおのずから賊虜の平伏、服属、またあるいは国の平定などをめざすという、そうした神武紀の討伐を貫く基調に根ざす。その討伐の特徴はといえば、神助にとどめを刺すであろう。前述の景行紀の理念を基調とした討伐とは、決定的に異なる。景行紀のその理念は、さきに検討を加えた崇神紀以降の教化、王化といったかたちをとる聖王による討伐を理想とする理念につながる。景行紀との異なりは、必然的に崇神紀以降に顕著な理念にもとづく体制との違いに直結してもいる。

四、孝の実践と即位をめぐる綏靖紀との関連（後）

この神武紀と崇神紀以降の体制との違いは、それぞれ神助と理念というその根ざす基調の異なりによる。神武紀から崇神紀にかけて、この間に転換がある。この間には、また巻四が介在する。転換に巻四がどうかかわるのか、前節までの論述をしめ括る上にも、この問題が大きな意味をもつ。

まずは巻四じたいだが、この巻の大半を系譜記事が占める。系譜が綏靖天皇から開化天皇まで八代続くことにちなみ、この時代を「欠史八代」と称するのが通例である。この八代のうちの始めの綏靖天皇に限り、皇位継承をめぐるやや長文の所伝をつたえる。系譜と所伝それぞれについて考察を加えた論考がある。系譜については、松田信彦氏「日本書紀における欠史八代の性格」（『古事記年報』四十八。平成十八年一月）に詳しい。この巻に「一書云」「一云」などの異伝が多いことを他巻にない特異な性格と認めた上で、神代巻の記事とも比較して「このように見ていくと、欠史八代の記事は、その記事内容、そして皇統譜に直接かかわる異伝を細かく記すという意味では、巻五以降というよりは、むしろ日本書紀の神代巻の特に神代下と近似した性格を持っているといえよう。」（65頁）と指摘する。さらに「始祖」注と「遠祖」注との巻ごとの用例を表示し、これをもとに「つまり、『遠祖』は神代巻から多用され、垂仁天皇をピークに収束していき、それと入れ替わるように、『始祖』が景行天皇、あるいは応神天皇というところで大きく取り扱われる日本書紀のあり方が見えてくるのではないだろうか。」と説き、前述の神代下との「近似性」と考え合わせ「この始祖注記のあり方は、欠史八代巻（あるいはその前後の巻）が、どちらかといえばそれよりあとの天皇紀よりは、むしろそれ以前の巻と近い性格が看取されるのではないだろうか。」（68頁）と結論づける。

系譜記事に限った考察ではあるけれども、その内容は示唆に富む。ただ、表にまとめた用例数をみても、たとえば神武紀の数字（始祖4、遠祖5）と垂仁紀の数字（始祖5、遠祖7）とは、むしろ結論とは逆に近さをものがたる。そしてその近さを、げんに所伝が裏づける。その皇位継承をめぐる所伝について、大館真晴氏「『日本書紀』にみる綏靖天皇像―『孝』という視点から―」（『古事記年報』四十四。平成十四年一月）が詳細に分析している。綏靖天皇の人物評を「孝性純深」とするこの表現に着目し、こうした「Ⅰ、皇位継承の理由として語られる『孝』」、「Ⅱ、天皇もしくは、後の天皇の人物像を『孝』によって語るもの」、「Ⅲ、その他（天皇と関わらないもの・人名）」の三項目を設け、「日本書紀の『孝』（全12例）」を分類する。このなかでは、神武紀の「可下以郊二祀天神一、用申中大孝上者」という例がもっとも早い時代に当たる。これについては後に採りあげるが、綏靖天皇の孝について、前掲の人物評「孝性純深」に続く「特留二心於喪葬之事一焉」を漢籍の用例とつき合わせ「『礼記』にいう『孝』をまさに体現する人物といえる。」（111頁）と説く。これに対して、この綏靖天皇の殺害を企てる庶兄の手研耳命を「諒闇之際、威福自由。苞二蔵禍心一、図レ害二二弟一。」とつたえる内容に通じる例を挙げて「以上の皇子達は、手研耳命と同様に前天皇の喪中に『不孝』なる行いをしたがゆえに皇位継承者から排除された皇子たちである。手研耳命は、これらの皇子達の最初のケースとなろう。」（115頁）と指摘する。（この論文を、大館氏後掲書（通釈611頁）が収載する。ここに引用した限り、殆ど変更はない。）

説得力のある論述だから、右に引用した限りでも、綏靖天皇の孝がそれ以降の孝をめぐる多様なありかたに通じることを証して余りある。それは、しかしなにも綏靖天皇に限らず、「欠史八代」を通じて巻四全体に及ぶであろう。念のため、所伝の内容にもう少し踏み込んで確かめてみるに、手研耳命に関して右に挙げた「諒闇之際」以下の一節に先行して次のようにつたえている。

　至二四十八歳一、神日本磐余彦天皇崩。時、神渟名川耳尊、孝性純深、悲慕無レ已。特留二心於喪葬之事一焉。其庶兄手研耳命、行年已長、久歴二朝機一。故亦委レ事而親之。然其王、立操厝懐、本乖二仁義一。遂以二諒闇之際一、威福自由。苞二蔵禍心一、図レ害二二弟一。

綏靖天皇と手研耳命とを、ここで対比して描いている。神武天皇の崩じたその時の二人をめぐる記述を次に示す。

　孝性純深、悲慕無レ已。特留二心於喪葬之事一焉。（綏靖天皇）

　立操厝懐、本乖二仁義一。遂以諒闇之際、威福自由。（手研耳命）

綏靖天皇を孝子として強調する一方、手研耳命は、二弟の殺害の企てよりなにより、まっ先に不孝をいう。亡父の神武天皇に対する極悪の犯罪であり、唐律（故唐律疏議巻第一）は「十悪」の「七曰二不孝一」に「居二父母喪一、身自嫁娶、若作レ楽、釈レ服従レ吉。」と注を付す。「作レ楽」は、楽器を奏し、歌舞や散楽をなすこと、また「釈レ服従レ吉」は、服喪の終了しない二十七ヶ月内に衰裳《さいしょう》（服喪に着用する衣裳）を脱ぎ去って吉服を着ること（以上、疏議）をいう。まさに手研耳命の「威福自由」がこれに当たる。この一句の注に、書紀集解は後漢書（巻十下、皇后紀第十下「安思閻皇后」）の「於レ是、景為二衛尉一、耀城門校尉、晏執金吾。兄弟権レ要、威福自由。」という一節を挙げる。景、耀、晏の三人が皇后の兄弟という立場を利して要職を占め、権力や富を意のままに使うという例と同じように、勝手放題することをいう。十悪の不孝に当たるこの罪の悪質・重大は、前述した景行紀（十二年十二月）がつたえる熊襲の梟帥討伐に際して、その女が天皇側に寝返って父殺害の幇助をすると、「天皇則悪二其不孝之甚一而誅二市乾鹿文一。」とこの女を誅殺した例に確実に対応する。少くとも所伝に徴する限り、巻四はまさに巻五以降の体制の側に位置を占める。

この親近を踏まえ、改めて巻四を振り返ってみるに、その所伝の前掲一節に綏靖天皇について「特留㆓心於喪葬之事㆒焉」と喪葬に専心するさまを表した直後に「其庶兄手研耳命、行年已長、久歴㆓朝機㆒。故亦委㆑事而親之。」という展開上、綏靖天皇が喪葬に専心する一方、すでに長じてずっと神武天皇のもとで朝廷の機要に携ってきた手研耳命に統治の庶事を委ねて行わせたということ、要は綏靖天皇が喪葬専心のため、暫事統治を手研耳命に委任したということにほかならない。手研耳命はそれに応える資質・品行も備えていないばかりか、不孝の大罪を犯し、二弟の殺害まで企てる。皇位の簒奪というかたちを直接にはとっていないが、「庶兄」という立場や「図㆑害㆓二弟㆒」など弟殺害の企てを明示するという点では、はるか後に神功皇后が新羅を討伐した翌年に「今皇后有㆑子。群臣皆従焉。必共議之立㆓幼主㆒。吾等何以㆑兄従㆑弟乎。」（神功皇后摂政元年二月）と密謀を企てた庶兄の麛坂王・忍熊王に通じる。綏靖天皇を神武天皇の喪葬をとりしきる立場に置くことにより、その後継者として位置づけている以上、手研耳命の二弟殺害の企ては、おのずから皇位簒奪の意味あいを帯びる。

所伝は、こうして後の時代に生起する皇位継承をめぐる争いをいわば先取りしているといっても過言ではない。綏靖天皇の孝の実践を、天皇を主語とする「神渟名川耳尊、与㆓兄神八井耳命㆒、陰知㆓其志㆒而善防之、至㆓於山陵事畢㆒、」という一節につたえた上で、手研耳尊を殺害した功績により、兄の「今汝特挺神武、自誅㆓元悪㆒。宜哉乎、汝之光㆓臨天位㆒以承㆓皇祖之業㆒。吾当㆘為㆓汝輔㆒之奉㆗典神祇㆖者。」という「譲」りをうけて天皇の位に即く。この即位じたい、後の時代の即位に範を垂れる先例として位置するはずである。「欠史八代」のこの綏靖天皇以降の各天皇は、その系譜を連ねることにより、先例を模範として倣い、それこそ無事にそれぞれの皇位継承、即位、統治を全うしたことを暗示する。時代が順次移り、「欠史八代」がそうして過ぎるなかに、後の崇神天皇の時代を準備してもいる。崇神天皇は即位して最初の詔を、四年十月に下す。まさにその「欠史八代」を含む過去の時代を振り返り、今の統治を展望する。便宜、この過去と今とにそくして段落分けを施して示す。

惟我皇祖諸天皇等、光二臨宸極一者、豈為二一身一乎。蓋所下以司二牧人神一、経中綸天下上。故能世闡二玄功一、時流二至徳一。

今朕、奉二承大運一、愛二育黎元一。何当下聿遵二皇祖之跡一、永保中無窮之祚上。其群卿百僚竭二爾忠貞一、共安二天下一、不二亦可一乎。

詔に、過去の時代を徳治の理想の世として讃美する。その「世闡二玄功一、時流二至徳一」という表現こそ、冒頭に挙げた「諸天皇」の各時代を念頭に置くであろう。その時代が「欠史八代」に当たる。古事記の序文が「莫レ不下稽レ古以縄二風猷於既頽一、照レ今以補中典教於欲上レ絶。」と理想とする時代にも、それは通じる。

そしてこの過去の時代に歴代継承してきた、即位すなわち登極を、前段冒頭に「我皇祖諸天皇等、光二臨宸極一」という。神八井耳命による「宜哉乎、汝之光二臨天位一以承二皇祖之業一。」という「譲」を受けた綏靖天皇の即位に一致する。日本書紀の他に二例ある「光臨」では、「光二臨天下一」（欽明天皇即位前紀）、「光二臨億兆一」（舒明天皇元年正月）と天下人民をその対象とするだけに、一致は暗合ではあり得ない。しかも後段に、この即位に伴う崇神天皇として最も優先する取り組みに「遵二皇祖之跡一」を挙げる。綏靖天皇の即位に伴う「承二皇祖之業一」を、それは確実にひき継ぐはずである。

神武紀　第三章　東征の歴史

一、神代紀に根ざす天神の子に擬した「天神子」及び「天孫」

かくて神武紀（巻三）と巻五以降との間に介在する巻四は、巻五を準備する位置に立つ。それだけ、だから神武紀と巻四、そして巻五以降との断絶が深い。もっとも、断絶とはいっても、実質は転換だから、神武紀から崇神紀への転換を前に、巻四が先行してその転換を準備する役割を担うということにほかならない。こうした巻四以降の展開を踏まえ、ここでは、神助から理念へというその転換を逆にたどり、それの以前に当たる神武紀に正面きって取り組む。大回りしてきた検討も、ここから本番に入る。

神助については、さきに景行紀の記述と対応する一節がつたえる二つの例を採りあげたが、それは一部に過ぎない。神武紀全体を通して、この神助なくして討伐はなし遂げることができないほど、ことほどさように重要な意味をもち、かつ位置を占める。その具体例の検討に当たり、そもそも神助を受ける神武天皇とはどのような存在なのか、まずはこの解明が先決である。この天皇の存在じたい、神助と不可分のかかわりをもつ。

天皇のその存在を端的に表わす語が「天神子」である。また「日神子孫」や「天孫」ともいう。いずれも、所伝の内容に深く根ざす。はじめに「天神子」をみるに、用例のあらわれに顕著な傾向がある。初出の「臣是国神、名曰㆓珍彦㆒。釣㆓魚於曲浦㆒、聞㆓天神子来㆒、故即奉㆑迎。」（甲寅年十月。速吸之門）というその到来を聞く例をはじめ、ほとんどの例が同じ伝聞のかたちをとる。類例では、後の兄磯城の討伐に関連して「吾兄、兄磯城聞二天神子来一、則聚二八十梟帥一、具二兵甲一、将二与決レ戦。可二早図一之。」と弟磯城が進言したなかにつたえる。これに先立つ説得工作当初にも、兄磯城は、頭八咫烏のつたえる「天神子召レ汝」という召喚に忿怒して「聞二天圧神至一而吾為二慨憤一時、奈何烏鳥若レ此悪鳴耶。」と悪態を吐く。召喚以前に、兄磯城は神武天皇の到来を聞き、その際に「天圧神」という。その時点では、弟磯城もまた「臣聞二天圧神至一」といい、後に頭八咫烏のつたえる召喚を受けて呼称を改めたことになる。さらにまた別に、神武天皇が当初の竜田越えを断念して「乃還、更欲下東踰二胆駒山一而入中中洲上。」というまさにこの時をつたえたなかに、次の類例がある。

時、長髄彦聞之曰「夫天神子等所二以来一者、必将レ奪二我国一。」則尽起二属兵一、徼二之於孔舎衛坂一、与レ之会レ戦。

傍線部の表現は、珍彦に関連した「聞二天神子来一」という初出例及び弟磯城の進言にいう例に通じる。しかもこの長髄彦をめぐっては、再び戦いを交えた際に「奈何更称二天神子一以奪二人地一乎」と神武天皇が「天神子」と自称したことをつたえる。右に引用した初戦に際して長髄彦のいう傍線部の表現も、この自称を聞いた発言とみるのが相当である。

しかしながら、そうして神武天皇が「天神子」とみずから名告って討伐するのを通例としていたかといえば、否である。磯城彦兄弟が神武天皇の到来を聞いた当初の前述のとおり「天圧神」と称した例に加え、また別に「天孫」という例もある。この例は、神武天皇が熊野遭難の危機を脱したあと、天照大神の遣わした頭八咫烏を追って道臣の先導により菟田に到着したところで、その地の兄猾弟猾の兄弟を徴すが、その召しに応じない兄の反逆を構えているありさまを弟が密告する一節に次のようにつたえている。

臣兄、兄猾之為㆓逆状㆒也、聞㆓天孫且㆑到、即起㆑兵、将㆑襲。

傍線部の「天孫」を「天神子」に改めれば、それだけで従前の類例に加わるほど、ほとんど同じ表現から成る。それをあえて「天孫」とするについては、右の密告をうけて「天皇即遣㆓道臣命㆒、察㆓其逆状㆒。時、道臣審知㆑有㆓賊害之心㆒、」以下に活躍する道臣がかかわる。この道臣こそ、もとを質せば、さきに「大伴氏之遠祖日臣命、帥㆓大来目㆒、督㆓将元戎㆒、蹈㆑山啓㆑行、乃尋㆓烏所㆑向、仰視而追之、遂達㆓于菟田下県㆒。」と頭八咫烏を追ってこの地に先導した日臣命であり、この先導じたい、前述のとおり神代紀第九段〔書四〕がつたえる天孫の降臨を先導した「大伴連遠祖天忍日命、帥㆓来目部遠祖天槵津大来目㆒、背負㆓天磐靫㆒、臂著㆓稜威高鞆㆒、手捉㆓天梔弓・天羽羽矢㆒、及副㆓持八目鳴鏑㆒、又帯㆓頭槌剣㆒而立㆓天孫之前㆒。」という祖先の事蹟につながりをもつ。道臣が先導すればこそ、天皇の到来に、これを迎える在地の猾兄弟が、さながら天孫の来臨を彷彿とすることは当然あり得るであろう。この然るべきありかたにそくして、前掲の傍線部に「天孫且㆑到」という表現は成りたつはずである。

もとより、神武天皇は神代紀にいう「天孫」ではない。神代の事蹟をもとに、そのつながりにそくしてなぞらえたものであり（実態は、後述する饒速日命のいう「天孫」も同じ）、実は、それがそのまま「天神子」にもあてはまる。初出例にかかわる珍彦は、「能導者」（汝忠而且勇。加有㆓能導之功㆒。是以改㆓汝名㆒為㆓道臣㆒。）という道臣命に対応し、「海導者」として椎根津彦の名を賜わるばかりか、「天神子」をめぐる表現も、神代紀第九段〔書一〕の一節に対応する。次に二つをつき合わせてみる。

○聞㆔天照大神之子、今当㆓降行㆒、故奉㆑迎相待。（神代紀第九段〔書一〕）

○聞㆓天神子来㆒。故即奉㆑迎。（神武紀甲寅年十月）

神代紀の例は、衢神（猨田彦神）が主語に立つ一節であり、この直後に「天照大神之子」を「天神之子」と言い改める。子とはいっても、当該一書では「皇孫」と呼称する天照大神の孫に当たる。親子関係にそくした子ではない点も、「天神子」とは共通する。ともにその到来を聞いて待ち迎える相手を、天神の子に擬した呼称である。そしてこの擬制的呼称が、道臣の先導する天皇をいう「天孫」に通じる。神武天皇じしんが「我是日神子孫」（戊午年四月、孔舎衛坂）という血統による呼称とは、たがいに対応し、重なりあいながらも、内実を異にする。

この神武天皇を、一方では「天神子」と称し、他方では「天孫」という対応を、実は所伝じたいがつたえている。饒速日命が最後に長髄彦を殺して天皇に帰順するという結末に当たるが、これよりさき、長髄彦が神武天皇に使者を立て、両者は次のようにやり取りを交す。

時、長髄彦乃遣二行人一、言二於天皇一曰「嘗有二天神之子一、乗二天磐船一、自レ天降止。号曰二櫛玉饒速日命一。是娶二吾妹、三炊屋媛一、遂有二児息一。名曰二可美真手命一。故、吾以二饒速日命一為レ君而奉焉。夫天神之子、豈有二両種一乎。奈何更称二天神子一以奪二人地一乎。吾心推之、未二必為レ信。」天皇曰「天神子亦多耳。汝所レ為レ君、是実天神之子者、必有二表物一。可二相示一之。」（天皇と長髄彦が互いに表物を見せあう）長髄彦見二其天表一、益懐二踧踖一。然而凶器已構、其勢不レ得二中休一、而猶守二迷図一、無二復改レ意。饒速日命本知二天神慇懃、唯天孫是与一。且見下夫長髄彦稟性愎佷、不上レ可三教以二天人之際一、乃殺之、帥二其衆一而帰順焉。

波線を付した「天神之子」と傍線の「天神子」とを、明確に分けている。前者の饒速日命は「自レ天降止」と天から降った神であり、その天神を親にもつ子という関係を「天神之子」が明示する。神武天皇は、天から降ったのでも、天神を親にもつわけでもなく、前述したとおり天神に対する擬制的な関係の子として、「天神之子」との対比のもとに「天神子」と表現する。

一方、二重傍線を付した「天孫」も、神武天皇を指す。この語を含む一節について、注釈書の注や現代語訳を示した上で、伊藤剣氏『日本上代の神話伝承』（その第Ⅱ部「第二章、饒速日命の服属――「天」独占化の手法――」。平成22年10月。新典社）が「神武天皇に対する『天』の特別な加護が語られていると理解することで、諸注釈書が一致している。この解釈には異論を挟む余地がないだろう。」（131頁）と評価する。「この解釈」には、しかし「特別な加護」の中身をはじめ、なぜ「天神子」ではなく「天孫」とするかといった核心の問題にも一切言及がない。要となるその「天神慇懃、唯天孫是与。」という一節の訓みは、説明を欠くので詳細は知り得ないが、山田宗睦氏『日本書紀史注』（巻第三「試訓」249頁）の「本《もと》もと天神が慇《うれ》い懃《いた》むのに、唯天孫だけが与《あず》かるのだ、」という訳の示す方向が適当であろう。「天孫」の表現は、さきに弟猾が密告した「臣兄、兄猾之為二逆状一也、聞二天孫且レ到、即起レ兵、将レ襲。」という一節の用例に重なる。しかもこちらは天から降った饒速日命の認識であり、その密告中の用例と同じく神代紀第九段〔書四〕の「天孫」とのかかわりを示唆する。「天神慇懃」とは、この〔書四〕の冒頭に「高皇産霊尊、以二真床覆衾一裹二天津彦国光彦火瓊瓊杵尊一、則引二開天磐戸一、排二分天八重雲一以奉レ降之。」という衾で覆った上に、みずから磐戸を引き開き、八重雲を排き分けて天孫を天降らせ申し上げた高皇産霊尊の、それこそ心を込めた手厚い扱いに通じる。たとえば第十段〔書一〕に「天神之孫」と名告る火火出見尊を迎えた海神の豊玉彦のもてなしを「慇懃奉レ慰」とつたえる例にならい、天孫を降す高皇産霊尊の扱いを、仮りに「慇懃奉レ降」と表現しても恐らく的外れではない。天孫だけが天神のこの手厚いもてなしに与るという、天孫すなわち神武天皇の特別な地位を、もともと饒速日命は篤と承知していたというのがくだんの一節である。「天神之子」という饒速日命じしんのこの認識こそ、延いてはまさにこの「天孫」を挺子として、「天神子」について、「天神之子」とは違う存在のそのありかたを実質化することをねらいとするであろう。

それだけ、だから「天神子」と「天孫」との対応は強固であり、かつ所伝に深く根ざす。重要なこの対応の契機が、なかんずく重要である。そのそれぞれの初出例を挙げた上で、これに関連する既述の事項を、まとめを兼ねて次に整理して示す。

（珍彦）聞㆓天神子来㆒、故即奉㆑迎。――→椎根津彦（海導者）

神代下第九段〔書一〕、天照大神――天神子

（日臣命）聞㆓天孫且㆑到、即起㆑兵、将㆑襲。――→道臣命（能導者）

神代下第九段〔書四〕、高皇産霊尊――天孫

対応は、それぞれに排他的なかたちをとり、神武紀を貫いている。さればこそ、神武紀の所伝のなかでも大きな山場に当たる天香山の土の採取とこの埴土による祭祀とを、それぞれ椎根津彦が前者の採取、道臣が後者の祭祀というかたちをとって分担させてもいたはずである。祭祀をめぐっては、実際に「時勅㆓道臣命㆒、今以㆓高皇産霊尊㆒、朕親作㆓顕斎㆒。用㆑汝為㆓斎主㆒、授以㆓厳媛之号㆒。」という「顕斎」を神武天皇が作《な》し、そこに招《お》ぎ降ろした高皇産霊尊を斎神として、道臣命を斎主とする。後述するとおり高皇産霊尊と深くつながる特別な関係にそくして、必然的に道臣命を斎主としたはずである。この高皇産霊尊との対応上、これまた然るべく、天石窟に幽居する天照大神に対する神事に「中臣連遠祖天児屋命・忌部遠祖太玉命掘㆓天香山之五百箇真坂樹㆒而（この上中下の枝に祭具を懸け）相与致㆓其祈禱㆒焉。」と深くつながる天香山だからこそ、その土の採取には、椎根津彦を当てる。道臣、椎根津彦それぞれの対応するはたらきは、かくて神代紀に深く根ざし、神武紀の主題ともいうべき東征の神代とのつながりに、いっそう明確な方向を賦与する（なお丹生川上祭祀・顕斎をめぐる分析は各論参照）。

二、東征の始発、当初の順調な滑り出しとその歴史記述

　こうした対応が、椎根津彦と道臣命とを描き分け分けるそのそもそもの意図に発することは、容易に見通しが立つ。また所伝じたい、その意図の所産だから、まさに意図にもとづく構造を有していることも見易い。所伝のこの構造的な成りたちが、神武紀を確実に特徴づけている。しかもその成りたちに、新しく年月日にかけてつたえるという歴史記述が分ちがたくかかわる。以下には、この構造や歴史記述そのものの内実の解明に力点を置いて検討を加えることにする。

　歴史記述の嚆矢は「是年也、太歳甲寅」だが、実質的なその始めが、「其年冬十月丁巳朔辛酉」と時を示して記述する東征の出発である。「天皇親帥二諸皇子、舟師一、東征。至二速吸之門一。時、有二一漁人一、乗レ艇而至。」と続くこの東征の出発及び速吸の門到達と漁人との出会いとを、この十月五日の日付けのもとに一括して記述する。そればかりか、漁人との問答の末に海導者として椎根津彦の名を賜うという次第、さらに筑紫国菟狭に至り、この地で菟狭津彦・菟狭津媛という菟狭国造祖が一柱騰宮を造ってもてなす饗応を受け、この際に菟狭津媛を侍臣の天種子命に賜い妻《めあわ》せたという展開に至るまで、記述を一括している。

　そして次に、翌月「十有一月丙戌朔甲午」のもとに、また改めて「天皇至二筑紫国岡水門一」と天皇を主語に立てた一節に入る。ここからさらに安芸国の埃宮（十有二月丙辰朔壬午）を経て吉備国に移り、ここに行館を起て高嶋宮と名づけて「積二三年一間、脩二舟檝一、蓄二兵食一、将レ欲三以一挙而平二天下一也。」と続くまとまりを、その主語のもとに一括する。これらとはまた別のまとまりが、この直後の「戊午年春二月丁酉朔丁未、皇師遂東。舳艫

相接。」という主語を「皇師」に改めた記述である。念のため、これら歴史記述の、年月日とその下に主語を立てた記述及び移動した土地（国、宮）を次にまとめて示す。

1、其年（甲寅）冬十月丁巳朔辛酉、天皇親帥二諸皇子、舟師一東征。至二速吸之門一。

続いて、筑紫国菟狭（一柱騰宮）

2、十有一月丙戌朔甲午、天皇至二筑紫国岡水門一。

続いて、安芸国（埃宮）、吉備国（高嶋宮）

3、戊午年春二月丁酉朔丁未、皇師遂東。舳艫相接、方到二難波之碕一。

続いて、河内国草香邑青雲白肩之津。

4、夏四月丙申朔甲辰、皇師勒レ兵、歩趣二竜田一。

この4のあとは、長髄彦との会戦、敵の流矢による五瀬命の負傷、天皇の神策による撤退、大樹に隠れて難を免れた人に関連した地名起源の逸話へと展開するまとまった一節が続く。さらに今度は「五月丙寅朔癸酉、軍至二茅渟山城水門一」と主語を改めて五瀬命の雄誥、薨去、埋葬をまた一括して記述する。

日本書紀の記述をめぐっては、つとに松本裕美氏「日本書紀、続日本紀と中国編年体史書―二、三の問題点をめぐって―」（『國學院雑誌』第八十三巻第十一号。昭和五十七年十一月）が「『日本書紀』の撰修者は、年月日に余りこだわらず前後に関係した事情を一箇所に纏めて記述する方法を、中国の編年体史書から学んだのではないかと思うのである。」（394頁）と指摘しているが、実際はただ関連事項をまとめて記述するだけにとどまらず、年月日の移行（経過）と主語の転換とを連動させるほか、一括する上にも、そのまとまり相互の関連をめぐって細心の注意を払う。右に引用した例では、1から順次まとまった記述を展開し、主語の「天皇」（1、2）から「皇師」

（3、4）への転換を、2の「積二三年一、脩二舟檝一、蓄二兵食一、将レ欲三以一挙而平二天下一也。」という征戦に向けた準備と決意とが導く。そしてまた一方では、その思いあがりの一方的な決意ゆえに「今我是日神子孫而向レ日征レ虜。此逆二天道一也。」という戦法の間違いを犯し、4の引用した一節の直後に伝える敗戦につながる。いわば重層的な展開を構造化して、所伝が成りたつ。

椎根津彦と道臣命をめぐる所伝の対応は、前述（580頁）のとおり神武紀全体に及ぶ。それが所伝を、どのような構造をとって成りたたせているのか、問題はその内実だが、さきに景行紀の所伝との比較を通して指摘したとおり、神武紀の所伝を神助が特徴づけている事実はすでに明白である。所伝の成りたちの上でも、神助こそがその構造を決定する主な要因として所伝の成りたちにかかわるのではないかといった見通しが、まずは立つ。

三、熊野入り直後の海難と荒坂津の陸難、その神代とのつながり

もっとも、神助には、当然のことながら、それを必要とする困難や窮状などが先行する。げんにその具体的実例の最初が、天照大神の助力である。この神助をめぐる所伝は、まずはじめ「（戊午年）六月乙未朔丁巳、軍至二名草邑一。」という冒頭の一節を立て、以下に日付の記述を置かず、神助により無事に菟田に到達するに至るまで一体的に連続する。しかしこの冒頭の一節は、先行する「五月丙寅朔癸酉、軍至二茅渟山城水門一。」を承け、これと「軍至」を共有して連続する関係にもある。内容の上でも、五月に長兄の五瀬命の薨去、六月に次兄の稲飯命と三兄の三毛入野命の戦線離脱というように兄たちが次次に神武天皇のもとを去る。これら日付をまず付す冒頭の一節をはじめ内容に関連したたがいにあい通じる展開は、五月と六月との所伝の一体的、連続的な関係を強

く示唆する。

そこで改めて所伝の内容に目を向けてみるに、五月の長兄の薨去、六月の次兄・三兄の戦線離脱それぞれに、もちろん兄たちをそうさせる原因なり理由なりがある。長兄のばあいは、「今我是日神子孫而向レ日征レ虜。此逆二天道一也。」という天道に背いて敵の流矢により負傷した挙句の薨去だが、もとはといえば、「日神子孫」という神代に淵源する血筋にそもそもは起因する。一方、次兄たちについては、「海中卒遇二暴風一、皇舟漂蕩。」という海で遭難するかたちをとる。次兄、三兄それぞれ段落に分ける。

時稲飯命乃歎曰「嗟乎、吾祖則天神、母則海神、如何厄二我於陸一、復厄二我於海一乎。」言訖、乃抜レ剣入レ海、化為二鋤持神一。

三毛入野命亦恨之曰「我母及姨、並是海神。何為起二波瀾一以灌溺乎。」則蹈二浪秀一而往二乎常世郷一矣。

稲飯命がここに「如何厄二我於陸一、復厄二我於海一乎」と陸と海との厄を並べて挙げるとおり、五瀬命を傷死に至らしめた長髄彦との会戦に、この海難は一体的につながっている。そればかりか、戦禍、海難と続いて兄たちの全てが去り、一人残された神武天皇をさらに別の災難が襲う。海難とは、記述の上でも次のようにあい通じる。

○軍至二名草邑一、則誅二名草戸畔者一、遂越二狭野一而到二熊野神邑一、且登二天磐盾一、仍引レ軍漸進。海中卒遇二暴風一、皇舟漂蕩。（海難）

○天皇独与二皇子手研耳命一帥レ軍而進、至二熊野荒坂津一。因誅二丹敷戸畔者一。時、神吐二毒気一、人物咸瘁。（陸難）

それぞれ（海難）（陸難）と付記した右の一節の傍線部の地名「熊野神邑」と「熊野荒坂津」とが熊野を共有するように、すべては熊野の地を舞台に展開する。そしてその難局からの脱出や克服をめぐる所伝の展開もまた、ともに神代紀に関連をもつ。

まずは（海難）のばあい、次兄、三兄いずれも海神を母や姨《おば》にもちながらそれに遭遇する歎き、恨みを口にする。その母と姨とは、神代下第十段、第十一段がつたえるそれぞれ玉依姫とその姉の豊玉姫を指す。これに続く次兄の稲飯命をめぐる「抜レ剣入レ海、化為二鋤持神一。」は、剣を抜いて果敢にたち向かい、その剣の「太刀《たち》ならば呉《くれ》の真《ま》さひ」（推古天皇二十年正月条の、蘇我馬子の寿歌に和した天皇歌の一節）という「さひ」にちなんで「鋤持《さひもち》神」に化身したことをいう。剣を「鋤」とすることじたい、神代上第八段〔書三〕の素戔鳴尊が退治した大蛇を「以二蛇韓鋤之剣一、斬レ頭斬レ腹、」と斬った「韓鋤《からさひ》之剣」につながる。「呉の真さひ」と同じく海外から伝来の神剣に、ことさらに「鋤」を当てたとみるのが自然である。この剣の威力が（海難）の克服に奏功したことは、直後に難破することなく着岸した事実がなによりも雄弁にものがたる。

もう一方の三毛入野命は、逆に（海難）をのがれて「蹈二浪秀一而往二乎常世郷一矣。」と常世に往く。東征を途中で放棄した常世往きという点でも、同じ神代上第八段の〔書六〕がつたえる国造りにおいて、これを大己貴命と協力して進めていながら途中放棄の挙句「其後、少彦名命行二至熊野之御碕一、遂適二於常世郷一矣。」という少彦名命の例との重なりを、偶然とはみなしがたい。場所も、同じ熊野である。という以上に、この熊野という地にちなみ、むしろ少彦名命の先例があればこそ常世往きにつながったに違いない。大己貴命の国造りと同じく、三兄のこの東征からの離脱は、（海難）にいささかもたじろがずに立ち向かい、そうして乗りきった神武天皇の偉業をいやが上にも高めるであろう。それこそが、この常世往きを仕込んだねらいだったはずである。

熊野じだいも、異界さらには魔界にさえ通じる。そもそもの熊野入り当初、すでに「遂越二狭野一而到二熊野神邑一、且登二天磐盾一、仍引レ軍漸進。」と警戒している。「神邑」という地名が、それを醸成する。「引レ軍」とは、孔舎衛坂の敗戦により神策を運らして「且停。勿㆑須㆓復進㆒」と命じたあとの「乃引㆑軍還」という退却時の行動である。特に敵の追撃がなかったと直後につたえるとおり、最大級の警戒体勢をとった軍事行動をおもわせる。直前の「登㆓天磐盾㆒」こそそうした行動を促したはずだから、そこ（通説は熊野灘を遠く眼下に納める新宮市神倉山を比定）から、「神邑」をはじめ熊野一帯のただならぬ気配を察知したとみるのが相当である。付近に、伊奘冉尊を葬りその魂を祭る（神代上第五段〔書五〕）有馬村もある。実際、海難のあと、これとあたかも対をなすかのように同じ熊野で陸難が続く。この直後に、熊野高倉下が夢に天照大神と武甕雷神とのやりとりを聞く。

天照大神謂㆓武甕雷神㆒曰「夫葦原中国、猶聞㆓喧擾之響㆒焉。宜㆓汝更往而征㆒之。」武甕雷神対曰「雖㆓予不㆑行而予下㆓平㆑国之剣㆒、則国将㆓自平㆒矣。」天照大神曰「諾」

傍線を付した一節こそ、戦禍、海難、陸難とうち続く災厄のほか、それに先立って誅殺した「名草戸畔者」「丹敷戸畔者」なども、のちに「新城戸畔者」らを「此三処土蜘蛛、並恃㆓其勇力㆒、不㆑肯㆓来庭㆒。天皇乃分㆓遣偏師㆒、皆誅之。」（己未年春二月）と頑強に抵抗する土蜘蛛とみなすように異俗の抵抗勢力として含み、これら全てを一括して指す表現だったに相違ない。文中に「猶聞」「更往」「平㆑国之剣」とあの葦原中国の平定を前提とした表現を、それと明らかに使ってもいる。天孫の降臨に先立って平定を完了したはずの葦原中国が、今また平定前の状態同様に「聞㆓喧擾之響㆒」という始末、その実際の有様をうち続く災厄などがあらわす。平定する以前の状態に重ねればこそ、平定じたいも、その当初に重ね、武甕雷神による「雖㆓予不㆑行而予下㆓平㆑国之剣㆒、則国将㆓自平㆒矣。」というかたちをとる。しかもまた、当初の「天照大神復遣㆓武甕槌神及経津主神㆒、先行駈除。時、二神降㆓到出雲㆒。」（第九段〔書一〕）という出雲に降って平定するかたちを、「雖㆓予不㆑行而下㆓平㆑国之剣㆒」に改めたことに伴い、その天から下すかたちを雷に重ね、武甕雷神と表記に反映させたに違いない。

四、神助と二臣の活躍をめぐる、熊野と菟田における対応構造

その表記の細部に至るまで、海難、陸難とうち続く展開のいずれも、神代紀神話を踏まえ、神話に根ざすあるいはつながる所伝を中心に歴史をつむぎ出すことに主眼を置く。そしてこの延長上に、すでに降臨した天孫の子孫に対する神助をめぐる新たな所伝が展開する。それが、前述の天照大神による頭八咫烏の派遣に関連した所伝である。東征の妨げじたい、海難、陸難といった悪神の関与する災厄から、自然（難路）や人為（敵）による障害に転じ、そうして新たに直面する困難を、ここからは人の世に相応しいかたちをとる神助によって乗り越えるというのが、その内実である。先行所伝のひき継ぎの核に天照大神が位置し、その以前と以後とをつなぐ。東征は、このひき継ぎに伴い、「尋而中レ毒士卒、悉復醒起（以前）。既而皇師欲レ趣二中洲一（以後）。」と反転して中洲をめざす新たな段階に入る。同時に、かつて神策を運《めぐ》らして「礼二祭神祇一、背負二日神之威一、随レ影圧躡。」と明示した日神を背に負う討伐が、ここから始まる。

実際に、天照大神が頭八咫烏を遣し、この烏の向かう先を日臣命（道臣命）が尋ね、追いかけて無事に菟田に到達した後は、その傍線部に表現したかたちをとる討伐を進める。神武天皇を主体とするその討伐にさいして、主要な活躍を担う重臣が道臣命である。神助をそうして背に負って天皇が軍を進め、その命により道臣命が活躍する以上、それがそのまま神策の実行につながっていることから、神策のかたや波線を付した神祇祭祀に、道臣命と対をなす椎根津彦の活躍がかかわるとみるのが、従前の対応の示唆する筋でもある。そしてげんに、その二人の活躍がそうごに対応する。この対応は、しかも所伝の構造に根ざす。やや長文にわたるけれども、次にその

対応する両者の該当部分を抜き出してみる。

（一）通行不能の窮地

1　既而皇師欲レ趣二中洲一。而山中嶮絶、無二復可レ行之路一。乃棲遑、不レ知三其所二跋渉一。（熊野）

a　天皇陟二彼菟田高倉山之巓一、瞻二望域中一。（八十梟帥軍、兄磯城軍が各地に布陣）賊虜所レ拠、皆是要害之地。故、道路絶塞、無二処可一レ通。（菟田）

（二）天皇の夢に神のお告げ

2　時、夜夢。天照大神訓二于天皇一曰「朕今遣二頭八咫烏一。宜三以為二郷導者一。」（熊野）

b　是夜、自祈而寝、夢。有二天神一訓之曰「宜下取二天香山社中土一以造二天平瓮八十枚一、并造二厳瓮一而敬二祭天神地祇一、亦為中厳呪詛上。如レ此則虜自平伏。」（菟田）

（三）夢の現実化、吉祥

3　果有二頭八咫烏一、自レ空翔降。天皇曰「此烏之来、自叶二祥夢一。大哉、赫矣。我皇祖天照大神欲三以助二成基業一乎。」（熊野）

c　天皇祇承二夢訓一、依以将レ行。時、弟猾又奏曰「（前略）宜下今当取二天香山埴一、以造二天平瓮一而祭中天社国社之神上。然後撃レ虜、則易レ除也。」天皇既以二夢辞一為二吉兆一、及レ聞二弟猾之言一、益喜二於懐一。（菟田）

（四）神のお告げの実行

4　是時、大伴氏之遠祖日臣命、帥二大来目一、督二将元戎一、蹈レ山啓レ行、乃尋二烏所一レ向、仰視而追之。遂達二于菟田下県一。（熊野）

d　乃使下椎根津彦著二弊衣服及蓑笠一、為中老父貌上、又使下弟猾被レ箕、為中老嫗貌上而勅之曰「宜下汝二人到㆓天香山㆒、潜㆓取其巓土㆒而可㆗来旋㆖矣。基業成否、当㆓以㆑汝為㆑占。努力慎歟。」（中略）二人得㆑至㆓其山㆒、取㆑土来帰。於㆑是、天皇甚悦、乃以㆓此埴㆒造㆓作八十平瓮・天手抉八十枚・厳瓮㆒而陟㆓于丹生川上㆒、用祭㆓天神地祇㆒、則於㆓彼菟田川之朝原㆒、譬如㆓水沫㆒而有㆑所㆓呪著㆒也。（以下、二件の「祈（うけひ）」、「祭㆓諸神㆒」、「顕斎」などが続く）（菟田）

（五）討伐に着手（神の助力）

5 秋八月甲午朔乙未、天皇使㆑徴㆓兄猾及弟猾者㆒。是両人、菟田県之魁帥者也。（以下、兄猾の企てた天孫殺害策を弟猾が密告し警備を進言）天皇即遣㆓道臣命㆒、察㆓其逆状㆒。時、道臣命審知㆑有㆓賊害之心㆒（以下、圧死させる）（菟田）

e 冬十月癸巳朔、天皇嘗㆓其厳瓮之粮㆒、勒㆑兵而出。先撃㆓八十梟帥於国見丘㆒、破斬之。

（番外）吉野地方の巡視（中洲進攻を前に、民情視察により、反抗勢力無きを確認。618頁参照。5を受け、aに続く）

是後、天皇欲㆑省㆓吉野之地㆒、乃従㆓菟田穿邑㆒、親率㆓軽兵㆒巡幸焉。（吉野）

以上、前掲の神策中に付したそれぞれ波線部「礼㆓祭神祇㆒」がa以下の所伝の展開につながる一方、その傍線部の「背㆑負㆓日神之威㆒、随㆑影圧躡。」が1以下の所伝の展開につながっている。そのそれぞれに関連した神助こそが東征を支え、その神助を中心に所伝が展開する。そして神策に発することに伴い、必然的にも、2、3と天照大神の助力を対応させ、かつ3にその意義を明確に示す。これに対してb、c、dに天神地祇、またそのdのカッコ内の「顕斎」に高皇産霊尊をそれぞれ対象とした祭祀による神助を繰り返す。（1）～（五）にわたりそれぞれに排他的な対応を一貫させている事実は、改めて注目に値する。東征をとおして神助をめぐるこの人の世に相応しい伝承、それじたい実質的には歴史にあたるそうした所伝をめざしていたに相違ない。

この神助に臣下の活躍が付随するかたちを東征が一貫させている理由も、恐らくそこにある。神策があり、そうして神助があり、これに臣下の活躍を組み合わせた統合をもとに、所伝は歴史をつむぐ。臣下の活躍は、（四）以降だが、それが（五）の討伐を準備する。討伐は、この展開上、神の助力を得たものとなり、（一）の窮地を脱して賊虜を易易と誅滅するというかたちをとる。神助によって、この転換をとげる。この神助と臣下の活躍とは、次のように対応する。

	椎根津彦	道臣命
（四）	d	4
（五）	e	5

基本的には、このd以下の神祇に関連した展開に椎根津彦が、また一方の4以下の天照大神に関連した展開には道臣命がそれぞれかかわる。ただし、そのそれぞれの対応は、所伝の展開にしたがい柔軟にかたちを変える。道臣命のばあい、それがとりわけ大きく、天照大神に関連する一方、dの「顕斎」では、高皇産霊尊に関連したその祭祀に斎主をつとめるなど、双方とも深いかかわりをもつ。「顕斎」については次節に改めて検討を加えるが、さし当たり4の先導を中心に道臣命をみるに、もともとその名を「大伴氏之遠祖日臣命」といい、神代下第九段〔書四〕がつたえる「大伴連遠祖天忍日命」につながり、この天忍日命が高皇産霊尊による天孫の天降りを先導した故事にそくして、4では天孫（神武天皇）の先導をつとめている。神代紀の神話との対応の上では、高皇産霊尊と関連をもつ限りだが、天孫の先導という故事をいわば切りとって、さきの神策に「背㆓負日神之威㆒」というこの「日神」と「日臣」との結びつきを梃子に、「日神」に当たる天照大神に関連した所伝に先導役として登場させたとみるのが自然である。そこに、前述（535頁）のとおり東征を宣王の北伐になぞらえ、実際にその将兵

を率いた伊吉甫に重ねるなどのはからいが加わり、神話にかわる歴史がせり出てきてもいる。

一方、椎根津彦をめぐっては、前述（539頁）のとおり太公望に通じるそのつながりにちなみ、智謀を中心とした活躍に特化しているが、神策の波線を付した「礼二祭神祇一」に関連をもつ。d、eのそれに関連した所伝に天香山の埴土採取をつたえる。神代上第七段〔本伝〕が天石窟に幽居する天照大神に対する神事に天児屋命らの「掘二天香山之五百箇真坂樹一」とつたえる真坂樹を掘り採ったゆかりの天香山に、祭祀に供する呪物を採りだした場所としても重なる。さらにそうして天神による祭祀につながる天香山の埴土を椎根津彦が採取し、それをもとに造った厳瓮を神祇の祭祀や祈《うけひ》に使い、その結果を椎根津彦は報告してもいる。しかし直後に同じ厳瓮を置いた高皇産霊尊の「顕斎」では、道臣命がその斎主をつとめる。それだけに、高皇産霊尊の「顕斎」には、神代下第九段〔書二〕がつたえる「吾則起二樹天津神籬及天津磐境一、当下為二吾孫一奉上斎矣。」というこの高皇産霊尊の斎事が密接につながり、もはや椎根津彦の関与が一切ない。当初の神祇あるいは神話とのかかわりも、所伝のこうした展開上、まさに道臣命のばあいと同じように、人の世に相応しいかたちに手直しを加えればこそ、関係は直接的ではない。しかしそのことじたいが、神話をもはや後景に退ける歴史への転換を、そのかすかなつながりのなかに秘かに織りこんでもいるはずである。

五、形勢の劇的な転換、丹生川上の祭祀に伴う「顕斎」

神武天皇の東征が、右のようにその当初の天皇の神策に示す神助に関連した内容にそくして展開する大筋については、右の検討にほぼ尽きる。大筋は、しかしあくまで全体的な構成上の枠組みにすぎない。その構成を支える個別の各ことがらをめぐる問題も、もちろん少なくない。丹生川上での祭祀は各論で採りあげるとして、これに関連してなかんずく重要な問題が、前述のとおり天香山で採取した埴土で祭器を造り、「乃抜二取丹生川上之五百箇真坂樹一以祭二諸神一。自レ此、始有二厳瓮之置一也。」と実際に祭祀を行った後のこれに直結する「顕斎」である。ここに改めてその一節を抜き出してみる。便宜、段落分けを施す。

（九月甲子朔戊辰の日付のもと、天香山の埴土採取、神祇祭祀と続く一連の展開の直後）時、勅二道臣命一「今以二高皇産霊尊一、朕親作二顕斎一。用レ汝為二斎主一、授以二厳媛之号一而名二其所レ置埴瓮一、為二厳瓮一。又火名為二厳香来雷一、水名為二厳罔象女一、粮名為二厳稲魂女一、薪名為二厳山雷一、草名為二厳野椎一。

冬十月癸巳朔、天皇嘗二其厳瓮之粮一、勒レ兵而出。先撃二八十梟帥於国見丘一、破斬之。

日付けの記述を冒頭に立て、そのもとに九月は祭祀を、そしてその神助を得た討伐を十月にそれぞれ一括してつたえる。討伐の成功がこの「顕斎」に関連した神助によることを、十月の冒頭一節の「天皇嘗二其厳瓮之粮一、勒レ兵而出。」が明確に示す。

しかし研究史の上では、この所伝の展開にはほとんど言及もなく、「顕斎」じたいのその祭祀のありかたのほうに論の集中する傾向が、従来は著しい。たとえば菊地照夫氏「大和王権の祈念祭——祭神・祭儀神話を中心に——」（林陸朗・鈴木靖民編『日本古代の国家と祭儀』。一九九六年七月。雄山閣出版）に「この神武によるタカミムスヒの『顕斎』とは、新嘗の祭儀にほかならない。」（403頁）と説くほか、なかでも詳細な論述が、岡田精司氏『古代祭祀の史的研究』（その第Ⅱ部「第十一章　律令制祭祀における伊勢神宮」。一九九二年十月。塙書房）である。次の三点を注目されることとして挙げる。

ここで注目されることは、天皇がみずから高皇産霊神に扮して（神の〝依り代〟となる意味であろう）、顕斎を行うこと。神事の中心が〝粮を嘗める〟という形をとっていること。祭を執行する役である斎主が、仮りに女性の名を付けられていること。この三点であろう。第三点は、この話の場面設定が戦場であるから、戦陣の祭として止むをえず男性の道臣が女装して斎主となったことを語っており、本来は祭祀は女性が中心になって行うのが原則であり、戦陣のような止むをえぬ場合でも、斎主の役は女性に扮装しなければ執行できなかったことを示すものだろう。（345頁）

この直後には、宮廷祭祀との結びつきを「天皇が神に扮して聖なる食物を摂る形の顕斎は、宮廷における新嘗祭・月次祭の神今食《しんこんじき》の起源伝承であり、それを初代大王の事蹟にかけて語ったものであろう。祭儀の日付が冬十月一日であるのは、宮廷の冬の祭、新嘗祭の神事を意識したものと思われる。」と説き、高皇産霊尊についても「元来は男性太陽神であり、伊勢神宮の祭神であったと推考されるから、」として、ここから論がさらに展開する。

高皇産霊尊の伊勢神宮祭神説は、少くとも神策にはなじまない。また「宮廷における新嘗祭・月次祭の神今食の起源伝承であり、それを初代大王の事蹟にかけて語ったもの」という主張じたい、主要な論拠が「天皇嘗二其厳瓮之糧一」という一点だけでは、やはり説得力を欠く。そもそもこの「厳瓮」にしても、天香山の埴土を無事にもち帰ったあと「於レ是、天皇甚悦、乃以二此埴一造二作八十平瓮・天手抉八十枚・厳瓮一而陟二于丹生川上一、用祭二天神地祇一。」という神祇祭祀に続く二度の「祈《うけひ》」によりその験《しるし》を確かめて「天皇大喜、乃抜二取丹生川上之五百箇真坂樹一以祭二諸神一。」という諸神祭祀にわざわざ「自レ此、始有二厳瓮之置一也。」と付言し、直後の「顕斎」では「名二其所レ置埴瓮一、為二厳瓮一」という通り祭祀に置く唯一の祭器である。その始源をここに語ることは、後の世には厳（埴）瓮の置きものが祭器として慣用されるという現実にそくした説明にほかならない。万葉集の歌にその例が散見する。たとえば「大伴坂上郎女祭レ神歌」（3・三七九）と題し、左注に「右歌者、以二天平五年冬十一月一、供二祭大伴氏神一之時、聊作二此歌一。故曰二祭レ神歌一。」と説明を付す歌に次のようにうたう。

久堅の天の原より　生《あ》れ来たる神の命《みこと》　奥山の賢木《さかき》の枝に　白香《しらか》付け木綿《ゆふ》取り付けて　斎戸乎忌穿居　竹玉を繁《しじ》に貫き垂れ　鹿《しし》じもの膝折り伏して　手弱女《たわやめ》のおすひ取り懸け　如此《かく》だにも吾は祈《こ》ひなむ　君に逢はじかも

傍線部の現行の訓みは、「斎瓮《いはひへ》を斎ひほりすゑ」（日本古典文学全集、小学館）が通例である。この「斎」をめぐる表現は、類型的なあらわれをみせる。通行表記に従うとして、それらのなかに「斎瓮を斎ひ掘りすゑ　竹玉を間なく貫き垂れ　天地の神をそ我が祈《の》む」（13・三二八四）、「木綿《ゆふ》だすき肩に取り掛け　斎瓮を斎ひ掘りすゑ　天地の神にそ我が祈《の》む」（同・三二八八）という全く同じ例さえある。類型にのっとる表現が他にも目立つ。

これらの「斎瓮」が当面の「厳瓮」に通じることは、「顕斎」じたいの新嘗あるいは神今食との直接のつながりをむしろ疑わせる。道臣命に「厳媛」の名を賜い「斎主」とする点では、前掲の坂上郎女歌が「供二祭大伴氏神一」に「手弱女」を祭主とする例にむしろ通じる。この祭主をめぐっては、いっそう関連の深い例を、神功皇后摂政前紀に次のようにつたえている。

皇后選二吉日一、入二斎宮一、親為二神主一。則命二武内宿禰一、令レ撫レ琴。喚二中臣烏賊津使主一、為二審神者一。因以二千繒高繒一、置二琴頭尾一而請曰「先日教二天皇一者、誰神也。願欲レ知二其名一。」（仲哀天皇九年三月）

皇后のこの問いかけに応じ、ようやく七日七夜の後に伊勢国渡逢県五十鈴宮に居る神「名撞賢木厳之御魂天疎向津媛命」以下、事代主神、住吉三神の名が判明する。神の語を、「審神者」が聴き分ける。この直後に続く次の一節に、祭祀の結果をつたえる。

時、得二神語一、随レ教而祭。然後、遣二吉備臣祖鴨別一、令レ撃二熊襲国一。未レ経二浹辰一而自服焉。

右にいう「教」とは、かつて仲哀天皇が熊襲討伐を議した際に皇后に神がかりして、熊襲討伐の益なく、むしろ新羅国こそ宝が豊富なのだから、「若能祭レ吾者、曽不レ血レ刃、其国必自服矣、復熊襲為レ服。」（仲哀天皇八年九月）と誨えた上で、祭りに供する幣まで指示した託宣を指す。これに仲哀天皇が不信を抱き、熊襲討伐を強行して崩御したあとを襲い、この託宣どおり祭り、また結果も託宣どおりだったことをいう。

こうした対応の上では、「得二神語一、随レ教而祭。」という祭祀に、さきに「入二斎宮一、親為二神主一」とみずから神主となって「神語」を得た経緯にかんがみ、皇后じしんが神主をつとめたことも当然あり得る。しかも、直後に熊襲討伐をつたえ、「未レ経二浹辰一而自服焉」という戦果をこの祭祀に結びつけている。本来、右に説くとおり仲哀天皇が「若能祭レ吾者」という託宣を受けてこの「祭レ吾」に当たるその祭祀を行うはずであったという経緯がある。かりに仲哀天皇が託宣どおり祭祀を行っていれば、そのばあい、「時有レ神、託二皇后一而誨曰」というそもそもの発端に照らして、皇后をこの神主に当てることもゆうにあり得たであろう。この事のなりゆきが、仲哀天皇崩御後に改めて「親為二神主一」というかたちをとらせたとみるのが相当である。所伝のこの展開の上でも、神主をそれと明示する必要はけっして高くない。

一方、同じ託宣に関連した祭祀でも、神主を明示する例がある。皇后じしんが「朕西欲レ求二財国一。若有レ成レ事者、河魚飲レ鉤。」と「祈《うけひ》」により「識二神教有レ験」というように確かめた上で、「更祭二祀神祇一、躬欲二西征一」という明確に討伐に向けた祭祀として行う。

既而神有レ誨曰「和魂服二王身一而守二寿命一。荒魂為二先鋒一而導二師船一。」即得二神教一而拝礼之。因以二依網吾彦男垂見一、為二祭レ神主一。（摂政前紀。仲哀天皇九年九月）

冒頭の「神」が祭神であり、皇后の託宣に名を明かした「表筒男・中筒男、底筒男」の住吉三神（「住吉大神」神代上第五段（書六）を指す。この祭神を祭る神主が、傍線部にいう男垂見である。「依網《よさみ》」は、崇神天皇六十二年十月条の「造二依網池一」が初見、応神天皇十三年九月条には大鷦鷯尊が御歌に「水渟《みずたま》る依網池に」とうたった例があり、大阪市住吉区所在の地を当てるのが通例である。近くには、住吉大社が鎮座する。大社との地縁等の関係により、男垂見を神主としたに違いない。新羅討伐を終えて帰還した折にも、同じ神が誨す。

於レ是、従レ軍神、表筒男・中筒男・底筒男三神誨二皇后一曰「我荒魂令レ祭二於穴門山田邑一也。」時、穴門直之祖践立・津守連之祖田裳見宿禰啓二于皇后一曰「神欲レ居之地、必宜レ奉レ定。」則以二践立一、為下祭二荒魂一之神主上。仍祠立二穴門山田邑一。（摂政前紀。仲哀天皇九年十二月）

この住吉三神が誨した穴門山田邑での祭祀に併せて神主に任じた践立は、穴門の直（国造の姓）であり、当初皇后に神が下した託宣のなかに「若能祭レ吾者」という祭祀に付随し、「其祭之、以二天皇之御船及穴門直践立所レ献水田、名大田、是等物一為レ幣也」と指示するとおり、三神と践立とのかかわりはこの穴門山田に根ざす。

土地との結びつきは、しかし全てではない。大物主神のばあい、始めは「国之不レ治」という混乱が続くなか「若能敬祭レ我者、必当二自平一矣。」という教えどおり祭っても「然猶於レ事無レ験」という結果だったが、崇神天皇の求めに応じその夜の夢に「天皇勿二復為レ愁。国之不レ治、是吾意也。若以二吾児太田田根子一、令レ祭レ吾者、則立平矣。亦有二海外之国一、自当二帰伏一。」と大物主神じしんが教え、また後には別に三人の夢にも立ち「以二大田田根子命一、為下祭二大物主大神一之主上、亦以二市磯長尾市一、為下祭二倭大国魂神一主上、必天下太平矣。」（以上、崇神天皇七年二月、八月）と誨す。大田田根子は「茅渟県陶邑」に住み、活玉依姫（陶津耳の女）を母にもつ。陶邑とつながるにせよ、むしろ直接的には子という関係にそくして、大物主神は大田田根子を神主に指名している。このあと「便別祭二八十万群神一、仍定二天社・国社及神地・神戸一。於レ是、疫病始息、国内漸謐。五穀既成、百姓饒之。」という国の平穏や民の繁栄を承け、改めて「天皇以二大田田根子一、令レ祭二大神一。」（同八年十二月）と大物主神の教えどおり祭り、ここに最終的な決着をみる。

いくぶん遠回りしたとはいえ、実はそれだけ細心かつ厳格な取り扱いを、祭祀に関しては必要とする。これには先例がある。ほかならぬ当面の問題として取り組んでいる「顕斎」に先行する「丹生川上」の祭祀が、実はそれである。詳細は各論に譲り、祭祀に関連してそこにまとめたかたちに、大物主神の祭祀関連の記述をつき合わせてみると、次のようにほぼ両者は重なる。

（丹生川上の祭祀）

天香山採取の埴土を用いた祭器造りとこれによる神祇祭祀

虜自平伏（天皇に対する天神の夢訓）

撃レ虜則易レ除（弟猾の奏言）

↓天皇既以二夢辞一為二吉兆一、及レ聞二弟猾之言一、益喜二於懐一。（以下、埴土採取へ展開）

（大物主神の祭祀）

物部の八十平瓮による祭具（祭神之物）作りと大田田根子を祭主とする祭祀

（国）則立平、海外之国、自当二帰伏一（天皇に対する大物主神の夢教）

天下太平（目妙姫ら三人に対する大物主神の夢誨）

↓天皇得二夢辞一、益歓二於心一。（以下、大田田根子捜索へ展開）

重なりは、たがいに構造を共有する結果である。当初まず困難・苦境に陥っている天皇が夢を得、その夢の教えを、後出のそれぞれ（弟猾の奏言）、（三人に対する夢誨）がそれと同じ内容を追加的に重ねることによって確認し、真実の証とする。共に「益喜二於懐一」「益歓二於心一」という心情表現によって、神の教えを全面的に信頼する天皇の内面の真実を如実にあらわす。「益」が追加的なその心情を殊更に強調する。この一方の「丹生川上」の祭祀の一環として「顕斎」が位置する以上、大物主神の祭祀にそれが通じることは、むしろ当然である。その著しい例が、すなわち斎主である。

道臣命は、大田田根子に当たる。また住吉三神の祭祀に神主とした践立や男垂見にも通じる。これらとの対応上、祭神の高皇産霊尊とは、道臣命になんらかの結びつきがあるとみるのが筋である。前述（590頁）のとおり道臣命は、もと「大伴氏之遠祖、日臣命」と名告り、神代下第九段〔書四〕に高皇産霊尊の命による天孫の天降りを先導したとつたえる「大伴連遠祖、天忍日命」を先祖にもつ。この道臣命の「帥二大来目一、督二将元戎一」という大来目を率い兵車を統率した進撃も、先祖の「帥二来目部遠祖、天槵津大来目一」と戦士の大来目を率いて厳めしく武装したかたちをとる先導に対応する。高皇産霊尊が、この対応をつなぐ。高皇産霊尊を祭神とする「顕斎」に適任の斎主は、天孫降臨の先導に対応する神武天皇の東征の先導をつとめ、これにより「有二能導之功一。是以、改二汝名一為二道臣一。」と名を賜った道臣命を措いてほかにはない。

ところで、こうして斎主とした道臣命に、天皇は「授以二厳媛之号一」と改めて厳媛の名を授けている。「丹生川上」の祭祀は、各論に説くとおり「五十鈴川上」の斎宮（磯宮）の祭祀に対応する。この斎宮の創建をめぐっては、変遷がある。まずその当初の契機となった「天照大神、倭大国魂二神、並祭二於天皇大殿之内一。然畏二其神勢一、共住不レ安。故、以二天照大神一、託二豊鍬入姫命一、祭二於倭笠縫邑一。仍立二磯堅城神籬一。」（崇神天皇六年）という豊鍬入姫命による祭祀についで、「離二天照大神於豊耜入姫命一、託二于倭姫命一。」（垂仁天皇二十五年三月）

とひき継いだ倭姫命が、「求下鎮二坐大神一之処上」と各地を巡り、最終的に伊勢国に到り、天照大神じしんの誨えによりこの地に斎宮を興て祭祀を行う。この斎宮について、伝承の最後に「天照大神始自レ天降之処也」と特に付記する。これ以降、祭祀を行う斎主には、すべて（景行―五百野皇女、雄略―栲幡《たくはた》皇女、継体―荳角《ささげ》皇女、欽明―磐隈皇女、敏達―菟道《うぢ》皇女、用明・崇峻・推古―酢香手皇女、天武―大来皇女）女性を当てる。天照大神の天降って現に座す斎宮の「五十鈴川上」に、一方では高皇産霊尊を招ぎ降ろして現に斎神とする斎場の「丹生川上」が対応する。この両者に、同じく女性を斎主とするそれぞれ斎宮と厳媛とが対応する。この天照大神、高皇産霊尊それぞれをめぐる祭祀の、とりわけ斎主そうごの対応には、もとより偶然の介在する余地などあり得ない。高皇産霊尊を斎神とすればこそ、斎主に道臣命を当て、その天照大神を祭神とする斎主の斎宮との対応上、道臣命に厳媛の号を授けたはずである。

六、「顕斎」に続く武将、智将の活躍と神武天皇の采配

そのことじたい、神武天皇がとりわけ「顕斎」を厳修した証しにほかならない。またそれを重視すればこそ、「丹生川上」の一連の祭祀を締め括る位置に立つ。それの本題ともいうべき神武天皇と高皇産霊尊とのかかわりは各論に譲るとして、注目すべきは「顕斎」以降である。神策との直接的な関連に、前述の（一）〜（五）にわたる展開をもってひととおり決着をつけたあと、前述（591頁）のとおり人の世に相応しいかたちをとり、そこに東征の新たな展開への変容をはかっている。それを最も顕著に体現するが、祭祀によって神の加護・助力を得た当の神武天皇である。もはや遭難とは無縁である。この直後に展開する八十梟帥の残党掃討を終えたとき、すで

に「時、天皇曰、戦勝而無レ驕者、良将之行也。」という「良将」にみずからを重ねるに至る。ちなみに、「良将」の統帥する軍の理想的なありかたを「黄石公三略曰、良将之軍也、恕レ己治レ人、推レ恵施レ恩、士力日新、戦如二風発一、攻如二河決一。」（芸文類聚巻第五十九「将帥」）とつたえてもいる。

神武天皇のめざすこの「良将」に、前述のとおり対応する二人の重臣、道臣命と椎根津彦もあい応じ、前者は武将、後者は智将としての特質をいよいよ鮮明にする。まずは八十梟帥を国見丘でうち破って斬殺したあとの残党掃討をめぐって、天皇が立案した作戦を、道臣命は忠実に実行に移す。次が天皇の作戦であり、

乃顧勅二道臣命一「汝宜下帥二大来目部一、作二大室於忍坂邑一、盛設二饗宴一、誘レ虜而取上之。」

これを承けた道臣命が兵卒に命を下す。

道臣命、於レ是奉二密旨一、（中略）陰期之曰「酒酣之後、吾則起歌。汝等聞二吾歌声一、則一時刺レ虜。」

この命令どおり「時、我卒聞レ歌、倶抜二其頭椎剣一、一時殺レ虜。虜無二復噍類者一。」と大来目部らが実行して賊虜を殲滅する。天皇の作戦に始まり、これを承けた道臣命の命令、最終的な大来目部の実行に至るまで、所伝は明らかに三者の連携に力点を置く。道臣命の歌と最後に戦勝を大いに喜ぶ大来目部の二首の歌とを一括して、所伝は殊更に「此皆承二密旨一而歌之、非二敢自専一者也。」と付記する。掃討戦の全てが天皇のこの「密旨」、すなわち作戦にもとづくことを強調して、直後にさきの「良将」にみずからを重ねた一節を導く。天皇のその「良将」への変容を、所伝の展開じたいに仕込んでいるといっても過言ではない。

このあと兄磯城の討伐に転じるが、これ以降は「良将」の戦いぶりに焦点をあてる。冒頭に「皇師大挙将レ攻二磯城彦一。先遣二使者一、徴二兄磯城一。」とつたえるとおり、かつて高倉山の山頂から望見した折の「復有二兄磯城軍一、布二満於磐余邑一。」という相手に対しても、懐柔策を徹底して採る。最初の使者に「兄磯城不レ承レ命」と応

じても「更遣二頭八咫烏一、召之。」と続け、これに「兄磯城忿之曰、聞二天圧神至一而吾為二慨憤一時、奈何烏鳥若レ此悪鳴耶。乃彎レ弓射レ之。」と応じたなかにいう「天圧神」は、かの神策に「背負二日神之威一、随レ影圧躡」と期した攻勢をかける天皇を表す。弟磯城が帰順した上で「吾兄兄磯城、聞二天神子来一則聚二八十梟帥一、具二兵甲一、将二与決レ戦。可二早図一之。」と進言すると、天皇と諸将とは、次のように問答を交わす。

天皇乃会二諸将一問之曰「今兄磯城果有二逆賊之意一。召亦不レ来。為之奈何。」諸将曰「兄磯城黠賊也。宜下先遣二弟磯城一暁喩之、并説中兄倉下・弟倉下上。如遂不二帰順一、然後挙レ兵臨之、亦未レ晩也。」

傍線部にいう武力に訴える対処は、最後に止むを得ず採る手段として、それまであくまで説得工作に徹するという戦法を、諸将が提案する。しかも天皇がこれに従う。平和的手段を討伐の最優先の方法とすることに加え、それを君臣が共有している点に、神武天皇を「良将」として理想化するはからいはあからさまである。

椎根津彦は、この説得工作の不首尾を承けて、いわば最後の切り札として登場する。そして諸将の提起する「如遂不二帰順一、然後挙レ兵臨之。」という武力の行使に向けた計画を、みずから立案して具体的に次のように示す。これこそが、智将の本領である。

時、椎根津彦計之曰「今者宜下先遣二我女軍一、出上自二忍坂道一。虜見之、必尽レ鋭而赴。吾則駆二馳勁卒一、直指二墨坂一、取二菟田川水一以灌二其炭火一、儵忽之間、出二其不意一、則破之必也。」

このあと「天皇善二其策一、乃出二女軍一以臨之。」と、天皇は椎根津彦の計画を採用し、その通り軍事行動が展開する。ここでも、八十梟帥の残党掃討を天皇の「密旨」どおり忠実に実行する道臣命に対して、逆に「策」を椎根津彦が提案してこれに天皇が従うかたちを採り、たがいの対照的な対比をはかっている。場所も、山側の忍坂から平野部に入った磯城に移る。

両者の対応は明らかだけれども、椎根津彦の「策」の内容については、必ずしも論じ尽くされてはいない。まず自軍の女軍を出して敵の精鋭（「鋭」）をおびき出し、「吾則駆二馳勁卒一、直指二墨坂一。」というように強力な兵を駆り馳せるとは、陽動作戦により敵の精鋭の出撃したスキを衝くことだから、墨坂を敵の精鋭部隊は拠点とするはずである。ここに「焃炭」を置く。理由について、「炭火を置いて水をそそいだのは、その音をもって敵を驚かさんための策」という「記伝」の説を退け、「炭火を水で打ち消して道路を開いた」とする「通釈」の説を日本古典文学大系の頭注（九。206頁）が「無難」と認めて以降、「交通妨害のため」（新編日本古典文学全集頭注一〇。210頁）とみるのが有力である。この説は、しかし地形を考慮しない。墨坂を宇陀市西峠に比定する通説によれば、そこからは宇陀市の市街地（近鉄榛原駅、宇陀市役所など）や宇陀川と芳野《ほうの》川の合流する平地などを眼下に一望できる。この地勢こそ戦略上の利点だから、攻撃に利用する上には、「火攻め」が最適である。孫子（火攻編）は「火攻」に「五曰火レ隊」を挙げる。その新釈漢文大系の「語釈」に、火攻めが対象とする「隊（部隊）」について「行動中の部隊、宿営中の部隊、守備の部隊などを指して言う。杜牧は『其行伍を焚き、乱に因りて之を撃つ』と。」（317頁）と説く。墨坂に置いた「焃炭」は、この火攻めを仕掛ける火種として敵の精鋭が準備していたとみるのが適当である。陽動作戦によって敵の裏をかき、「直指二墨坂一、取二菟田川水一以灌二其炭火一。」という「策」どおり「果以二男軍一越二墨坂一、従レ後夾撃破之、斬二其梟帥兄磯城等一。」と軍を進め、遂に兄磯城らを討ちはたす。

勲功は、もちろん椎根津彦にある。しかし「策」を提案したあと、軍事行動はおろか、名前さえ一切出ない。前述のとおりまさに軍師ともいうべき智将として、戦士集団の大来目部を統帥して戦いの現場で指揮をとる武将の道臣命と、明確に切り分けている。「良将」神武天皇なればこそ、それぞれ幕下の将の個性を見分け、使い分ける。かの漢を創始した高帝（劉邦）の勝因に通じる。高帝は、項羽と天下の覇権を争い、これに勝利した所以を臣下に問う。両者の得失をあれこれあげつらう臣下に対して、次のように説く。

運二籌帷幄之中一、決二勝千里之外一、吾不レ如二子房一。塡二国家一、撫二百姓一、給二餉餽一、不レ絶二糧道一、吾不レ如二蕭何一。連二百万之衆一、戦必勝、攻必取、吾不レ如二韓信一。三者皆人傑、吾能用レ之。此吾所三以取二天下一者也。（漢書巻一下。高帝紀第一下。五年五月）

敗れた項羽については、対照的に「項羽有二一范増一而不レ能レ用。此所三以為二我禽一也。」と指摘してもいる。最後に「群臣説服」と付言する（師古注「説、読曰レ悦」）。やがて東征をなし遂げ、橿原に「始馭二天下一之天皇」として即位する神武天皇に、この高帝は確実に重なる。二人の重臣の対照的な活躍を、武将と智将という明確なかたちに切り分けることを通して、その双方を使い分けて勝利に導く戦いを演出する。そこに、東征をなし遂げ、橿原に「始馭天下之天皇」として即位するに相応しい天皇を確実に紡ぎ出してもいたはずである。

七、「天神子」の仇敵討伐、東征の完遂、都の造営

このあとは、もはや二臣の活躍を一切つたえていない。兄の五瀬命に初戦で致命傷を負わせた仇敵、かの長髄彦との決戦であるにもかかわらず、登場させないこと自体、仇敵を相手とした神武天皇じしんの戦いに焦点を当てている証左にほかならない。ここでは、苦戦するなか、重臣二人に代わって「金色霊鵄」が「其鵄光曄煜、状如二流電一。由レ是、長髄彦軍卒、皆迷眩不二復力戦一。」と霊威を発揮する。これを「鵄瑞」という。この金鵄の飛来と加勢、「鵄瑞」とする背景などの詳細は各論（「丹生川上の祭祀」）に譲るが、この瑞祥の出現を契機として、

長髄彦との戦いは新たな展開をみせる。すなわち「天神之子」の饒速日命を「為レ君而奉」という長髄彦は、神武天皇に対し、「(A)夫天神之子、豈有二両種一乎。奈何更称二(B)天神子一以奪二人地一乎。吾心推之、未二必為一レ信。」という疑念を、使者を遣わして伝える。金鵄の加勢が、その超絶的な霊威ゆえに、長髄彦に不利を覚らせ、それが使者派遣につながる。しかし長髄彦は、（A）「天神之子」に「両種」を認めない。だから（B）「天神子」の実態を知ろうともせず、その存在を容認しない立場に固執する。

神武天皇じしんは、後に「天皇素聞二饒速日命、是自レ天降一」と明かしているとおり全てを察している。長髄彦が使者に疑念を伝えさせたなかの「嘗有二天神之子一、乗二天磐船一、自レ天降止。号曰二櫛玉饒速日命一。」という言葉も、だからむしろ冷静に、かつて天皇が東征を発議したなかに説いた一節を追懐しながら聴いていたであろう。改めてその一節を次に抜き出してみる。

抑又聞二於塩土老翁一、曰「東有二美地一。青山四周。其中亦有下乗二天磐船一而飛降者上。」余謂、彼地必当レ足下以恢二弘大業一、光中宅天下上。蓋六合之中心乎。厥飛降者、謂是饒速日歟。何不二就而都一之乎。」

天皇が饒速日命を「饒速日」という、これが「天神之子」の実態にほかならない。全てを承知した上で、天皇は「汝所レ為レ君、是実天神之子者、必有二表物一。可二相示一之。」と迫る。長髄彦が示した「表物」に対して、同じ「天羽羽矢一隻及歩靫」でありながら、天皇の示すそれを「天表」という。長随彦はそれを見て「益懐二踧踖一」といよいよ畏まるが、「然而凶器已構、其勢不レ得二中休一而猶守二迷図一、無二復改一レ意。」ともはや「凶器」、「迷図」を改めようとすらしない。この長随彦に、今度は饒速日命じしんの立場から、天皇と対比して批評を加える。「天神之子」を始め、対比を通して天皇を位置づける手法を一貫させている。右の批評に及ぶその例を、次にまとめて示す。

（天皇の会話と地の文）　天皇｛天神子／天表｝　饒速日命｛天神之子／表物｝

（饒速日命の批評）　天皇｛天神慇懃、唯天孫是与。｝　長随彦｛稟性愎佷、不レ可三教以二天人之際一｝

長髄彦をこう見極めた上で、饒速日命は「乃殺レ之、帥二其衆一而帰順焉。」と天皇に降る。この饒速日命について、「今果立二忠効一、則褒而寵之。」とことさら「忠効」（書紀集解の「晋書楚王瑋伝曰懸レ賞開レ封以待二忠効一」という挙例に日本古典文学大系頭注が従った上で「真心をつくすこと」と説き、新編日本古典文学全集頭注も同じ説明を施す。一方、大漢和辞典が「忠功」に「恐不レ見二忠功之効一」（唐書、李聴晟伝）を挙げ「君のために尽くして立てた功績、忠勲。」と説く。この君に尽くして立てたてがら説をここでは採る）に力点を置いて天皇は褒賞する。「天神之子」を忠臣として処遇することがそのねらいであり、さきに対比の手法にもとづくとしてまとめた諸例も、これと一連の関連をもつ。

もとより、この処遇に仇討ちとのかかわりなど認むべくもない。むしろ饒速日命を表に立てた展開上、前述のとおり東征の発議に深くかかわる、という以上にそれとの対応を基盤に置く。長髄彦の支配していた土地こそ、発議のなかに饒速日命の「乗二天磐船一而飛降」という地であり、ここが「六合之中心」に当たる。この地に先に降った「天神之子」の饒速日命に「為レ君而奉焉」と仕えていた長髄彦を、当の饒速日命じしんが殺して「帥二其衆一而帰順焉」とその配下の衆を率いて帰順したことは、さきの「天神子」としての実質をものがたる展開を承け、「六合之中心」に「天神子」として乗りこむ神武天皇を「天神之子」が配下の民衆を挙げて歓迎し、臣従するといった意味あいが強い。東征の発議との関係の上では、そうした民衆やその支配者全ての支持を得、かつまたそこは「彼地必当レ足下以恢二弘大業一、光中宅天下上」という天下統治に最適の土地だから、いよいよ「何不二就而都二之乎一」という目標を実現する最終の段階にたち至ったことを示唆する。東征の実質を、ここにほぼなし遂げたといっても過言ではない。

八、東征の締め括り、抵抗勢力の掃討戦と東征の遺蹟地名起源

それだけに、もはやこれ以降、討伐は「不レ肯二来庭一」という反抗勢力を相手とする掃討に主眼を置く。このなかでも、前述のとおり東征の転機となった菟田遭難における神助を、掃討戦に伴う挿話といったかたちをとって強調する傾向が著しい。具体的にはそれを歴史の事実として、そのいわば遺蹟地の地名起源をものがたるなかに改めて位置づけている。この起源譚を含む東征の最後を、仇敵長髄彦を討ちはたした直後に「己未年春二月壬辰朔辛亥」と日付けを改めてつたえる。いずれも「丘岬」「坂下」などに居住する「此三処土蜘蛛、並恃二其勇力一、不レ肯二来庭一。」という土蜘蛛の誅殺に続き、「身短而手足長、与二侏儒一相類。」という土蜘蛛を、「皇軍結二葛網一而掩襲殺之。」と一網にして殺す。これに「因改レ号、其邑曰二葛城一。」という戦勝地として名を残す地名起源に関連した記述が伴い、このあと同様の地名起源記述がつづく。この大半を、菟田遭難における神助に関連ないし言及する記述が占める。なかでも重要な地名が、磐余と埴安である。磐余をめぐっては、改めて東征を振り返り、その事蹟にちなむ地名起源を次のようにつたえる。

夫磐余之地、旧名二片居一。亦曰二片立一。逮二我皇師之破レ虜也、大軍集而満二於其地一。因改レ号、為二磐余一。或曰、天皇往嘗二厳瓮粮一、出レ軍西征。是時、磯城八十梟帥於二彼処一屯聚居之。果与二天皇一大戦、遂為二皇師一所レ滅。故名之曰二磐余邑一。

冒頭まず旧地名を、大軍の集満にちなむ磐余《いはれ》に改めたことをいう。そしてこの磐余をめぐって、討伐に際して改めた「復有二兄磯城軍一、布二満於磐余邑一。」(戊午年九月。菟田)という地名を、改めて傍線部以下「顕斎」に関連した神助による戦勝にちなむ地名起源に解釈し直す。これが後に、即位に当たり「始馭二天下一之天皇」を「神日本磐余彦火火出見天皇」と号して称号の中核にこの「磐余」を刻むほか、「初天皇草二創天基一之日」という当日の、このまさに紀念すべき「磐余」戦に倣う「大伴氏之遠祖道臣命帥二大来目部一、奉二承密策一、能以二諷歌・倒語一掃二蕩妖気一。」という妖気掃蕩につながる。もう一つが、次の天香山の埴土にちなむ埴安である。

天皇以二前年秋九月一、潜取二天香山之埴土一以造二八十平瓮一、躬自斎戒、祭二諸神一。遂得レ安二定区宇一。故号二取レ土之処一、曰二埴安一。

こちらは、椎根津彦らの関与を一切削る一方、もとの「以二此埴一、造二作八十平瓮・天手抉八十枚・厳瓮一」を傍線部の一節が踏まえながら、その際の「祈(うけひ)」に伴う「吾今当下以二八十平瓮一、無レ水造上レ飴。」また「吾必能定二此国一」という記述のほか、「抜二取丹生川上之五百箇真坂樹一以祭二諸神一」なども取り込み、あたかも一律に天皇を主体とするかのようなかたちをとる一連の天香山の埴土の採取、これによる平瓮造り、諸神祭祀などの結果、天下の安定を得たとして、この埴を取った処を埴安と名づけて遺蹟地とする。地名起源をとおして東征の再解釈をはかり、「磐余」戦を天皇号や妖気掃蕩に応用する一方、埴安という地名に、天皇みずからなし遂げた天下の安定を象徴する意味をこめる。

このあと「三月辛酉朔丁卯」と日付けを改めて「是月、即命二有司一、経二始帝宅一。」といよいよ皇居造営に向けた令を下すが、そこに「雖二辺土未レ清、余妖尚梗一、而中洲之地、無二復風塵一。」という中洲が皇居造営に適した安定を得ていることを強調する。埴安の地名起源に伴い特に「遂得レ安二定区宇一」といわば拡大解釈を導く一節は、これの布石の意味をもつ。その布石としての対応は、さらに遡って中洲の安定をもたらした東征じたいにも及ぶ。すなわちその「自㆓我東征㆒、於㆑兹六年矣。頼以㆓皇天之威㆒、凶徒就㆑戮。」という総括に対して、埴安の地名起源につながる直接の契機として位置する諸神祭祀が確実に前提として立つ。念のため、これら対応する起名起源と総括とを次につき合わせてみる。

　地名起源（埴安）
　　(A)祭㆓諸神㆒、(B)遂得㆑安㆓定区宇㆒
　東征総括（下㆑令）
　　(a)頼以㆓皇天之威㆒、(b)凶徒就㆑戮

付言すれば、後に日本武尊が西征の成果を「嘗西征之年、頼㆓皇霊之威㆒、提㆓三尺剣㆒、撃㆓熊襲国㆒。未㆑経㆓浹辰㆒、賊首伏㆑罪。」（景行天皇四十年七月）と天皇の霊威に専ら帰すが、右の対応では（b）に（B）が当たり、しかも（B）を含む東征全体にわたる成果を、（b）は包括的に表わす。それだけに、しかもまた（A）の諸神祭祀は神祇祭祀を排除しないはずだから、この（A）を含む（a）は、構造上、あの神武天皇の神策に「(甲)礼㆓祭神祇㆒、(乙)背㆓負日神之威㆒、随㆑影圧躡。如㆑此、則曽不㆑血㆑刃、虜必自敗矣。」と示したなかの傍線部（甲）（乙）に重なる。これを偶然として退けない限り、（a）の「皇天之威」とは、（乙）の「日神之威」を宗とする一方、（甲）の神祇祭祀、とりわけ「夢有㆓天神㆒訓之曰」（戊午年九月）というなかに「虜自平伏」と訓した天神の神威を加えた天の助力を指すであろう。それは神策の捉え直しに通じる。総括だからそれが可能だったとはいえ、そうして東征を振り返えるなかで、新たな歴史へと踏み出した確かな一歩を刻んでもいたはずである。

神武紀　第四章　天皇の統治

一、理想の統治に向けた皇都造営、祖業の再解釈とその理念

さて、地名起源にひき続き、右のように東征をことさら歴史へつなげるべく総括した上で、ここから「下レ令」の本題に入る。後の即位に先立つ皇居の造営がその核心ではあるけれども、内容は多岐にわたる。その最後を「(己未年三月七日に「下レ令」) 是月、即命二有司一、経二始帝宅一。」と結ぶまでの所伝の展開をめぐる表現は、東征の発議をつたえる一節を確実に踏まえる。それが重要である。そこでその対応の実態を、両者の記述をつき合わせて検証する。→印をはさんで前後に対応させ、試みに段落分けも施す。

(1) 土地

遼邈之地、猶未レ霑二於王沢一。(以下は伝聞) 東有二美地一、青山四周。其中、亦有下乗二天磐船一而飛降者上。(以下は「余謂」) 彼地、必当レ足下以恢二弘大業一、光中宅天下上。蓋六合之中心乎。(東征発議)

→雖二辺土未レ清、余妖尚梗一而中洲之地、無二復風塵一。誠宜下恢二廓皇都一、規中摹大壮上。(令)

(2) 時

是時、運属二鴻荒一、時鍾二草昧一。故、蒙以養レ正、治二此西偏一。(東征発議)

→而今、運属二此屯蒙一、民心朴素。巣棲穴住、習俗惟常。夫大人立レ制、義必随レ時。苟有レ利レ民、何

妨㆓聖造㆒。（令）

（1）はそれぞれ「遼邈之地」と「六合中心」、「辺土」と「中洲之地」とを対比させ、その後者の地に皇都を大規模に造営することをいう。（2）は時を中心に、「運属㆓鴻荒㆒、時鍾㆓草昧㆒」だから「蒙」、また「運属㆓此屯蒙㆒」だから未開、素朴な状態にとどまるけれども、この人民のための皇都造営が時宜に適うことをいう。内容はもとより、表現上の一致がとりわけ著しい。次は、いよいよ主題に入り、東征の発議に挙げた神代の故事に言及する。

（3）統治

（A）昔我天神、高皇産霊尊・大日孁尊挙㆓此豊葦原瑞穂国㆒而授㆓我天祖、彦火瓊瓊杵尊㆒。於㆑是、火瓊瓊杵尊闢㆓天関㆒、披㆓雲路㆒、駆㆓仙蹕㆒以戻止。（中略）故、（B）蒙以養㆑正、治㆓此西偏㆒。（東征発議）
↓且当㆘披㆓払山林㆒、経㆓営宮室㆒而恭臨㆓宝位㆒以鎮㆗元元㆖。（a）上則答㆓乾霊授㆑国之徳㆒、（b）下則弘㆓皇孫養㆑正之心㆒。然後、兼㆓六合㆒以開㆑都、掩㆓八紘㆒而為㆑宇、不㆓亦可㆒乎。（令）

この最後の一節では、これまでの「恢㆓廓皇都㆒」（1）やこれをひき継ぐ「聖造」（2）から転じて、具体的に「披㆓払山林㆒、経㆓営宮室㆒」と宮室の経営をつたえる。これに「臨㆓宝位㆒」（即位）、「鎮㆓元元㆒」（統治）が続き、この統治（まつりごと）の実質を、（a）以下に記述する。

すなわち東征を発議したその当初掲げた天神及び天祖をめぐる（A）（B）二つの事跡を踏まえ、（a）（b）ともにその事蹟にそくした行為の実践に主眼を置く。（A）の「昔我天神、高皇産霊尊・大日孁尊挙㆓此豊葦原瑞穂国㆒而授（我天祖、彦火瓊瓊杵尊）」にそくして、（a）に「乾霊授㆑国」という。（A）の二神を（a）が天（乾）にちなみ「乾霊」とする一方、これと対応する地（坤）に天降った「天祖」を（b）に「皇孫」とすることと一連の、神代紀にもとづく改変、いわばその再解釈（523頁）である。この「乾霊」が、「下㆑令」中の先行する一節にいう「皇天」に対応することは著しい。この語には、前述（608頁）のとおり日本武尊が西征を振り返ったなかにいう「皇霊」が類縁をもつ。そして類縁は、この「乾霊」と、同じ日本武尊が東征の決意を語るなかに「今亦頼㆓神祇之霊㆒、借㆓天皇之威㆒」（景行天皇四十年七月）という「神祇之霊」との間にも及ぶ。あい通じることは明らかだから、まさに後の天皇の時代を先取りする表現として装う再解釈の意味あいが強い。「授㆑国」の相手が、（A）に明示した火瓊瓊杵尊である以上、その「徳」に答える主体は、そもそもこの尊こそ本来である。だからといって、神武天皇が火瓊瓊杵尊になり代って答えるのではなく、「授㆑国」を豊葦原瑞穂国の統治実現の直接の契機とみなし、統治の始まりに当たり、その「授㆑国」をもたらした二神の「徳」に答えるというかたちをとる。そしてその統治の始源ないし原点に当たるのが、（b）にいう皇孫の「蒙以養㆑正」であり、その「心」を世に弘めることをこの統治の基本とする。後世のたとえば儒教色の強い「世闡㆓玄功㆒、時流㆓至徳㆒」（崇神天皇四年十月「詔」）などを、ここでも先例として先取りするといった認識に立つ。まさに神代を再解釈した上で、その原点への復帰、その神功の継承・広布を基本とするであろう。（a）（b）は、次のような相関にある。

まつりごと	
天神を対象（祭祀）	人民を対象（政治）
上則答㆓乾霊授㆑国之徳㆒	下則弘㆓皇孫養㆑正之心㆒

この直後に「然後」を置き、新たな時代に向けた天下の統治について、だから後の天皇紀にもゆうに通用する表現を多用して「兼㆓六合㆒以開㆑都、掩㆓八紘㆒而為㆑宇、不㆓亦可㆒乎。」と一連の記述に決着を付ける。八紘一宇な

どにあらぬ意味を読みとった歴史もあったが、断章取義の最たるものというほかない。右表のとおり統治の理想を高く掲げ、国を授けた天神の徳に答える祭祀（後に神助には郊祀として実現）と、蒙昧な人民に正義を養った皇孫の心を世に弘める政治（後に巡幸によりその成果確認）との実現をはかり、それがもたらす皇孫の心の浸透がおのずから結果する人民の統合・融和により、天下全てを一つとする理想の世が到来することをいう。皇居の造営に託して、ここを拠点におし進めるそうした神武天皇の統治の理念をそこに集約したものにほかならない。

二、統治の開始、即位、立后、論功行賞の最後を締め括る郊祀

これ以降の記述は、年月ごとにそれぞれ独立性が強い。まず八月に正妃の候補者を推挙し、九月にその媛踏鞴五十鈴媛命を正妃とする。翌辛酉年の正月朔日に即位、立后と続き、直後に、東征の紀念すべき「磐余」戦（607頁）に因み、その地名を天皇号に刻む一方、まさに「初天皇草二創天基一之日」にその戦勝を倣して妖気（「妖気象二人之形一」論衡・紀妖）を掃蕩する。二年二月には東征の論功行賞を行う。天皇による統治が実質的に始まったことをそれはものがたる。これらに続くまとまりの最後が、四年二月につたえる詔である。この後には三十有一年の「皇輿巡幸」まで記述が無く、八月以降続いた一連の記述を締め括る位置に、この詔は立つ。

それだけに、この一連の記述にかかわるはずだけれども、従来は詔にいう郊祀を中心に論じる傾向が著しい。まずは詔全体を次に示す。ここでも、従前の例と同じく段落分けを施す。構成上、前段が目的に、後段は具体的なその祭祀のありかたにそれぞれ力点を置く。

我皇祖之霊也、自レ天降鑑、光二助朕躬一。今諸虜已平、海内無レ事。可下以郊二祀天神一、用申中大孝上者也。

乃立二霊時於鳥見山中一、其地号曰二上小野榛原、下小野榛原一。用祭二皇祖天神一焉。

先学の論考は、郊祀についてもとりわけ「皇祖」「皇祖天神」に焦点を当て、それを高皇産霊尊と天照大神とのどちらとみるかをめぐって説が分かれる。伊藤剣氏『日本上代の神話伝承』（その第Ⅱ部「第二章　饒速日命の服属――「天」独占化の手法――」。平成22年10月。新典社）が、右の一節に関して「この記事で実際に祀られているのは、『皇祖』としての『天神』に他ならない。皇祖神の助けに触れた上で神武天皇の『郊二祀天神一』が『大孝』につながるとある以上、ここで祀られる『天神』は、『皇祖神』と同義語に理解すべきだ。」と明快に説きながらも、「なお、『皇祖天神』の指す対象をめぐって、高皇産霊尊とする説と天照大神とする説に分かれている。（中略）この場面の『皇祖』をどちらかに限定するのは難しい。」（以上、132頁）と述べる。ただ、伊藤氏も言及する「皇祖神の助け」を拠りどころに、天照大神説に立つ見解が有力な事実は否むべくもない。

その一つが中村啓信氏『日本書紀の基礎的研究』（その第一部「1『日本書紀』の成立と構造」。二〇〇〇年三月。高科書店）であり、右に引用した一節について「『皇祖』の語が二か所に見られるが、文脈の上から、初めのは天照大神を指すこと必然であり、後のも同じと見て差し支えない。」（21頁）と指摘する。この中村氏の指摘をもとに、大舘真晴氏『『日本書紀』の作品論的研究―人物造形のあり方を中心に―』（その第一編「第八章　神武天皇紀にみる『大孝』について」。平成15年10月。國學院大學大学院研究叢書　文学研究科10）が詳細な検討を加えている。このなかで、熊野遭難の折に神武天皇が夢にみた天照大神の頭八咫烏を先導役として遣《つかわ》すという訓《さと》しとこれに対する天皇の発言とをめぐって、次のように論じている。

この記述は「天照大神訓于天皇曰」あることから神武天皇四年の記事にある「自天降鑒、光助朕躬」という記述と内容が一致することが解る。先程の中村氏の言う「文脈の上から、初めのは天照大神を指すこと必然であり…」とはこのことを指すのであろう。さらに2（戊午年六月「時、夜夢」以下「欲㆔以助㆓成基業㆒乎」までの一節――榎本補筆）の神武天皇の発言部には「我皇祖天照大神」という表現があり、確実に天照大神を指す「皇祖」の例であるといえる。神武天皇紀内の「皇祖」の例では、天照大神を指す例はあっても、高皇産霊尊を指す例は一例もないのである。これらのことから神武天皇四年二月条の詔にみる「皇祖之霊」・「皇祖天神」とは天照大神を指す可能性が高いといえるのではないだろうか。（128頁）

さらに「郊祀という表現」にそくして、それが「太陽と祖先神と深く関わった祭祀であると理解できる。日神と皇祖神という二つの性格を併せ持つ天照大神は『郊祀』の対象として、まことにふさわしい存在といえよう。」（129頁）と説く。またこの「皇祖天照大神祭祀」と「大孝」との関連をめぐって、「『王権の日継を受ける者』の資質が『孝』という漢語によって説明されている」と指摘した上で、神武紀のねらいを「ここには日本固有の皇祖天神祭祀というものを、中国の宗廟の祭祀と結びつけ『孝』によって説明していこうとした『日本書紀』編纂者の意図をみることができる。」（133頁）と「おわりに」に述べてもいる。

長長と引用したのも、ほかでもない、当該一節に関連する要点について従来の研究を踏まえ説得力をもった論述を展開しているからである。ただし、郊祀の詔は、あくまで即位したあとの東征を総括する認識に立つ。基本ともいうべきこの点に配慮を欠くなど、問題がないわけではない。たとえば詔が「我皇祖之霊也、自㆑天降鑑、光㆓助朕躬㆒。今諸虜已平、海内無㆑事。」と冒頭にいうこの一節は、確かにあの熊野遭難の折の「天照大神訓㆓于天皇㆒」を彷彿とさせるけれども、それのみが「今諸虜已平」をもたらしたのではない。しかも在天の「皇祖之霊」は、天照大神を指す以上に、さきの（令）にいう「乾霊（授㆓国之徳㆒）」にむしろ一致する。東征をつたえる記述そのものではない。だからこそ、全体の構成上、「自㆑天降鑑、光㆓助朕躬㆒。」に限れば、この直後に続く

「今」以下とは直接の関係をもたない。その本来はあり得ない関係を、あたかも過去の事蹟が「今」の平和をもたらしているかのようにつなげて、つまり再解釈を施し、一つの関係におくのがこの一節である。これには、前述（608頁）の東征を総括した「令」の次の一節（三月七日）が対応する。次に二つをつき合わせてみる。

頼以二(A)皇天之威一、(B)凶徒就レ戮。（中略）而中洲之地、無二復風塵一（己未年三月七日「令」）

(a)我皇祖之霊也、自レ天降鑑、光二助朕躬一。(b)今諸虜已平、海内無レ事。（四年二月二十三日「詔」）

この対応には、これも前述したとおり類例がある。なかでも表現全体にわたって通じる例が景行紀に集中する。その例を次に挙げる。

（威）嘗西征之年、頼二(A)皇霊之威一、提二三尺剣一、撃二熊襲国一。未レ経二浹辰一、(B)賊首伏レ罪。（四十年七月）

（霊）臣頼二(a)天皇之神霊一、以レ兵一挙、(b)頓誅二熊襲之魁帥者一、悉平二其国一。是以西洲既謐、百姓無レ事。（二十八年二月）

（霊、威）今亦頼二(a)神祇之霊一、借二(A)天皇之威一、往臨二其境一、示以二徳教一、猶有レ不レ服、即挙レ兵撃。（四十年七月）

これら（威）と（霊）とに関連した用例に徴する限り、（B）（b）があい通じるように、（A）（a）も内容上あい通うとみるのが筋である。それだけに、神武紀の例では、（a）の在天の「皇祖之霊」が、「乾霊」を介して（A）の「皇天之威」につながる。もとより、その（A）じたい、前述（608頁）のとおり天香山の埴土に関連する天神の訓えとも不可分である。その訓えどおり祭祀を行った上で八十梟帥らを討伐したことを集約した表現が、中洲を主な対象とする（B）である。（A）（B）は、明らかにたがいに相関するかかわりにある。

この（B）の中洲という限定を取り払い、日本全体の平定達成を表わすのが（b）である。（B）から（b）

に、明らかに東征の対象領域を拡大させている。これに、もちろん（A）（a）が対応する。さきに通じるとしたその（A）「皇天之威」と（a）「皇祖之霊」との対応が、（B）から（b）への拡大に伴うことは必然である。そしてこれも前述のとおり「日神之威」に天神の神威を加えた天の助力を「皇天之威」が表わす以上、これの拡大を「皇祖之霊」に認めるのが相当である。具体的には、高皇産霊尊と天照大神との組み合わせをその実質とする。この組み合わせは、もとを質せば、あの東征を発議した一節に「昔我天神、高皇産霊尊・大日孁尊挙二此豊葦原瑞穂国一而授二我天祖、彦火瓊瓊杵尊一。」という天神二神に由来する。東征をなし遂げた後の総括（三月七日「令」）では、さきに表にまとめたとおり「上則答二乾霊授レ国之徳一」とこの二神の「授国之徳」に答えることをいう。この報答にしても、二神の祭祀というかたちをとるのが自然である。

げんに、詔では、「我皇祖之霊」について（b）にその功績を強調してはいても、直後には「可下以郊二祀天神一、用申中大孝上者也。」と肝腎な郊祀の祭神を天神とする。またその「大孝」についても、かって天皇じしんが「今我是、日神子孫、而向レ日征レ虜、此逆二天道一也。」（戊午年四月。「神策」）と反省し、なおかつ「我皇祖、天照大神欲三以助二成基業一乎。」（戊午年六月。頭八咫烏の翔降を見ての言）と明言するなどのこれら関係の明らかな記述をもとに、前述のとおり従来は天照大神に対して天皇が実践するものとみなす見解が有力だったけれども、日神あるいは天照大神のどちらとも、神武天皇を子と位置づけてはいない。翻って、神武天皇はみずからを「天神子」と認じている。仇敵の長髄彦との決戦をつたえるなかでは、「天神之子」と明確に使い分ける。「天神之子」饒速日命に妹を娶《めと》らせ君として奉《つか》える長髄彦と天皇とが、「天神」の子をめぐって次のように問答を交す。

（長髄彦）「夫天神之子、豈有二両種一乎。奈何更称二天神子一以奪二人地一乎。吾心推之、未二必為一レ信。」天皇曰「天神子亦多耳。汝所レ為レ君、是実天神之子者、必有二表物一。可二相示一之。」

天皇を「天神子」、これに対して饒速日命を「天神之子」とする使い分けに、両者ともに従っている。この「天神子」の初見が、これも前述のとおり東征に旅立って最初に出会った珍彦（椎根津彦）の「臣是国神、名曰二珍彦一。釣二魚於曲浦一。聞二天神子来一、故即奉レ迎。」という名告りに使った例である。珍彦は伝聞した相手を明かしていないけれども、右に引用した長髄彦の問い質しに「奈何更称二天神子一以奪二人地一乎。」と明示する以上、それを天皇が自称、自認して東征を進めたとみるのが相当である。珍彦は、この天皇の自称、自認を聞いてはせ参じたことになる。天皇が東征に掲げたいわばみずからを象徴する旌旗あるいは旗印のごとき言葉でもあるから、この「天神子」に「天神」という神の来源を質せば、東征を発議したその冒頭に「昔我天神、高皇産霊尊・大日孁尊」と天皇じしんが選びとった二神を指す「天神」が実質的には該当する。この二神の子というのが「天神子」の内実である。「天神子」を掲げて東征を進めた天皇が、その大業をなし遂げたあとこの「天神」に子としての義務を果たすことは自然というほかない。郊祀に当たり、まさにこの「天神子」の立場にそくして「可下以郊二祀天神一用申中大孝上者也」と宣言したはずである。実際に郊祀するなかでは、改めて「用祭二皇祖天神一焉」と表現しているが、「皇祖天照大神」としない、すなわち「皇祖」を「天照大神」だけに限定せず、また一方では、天神を、神祇一般の天神ではなく、天照大神を指す「皇祖」に限定した上で、そうした「皇祖」である「天神」に対する祭祀のかたちをとる。具体的には、まさに東征の発議に挙げた二神にそくして、いわば皇祖神祭祀の起源をここにつたえてもいるはずである。

三、統治の実質化、巡幸、国見に伴う国号の確定

さて、郊祀のあとは、歴史的記述の空白が長く続く。さきに「令」に関連して天皇のめざす統治を二つ表に示したけれども、その「上則答二乾霊授レ国之徳一」が右の郊祀につながるのに対して、もう一方の「下則弘二皇孫養レ正之心一」が、その空白が続いたあとの「三十有一年夏四月乙酉朔、皇輿巡幸。」につながる。この直後には、巡幸に伴う国見を次のようにつたえる。

因登二腋上嗛間丘一而廻二望国状一曰「妍哉、国之獲矣。雖二内木綿之真迮国一、猶如二蜻蛉之臀呫一焉。由レ是、始有二秋津洲之号一也。

「腋上嗛間丘」について、日本古典文学大系の頭注に「掖上の地はもとの南葛城郡掖上村（今の御所市東北部）付近。掖上村大字本馬（今、御所市本馬）の東南に独立した丘陵があり、土地で本馬山といい、よく大和平野を展望することができる。」と説く。この巡幸は、巡狩の各季節ごとに四嶽に至り「柴而望二祀山川一、覲二諸侯一、問二百年者一就見之、命二大師一陳レ詩以観二民風一、命レ市納レ賈以観三民之所二好悪一。」（礼記・王制）というように民情を視察する行事に通じる。芸文類聚の「巡狩」（巻第三十九・礼部中）は、この王制の一節と共に「易曰、先王以省レ方、観レ民、設レ教。」という「省レ方」（四方の巡視。「観」の象伝）の例を載せる。神武天皇が菟田に入り、その地の兄猾を討伐して「是後、天皇省二吉野之地一、乃従二菟田穿邑一、親率二軽兵一、巡幸焉。」という巡幸が、それに重なる。しかもこの巡幸は、さらに郊祀ともつながりをもつ。漢書（巻六）が武帝紀（第六）に「元狩元年冬十月、行二幸雍一、祠二五時一。獲二白麟一、作二白麟之歌一。」とつたえるこの雍での祭祀を、郊祀志（第五上）は郊祀とする

が、のちに同じ雍に郊祀した年に「上始巡二幸郡県一、寖尋二於泰山一矣。」と巡幸も行っている。この郊祀に巡幸が続く関係に、神武天皇が郊祀に続いて巡幸を行ったことは、明らかに一致する。その二つの行事間の年月の隔りは、前述（610頁）のとおり「令」に「下則弘二皇孫養レ正之心一」という政治の実現に要した時間の経過を含意するものであろう。

もっとも、この巡幸は、さきに引用した一節に「登二腋上嗛間丘一而廻二望国状一」というように民情より、むしろ国状視察に焦点を当てる。それが国見に通じるばかりか、神武天皇のことばは国讃めを内容とする。実際に、このあとに続く一節には、「昔伊奘諾尊目二此国一曰、日本者《やまとは》、浦安国《うらやすのくに》、細戈千足国《くはしほこのちだるくに》、磯《し》輪《わ》上秀真国《かみのほつまのくに》。復大己貴大神目之曰、玉牆之内国《たまかきのうちつくに》。乃下至饒速日命乗二天磐船一而翔二行太虚一也、睨二是郷一而降上之、故因目之曰、虚空《そら》見日本国《みつやまとのくに》矣。」と多様な比喩表現を使った国讃めの実例を列挙する。とりわけ万葉集の「天皇登二香具山一、望レ国之時、御製歌」と題する舒明天皇のいわゆる国見歌は、その題詞が神武天皇の巡幸に関連した当該一節にほぼ重なり、次のようにうたう。

大和には群山あれど　とりよろふ天の香具山　登り立ち国見をすれば　国原は煙立ち立つ　海原はかまめ立ち立つ　うまし国そ　あきづ嶋大和の国は（1・二）

舒明天皇がうたった「うまし国そ」の認識を、しかし神武天皇がいだいているわけではない。それどころか、天皇の国見に発した言葉は、「妍哉乎、国之獲矣。雖二内木綿之真迮国一、猶如二蜻蛉之臀呫一焉。」というもっぱら国の獲得に限定した感慨である。重要なのが、この言葉の直後に付す「由レ是、始有二秋津洲之号一也。」という注記である。従来、右に引用した舒明天皇の国見歌の冒頭の「大和」と末尾の「あきづ島大和の国」をめぐって諸説があり、なかでも鉄野昌弘氏「舒明天皇の望国歌」（『万葉の歌人と作品』第一巻、初期万葉の歌人たち。一九九九年五月。和泉書院）が「いったい奈良地方と大八洲国全体が、同じヤマトの名で呼ばれるのはどういうことなのだろうか。」という問いのもと、（奈良地方）（大八洲国）のそれぞれにかかわる例と並べて神武天皇の右掲の言葉を挙げた上で、次のように説く。

「蜻蛉の臀呫せるが如も」とは、『新編全集』が「四周青垣の大和盆地をたとえる。」と注する通りであろう。「あきづ島」は、元来「腋上の嗛間の丘」（現在の御所市東北部）から望見される小地名であったかとも言われ（秋本吉徳「〈枕詞〉攷（二）」『清泉女子大学紀要』27、昭54・12）、紀七五やその異伝、記九七は、雄略天皇を咬んだ虻を蜻蛉が退治したのを讃えたことが、「あきづ島大和」の名の起こりと伝える（ただし吉野の蜻蛉野の地名起源として）。したがって、「蜻蛉の臀呫せるが如も」という神武紀の伝えが正当な由来だと言うのではない。しかし「あきづ島」が、周囲を生命力溢れる山に守られた幸福な地を思わせる呼称でもあったことは確かだろう。

このあとひき続いて、右の問いをもとに挙げた諸例の「あきづ島」について「神武天皇の平定した奈良地方を言うものである。」と指摘した上で「その『あきづ島大和』が大八洲国全体に拡大される時、『青山四周』もまたそのままに拡大されるのではないか。ヤマトは、どこまでも『山処《ヤマト》』であったように思われる。言わば『青山四周』の『大和』を範型とし、それを相似形に拡大して、大八洲国としての『大和』が成り立つのだと考える。」（70頁）と説く。

鉄野氏じしんが挙げた問いをめぐっては、確かに傾聴に値する。神武天皇が国見に際して発した問題の言葉に限れば、右に引用した一節の最後に「あきづ島」に加えた鉄野氏の説明が重要である。「青山四周」にそくしたその説明は、しかし十分とは認め難い。この一句について、倭建命の「国思歌《くにしのひうた》」の「大和は　国の真秀《まほ》ろば

畳《たた》なづく　青垣　山籠《ごも》れる　大和しうるはし」（記歌謡・三〇）、また大国主神の国作りの際の「吾をば、倭の青垣の東の山の上にいつき奉れ」（記上）、「倭は青垣　青垣の　山投《やまと》に坐しし」（播磨風土記・美嚢《みなぎ》郡）など「大和の形容として現われる」「青垣という語」と捉え、「それは、神武紀に、東に美地《うましつち》有り。青山四周《あおやまよもにめぐ》れり。其の中に、亦天磐船《あまのいはふね》に乗りて飛び降る者有り。という、その大和の『青山四周』を端的に表現する。」（前掲書66頁）と指摘している。この引用や用例の対応の上では、確かに「青垣」に当たるけれども、肝腎なのは、この一句を、神武天皇が東征の発議のなかに挙げている点である。

抑又聞二於塩土老翁一、曰「東有二美地一。青山四周。其中亦有下乗二天磐船一而飛降者上。」余謂、彼地必当レ足下以恢二弘大業一、光中宅天下上。蓋六合之中心乎。

神武天皇のいう「彼地必当レ足下以恢二弘大業一、光中宅天下上。蓋六合之中心乎。」こそ、「青山四周」の地の本質にほかならない。そして東征を成就した後は、これも前述のとおり「中洲之地、無二復風塵一。誠宜下恢二廓皇都一、規中摹大壮上。」という奠都の地となる。さらにここを統治の拠点として、同じ「令」に「上則答二乾霊授レ国之徳一、下則弘二皇孫養レ正之心一。然後、兼二六合一以開レ都、掩二八紘一而為レ宇、不二亦可一乎。」という統治をめぐり、「上則」以下の祭祀（四年二月「郊祀」）に続き、それと対応する「下則」以下の政治に関連した巡幸において「廻二望国状一」とつたえている。この「国」とは、以下に「妍哉乎、国之獲矣。」という獲得した国であり、それが東征の成果であることは明らかである。当然、またそれは「乾霊授レ国」の国につながっている。

この国の獲得にそくして、国状をことさら「雖二内木綿之真迮国一、猶如二蜻蛉之臀呫一焉。」と表現した上で「由レ是、始有二秋津洲之号一也。」という「秋津洲」の名称の起源を導く。実際には、むしろ逆に、その名称の起源を天皇の国の獲得に結びつけたはずである。これは、鉄野氏の説明する「あきづ島」ではない。かの国生みをめぐって神代上第四段〈書一〉が冒頭に「天神謂二伊奘諾尊・伊奘冉尊一曰、有二豊葦原千五百秋瑞穂之地一。宜二汝往脩一之。」とつたえたあと「然後、同レ宮共住而生レ児、号二大日本豊秋津洲一」と生みなしたというこの「秋津洲」を指す。「大日本豊」は、この語を修飾するいわば美称にすぎない。天神のいう「豊葦原千五百秋瑞穂之地」のそれが主な構成要素であるという以上に、その主体をなす。この後には、「吾比閉二居石窟一、謂当三豊葦原中国、必為二長夜一。」（第七段〈本伝〉）、「夫葦原中国、本自荒芒。」（第八段〈書六〉）、「遂欲下立二皇孫天津彦彦火瓊瓊杵尊一以為中葦原中国之主上。」（第九段〈本伝〉高皇産霊尊）、「豊葦原中国、是吾児可レ王之地也。」（同〈書一〉天照大神）とひき継ぐ一方、いわゆる天壌無窮の神勅に「葦原千五百秋之瑞穂国、是吾子孫可レ王之地也。宜二爾皇孫就而治一焉。」（同前）と命じ、とりわけこの第九段の所伝を踏まえて成りたつのが、すなわちあの東征発議の冒頭に「昔我天神、高皇産霊尊・大日孁尊挙二此豊葦原瑞穂国一而授二我天祖、彦火瓊瓊杵尊一。」という一節であり、これを要約して、東征成就後の「令」に「乾霊授レ国」という。

豊葦原千五百秋瑞穂の地にはじまり、天壌無窮の神勅にその地を国とした展開をひき継げばこそ、東征の発議に「豊葦原瑞穂国」の名称に従ったはずだが、この国名そのものからは離れ、かわって態態「秋津洲之号」を採ることじたい、そのそもそもの始めに「秋津洲」をそれが構成の主体として成りたっていた経緯を恐らくは踏まえる。そして東征成就後の政治に関連する巡幸に伴い、これを「秋津洲」の始源として改めて位置づけるについては、その当初の「大日本豊秋津洲」の名称そのものの由来をこちらに変換することをねらいとするであろう。それは、いわば日本の国号の由来をつけかえることを意味する。試みにその展開の次第をたどってみるに、そもそものはじめ天神のいう「豊葦原千五百秋瑞穂之地」をもとに、これを継承する「豊葦原瑞穂国」（東征の発議）と対応することを前提として、この対応という担保を支えに、その「豊葦原千五百秋」を「秋」一字に読み換えたはずである。たとえば天照大神が長子天忍穂耳尊に配した「思兼神妹、万幡豊秋津媛命」（第九段〔書一〕）について、日本古典文学大系が頭注に「豊秋津は、稲の収穫の多い意。本文には、高皇産霊尊の女、栲幡千千姫とあった。」と説明を加えている。「豊秋津」が語構成上「秋」を核に成りたち、「稲」「穂」「稔」などに意味上関連して結びつく語であることは疑いない。この「秋」を中核とする「秋津洲」は、そのそもそもの「大日本豊秋津洲」に根ざす一方、「豊葦原千五百秋瑞穂之地」に連なり、その秋の豊かな稲の穂の稔る洲《くに》を象徴的に表すことになる。天皇のいう「雖二内木綿之真迮国一、猶如二蜻蛉之臀呫一焉。」とは、この「秋津洲」を、それに相応しい秋の水辺に生きかつその繁殖を連想させるユーモラスな蜻蛉《とんぼ》の行為に象徴させた表現にほかならない。この表現を与えたことにより、「秋津洲」が、天皇の巡幸に伴う「望国」に際して比喩に表現した「蜻蛉」にちなむ地名という新しい意味を獲得する。

　それがただにその当地の地名起源ではなく、「秋津洲之号」という日本の国号に関連することを、直後につづく「昔伊奘諾尊目二此国一曰、日本者」以下の前掲一節が保証するかたちをとる。伊奘諾尊の「目二此国一」、大己貴大神の「目之」いずれも、神武天皇の「妍哉乎、国之獲矣。」にそくして、前者は「産二生洲国一」による大日本豊秋津洲ほか八洲から成る「大八洲国」（第四段。その〔本伝〕に「吾是男子、理当二先唱一」という伊奘諾尊が主体）の、後者も「自後、国中所レ未レ成者、大己貴神独能巡造。」（第八段〔書六〕）という葦原中国の、それぞれその主体の立場から国讃めしたものだが、最後の饒速日命だけは、東征を発議したなかに「東有二美地一。青山四周。其中亦有下乗二天磐船一而飛降者上。」という一節に対応する「乗二天磐船一而翔二行太虚一也、睨二是郷一而降之。」と説明を加えた上で、「故因目之曰、虚空見日本国矣。」とこの郷が日本国（の一地域）であることをいう。最後に、「秋津洲」を「日本国」の別称として位置づけることにより、この国号が神武天皇の巡幸・望国にちなむという起源につなげる。日本という語を日本国という国号につなげる上に、神武天皇の初代天皇という位置はまさに恰格な適所だったに違いない。

　このあと、四十二年春正月に神渟名川耳尊を皇太子に立てる。次に七十六年三月の崩御が続き、最後に明年九月の埋葬をもって巻三は幕を閉じる。天皇の崩及び葬に関連する一切を省いたこのいささか簡略に過ぎる記述は、巻四の綏靖天皇即位前紀につたえる手研耳命の謀反を予定し、それに全てを委ねていることを如実に示す。立太子も、その一環である。そもそも立后に伴い、この直後に「（為二皇后一）生二皇子神八井耳命・神渟名川耳尊一」と、すでに立太子をそこに織り込んでいる。神武天皇は諱に彦火火出見と名告るが、さきにこの諱をもつのが山幸である。神代下第十段〔本伝〕が冒頭に「兄火闌降命、自有二海幸一。弟彦火火出見尊、自有二山幸一。」とつたえる。兄弟の命と尊との関係を、同じ諱を名告る神武天皇がそのままわが子にひき継がせたことになる。諱は、決して伊達ではない。後の謀反を予見していたのか否か。少くとも、神代と天皇代とに橋を架けてつなぐ、その神武天皇の存在や役割がそこまで及んでいたことだけは疑いを容れない。

神武紀　第五章　神武紀の成りたち及び古事記との相関

一、神代紀の差違化、再解釈をはかる歴史構築

最後に、神武紀に加えたこれまでの分析なり論述なりが、神代紀についてのそれらとどうかかわるのかについて、振り返りを兼ね、まとめて確認する必要がある。古事記との関連も、そこにおのずから波及する重要な問題である。その問題にしても、散発的にはこれまで論じてもいるので、ここでは全体を通してその検証も含めた取り組みをめざす。一方に、神武紀をめぐっては、神話と歴史との相関という未着手の大きな課題もある。

右のような観点から改めて採りあげるべき恰好な例が、彦火瓊瓊杵尊に関連した記述である。筋立ての基本的な枠組みや内容は、前述のとおり神代紀を踏まえるが、それとの違いもまた決して小さくはない。神武天皇が東征を発議したなかにそれをつたえ、いわば間接的な引用にとどまる事実は、確かに無視できない。けれども、神代紀のつたえる基本をことさら歪めた、またあるいは曲解した可能性は、そう認むべき明らかな徴証がない以上、恐らく零に等しい。例によってその一節を段落に分けて次に示す。

昔我天神、高皇産霊尊・大日孁尊挙二此豊葦原瑞穂国一而授二我天祖、彦火瓊瓊杵尊一。（以上、A）

於レ是、火瓊瓊杵尊開二天関一、披二雲路一、駆二仙蹕一以戻止。（以上、B）

是時、運属二鴻荒一、時鍾二草昧一。故、蒙以養レ正、治二此西偏一。（以上、C）

（A）に「天神」を二柱挙げる。第九段の〔本伝〕と〔書一〕とに基本的にはもとづきながら、「大日孁尊」は、その〔書一〕の天照大神に替え、第五段の〔本伝〕に「既而伊奘諾尊・伊奘冉尊共議曰（中略）。何不レ生二天下之主者一歟。於レ是、共生二日神一。号二大日孁貴一。此子光華明彩、照二徹於六合之内一。」とつたえ、さらに〔書一〕には「伊奘諾尊曰、吾欲レ生二御寓之珍子一。乃以二左手一持二白銅鏡一、則有二化出之神一。是謂二大日孁尊一。」というこれら当初は天下の主者あるいは統治者として誕生した経緯を踏まえ、だから前述（524頁）のとおり〔本伝〕の「日神」を実質とすればこそ、その神名については、「大日孁貴」をもとに、先行する「高皇産霊尊」との対応をはかり「大日孁尊」の表記を採用したはずである。神代紀の第五段〔本伝〕を差違化した〔書一〕、それらを差違化して〔書六〕が天照大神としたこの表記（実質は表現）をひき継ぐ第九段〔書一〕の表記をあえて捨てた上で、選び採ったという来歴にかんがみて、「大日孁尊」にしても、この第五段の表記へのいわば先祖返りではなく、各一書と同じ差違化の結果とみるのが相当である。

高皇産霊尊と並列する位置づけも、この差違化による。差違化とは、先行する所伝をもとに、それとは違う所伝を新たに創造する営為（通釈20頁）だから、この新たな展開は、当然、所伝全体に及ぶ。「天神」を二神とするという以上に、天孫の降臨を主導した至尊の神を連ねることにより、豊葦原瑞穂国の火瓊瓊杵尊への授与を、いやが上にも権威づけることを、この差違化はまずはねらいとする。またさらに所伝の展開の上では、あの孔舎衛坂の神策に「今我是日神子孫而向レ日征レ虜、此逆二天道一也。」と自省したあとに続く次の一節に対応する。

高皇産霊尊・大日孁尊（発議）

＝　＝

礼二祭神祇一、背二負日神之威一（神策）

この対応に向けたいわば布石として位置づけることも、差違化のねらいだったに相違ない。

次の（B）も、前述のとおり第九段〔書四〕に天孫の降臨に伴う「于レ時、大伴連遠祖、天忍日命帥二来目部遠祖、天槵津大来目一、背負二天磐靫一、臂著二稜威高鞆一、手捉二天梔弓・天羽羽矢一、及副二持八目鳴鏑一、又帯二頭槌剣一而立二天孫之前一。」という先払いをつたえる一節を踏まえ、これを大幅に縮約して、わずかに「駆二仙蹕一」にその跡をとどめるに過ぎない。しかしその天孫の降臨をめぐっては、高皇産霊尊が「奉レ降之」、また先払いも「立二天孫之前一」といずれも天孫を対象とする。この天忍日命による先導じたいは、熊野遭難後に天照大神が遣わした頭八咫烏を追うというかたちをとる次の先導に対応をもつ。

是時、大伴氏之遠祖、日臣命帥二大来目一、督二将元戎一、蹈レ山啓レ行、乃尋二烏所レ向、仰視而追之。

同じ大伴氏の遠祖であり、内容の上でも厳《いかめ》しく武装し大来目を率いて先導するなど、前掲第九段〔書四〕の記述に概ね一致する。ところが、（B）の「駆二仙蹕一」は、火瓊瓊杵尊を主語とする。内容も、天孫の降臨に伴う先払いのそれこそ物物しく威厳をもった本来のかたちなど見るかげもない。先導の当人から、それを駆る火瓊瓊杵尊に主体を移し、辞書が「仙」について転意を「天子。上皇に関するものに、此の字を用ふ。」と指摘して「仙蹕」に「天子のみゆき。行幸。」（大漢和辞典）と解釈を施すとおり、まさに神話からの転換をはかり、（C）の統治につなげている。そのつながりに、歴史への転換もめざす。天孫の天降りをつたえる漢文表現にそくして差違化をはかったまぎれもない実態であり、「仙」はけっして伊達ではない。

そして（C）に至っては、神代紀に内容上あい通う記述を一切もたない。所伝は、そこに独自な展開を遂げる。（A）以下の差違化がその展開を支えていることは、火瓊瓊杵尊をめぐる一連の流れに明らかである。この一節も、これまた（A）以下と同じように後の所伝に対応をもつ。しかもその（A）とセットのかたちをとってもいる。

上則答㆓乾霊授㆑国之徳㆒、下則弘㆓皇孫養㆑正之心㆒。

これら「上」が祭祀に、「下」が政治にそれぞれ相当し、後に具体的に「郊㆓祀天神㆒」と「巡幸」とにつながる。（A）（C）というより、東征の発議じたいを、神代紀の所伝をもとに差違化をはかり、こうした展開を周到に織り込んで成りたたせていたというのが内実である。

差違化の手法を、神代紀をひき継いで神武紀も積極的に活用する。もちろん、両者には違いもある。神代紀は、もっぱら一書にそれを使う。多角的・多面的に一書を展開する上に、〔本伝〕をもとに差違化をはかっている。神代紀のこの差違化は、一書をさまざまに展開する多様化に特徴がある。一方、神武紀のばあい、一書をもたないが、神代紀がいわば〔本伝〕に当たり、これを差違化するというかたちをとる。差違化のもととなる神代紀の所伝は区区だが、これを一つの体系をもった歴史に収斂する、したがって時間のなかに組み込むところに差違化の特徴がある。神代紀の差違化とは、逆のかたちをとる。

差違化が、ここでは神代紀の所伝を切り取って再編することに顕著なあらわれをみせる。（A）の二神による葦原瑞穂国の授与や（B）のその（A）にそくした先払いなどに、神代紀の所伝を再編した著しいあらわれをみせるが、しかし前述のとおりそれら（A）～（C）と継起的に続く葦原瑞穂国をめぐる変遷は、もはや一体的な始源の歴史にほかならない。さればこそ、いわば建国史を内実とする歴史の土台として位置する。東征じたいこの土台の上に展開することはもとより、東征をなし遂げた後に実現する統治は、郊祀により皇祖天神に対する祭祀を確立し、この天神を皇祖神としてこれを血統上ひき継ぐ天神子たる天皇を主体とする。祭祀をとおしてこの天皇の統治を、正統化、権威化するはずである。また一方、巡幸により、火瓊瓊杵尊の徳治にもとづく政治の達成を具現化する。それをめぐる一連の記述をとおして、政治の理想化をはかる。神武天皇によるこの理想の統治は、前述のとおりそれを実現する手段としての東征そのもの理想化と、もとより別ではない。討伐は、あくまで武力の行使によらない自発的な服属を優先し、臣下の活躍がこれに分かちがたくかかわる。そして神助が、勝利を呼び込む。神代紀を差違化により再解釈して歴史につなげた東征の発議が、これら全てにつながっている。年月日を立てた記述がこれに伴う。神代紀を支えに、天皇統治の歴史へ道を開く展開を、こうして神武紀は差違化により実現していたはずである。

二、古事記との相関、その「東行」と東征との相違の実態

古事記では、東征の発議に相当する記述じたいが「坐二何地一者、平二聞看天下之政一。猶思二東行一。」というごく簡潔な内容をあらわすだけに過ぎない。神代とのつながりを一切もたず、「東行」の理由にも言及がなく、直後に「即自二日向一発、幸二行筑紫一。」といきなり出発するなど、神武紀との違いが大きく、かつ多岐にわたる。なかでも注目すべき点が、神倭伊波礼毘古命（以下に「天皇」と略称）と兄の五瀬命との協議による「東行」である。本来的にそれは、征伐や征討などをめざすものではなく、所伝の全体にわたる展開を規定してもいる。

実際に、白肩津に停泊して「此時、登美能那賀須泥毘古興レ軍、待向以戦。」という初戦では、五瀬命が重傷を負っているが、ただ「於レ是、与二登美毘古一戦之時、五瀬命、於二御手一負二登美毘古之痛矢串一。」とつたえるに過ぎない。熾烈な戦闘そのものより、それによる負傷に焦点を当て、天皇の「吾者、為二日神之御子一、向レ日而戦、不レ良。故、負二賤奴之痛手一。自レ今者、行廻而背負レ日以撃。」という反省と戦術変更を内容とした詔を導く。これ以降は、敵味方が武力を交える戦いじたいほとんど姿を消す。

かくして「東行」は、敵を欺く知能戦の様相を呈する。そして歌がそれに伴う。このいささか教条的なかたちをとる所伝が二例あるだけで、これを除けば、戦闘はおろか、戦いと認むべき確かな例がない。その点でも、当該二例はまさに注目に値する。まず始めが、「於二宇陀一有二兄宇迦斯・弟宇迦斯二人一。」という兄弟の兄を相手とする。敵対する兄とは対照的に、弟はただちに帰順し、兄の謀計を密告する。兄弟のこの対応の違いを描き分けている。

先遣二八咫烏一、問二二人一曰「今、天神御子幸行。汝等仕奉乎。」（以上、兄弟）

於レ是、兄宇迦斯、以二鳴鏑一待二射返其使一。（地名起源省略）将二待撃一、云而聚レ軍。然、不レ得レ聚レ軍者、欺二陽仕奉一而作二大殿一、於二其殿内一作二押機一待。（以上、兄）

時、弟宇迦斯先参向、拝白「僕兄兄宇迦斯、射二返天神御子之使一、将レ為二待攻一而聚レ軍、不レ得レ聚者、作レ殿、其内張二押機一、将二待取一。故、参向顕白。」（以上、弟）

爾、大伴連等之祖道臣命・久米直等之祖大久米命二人、召二兄宇迦斯一、罵詈云「伊賀所二作仕奉一於二大殿内一者、意礼先入、明下白其将レ為二仕奉一之状上。」而即握二横刀之手上一、矛由気矢刺而追入之時、乃己所レ作押見レ打而死。爾、即控出斬散。（以上、兄）

全体を（兄）（弟）をつないで構成する。しかも（兄弟）から（兄）に続く一節の傍線部が、神武紀の「先遣二使者一、（中略）更遣二頭八咫烏一、召之。時、烏到二其営一而鳴之曰、天神子召レ汝。怡奘過《いざわ》、怡奘過《いざわ》。兄磯城忿之曰（中略）。乃彎レ弓射之。」という兄磯城の討伐をめぐる前段に対応するほか、これ以降のとりわけ「押機」を大殿の内に作って欺し討ちを狙った兄の謀計を弟が密告し、この仕掛けにみずから打たれて死ぬという一連の展開は、神武紀が菟田平定に関連してほとんど同じ内容をつたえている。そこに、「自蹈レ機而圧死。」という兄猾の死のあと、「時、陳㆓其屍㆒而斬之。流血没㆑踝。故、号㆓其地㆒、曰㆓菟田血原㆒。」という地名起源に関連した一節を付記する。実は、右に引用した古事記も一連の展開の最後に「（即控出斬散。）故、其地謂㆓宇陀之血原㆒也。」と全く同じ地名起源の一節を付す。しかし「血原」につながるのは、せいぜい「斬散」という表現しかなく、「散」を加えた分、「斬」一字よりはましという程度に過ぎない。それだけで「血原」の地名起源につながるとは、やはりみなし難い。一方、神武紀は「流血没㆑踝」が「血原」を導く。地名起源としては、これが自然なだけに、この「流血」を前提に、「斬散」とした可能性が高い。

もっとも、前述のとおり討伐を伝えることそれじたいを、古事記は一義的にめざしてなどいない。重要なのは、むしろ歌との対応である。この歌をめぐる「然而其弟宇迦斯之献大饗者、悉賜㆓其御軍㆒。此時、歌曰」という詞書きに通じる一節の限りは、確かに「弟宇迦斯が服属のしるしとして献上したご馳走は、兵士たちに与えられ」（新編日本古典文学全集の※解説。152頁）という見方に落ちつくにせよ、所伝の展開上では、対応する神武紀の一節に「己而弟猾大設㆓牛酒㆒以労㆓饗皇師㆒焉。天皇以㆓其酒宍㆒班㆓賜軍卒㆒、乃為㆓御謡㆒之曰」という「班賜」こそ、この場や情況に照らして本来だったはずである。その「牛酒」については、漢籍の用例を示した上で「書紀編纂以前に牛馬を食する場合もあったと考えると、必ずしも漢籍による潤色とはいえない。」（新編日本古典文学全集の当該頭注）という指摘さえあるが、内実は「酒宍」である。一方、「班賜」をめぐっては、書紀集解が「班㆓賜軍士㆒而遣之」（晋書・姚泓載記）を引く。内容の上では、芸文類聚（巻五十九「将帥」）収載の「又有㆘献㆓一嚢糧㆒者㆖。王（越王句践）又使㆘以賜㆓軍士㆒、分而食㆖㆑之。」（列女伝）という兵卒に分けて食べさせる有徳の王の行為が当たる。そこに焦点を当て、酒や肉を天皇が兵士に配ってうたった次の「御謡」との関連が重要である。

菟田の高城《たかき》に鴫罠《しぎわな》張る、我が待つや鴫は障《さや》らず、いすくはし鯨《くぢら》障り（後略）

罠を張り仕止めようと待っていた鴫ではなく、思いもよらない大物の鯨が罠にかかったという。鯨には、たとえば「海裏鯨魚、大有レ遮三囓船与二檝櫂一。難波（送使の名）等恐二魚呑一レ船、不レ得レ入レ海。」（敏達天皇二年八月）という呑船の巨大な例まである。「御歌」じたいにそくしていえば、「天皇に仕掛けたはずの鴫羂《しぎわな》に逆に鯨（兄猾）という大物がかかった、と諷している。」（新編日本古典文学全集の当該頭注）と説いてもいる通り、兄猾を当てるのが通例である。冒頭の「菟田の高城に鴫罠張る」を、兄猾の謀計にいう「権作二新宮一而殿内施レ機、欲二因請一レ饗以作レ難。」の比喩表現とみなし、これに続く「我が待つや鴫は障らず　いすくはし鯨障り」も、兄猾が罠を仕掛けながら、それに獲物がかからなかった、すなわち天皇を獲りそこね、逆に鴫罠などにはとうてい入るはずもない巨大な獲物がかかったと解する。これにも、本文の「（兄猾）自踏レ機而圧死」を当てるが、しかし、そもそも「天皇に仕掛けたはずの鴫羂に鯨（兄猾）という大物がかかった」とみる以上、めざす天皇を鴫、かかった鯨を兄猾にそれぞれひき当てることになる。この対応じたい、成りたつとは到底考えがたい。その上、「班賜」「牛酒」との関連に言及もない。菟田は、柿本人麻呂が「日並《ひなみし》の皇子の尊の　馬並《な》めてみ狩り立たしし　時は来向かふ」（1・四九）とうたう安騎野（奈良県大宇陀市大宇陀町）に近く、猟に適した場所柄の上でも、弟猾の「設二牛酒一以労二饗皇師一焉。」に接した天皇が、私は鴫も獲れなかったが、ビックリ仰天の大物（牛酒）を獲たと、そのもてなしを讃えたと解するのが相当である。

この「御謡」と全く同じ歌を、古事記もまたつたえる。歌詞と地の文とは、いっそう緊密に対応する。前掲一節の（兄）（弟）ごとに、これに対応する神武紀の該当する記述（←→に下接）を次につき合わせてみる。

（兄）将二待撃一、（中略）欺二陽仕奉一而作二大殿一、於二其殿内一作二押機一待。←→該当記述無し

（弟）作レ殿、其内張二押機一、将二待取一。←→権作二新宮一而殿内施レ機、欲二因請一レ饗以作レ難。

（兄）伊賀所二作仕奉一於二大殿内一者、意礼先入、明下白其将レ為二仕奉一之状上。←→虜爾所レ造屋、爾自居之。

←（歌）宇陀の高城に鴫罠張る、我が待つや

神武紀では必ずしも明確でなかった地の文と歌との関係を、傍線を付した「張二押機一」「待」などのように、歌詞に対応する表現を積極的に織りこんでつなげていることは疑いを容れない。しかしその一方、「鴫罠」は張るにせよ、「張押機」が表現上はたして妥当なのか、神武紀の「施レ機」と見較べ、歌に無理に合わせた可能性が高い。だい一、「於二其殿内一作二押機一」（兄）とは合わない。歌詞が神代紀の「御謡」と全く同じなのだから、その歌詞にそくして地の文を成りたたせるなかでその表現が成りたつとみて恐らく大過ない。

そしてこの成りたちに伴い、歌の「我が待つや」にそくして地の文を「待撃」「作二押機一待」「待取」などと「待」に焦点を当てた展開につなげた反面、歌の「前妻《こなみ》が肴《な》乞はさば」以下との関連を地の文から追いやる結果を招いている。さきに挙げたとおりその「其弟宇迦斯之献大饗者、悉賜二其御軍一。」では、歌とのつながりは定めがたい。一方、神武紀の「班賜」は、前掲「列女伝」に「分而食之」という軍卒に分配することを内実とする。分配に差をつけ、「前妻」には実のないのを、「後妻《うはなり》」には実の多いのをと、宴席の余興に天皇が戯れて兵卒たちをねぎらうというのが歌の主旨である。「天皇以二其酒宍一班二賜軍卒一」という「酒宍（牛酒）」であればこそ、その分配に差をつけて戯れる余地も生じる。古事記の「大饗者、悉賜二其御軍一」に、分配は恐らくなじまない。歌詞に照らしても、前半に皇軍慰労のため弟猾の設けた酒肉に対してそのもてなしを天皇が最大級の讃辞により称えたことを承け、後半はその酒肉を天皇が兵士達に賜う際の分配に戯れて差をつけることをうたうはずだから、「賜」一字だけでは対応しきれない。

この所伝の成りたちは、もう一つの例にも共通する。右の「宇陀の高城に」に対して、こちらは「忍坂の大室屋に」とうたい起こすとおり、忍坂の大室が舞台である。神武紀がつたえる「乃顧勅㆓道臣命㆒、汝宜㆘帥㆓大来目部㆒、作㆓大室於忍坂邑㆒、盛設㆓宴饗㆒、誘㆑虜而取㆖之。道臣命、於㆑是奉㆓密旨㆒、掘㆓窨於忍坂㆒而選㆓我猛卒㆒、与㆑虜雑居。」という虜の討伐に関連した前段に、古事記の「到㆓忍坂大室㆒之時、生㆑尾土雲八十建、在㆓其室㆒待伊那流。」という土雲に焦点を絞った一節が対応する。神武紀では、このあと後段に入り、その「密旨」にそくして「陰期之曰、酒酣之後、吾則起歌。汝等聞㆓吾歌声㆒、則一時刺㆑虜。」とひそかに計略を指図しておき、「已而坐定、酒行。虜不㆑知㆔我之有㆓陰謀㆒、任㆑情径酔。時、道臣命乃起而歌之曰」と陰謀があるのも知らずほしいままに虜が酔った時を見はからって道臣命がうたう。結果を、歌の直後に「時、我卒聞㆑歌、倶抜㆓其頭椎剣㆒、一時殺㆑虜。虜無㆓復噍類者㆒。」とつたえる。このあとさらに皇軍の凱歌ともいうべき歌二首を付した上で、「此皆承㆓密旨㆒而歌之、非㆓敢自専㆒者也。」と付記するとおり、「密旨」にそくして討伐は展開する。その中心が、「誘㆑虜而取之」という誘い出してのだまし討ちである。

古事記は、どこまでも「生㆑尾土雲八十建」を中心に展開する。忍坂の大室で気勢をあげる彼らをだまし討ちにする基本は同じながら、逆に天皇じしんがそこに到った上で「天神御子之命以、饗賜㆓八十建㆒。於㆑是、宛㆓八十建㆒、設㆓八十膳夫㆒、毎㆑人佩㆑刀、誨㆓其膳夫等㆒曰、聞㆑歌之者、一時共斬。」と指示を出すかたちをとる。これが「密旨」に通じることは、この直後に「故、明㆑将㆑打㆓其土雲㆒之歌曰」と歌を一斉攻撃に出る合図とする表現に明らかである。この歌は、前述の「宇陀の高城に」の歌と同様に神武紀の歌に重なる。それだけに、これも歌との対応にそくして所伝の展開をはかったことを強く示唆する。次に同じように歌と地の文とをつき合わせてみる。

(地の文)	(歌)
到二忍坂之大室一之時、生レ尾土雲八十建在二其室一、待伊那流。故爾、天神御子之命以、饗賜二八十建一。宛二八十建一、設二八十膳夫一、毎レ人佩レ刀。誨二其膳夫等一曰、聞レ歌之者一時共斬。故、明レ将レ打二其土雲一之歌曰（下段の歌）	忍坂の大室屋《おほむろや》に人多《さは》に来入り居り、人多に入り居りとも みつみつし久米の子が頭椎《くぶつつ》い石椎《いしつつ》い持ち、撃ちてし止まむ、みつみつし久米の子らが頭椎い石椎い持ち、今撃たば宜《よら》し

この歌の直後に「如レ此歌而抜レ刀、一時打殺也。」という神武紀の前掲一節に通じる一文をもって結末とする。しかし歌の最後は、神武紀の「みつみつし来目の子らが頭椎い石椎い持ち撃ちてし止まむ」と襲撃の合図に力点を置く歌詞に対して、即刻襲撃せよと指図するだけに、地の文の内容との整合をいっそう緊密にはかっている。

もっとも、整合の緊密とはいっても、あくまでも歌に力点を置く。地の文の記述じたいは、かりに神武紀の記述とつき合わせてみるに、ほとんど骨格が対応するだけに過ぎない。たとえば所伝の構成上、八十建を饗の席で一挙に殲滅する作戦は大きな柱だが、これをつたえる記述じたい「天神御子之命以、饗賜二八十建一。」とはなはだ素っ気ない。これとは対照的に、神武紀では、むしろその作戦を天皇の「密旨」として道臣命に勅し、「汝宜下帥二大来目部一、作二大室於忍坂邑一、盛設二宴饗一、誘レ虜而取上レ之」と具体的な指示に及ぶ。虜を誘い出すと、あとは全てこの指示どおり運ぶ。最初まず道臣命が「酒酣之後、吾則起歌。汝等聞二吾歌声一、則一時刺レ虜。」と段取りして、そのあとに「已而坐定、酒行。虜不レ知三我之有二陰謀一、任レ情径酔。」という事態を見極めた上で、「時、道臣命乃起而歌。」とかねて決めたとおり歌う。この歌の「忍坂の大室屋に、人多《さは》に入り居りとも、人多に来《き》入り居りとも」という歌詞は、忍坂邑に大室を作り、盛んに饗宴を設けて「誘レ虜」という「密旨」の指示に対応する。また一方、道臣命のかねての段取りどおり合図に従って攻撃に立つ兵卒は、その率いる大来目部だから、歌の後半に「みつみつし来目の子らが、頭椎《くぶつつ》い石椎《いしつつ》い持ち、撃ちてし止まむ」とうたう内容に一致する。この歌までの流れ、なかんずく「密旨」をめぐるここまでの展開は、自然というほかない。この展開の一切に、古事記は対応する記述をもたない。

それだけに、この「密旨」にもとづく歌の前半の歌詞に、前掲表のとおり古事記の（歌）は緊密に対応する一方、（地の文）が逆に対応しない事実は、看過できない。たとえばまず「自二其地一幸行、到二忍坂大室一之時、生レ尾土雲八十建在二其室一、待伊那流。」が、その待つという状態に限れば、歌詞のむしろ誘いに乗ってやって来たという「人多に来入り」と必ずしも整合しない反面、その繰り返す歌詞の「人多に入り居り」に吻合するように、歌詞にそくしてそれが成りたつことを強く示唆する。歌の後半についても、前掲の表のとおり「撃ちてし止まむ」に「今撃たば宜《よら》し」を被せ、攻撃の用意を喚起した上で今まさに攻撃を開始せよとたたみかけるかたちをとる。攻撃の主力は「厳厳し久米の子ら」だから、その活躍を強調していることは明らかである。しかし実は、そこに問題がある。だい一、表に掲出したとおり、「饗」に関連した「八十膳夫」が、たとえ歌にうたう「久米の子ら」に当たるにせよ、翻って宇陀の兄宇迦斯攻撃は「大伴連等之祖道臣命・久米直等之祖大久米命二人」の共同行動であり、この攻撃直後に連続する八十建討伐を「久米の子ら」だけが担う理由などない。しかもその二人は、そもそも天孫の天降りに先払いをつとめた「天忍日命此者大伴連等之祖。、天津久米命此者久米直等之祖也。」という二人につながるだけに、なおさらこの大伴氏の祖、道臣命を除外して「久米の子ら」だけを特筆するいわれなどどこにもあり得ない。言い換えれば、所伝の内部から「久米の子ら」だけを紡ぎ出す必然性がないということ、それだけにいかにも借りものであることを露呈する。その借り手先に当たるのが、すなわち神武紀である。

もっとも、「久米の子」に「久米の子ら」を被せるように、もとの神武紀の枠内にとどまっているわけではない。古事記の個性は、とりわけこの「久米の子」に際立った特徴をみせる。所伝も、さながら「久米の子」を主体に、歌を中心に展開する。東征の大和入り以降は菟田《うだ》（宇陀市宇賀志《うかし》）、国見丘（宇陀市と桜井市との竟界に連なる経ケ塚）、忍坂（桜井市忍坂《おつさか》）、磯城《しき》（桜井市金屋）の順に賊虜撃退・進軍をつたえる神武紀の所伝に対して、古事記の地の文は、もはや歌に従属的に、さながら歌の詞書き、題詞といった役割を負わせるに過ぎない。

然後、将レ撃二登美毘古一之時、歌曰、

みつみつし久米の子らが粟生《あはふ》には、臭韮《かみら》一本《ひともと》そねが本、そね芽《め》認《つな》ぎて撃ちてし止まむ

又、歌曰、

みつみつし久米の子らが垣本《かきもと》に、植ゑし山椒《はじかみ》口疼《ひひ》く、吾は忘れじ撃ちてし止まむ

又、歌曰、

神風の伊勢の海の大石《おひし》に、這ひ廻《もとほ》ろふ細螺《しただみ》の、い這ひ廻り撃ちてし止まむ

又、撃二兄師木・弟師木一之時、御軍暫疲。爾、歌曰、

楯並《たたな》めて伊那佐の山の木《こ》の間《ま》よも、い行き目守《まも》らひ戦へば、吾はや飢《ゑ》ぬ、島つ鳥鵜養《うかひ》が伴《とも》今助《す》けに来《こ》ね

全体を、「将レ撃二登美毘古一之時」と「撃二兄師木・弟師木一之時」との二つの時の歌をもって構成するが、「又」が歌全体を連続する関係におく。その最初の歌に「みつみつし久米の子らが粟生には」とうたい、忍坂の大室屋でうたった「みつみつし久米の子らが頭椎い石椎い持ち」の歌詞をひき継ぐかたちをとって、同じように「久米の子ら」を主体とする戦いが以下に展開することをそこに暗示する。最後の歌は「撃ちてし止まむ」を欠くけれ

ども、その歌の「い行き目守らひ戦へば」という敵の監視を怠らない戦いの継続が「撃ちてし止まむ」をひき継ぐことは明らかだから、「又」に加え、これら歌詞そうごの関係に徴しても、全体は一つに連なるはずである。

そのことは、歌の配列とも不可分である。「将レ撃二登美毘古一之時」の歌三首は、その二首目に「吾は忘れじ」とうたうとおり、「東行」の初戦で五瀬命に重傷を負わせて死にいたらしめた登美毘古を相手とする復讎の戦いを、「久米の子ら」を中心に展開するさまをうたう。ここでは、神武紀の対応する歌との関連より、むしろその自律的な歌の成りたちが重要である。念のため最初の歌について少しく立ちいってみるに、原文「曽《そ》泥《ね》米《め》都《つ》那《な》芸《ぎ》弖《て》」を、従来、たとえば「粟畑の韮の根と芽を連ねて抜き捨てるように、敵兵をすべて数珠つなぎにして撃ち滅ぼそう、の意。」（土橋寛『古代歌謡全注釈　古事記編』の当該語釈。78頁。平成七年十一月。角川書店）、「ツナギテのツナグは、『根が茎』と『根芽』とを一つに連結して、いっしょにする意であろう。」（山路平四郎『記紀歌謡評釈』の語釈。40頁。昭和四十八年九月。東京堂出版）などと一つにつなぐ（繋）意とみる傾向がつよい。その一方、「ただし、ツナグを、跡を追い求める、つきとめる意のものとすれば、折口説の『がも』（願望助詞）説と結びついて、この一首には別解が生まれる。」という指摘を後者は付け加える。この「別解」にも通じる説明に「ツナグ（認）は、探し求める・尋ねるの意。ここでは、粟畑でニラの根や芽を探し出すことと、敵を追い求めることと、二重の意味を持たせる。」（新編日本古典文学全集。当該頭注）と説く。「ツナグ」の語義をめぐっては、亀井孝氏「『つなぐ』考」（『国語国文』一八―六。昭和二四年一一月。亀井孝論文集4『日本語のすがたとこころ㈡』に拠る。昭和六十年十月。吉川弘文館）が詳細無比な論考を展開して次のように述べている（187頁）。

　心理的には、「つなぐ」の語にも、こちらから、つなをたぐるやうにして、追求するところの対象をばもとめてゆく意をあらはす可能性のあることは、自然のことにおもはれる。そして、かかる「つなぐ」の意が可能であるならば、その場合には、また、たどられる跡が、追跡する者にとって、足跡のやうに断続的に点としてでなく、つなのやうにずっと線の延長として連続的にみとほされて、すなはち、すでにつなの末端まで心理的にはかれのつかむところともなりうるのである。

直接的には「いゆししをつなぐ川上《かはへ》の若草の若くありきと我が思はなくに」（斉明天皇四年五月）とこの類歌（万葉集16・三八七四）との「いゆしし（所レ射鹿）」や「つなぐ（認）」などに焦点を当て分析を加えた論考だが、引用した最後の「すでにつなの末端まで心理的にはかれのつかむところともなりうるのである」という指摘は、ゆうに参照するに足る。そして「結局、これまでのところでは、『つなぐ』が、つきとめるの意と解しうる可能性の推定を展開してみたにすぎない。」（193頁）と説くこの傍点を付した意が、当面の歌には最もかなう。すなわち「粟生」という粟の群生するなかにたった一本だけ生えている韮のそのさらに外からは姿の見えない芽を、香をたよりにつきとめるように、仇敵をあくまでつきとめて撃たずにはおかないという、登美毘古を攻撃する激烈な決意を、まず最初の歌に提示する。「打ちてし止まむ」がそれをつなぐ。

この最初の決意を承けて、第二首目の「口疼く吾は忘れじ」という復仇に向かう断固とした決意へ移り、最後に果敢に挑む兵たちを「大石に這ひ廻ろふ細螺」になぞらえる。この「大石」については、原文の「意斐志」をめぐって諸説があり、前掲土橋氏『全注釈』（81頁）がその多くを紹介しているが、亀井孝「『さざれ』『いさご』『おひ（い）し』」（『香椎潟』八。昭和三七年一二月。前掲書239頁）は神武紀の「於費異之」をめぐる「旧説」を踏まえ、これの「オヒイシ」という訓みの蓋然性が高いと指摘した上で「ところで、上代日本語の特徴として、『オヒイシ』のやうなかたちが「オヒシ」のすがたをとるのはふつうのことであるから、書紀の例がある以上、古事記の『オヒシ』を『生ひ石』と解することに、わたくしはなんの難もないと考える。」と説く。しかし神武紀の「オヒイシ」をかりに「生ひ石」とみたところで、古事記はそれと違った「オヒシ」のかたちをとる。すなわち本来はその神武紀が「御謡」の直後に「謡意、以㆓大石㆒喩㆓其国見丘㆒也。」とわざわざ付記するこの説明のほうに対応させ、その「大石《オホイシ》」につながる（オホイシ→オヒシという縮約）「オヒシ」とした可能性が高い。神武紀の「先撃㆓八十梟帥於国見丘㆒、破斬之。是役也、天皇志存㆓必克㆒。乃為㆓御謡㆒之曰、」という必勝を期して臨んだ八十梟帥攻撃の歌を、その戦いに向けた必勝の決意にそくして、仇敵の登美毘古を相手とする戦いにいわば転用したはずだから、国見丘にとりつきはい廻りながら攻撃を加えるさまを、その転用は必然的にひき継ぐ。それだけに、はい廻っては巨大な仇敵に対して果敢かつ執拗に戦いを挑むさまを、その「大石に這ひ廻ろふ細螺」の比喩に込めたものとみるのが相当である。敵の徹底捜索（一首目）、不退転の復仇（二首目）を承け、最後にこの果敢執拗な攻撃の歌を加えて、構成上は序破急の展開をはかっている。

そして最後に、この仇敵との激戦につづく兄師木・弟師木との戦いをうたう。ところが、神武紀が戦いの相手とするのは「今兄磯城果有㆓逆賊之意㆒」という兄磯城であり、最後も「斬㆓其梟帥兄磯城等㆒」とつたえるとおり、それを一貫させている。一方の古事記の記述は、前掲のとおりたかだか詞書き程度にとどまる。そのなかでわずかに対応する記述が、神武紀の、兄磯城戦のいよいよ始まるその直後で、かつ撃破の直前にあたるつかの間の兵士の状態をつたえる次の一節である。

先㆑是、皇軍攻必取、戦必勝。而介冑之士、不㆑無㆓疲弊㆒。故、聊為㆓御謡㆒以慰㆓将卒之心㆒焉。謡曰。（歌は、古事記の前掲歌と同歌詞）

古事記は、戦いをめぐってわずかに「御軍暫疲」とつたえるだけにすぎない。それが右の一節の傍線部に対応する。その限り、確かに首の皮一枚のつながりに過ぎないとはいえ、これまで天皇がみずから歌うという大枠をはじめ文脈の共有をてこにその局部のつながりが、この傍線部の「不レ無二疲弊一」という事態をうけた「聊為二御謡一以慰二将卒之心一焉。」という歌による将卒の慰労も、必然的に含み込むであろう。それは、先行する「皇軍攻必取、戦必勝」にしても同じである。しかしそれらの一切を、古事記は明示しないというより、むしろ積極的に切り捨てたはずである。

あくまで登美毘古との激戦に勝利したあとだから、猛烈な攻撃をさんざんに加えた「久米の子ら」というさしもの勇猛な戦士たちも、「御軍暫疲」という事態を逸れない。ただそれだけの題詞ないし詞書き並みの歌をめぐる必要最少限の説明にそくして、歌に「楯並めて伊那佐の山の木の間よも、い行き目守らひ戦へば、吾はや飢ぬ」とうたう。この冒頭は、次の歌に通じる。

石見なる高角山の木の間ゆも、我が袖振るを妹見けむかも（2・一三四）

「柿本朝臣人麻呂従二石見国一別レ妻上来時歌二首」という題詞をもつ長歌の反歌に付載する「或本反歌」とつたえる歌だが、その長歌にうたう「（前略）寄り寝し妹を露霜の置きてし来れば、この道の八十隈ごとに万《よろづ》たびかへりみすれど、いや遠に里は離《さか》りぬ、いや高に山も越え来ぬ、夏草の思ひしなえて偲ふらむ妹が門見む、なびけこの山」（2・一三一）という傍線部の里を遠く離れ、山も高く越えて来たはてに今身を置く場所を、反歌の傍線部はあらわす。この傍線部に通じる里を遠く離れ、山も高く越え伊那佐の山の木の間から敵を監視・追尾しながら戦って（直前には仇敵の登美毘古も討ちはたして）きたので、これまで気付くこともなかったが、天皇じしん腹がへったと歌い、「久米の子ら」への共感や慰労につなげる。「暫疲」を歌に「吾はや飢ぬ」と表現することに、天皇の余裕すらうかがわせる。戦いの緊張は、もはやない。

直後に「鵜養《うかひ》が伴《とも》、今助《す》けに来ね」と結ぶ。この「鵜養」は、同じ柿本人麻呂のいわゆる吉野讃歌に「（前略）

行き沿ふ川の神も大御食《おほみけ》に仕へ奉ると、上つ瀬に鵜川《うかは》を立ち下つ瀬に小網《さで》さし渡す、山川も依りて仕ふる神の御《み》代《よ》かも」（1・三八）とうたう「鵜川」につながる。日本古典文学全集（小学館）が頭注に「鵜川は川漁の一種。昼間、鵜を首縄をかけずに放ち、上流から下流へ魚を追わせて、あらかじめ川底に下ろした敷網と下流にたてきった網に魚が集まったところで、その網をあげる漁法。吉野川上流では近年まで、この方法が行なわれていた。」と説く。人麻呂が「川の神も大御食に仕へ奉る」ものとしてこの「鵜川」によって漁獲する魚をうたい、さらにはその川鵜漁の「鵜川」の漁師に「鵜養が伴」が通じることなどに照らしても、さきに大和入りした当初まず出遇った「吉野河の河尻に到りし時、筌《うへ》を作りて魚を取る人有り」という「贄持《にへもつ》之子」（阿陀の鵜養の祖）に救援を求めたとみるのが自然である。もちろん武器ではなく、この「贄」の供給である。さればこそ、そこに戦の終息を暗示する。古事記は、神代紀の「不㆑無㆓疲弊㆒」との対応を除く一切を捨てさって、この歌の自律的な成りたちに賭けたというのが内実だったに違いない。そしてこの直後の邇芸速日命の参赴と天津瑞の献上などに、いわば偉大な世の到来を具現してもいる。

三、古事記の記述、神武紀を差違化するその特質

　これが、すなわち「東行」の実態である。もっとも、実際は神武紀との対応に焦点を当てただけでしかないが、この限りでも、「東行」が神武紀の天皇東征と分かちがたくかかわる事実を、それこそ如実に示す。その内実は、「東行」が東征を踏まえて成りたつ結果であり、この東征の大枠によりながら、むしろ積極的な歴史離れに独自を発揮する。東征の根幹を成す討伐そのものですら、もっぱら歌を中心に展開する一方、天神の訓《さと》しやその神助、

これに関連する祭祀などに一切言及がない。それだけ、独自な展開や内容の変容を積極的にはかっていることも明らかである。大枠を共有するもとで始めてそれが可能だったはずだから、神武紀を離れてはあり得ないこのありかたじたい、総じては神武紀の差違化に通じる。神武紀の所伝を拠りどころに、〔本伝〕の多角的・多面的な展開をはかった一書と同じ差違化により、同じそのはからいをもとに「東行」も成りたつとみて恐らく大過ない。

げんに、「東行」の前に立ちはだかり、その初戦では五瀬命に深手を負わせて死にいたらしめ、さらに「東行」の進路まで変えさせた最大の敵の登美毘古について、ただ「将レ撃二登美毘古一之時」と断って前掲のとおり「撃ちてし止まむ」の歌を連ねるだけに過ぎない。仇討ちはもとより、その撃った結果さえつたえない。それらを詳細に歴史の事実として年月日を立ててつたえる神代紀との対応すら度外視して、ひたすらその「撃ちてし止まむ」にそくした攻撃のありかた、前述（640頁）のとおり序破急のかたちをとるそのありかたの展開に意を注ぐ。登美毘古という最大の敵に対する攻撃だからこそ、それを受ける側でもなく、またあるいは客観の立場でもなく、それを加える者、具体的には天皇や「久米の子ら」の内側に焦点を絞りこんで、その攻めかたや覚悟、心情等をとおして、いわばそのまさに攻撃を加える当事者に身を置いてうたう。破に当たる歌の「吾は忘れじ」をめぐっては、たとえば都倉義孝氏「久米歌（神武記）」（山路平四郎・窪田章一郎編『記紀歌謡』。51頁。昭和五一年四月。早稲田大学出版部）に次の指摘がある。

　久米歌Ｆ（当該歌—榎本補筆）に見られる三人称から一人称への転換は、久米部が尊貴者の前により深い忠誠の誓いを表わすために、自分たちを客体化して提示し、それが自らの個々の主体的戦闘意欲・復讐意欲の高揚とともに「我れ」に転じていくという過程に応じたものであった。

「久米の子ら」の「我れ」への「転換」とみてその「過程」にまで言及しているが、そもそも三人称の歌ではない。歌を中心とした展開という点では、後世の伊勢物語を想起させるが、この歌物語と一般に称される描写をめぐっては、渡辺実氏『伊勢物語』の解説「伊勢物語の世界」（新潮日本古典集成。166頁。昭和五十五年六月）が次のように説く。

『伊勢物語』はすべてを人物の内面にしぼりながら、直接に内容を語ることをせず、内面と深く交わるような外的行為・外的状況を厳しく選ぶ態度をとり、それに内面追求を賭けたのである。

この「外的行為・外的状況」まで棚上げして、つまりは外面の客観的状況説明に入り込まず、その状況下にある人物のその内面にもっぱら的を絞り込み、いわばその思いのたけを歌にとけ込ませて「内面追求を賭けた」ところにこそ、古事記はおのが独自を存分に発揮していたことになる。それがまた、古事記の差違化にほかならない。神武紀という大枠がその差違化を支えると共に、規制を加えている。

この大枠がなければ、その手法は通用しない。それの端的な例が、天皇即位後の大后選びである。神武紀に対応のない所伝を、古事記は次のようにつたえる。

於レ是、七媛女遊二行於高佐士野一。伊須気余理比売在二其中一。爾、大久米命見二其伊須気余理比売一而以レ歌白二於天皇一曰、

倭《やまと》の高佐士野を七行く媛女《をとめ》ども、誰をし枕《ま》かむ

爾、伊須気余理比売者立二其媛女等之前一。乃天皇見二其媛女等一而御心知三伊須気余理比売立二於最前一、以レ歌答曰、

かつがつもいや先立《さきだ》てる兄《え》をし枕かむ

爾、大久米命以二天皇之命一詔二其伊須気余理比売一之時、見二其大久米命黥利目一而思レ奇歌曰、

あめつつ千鳥《ちどり》ま鵐《しとと》、など黥《さ》ける利目

爾、大久米命答歌曰、

媛女に直《ただ》に逢はむと、我が黥ける利目

故、其嬢子白之「仕奉」也。

傍線を付したとおり全て「見」の直後に歌をうたう。それは、また歌の成りたつ契機でもある。歌の成りたちに関する説明という点では、題詞や詞書きにも相当する。この「見」の対象とする人物をめぐる行為や背景を、先行する一節があらわす。これを始め「見」を契機として展開する一節が、いわば「外的行為・外的状況」に当たる。そして歌が「人物の内面」をあらわす、あるいはなぞるという関係の上では、その内と外の重なりが大きい。そのぶん、歌は地の文に依存し、またその一部と化す。もっとも、歌じたい、「以レ歌白二於天皇一曰」と「以レ歌答曰」、つづいて「思レ奇歌曰」と「答歌曰」など問答を基調とするだけに、相手との用件をめぐるやりとりだから、そもそも「内面追求」には向いていない。これを例外とする個別の事情などないはずだから、歌を主体とする展開とは裏腹に、地の文が歌を包括する関係をむしろ通例とする。

　神武紀の大枠のもとで差違化をはかるか否かが、こうして所伝のありかたまで分けるといっても過言ではない。もちろん、所伝の全てがそうだというわけでもない。部分にせよ、しかし差違化が所伝の成りたちを決定的に左右する事実は、改めて注目に値する。差違化とは、異伝を成りたたせるはたらきであり、それのもとになる所伝、神武紀がつたえかつ対応をもつその所伝が無ければ、さきに大后選びの所伝について指摘した地の文のように外形から説明を加えるかたちをとらざるを得ない。しかしその無い分、あるいは対応の稀薄な分、所伝は自由を発揮する。大后選びに先立ち、この大后が「神御子」として誕生する経緯をものがたる所伝が、いわゆる丹塗矢伝承のかたちをとるのはその典型でもある。

　この誕生の経緯と大后選びが一体的につながるように、遡っては「東行」をめぐるたとえば登美毘古や兄師木・弟師木などに対する攻撃を歌を中心にものがたる一節も、その「東行」後に連続する。こうした一体的なつながりをもとに神武記の全体が成りたつ以上、その全体に差違化が及ぶとみるのが筋である。その内実をそれこそ有り体にいえば、神武記もひっきょう神武紀の一書にほかならない。

四、神武紀の歴史記述、神代の事実をひき継ぐその特質

　しかしこの両者には、決定的な違いがある。それが、すなわち歴史との関連の有無である。神武紀では、東征を発議したなかに「皇祖皇考、乃神乃聖、積レ慶重レ暉、多歴二年所一。自二天祖降跡一以逮、于レ今一百七十九万二千四百七十余歳。」と過去を振り返っている。「今」のこの時を、直後に「是年也、太歳甲寅。」と表現する。紀年の始めを「甲寅」年とするについては、たとえば廣畑輔雄氏『万世一系王朝の始祖　神武天皇の伝説』（その第九章第二節「甲寅年配当の物語」。336頁。平成五年九月。風間書房）などにそれが天皇を「太一神」に擬すための作意によるという説を挙げるほか、新編日本古典文学全集の頭注に「『爾雅』釈天に『甲』が十干の最初に、『寅』が十二支の最初に置かれていることと、この神武年紀の『甲寅』と関係があろう。」と説く。いずれであるにせよ、この年を始めとして、これ以降は年月と干支による日を表示する歴史記述に転換する。これに春夏秋冬の表示も加わる。中村啓信氏『日本書紀の基礎的研究』（第一部「5　巻三について」。89頁。二〇〇〇年三月。高科書店）に「巻第三の場合『冬云々』は冬の始の十月の表記に限られ、十一月、十二月は『冬』を書かないで『有』を用い

ているのである。ここで興味があるのは、それなら春、夏、秋の場合も『春』『夏』『秋』を最初の月ないしは初出の月にだけ冠して、冬のように徹底させているかと言えば、かなり混乱している。」という指摘もあるが、季の初出月に四時名を表示する原則は徹底している。念のため拾い出してみるに、甲寅年（冬十月）、乙卯年（春三月）、戊午年（春二月、夏四月、秋八月、冬十月）、己未年（春二月）、庚申年（秋八月）、二年（春二月）、四年（春二月）、四十有二年（春正月）、七十有六年（春三月）、明年（秋九月）の全てが原則に従う。年月日にこうして四時を組み合わせることにより、暦日表示をいっそう明確にする。時の厳格な観念にもとづき、歴史記述に向けた周到な用意に出ることも明かである。

　東征を発議した「今」に始まるとはいえ、それが「自㆓天祖降跡㆒以逮、于㆑今一百七十九万二千四百七十余歳」後に位置することは、とりもなおさずその尨大な年を「今」につなげ、ひいては降臨後の「皇祖皇考、乃神乃聖、積㆑慶重㆑暉、多歴㆓年所㆒。」という皇祖や亡父などの統治のなかで経過した多くの歳月を含め、時の一筋の糸によって繋ぐことにほかならない。天祖の天降り以前と以降、それ以降の「今」に至までを時間の不断の経過として繋げることは、空間（場）に当たる豊葦原瑞穂国の一体性を根拠づける。時間と空間とがあいまって連続的、一体的であることに、天皇の統治は根拠を置く。そしてこの時間と空間とを継承する天皇こそ、正統に立つ。

　歴史は、まさに天皇が始める。誤解のないように言い直せば、天皇の歴史がここから始まる。その事蹟の一つ一つが、歴史の事実である。二つ、三つなどの事実はあり得ない。この歴史の事実を記述する以上、差違化などもあり得ない。ここに、神代紀との決定的な違いがある。その一方、前述のとおり神代紀の所伝を神武紀がひき継ぎ、さらには再解釈して取り込むと共に、時の一筋の糸によって「今」に繋げてもいる。この「今」から、逆に過去に遡って、いわば時の網を神代紀に被せているといっても過言ではない。それによって、神代紀は歴史の事実とつながりをもつに至る。このつながりが、また神代紀の変容をもたらす。神代紀の〔本伝〕をもとに、かつ始めとしてばらばらに併立していた所伝が、この歴史の事実とのつながりをとおして一つに収斂する。たとえば彦火瓊瓊杵尊の天降りにかかわった神を、第九段〔本伝〕が高皇産霊尊とし、同〔書一〕は天照大神とするほか、神武紀では高皇産霊尊・大日孁尊とつたえるが、このどれか一つを真実と認め、他を虚構ないし虚偽として退けることができないように、どれもがそのまま事実として併立するというこの実態にそくして、歴史の事実につながるいわば神代の事実への変容をはたすはずである。歴史の事実が一つ以外にはあり得ないのとは対照的に、〔本伝〕及び一書のつたえる事実がそれぞれにそのまま事実としてあり得るというのが、この神代の事実の特質である。歴史の事実は、まさにこの神代の事実を拠りどころにその正統の保証を得る。東征の発議のなかにまずそのことを織り込んだ上で、「今」以降の年月日や四時を表示する歴史記述の展開をはかったに違いない。

なお、この神代の事実については、補足を要する。歴史の事実とは確かに対照的なありかたながら、この事実を、神話をめぐる「原始人・古代人・未開社会人などによって、口伝や筆記体で伝えられた、多少とも神聖さを帯びた物語」ないしは「一般には絶対的なものと考えられているが、実は根拠のない考え方や事柄。」（日本国語大辞典「神話」）と説明する方向に誤解すべきではない。その多様は、差違化をはかった結果にすぎない。その結果としての所伝の多様は、あくまでそれぞれ所伝ごとにつたえる事実のあらわれだから、翻って、むしろその多様こそ、それぞれの所伝が事実をありのままつたえている証左とみるのが筋である。中庸（第五段第三節）に「仲尼祖㆓述堯舜㆒」という「祖述」、あるいは論語（述而第七）に「子曰、述而不㆑作。」という「述」などに通じる。後者について、正義が「述㆓修先王之道㆒而不㆓自制作㆒」と敷衍するこの先聖の教えや道は、基本的に文献というかたちをとるか、もしくは文献がつたえる。そうであればこそ、それを「自制作」することを厳に戒め、文献の事実を、それに忠実に述べつたえ、あるいは明らかにすることをあるべき修史とする。

もっとも、孔子の歴史記述を代表する『春秋』については、貝塚茂樹『中国の文学』（その「史伝の文学」。著作集第七巻。昭和五十二年三月。中央公論社）が「ある政治的、道徳的な理想を歴史の記述において示そうとしたという孔子の主観的なる」（256頁）と指摘する。対照的に「あくまで客観的なる歴史記述を目的とするもの」というのが『史記』である。それを具体的に次のように説く。

『史記』の本文は、史料—そのなかに口頭伝承もふくめて—をば鋏と糊とでつくりあげた編纂物だといっても決して過言ではないのである。／『史記』の史伝は原史料をそのまま引用する編纂に終始して、できるだけ自己の筆によってこれを変形することをさけたという点において、歴史、とくに純粋にポジチブな歴史であろうとするものである。（257頁）

孔子の筆法ではなく、司馬遷の編纂こそが、神代紀の記述の成りたちを的確に象徴するとはいえ、孔子の伝統があってはじめて司馬遷の編纂があり、そうして『史記』の史伝が成りたつはずだから、そうしたいわば中国古代の歴史記述の正統を神代紀はひき継ぐであろう。

ただし、それはどこまでも歴史記述の基本である。五帝に始まり前漢武帝までの通史を記述した『史記』に対して、『漢書』は断代史の嚆矢として前漢だけを対象とし、これに『三国志』が続く。この両書の「王朝観」をめぐって、小林春樹氏「『三国志』の王朝観—『漢書』との比較を中心として—」（『狩野直禎先生傘寿記念　三国志論集』三国志学会編。二〇〇八年九月。汲古書院）が「漢王朝の永遠不滅性の論証を主要な著述目的」とする『漢書』とは違い、むしろ「いつかは『永終』の時をむかえて“mortal”な存在であると見做す」王朝観に『三国志』は立ち、これが「前代の王朝史を後継王朝が記録した公的な断代史、すなわちいわゆる正史の出現に対してもその基本条件を提供する『一つの事件』であった」(285頁)と説く。そしてこの『三国志』を、裴松之は「近世之嘉史」と評価する一方、三国百年を対象とする記録であり、錯誤や多くの矛盾を免れないとした上で、施注について詳細なる方針を示す(上二三国志注一表)。たとえば編述した当の陳寿が載せないものでも採るべきは採り(「罔レ不三畢取以補二其闕一」)、乖離があって真偽を判定しかねるものは異聞として備える(「並皆抄レ内以備二異聞一」)といった歴史家としての卓越した見識の成果を、「鳩二集伝記一、増二広異聞一、奏上。既成上善レ之曰、此為二不朽一矣。」(『宋書』裴松之伝)と文帝が絶賛する。

神代紀の一書は、まさにこの「伝記」「異聞」に相当する。もとよりそれは偶然の結果ではなく、通史でも、断代史でもない、独自な史書の体裁を装う日本書紀にとって、裴松之注『三国志』を先例としてこれに倣うこと(各論947頁以下に改めて詳述)に抵抗などそもそもあるはずがない。とりわけ神の代の神のはたらきじたい、本来的に未知や超自然に属する内容なのだから、往往にして「伝記」「異聞」のかたちをとることになり、それをつたえる記述にむしろ恰好であったろう。一書がこうした記述をおのが本性とすればこそ、たがいに内容を異にする、対立する、ないし対応する所伝及びその事実がともに併立して、そのまま多様な神代紀として成りたつ。結果としては、これまで指摘したとおり差違化による多様な、しかし系統的な展開をその内実とするけれども、その多様をかたちづくる個々の所伝が事実として併立するありかたを、一書が文献というかたちをとって保証すればこそ、第五段の〔書六〕や〔書十一〕の天照大神をめぐる所伝を第六段や第七段などの後続の〔本伝〕がひき継ぎ、また第八段〔書六〕の大己貴神をめぐる国造りや国の支配を踏まえて第九段〔本伝〕及び各一書が展開する。これら神代紀のひき継ぎの延長上に、神武紀が歴史の事実につなげ、神代の事実と歴史の事実との一体的な連続をはかっている。この連続性が、これ以降に展開する天皇の歴史そのものの正統を保証することになる。天地開闢のはじめから一貫してこの連続や展開を織りこんで神代紀が、そしてそれをひき継いで神武紀が成りたっている。日本書紀の独自は、まさにこの神代と歴史とのつながり、その前者をひき継いで後者が展開し、その連続が歴史の正統を根拠づけるという成りたちに一にかかっていたといっても決して過言ではない。

二　各　論

第一章　神神の生成をめぐる記紀の相関
――「尊卑先後之序」による所伝の成りたち――

一、記紀の神話をめぐる先行研究と課題

『古事記』の神話的世界の考察にはいるにあたって、その立場を確認するという意味をこめて基本的な見通しを試みておきたいと思う。一口に記紀といい、また記紀神話ともいうように、『古事記』と『日本書紀』とを比較対照しつつ論ずることが一般化した方法となっている。特に神話に関しては、『日本書紀』の異伝（一書）をふくめて成立・展開を見るのは常道といってよい。たしかに、比較対照しうる話を記紀はそれぞれもっている。しかし、それは部分と部分の問題であって、全体としては『古事記』『日本書記』それぞれの論理によって成り立つのであり、その論理は本質的に異なるものがあると認められる。神話的部分でいえば、相似た話が連なり、プロットの枠としても似ているようではあるが、基本的には全体を貫く糸は全く異質だといわねばならぬ。記紀神話というういい方にはその点に対する認識があいまいにされているところがありはしないか。記紀を雑炊的に論ずるのであってはなるまい。

右に引用した文章は、神野志隆光氏「ムスヒのコスモロジー――『古事記』の世界像――」（『古事記の世界観』17頁。昭和六十一年六月。吉川弘文館）と題する論考の冒頭の一節である。古事記と日本書紀とのそれぞれによって成り

立つ論理が「本質的に異なるものがある」と明快に説く。以下には天地のはじまりをめぐるそれぞれの始発部分の展開について詳細に分析した上で、「『日本書紀』の陰陽のコスモロジーと、『古事記』のムスヒのコスモロジーと、その根本的な異質さを見なければなるまい。世界像という基本的な点で、両者の論理は全く異なるのである。」（36頁）と指摘する。

この神野志説の影響を直接あるいは間接に受けた結果ではないかと思わせるが、近時、古事記と日本書紀との神話を無批判あるいは無自覚的に「比較対照しつつ論ずること」は、もはや「一般的な方法」でも「常道」でもなくなっているとみて大過ないであろう。研究の内容もさることながら、方法に関して神野志氏の問題とした提起は、着実に成果をもたらしている。勿論、神話をめぐる記紀の違いをそれときちんと押さえた上で論を展開することは必須に違いない。しかし、その一方、記紀の神話があい通じるという以上に、内容や表現をはじめたがいに密接に関連すること、またそれが成立とも不可分のかかわりにあることなども、これまたまぎれもない事実である。その事実を事実として改めて読み解くこと、すなわちたがいに密接に関連するその内実を見きわめ、さらにはそうして関連するその理由や背景に可能な限り迫るなどの、こうした基本的課題への取り組み無くして研究の進展はあり得ない。

こうした認識に立ち、日本書紀の神話といっても主には伝承あるいはそれの成りたち等に関連した問題をめぐって、すでにいくつか試論がある。このうち日本書紀巻第一（以下、神代上と略称する）の冒頭に伝える神話を採りあげて論じた拙稿「日本書紀の冒頭神話の成り立ちとその論理」（『菅野雅雄博士喜寿記念　記紀・風土記論究』平成二十一年三月。おうふう）については、さきにその成果を踏まえ、あるいは採り込むなど通釈に反映させているので、ここでも、通釈を全面的に参照する。ただし、通釈とは違い、あくまで右に概括した課題への取り組みにここでは力点を置く。まずは神代紀の冒頭神話を中心に解明を進め、その分析結果を基に、それらをめぐる古事記との比較へと順次論を展開する。

二、神代上第一段における陰陽と「尊卑先後之序」

さて、神代上の冒頭につたえる神話については、さきに引用したとおり神野志氏に「陰陽のコスモロジー」をもとにそれが成りたつという指摘がある。後にも「『日本書紀』は、陰陽の原理によって、世界生成が成されることを語る。」（神野志隆光氏『古代天皇神話論』古代文学研究叢書4、186頁。一九九九年十二月。若草書房）というように一貫した主張であり、これら神野志氏の所論はもはや通説の観さえ呈している。最近では松本直樹氏の「神代紀主文は陰陽二元論に基づく天地創生～大八洲国誕生という文脈で始まる。」（「神代紀の構造―主文と一書が作る神代―」『国語と国文学』平成二十二年十一月特集号）という立論が、明らかに神野志説（実際に『古事記の世界観』を引く）を踏まえる。

神代紀の神話について論じるに当たっては、こうして強い影響力をもつだけに、往々にして神野志説に準拠しがちだけれども、通釈ではあえて逐一の用例の分析、検討に力を入れ、それらを通して確認した事実が、陰陽論とは不可分ながら、むしろより直接的には「尊卑先後之序」を拠りどころとして神話が成りたっているということ、この神話の成りたちをめぐる原理の存在である。なによりもまず神代上の口火を切る巻頭に、それが次のように顕著なあらわれをみせる。

古天地未ㇾ剖、陰陽不ㇾ分。（中略）故、天先成而地後定。然後、神聖生二其中一焉。（第一段〔本伝〕）

天と地との成りたちに、明確に「先成」「後定」という順序、次第があることをいう。そしてこの天地成定のあと、神聖がその中に生じる。あくまでも天地と同じ原理にのっとり、まずは天の側の「乾道独化。所以成二此純男一。」（第一段〈本伝〉）という純男の三神が生成する。これを承け、続いて「乾坤之道、相参而化。所以成二此男女一。」（第三段〈本伝〉）という男女八神が化成する。この男女の最後の一組が、伊奘諾尊、伊奘冉尊である。天地成定と同じ原理にそくして、伊奘諾尊と伊奘冉尊をそれぞれ「陽神」「陰神」（第四段ほか）とするはずだから、神代紀にあっては、天地、男女、陰陽を同じ原理のもとに対応的な概念の語として関連づけていたことは疑いを容れない。

　こうした天地と陰陽（男女）とのそれぞれ対をなす関係に伴う必然として、天地が成りたつ「天先成而地後定」という順序、次第が「純男」から「男女」へ展開し、さらに陰陽の秩序を形成している。それを、陰陽二神による「共為二夫婦一、産二生洲国一。」という国生みに前提となる行為のなかで、第四段〈本伝〉がつぎのように明確につたえる。

　時、陰神先唱曰「憙哉、遇二可美少男一焉。」陽神不レ悦曰「吾是男子。理当二先唱一。如何婦人反先言乎。事既不レ祥。」

傍線部のように陽神・男子（夫）と陰神・婦人との唱和をめぐる先後を「理」とする。天地の成りたちをめぐる先後にしても、過程の「及二其清陽者薄靡而為レ天、重濁者淹滞而為レ地、精妙之合摶易、重濁之凝竭難。」という展開そのものが「理」にのっとるものとみるべきであろう。

　天地と陰陽（男女）とが、明確に先後を規定する「理」において同様に成りたつことに、もちろん偶然の介在する余地などあり得ない。しかもこの先後は、尊卑に対応する。先後と尊卑との対応するありかたを端的にあらわす表現として、通釈（71頁）にとりあげたのが「尊卑先後之序」である。荘子（外篇。天道篇第十三）がつたえるこの表現を含む一節を、便宜、段落に分けて次に示す。

（一）君先而臣従、父先而子従、兄先而弟従、長先而少従、男先而女従、夫先而婦従。

（二）夫尊卑先後、天地之行也。故聖人取レ象焉。天尊地卑、神明之位也。春夏先、秋冬後、四時之序也。万物化作、萌区有レ状、盛衰之殺、変化之流也。

（三）夫天地至神、而有二尊卑先後之序一、而況人道乎。

この傍線部のそれぞれ（一）が、前掲神代紀の「吾是男子、理当二先唱一。」に、また（二）が同じく「天先成而地後定。」に対応することは明らかである。通釈にも言及するとおり、易（繋辞上伝、第一章（一））にも「天尊地卑、乾坤定矣。」とあり、これが（二）の「天尊地卑」に一致する。「理」とは、まさにこの「尊卑先後之序」を内実とする原理にほかならない。

「尊卑先後之序」がこうして天地や陰陽（男女）といった世界及びその秩序を成りたたせる原理である以上、陰陽二神の生んだ子も、当然この原理の外にはあり得ない。げんに、当の二神が「共議曰、吾已生二大八洲国及山川草木一。何不レ生二天下之主者一歟。」（第五段〈本伝〉）と共議して生んだ四子に、その著しいあらわれをみることができる。四子のそれぞれの特徴と処遇とを、該当する記述の順序に従って次に示す。

日神（光華明彩、照二徹於六合之内一）
月神（其光彩亜レ日）
――送天 ｝尊・先

蛭児（雖二已三歳一、脚猶不レ立）――放棄
素戔嗚尊（有二勇悍以安忍一、且常以二哭泣一為レ行）――放逐
｝卑・後

日神・月神が右のカッコ内に示した属性をもち、それぞれ「自当下早送二于天一而授以中天上之事上」、「可二以配レ日而治一」という処遇を受ける。これとはまさに対照的に、後の蛭児になると一転して障害をもつ児として誕生する。最後の素戔嗚尊に至っては、凶悪残忍で哭泣をなすその行為が「令二国内人民多以夭折一、復使二青山変枯一。」と人事、自然に甚大な災害をもたらす。見かねた両親は「汝甚無道、不レ可三以君二臨宇宙一。」と宣告し、ついには素戔嗚尊を根国に放逐する。右に並べた四子の下辺に示したとおり、神代紀の冒頭に始まる「尊卑先後之序」のそのそれぞれ「尊」「先」と「卑」「後」にそくした対比的・対照的な対立をもとにいずれも成りたつはずである。

三、古事記の序文における「尊卑先後之序」

神代紀については、かくて基本原理ともいうべき「尊卑先後之序」がその世界や神神を貫いている。その逐一のあらわれの詳細は通釈に譲るとして、右にあらまし述べたこの「尊卑先後之序」に関連するあらわれは、神代紀と同じように古事記にもみることができる。そして結論を先取りして言えば、神代紀以上に徹底したあらわれをみせるということ、これが本題である。

さて、その古事記では、神野志氏が「さきに引いた序文の書き出しの『陰陽斯開』は、『日本書紀』的な陰陽の論理による表現といわねばなるまい。」（前掲『古事記の世界観』37頁）と説くとおり、序文が神代紀に通じる。陰陽論に安易に縋るわけではないけれども、あい通じることは明らかだから、まずは序文（ここでは上表文か否か、あるいはその記述の内実は不問とする）を採りあげる。神代紀に通じる神話を概括的にその展開にそくして辿る記述を、便宜、段落に分けて次に抜き出してみる。

（Ａ）然｛乾坤初分、参神作㆓造化之首㆒（高天原、参神）
　　　　陰陽斯開、二霊為㆓群品之祖㆒（国、二霊）

（Ｂ）所以｛出㆓入幽顕㆒、日月彰㆓於洗㆑目（日月―天神）
　　　　浮㆓沈海水㆒、神祇呈㆓於滌㆑身（神祇―国神）

（Ｃ）寔知｛懸㆑鏡吐㆑珠而百王相続（天照大御神、珠、百王）
　　　　喫㆑剣切㆑蛇以万神蕃息与（須佐之男命、剣、万神）

承前（Ｄ）｛議㆓安河㆒而平㆓天下㆒（高天原）
　　　　論㆓小浜㆒而清㆓国土㆒（国）

神話をただ発生した事柄の継起的な展開に従ってつたえるというより、論理的な承接の前後の関係を明示する語「然」「所以」「寔知」をまず句頭に置き、その下に二つの句を対比的に対応させるかたちをとって全体を構成する。それが、内容の上でもたがいに対比的な事柄二つを対応させていることも一見して明らかである。

問題はその対応の内実である。（Ａ）は、神野志氏が指摘するように神代紀の冒頭に通じるが、神代紀のばあい、前述のとおり対句がたがいに後の展開の前提として位置し、

天地未㆑剖――→（展開）――→天先成而地後定
　　　　　　　←
陰陽不㆑分――→（無記）――→神聖生㆓其中㆒

天地（自然）と陰陽（人事）とにそれぞれそくした対応をなす。（Ａ）の「乾坤初分、参神作㆓造化之首㆒」は、右

の神代紀の対応する二つが見かけ上一つにまとまったかたちをとるけれども、「天地」ではなく「乾坤」とするについては、あくまで自然の天と地を表す「天地」に対して、神代紀が「乾道独化、所以成二此純男一」（第一段〔本伝〕）、「乾坤之道、相参而化。所以成二此男女一。」（第三段〔本伝〕）とつたえるとおり乾坤を神に化生するその母体とみなす考えに立つ。陰陽もまた前述のとおり男女に化すその母体であるという点では、このあい通じる乾坤と陰陽とにそくして、そのそれぞれの成りたちにおいて「参神」と「二霊」とが化生したという対応を構成している。その限り、対応は類義的というほかないが、翻ってその神にかかわる場となると、カッコ内に示すとおり「参神」が高天原、「二霊」が国というように対比的に対応する。本文では「参神」に続いて化成する宇摩志阿斯訶備比古遅神以下の別天神あるいは神世七代の神神には一切言及することなく、だから本文とは別に「参神」と「二霊」とに限定した対応じたい、このそれぞれ高天原と国という場の対比的な対応に根ざすはずである。

　高天原と国という尊卑の対比的な対応のあと、（B）でも、「日月」との対応に「神祇」を当てる。この語を主語とする「神祇呈二於滌レ身」の内容は、本文がそれまで誕生した神について「右件八十禍津日神以下、速須佐之男命以前十四柱神者、因レ滌二御身一所レ生者也。」と総括した一節に対応する。しかし「神祇」じたいは、それが「日月」（天照大御神と月読命）と対応する関係上、当然その二神を除外した十二柱を指すけれども、むしろその十二柱のうちに含む「阿曇連等之祖神、以伊都久神」や「墨江之三前大神」などといった国神をその内実とするであろう。天神に当たる「日月」と、これと対比的な関係にある国神の「神祇」とを、それぞれ尊と卑とに当たるものとして配している。

　（C）も、勿論この延長上に位置する。もっとも「懸レ鏡」と「吐レ珠」、「喫レ剣」と「切レ蛇」という取り合わせは単純ではない。「懸レ鏡」に始まり、「吐レ珠」と「喫レ剣」とが対応してそれに続き、最後に「切レ蛇」をもって結ぶという展開から成りたつ。その上で、これら相互の対応をはかっている。最初が高天原と出雲との対応である。すなわち、天の石屋戸を開いて籠った天照大御神を真賢木に鏡を懸けた神事によって戸外に出したという故事にちなむ「懸レ鏡」と、出雲に降り下った須佐之男命が八俣の大蛇を切ったという故事にちなむ「切レ蛇」とが、それぞれ高天原と天照大御神、出雲と須佐之男命というセット同士の尊卑の対比的対応をなす。残る「吐レ珠」と「喫レ剣」も、同じ天の安の河で天照大御神と須佐之男命の二神が行った誓約にちなみ、それぞれその誓約により化生した五男神と三女神との帰属を物実によって定めるという天照大御神の詔り別けに従い、「珠」を物実とした五男神を天照大御神の子とする一方、「剣」を物実とする三女神は須佐之男命の子としたというように、これまた天照大御神と須佐之男命の対比的関係をあらわす。そしてこの五男神の天神の子、かたや三女神の「胸形君等之以伊都久三前大神者也」というそれぞれのありかたにそくして、「百王相続」と「万神蕃息」とを対応させているはずだから、（C）全体として、高天原と天照大御神、国（出雲）と須佐之男命というセット二つの対比を軸に尊卑の対応を成りたたせていることも明らかである。

　この（C）の直後に（D）が続く。（D）もまた、カッコ内に示したとおり「議二安河一」が葦原中国を平定する使者の派遣について天の安の河原で八百万神の議ったという故事にもとづく一方、「論二小浜一」は、その使者として遣わされた建御雷神が大国主神に国譲りを迫った故事にちなむ。それぞれ高天原と出雲とを場とし、先行する（C）の「懸レ鏡」と「切レ蛇」との対比的関係をひき継いでいる。こうした（C）とそのあとに続く（D）との展開をうけて（「是以」）、「番仁岐命初降二于高千嶺一」という天孫の降臨と「神倭天皇経二歴于秋津島一」という神武天皇の東征とのいわば神話と歴史との新たな対応に移る。両者をつなぐいわゆる海幸・山幸の神話を外し、だから歴史を辿るというより、降臨の天上から地上への移動と、東征の西から東への移動とを対比的に対応させたところに、(A)〜(D)に著しい対比的な尊卑の関係をひき継いだ確かなあらわれをみることができる。

四、古事記本文の冒頭一節の成りたちとその区分

この序文を、所詮序文だからといって切り捨ててはならないであろう。かつて拙稿「『古事記』と風猷・典教—序文・本文のかかわりと唐律—」(『佛教大学文学部論集』第78号。一九九四年三月)に論じたように序文と本文とは、序文である以上当然なのだが、内容の上でも不可分の関係にある。右に指摘した序文の「尊卑先後之序」に関連するあらわれは、神代紀に対応をもつ記述にほぼとどまるけれども、本文にあっては、より広汎かつ徹底したあらわれをみせるばかりか、その成りたちそのものにも「尊卑先後之序」が深くかかわる。

そのあらわれは、すでに古事記本文の冒頭の一節からして顕著である。次にその一節を、便宜、段落に分けて引用する。ただし、訓注や音注などは全て除く。

天地初発之時、於二高天原一成神名、天之御中主神、次高御産巣日神。次神産巣日神。此三柱神者、並独神成坐而隠レ身也。

次国稚如二浮脂一而久羅下那州多陁用弊流之時、如二葦牙一因二萌騰之物一而成神名、宇摩志阿斯訶備比古遅神、次天之常立神。此二柱神亦、独神成坐而隠レ身也。

上件五柱神者、別天神。

次成神名、国之常立神、次豊雲野神。此二柱神亦、独神成坐而隠レ身也。

次成神名、宇比地邇神、次妹須比智邇神。次角杙神、次妹活杙神。次意富斗能地神、次妹大斗乃弁神。次

於母陀流神、次妹阿夜訶志古泥神。次伊耶那岐神、次妹伊耶那美神。

上件自㆓国之常立神㆒以下、伊耶那美神以前、并称㆓神世七代㆒。

右に引用した一節の最後に位置する「神世七代」のもとに、「上二柱独神、各云㆓一代㆒。次双十神、各合㆓二神㆒云㆓一代㆒也。」という細注を施している。この注は、「神世七代」のいわば内訳を明示する極めて重要な意味をもつ。まずは「神世七代」と「別天神」との別、また「神世七代」のなかでは「独神」と「双神」との別、そしてこの独を双と別つ「独神成坐而隠㆑身也」という一句は区分する指標でもあるから、先行する「別天神」についても、「高天原」に生成する神と、これとは異なり、仮りに括ればカッコを付して（国）とすべき場（詳細は672頁参照）に生成する神との別があることを示唆する。

これら神神の区分が、どれも尊卑の対比的対応から成りたつことは改めて注目に値する。たとえば「高天原」と（国）というそれぞれ三神とそれ以外の神とが生成する場所の別は、そのまま尊と卑との違いに合致する。また「独神」と「双神」との別も、その生成する場所の尊卑に対応するほか、右の細注に、「独神」は単独でも一代といい、これに対して「双神」は男女二神合わせて一代というこのありかたが尊卑の違いに重なる。さらに「別天神」と「神世七代」との別が尊卑の違いに対応することも含め、これらの別を各項目ごとに表にまとめてみると、次のとおり全てにわたり、二つの対比的な指標の顕著な対応を成りたたせている。

（1）生成場所		高天原	（国）		
（2）生成形態		独神			双神
（3）神代区分		別天神		神世七代	
（4）神名区分	尊先	（ア）	（イ）	（ウ）	（エ）卑後

（ア）天之御中主神　（イ）宇摩志阿斯訶備比古遅神
　　　高御産巣日神　　　　天之常立神
　　　神産巣日神

（ウ）国之常立神
　　　豊雲野神

（エ）宇比地邇神　　意富斗能地神　　伊耶那岐神
　　　妹須比智邇神　妹大斗乃弁神　　妹伊耶那美神
　　　角杙神　　　　於母陀流神
　　　妹活杙神　　　妹阿夜訶志古泥神

さて、この区分表のなかで特に重視すべきあらわれが、各項目ごとに他の項目の区分にひき合わせると、区分間の対応上、当該項目の区分内に尊卑の対比的対応がもう一組成りたつという事実である。たとえば（1）のばあい、前述のとおり高天原に生成した神と（国）に生成した神との尊卑の対応を成りたたせているが、（国）に生成した神は、（2）の生成形態の違いにより、独神と双神との対比的な二種別に分かれる。またこの二種の別が、神代紀の「純男」と「男女」との尊卑の対応に重なる。（3）の神代区分にあっても、同様に別天神と神世七代の神というこれまた尊卑の対比的な対応が成りたっている。一方、（2）の生成形態では、独神が、（1）の生成場所の違いにより、高天原に生成した神と（国）に生成した神に分かれるほか、（3）の神代区分においても、別天神と神世七代の神とに分かれる。またさらに（3）の神代区分では、それぞれ別天神と神世七代の神において、前者は高天原に生成した神と（国）に生成した神とが対応し、後者は独神と双神とが対応する。この各項目、区分相互の組み合わせによって分類した結果が、右の表の（4）神名の区分である。

念のためその区分の神について若干説明を加えれば、（ア）の三神は、（1）では高天原に生成、（2）では独神、（3）の区分では別天神に属する。尊卑の対比にあっては、全て尊に当たる。以下、（イ）の二神は高天原の生成ではなくなり、（ウ）の二神も高天原の生成ではないことに加え、別天神でもなくなる。（エ）の双神にいたっては、尊に当たる要素を一切もたない。（4）神名の区分のなかに、（ア）を尊先とし、対極にある（エ）を卑後と規定した所以だが、こうした区分が、まさにそれによって（ア）の高天原に生成した三神を尊のなかの尊として位置づける極めて意図的なはからいによることは疑いを容れない。それは、まさにこの「尊卑先後之序」の原理を梃子として、神の生成の次第をそのまま神神の序列につなげる巧妙なはからいの一環でもある。

五、「別天神」の意味及びそのねらい

しかし、一方では、序列化に多くの神を組み込んだことに伴う問題も、もちろんないわけではない。その一つが、（ア）と（イ）とを一つに括る「上件五柱神者、別天神」というこの一文である。別天神のとりわけ（イ）の二神をめぐって大きく揺れる解釈も、序列化と恐らく無縁ではない。これまでカッコ付きで仮に（国）と規定してきたが、この問題も、実は同根である。

たとえば『古事記注解2』（上巻その一、神野志隆光・山口佳紀両氏。平成五年六月。笠間書院）は、（イ）の「国稚如二浮脂一而久羅下那州多陀用弊流之時、如二葦牙一因二萌騰之物一而成神」に関連して、山田孝雄『古事記上巻講義一』の「国稚から国の話である。そこに二神があらはれたまふ筈であるが、その天常立神の所まで別天神になつ

て切れてゐる。之はどういふ訳であるかわかりかねるが、」、また倉野憲司『古事記全註釈』の「かういふ天に関する神（天之常立神―榎本補筆）がどうしてアシカビヒコヂと共に『国』に成り出たかといふことに、少なからぬ疑問が抱かれる。」といった先学の不審や疑問を挙げた上で「やはり、『別天神』として、アメノミナカヌシ以下を括るところで、『高天原』に成った神であることをおさえるのが第一義であろう。」と断を下す（40頁）。遠山一郎氏「『高天原』の創造」（西宮一民編『上代語と表記』119頁。平成十二年十月。おうふう）にいたっては、「『うましあしかびひこぢの神』『天之常立の神』は、『高天原』に『成』り、伊奘諾尊・伊奘冉尊が『修理め固め成』す『国』は、『高天原』である、という捉えかたが、成りたつ余地を、やはり持つ。」という国まで高天原と同じとみなす見解を示す。その一方、今に至っても「古事記に即して言うなら、漂うクニから葦牙の萌え上がるものが出現した。」（北野達氏「古事記冒頭のヨミ」『菅野雅雄博士喜寿記念　記紀・風土記論究』52頁。平成二十一年三月。おうふう）といういわば旧来通りの説のほか、（イ）の「二神は、『萌え騰る物』に依って化成したのだから、『虚空』の中の神であって、『国土神』ではない。」（西宮一民氏『古事記の研究』300頁。平成五年十月。おうふう）といった指摘もあり、管見の限り、現状では、別天神をめぐる先学の不審あるいは疑問を払拭できたとは到底いえない。

さてそこでさきに分類した区分をみるに、少くとも（イ）を高天原に生成した神とは認め難い。また一方、だからといって国に生成したのかといえば、（ア）との対応上、そもそも国を場とするより、

（ア）　天地初発之時Ⓐ、於㆓高天原㆒Ⓑ、成神名Ⓒ

（イ）　国稚如㆓浮脂㆒而久羅下那州多陁用弊流之時Ⓐ、如㆓葦牙㆒因㆓萌騰之物㆒而Ⓑ、成神名Ⓒ

右のように（A）が同じ表現を共有するなかで、あくまでも「之時」という時の限定をもっぱら担う以上、（ア）の三神を、その時を限定した（A）にそくして「天地」の神とはみなせないと同様、（イ）の二神についても、

（A）「国稚（中略）之時」にそくして直ちに「国」の神とみなすことはできない。そしてこの表現の上では、（ア）の三神が（B）の生成した場所にちなむ高天原の神であるように、否、より徹底して（B）に「如二葦牙一因二萌騰之物一」という生成の形態にちなむ名を「宇摩志阿斯訶備比古遅神」と負う。（ア）とのこの表現をめぐる緊密な対応にそくして、その（ア）と（イ）を一つに繋ぐ括りが「別天神」である（詳細は672頁参照）。

その一方、前述の区分の上では、（ア）と（イ）それぞれに「此三（二）柱神者、並独神成坐而隠レ身也。」という括りを別別に表示するだけに、もとより一体ではなく、げんに右の（A）のようにその区分の異なりを時の違いが明示してもいる。逆に、その（A）の時やさらに（B）の生成の契機となった場あるいは物をひき継ぎ、すなわち（イ）をそのまま承けて「次成神名」と続くのが（ウ）である。そうして連続する以上、（ウ）に当たる二神の最初の神の名に「国之常立神」という「国」が、右に掲げた（イ）の冒頭にいう「国稚」につらなることも明らかである。いわば、（イ）をひき継いで展開するという実質において、（ウ）は（イ）と一体的である。逆に、（ア）と（イ）とは、対応しながら切れている。その繋がりを、「別天神」という括りが裏書しているに過ぎない。

しかしながら、たとえどれほど実質を伴わないとはいっても、この括りのもつ意味は極めて重い。この括りこそ、（イ）を一つの区分として立てた明確な証だからである。しかも、（イ）があってはじめて、「別天神」に、高天原を生成の場とする神とそれ以外の（国）を生成の場とする神との別が生じる。前述のとおりこの別こそ、高天原に生成する神を、尊のなかの尊として位置づけることを可能とする。この点では、そもそも「神世七代」の神に対して尊に属する神を位置づける括りとして「別天神」を設けたという以上に、むしろその高天原に生成する神のいわば至尊を強調する目的のもとに、（ア）や（イ）と組み合わせて「別天神」を構想したとみるのが自然である。

六、国と〈国〉をめぐる神代紀と古事記の相関

この構想が「尊卑先後之序」を基に成りたつことは、さきに表に示したそのほかならぬ（ア）以下の区分じたいに明らかである。翻って神代紀もまた、さきに第五段までの〈本伝〉について確かめたとおり、基本的原理ともいうべきこの「尊卑先後之序」が貫いている。ただし、古事記ほどには区分が明確ではない。「尊卑先後之序」に関連して、この基本原理を基にした区分じたいにも、神やその世界のありかたにも当然かかわり、神代紀を特徴づける個性のあらわれを明らかにみてとることができる。

その実体を、ここでは一書を含め改めて見極めてみるに、生成場所では、「天地之中」を中心に展開する。それを象徴するのが、開闢の始めに生成した三神のなかでも第一番に位置する国常立尊と続く国狭槌尊の、この二神の神名に冠した「国」である。さし当りこの「国」に焦点を当てながら、神代紀が伝える神の生成の内実を探ることにする。古事記と同様に「神世七代」とする神の生成に関連した記述を、まずは次に示す。

（故曰）開闢之初、洲壌浮漂、譬猶㆔游魚之浮㆓水上㆒也。于㆑時、天地之中生㆓一物㆒。状如㆓葦牙㆒。便化為㆑神。号㆓国常立尊㆒。次国狭槌尊。次豊斟渟尊。凡三神矣。乾道独化。所以成㆓此純男㆒。（第一段）

次有㆑神。埿土煑尊、沙土煑尊。次有㆑神。大戸之道尊、大苫辺尊。次有㆑神。面足尊、惶根尊。次有㆑神。伊奘諾尊。伊奘冉尊。（第二段）

凡八神矣。乾坤之道、相参而化。所以成㆓此男女㆒。自㆓国常立尊㆒、迄㆓伊奘諾尊。伊奘冉尊㆒、是謂㆓神世七

代一者矣。（第三段）

冒頭に「開闢之初、洲壌浮漂」という状態のなかで神は生成するが、この「洲壌」はもちろん国そのものではない。国の初出は、右に引用した第三段に続く第四段の〔本伝〕に「伊奘諾尊。伊奘冉尊立二於天浮橋之上一、共計曰、底下豈無レ国歟。」という共計のなかの例である。いまだ実体を伴うものではないが、関連して二神が「欲下共為二夫婦一産中生洲国上」と生もうとする洲国に通じることは疑いない。このあと実際に生んだ大日本豊秋津洲などを全て洲とする一方、生み終えたあと国号の由来を「由レ是、始起二大八洲国之号一焉。」とつたえる。個別の八つの洲と、それらを束ねる総称の国というこの関係の上では、国の称号を、国が八洲を中心に構成する国としての実質を備えて始めて付与するはずだから、国の称号付与以前の、いわば大地に根ざす状態にそくして洲を想定しているに違いない。その状態でも、しかしまさに大日本豊秋津洲というその名辞に明らかなように個別の実体と、そしてなにより固有のかたちをもつ。これ以前の、さらに遡る大地そのもののなお固定しない状態こそ、右に引用した一節の冒頭にいう「洲壌浮漂、譬猶三游魚之浮二水上一也。」にほかならない。げんに同じ第一段の〔書二〕に「古国稚地稚之時、譬猶二浮膏一而漂蕩。」という一節と、

洲・壌――――浮・漂　〔本伝〕

国稚・地稚――浮（膏）・漂（蕩）〔書二〕

※それぞれ洲が国を構成する一方、壌は地に実体化して漢語「壌地」を構成する

右のように表現の逐語的な対応をもつ。国がいまだ全き国たりえない、その稚い段階のかぎりは同じく稚い地にたぐい、かつあいまって共に浮かび漂うという、このどこまでも状態を表すだけでしかない表現が重要である。なぜなら、さき（665頁）に古事記の高天原に対応する場をカッコを付して表した（国）がまさにそれに当たる

からである。ここに改めて振り返ってみれば、その（国）は、古事記に「国稚如二浮脂一而久羅下那州多陀用弊流」という状態にそくして仮に当てた表現でしかない。この一節に下接する「之時」を含め、前述（668頁）のとおりそれが「天地初発之時」に対応しながら、その直後の神の生成をめぐっては、主には次の傍線部（B）がそれに当たるが、

～之時(A)
- 於二高天原一(B)、成神名(C)（ア）
- 如二葦牙一(B)因二萌騰之物一而、成神名(C)（イ）

（B）同士対応しながら、その実、（国）という状態にとどまる限り、明確な場として措定し得ない以上、もう一方の神の生成の場を「高天原」とする表現と、内容上は対応しない。言い換えれば、それがなんら対応をもたないかたちをとる、否、とらざるを得なかったその理由も、とどのつまりその場を、上接する「国稚」に委ねそこに含意させたからにほかならない。なおまた、そもそも「国稚如二浮脂一而～之時」と時を縁取るかぎり、いまだ全き国たりえない稚い状態で浮漂するなかに場を設定することじたいあり得ないはずだが、そのことを含め、神代紀が伝える前述の「洲壌浮漂」さらには「国稚地稚、譬猶二浮膏一而漂蕩」に古事記の（国）は明らかに通じる。

　こうしてカッコ付きの（国）ではあるけれども、やがてはそれが国の実質を備えるに到るという含みにおいて、高天原とは確かに対比的に対応するであろう。この対比的な対応にあって注目に値するのが、（国）が右のように神代紀の「洲壌」や「国稚地稚」などといった状態に通じる一方、高天原をめぐってはいっそう直接的に、そこに生成する神及びその名や数などが、すなわち前掲区分表に示す（4）神名区分の（ア）の全てが、第一段〔書四〕の「又曰」以下につたえる「高天原所レ生神名、曰二天御中主尊一。次高皇産霊尊、次神皇産霊尊」と重なる点である。対応は、区分表の（1）「生成場所」をはじめ項目のすべてにわたる。それだけに、神代紀とは、

そうした区分表に示した各項目にわたって対応する密接な関係にあるとみるのが筋である。問題は、その関係の内実である。

七、区分をめぐる古事記と神代紀との対応

さて、いよいよここからが本番である。これまで個別の事例を対象として検討を加えた成果を踏まえ、神神の生成をめぐる記紀の対応の内実を見極める。比較対照する一方の古事記については、前掲区分表にほぼその実態を示している。神代紀にしても、第一段以下各段の〈本伝〉と一書との関係や所伝の構成などを通釈に論じているが、比較対照する上には、特に第一段の構成及び表現を可能な限り委細に確かめておく必要がある。

そこでまずは神代上第一段の冒頭の記述を採りあげるとして、すでに（670頁）この後半（「故曰」以下）を掲出している。さらにそのなかの「洲壌」をめぐる一節が〈書二〉の一節と逐語的に対応することも、これまた既述（671頁）のとおりである。一方、通釈（78頁）では、この〈書二〉が〈書三〉、〈書五〉と同じ系列に属することを具体的表現にそくして指摘してもいる。念のためここにそれを確かめてみるに、表現の上でも、次の傍線部のとおり現象文による「物」の化生とそれの状態の比喩に一致をみる。

天地之中生二一物一。状如二葦牙一。便化為レ神。〈本伝〉後半

国中生レ物。状如二葦牙之抽出一也。因レ此有二化生之神一。〈書二〉

其中生二一物一。如三葦牙之初生二埿中一也。便化為レ人。〈書五〉

これらと排他的に対立するのが、同じく通釈（78頁）に説くとおり「神聖生二其中一焉。」（〈本伝〉前半）、「一物在二

於虚中一」（書一）、「（有レ物）生二於空中一」（書六）など別に系列を構成する一群である。排他的なこの系列そうごの対立じたい、右に掲出した（本伝）後半、（書二）、（書五）の一体的なつながりを如実にものがたる。

これを古事記とつき合わせたばあい、比較的に対応の著しいのが（書二）である。対応する古事記の一節は、しかし漢文の語順より、むしろ日本語の語順にそくした表現のかたちをとる。

次国稚如二浮脂一而久羅下那洲多陀用幣之時、如二葦牙一、因二萌騰之物一而成神名（原文）

葦牙の如く萌え騰る物に因りて成れる神の名は（訓読文）

傍線部を訓読すれば、右掲の訓読文になる。一見する限りなんら問題もなさそうだが、その実、（書二）を始め神代紀の右に指摘したどの系列の例とも違い、「物」がどこに生じたのか不明というほかない。前述（672頁）のとおり「国稚」に含意させたにせよ、それがあくまで「天地初発之時」に対応する時の限定をもっぱらとする以上、やはり問題は問題である。

そこには、また表現をめぐる問題が関連してもいる。「如二葦牙一」という限り、神代紀の前掲（本伝）の「状如二葦牙一」に一致するけれども、これはあくまで「状」を主語とする述語だから、右に示した（訓読文）の「葦牙の如く」には合わない。「萌え騰る」を修飾するそれの句相当のはたらきの上では、たとえば「青山如二枯山一泣枯」（上巻・須佐之男命）、「如二沫雪一蹶散」（同、天照大御神）、「恒如レ石而常堅不レ動坐」（同、石長比売）などに類する。しかもこの修飾句を構成する「如」のばあい、名詞のほか、次のように文を対象とする例がある。これらは、むしろ神代紀の前掲例に一致をみる。

如二木花之栄一栄坐、（上巻、木花之佐久夜毘売）

如二此竹葉、青一、如二此竹葉、萎一而青萎。（中巻、応神天皇条）

こうして、「如二葦牙一」をめぐって、類例に「状如二葦牙一」（前掲〔本伝〕後半）、「状如二葦牙之抽出一」（同〔書二〕）、さらにこれに通じる例などはあっても、「萌騰之物」とつながる、すなわち修飾句に立つ表現は、他に例がない。その表現じたい、一に「萌騰之物」というように「物」を「萌騰」に結びつけた点に特質がある。神代紀のようには、「如二葦牙一」に先立つ文中に「物」及びその生じる場を明示していないことが、結果的にその表現を生じさせたはずである。延いては、表現の本来のかたちを破るに至る。

結局、変則は「因二萌騰之物一」を「成神」につなげたことによる。つなげさえしなければ、「萌騰」は「葦牙」の状態を表すはずだから、仮りに想定すれば、「（如）葦牙之萌騰」という表現も当然あり得る。そしてまさにこれが、前掲〔書二〕「（物）、状如二葦牙之抽出一」、〔書五〕「（物）如三葦牙之初生二埿中一也。」などに一致することは著しい。それだけに、その一致がさらに「因二萌騰之物一而成神」という肝腎な神の生成に及ぶことはおのずから見通し得る。これの訓読文に「萌え騰る物に因りて成れる神」とある傍線を付した表現をめぐっては、さきに列挙したなかの〔書二〕の例がそれに最も近い。ただし、その「因レ此有二化生之神一」という表現は、少しく説明を要する。列挙した例文を参照すれば、〔本伝〕後半の「（物）、状如二葦牙一。便化為レ神」、〔書五〕の「（物）、如三葦牙之初生二埿中一也。便化為レ人。」などと同じ系列に属してあい通じる以上、これらの「便化為」に、当該表現の「（物）、状如二葦牙之抽出一也。」を承けた「因レ此化生之神」の「因レ此化生」が対応し、そうして化生した神を「有」が対象とする。現に〔書六〕に「有レ物。若二葦牙一、生二於空中一。因レ此化神」という傍線部の同じ表現がある。この限りでは、「此」が「若二葦牙一、生二於空中一」を指すのか、あるいはそうした「物」じたいを指すのか決定しがたい。くだんの例も同じ問題をかかえるが、むしろ古事記の「因二萌騰之物一」という表現そのものが後者の見方を示持するであろう。この見方に従い、問題の傍線部に「此」に当たる表現をあてはめてみれば、

「因状如葦牙之抽出之物化生之神」となる。返り点などをあえて付していないこの一節は、ほとんど理解しがたい。この欠陥の解消・克服には、「状如二葦牙之抽出一之物」を、意味を多少犠牲にしても、「状如二葦牙一」と「抽出之物」とに分節することが最も捷径である。分節すれば、「因」をそれに上接した「因二抽出之物一」という表現に必然的につながる。原文からそれへの展開を、次にそれぞれの例文をもとに辿ってみる。

国中生レ物。状如二葦牙之抽出一也。因レ此有二化生之神一。（〔書二〕原文）

因下状如二葦牙之抽出一之物上、化生之神（組み替え例文1）

状如二葦牙一、因二抽出之物一、化生之神（同例文2）

（例文2）が構造の上でも整い、最も明快である。これに古事記の文がほぼ重なることも、成分間の対応に明らかである。ほとんど双子の関係じたい、古事記のその文の成りたちに〔書二〕のくだんの一節が分かちがたくかかわっていることを強く示唆するであろう。

かかわりという点ではいっそう緊密に対応するのが、実は上接する一節である。古事記の当該一節（イ）については、すでに掲出（668頁）したとおり古事記冒頭の一節（ア）と対比的な対応関係にある。その関係には後に改めて言及するとして、〔書二〕の当該一節と比較するためまずは次に二つを並記する。

(A)古国稚地稚之時、(B)譬猶二浮膏一(C)而漂蕩。(D)于時、〔書二〕

(A)国稚(B)如二浮脂一(C)而久羅下那州多陁用弊流(D)之時（古事記）

ほとんど説明など必要ないほど対応は明らかであり、この表現や内容、さらには文の構造にまで及ぶ対応の事実を、偶然の結果とみなす余地などあり得ない。しかも〔書二〕のばあい、同じ系列に属する〔本伝〕後半（「故曰」以降）の「洲壌浮漂」にそくして差違化をはかり（B）「浮膏」と（C）「漂蕩」に振り分けたはずだが（671

頁）、古事記の右掲の一節もまた、〔本伝〕後半の「洲壌浮漂、譬猶三游魚之浮二水上一也。」に「如二浮脂一而久羅下那州多陁用弊流」という水母《くらげ》の水上を浮遊する比喩が対応する以上、同じく〔本伝〕後半をもとにそうした比喩表現を採用したとみるのが相当である。

しかも、これにはもう一つの事実が伴う。さきに（668頁）古事記の冒頭の一節（ア）と右の「国稚」に始まる一節（イ）との対応をとりあげたが、この（ア）は、神代紀第一段〔書四〕の冒頭及び続く「又曰」の一節に当たる。〔書四〕じたいは、冒頭にいずれも「天地初判」を立てる他の〔書一〕〔書六〕などと同一の系列に属し、〔本伝〕の前半に「天地未レ剖」から始まり「其清陽者、薄靡而為レ天、重濁者、淹滞而為レ地。」という過程を経て「天先成而地後定」と天地が成立した当初をつたえる一節に対応する（通釈82頁）。〔書四〕冒頭と「又曰」以下との一節をつなぐと、古事記の（ア）に一致する。次にそれをつき合わせてみる。

天地初判、（中略、又曰）高天原所レ生神名、曰二天御中主尊一。次高皇産霊尊、次神皇産霊尊一。〔書四〕

天地初発之時、於二高天原一成神名、天之御中主神、次高御産巣日神、次神産巣日神。（古事記）

同じ一書内の所在の異なる部分をつなぎ合わせた表現と古事記の一節全体との重なりは、「国稚」に始まる一節でもすでに指摘したとおりだから、両者を切り分け、それぞれ（ア）に〔書四〕と「又曰」を、対比的にもう一方の（イ）に〔本伝〕後半と〔書二〕を振り分けた上で、たがいの対応をはかったはずである。この対応は、構造的なものという以上に、もはや成りたちそのものに根ざすといっても過言ではない。

それだけに、古事記の神代紀との対応は、（ア）（イ）に限らない。むしろ前掲表に示した（ア）～（エ）の全体にそれは及ぶ。可能な限り対象を広げ、神代紀では〔本伝〕と一書との相関まで含めた全体の古事記とのかかわりなどについて、これまで重ねてきた論述のまとめを兼ね、改めて整理して示す。古事記の前掲表に合わせ、神代紀のそれに対応する事項を記入した表を作り、次に比較対照してみる。

神代紀	〔本伝〕	〔一書〕	
第一段	前半・神聖	〔書四〕天地初判 〔又曰〕高天原三神	
	後半・純男三神	〔書二〕〔国〕三神	神世七代
第二段	男女八神		

※〔国〕は、「国稚」の状態のその国を表す。

古事記

高天原	別天神	独神	〔ア〕
〔国〕			〔イ〕
	神世七代		〔ウ〕
		双神	〔エ〕

表のなかでは、古事記のそれぞれ〔ア〕と〔エ〕と、神代紀の第一段〔本伝〕前半及び〔書四〕〔又曰〕と第二段〔本伝〕との対応が著しい。〔エ〕についてはこれまで採りあげていないが、それが神代紀の第二段に当たり、純男に続くその男女八神と、古事記の独神のあとの双神との、共に男女対耦神どうしが明らかな対応をみせる。

問題は、〔イ〕〔ウ〕と神代紀との対応である。

そこで若干説明を加えると、神代紀のばあい、〔本伝〕の前半と後半との間に「故曰」を置き、前半の論述を承けて後半にその内容をめぐる説明あるいは解説を展開する（通釈69頁）。したがって、後半が個別的、具体的な内容をあらわす。その典型が、前半の「神聖」に対してその内実に当たる「純男三神」である。一方、一書は、〔書四〕と〔書二〕が代表するようにそれぞれ前半、後半に対応し、それをもとにした前述（673頁）のとおりたがいに対応する系列に属する。本来的に、たがいに関連をもたない。差違化という点にそくしていえば、そのあい異なる系列内でそれぞれ独自に展開をはかり、それだけたがいに対立を際立たせている。

この神代紀の本来バラバラな一書に、これも繰り返し述べているように（ア）（イ）が対応する。前掲表でも（ア）を「尊先」としたとおり、（ア）「天地初発之時」から（イ）「国稚（中略）多陀用弊流之時」へ時間が推移・展開すると共に、場も「高天原」から（国）へ転じている。時と場とが不可分につながりながら、次第に「尊先」から「卑後」へ展開する明確な秩序をもとに、世界や神神を序列化していく。（イ）にしても、〔書二〕に対応する以上に、「国稚（中略）多陀用弊流之時」にまっ先に成った「宇摩志阿斯訶備比古遅神」と「天之常立神」という天を名に冠する神とが、最上位の「高天原」につながる「別天神」を本領とする。（ウ）の「国之常立神、次豊雲野神」という国に系属する内容を名に刻む神には、「神世七代」の序列を与える。この「神世七代」とは、神代紀では第三段〔本伝〕に「自二国常立尊一、迄二伊奘諾尊・伊奘冉尊一、是謂二神世七代一者矣。」と総括するとおり開闢当初から連綿と続く時代を指し、げんに「国之常立神」は「国常立尊」に当たるのだから、この序列じたい、「神世七代」に先行して天神のいわば別格に立つ「別天神」の「尊先」を明確に規定するであろう。「神世七代」に、古事記が「別天神」に次ぎ、かつ国を明らかに名に刻む神を当てた序列化がそれを可能にする。そもそも開闢の当初化生した「国常立尊」を始め「神世七代」によって一元的に神代を規定する神代紀に対して、それより先行する神や世を創出する上に、その踏み台として「神世七代」を利用した蓋然性が高い。

〔書二〕こそ、この蓋然性を裏付ける有力な徴証にほかならない。

八、神代紀から古事記へ、その神話の新たな展開

こうして神の生成をめぐっては、さきに古事記の神について分類した項目の全てにわたり、関係としては一方的に、神代紀をもとに古事記が成りたつものとみることができる。その基本となる点をここにかいつまんでまとめれば、すなわち、神代紀の〔本伝〕が洲壌を中心に生成した神の代を神世七代としてつたえるというこのかたちを、古事記も基本的には踏襲する。また一方、神代紀がそのかたちを成りたたせる上で拠りどころとした「尊卑先後之序」を、古事記がその踏襲するなかにより積極的に取り込み、神代紀が一元的に規定する神世七代に先行し、従って序列の上では上位の尊先に当たる神及びその神の世として新たに展開をはかったのが別天神である。高天原に生成した三神を至尊とする新しい神神の体系とそれによって成る始発の世の構築を、そこにめざしていたはずである。

第二章以降にも、必要に応じて古事記の所伝を採りあげるが、そのことをにらんで最後に関連して一つだけ付け加えれば、別天神のなかでも、高天原に生成した三神を至尊とするこの位置づけのもつ意味ははなはだ重い。高天原と三神とを組み合わせて至尊とするこの位置づけが、後に伊耶那岐命が「汝命者所二知高天原一」と委任した天照大御神に至尊の地位を保証する一方、三神のなかでは高御産巣日神に対応する神産巣日神の、古事記に独自な重い役割につながる。本章の冒頭に引いた神野志隆光氏『古事記の世界観』に「タカミムスヒは『高天原』に一貫して係わり、カムムスヒは一貫して『葦原中国』の側に働いていく。」（23頁）と説くこの二神をめぐる役

割の分担も、基本的には神代紀とのかかわりによる。すなわち高御産巣日神については、ほぼ神代紀をひき継ぐことに伴い、その範囲をほとんど出ない。対照的に、神代紀に対応する活動実態をもたない神産巣日神は、とりわけいわゆる出雲神話に関連した所伝を中心に顕著な役割を果たす。しかも神代紀〔第八段〔書六〕〕に対応をもつ大国主神の国作りのなかでは、少名毘古那神の親として国作りへの子の協力に指示を下す。また神代紀〔第五段〔書十一〕〕との対応をもちながら、その内容を大きく異にする須佐之男命の大宜津比売殺害をめぐっても、神産巣日神がその屍体に生じた五穀の採取を須佐之男命に命じている。対応の全くない八十神による大穴牟遅神の殺害に関しても、神産巣日神が貝比売二神を遣わして救命させる。神代紀から自由なぶん、その役割にも独自が際立つけれども、しかしいずれも指示あるいは命令にかかわる。かくて高御産巣日神のいわば指令神としての役割に対応させている事実は、否むべくもない。この対比的対応、さらにはこの二神の持ち場の切り分けじたい、もとを糺せば、あの神代紀第一段〔本伝〕に「天先成而地後定」という創世をめぐる天と地との対応につながる。それだけに、その切り分けにしても、もちろん「尊卑先後之序」に根ざす。第二章以降の取り組みは、おのずからその検証の意味をもつはずである。

第二章　根国をめぐる記紀の相関

一、異界をめぐる先行諸説

異界については、ほとんど枚挙に遑ないほど数多くの論考がある。内容もまた、おのずから多岐にわたる。もはやほとんど論じつくされてもいるほどだが、そうした論考の積み重ねにもかかわらず、むしろそれとは裏腹に、異界とはなにかをめぐる問題をはじめ、異界のありかたといったごく基本的な点さえ定説をみない。

たとえば「高天原」を上、「葦原中国」を中、「黄泉国」「根之堅州国」「海神之宮」を下とする「垂直的な三層構造」として神代の世界をとらえる見解が、本居宣長にはじまって倉野憲司、西郷信綱氏にひき継がれるなかで体系的に整備されていく一方、最下層の「水平表象性」、すなわち「あたかも地上と同一平面上を移動するごとく描き出されている」といった特性を松村武雄氏『日本神話の研究』（第四巻。その第五章「古典神話に於ける靈界觀」315頁以下。昭和四六年五月。培風館）が説き、これに立脚して「三層構造説」を神野志隆光氏『古事記の世界観』（その第八章「1　構造化批判」。139頁以下。昭和六十一年五月。吉川弘文館）が批判したことにより、「記伝以来の通念は根底から反省を迫られている。」（「構造化される神代の世界」『神田秀夫先生喜寿記念　古事記・日本書紀論集』257頁。平成元年十二月。続群書類従完成会）といった認識を西條勉氏は示す。その神野志説の「趣旨」を西條氏がまことに手際よくまとめているので、便宜それを次に引用してみる。

すなわち、「高天原」と「葦原中国」を貫くアメ／クニの関係に対して、クニの次元における中心／周縁の世界構造として、天の下の中心たる「葦原中国」と、それをとり囲む周縁の三異郷が存在するというのが、その詳論の趣旨である。（258頁）

こうしてまとめた上で、神野志説の問題点を西條氏はいくつか指摘し、いわば折衷的な見解を、「それら（三つの異郷、つまり最下層に位置する国ないし所—榎本補筆）は水平表象的であり、それでいて垂直的でもあるというように、適度にぼかして描き出されているとみるのが無難な読み取りであろう。」（259頁）と説く。

しかし、西條説についていえば、三つの異郷を、「構造化」なる概念をもとにとらえることにもっぱら力を注ぐ。まず「黄泉国」については、「本来は畏怖すべき聖なる他界でもあったはずの死者世界」が、その「山中他界」という「原像的なものを残しつつも、地下の方に構造化されようとしている世界」とみなす（262頁）。「根国」は、「本来の水平表象性を失って『黄泉国』の位相に歪められる。」、また一方「根之堅州国」にしても「垂直的な枠組みのなかに構造化されようとしている」という（263頁）。もう一つ残る「海神之宮」に関しても、「元来は海上他界として水平表象的な異郷だったはずである」と指摘した上で、「海宮遊行譚の処々に垂直的な筆致が介入するのは、その否定的な構造化への志向が、『黄泉国』や『根之堅州国』と響き合ったためであろう。」という（265頁）。「原像」や「本（元）来」などといった語の使用に明らかなとおり、どの異界もまずは「水平表象」にそくしたかたちをとり、それが、「垂直的な三層構造」のなかに「構造化されようとしている」という主張を西條氏は展開する。

従来の「三層構造説」と神野志説とを折衷するだけなら、いかにもダイナミックかつ野心的な試みとして魅力を感じないではないが、しかし「構造化」を不問に付したところで、「水平表象」から「垂直的な枠組」というこの移行じたい、裏づけを欠く。ただそうみなしているにすぎないといってしまえば元も子もないが、せめて所伝の分析なり読みなりを、もう少し実証に迫るべく試みるべきではなかったろうか。意欲的な自説の展開に急なあまり、神野志説に向けた批判も、残念ながらなんら発展をみていない。

一方、異界をつたえる記述や表現にあくまでそくして論じているのが、戸谷高明氏「神話の時空と異界」（『上代文学』第八十五号。二〇〇〇年十一月）である。異界全般にその論は及んでいるだけに、やむを得ないとはいえ、各異界ごとの分析に緻密を欠く。戸谷氏には、また別に異界に考察をくわえた「『妣』の用法」（『古事記の表現論的研究』第五章。新典社研究叢書一二七、平成十二年三月）があり、もっぱら「妣国」「根国」「根之堅州国」に焦点をあてて丁寧に論じている。根の堅州国について神野志氏が指摘した「はるか果てに堅い州の国」という一節も引き、「垂直の地底か水平の彼方かは解釈の如何にかかわる」とした上で、古事記の文脈にそくした解釈の重要性を強調し、次のように結論づける。

「妣国」は母のいる異界の意、「根之堅州国」は地下の堅い土の国の意であるが、負のイメージは認められず、書紀の根の国と同一視することはできないというのが結論である。（286頁）

この戸谷氏の指摘どおりならば、古事記がつたえる「妣国」「根之堅州国」と、従来ほとんど疑いもなく同一視してきた日本書紀の「根国」とは違うものとみなさざるをえない。さらには、西條氏が要領よくまとめてくれたような「三層構造説」にせよ、またそれを批判した神野志氏の所説にせよ、右の戸谷氏の指摘した点を考慮してはいないはずだから、再考をそれは促すであろう。もちろん、「根国」に限らず、異界一般の問題に当然波及する。

二、「根国」とその所伝との相関

しかしながら、改めて戸谷氏の論考にたちもどってみるに、日本書紀の「根国」とはいっても、同書がつたえる「根国」関連の十一例の全てを挙げて解説をくわえ、類別してはいるものの、その内容にそくしたたがいの関連にまでは論が及んでいない。「根国」をめぐる〔本伝〕及び一書がつたえる多様を、結局は一つに括り、あまつさえ「根の国を極遠の地と考えていたことは間違いないが、その方角をどのように考えるかは意見の分かれるところである。」（同書284頁）というように詰めを保留している。

一方、西條・戸谷の両氏ともに引く神野志氏の論考でも、日本書紀の「根国」関連の全用例のなかの、わずかに二例しか採りあげていない。それをもとに自説を展開し、後に採りあげる祝詞の「根の国・底の国」という「根国」に通じる用例にも言及するが、必ずしも考察を尽くしているとは言い難い。管見の限りながら、個々の所伝や記述にそくした実証をめざす分析なり検討なりに、なによりも優先して取り組むべきではないか。こうした反省に立ち、あれこれの異界をとりあげて論を拡散させることにならないよう、論点をあくまで「根国」に限定する。その上で、対象となる全ての用例について、それを伝える各所伝やその成りたちにまで可能なかぎりさかのぼって考察を加える。古事記の「根国」及び関連する用例とのかかわりも、おのずから問題となる。その点も念頭におき、まずは日本書紀の用例をとりあげる。

該当する用例は、つごう十一例ある。またそれらのなかに見出せる異なりについても、前述のとおり戸谷氏に解説がある。小異にすぎないからなのか、戸谷氏は一括しているけれども、素戔嗚尊の同じ放逐先ながら、そこに至る経緯・状況には明らかな違いがある。

一類――第五段〔本伝〕〔書一〕〔書二〕

生みの親（伊奘諾尊と伊奘冉尊、あるいは伊奘諾尊）が性悪な素戔嗚尊に命じた放逐のその行き先

二類――第六段〔本伝〕

親の勅教に従って素戔嗚尊みずから就くと言表するその行く先（二例）

三類――第七段〔書三〕

素戔嗚尊の悪業に天石窟に閉じこもった日神を神事によって外に出したのち、衆神がこの無頼な素戔嗚尊を嘖めて放逐したその先（三例）

四類――第八段〔本伝〕〔書五〕

出雲国に降ったのち、八岐大蛇退治や奇稲田姫との結婚、大己貴神の誕生などを経た後に素戔嗚尊が就った先〔本伝〕。杉や桧などの用途を指定したのち、三子による木種の分布、熊成峯居住などを経たあとに素戔嗚尊が入った先〔書五〕

一類から四類まで、どれも所伝の一連の流れのなかにあって、先後の関係あるいは継起的な展開にともなうつながりをもつ。そのつながりを、どれにも共通する「根国」が貫いている。言いかえれば、「根国」がそのつながりを保証してもいるはずだから、こうした大きな文脈のなかでは、「根国」は一つには違いない。

しかしながら、また一方、素戔嗚尊を放逐する者として三類がつたえるのは衆神である。素戔嗚尊が姉の日神に語った言葉にも、「吾所㆓以更昇来㆒者、衆神処㆑我以㆓根国㆒。今当㆓就去㆒。（以下略）」とあり、生みの親が放逐するとつたえる一類とは明らかに違う。当然、放逐の理由、そこに至る経緯にも違いがある。そして「根国」へ

の放逐の命令をあらわした当の記述じたい、もとより同じではない。次に双方の記述を引用してみる。

一類――第五段〔本伝〕

故、其父母二神勅㆓素戔嗚尊㆒「汝甚無道。(A)不㆑可㆔以君㆓臨宇宙㆒。(B)固当㆔遠適㆓之於根国㆒矣。」遂逐之。

三類――第七段〔書三〕

既而諸神嘖㆓素戔嗚尊㆒曰「汝所行甚無頼。(A)故不㆑可㆑住㆓於天上㆒、不㆑可㆑居㆓於葦原中国㆒。(B)宜㆔急適㆓於底根之国㆒。」乃共逐降去。

傍線部（A）（B）は、助辞を含め緊密に対応する。第五段では、文選の「呉都賦」（巻五）に「雷抃㆓重淵㆒、殷動㆓宇宙㆒」（新釈漢文体系の当該「語釈」に、淮南子・天文訓の「宇宙」の例を引き「宇は、天地四方上下の空間、宙は、古往今来の時間をいう。」と説く。261頁）、あるいは上林賦（巻八）に「校猟」の猛んなさまを「追㆓怪物㆒出㆓宇宙㆒」と描写するなどのこの天下や世界を表す「宇宙」に対して、その圏外の極遠を「根国」という。この「宇宙」に対応するのが第七段の（A）「天上」と「葦原中国」であり、「天上」、「葦原中国」と上から下へつながる展開上、それらの圏外に当たる地底を、第七段は「底根之国」と表現する。第五段の「遠適」に対して、対応をそれと確かに押さえた上で、力点を置く衆神の呵責の意を表現にも明示すべく「急適」としたことと、くだんの「底根之国」の使用は別ではない。

三、第五段の〔書六〕を差違化する一書の展開

これだけで、直ちに「根国」を極遠の地あるいは地底に位置するときめつけることは、もとより拙速にすぎる。

しかも、関連する所伝が別にある。実は右に分類した一～四類のどこにもそれを挙げてはいないが、まぎれもなく「根国」をあらわし、類別すれば、一類にあてはまる。ただ、その一類では素戔嗚尊を親が一方的に放逐するというかたちをとるのに対して、当の素戔嗚尊みずから「吾欲レ従二母於根国一」というように望む点が、一方的かつ強制的な放逐とは異なる。という以上に、他のどの類にも、そのかたちをとる例は一切ない。そもそも、他とは、所伝の展開そのものに決定的な違いがある。「根国」も、この所伝の独自な展開にかかわるはずだから、さしあたってまずは所伝じたいに検討をくわえる必要がある。

第五段〔書六〕が、当の所伝である。古事記の所伝とは内容があい通じる点にも留意すべきだが、通釈〔第五段〕に指摘したとおり、神代紀では、〔本伝〕ないし先行一書をもとに差違化をはかり、その内容にそれこそ多様多彩に手をくわえて一書が成りたっている。しかもあい通じる一書同志が、互にまとまって系列を構成する傾向も著しい。第五段のばあい、系列は大別して二つ、日神を立てる〔本伝〕にもとづく系列と、天照大神を立てる〔書六〕にもとづく系列とがある。後者の〔書六〕に対する〔書七〕以下〔書十一〕にいたる各一書は、とりわけ明らかな差違化のあらわれをみせる。

一、遂抜二所レ帯十握剣一、斬二軻遇突智一、為二三段一。此各化成レ神也。〔書六〕

↓一書曰、伊奘諾尊抜レ剣、斬二軻遇突智一、為二三段一。其一段是為二雷神一、一段是為二大山祇神一、一段是為二高龗一。〔書七〕

↓一書曰、伊奘諾尊斬二軻遇突智一、為二五段一。此各化成二五山祇一。一則首化為二大山祇一、二則身中化為二中山祇一、三則手化為二麓山祇一、四則腰化為二正勝山祇一、五則足化為二䨄山祇一。〔書八〕

二、然後、伊奘諾尊追二伊奘冉尊一、入二於黄泉一、而及之共語。〔書六〕

↓一書曰、伊奘諾尊欲レ見二其妹一、乃到二殯斂之処一。是時、伊奘冉尊猶如二生平一、出迎共語。〔書九〕

↓一書曰、伊奘諾尊追至二伊奘冉尊所レ在処一、便語之曰、〔書十〕

三、已而伊奘諾尊勅二任三子一曰、天照大神者可三以治二高天原一也。月読尊者可三以治二滄海原潮之八百重一也。素戔嗚尊者可三以治二天下一也。〔書六〕

↓一書曰、伊奘諾尊勅二任三子一曰、天照大神者可三以御二高天之原一也。月夜見尊者可三以配レ日而知二天事一也。素戔嗚尊者可三以御二滄海之原一也。〔書十一〕

〔書七〕以下どの一書も、冒頭は〔書六〕の一節に緊密に対応する。それも、一の〔書七〕〔書八〕、二の〔書九〕〔書十〕それぞれに〔書六〕の一節にあわせたあい通じる記述を冒頭にすえ、そのあと〔書六〕の内容をもとに、たとえば一を例にとれば、その「為二三段一。此各化成レ神也。」について〔書七〕は各段ごとに神名を明示し、〔書八〕は「五段」とした上でその身体の各部位ごとに化成した神名を挙げるというように差違化をはかる。もっとも、〔書七〕では、「倉稲魂、此云二宇介能尾拕磨一。少童、此云二和多都美一。」以下の〔書六〕の語句に関する注を付載し、それが十七例にも及ぶ。〔書六〕の注的性格が強いぶん、独自性が弱い。〔書八〕以下にはその注もなく、差違化の度合いも著しい。〔書十一〕にいたっては、日と月の隔離、五穀及び養蚕の起源をものがたる所伝として独自な展開をみせる。

そうして独自に踏みだしながらも、しかし第五段全体の枠組みじたいに対しては、違背や逸脱などもしていない。個性の際立つ〔書十一〕の所伝にしても、主人公として位置する天照大神の相手役ともいうべき月夜見尊に向けた「可三以配レ日而知二天事一也。」という勅任及びその任務は、実は〔本伝〕がつたえる月神に対するそれの「可二以配レ日而治一」に確実に対応する。なおまた直後の「既而天照大神在二天上一曰」という「天上」も、同様に日神について〔本伝〕にいう「是時、天地相去未レ遠。故以二天柱一挙二於天上一也」を明らかにふまえる。〔書十一〕のこの〔本伝〕との近さは、先行する各一書と同じく冒頭を〔書六〕に対応させて差違化をはかったなかのごく一部にすぎない。

四、第五段の〔本伝〕を差違化する一書の展開

ひるがえって〔本伝〕をみるに、〔書六〕とは別の系列のその基となる所伝としてそれは位置する。内容の上では、伊奘諾尊・伊奘冉尊による「吾已生二大八洲国及山川草木一。何不レ生二天下之主者一歟。」という共議をもとに次次に神を生み、生みの果てに当たるその最後の神生みにおいて、生まれた神を資質や様態にそくして対比的な二つの類に大別した点にきわだった特徴をもつ。すなわち、一つが「光華明彩照二徹於六合之内一」という日神と「其光彩亜レ日」という月神、それぞれ「挙二於天上一」「送二之于天一」とつたえる。もう一つが「雖二已三歳一、脚猶不レ立。」という蛭児と「有二勇悍以安忍一。且常以二哭泣一為レ行。」という素戔嗚尊、こちらは蛭児を「順レ風放棄」、素戔嗚尊に対しては「汝甚無道。不レ可三以君二臨宇宙一、固当三遠適二之於根国一矣。」と断じる勅を下した上で「遂逐之」とそれぞれ処分する。この二つの類別は、日本書紀冒頭に「及二其清陽者薄靡而為レ天、重濁者淹滞而為レ地、清妙之合摶易、重濁之凝竭難。故天先成而地後定。」とつたえるこの世界の始まりの当初、すでに天先成、地後定という次序に明らかな原理が存在し、この「尊卑先後之序」にのっとり、尊卑、善悪といった価値的な対比をもとに天に送る神と放棄・放逐する神とに処遇を分けたことによる。（各論第一章659頁）

〔書一〕〔書二〕ともに、この〔本伝〕のかたちをひき継ぐ。ただし、ひき継ぐそのありかたは大きく異なる。

〔書一〕のばあい、蛭児が消える一方、日神をはじめとする三子の対比的な尊卑の類別を一層きわだたせる。子たちの誕生は、そもそも「共生《ともにうむ》」によらない。日神・月神が「乃以二左手一持二白銅鏡一、則有二化出之神一。是謂二大日孁尊一。右手持二白銅鏡一、則有二化出之神一。是謂二月弓尊一。」と左右の手に白銅鏡を持って化出したとするのに対して、素戔嗚尊については「廻レ首顧眄（ふり返ってみる）之間、則有二化神一。」というかたちをとる。白銅鏡は、後の第九段〔書二〕に、天忍穂耳尊の降臨にさいして「是時、天照大神手持二宝鏡一、授二天忍穂耳尊一而祝之曰、吾児視二此宝鏡一、当レ猶レ視レ吾。可三与同レ床共レ殿以為二斎鏡一。」とつたえる宝鏡に通じる。天照大神とみなして斎う鏡に天照大神が現前する（とみなす）ように、「吾欲レ生二御寓之珍子一」という伊奘諾尊の意向にもとづく「白銅鏡」をもつという行為が、「御寓之珍子」の化出をもたらす。その「左手」「右手」の尊卑の対比は、洲国を生む際の「陽神左旋、陰神右旋」（第四段〔本伝〕）に通じる。伊奘諾尊の意向とは別に、だから「白銅鏡」を手にすることなく、不意に突然化出したのが素戔嗚尊である。あるまじき化出でもある。生んだその子の様態というより、さかのぼって子の生まれかたそれ自体に、日神・月神を「質性明麗」とし、素戔嗚尊を「性好二残害一」とする対比的な類別をかかわらせたところに、〔書一〕の差違化の特徴がある。

一方の〔書二〕は、〔本伝〕の「共生」によるが、対比的類別という点では、日神・月神についてわずかに「日月既生。」とつたえるにとどまり、かわってそれら尊とは対比的な卑の側に立つ神に大きく比重をうつしている。蛭児が障害を負って生まれた来歴の説明を付し、さらに火神の軻遇突智による生みの母・伊奘冉尊焼死をめぐるくだりを新たにくわえる。その伊奘冉尊の「其且レ終之間、臥生二土神埴山姫及水神罔象女一。」という死の間際に関連した一節以下に、〔本伝〕とはほとんど無縁の内容をあらわしてもいるが、たとえば蛭児を生んだあとわざわざ「生二鳥磐櫲樟船一」とつたえ、これが「輙以二此船一載二蛭児一、順レ流放棄。」に向けた用意によることなどに照らせば、母を焼死にいたらしめた火神・軻遇突智に対処すべく、死に際に土神と水神とを生んだとみる見方を誘う。げんに「鎮火祭祝詞」（延喜式）でも、火結びの神を生み死んだ伊佐奈美の命がよみつ枚坂に至ったところで「吾が名妹《なせ》の命の知ろしめす上つ国に心悪しき子を生み置きて来ぬ。（訓みは、日本古典文学体系『古事記・祝詞』による。以下、祝詞の引用はすべて同書による。）」と宣り、とって返して更に水神・匏《ひさご》・川菜・埴山姫を生み、「この心悪しき子の心荒びるは、水・匏・埴山姫・川菜をもちて鎮め奉れ。」と事教え悟したとつたえ、鈴木重胤『延喜式祝詞講義』（十一之巻「鎮火祭」。国文注釈全書21頁。すみや書房）が、当該〔書三〕の一節について「此詞の伝と同じきが川菜を脱せり」と説き、この「水神」「埴山姫」をくだんの水神と土神に当てる。

　しかしながら、鎮火祭の祝詞ではないのだから、水神と土神の出生が鎮火につながるとは、そもそも考えがたい。軻遇突智は鎮まっているどころか、火神であるままに、直後に「即軻遇突智娶二埴山姫一、生二稚産霊一。此神頭上生二蚕与レ桑。臍中生二五穀一。」とつたえるとおり土神を娶っている。しかもこれにより、稚産霊を生み、その体には農産物が生じてさえいる。この稚産霊の体に生じた蚕桑と五穀は、それぞれ天子の「躬耕二帝籍一」（礼記・月令第六「孟春之月」）、皇妃の「親東郷躬桑、（中略）以勧二蚕事一。」（同「季春之月」）という親耕と親蚕にちなむ。稚産霊をこの衣と食との始源にかかわる神とするについては、軻遇突智が土神である埴山姫を娶って生んだ子であるから、火神が土神に交わり、焼くことを通してその大地の活気に満ちた生産力（稚産霊）を引き出し、植物の発芽や生育を促すという経緯を恐らくはたどる。それだけに、母神さえ死に至らしめた本性とは対照的な、生を成りたたせる農（衣食）の創始をもたらす神威を、軻遇突智に認めたということにほかならない。同時に、同じ第五段〔書十一〕の天照大神を主体とする農の起源に先行して、〔本伝〕の系列に属する〔書二〕がまずは農の起源をつたえているということでもある。系列の上では、この農の起源をめぐって、〔本伝〕と〔書二〕、

〔書六〕と〔書十一〕がそれぞれ対応する関係を成りたたせている。〔書二〕は、〔書十一〕が〔書六〕の系列の最後に位置するのと同じく、〔本伝〕の系列の展開にそこで終止符を打つ。

〔書三〕からは、一転して、〔書二〕の伊奘冉尊の焼死に関連した内容だけをひき継ぐ。〔書三〕以降〔書五〕まで、いずれも伊奘冉尊による火神の出産を冒頭に立てた上で、〔書二〕の差違化をそれぞれにはかる。次にそれを列挙して示す。

→（伊奘冉尊）次生二火神軻遇突智一。時、伊奘冉尊為二軻遇突智一所レ焦而終矣。其且レ終之間、臥生二土神埴山姫及水神罔象女一。〔書二〕

→伊奘冉尊生二火産霊一時、為レ子所レ焦而神退矣。亦云二神避一。其且二神退一之時、則生二水神罔象女及土神埴山姫一。又生二天吉葛一。〔書三〕

→伊奘冉尊且レ生二火神軻遇突智一之時、悶熱懊悩。因為レ吐。此化為レ神。名曰二金山彦一。次小便、化為レ神。名曰二罔象女一。次大便、化為レ神。名曰二埴山媛一。〔書四〕

→伊奘冉尊生二火神一時、被レ灼而神退去矣。故、葬二於紀伊国熊野之有馬村一焉。（以下、土俗による神魂の祭りは略）〔書五〕

傍線部の表現を、いずれも「時」にかける。軻遇突智を火産霊に改めてほぼ〔書二〕をひき継ぐことに伴い、その「其且レ終之間」に対応させた〔書三〕の「且二神退一之時」が死去する時に、次の〔書四〕は「且レ生二火神軻遇突智一之時」という出産する時にそれぞれ焦点を当てる。たがいに対照的なこのありかたが、続く出産にも及ぶ。〔書三〕が神を直接生むかたちをとり、〔書四〕ではまず体から物を排泄し、それが化して神となる。これら時の表示と神の誕生をめぐっては、先例がある。すなわち時の表示に関しては、第一段一書の「古国稚地稚之時」〔書二〕、「天地混成之時」〔書三〕、「天地未レ生之時」〔書五〕という展開に通じる。一方、神の誕生も、右の〔書三〕の「生二水神罔象女及土神埴山姫一」などが第一段〔書四〕の「天地初判、始有二倶生之神一」に、また〔書四〕のその排泄物をめぐる「此化為レ神」も、第一段〔本伝〕の「天地之中生二一物一。状如二葦牙一。便化為レ神。」という例に通じる。ちなみに、この〔書三〕と〔書四〕の対応上、生まれた神と化した神との違いはあっても、たがいにあい通じるはずだから、〔書三〕の「天吉葛《あまのよさづら》」には、〔書四〕の嘔吐物の化した「金山彦」が当たる。反吐《へど》と同じ口から出る涎《よだれ》が、葛粉を解いた液体を連想させたことから、これを神格化して「天吉葛」と表現したに違いない。最後に死及び葬・祭を〔書五〕があらわす。（詳細は通釈第五段参照）

五、第五段の〔本伝〕、〔書六〕をもとに展開する二つの系列

このあとに位置するのが、すなわち〔書六〕である。つづく〔書七〕以下の各所伝が前述の通り〔書六〕を差違化して成りたつ点、それらに対して〔本伝〕に相当する位置にたつけれども、また一方、〔本伝〕とのかかわりもなかなかに深い。〔書六〕の冒頭の「伊奘諾尊与二伊奘冉尊一、共生二大八洲国一。」という一節じたい、〔本伝〕の「伊奘諾尊・伊奘冉尊共議曰、吾已生二大八洲国及山川草木一。」に重なる。さらには最後をしめくくる「伊奘諾尊悪之曰、可二以任レ情行一矣。乃逐之。」にしても、〔本伝〕末尾の「其父母二神勅二素戔嗚尊一、（中略）固当三遠適二之於根国一矣。遂逐之。」に対応する。こうして首尾をあわせている以上、〔書六〕もまた、〔書一〕〔書二〕とならんで〔本伝〕を基本的に襲っていることは疑いをいれない。

それは、しかし、どこまでも首尾のいわば外枠部分にとどまるというのが実態である。肝腎なその所伝の中身

にいたっては、そもそも尊卑の対比的類別など痕跡すらなく、火神を斬断した上で、死んだ伊奘冉尊を追って伊奘諾尊が黄泉に入ったあと、再会と別離、黄泉を脱出後の祓除と神々の化生などといったむしろ独自な展開のほうがきわだつ。そこには、〔本伝〕をはじめ先行するどの一書ともかかわりは認めがたいけれども、第五段の一書として位置する以上、それ自体で完結も独立もありえず、外枠部分につながりを必然的にもつ。外枠部分を独自部分につなぐ結接部こそ、独自部分を導く重要な役割を負っているが、その結接部にあたるのが「至㆓於火神軻遇突智之生㆒也、其母伊奘冉尊見㆑焦而化去。」という伊奘冉尊の死をめぐるくだりであり、これは明らかに直前の〔書五〕に「伊奘冉尊生㆓火神㆒時、被㆑灼而神退去矣。」という一節を、表現を含めひき継ぐ。この死のあと、〔書五〕では、それに残された側の葬・祭が続くのに対して、伊奘諾尊を中心に、火神斬断に続き、逆に死去した側の死後の世界へ橋を渡す役割を、その結接部が担う。

　そのことは、同時に、次に今度は独自部分を外枠部分につなぐもう一つの結接部分もまた、同じように先行一書を利用した可能性を示唆する。すなわち、伊奘諾尊の黄泉脱出後に展開する一連の祓除と神々の化生という独自の部分のあと、その祓除の最後「洗」による天照大神ら三子の誕生が結接部にあたり、これに続く直後の外枠部分につたえる素戔嗚尊の追放に、それはつながる。この結接部分に関連をもつ所伝が、〔本伝〕を始め先行する一書のなかでは唯一誕生神を三子とする上に、「化出」のかたちをとる〔書一〕である。類似は、その誕生のかたちはもとより、表現その他にも及ぶ。それらを確かめるために、次に両者をつきあわせてみる。

○乃以㆓左手㆒持㆓白銅鏡㆒、則有㆓化出之神㆒。是謂㆓大日孁尊㆒。右手持㆓白銅鏡㆒、則有㆓化出之神㆒。是謂㆓月弓尊㆒。又廻㆑首顧眄之間、則有㆓化神㆒。是謂㆓素戔嗚尊㆒。〔書一〕

○然後、洗㆓左眼㆒、因以生神、号曰㆓天照大神㆒。復洗㆓右眼㆒、因以生神、号曰㆓月読尊㆒。復洗㆑鼻、因以生神、

号曰二素戔嗚尊一。〔書六〕

この〔書一〕が右のように「化出」によって三子を誕生させていることにそくしていえば、伊奘諾尊と伊奘冉尊とが共議により生むというかたちをとる〔本伝〕をはじめ、火神出産による伊奘冉尊の死をつたえる〔書二〕以下の一書とも明らかな違いがある。しかしそうした誕生のありかた以上に重要なのが、伊奘諾尊が「吾欲レ生二御寓之珍子一」と言表した上で、その子を「化出」する行為を単独でおこなっている点である。世界の支配神を自らの意志をもって誕生させた上に、「使レ照二臨天地一」とその世界の統治まで命じるという唯一絶対の創造神として、伊奘諾尊の存在だけがきわだつ。伊奘冉尊は、そこに不在である。〔書二〕以下の一書がつたえる伊奘冉尊の死にしても、見方をかえれば、伊奘冉尊の不在を導く契機とみなすことができる。伊奘冉尊が退いたあと、陰神にそうして決着をつけた上で、陽神の伊奘諾尊だけがひとりその世界に創造神としてありつづけるという点では、〔本伝〕とは別に、すべての一書がそろって同じ系統にたつ。なかんずく〔書六〕が、そのかたちをもとに成りたつ。そして伊奘冉尊の不在（死）をつたえる〔書五〕の前掲（696頁）一節に対応するくだりを前段の結接部（前）にすえ、まさにその不在のかたちをとる〔書一〕にそくして、だからそれと重なるかたちをとって後段のもう一つの結接部（後）に利用したのが、すなわち右に引用した〔書六〕の一節にほかならない。

内容の上でも、左右の手に白銅鏡を持つという行為によって大日孁尊と月弓尊とを「化出」し分けることと、かたや左右の眼を洗うという行為によって天照大神と月読尊とを「生」みわけることがあい通じることをはじめ、左右の対称性からともに素戔嗚尊を外すことも偶然の一致ではありえないはずだから、〔書一〕を〔書六〕がひき継いだとみるのが相当である。なおいいそえれば、「白銅鏡」から「眼」につなげるのが視覚である。さきにも引用した神代下第九段〔書二〕に、天忍穂耳尊の天降りに際して「天照大神、手持二宝鏡一、授二天忍穂耳尊一、

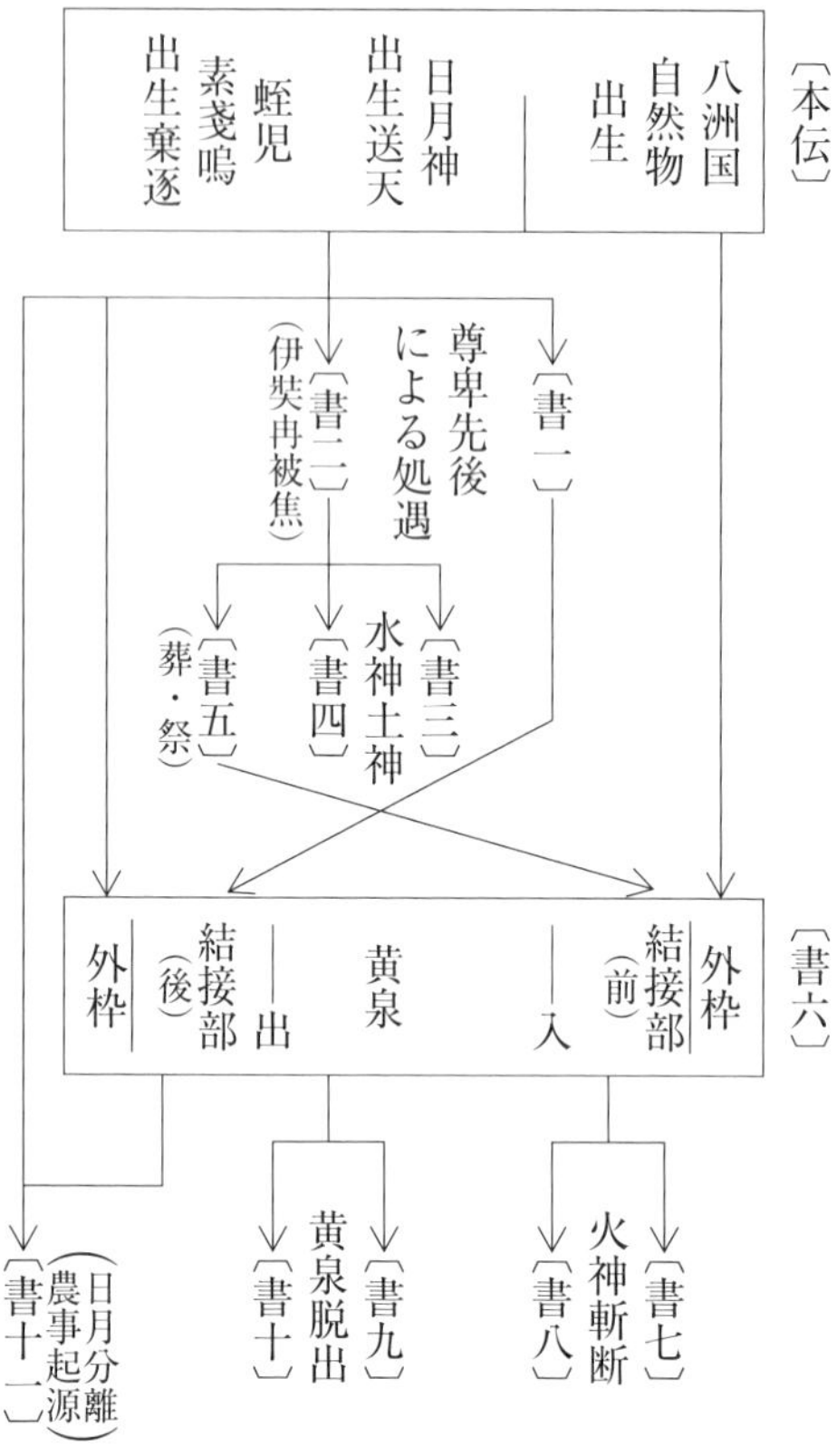

祝之曰」というなかに「吾児視二此宝鏡一、当レ猶レ視レ吾。」とあり、鏡に映る像はそれを視る者の眼にも映るというように、像すなわち日神、月神を介して両者は分かちがたくつながってもいる。

　この〔本伝〕から〔書十一〕にいたる各所伝を、なかんずく〔書六〕を構成する外枠や結接部とのつながりを中心に、承接関係をもとに矢印でつないだのが上掲の図である。たがいの関係は、一見したところ入り組んでいるようにみえるけれども、実は極めて単純である。すなわち〔本伝〕及びそれにたぐう位置をしめる〔書六〕に対して、それぞれあとにつづく一書の数はともに五例、さらにその五例ずつの一書にかぎれば、先行所伝からその一部ないし一節をひき継ぐ上に差違化をはかり、その差違化による所伝の展開をめぐっては、一定の枠をほぼ一書二つがたがいに共有するといった原則がある。

　その原則にただ一つ例外となるのが〔書十一〕である。すでに指摘したとおり〔書六〕の結接部（後）に当たる伊奘諾尊の勅任をひき継いだ冒頭の一節に、〔本伝〕の月神に関する「可二以配レ日而治一。」をわざわざくみこんで「月夜見尊者、可三以配レ日而知二天事一也。」としたその意図にかかわるが、そのような設定は日神と月神と

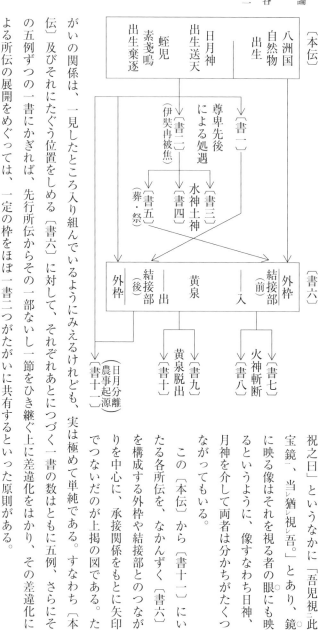

を並べ、「挙二於天上一」「送二之天一」〔本伝〕あるいは「大日孁尊及月弓尊、並是質性明麗。故使レ照二臨天地一。」〔書一〕という同じ処遇を導く。しかし〔書六〕が「天照大神者、可三以治二高天原一也。月読尊者、可三以治二滄海原潮之八百重一也。」というように天照大神と月読尊をむしろ対比的に隔絶した関係〔高天原と滄海原〕に置いたことにそくして、隔絶を昼と夜との隔離に移しかえたのが〔書十一〕の「〔天照大神〕乃与二月夜見尊一、一日一夜、隔離而住。」という一節のはずだから、つまりはそうした差違化のかたちをとる上に、その前提となる内容を表わす〔本伝〕のかの一節はまさに格好でもあった、実際上は、〔本伝〕のかの一節にそくして、〔書六〕がつたえる隔絶〔高天原と滄海原〕をもとにその隔離〔昼と夜〕への転換、すなわち差違化をはかったものであろう。

その意味では、所伝の内容じたいが例外をもたらしたといっても過言ではない。〔書十一〕のこの差違化した所伝のもつ意味は、なかなかに重い。〔書六〕をひき継ぐ伊奘諾尊の「天照大神者、可三以御二高天之原一也。」という勅任をうけた天照大神の言動を、この〔書十一〕にいたってはじめて直につたえることに加え、大神じしん月夜見尊に対して「汝是悪神。不レ須二相見一。」と拒絶を宣言することにより、高天原の支配神としての絶対的な立場をみずから鮮明にしているからである。拒絶が、前に引用した一節に「一日一夜、隔離而住。」という住み分けを結果する。そのかたちは、当初の伊奘諾尊が勅任した「月夜見尊者、可三以配レ日而知二天事一也。」という任務を、天照大神が実質化するものでもあったはずである。さればこそ、昼夜の起源につながる。

そしてまさにその住み分けに類するかたちをつたえるのが、すなわち古事記の所伝である。「三貴子」に対する伊耶那伎命の「詔」の、つぎに示す一節であるが、

其御頸珠之玉緒、母由良迩取由良迦志而賜二天照大御神一而詔之「汝命者、所二知高天原一矣。」事依而賜也。〔中略〕次詔二月読命一「汝命者、所二知夜之食国一矣。」事依也。次詔二建速須佐之男命一「汝命者、所二知海原一

矣。」事依也。

ここにいう月読命による「夜之食国」の支配こそ、〔書十一〕がつたえる「一日一夜、隔離而住。」という日と夜に隔離後の夜の住まいをいう。伊耶那伎命の「詔」という点にそくして言えば、月夜見尊に対する伊奘諾尊の勅任を天照大神が実質化した分治の、いわばあるべきかたちに当たる。もとより、偶然ではあり得ない。なぜなら、この月夜見尊の分治と月読命の「夜之食国」支配との対応はもとより、「素戔嗚尊者、可㆔以御㆓滄海之原㆒也。」なども含む〔書十一〕の冒頭の一節に、右の古事記の一節は例外なく対応するからである。そのことは、〔書十一〕が差違化をとおしてそのさきにようやく到達したかたちを、古事記がほぼそのままひき継いだことを示唆するであろう。前掲の図に、〔書十一〕を古事記がひき継いだことをあらわす矢印をつけ加えることが可能である。

六、〔書六〕の「根国」をめぐる差違化、その黄泉との関連

さて、この承接関係に付随するのが「根国」である。もはや「根国」をめぐる問題に正面きってとりくむ下地はできたが、なお足場固めのためその関係をもう少し詰めてみるに、右のような勅任に関連した所伝間の対応上、〔書十一〕が〔書六〕をひき継いでいる以上、もとになった〔書六〕と古事記とはおのずからつながりをもつ。なおまた勅任にさきだつ三子の誕生をめぐっては、〔書六〕と古事記とがほとんど同じ内容をつたえているが、前述した結接部（後）のとおり〔書六〕が〔書一〕を差違化しながらひき継いだことにかんがみ、相関する関係としては、当のその〔書六〕を古事記がひき継いでいるとみなすのが自然である。これら三子の誕生と勅任につづき、内容の上でも分かちがたいかかわりにあるのが、素戔嗚尊の放逐をめぐるくだりである。前述のとおり放

逐をつたえるどの所伝とも違い、〔書六〕だけが素戔嗚尊の「吾欲レ従二母於根国一、只為泣耳。」という意向を明示する。これに酷似するのが古事記の「僕者欲レ罷二妣国根之堅州国一、故哭。」という一節である。一連の展開に共通した〔書六〕から古事記へ向かうこのひき継ぎにともなう傾向が一方的かつ強固なだけに、放逐に関する一節もまた、古事記こそが〔書六〕をひき継いでいることは疑いをいれない。

もっとも、「根国」を古事記が「妣国根之堅州国」とした以上、やはりそれは差違化したことだから、あらためてその意味を見きわめることも課題なのだが、さしあたっては、その課題にとりくむ前提としても、なによりまず〔書六〕の「吾欲レ従二母於根国一」という当面する問題の一節に検討を加えることが先決である。「根国」に関してそのように母に言及した内容は、第五段のみならず、日本書紀がつたえる「根国」関連のどの所伝にも見出せない。〔書六〕にまさに固有ではあるけれども、さきに明らかにしたその所伝の成りたちに照らして、差違化がそこにかかわっているとみるのが筋である。

そこで先行所伝を参照してみるに、素戔嗚尊について〔書六〕の「常以啼泣恚恨」という一節に対応するのが、〔書二〕の「此神性悪、常好二哭恚一。」である。これを、それぞれ「哭」を「啼泣」に、「恚」を「恚恨」にいわば引伸してひき継いでいるはずだが、にもかかわらず、その一節の直後につづき、しかもセットの関係にある「国民多死、青山為レ枯。」については、〔書六〕はひき継いではいない。〔本伝〕が「此神（中略）且常以二哭泣一為レ行。故令二国内人民多以夭折一、復使二青山変レ枯。」とつたえる一節をひき継いだのが、〔書二〕のそのセットのかたちである。セットのうち、ひき継ぎをしないほうは、人や自然に甚大な危害をもたらすことをいう。「汝甚無道」〔本伝〕、「必多レ所二残傷一」〔書二〕というように父母にいわせ、放逐する理由がそこにあっただけに、その削除は、〔書六〕が所伝に大きな改変をくわえたことを強く示唆する。

〔書六〕が削除とひきかえにつたえるのが、すなわち伊奘諾尊の勅任に対する不服従である。素戔嗚尊が勅任をうけた時点を、わざわざ「是時、素戔嗚尊、年已長矣。復生二八握鬚髯一。」と明示する。垂仁天皇二十三年九月条の「誉津別王、是生年既卅、髯鬚八掬。」に通じるだけに、「可三以治二天下一也」という勅任にすでに十分堪える年令に達していることをあらわすはずだから、つづく「雖レ然、不レ治二天下一。」には、いわば確信犯的な抗命といった意味合いが強い。それの身体的あらわれこそ、「常以啼泣恚恨」にほかならない。それゆえ、伊奘諾尊の「汝何故恒啼如レ此耶。」という詰問に対して素戔嗚尊が答えた「吾欲レ従二母於根国一、只為泣耳。」でも、表向き母への思慕をいいながら、抗命がそれの内実である。伊奘諾尊の「洗レ鼻」という行為から生まれた素戔嗚尊にとって、母など実在するはずもないが、伊奘諾尊が父である以上、その妻の伊奘冉尊こそ、関係としては母（義母）に当たる。黄泉平坂にあって別れぎわすでに「建二絶妻之誓一」という伊奘諾尊にしても、子が母といえば、その伊奘冉尊を容易に想起する。そうした関係を逆手にとって、抗命に実をあたえようとしたものだったに相違ない。人や自然に危害を及ぼすといった〔本伝〕の系統の所伝がつたえる反社会的な暴力行為や災害などとは違い、むしろ絶対神の立場にあった伊奘諾尊のその心情の内側を逆撫ですることに、それは近い。伊奘諾尊の「悪之曰、可二以任レ情行一矣。」という言葉に、憎悪はあからさまである。

この解釈をもとに、問題の「吾欲レ従二母於根国一」について、その「従母」が唐律の「従レ偽」に当たり、伊奘諾尊の勅任に対してその権威そのものを否定して寝返るその先に「従レ母」の「母」、すなわち伊奘冉尊を挙げたものという見解を通釈（第五段196頁）に示している。それだけに、そこにいう母も「根国」も、実態としてのそれよりはむしろそれぞれ伊奘冉尊と尊のいる黄泉とを象徴するいわば記号としての意味あいが強い。もちろん、その関係を裏付ける明確な徴証がある。たとえば〔書一〕に「素戔嗚尊、是性好二残害一。故令三下治二根国一。」という一節がそれに当たる。天照大神以下三子の誕生を「化出」とつたえるこの〔書一〕を、前述（697頁）のとおり〔書六〕はひき継ぐはずだが、伊奘諾尊・伊奘冉尊を父母として「共生《ともにうむ》」というかたちをとる〔本伝〕〔書二〕は、右の一節に対応するくだりをそれぞれ「固当㆔遠適㆓之於根国㆒」「汝可㆔以駆㆓極遠之根国㆒」とつたえる。「遠」ないし「極遠」を添えないことと、〔書一〕の一節がことさら「下」を付加していることは表裏する。「化出」と同様というより、それとあわせ、そのように差違化したその「根国」こそ、〔書六〕はひき継ぐであろう。具体的には、さきにも指摘した第七段〔書三〕が「不㆑可㆑住㆓於天上㆒、亦不㆑可㆑居㆓於葦原中国㆒。」のあと「宜㆔急適㆓於底根之国㆒」とつたえるこの「底根之国」を想定していたはずである。まさしくそれは、黄泉に通じる。

七、大祓祝詞の「根の国・底の国」

「底根之国」は、だから文字どおり地底に「根国」があったとする考えに根ざすであろう。そして、これに類義的な語がまた別にある。延喜式の祝詞がつたえる「根国・底（之）国」であるが、六月晦大祓と道饗祭との二つの祝詞にその例がある。ただに裏づけをとるためというより、「根国」の位置づけ、あるいはそのもつ意味の解明にもはなはだ示唆に富むので、そのおのおのについて考察をくわえることにする。

もっとも、さきに言及したとおり神野志隆光氏に前者の大祓祝詞の例に加えた説明があり、「その文脈に従って理解するならば、『下つ底』とは認めがたいのである。」と断じてもいる。従来の「根の国　死者の霊が行くと考えられた地下の世界。黄泉国（よみのくに）。」「底の国　地の底の国。根の国を言葉を変えて重ねて言ったもの。」（青木紀元氏『祝詞全評釈』「六月晦大祓」の語釈。257頁。平成十二年六月。右文書院）という語釈とはあい容れない。

そこで、その検証も試みるべく、二つの祝詞のうちまずは問題となる大祓祝詞をとりあげる。便宜、次にその本文を訓み下して示す。

皇御孫の命の朝廷を始めて、天の下四方の国には、罪といふ罪はあらじと、（中略）遺る罪はあらじと祓《はら》へたまひ清めたまふ事を、高山・短山の末より、さくなだりに落ちたぎつ速川の瀬に座す瀬織《せおり》つひめといふ神、大海の原に持ち出でなむ（以上、A）。かく持ち出で往なば、荒塩の塩の八百道の、八塩道の塩の八百会《やほあひ》に坐す速開《はやあき》つひめといふ神、持ちかか呑みてむ（以上、B）。かくかか呑みては、気吹戸《いぶきど》に坐す気吹戸主といふ神、根の国底の国に気吹き放ちてむ（以上、C）。かく気吹き放ちては、根の国・底の国に坐す速さすらひめといふ神、持ちさすらひ失ひてむ（以上、D）。

この過程を経て、「天皇が朝廷に仕えまつる官官《つかさづかさ》の人等を始めて、天の下四方には、今日より始めて罪といふ罪はあらじ」という祓い清められた状態に至る。右の（A）から罪を順次逓送する。傍線を付した（C）について、「遠く、かなたの手のとどきようのないところに吹き払うという以外の意味を認めうるであろうか。海底に吹きこむとでもいうのか。それでは不自然にすぎよう。」というのが神野志氏の説明だが、「不自然」と判断する拠りどころを欠くばかりか、そもそも「遠く、かなたの手のとどきようのないところ」にあたる一節あるいは表現をはたして祝詞本文に認めうるであろうか。古い注釈書の解釈は、それとはまったく異なる。

たとえば鈴木重胤『延喜式祝詞講義十之巻』（『国文注釈全書』第十七巻。608頁）に、（B）に関して「八百会とは八百の塩道の集り会所を云ふ方々の潮道より流来る潮の一所に集会て海ノ底へ巻没る所ろなり」と説く。大海の原にそうした四方八方から潮の集り会う場所があるとする考えは、前掲神代上第五段〔書六〕の「月読尊者、可㆔以治㆓滄海原潮之八百重㆒也。」という一節にも通じるが、そこにできるうず潮が罪を海底に呑みこむことをいうのが（B）であり、祝詞の「かか呑みてむ」に注して、「祝詞講義」は「八塩道の塩の八百会より速開都比咩神の根国底之国に呑込み給ふを云なり」（612頁）という。この指摘は重要なので、もう少し内容にたちいってみるに、「かか呑みてむ」の主語、つまり速開つひめ（原表記「速開都比咩」）を、伊奘諾尊・伊奘冉尊所生のミナトの神として、それぞれ古事記が「次生二水戸神、名速秋津日子神、次、妹速秋津比売神一。」、日本書紀は「水門神等号速秋津日命。」（神代上第五段〈書六〉）とつたえている。ミナトの神であるはずの速開つひめが塩の八百会に坐すことについて、「祝詞講義」はいう、「其は潮の八百会は此顕国の海上の堺にて根国の方へ潮の没往《イリユ》く門口なれば此亦彼方の水戸なり」と。そうして潮の八百会に顕国と根国との堺があるとはいっても、依然として大海の原（の上）なのだから、そこに四方八方から流れこむ罪を速開つひめが呑みこむことさながら渦潮が巻きこむ状態をほうふつとさせるけれども、それではまだ終わらない。呑みこんだ罪をいよいよ「根の国・底の国」へ吹き放つ神が、気吹戸に坐す気吹戸主である。「気吹」については、やはり神代上の第六段に、誓約のなかで天照大神と素戔嗚尊の二神がそれぞれ子を生む行為に関連して「（剣あるいは瓊を咀嚼して）吹棄気噴之狭霧所レ生神」（本伝」「吹出気噴之中化生神」（書二）という「気噴」をつたえてもいる。いずれも、息を吹き出すことをいう。「気吹き放ちてむ」のかたちであるにせよ、「遠く、かなたの手のとどきようのないところに吹き払う」（前掲神野志説）というのでは、罪はどこか途中で行方知れずとなりかねない。順を追って次から次へと確実に逓送することをいうのが、大祓祝詞のいわば基調でもあって、潮の八百会に坐す速開つひめが「持ちかか呑みてむ」というように呑みこんだあと、うず潮が巻きながら沈みこむその先に、息を吹き出すように罪を気吹戸主が送りこむことになる。その先とは、当然と言えば当然ながら、海の底をさす。それを、誤解のないよう書き添えたのが「根の国・底の国」であったろう。そこでは、速さすらひめが「持ちさすらひ失いてむ」というように対処し、罪の処理が完結する。

八、道饗祭祝詞の「根の国・底の国」

ところで、この「根の国・底の国」を、「祝詞講義」は黄泉国と同じものとみる。「黄泉国は大地の胎中に在て其往来は穴より通ふ処なるを知るべきなり」「偖右の如く大地の胎中に在る国なるが故に黄泉国とも予母都国とも根国とも底国とも根底国とも根之堅洲国とも云るなり」（616頁）と説き、互いの異なり、したがってまたおのおのがもつ独自などにもほとんど（つまり、堅洲国を「地心より何れにか傍倚れりと所思たり」という程度にしか）顧慮しない。前掲『祝詞全評釈』も、その点は変らない。しかしながら「根の国・底の国」にしても、前述の大祓祝詞がつたえる罪のいわば最終処理場とは別に、もう一つ道饗祭祝詞がつたえるかたちがある。そのかたちというのは、類型にのっとるからである。まずはその類型をみるに、四つの祝詞にほぼ共通した表現が成りたっている。該当する部分を次に抜き出してみる。

甲　(A)くし磐間門《いはまと》の命・豊磐間門の命と御名は白して、辞《こと》竟へまつらば、(B)四方の御門に、ゆつ磐むらの如く塞《さや》りまして、（中略）(C)疎《うと》ぶる物の、(E)下より往かば下を守り、上より往かば上を守り、（祈念祭祝詞、六月月次祝詞）

乙　(A)くし磐牖《いはまと》・豊磐牖の命と御名を申す事は、(B)四方内外の御門に、ゆつ磐むらの如く塞りまして、(C)四方四角より疎び荒び来む、天のまがつひといふ神の言はむ悪事《まかこと》に、(D)あひまじこり、あひ口会へたまふ事なく、(E)上より往かば上を譲り、下より往かば下を譲り、（御門祭祝詞）

丙　(A)八衢《やちまた》ひこ・八衢ひめ・くなどと御名は申して、辞竟へまつらくは、(C)根の国・底の国より麁《あら》び疎び来む物

に、(D)相率《あひまじこ》り相口会《あひくちあ》ふ事なくして、(E)下より行かば下を守り、上より往かば上を守り、（道饗祭祝詞）

「根の国・底の国」の例は、丙の（C）にある。その丙は、（B）に当たる一節を、甲の「四方の」や乙の「四方内外の」などと限定する「御門に」を「八衢に」として、右の引用箇所より後に置いている。甲と乙は近いが、問題の（C）とそして（D）において、丙は乙に類する。親疎の関係は、ほかにたとえば甲の（中略）とした「朝には御門を開きまつり、夕べには御門を閉《た》てまつりて、」に通じる一節を乙だけがあらわすなど、どの部分をとるかによって動くけれども、いずれにせよ表現が類型にのっとることは明らかである。

内容もまた、もちろんたがいに親近をもつ。甲と乙は、（B）に「四方（内外）の御門に」というように皇居の出入り口となる門を守る神、クシイハマトノミコト、トヨイハマトノミコトを祭りの対象とする。一方、丙では、右の引用のあと（B）に当たる一節に「八衢に」という道路を守る神、すなわち「八衢ひこ・八衢ひめ・くなど」が対象である。宮門を守る、道路を守るとはいっても、邪悪な神の侵入をそこで阻止することの謂だから、場所が違うだけにすぎない。そしてその邪神についていえば、乙だけが「天のまがつひといふ神」に特定してはいるけれども、その神の侵入を「四方四角より疎び荒び来む」というこの傍線部の表現に、甲「疎ぶる者」、丙「根の国・底の国より麁び疎び来む物」がともに確実に対応する。

対応するその度合いは、同じくクシ・トヨの両イハマトノミコトを祭りの対象とする甲と乙との間以上に、乙と丙との間においていっそう緊密である。侵入する邪神への対処の仕方をいう（D）（E）にいたっては、ほとんど違いがない。そのことは、侵入する様態をあらわす右の傍線部の表現の対応を含め、乙と丙とのよりいっそう広汎かつ本質的な類縁を示唆するであろう。侵入をめぐる乙の「四方四角より疎び荒び来む」が、イハマトノミコトの守護する「四方内外の御門」に対応する表現だから、その傍線部は「東西南北の四方と、その四つの中間。八方。」（日本古典文学大系『古事記・祝詞』の当該頭注）であって、僻遠には当たらない。

念のためいい添えれば、それはあくまで方角ないし方向をあらわすだけにすぎない。一方に、明確に僻遠をあらわす例がある。たがいに対照的であることに加え、それじたい異界の一つの典型でもあり、もちろん「根国」とも無縁ではないので、次にとりあげてみる。儺祭詞の一節であるが、

　事別きて詔りたまはく「穢悪《けがら》はしき疫《えやみ》の鬼の、処処村村に蔵《こも》り隠らふるをば、千里の外、四方の堺、東の方は陸奥《みちのく》、西の方は遠つ値嘉《ちか》、南の方は土佐、北の方は佐渡より彼方《をち》の所を、汝等《なむたち》疫の鬼の住処《すみか》と定めたまひ行《おもむ》けたまひて、五色の宝物、海山の種種の味物《ためつもの》を給ひて、罷《ま》けたまひ移したまふ所所方方に、急《すみやか》に罷《しりぞ》き往《い》ねと追ひたまふと詔るに、

問題の「四方四角」に対応するのが傍線部の「四方の堺」である。表現は近いけれども、「四方」に「堺」を付けたかたちをとることにより、「千里の外」や辺境各地「より彼方の所」などと一連の意味をあらわすことになる。そしてまさにその彼方の極遠の場所が、疫鬼を追いやる先である。類例に、とはいえ扱いはよほど穏やかになり、だから極遠とまではいかないが、「この地よりは、四方を見霽《みはる》かす山川の清き地に遷り出でまして、吾が地と領《うすは》きませ、」とうったえかける祟神《たたりがみ》の例（遷却祟神）がある。これらの神に対する扱いに共通するのが、そうして住み鎮まるべき適地を指定していることと神の歓心を買う品物を奉給することである。疫鬼に給う物品は右掲儺祭詞の一節に明らかであり、穏やかな扱いの祟神に対しては、「進る幣帛《みてぐら》は、明るたへ・照るたへ・和《にぎ》たへ・荒たへに備へまつりて、見明らむる物と鏡、翫《もてあそ》ぶ物と玉、射放《いはな》つ物と弓矢」以下それこそ枚挙にいとまないほど「横山の如く几《つくゑ》つ物（八物《やつもの》）」（『祝詞全評釈』「本文校訂」）に置き足《た》らはして、奉るうづの幣帛を」というように積みあげてもいる。その点では、追いやるとはいっても、遷っていただくといったほうが実情に近い。

それは、さきにとりあげた罪に対する処理の仕方とも全く異なる。前掲甲、乙、丙の各祝詞にいう邪悪な神に対しても、ただその侵入を防ぎ守るだけだから、扱いは違う。というより、こちらは、侵入を防ぎ守る神のほうに「うづの幣帛」を奉るというように逆のかたちをとる。邪悪な神に、そうした歓心を買う扱いは通用しない。その侵入を防ぎ守る以外になんら対処もできないというのだから、たとえば甲のようにただ「疎ぶる物」であってもとりたてて不足はなかったはずだが、また一方、それだけに、進入をめぐって邪悪にふさわしいありかたを強調することも自然であったろう。さきに僻遠には当たらないとした乙の「四方四角より」は、宮門内に侵入しようとしてありとあらゆる方向からせまることを強調した表現にほかならない。同じようにどこから侵入してくるかについて、特にその出所を明かしてみせたのが「根の国・底の国」である。すきを窺いつつ侵入をはかる邪神に対して、防ぎ守る側も「下より往かば下を守り、上より往かば上を守り」（甲以下、所掲の全ての祝詞にある）という機敏な対応を余儀なくされるが、ことほどさように変幻自在な出没ぶりに、「麁び疎び来」とあわせこの邪悪な神の本領があったことをそれは如実にものがたる。これらに、出所が極遠に結びつくなんらの手がかりもない。その限り、やはり、どことも知れず地の底からたちあらわれるというのが、その本領にもふさわしいはずである。地の底の謂を文字どおりそれとして言いそえた語、大祓祝詞がつたえる同じ語にそうして確かに重なる。

九、素戔嗚尊と「根国」の所在との相関——地の底と極遠の地、そして黄泉——

さて、「根の国・底の国」が地（海、以下同じ）の底にあることはもはや明らかだとしても、日本書紀がつたえる「根国」と同じだという保証などはない。しかし、両者が同一のものである必要も、これまたない。つっぱねていえば、両者をつなぐものは、地の底にあるというただ一点でしかない。「根の国・底の国」のようには、底にあることを言いそえてはいないだけに、ふりはらおうとしてなお消せない疑問が「根国」にはつきまとう。

　最後に一つその疑問とする点についていえば、この第二章のはじめにたちもどることになるが、地の底にあるとはいっても、「水平表象性」（前掲西條説）もまた否みがたいという、そうした二つのあい異なる様相をなぜ呈するのかという問題に収斂する。後者は、すでに例示したように「固当三遠適二之於根国一矣」（第五段〔本伝〕）「汝可三以馭二極遠之根国一」（同〔書二〕）といった表現のかたちをとる。実際は地の底にあることを、たとえば地底探検何万キロなどのようにはてのない極遠としてあらわしたものとみなさないかぎり、水平にひろがるその極遠としてとらえるのが、やはりごく自然であろう。

　この疑問には、実はすでに答えがでている。第五段の〔本伝〕及び各一書の相関をさきに図示したが、極遠とする所伝が〔本伝〕と〔書二〕、後者は前者の内容をひき継ぐから、結局のところ答えは〔本伝〕にある。すなわち、前述のとおり「尊卑先後之序」を原理とする対比的類別にそくして所伝を成りたたせている点に、〔本伝〕は特徴をもつ。天地の開闢をめぐっては、出典について議論はあるにせよ（例えば神野志隆光氏『古代天皇神話論』（その第二章「付論　冒頭部と『三五暦紀』」。一九九九年十二月。若草書房）。瀬間正之氏「日本書紀開闢神話生成論の背景」『上智大学国文学科紀要』第十七号、二〇〇〇年三月）、陰陽をはじめ中国の思想にもとづくことは論をまたない。〔本伝〕がこの系統にたつ以上、そこに中国思想の影響を想定するのが筋である。

　そしてその影響というより、それそのものをもとに成りたつのが、前掲（708頁）儺祭詞である。「穢悪はしき疫の鬼」を千里の外へ追いやる神を、そこでは「大儺の公・小儺の公」とするなど、日本的な手直しをくわえてはいるけれども、中国古典がつたえる追儺の伝統行事にもとづく。（その具体的内容については『荊楚歳時記』東洋文庫324の「十二月、八日臘祭」の項の守屋美都雄氏の解説に詳しい〕。それをつたえる張平子「東京賦」〔『文選』巻三〕の「煌火馳而星流、逐二赤疫於四裔一。」、あるいはその李善注「左氏伝曰、投二諸四裔一以禦二魑魅一。」などにいう「四裔」とは、四方の辺境をいう。儺祭詞のなかでは、「千里の外、四方の堺、東の方は陸奥、西の方は遠つ値嘉、南の方は土佐、北の方は佐渡より彼方の所」がそれにあたる。そこを「汝等疫の鬼の住処と定めたまひ行けたまひて」というように「住処」とみなす考えも、『論衡』「訂鬼第六十五」にあい通じる次の一節がある。

鬼者、物也。与レ人無レ異。天地之間、有鬼之物、常在二四辺之外一。時往二来中国一、与レ人雑則、凶悪之類也。

疫鬼を逐いやるとは、つまりは彼らをその本来居住すべきところに戻すということ、その居住地が「四辺之外」であり、「四裔」でもあったということにほかならない。

これら「四辺之外」「四裔」こそ、まさしく極遠の地であり、素戔嗚尊に対して父母二神が「固当三遠適二之於根国一矣」〔本伝〕「汝可三以馭二極遠之根国一」〔書二〕と宣告したなかの「根国」が、それにあたることは疑いをいれない。〔本伝〕であればこそ、所伝を構成するわく組じたいを、前述のとおり中国の思想に根ざす対比的類別をもってかたちづくるほどだから、「四裔」などのいわば中国古典の伝統思想にのっとった脚色を「根国」に加えることになんら抵抗はなかったはずである。素戔嗚尊がもたらす「令二国内人民多以夭折一。」〔本伝〕「国民多死」〔書二〕という災厄は、それぞれ「有二勇悍以安忍一。且常以二哭泣一為レ行。」「性悪。常好二哭恚一。」という素戔嗚尊の本性に根ざす習癖に起因する。疫鬼が疫疾を発生させることに、恐らくそれは通じるであろう。素戔嗚尊の放逐は、その点、疫鬼に対する扱い同様、処罰というより、素戔嗚尊をその本性にそくした然るべき極遠の地に在らしめるといった意味あいが色濃い。なお、大物主神の祟りをめぐる伝承〔崇神紀五年〕も、中国古典がつたえる鬼魅関連の記述を利用して成りたつ〔各論第五章付論第二、三節〕。

他方、〈書六〉がつたえる素戔嗚尊は、そもそも人や自然に災害をもたらすといった存在ではない。伊奘諾尊の勅任に対する「不レ治二天下一。常以啼泣恚恨。」という抗命のかたちをとり、疫鬼とのかかわりに代えて、前述のとおり唐律にそくしてその確犯信犯的な邪悪を強調する。こうして「根国」を極遠の地とする必要も、必然性もないなかでこそ、差違化によりそれを地の底として抗命に結びつけるという所伝の新たな展開をそこにはかったに違いない。それを、かの「吾欲レ従二母於根国一、只為泣耳。」という一節が象徴的にものがたる。この所伝の展開に伴う要請が、必然的にも「根国」をあの伊奘冉尊の黄泉に結びつけたということにほかならない。

十、「根国」をめぐるその後の展開と古事記のひき継ぎ

一書におけるこの「根国」をめぐる差違化のはたらきは、なにも第五段にかぎらない。差違化じたい、前述のとおり神代紀全体を貫くすぐれて原理的な性格が強い。当然、第七段〈書三〉もそのはたらきによって成りたち、さきに掲出したそのなかの一節「宜三急適二於底根之国一」にしても、「根国」を地の底にありとした右の〈書六〉をふまえ、そのありようを明らかに文字にあらわすかたちで「底根之国」の表現を成りたたせているに相違ない。これに対して、〈本伝〉では、たとえば第六段のそれに「父母已有二厳勅一、将三永就二乎根国一。」とあり、これが第五段〈本伝〉の「其父母二神勅二素戔嗚尊一」（〈書二〉の「其父母勅」を併せ）の系列をひき継ぐことに照らして、「根国」を僻遠の地とするかたちを恐らくは変えていない。第八段も同様に、素戔嗚尊関連の所伝の最後のくだりに〈本伝〉が「已而素戔嗚尊遂就二於根国一矣」とつたえるなかのこの「根国」は、やはりそれ以前の〈本伝〉の系列につらなるはずである[1]。

この系列の上では、古事記は明らかに第五段の〔書六〕の側に属する。そして、げんに、たとえば古事記に独自な「妣国根之堅州国」だが、前述のとおり第五段〔書六〕をひき継いだなかにある例だから、差違化がそれの成りたちにかかわることは明らかである。念のため関連をたどれば、くだんの例を含む「僕者欲レ罷二妣国根之堅州国一」じたい、〔書六〕のあの「吾欲レ従二母於根国一」に由来する。直後の、それに対する反応として然るべき内容をあらわす「伊耶那岐大御神大忿怒詔」にしても、もとをただせば〔書六〕の「伊奘諾尊悪之曰」にゆきつく。〔書六〕とのこれらの対応は、ほぼ古事記が〔書六〕をなぞるかたちをとる。

そこにあるのが「根之堅州国」である。このあと、高天原から追放された須佐之男命が出雲に降り、舞台を出雲に移すと、高志の八俣のをろちを退治して須賀の地に宮を造り、櫛名田比売を妻として子を生む。神代紀との対応も、出雲降下を境に、それ以前の第五段〔書六〕（大気都比売神をめぐる五穀起源のくだりは〔書十一〕）から、これ以後は第八段〔本伝〕に移る。

ここまで、対応は古事記が神代紀をほぼなぞるかたちをとる。それだけに、第八段〔本伝〕をしめ括る「已而素戔嗚尊遂就二於根国一矣。」という肝腎な根国行きに古事記が一切言及しないことを、不手際などとみなせば当を失するであろう。あえて出雲から根国行きを消し去り、須佐之男命も暫時後景にしりぞく。所伝は一転して、このあと大国主神の国作りに向けた展開に移行する。まずは八十神による大穴牟遅神の虐待をつたえるが、木の国の大屋毗古神の御所に避難させても八十神が執拗にそこまで追い迫るので、大屋毗古神は「可レ参二向須佐能男命所一レ坐之根堅州国一。必其大神議也。」（詔命）と教示して大穴牟遅神を逃すと、この直後に「故、随二詔命一而参二到須佐之男命之御所一者（其女須勢理毘売出見）」と続く。この間を「自二木俣一漏逃而云（詔命）故、随二詔命一而参二到須佐之男命之御所一者」と直ちにつなげる展開上、須佐之男命の御所、すなわち「根之堅州国」にはこの「詔命」が導くかたちをとってはいるものの、しかし須佐之男命の根国行きと同じように、どこからどのようにそこに到ったのかについてはなんらつたえていない。

この大穴牟遅神の木の国を経由して根国へ行く過程を、根と木との関係から読み解くのが勝俣隆氏『異郷訪問譚・来訪譚の研究』（その「第三章　根の堅州国訪問譚」47頁。二〇〇九年一一月。和泉書院研究叢書398）である。「地上の木と地下の根の関係が、地上の木国と地下の根国の関係に相当すると考えるのである」と説き、「なお、言葉を換えれば、根から木が生えるように、親である須佐能男命が根国を支配し、その真上の木国は、須佐能男命の子である五十猛命、即ち大屋毘古神が支配している構図ともとれよう。」と指摘した上で、根国行きをめぐって、次のように推測を下す。

> 根国は木国の真下に在るので、根国訪問は木国を経由せねばならなかったし、根国への通路を教え得るのは、根国の支配者須佐能男命の子にして、木の神である大屋毘古神しかあり得なかったからだと推測されるのである。

根と木との関係になぞらえ、しかも大穴牟遅神に対象を限ればともかく、遡って、そもそも須佐之男命は「僕者欲㆑罷㆓妣国根之堅州国㆒」と哭きわめいた当初から、この木国の下に、「妣国」とつながる根国を想定していたのか。なぜつながるのか。天から降ったあとでは、出雲に宮を作り櫛名田比売を妻としてここで子までもうけている須佐之男命が、なぜわざわざ木の国の真下の根国に居住しているのか。もっぱら須佐之男命に関するこうした疑問のほか、五十猛命を大屋毘古神とする見方も、「大屋毘古神は、五十猛神と一ツなるべし」という古事記伝の説を拠りどころとするだけでは、説得力を著しく欠くであろう。

ただし、勝俣説のなかでも、須佐之男命との関連はさて措き、意欲的に新見を展開したなかの、大穴牟遅神を根国に仲介する大屋毘古について「根国への通路を教え得るのは、根国の支配者須佐能男命の子にして、木の神である大屋毘古神しかあり得なかった」という指摘は重要である。ただ、「根国は木国の真下に在るので、根国訪問は木国を経由せねばならなかった」という現実の木と根との関係ではなく、須佐能男命とその子という大屋毘古神との関係にここでは着目する。神代上第八段〔書四〕が冒頭まず「素戔嗚尊所行無状。故、諸神科以二千座置戸一而遂逐之。是時、素戔嗚尊帥二其子五十猛神一、降二到於新羅一、居二曽尸茂梨之処一。」という新羅に降るかたちをとり、まさにその関係に重なる子の五十猛神を伴う。詳細は通釈（神代上第八段第八節）に譲り、所伝はこの五十猛神による大八洲国の内に樹種を播植して全て青山とした事蹟に焦点を当て、最後を「所以称二五十猛命一為二有レ功之神一。即紀伊国所レ坐大神是也。」と結ぶ。この〔書四〕を〔書五〕はひき継ぎ、素戔嗚尊による用材の指定、五十猛命ら兄妹三神の木種分布、紀伊国鎮座をつたえ、最後を「然後、素戔嗚尊居二熊成峯一而遂入二於根国一者矣。」としめ括る。こうして出雲国を舞台に八岐大蛇退治を中心とした〔本伝〕及びその系列に属する一書とは別に、〔書四〕では素戔嗚尊の新羅降りに始まり、その天から伴ってきた子の五十猛命による木種の分布、紀伊国鎮座を内容とする所伝などを織り込み、大きく差違化をはかる。この所伝の展開を〔書五〕がひき継ぎ、最後を素戔嗚尊の根国入りによって決着をつける。

〔書四〕の冒頭と〔書五〕の結末を、明らかに一体的に首尾呼応させている。冒頭を〔本伝〕の系列とは違うかたちに差違化したように、その末尾も同じく差違化をはかり、先行所伝の「遠適二之於根国一」（第五段〔本伝〕）、「下治二根国一」（同〔書一〕）、「馭二極遠之根国一」（同〔書二〕）、「従二母於根国一」（同〔書六〕）、「就二根国一」（第六段〔本伝〕）、「衆神処レ我以二根国一。今当二就去一。」（第七段〔書三〕）、「帰二根国一」（同）、「就二於根国一」（第八段〔本伝〕）などとは一線を画す。傍線部の「熊成峯」をどこと明確に特定できないが、[2] 五十猛命を中心とした木種の分布やその紀伊国鎮座をつたえる〔書四〕をひき継ぐ〔書五〕では、五十猛命ら素戔嗚尊の三子について「凡此三神、亦能分二布木種一。即奉レ渡二於紀伊国一也。」と決着を付けた「然後」に熊成峯居住を経て根国入りに移る展開上、この子らが父の根国入りに全く関知しないなどとは考え難い。大穴牟遅神の避難先に「木国之大屋毘古神之御所」と敬意を表す表現についても、五十猛神を「紀伊国所レ坐大神」〔書四〕、また五十猛神ら三兄妹神を「奉レ渡二於紀伊国一」〔書五〕とつたえる記述とあい通じるはずだから、根国に入った素戔嗚尊に仲介する最も相応しい神に当たる五十猛神らになぞらえ、まずは大穴牟遅神を木の国の大屋毘古神のもとへ行かせ、その相応しい立場どおり大屋毘古神が須佐之男命のもとへ大穴牟遅神を導くというかたちをとったとみるのが相当である。その役を、五十猛命ではなく、大屋毘古神に当てている。木種の分布などを一切つたえない古事記にとって、中心的にそれを担った五十猛命より、その妹の大屋津姫命〔書五〕の名を借りた大屋毘古神のほうが、大屋の木との関連の上でも、木の国を代表する神の名に相応しかったに相違ない。

　もっとも、この〔書四〕〔書五〕と古事記とのつながりは、なにもそうした個別にとどまらない。そもそも大穴牟遅神の根堅州国行きを木国の大屋毘古神が仲介したという一節と神代紀との対応じたい、先行する須佐之男命による八俣をろち退治や櫛名田比売との結婚などが第八段〔本伝〕〔書一〕等に当たればこそ、これを承けるかたちで当該大穴牟遅神の根堅州国行きをめぐって展開する一節が、同〔書四〕〔書五〕に当たるとみるのが筋である。通釈（402頁）に、すでにその両者の対応やひき継ぎなどについて考察を加えている。ここでは、本章の掲げる課題を絞り込み、根国行きをめぐる〔書五〕と古事記とのかかわりに改めて焦点を当ててみるに、前述のとおり「然後、素戔嗚尊居二熊成峯一而遂入二於根国一者矣。」にそくして「（大屋毘古神）云、可レ参二向須佐能男命所レ坐之根堅州国一。必其大神議也。」が成りたつ。すなわち、まずはさきに先行するどの例とも違うと指摘した

「入二於根国一」について、それが「而」を介して直に「居二熊成峯一」を承けるこの表現上、念のため一例を挙げれば、「（由レ此発慍）、乃入二于天石窟一」（第七段〔本伝〕）、あるいは「乃還更欲下東踰二胆駒山一而入中中洲上」（神武天皇即位前紀戊午年四月）などに徴して、入る際に移動を伴わないか、伴ってもそれほどの距離ではないから、上接する「居二熊成峯一」からはほとんど移動を伴わない範囲内にとどまり、またさらに〔書五〕が〔書四〕をひき継ぐ上では、その新羅から東渡して「到二出雲国簸川上所レ在鳥上之峯一」〔書四〕と到った鳥上の峯を舞台とする展開に、冒頭を「素戔嗚尊曰、韓郷之嶋、是有二金銀一。」〔書五〕と直結させた承接等にかんがみ、熊成峯も、少くとも鳥上の峯と同じ出雲国に所在するとみなければならない。そしてこの熊成峯居住を経由する根国入りを、天から新羅に降り、そこから東渡するさいにもずっと伴ってきた子たちは知って当然だから、その一人の大屋津姫命に当てた大屋毘古神が「詔命」によって大穴牟遅神をそこに赴かせるかたちをとることも、これまた必然でもある。そして出雲国から根国入りした素戔嗚尊（須佐之男命）のもとを出れば、そこが出雲国である。大穴牟遅神の脱出直後には、ごく自然に出雲国を舞台として所伝が展開する。須佐之男命の根国入りをつたえない古事記の限りでは、この展開のすべてを網羅はできない。やはり〔書四〕〔書五〕にもとづくとみるほかなく、須佐之男命が天から降ったとする「出雲国之肥河上、名鳥髪地」でさえ、出所を質せば、〔書四〕の「出雲国簸川上所レ在鳥上之峯」が有力である。さればこそ、一書に対応をもたない一節、すなわちこの根堅州国から逃げる大穴牟遅神に須佐之男命が追い至った「（遠逃）。故爾追二至黄泉比良坂一、遥望呼。」という一節の「黄泉比良坂」が、かの伊耶那岐大神に反抗する理由を問われて答えた「僕者欲レ罷二妣国根之堅州国一」という「妣国」につながる伊耶那美命所住の黄泉国の「黄泉比良坂」に対応しても、それはそれで必然の成りゆきでもあったに違いない。

そしてまた所伝の展開上も、実質的に根国を黄泉国に関連づけたのが古事記である。それも、〔書五〕が最後に素戔嗚尊に決着をつけた根国入りというかたちをもとに、黄泉国を地底の世界とみなせばこそ、これに根堅州国をつなげ、さらに「妣国」や「黄泉比良坂」などにもつながったはずである。これに通じる所伝がある。さきにも引いた鎮火祭祝詞に、火結《ほむすび》の神を生んで石隠れたいざなみの命をめぐって次のようにつたえている。

「吾が名妹《なせ》の命は、上つ国を知ろしめすべし、吾は下つ国を知らさむ」と申して、石隠りたまひて、よみつ枚坂に至りまして思ほしめさく、「吾が名妹の命の知ろしめす上つ国に、心悪しき子を生み置きて来ぬ」と宣りたまひて、返りまして生みたまふ子、

ここに「よみつ枚坂」とは、「上つ国」と「下つ国」との境界をいう。これを祝詞の文辞だからといって退けてしまわないかぎり、古事記がつたえる黄泉国のくだりに通じ、(3)その一節の「黄泉比良坂」に「よみつ枚坂」が対応する以上、黄泉国を、まさにその地下にあるというありかたにそくして言いかえたのが「下つ国」だから、「根堅州国」も同様に地下にあるとみなすのが筋である。差違化をとげながらも、やはりもとの「妣国根之堅州国」に重なる。ルーツをたどれば、やがて神代上第五段〔書六〕のあの素戔嗚尊が抗命して確信犯さながら「吾欲レ従二母於根国一」と言い放った言辞にまで遡る。通釈には、その展開をより詳細に論じている。

注

（1）ここに第八段〔書五〕の「然後、素戔嗚尊居二熊成峯一而遂入二於根国一者矣。」についても言及すべきなのだが、〔本伝〕とは内容を全く異にする一方、この直前に「亦能分二布木種一、即奉レ渡二於紀伊国一也。」という「木種」「紀伊国」との相関を経て「根国」につながるこのありかたを含め、「根国」が一書の系統のそれであることは動かない。

（2）従来、この「熊成峯」をめぐっては、出雲国あるいは韓国（ソウル付近）に実在する山とみる説が根強く、日本古典文学大

系が補注（一〇三、566頁）に詳細な解説を加えている。新編日本古典文学全集は当該頭注に「クマナリは朝鮮のクマナリ。ナリは古代朝鮮語で津や川の意。」と説くが、「津や川」が峯とどうかかわるのか、肝腎な点に一切言及がない。後述のとおりこの山から根国入りするのだから、山じたい、たとえば万葉集に「寄レ山」と題して「岩畳恐き山」「岩が根のこごしき山」（7・一三三一、一三三二）などとうたう容態を彷彿とさせる。表現の上では、まず「熊」とは、「事代主神化為二八尋熊鰐一」（第八段〈書六〉）が「〈豊玉姫〉化為二八尋大鰐一」（第十段〈書三〉）と同じ神代紀であい通じる点にかんがみて、この歌に詠む容態の形容にあてはまる。そして「成」についても、「天皇遊二乎泊瀬小野一、観二山野之体勢一、慨然興レ感歌」（雄略天皇六年二月条）とつたえるこの「体勢」を、古訓では「なり」と訓む。ちなみに歌に「隠国の泊瀬の山は　出で立《た》ちのよろしき山　走《わし》り出のよろしき山」とその山のなりを詠む。表現上、少くともこうした解釈に矛盾はないはずだから、それこそ熊のような体勢《なり》の峯とみなすのが自然である。

（3）念のため付言すれば、神野志氏前掲書は「3　平面的関係としての『黄泉国』―『葦原中国』」（84頁）といった見出しにそくした論を展開しているが、私には肯いがたい。黄泉国をめぐる所伝について、筋立ての基本その他多くが、中国の六朝志怪小説を中心とする冥界譚や再生譚に通じることを指摘した拙稿「『古事記』の黄泉譚と志怪小説」（『佛教大学文学部論集』第七十九号、平成七年三月）がある。

第三章　記紀の所伝成立をめぐる相関

——神代紀第五段から第六段へ、そして古事記への展開——

一、〔本伝〕の素戔嗚尊、その災異モデル

神代紀の冒頭から第五段にいたるまでは、その冒頭の所伝をめぐってすでに指摘した「尊卑先後之序」のあらわれが著しい。詳細は通釈に譲るとして、以下の論の前提ともなるので、まずはそのあらましを具体例にそくして確認しておくことにする。神代紀の冒頭、第一段の例が「天先成而地後定」である。次に、神の実質的な活動の始まりを伝える第四段では、伊奘諾尊・伊奘冉尊による国生みに先立つ二神の唱和をめぐって、

時、陰神先唱曰「憙哉、遇㆓可美少男㆒焉。」陽神不㆑悦曰「吾是男子。理当㆓先唱㆒。如何婦人反先言乎。事既不祥。」

男の先唱、女の後和の次序が「理」として定まっていることをいう。この国生みのあと、第五段がつたえる日神以下の神生みもまた、この次序による。説明の煩雑を避け、それをまとめた第一章所掲の図式（659頁）を次に示す。

日神〔光華明彩、照㆓徹於六合之内㆒〕
月神〔其光彩亜㆑日〕
——送天——尊・先

蛭児（雖㆓已三歳㆒、脚猶不㆑立）――放棄
素戔嗚尊（有㆓勇悍以安忍㆒且常以㆓哭泣㆒為㆑行）――放逐
――卑・後

第五段までの各段ごとに、それぞれ具体的なあらわれを異にするけれども、原理として「尊卑先後之序」が全体を貫いている。所伝がこの原理を拠りどころに成りたっていることも、おのずから明らかである。

もっとも、右に挙げたどの例も〈本伝〉の一節だから、厳密には一書を除くという限定を伴うが、各段を構成する基本ともいうべき〈本伝〉の全てを通して、かの原理が所伝を支配していることは疑いない。そもそも神生みを、「伊奘諾尊・伊奘冉尊立㆓於天浮橋之上㆒共計曰（中略）。於㆑是降㆓居彼嶋（オノゴロ島）㆒、因欲㆘共為㆓夫婦㆒、産㆗生洲国㆖。」（第四段〈本伝〉）という国生みの延長上に連続させている上に、日神以下の神生みにしても、実際に「既而伊奘諾尊・伊奘冉尊共議曰、吾已生㆓大八洲国及山川草木㆒。何不㆑生㆓天下之主者㆒歟。於㆑是共生㆓日神㆒。」（第五段〈本伝〉）というように国生みと基本的に同様のかたちをとる。父母が共にはかってまずは国を、次いで神を生むことじたい、前述のとおり「尊卑先後之序」を拠りどころとする以上、生まれた当の子にその原理がはたらかないはずはない。

右に示した第一章所掲の図式中にカッコで括った属性が、すなわちその原理のあらわれである。属性は、共にそれぞれが生得のものとする。その属性に直接、間接起因して、いずれの神も、葦原中国に留まることなく、「送天」「放棄」「放逐」などの処遇をうける。このなかでは、日神と素戔嗚尊とのそれぞれ尊、卑を代表する属性に即して、日神の「霊異」と素戔嗚尊の「無道」とを対蹠的に強調していることは明らかである。しかしさらに委細に見れば、対応させたなかにも、その表現上では、素戔嗚尊のほうに確実に重点を置く。

日神
　此子、光華明彩（A）、照㆓徹於六合之内㆒（B）。

素戔嗚尊
　此神、有㆓勇悍以安忍㆒、且常以㆓哭泣㆒為㆑行（A）。故、令㆓国内人民多以夭折㆒、復使㆓青山変㆑枯（B）。

念のため若干言い添えれば、日神については外面の描写にとどまる。これとは大きく異なり、素戔嗚尊をめぐっては、（A）が「且」により内面の心理と外面の行為とを重ねている上に、その結果を表す（B）でも、「復」により人事と自然を対比的に重ねて表現してもいる。〔書六〕に至っては、素戔嗚尊以外には、どの神も勅任による処遇をつたえるだけだから、そこまで徹底していないとはいえ、あいまってそもそもこの第五段では素戔嗚尊に重点を置いていることを、（A）（B）による表現の構成じたいが如実に示す。

なおまたその素戔嗚尊の行為に関連した表現においても、〔書六〕には右に引用したなかの（A）に当たる「常以啼泣恚恨」という一節しかなく、（B）に相当する表現を欠く。第五段を通して、それだけ（B）は独自なのだが、その前半の「令㆓国内人民多以夭折㆒」という内容じたいは崇神天皇五年条に「国内多㆓疾疫㆒。民有㆓死亡者㆒、且㆓大半㆒矣。」とつたえる大物主神による祟りに通じる。この前半の人事と対応するだけに、自然にかかわる「使㆓青山変㆑枯」にしても、災異と無縁ではあり得ない。

そこで改めて（B）を中心にその内実を探ってみるに、まず「青山変㆑枯」については、青山の繁茂する草木が一変して枯れることをいう。この変化は、疫死に対応する自然災害に当たるはずだから、干魃とみるのが相当である。たとえば楚辞（天問）の「羿焉弾㆑日、烏焉解㆑羽」の王逸注に「淮南言、堯時、十日並出、草木焦枯。堯命㆑羿、仰射㆓十日㆒、中㆓其九㆒。日中九烏皆死、堕㆓其羽翼㆒。故留㆓其一日㆒也。」とあり、現に淮南子（本経訓）

が「逮レ至二堯之時一、十日並出、焦二禾稼一、殺二草木一而民無レ所レ食。」とつたえる旱魃に通じる。魃を説文が「魃、旱鬼也」と説いて「詩曰、旱魃為レ虐」と詩経（大雅「雲漢」）の一句を引くとおり、魃とはひでりをひき起す鬼をいう。この魃をめぐって、山海経（大荒北経）が次の説話をつたえる。

大荒之中有レ山。名曰二不句一。海水入焉。有二係昆之山一。有レ人、衣二青衣一。名曰二黄帝女魃一。蚩尤作レ兵伐二黄帝一。黄帝乃令三応龍攻二之冀州之野一。応龍畜レ水、蚩尤請二風伯雨師一、縦二大風雨一。黄帝乃下二天女曰一レ魃。雨止、遂殺二蚩尤一。魃不レ得二復上一。所レ居不レ雨。

黄帝がひでりの天女「魃」を天から下し、蚩尤の要請した風や雨の神のはたらきを抑止させて蚩尤を殺したが、魃は再び天には上がれず、その居所には雨が降らないという。ひでりは、この「女魃」のしわざということになるが、文選（巻三「東京賦」）でも、年の暮れの追儺を記述した一段のなかに「女魃」に言及する。追儺の対象として列記するいわば災厄をもたらす鬼物の扱いだが、これに関連して、前掲（B）の一節の前半にかかわる疾疫（大物主神の祟り）とそれがあい前後して位置する点はとりわけ注目にあたいする。

爾乃卒歳大儺、殴二除群属一。（中略）煌火馳而星流、逐二赤疫於四裔一。（中略）囚二耕父於清泠一、溺二女魃於神潢一。（中略）京室密清、罔レ有二不韙一。於レ是、陰陽交和、庶物時育。

右の傍線部にいうそれぞれ「赤疫、疫鬼悪者也。」「耕父、女魃、皆旱鬼。」（高歩瀛『文選李注義疏』巻三「東京賦」703、706頁。中華書局）という鬼どもをことごとく退治し、最後に、京中がすっかり清められて「不韙」（悪事）が一掃されたと結んだ上で、太平の時節到来に続いて行う天子の巡幸へと記述が展開する。

こうして追儺をめぐって相関する「赤疫」と「女魃」との、それぞれそのしわざの疾疫と旱魃とが、さきの（B）の「国内人民多以夭折」と「青山変レ枯」とに確実に対応する。偶然ではなく、疾疫と旱魃とを、葦原中国の存立にかかわる重大な危機をもたらす災害として選びとっていることも明らかである。素戔嗚尊を「固当㆔遠適㆓之於根国㆒矣」という遠く根国へ放逐するという筋書きを基に、国の存立に重大な危害を与える疾疫と旱魃にそくして、それをもたらす「赤疫」と「女魃」とをモデルに素戔嗚尊をめぐるかの（B）の記述を成りたたせたに違いない。

二、〈書六〉の素戔嗚尊、「恚恨」と「従㆑母」

この〈本伝〉とは、天照大神を立てる〈書六〉は大きく異なる。そもそもその誕生のはじめから、表立っては「尊卑先後之序」を拠りどころにするかたちをとらない。国生みに続く神生みのはての火神出産により化去した伊奘冉尊を追って黄泉に入った伊奘諾尊は、変わりはてた妻の醜悪な姿を見て黄泉から逃げ還り、汚穢を滌いで左右の目や鼻を洗うなかに三子を化生する。天照大神を含む三子に、属性などに関する記述が一切ない。所伝は、次のようにむしろ処遇に力点を置き、なかんずく素戔嗚尊に焦点を当てる。便宜、段落分けを施す。

已而伊奘諾尊勅㆓任三子㆒曰「天照大神者、可㆔以治㆓高天原㆒也。月読尊者、可㆔以治㆓滄海原潮之八百重㆒也。素戔嗚尊者、可㆔以治㆓天下㆒也。」（以上、A）

是時、素戔嗚尊、年已長矣。復生㆓八握鬚髯㆒。雖㆑然、不㆑治㆓天下㆒、常以啼泣恚恨。（以上、B）

故、伊奘諾尊問之曰「汝何故恒啼如㆑此耶。」対曰「吾欲㆑従㆓母於根国㆒、只為泣耳。」伊奘諾尊悪之曰「可㆓以任㆑情行㆒矣。」乃逐之。（以上、C）

（A）に「勅㆓任三子㆒」という限り、子の扱いは同等である。違いは、三子に割り当てた分治の対象領域以外にはない。それにしても、天照大神に割り当てた「高天原」に対して、月読尊の「滄海原」が逐語的にもあい応じる一方、ただに天の下という素戔嗚尊の「天下」は違いが大きすぎる。このはるか後でさえ、高皇産霊尊が皇孫を葦原中国の主として天降すに当たり、「彼地（葦原中国）多有二蛍火光神及蠅声邪神一。復有二草木咸能言語一。」（第九段〔本伝〕）という有様を憂慮して平定を命じたほどだから、いかに勅任とはいえ、素戔嗚尊にとって分治は承服しがたいものとならざるを得ない。

果たしてそれが実際にかたちをとったあらわれを、続く（B）が表す。長じて八握鬚髯が生えるまでになっていたにもかかわらず、勅任に背いて「常以啼泣恚恨」という状態を続ける。とりわけ「恚恨」の語は注目に値する。日本書紀全体でもわずかに二例しかなく、しかも（B）以外のもう一例を次のように神代紀第七段〔書二〕がつたえている。

雖レ然、日神恩親之意、不レ慍不レ恨（甲）。皆以二平心一容焉。及レ至下日神当二新嘗一之時上、素戔嗚尊則於二新宮御席之下一、陰自送レ糞。日神不レ知、徑坐二席上一。由レ是、日神挙レ体不レ平。故以恚恨（乙）。廼居二于天石窟一、閉二其磐戸一。

日神に対して加えた「凡此諸事、尽是無状。」という乱暴狼藉を、一度は（甲）のようにうけ流すが、新嘗の儀礼に際して素戔嗚尊の「送糞」した席に坐したことにより「挙体不平」に陥り、（乙）の「恚恨」のあまり天石窟に隠れるにいたる。素戔嗚尊に「恩親之意」をたもっていた（甲）と、それを無くした（乙）とを対比的に組み合わせている。

この組み合わせも、もとを質せば、「恚恨」というこの語の構成に恐らくは因む。たとえば史記（巻四十九。外戚世家第十九）に漢の景帝の寵愛をめぐる後宮の争いを伝えるが、渦中の栗姫について、その子が太子に立ったのち諸美人が栗姫を上回る景帝の寵をうけるや「栗姫日怨忿」となり、さらに栗姫を皇后に立てることを進言した大行（儀礼の官）を景帝が怒って誅殺した挙句に太子を廃すると、「栗姫愈恚恨、不レ得レ見以憂死。」という悲惨な最後を迎える。「怨忿」と「恚恨」は、それぞれ「（不）慍（不）恨」（甲）と「恚恨」（乙）に通じ、明らかに対応する。そしてこれらの激越な情に栗姫を駆る根底には、「栗姫妬」という嫉妬がある。

「恚恨」とは、たがいに親近する心情表現を担う語二つから成りたつ熟語にほかならない。往々にして嫉妬がそれを惹き起こすことも、当然あり得る。栗姫の例をその一つの典型とする「恚恨」に、前掲（B）の例も通じるはずである。素戔嗚尊が「恚恨」を向ける直接の対象ではないにせよ、前述のとおり高天原統治の勅任をうけた天照大神に嫉妬を抱かないはずがない。げんに後の第七段〔書三〕に、素戔嗚尊が、耕作に不適な自分の「磽地」とは対照的な日神の「良田」に対して「素戔嗚尊妬二害姉田一」というように嫉妬して害を加えたことをつたえてもいる。嫉妬は、しかしこの（B）のばあい、必ずしも明示的に意味を持つものではない。直接には、栗姫が景帝に対して「恚恨」を懐いたように、高天原とは比較すべくもない天下の統治を勅任した当の伊奘諾尊に「恚恨」を向けることになる。

それを、問答を通して（C）が表す。なかでも重要な意味をもつ一節が「吾欲レ従二母於根国一」である。その「根の国」に関連してすでに第二章（702頁）に言及するとおり、（A）の伊奘諾尊の「勅任」に対する確信犯的な抗命ともいうべき（B）の「不レ治二天下一、常以啼泣恚恨。」について、その理由を当事者みずから陳述したものにほかならない。それが、所伝に決定的な意味をもつ。そこで「従二母於根国一」に立ち返って表現内容をみるに、（B）の、まずは抗命を承ける展開、さらに「従レ母」の表現上の対応のうえでも適うという条件を十分に満たす例に「謀叛」（『故唐律疏議』巻第一。「十悪」）がある。律は次のように規定する。

三曰謀叛　謂レ謀二背レ国従一レ偽　疏議曰、有レ人、謀レ背二本朝一、将レ投二蕃国一、或欲二翻レ城従一レ偽、或欲二以レ地外奔一。

「謀叛」という行為については、注が「背レ国従レ偽」と説明するが、『譯註日本律令五、唐律疏議譯註篇二』（律令研究会編。昭和五四年一〇月。東京堂出版）の当該条文の「註記」に「『国』とは疏に『本朝』といいかえられているように、正統なる現王朝を意味する。それから離脱して外国もしくは偽政権の側に寝返ることが『叛』である。」（36頁）と説く。この解釈では、注の「背レ国」を「離脱」、また「従レ偽」を「寝返り」にそれぞれひき当てる。しかし疏議には、「謀レ背二本朝一」を謀議とし、これの実際の行為として「投二蕃国一」を示し、その上で実例を「翻レ城従レ偽」「以レ地外奔」などと挙げている。さらに謀議の段階で発覚した場合と、実行に移した場合との刑の違いを、「賊盗四」（『故唐律疏議』巻第十七）が「諸謀レ叛者、絞。已上道者、皆斬。」と規定してもいるが、実際の行為はそれこそ規定に余るものだったに違いない。この条文の疏議が、「十悪」の「謀叛」の注とは違って「謀レ叛者、謂二背レ国投一レ偽。」に作ることも、そのことを推察させるに足る。注の「従レ偽」は、だから「背レ国」を実質化するいわば核心的な行為を集約して表現した文言だったはずである。

一方、問題の「従二母於根国一」にしても、前述のとおり「母」が黄泉の伊奘冉尊に当り、その伊奘冉尊の「吾当下縊二殺汝所レ治国民一、日将中千頭上。」という発言に照らせば、まさに仇なす敵国への寝返りに等しい。しかもその発言のあと、夫婦の離絶をたがいの住む世界の遮断として決定づける伊奘諾尊の「自レ此莫レ過」という宣告に伴う「投二其杖一」以下の行為により、黄泉を往来不能としたことが、黄泉に代えて「根国」を伊奘冉尊に結びつける「母於根国」の表現をとらせたとみて恐らく大過ない。そして第二章（712頁）に指摘したとおり〔書六〕では黄泉に通じる世界として「根国」が成りたつことも、その見方を裏付ける。ちなみに、〔本伝〕は、「根国」

を前述のとおり「逐二赤疫於四裔一」（文選）に通じる「固当三遠適二之於根国一」と極遠の彼方に位置づけている。

なお、律令に関連した語について若干付言すれば、この素戔嗚尊の口にした「吾欲レ従二母於根国一」を律の「謀叛」にそくして表現するについては、そもそも伊奘諾尊の「素戔嗚尊者可三以治二天下一也」という「勅任」を前提とする。「勅任」じたい令（選叙令第十二「任官条」）の用語であり、律令の枠組みをもとに、伊奘諾尊の「勅任」との対応をはかり、それを拒絶する明確な意志を「謀叛」に借りて表すということ、ここに「治二天下一」にそくして素戔嗚尊をつたえる〔書六〕のねらいがある。これとは対照的に、前述のとおり「尊卑先後之序」の「卑」の側に立つ神の、その生得のありかたに根ざす神さが、神わざを〔本伝〕は強調する。それだけに、〔本伝〕では、律令の利用にしても、おのずからこの生得的なありかたにかかわる。新編日本古典文学全集が「次生二素戔嗚尊一。此神有二勇悍以安忍一。」の「安忍」について律令との関連を当該頭注に次のように指摘する。

唐律の名例律「十悪」の五、不道の釈文によると、「謂二酷毒之事一、人皆不レ忍レ為、今有レ人、能行二此酷毒之心一、是名為二安忍残賊一。」、「疏議曰、安忍残賊、背二違正道一、故曰二不道一。」とある。普通ならするに忍びない過酷（残忍）なことを平気ですること。律令語。

右のように「安忍」の例が唐律にあることを指摘するだけにとどめる、慎重といえば慎重な説明だが、実際には依拠した可能性が高い。関連は、「安忍」と併せて「疏議」の一節にも及ぶ。そこに「安忍残賊、背二違正道一、故曰二不道一。」と規定する「不道」が、「背二違正道一」という「正道」の存在を前提としそれに違背することだとすれば、そもそもその「正道」の存在じたいを無いものとする、あるいは頭から無視するような行為として、具体的には、それが国の存立を危くしかねないほど深刻・甚大な被害をもたらすことを「令二国内人民多以夭折一、復使二青山変レ枯。」に例示した上で、こうした行為や結果の重大性をもとに「汝甚無道」と伊奘諾尊は断じたとみるのが自然である。

三、「泣」をめぐる「本伝」と「書六」の相違

素戔嗚尊の行為をめぐるこの〈本伝〉と〈書六〉のそれぞれに特徴的なありかたは、ともにその行為のなかでも核心の位置を占める「泣」にも、必然的に及んでいる。それは、「泣」が構成する熟語、すなわち「哭泣」（〈本伝〉）と「啼泣」（〈書六〉）とに端的なあらわれをみせるが、共有する「泣」を除いた自余の語がもっぱらその特徴的なありかたを担う。

まずは「哭」をみるに、「哭」が人の死を悲嘆し声をあげて泣くこと、あるいはその儀礼などを表すのは通例であり、日本書紀にも、たとえば天武天皇の崩御のあとまず行う儀礼として「始発レ哭」（朱鳥元年九月）をつたえる。さらに「諸僧尼亦哭二於殯庭一」以下の例があり、目を転じれば、わずか八歳で薨じた皇孫を殯に収めた直後に斉明天皇が歌を三首つくり「時々唱而悲哭。」（斉明天皇四年五月）という例のほか、聖徳太子の薨去に関連した「少幼如レ亡二慈父母一、以哭泣之声、満二於行路一。」（推古天皇二十九年二月）という素戔嗚尊と同じ「哭泣」の例などがある。神代紀でも火神出産により伊奘冉尊が焦死した際の伊奘諾尊を「匍二匐頭辺一、匍二匐脚辺一而哭泣流涕焉。」（第五段〈書六〉）とつたえるほか、天稚彦の死に際して「天稚彦之妻、下照姫哭泣悲哀、声達二于天一。」（第九段〈本伝〉）という例が、前掲推古紀の例ともども「哭」の声を高くあげて泣くこの行為の実態を具体的に表してもいる。

素戔嗚尊の「哭泣」も、これらと一連の、声を高くあげて泣く行為を内実とする。しかしそれは、死を悲嘆す

るどころか、かえって死を惹き起こす。その点では、明らかに死の原因にほかならないが、また一方では、死ゆえにそれを行っているのだから、死を理由とする。素戔嗚尊と人民・青山とをそれぞれ主体とするこれらの行為の相関は、

哭　泣　（素戔嗚尊）
←原因　　→理由
夭折・変枯　（人民・青山）

右のように一方が他方の原因または理由となる関係を繰り返す。それだけに、「哭泣」が「夭折・変枯」を惹き起こすことじたいの邪悪はもとより、悲嘆や哀悼とは全く逆行するにもかかわらず、そのかたちだけをとって声を高くあげて泣くことに邪悪がいっそう際立つ。それが、この神の生得的な神さがともいうべき「有二勇悍以安忍一」に根ざし、したがって意志というより性情の発現としての神わざであり、なおかつこの神のありかたそのものでもあるという哭泣を「常以二哭泣一為レ行」と表現した内実だったはずである。

この〔本伝〕の「哭泣」が素戔嗚尊の生来の神さがや神わざに関わるのとは著しく対照的に、〔書六〕では泣くことに然るべき理由がある。所伝の展開上、その発端が、前述したとおり伊奘諾尊の勅任である。同じ勅任のなかでも天照大神には高天原の統治を当て、自分には天下の統治を当てる処遇を不服とし、反抗をあらわにして、素戔嗚尊は「不レ治二天下一、常以啼泣恚恨。」という態度をとり続ける。伊奘諾尊の「汝何故恒啼如レ此耶」という問いに対して、その返答として素戔嗚尊の挙げた理由を表す「吾欲レ従二母於根国一、只為泣耳。」という傍線を付した一節が位置する。

右に掲出した原文でも、まず「啼泣」を示し、次に「恒啼如レ此耶」、そのあと「只為泣耳」というように明ら

かに表現を変えている。それぞれの表現に然るべき意味を託してはいるにしても、その差違以上に、各表現を貫く意味上の共通性ないし類義性が卓越する。念のため類例を一つだけ挙げてみるに、安康天皇が大泊瀬皇子（後の雄略天皇）に幡梭皇女を娶らせようとして、皇女の兄にその意向を伝える使者として根使主を遣わしたところ、根使主は、その兄の大草香皇子が天皇の意向を「甚大恩」と承諾した上でその丹心を表すために差し出した「押木珠縵」を横領し、罪を免れるべく皇子を讒言し死に至らしめる（以上、安康天皇元年二月）。これを承け、雄略天皇十四年四月条に、呉人を饗応した際に同席した皇后（もと幡梭皇女）が、入内前に兄大草香皇子の差し出した「玉縵」を身に着けている根使主を見て悲嘆する光景を次のようにつたえる。

皇后仰レ天歔欷、啼泣傷哀。天皇問曰「何由泣耶。」皇后避レ床而対曰「（中略）不レ覚、涕垂哀泣矣。」

ここでも客観的な描写にまず「啼泣」を示す。その上で、天皇の問いに単純な「泣」、またそれへの皇后の答えには、最初の「啼泣傷哀」を略した「哀泣」というように使い分ける。一句四字の構成に整える表現上のはたらきよりなにより、全てに優先して、意味上の核を「泣」が形成する。

素戔嗚尊の泣くことに関連した「啼」「泣」をめぐる表現も、もとよりこれと別ではない。「啼泣」を「泣」に代置可能だとすれば、もう一方の〔本伝〕の「哭泣」はむしろ「哭」に収斂する。泣くをめぐるこうした違いにそくして、〔書六〕は「恚恨」と複合させ、その泣く内容や理由をそこに含ませている。〔本伝〕はむしろ「哭」をめぐるその結果（災異）へのつながりに重点を置く。それだけに、〔本伝〕の「哭泣」は所伝に本質的な意味を担うが、〔書六〕が「恚恨」と複合させた、否、そうしなければ泣くその内容や理由を含意させることができず、結果として「不レ治二天下一」という背命の挙になぜ出たのか曖昧にしかねないはずだから、これまで指摘したとおりこの第五段もまた〔本伝〕を基に、その「哭泣」に代えた「啼泣」を、改めて「恚恨」と複合させて内容も一新するというそうした差違化を〔書六〕がはかったものとみるべきであろう。

四、第六段〔本伝〕の「父母」、その第五段のひき継ぎ

なおまたその〔本伝〕と一書との関係にそくしていえば、第五段では〔書六〕（〔書十一〕を含め）がつたえる天照大神が、第六段に入ると〔本伝〕に位置する。これとは交替して、第五段が〔本伝〕につたえていた日神は、第六段では〔書一〕〔書三〕に移る。第五段から第六段にかけて、こうして〔本伝〕と一書とを舞台に主役が入れ替わる。しかしそれは、第五段から第六段にかけて所伝が大きく転換する特徴的なあらわれの一つにすぎない。また一方、もちろん、第五段と第六段の〔本伝〕相互に、前者から後者へ所伝が展開するごく自然な成りゆきの関係を維持してもいる。従来、このいわば切れと続きの実態には、ほとんど目を向けることがない。そこで、いく分煩瑣な作業になるが、可能なかぎり詳細かつ丁寧にこの実態をまずは解明することに取り組む。さらには、日神から天照大神に交替させたことに伴う所伝の変容及びそのねらいなどを中心に考察を進める。

ただし、断るまでもなく、交替、変容いずれも、一律にあるいは一変するといった単純な転換とはむしろ無縁である。実態は、切れと続きがからみ合い、一見して錯綜した様相さえ帯びてもいる。その解明には、だからなによりも各所伝を的確に読み解く作業が前提となる。初めに採りあげる第六段の〔本伝〕は、交替、変容の先頭に立つだけに、先行する所伝のひき継ぎをめぐる問題も少なくない。これらを念頭に、始めに暇乞いのため昇天して天照大神を訪ねた素戔嗚尊とこれを迎えた大神との対応に焦点を当ててみる。素戔嗚尊が昇天するさいの「溟渤以レ之鼓盪、山岳為レ之鳴呴。」という異変に大神は驚倒し、重大な疑いを抱く。素戔嗚尊がそれに弁明する。

この二神のそれぞれの行為を、たがいにつき合わせながら次に示す。

〈天照大神の嫌疑〉

（一）天照大神素知㆓其神暴悪㆒、至㆑聞㆓来詣之状㆒、乃勃然而驚曰、

（二）吾弟之来、豈以㆓善意㆒乎。謂当㆑有㆓奪㆑国之志㆒歟。

（三）夫父母既任㆓諸子㆒、各有㆓其境㆒。如何棄㆓置当㆑就之国㆒而敢窺㆓窬此処㆒乎。

（四）乃結㆑髪為㆑髻、（中略）、発㆓稜威之嘖譲㆒而俓詰問焉。

〈素戔嗚尊の弁明〉

（1）（右の（四）の直後）素戔嗚尊対曰、

（2）吾元無㆓黒心㆒。

（3）但父母已有㆓厳勅㆒、将㆔永就㆓乎根国㆒。

（4）如不㆓与㆑姉相見㆒、吾何能敢去。是以、跋㆓渉雲霧㆒、遠自来参。

（5）不㆑意、阿姉翻起㆓厳顔㆒。

右の（四）に（中略）とした一節には、天照大神の厳しく武装した出で立ちや威嚇的振る舞いをつたえる。この（中略）を含む（一）～（四）に展開する天照大神の〈嫌疑〉と、これに対する素戔嗚尊の（1）～（5）に及ぶ〈弁明〉とを組み合わせて、一続きのまとまりを成りたたせている。

そのことじたいは疑いようもない事実でもあり、（一）以下と（1）以下とを対応的な関係に置いていることも著しい。実際に、たとえば（二）と（2）とに、天照大神が素戔嗚尊に対していだく疑惑と素戔嗚尊のそれを明確に否定する潔白の主張とを対応させるだけではなく、そのそれぞれに関連して、続く（三）（3）には、そ

の来歴なり背景なりの説明に共に「父母」を引き合いにだしてもいる。かつて「父母」がなした「父母既任㆓諸子㆒」（三）、「父母已有㆓厳勅㆒」（3）というそれぞれの行為と関連づけることによって、前者は疑惑を、そして後者が弁明をたがいに根拠づける。

いわば「父母」の権威をたがいに後ろ楯としてつき合わせたかたちをとるが、それだけに、たぶんに相手に向け自己を正当化する対他的な性格が強い。しかも所伝の展開の上では、必ずしも必須な位置を占めるものではない。げんに、かりに同じ第六段の〔書一〕と対照させてみるに、「父母」関連のそれぞれ（三）と（3）に配した記述だけが対応を欠き、すなわちそれ以外のほとんどの記述が、表現の次第や内容も含め、次のように緊密な対応のもとに成りたっている。

〔書一〕		〔本伝〕
〈日神の嫌疑〉		〈天照大神の嫌疑〉
弟所㆓以来㆒者、非㆓是善意㆒。必当㆑奪㆓我天原㆒。	（一）	吾弟之来、豈以㆓善意㆒乎。謂当㆑有㆓奪㆑国之志㆒歟。
乃設㆓大夫武備㆒、（以下、剣や弓箭等で厳しく武装）	（四）	乃結㆑髪為㆑髻、縛㆑裳為㆑袴、（武装）
〈素戔嗚尊の弁明〉		〈素戔嗚尊の弁明〉
吾元無㆓悪心㆒。	（2）	吾元無㆓黒心㆒。
唯欲㆓与㆑姉相見㆒、只為暫来耳。	（4）	如不㆓与㆑姉相見㆒、吾何能敢去。是以、跋㆓渉雲霧㆒、遠自来参。

上段に引用した〔書一〕の文は、〔本伝〕の区分けに対応させて分かち書きしているが、〈日神の嫌疑〉〈素戔嗚尊の弁明〉ともに連続して繫がっている。この〔書一〕がつたえる所伝の展開に、なんら不足あるいは飛躍などない。それと〔本伝〕が緊密に対応する以上、前掲（三）と（3）は、少なくとも所伝の基本的な筋立ての上では、すぐれて付加的な性格が強い。しかしまたまさにその付加的なありかたゆえに、〔本伝〕の所伝に固有な特徴をそこに明確に刻んでもいるはずである。そこで考察の対象をその（三）と（3）に絞り込んで、次節以下に内実を探ることにする。

五、天照大神の嫌疑の内実

まずは（三）をとりあげるとして、その付加的なありかたは、実はむしろ（二）との間に顕著である。たとえば（二）にいう「奪レ国之志」とは、（三）を結ぶ最後に「敢窺二窬此処一」という行為が具体的なその内容をあらわす。両者の関係は、端的には「謀反」に集約することができる。『故唐律疏議』（巻第一）の「十悪」の第一に規定するその条文「一曰謀反」の注に「謂レ謀レ危二社稷一」というのがそれの内容である。この内容についてさきにも引用した『譯註日本律令五、唐律疏議譯註篇一』が次のような「註記」（33頁）を付す。

> 「謀危社稷」すなわち〝天子に危害を加えようと謀る〟ことが謀反という罪名の構成要件である。（中略）現在の皇帝の廢位・殺害を直接目指しないしは究極的にそれに連なる性質の暴力の行使――現王朝そのものの顚覆を意図する場合もありそうでない場合もあり得る――それが「反」であり、その予備・陰謀が「謀反」である。謀反は多くの場合、兵乱の形をとるであろう。

この「註記」の最後を「反を謀るだけで極刑に問われ、実行に着手したか否かは問題とされない。」と結んでいる。すなわち「天子に危害を加えようと謀る」という「反」を目的とした「予備・陰謀」であれば、「実行に着手したか否かは問題とされない。」点に、この「謀反」という罪の特質がある。

翻って〔本伝〕をみるに、天照大神に「謂当レ有二奪レ国之志一歟」と疑わせるについては、その根拠に二つの点を挙げる。一つが「天照大神素知二其神暴悪一。」という素戔鳴尊の「暴悪」を天照大神がもともと知っていた点、もう一つが天照大神のもとに来るさまを「始素戔鳴尊昇レ天之時、溟渤以レ之鼓盪、山岳為レ之鳴呴。」というように山海が鳴動するほどの異変を発生させたと強調する点である。この異変を「暴悪」に結びつけて、「至レ聞二来詣之状一、乃勃然而驚曰、吾弟之来、豈以二善意一乎。謂当レ有二奪レ国之志一歟。」と疑惑を導く。例証を重ねるだけに、素戔鳴尊に対していだく天照大神の「謂当レ有二奪レ国之志一歟」という疑惑の核心をめぐっても、実際にそれが現実のものとなる然るべき可能性を強めることになる。右の「註記」が指摘する「反」の「現王朝そのものの顚覆を意図する」ことに「奪レ国之志」は明らかに通じ、また「予備・陰謀」のような「反」の実行につながる事象として素戔鳴尊の「暴悪」と「来詣之状」の二つを組み合わせるなど、その「謀反」に相当する罪を天照大神に疑わせる蓋然性、必然性を導き出すことに確実に力点を置く。

そしてその「謀反」とのかかわりを、続く（三）の「敢窺二窬此処一」がいっそう明確にものがたる。そもそも「窺窬」じたい、日本書紀に唯一の例であり、『書紀集解』が、『文選』所収の「褚淵碑文」（巻五十八）につたえる「桂陽失レ図、窺二窬神器一」と併せて李善注所引の「劉琨勧進表」（同巻三十七）にいう「狄寇窺窬」などに加え、「向曰窺窬謂レ欲レ有二簒逆之心一也」（前者「褚淵碑文」に施した李善注には、「窺窬」と共に「神器」についても「神器帝位也」という解釈を付す）を引いてもいるとおり、その漢語の用例に倣うはずである。とりわけ「窺窬」を解釈した「欲レ有二簒逆之心一」には、くだんの「当レ有二奪レ国之志一」が緊密に対応する。

なおまた、肝腎な「窺二窬此処一」には、むしろ「緒淵碑文」の「窺二窬神器一」が当たる。上接する「桂陽失レ図」についていえば、李善注所引の「沈約宋書」（文五王桂陽王休範伝）がそのあらましを次のように伝えている。

（沈約宋書曰）桂陽王休範、文帝子也。封為二桂陽王一。後為二江州刺史一。及二太宗晏駕一、主幼時屯、遂挙レ兵反。休範巳至二新林一、朝廷震動。

この宋書がつたえる桂陽王の「挙レ兵反」にそくして、すなわち李善が注に挙げるとおり、「緒淵碑文」に「桂陽失レ図、窺二窬神器一。」と表現していることは明らかである。この「挙レ兵反」の事実関係については確かめ難いけれども、実質的な内容の上では「謀反」に相当するはずだから、上述の関連する各用例は、この「謀反」に収斂し、かつ相互に次の対応的な関係に括ることが可能である。

文選｛欲レ有二簒逆之心一 ――→ 当レ有二奪レ国之志一（二一）
　　　窺二窬神器一 ――→ 窺二窬此処一（二二）

この対応的な関係に照らしても、内容がほぼ重なるだけに、（二二）はいかにも付加的である。しかし、もちろん類義的な表現をただに重ねることだけを目的としているのではない。右の限りでも、「奪レ国」（二一）と「窺二窬此処一」（二二）との対応上、「此処」を「国」に相当する、すなわち天照大神による統治がすでに確立した領域として位置づけていることを示唆する。

六、天照大神をめぐる所伝のひき継ぎ

しかもその「国」が、すでに実質を備えているだけでなく、そもそも統治を伊奘諾尊・伊奘冉尊二神が任じた由緒と権威、したがって正統性なども備えていることを、（三）の冒頭にまず強調する。（三）の意義も、その一節が大きく担っている。ただ、その表現じたい「夫父母既任二諸子一、各有二其境一。」というだけの簡潔にすぎることも手伝って、内容に実は問題がある。まず「諸子」を、新編日本古典文学全集当該頭注が「ここは三貴子（天照大神・月夜見尊・素戔嗚尊）をさす。」と説く。「三貴子」の語じたい、元来、この「諸子」に当たる三子の化生を歓喜した伊耶那伎命の言葉のなかに古事記がつたえ、日本書紀には用例がない。しかもその頭注に「月夜見尊」を挙げるけれども、古事記は「三貴子」の表記に「月読命」を当てる。当該頭注は、恐らく日本書紀第五段〔書十一〕に「伊奘諾尊勅二任三子一曰、天照大神、可三以御二高天之原一也。月夜見尊者、可三以配レ日而知二天事一也。素戔嗚尊者、可三以御二滄海之原一也。」という一節を採ったのであろう。拠りどころは確かにあるにせよ、この「月夜見尊」の「配レ日而知二天事一」に、いまここに問題とする「各有二其境一」が適合するであろうか。〔書十一〕では、天照大神に使者として遣わされた葦原中国で保食神を殺し、そのことを復命した天照大神の激怒をかった上に「乃与二月夜見尊一、一日一夜、隔離而住。」と夜に月夜見尊は追いやられてもいる。

くだんの一節には、該当する記述が実は見当たらない。「父母」を手掛りとすれば、〔本伝〕をまず候補とすべきだが、さきに示した図式（721頁）のとおり「尊卑先後之序」をもとに子を生み、その子を尊卑により処遇する〔本伝〕に、そもそも「任二諸子一」はそぐわない。実際、この父母をめぐる「二神喜曰、吾息雖レ多、未レ有二若レ此霊異之児一。不レ宜三久留二此国一。自当下早送二于天一而授以中天上之事上。」という〔本伝〕の一節、なかんずく「授以二天上之事一」に、「各有二其境一」が該当するとは考え難い。月神についても、「其光彩亜レ日。可二以配レ日而治一。」が〔書十一〕の月夜見尊をめぐる右に引用した一節に通じることを含め、やはり該当するものではない。

まして蛭児にいたっては、「雖㆓已三歳㆒、脚猶不㆑立。」という理由から「順㆑風放棄」と処分されている。「任㆓諸子㆒」には、伊奘諾尊・伊奘冉尊を「父母」とするどの子も、外れる。

　結局、〔本伝〕を候補から除かざるを得ないが、さりながら、問題の一節がなんら拠りどころをもたないことも、「既任㆓諸子㆒」というように既成の事実として明示する以上、これまたあり得ない。そこで改めて候補とすべき例が、次に引く〔書六〕の一節である。

　已而伊奘諾尊勅㆓任三子㆒曰「天照大神者、可㆔以治㆓高天原㆒也。月読尊者、可㆔以治㆓滄海原潮之八百重㆒也。素戔嗚尊者、可㆔以治㆓天下㆒也。」

この〔書六〕は、火神の出産により焦かれ化去した伊奘冉尊を追い黄泉入りした伊奘諾尊が、帰還して身の濁穢を祓除するさなか、右の「三子」を「洗」により生みなしたとつたえる。「三子」に、一括する「父母」は存在しない。そしてその点さえ除けば、すなわち主語を度外視すれば、（三）の「任㆓諸子㆒」が右の一節の「勅㆓任三子㆒」に、また「各有㆓其境㆒」も、右のカッコで括ったなかにいう三子各自が統治の勅任を受けた対象領域をもつことに、それぞれ確実に対応する。

　しかし、確かに対応はするけれども、厳密に符合するかといえば、たとえば「任㆓諸子㆒」（三）でも、「勅㆓任三子㆒」〔書六〕に対して「勅」を欠き、「三子」を「諸子」とするなどやはり違いがある。〔書六〕をひき継ぐのであれば、〔書十二〕の「伊奘諾尊勅㆓任三子㆒」のように、主語を含め全く同じ表現をとることさえあり得なかったわけではない。結果としてそうしなかったという事実にそくしていえば、むしろその表現を積極的に回避したに違いない。すなわち、当該（三）の一節は「父母」を主語に立てるとおり第五段の〔本伝〕を基本的にひき継いでいるはずだから、たとえ主語を置き換えるにせよ、〔書六〕の「勅㆓任三子㆒」以下の表現をそのまま採るとすれば、その〔本伝〕をひき継ぐ基本に支障を来たしかねない。だい一、展開の全く違う所伝同士を、さながら木に竹を接ぐように一つに結びつけることには、無理がある。その無理を、文脈上の整合をはかりながら緩和する上に、「勅」を除いて「任」に、また「三子」という限定を外して「諸子」に、さらに統治から所有に力点を置く「各有二其境一」にそれぞれ差違化をはかり、〔書六〕とは距離を置くかたちをとるに至ったものとみるのが恐らく自然である。

　基本的には、しかし〔書六〕の枠組みを襲用している以上、〔書六〕に対して右のように距離を置くことは、その枠組みに「父母」を組み込むために必要な止むを得ない措置、実態にそくしていえば手当てあるいは手直しにほかならない。所伝の展開の上では、「父母」のもつ意味は極めて重い。なにより第五段〔本伝〕に「伊奘諾尊・伊奘冉尊共議曰、吾已生二大八洲国及山川草木一。」というこの世界のもろもろを生みなした上に、「光華明彩、照二徹於六合之内一。」という日神及びこれに準じる月神を生みかつそれぞれに天上の支配を命じたのが、まさにこの「父母」である。天照大神が口にする「夫父母任二諸子一、各有二其境一。」は、だからみずから担う高天原の統治を、この「父母」の任命に由来する絶対不可侵の聖業としてその始源に遡って確認し正統化する。いわば、世界創造の原初から続く正統の系譜に、天照大神じしんがみずからの言葉によって高天原の統治を改めて位置づけるものといっても過言ではない。

　もちろん、この天照大神はもはや〔書六〕がつたえる「祓除」によって化生した神などではなく、またその高天原統治も、伊奘諾尊単独の「勅任」によるのでもない。「父母」の存在は、かれらが原理とした「尊卑先後之序」に必然的に天照大神もよって立つことをものがたる。その高天原の統治もまた、おのずから同じ「尊卑先後之序」を原理とするであろう。天照大神の統治に伴い、高天原を中心とする原理が前面にせり出すけれども、たとえばこのあと「誓約」をめぐって生まれた五男神を天照大神がわが子とし、またその第一子の名に「勝」を冠することなどに、原理としての「尊卑先後之序」の確かなあらわれをみることができる。その点では、天照大神による高天原の統治原理を「尊卑先後之序」に結びつけることこそ、かの「父母」の最大の役割でなければならない。前段からのひき継ぎという点では、第五段の〔書六〕がつたえる分治勅任の枠組みを基に、その天照大神による高天原の統治に、〔本伝〕の「尊卑先後之序」を原理とする「父母」を結びつけて成りたつはずである。

七、「父母」の厳勅と素戔嗚尊

その「父母」に対して結果的に背くありかたを、直接の背命として明示的に表すのが、くだんの一節につづく（二）の「如何棄二置当レ就之国一（而敢窺二窬此処一乎）」という一句である。この「当レ就之国」には、第六段〔本伝〕の冒頭に「於レ是、素戔嗚尊請曰、吾今奉レ教、将レ就二根国一。」とつたえる一節の傍線部が当たる。しかも素戔嗚尊がみずから「請」うかたちをとるこの一節には、後の展開のなかで前掲（3）のとおり素戔嗚尊の弁明に「但父母已有二厳勅一、将三永就二乎根国一。」という一節が対応し、傍線部は表現の細部に至るまで一致する。

こうした対応上、「当レ就之国」とは、「父母」が「厳勅」により素戔嗚尊を放逐した先の根国を指す。これも先行する第五段をひき継いでいるので、そのどれが該当するのかをみるに、天照大神の発言ではあるけれども、〔書六〕を結ぶ最後の「伊奘諾尊悪之曰、可二以任レ情行一矣。乃逐之。」という一節は外れる。「父母」を手懸りに、むしろ〔本伝〕に「故其父母二神勅二素戔嗚尊一、汝甚無道、不レ可三以君二臨宇宙一、固当三遠適二之於根国一矣。遂逐之。」という「父母」の厳しい処分内容の「勅」にそくして素戔嗚尊に「厳勅」といわせてもいるはずだから、この点も勘案してやはりこの〔本伝〕を拠りどころとみなすのが相当である。

文脈上も、「夫父母既任二諸子一、各有二其境一。」を受け、この「父母」による根国放逐という「(厳)勅」の処分を受けている以上、それに従う以外の行為、すなわち高天原来訪を、天照大神が「棄二置当レ就之国一」と受けとめたとしても、なんら過剰な反応でもなく、齟齬もない。ただし、それには若干注釈を必要とする。たとえば、「獄令」(第廿九。11)は流罪あるいは移郷に処せられた者が「如有下妄作二逗留一、私還及逃亡者上、随即申二太政官一。」という妄りに逗留すること、私に帰還すること及び逃亡することを挙げ、その場合の太政官への報告義務を定めている。放逐をこれら流罪や移郷と同列には扱えないが、配所への移送(の前、途中、後)に際して発生する犯罪の一般的な事例だけに、素戔嗚尊の高天原来訪にそのいずれかとのかかわりを天照大神が想定することもありえた、という以上にまずはその可能性を疑うことがあって然るべき状況に、明らかに天照大神を置いている。

その点を考えあわせてみても、やはり、高天原への来訪をただちに「棄二置当レ就之国一」と受けとめたことは、尋常ではない。それにもかかわらず、文脈上はその受けとめ方がむしろ必然的であるというのも、「夫父母既任二諸子一、各有二其境一。」というこの一節を前提とするからにほかならない。「諸子」とは、伊奘諾尊・伊奘冉尊を「父母」とする子のうち、さきに言及したとおり第五段〔書六〕に伊奘諾尊による分治の勅任を受けたとつたえる三子がそれに当たる。そのかたちをひき継ぎながら、前述のとおり当該一節では、勅任を「任」に、分治を「各有二其境一」にそれぞれ改めると共に、「父母」をその主体とする。天照大神は、この一節により、みずから高天原を領有・統治する現今の秩序や体制の正当・正統を確認することになるが、さればこそ、「謂当レ有二奪レ国之志一歟」と疑う素戔嗚尊に対しても、同じ「諸子」の一人として「父母」が命じた根国放逐の「勅」に従う責めを負うものとする認識を当然もつ。そしてこの一節を基に、論理的にはその内容を楯に、素戔嗚尊のその責めを負う「勅」に対する違背を厳しく問い質す言葉が、すなわち「如何棄二置当レ就之国一」である。さらにその言葉とないあわさり、この度は天照大神じしんを標的としてその所有、統治する領域の奪取を、「而」の連接するもう一方の「窺二窬此処一」が表す。「夫父母既任二諸子一」以下の展開をうけ、右のように「棄二置当レ就之国一」とセットの関係にあるという点では、さきに対応を指摘した「謂当レ有二奪レ国之志一歟」という疑いを、それの具体的な内実として実質化する意味あいが強い。その実質化の核心が「父母」への言及である。

八、素戔嗚尊の弁明

すでに（二）と（3）をつき合わせたなかに明らかなとおり、この〈天照大神の嫌疑〉に対応する〈素戔嗚尊の弁明〉も、同じように、「父母」に言及する。そればかりか、委細にみると、対応はそれぞれの表現の展開や構成にまで及んでいる。それらをまとめたのが次の表である。

〈天照大神の嫌疑〉	〈素戔嗚尊の弁明〉
吾弟之来、豈以二善意一乎。（謂当レ有二奪レ国之志一歟）	吾元無二黒心一。
夫父母既任二諸子一、各有二其境一。	但父母已有二厳勅一。
如何棄二置当レ就之国一（而敢窺二窬此処一乎）、	将三永就二乎根国一。（以下略）

表では、「父母」に関連した一節を中心に、前掲〈天照大神の嫌疑〉（734頁）の構成を改めて三段に分け直して

いるが、この段落分けにそくして〈素戔嗚尊の弁明〉も三段に分けている。たがいに、構成及びその三段の展開や内容に顕著な対応をみせる。しかし、その一方、表中の〈嫌疑〉の欄のカッコで括った「当レ有二奪レ国之志一」や「敢窺二窬此処一」などの前述のとおり「謀反」に関連した記述、なかんずく〈嫌疑〉を構成するその最も核心的な部分に関しては、〈弁明〉はわずかに「吾元無二黒心一」と応じるだけにすぎない。

それに代わって大きな比重を占めるのが、表中の〈弁明〉の欄の第三段末に（以下略）として省略した一節である。高天原来訪の目的を素戔嗚尊じしんが明確にかたる。まずはその一節を次に示す。

如不二与レ姉相見一、吾何能敢去。是以、跋二渉雲霧一、遠自来参。不レ意、阿姉翻起二厳顔一。

表の対応にそくしていえば、「父母」の講じた措置を表す第二段を承け、続く第三段では、その「勅」に従い就くべき根国を棄て置いていることを責める〈嫌疑〉に対して、まさにその措置に従った行動をとろうとしていると主張する〈弁明〉が対応する。〈弁明〉は、「将三永就二乎根国一」を前提として、そのことの実現に必要な条件がかなわない場合（「如不二与レ姉相見一」）を仮定し、その帰結（「吾何能敢去」）をいう。条件に挙げた「与レ姉相見」は、高天原来訪の目的にほかならない。その条件がかなわない場合には、「父母」の「厳勅」の実行すら留保することも辞さないという表現に、素戔嗚尊の決意・覚悟のほどは明らかだし、だからこそ以下に、その並々ならぬ思いを託して高天原来訪をことさら「是以、跋二渉雲霧一、遠自来参。」と表現したに相違ない。

この素戔嗚尊の〈弁明〉に、もとより非などあろうはずがない。振りかえれば、天照大神に対する暇乞いのために伊奘諾尊に高天原訪問を申し出たそのそもそもの始めにつたえる素戔嗚尊の言葉に、この〈弁明〉は重なる。両者を対比して次に示す。

（当初の申し出、対伊奘諾尊）　吾今奉レ教、将レ就二根国一。故欲下暫向二高天原一、与レ姉相見而後永退上矣。

〈弁明、対天照大神〉 但父母已有二厳勅一、将三永就二乎根国一。如不二与レ姉相見一、吾何能敢去。

素戔嗚尊の申し出（原文は「請」）を、直後に伊奘諾尊が「勅許之」したことを踏まえ、この万鈞の重みをもつお墨付きを得ている以上、天照大神の〈嫌疑〉も、こと高天原来訪に関する限りは、この〈弁明〉の前にほとんど意味を失うほかない。そうして〈弁明〉以前に天照大神が当初いだいた〈嫌疑〉に代って、すなわち高天原来訪という直接行動のかたちをとり、それだけに現実的に対処が可能な問題ではなく、むしろ素戔嗚尊というこの神の本質に根ざす問題が改めて浮上する。とりわけ〈弁明〉の冒頭に訴える「吾無二黒心一」が、〈嫌疑〉の核心に直結する重要な問題として主題化の様相を帯びてくる。

少し迂遠のようだけれども、この問題を見極める上に参考となる例に、履中天皇即位前紀がつたえる瑞歯別皇子（後の反正天皇）に関する所伝がある。兄の太子（後の履中天皇）殺害を企んで下の兄の仲皇子が挙兵した事件にからんで、皇子は共犯を疑われる。難を逃れた太子のもとを尋ね詣でた際、「然太子疑二弟王之心一而不レ喚」という太子に、弟王（皇子）は謁見を求める。

時瑞歯別皇子令レ謁曰「僕無二黒心一。唯愁二太子不レ在而参赴耳。」爰太子伝告二弟王一曰「我畏二仲皇子之逆一、独避至二於此一。何且非レ疑レ汝耶。其仲皇子在之、独猶為二我病一。遂欲レ除。故汝寔勿二異心一、更返二難波一而殺二仲皇子一。然後、乃見焉。」

皇子は、素戔嗚尊と同じように「僕無二黒心一」と弁明する。それに対して、太子は仲皇子の反逆に加担していることを疑い、謁見を許さないまま「汝寔勿二異心一、更返二難波一而殺二仲皇子一。」と無実を証明するために仲皇子を殺すよう求め、その後に「見」に応じようと告げる。「無二黒心一」や「勿二異心一」などを証すため、皇子のばあい、太子の不在には急ぎ馳せ参じ、反逆の首謀者を殺すなどの行動に出るが、それによって忠誠を示すことが要請されているからにほかならない。皇子は策略を使って仲皇子に仕える隼人の刺領巾に主君を殺させたあと、太子との「見」をかなえる。

素戔嗚尊の当初めざした「与レ姉相見」という目的は、高天原来訪と同時にかなえたかにみえたが、しかしその実、当の天照大神の厳しい〈嫌疑〉を受ける。天照大神が「素知二其神暴悪一、至レ聞二来訪之状一、乃勃然而驚。」と受けとめたことが発端である。右の仲皇子の反逆、挙兵の折も折、避難先まで参赴した瑞歯別皇子との謁見を拒絶した太子も、同じく「何且非レ疑レ汝耶」と疑う。これに対して、右に引用した直後に続く一節のなかで皇子が「臣雖レ知二其逆一、未レ受二太子命一之。故独慷慨之耳。今既被レ命。豈難三於殺二仲皇子一乎。」と決意を述べる。「被レ命」の後はじめて「殺二仲皇子一」を実行できるとするこの皇子の言葉に、兄弟とはいえ、主君を絶対者と仰ぐ臣下の立場はあからさまである。その立場上、仲皇子を殺すことは「命」の実践であり、またそれが同時に臣下として要請される忠誠を示すことにつながる。

この皇子と同じく「無二黒心一」を訴える素戔嗚尊にしても、その訴えじたい、姉弟という肉親の関係以上に、臣下の自覚に立つものであろう。また皇子がその自覚をもとに「被レ命」により仲皇子を殺して忠誠を証したように、そう訴える以上は、たとえ「父母已有二厳勅一。将三永就二乎根国一。如不二与レ姉相見一、何能敢去。」と力説したところで、所詮は申し開きや言い訳けの域を出ないのだから、それとは別に、訴えそのものにそくした証しを示さなければならない。〈嫌疑〉に対応する〈弁明〉から、〈弁明〉それじたいの問題に転じて、素戔嗚尊のその〈弁明〉の真実性を質す方向に、所伝は新たな展開をとげる。天照大神の〈嫌疑〉をめぐるいわば第二幕ともいうべきその展開の主題が、忠誠の証しである。冒頭、天照大神は素戔嗚尊に次のように問う。

天照大神復問曰「若然者、将三何以明二爾之赤心一也。」

この問いの核心に「赤心」、すなわち「赤心は清明の心。天照大神に対する忠誠心。」（新編日本古典文学全集当該頭注九）があり、前掲履仲天皇紀の一節に太子が瑞歯別皇子に求めたとつたえる「汝寔勿二異心一、更返二難波一而殺二仲皇子一。」という仲皇子の殺害に通じる忠誠の証しを天照大神が迫ったことにより、素戔嗚尊がこれにこたえて「請与レ姉共誓」と申し出る。こうして両者の「誓約（うけひ）」をめぐる所伝が以下に展開する。

九、古事記の「宇気比」提起をめぐる先行研究とその問題

日本書紀がつたえるこの「誓約」及び関連する所伝については、数多くの論考がある。しかしその多くが、「誓約」の内容やそのありかたにもっぱら論を集中させ、右の素戔嗚尊の忠誠の証しをめぐる問題に焦点を当てた研究じたい低調と言わざるを得ない。古事記にも、ほぼあい通じる所伝のなかに同じ須佐之男命の申し出た「各宇気比而生レ子」という一句がある。研究成果も多く、当面の問題に取り組む上にも参照しておくべきだから、ひとまず古事記の「宇気比」に論を移してみるに、これはこれでまた別の問題がある。念のため先学の論考を挙げれば、菅野雅雄氏「天安河のウケヒ小考」（西宮一民編『上代語と表記』平成十二年十月。おうふう）は、次のようにその問題を指摘する。

事の発端は、須佐之男命の「邪心」の有無の判定にあり、須佐之男命が子を成して己れの「邪心無きこと」を証する必要はあっても、そして「邪心無きこと」が〈勝〉と表現されることになるとしても、天照大御神は何も証することは無く、子を成す必要も無いのである。（69頁）

「ウケヒ」の検討を通して「二神が取り決めるのは『各宇気比而生レ子』ではなく、『而』を省いて『宇気比生ま

む』でよく、須佐之男命の言う言葉として『宇気比生れよ』でよかったのである。」（72頁）と説く。「邪心」の有無の判定、あるいは「邪心」無きことの証明などは須佐之男命に必要ではあっても、天照大御神には必要ではないと断じ、この見解にそくしたあるべきかたちとして、須佐之男命だけの「ウケヒ」を想定するという徹底した立場だが、これでは、くだんの一句の解釈にはつながらない。一方に、ユニークな解釈もある。寺川眞知夫氏『古事記神話の研究』（その「第三節　須佐之男命の性格と『うけひ』」。二〇〇九年三月。塙書房）が「天照大御神をも巻き込んで『うけひ』をするよう誘う。」と前置きした上で次のように問題を掲げてもいる。

　須佐之男命のトリックスター的悪意が働いたとの設定なのか、天照大御神に子を生みなさせるための設定なのかが問題になろう。（186頁）

前置きの「天照大御神をも巻き込んで」という表現に見合うのは、二つの設定のうちの前者にいう「須佐之男命のトリックスター的悪意が働いたとの設定」のほうであろう。実際、後に「姉天照大御神を裁判的な『うけひ』に引き込み」（188頁）と説く。しかしその「裁判的な『うけひ』」の例とした日本書紀応神天皇九年四月条がつたえる「盟神探湯」は、たしかに「武内宿禰が弟甘美内宿禰に讒言され、潔白を証明するために二人で」行い、そのかぎり「このように裁判での『うけひ』は原告・被告双方が『うけひ』をし、勝ち負けが判断されたとみてよい。」（同頁）としても、この原文は「天皇則推三問武内宿禰与二甘美内宿禰一。於レ是、二人各堅執而争之。是非難レ決。天皇勅之、令下請二神祇一探湯上。」と二人を争いの当事者とする。天照大御神は、もとよりこうした争いの対等な当事者ではない。いかに「須佐之男命のトリックスター的悪意」を働かせようにも、当事者でもない者を「裁判的な『うけひ』に引き込」むようなトリックに、天照大御神が乗ったとは考え難い。

　右に採りあげた先学の研究は、ほんの一例でしかない。管見に入った限りでは、くだんの「宇気比」をめぐる一句に関連するかぎり、ほとんど参考とはなしえない。そもそもこの一句の占める重要な位置や意義については、従来、先学の論考の多くが問題とすらしない。たとえば毛利正守氏「アマテラスとスサノヲの誓約」（吉井巌編『記紀万葉論叢』（平成四年五月。塙書房）は「本稿ではこのウケヒ神話を、古事記の所伝を中心に、書紀の本文と一書の異伝をも合わせ、全体的・総合的に眺めていくことにする。」（9頁）と断った上で、古事記の「宇気比神話で、まず検討を要するのは、次の如き諸点」として都合五点の問題を挙げ、そのそれぞれに詳細な検討を加えている。日本書紀の対応する〔本伝〕や各一書の記述を参照・比較し、先学の研究成果も十分踏まえながら展開する論考には説得力もある反面、問題の立て方じたいにまず疑いを禁じ得ない。

当面するかの一句に関連して一つだけ挙げれば、五点の問題のうちの第一「(イ)宇気比に当たって、予め、判定基準となるべきことばを持たないこと。」では、「予めの判定基準即ち前提となることば」（24頁）の有無それじたいをもっぱら問題とするだけに終始するが、天照大御神の「然者、汝心之清明何以知。」という問いに、須佐之男命が「各宇気比而生レ子」と答えたこの対応の仕方こそ重要である。「宇気比」の「前提となることばを欠く」（同頁）といった視点からは欠落してしまう須佐之男命の意図、それを寺川眞知夫氏は前述のとおり「トリックスター的悪意」に結びつけるが、それはともかく、この意図にともなう二つの点、すなわち「宇気比」の前提条件に言及しない点が一つ、そしてもう一つが「各」と天照大御神に各自が「宇気比」することを提案している点であり、この二つがあいまって須佐之男命の対応を決定づけている。二つの相関の内実こそ、むしろ重視すべきではないか。ちなみに、前者については、須佐之男命が前提条件をなんら設定しない自由に置き、そうすることによって「宇気比」の結果に言い分を称える余地を残したとみる拙稿（「大気都比売神の被殺関連神話の成り立ち」『京都語文』第18号。118頁。平成23年11月）がある。

十、〔本伝〕の「誓約」をめぐる天照大神の主導と子の帰属

さて、ここで本題に戻るとして、古事記の「宇気比」について論じた先学の研究に言及したついでに、もう少し関連する問題を探ってみるに、前掲毛利氏の論考に「書紀では本文及び一書すべてに渡って、予めの判断基準即ち前提となることばを持ち合わせていたのに対して、古事記ではそれを持たないことが特色として挙げられる。」（前掲書24頁）というさきにも一部引用した指摘がある。この古事記の「特色」をめぐっては、松本直樹氏『古事記神話論』（その第七章の「ウケヒについての諸説」。192頁。平成15年10月。新典社研究叢書154）が「アマテラス・スサノヲのウケヒの場合にも、前提があるのが基本的な形であったと認めるべきである。とすれば、古事記はそれをどこかで落としてしまったか、或る意図をもってそれを削除したか、のいずれかであるということになる。」と説く。一般的、常識的にはなるほどそう考えるほかないにしても、問題はその先である。

日本書紀の〔本伝〕がつたえる「誓約」にしても、確かに前提はあるものの、その前提を含むあり方そのものが、実はさまざまな問題を宿している。それに取り組む糸口として、ここでは、中川ゆかり氏『上代散文　その表現の試み』（「日本書紀の漢字・漢語選択の意識」322頁。二〇〇九年二月。塙書房）が「日本書紀中の自らの潔白等を証明するウケヒはこの漢訳仏典をヒントとして、『誓（「誓約」）』と書かれたと考えられる。」と説いている点に着目する。問題の「誓約」は、中川氏が「ヒント」としたとみなす漢訳仏典の例と比較・考量すると、いっそうその独自が際立つ。中川氏の挙げる漢訳仏典の例はつごう四例、それを次に借用して示す。番号、カッコ内の説明語句、句読その他すべて中川氏所掲のままとする。ただし、旧字体は新字体に改め、訳経年は省く。

24…（善友が）「……何処行還」。婦言、「我不二私行一」。婿言、「私与二不私一誰当レ知レ汝」。其婦懊悩、啼涙満レ目。即自呪誓「我若私行、令二汝両目始終不一レ差。若不レ爾者、使二汝一目平復如一レ故」。作二是願一已、其夫一眼目睞瞤動、平復如レ故。（大方便仏報恩経巻四）

25…（ただ一人の子睒を誤って王に射殺された老いた両親は）仰レ天呼言、「諸天龍神山神樹神、我子睒者天下至孝。是諸天龍鬼神所レ知」。……於レ是、父母倶共誓言、「若睒至孝天地所レ知、箭当二抜出一、毒痛当レ除、睒応二更生一」。……（仏説睒子経）

26…（自らの肉を割いて施とし、それを悔恨することがない、という夫人に対して）天復答言、「若無二悔恨一、以レ何為レ証」。於レ是、夫人便立レ誓言、「我今所レ施用求二仏道一、無二悔恨一者、令三我女身変二成男子一」。立レ誓已訖、応時女身変、為二男子一。（菩薩本行経巻上）

27…（繭のような皰（吹出物）から生まれた頂生は即位を促され、王たる資格があるかどうかをくり返しウケヒで問う）頂生復言、「若我有レ福、応レ為レ王者、国当レ就レ我。我不レ就レ国」。立レ誓適竟、大国之中所レ有宮殿、園林浴池悉来就レ王。（賢愚経巻十三）

これらの例をもとに、中川氏は次のように説く。

漢訳仏典にしばしば見えるウケヒは自らの言葉や願が嘘いつわりのない真実であることの証明である場合が多い。こうしたウケヒの性格と、真実や真実の言葉が奇跡を生じさせるという観念とが相まって、一貫してウケヒが「誓」（呪誓）で書かれるのではないかと思う。（314頁）

四例の原文それぞれについて中川氏は要を尽くした解説を施しているので、ここで屋上に屋を架すような説明は避けるが、しかしその例すべてについてまとめた右の見解については、必ずしも異論がないわけではない。そこで原文にたちかえってみるに、「誓」にあたる発言のなかでは、多くが「若」による仮定条件を表す句と、その帰結を表す句との句相互の関係が成りたっている。その関係構成の上では、条件句になにごとか知りたい真実もしくは願わしい事柄などを仮定する。もし仮定したとおりだとすれば（もしくはそれに反するとすれば）、それに対応する事態が現に発生する、もしくは発生させることを帰結句が表す。事態は、発生が通常ほとんどありえない、その意味では超現実的な内容が通例である。そしてこれら超現実的な事態の発生が、仮定した事柄の真実もしくは願いの実現などを、いわば可視的に保証するということ、概ねこうした点が「誓」の基本をなすであろう。

　この基本に限れば、個別の用例ごとの違いがそれに多少は抵触するにせよ、大筋では的を外していないとして、くだんの〔本伝〕の「誓約」の素性を質せば、まさにこの基本を大きく逸脱した、「誓」とは似て非なるいかがわしい実態をそこに見出さざるを得ない。確かに、「誓約」に展開する契機となる天照大神の「若然者、将何以明㆓爾之赤心㆒也。」という問いに、たとえば前掲26の「若無㆓悔恨㆒、以㆑何為㆑証。」などが対応し、「誓」をめぐる大枠を共有しているという担保あっての上だが、似て非なるその内実は、なにより句相互の関係に著しい。そもそも「如吾所㆑生、是女者」じたい、表現上は条件句ながら、問いが対応する26をはじめ漢訳仏典の「誓」の基本をなす条件句に必須な、なにごとか知りたい真実もしくは願わしい事柄などを仮定するという要件をそなえてはいない。さらに帰結句として位置する「則可㆓以為㆑有㆓濁心㆒」にいたっては、同じく漢訳仏典の「誓」の基本をなす帰結句に通例の超現実的な事態の発生になんらかかわりをもたない。

　もはや句相互の関係についてはあげつらうまでもないが、「誓」の基本を大きく踏み外しながらも、条件句の「如吾所㆑生、是女」、「是男」は、超現実的という点さえ捨象すれば、可視的に保証するものたり得る。そうして可視である以上は、これを帰結句とし、知りたい真実に当たる「有㆓濁心㆒」か「有㆓清心㆒」かを条件句として、

たとえば、

若吾有㆓濁心㆒者、吾所㆑生、是女。若吾有㆓清心㆒者、是男矣。

右のような句関係を構成することもゆうにあり得たはずである。しかし、この仮想例文には、実は問題がある。素戔嗚尊に対する天照大神の「将何以明㆓爾之赤心㆒也」という問いであれば、〔本伝〕の右の二項対立のかたちより、天照大神を日神とするなど系統を異にする二つの一書がつたえる次の単項独立のかたちのほうが適切に対応する。

○　若汝心明浄、不㆑有㆓凌奪之意㆒者、汝所㆑生児、必当㆑男矣。〔書一〕

○　汝若不㆑有㆓奸賊之心㆒者、汝所㆑生子、必男矣。〔書三〕

しかも、この二例の「誓約」でも、条件句で仮定したとおりだとすれば、必然的に男の誕生を結果することを帰結句が表す。条件句と帰結句とのこの関係こそが、実は前掲漢訳仏典の例にも共通する「誓」の基本的な一つの定型を踏む。

それだけに、右の仮想例文じたい、二項対立のかたちをとることに問題があるという以上に、二項対立の各項のありかたそのものが「誓」の定型に違背する。仮想例文のもとになった〔本伝〕の例を、ここで改めて示せば、

如吾所㆑生、是女者、則可㆓以為㆑有㆓濁心㆒。若是男者、則可㆓以為㆑有㆓清心㆒。

条件句の仮定を承けて、仮定したとおりならば必然的に結果することを、帰結句が表すという関係ではない。男と女どちらを生むこともあり得るという条件のもとで、女ならば、それがただちに必然的に「有㆓濁心㆒」という結果に結びつくのではなく、「有㆓濁心㆒」を「可㆓以為㆒」が対象とし、そうして判定することをいう。念のため一書の前掲二例と対比していえば、その例では、悪心（凌奪之意、奸賊之心）がなければ、その可視的な証しとして

男が誕生するというごく単純な句の相関だが、右掲の〔本伝〕の例のばあい、男女の誕生を、そうした可視的な証しとはせず、「有二濁心一」か「有二清心一」のいずれかを判定するその判断材料としたものとみるのが相当である。

もとより、その判断・判定の主体は天照大神のはずだから、素戔嗚尊がそれを委ねたことになる。文脈上は、「請与レ姉共誓」を承けた展開のままに、判断・判定するよう要請ないし請願したというほうが正確であろうが、もはや漢訳仏典の「誓」などとは遠くかけ離れたこの「誓約」にあっては、その結果の判断・判定について事前に相手に請うというかたちをとる。敷衍すれば、交互に「誓約」を行い、その結果の判定を事前に相手に請うというのがそのかたちである。天照大神は、この「誓約」の相手となっても、結果の判定を素戔嗚尊に求めなかったただそれだけのことでしかない。

右のように考えて大過ないとすれば、「誓約」の相手になることは、その結果を判断・判定する役割を担うためだったはずである。「誓約」を終えた直後に、それによって生まれた子について、男女いずれをどちらが生んだかに一切言及することなく、ただ子の帰属だけを、天照大神は次のように決定するなかに、

是時、天照大神勅曰「原二其物根一、則八坂瓊之五百箇御統者、是吾物也。故、彼五男神、悉是吾児。」乃取而子養焉。又勅曰「其十握剣者、是素戔嗚尊物也。故、此三女神、悉是爾児。」便授二之素戔嗚尊一。

右に○印を付したとおり「彼五男神」と「此三女神」とを明確に使い分ける。「彼」と「此」は、生んだ順の先後ではなく、天照大神を起点に、それぞれ遠く位置する素戔嗚尊所生の子と近くのみずから生んだ子とを対比した表現である。（ちなみに、古事記は先後によって使い分ける。後述766頁）。素戔嗚尊が五男神を生み、天照大神が三女神を生んだことを前提としていることは明らかだから、この「勅」に先立って、素戔嗚尊が五男神を生んだという判定を、前述のとおりその素戔嗚尊の請いに応じた天照大神が下していたとみなければならない。

十一、〔書一〕〔書二〕の日神による「誓約」と「先食」

〔本伝〕の「誓約」では、その結果の判断・判定を事前に相手に請うというかたちをとり、天照大神が実際に判定を下している。これに対して、〔書一〕〔書三〕の日神を主体とする「誓約」のばあい、前述のとおり条件句で仮定したことと帰結句の表す結果との間に、本来的にも判断など介在する余地がない。両者は、それぞれに全く独自な様相を呈している。たがいにつながりのない、無縁な関係かといえば、実はそうではない。

　ここでは便宜、〔書三〕を含むものとして日神の系列の一書を〔書一〕に代表させ、少し内容を掘り下げてみるに、この「誓約」には際立った特徴がある。ここで改めてその一節全体を示す。

　於レ是、日神共二素戔嗚尊一、相対而立レ誓曰「若汝心明浄、不レ有二凌奪之意一者、汝所レ生児、必当レ男矣。」言訖、先食二所レ帯十握剣一生児、号二瀛津島姫一。（中略）凡三女神矣。

この一節では、なにより日神の一方的な振る舞いが目立つ。「誓約」をめぐっても、疑う当の日神じしんがそれをひとり提起してただちに実行に移す。さきに中川氏がヒントにしたと指摘する漢訳仏典の、特に「立レ誓」というかたちの上でもあい通じる26（24も含め）を参照しても、疑いを被った者（夫人）がその疑いを晴らす手段としてそれを行うように、日神に疑いを被った素戔嗚尊こそ提起・実行の主体に立つかたちが、あくまで前掲例を参照する限りにせよ、本来のはずである。

　疑う日神が「誓約」を提案するというこの特異に伴うもう一つの一方的なありかたが、なかんずく重要な「誓約」の内容である。句相互の関係の上では、漢訳仏典の「誓」をめぐってさきに基本とした点、すなわち条件句に仮定した事柄の真実あるいは願いの実現などを、可視的に保証することを帰結句が表すという要件にかなうことは間違いない。その一方で、「誓」をめぐるこの基本にそくしていえば、帰結句に表す内容は発生することがほとんどあり得ない超現実的な事態であり、それが発生するか否かに事の成否（証し）を見ようとするものだが、くだんの「誓約」は、事態が発生するか否かより、むしろ発生する事態（子を生むこと）の結果（男か女か）を事前に定めておくことに主眼を置く。要は、条件句の「若汝心明浄、不レ有二凌奪之意一者」に対して、帰結句を「汝所レ生児、必当レ男矣。」と定めているが、この「男」を「女」に改めたところで、事前に定めた通りの結果か否かによって判定する以上、原理上、違いを生じることはない。

しかしながら、げんに「汝所レ生児、必当レ男矣。」という断定的なこの表現は、予見という以上に、条件句に仮定することが事実だとすれば、「誓」の行為（食）によって生む子は必然的に男に相違ないと、いわば結果について判断を示したという意味あいが強い。この判断が、〔本伝〕の「誓約」では素戔嗚尊が提起したその文言のなかの「若是男者、則可二以為レ有二清心一」と、句の相関の上では倒逆した関係ながら対応することは明らかである。しかも共に判断・判定にかかわり、前述のとおり〔本伝〕では疑いを被った素戔嗚尊がそれを天照大神に委ねているが、右の〔書一〕は日神じしんがそれを示す。疑う者が「誓約」の結果をめぐる判断・判定に関与する点にいたるまで両者は共通する一方で、疑いを被った者が「誓」を提案・実行する前述の漢訳仏典の基本に合致し、ともかくも疑いを被った素戔嗚尊が提案するかたちをとった〔本伝〕に対して、〔書一〕の「誓約」はそのかたちすらとらず、基本とのかかわりを大きく後退させている。

それだけ独自を強めるについては、いささか逆説めくが、〔本伝〕の「誓約」との対応を担保としていたに違いない。〔本伝〕の天照大神に当たる日神の存在を高めることと、その独自を強めることとは別ではない。日神の誕生を前述（721頁）のとおり「尊卑先後之序」を基に伝える第五段〔本伝〕をひき継ぎ、この第六段〔書一〕では、その誕生にちなみ、日神が「誓約」を提起するという全く独自なかたちをとる上に、同じ「尊卑先後之序」を拠りどころとしたとみるのが自然である。げんに、それを裏付ける表現がある。日神が「誓約」を提起してただちに実行に移す場面だが、〔本伝〕以下のあい通じる一節と、次にそれをつき合わせてみる。

〈天照大神〉

（「誓約」提起の直後）於レ是、天照大神乃索二取素戔嗚尊十握剣一、〔本伝〕

（「誓約」と併せて各自の所持品交換を提起した直後）如レ此約束、共相換取。已而天照大神、則以二八坂瓊之曲玉一浮二寄於天真名井一、嚙二断瓊端一、（中略）又嚙二断瓊中一、（中略）又嚙二断瓊尾一、〔書二〕

〈日神〉

（「誓約」提起の直後）言訖、先食二所レ帯十握剣一生児、号二瀛津嶋姫一。又食二九握剣一生児、号二湍津姫一。又食二八握剣一生児、号二田心姫一。凡三女神矣。〔書一〕

（「誓約」提起の直後）於レ是、日神先食二其十握剣一化生児、瀛津嶋姫命。亦名市杵嶋姫命。（以下略）〔書三〕

右の四例のうち、「尊卑先後之序」に基づくと考え得る表現が、〈日神〉の二例に共通する○印を付した「先食」である。〈天照大神〉の〔本伝〕〔書二〕それぞれ対応する箇所に「乃」「則」を当てることから推して、あえてそれを採用したに違いない。この「先」は、後に「已而素戔嗚尊以二其頸所レ嬰五百箇御統之瓊一、濯二于天渟名井、亦名去来之真名井一而食之。」という素戔嗚尊の「食」に先行することを表す。ただし、引用した一節に「又食」が続くことから、「十握剣」「九握剣」「八握剣」という連続のまずは「十握剣」を対象とすることを表す可能性も無くはない。語法上から詰める、あるいは「次」の用法を参照することなども必要だとはいえ、なにより、古事記に「故爾各中二置天安河一而宇気布時、天照大御神、先乞二度建速須佐之男命所レ佩十拳剣一。」という「先」を表したあい通じる例があり、「十拳剣」一振を「打二折三段一」として三女神を化生させる。天照大御神が須佐之男命に先だって「宇気比」を行うというまぎれもないこの例に照らして、やはり日神が「誓約」を提起した上に、素戔嗚尊に先だってそれを行うことを特に明示した表現と見るのが妥当である。

ところで、この「先食」以前に、同じく「尊卑先後之序」に基づく例に「先唱」がある。すでに第一章に、神代紀冒頭から第五段に至る「尊卑先後之序」の著しいあらわれの一例として挙げたが、各段を貫く原理のあらわれである以上に、第四段の〈本伝〉と一書に共通する、それだけに第四段の所伝の成りたちそのものに実は深くかかわる。「先食」との関連を視野に入れながら、ここでは〈本伝〉の該当する一節を採りあげてみる。

二神、於レ是降二居彼嶋一、因欲下共為二夫婦一、産中生洲国上。便以二磤馭慮嶋一為二国中之柱一、而陽神左旋、陰神右旋。分巡二国柱一、同会二一面一。時陰神先唱曰、「憙哉、遇二可美少男一焉。」陽神不レ悦曰「吾是男子。理当二先唱一。如何婦人反先言乎。事既不祥。宜二以改旋一。」

陽神のこの言葉どおり「改旋」に引き続き「陽神先唱」のあと、陽神の「思下欲以二吾身元処一合中汝身之元処上」という提案により「於レ是、陰陽始遘合、為二夫婦一。」、そうして「洲国」を産むという所期の目的を遂げる。ここに至るまでの全過程を通して、陽神が主導して展開する。「先唱」はその一つながら、陽神主導の原理にそれが基づくことを、陽神の「吾是男子。理当二先唱一。」という言葉が端的にものがたる。この原理こそ「尊卑先後之序」にほかならない。

もちろん、「洲国」の出産に続く神産みのはてに「伊奘諾尊・伊奘冉尊共議曰、吾已生二大八洲国及山川草木一。何不レ生二天下之主者一歟。」（第五段〈本伝〉）という共議によって誕生した日神も、この「尊卑先後之序」を原理とする。第一章に指摘したようにそもそもその誕生に、すでにそれは明確なあらわれをみせる。この延長上に位置するのが、くだんの「先食」である。陽神が「共為二夫婦一、産二生洲国一。」を「尊卑先後之序」により主導したことを、「先唱」が端的かつ象徴的に表したと同じように、「先食」も、日神が「誓約」を「尊卑先後之序」をもとに主導したことの端的なあらわれとみて大過ないはずである。その主導が、「誓約」を提起することを含む全体に及んでいることも、おのずから見通し得る。

十二、〔書一〕〔書三〕の素戔嗚尊の勝と子の処遇をめぐる展開

また一方、「誓約」の結果だが、日神が判定に示したとおり素戔嗚尊はつごう五男神を生む。この結果を承けて、〔書一〕では次の一節が続く。

（凡五男神矣）故、素戔嗚尊既得二勝験一。於レ是、日神方知三素戔嗚尊固無二悪意一。

五男神を「勝験」とするこの表現をめぐっては、「誓約」の判定結果をあらわす〔書三〕では、この判定結果に焦点を当てて差違化をはかり、素戔嗚尊じしんが「誓約」により男を化生したことにそくして「便化二生男一矣。則称之曰、正哉吾勝。」と「吾勝」を称える。素戔嗚尊の生んだ男を勝に結びつける展開は、〔本伝〕の系統にはなく、日神の系列に属する一書を特徴づけるだけに、なかんずく注目に値する。まずは「勝験」の内容をみるに、

素戔嗚尊　（1）生二五男神一　（2）既得二勝験一　（3）固無二悪意一

右の継起的な展開上、かりに「五男神」が女神だったと仮定すると、以下（2）が「既得二敗（負）験一」、（3）が「固有二悪意一」と逆転するであろう。男神の勝験と女神の敗験とが入れ替わるこの関係は、勝と敗がさながら

くじの当たり外れのように表裏する。もとより、この勝敗は素戔嗚尊にかかわるだけのものでしかない。しかし、前述の応神天皇九年四月条がつたえる武内宿禰兄弟の「二人各堅執而争之、是非難レ決。」という例では、最後に「武内宿禰勝之」と決する。この例は「探湯」であり、前述（749頁）のとおり対等な当事者間の争いだから、勝者と敗者とに分かれるのだとしても、「難レ決」という「是非」を争う結果について、複数（二人）の当事者が関与するばあいに「是」を勝者としたように、被疑者一人がその疑いを晴らすばあいに「是」に相当する結果を勝とした、それがくだんの素戔嗚尊の「誓約」の結果にほかならない。

もっとも、「探湯」における勝者との関連は、本筋ではない。右の（1）以下に展開を示したように、「生二五男神一」を「得二勝験一」と表現した、むしろそのことじたいが問題である。「得二勝験一」は、その展開の上では必ずしも不可欠というわけではない。げんに（1）以下に該当する〔書三〕の一節には、「其素戔嗚尊所レ生之児、皆已男矣。故、日神方知三素戔嗚尊元有二赤心一。」というように（2）に相当する記述を欠く。そしてその直後に続くのが次の一節である。便宜、二分して引用する。

便取二其六男一以為二日神之子一、使レ治二天原一。

即以二日神所レ生三女神一者、使レ降二居于葦原中国之宇佐嶋一矣。

この一節の特に「六男」について多少補足すれば、日神の子として天原を統治させるという処遇は、「誓約」に先立って日神じしんが「如生レ男者、予以為レ子而令レ治二天原一也。」と明言した約定による。しかしただにその履行にとどまらず、約定じたい、「誓約」の結果、素戔嗚尊みずから「便化二生男一矣。則称之曰、正哉吾勝。故、因名之、曰二勝速日天忍穂耳尊一。」と勝を宣言した上にそれを化生した子の名に冠するとおり、まさに〔書一〕にいう「得二勝験一」にそくした処遇の意味あいを併せもつ。これに対して、日神の生んだ「三女神」は葦原中国の宇佐の島に降居させる。天原の統治と葦原中国への降居とを、それぞれ男神と女神とに対比的、対照的に振り分けるこの処遇も、さきに「先食」に指摘した「尊卑先後之序」を原理とする基調をもとに成りたつことは疑いを容れない。

この〔書三〕と「先食」を共有し、かつ「誓約」をめぐってその内容もほぼ共通する以上、〔書一〕が、一方では確かに生まれた五男神の処遇に一切言及せず、また日神の生んだ三女神についても、ただそれだけを単独で次のようにつたえるにすぎないけれども、

乃以二日神所レ生三女神一、令レ降二於筑紫洲一。

この一節が、表現を含めあい通じる〔書三〕の「即以二日神所レ生三女神一者、使レ降二居于葦原中国之宇佐嶋一矣。」と対応することに鑑みても、〔書一〕もまた、その〔書三〕と同じく「尊卑先後之序」を基に、三女神の処遇とは対比的、対照的に五男神を天原に留めるかたちをとるとみるのが相当である。この五男神を「勝験」に結びつける上にも、「尊卑先後之序」がそこに大きくかかわる。そのかかわりを中心に敷衍すれば、既述の「先食」に通じる「吾是男子。理当二先唱一。」（第四段〔本伝〕）という男の「先唱」を「理」とすると同じ拠りどころの「尊卑先後之序」にそくして、「誓約」に先立ち「若汝心明浄、不レ有二凌奪之意一者、汝所レ生児、必当レ男矣。」と示した判定（予言）どおり五男神を生んだとするが、それればかりか、ことさらその結果について評価した「勝験」も、やはり「尊卑先後之序」を拠りどころにするということにほかならない。この「尊卑先後之序」という絶対的原理を拠りどころにすればこそ、「勝験」と判定・評価した五男神は、素戔嗚尊が生んだにもかかわらず天原に留め、かたや三女神は、天照大神が生んだにもかかわらず、対比的、対照的に（敗験）の判定・評価をうけることに伴い、必然的に筑紫洲に降すことになる。

生む主体より、むしろ生んだ結果をもとに処遇を決めるこのありかたは、実は〔本伝〕の「誓約」の、生むさいに使用した物の所有者により子の帰属を決めるというありかたに確実に通じる。使用する物を交換することと併せ、その物により、女神は、天照大神が生んだにもかかわらず素戔嗚尊に帰属し、かたや男神は、素戔嗚尊が生んだにもかかわらず天照大神に帰属すると、天照大神が「勅」する。〔本伝〕のこの物の交換と天照大神の「勅」との組み合わせに当たるのが、「勝験」である。物を交換しないから、「勅」も不要だが、素戔嗚尊がみずからの悪心なきを証明する男神を生むという所伝のいわば絶対条件をみたした上で、その男神を、〔本伝〕が天照大神に帰属させたのに対して、天原に留めたということ、すなわち〔本伝〕の子の帰属を子の処遇に転換したことにほかならないが、そうして転換する挺子としたのが「勝験」であったろう。〔書三〕では、処遇と対応させて、〔書二〕の「勝験」に当たる男神について「便取二其六男一以為二日神之子一、使レ治二天原一。」と日神に帰属させ、処遇と帰属との一致をはかる。

　こうして〔書一〕から〔書三〕にかけ、順を追って次第に差違化をはかりながら、素戔嗚尊の勝に比重を大きく移す。所伝としての独自を強める一方、それでもなお「誓約」を中心としたまとまりを堅固に維持しているというのが実態である。見方をかえれば、〔本伝〕と一書とが、そのまとまりを共通の枠組みとして、たがいに所伝の対象領域を切り分けているとみることができる。〔本伝〕の天照大神を主体としたあくまで「誓約」中心の展開に対して、日神の系列に属する一書は、むしろ「誓約」の結果を中心に展開する。「尊卑先後之序」をもとに素戔嗚尊の勝に所伝の重点を置き、そしてそれを順に強める。この二つの系列のたがいに相補的な所伝の切り分けを、まとめを兼ねて次に図に表示してみる。第六段のその所伝の成りたちには、もちろん第五段からのひき継ぎが分ちがたくかかわるので、その関係も併せて図に落とし込むことにする。

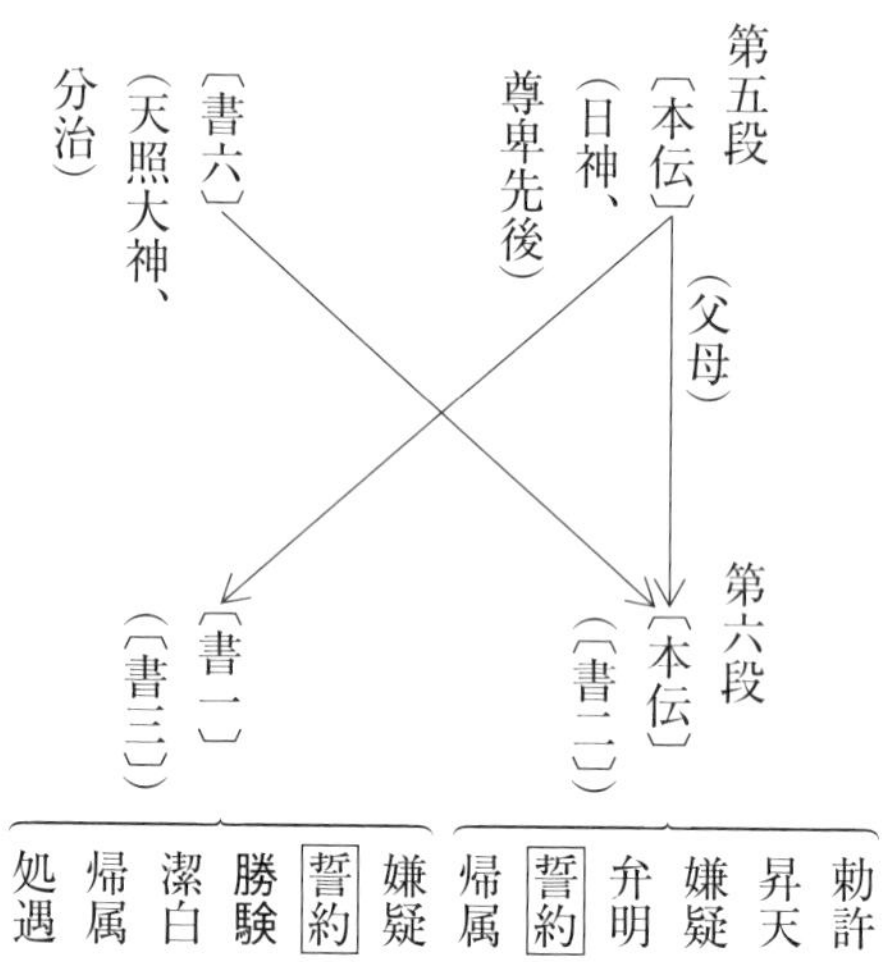

十三、天照大御神の「詔別《のりわけ》」と須佐之男命の「手弱女《たわやめ》」とのせめぎ合い

さて、細部はともかく、大筋では、第五段、第六段の〈本伝〉と一書を併せた所伝の展開及びその全体像や各所伝間の関係をほぼ確認できたのではないかと思う。論証の手続等に残る課題の克服を含め、この検討がやがてさらに深化・進展することになれば、日本書紀に限らず、古事記との関連の究明におのずからつながるであろう。そこで、これまで積みあげた成果をもとに、さし当っては究明へつなぐ道筋だけでも示しておく必要がある。そ

の関連は、日本書紀をもとに古事記が成りたつという本書の基本的構想におのずから添う。

行論の便宜に従い、「勝験」を強調する日神系列の一書と、これに通じる古事記との関連を、古事記を中心にまずは見極めることにする。先行研究ではわずかに断片的に言及する程度であり、そもそも日神系列の一書と天照大御神を立てる古事記とのたがいの所伝の成りたちじたい基本を異にするけれども、そのなかでも、両者のかかわりは決して浅薄なものではない。なかんずく「うけひ」（以下、全てこの表記による）の後に天照大御神と須佐之男命が結果についてそれぞれ言及したなかの後者、いわゆる勝さびに関連する次の一節の傍線部に問題が集中する。

爾速須佐之男命白二于天照大御神一「我心清明。故、我所レ生子、得二手弱女一。（A）因レ此言者、自我勝。（B）」云而、

於二勝佐備一、

傍線を二つに分けて付したが、（A）では「得二手弱女一」が、また（B）では「自我勝」がそれぞれ主要な意味を持つ。しかも（A）を因として（B）の結果を導くこの関係に、古事記は力点を置く。

まず（A）の「得二手弱女一」については、表現上、万葉集の「内大臣藤原卿娶二釆女安見児一時、作歌一首」（1・九五）という題詞をもつ「吾はもや安見児《やすみこ》得有《えたり》、皆人の得《え》難《かて》尓《に》為《す》云《といふ》、安見児えたり」に通じるけれども、直接的には、（B）に「因レ此言者、自我勝。」と勝をそれによって宣言する関係の上では、男女は逆ながら、五男神を生んだことを勝とするくだんの神代上第六段〔書一〕の主語も同じ「故、素戔嗚尊既得二勝験一。」に当たることは著しい。またその関係にかかわり、（B）についても、〔書三〕に「便化二生男一矣」を受けてやはり同じ素戔嗚尊が勝をいう「則称之曰、正哉吾勝。」を引き当てることができる。この二つの対応は、（A）（B）の全体が、〔書一〕〔書三〕と表現上の近さにとどまらない密接な対応関係にあることをおのずから含意するであろう。

併し、この対応は無条件ではない。表現についても、かりに〔書一〕に例をとってみるに、「誓約」をめぐる

原文（756頁）は仮定条件であり、その結果をいう（A）とはそもそも前提を異にするが、仮定を結果に置きかえ、また人称を改めるだけで、次のようにほぼ重なる。

○　我心清明。故、我所ㇾ生子、得二手弱女一。（A）

○　我心明浄。（故）我所ㇾ生児、（得）男。（仮想文）

〔書一〕の原文「若汝心明浄、不ㇾ有二凌奪之意一者、汝所ㇾ生児、必当ㇾ男矣。」に仮定したとおりの結果を得たものとして、その結果を素戔嗚尊じしんが言表したことをあらわす表現に、右の仮想文を擬することが可能である。その例文と（A）とは、「男」と「手弱女」との対照的な対立を含んで構成上も緊密に対応する。

それだけに、この対応は、いかにも示唆的である。仮想文は、すでに繰り返し述べた「誓約」の判定結果を基に、それを素戔嗚尊が言表したかたちをとる。「誓約」に仮定したとおりの結果にそくしたかたちであり、かつまた「尊卑先後之序」を拠りどころにしてもいる。ことほどさように日神系列の所伝の成りたちにそくしたこの仮想文に対応する以上、実態的にも、（A）じたい日神系列の所伝に深い関連をもつはずである。また内容の上では、「うけひ」の結果についての言表でありながら、そもそも古事記では事前に「うけひ」の条件を設定していない構成上、「うけひ」の判定というより、須佐之男命が「うけひ」の結果に独自に加えた解釈といった性格が強い。言葉を補えば、「うけひ」の結果それじたいではなく、「うけひ」に使用した物によって成った子の帰属をその物の所有者によるものとする天照大御神の「詔別（のりわけ）」に、

是後所ㇾ生五柱男子者、物実因二我物一所ㇾ成。故、自吾子也。先所ㇾ生之三柱女子者、物実因二汝物一所ㇾ成。故、乃汝子也。

右のように須佐之男命は「後所ㇾ生」という行為の主体でありながら、それによって生まれた「五柱男子」を、

天照大御神が「物実」を盾に「吾子」とする一方、みずから「先所レ生」の主体ながら、同じく「物実」により生まれたその「三柱女子」を「汝子」と須佐之男命に告げたことを踏まえ、しかしこの「詔別」に対して、別に独自な解釈を言表したものにほかならない。なぜなら、「詔別」により、改めて「五柱男子」を天照大御神の子、もう一方の「三柱女子」を須佐之男命の子とする点では、さながら「尊卑先後之序」にそくして子の帰属を決定しているかのような観を呈し、またそれゆえ、さき（760頁）に仮定した〔書一〕の逆転形、すなわち（1）生二女神一、（2）既得二負験一、（3）固有二悪意一という展開をよび込み、必然的に須佐之男命の敗北につながりかねないからである。さればこそ、この「詔別」をそのまま承服することなどできない。「詔別」を受け容れた上で、しかしみずからの敗北につながりかねない「三柱女子」を、その女性のありかたに解釈を加えて、ことさら「手弱女」とすることによって、逆にいわば起死回生の鋭い反論を加えたのが、すなわちくだんの（A）にほかならない。

この核心ともいうべき「手弱女」については、万葉集では「石戸《いはと》破る手力もがも、手弱き女《をみな》にしあれば、為《す》便《べ》の知らなく」（河内王葬二豊前国鏡山一之時、手持女王作歌。3・四一九）、「～吾が背子が往《ゆ》きのまにまに追はむとは千遍《ちたび》念へど、手弱女の吾が身にしあれば、道守の問はむ答へを言ひ遣《や》らむ、為便を知らにと立ちてつまづく」（4・五四三）など非力なか弱い女性の代名詞としてうたうのが例であり、これに類する例を、古事記じたいが、天孫の降臨に際して出迎えた猨媛田毘古神に面と向って問う天宇受売神について「汝者雖レ有二手弱女人一、与二伊牟迦布神一面勝神。」とつたえている。くだんの（A）の例にしても、これらと明らかに通じるはずだから、天照大御神が須佐之男命に対していだいていた「欲レ奪二我国一耳」という疑いを解消するものとして、謀反はもとより兵武や邪悪などとも無縁あるいは正反対の存在を象徴する。文脈の流れや所伝の展開上、やはり「詔別」を受けて、それに加えた反論ないし抗弁といった位置づけが（A）には妥当であり、「手弱女」にしても、天照大御神の疑いを解消する以上に、さらに積極的には、「誓約」をめぐる展開上、さきに〔書一〕の仮想文に対応して「男」に当たると指摘したとおり、まさに「勝験」の意味を担うであろう。「手弱女」がそうして「勝験」に相当することを踏まえればこそ、須佐之男命の「因レ此言者、自我勝。」という主張を導くことにつながる。いわゆる勝さびがこの後に続くが、それを正当化する根拠としても、「手弱女」はまさに絶大な意味をもつ。

この「手弱女」をめぐる「勝験」との不可分の関係を、古事記の「うけひ」が独自に紡ぎ出す必然性は恐らくない。「手弱女」が「勝験」を前提とし、なおかつ勝さびもまた〔書三〕に「誓約」の本来的なかたちとしてつたえていること、さらには〔書一〕の原文にそくした仮想文との密接な対応など、これまで採りあげた関連の明らかなあれこれの徴証は、古事記が〔書一〕〔書三〕の日神系列の一書に倣って成りたつことを強く示唆する。あくまでその関連の限りだが、〔本伝〕には、誕生した子の名に冠した「正哉吾勝勝速日」以外に「勝験」との結びつきが一切なく、そのため日神系列の一書に、須佐之男命の勝をめぐる表現を借用したというのが実情だったに相違ない。そしてその勝を須佐之男命じしんが主張するかたちを織り込めばこそ、「うけひ」をめぐっても、事前になんら前提条件を設定しないという変則を採用したはずである。「うけひ」に関連するすべての流れを、最終的に須佐之男命の勝さびに落としこむ展開を古事記は周到に組み込んでいたことになる。

その展開には、所伝の構成や組み立てなども、当然ながら分かちがたくかかわっている。所伝全体の成りたちのその内実を解明することにつながるが、たとえば、須佐之男命の勝をめぐる一節じたい、その核心的な「手弱女」を、天照大御神の「詔別」にいう「先所レ生之三柱女子」に解釈を加え、いわば逆手にとって案出しているように、「詔別」を踏まえて展開する。表現の上でも、両者のその相関を次のように明示的にあらわしている。

於レ是、天照大御神告二速須佐之男命一「是後所レ生五柱男子者、物実因二我物一所レ成。故、自吾子也。先所

レ生之三柱女子者、物実因二汝物一所レ成。故、乃汝子也。」如レ此詔別也。（以下に続く各男子、女子を祖とする氏族関連記事は省略）

爾、速須佐之男命白二于天照大御神一「我心清明。故、我所レ生子、得二手弱女一。因レ此言者、自我勝。」云而、於二勝佐備一、（以下に続く天照大御神の権威を象徴する営田や大嘗の殿舎に加えた乱暴狼藉は省略）

「詔別」により子の帰属を決定しているが、須佐之男命の勝をめぐる一節を、「告」に対する「白」という明らかな対応のもとにそれに連接させた結果、後者の一節があたかも前者の「詔別」を踏まえた全体のまとめないし締め括りといった位置を占めるに至る。

翻って日本書紀では、右の「詔別」に相当する一節だけを、〔本伝〕が天照大神の「勅」単独で次のようにつたえるに過ぎない。

是時、天照大神勅曰「原二其物根一、則八坂瓊之五百箇御統者、是吾物也。故、彼五男神、悉是吾児。」乃取而子養焉。又勅曰「其十握剣者、是素戔嗚尊物也。故、此三女神、悉是爾児。」便授二之素戔嗚尊一。（後略）

この一節と前掲古事記の「詔別」の一節とは、さきに指摘した「彼五男神」と「後所レ生五柱男子」、また「此三女神」と「先所レ生之三柱女子」がそれぞれ対応するほか、引用した一節末尾の（後略）につたえるこの三女神をめぐる「此則筑紫胸肩君等所レ祭神是也」も、その前に引用した一節中の「詔別」直後の（省略）中の「此三柱神者、胸形君等之以伊都久三前大神者也。」にほぼ重なり、「詔別」と「勅」との内容に伴う相関をはじめ、これら細部にわたる表現、内容の対応は、たがいの直接的な関係なくしてはありえない。また一方、この〔本伝〕と直接的な関係にある「詔別」に対して、それを前提として一体的に対応する須佐之男命の勝をめぐる一節が、前述のとおり〔書一〕〔書三〕の一書を踏まえて成りたつ。それらは互いに、次のように明確な対応関係にある。

神代上第六段　　　古事記

天照大神の勅「物根による子の帰属」〔本伝〕――――天照大御神告二速須佐之男命一「物実による子の帰属」

素戔嗚尊の称「吾勝」（〔書三〕）――――速須佐之男命白二于天照大御神一「我勝」

〔本伝〕と〔書三〕（〔書一〕）とは、「誓約」の結果についてそれぞれ両当事者が別個独自に言及しているので、当然たがいに関連をもたない。下段の古事記では、逆に、「詔別」と「勝」を中心とした一節が、前者を前提に後者が展開するという一体的なかかわりをもちながら、同時に上段の〔本伝〕と一書にそれぞれ切り分けたように対応する。ともに緊密なだけに、偶然の結果などではあり得ない。「勝」に関連した一節が〔書三〕を踏まえて成りたつ事実に鑑みて、それと一体的に、右掲の対応の全体にわたり、具体的には、神代紀の所伝をもとに、それに適宜取捨選択あるいは組み合わせなど手を加えて古事記が所伝を成りたたせているとみるのが相当である。

十四、須佐之男命の大宜津比売神殺し、その「又」「成」をめぐる表現

しかもこれと同じ所伝の成りたちを、古事記の随所に認めることができる。そのうち、須佐之男命を高天原から追放した直後に、いわゆる大気都比売神の被殺神話として位置する所伝は、とりわけ顕著なあらわれを見せる。神代紀では第五段〔書十一〕に、この段の〔本伝〕を始めとする他の所伝とは違い、天照大神の高天原統治に関連した所伝の一部としてつたえる。その統治とのかかわりに伴い、須佐之男命に当たるのが月夜見尊、また殺害される大気都比売神を保食神とするなど違いがある。しかし、内容上あい通じることに疑問を挟む余地はなく、

	古事記	神代紀	
(1)	八百万神共議而於二速須佐之男命一負二千位置戸一、亦切レ鬚、及手足爪令レ抜而神夜良比夜良比岐。	諸神帰二罪過於素戔嗚尊一而科之以二千座置戸一、遂促徴矣。至レ使三抜レ髪以贖二其罪一。亦曰、抜二其手足之爪一贖之。已而竟逐降焉。	第七段〔本伝〕
(2)	又‖食物乞二大気津比売神一。爾大気都比売自二鼻口及尻一種種味物取出而種種作具而進。時速須佐之男命立二伺其態一、為二穢汚而奉進一、乃殺二其大宜津比売神一。	保食神乃廻レ首嚮レ国則自レ口出レ飯、（中略）夫品物悉備、貯二之百机一而饗之。是時、月夜見尊忿然作レ色曰「穢哉、鄙矣。寧可下以二口吐之物一敢養上レ我乎。」廼抜レ剣撃殺。	第五段〔書十一〕
(3)	故、所二避追一而降二出雲国之肥河上、名鳥髪地一。此時、箸従二其河一流下。於レ是、須佐之男命以三為人有二其河上一而尋覓上往者、	是時、素戔嗚尊自レ天而降二到於出雲国簸之川上一。時、聞三川上有二啼哭之声一。故、尋レ声覓往者、	第八段〔本伝〕

〔書十一〕の一節をもとに古事記の所伝が成りたつ実態についてすでに拙稿（「大気都比売神の被殺関連神話の成り立ち」『京都語文』第18号。平成23年11月）に論じている。ただ旧稿では詰めきれていない問題も少なくないので、ここで改めてその内実を掘り下げてみる。まずはたがいに関連する記述を表（前頁）にまとめて示す。

古事記では、表の上段に示した順に展開する。一方、日本書紀の記述は、対応するその所属段を表の下段に付記したとおり、第七段から第八段に転じる間に、第五段〔書十一〕が介在する。実は、この対応に問題がある。たとえば松本直樹氏『古事記神話論』（その「第三章　穀物起源神話」293頁。平成15年10月。新典社）が、表にも掲出しているその古事記（1）（3）の記述にそくして、「後段の冒頭『故所㆓避追㆒而』が、直接的には明らかに『神夜良比夜良比岐』を承けていることから、穀物起源神話はその間に挿入された内容であると認められる。」と説く。その上で、表中の（2）に当たるこの「穀物起源神話」の冒頭の「又」をめぐって次のように論を展開する。

> 西宮一民の説くとおりに、「又」はこの前文を承けており、「又」の主語は前文に引き続き八百万神であるとして、それが食物を求めた理由を神事（大祓）の後の直会の為ととるのが、今のところ最も自然な解釈であると思われる。（中略）また、話の舞台を高天原としても葦原中国としても、前後いずれかの文脈との接続がなめらかでない―高天原と出雲との中間にある世界を設定することは出来ない―ことからも、これが挿話であることは間違いないが、編纂者は前とのより自然な接続を図って、八百万神が食物を求めたとの設定を行ったと考えるのが無難なところではないか。

さらに大宜津比売神を殺害しても、「何ら非難を受けることもなく、万の妖が悉に発《おこ》るようなこともなく、結果として有益なものが出現する。そういう行為は功労ではあっても決して悪業ではない。（中略）『為㆓穢汚而奉進二』というスサノヲの判断は高天原の基準・価値観に当てはまっていたことになり、スサノヲは高天原の神になりかわって食物神を殺害したも同然ということになる。」（301頁）と断じ、「八百万神とスサノヲとが同じ価値基準を持っている。」とみなす。

　このあとの論の展開は、もはや言及するを要しない。それはともかく、ややくどいまでに長長引用した限り、論には筋が通っている。ただ、その前提とした西宮説じたい、いかにして「最も自然な解釈」と認め得るのか、それが、表現の実態をはたしてどれほど汲みとっているのか、疑いを禁じ得ない。たとえば（2）と（3）のそれぞれ冒頭の一節に着目してみるに、（2）は（3）に確実に対応する。

（2）（八百万神による須佐之男命の神やらひ）又、食物乞二大気津比売神一（甲）。爾大気都比売自二鼻口及尻一、種種味物取出而種種作具而進（乙）。時速須佐之男命立二伺其態一（丙）、為二穢汚而奉進一（甲）、

（3）（神産巣日神による蚕と五穀の採取・成種）故、所二避追一而降二出雲国之肥河上、名鳥髪地一。此時、箸従二其河一流下（乙）。於レ是、須佐之男命以三為人有二其河上一（丙）、

この（甲）以下の一節は、主語の明らかな（3）にそくして表示すれば、次のように同じ構造を共有する。

（一体的な先行所伝の末尾）接続語、須佐之男命の行為（甲）。事態の発生（乙）。須佐之男命の判断（丙）（為、以為）

従来は（2）を「挿入」ないし「挿話」とみなすのが通例だが、その内実は、右のように対応する（3）と同じ一節が連続している。（2）の（甲）に主語を当てるとすれば、表現の構造を重視する限り、八百万神ではなく、須佐之男命を挙げるのが相当である。

　また一方、肝腎な「又」についても、この語の用法が右の見解を裏付ける。たとえばその一つの典型的な用例を、神武天皇の東征に関連して次のようにつたえる。

然後、将レ撃二登美毘古一之時、歌曰（歌略）
又歌曰（歌略）
又歌曰（歌略）
又撃二兄師木・弟師木一之時、御軍暫疲。爾歌曰（歌略）

傍線部にいう「時」を、波線部のとおりそれとは違う「時」と対応させている以上、その前者の「時」を、連続する「又歌曰」は共有する。すなわち、「歌曰」にそくしてその累加を、「又」はあらわす。波線部とこれに続く「御軍暫疲」は歌う条件なり状態なりを異にするけれども、そのもとで歌うという関係上、先行する「又歌曰」に、「又」が一体的につなげてもいる。この「又」のかかる対象が、いっそう広汎な所伝にわたるのが次の例である。

此八千矛神将レ婚二高志国之沼河比売一、幸行之時、到二其沼河比売之家一、歌曰（歌略）
爾其沼河比売未レ開レ戸、自レ内歌曰（歌略）
故、其夜者不レ合而、明日夜為二御合一也。
又其神之嫡后、須勢理毘売命甚為二嫉妬一。
故、其日子遅神和備弖、自二出雲一将レ上二坐倭国一而束装立時、片御手者、繋二御馬之鞍一、片御足、蹈二入其御鐙一而歌曰（歌略）

古事記がつたえるなかでも歌を中心としたとりわけ物語性の豊かな（すなわち歌物語に通じる）八千矛神をめぐる所伝の一節だが、始め二つの「歌曰」は、八千矛神と沼河比売との唱和歌である。前掲の神武天皇の東征をめぐる各歌のような累加のかたちをとらないことが、「又」を使用しない理由のはずだが、その唱和歌を中心としたまとまりに「明日夜為二御合一也」と終止符をうった後に、改めて「又」と続けている。もとより、須勢理毘売命の嫉妬だけを対象とするものではない。先行する沼河比売による求婚の拒絶（未遂の恋。拙稿「八千矛神の未遂の恋をめぐる歌と神語」『古事記年報』平成二〇年一月）に苦しんだあとに、また今度は嫡后の須勢理毘売命の激しい嫉妬に手を焼いたはてに倭に旅立とうとするその別れ際にうたった歌を中心とした展開を、沼河比売を相手とする歌をめぐる所伝に累加することを「又」により明示したとみて恐らく大過ない。歌に関連する用例以外でも、もちろん多岐にわたる。

亦天皇命二詔其后一言「凡子名、必母名。何称二是子之御名一。」爾答白「今当下火焼二稲城一之時上而火中所レ生。故、其御名、宜レ称二本牟智和気御子一。」

又命詔「何為日足奉。」答白「取二御母一、定二大湯坐、若湯坐一、宜二日足奉一。」故、随二其后白一以日足奉也。

又問二其后一曰「汝所レ堅之美豆能小佩者、誰解。」答白「旦波比古多多須美智宇斯王之女、名兄比売、弟比売、茲二女王、浄公民。故、宜レ使也。」

この直後に「然遂殺二其沙本比古王一。其伊呂妹亦従也。」とつたえる沙本毘古王の謀反に関連した垂仁天皇条の一節であるが、傍線部のとおり「命詔」を重ねたあと、「問」が続く。その問いを重ねる度ごとに「又」を立て、問いに対してその都度「答白」と応じる。「又」の累加の用法を、ここに効果的に使っている。

当面する須佐之男命をめぐる上掲表の（2）の冒頭の「又」も、用法の上では、やはり累加に当たるであろう。そしてこの用法にのっとる用例に著しいかたちが、「時」の限定である。上掲の例も、実はそのかたちをとる。同じ「時」を共有する場合は、もちろん省略に従うが、「時」が違えば、先行する「時」に対してそれに累加する「時」を、「又」を冒頭に立てる一節があらわす。その相関を、次にそれぞれ（先）（後）のもとに示す。

（先）将レ撃二登美毘古一之時、歌曰、

（後）又撃二兄師木・弟師木一之時、御軍暫疲。爾歌曰、

（先）此八千矛神将レ婚二高志国之沼河比売一、幸行之時、到二其沼河比売之家一、歌曰、

（後）又其神之嫡后、須勢理毘売命甚為二嫉妬一。故、其日子遅神和備弖、自二出雲一将レ上二坐倭国一而束装立時、（中略）片御足蹈二入其御鐙一而歌曰、

これらにあい通じるはずだから、倣って示せば、次のような相関のかたちをとる。

（先）

（後）又食物乞二大気津比売神一。爾大気都比売自二鼻口及尻一種種味物取出而種種作具而進時、速須佐之男命立二伺其態一、為二穢汚而奉進一、乃殺二其大宜津比売神一。

この（先）に適合する一節が、現にある。「時」に続く須佐之男命の一連の行為に、内容の上でも通じる次の一節がそれである。

（先）（猶其悪態、不レ止而転。）(A)天照大御神坐二忌服屋一而令レ織二神御衣一之時、(B)穿二其服屋之頂一、逆二剥天斑馬一剥而所二堕入一時、(C)天服織女、見驚而於レ梭衝二陰上一而死。

この（先）と前掲（後）との間には、天照大御神の天石屋隠りやこれに伴う神事及び八百万神による須佐之男命の処分などが介在するけれども、須佐之男命じしんを主体とする行為は一切ない。須佐之男命を主語に立てる一節が、右掲の（先）のあと（後）に転じる。この（先）の傍線を付した（A）以下各一節のたがいの承接関係を、「時」の限定にそくして表示したのが次の図式である。

天照大御神（A）之時
（須佐之男命）（B）時
天服織女（C）死

この図式中、（B）だけは主語を明示していない。天照大御神の「詔直」が続くなかでも、たとえば右掲（先）の一節の直前も「猶其悪態、不レ止而転。」という限りだが、主語としてことさら明示するまでもなく、須佐之男命による「勝佐備」に関連した文脈に、「猶其」により容易に接続が可能であったことを前提とするであろう。それだけ強い文脈の支配力があればこそ、天照大御神の天石屋隠り以下の展開をとび越えて（後）につなげることも、なんら問題としなかったに違いない。たがいの関係の上でも、この「勝佐備」に当たる（B）に「時」を付すが、（C）の天服織女の「死」は、（B）の「穿二其服屋之頂一、逆二剥天斑馬一剥而所堕入」を主因とする以上、須佐之男命がそれの主犯といっても過言ではない。そしてこの（先）に累加するという関係を明示して、（後）につなげるのが「又」である。この関係を、前述の類例に倣って示せば、次のとおり。

（先）（猶其悪態、不レ止而転。）天照大御神（A）之時、穿二其服屋之頂一、（B）逆二剥天斑馬一剥而所二堕入一時、天服織女（C）死。

（後）又食物乞二大気津比売神一。爾大気都比売（中略）時、速須佐之男命立二伺其態一、為二穢汚而奉進一、乃殺二其大宜津比売神一。

（先）とのこの関係にそくしていえば、（後）の大宜津比売神殺しも、須佐之男命の「勝佐備」に明らかに連なる。その限り、直前に八百万神による処分を受けてはいても、須佐之男命というこの神の本質を改めるには至っていないとみなすほかない。

しかし、そもそもこの神を善悪などといった評価の物指しではかることじたい、無理がある。「勝佐備」にしても、須佐之男命自身「我心清明。故、我所レ生子、得二手弱女一。因レ此言者、自我勝。」という確信にもとづく。大宜津比売神殺しにも、「食物乞二大気津比売神一」という要請に応じた「自二鼻口及尻一、種種味物取出而種種作具而進。」を、須佐之男命がげんに「立二伺其態一」と見た上で「為二穢汚而奉進一」と判断しているのであるから、相応の理由なり言い分を認めるのが筋である。この「乞」まで不当とみなすべきではない。この一節の成りたちにもかかわり、日本書紀が第七段〔書三〕に素戔嗚尊を処分、追放した直後という他に類のないさまを次のようにつたえている。

既而諸神嘖二素戔嗚尊一曰「汝所行甚無頼。故、不レ可レ住二於天上一。亦不レ可レ居二於葦原中国一。宜三急適二於底根之国一。」乃共逐降去。于レ時、霖也。素戔嗚尊結二束青草一以為二笠蓑一而乞二宿於衆神一。

このあとは、衆神が「汝是、躬行濁悪而見二逐謫一者。如何乞二宿於我一。」と拒絶する。この一節の直前に「科二素戔嗚尊千座置戸之解除一、以二手爪一為二吉爪棄物一、以二足爪一為二凶爪棄物一。乃使下天児屋命掌二其解除之太諄辞一而宣上之。」と厳重な解除（祓除）を行っているにもかかわらず、罪悪や穢汚により放逐された者を受け容れる神は、一柱もいない。須佐之男命の「食物乞二大気津比売神一」は、明らかにこの宿乞いに通じる。

神代紀では、宿を乞う素戔嗚尊を拒絶したとするが、須佐之男命が食物を乞うのも、同じ祓えのあとの追放直後であり、事情や情況を共にするとみるのが相当である。ただし、そのあとは、むしろ独自な展開につなげている。その鍵を握るのが、すなわち神産巣日命である。古事記は、それを次のようにつたえる。

故、所レ殺神於レ身生物者、於レ頭生レ蚕、於二二目一生二稲種一、於二二耳一生レ粟、於レ鼻生二小豆一、於レ陰生レ麦、於レ尻生二大豆一。故是、神産巣日御祖命令レ取レ茲、成レ種。

この一節をめぐっては、しかし神産巣日命の役割よりなにより、傍線部の表現に問題がある。新編日本古典文学全集がこれを「茲の成れる種を取らしめき」と訓むけれども、「茲」の用例は、「茲大神初作二須賀宮一之時」（上巻、須佐之男命の櫛名田比売との結婚）「茲二女王、浄公民。」（垂仁天皇条）「茲船破壊以焼レ塩。」（仁徳天皇条）などといった連体詞「この」が大半を占めるほか、「（都夫良意美）乃切二己頸一以死也。自レ茲以後、淡海之佐佐紀山君之祖、名韓帒白、」（安康天皇条）という連体詞「これ」の一例と、当該例があるにすぎない。「茲成種」という分節じたい、恐らく成りたたない。一方、従来の「茲れを取らしめて、種と成しき」（岩波日本古典文学大系、新潮日本古典集成など）にも、「成」の訓みをはじめ問題がある。牛島理絵氏「『令取茲成種』考」（『菅野雅雄博士喜寿記念記紀風土記論究』平成二十一年三月。おうふう）は、これら先行諸説を踏まえ、「成」の用例を「①化成」「②変化」「③作る、仕上げる」「④体の状態・人の生育」と分類し、当該一節の「令取A成B」と「令取C」という訓みの可能性を検討して「よって、諸本に異同の無い点を十分鑑みたとしても、やはり『成』は当該例として妥当性が無く、『為』若しくは『生』の可能性に目を向けるべきであろう。」（162頁）と結論づける。牛島説は「『古事記』に於ける変化表記」（上田正昭編『古事記の新研究』二〇〇六年七月。学生社）と題する氏の先行研究を踏まえ、実証に徹しているとはいえ、本文改訂の提起は肯いがたい。

しかし、古事記への深入りは避けるとして、当該例を見極める上には、ここでもあい通じる用例をやはり採りあげる必要がある。たとえば「成」をめぐっては、さし当たり次の例が重要である。

（1）　故、美和之大物主神見感而、其美人為二大便一之時、化二丹塗矢一。（中略）乃将二来其矢一、置二於床辺一、忽成二麗壮夫一。（神武天皇条）

（2）　即其母取二布遅葛一而、一宿之間、織二縫衣褌及襪沓一、亦作二弓矢一、令レ服二其衣褌等一、令レ取二其弓矢一、
遣二其嬢子之家一者、其衣服及弓矢、悉成二藤花一。（応神天皇条）

これらの表現の構造に、当該の例は確実に重なる。傍線部を中心に、次につきあわせてみる。

故、所レ殺神於レ身生物者、於レ頭生レ蚕、於二二目一生二稲種一、（以下、粟、小豆、麦、大豆）故是、神産巣日御祖
命令レ取レ茲、成レ種。

表現の構造上、傍線部が帰結ないし結果に当たり、これに上接する句は原因ないし理由を表すが、（1）のようにこの間にその句相互の関係を表示する語を必ずしも要しない。それだけ、関係は、継起的な展開の様相を強める。なんら関係的意味も、修飾語も伴わないかたちをとる当該例は、この典型である。もっとも、（2）でも、傍線部との意味上の相関は、「遣二其嬢子之家一者」という条件を明示した句より、それに先行する句のほうが強い。その句と傍線部との相関に至っては、当該例にほぼ一致する。

（2）（其母）令レ服二其衣褌等一、令レ取二其弓矢一、其衣服及弓矢、悉成二藤花一。

（当該例）神産巣日御祖命令レ取レ茲、成レ種。

ここに問題は、「茲」と「種」との意味上の関連である。牛島氏前掲稿に「『茲』とは屍体に拠って『出現した種』であり、A（茲＝種）とB（種）とはイコールで表されることになる。」（158頁）という問題を指摘する。しかし「茲」は、確かに「稲種」と断るとおり種ではあっても、「令レ取」の対象である。神産巣日命がそうさせるその行為の主体は、この一節にそくして導くかぎり、須佐之男命以外にない。そして当初、須佐之男命は「食物乞二大気津比売神一」と食物を乞うほかない窮状にあったのだから、食物になる「稲種」を採取させたとみるのが自然である。以下の五穀も、この稲種と同じく食用である。この五穀は、また同時に種籾にもなる。この種子と

なったと表現した一句こそ、まさに「成レ種」にほかならない。こうして神産巣日命を、神代上第五段〔書十一〕の天照大神に当たる五穀の起源にかかわる神として位置づけるというのも、つまりはこの神を葦原中国の国作りに樞要な役割をはたした神とする古事記の一貫した主張に根ざす。

当該一節でも、食物に窮した須佐之男命にこの神が手をさし延べ、さらにこのあと大穴牟遅神の国作りをめぐる所伝に大きくかかわる。前述の須佐之男命による「勝佐備」に関連した一連の所伝の最後に、それこそ神産巣日命を押したてた所伝を累加したということ、須佐之男命の救済を、大穴牟遅神の救援につなぐ意図は、そこにあからさまである。この意図のもとに、須佐之男命は天から出雲に降っていく。

十五、まとめ、古事記所伝の成りたち

最後に、振り返りを兼ね、既述の所伝にそくして神代紀とのかかわりを確かめてみる。採りあげる対象を、本章のまず始めに検討を加えた三貴子の分治に関連した一節に限定するが、古事記は、その神代上第五段〔本伝〕に該当する記述を欠く。第一章に指摘した「尊卑先後之序」を基に成りたつ〔本伝〕では、先に出生の日神と月神とを「霊異之児」として天に送る一方、後に生まれた蛭児を「雖二已三歳一、脚猶不レ立。」ゆえに放棄し、その後に生まれた素戔嗚尊も「汝甚無道」として根国に放逐する。「尊卑先後之序」にのっとって生まれ、この生まれた状態にそくしてそれぞれ処遇するだけに、そもそも分治とは相容れない。

これとは対照的に、同じ段の〔書六〕が深いかかわりをもち、古事記は基本的にこれをもとに成りたつものと考え得る。実際、右のように〔本伝〕にはあり得ない分治の勅任はもとより、生んだ火神に焦かれて化去した伊

奘冉尊を追い黄泉入りした伊奘諾尊がそこで「建二絶レ妻之誓一」、さらに黄泉から帰還した後の祓除の最後に左右の眼と鼻とを洗うなかに三子を生むというこの〔書六〕の展開に、古事記の所伝はほぼ全般にわたり緊密に対応する。ひき継ぎなくして、この事実は恐らくあり得ない。ただ、全てを〔書六〕に負うとは限らない。たとえば分治の勅任にしても、同じく「伊奘諾尊勅二任三子一曰」と前置きしながら、三子の統治領域という点では、各論第二章に〔書十一〕を古事記がほぼそのままひき継いだことを指摘している（700頁）。

〔書十一〕	（統治領域）	（古事記）	（統治領域）
天照大神――	高天之原	天照大御神――	高天原
月夜見尊――	天　事	月読命――	夜之食国
素戔嗚尊――	滄海之原	建速須佐之男命――	海原

〔書十一〕は、この分治の勅任につづき、天照大神の勅を受けて葦原中国に使した月夜見尊が保食神を殺して復命したことに激怒した大神の「汝是悪神。不レ須二相見一。」という拒絶の結果、「乃与二月夜見尊一、一日一夜、隔離而住。」というように月夜見尊が夜に住むにいたった起源譚をつたえる。古事記の「夜之食国」も、おのずからこれにかかわる。

この勅任による分治の担当領域にかぎれば、須佐之男命の「海原」も同様に〔書十一〕に負うはずだが、しかしこの神には、勅任に背いて根国へ追放されるという後日譚がある。このばあい、ひき継ぐのはやはり〔書六〕である。以下には、特にこのひき継ぎの実態を、所伝の具体的な分析・考察をとおして検証する。次に、勅任のあとの展開をつき合わせてみる。例によって段落別けを施す。

〔書六〕

（一）是時、素戔鳴尊年已長矣。復生二八握鬚髯一。雖レ然、不レ治二天下一、常以啼泣恚恨。
（二）（欠）
（三）故、伊奘諾尊問之曰「汝何故恒啼如レ此耶」。対曰「吾欲レ従二母於根国一、只為泣耳。」
（四）伊奘諾尊悪之曰「可二以任レ情行一矣。」乃逐之。

〈古事記〉

（1）故、各随二依賜之命一所二知看一之中、速須佐之男命不レ治二所レ命之国一而八拳須至二于心前一啼伊佐知伎也。
（2）其泣状者、青山如二枯山一泣枯、河海者悉泣乾。是以、悪神之音、如二狭蝿一皆満、万物之妖悉発。
（3）故、伊邪那岐大御神詔二速須佐之男命一「何由以汝不レ治下所二事依一之国上而哭伊佐知流。」爾答白「僕者欲レ罷二妣国根之堅州国一。故哭。」
（4）爾伊邪那岐大御神大忿怒詔「然者、汝不レ可レ住二此国一。」乃神夜良比爾夜良比賜也。

〔書六〕の段落分けでは、（一）から（三）に飛んで、（二）を欠いている。その（二）など介在させていないこの〔書六〕の独自な展開については上述（725頁）のとおりだが、右に挙例した〈古事記〉とつき合わせたばあいに、その（二）の段落に当たり、かつまた（2）とは内容上ほぼ対応するのが、〔本伝〕の次の一節である。

（且常以二哭泣一為レ行。）故、令二国内人民多以夭折一、復使二青山変レ枯。

ここでは、哭泣がもたらす災異として、人の夭折と山枯れ、すなわちそれをもたらす疾疫と旱魃とに、人と自然との生命の断絶を象徴させている。しかしそのどちらも、素戔鳴尊の「常以二哭泣一為レ行」というこの神の本質に根ざす神わざの結果である。（731頁）

これとは対照的に、古事記の（2）は、（1）の「不レ治二所レ命之国一而八拳須至二于心前一啼伊佐知伎也。」という反抗に伴う啼泣がもたらす異変を表す。〔二〕に当たる〔本伝〕の神わざの結果（災異）とは、確かに規模も程度も人を対象としないその内容も異なる反面、（1）が〔一〕に通じるばかりか、（3）も〔三〕に対応するという点では、〔書六〕が〔二〕を介在させないように、（1）から直ちに（3）に続く展開も可能性としてはあり得るはずだから、（2）は、必ずしも所伝の展開に必須とはいえない（後述、次頁）。しかしまたそれだけに、特にあえて（2）を加えることに重い意味を託しているとみるのが筋である。

その（2）の特徴は、とりわけ「河海者悉泣乾」に著しい。「青山如㆓枯山㆒泣枯」にしても、〔本伝〕に通じるとはいえ、「河海」との対応上、泣くことにより河や海の水をすっかり乾上がらせたと同じく、水を乾上がらせた結果を表すであろう。水は、後出の海さち山さちの所伝に、山さちの火遠理命の訪れた綿津見神の宮でこの神が「吾掌㆑水」といい、実際にこの神に授かった「塩盈珠・塩乾珠」を使って兄の海さちを溺らせたり、活かしたりするように、海神の管掌するものだが、この海神の住処を、女の豊玉毗売が陸に出て「天神之御子、不㆑可㆑生㆓海原㆒。」と夫に語るとおり海原とする。須佐之男命が伊邪那伎命に「汝命者、所㆑知㆓海原㆒矣」と命を受けて統治するはずだった海原とは、まさにこれに当たる。その命に従えば、海原を統治し、直接・間接いずれにせよ水を掌握することにより、青山や河海などを全き状態のまま生かす務めを担う。（2）は、命に背いてそれが逆転した状態を表す。そしてさらには、その状態が原因となって招くいっそう険悪な世の混乱をつたえる。

もはや恚恨（一）といった私的な怨念の域を出て、それとは全くかけ離れた、いわば世界全体の危機といった様相を強める。（2）がつたえるその状態は、後に天照大御神が天の石屋にこもった結果、その照臨しない暗黒の世界に出現した「万神之声者、狭蠅那須満、万妖悉発。」に通じる。所伝の成りたちの上では、その暗黒の危機的状況に通じる世界全体の危機を、須佐之男命が啼泣によって発生せしめたという筋立てに応じ、〔書六〕の基本的枠組みを基に、その（一）の「恚恨」を削り、それに代えて〔本伝〕の前掲一節（素戔嗚尊の神わざによる人と自然に対する災異）に大きく手直しを加えた上で（2）にまとめあげたというのが内実だったに相違ない。

　しかしそれは、畢竟、嵌め込んだに過ぎない。それが証拠に、次の（3）はほぼ〔書六〕の（三）をひき継いだために、すなわち（一）の「常以啼泣恚恨」という表向き理由を察知できない情念（内面）ゆえに（三）に「汝何故恒啼如レ此耶」と伊奘諾尊が素戔嗚尊に問うというかたちそのままだから、（2）に世界全体に及ぶほどの危機的状況を目一杯強調するのとは裏腹に、伊耶那岐大御神は一切それに言及しないことになる。ただ（1）をひき継ぐだけでしかない。しかも（3）の伊耶那岐大御神の問いに対する答えの「僕者欲レ罷二妣国根之堅洲国一。故哭。」が次の（4）にいう大御神の大忿怒や須佐之男命の放逐を招くという結果だから、これまた最後まで（2）それじたい直接的には所伝の展開に参与していないとみなければならない。

　基本の枠組みは〔書六〕に拠りながら、（2）をそのなかに嵌め込んだそのねらいが、須佐之男命の招いた結果の重大性を強調することを目的としていることは説くまでもない。須佐之男命の悪意や所行の悪質も、それによっていっそう際立つとはいえ、それ以上に、やはり結果の重大性、すなわち伊耶那岐大御神の統治する世を、あの天照大御神の石屋隠れによって出現したと同じ暗黒の無秩序な世界に陥れるような危機を強調することを主眼とするに違いない。その骨格を〔本伝〕に負うことは、改めて注目に値する。なぜなら、〔本伝〕が「令二国内人民多以夭折一、復使二青山変レ枯。」とあくまで被災を「国」に限定しているように、古事記でも特に葦原中国を危機に陥れたことをいうはずだからである。古事記の、そうした須佐之男命を中心に（しかし、もちろん主人公という役柄ではなく）、葦原中国をめぐる所伝として展開する基本を、それは如実にものがたる。このあとの須佐之男命を神やらいする伊耶那岐大御神の詔にも、この国から追放することを「汝不レ可レ住二此国一」と明らかに示す。

日本書紀のこれに該当する一節では、第五段〔本伝〕の「汝甚無道、不レ可三以君二臨宇宙一。固当三遠適二之於根国一。」に限らず、〔書六〕もまた「可二以任レ情行一矣」と国に言及はしない。

　須佐之男命を中心に葦原中国をめぐって展開する所伝のこのあとは、須佐之男命が出雲に降り、八俣大蛇退治、櫛名田比売との結婚、それによって誕生した六世の孫の大国主神に関連した所伝と続くいわゆる出雲神話に移る。出雲を舞台として展開することに伴い、必然的に天照大御神とのつながりは後景に退くけれども、そのなかで須佐之男命が退治した大蛇の尾のなかから取り出した「都牟刈之大刀（草那芸之大刀）」を「思二異物一而白二上於天照大御神一也」とつたえるとおり、高天原と同じく葦原中国にまでその支配の及ぶ統治者と位置づけている。この須佐之男命の六世の孫たる大国主神は、須佐之男命みずから「其汝所レ持之生大刀、生弓矢以而、汝庶兄弟者追二伏坂之御尾一、亦追二撥河之瀬一而、意礼為二大国主神一、」と指示したとおり、庶兄弟を撃退して「始作レ国也」と国作りに着手する。さらにこのあと、神産巣日御祖命の命により、「大穴牟遅与二少名毘古那一二柱神相並、作二堅此国一。」と国作りを進め、そもそもの始め天神が伊耶那岐命・伊耶那美命二柱に「修二理固成是多陀用弊流之国一」と命じて以来の懸案にも最終的に決着を付けた上で、最後には「此葦原中国者、我御子之所レ知国、言依所レ賜之国也。」という天照大御神の詔に従い、大国主神は国譲りをはたす。

　須佐之男命から直接繋がり大国主神に及ぶこの壮大なドラマは、中心となって活躍する役者の交替はあっても、一貫して葦原中国を舞台として展開する。そしてそのドラマを、大国主神の国譲りのあと、改めて天照大御神の命を受けた天孫の迩迩芸命の天降りとこれに続く大山津見神の女の木花之佐久夜毘売との出会い、結婚などがひき継ぐ。日本書紀も神代下（巻二）につたえるこれら天孫の降臨以降の所伝は、神代上（巻一）に比べ、古事記の所伝との重なりが大きい。その理由の一つに、同じく葦原中国を舞台として所伝の展開する事実がかかわる。

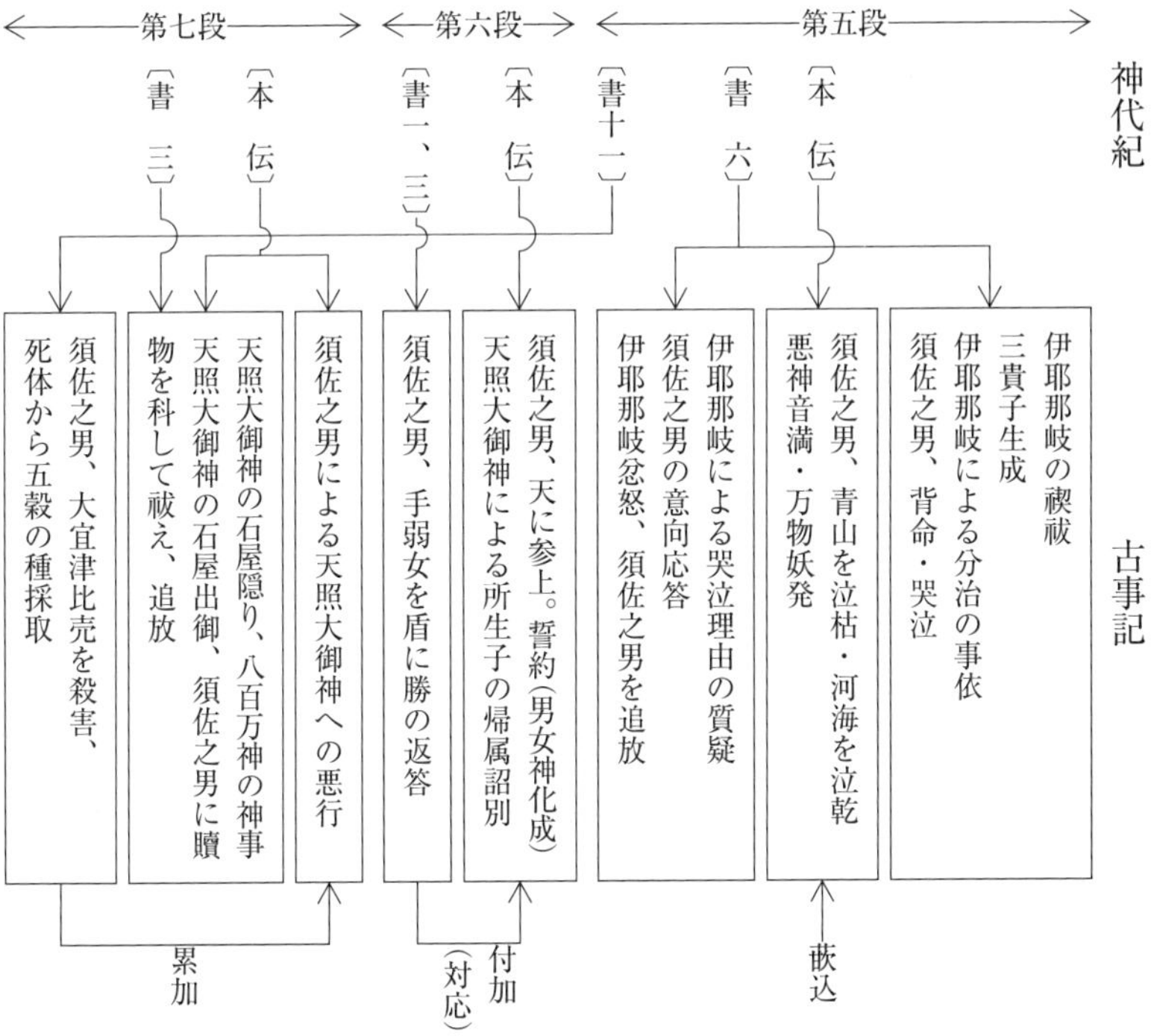

神代上との相対的にせよその遠い分、古事記が葦原中国を舞台とする所伝に力点を置く事実をはからずとも浮き彫りにする。大国主神をめぐって多彩な展開をみせる出雲神話は、とりわけそれが著しい。とはいえ、須佐之男命の出雲に降って以降の所伝が確実にその一翼を担い、しかも出雲以前の須佐之男命をめぐる所伝がそれと地続きである以上、日本書紀に対する古事記の独自は、畢竟、葦原中国を舞台とする所伝に力点を置いた構成によるであろう。

　これら関連の解明に取り組んできて、まとめるに当たり改めて注目すべきなのが、神代紀を古事記がひき継ぐその実態である。すなわちひき継ぎにおいては、第五段の〔書六〕に始まり、第六段〔本伝〕から第七段〔本伝〕と続く天照大神の系列に属する所伝を基本とし、これに一書（第五段は〔本伝〕）を加えた組合わせのかたちをとる顕著なあらわれをみせる。しかもまたその付加の側に立つ所伝は、いずれも須佐之男命を主体とする。その所伝を成りたたせるうえに付加、累加、嵌め込み等の手法を駆使するなど、〔本伝〕をむしろ相対化して、一書をもとに独自を多様多彩に紡ぎ出している。このなかで、須佐之男命を中心とする所伝の展開をはかったことが、やがて大国主神をめぐる出雲神話につながっていく。細部になお詰めきれていない課題を残すにせよ、右のようにまとめて大過ないはずだから、最後に、これまで採りあげた所伝を中心に、日本書紀と古事記との関係をごく大まかにうつしとった概略図を示すことにする。下段の四角枠内に、古事記所伝の展開の順に従い、各章節の内容をごく簡略に切りとった見出し語を示し、それらがひき継いだ神代紀の各所伝の所在を上段に示す。

第四章　「うけひ」をめぐる第六段〔本伝〕と各一書との相関

一、はじめに――先行諸説

日本書紀の神代上第六段は、〔本伝〕及び三つの一書から成る。天照大神と素戔嗚尊とがおこなう「誓」ないし「誓約」、これを便宜「うけひ」と称するとして、どの所伝もこの「うけひ」をめぐって展開する。当然のことながら、「うけひ」について考察をくわえた先学の数多くの論考がある。青木周平氏「スサノヲの名義とウケヒの文脈」（西宮一氏篇『上代語と表記』所収。平成十二年十月。おうふう）が「うけひ」をめぐる基本的な問題とそれに関連する先学の諸説を整理して示す。これも参照していえば、一般的な傾向として、物実・勝敗・子の帰属などといった点に論が集中し、「うけひ」じたいの実証的な研究がいささか手薄である。ここでは、先学の研究成果を参照しながらも、あくまで「うけひ」そのものを正面にすえた分析・検討を進める。

もっとも、その内容の解明それだけに取り組むのではない。「うけひ」の解明をとおして、むしろ第六段の〔本伝〕及び各一書の相互の関係をみきわめること、これが本章のめざす主な目的である。もちろん、先行する研究がある。ただ、その方法なり論証なりに、十分な信頼はよせがたい。たとえば横田健一氏「天真名井盟約神話異伝考――異伝の存在の意味とその成立過程――」（『日本書紀成立論序説』第二章。一九八四年十一月。塙書房）のなかに、次のような指摘がある。

そもそも、十握・九握・八握と三本の剣を帯くという形は、素朴な十握剣のみの原話を発展させ、おもしろくした後出的な形である。（68頁）

また一方、玉をめぐっては「スサノヲが嚙む玉は、むろん日神から与えられる形、すなわち『書紀』本文、『古事記』が古形である。」と断定をくだす。さらに、「細かな区別は、やはり後代の発展形とせねばならぬ。」「さらに複雑化していて、より発展した形である。」（以上69頁）といった論述がつづく。こうして導いた結論では、「以上から物実を嚙む話のみで新古の順をいえば、(1)もっとも古い形は『書紀』瑞珠盟約段本文、『古事記』、次は(2)宝鏡開始段第三ノ一書、(3)瑞珠盟約段第二ノ一書、(4)同第一ノ一書、(5)同第三ノ一書となるであろう。」（69頁）と成立の先後にまで言及する。

横田氏のこの論考は、なにも極端な例などではない。念のためもう一つ別の論考をとりあげてみるに、戸谷高明氏「二神の『うけひ』神話――記紀における原伝の問題――」（『古事記の表現論的研究』第三篇、第一章。平成十二年三月。新典社研究叢書127）でも、横田氏が新旧の序列をつけた六つの所伝について、「各伝相互の親疎関係をたどってみると」「六伝を更に比較検討して」（419頁）といった作業に終始する。各所伝間の親疎の関係にかぎれば、たしかに分析は詳細かつ傾聴すべきだとしても、それだけで「そこで、これまでの考察に基づいて、記紀本文・一書第一・一書第三の各原伝をX_1・X_2・X_3とし、直接的資料をx_1・x_2・x_3・x_4とすると」（422頁）と前置きした上で、次のように図解にしめした関係が「推定される」と説くことがはたして可能なのか。「各原伝」から「直接的資料」へ、さらにそれらを経て各所伝へいたる過程は、図上はまことに明快だが、それが実際をうつしている保証など、どこにもない。

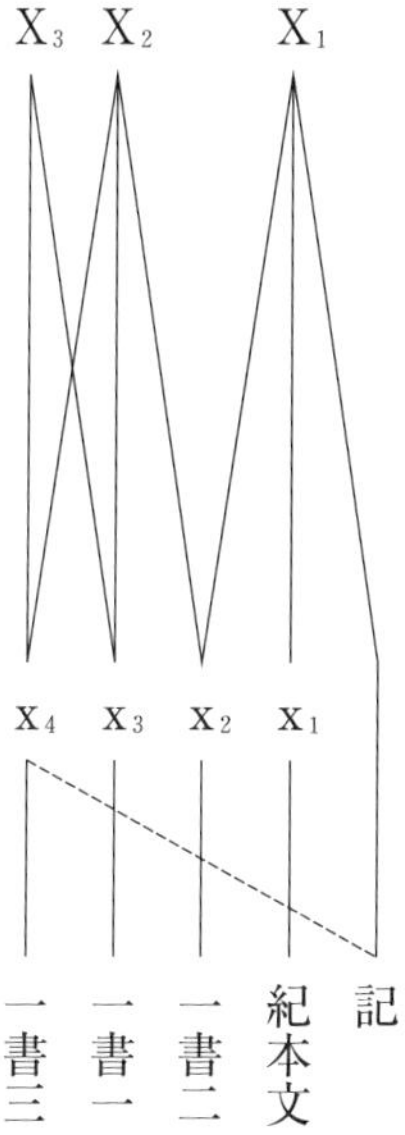

このほか、「記と書紀合わせた六伝」の「このウケヒ神話の基本」に「核」の存在を説くのが、毛利正守氏「アマテラスとスサノヲの誓約」（吉井巖編『記紀萬葉論叢』平成四年五月。塙書房）である。「勝ち負けの判定」を中心に分析を加え、「これを要するに、勝を望む者はその行為において男神を望み、女神を生まないといった核が、書記されたこれらの伝えの根底にあり、その点が動かざるものとしてある故に、現在見るごとき形態の古事記及び書紀（本文・一書）が存在するのだとおさえるべきではないかと考えるのである。」（30頁）と指摘する。神話に「核」を想定し、これをもとに古事記をはじめ各所伝が成りたつとみなす根拠はなにか。それが明確に示されない限り、やはり説得力をもち得ない。

二、「発誓」「誓盟」と「誓」との違い

さて、「うけひ」そのものに正面きって検討をくわえてみるというのが、本章のさしあたってめざす目論見だけれども、これにも、先行研究が少なくない。逐一の言及は極力抑えるとして、なかんずく注目すべき論考が、

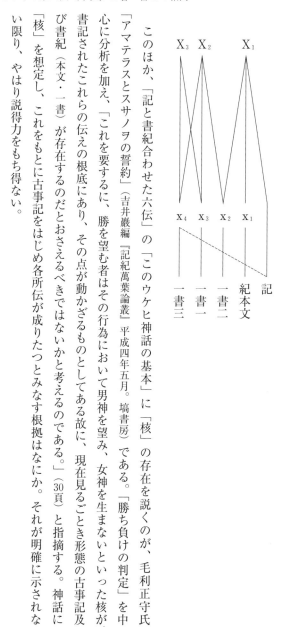

中川ゆかり氏『上代散文　その表現の試み』（その第三章の「第一節　日本書紀の漢字・漢語選択の意識」（初出の論文には、「〝ウケヒ〟の場合」と副題を付す。二〇〇九年二月。塙書房）である。日本書紀が「ウケヒ」を「誓約・誓」と「祈」という二つの漢字であらわすことをめぐって、そのそれぞれの意義について詳細に論じている。「うけひ」を検討する上にも示唆にとむので、まずは、それの「誓」をもってあらわす用例に関する中川氏の所説を、掲出した例の解釈も含め可能なかぎり詳細にたどってみることにする。

すなわち、「誓」には、「ウケヒ」をあらわす一連の用例と、これとは別に「誓」を対象とするあるいは熟語を構成する「発レ誓」「誓盟」などの「チカヒ」をあらわす用例とがあり、そのどちらの行動も、「自分の言葉が真実であることを主張するという状況・心理において」（前掲書302頁）なされる点で似る一方、この行為自体ははっきり区別すべきだとして次のように説く。

> つまり、チカヒとウケヒとは、その人の置かれた状況や、自分の言葉の正しさや自らの潔白を主張しようとする心理は共通するが、それを主張する方法が異なる。ウケヒは主張することを証明する、より実証的な方法であったといえよう。／そうすると、潔白やきよき心を主張するという状況や心理のもとで行われたウケヒが、日本書紀で「誓」・「誓約」と書かれているのは、チカヒの際の状況や心理との共通性に基づいた漢字選択ではないかと推測しうる。（304頁）

「ウケヒ」と「ホク（寿言）」「トゴフ（呪詛）」との「語彙論的構造」、つまりは意味領域の対応関係については内田賢徳氏に指摘（「ウケヒの論理とその周辺——語彙論的考察——」『万葉』第百二十八号）がある。内田氏が言及していない「チカフ」との相関について、同じ「誓」をもって表記する用例との対比をとおして論じている点も含め、たしかに傾聴にあたいする。しかし、問題がないわけではない。

そこで、その問題もひととおり押さえながらたどるとして、たとえば「誓」一語だけに限れば、一方は「ウケヒ」、もう一方を「チカヒ」とするその選別の基準など、もとよりどこにもあり得ない。文脈あるいは他語との相関などを手懸りとするほかないだけに、中川氏の分類は妥当なのか。具体例をみるに、「チカヒ」をあらわすとした五例（7～11、302頁）のうち、8、9は「発レ誓」のかたちをとる。それはほぼ仏教関係の記述に限定的であり、いわゆる誓願がその内実である。中川氏所掲の例でも、かりに借用してしめせば、8の用例に「是時廐戸皇子……自忖度曰『将無レ見レ敗。非レ願難レ成。』乃斮二取白膠木一、疾作二四天王像一、置二於頂髪一。而発レ誓言、…『今若使二我勝一レ敵、必当下奉二為護世四王一起中立寺塔上。』」とつたえているとおり、「発レ誓」は「願」にもとづく。この直後の記述がつたえる例と、さらに9の例とに、その関係は次のように著しい。

8　蘇我馬子大臣又発レ誓言、「凡諸天王大神王等助二衛於我一、使レ獲二利益一願当下奉三為諸天与二大神王一、起二立寺塔一、流中通三宝上。」

9　言畢開二佛殿之戸一、仰而発レ誓曰、「願我生生世世不レ怨二君王一。」誓訖自経而死。

「願うことは～である」という誓願のかたちを一連の「発レ誓」がとる以上、これはこれで一つの表現の類型とみるべきであろう。中川氏は一つに括るけれども、もう一つの「誓盟」の場合、その核心を、むしろ「盟」がしめる。表現にも類型があり、盟のその内容をまずもってあらわすのが通例である。中川氏引用の例を次に示す。

11　大友皇子在二於内裏西殿織佛像前一。……手執二香鑪一先起誓盟曰、「六人同レ心、奉二天皇詔一。若有レ違者、必被二天罰一。」（中略）誓盟曰「臣等五人随二於殿下一、奉二天皇詔一。若有レ違者、四天王打。天神地祇亦復誅罰。卅三天證二知此事一。子孫当レ絶、家門必亡。」

右に傍線を付した箇所がそれにあたる。「誓盟」とは、端的に同盟ないし盟約だからひきつづいて、これに違う場合のその結果についていう。誓願との違いは、とりわけその結果への言及の有無に明らかである。

こうして「発レ誓」も「誓盟」も、それぞれに固有の類型をかたちづくっている。一括することなど、とうていできない。それらがそれぞれ独自であったと同様、「誓」を単独につかった例も、それじたい独自であったはずだが、他の語との組み合わせにともなう限定を欠くだけに、かえって内実はとらえがたい。中川氏の説く「人間どうし、または神仏に対する厳粛な約束であるチカヒの状況・心理に似ている」（301頁）といった性格にしても、一義的なものではない。たとえば10の例を、中川氏が省略した箇所も含め次に引用してみる。

10　齶田蝦夷恩荷、進而誓曰「(A)不下為二官軍一故持中弓矢上。但奴等、性食レ肉故持。(B)若為二官軍一以儲二弓矢一、齶田浦神知矣。(C)将二清白心一、仕二官朝一矣。」（斉明天皇四年四月）

大軍の前にあえなく降伏した蝦夷の「誓」だが、傍線部（A）の、弓矢を持つことについて釈明した一節のほか、用途を違えて官軍攻撃のために弓矢をたくわえれば、地元の神が知る（恐らく誅罰を下す、あるいは災害をもたらす）ことになるという（B）があって、最後に（C）が位置する。「約束」にあたるのは、せいぜいその（C）だけにすぎない。7にいたっては、神功皇后に朝貢を「約束」する新羅王のその発言を「叩頭之曰」の下につたえ、肝腎な「誓」じたいをめぐっては、

7　則重誓之曰「非二東日更出レ西、且除三阿利那礼河返以之逆流、及河石昇為二星辰一、而殊闕二春秋之朝一、怠廢二梳鞭之貢一、天神地祇、共討焉。」（神功皇后摂政前紀十月）

カッコ内の文の構造にそくしていえば、到底ありえない事態でも発生しないかぎり朝貢を欠けば、と仮定したうえで、その仮定条件の帰結をいうのが、直後の「天神地祇、共討。」である。ここに、「約束」は背後に退いている。表向き、10と同じくそれに違背したばあいの神罰を、むしろ強調する。

三、「うけひ」の「誓」

ところで、この中川氏所掲の7の用例については、「誓」を一般に「チカフ」と訓む（日本古典文学大系・新編日本古典文学全集など。ただし、日本古典全書は「うけふ」）。それの「約束」との距離は、「チカフ」の訓みをおのずから疑わせるであろう。そのことは、それが単独の用例であることとあいまって、分類の上では、むしろ「うけひ」とのつながりを示唆する。日本古典全書が、げんにその訓みを採ってもいる。そこで、以下には中川氏のいう「ウケヒ」に論点をうつして検討をくわえてみるに、「誓」が単独で「ウケヒ」をあらわす「ウケヒの伝承」という四例にそくして、中川氏は「四例とも何か——たとえばきよき心や身の潔白——を主張するという状況や心理においてウケヒがなされている。」（301頁）と指摘する。「ウケヒ」についてのこうした見方は、前掲7、10を「チカフ」に分属させたことと、もとより表裏する。その分属に問題がある以上、「ウケヒ」の見方じたい、あらためてみなおす必要がある。しかも、中川氏が「ウケヒ」とした例はすべて「誓」の単独例だから、みなおしには、7、10の用例をふくめるのが筋である。

まずはその7であるが、「誓」の内容をあらわす一文は、構造上、前述のとおり仮定条件とその帰結とから成りたつ。その構造は、なにも7に固有のものではない。10にしても、さきの引用文に付した記号をもってしめせば、中心に位置する傍線部（B）がまさに同じ構造をもつ。念のため、次にそれを引用してみる。

（B）若為二官軍一以儲二弓矢一、齶田浦神知矣。

「弓矢」の所持を、固有の習俗にちなむものとして「奴等、性食レ肉故持」（A）と弁明したうえで、だから決してありえないという含みをもち、もし万が一にでも官軍攻撃用にたくわえるならばと仮定し、その帰結を「齶田浦神知矣」という。もとより、神はそれを知ることと不可分に、神罰などを下さずにはいない。それが7の「天神地祇共討焉」に通じることは、言をまたない。

「誓」の内容をめぐり、こうして7、10があい通じることは、文の構造にねざすだけに、偶然ではもちろんありえない。そうである以上、これらの「誓」と、中川氏がとりあげた四例の「ウケヒの伝承」のその「誓」とがつながりをもつことについても、見通しはおのずからたつ。実際に、たがいの関連はなかなかに深い。いま中川氏所掲の4の例を代表としてとりあげてみるに、鹿葦津姫が「一夜而有レ娠」ゆえに夫から疑惑をうけて「誓」をおこなうという神代下第九段〔本伝〕の所伝であるが、次に引用する。

4　皇孫因而幸之。即一夜而有レ娠。皇孫未レ信之曰「雖二復天神一、何能一夜之間、令二人有一レ娠乎。汝所レ懐者、必非二我子一歟。」故、鹿葦津姫忿恨、乃作二無レ戸室一、入二居其内一而誓之曰「妾所レ娠、若非二天孫之胤一、必当二燋滅一。如実天孫之胤、火不レ能レ害。」即放レ火焼レ室。

この所伝がつたえる「誓」については、中川氏に「みごもったアタツヒメが、其の子は自分の子ではないと嘲ったホノニニギに対してなされた、自らの潔白を証明するためのウケヒである。」（300頁）という指摘がある。しかし、ホノニニギは「嘲った」のではない。この点は重要なので原文をもとに確認しておきたいが、傍線を付したとおり、「皇孫未レ信」にそくしてこれに「何能一夜之間、令二人有一レ娠乎」が対応する。皇孫がいだくのは、妊娠という事態の発生をめぐるそのあるはずはないという強い不信・疑惑の念である。それをうけ、だからこちらもみずからの死を賭してとったそれこそ必死の行動が、「誓」のかたちをとる。まさにその不信・疑惑を払拭する、すなわち「天孫之胤」を宿していることを証明することに、当然そのねらいがある。

このありかたは、上述の7、10にも明らかに通じる。7の場合、「叩頭」して朝貢を申し出たとしても、降伏にともなう新羅王のその場のがれの偽装である可能性は、戦いの常としてぬぐいきれない。それに神功皇后が不信・疑惑の念をいだくほうが、むしろ自然である。これを背景に、新羅王が神功皇后の不信・疑惑の念を払拭すべくおこなったのが、かの「重誓」だったはずである。背景は、10の場合にもあてはまる。軍船百八十艘をひきいる安倍臣の討伐をうけ、蝦夷は「望怖乞ㇾ降」となるが、弓矢を手離さない。それが「為二官軍一故持二弓矢一」という不信・疑惑の念をいだかせるため、なによりも先にその明確な否定を冒頭に示し、齶田蝦夷を代表して恩荷は「進而誓」をおこなったのであろう。不信・疑惑の念を払拭することに、もちろんそれの主なねらいがある。

前述の4と、右の7、10とは、かくて一つに括ることができる。その4を介して、中川氏所掲の残る5、6も連続する。この一連の用例にあっては、仮定の条件とその帰結との関連を、そのままのかたちであらわすか、それとも対立する二項の対《つい》的な、あるいは対をなす表現、かりにこれを二項対立と称するとして、そうしたかたちをとってあらわすのかといった違いは、恐らく本質的なものではない。二項対立のかたち、たとえば4を例にとってみれば、

妾所ㇾ娠｛若非二天孫之胤一、必当二燋滅一（A）
　　　　　如実天孫之胤、火不ㇾ能ㇾ害（B）

対立する（A）（B）二項のうち、皇孫の不信・疑惑に直接対応するのは、その不信・疑惑をあらわすなかに「汝所ㇾ懐者、必非二我子一歟。」というあい通じる語句をもつほう、すなわち（A）である。その（A）だけでも、「誓」の成立に不足はない。げんに7、10の例がそうであったし、そしてなによりも、中川氏じしん4と一括する6のその例でも、

6　馬飼首歌依乃揚㆑言誓曰「虚也。非㆑実。若是実者、必被㆓天災㆒。」

前掲10の例と同じようにはじめに不信・疑惑を否定し、その上で、傍線部のとおり不信・疑惑に対応した仮定とその帰結との関係を一つあらわすだけにすぎない。「虚」、つまりは不信・疑惑が事実無根であった場合の結果のことなど、事なきを得るというその内容は自明なのだから、所詮、付随的な意味しかもちえない。さきの4にしても、（A）こそ「誓」に必須であり、もう一方の（B）はやはり付随的でしかないが、しかしながら、（B）をそうしてともかくも付置させていることまで無意味とみなすことは、恐らく妥当ではない。なぜなら、（B）も、それはそれで重要な役割をはたしているからである。

四、「誓」をめぐる表現の二項対立の類型

実は、「誓」が二項対立のかたちをとって（B）をあらわした例は、4及びその各一書がつたえるもののほかには、わずかにもう一群の例しかない。それがまさに第六段の〔本伝〕と〔書二〕及び第七段〔書三〕がつたえる天照大神・素戔嗚尊の「誓」、すなわち「うけひ」である。便宜、〔本伝〕と各一書のその所伝を一括して「うけひ」所伝と仮称するが、（B）に関する一定の形式に、この「うけひ」所伝の（B）ものっとる。次に、前掲4の例にならってそれをしめす。

第六段〔本伝〕

如（吾所㆑生――本来この位置）、是女者、則可㆓以為㆑有㆓濁心㆒（A）
（吾所㆑生）若是男者、則可㆓以為㆑有㆓清心㆒（B）

同〔書二〕

誓約之間｛生レ女、為二黒心一（A）
　　　　　生レ男、為二赤心一（B）

第七段〔書三〕

（吾今囓レ玉生児）｛吾若懐二不善一而復上来者、（吾今囓レ玉生児――本来この位置）、必当レ為レ女矣。（A）
　　　　　　　　　如有二清心一者、必当レ生レ男矣。（B）

素戔鳴尊が得た結果は、もちろん（B）のほうである。4でも、鹿葦津姫は（B）の結果を得ている。ともに、（B）の結果を得たことが、不信・疑惑の払拭につながると同時に、皇孫の誕生をもたらす。所伝の展開のうえでは、不信・疑惑の払拭は、とりもなおさず清心や赤心を証明したことだから、そうしたあるべき理想の状態を、皇統を継ぐ神聖な御子の誕生にまことにかなうものとする考えに恐らくはねざす。

この所伝にとって、むしろ（B）こそ重要である。一方の（A）が、上述のとおり不信・疑惑に対してより直接的な対応をもち、それだけ「誓」に必須だとすれば、対比的にではあるが、（B）はより文脈にそくした要請に応える内容をあらわす。4の所伝も、その点まったくかわりがない。（B）をめぐって二つの所伝間に共通するこのあらわれは、もとより偶然の結果ではない。「誓」に独自とはかならずしもいえないが、すくなくとも、日本書紀にかぎれば、他に類例はない。

なおまた、二項対立のかたちをとる典型的な例に、「盟神探湯《くかたち》」がある。允恭天皇四年九月条にその実際を詳細につたえているが、「難レ知二其実一」というなかで、その「実」を知るのが目的だから、二項対立は「得レ実則全、偽者必害」という真偽もしくは虚実を判定するだけの単純なかたちをとり、結果も、もちろん人次第ということになる。このほか、神代下第九段の〔書一〕では、いわゆる「返矢」をめぐって、その矢の「今何故来」というこれは理由に相関する結果に伴う二項対立のかたちをつたえている。

取レ矢而呪曰　若以二悪心一射者、則天稚彦必当レ遭レ害（A）
　　　　　　　若以二平心一射者、則当レ無レ恙（B）

結果に「因還投之。即其矢落下、中二于天稚彦之高胸一。因以立死。」とあり、この「呪」では、（A）にそくして所伝が展開する。これをもって「呪」のかたちとして一般化することなどできないけれども、とろうとすれば、こうしたかたちをとることも可能であったことを、この例は如実にしめす。その点、だからそのかたちをとらないことにむしろ積極的な意義がある。「誓」が形式とする二項対立の表現は、かくてくだんの（A）（B）をみずからのしかるべきかたちとして選びとっていたはずである。

五、「誓」と「くかたち」との表現をめぐるつながり

さりながら、「誓」はそうして独自なだけではない。「呪」や「盟神探湯」と二項対立のかたちを共有する事実は、それらとの類縁なくしてはありえない。とりわけ「盟神探湯」とは、さきに指摘（799頁）した二項対立のそのかたちの違いを越えてあい通じる。たがいのそのつながりを象徴するのが、すなわち「誓湯」である。中川氏も、4の次に5としてこの例をとりあげている。「誓」と「盟神探湯」との関係を分析的にとらえるというより「5はウケヒの湯、いわゆるクカタチのことで、諍訟の正否を決するために、発言の虚実を知ろうとするものである」（300頁）と説く。「誓湯」の訓みにも、従来「うけひゆ」（日本古典文学大系）と「くかたち」（新編日本古典文

学全集）との二通りがある。この「誓湯」をつたえる所伝が、継体天皇二十四年九月条の次の一節である。

任那使奏云、毛野臣、遂於二久斯牟羅一起二造舎宅一、淹留二歳、(A)懶レ聴レ政焉。爰以日本人与二任那人一、頻以二児息一、諍訟難レ決、元無二能判一。毛野臣、(B)樂置二誓湯一曰「実者不レ爛、虚者必爛。」(C)是以投レ湯、爛死者衆。

毛野臣の無力・無能ぶりを強調する（A）をうけ、（B）や（C）は、無道・横暴をあばきたてる点に力点をおく。（C）の「投レ湯」を、新編日本古典文学全集は「湯《ゆ》に投《い》りて」と訓む。その訓みは、「皆自投二澗谷一而死」（景行天皇十二年十月）をはじめ、辞書（廣漢和辞典）も「自投二於蒼領之淵一」（呂覧、離俗）「雄恐レ不レ能二自免一、廼従二閣上一自投下、幾死一」（漢書、揚雄伝賛）「行至二渭橋一自投二於水一」（後漢書、宋弘伝）などと挙例する自死につながりかねない。状況としては、むしろ煮え立つ湯のなかに無理矢理入らせるというほどの容赦ない苛酷かつ残虐を強調していることは、疑いをいれない。その（C）に、内容的にも対応するのが（B）の「樂置二誓湯一」である。

毛野臣の無道・横暴をものがたる展開上、当然の次第ながら、「楽置二誓湯一」に、神の存在など一切かかわらない。ところが、「くかたち」（以下、便宜これを「盟神探湯」の普通名詞表記とする）のばあい、神がそこに深くかかわる。少なくとも日本書紀がつたえる「くかたち」では、神の存在を前提とするか、もしくは神の御前でそれをおこなうのが通例である。さきにも言及したが、允恭天皇四年九月条に伝える「くかたち」の実修に関する記述には、「故諸氏姓人等、沐浴斉《ママ》戒、各為二盟神探湯一。」とあり、こうした「盟神」をともなう神聖な行為だから、それにふさわしく「於二味橿丘之辞禍戸碑一坐二探湯瓮一」、つまりは特定の場所を選定する。そこにいます（とする）神こそ、「偽者、必害」あるいは「不レ得レ実者、皆傷」という結果をもたらす存在だったに相違ない。応神天皇九年四月条の所伝については、「うけひ」所伝との対応に言及したなかであらためてとりあげるが、そこにも「令下請二神祇一探湯上」という「くかたち」の例がある。神祇の存在を、それは前提とする。神祇の御前がたとえ建前だったにせよ、そのかたちをとればこそ、実際のその行為を「武内宿禰与二甘美内宿禰一、共出二于磯城川湄一、為二探湯一。」という特に選んだ場所でおこなっていたはずである。

こうした例に徴するかぎり、神の存在も前提とせず、そもそも「探レ湯」のかたちを借りた「投レ湯」でしかないくだんの「誓湯」を「くかたち」そのものとみることはできない。反面、その「湯」が「くかたち」の「探湯」と結びつきをもつことまでは、もちろん否定できない。げんに、「誓湯」の「実者不レ爛、虚者必爛」は、「くかたち」をめぐる「得レ実則全、偽者必害」（允恭天皇四年九月）に確実に通じる。たがいのつながりは、それにくわえ、「楽置二誓湯一」を招くにいたった事態の「諍訟難レ決」というそもそものありかたじたい、「くかたち」のばあいの「難レ知二其実一」に通じることにいっそう明らかである。「誓湯」と「くかたち」とのこの類縁は、「誓」そのものに、「くかたち」とのつよい結びつきがあったことを示唆するであろう。たとえば4の、鹿葦津姫が火を放つ「無レ戸室」と、「くかたち」の「探二湯瓮一」とは、疑惑を晴らすと、真偽を判定するとの違いはあっても、それはいわば目的ないし用途にすぎず、隠れている真実をかたちにあらわす装置としてのそのありかたの上では、互いに密接なかかわりをもつ。

六、〈本伝〉の「うけひ」所伝とその武内宿禰所伝との関連

「誓」が「くかたち」との間にもつ深いかかわりは、実はそうした装置としてのありかたに限らない。所伝の展開にまでそれが及んでいる例がある。すなわち、「誓」に関連するのがくだんの「うけひ」所伝だが、「くかた

ち」に関連する所伝との間に、所伝の展開に及ぶ深いかかわりをみることができる。その所伝を、登場する人物の名をとってここでは武内宿禰所伝と称する。「うけひ」所伝とのかかわりをみきわめる前提としても、所伝の展開をおさえておく必要があるので、やや長文にわたるけれども、対象となる一節を次にぬきだしてみる。

（応神天皇）九年夏四月、遣二武内宿禰於筑紫一以監二察百姓一。時、武内宿禰弟甘美内宿禰、欲レ廃レ兄、即譏二言于天皇一「武内宿禰、常有下望二天下一之情上。今聞、在二筑紫一而密謀之曰『独裂二筑紫一、招二三韓一令レ朝二於己一、遂将レ有二天下一。』」於レ是、天皇則遣レ使以令レ殺二武内宿禰一。時、武内宿禰歎之曰「吾元無二弐心一、以レ忠事レ君。今何禍矣、無レ罪而死耶。」（中略）時、武内宿禰、独大悲之、竊避二筑紫一、浮レ海以従二南海一廻之泊二於紀水門一。僅得レ逮レ朝、乃弁レ無レ罪。天皇則推三問武内宿禰与二甘美内宿禰一。於レ是、二人各堅執而争之、是非難レ決。天皇勅之、令下請二神祇一探湯上。是以、武内宿禰与二甘美内宿禰一、共出二于磯城川湄一、為二探湯一。武内宿禰勝之。

事件の発端は、兄の武内宿禰に天下取りの野望があると天皇に訴えでた弟の甘美内宿禰による譏言である。天皇がそれを採りあげたことにともない、「弐心」の有無に関して有罪、無罪をめぐる争いとなり、傍線部のとおり「是非難レ決」ゆえに、当事者である兄弟が「くかたち」をおこなうにいたる。その時のことばを伝えてはいない。しかし、「請二神祇一探レ湯」が、前述の允恭紀につたえる「くかたち」の「盟レ神探レ湯」に通じることは明らかだから、そこに「得レ実則全、偽者必害」というかたちに類する二項対立のことばを、「くかたち」の例に倣ってそれにあてることができる。

その点でも、「くかたち」を織り込んだ所伝の一つの実例といっても過言ではない。この武内宿禰所伝がくだんの「うけひ」所伝との間にもつかかかわりのもっとも重要な点は、「くかたち」そのものというより、それに関連して、疑惑を受けた者がそれを払拭するためにおこなう行為だとはいえ、このかぎりは4と共通するが、その行為を、疑惑をうけた者がおこなうだけにとどまらず、疑惑をいだかせた（讒言した）者までがおこなっている事実である。疑惑をめぐって、いわば、対等の立場に立ち、それを受けた者と、それをいだかせた者とが対立するというのがこの構図である。

具体的にたどれば、前掲一節の傍線部「二人各堅執而争之、是非難レ決」に、まずはその対立の構図は明らかであり、これをうけた「天皇勅之、令下請二神祇一探湯上」のあと、「是以、武内宿禰与二甘美内宿禰一、共出二于磯城川湄一、為二探湯一。」には、兄弟二人が、それこそまったく互角の当事者となって「探湯」にのぞむさまをつたえている。事件の発端は「武内宿禰常有下望二天下一之情上」と訴えでた甘美内宿禰の讒言であるにせよ、それの矢面にたつ当の武内宿禰が「弁レ無レ罪」というように事実無根を主張する以上、当然といえば当然なのだが、天皇が「推三問武内宿禰与二甘美内宿禰一」という措置をとったことは重要である。讒言を弟が行い、その内容たるや「在二筑紫一而密謀之曰、独裂二筑紫一、招二三韓一令レ朝二於己一、遂将レ有二天下一。」という天下奪取を目的とした密謀であり、しかも並びなき実力をもつ武内宿禰がその被疑者だけに、もとより無視はできない。しかし、その一方、深く頼みとする重臣でもあってみれば、讒言をにわかには信じがたいという、そうしたいわば二律背反が、二人を互角の当事者として、ひとしく「推問」するにいたる要因である。互いに主張を曲げるはずもなく、「是非難レ決」は必然のなりゆきというほかない。

一方、「うけひ」所伝に、天皇にあたる神は存在しない。対立も、二神の直接的な対峙といったかたちをとるとはいえ、対立のありかたを含め、その表現にいたるまで、二つの所伝は深いかかわりをもつ。まずは表現をみるに、甘美内宿禰の讒言のなかに、武内宿禰の野心に言及して「武内宿禰、常有下望二天下一之情上」という。これを否定する武内宿禰の言葉が「吾元無二弐心一」である。相互に対立するこの二つの言葉のそれぞれに、「うけひ」所伝の同じように対立する二神の言葉が対応する。↔の下文がいずれも否定の言葉に当たる。

〔武内宿禰所伝〕

（欲レ廃レ兄、即讒二言于天皇一）武内宿禰常有下望二天下一之情上↔吾元無二弐心一

〔うけひ所伝〕

（吾弟之来、豈以二善意一乎）謂、当レ有二奪レ国之志一歟↔吾元無二黒心一

内容のうえでも、前者の「望二天下一之情」と同じく、後者も「奪レ国之志」という「国」は天照大神の支配する高天原をさし、世界はそこを中心に成りたっていたはずだから、その世界征服の野望に焦点を当てている。しかもその野望について、前者が「情」と「心」、後者も「志」と「心」というように共に心のうちに力点を置く。念のため『唐律疏議』をここにひきあいにだせば、「謂レ謀レ危二社稷一」（疏議に「臣下将レ図二逆節一而有二無レ君之心一」）という「謀反」でも、疏義にその「心」を問題とする。この謀反に通じる重大犯罪としての性格をもつ点は、完全に一致する。なおまた、為政者じしんが、犯罪の有無についてその疑いある者に問うというかたちをとる点まで、一致をみる。それをあらわすのが、それぞれ前者が「推問」、後者が「詰問」である。

そして前者について言えば、讒言を発端とする関係上、有罪を天皇に疑わせ、被疑者に対する天皇の「推問」をひきだすところまでは成功したものの、被疑者の「弁レ無レ罪」にあい、讒言した当人まで「推問」をうける。それによって、疑わせた者（甘美内宿禰）と疑われた者（武内宿禰）とが、疑惑をめぐって対峙するにいたる。天皇が「推問」する者として介在する分、両者の対峙は間接的な性格がつよい。そうした介在もなく、疑った者（天照大神）と疑われた者（素戔鳴尊）とが直接対峙するかたちをとるのが、すなわち「うけひ」所伝である。さ

きに↕印をもってしめした対応こそ、その対峙の内実にほかならない。武内宿禰所伝の表現をかりれば、事態はまさに「是非難ㇾ決」におちいっている。

七、〔書一〕〔書三〕の「うけひ」、その「くかたち」との相関

そうだとすれば、「うけひ」所伝でも、疑惑を晴らす所伝の構造に照らして、武内宿禰所伝と同じように「くかたち」をもって決着をつけることもありえたはずである。所伝の展開のうえでは、むしろそのほうが自然でもあったろう。武内宿禰所伝に対しては、「うけひ」所伝よりさらに距離のある4でさえ、二項対立の内容をはじめ「くかたち」に親近をもつ。所伝の展開上、4よりはるかに武内宿禰所伝に密接なかかわりをもつのだから、「うけひ」所伝の成りたちじたい、「くかたち」との不可分の関係を本来的に内在させていたに相違ない。

しかし、「うけひ」所伝には、「くかたち」のかたちをどうしてもとりえない事情がある。すなわち、「くかたち」としたばあい、武内宿禰所伝との対応にかんがみ、それになぞらえていえば、天照大神が一方の当事者となり、素戔嗚尊とともに「くかたち」の判定うける立場にたたざるを得ない。天照大神がより高次の神格をもつ神の御前で判定を受けることもそうだが、そもそも「くかたち」の、この武内宿禰所伝を含め、「得ㇾ実則全、偽者必害」（允恭天皇四年九月）あるいは「実者不ㇾ爛、虚者必爛」（継体天皇二十四年九月）といったありかたに、天照大神はそぐわない。その点は所伝としても譲れない一線だったはずだから、「くかたち」以外のかたちをとるほかなく、その一方、所伝の展開上は、「くかたち」をもって決着をつけてもなんら不自然ではない方向をたどる。「誓」の使用は、まさにこうしたいわばせつない事情を背景とする。

その点では、「くかたち」からみて、「うけひ」所伝の「誓」がそれらしいかたちをとっていないとしても、それはそれでやむを得ないものであったろう。それでも、〔本伝〕〔書二〕がつたえるその「誓」は、ともかくも二項対立のかたちをとってはいる。しかし「うけひ」所伝をめぐっては、同じ「誓」をつかいながら、〔書一〕〔書三〕が、二項対立とは違って対立する項をもたない、表現の構成上いわば単項独立のかたちをとる。「くかたち」とのかかわりは、そこにはもはやみるかげもない。ところが、所伝の展開及び内容の上では、たとえば前掲の例にならってしめせば、

〔書一〕

（便謂、弟所㆓以来㆒者、非㆓是善意㆒）必当㆑奪㆓我天原㆒ ←→ 吾元無㆓悪心㆒

こうした基本となる要素を共有するとおり、〔本伝〕などとほぼかかわりがない。当然、その共有にそくして、〔本伝〕がもつ「くかたち」とのかかわりを、〔書一〕にも同様に認めなければならない。それにもかかわらず、「誓」の単項独立のかたちは、もはや「くかたち」とのつながりを断ちきっているというのが実情である。

それだけに、「くかたち」とのかかわりに視点をおいてみたばあい、〔書一〕にとって、単項独立のかたちなどみずからの身にそぐわないのだから、それを所伝に固有であったとも、本来のものであったとも到底かんがえがたい。ここに〔本伝〕をひきあいにだせば、前述のとおり天照大神を一方の当事者とする展開上、「くかたち」の本来のかたちをとっていないとはいえ、そのかぎり二項対立のかたちも鬼子同然だったにせよ、所伝がみずからそれをともかくも生みだしている事実は否むべくもない。単項独立のかたちが、はたして同じように所伝に本来ねざすものであったのか、その解明がおのずから課題となる。そして鬼子になぞらえてかりにいえば、それは継子的な性格がつよく、そうである以上、一方が鬼子的であったから、継子的でありえたという相関にあること

を強く示唆する。

八、〔書一〕〔書三〕における「誓」の「祈」との関連

その相関の実態をみきわめる前提としても、ここで、〔書一〕〔書三〕の単項独立のかたちをとる「誓」についてあらためて検討をくわえる必要がある。かりに比喩をもって継子的と表現したけれども、その内実こそ問題である。所伝の成りたちとも、それは分かちがたくかかわる。さしあたっては単項独立のかたちをとるその内容に焦点をあてるとして、まずはそれをつたえる記述を次に抜きだしてみる。

若汝心明浄、不レ有二凌奪之意一者、汝所レ生児、必当レ男矣。〔書一〕

汝若不レ有二姧賊之心一者、汝所レ生子、必男矣。〔書三〕

「くかたち」を特徴づける二項対立の内容との違いは、一見して明らかである。翻って、単項独立という同じかたちをとる「誓」に類例をもとめても、すでに言及してもいるが、

○　若是実者、必被二天災一。（6、欽明天皇二十三年六月是月）

○　（前略）而殊闕二春秋之朝一、怠廢二梳鞭之貢一、天神地祇共討焉。（7、神功皇后摂政前紀十月）

○　若為二官軍一以儲二弓矢一、齶田浦神知矣。（10、斉明天皇四年四月）

仮定に対する帰結としてあらわす内容は、右のように天災もしくは神罰にかかわる否定的なものがほとんどをしめる。構造上は同じかたちをとるとはいえ、〔書一〕〔書三〕のばあいの帰結に、否定的な意味あいなど求むべくもない。内容の上では、それだけ「誓」の右の類例とは距離がある。前述の継子的ありかたを、この距離が裏付

けてもいる。

これにくわえ、〔本伝〕〔書二〕とは、仮定と帰結とのそのあらわす内容あるいは関係構成において、まさに正反対の関係にある。すなわち、それら（798頁）は、仮定を「如吾所レ生是女者」「若是男者」〔本伝〕、「生レ女」「生レ男」〔書二〕とし、「濁心」「清心」〔本伝〕、「黒心」「赤心」〔書二〕といった心のさまを帰結があらわす。男女いずれを生むかを仮定し、そのそれぞれの帰結をあらかじめ決めているという点では、遊びやゲームのいわばルール性がつよい。これとは逆に、〔書一〕〔書三〕のばあい、単項独立のかたちをとり、仮定するのは疑惑対象の心のさま（内心）であり、それの必然的なあらわれとして帰結が対応する。心のさまは不可視だから、可視のかたちあるもの（外形）を通してみるほかないが、この可視をもって不可視をみきわめるという関係にもとづく点に、〔書一〕〔書三〕の「誓」の特徴がある。

〔書一〕〔書三〕の「誓」は、こうして〔本伝〕の系統の「誓」とは一線を画している。その違いが、また「くかたち」との疎遠を大きくしているはずだが、さりながら、類例がないわけではない。とりわけ注目にあたいするのが、「うけひ」にあたる「祈」の用例である。たびたび言及した中川氏の論考では、それらを12〜17にとりあげ、「イノル」や「ノム」との関連にそくして次のように説く。

イノルやノムという行為は、力をもった存在から自分の益になる力を加えられることを乞うもので、イノリが行われるのは何かを強く願うという状況や心理においてであろう。／そして、それは「祈」で表わされたウケヒが行われる際の状況や心理にも見られるものであった。（前掲書309頁）

「祈」をおこなうに際しての「状況や心理」といった点では、たしかに指摘のとおりなのだから、その限り「誓」と異なることは否むべくもない。しかし、その一方、「誓」も「祈」も、「ウケヒ」つまり「うけひ」にあたることも事実である。このむしろ共通する点に、ここでは着目する。

もっとも、「うけひ」にあたる「祈」の用例にしても、そのなかに違いがないとはかならずしもいえない。各用例に逐一あたるのが筋だけれども、本命は「誓」であるから、あくまでもそれとの関連に対象をしぼりこんで、該当する用例をひろいあげることにする。それらを一括して次にしめす。

（1）天皇、於レ茲執レ矛祈之曰「(A)必遇二其佳人一、(B)道路見レ端。」（垂仁天皇三十四年三月）

（2）天皇祈之曰「(A)朕得レ滅二土蜘蛛一者、(B)将レ蹶二茲石一、如二柏葉一而挙焉。」（景行天皇十二年十月）

（3）皇后（中略）而投レ鉤祈之曰「朕西欲レ求二財国一。(A)若有レ成レ事者、(B)河魚飲レ鉤。」（神功皇后摂政前紀）

（4）時、麛坂王・忍熊王共出二菟餓野一而祈狩之曰「(A)若有レ成レ事、(B)必獲二良獣一也。」（神功皇后摂政元年二月）

（4）は、「祈」を「うけひ」と訓む根拠となる訓注「祈狩、此云二于気比餓利一」を付す。（3）とは、（A）に同じ表現を共有する関係にある。そして（1）～（4）を通して、（A）と（B）とのかかわりは、ねがうあるいはめざす事が実現することを（A）に仮定し、（B）が、それの実現するばあいにその予兆として現象するかもしくは可能となる事態を帰結として表すという関係に抽象できる。ねがうあるいはめざす事の実現は、もとよりはかりがたい。その不可知を、可視の具体的な事象を通してみきわめるということだから、この関係は、さきにとりあげた単項独立のかたちをとる「誓」の、可視をもって不可視をみきわめるという関係に明らかに通じる（章末補遺参照）。

念のため言葉をおぎなえば、「誓」のなかの仮定の条件をあらわす「若汝心明浄、不レ有二凌奪之意一者、」は、右の一群の用例の中の（A）にあたるだけでなく、そこに仮定するのがねがうあるいはめざす事の実現であったと同様、あるべきあるいはあらまほしき心の状態を仮定したものであったろう。心の状態は、不可視であることはもとより、他者にとって所詮は不可知なのだから、ねがうあるいはめざす事の実現とほとんどへだたりがない。だからこそ、可視のかたちあるものや具体的な事象を通してみきわめるほかなく、それをあらわすのが帰結であってみれば、必然的に同じかたちをとるはずである。仮定と帰結とのこのいわば構造的な句相互の関係のかぎり、「誓」と「祈」とが同じ「うけひ」にあたるという以上に、つまりそうした一般的な表現のレベルをこえて、単項独立の仮定と帰結との関係の内実においてあい通じるということ、なかんずくこの点が重要である。

九、「誓」をめぐる「二項対立」と「単項独立」

〔書一〕〔書三〕の「誓」の本質は、そうして「祈」に構造的にも通じる点にある。「誓」の用例をひろくみわたしても、他に類例は一切ない。「誓」のなかでは、それこそ特殊かつ独自である。〔書一〕〔書三〕がまったく孤絶・独立したなかで一からこの特殊なかたちを独自につむぎだすことなど、恐らくありえない。所伝じたいも、前述（807頁）のとおり〔書一〕の「必当レ奪二我天原一」「吾元無二悪心一」が〔本伝〕の「誓」の内容に重なる点にかんがみて、特殊の成りたちに〔本伝〕とのかかわりをさぐるのが筋だから、〔本伝〕の「誓」との関連それ自体、ないしその内実があらためて問題となる。

そこで〔本伝〕の「誓」をふりかえってみるに、「くかたち」との結びつきにそれは特徴をもつ。二項対立というかたち以上に、「誓湯」（継体天皇条）という語の成りたちをめぐる前述（802頁）のいかがわしさが、かえってたがいの分ちがたい関係を端的にあらわしている。応神天皇条がつたえる武内宿禰所伝とは、この「くかたち」をめぐって内容のうえでも深い結びつきをもつ。そうした内容にそくしてさき（806頁）に指摘のとおり、「くかたち」をもって決着をつけるかたちさえありえないわけではなかったほどだが、ここに一つ付けくわえるとして、〔本伝〕と同じ系列に属する〔書二〕のなかに「時天照大神復問曰、汝言虚実、将何以為レ験。」という一節がある。ここにつたえる「誓」が、傍線部の「虚実」に明らかなとおり、虚実を判定する「くかたち」にほとんど重なる点は注目にあたいする。〔本伝〕と共通する所伝だから、〔本伝〕の「誓」にしても、本来、「くかたち」に通じる性格をもっていたことを、それは確実に裏づける。

その「誓」が二項対立のかたちをとり、もう一方の〔書一〕〔書三〕の、上述のとおり単項独立のかたちをとる「誓」と対応をもち、そうして不可分の関係にある以上、「誓」をめぐるこの二つのかたちが、二項対立は「くかたち」に、単項独立は「祈」にそれぞれ通じるばかりか、成りたちの上では、「うけひ」の二つのかたちにそくして対応的にそれらを切りわけていた可能性が高い。さらに補足していえば、二項対立と単項独立との間に本質的な違いがなかったことも、その切りわけを容易にしたはずである。この想定が成りたつものとして、そのばあい、〔本伝〕がまず「誓」を二項対立のかたちをとって成りたたせる一方、これをもとに〔書一〕に単項独立のかたちをとる「誓」を成りたたせたとみるのが自然である。そのことは、同時に、〔書二〕以下のいわば連鎖的な成りたちを示唆するであろう。それの実態を、想定を確かめる意味を含め、可能なかぎり「誓」をめぐる系列間の違いに光を当てながら次にふちどってみる。

十、「誓」をめぐる〔本伝〕及び一書相互の関連

まず〔本伝〕と〔書一〕とは、「誓」をめぐって二項対立と単項独立というそれぞれ別のかたちをとる。それ

には、さらに天照大神と日神、物実の交換の有無、子の誕生の様態といった違いがともなう。これらを指標にして、まずは二つの系列相互の違いを確かめる。

〔本伝〕〔書二〕

　二項対立・天照大神・物実交換有り・物実を天の真名井で処理し、噛み砕き、吹棄した気噴の狭霧から子が誕生

〔書一〕〔書三〕

　単項独立・日神・物実交換なし・日神は物実を食い子を生み、素戔嗚尊は小異あり

対象を第六段にかぎるとして、右のように互いに排他的なあらわれが著しい。それは、系列相互の違い、いわば系統的かつ体系的な異なりによるはずだから、もちろん、右にとりあげた例だけにとどまるものではない。その反面、系列の違いをこえて共通する事例も少なくない。注目すべきなのが、共通するそのありかたである。

すなわち、〔書二〕をみるに、〔本伝〕とは同じ系列に属する関係上、「昇天」「詰問」などの語レベルのほか、さらに文レベルの、たとえば、

〔本伝〕于レ時、天照大神復問曰（中略）対曰、請与レ姉共誓。夫誓約之中、

〔書二〕時、天照大神復問曰（中略）対曰、請吾与姉共立二誓約一。誓約之間、

右のように一致する例もある。もう一方の系列に立つ所伝には、これに対応する表現がない。しかし、右の傍線を付した「立二誓約一」にかぎれば、〔本伝〕より、むしろ〔書一〕の「立レ誓」に通じる。類例が、実はいくつかある。便宜、対応をもつ表現を〔本伝〕〔書一〕〔書二〕の順に並べてみる。

〔本伝〕吾弟之来、豈以₂善意₁乎
〔書一〕弟所₂以来₁者、非₂是善意₁
〔書二〕吾所₂以来₁者、実欲₂与ᡃ姉相見₁。
〔本伝〕吾元無₂黒心₁
〔書一〕吾元無₂悪心₁
〔書二〕天照大神疑₃弟有₂悪心₁
〔本伝〕如不₂与ᡃ姉相見₁、吾何能敢去
〔書一〕唯欲₂与ᡃ姉相見₁、只為暫来耳
〔書二〕実欲₂与ᡃ姉相見₁、亦欲ᡃ献₂珍宝瑞八坂瓊之曲玉₁耳

このほか、右の例に先立って直前に引用した〔本伝〕の一節では省略した（中略）にしても、そこにあてはまる「若然者、将何以明₂爾之赤心₁也。」に対応するのが、系列を同じくする関係の上でも、〔書二〕の「汝言虚実、将何以為ᡃ験。」である。しかし、この「験」に限れば、〔書一〕の「既得₂勝験₁」にむしろつらなる。

こうした〔書二〕の傍線や丸などを付すどの例も、いちように系列の違いをこえ、位置的には直前の〔書一〕の表現に通じる。実態としては、〔書一〕をひき継ぐものとみるほかない。部分的にせよ、そうして〔書二〕が〔書一〕をふまえて成りたつ以上、そしてその〔書一〕が〔本伝〕と不可分のかかわりをもつのだから、関係の上では、〔本伝〕から〔書二〕まで所伝は連鎖的に成りたつはずである。〔書三〕をこの連鎖のつながりの外にあるとみなす理由は、もちろんない。各所伝を通してみると、あらわれに一定の傾向がある。それも、この連鎖的な成りたちをもって説明することが可能である。たとえば、素戔嗚尊を迎える天照大神（日神）の対応をつたえ

る記述をめぐっては、それの構成要素に、〔本伝〕から順に数を減らしていく、いわば逓減化の傾向が著しい。まずは天照大神の心のうちをつたえる記述を、所伝の順を追ってしめす。

〔本伝〕（驚曰）吾弟之来、豈以二善意一乎。謂当レ有二奪レ国之志一歟。夫父母既任二諸子一、各有二其境一。如何棄二置当レ就之国一而敢窺二窬此処一乎。

〔書一〕（便謂）弟所二以来一者、非二是善意一。必当レ奪二我天原一。

〔書二〕（天照大神）疑三弟有二悪心一。

〔書三〕該当記述なし

また、この素戔嗚尊の来訪に悪意を認めて待ち構える記述にしても、〔本伝〕が「乃結レ髪為レ髻、縛レ裳為レ袴」という男装につくったことをまずつたえていることが、〔書一〕に、わざわざ武装にさきだち「乃設二大夫武備一」と前置きさせることにつながったに相違ない。〔書二〕〔書三〕は、該当記述を欠く。武装そのものをつたえる記述も、〔書二〕が「うけひ」に「食」す剣について「帯二十握剣・九握剣・八握剣一」とつたえるほかは、対応する部分をつきあわせると、

〔本伝〕又背負三千箭之靫与二五百箭之靫一、臂著二稜威之高鞆一。

〔書一〕又背上負レ靫、又臂著二稜威高鞆一。

逓減化の方向をたどり、〔書二〕ではわずかに「起レ兵」を留めるだけとなり、〔書三〕にいたっては、それすら欠く。

そして肝腎な「うけひ」についての記述もまた、同じ逓減化の方向をたどる。すでにとりあげているので要点だけをしめすと、系列ごとに次のようにあらわれをみせる。

〔本伝〕（素戔嗚尊）対曰、請与レ姉共誓。夫誓約之中、必当レ生レ子。如吾所レ生、是女者、則可二以為レ有二濁心一。若是男者、則可二以為レ有二清心一。

〔書二〕（素戔嗚尊）対曰、請吾与レ姉共立二誓約一。誓約之間、生レ女為二黒心一、生レ男為二赤心一。

〔書一〕日神共二素戔嗚尊一、相対而立レ誓曰、若汝心明浄、不レ有二凌奪之意一者、汝所レ生児、必当レ男矣。

〔書三〕日神与二素戔嗚尊一、隔二天安河一而相対、乃立二誓約一曰、汝若不レ有二奸賊之心一者、汝所レ生子、必男矣。


どれも会話文の一節であり、引用部分の最後をもってその文が終了するなかで、〔書三〕だけは、「如生レ男者、予以為レ子而令レ治二天原一也。」という一文を直後につづけている。逓減化をたどりながら、逆に、「うけひ」に、それによって生みなした子の処遇まで付加している点は、とりわけ注目にあたいする。

十一、第六段から第七段への展開に伴う「うけひ」の変容

もとより、単なる付加ではない。前述（813頁）のとおり二つの系列に分かれる一方の〔書一〕〔書三〕は、日神を中心に所伝が展開する。「うけひ」についても、日神が主導するかたちをとる一方、その結果に、素戔嗚尊の勝を明確にしている。この日神の系列に属する一書に、すでに各論（760頁）でも分析を加えているが、いまそれを参照すれば、男の誕生を勝につなげる明確なかたちをとるなかで、所伝の重点がそこに移ることに伴い、素戔嗚尊の潔白を証明する「うけひ」のいわば判定機能（「くかたち」に通じる二項対立）が後退するのは、必然の成りゆきだったに違いない。男の誕生が勝につながり、さらにはその誕生した子の処遇に焦点を転移するに至る。

〔書三〕の子の処遇をつたえる一文に対応して、男子誕生後の記述には、げんに「故、日神方知三素戔嗚尊元有二赤心一、便取二其六男一以為二日神之子一、使レ治二天原一。」とつたえている。

子を生みなすことが、生みなしたその子の処遇にまで関連をもつにいたったものだが、「うけひ」それじたいとしては、新たなかたちをそこにきりひらいているといっても過言ではない。それを新たなかたちというのは、子を生みなすこととその子の処遇とをセットとするこのかたちと同じ「うけひ」を、後の第七段〔書三〕がいっそう大がかりにつたえているからである。ここでは、男と女の処遇を対応させている。

於レ是、素戔嗚尊誓之曰、吾若懐二不善一而復上来者、吾今嚙レ玉生児、必当レ為レ女矣。如レ此則可三以降二女於葦原中国一。如有二清心一者、必当レ生レ男矣。如レ此則可四以使三男御二天上一。

「うけひ」を提案する主体や二項対立のかたちをとるその「誓」などに限れば、この「うけひ」は〔本伝〕の系列にたつ。そうでありながら、しかしその系列の所伝を特徴づけている「請与レ姉共誓」「誓約之中」〔本伝〕、「請吾与レ姉共立二誓約一」「誓約之間」〔書二〕といった「誓約」に関連した重要な表現がない。「うけひ」の新たな展開にともない、本来それなくしては、成りたたないはずの枠組じたいがその意味を失うにいたる。

この「うけひ」では、しかも右に引いた一節の直後に、わざわざ「且姉之所レ生、亦同二此誓一。於レ是、日神先嚙二十握剣一、云云」と続け、日神の系列に属する第六段一書の「（日神言訖）先食二所レ帯十握剣一」〔書一〕「（日神）先食二其十握剣一」〔書三〕と表現を揃えている。明確に日神の系列に立ちながら、「うけひ」を、かたちの上だけにせよ二項対立とするこの点こそ、まさに注目に値する。二項対立の「うけひ」は、天照大神の系列の〔本伝〕がそうであるように、提案者を素戔嗚尊とする。言い換えれば、提案者に素戔嗚尊を立てるべく、〔本伝〕の「うけひ」にかたちを借り、その成り行きのままに、二項対立のかたちを採ったはずである。これに伴い、この「うけひ」も必然的に「くかたち」に通じるかたちを呈するが、素戔嗚尊を中心とするこの第七段〔書三〕が、その展開の必要に応じ、先行する所伝の「うけひ」をいわば選り好みして採り込んだ結果でもある。もとより、それはそれで差違化のあとをその身に鮮やかに刻んでもいる。

（810頁補遺）

ひろいあげた用例は、選別を経ている。切り捨てた用例も、実は少なくない。そのなかでとりわけ異彩を放つのが、神武天皇即位前紀戊午年九月条につたえる用例である。「祈」のかたちの違いにそくして分ければ、

（ア）時椎根津彦乃祈之曰「(A)我皇当三能定二此国一者、(B)行路自通。如不レ能者、賊必防禦。」

（イ）天皇又因祈之曰「(B)吾今当下以二八十平瓮一、無レ水造上飴。飴成、(A)則吾必不レ仮二鋒刃之威一、坐平二天下一。」

（ウ）又祈之曰「(B)吾今当下以二厳瓮一沈中于丹生之川上。如魚無二大小一、悉酔而流、譬猶二柀葉之浮流一者、(A)吾必能定二此国一。如其不レ爾、終無レ所レ成。」

まず実現を願う事柄（A）とそれが実現する場合のその予兆として現象するかもしくは可能となる事態（B）との相関では、（A）を前置、（B）を後置するのが（ア）、これに対して（イ）（ウ）は逆のかたちをとる。一方、かたちの上では、（ア）（ウ）が二項対立、（イ）は単項独立というように異なる。あらわれは多様だが、（A）（B）の相関によって成りたつという基本は一貫している。はるか後の天武天皇元年六月条がつたえる「天皇祈之曰、天神地祇扶レ朕者、雷雨息矣。」にまで、その基本は通じる。

第五章　国譲りをめぐる神神の関与と相関
――神代紀から古事記への大物主神を中心とした展開――

一、はじめに、先行諸説のあらまし

大物主神については、この神をめぐる神婚や祟りなどに関連して、様々な説がある。そのなかの一例を挙げれば、阿倍真司氏「大物主神と三輪山伝説」（『高知医科大学一般教育紀要』第七号）が先学の所説をいくつか取りあげ、内容のあらましを紹介しながらこれに批評を加えている。その最後（八番め）に取りあげた松倉文比古氏の所説（「御諸山と三輪山」『日本書紀研究』第十三冊。一九八五年）については、とりわけ御諸山と三輪山との関連を中心にその基本的な点を認めた上で手際よくまとめているので、便宜、阿倍氏の要約を次に引きうつしてみる。

大物主神は最初から御諸山とかかわる神ではなかった。大物主神が御諸山に祭られる以前にはこの土地の地主神で大王霊的神が祭祀されていた。大物主神が御諸山に祭祀されるようになったのは、三輪君が御諸山（三輪山と呼称されるようになる）祭祀にかかわるようになった後とみなせる（松倉説）。

松倉氏のこの所説を踏まえ、その延長上に阿倍氏の論も展開するが、かりに右の要約に限ったとしても、批判なり疑問なりの余地がないわけではない。先学の研究では、しかし批判どころか、たとえば中川ゆかり氏が松倉説を取りあげ、阿倍氏の右の要約とあい通じるかたちにその内容をまとめた上で、「松倉氏の言われるように、

（〃みもろ山〃と〃みわ山〃という）二つの名前を区別し、それぞれの伝承を整理することによつて、〃みわ山〃とその神の多岐にわたる性格を理解する糸口を得られるのではないかと思う。」（「鈎穴を通る神――古事記の三輪山神話――」『古事記年報』三十八。のち『上代散文　その表現の試み』に同題で収載。174頁）と説く。しかし「糸口」を得たところで、問題はその先である。

松倉説は、歴史学の立場から古事記や日本書紀の関連記述について考察を加え、いわばそうした客観的な分析の線を守りながら導きだしたものであろう。それはそれで一つの方法には違いないが、文献とその記述に対しては、いささか無批判であるといわざるを得ない。引用した阿倍氏の要約にかかわる一節を例としてみるに、古事記と日本書紀の関連する所伝を逐一検討した上で、次のようにそれをまとめる。

> かように『古事記』における御諸山、三輪山に関する所伝をみると、『書紀』のように截然としてはいないが、同様の傾向を指摘することができる。(A)御諸山とする表記では、本来、大物主神と関係するというのではなく、一つの祭祀の場としての性格がみられ、(B)三輪山とするときには、なんらかの形で大物主神と関係する傾向が指摘できるようである。（「御諸山と三輪山」『日本書紀研究』第十三冊、332頁。傍線榎本）

御諸山と三輪山とを、大物主神との関係の有無によって使いわけているとみなすが、傍線部の（A）についていえば、古事記は崇神天皇条に大物主神をその神の意向に従って御諸山に祭ったとつたえている。それの「於㆓御諸山㆒拝㆓祭意富美和之大神前㆒」という記述の「意富美和之大神」は、まぎれもなく「大物主大神」であり、それがまさに「本来」の所伝なのだから、（A）の指摘じたい疑わしい。日本書紀の所伝にそくしてみても、崇神天皇十年九月に、大物主神は妻とした倭迹迹日百襲姫命の違約に恥じかつ怒り、御諸山に登ったとつたえている。この所伝を「除いて」（332頁）、そうする必然性も、然るべき理由も示すことなく（A）の説を導いているのであるから、この点でもやはり肯いがたい。（B）では、日本書紀がつたえる大物主神の祟りをめぐる所伝の、たとえば「我是、倭国域内所レ居神、名為二大物主神一。」（崇神天皇七年二月）と明らかにしても、所伝のどこにも三輪山に言及していない点が、松倉説とはあい容れない。

これら歴史学関連の、三輪山あるいは三諸山をめぐる祭祀や伝承に焦点を当てて究明をめざす論考とは別に、大己貴神や大国主神などとの関連にそくして考察を加えた一群の論考がある。たとえば大己貴神と協力して国造りに当っていた少彦名命が常世郷に去ったあと、入れ替わるように出現した大己貴神の「幸魂奇魂」を「此、大三輪之神也」とつたえる神代上第八段〔書六〕の記述をめぐって、岡田精司氏『古代王権の祭祀と神話』（「第三　河内大王家の成立」293頁。昭和四十五年四月。塙書房）に「この社（大三輪神社）の祭神大物主神は、一般には大国主神（大穴持）の和魂で、同一の神格とされているが、（中略）しかし、この両神格を同一とすることは、古い伝承として固定したものとは考えられない。」、さらに同第九段〔書二〕の大物主神の帰順をつたえる記述をもとに「大物主と大穴持とは、本来同一の神格であったとは考え難いのである。」などといった指摘がある。また一方、神代紀のその「大三輪之神」関連の記述に対応する古事記の所伝にしても、「『然らば治め奉る状はいかに』というと、『吾をば倭の青垣の東の山の上にいつきまつれ』と答えた。これが御諸山の上に坐す神であると述べている。古事記にはこの神が美和の大物主神であることがわかりながら（崇神天皇の物語から）この神の名をあげていない。また大国主とは縁のない神のように物語られている。」（阿部武彦氏『日本古代の氏族と祭祀』「大神氏と三輪神」485頁。昭和五十九年五月。吉川弘文館）といった問題をはじめ、さらに神と神そうごの関係にいたっては、定まった解釈をほとんどみない。他方、「日本紀について考へる場合、神々の活躍する神話の世界としての神代巻にあつては大己貴神の名が中心となり、人々の行動が記される歴史の舞台としての人代巻では純粋な信仰の対象としての大物主神の名が現れる」と説き、この説を次のように図示する論考（田中卓氏「神道思想の一根源—大物主・大己貴・事代主の神々—」『倉野憲司先生古稀記念　古代文学論集』533頁。昭和四十九年九月。桜楓社）などもある。

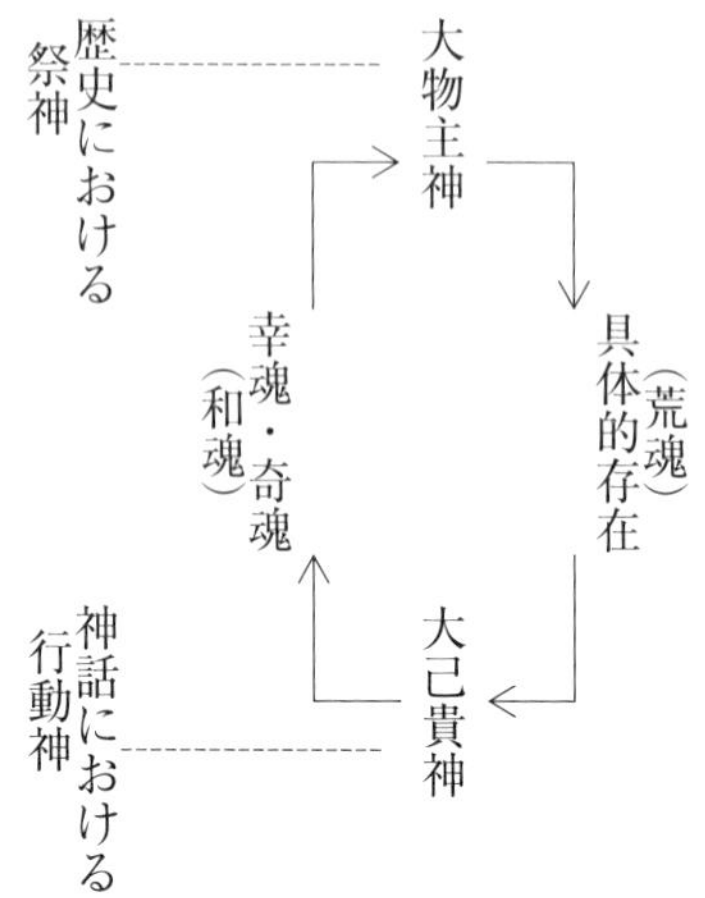

図に示す構造及びその関係は明快にしても、裏付けや根拠に乏しい。だい一、さきに二つ引用した先学の論考と同じく出雲国造神賀詞を無批判に援用し、それにそくして「荒魂」と「和魂」を書き添えてもいるが、原文にそうした魂の記述はない。また別に大物主神を「歴史における祭神」と規定してもいるけれど、神代紀第九段〔書二〕がこの神を「帰順之首渠者、大物主神及事代主神。乃合ニ八十万神於天高市一、帥以昇レ天、陳ニ其誠款之至一。」とつたえる点では「神話における行動神」という規定にむしろ合致する。先学の研究成果のほんの一端を管見したかぎりだとはいえ、あれこれの盛んな議論とは裏腹に、必ずしも見るべき成果が伴わないというのが実態である。

二、第八段から第九段へ、大己貴神を中心とした展開と大国主神

それもこれも、所伝の読解に問題を認めざるを得ない。記述が多岐にわたり、一筋縄では行かない大己貴神や大物主神などに関連した所伝のばあい、それの展開をまずもって押さえておく必要がある。その所伝の展開には、神代上第一段以降の各段の成りたちに共通する差違化がかかわる。この基本にそくした読解こそ、なにより重要である。神神の関係を解明する上にも、差違化による所伝の展開にそくした確かなその読み解き作業が前提となる。その取り組みが、また問題を解く鍵でもある。

そこで、まずは所伝間の関係に的を絞りこんで、その関連する所伝の展開にそくした内実を見きわめることにする。対象は多岐かつ広範にわたるけれども、基点に位置するのが、前述のとおり「大三輪之神」に関連した所伝である。所伝間の関係としては、この所伝を、第九段〔本伝〕がひき継いでいる。そのとりわけ明らかな証左が、国の平定に関する記述である。次にその対応する実例を示す。

第八段〔書六〕	第九段〔本伝〕
如吾（大三輪之神）不レ在者、汝（大己貴神）何能平二此国一乎／初大己貴神之平レ国也、夫葦原中国、本自荒芒。至二及磐石草木一、咸能強暴。然吾（大己貴神）已摧伏、莫レ不二和順一。	（大己貴神）乃以二平レ国時所レ杖之広矛一、授二二神一曰、吾以二此矛一卒有レ治レ功。然彼地（葦原中国）多有二蛍火光神及蠅声邪神一。復有二草木咸能言語一／於レ是、二神誅二諸不レ順鬼神等一、一云、二神遂誅二邪神及草木石類一、皆已平了。

対応は、もちろんこれにとどまらない。対応のなかでも第九段〈本伝〉にかかわる重要な記述が、「吾欲レ令レ撥二平葦原中国之邪鬼一」という高皇産霊尊の発意により、その使命を果たすべく八十諸神が推した天穂日命の派遣をつたえる次の一節である。

於レ是、俯二順衆言一、即以二天穂日命一往平之。然、此神佞二媚於大己貴神一、比二及三年一、尚不二報聞一。

傍線部の「佞媚」については、その具体的な内容を、聖徳太子の作とつたえる「憲法十七条」〈推古天皇十二年正月〉に「亦佞媚者、対レ上則好説二下過一、逢レ下則誹二謗上失一。」と説く。天穂日命は、天照大神の第二子〈第六段〈本伝〉〉という尊貴にして、高皇産霊尊の勅使という立場にある以上、大己貴神より上位のはずだから、傍線部にいう「佞媚」にしても、具体的には、天の過失をあれこれ誹謗するといった内容を想定するのが自然である。しかもこの憲法の説明は、「其如レ此人、皆无二忠於君一、无二仁於民一。」とあとを続けてもいる。三年も報告を怠る天穂日命のあと派遣された天稚彦も、同じく「遂不二復命一」という結果に終るが、さらに「此神亦不二忠誠一也」というように前任者と同様に不忠だったとする。前任者たる天穂日命の不忠を、それは確実に示唆する。「佞媚者」を「无二忠於君一」とする憲法の説明に、前掲一節の傍線部がつたえる天穂日命は、かくて明らかにあてはまる。対応上この「佞媚」の内容とは、「令レ撥二葦原中国之邪鬼一」という命を棚に上げたまま、大己貴神の平定した後もなお「彼地多有二蛍火光神及蠅声邪神一。復有二草木咸能言語一。」という擾乱の続く状態を、天の統治の過失によるものとするといった類の誹謗を含むであろう。さらにまた大己貴神に対するいわば阿諛追従の意を、それはおのずから兼ねる。

天から降った天穂日命がそうせざるを得ないというのも、第八段〈書六〉の冒頭に「亦号、国作大己貴命」と国作りの功績を表す称辞を神名に冠しているが、実際に右掲の表に国の平定をなし遂げた功績をつたえる第八段

〔書六〕を第九段〔本伝〕がひき継ぐとおり、国作りによって葦原中国を支配下に置き、その神名を含む数々の名の第一に挙げる「大国主神」としての実質を備えているからにほかならない。神名にそくして付言すれば、天穂日命につづいて派遣されたその子も不首尾に終り、そのあとをうけて三番手として派遣された天稚彦を「来到、即娶二顕国玉之女子下照姫一、因留住之曰、吾亦欲レ馭二葦原中国一。」とつたえる。顕国玉は大国主神の別名であり、その女の下照姫を娶ったことが、葦原中国を統馭しようとする野心につながる。顕国玉を、国作大己貴命と並ぶ大国主神の亦名とする第八段〔書六〕をそれはひき継ぐ。

　問題は、顕国玉という神名だが、

　　顕国玉之女子、下照姫
　　天国玉之子、天稚彦

右のように天国玉と対応する。天国玉は天の神であり、第六段〔本伝〕に天照大神が「謂当レ有二奪レ国之志一歟」と素戔嗚尊の謀反を疑うなかにいう統治の対象とする国を、名の構成に含む。そして出雲国風土記（意宇郡母理郷）が、「所レ造二天下一大神、大穴持命」をめぐる国譲りに通じる伝承のなかに、国と玉との結びつきに関する次の示唆に富む一節をつたえている。

　但し、八雲立つ出雲の国は、我が静まり坐す国と、青垣山廻らし賜ひて、玉珍置き賜ひて守らむ（但、八雲立出雲国者、我静坐国、青垣山廻賜而玉珍置賜而守）。

出雲の国を、大穴持命自ら鎮座する国として玉珍《たま》を置いて守るというこの国と玉珍との組み合わせが、当該顕国玉や天国玉の名の構成に通じるとすれば、国玉とは、国の守護となる玉の謂であり、国の守護神を表すであろう。このばあい、顕国玉は大己貴神の治める「顕露之事」（第九段〔書二〕）にかかわる葦原中国の守護神として、天の守護神たる天国玉と対比的に対応する。もとより国の霊（魂）とみる通説を一概には退け難く、松本直樹氏『出雲国風土記注釈』（57頁。新典社注釈叢書13。平成19年11月）に「『玉寶』で神宝の玉という意味にとっておく。訓はタマでもよいと思う。」と説くが、表記の上でも、国玉を本来の正訓字とみなすほうが自然でもある。

もっとも、神名の詮索が目的ではない。さきに二つ並べて引用したとおり、天国玉に顕国玉が対応し、その子同志、いわゆる子息と息女とが結婚するということのありかたのほうがむしろ本題である。天と葦原中国との男女の結婚を、その双方とも国の守護神を親にもつ者同士の結びつきとする必要が対応というかたちをとったに違いない。たがいの深いつながりが、天稚彦の死に際して、まずは当事者をめぐる「妻下照姫、哭泣悲哀、声達二于天一。」につながり、さらに「天国玉、聞二其哭声一、則知二夫天稚彦已死一、乃遣二疾風一、挙レ尸致レ天。」以下に続く所伝の展開を導く。この後の展開の核に、天国玉の「便造二喪屋一而殯之。即以二川鴈一為二持傾頭者及持帚者一、又以レ雀為二舂女一而八日八夜、啼哭悲歌。」という殯の儀礼が位置する。儀礼の内容は、天国玉というこの神の恐らくは国の守護神としての立場や意向と無縁ではないであろう。

天稚彦の父を、こうした後の展開をも織込んで天国玉としたことは疑いを容れない。その天国玉との対応にそくして顕国玉としたことも、これまた明らかである。この顕国玉は、もはや国作りという称辞をその名に冠する大己貴神そのものではない。いわば所伝の展開がつむぎ出した神であり、神名がその実質をあらわす。国作りという称辞を名に冠する大己貴神も、その点では同じという以上に、第八段〔書六〕が冒頭に列挙する次のすべての神名が、この神をめぐる所伝の内容と不可分の対応を原理上もつはずである。

大国主神、亦名大物主神、亦号二国作大己貴神一。亦曰二葦原醜男一。亦曰二八千戈神一、亦曰二大国玉神一、亦曰二顕国玉神一。

ここに同一の神と明示したことが、万鈞の重みをもって同一を担保する。この担保があればこそ、第九段〔本伝〕の天穂日命をめぐる「此神佞二媚於大己貴神一」と一連の展開ながら、こんどは天稚彦をめぐり「此神亦不二忠誠一也。来到、即娶二顕国玉之女子下照姫一。」という名を異にする大己貴神と顕国玉は、それぞれその名に対応した内容の所伝をもち、それだけ神のありかたやはたらきを個性的かつ具体的にくまどる。

大国主神とは、この名の多様に伴う（所伝をただその名に負う神名を含め）拡がりを統一的に集約する役割を担う神名にほかならない。国造りから国の統理、さらに国譲りなどに関連した葦原中国の主の振るまい、すなわち実をその名が表してもいる。当面する問題の大物主神も、この大国主神の実に当たる振るまいを担い、その実に相応する名をもつ。もとより、こうした名によって連なる繫りの外に出るなどということはあり得ない。

三、〔本伝〕〔書一〕をひき継ぐ〔書二〕の独自な展開

さて、国の平定をめぐり、第九段〔本伝〕が第八段〔書六〕をひき継いだあとを襲い、すでに第六章に繰り返し指摘のとおりその〔本伝〕をひき継ぐ一書が〔書二〕である。ただし、〔本伝〕には限らず、〔書一〕の天照大神に関連した所伝も明確にひき継いでいる。その内容の詳細は通釈（神代下第九段）に譲るとして、双方の所伝を適宜取り込み、組み合わせて〔書二〕の所伝は成りたつ。この組み合わせに加え、所伝の独自な展開にすぐれて特徴的なあらわれをみせる。この所伝の構成に、まずは着目する。

全体は、構成上、大きく三段に分かれる。この三つの部分ごとに、所伝の展開の主体も異なる。恐らくその主体にそくして三段構成のかたちをとるはずだが、ごく簡潔にこの各段の要旨をまとめれば、おおよそ次の通り。

前段――高皇産霊尊による、皇孫の降臨に向けた準備工作と各種指示

中段――天照大神による、当初は天忍穂耳尊の降臨に向けた加護措置と、天忍穂耳尊の降臨前に誕生した子の火瓊瓊杵尊を親に代え降臨させるに当って講じた同様の措置

後段――火瓊瓊杵尊による、降臨、事勝国勝長狭との出会い、大山祇神の女との結婚、及び子の誕生

三段全てにわたり、それぞれの主体を中心に展開する同じ構造を共有している。しかも、この明確に主体を異にする各段ごとに、それぞれひき継ぐそのもとの所伝を異にする。すなわち天照大神を主体に展開する中段が天照大神に関連した〔書一〕をひき継ぐのは当然として、後段では、降臨をめぐる記述に若干〔書一〕を交えながら、基本は〔本伝〕をひき継ぐ。この中段・後段とも大きく差違化をはかっているが、それが新たな所伝の展開にまで及ぶのが前段である。

それでも、前段の内容の要旨を右に示したとおり、第九段の基本的な所伝の枠組のうちにはとどまる。この前段もまた、全体を二つの部分をもって構成している。差違化の程度が、この部分ごとに異なる。

前半――高皇産霊尊による、葦原中国の平定を目的とした神の派遣、大己貴神に対する懐柔を策した勅教。これを受け容れた大己貴神の国避り、長隠。その後の平定仕上げ。

後半――帰順した首渠の大物主神及び事代主神による、八十万神を集め率いた昇天、至誠の陳述。この時の大物主神に対する高皇産霊尊の、みずからの女との結婚及び皇孫の奉護を命じた勅（A）

高皇産霊尊による、祭具製作に即応した神の任命に続いて、太玉命に大物主神の代理祭祀、天児屋命に卜占による奉仕などを命じた措置（B）

高皇産霊尊による、皇孫のために、天では自身が、また葦原中国では天児屋命・太玉命がそれぞれ

担当し神籬などを設えた斎を実修すべく定めた勅、及び二神に対する天忍穂耳尊に陪従して天から降る指示（C）

後半については、全体を（A）〜（C）に三分しているが、前半に比べて内容がやや多岐にわたることを考慮した便宜的な区分けでしかない。段落に準じた区分は、あくまで前半と後半との二つである。その前半の特徴は、〔本伝〕〔書一〕を交用した点に著しい。

○　二神、於レ是、（A）降二到出雲国五十田狭之小汀一、（則抜二十握剣一、倒植二於地一、踞二其鋒端一）而問二大己貴神一曰「高皇産霊尊、欲下降二皇孫一君中臨此地上。故先遣二我二神一、駈除平定。汝意何如、当レ須レ避不。」〔本伝〕

○　時二神、降二到出雲一、便問二大己貴神一曰「（B）汝将此国奉二天神一耶以不。」〔書一〕

──→　既而二神、（a）降二到出雲五十田狭之小汀一、而問二大己貴神一曰「（b）汝将以二此国一奉二天神一耶以不。」〔書二〕

〔書二〕の傍線部（a）（b）が、それぞれ傍線を付した〔本伝〕の（A）と〔書一〕の（B）とをひき継いでいることは、表現の一致に照らして明らかである。〔本伝〕〔書一〕ともに、二神の問いに大己貴神が答えるという展開が、このあとに続く。大己貴神はその答えを子の事代主神に求めるが、事代主神の答えも、右に二神が問う内容に対応する。次にその〔本伝〕〔書一〕それぞれに問いと答えをたがいにつき合わせてみる。

〔問〕汝意何如、当レ須レ避不。――〔答〕今天神有二此借問之勅一。我父宜当レ奉レ避。〔本伝〕

〔問〕汝将此国奉二天神一耶以不。――〔答〕天神所レ求、何不レ奉歟。〔書一〕

〔本伝〕は「避」、〔書一〕は「奉」を、それぞれ一貫させている。前掲一節の対応は、もちろんこれに伴う。この問答の限り、〔書二〕は明白に〔書一〕をひき継ぐ。

一方では、しかし〔書二〕が〔本伝〕をひき継いでいることも、（A）（a）の対応に明らかではある。さらに証拠をもう一つ加えてみるに、右掲の例に関連して（問）（答）の対応にならって示せば、〔書二〕の（問）に当たる（b）に対応する（答）に、皇孫との分治を命じる高皇産霊尊の勅を受け容れた大己貴神が「吾将自レ此避去」と応じるとおり、〔本伝〕をひき継ぐ「避」を明らかに使う。さらにこのあとつづいて、大己貴神は最終的に「即躬被二瑞之八坂瓊一而長隠者矣」とみずから退隠するが、この「隠」も、〔本伝〕の「今我当下於二百不レ足之八十隈一、将中隠去上矣。言訖、遂隠。」を踏まえることに疑いの余地などない。〔書二〕が、こうして大己貴神のいわば国避《さ》りをめぐる最終の局面と、前掲一節の（A）と（a）との対応に明らかなその冒頭に当たる部分との、この始めと終りをもって構成する枠組みを〔本伝〕に借りていることも、これまた明白な事実である。問題は、始めと終りとの間に介在する一節のその中身である。

中身の内容については、前述のとおりその始めに、右に引用した〔書二〕の傍線部（b）が位置する関係上、それが対応する（B）を含む〔書一〕をひき継ぐはずだけれども、実際は全く違う。順序としてまずは、（b）につづくその中身に当たる一節を次に抜き出してみる。（問）に対する（答）でありながら、内容は〔本伝〕〔書一〕と大きく異なり、高皇産霊尊の役割を中心に展開する。

対曰「疑、汝二神、非二是吾処来者一。故不レ須レ許也。」於レ是、経津主神則還昇報告。時、高皇産霊尊乃還二遣二神一、勅二大己貴神一曰「今者聞二汝所レ言、深有二其理一。」故更条条而勅之「夫汝所レ治顕露之事、宜二是吾孫治一之。汝則可三以治二神事一。」

高皇産霊尊は、大己貴神に吾孫との分治を勅し、これを受け容れた場合のいわば見返りに、「汝応レ住天日隅宮」

を壮大に造営することを始め、田の提供耕作、往来して海に遊ぶための橋や船の建造、天安河に打橋の架設、百八十縫の白楯の製造、さらに祭主として天穂日命を選任するなどの過剰なまでの提案を右につづいて示す。大己貴神は、これに「天神勅教、慇懃如レ此。敢不レ従レ命乎。」と快く応じ、改めて高皇産霊尊の勅教を「吾所レ治顕露事者、皇孫当レ治。吾将三退治二幽事一。」となぞって確認する。

この確認事項こそ、〔書二〕が差違化をはかるなかで最も強調した点であることは多言を要しない。確認につづく「乃薦二岐神於二神一曰」以下に「是当二代レ我而奉レ従也。吾将二自レ此避去一。」と告げ、「即躬被二瑞之八坂瓊一而長隠者矣。」と最終的に隠去する際にも岐神を薦す。この岐神が「故、経津主神以二岐神一為二郷導一、周流削平。」という経津主神の平定を先導する。それがあってはじめて平定を隈隈まで周くかつ最終的に仕上げることが可能となることを、大己貴神が見通していたという意味を込める。高皇産霊尊の勅教及びその葦原中国平定の意向を汲み、それに資すべく大己貴神が最後に言い遺したこの岐神推薦が、二神の活躍による葦原中国平定の最終決着を導く。高皇産霊尊の役割を徹底して増大するという〔書二〕を貫く差違化の新たな展開を、そこにはかったに違いない。

こうして高皇産霊尊の役割を次第に拡げながら、それはあくまでも国の平定への関与という方向にそった展開に厳しく限定を加えた上で、しかし、また一方ではその方向すら踏み超えるかのごとく、すなわち差違化をはかり独自を強めていく。それだけに、先行所伝との繋りも強い。それが〔書一〕である。この〔書一〕との対応に、〔書二〕が〔書一〕をひき継ぎ、そうして差違化をはかったその内実、さらには〔書二〕という一書の実態も、とりわけ著しいあらわれをみせる。そこで、改めて関連する記述のとりわけ分治に焦点を当てそれらを確かめることにする。まずは当該〔書二〕の一節を次に示す。

（1）既而二神降二到出雲五十田狭之小汀一而問二大己貴神一曰「汝将以二此国一奉二天神一耶以不。」〔書二〕

（2）〔高皇産霊尊〕勅二大己貴神一曰「今者聞二汝所レ言、深有二其理一。故、更条条而勅之。夫汝所レ治顕露之事、宜二是吾孫治一之。汝則可三以治二神事一。」〔中略〕於レ是、大己貴神報曰「天神勅教、慇懃如レ此。敢不レ従レ命乎。吾所レ治顕露事者、皇孫当レ治。吾将三退治二幽事一。」〔書二〕

右の（1）については、さきに指摘したとおり〔書一〕をひき継ぐことに疑いなどなく、さらに（1）から（2）への展開にしても、〔書一〕の次の記述が対応する。

（一）時、二神降二到出雲一、便問二大己貴神一曰「汝将此国奉二天神一耶以不。」

（二）〔天照大神〕因勅二皇孫一曰「葦原千五百秋之瑞穂国、是吾子孫可レ王之地也。宜二爾皇孫就而治一焉。」

内容の上では、（一）の大己貴神が奉る「此国」を、（二）に天照大神が勅により皇孫の統治する地と定める。一方、この天照大神に当たるのが、〔書二〕の高皇産霊尊である。（2）と（二）との傍線部そうごの対応は表現や文の構成に明らかだが、同じ皇孫の統治に関連した内容の勅でも、天照大神が皇孫じしんを相手とする（二）とは違い、（2）では相手とする大己貴神にそくして、（二）に「吾子孫可レ王之地」という統治の対象としての領域から、「顕露之事」というこの現実世界の事柄に統治対象を転換した上で、その皇孫による統治に対応させたのが「治二神事一」である。名実ともに葦原中国の「王」（二）として君臨する皇孫の「顕露之事」の統治に、それを対応的に対置させた上で、しかし最後には、大己貴神じしんに「吾将三退治二幽事一」とこの世界からの退隠がそれに必然的に伴うことを言わせている。この退隠は、もちろん〔本伝〕をひき継ぐ。

ここまでは、大きく差違化をはかりながらも、先行する〔本伝〕や〔書一〕をとりどりにひき継いでいる。直後の、前掲（2）の一節では〔中略〕に当たるなかに、前述のとおりこの配慮とは一連の過剰なまでに手厚い処遇をつたえるが、それらに先行所伝とのかかわりは認めがたい。「夫汝所レ治顕露之事、宜二是吾孫治一之。汝則可三以治二神事一。」という高皇産霊尊の勅を受け容れることは、そもそもの始めに問い質した「汝将以二此国一奉二天神一耶以不」という要求を飲むことにほかならない。手厚い処遇は、実質的にそれの代償に当たる。注目に値するのは、〔書二〕に独自なこの関係が、祝詞の定型的な表現に通じる点である。その比較的単純な例を、「龍田風神祭」祝詞の一節がつたえている。天皇の「うけひ」に応え、夢に神が名を悟して次のように告げる。

吾が前に奉らむ幣帛《みてぐら》は、御服《みそ》は明るたへ・照るたへ・和《にぎ》たへ・荒たへ、五色の物、楯・戈《ほこ》・御馬に御鞍具へて、品品《くさぐさ》の幣帛備へて、吾が宮は朝日の日向《ひむ》かふ処、夕日の日隠《ひかげ》る処の、龍田の立野《たちの》の小野に、吾が宮は定めまつりて、吾が前を《を》称辞竟へまつらば、天の下の公民の作り作る物は、五《いつくさ》の穀《たなつもの》を始めて草の片葉《かきは》に至るまで成し幸はへまつらむ。

この祝詞では、条件句に相当する「称辞竟へまつらば」までの文中に神に供える種々の物を、帰結句に相当する「天の下」以下の文中に神のもたらす五穀豊穣をいう。祝詞によって関係構成も、また表現もそれこそ区区だが、要は、神の賞美する物を供え、その見返りとして神の加護や幸を祈願するという関係を基本とする。手厚い処遇を高皇産霊尊が提案するというのも、つまりは神に対する祈願を内容とした祝詞などに通じ、前述の統治をめぐる勅を受け容れる見返りの意味をもたせているはずである。大己貴神をめぐる所伝を退隠あるいは国の奉献をもって閉じる〔本伝〕や〔一書〕を、もはや大きく踏み越えている。大己貴神じしん「吾将三退治二幽事一」と表明するとおり、「神事」「幽事」の統治を、皇孫の統治に対応して担当することになる。前半を、当初から退隠後に向けた展開に主眼を置いて構成すべく、〔書二〕は周到に差違化をはかっていたというのが実態である。

四、〔本伝〕から〔書二〕へ、大己貴神避去の新展開と大物主神

もっとも、実質的な所伝のねらいとしては、前半はなお大己貴神の退隠に至る経緯をつたえることにあくまでも力点を置く。退隠後に軸足を全く移しきるには、やはり後半にまで待たなければならないが、この前半と後半とを媒介する一節が、さきにはその内容にごく手短かに言及するだけに留めた、あの大己貴神による岐神の推薦に関連したくだりである。この一節も、実は〔本伝〕をひき継いでいる。内容のあらましはすでに前述しているので、ここでは、そもそもそのひき継ぎに意図した点、すなわち差違化をはかったそのねらいに論を絞りこむとして、まずは次に所伝の対応を確かめておく。〔本伝〕の当該一節には、直接的あるいは間接的にかかわりをもつ部分があることを考慮して、糊代《のりしろ》に当たる部分を含め引用する。

〔本伝〕(A)故、大己貴神則以㆓其子之辞㆒白㆓於二神㆒曰「我怙之子、既避去矣。故、吾亦当㆑避。如吾防禦者、国内諸神、必当㆓同禦㆒。今我奉㆑避、誰復敢有㆓不㆑順者㆒。」
(B)乃以㆓平㆑国時所㆑杖之広矛㆒授㆓二神㆒曰「吾以㆓此矛㆒卒有㆑治㆑功。天孫若用㆓此矛㆒治㆑国者、必当㆓平安㆒。今我当㆘於㆓百不㆑足之八十隈㆒将㆗隠去㆖矣。」言訖、遂隠。
(C)於㆑是、二神誅㆓諸不㆑順鬼神等㆒、(果以復命)

〔書二〕(a)於㆑是、大己貴神報曰「天神勅教、慇懃如㆑此。敢不㆑従㆑命乎。吾所㆑治顕露事者、皇孫当㆑治。吾将㆔退治㆓幽事㆒。」
(b)乃薦㆓岐神於二神㆒曰「是当㆓代㆑我而奉㆑従也。吾将㆓自㆑此避去㆒。」即躬被㆓瑞之八坂瓊㆒而長隠者矣。

　故、(c) 経津主神以二岐神一為二郷導一、周流削平。有二逆レ命者一、即加二斬戮一、帰順者、仍加二褒美一。

さきには〔書一〕の国の献上をいう「奉」との対比上、「避去」や「隠」に論点を狭く限定したが、右掲の一節では、〔本伝〕の(A)~(C)と〔書二〕の(a)~(c)との所伝の構成その他多岐にわたる対応が著しい。それを差違化という点から改めて確かめてみるに、(A)以下のただ「避去」「当レ避」「奉レ避」「隠去」「隠」などというこの世界から退《しりぞ》くだけのかたちに対して、「顕露事」を皇孫に譲り、みずからは「幽事」を統治の対象とするという分治に大きく差違化をはかったのが(a)である。(B)以下では、「平レ国時所レ杖之広矛」を二神に授けて皇孫の統治に役立てることを進言してはいるけれども、それ以上には出ない。この「広矛」に、(b)の「岐神」が当たる。しかし(B)が「天孫若用二此矛一治レ国者」と仮定のかたちをとるのとは対照的に、岐神をめぐっては、「是当二代レ我而奉レ従也」と、大己貴神じしんがみずからの代理として推薦する。この違いが(C)の異なりを導く。二神によるごく簡潔な誅伐だけの〔本伝〕に対して、経津主神が岐神の郷導によって「周流削平」を遂げ、逆命者と帰順者とにそれぞれ賞罰を加える。二神から武甕槌神を除き、だから先導者の助力をその武神の威力に置きかえた意味あいさえ、この岐神をめぐっては帯びる。

　さればこそ、ほとんど端役に過ぎないとはいえ、岐神の存在はなかなかに重い。遡れば、平定のため二神を派遣した当初に戻るが、前述のとおり最初は大己貴神の拒絶ににべもなくはね返され、二度目でもただ高皇産霊尊の勅を伝えるだけという、ことほどさように二神は生彩を欠く。とりわけ〔本伝〕が武神としての武甕槌神の威力を強調するだけに、対照的に、派遣当初から一貫して二神の存在を減殺する方向へ所伝を展開する〔書二〕の基調が際立つ。これと表裏をなすのが、前述の言葉（勅教）による説伏に端的なあらわれをみせる高皇産霊尊の活躍に焦点を当てた基調にほかならない。全体を貫くこの基調を確かめる意味をかね、ここで所伝の前半に当たる展開をごく大まかにまとめることにする。表中の表記という点を考慮して、以下の略称を使う。高皇産霊尊→高皇産霊、経津主神・武甕槌神→二神、大己貴神→大己貴、事代主神→事代主、大物主神→大物主

	〔本　伝〕	〔書　二〕
二神派遣	高皇産霊、平定のため二神を派遣	高皇産霊、平定のため二神を派遣
二神と大己貴の交渉	二神、大己貴に避去を迫り、子に問うとの返答により、使者を派遣	二神、大己貴に国の献上を迫るも、峻距にあって退却、高皇産霊に報告
退隠を促す契機	事代主、使者より高皇産霊の勅を受け、父の大己貴に避去を勧め、自ら避る	高皇産霊、二神を再派遣し、大己貴に分治（退隠）と優遇策等を勅す
退隠の受諾と関連事項	大己貴、子の避去に従うと言明、諸神を順わせ、広矛を二神に授与して隠去	大己貴、勅教提案を快諾、岐神を自らの代りとして二神に推薦して隠去
退隠後の誅伐	二神、順わぬ鬼神を尽く誅す	二神（のうち経津主神）、岐神の先導により周く平定し、賞罰を下す

以上、前半

平定の完了	二神、（昇天し、高皇産霊に）復命	大物主と事代主、八十万神を率いて昇天し、高皇産霊に至誠を陳述

右表の最後に「平定の完了」と見出しをうったが、〔書二〕が大物主神・事代主神という帰順した首渠による至

誠の陳述をもって平定の最終的かつ正式な完結とするについては、〔本伝〕の平定した側による「復命」を、平定を受けた側から捉えなおしたものであろう。ここに大物主神が登場する。大己貴神の長隠と前後して、入れかわるように登場する。同時、同所に登場しない点は、前述の顕国玉神と変りがない。このありかたはいかにも示唆的である。以下に展開する大物主神をめぐる所伝が、ほぼその全てにわたり大己貴神を中心とした前半の所伝と対応するからである。この対応のなかにこそ、大物主神の実像がたち現われる。

ちなみに、表中の前半最後に付した「退隠後の誅伐」という見出しは、どちらかといえば〔本伝〕の内容をより多く汲んでいる。〔書二〕に即応させれば、それとは逆に、むしろ「帰順者、仍加㆓褒美㆒。」の意味の重さを反映させる必要がある。この帰順者への処遇が、遂には大物主神の昇天につながり、いわば大物主神を呼びこんでいる。岐神の役割を介して、大己貴神から大物主神への移行をはかっていることは疑いを容れない。この移行の軸に高皇産霊尊が立つ。

五、大己貴神と大物主神の対応、高皇産霊尊の皇孫のため講じた措置

すでに大己貴神については前掲表にもまとめているので、適宜これを参照するとして、〔書二〕の大己貴神と大物主神との対応上の根幹をなす基本が、高皇産霊尊が勅により任務として命じていることである。大己貴神はもとより、大物主神にも次のように任務として示す。引用は、該当する記述だけを挙げる。

対大己貴神――時、高皇産霊尊乃還㆓遣二神㆒、勅㆓大己貴神㆒曰「今者聞㆓汝所㆑言、深有㆓其理㆒。故更条条而勅之。夫汝所㆑治顕露之事、宜㆓是吾孫治㆒之。汝則可㆔以治㆓神事㆒。」

対大物主神――（乃合㆓八十万神於天高市㆒、帥以昇㆑天、陳㆓其誠款之至㆒。）時、高皇産霊尊勅㆓大物主神㆒「（前略）宜㆘領㆓八十万神㆒、永為㆓皇孫㆒奉㆖護。」

大己貴神の例に明らかなとおり、波線を付したその発言に道理を認めた上で任務を示すというかたちをとる。また大物主神の例でも、カッコ内に言表しているとおり、高皇産霊尊はその至誠の陳述を評価して任務を与えている。一方的な押しつけや強制などとは、一切無縁である。

それというのも、任務の内容じたい「吾孫」（大己貴神）「皇孫」（大物主神）やその統治を護ることを目的とするからにほかならない。先行する〔本伝〕に、そもそも「皇祖高皇産霊尊、特鍾㆓憐愛㆒、以崇養焉。」と皇孫を愛育したことに伴い「（高皇産霊尊）遂欲㆘立㆓皇孫天津彦火瓊瓊杵尊㆒以為㆗葦原中国之主㆖」とつたえているが、また一方、〔書二〕は天照大神を主体として、「（天照大神）因勅㆓皇孫㆒曰、葦原千五百秋之瑞穂国、是吾子孫可㆑王之地也。宜㆓爾皇孫、就而治㆒焉。」という勅任に加え、当の皇孫に、あの天石窟神事に活躍した天児屋命、太玉命、天鈿女命ら「五部神」を「配侍」させている。これを、大物主神たちに代えればこそ、みずから進んでその任務に当たるというかたちを、そこに必要でもあり、また相応しいとする判断によるであろう。皇孫による全き統治の実現に心砕く高皇産霊尊の配慮を、それは如実にものがたる。そして任務とひき換え、その見返りに、任務の違いに応じた授与をおこなう。これが対応の第二、その内容はそれぞれにいかにも特徴的である。

対大己貴神――汝応㆑住天日隅宮者、今当㆓供造㆒。即以㆓千尋栲縄㆒結為㆓百八十紐㆒。其造㆑宮之制者、柱則高大、板則広厚。

対大物主神――今以㆓吾女、三穂津姫㆒配㆑汝、為㆑妻。

大己貴神に対する供与は、前述（831頁）のとおり右の引用文以降それこそ延々と羅列する、生活、移動、遊山などに関連した多彩に特徴がある。しかし、所詮それらは物品でしかない。大物主神に対しては、高皇産霊尊みずから女を直直に妻として配している。直前に「汝若以二国神一為レ妻、吾猶謂三汝有二疏心一。」と断った上で配する通り、物ではなく心、「疏心」とは対極の親昵心を、結婚が端的に具現化する。さればこそ、この結婚が大物主神の親昵心ばかりでなく、また同時に高皇産霊尊が大物主神に寄せる親愛の心もかたちにした行為となる。もっとも、そうした建前とは別に、結婚をとおして葦原中国に対する高皇産霊尊の関与をいっそう具体化ないし強固にする意味あいがないとは、もちろん言えない。しかしそれはそれ、この結婚にしても、直後に、「宜下領二八十万神一、永為二皇孫一奉上レ護」と命じた任務に資する目的をもちろん優先する。この任務こそ、まさに「五部神」の「配侍」に対応するはずである。

それだけに、大物主神に対する待遇を、大己貴神に対するそれと同列にみるべきではないであろう。そのいわば格の違いを如実に示すのが、ともに最後に位置する祭祀である。大己貴神の祭祀を司る天穂日命は、高皇産霊尊によって葦原中国の平定に遣わされながら「然、此神佞二媚於大己貴神一。」（第九段〔本伝〕）という期待を裏切った神である。祭祀をつたえる記述も、そのかっての「佞媚」にちなむ、いわば縁故の域を出ない。

対大己貴神――当レ主二汝祭祀一者、天穂日命是也。

対大物主神――即以二紀国忌部遠祖手置帆負神一定為二作レ笠者一。（以下、作レ盾者、作レ金者、作二木綿一者、作レ玉者を定め）乃使下太玉命以二弱肩一被二太手繦一而代二御手一以祭中此神上者、始起二於此一矣。且天児屋命主二神事一之宗源者也。故、俾下以二太占之卜事一而奉上レ仕焉。

大己貴神に対しては、実は天穂日命を司祭者と定めたにすぎない。これと著しく対照的なのが、大物主神に対する祭祀である。ただし、右に引用した一節の傍線部に「祭二此神一」というこの神を、新編日本古典文学全集の頭注に「大己貴神」と簡潔に示すとおり大己貴神とみるのが通例である。大己貴神の祭祀には、高皇産霊尊がすでに天穂日命を当てている。こちらは大物主神であり、なかんずく「代二御手一」と特に断る点が重要である。類例に、この〔書二〕がつたえる大己貴神の退隠に際して「乃薦二岐神於一神一曰、是当二代レ我而奉レ従也」という代理として岐神を薦す例のほか、〔書一〕にも、

時、天照大神勅曰「若然者、方当レ降二吾児一矣。」且将レ降間、皇孫已生。号曰二天津彦彦火瓊瓊杵尊一。時、有レ奏曰「欲下以二此皇孫一代降上」

親に代って子の火瓊瓊杵尊が天降るという例である。岐神の役割はすでに言及したが、火瓊瓊杵尊も含め、代理はまさにそれが必要でもあり、また役務上も最適だからでもあろう。便宜的な代替措置などではない。大己貴神が岐神をみずからの代理としたと同じく、高皇産霊尊は、大物主神に対する格別手厚い処遇を、この祭祀においても実現すべく必要だからこそ、ことさら太玉命に代理させたはずである。太玉命が代理祭祀の祭主となり、祭神を大物主神とする祭祀の目的はといえば、大物主神に勅した「宜下領二八十万神一永為二皇孫一奉上レ護」の実現である。大物主神が皇孫を加護する見返りに、その祭祀を受けるという関係にそくして、その当の皇孫に代えたことを、「代二御手一」は表す。

もとより、高皇産霊尊が心寄せる大物主神を祭る神として、太玉命は適任である。それを、代理に先だつ「以二弱肩一被二太手繦一」という表現が象徴的にあらわす。祝詞（祈年祭）に「忌部能弱肩爾、太多須支《ふとたすき》取挂弖《とりかけて》、持由《もちゆ》麻波利《まはり》仕奉礼留幣帛乎」とつたえる忌部氏が職掌とする祭祀に表現を借りたのも、とどのつまり太玉命こそ代理に相応しいことを強調するためであろう。もう一方の天児屋命については、「主二神事一之宗源者也」と断った上で、すなわちこちらも同じく適任者たる相応の理由を示すというかたちをとって、「故、俾下以二太占之卜事一而

奉㆖㆑仕焉。」というように卜占による大物主神に対する奉仕をいう。使役表現が、これもまた太玉命の祭祀同様、高皇産霊尊による一連の取りはからいであることを端的に示す。

ここに至って、大己貴神に対する待遇は、もはや比すべくもない。大物主神を、それこそ必要な限りを尽くして処遇するというのが、一連の展開をとおして強調する実態である。それも、本を糺せば大物主神を「永為㆓皇孫㆒奉㆑護」という目的の実現、徹底に挙げて奉仕させるために講じた措置にほかならない。げんに、これに関連して直後には次のようにつたえている。

高皇産霊尊因勅曰「吾則起㆓樹天津神籬及天津磐境㆒、当㆘為㆓吾孫㆒奉㆖㆑斎矣。汝天児屋命・太玉命、宜㆘持㆓天津神籬㆒、降㆓於葦原中国㆒、亦為㆓吾孫㆒奉㆖㆑斎焉。」乃使㆘二神陪㆓従天忍穂耳尊㆒以降㆖㆑之。

この一節が後半の結びに当たる。二箇所の傍線部は、ほとんど同じ表現から成るとおり、繰り返しである。一方は、高皇産霊尊じしんが天上に「起㆓樹天津神籬及天津磐境㆒」という設えのもとに行う祭祀、もう一方が、くだんの天児屋命と太玉命とによる葦原中国で行うあい通じる祭祀である。ともに高皇産霊尊にとっての「吾孫」、すなわち皇孫のためにとりおこなう。この皇孫のための奉斎を、天上と葦原中国とで共におこなうことを高皇産霊尊が勅した点に大きな意味がある。なぜなら、同じく高皇産霊尊が大物主神に勅した前述の皇孫奉護と、それは表現上も緊密に対応するからである。その対応を示せば次のとおり。

高皇産霊尊の勅

(対大物主神)　宜㆘領㆓八十万神㆒、永為㆓皇孫㆒奉㆖㆑護

(対自)　起㆓樹天津神籬及天津磐境㆒、当㆘為㆓吾孫㆒奉㆖㆑斎

(対天児屋命・太玉命)　宜㆘持㆓天津神籬㆒、降㆓於葦原中国㆒、亦為㆓吾孫㆒奉㆖㆑斎

対応は、大きくいわば俗と聖、政治と祭祀という二項の対立する領域にかかわる。これに、天上と天下という対立領域が加わる。大枠とはいえ、この基本的なそれぞれの領域にわたり、皇孫のためにというこの一点に的を絞りこんで、高皇産霊尊は周到かつ入念に手を打ったというのが実態である。後半は、まさにこの実態をつたえるべく所伝を展開させている。そして前半はといえば、一にこの後半を準備する所伝として位置するといっても過言ではない。その準備、すなわちその後半に展開する所伝の前提となる核心的な内容を端的にあらわす一節が、やはり高皇産霊尊の勅（対大己貴神）という同じかたちをとる前述（830頁）のあの分治を内容とする「夫汝所㆑治顕露之事、宜㆓是吾孫治㆒之。」である。

六、高皇産霊尊のはからい、大己貴神から大物主神への展開

この内容は、大己貴神じしん「吾所㆑治顕露事者、皇孫当㆑治。」と高皇産霊尊に報じたなかに繰り返し表現するとおり、前半での中核的な意味を担う。大己貴神は、かく皇孫に統治を委譲するために退隠する。言いかえれば、みずからの退隠によって皇孫に統治を委譲するという前半をうけ、後半は、この委譲による統治の実現を前提に、統治に当たる皇孫のためそれぞれ適任者に高皇産霊尊も加わって奉護奉斎する体制の確立、整備を中心に所伝を展開していることになる。前半・後半を通して勅をもって司令する高皇産霊尊が表舞台の主役を演じていることは明らかだが、その実、皇孫がこの主役を動かす陰の主人公として厳然と存在する。この陰の主人公に活躍の場を提供する役に大己貴神を、またこの主人公のために、実際に舞台に上った際には八十万神を統率して守護する役に大物主神をそれぞれ当てている。その他、天児屋命や太玉命にも祭事に関連した役を当て、主人公の

葦原中国を舞台とする統治がとどこおりなく実現・展開する万全の体制を整える。

この体制のなかで、高皇産霊尊を除いて、皇孫に対して実質的に最も重要な位置に立つ神を挙げるとすれば、大物主神に異論などないはずである。問題は、この大物主神と、先行する一節が「退治二幽事一」と明記する大己貴神との関係である。この章のはじめにわずかに言及した限りだけれども、先学の研究には、説得力ある解を得ることができない。大物主神、大己貴神それぞれ個別に論じる上にも、なにより重視すべき基本が、すなわち二神の関係を説く記述である。二神ともに、「大国主神、亦名二大物主神一、亦号二国作大己貴命一。」（第八段〔書六〕の冒頭）というつながりを離れてはあり得ない。いわば本名を大国主神とする神が実体であり、大物主神、大己貴命ともに、この神の亦名でしかない。もちろん、前述したとおり亦名の一つの顕国玉神に、この神をめぐる名にちなむはたらきや所伝があったように、二神にも、その名にちなむはたらきや所伝がある。たとえば国作を亦名に冠する大己貴命に、その名と実との相即、不可分の関係は明らかである。この基本に、全てが土台を置く。

大国主神じしん、そもそもこの名と実をあわせもつ。その名と実を具有する大国主神の実体が、大物主神の名と実に顕現し、また大己貴神の名と実に顕現する。大局的に見れば、〔本伝〕の高皇産霊尊による「遂欲下立二皇孫天津彦彦火瓊瓊杵尊一以為中葦原中国之主上」、〔書一〕の天照大神による「豊葦原中国、是吾児可レ王之地也。」などの意向にもとづく葦原中国の平定をめぐっては、もっぱら大己貴神と子の事代主神とがその展開を担っていたが、これをもとに、皇孫による葦原中国の統治に向けた展開に大きく差違化をはかったなかに登場するのが、その顕現した二神にほかならない。さきに〔書二〕を三段に分けたなかの前段（高皇産霊尊による、皇孫の降臨に向けた準備工作と各種指示。828頁）を、さらに大己貴神を中心とした前半と大物主神に関連する後半とに分けたけれども、この二神をめぐっては、実は関連する記述が重なり合う。該当部分を次につき合わせてみる。

（大己貴神）乃興言曰「夫葦原中国、本自荒芒。至二及磐石草木一、咸能強暴。然、吾已催伏、莫レ不二和順一。」
（第八段〔書六〕）
（大物主神）乃合二八十万神於天高市一、帥以昇レ天、陳二其誠款之至一。時、高皇産霊尊勅二大物主神一「汝若以二国神一為レ妻、吾猶謂三汝有二疏心一。故、今以二吾女三穂津姫一配レ汝、為レ妻。宜下領二八十万神一、永為二皇孫一奉上レ護。」（第九段〔書二〕）

両者の重なりは、大物主神に当てた「首渠者」の語に明らかな統帥する首長という点に著しい。その地位を、実体を同じくする二者の間で、具体的には、亦名を国作りの大己貴神とする大国主神から、今度は大物主神を亦号とする大国主神へひき継がせたに違いない。

しかし委細にみれば、大己貴神は葦原中国に本来的に存在する磐石や草木にも及ぶ全てを対象とするが、大物主神のばあい、その対象の中心を八十万神が占める。そこに、いわば対象にそくした切り分けが厳然として存在する。大己貴神が国造りに関連した対象の全てを、一方の大物主神は対象を神神に限った上でその全てをそれぞれ分担する。もっとも、大己貴神については、その退隠に伴い、分担が改まる。前述のとおり第九段〔書二〕では、皇孫との分治をはかり、高皇産霊尊が「汝則可三以治二神事一」と対象を神事に定めている。これにより「吾将三退治二幽事一」という退隠のかたちをとる。この大己貴神の退隠による神事（幽事）の統治に伴い、ここでもまた大国主神を介して、「吾所レ治顕露事者、皇孫当レ治。」という皇孫による新たな統治の始まりを予定した上で、大物主神による神神の統帥をこれに対応させたはずである。かりに二神のその関係を図に示せば、次のようにまとめることができる。

このそれぞれ「治二神事一」を大己貴神が分担し、「領二八十万神一永為二皇孫一奉レ護。」に大物主神が当たるという任を、高皇産霊尊は命じると共に、その任にそくして、二神それぞれに対する祭祀を行わせてもいる。それがまた、次のように対応する。

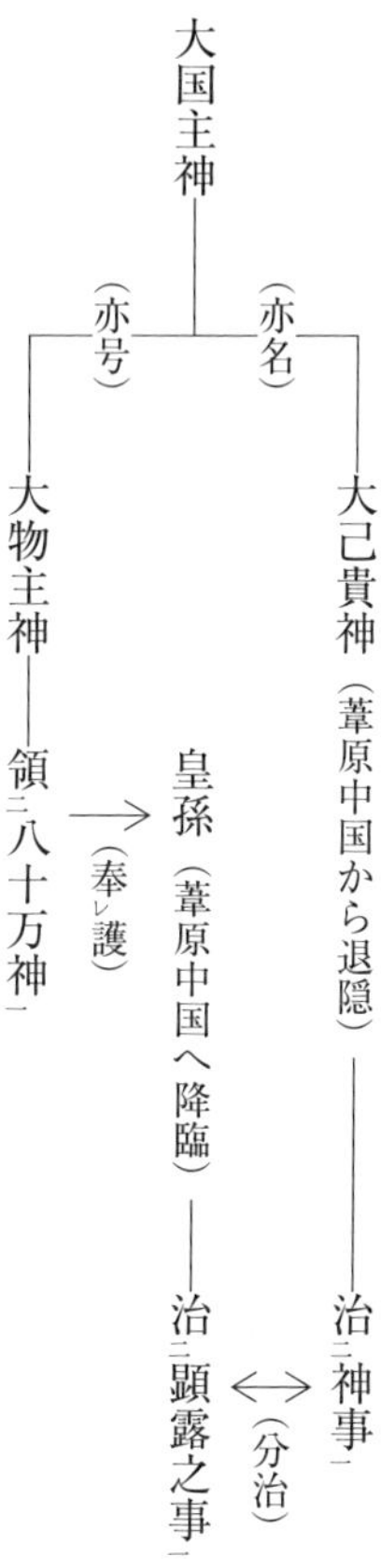

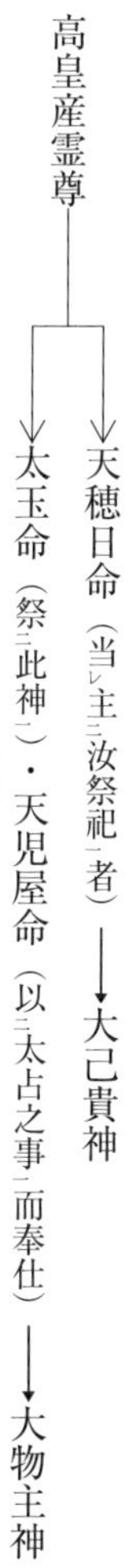

これら大己貴神と大物主神との対応を媒介する要《かなめ》、あるいはその接点が、すなわち神とのかかわりである。第九段のなかでも、大己貴神の退隠だけに焦点を当てた〔本伝〕〔書一〕には、大物主神の関与がない。

それだけに、大己貴神の国造りに「如吾不レ在者、汝何能平二此国一乎。由二吾在一故、汝得レ建二其大造之績一矣。」と存在を主張した上で、「吾欲レ住二於日本国之三諸山一」と意向を示した「幸魂・奇魂」も、神とのかかわりという接点を、第九段〔書二〕がつたえる大己貴神、大物主神にもつとみるのが相当である。二神のうち、大己貴神は「吾将三退治二幽事一」「即躬被二瑞之八坂瓊一而長隠者矣」と退隠し、これが「是後、伊奘諾尊、神功既畢、霊運当レ遷。是以、構二幽宮於淡路之洲一、寂然長隠者矣。」（第六段〔本伝〕）に通じる。伊奘諾尊に、再登場はない。大己貴神も、もはや同様に顕露の世とは全く関係を断って幽界に退き鎮まっているはずだから、この神に幸魂・奇魂が「我在」と存在することはあり得ない。また一方、たとえば神功皇后摂政前紀がつたえる皇后による新羅征伐に際して「既而神有レ誨曰、和魂服二王身一而守二寿命一。荒魂為二先鋒一而導二師船一。」と神（住吉三神）が誨え、この神の和魂・荒魂が征伐を支援する。大己貴神の幸魂・奇魂にしても、この大己貴神に代わる神の存在なくしては、「我在」というかたちの憑依する、あるいは拠りどころともいうべき本体を喪失する。大己貴神の退隠に伴い、同じく大国主神を実体とする以上、前掲の図に示したように対応する大物主神こそ、改めて「我在」とする本体に相応しかったに相違ない。後に付論（888頁）で指摘するこの大物主神の鬼魅というありかたが、幸魂・奇魂の「我在」とする本体の新たな装いである。そしてこの幸魂・奇魂の「吾欲レ住二於日本国之三諸山一。故、即営二宮彼処一、使二就而居一。」（第八段〔書六〕）というように宮処として示しかつ鎮まる三諸山（三輪山）に、大物主神が鎮坐するに至る。

七、神代紀の大物主神、事代主神の歴史への展開

ところで、幸魂奇魂（大三輪の神）には、子が存在する。問題は、ほかに事代主神が、そして大物主神（古事記）も、神武天皇の后となる女性をひとしく我が子とする点である。その所伝は、次のように区区でもある。

（1）大三輪の神（大己貴神の幸魂奇魂）の子、姫蹈鞴五十鈴姫命（第八段〔書六〕）

（2）事代主神（と三島溝橛姫、あるいは玉櫛姫と）の児、姫蹈鞴五十鈴姫命（同右「又曰」）

（3）事代主神（と三島溝橛耳神の女、玉櫛媛と）の児、媛蹈鞴五十鈴媛命（神武天皇即位前紀庚申年八月）

（4）大物主神（と三島湟咋の女、勢夜陀多良比売と）の子、比売多多良伊須気余理比売（古事記中巻神武天皇条）

神武天皇が東征を果たした直後に取り組んだ課題は二つ、一つが新都の造営、もう一つが正妃の選定である。前者の場合、まず「観二夫畝傍山一、東南橿原地者、蓋国之墺区乎。可レ治之。」（神武天皇即位前紀己未年三月）と橿原の地を選び、「是月、即命二有司一、経二始帝宅一。」と始めているが、後者もまずは「天皇当レ立二正妃一、改広求二華冑一。」（同庚申年八月）と「華冑」を求める。これに即応して「事代主神共二三島溝橛耳神之女、玉櫛媛一所レ生児、号曰二媛蹈鞴五十鈴姫命一。是国色之秀者。」という奏があり、悦んだ天皇は九月に正妃に、即位年にはその直後「尊二正妃一、為二皇后一。」と皇后に立てる。これが、右の（3）に関連した所伝のあらましである。

「華冑」とは、書紀集解が当該注に「宋書礼志ニ曰、国子生ハ皆冠族・華冑比二列ス皇儲ニ一。」と引くが、内容上はむしろ旧唐書（后妃伝上、玄宗貞順皇后武氏）がつたえる「承二戚里之華冑一、昇二後庭之峻秩一。貴而不レ恃、謙而益光。」という例に通じ、これを例文に挙げる漢語大詞典に「指顕貴者的后代」と釈くとおり貴顕な者の子孫をいう。五十鈴媛命が事代主神の児であれば、まさにそれに相応しいとはいえ、問題がないわけではない。なぜなら、華冑であれば、事代主神以上に、国作りの大功により「国内諸神」のだれもが順っている大己貴神（第九段〔本伝〕）の女こそ最適である。ところが、右に挙げた（1）～（4）のどこにも大己貴神の名がない。神武天皇の后の父に大己貴神を立てることなどそもそもあり得ないとする確たる事情なり背景なりがあったに相違ない。

華冑の父を事代主神とすることと、大己貴神をそれに当てないこととは、恐らく一つの事実の表と裏の関係にある。そこでさし当り大己貴神の側からこの事実に光を当ててみるに、この神には「其子、事代主神」（第九段〔本伝〕）というれっきとした子がいる。しかし結婚はおろか、たれがその母かも一切言及しない。にもかかわらず、「我怙之子、既避去矣。吾亦当レ避。」（同上）と父の大己貴神を避去へ導く決定的な役割を果たす。事代主神に従い、葦原中国から避去する、いわばこの地上から姿を消す以上、大己貴神の存在も当然あり得ない。だから避去を前提とするが、一方でやはり国造りの大功績をなし遂げた大己貴神が子を一人も残さない事態も考え難い。さればこそ、大己貴神に代わり、その国造り役の避去に先立って大己貴神じしんが三諸山に祭っていたその幸魂奇魂の大三輪神が子を生《な》すという（1）につながったはずである。この経緯ゆえに、ただに父子という関係表示にとどめたというのが、（1）のとってつけたような系譜記述の成りたつ内実であろう。結婚によって生む（2）（3）の「児」とは明らかに区別した「此神之子」という表示自体、同じ第八段の先行する〔書四〕〔書五〕が素戔嗚尊の天から連れてきたとする五十猛神に一貫して「子」を当てる表記に通じる。

（1）がこうして大己貴神の避去を予定的に先取りして成りたつ以上、この大己貴神に先立って事代主神が「因於二海中一造二八重蒼柴籬一、蹈二船枻一而避之。」と避去し、これを大己貴神も「我怙之子、既避去矣。故、吾亦当レ避。」と追認して従うとつたえる第九段〔本伝〕及び〔書一〕の事代主神を、結婚をなす（2）（3）の事代主神と無限定に同一神とはみなしがたい。前述のとおりそれら〔本伝〕などの差違化をはかった〔書二〕が、まさに付随的に次のようにつたえる事代主神こそ、その（2）（3）の例に対応する。

是時、帰順之首渠者、大物主神及事代主神。乃合二八十万神於天高市一、帥以昇レ天、陳二其誠款之至一。

〔本伝〕がつたえる事代主神は、高皇産霊尊の遣わした二神に「汝意何如、当レ須レ避不。」と迫られた大己貴神が「当レ問二我子一、然後将レ報。」と絶対的に頼り、さらに「我父宜レ奉レ避、吾亦不レ可レ違。」と告げて前述のとおり父に先んじて避去する。これに反し、右の一節がつたえるだけだから、「及」で並記する表現に照らして、大物主神の子とはみなしがたく、大己貴神との関係に至っては、全く決め手を欠くが、それ以上に、なにより避去していない点に〔本伝〕の事代主神とは決定的な違いがある。

その一方、とりわけ大物主神とは、さながら〔本伝〕の事代主神が父の大己貴神の存在を前提としていた（だから、父に先立って避去したが、それ以外に選択肢はなかった）ように、その存在を前提とする関係にある。表現上は「及」が大物主神に付随的に繋いでも、右に引用した一節以降の、大物主神だけに限定した所伝に、事代主神に言及する記述が一切ない。とはいえ、もとよりそれに不足があるわけではない。大物主神と行動を共にするだけでも、「帰順之首渠者」という実像を優にものがたる。そしてかたやその真に実力を備えた大物主神は、まさにその実力ゆえに、右の一節の直後に「時、高皇産霊尊勅二大物主神一、汝若以二国神一為レ妻、吾猶謂三汝有二疏心一。故、今以二吾女三穂津姫一配レ汝、為レ妻。」とつたえるとおり国神（の女）との結婚を高皇産霊尊によって封じられるばかりか、高皇産霊尊の女を娶ることをいわば強要される。大物主神を国神との結婚からこうして外圧的に遠ざけることは、観点を変えれば、国神と結婚することがむしろ当然でもあり、また自然でもあったからこそ、高皇産霊尊はそこにあえて釘を刺したとみなければならない。国神との結婚をめぐるこの当然かつ自然な成りゆきを、まさに地で行くのが事代主神である。「首渠者」の二番手として、そうした筋書きを織り込んだ記述こそ、さきに引用した大物主神と共に昇天するという一節にほかならない。

　そしてその筋書きにそくしてげんに結婚し、神武天皇の后に立つ女性を生んだとつたえる所伝が、前掲（2）と（3）である。その限り、それらは〔書二〕の事代主神におのづからつながる。その必然的な成り行きのままに、大物主神とは同じ「首渠者」として、具体的には大己貴神の幸魂・奇魂が「我在」の本体とするこの大物主神が、やがて三輪の神宮で祭りをうける神として顕現するように（崇神天皇七年十一月、十二月）、「合二八十万神一、帥以昇レ天、陳二其誠款之至一。」という地位や立場にみあう神として、事代主神が歴史に登場するに至る。その一つが、前掲の（2）（3）につたえる神武天皇の后の父としての登場だけれども、また別におのが身に刻む、実は歴史がある。そしてこの歴史に、神武天皇とのかかわりのほか、神の本体そのものが実像を結ぶ。

八、天武紀所伝の事代主神をめぐる先行諸説の検討

その歴史を、はるか後の壬申の乱をつたえた記述に見出すことができる。その日本書紀天武天皇元年七月条の、七月四日もしくはそれ以降に金綱井に駐屯した天武方の将軍大伴吹負のもとで突如発生した神がかりに、それは関連する。壬申の乱じたいについては、日本書紀の所伝のその成りたちを解明するなかですでに論じている（拙稿「日本書紀が伝える壬申の乱——その記述、所伝の成りたちを探る——」『京都語文』第12号。平成17年11月）。所伝全体にこの神がかりが重要な位置を占めることにも概ね言及したので、ここでは事代主神との関連に論点を絞りこむが、この神をめぐっては派生的に諸種の問題がある。そのことを念頭に、まずは当該記述を次に示す。

先レ是、軍二金綱井一之時、高市郡大領、高市県主許梅、儵忽口閉而不レ能レ言也。三日之後、方着レ神以言「吾者、高市社所レ居、名事代主神。又身狭社所レ居、名生霊神者也。」乃顕之曰「於二神日本磐余彦天皇之陵一奉二馬及種々兵器一。」便亦言「吾者、立二皇御孫命之前後一以送二奉于不破一而還焉。今且立二官軍中一而守護之。」且言「自二西道一軍衆将レ至之。宜レ慎也。」言訖則醒矣。

高市郡の大領をつとめる高市県主許梅に高市社に居る事代主神が神がかりしたというように、この所伝は高市という土地に深く根ざす。一方、神がかりについては、神武天皇陵に馬や兵器を奉納せよと命じ、また西道からの敵軍進攻を予告して警戒を喚起する内容だが、神のこの教示にそう事態を、実際に「故、是以、便遣二許梅一而祭二拝御陵一、因以奉二馬及兵器一。又捧レ幣而礼二祭高市・身狭二社之神一。然後、壹伎史韓国自二大坂一来。故、時人曰、二社神所レ教之辞、適是也。」とつたえる。警告どおり敵軍が進攻してきたという事実は、神がかりに確か

な証しを賦与する後日譚としてなかなかに重い意味をもつ。

しかしながら、委細に見れば、時人の言に対応する神の託宣は、わずかにその最後の「自二西道一軍衆将レ至之。宜レ慎也。」という一節だけにすぎない。この後にもう一度発生した神がかりが、ほとんど同じ表現にそくして、

又村屋神着レ祝曰「今自二吾社中道一、軍衆将レ至。故宜レ塞二社中道一。」故、未レ経二幾日一、盧井造鯨軍、自二中道一至。時人曰「即神所レ教之辞、是也。」

右のように教示だけに限った上で、それに時人の言がピタリ符合するかたちをとるだけに、前掲した金綱井の神がかりは不審というほかない。そしてこの神がかりに伴う不審や不可解を、むしろ部分の表現や内容にそくして読みとこうとする傾向が、従来の研究には著しい。

たとえば神がかり冒頭に「高市郡大領、高市県主許梅、儵忽口閉而不レ能レ言也。」という「高市郡大領」について、その実在を疑う立場から夙に井上光貞氏の『日本古代国家の研究』（昭和四十年十一月。岩波書店）が、日本書紀がつたえる大化改新の詔に関連して「ともかくも、私は、大化の時にきまったのは、評造制であり、天智朝の末年から、国と評の二段階のうちの下級組織として評督制ができ上り、さらに浄御原令か大宝令かで、それが郡大少領制に切りかわったと考えるのが、あらゆる点からみて妥当であるとおもう。」（393頁）と論じている。地方官の制度確立の歴史の上では、こうして少くとも壬申の乱の当時に「高市郡大領」など存在してはいない。それなら評督を、後の令の知識によって大領に改めたかといえば、恐らくその可能性もほとんど無に等しい。

さらにこの二処の神がかりが戦の勝利に貢献したとしてその功を、将軍吹負みずから「（軍政既訖）将軍等挙二是三神教言一而奏之。即勅登二進三神之品一以祠焉。」と奏上したことにより、神階を進めたとつたえてもいる。事実をつたえているはずが、しかし三宅和朗氏『古代国家の神祇と祭祀』（平成七年九月。吉川弘文館）に「これを神

階社制の最初とする説もあるが、牟佐神・村屋神の神階が貞観元年（八五九）に従五位下から従五位上へ昇叙された（『三代実録』貞観元年正月甲申条）ことからして疑問を挟む余地が多い。」（160頁。注（25））と説き、原文「三神之品」の「品」について神階とみなさない先学の研究成果を複数挙げてもいる。熊谷保孝氏『律令国家と神祇』（昭和五十七年六月。第一書房）も、「この記事は神階を奉叙したと解するのではなくて、『三神に品を登げ進めて』と読んで、三神に品物を供進したと解すべきであろう。」というほぼ同じ見解に立つ。その解釈じたいは語法上成りたたないけれども、これに付記した（註9）の次の指摘が興味を惹く。

　この三神のうち、身狭神と村屋神はこれから約二百年後の貞観元年において従五位下から従五位上に昇叙された。貞観の頃、従五位下といえば、官社のなかでは最も低い位階とみてよいが、もし天武朝において神階が奉叙されていたならば、貞観年間において従五位下ということはないのではなかろうか。（73頁）

この懐疑的な立場から、神階ではなく「品物を供進した」という見解を導くのだが、この懐疑は、記述全体を対象とすべきではなかろうか。貞観元年正月の昇叙には、「高市御県鴨八重事代主神」を従二位から従一位に進めている。この事代主神を身狭神や村屋神と一括して「勅登㆓進三神之品㆒以祠焉」とつたえる記述そのものに、問題を認めるのが筋である。

　げんに、神がかりをめぐって、とりわけ事代主神との関連の上では、二つの対立する見解がある。その一方の西郷信綱氏の説は、神がかりそのものに疑いを向け、「危急にさいし神の託宣を乞うのは、むしろ当然の行為である。とはいえ、そのお膳立てがあまりにもおめでたく出来すぎているのは、この段の文章が一つの総しあげとして別途に加上されたものと見ていいことになるのではなかろうか。」（西郷信綱氏『壬申紀を読む』平凡社選書148。一九九三年六月）と推考した上で、神がかりの内容を裏付ける後日譚をつたえる「右の記事をたんなるでっちあげと片づけることはできぬが、さりとてこれをそっくり実事と受けとるのもどうであろう。」（202頁）と説く。実証の裏付けを欠く論考だけれども、そのなかに、事代主神に関して、「その素姓を知るに何よりも大事なのは、この神が記紀の神代の物語で大国主神の子となっていること、そして例の国譲りにさいし『恐し。此の国は天つ神の御子に奉らむ』（記）と誓う神として登場している点である。また大国主が、『僕が子等百八十神は、即ち八重事代主神、神の御尾前と為りて仕へ奉らば、違ふ神は非じ』（記）といっている点にも、この神の属性がいかんなく示されている。」と述べ、これらを踏まえ「すなわちコトシロヌシは宮廷に服従しそれを守護するとことばで誓い、かつ大事にさいし託宣する神であった。」と結ぶ。この「コトシロヌシ」をめぐる「神話ないしは神学が壬申紀のこの部分に入りこんできているらしい」という指摘が、神がかりの後日譚をめぐる前述の「でっちあげ」以下の論述につながっている。

神がかりに関連した記述の信憑性など、ここでは問題すらなり得ない。「神学の介入」（同上201頁）を想定する西郷説とは逆に、「壬申の乱時の託宣の記紀神話への展開」を説くのが吉井巖氏『天皇の系譜と神話二』（昭和五十一年六月。塙書房）である。まずは、神がかりをめぐる前掲一節の傍線部に事代主神の「守護神的性格を示した表現」があり、これを、西郷氏も右のように引く古事記の「百八十神は、即ち八重事代主神、神の御尾前となりて仕へ奉らば違ふ神はあらじ。」という大国主神の言葉や神代紀第九段〔書二〕の「八十万神をひきゐて永へに皇孫の為に護り奉れ。」という高皇産霊尊の言葉などへ展開したものと説く西田長男氏「記紀神話の成立と壬申の乱」（『古代文学の周辺』。昭和三十九年十二月。南雲堂桜楓社）の論考を、吉井氏は「もっとも鋭い考察」と高く評価する。吉井説は、これを踏まえ次のように発展させる。

事代主神の神的地位は天武朝における皇室の尊崇によって確立したものであり、その神名付与も新しい時代のものではないかと推察される。壬申の乱時に事代主神の託宣をつたえた高市県主や高市連がその祖神のなかにこの神を語っていないこと（姓氏録）、事代主神はタマクシイリヒコとも呼ばれること（神功紀）を考えると、高市県主許梅の託宣の神も、はじめは高市社の神であったのであり、事代主神とは呼んでいなかったのかもしれない。そして、この託宣が重視されて尊崇をうけ記紀神話に登場するにおよんではじめて事代主神の名が確定したのであったかもしれないのである。（127頁）

「この託宣が重視されて尊崇をうけ」と述べているように、神がかりを史実とみるのが吉井説の基本的な見解である。西郷氏が「でっちあげ」を臭わしているのとはまさに好対照をなす。説得力をもつとはいえ、所詮は解釈の違いに帰してしまうのではないか。また一方、事代主神を「葛城の神々」のなかに位置づけ、「高市県坐鴨事代主神社」（『神名帳』）の祭神とみなした上で、この神名をもとに葛城郡の「鴨都味波八重事代主命神社」の神を分祀したものと説く土橋寛氏『日本古代の呪禱と説話』（土橋寛論文集下。平成元年十月。塙書房）もある。土橋説は、この神がかりを無条件に「壬申ノ乱における史実」とみる立場から、「事代主神の託宣神としての性格は、ここにも反映している」（300頁）というように記紀に共通する大国主神の国護りへの反映を指摘する。

これら先行研究には、神がかりの所伝じたいに分析や検討を加えた成果をみることができない。それだけに、吉井氏が「倭の六の御県」（前掲書所収）のなかで神がかりをめぐって「神が神言を発して、みずからにではなく、人である天皇の陵に奉献せよと命ずるのは異例である。」と問題を提起した指摘は貴重である。しかしこの問題に所伝じたいにそくして決着をつけることなく、外部の事実に着目する。着眼点が高市県である。それをめぐって次のように論を展開する。

高市県はかかる四代（神武天皇以下、綏靖、安寧、懿徳の連続する各天皇）の天皇陵を含む地域でもあったのである。しかも、この四代の架上された天皇はすべて、高市郡第一等の神である高市御県坐鴨事代主神と婚姻によって結合されている天皇ばかりであり、（中略、この地域的な集中と婚姻関係の結びつきは、――榎本補筆）すくなくとも日本書紀にみえる神武から懿徳への系譜作りに、高市郡内の帰化人たちが積極的に参与し、初代天皇以下四代の祖廟の地として、高市県が設定公認されたことを我々に物語っていると思われるのである。（178頁）

神武天皇以下四代の天皇陵が高市県の近接地域に集中している事実と、それからもう一つのそれら天皇が事代主神と婚姻関係の結びつきにあるという文献がつたえる事実との、この二つを関連するものと捉えるかぎりは、妥当かつ自然であろう。問題は、その先である。婚姻関係の結びつきをあらわすのが系譜だが、「系譜作り」とか、またそれに「高市郡内の帰化人たちが積極的に参与」などとは、まさに天皇系譜を後の世の帰化人が積極的に作成したことをいう。こうした主張には、ほとんど根拠ないし裏付けがない。さきに貴重な問題提起とした「異例」の指摘も、「高市県とかかわる発言であり、許梅が高市県主としての立場から発したものである」という点にその事由説明を求めるだけに終っている。

結局、神がかりを史実とみたと同じ視線で系譜をみているにすぎない。許梅の託宣が重視されて記紀神話にもそれが登場すると説き、高市県の近接地域に神武天皇以下四代の天皇陵が集中する事実を当該天皇系譜の後次架上に結びつけて自説を展開したところで、あくまで一つの解釈にとどまる。所伝の読みそれじたいに徹していない以上、採りあげた論考には、勢い批判的な眼を向けざるを得ないけれども、しかしそのなかには、重要な指摘も勿論ある。いまそれらをかいつまんでまとめてみると、およそ次のとおり示すことが可能である。

（1）　神がかりをめぐる記述は、必ずしも歴史の事実をありのままつたえているのではない。高市郡大領や神階昇叙などをはじめ、所伝の展開の必要に応じ、後世の制度をもとにした表現をそこに交えている。
（2）神がかりした事代主神は、託宣に深くかかわる一方、守護神的性格をもつ。二つの特徴的なこの神のありかたが、記紀神話のつたえる事代主神に通じる。
（3）神がかりには、高市という土地が密接にかかわる。事代主神は高市御県坐鴨事代主神社の祭神であり、神武天皇以下四代の天皇陵がこの地に所在する。系譜上、そのいずれの天皇も、事代主神と婚姻関係の結びつきにある。

この限りは、ほぼ疑いない事実として考察の土台に据えることができる。この土台に立ち、解釈ではなく、あくまで所伝をその表現にそくして読み解くことが課題である。右にまとめた各項は、この作業を進める上にいかにも示唆に富む。

九、託宣をめぐる事代主神と神武天皇、その高市とのかかわり

すなわち、もはや史実に拘泥するまでもないが、また一方、たとえば（2）などは、高市という地域に発生した特異な事件でありながら、けっしてそれだけをただ歴史の一齣としてつたえているわけではなく、むしろ日本書紀全体となにがしかつながりをもつことを示唆する。神がかりに関連して一つ重要な例をとりあげてみるに、事代主神が神がかりして教示したなかに「皇御孫命」という語がある。さきに同じ教示をめぐる神武天皇陵への奉献を不審とする吉井巖氏の指摘を引いたけれども、この語を含む一節は、神が「皇御孫命」を遠く不破まで送り届け、帰還して今は官軍を守護していることを明かす。奉献を命じるのでも、予言するのでもないこの一節こ

そ、不審は大きい。従来この語についてはただ「祭祀の際の天皇に対する尊称」（日本古典文学大系当該用例の頭注二〇）といった説明におおむね終始するが、用例は少数ながら他にもあり、日本書紀全体をとおして、神がかりによって神意をつたえるなかで天皇を指す呼称として使い、これを原則とする。

（甲）是時、倭大神著二穂積臣遠祖、大水口宿禰一而誨之曰「太初之時、期曰『天照大神悉治二天原一、皇御孫尊専治二葦原中国之八十魂神一、我親治二大地官一者。』言已訖焉。然、先皇、御間城天皇雖レ祭二祀神祇一、微細未レ探二其源根一以粗留二於枝葉一。故、其天皇短命也。是以、今汝御孫尊悔二先皇之不一レ及而慎祭、則汝尊寿命延長、復天下太平矣。」時、天皇聞二是言一、則仰二中臣連祖、探湯主一而卜之。（垂仁天皇二十五年三月「一云」）

（乙）是有レ神、託二沙麼県主祖、内避高国避高松屋種一以誨二天皇一曰「御孫尊也、若欲レ得二宝国一耶、将現授レ之。（神功皇后摂政前紀、仲哀天皇九年十二月「一云」）

（乙）の一節がつたえる例は「皇」を欠くが、（甲）の一節の「皇御孫尊」を言いかえた「御孫尊」と同内容と認め得る。どれも、神が天皇を指す呼称としてあい通じる。しかもその神は、「太初之時」の天照大神と「皇御孫尊」と神自身の三者の分治という由来をもち出し、それを根拠に先皇の「微細未レ探二其源根一以粗留二於枝葉一」という非を指弾した上で「今汝御孫尊悔二先皇之不一レ及而慎祭」と誨える。後掲の例でも、みずから「表筒雄・中筒雄・底筒雄」と名告り、「其今御孫尊所レ御之船及穴戸直践立所レ貢之水田、名大田為レ幣、能祭レ我者、則如二美女之睩一而金銀多之眼炎国以授二御孫尊一。」と告げる。天皇がこれに不信をあらわにして発病、崩御したあと、皇后が「然後、皇后随二神教一而祭。」と対処した上で新羅征伐に出る。「時、神留導之。由レ是、随レ船浪之、遠及二于新羅国中一。」と神助を得て征伐を果たす。

神話に関連した由来や神などにかかわり、天皇の直面した危難を救うために神がかりによって神意を誨え示すさい、天皇を指して「皇御孫尊（命）」という。この原則に、もちろんくだんの傍線部の例（850頁）も当てはまる。

事代主神の神助は、その「皇御孫命」を不破へ奉送する一件に加えて、もう一つ「今且立二官軍中一而守護之」がある。所伝は、むしろこれに焦点を当てる。具体的にそれを表わす記述にそくしてその内容を確かめてみるに、神がかりをめぐる「先レ是、（将軍吹負）軍二金綱井一之時、高市郡大領、高市県主許梅、儵忽口閉而不レ能レ言也。三日之後、方着レ神以言、」という日時・場所を含めその発生前後の状況をつたえるのが次の一節である。

（A）是日、将軍吹負、為二近江一所レ敗、以特率二一二騎一、走之。逮二于墨坂一、遇逢二菟軍至一。更還屯二金綱井一而招二聚散卒一。（B）於レ是、聞二近江軍至レ自二大坂道一而将軍引レ軍如レ西。到二当麻衢一、与二壹伎史韓国軍一、戦二葦池側一。（C）時有二勇士来目者一、抜レ刀急馳、直入二軍中一。騎士継レ踵而進之。則近江軍悉走之。追斬甚多。

この一節は、事態の推移を追い、それぞれ「是日」（A）、「於レ是」（B）、「時」（C）以下に展開する大きなまとまり三つから成りたつ。この構成には、実は大きな意味がある。まずは神がかりとの対応の上では、敗走する吹負が墨坂まで来て菟軍と出会ったあと屯営する「金鋼井」で神がかりが発生する（A）。その神の「自二西道一軍衆将レ至之、宜レ慎也。」という警告どおり「壹伎史韓国、自二大坂一来。」という韓国軍の進攻が実際にあり、（B）がこれに当たる。ここまで、将軍吹負の劣勢を強調する。実際に、（A）の直前まで、敗戦におのずからつながるように、吹負にとって否定的な事態が次のように推移している。（月／日）

（7／2）会明、臨二見西方一、自二大津・丹比、両道一軍衆多至。顕見二旗幟一。有レ人曰「近江将壹伎史韓国之師也。」財等自二高安城一降以渡二衛我河一、与二韓国一戦二于河西一。財等衆少、不レ能レ距。

（7／4）将軍吹負、与二近江将大野君果安一、戦二于乃楽山一。為二果安一所レ敗。軍卒悉走。将軍吹負、僅得レ脱レ身。

（7／4）経二一日一、近江軍、当二諸道一而多至。即並不レ能二相戦一以解退。（A）是日、将軍吹負、為二近江一所レ敗、

韓国や果安らの率いる近江軍は断然優勢に戦いを進め、天武側がそれに抗しきれず後退する戦況が続いたあと、その流れをうけ、（A）に吹負敗走が位置する。かろうじて一、二騎を率いて敗走する折、味方の菟軍にたまたま出会っても、軍勢の立て直しに役立ったのか否かさえ一切語らない。金綱井に屯営し、そこでようやく離散した兵を隼めたとつたえるだけだから、少くともこの記述の限り、吹負は危機に陥っている。まさにこのさなか、神がかりが突然発生する。神がかりがこの危機に対応する神助として位置することは、実際に神の「今且立二官軍中一而守護之」という教示と符合する事実に照して明らかでもある。

そして、その神助の実際が（C）に当たる。勇士来目なる者の捨て身の敵陣突入と、そのあとに続く騎馬軍団の進攻とによって、近江軍は総崩れとなる。余りに劇的だが、勇士来目については、直木孝次郎氏『壬申之乱』（増補版。一九九二年十二月。塙書房）が「補注〔58〕」に「その働きは目ざましいのに、後の論功行賞には姿が見えない。しかし戦死したとも思われない。奴とは思われないのに、氏もなければ姓もない。いわば謎の人物である。」と指摘し、先行説を紹介した上で「まったくの架空でなくても、戦記を飾るための誇張・潤色があることは認めるべきであろう。」（304頁）と説く。活躍は、戦況を一変させるだけに、回天の偉業ともいうべく、神の助力を体現するものだったに違いない。この来目に、東征する神武天皇を導いた道臣の帥いる大来目部が当る。神武天皇即位前紀戊午年十月の八十梟帥討伐に際して、敵の「余党猶繁」を見、天皇は密勅を下し、道臣がみずから帥いる大来目部の中から「猛卒」を選抜し、敵と宴に同席させて不意討ちをはかる。合図に「忍坂《おさか》の大室屋に

人多《さは》に入り居りとも　人多に来入り居りとも　みつみつし来目の子等が頭椎《くぶつつ》い石椎《いしつつ》い持ち撃ちてし止まむ」とうたったこの歌の、多勢に怯まず勇猛果敢に戦う来目をいわば勇士の範としてひき継ぐ者が、直木氏が「謎の人物」とする勇士来目の正体にほかならない。

劣勢を一挙に逆転するこの来目の活躍は、神がかりによる神助の意味あいが強い。付言すれば、右のように神武天皇の東征に活躍した来目を勇士来目がひき継ぐ上では、託宣の「於二神日本磐余彦天皇之陵一、奉二馬及種々兵器一。」という教示にしたがい「便遣二許梅一而祭二拝御陵一、因以奉二馬及兵器一。」と神武天皇陵に祭拝、奉納したことを賞して神武天皇が下した神助こそ、その来目の活躍というかたちをとるに相応しい。げんに、その活躍の「抜レ刀急馳」は、神武陵に奉納した品の「兵器」に対応する。奉納品のもう一方の「馬」にしても、来目の活躍に続く「騎士継レ踵而進之」という騎馬兵の突進に対応してもいる。

ただし、それのもとづく「東道将軍紀臣阿閉麻呂等聞下倭京将軍大伴連吹負為二近江一所上敗、則分レ軍以遣二置始連菟一、率二千余騎一而急馳二倭京一。」という一節には、実は問題がある。従来は「大伴吹負が乃楽坂で大野果安の近江軍に破られたのは癸巳（四日）のことであり、下文によると吹負は敗走の途中墨坂（奈良県宇陀郡）で置始菟の救援軍に出会ったという。従って置始菟の発遣はより以前であり、戊戌（九日）に係けたのは誤りであろう。」（日本古典文学大系頭注三〇。399頁）と注を加え、具体的には「二日または三日とするのが正しいであろう。」（直木氏前掲書174頁）、「菟をつかわしたのは二日か三日であるのに」（西郷氏前掲書175頁）などと説く。この日付けの誤りとする通説には、しかし確かな根拠などない。他方、敗走する吹負が墨坂（宇陀市西峠付近）で菟軍と出会ったという記述にしても、それ以外は一切つたえないのだから、「救援軍」の存在じたい、日付けに劣らず不審としなければならない。このいずれにせよ、少くとも記述にそくした読み解きを優先する限り、「騎士継レ踵而進之」に先立ち、この騎兵隊を主力とする菟軍に遭遇したが、さらに遡って東道将軍紀臣阿閉麻呂らが吹負の敗北を聞いて急遽、菟に千余騎を率いて倭京に馳せ向かわせたという展開の延長上に、くだんの菟軍との出会いに続く「金綱井」での神がかりを位置づけていることは間違いない。それが、前述のとおり勇士来目の活躍や騎馬兵の突進につながり、まさに神武陵に奉献した「馬及兵器」に対応する戦果をもたらしたはずである。

もっとも、勇士来目が「謎の人物」（直木氏）だったように、この騎馬兵も、右のように繋がりを辿ることが可能だとはいえ、実在には疑いを残す。しかしむしろこの点にこそ、勇士来目と騎馬兵との対応上の本質を認めるべきでもあり、もとを糺せば、神がかりに共にちなむ。神武天皇の神助を体現する神業というのがその実態である。事代主神がこの神助をいわば仲介する役割をはたす。所伝の展開の上では、事代主神が神がかりによって神武天皇の神助を仲介し、その神助を体現する来目の活躍や騎馬兵の突進が続いて劣勢を劇的に逆転し、ついに勝利へ導くという筋立てを基本とする。事代主神のこの仲介という役割は、言い換えれば神武天皇の意向を代弁するということにほかならない。

神武天皇になり代ってその意向の実現をはかることこそが、神がかりを通して事代主神の担う主要なはたらきである。託宣では、最後に敵軍の進攻を警告してもいるが、村屋神がそれを担っていたように、在地の身狭社の生霊神がそれと対応して共に担うものだったに違いない。しかし、高市を代表するのはあくまでも「高市社所居、名事代主神」であり、さきに（856頁）先学の研究成果をまとめたなかのその（3）に、この神と、高市郡に陵のある神武天皇以下四代の天皇との婚姻関係の結びつきを指摘しているが、それもとどのつまり神武天皇が橿原の地（高市郡）に奠都したことにすべて根ざす。事代主神の女、媛蹈鞴五十鈴媛命を「是国色之秀者」として正妃とした上で、即位した辛酉年には皇后に立てる。即位を前提としたこの奠都と立妃とは、もちろん橿原の地にちなむが、さればこそ、高市を代表する神として絶大な力をもつ事代主神がその二つながら率先して助力することによってはじめて可能だったに違いない。神武天皇につづく綏靖天皇以下三代の天皇と婚姻関係を維持することも、もとよりこの功績なくしてはあり得ない。

事代主神は、この神武天皇の奠都、即位、立后によって統治を始めたゆかりの土地が戦場と化した危機的状況に、まさに天皇の意向を代弁すべく神がかりにあらわれたはずである。神がかりの背景に、こうした経緯や事情がある。それが、吉井氏も不審とする（前掲書177頁）代弁、すなわち神武天皇になり代ってその意向を教示するというかたちをとるについては、さきに（856頁）先学の研究成果をまとめたなかの（2）がかかわる。事代主神は、なにより託宣を特徴とする。具体的なそのありかたを第九段〔本伝〕では、国譲りを迫る経津主神ら二神に大己貴神の応えた「時大己貴神対曰、当下問二我子一、然後将上レ報。」という言にしたがい事代主神に「問二将レ報之辞一」と問い、またこれに対する答えをうけて「故、大己貴神則以二其子之辞一白二於二神一。」と返答したことをつたえているが、大己貴神になり代ってその報えを言表して「辞」とするというかたちをとる。あくまでも当事者の大己貴神に代ってその意向を代弁しているにすぎない。この当事者が、こなた神がかりでは神武天皇に当たる。その意向を天皇に代って言表、教示した「（二社）神所レ教之辞」は、まさに〔本伝〕の右にみる「辞」に通じる。

この神武天皇陵への奉納を教示する託宣に続き、前掲（850頁）の一節のなかでは傍線部がつたえるもう一つの託宣が、事代主神じしんにかかわる。先学の研究成果をまとめたなかの（2）にいう守護神的性格に当たるが、しかし記紀神話などといった括りにそれはなじまない。実際には、代弁が第九段〔本伝〕とこれを差違化した〔書一〕の事代主神の「辞」に通じるように、同じく第九段の〔書二〕がつたえる神に限定的に通じるにすぎない。〔書二〕といえば、前述（827頁）のとおり〔本伝〕〔書一〕をもとに大幅に差違化をはかった点に特徴をもつ。

事代主神の特異も、これに伴う。それをつたえる一節を次に示す。

是時、帰順之首渠者、大物主神及事代主神、乃合二八十万神於天高市一、帥以昇レ天、陳二其誠款之至一。時、高皇産霊尊勅二大物主神一（中略）宜下領二八十万神一、永為二皇孫一奉上レ護。乃使二還降一レ之。

念のため、神がかりの託宣にみずからかたる事代主神のことばを次に引き、対応を確かめてみるに、

吾者、立二皇御孫命之前後一以送二奉于不破一而還焉。今且立二官軍中一而守護之。

先学の指摘は、直前の〔書二〕の傍線部がこの一節に対応することを主には拠りどころとする。しかしその傍線部は、あくまで大物主神に対する高皇産霊尊の勅の一節だから、無条件にそれを採ってこれの説明に応用できるわけではない。その大物主神に代って事代主神が守護に立つについては、実は理由がある。

右に引く一節にも事代主神みずから「吾者、立二皇御孫命之前後一以送二奉于不破一而還焉。」と明言するが、託宣の冒頭に「吾者高市社所レ居、名事代主神」と所在を限定しているとおりもっぱらこの高市社を本拠とする。皇御孫命をお送りして帰還すれば、今度はこの本拠付近を中心に「今且立二官軍中一而守護之」となる。本拠地を中心とした領域に守備範囲を限定したこのありかたこそ、その領域の外に勢力の及ばない地域が広く大きく存在することを前提とするであろう。広大なその地域を支配下に置く神といえば、大物主神以外にはあり得ない。崇神天皇の御代に入り、五年「国内多二疾疫一、民有二死亡一、且大半矣。」、六年「百姓流離。或有二背叛一。其勢難二以レ徳治一レ之。」と続く災異をひき起こした神こそ、「我是、倭国域内所レ居神、名為二大物主神一。」（七年二月）と名のる大物主神であり、まさに〔書二〕にいう「帰順之首渠者、大物主神及事代主神。」という序列と、さらに大物主神をもっぱら対象とした高皇産霊尊の勅とが、この大物主神の隠然たる、それでいて確固とした絶大な存在につながっているはずである。この隠れた事実が、一方では〔書二〕の傍線部の一節を事代主神がひき継いでい

るというもう一つの隠れた事実を、そこに「大物主神及事代主神」という組合わせどおりおのずから照射する。

神がかりと〔書二〕との、こうした事代主神をめぐる対応はもはや明らかである。しかもこの対応には、神武天皇の后の父という事代主神も分ちがたく参与する。神代紀と神武紀と天武紀とがそれぞれにつたえる事代主神は、もちろんおのおのそこに必然的かつ自律的に存在しながら、一方ではたがいにその存在を前提あるいは依存する関係にある。いわば有機的につながっている。このつながりを先後の一つの単純な一方から他方へのひき継ぎや影響などと決めつけても、ほとんど意味をなさない。

さきに提起した筋書きへの転換に戻り、改めてここに言いかえれば、事代主神の代弁する神（第九段〔本伝〕〔書一〕）から守護する神（同〔書二〕）へという転換に、神がかりをめぐって事代主神じしんが託宣に代弁と守護というかたちをとるそのありかたが確実に対応する。さらにその転換した〔書二〕が、神武天皇の后に立つ女の父につながる、すなわちその父にふさわしい神としての事代主神を予定的に織り込んでつたえている。そこに、〔本伝〕や〔書一〕がつたえる大己貴神の子という出雲在住の神とは別の、神武天皇が奠都した大和、なかんずく高市に居住する神という本来の面目もすでに宿していたはずである。神がかりは、こうした事代主神をめぐる展開の延長上に、確実にそれらとつながるなかで成りたっている。

十、国譲りをめぐる神代紀と古事記との相関、展開

事代主神をめぐっては、ほとんどこの神をつたえる所伝ごとに多様なあらわれをみせるといっても過言ではない。前節末に言及したとおり、その多様なあらわれのもう一方に、大物主神の影が揺曳している。陰に隠れたそ

の存在は、しかし、事代主神に勝るという以上に、事代主神のありかたじたいを時に大きく規定してさえいる。この陰の存在を、堂々と正面からつたえるのが古事記である。ここにようやくにして、さきに（846、849頁）提起した問題、すなわち神武天皇の后となる女性を子とするその父神をめぐる所伝そうごの関係あるいは関連に伴う問題に立ちかえることができる。古事記は、そこの（4）に示したとおり大物主神をこの后の父とする。

大物主神は、古事記では神武天皇条に「美和之大物主神」というように美和（三輪）の神を指す。崇神天皇条には、この御世に発生した「役病多起、人民死為レ尽。」という危機に際して天皇の夢にこの神が「是者我之御心。故、以二意富多多泥古一而令レ祭二我御前一者、神気不レ起、国安平。」と告げたのを承け、教示に従い「即以二意富多多泥古命一為二神主一而於二御諸山一拝二祭意富美和之大神前一。」と御諸山に祭ったことをつたえている。御諸山が、大国主神と国作りに共に取り組んできた少名毘古那神の去った直後に、海を照らしながら寄り来て一方的に協力とひきかえに「吾者、伊二都岐奉于倭之青垣東山上一。」と祭祀を求めた神を「此者、坐二御諸山上一神也。」と説明するなかのこの山に当たることも明らかである。崇神天皇条が祭祀のあとつたえる三輪山伝承は、この神をめぐる「即知下自二鉤穴一出之状上而従レ糸尋行者、至二美和山一而留二神社一。（中略）故、因二其麻之三勾遺一而名二其地一謂二美和一也。」という美和の地名起源をものがたる。美和の大物主神という呼称も、そもそもはこれに基づく。神武天皇条の「美和之大物主神」は、いわば先取りした表現だが、三輪山伝承が「此謂二意富多多泥古一人、所三以知二神子一者、」という神の子の誕生の経緯をものがたるように、神武天皇条の伝承も「此間有二媛女一。是謂二神御子一。其所三以謂二神御子一者、」と同じく神の子誕生の経緯をつたえる。後者を、一般に丹塗矢伝承とも称する。主題に加え、内容の上では大物主神の変身、結婚に及ぶ緊密ともいうべき類似が、二つの伝承を強く結びつけている。しかも拙稿「『古事記』の大物主神は鬼魅か――丹塗矢伝承と三輪山伝承および天の日矛の伝承、そして志怪小説の世界――」（『京都語文』第二号。一九九七年一〇月）に論じたとおり、共に志怪小説をもとに成りたつ。

この限り、各所伝の展開や所伝間の関係にも、なんら齟齬などない。問題は、しかし別にある。たとえば国作りをめぐって少名毘古那神に代って登場した神を、その求める「伊二都岐奉于倭之青垣東山上一」という鎮坐場所から大物主神と容易に特定できるにもかかわらず、ただ「此者、坐二御諸山上一神也。」とつたえるだけにすぎない。美和という地名さえ、使ってはいない。三輪山伝承や丹塗矢伝承などの日本書紀に対応をもたない所伝とは異なり、国造りをめぐってあい通じる所伝を、神代紀第八段〔書六〕がつたえている。そのなかの神の鎮坐をめぐっては、大己貴神の「幸魂・奇魂」と名告る神を、大己貴神の「今欲二何処住一耶」という問いに答えた「吾欲レ住二於日本国之三諸山一。」という求めに応じ、遂に「故、即営二宮彼処一、使二就而居一。」と宮を造営してそこに居らせたことをいう。この神を「此、大三輪之神也。」と明かした説明は、直後に「此神之子、即甘茂君等・大三輪君等、又姫蹈鞴五十鈴姫命。」という子をめぐる記述を予定する。これ以前の、居所を定めたとつたえる限りでは、古事記の「此者、坐二御諸山一神也。」という結びが、置き換え可能なほどに相応しい。

ここに原則を見出すことも、あるいは可能かもしれない。すなわち三輪山伝承や丹塗矢伝承などの日本書紀に対応をもたない、これら古事記に独自な所伝は、美和という地名を伴う大物主神を登場させ、逆に対応をもつ所伝では、「御諸山」を専用する一方、大物主神はもとより、美和というその地名さえ使わない。対応が、その使用を規制するはたらきをしているのではないかというこの原則をたどれば、仮定にとどまるとはいえ、古事記が神代紀の所伝をひき継いでいるという見解にいたるのは必然である。神代紀のなかでは第九段〔書二〕に、前述のとおり大物主神をつたえている。しかしその大物主神に関連した所伝には、古事記は一切対応をもたない。ひき継ぎの見方に立てば、古事記はその所伝を切り捨てたとみるほかない。

とはいえ、そのことを裏付ける確かな証拠があるわけではない。あくまで推測にとどまるが、しかし翻って国作りに続く国譲りに対象を移せば、古事記が神代紀を踏まえるという関係を、その推測を一歩進めて確かめることができる。すでに検討を加えた記述にも、実はその明らかな徴証が存在する。まずはその対象の全体にわたる記述の構成をみるに、古事記の該当箇所は、大きく（一）建御雷神の派遣、（二）事代主神の服従、（三）建御名方神の服従、（四）大国主神の国譲りの四つの部分（日本古典文学大系、新潮日本古典集成などの小見出しによる）から成り、順を追って継起的に展開する。このなかの神代紀との対応上、とりわけ注目すべき記述が次の一節である。

（二）（事代主神）即蹈二傾其船一而天逆手矣於二青柴垣一打成而隠也。

――（事代主神）因於二海中一造二八重蒼柴籬一、蹈二船枻一而避之。（神代下第九段〔本伝〕）

（四）（大国主神）僕者、於二百不レ足八十坰手一隠而侍。

――（大己貴神）今我当下於二百不レ足之八十隈一将中隠去上矣。（神代下同右）

両者は、共に（二）が地の文、（四）が会話文という表現形式に加え、表現も、内容じたい相当特異であるにもかかわらず、類似の度合が高い。特には（二）のなかに付す「訓レ柴、云二布斯一」という訓注が神代紀の「柴、此云二府璽一」という音注に一致するように、訓みを基調に表現を成りたたせている点にまで、対応は及ぶ。

さらにこうした緊密な対応に伴うもう一つの注目すべき例が、「隠」（二）と「避」（神代紀）、「隠」（四）と「隠去」（神代紀）という対応である。通釈（第九段）及び各論（第六章）に指摘のとおり、この神代下第九段では、「隠」や「避去」は〔本伝〕を特徴づける表現にほかならない。この対応する（二）（四）以外、古事記は「隠」を一切使っていない。（二）に並ぶ（三）の建御名方神にも、これはまた別の表現を当て、「隠」を使わない。この神については「前記の大国主神の系譜には、この神名がみえないが、その理由は不明。」（新編日本古典文学全集当該頭注一一。109頁）と説く。大国主神の子としてこの所伝に登場するだけのすぐれて物語的性格の強い神であり、「隠」を使わないというのも、そのことを離れてはあり得ないはずだから、神代紀に対応する所伝をもたないことと表裏する事実、すなわち古事記が物語構成の必要のままに登場させたことを強く示唆する。

神代紀〔本伝〕を離れれば、建御名方神もあの（二）（三）（四）の継起的な展開のなかに確実に位置する。そしてこちらは、統一的に〔書二〕が対応する。この対応の核心に当る例が、「立奉」「献」という葦原中国の献上をあらわす語である。まずは対応の実態を次に確かめることにする。

（一）（天照大御神之命）豊葦原之千秋長五百秋之水穂国者、我御子、正勝吾勝勝速日天忍穂耳命之所レ知国（言因賜而天降也）

　――（天照大神勅二天稚彦一曰）豊葦原中国、是、吾児可レ王之地也。（神代下第九段〔書一〕）

（二）（事代主神）恐之。此国者、立二奉天神之御子一。

　――（事代主神）天神所レ求、何不レ奉歟。（神代下同右）

〔本伝〕が専用する「避」「避去」「隠」「隠去」などに対して、〔書二〕はもっぱら「奉」による。右の一節の問いにあたるなかにも「時、二神降二到出雲一、便問二大己貴神一曰、汝将二此国一奉二天神一耶以不。」と「奉」を使うが、（二）の「立奉」がこれに当たる。ただしその行為の対象となると、明確な違いをみせる。所伝の展開に照らせば、神代紀の「汝将二此国一奉二天神一耶以不」という問いに対して「天神所レ求、何不レ奉歟」と答えるように、問答の対応の上では「天神」を相手とするほうが自然のはずだが、古事記のばあい、問いじたい、（一）にそくして「天照大御神・高木神之命以問使之、汝之宇志波祁流葦原中国者、我御子之所レ知国、言依賜。故、汝心、奈何。」というように葦原中国を「我御子」が統治すると天照大御神が命じたことに関連して意向を問いただすかたちをとる。あくまで大国主神の領有・支配する葦原中国の取扱いに焦点を当てる。（二）は、その「我御子之所レ知国」にそくして、まさに統治する当の「天神之御子」を、国の献上の相手とする。

しかもこの（二）が、所伝のこれ以降の展開を先導する。表現上も、この（二）を踏まえて（三）へ、その（三）をもとに（四）へと継起的に展開している。全て会話文による類型的な表現から成る。表現を明らかに統一し、それによってそれぞれ内容を強調してもいる。まとまったごく短い文だが、表現の成りたちを分りやすく示すため、便宜的に段落分けを施す。

（二）　事代主神
（a）　恐之。
（b）　此国者、立二奉天神之御子一。

（三）　建御名方神
（a）　不レ違二我父大国主神之命一、不レ違二八重事代主神之言一。
（b）　此葦原中国者、随二天神御子之命一献。

（四）　大国主神
（a）　僕子等二神随レ白、僕之不レ違。
（b）　此葦原中国者、随レ命既献也。

まず（a）については、（三）の（a）が（二）の（b）を、続いて（四）の（a）が（二）と（三）のそれぞれ（b）を踏まえる。（三）の（a）にいう「我父大国主神之命」には、これを表す具体的記述が無いので若干補足すれば、国譲りを迫る二神の問い質しに大国主神の応じた「僕者、不レ得レ白。我子八重言代主神、是可レ白。」という答えに従って「語二其父大神一」と語った言葉が「八重事代主神之言」だから、この言葉はそのまま「大国主神之命」に重なる。それだけに、父の命とはいっても、その内実は事代主神の（二）の（b）に帰一する。されば、（四）の（a）に子の二神の言葉に違わないというその内容もまた、実質的には同じく（二）の（b）に尽きる。表現の統一をはかりながら、かくて（二）の（b）の「此国者、立二奉天神之御子一。」を基軸にして、（三）以下に、（a）がその言葉に違わないことをいい、（b）はそれにそくしてその言葉「此国者、立奉」を、「此葦原中国者、随レ命献」と繰り返すかたちを一貫させている。

しかし厳密にみると、（b）は同じ内容の表現をただ繰り返しているのではない。同じ主題の葦原中国でも、（二）は事代主神が「立二奉天神之御子一」とする。いわば自主的に国を献上する。（三）ではそれを一転して「随二天神御子之命一献」と明確に改め、建御名方神が天神御子の命に従って献上したとする。そんな命などどこにも存在しないはずだから、建御名方神の口から出たものとみるほかないが、献上を迫る二神がこれを承け、事代主神まで含めて「汝子等、事代主神・建御名方神二神者、随二天神御子之命一勿レ違、白訖。故、汝心、奈何。」と大国主神を問い質すと、もはやそれを事実として踏まえたかたちをとり、二神の承認を経て権威を備えた絶対服従すべき命に転換する。それに対する答えが前掲（四）の（b）である。国の献上をこの命によるものとする。

建御名方神という脇役を登場させて、この決定的に重要な転換をそこに仕込んだものとみるべく、実に巧妙というほかない。所伝の展開に、いささかも異和感をいだかせない。しかし国譲りの変容を、そこに確実にはかっている。（二）でも、国譲りの相手を「天神之御子」としているが、国譲りそのものを「天神御子之命」によるものとするのが（三）（四）である。二神が大国主神に問い質したなかに「葦原中国者、我御子之所レ知国」と示した天照大御神の命をもとに、この「我御子」、すなわち「天神御子」（「之」を抜いて差別化をはかる）じしんがこの国を統治すべき当の主体として国譲りを命じ、この命に従って国を献上したことをいう。神代紀第九段〔書一〕の「天神所レ求、何不レ奉歟。」という国の献上をもとに、（二）にその相手を改め、（三）（四）がその天降って統治すべき「天神御子」の命により、この国を領有・支配している大国主神がその命のままに従順に受け容れるというかたちに変容をはかったとみるのが恐らく自然である。

この〔書一〕に関連をもつ一連の展開とはまた別に、まとまって一書に深くかかわる一節がある。国の献上をいう右の（四）の（b）に続く位置にあり、対応する一書が〔書二〕である。ただし、「天神御子」の権威を後ろ楯に強圧的に国譲りを迫るという古事記とは対照的に、〔書二〕はこの二神を大己貴神の前に力なく屈するものとして、かわって高皇産霊尊を前面に立てる。この相違が、おのずから対応にも違いを生む。まずは古事記の該当する一節を、例によって段落に分けて示す。

爾、答白之「僕子等二神随レ白、僕之不レ違。此葦原中国者、随レ命既献也。（四）

唯僕住所者、如二天神御子之天津日継所レ知之登陀流天之御巣一而於二底津石根一宮柱布斗斯理、於二高天原一氷木多迦斯理而治賜者、（A）

僕者、於二百不レ足八十坰手一隠而侍。（B）

亦僕子等百八十神者、即八重事代主神為二神之御尾前一而仕奉者、違神者非也。（C）

右の（四）は、前述の（一）から続く国の献上をいう一連の所伝の結末に当たる。国の献上をめぐる一連の展開がここで切れ、それを承けて新たに（A）以下がまとまって展開する。傍線を付した「僕住所者」（A）、「僕者」（B）、「僕子等百八十神者」（C）などと継起的に主題を展開した上で、それに関連した内容を、それぞれ述部に相当する箇所にあらわす点にも明らかなとおり、たがいに緊密なかかわりをもつ。

たとえば（B）の「隠」が、そのかかわりを象徴してもいる。国の献上とは別の主題、すなわち退隠をめぐって所伝が展開する。これに対応する〔書二〕は、高皇産霊尊の「今者聞二汝所レ言、深有二其理一。故、更条条而勅之。」と大己貴神の「天神勅教、慇懃如レ此。敢不レ従レ命乎。」というたがいに心底から認め合ったやりとりのかたちをとる。この直後にそれぞれ続く一節を表の上、下段に対照させ、そのあと古事記をこれにつき合わせてみる。

発話者	高皇産霊尊	大己貴神
（甲）	夫汝所レ治顕露之事、宜二是吾孫治一レ之。汝則可三以治二神事一。	吾所レ治顕露事者、皇孫当レ治。吾将三退治二幽事一。
（乙）	又汝応レ住天日隅宮者、今当二供造一。即以二千尋栲縄一結為二百八十紐一。其造レ宮之制者、柱則高大、板則広厚。（以下略）	乃薦二岐神於二神一曰、是当二代レ我而奉一レ従也。
（丙）		吾将二自レ此避去一。即躬被二瑞之八坂瓊一而長隠者矣。

（甲）に高皇産霊尊の提案を大己貴神が承認・復唱するという二神のやりとりをつたえる。中心となるその内容が分治である。しかしその表向きの独自とは裏腹に、これまで大己貴神の担ってきた顕露の事の統治を皇孫に譲

り、大己貴神が神幽の事の統治を新たに担うというその内容は、大己貴神の「所レ治顕露之事」をそっくりそのまま皇孫に委ねるべくさし出すことにほかならない。統治の対象（葦原中国）ではなく、統治じたいだとはいえ、統治とその対象とは不可分だから、この（甲）が古事記の前掲（四）の一節に対応することは明らかである。

この展開の流れを受けて、大己貴神に分治に伴う避去を受け容れさせる、というより実態としては受け容れてもらう見返りに提案したのが（乙）である。（以下略）に、それこそ大己貴神の歓心を買うさまざまな便宜供与の案件を列挙している。これとは対照的に、二神が「天神御子」の権威を楯に強圧的に国の献上を迫る古事記では、そもそも見返りに提案することなどあり得ない。しかしその実、上掲（A）の一節の最後に「治賜者」と仮定条件を示した上で、その帰結として（B）に「隠而侍」と退隠をいうこの構造は、見返りの表現とほとんど違いがない。条件の提示を、その便宜を与える側が行うか、受ける側が行うかという違いでしかないが、見返りである以上、前者こそ自然のかたちであろう。それにもかかわらず現にその受ける側の大国主神が見返りを求めていることじたい、強圧的に国の献上を迫る二神には見返りなどそもそも念頭に無く、そうするほかなかったからとみなすほかないが、所伝の構成の上では、国の献上に、その見返りをつなげた、付加したかたちをとる。それだけに、国の献上をめぐって、前述のとおり〔書一〕をもとにそれが成りたつように、おねだり的な見返りについても、所伝の展開のまにまに住居だけに極限しているけれども、そのもとを尋ねれば、（乙）に根ざすはずである。

また一方、その（乙）の項に、大己貴神がみずからの退隠に伴い、岐神を二神に推薦し「当二代レ我而奉レ従也」という。これをうけ、退隠のあと「故、経津主神以二岐神一為二郷導一、周流削平。有二逆レ命者一、即加二斬戮一。帰順者、仍加二褒美一。」というようにこの神の先導により平定を遂げる。この所伝の基本となる筋は、かつて領有・支配していた神の退隠に伴い、みずからの代りにその神の推薦した神が、新たな統治に障害となる神を除く平定の事業に先導役をつとめるというもの、退隠後の秩序の樹立・形成に焦点をあてる。この筋の展開、焦点のあてかたとも、ほとんど古事記の前掲（C）の「僕子等百八十神者、即八重事代主神為二神之御尾前一而仕奉者、違神者非也。」（大国主神）に一致する。代理を、（乙）が「周流平定」にそくして岐神に設定したと同様に、さきに建御名方神が「不レ違二八重事代主神之言一」（三、869頁）と誓った経緯を踏まえ、「神之御尾前」の事代主神に設定してもいる。「違神者非也」の「違《たがふ》」も、だから「非《あらじ》」と呼応して「不違」を前提とする。また「汝子等、事代主神・建御名方神二神者、随二天神御子之命一勿レ違。」「僕子等二神随レ白、僕之不レ違。此葦原中国者、随レ命既献也。」などにいう「天神御子之命」をそれが対象とすることも、一連の類例に照らして明らかである。

この（C）のあと、さらに出雲の多芸志の小浜に殿舎を造営して建御雷神らのために饗を献じるという服属儀礼に関連した一節が続く。「天神御子」による葦原中国献上の命にもはや違う神など一切存在しない平定にひき続く服属を、言葉だけではなく、儀礼を通して確認・誓約する意味あいが強い。それだけ、もはや避去そのことより、重点を「天神御子」の命による国の献上から統治に向けた地ならしへ移していることを如実にものがたる。ここには、神代紀に対応する記述がない。その分、だから独自を強めながらも、あくまで国譲りをめぐる所伝の成りたちの基本を踏襲してその延長上にある。しかもその実態は、全体にわたり神代紀をひき継ぐ。そこに原則もある。まずは〔書二〕との部分に限った対応では、前述（871、872頁）のとおり各主題ごとに、

古事記　　神代下第九段〔書二〕

（四）――（甲、大己貴神）

（A）――（乙、高皇産霊尊）

（B）――（丙、大己貴神）

（C）――　（乙、大己貴神）

右のように整然とした関係を構成している。さらには国譲りをめぐる全体の展開の上でも、第九段の各所伝それぞれ力点を置く内容ごとに、

古事記　　神代下第九段

避去、退隠――――〔本伝〕

国の献上――――〔書一〕

住居造営、平定完了――〔書二〕

ほぼ右のような対応関係が成りたっている。神代紀が一書の差違化によって成りたたせている所伝の多様を、その各所伝の主題なり特徴なりを見定めた上で、選択的に取り込みながらおのが所伝の豊かな展開に活用した結果が、この対応を生んだに違いない。しかしそれが古事記の所伝として統一や体系を備える上には、多様をいわば束ねる神の存在が不可欠でもある。その神こそ、この国を造り、領有・支配していたがゆえに、国譲りをめぐって当初から最後にいたるまで通して当事者であり続けた大国主神にほかならない。この大国主神が、神代紀の関連する一連の所伝の冒頭に立つ一節（第八段〔書六〕）に「大国主神、亦名㆓大物主神㆒、亦号㆓国作大己貴神㆒、亦曰㆓葦原醜男㆒、亦曰㆓八千矛神㆒、亦曰㆓大国玉神㆒、亦曰㆓顕国玉神㆒。」とさまざまな名のもとに多様に展開する神神の本体として位置する神にほかならない。本体と多様な名と実を組み合わせた展開というこの構造じたいにまで、対応は確実に及んでいる。

十一、神代上第八段〔書六〕をひき継ぐ古事記の大物主神

この大国主神を中心とした国譲りの所伝に明らかなとおり、古事記は神代紀を確実にひき継いでいる。国譲りに連続して、かつそれに先行する国作りをめぐっても、同じく神代紀をひき継いで成りたつという類推が成りたつ。さきの推測（867頁）を、この連続する所伝の繋がりが裏付けてもいる。そこでその推測に立ちかえっていえば、神代紀に対応する所伝のなかで、古事記は大物主神を切り捨てているというのが実態である。

実際に、大国主神の「亦名」に、大物主神を古事記は挙げない。また国作りのなかでも、協同してその事業に取り組んでいた少名毘古那神が途中で常世国へ渡ったあと単独で国作りを継続する不安を大国主神が訴えていると、海を照らして神が出現するが、この神は「能治㆓我前㆒者、吾能共与相作成。若不㆑然者、国難㆑成。」と告げるだけでしかない。神代紀が第八段〔書六〕のこれに通じる一節に「吾、是汝之幸魂奇魂也。」と告げ、大己貴神もこれを承けて「唯然。廼知、汝是吾之幸魂奇魂。」と応じるというように大己貴神のいわば不可分の魂とつたえる上に、当該一書の冒頭に「大国主神、亦名大物主神」と挙げてもいるだけに、これに必要なら修正を施してひき継ぐこともできたはずだから、大国主神から、大物主神とのかかわりを一切きり捨てたとみるのが相当である。そうして選びとったかたちをつたえるのが、右の一節にほかならない。大国主神とは全く別神格であるばかりか、自分を祭ることを国作りへの協力の条件として、それを大国主神に一方的に強要してさえいる。続いてさらに、大国主神はこれに「然者、治奉之状、奈何。」と敬語で問い、当の神も「吾者、伊㆓都岐奉于倭之青垣東山上㆒。」と自敬表現をもって指示する。大国主神に対して、明らかに上位に立つ。

この神を、古事記は所伝の結びに「此者、坐二御諸山上一神也。」とつたえる。この結びこそ、前述のとおりひき継いでいるはずの神代上第八段〔書六〕の一節に、当の神じしんの「吾欲レ住二於日本国之三諸山一。故、即営二宮彼処一、使二就而居一。此、大三輪之神也。」という要望に従って「三諸山」に居住させたとつたえるなかの、同じく結びに当たる「此、大三輪之神也」に重なる。それだけに、この神を、まさしく大物主神に当たることを篤と承知の上でひき継いでいることを強く示唆する。ひき継ぎのその経緯をたどれば、まずは大己貴神の「幸魂奇魂」との関係を断つ一方、その魂の要望に応えた「故、即営二宮彼処一、使二就而居一。」という処遇に関連して使役表現を使う関係を、「伊都岐奉」という敬語を使う上位の関係に転換する。ほとんど換骨奪胎というべきほどに変更を加えてはいるが、しかし「此、大三輪之神」という本質を変えているわけではない。必然的にこの神に連なる「此神之子、即甘茂君等、大三輪君等、又姫蹈鞴五十鈴姫命。」という係累をひき継ぐことになる。神武天皇の后となる姫蹈鞴五十鈴姫命をここに「此神之子」とつたえる一節は、古事記が神武天皇の后の伊須気余理比売を大物主神の子として、ことさら「神御子」と称することに一致する。もとより、偶然の結果などではなく、神代紀をひき継いで大物主神に変身させたことに必然的に伴う呼称に違いない。

問題は、その神代紀である。第八段〔書六〕を基本的にはひき継ぐとして、実際は、前述のとおり大国主神や大己貴神の「幸魂奇魂」などと一切つながりを断ちながらひき継いだその当の神に、大国主神が敬語を使う。大物主神がその正体なのだから、もはや明らかに第九段〔書二〕の「帰順之首渠者、大物主神及事代主神乃合二八十万神於天高市一、帥以昇レ天、陳二其誠款之至一。」と高皇産霊尊に至誠を誓った大物主神をひき継ぐはずである。この〔書二〕では、ひき続いて高皇産霊尊が国神（の女）との結婚を大物主神に禁じるけれども、大国主神とのつながりを断っている以上、古事記は大物主神にそうした禁制を課すまでもない。この結婚の自由に置けばこそ、国神（の女）に大物主神が求婚することは必然である。逆に言えば、この求婚へつなぐために、大国主神との縁を断つ必要があったということにほかならない。

そしてその求婚を、所伝のかたちをとって実質化したのが、ほかならぬ神武天皇の后となる伊須気余理比売の誕生をものがたる丹塗矢伝承である。「此、大三輪之神也。」にそくして、それが大物主神に当たるというつながりのもとに、「此神之子」の姫蹈鞴五十鈴姫命の誕生をめぐる伝承にかたちを与えるとすれば、「又曰」につたえる次の所伝は、まさに参照すべき恰好の内容だったはずである。

又曰、事代主神化為二八尋熊鰐一、通二三嶋溝樴姫一、或云二玉櫛姫一、而生児、姫蹈鞴五十鈴姫命。是為二神日本磐余彦火火出見天皇之后一也。（神代上第八段〔書六〕）

姫蹈鞴五十鈴姫命に加えた注記だから、ここに事代主神の「生児」とする関係は、大三輪の神の「神之子」に容易に転じるであろう。さらにこの事代主神から「大三輪之神」、大物主神へと転換するなかで、この神の神婚をめぐっては、志怪小説を利用した異国の装いという改変を加えてもいる。詳細は、拙稿「記紀と志怪小説――『古事記』中巻の所伝の成りたち――」（古事記年報38。平成八年一月）及び次章に論じているが、この改変に実は先例がある。

それが、古事記冒頭の一節である。すでに各論（677頁）に説くとおり、その「天地初発之時、於二高天原一成神名、天之御中主神」以下の一節は、次の神代上第一段〔書四〕にもとづく。

一書曰、天地初判、始有二倶生之神一。（中略）又曰、高天原所レ生神、名曰二天御中主尊一。（以下略）

たかだか傍線を付す「又曰」の限りだといはいえ、古事記の大物主神をめぐる丹塗矢伝承も、神代上第六段〔書六〕の事代主神に関連した前掲一節を参照したことを、その表現形式の一致が示唆する。しかもそうして「又曰」以下の一節をもとに古事記が成りたつ上では、冒頭の高天原に成った高御産巣日神、神産巣日神がそれぞれ高天原系の神、出雲系の神として所伝に樞要な役割をはたすように、大物主神も、そのもとづく事代主神の八尋熊鰐への変化、神婚にちなみ、「神御子」（神武天皇条、丹塗矢伝承）、「神子」（崇神天皇条、三輪山伝承）を生むという天皇の統治に欠かせない重要な役割をはたしている。これを偶然と決めつけない限り、たがいの一致は、古事記が神代紀をもとに成りたつ結果とみるべく、大物主神をめぐる所伝もそのまさに有力な例証となるはずである。古事記中巻の所伝に、まず初代神武天皇の大后を生み、さらには疫疾の大流行をひき起こし、一方では丹塗矢伝承、他方では三輪山伝承といったかたちをとって共存する大物主神につきまとう複雑は、当然そのもとの所伝に由来する。それが、神代上第八段〔書六〕がつたえる「大三輪之神」にもとづく祟り神をはじめ、同じ一書の「又曰」以下の事代主神による変化・神婚をもとに異国の装いを凝らした神、神代下第九段〔書二〕の八十万神を統帥する神威をひき継ぐ神などに顕現しているというのが実態だから、共存ではあっても、無限定に合体あるいは混在させているわけではない。上巻の大国主神（出雲）とこの中巻の大物主神（三輪）とを、そのもとの所伝にそくして切り分けてもいたはずである。

「付論」大物主神と鬼魅

一、大物主神の名義――「もの」及び類義語との相関――

さて、前章では、国譲りをめぐって大己貴神を始めとする神神及びその所伝間のかかわりを中心に論を進めてきた関係上、肝心な大物主神じたいについては、なお論じ尽くしたとは到底いえない。大物主神の本領は、神代より天皇の時代にむしろ顕著なあらわれをみせる。しかし神代上（第八段〔書六〕）では、この神を大国主神の亦名の筆頭に挙げ、かつまた大己貴神の幸魂・奇魂とする。さらに高皇産霊尊がおのが女を妻に配して、皇孫の守護を命じてもいる。前述のとおり、けっして中心的な役割を担うわけではないけれども、ここにこの神の本領を秘める。そこで、神代紀とのつながりを視野に入れながら、そこを揺籃の場として成長を遂げたあとの大物主神の実像を追うことにする。対象を日本書紀に限定する。神代紀から天皇紀へ移行してそれこそ本領を発揮する大物主神について、可能な限り神じしんに密着しながら、その実像を解明することに主眼を置く。

ところで、大物主神じしんに目を向けたばあい、神名中の「物」とは何かを、なにより優先して問うべきであろう。それについてのとらえ方の違いが、この神についての解釈を左右する。さまざまな解釈があるなかの一つの例を次に示してみる。

名義は「偉大な、精霊《もの》の主」。神の観念における「物」とは、畏怖すべき対象（鬼・魔物・怨霊・精霊など）を

一般的・抽象的に表現する語。（新潮日本古典集成『古事記』の付録「神名の釈義」の「大物主の神」の項）

「もの」を、これは極めて広義に解釈する。後世の「もののけ」との関連を考慮した結果であろうが、それとのつながりは否めないとはいえ、「畏怖すべき対象」というほどの広汎な対象を、しかも「一般的・抽象的に表現する語」であったのか。

そもそも「畏怖すべき対象」の一つに「鬼」をまっ先に挙げるが、実際は「鬼」のほうがはるかに多様であり、その多様に「物」は対応をもちえない。なるほど、『万葉集』には、「もの」の表記に、いわゆる借訓の字として「鬼」をつかった例が、巻四・七・十一・十二に都合十一例ある。偏りはなく、けっして特異な用字とはいえない。しかし実際には、十一例の内分けをいえば、「もの」に終助詞ないし接続助詞の「を」が結びついた「ものを」が大半で、あとは「もの」に終助詞「か」の結びついた「ものか」が二例、「もの」に名詞「ゆゑ」の結びついた「ものゆゑ」が一例あるにすぎない。「もの」に「鬼」をあてる場合、どれも形式名詞「もの」で、なおかつ助詞などと複合語を構成する例が全てをしめる。いわば「もの」以外にはあてはまらないという限定的な条件のもとで、その保証をうしろだてに「鬼」は「もの」をあらわしえたのであるから、逆に、保証がなければ、「鬼」に「もの」以外の訓みをあたえる可能性も十分ありえた、というより、むしろ「鬼」のあるいはより一般的な訓みの「おに」と訓み誤る危険につねにさらされかねない。一定の形式的条件のもとでつかうというのは、その危険を回避する工夫だったたに相違ない。

そのことは、また別の角度からも裏付けることができる。すなわち、万葉集には、「しこ」に「鬼」をあてる一群と、それとは別に音仮名をあてる一群とがある。前者には、たとえば「鬼乃益卜雄《しこのますらを》」（2・一一七）「鬼乃志《しこのし》許草《こぐさ》」（4・七二七、12・三〇六二）「鬼之四忌手乎《しこのしこてを》」（13・三二七〇）などがある。「の」を介して後続の名詞を修飾するというこの表現の一定の形式が、「しこ」の訓みを担保する役割をはたしていたのであろう。これに対して、「しこ」を音仮名をもって表記する一群の例では、どれも「志許《しこ》草」（4・七二七、12・三〇六二）「四去《しこ》霍公鳥《ほととぎす》」（10・一九五二）「志許《しこ》霍公鳥」（8・一五〇七）などのように直接名詞を修飾するというかたちをとる。「鬼」の使用を、明らかに意図的に避けている。「鬼」では、このばあい訓み誤りの危険があったからであろうし、その訓み誤る語として、恐らく最も可能性の高いのが「おに」であったろう。

もっとも、可能性のかぎりでいえば、「もの」でもありうるが、「おに」であれ「もの」であれ、「しこ」以外のそうした訓みの可能性を「鬼」が宿していて、それゆえに音仮名をもって表記するか、「鬼」であれば、表現の一定の形式のもとに限定してそれをつかう。そうした点では、「鬼」を、その多様に表記の工夫をもって規制をくわえながら利用していたことになる。「鬼」のその多用のなかの一つが、すなわち「もの」にほかならない。(1)「鬼」が「もの」であるばあい、それは、漢語「鬼」に対応するいくつかの日本語のなかの一つでもあるが、万葉集の例には、その内容を明らかにする手懸りを見出しがたい。そこで目を転じてみるに、右にかんがえてきた方向にそう用例として、日本書紀の古訓がある。本文についての訓みであり、時代の下る訓みも含むはずであるから、扱いには慎重にならざるを得ないとはいえ、示唆には富む。まずは次の例。

然彼地（葦原中国）多有㆓蛍火光神及蠅声邪神㆒(A)。復有㆓草木咸能言語㆒。故高皇産霊尊召㆓集八十諸神㆒而問之曰「吾欲㆑令㆑撥㆓平葦原中国之邪鬼㆒(B)、当㆓遣㆑誰者宜㆒也。惟爾諸神、勿㆑隠㆑所㆑知。」（第九段〈本伝〉）

右の一節の傍線（A）の「邪神」と傍線（B）の「邪鬼」とは、全てではないにしても、対応する関係にあって、なおかつ重なる。国史大系本が底本とした寛文九年版の訓は、「邪神」を「アシキカミ」、「邪鬼」を「アシキモノ」というように訓み分ける。(2) しかし「邪神」については、「アシキモノ」の訓（吉田家兼方自筆本）がある。一方、

「邪鬼」に「アシキカミ」の訓（京都御所東山御文庫本、吉田家兼夏自筆本）もある。「邪神」と「邪鬼」とが、右のように対応し、かつ重なる関係にあるのと同じように、「アシキカミ」と「アシキモノ」とは確実にあい通じる。

そうして両者は通じるけれども、それには、しかし「邪」を冠する場合にかぎるという限定がともなう。右の一節でも、「邪」を冠しない例は、いずれも「カミ」と訓み、「モノ」の訓は一切ない。言いかえれば、鬼神のなかの邪悪なものにかぎり、それをそのまま「アシキカミ」と訓むほかに、まま「アシキモノ」の訓みを与えていたということであろう。もう一つ同様の例がある。すなわち、「亦山有二邪神一、郊有二姦鬼一。遮レ衢塞レ径、多令レ苦レ人。」（景行天皇四十年七月）というように「邪神」と「姦鬼」が対応し、その「姦鬼」を「カタマシキモノ」（北野神社所蔵兼永本。底本は「カタマシヲニ」）と訓む[3]。単独の「鬼」の例もあるが、たとえば斉明天皇の崩御直後、その喪儀を見ていたという、

皇太子奉二従天皇喪一、還二至磐瀬宮一。是夕於二朝倉山上一有レ鬼、著二大笠一、臨二視喪儀一。衆皆嗟怪。（斉明天皇七年八月）

右の「鬼」を通常「オニ」と訓むとおり、「モノ」の訓はそれにはあてはまらない。

「鬼」に対応する「モノ」には、邪悪や姦悪などの性格が、それのいわば実質であるかのように内在する。カミやオニが、「鬼神」に対応するかぎりは、死者の魂や霊であるか、もしくはそれらに連なるものであるかの、いずれにせよ善悪の価値的な捉えかたになじまないありかたを、少くともその本質の一つとして具有しているのに対し、むしろ人間にとって本質的に異なる存在で、なおかつ邪悪や姦悪をその存在の実質とする点に、その「モノ」の特徴をみることができる。ただし、どこまでも古訓の例にそくしてそのような特徴を見出しているにすぎない。

古訓以外の例に、その特徴の裏づけは得がたいけれども、『箋注倭名類聚抄』（巻二）に、「邪鬼」について「日本紀私記云、邪鬼、安之岐毛能」と例示した上で、「按、安之岐、悪也、毛能、猶二後世所レ云毛能乃計之毛能一、謂二鬼魅之類一也。」と説く。「安之岐」に、この語の正訓字「悪」をあてたと同じように、「毛能」にも、それにあたる語として「毛能乃計」の「毛能」を引きあてていることは疑いない。「モノ」であれば、もはやそれが「オニ」とは一線を画す存在であるとする認識が、そこには確かにある。そして、「モノ」と「モノノケ」との関係については、恐らくその指摘のとおりであろう。もっとも、「モノノケ」をもちだすまでもなく、たとえば「ものにおそはるる心地して、やとおびゆれど」（源氏物語・帚木）という「もの」も、「モノ」に明らかに通じる。

二、大物主神の名義――「物」をめぐる中国古典との関連――

その「モノ」を、『箋注倭名類聚抄』では、前掲のとおり「謂二鬼魅之類一也」と説く。「瘧鬼」の説明のなかにも、「按、於迩、鬼魅之類、加美、即神霊。」というように、「オニ」を同じく「鬼魅之類」と解釈しているので、「モノ」と「オニ」との間に違いをみる私見とはあい容れない上に、その解釈じたい厳密なものとは徹底みなしえない。けれども、「モノ」を、そのあらわす意味ないし内容にそくして「謂二鬼魅之類一也」というはずであるから、「モノ」の解釈の一例としてやはり注目にあたいする。ただしかし、中国の文献がつたえる具体的な何がそれをあらわすのか、残念ながら例示を欠いている。詳細は知りえないとはいえ、その解釈は、「物」についての「特指二鬼魅精怪一」（『漢語大詞典』「物」）という説明にあきらかに照応する。すなわち、「鬼魅」を介して、「モノ」と「物」とが対応する。これは、もちろん偶然ではない。

『漢語大詞典』が収載する「物」の具体例のなかから、古い注を伴う例を次に抜き出してみる。

《史記・扁鵲倉公列伝》：〝〔長桑君〕乃出二其懐中薬一予二扁鵲一：「飲レ是以二上池之水一、三十日当レ知レ物矣。」〟

司馬貞索隠：〝服之三十日、当レ見二鬼物一也。〟

《漢書・郊祀志》云《ママ》：「有レ物曰レ蛇。」顔注云：「物謂二鬼神一也。」

「物」を、古い注ではそれぞれ「鬼物」「鬼神」と説く。古い注とかりにいったけれども、それが語義の上でも依拠すべき見解でもあったはずで、『漢語大詞典』はその「鬼物」や「鬼神」にそくして「鬼魅精怪」と説明を加えたであろう。なおまたこの説明じたいにも、拠りどころがあったに相違ない。今その点にそくして考えを進めてみるに、拠りどころとなる例の候補として、『抱朴子』の一節には、たとえば「山精鬼魅」という例がある。老君（老子）入山符という五種類の符（篆書字体の文字）の効用を説いたくだりであるが、

以レ丹書二桃板上一、大二書其文字一、令レ彌二満板上一、以著二門戸上及四方四隅及所道側要処一、去二所レ住処一五十歩内、辟二山精鬼魅一。戸内梁柱、皆可二施安一。凡人居二山林一、及暫入レ山、皆可レ用。即衆物不二敢害一也。

（内篇・登渉巻第十七）

この符を門戸の上や家の四隅、さらには道側の要所に貼りつけておけば、「山精鬼魅」を避けることができるし、山林に居たり山に入るさいに使えば、「衆物」も害を加えようとはしないという。前者が外部から侵入するのに対して、山林や山中にいるというのが後者であるから、厳密にいえば違いがないとはいえないけれども、人間の居住空間外の、いわば異界に棲息する怪物という点では変りはない。それを端的にものがたる例が、同じ『抱朴子』にある。

昔石頭水有二大黿《おおすっぽん》一、常在二一深潭中一。人因名二此潭一為二黿潭一。此物能作二鬼魅一、行二病於人一。呉有二道士

載哂者一、偶視レ之、以二越章封泥一作二数百封一、乗レ舟以二封泥一遍擲二潭中一。良久有二大黿一、径長丈余、浮出不二敢動一。乃格二殺之一。而病者並愈也。（登渉巻第十七）。

文中の「越章封泥」とは、この一節の直前に「古之人入レ山者、皆佩二黄神越章之印一。其広四寸、其字一百二十。以二封泥一著二所レ住之四方各百歩一、則虎狼不三敢近二其内一也。」という霊験あらたかな越章の印を押した封泥をいう。その封泥で、詳細は知りえないが、なにかとじたもの数百を作り、それを道士の載哂が潭中あまねく投げ入れると、しばらくして大黿が浮かび出てきたので、手でなぐり殺したという。大黿がただの大黿のままであれば、恐らく「物」でも「鬼魅」でもない。

傍線を付した一節に「此物能作二鬼魅一」というとおり、「鬼魅」になることができたのであって、そのことに「行二病於人一」はともなう。前掲の一節にも「去二所レ住処一五十歩内、辟二山精鬼魅一」「衆物不二敢害一也」とあり、「鬼魅」「衆物」を、人に害悪をなすものとしてつたえている。その害悪を避けるのに、右の所伝に明らかなように特殊な符や印に効果があるというのであるが、また一方、「鬼魅」を退治する術を心得た者がいる。たとえば費長房は、人に怒っている理由を訊ねられると「吾責二鬼魅之犯レ法者一耳」と答えたという（『後漢書』方術列伝第七十二下・費長房）。また汝南に太守の章服を着て役所の門の鼓をうつ「魅」がいて「郡中患之」だったが、費長房がこれに出会って「呵レ之云、便於二中庭一正二汝故形一。」といって叱りつけると、

即成二老鼈一、大如二車輪一、頸長一丈。長房復令下就二太守一服上罪、付二其一札一以勅二葛陂君一。魅叩頭流涕、持レ札植二於陂辺一、以レ頸繞レ之而死。（同前）

結局は右のように退治される。寿光侯については「能劾二百鬼衆魅一、令二自縛見レ形。」といい、その具体的な例として「其郷人有レ婦、為レ魅所レ病。侯為劾レ之、得二大蛇数丈一、死二於門外一。」（同前・寿光侯。なお『捜神記』巻二、

三二一(4)ほかにも同じ所伝がある）とつたえる。

この「鬼魅」は、『抱朴子』の前述の例に通じることをもっていえば、「物」にあたる。ただし、「物」一語では誤解を生じかねない。もう少し一般的には、『倭名類聚抄』が「魑魅」の説明のなかに引用している「玉篇云、魅、老物精也。」ということの『玉篇』が説くような見方のほうが広くゆきわたっていたであろう。『抱朴子』にも、それと同じ見方をつたえる一節がある。

万物之老者、其精悉能仮二託人形一、以眩二惑人目一而常試レ人。（登渉巻第十七）

入山の道士が九寸以上の明鏡を背後にかけていれば、「老魅不二敢近一」、また人の姿をして人を試みても、「若是鳥獣邪魅、則其形貌皆見二鏡中一矣。」という。『論衡』には、『玉篇』の前述の一節に対応して「鬼者、老物精也。」（訂鬼第六十五）とあるが、それにつづいて「（夫物之老者、其精為《まねす》レ人。）亦有三未レ老、性能変化、象二人之形一。」というように、老にいたらない「物」のなかに、人に姿を変えることのできるものもいると説く。

「鬼魅」や「鬼」にとって、こうして「老」は本質的な要件ではなかったであろう。「鬼魅」や「鬼」と「物」との関係にここであらためてたち返ってみるに、『論衡』では上述のとおり、『玉篇』などが「魅」としていたところを「鬼」とする。この「鬼」は、「鬼魅」や「魅」、さらには「物」にも対応する。そのことを端的にものがたるのが、『論衡』の次の一節である。

一曰、鬼者、物也。与レ人無レ異。天地之間有二鬼之物一。常在二四辺之外一、時往二来中国一、与レ人雑則、凶悪之類也。（同前）

この「鬼」は、「凶禍之家、或見二蜚尸一（空飛ぶ死者）、或見二走凶一（走る不吉なもの）、或見二人形一（人の形）、三者皆鬼也。」というように様々なあらわれをみせ、なおかつ人によって呼称が異なること「或謂二之鬼一、或謂二之凶㆒、或謂㆓之魅㆒、或謂㆓之魑㆒。」と説くとおりだけれども、「皆生存実有、非㆔虚無象㆓類之㆒也。」というように生存し実在することをいう。

三、大物主神の正体明かしと志怪小説の鬼魅に通じるその「物」

「鬼」の、死者をあらわす例[5]とは別に「魅」に通じるもの、及び「鬼魅」を、「物」をもってあらわしたり、あるいは言いかえる例が、こうして少くない。それが、まさに「物」によっては、人間に姿を変え、そうして害悪をなすことに特徴がある。それの正体が動物のかたちをとる点にも、一つの特徴をみることができる。

「物」のこのありかたは、「モノ」についての前述の邪悪や姦悪といったありかたに重なる。そうである以上、「モノ」に「物」をあてることは自然だったはずであるが、その「モノ」と「物」との対応は、「物」と「大物主神」とのつながりを強く示唆するであろう。げんに、日本書紀の崇神天皇十年九月条につたえる大物主神のありかたは、「鬼魅」にあたる「物」のその前述のありかたにそのまま通じる。そのあい通じるありかたに、中国の志怪小説に散見する類例との深いつながりを指摘することが可能である。

いまそのつながりを具体例にそくしてみるに、日本書紀の所伝（崇神天皇十年九月）は、倭迹迹日百襲姫命が大物主神の妻となることから始まる。昼は姿をみせず、夜だけ妻のもとに通うというそのかたちは、妻問い婚の婚姻形態に基づく。恐らくそうしたことから志怪小説に類例がないのであろうが[6]、人間に姿を変えて通う大物主神のその正体を「遂有㆓美麗小蛇㆒。其長大如㆓衣紐㆒。」という。小蛇が人間に姿を変え、いわば夫婦の関係を装ってその妻のもとに通うというこのかたちは、たとえば次の『捜神記』の所伝にほぼ対応する。

北平田琰、居二母喪一、恒処レ廬。向二一暮一、夜忽入二婦室一。密怪レ之曰「君在二毀滅之地一、幸可レ不レ甘」。琰不レ聴而合。後琰暫入、不レ与二婦語一、婦怪二無言一、并以二前事一責レ之。琰知二鬼魅一。臨レ暮竟未レ眠、衰服掛レ廬。須臾見二一白狗一、攫レ廬銜二衰服一、因変為レ人、著而入。琰随レ後逐レ之、見二犬将レ升二婦牀一、便打二殺之一。婦羞愧而死。（四三二）

母の喪に服して廬に寝起きしていた田琰になりすまし、夫を装ってしばらくその妻のもとにやって来ては交わったが、田琰に「鬼魅」であることを見破られ、喪服を着て妻のベットに上ろうとしたところを打ち殺されたというばけ物の正体を「白狗」とつたえる。なおもう一例だけ次にしめす。

沙門竺僧瑤得二神呪一、尤能治レ邪。広陵王家女病レ邪。召レ瑤治レ之。瑤入レ門、便瞋レ目大罵云「老魅不レ念レ守レ道而干二犯人一」。女乃在レ内大哭云「人殺二我夫一」。魅在二其側一曰「吾命尽二於今一、可二為痛レ心」。因歔欷悲啼、又曰「此神也不レ可二与争一」。傍人悉聞。於レ是化為二老黿一、走出二庭中一。瑤令レ撲二殺之一也。（雑鬼神志怪[7]・三五四）

傍線部の「人殺二我夫一」は、広陵王家の娘が、自分に取りついた「老魅」と夫婦の関係をむすんでいたことをものがたる。この「老魅」の正体は「老黿（わにの類の動物）」である。

かりに取りあげた右の二つの所伝ともに、鬼魅を最後には殺している。所伝は、そうした怪物退治か、もしくは怪物の退散といったかたちを多くが取る。くだんの大物主神に関連した所伝では、妻問い婚にそくして、夫に羞恥を加えた妻がその仕返しをうけて死に至り、夫は御諸山に登るというように展開する。所伝のそうした成りたちの上での違いは、確かに小さくない。けれども、全体の筋立てから、その筋を成りたたせる基本的な考えに目を転じてみると、「小蛇」「白狗」「老黿」などの違いを越えて、それらが人間に姿を変え、女性のもとに通って交りをもちながら、その正体が露見したところで別離に至るという点において、たがいに確実に一致する。しかも交わりをもつなかに、すでに避けがたく異質をかかえこんでいて、当面の大物主神のばあいも、妻の倭迹迹日百襲姫命じしんが「君常昼不レ見者、分明不レ得レ視二其尊顔一。」と不審を招き、それが正体露見の決定的な契機となる。異質を異質と感得するのは人間であり、その異質とは鬼魅であることにほかならないが、鬼魅であることが露見した上での人間との共存はありえない。『論衡』の前掲の一節に「有二鬼之物一、常在二四辺之外一。」というように、所詮は異界のものでしかない。『日本書紀』の所伝では、大物主神が倭迹迹日百襲姫命のもとを去って御諸山に登るという別離のかたちをとるが、それはそれで別離の織り込みずみの展開だったはずである。

『日本書紀』が伝える大物主神は、志怪小説に登場する鬼魅をこうしてほうふつとさせる。神を名にもち、神であることをおのが身上とすることにともなう必然として、なるほど、人に害悪をなすという鬼魅の鬼魅たるゆえんの実質を後退させてはいる。しかし、それでも、人間（女性）を妻とすること、さらには別離にともないその者を死に至らしめている点などは、神であるより、むしろ鬼魅の、その本質を拭いがたくとどめているとみるべきであろう。それと、上述の明らかに鬼魅に通うというありかたにおいて、大物主神はすぐれて「物」そのものにほかならない。その正体を、倭迹迹日百襲姫命の「分明不レ得レ視二其尊顔一」という不審を契機に明かすこと、いわばこの正体明かしを所伝は主題とする。正体明かしによって、大物主神を、天皇の統治する体制のうちにとり込むことが可能となる。神代紀が大国主神の亦名とする大物主神に、そうして決着を付ける意味あいが強い。しかも、もとより、それ以上に凶厲《れい》無比な大物主神を鎮めることを主題とする所伝がまた別にある。それが、採りあげる順序が後先になってしまったけれども、崇神天皇五年以降に展開する所伝である。ここでも、中国古典に根ざす顕著なあらわれをみせる。

四、大物主神の所伝の成りたちをめぐる特質とその意義

その具体例を所伝の展開にそくしてみるに、まずは崇神天皇五年条に「国内多㆓疾疫㆒、民有㆓死亡者㆒、且大半矣。」とつたえる。この事態は、同六年に「百姓流離、或有㆓背叛㆒。」という拡がりをみせる。問題はこの直後の記述であるが、次にそれを模式的にしめす。

百姓流離 或有㆓背叛㆒	A、其勢難㆓以㆑徳治㆒㆑之 B、是以、晨興夕惕、請㆓罪神祇㆒

社会的混乱に対して、「徳」による当初の手あては効果がなく、そこで「神祇」に頼るというように、両者を明らかに対照させている。翌七年二月条の崇神天皇の詔のなかにも、次のように、かりにA、Bにそくして傍線を付した一節のその（A）「善政」とは多く徳政に通じるはずであるから、まずはそれをいい、その上で、それと（B）「神祇」とを対照させるという、大筋においてはほぼ同様のありかたをみることができる。

昔我皇祖、大啓㆓鴻基㆒。其後、聖業逾高、王風転盛。――歴代天皇の治世

不㆑意、今当㆓朕世㆒、数有㆓災害㆒。（A）恐朝無㆓善政㆒、（B）取㆓咎於神祇㆒耶。盍㆘命㆓神亀㆒以極㆗致㆑災之所㆖由也。

――崇神天皇の治世

なおまた、この詔は、前段で皇祖をはじめとする歴代天皇の盛んな聖徳の功績成果を強調し、後段において、それとは対比的に当世の失政をいう。こうした構成には類例がある。たとえば、次の『漢書』（元帝紀第九）がつた

える詔の、かりに「賢聖」を歴代天皇に代替してみると、内容的にはほぼあい通じる。

蓋聞、賢聖在レ位、陰陽和、風雨時、日月光、星辰静、黎庶康寧、考終二厥命一。――賢聖の治世

今朕恭承二天地一、託二于公侯之上一、明不レ能レ燭、徳不レ能レ綏、災異並臻、連年不レ息。（以下具体例略）(8)。天惟降レ災、震二驚朕師一。治有二大虧一、咎至二於斯一。（以下略）――元帝の治世

前段は、賢聖による過去の理想の世のありかたをいう。その太平の世をもたらす賢聖と、崇神天皇の詔にいう皇祖をはじめ偉大な統治をいよいよ盛んにした歴代天皇たちとに違いはなく、それと今の世の失政とを対比させるのが詔の一つのかたちで、ともにそれにのっとって成りたつ。

二つの詔の傍線を付した箇所も、もちろんあい通じる。そのうち、とりわけ重要なのが、傍線部の「咎」をめぐる問題である。「咎」をいうばあい、たとえば同じ『漢書』「成帝紀」（第十）の鴻嘉元年二月の詔に、「書不レ云乎『即我御事、罔二克耆寿一、咎在二厥躬一。』」とある『書』の一節などが先例となるであろうが、この語の散見する『後漢書』の例をいくつかしめせば、「而今震裂、咎在二君上一。」（巻一下・建武二十二年九詔）「災異屢見、咎在二朕躬一。」（巻二・中元十三年十月制）「愆咎衆著、上天降レ異。」（巻三・建初五年二月詔）「咎罰既至、復令三灾及二小民一。」（巻四・永元十二年三月詔）などのように、天変地異や災害を為政者みずからに対する咎罰とみなす（「咎在二朕躬一、非二群司之責一。」巻五・永初三年三月詔）類型的な表現につかうのが通例である。崇神天皇の詔の「咎」をめぐる表現も、その通例に確かにあてはまる。

さて、しかし、その咎罰を下す者を、通常は天とする。前掲の例も含め、たとえば『後漢書』（巻四）「延平元年七月勅」に「夫天降二灾戻一、応レ政而至。間者郡国、或有二水灾一、妨二害秋稼一。朝廷惟咎、憂惶悼懼。」というように天の降す災いは失政がまねいたものとみなすのが、これまた一つの通念である。崇神天皇の詔にいう神祇

は、まさにその天にあたるし、天とするほうが、その前の「無二善政一」に対応することからも自然だったはずだけに、逆に、独自性をきわだたせている。

神祇を、中国古典に根ざす思想や表現の類型に大きく依拠するなかに、それとは異質であることを承知のうえで、だから意図によって、わざわざ引きあいに出したことは明らかである。その意図とは、もちろん大物主神の登場を予定した上で、それに道をひらくためのものにほかならない。いわば伏線を敷いていることになる。そこで改めてさきの神祇に着目してみるに、「B、請二罪神祇一」（B）「取二咎於神祇一」というように、それを含む二つの句は確実に対応する。内容的には、神祇に対して罪咎を犯していることをいう。その罪咎は、まずもって神祇に対する疎略な姿勢にかかわる。

たとえば疾疫流行の前年、崇神天皇四年の詔では、まず歴代天皇の功績を「能世闡二玄功一、時流二至徳一。」とたたえた上で、「皇祖之跡」に遵い、「永保二無窮之祚一」ことのために、臣下の「竭二爾忠貞一」を得て天下の安定を実現することの意義を強調するなど、全体に儒教にもとづく思想的強いくまどりをもつ(9)。疾疫流行にはじまる国の乱れにさいして、「其勢難二以レ徳治一レ之。是以、晨興夕惕、請二罪神祇一。」という徳をもっての対応を優先し、それの無効後にはじめて神祇を顧みる。しかも、実はこれ以前に（「先レ是」）と態態断った上で、つまり世のかってない乱れに先立つという時を特に示して、恐らくそれぞれ天神、地祇の至高神ともいうべく、宮中に祭っていた天照大神と倭大国魂神との二神を、その神威を畏れて隔離し、天照大神は倭の笠縫邑に祭ったけれども、倭大国魂神（神代上第八段〈書六〉に、大国主神の亦名として大物主神のあと大国玉神を挙げる）にいたっては、この神を祭る渟名城入姫命が体に変調をきたし、ついに祭らずに終わっていることをつたえる。宮中祭祀をなおざりにした状態を放置したままを、それはたぶんに強調する。

中国の伝統思想を尊重する姿勢と、こうした神祇に対する疎略な態度とは、ないあわさる関係にある。大物主神は、これを見かねて疾疫を流行させたという構図がおのずから浮かび上がる。崇神天皇がそれをいわば神の譴責として受けとめたこと、これこそ、まさに崇神天皇七年二月条の詔の「今当二朕世一、数有二災害一。恐朝無二善政一、取二咎於神祇一耶。」という自責の言葉に照応する。前述のとおりこの一節が中国の伝統的な思想にそくして成りたつことに照らして、しかもそれがまた所伝を貫く基調だから、疾疫の発生そのことと、それに端を発する一連の事態の展開とは、いわば失政の端的なあらわれそのものといっても過言ではない。中国の伝統的な思想をもとにする理念的な理想の政治より、むしろ神代の事蹟にねざす本来の神祇祭祀をもって、それこそまつりごとの基盤とすべきことを、大物主神が警告し、訴えた、これが疾疫の流行に当たる。この危機に神恩を祈願した天皇に、大物主神はみずから「勿二復為一レ愁。国之不レ治、是吾意也。若以二吾児大田田根子一令レ祭レ吾者、則立平矣。亦有二海外之国一、自当二帰伏一。」と応える。祭祀が、国の平定はもとより海外の国の帰伏までもたらすというこの教示は、翻って、あの神代の大己貴神が国造りを終えて「今理二此国一、唯吾一身而已。其可三与レ吾共理二天下一者、蓋有之乎。」と愁訴した際、「如吾不レ在者、汝何能平二此国一乎。由二吾在一故、汝得レ建二其大造之績一矣。」（神代上第八段〔書六〕）と応じた大己貴神じしんの幸魂・奇魂の言葉に対応する。この幸魂・奇魂が、後の大物主神である。さればこそ、大己貴神の「平二此国一」に与ったこの事蹟を、大物主神はひき継ぎ、それが「令レ祭レ吾者、則立平矣。」につながったはずである。

国造りから天皇の統治に移って、大物主神がそれに与るかたちも変わる。すなわち、国の政治のありかたにかかわる内容にそくして、それにふさわしい中国の伝統的な思想を取りこんで所伝を成りたたせたということにほかならない。だからこそ、大物主神の祭りにとどまらず、渟名城入姫命の異変がもとで祭っていない倭大国魂神の祭りや、さらには八十万神たちの祭りもおこなうべく、「仍定㆓天社・国社及神地・神戸㆒。」というようにその基盤を確立したことをいう。神祇祭祀を尊重する方向に政治のかじを大きくきったことを、それはあきらかにものがたる。その結果を、一連の所伝の最後に次のようにつたえる。

於㆑是、疫疾始息、国内漸謐。五穀既成、百姓饒之。

疫疾が終息して平穏をとりもどしたことをいうが、大物主神をはじめとする神々を祭り（まだその基盤を整えた段階にせよ）、右のような成果をげんにそれがもたらしたことは、祭祀のもつ意義の大きさを如実にものがたる。とりわけ「五穀既成、百姓饒之。」と言いそえる点は、所伝のそれまでの展開とは内容のかかわりが薄いだけに、理想的な政治にしめる祭祀の絶大な効果をかえって浮かび上がらせる。

五、大物主神の祭りをめぐる表現とその類型

もちろん、ここには誇張がある。内容の上では、たとえば「是歳、天下安平、人無㆓傜役㆒。歳比登稔、百姓殷富。粟斛三十、牛羊被㆑野。」（『後漢書』巻二、顕宗孝明帝紀第二、永平十二年）などの太平で豊かな世をたたえる一節に通じる。ここにいう後漢の明帝の治世を、『後漢書』の明帝紀の「論」に「故、後之言㆑事者、莫㆑不㆑先㆓建武・永平之政㆒。」というように、光武帝の建武の政とならぶ永平の政として後世の者は仰ぐ。部分的に表現が通じるだけだとはいえ、あれはあれで、こうした中国古代の理想の治世をいう表現にならっていることは疑いない。

前述のとおり所伝が中国古典に深く根ざして成りたつ上に、所伝の一連の展開をしめ括る最後の一節が、右のようにその基調を顕著に体現して成りたつ以上、所伝の核心に位置する大物主神の祭祀についても、それの強い

影響を想定するのが筋である。げんに、たとえば大物主神がわが子の大田田根子を特に指名して祭らせるというかたちをとるが、祭りとはいっても、父でありながら、鬼神なのであるから、現実をひきうつしているというより、むしろ中国の古典に散見する考え、すなわち「臣聞レ之、神不レ歆《うけ》二非類一、民不レ祀二非族一。」（『春秋左氏伝』僖公十年秋。『論衡』死偽第六十三に同文あり）「甯武子不レ可曰、鬼神非二其族類一、不レ歆二其祀一。」（同・僖公三十一年冬）、あるいは「子曰、非二其鬼一而祭レ之、諂也。」（『論語』為政篇）などにいう、鬼神はおのれの血族以外の祭りをうけないとする考えにもとづく。

もとより、それが歴史の事実をありのままにつたえたものだとする見方は、成りたたない。なぜなら、祭りをめぐっては、他にあい似た表現の例がいくつかあり、大物主神の祭祀関連の記述がその類例どおりのあらわれをみせるからである。しかも、祭祀を所望する大物主神がその意向を二度にわたってつたえるが、そのいずれの記述にも類例が緊密に対応する。始めが、倭迹迹日百襲姫命に神が憑りついてみずからの意向をつたえるというくだりで、『日本書紀』仲哀天皇八年九月条に類例がある。次に二つを並べてしめす。

（A）是時、神明憑二倭迹迹日百襲姫命一曰「天皇、何憂二国之不一レ治也。若能敬二祭我一者、必当二自平一矣。」（崇神紀）

（a）時、有レ神、託二皇后一而誨曰「天皇、何憂二熊襲之不一レ服。（中略）若能祭レ吾者、則曽不レ血レ刃、其国必自服矣。」（仲哀紀）

右のように表現・内容ともに著しく類似する。[10] もう一つが、右の（A）の憑依とは違い、天皇の夢に大物主神が姿をあらわして意向をつたえるというかたちをとる。これは「祈」にはじまり、「夢辞」の確認をめぐる後日譚をともなう。類例は、神武天皇即位前紀戊午年九月条につたえる次の（b）の所伝である。

（B）天皇乃沐浴斎戒、潔ニ浄殿内一而祈之曰「（省略）」是夜、夢有ニ一貴人一、対ニ立殿戸一、自称ニ大物主神一曰「天皇、勿ニ復為レ愁。（中略）。若以ニ吾児大田田根子一令レ祭レ吾者、則立平矣。亦有ニ海外之国一、自当ニ帰伏一。」

秋八月（七日）、倭迹速神浅茅原目妙姫（以下二名略）、三人共同夢而奏言「（省略）」天皇得ニ夢辞一、益歓ニ於心一。（崇神紀）

（b）天皇悪レ之。是夜、自祈而寝。夢有ニ天神一、訓之曰「宜下取ニ天香山社中土一以造ニ天平瓮八十枚一并造ニ厳瓮一、而敬ニ祭天神地祇一亦為中厳呪詛上。如レ此、則虜自平伏。」

時、弟猾又奏曰「（省略）」。天皇既以ニ夢辞一為ニ吉兆一。及レ聞ニ弟猾之言一、益喜ニ於懐一。（神武紀）

若干補足すると、（B）（b）ともに、段落分けしたその後段の「省略」部分に、夢にあらわれた神のさとし、すなわち「夢辞」が確かなことを裏づける内容をあらわす。その内容が、前段にいう神の「夢辞」をほぼ繰りかえしたものである点も、あい通じる。

（B）についてさらにつけ加えていえば、内容、表現ともにあい通じる例が、あと二つある。まずは允恭天皇十四年九月条の所伝で、天皇が淡路島で猟をしたところ、獣は山谷にあふれるほど多いにもかかわらず全く獲《え》られず、卜すると、島の神が次のように神意を告げる。

（嶋神祟之曰）不レ得レ獣者、是我之心也。赤石海底有ニ真珠一。其珠祠ニ於我一、則悉当レ得レ獣。

獣が獲られないのはみずからの意向だという神の「不レ得レ獣者、是我之心也。」ということばに、（B）の前段のなかでは「省略」としたが、そこにあてはまるのが大物主神の「国之不レ治、是吾意也。」ということばであり、これがまさに符合する。神がみずからの意向で惹き起こしている危機的な事態を、みずからを祭らせることによって解消するという、いわば神の一方的な要求をめぐって展開するのが、この所伝の類型である。しかも、祭りを、みずからが指定する人物をもっておこなうよう神じしんが教示するという点を、この類型をふむ所伝はひとしく重要な柱とする。

もう一つの（B）に通じる例も、もちろんその類型にあてはまる。仁徳天皇十一年十月条の所伝であるが、次のように夢に神があらわれてみずからの意向を指示するという、いっそう（B）に近似したあらわれをみせる。

是（茨田堤の修築）時、有二両処之築而乃壊之難一レ塞。時、天皇夢有レ神、誨之曰「武蔵人強頸・河内人茨田連衫子、二人以祭二河伯一、必獲レ塞。」

堤の修築の困難をあらわす「有二両処之築而乃壊之難一レ塞」という表現は、それが、明記してはいないけれども、類型にそくしていえば「是我之心（意）」などの神の意向によるはずである。夢にあらわれた神は、「河伯」である。この神の祟りであることを、引用した一節につづくなかで、犠牲を強いられた衫子のことばとして「河神祟之、以レ吾為レ幣。」と明かしてもいる。前掲の允恭紀がつたえる所伝にも、「嶋神祟之曰」とあったが、また一方、引用したなかの「（強頸と衫子の）二人以祭二河伯一、必獲レ塞。」については、（B）の「若以二吾児大田田根子一令レ祭レ吾者、則立平矣。」という一節に通じる。

こうしてどの例も、類型にのっとったあらわれをみせる。神の多彩さ、たとえば（a）は「神風伊勢国之百伝度逢県之拆鈴五十鈴宮所レ居神、名、撞賢木厳之御魂天疎向津媛命」「於二尾田吾田節之淡郡一所レ居神」「於レ天事代於レ虚事代玉籤入彦厳之事代神」「於二日向国橘小門之水底一所レ居而水葉稚之出居神、名、表筒男・中筒男・底筒男神」といったそれじたい多彩な顔ぶれの神神であり、（b）は「天神」だが、そのほか「淡路嶋神」（允恭紀）、「河伯（神）」（仁徳紀）などもいるように、それはさながら天神地祇をとりどりに含むほどであるにもかかわらず、それとは裏腹に、そうした神神の行動や意向は、それこそ型通りというほかない。それら全てを、右に指摘した対応にそくして、大物主神一柱に代表させることもあながち無理ではない。大物主神のこうした型通りのあらわれを、だから歴史の事実と短絡させることは、もとよりできない。むしろ、その型通りのあらわれこそ、歴史の事実、そのいわば束縛からの自由を示唆する。たとえば、類型にそくして、そこに中国の伝統のかんがえを加味することを、その自由がそれこそ積極的に促したに違いない。

六、大物主神と河神、その祭りをめぐる相関と中国古典

具体的には、大物主神がみずからの子におのが祭りをさせるという例を一つ挙げただけにすぎないが、この大物主神の祭祀については、なおいっそう多くの部分を、中国の伝統の考えにそくして成りたたせていることを強くおもわせる。そこでいまそのことを確かめるため、前述のとおり（B）にもっとも近似した河神の祭りをめぐる所伝を取りあげてみる。大物主神というこの神の実態を探る上に、それは極めて示唆にとむ。

ごく手短かに関連する部分にかぎって挙例すれば、茨田の堤の修築工事にともなうものであるが、着工が仁徳天皇十一年の十月、同年の四月にそれを指示した詔がある。このなかに「河水横逝以流末不レ駃」という「河水」の神が、「河伯」「河神」として登場する。しかしそれを「川」とせず、「河」とする点に、実は意味がある。それに加え、詔に「決二横源一而通レ海、塞二逆流一以全二田宅一。」というように、実際は、水路を作って水を海に流す堀江の修築工事と並行して、海からの逆流を塞ぐために進めているのが茨田の堤の修築なのであるが、後者にかぎり、しかも「塞二逆流一」という工事だったにせよ、「有二両処之築而壊之難一レ塞」というとおりどこまでも「塞」

に焦点をあててそれの困難をいう。

所伝は、こうして堤を築くことより、堤における「難レ塞」という困難を、河神に犠牲をささげ祭ることを通して解決するというかたちをとる。そのかたちを、右に指摘したとおりことさら取っているに違いない。そのことは、同じかたちをとる『史記』（巻二十九、河渠書第七）の次の所伝とのつながりを強く示唆する。

天子乃使下汲仁・郭昌発二卒数万人一塞中瓠子決上。於レ是、天子已用二事万里沙一、則還自臨二決河一沈二白馬玉璧于河一、令下群臣従官自二将軍一已下皆負レ薪寘中決河上。

漢の武帝の元封二年、黄河の瓠子（堤の名）における決壊を「塞」ぐ難工事に、傍線部につたえるとおり犠牲の白馬と玉璧とを黄河に沈めた（同書「封禅書」第六では「沈祠」というもので、この所伝の一節を、たとえば『初学記』（巻第六・河第三）は「沈白馬」の見出しで引用し、『芸文類聚』（巻八「河水」）また同様に収載する。よく知られていたという以上に、黄河の治水事業をめぐるそれは一つの模範でもあったらしく、『後漢書』（巻二、顕宗孝明帝紀第二）に、それをつたえる次の記述がある。

（永平十三年）夏四月、汴渠成。辛巳、行二幸滎陽一、巡二幸河渠一。乙酉、詔曰「（前略）。今既築レ隄理レ渠、絶レ水立レ門、河・汴分レ流、復二其旧迹一、陶丘之北、漸就二壌墳一。故薦二嘉玉生絜牲一、以礼二河神一。（中略）、庶レ継二世宗瓠子之作一。」

汴渠の完成をうけ、河渠に巡幸したさいの後漢の明帝の詔であり、傍線部に嘉玉と犠牲とをそなえて河神を祭っている。詔の最後に「庶レ継二世宗（前漢の武帝）瓠子之作一」と思いをよせるとおり、祭りはかの武帝の故事をふまえる。黄河の治水をめぐって、右の一節に「築レ隄理レ渠、絶レ水立レ門」という堤防を築いて暴れ水の侵入を防ぐなどの工事のばあい、武帝のあの「塞二瓠子決一」が先例でもあり、禹の治水とはまた別に、歴史上の仰ぐべき偉業となっていたとみることができる。

茨田の堤の修築であるから、武帝の故事を先例とするのは自然だったに違いない。舞台の茨田の堤を瓠子になぞらえた上で、『史記』の前掲一節の「塞二瓠子一」にそくして、「塞二逆流一」の工事に伴う「有二両処之築而乃壊之難一レ塞」という事態をつたえている可能性が高い。「沈二白馬玉璧于河一」については、それに、上述（898頁）の祭祀をめぐる類型にのっとる「禱二于河神一。爰強頸泣悲之、没レ水而死。」という人身御供をもって代えたということであろう。類型によらなければ、祭りを伴わない、たとえば景行天皇四十年是歳条につたえる弟橘媛が「海神心」にしたがい犠牲となって「披レ瀾入之」というようなかたちをとることもゆうにあり得る。河神が夢にあらわれて人に物を求めるという仁徳紀のくだんの所伝にごく近い例に、古くは『春秋左氏伝』（僖公二十八年夏）の次の所伝がある。

初、楚ノ子玉為《つくる》二瓊弁玉纓一（馬のたてがみの前につける玉の飾り）、未二之服一也。先レ戦夢、河神謂レ己曰「畀《あたえよ》レ余。余賜二女《なんじ》孟諸之麋一（沢地）」。弗レ致也。

この所伝に祭りの入りこむ余地などない。新しくは、六朝志怪小説の『異苑』（巻七）がつたえる次のような例もある。

晋明帝時、献レ馬者夢、河神請レ之。及下至与二帝夢一同上、遂投レ河以奉レ神。

この例は、河神が生きた馬を求めるという点で、あの武帝の故事の「沈二白馬一」（前掲『初学記』の見出し）に通じる。もとより、祭りにはほとんど関心をよせていない。

管見に入ったかぎりでしかないが、犠牲に祭祀がともない、それもそこに焦点を当てる例は、やはり特殊の部類に属するであろう。日本書紀にあっては、逆に、むしろ類型をかたちづくっている。当該所伝にそくしていえば、つまり類型にのっとり、それに参照したのが、『史記』の前掲の一節の「沈二白馬玉璧于河一」だったということにほかならない。所伝は、これら武帝の故事と祭りをめぐる類型との上に成りたっている。茨田の堤の修築という歴史の事実は、この所伝の成りたちの上では、背景でしかない。

かくてこの茨田の堤の修築をつたえる所伝に、前述のとおり大物主神の祭祀をめぐる所伝が通じるというのも、祭りに関連した同じ類型をもとに成りたつことに加え、当の河神に大物主神が重なるからにほかならない。この河神は、文字通り黄河の水神（河伯）につながる。しかも前掲『春秋左氏伝』や『異苑』などがつたえる河神にもそれが通じるように、鬼魅とも交渉をもつ。これを要するに、茨田堤の修築を妨害する河神も、疾疫を流行させる大物主神も、この鬼魅としてのありかたを共有している。[11] ただし、誤解のないよう言いそえれば、神としてのいわば神位なり神格なりは当然大きく異なる。

七、神代をひき継ぐ大物主神、その鬼魅の展開

もちろん、本質的な違いもある。それが、神代とのつながりの有無である。大己貴神の幸魂・奇魂を大物主神がひき継ぐことは前述（846、894頁）のとおりだが、この幸魂・奇魂の「吾欲レ住二於日本国之三諸山一」という要望に従い、「故即営二宮彼処一、使二就而居一。此大三輪之神也。」とつたえる。当初、大物主神が居住する宮を、三諸山に造営している。しかも「此大三輪之神也」と付記するとおり、称を三諸から三輪に移したあとは、この地にちなむ神として定着をみてもいる。

実際には、しかしこうした三諸山あるいは三輪との関連の一切を表に立てない。後に疾病を流行させる神とし

て顕現するが、この神がみずからの正体を明らかにしたなかでも、ただ「我是倭国域内所レ居神、名為二大物主神一。」（崇神天皇七年二月）というだけであり、御諸山とのかかわりをつたえる記述は、さきに取りあげたこの神と倭迹迹日百襲姫命との結婚をめぐる所伝にある。百襲姫命の背信に伴う結果として、

時、大神有レ恥。忽化二人形一、謂二其妻一曰「汝不レ忍令レ羞レ吾。吾還令レ羞レ汝」。仍践二大虚一、登二于御諸山一。

（崇神天皇十年九月）

神が一方的に離れさったその先を御諸山とする。「倭国域内」は、この御諸山と確かに照応するけれども、そう明示せず、そこで祭祀をおこなったともつたえていない[12]。前述のとおり正体明かしを主題とするこの所伝を、先行する疾疫を流行させる大物主神をめぐる所伝とは一連のつながりを担保した上で、切り離している。これに連動するのが、神代紀でも、国造りとは別に大物主神を「帰順之首渠」「領二八十万神一」とつたえる第九段〔書二〕の所伝である。大物主神がこの所伝をひき継ぐとすれば、三（御）諸山に居住して万鬼神を統領する鬼魅というかたちをとるはずだから、延いては、万鬼を閲領する神の神荼と鬱塁とに大物主神をなぞらえていたという想定を促すであろう。神荼と鬱塁とについて最も詳しくつたえるのが、『山海経』の次の一節である[13]。

山海経又曰、滄海之中、有二度朔之山一。上有二大桃木一、其屈蟠三千里。其枝間東北曰二鬼門一、万鬼所二出入一也。上有二二神人一、一曰二神荼一、一曰二鬱塁一、主レ閲二領万鬼一。悪害之鬼、執以二葦索一、而以食レ虎。於レ是、黄帝乃作レ礼、以レ時駆レ之、立二大桃人一、門戸画二神荼鬱塁与レ虎、懸二葦索一、以禦二凶魅一。

あらましを言えば、滄海中に度朔の山があり、その上の大桃木の三千里にも拡がる枝の間の東北を鬼門といい、ここを万鬼が出入する。この鬼門の上にいて鬼たちを監視・統制するのが、神荼・鬱塁の二神人である。悪害をなす鬼を、葦の縄で執らえては虎に食わせる。黄帝は、この二神人と虎を門戸に描いたうえに葦の縄をかけ、そ

うして凶悪な鬼魅を防いだという。

大物主神の「領二八十万神一」には、疾疫を流行させた大物主神の祭祀にあわせ、「便別祭二八十万群神一」と八十万神を祭っていることが対応する。その神代の八十万神の統領を大物主神がひき継ぐ以上、同時の祭祀により、祭神間では、大物主神がこの祭神の八十万神を統領する関係が成りたつはずである。この関係は、そのまま右の『山海経』の一節がつたえる神荼・鬱塁の「主レ閲二領万鬼一」に重なる。なおまた二神が万鬼の出入する鬼門を居場所としていることも、その重なりに伴うはずだから、大物主神の居るとする（祭祀したのでも、鎮座しているのでもない）御諸山は鬼門に当たる。[14] 大物主神の鬼魅というありかたや神代の八十万神統領をひき継ぐというありかたなどに、それがまた必然的に対応するあるべきありかたでもあったに違いない。八十万神の統領を大物主神に命じた高皇産霊尊がその目的とした「永為二皇孫一奉レ護」にそれが合致することも、もちろん偶然ではない。

注

（1）『箋注和名類聚抄』には「瘧鬼」（天地部神霊類）について「按於邇、鬼魅之類、加美、即神霊、瘧鬼謂下使二人病レ瘧之神上、則可レ訓二衣也美乃加美一、訓二於邇一、非レ是。」と指摘した上で「蓋可下謂二鬼魅一為上レ神、不レ得三謂レ神為二鬼魅一也」と説く。現実は、しかし混同が進んでいたわけで、不破浩子氏の『箋注和名類聚抄の研究』には、関連して「漢字表記では、『疫鬼』は追儺の記事に、『疫神』は、神祇に、多く見えるが、ⓖ（『日本霊異記』の例——榎本補）のように、通じて使われたようである。」（巻一―一、三八三頁）とある。

（2）『日本書紀私記』（神代下・乙本）に「邪神、安之支加美。邪鬼、安之支毛乃」とある。

（3）小学館『紀』では、「姦鬼」を全て「かだましきもの」と訓む。

（4）テキストは中国古典文学基本叢書の同書により、話の通し番号を付す。

(5) こうした例は、出石誠彦氏の「鬼神考」(『支那神話伝説の研究』)に詳しい。

(6) 志怪小説がつたえる異類婚譚では、鬼魅が女性に姿を変え、男のもとに通う、あるいは男と交わるといったかたちをとる例が少なくない。そのいくつかの例と、それらと『記』の所伝とのかかわりについては、拙稿「『古事記』の黄泉譚と志怪小説」(『佛教大学文学部論集』第七十九号。一九九五年五月)、「記紀と志怪小説―『古事記』中巻の所伝の成りたち―」(古事記年報38、平成八年一月)に論じている。

(7) 魯迅の『古小説鈎沈』(魯迅先生紀年委員会編・人民文学出版)所収の同書により、頁数を示す。

(8) 省略箇所に「乃二月戊午、地㆓震于隴西郡㆒、毀㆓落太上皇廟殿壁木飾㆒、壊㆓敗豲道県城郭官寺及民室屋㆒、圧㆓殺人衆㆒、山崩地裂、水泉湧出」とある。これ以外にも、たとえば「間者数年比不㆑登、又有㆓水旱疾疫之災㆒」(文帝紀第四、後元年三月詔)ほか、さまざまな災害がある。

(9) 詔がその後の所伝の展開に深くかかわるというのは、このあとの四道将軍派遣をめぐる一連の所伝にも通じる一つのかたち。注(6)拙稿「記紀と志怪小説」にその例について言及している。

(10)(A)の引用した一節のあとに「時得㆓神語㆒、随㆑教祭祀」とあるが、これは神功皇后摂政前紀(仲哀天皇九年三月条)の「時得㆓神語㆒、随㆑教而祭。」と一致する。

(11) 詳細は、拙稿「異国の装い、『日本書紀』がつたえる大物主神とその所伝」(『京都語文』創刊号、一九九六年十月)の「十一、異国の装いと表現の類型」(46頁以下)参照。

(12) 雄略天皇七年七月条の、天皇の「朕欲㆑見㆓三諸岳神之形㆒」という言葉の直後の注に、「或云、此山之神為㆓大物主神㆒也。或云、菟田墨坂神也。」とある。「三諸岳神」という地名をもって称するほど、大物主神の神名が周知でも、三諸岳と分ち難く結びついていたのでもない。「或云」の注記は、そのことを如実に示す。

(13)『山海経』の一節は、原文(海内北経)が失なわれているので、『論衡』(訂鬼第六十五)所引のものによる。『後漢書』(志第五)「礼儀中」の「大儺」の一節の劉昭の注にも、辞句を多少異にしながら、『山海経』の同じ一節をつたえる。『風俗通義』(巻八)「桃梗」に、それのやや簡略な所伝をつたえるほか、『文選』(巻三)「東京賦」にも「度朔作㆑梗、守以㆓鬱壘㆒、神荼副レ焉。対操二索葦一」とあり、これの薛綜の注は、『山海経』の一節に近い所伝をつたえる。

（14）実は、御諸山が鬼門に当たる確証はない。『山海経』に「東北曰二鬼門一」と説き、大物主神の祟りをつたえる崇神天皇朝に都を「磯城」に遷し、これを「瑞籬宮」と称することによる推定である。この都の所在した地を、日本古典文学大系の当該頭注（三三。237頁）に「今、奈良県桜井市金屋付近。」、また新編日本古典全集の頭注（一二。268頁）に「延喜式内社志貴御県坐神社の西（桜井市金屋）が遺称地。」と説く。この「金屋」から見て御諸山（三輪山）山頂はほぼ「東北」の方向に位置する。なお、壬申の乱では「古京」（近江遷都以前に宮室のあった飛鳥の地――天武天皇元年七月三日条の当該語に付した日本古典文学大系の頭注）が熾烈な戦いの舞台ともなるが、ここを基点としても、御諸山は「東北」の方角に当たる。

第六章　皇孫の天降りをめぐる所伝の差違化
――『三国志』裴松之注とその歴史記述――

一、神代紀の成りたちを問う取り組み

日本書紀の巻一・二（神代上・下）を特徴づける、それだけに他の巻とのきわだつ違いは、各段にいくつもの「一書」をかかえている点である。「一書」はいわば異伝であり、それの本伝にあたる文章に対する呼称は、「本文」「本書」「正文」などのように区々である。ここでは本伝の呼称をつかうとして、(1)この本伝と「一書」とをもって各段が成りたつなかに、神代紀はすぐれて個性を発揮してもいる。

さて、しかし本伝とはいいながら、その名にふさわしい内実をもっていることを必ずしも意味するものではない。本伝だけを、仮りに段をおって順につなげていっても、往往にして飛躍ないし唐突を逸れがたい。このことに関しては、「すでに諸先達によって再三指摘されて来ていることではあるが」と先行研究を踏まえ、太田善麿氏『古代日本文芸思潮論（Ⅲ）』（「第四章　日本書紀神代巻の一考察」174頁。昭和四十六年九月。桜楓社）に次のような指摘がある。

神代紀の実態は、章（段にあたる――榎本補筆）を通して見た場合の無一貫性がまぎれもない事実としてあがって来ると同時に、各章を単位として見た本書の本文においても、意識的な本文の確定がこころみられた

とするに相応しない諸種の徴候を見出さねばならぬのである。

太田氏のこの指摘は、ただに本伝間が一貫性を欠くだけでなく、本伝じたい本伝としての実質をそなえていたことを疑わせる一方、そのことにともない、本伝と異伝とが、それぞれそれらしくあるというより、いわばたがいをへだてる垣根がひくく、むしろ深いかかわりにあったことを示唆する。そのかかわりを、「海宮遊行章」にそくして、たがいの本文をつきあわせたうえで「ここに対照された本書と諸一書との関係からすれば、四つの一書をもととして適宜に取捨編成すれば、本書を組み立てることは決して困難ではなかったであろうと思われる」（前掲書188頁）と太田氏は説く。ここではいかにも慎重ではあるけれども、のちには、たとえば「前に見て来た本章の本書と諸一書との文章の対比の実情から推せば、この本書は諸一書があってはじめて成立し得たものであるとしても無謀とは言えないであろう。」（同218頁）というように諸一書をもとに本伝が成立したことを明言する。(2)

はたしてそれが妥当なのか、「本書と諸一書との文章の対比」あるいは「ここに対照された本書と諸一書との関係」といったかぎりでは、本文をつきあわせているだけだから、説得力には乏しい。表現があい通じるというただそれだけでは、たがいの関係、とりわけ一方をもとに他方が成りたつという相関を認定する決め手とはなりえない。しかしそうして本伝と各一書とが同じ表現を共有するというかぎりは、まぎれもない事実である。そこが、だから足がかりとなるはずだが、さりながら、本文のただのつきあわせだけでは決して十分とは言えない。本文の徹底したよみと、それにもとづく可能なかぎり詳細な分析につとめながら、この作業をとおして、まずは、本伝と各一書との関係、さらには各一書間のかかわり等を実態にそくしてみきわめる。もとより、所伝の成りたちの問題にも、それは関連する。その解明とあわせて、本伝に一書を付載するかたちをとる神代紀の、皇孫の天降りを中心としたその所伝の成りたちをめぐる内実についても鋭意分析を加える。

二、第九段の〔本伝〕と各一書に関する先行研究

ここにとりあげる対象は、いわゆる天孫降臨に関連した所伝を中心に成りたち、神代下の冒頭に位置する第九段である。太田氏が、各一書をもとに〔本伝〕が成りたつとみなす第十段にくらべ、一書の数は倍の八条にのぼる。実質的には、そのなかの五条ほどがとりあげる主な対象となるだけだが、降臨後をつたえる一条をのぞく四条、すなわち〔書一〕〔書二〕〔書四〕〔書六〕と〔本伝〕、それに古事記の当該条の所伝を加えた都合六つの所伝について、発展段階といった観点から分類した論考が、三品彰英氏『日本神話論』（「記紀の神話体系」125頁。昭和四五年七月。平凡社）にある。まずは、その結果を次にしめす。

第一段階　原始神話――「書紀」本文、同第六ノ一書
第二段階　儀礼神話――「書紀」第四ノ一書、同第二ノ一書
第三段階　政治神話――『古事記』「書紀」第一ノ一書

分類は右のようにまことに明快である。疑問の余地など無いかのようだし、げんにこれを支持する論考も、恐らく二、三にとどまらない。その一つの荻原千鶴氏『日本古代の神話と文学』（「第五章　神を迎える神――降臨神話の周辺――」100頁。一九九八年一月。塙書房）には、右の各段階をたどったうえで次のように説く。

諸伝はすでに天皇統治の由来を語る王権〈神話〉の姿をとってはいる。が、その原初形は穀霊来臨の神話であったと思われ、原形をなお色濃くとどめたものから、諸部神や神器を携え統治の神勅を奉じた壮大な天孫降臨神話へと発展した様相を、三品氏論文はみごとに描き出している。さらに第二段階の〈四〉〈二〉につ

いて、〈四〉はむしろ第一段階に近似し、〈二〉はさまざまな点で第三段階への方向性を示す過渡的所伝である、との調整を加えられた金井清一氏の見解も適切なものと思われる。

右に引用したなかの〈四〉〈二〉は、それぞれ〔書四〕〔書二〕にあたる。三品氏の発展段階説を、荻原氏は「みごとに描き出している」というように高く評価する一方、それに調整を加えた金井清一氏の所説（「降臨神話の原型と展開」『講座日本文学　神話上』一九七七年二月。至文堂）も「適切なもの」とみる。(3)

三品説の基本となる発展段階説は、かくしていぜん面目を失ってはいない。そのことは、しかし、説の妥当をいささかも保証しない。内容について問う以前に、論証の手続きじたいに問題があるのではないか。たとえば「第一段階　原始神話」といった規定に、そうみなす論拠らしい論拠もなく、結局のところ、「またどの所伝もが持っている普遍的要素は、この物語の基本的要素であり、時間的には最も古く位置づけうる。」（前掲書125頁）、「基本的要素のみをもって語っている『書紀』本文・同第六ノ一書は、最も初期的な所伝と考えたい。」（同前127頁）というはなはだ主観的なものでしかない。つっぱねて言えば、確証を欠いている。「第三段階　政治神話」にしても、その新しいことを指摘したくだりをしめせば、「なかんずく『書紀』第一ノ一書の天壌無窮の神勅に至っては最も新しい、おそらくは『書紀』撰述当時の思想による潤色であろう。また三種の神器は下文に説くように、呪具として由来するところは古いが、それに新しい政治的意義を含意せしめたのもやはりこのころでなくてはなるまい。」（同前126頁）というように決めてかかっているだけにすぎない。

疑問は、つきない。天壌無窮の神勅を『書紀』撰述当時の潤色とする点、三種の神器と政治的意義とのかかわり、なかんずく政治的意義のその内実なども、説得力をもつとはいいがたい。三品氏発展段階説の基盤にあるのが、荻原氏の論考に指摘のとおり、「原初形は穀霊来臨の神話」という見解であり、それについて、新羅の赫居世の所伝や朝鮮の伝統行事なども引きあいにだして「天降る嬰児は穀童的存在にほかならない。」（同前129頁「付記」）といい、また『建国神話の諸問題』（「天ノ岩戸がくれの物語」。昭和四六年十一月。平凡社）の「第三節　穀霊と日の神の祭儀」のなかにそれを詳細に論じているけれども、荻原氏や金井氏のように評価することには、同調できない。逆に、従来とは別の観点から検討をくわえる必要を、むしろ痛感する。どのみち本文のよみが基本でもあり、そこからはじめなければならないが、手始めに、皇孫の天降りをつたえる一節をとりあげてみる。

三、本伝と二つの一書、「マドコオフフスマ」の表記をめぐる展開

〔本伝〕(A)高皇産霊尊、以㆓真床追衾㆒、覆㆓於皇孫天津彦彦火瓊瓊杵尊㆒、(B)使㆑降之。(C)皇孫、(D)乃離㆓天磐座㆒、且(E)排㆓分天八重雲㆒、(F)稜威之道別道別而天㆓降於(G)日向襲之高千穂峯㆒矣。（訓注は略、以下同じ）

〔書四〕(A)高皇産霊尊、以㆓真床覆衾㆒、裹㆓天津彦国光彦火瓊瓊杵尊㆒、(D)則引㆓開天磐戸㆒(E)排㆓分天八重雲㆒、(B)以奉㆑降之。

〔書六〕(A)高皇産霊尊、乃用㆓真床覆衾㆒、裹㆓皇孫天津彦根火瓊瓊杵根尊㆒、(E)而排㆓披天八重雲㆒、(B)以奉㆑降之。

（A）をはじめとする傍線部の同じ記号の箇所がたがいに一致度の高い表現を共有し、全体としても、基本的には皇孫の天降りをめぐる同じ構造をもとに成りたっていることは、疑いをいれない。〔本伝〕と一書とのこうした表現を中心とした互いの関係については、前述のとおり第十段の所伝にそくして太田善麿氏がすでに指摘している。「四つの一書をもととして適宜に取捨編成すれば、本書を組み立てることは困難ではなかった」というのがそれの基本的な見解だけれども、一書から〔本伝〕へという流れは、この第九段でも想定できない。

たとえば所伝全体の構成にまずは着目してみるに、記号だけをひきうつすと、次のとおり。

〔本伝〕　A・B・C・D・E・F・G
〔書四〕　A　　　D・E・B
〔書六〕　A　　　　E・B

表現の異なりは、それはそれで重要な手懸りだから、なおざりにするのではなく、必要に応じて言及するとして、右のように記号におきかえてとりわけ顕著なあらわれが、構成要素の次第に減じていく傾向である。偶然では恐らくない。〔本伝〕が（A）（B）と（C）以下とにそれぞれ高皇産霊尊と皇孫という別の主語をたてているのに対して、二つの一書ともに、主語は（A）に高皇産霊尊一つしかない。いいかえれば、全体を、高皇産霊尊を主語、皇孫を対象とする一つの文に統合している。この一文化と、構成要素の（A）以下を〔書四〕の記号四つから〔書六〕の記号三つへ順次減らすいわば逓減化とが連動していることは、疑う余地がない。

もっとも、一文化、逓減化の規定は、〔本伝〕を基にこれとの比較のうえでのことだから、基点を一書にかえれば、たちまち規定を逆転しなければならない。問題は、しかし規定することそれじたいではなく、そうした規定がかりにも可能な傾向をみせる関係をどうとらえるかにある。内容や表現の重なり度合の大きさ、わけても要素ごとに、たとえば（E）なら（E）が、（A）ならその内部の要素が、〔本伝〕と各一書とでまったく同じ部分として位置する事実は、原拠を共にするか、もしくは一方をもとに他が成りたつかのいずれかを、蓋然性の高いものとしてまずは示唆するであろう。そしてそのどちらかを見きわめるうえに重要な手懸りとなるのが、ほかならぬ表現の異なりである。

まず（A）では、〔本伝〕の「以二真床追衾一、覆」に対して、一書はともに「以二真床覆衾一裏」とする。しかもその一書の例の表記のほうを、神代紀第十段の〔書四〕が二例つたえている。

◯　於二内床一則寛二坐於真床覆衾之上一。

◯　遂以二真床覆衾及草一、裹二其児一、置二之波瀲一、即入レ海去矣。

「真床追衾」が初出例で、以下には全て「真床覆衾」の表記が一貫している。同じものをあらわしているはずだから、もちろん「『追』はオフ（覆）の借訓」（新編日本古典文学全集当該頭注）とみるほかなく、漢文体のなかに借訓字をつかうことじたい、特別な用字だったに違いない。たまたま初出例にそれをつかったとも、かんがえがたい。そうして意図によるとすれば、「追」が和訓「オフ」において定着していたことを梃子に、語形の明示を優先させたのであろう。語義の表示を犠牲にしたとはいえ、「以二真床追衾一覆」というようにそれを「覆」が直ちにうけるつながりじたい、「オフフスマ」が「覆」という用途上は「覆衾」に当たるはずだから、その和訓「オフフスマ」を「覆衾」へと導く。逆に、初出例を「真床覆衾」とすれば、語義表示の直接性を獲得することとひきかえに、「オホフ」と訓み誤る危険が増大する。[4] また一方、第二例以下のいずれかに、「覆」にかえて「追」をつかったとすると、「オホフ」とは別に新たに「オフ」と訓む例が出現したと誤解する虞れさえ生じかねない。音仮名表記でも採用しないかぎり、そうした訓み誤り、あるいは誤解をふせぐには、「追」の使用以外にはない、少くともそれが必然の選択だったはずである。

まずはこの初出例が敷いたレールにのって、すなわち「マドコオフフスマ」という訓みの確保を前提にして、しかもそれにそくして直後に「覆」と表現した関連をもとに、だから安んじて語義表示の直接性を表記に実現したのが、ほかならぬ「真床覆衾」だったに相違ない。そうである以上、「真床追衾」をふまえ、「追」を「覆」にかえてそれは成りたつ。そのほかの可能性、かりにたとえばなんら前提もない、あるいはまったくの単独・孤立した例を想定してみた場合、突然出現したその「真床覆衾」を、排他的に「マドコオフフスマ」と訓むことなどほとんど望みえない。その点、やはり「追」から「覆」への意図的な変更とみるのが自然であるが、このことは、所伝そうごの関係にそのまま重なるであろう。すなわち、〔本伝〕をふまえ、それに改変を加えて一書が成りたつということである。実は、さきに記号をもってしめした所伝の構成こそ、それを裏付ける徴証にほかならない。

四、本伝から一書へ、皇孫の降臨に関連した表現の改変

ここであらためて所伝の構成をふり返ってみるに、〔本伝〕が高皇産霊尊と皇孫とをそれぞれ主語とする二つの文から成りたつのに対して、一書はともに一つの文から成り、高皇産霊尊がその主語である。構成要素の多寡に違いがあるという以上に、内容それじたいが大きく異なる。さきの引用文にそくしていえば、（A）「高皇産霊尊、以㆓真床追衾㆒、覆㆓於皇孫天津彦彦火瓊瓊杵尊㆒、」〔本伝〕にかぎっては大差がない。問題は、そのあとである。〔本伝〕では（B）「使㆑降之。」と続き、高皇産霊尊が天降らせたことを伝えたあと、実際の天降りは、高皇産霊尊の命によるとはいえ、皇孫みずから主体的かつ独自におこなったことを言う。これに対して、天降りの実際にまで高皇産霊尊が関与したというかたちをとるのが一書である。念のため、次に引用する。

〔書四〕（D）則引㆓開天磐戸㆒、（E）排㆓分天八重雲㆒、（B）以奉㆑降之。

〔書六〕（E）而排㆓披天八重雲㆒、（B）以奉㆑降之。

ここの（B）は、〔本伝〕の同じ（B）の「使㆑降之」に対応する。意味には、「奉」と「使」の敬語と使役という違いがあっても、いずれも高皇産霊尊を主語とし、また行為の及ぶ対象を皇孫とする同じ構造から成る。構造

上同じである以上、〔本伝〕において右に引用した（A）を（B）がただちにうけるのと全く同様に、両一書もまた、右掲の引用文にそくしていえば、その（B）が、（D）や（E）を、同じ主語のもとにうけていることになる。すなわち、（D）の「引二開天磐戸一」さらに（E）の「排二分（披）天八重雲一」も、高皇産霊尊が、天降りする皇孫のためにおこなったものとみるほかない。皇孫がその主語ではない。

〔本伝〕とは、その点が決定的に違う。いまその違いに着目してみるに、高皇産霊尊を（D）や（E）の主語とすることは、とりもなおさず高皇産霊尊みずから天の八重雲をおし分けて皇孫を天降したことをあらわすのだが、かりにそれで矛盾がないとしても、少くとも、本来のかたちを伝えているとはみなしがたい。現に、〔本伝〕は、高皇産霊尊を主語とする（A）（B）とは明確に区切り、（C）以下を皇孫の主体的かつ独自な行動とする。そしてそれと全く同じかたちを、〔書一〕が、ほかならぬ天照大神が天降りを命じているにもかかわらず、次のように伝えている。

（C）皇孫、（D）於レ是脱二離天磐座一、（E）排二分天八重雲一、（F）稜威道別道別而天降之也。

（C）以下（F）にいたるまで、各要素ごとに〔本伝〕の該当する一節と逐一対応するけれども、この（C）に先行するのは「天鈿女、還詣報レ状。」という一文であり、（A）ではない。〔本伝〕とは全く異なる文脈のなかに、（C）以下の右の一節だけが〔本伝〕と逐一対応する一文として位置している。

いわば、全体としてあい異なる二つが、ごく一部にかぎって対応をもつというのが実態である。この対応じたい、前述した先学の説くようなその二つが共通の原拠をもつとする見方にそもそもなじまない。一部にかぎり、一方が他方をとりこんだことによるとみるのがむしろ自然のはずだが、また先学の説くように、かりに、〔本伝〕の一節が、〔書四〕ないし〔書六〕の（A）と〔書一〕の（C）以下とをよせあつめて成りたつものと仮定した場合、〔書四〕の（A）（D）（E）（B）、あるいは〔書六〕の（A）（E）（B）というように各要素がたがいに類型的に連結している以上、〔本伝〕のようにそこから（A）だけをきりはなすことはあり得ない。たとえありえたとしたところで、こんどは、その（A）と〔書一〕の（C）以下の一節とは、ただそれだけでは結びつかないといった別の問題が生じる。〔本伝〕ではその両者を「使レ降之」がつないでいるが、先に仮定したとおり〔書四〕ないし〔書六〕の（A）を利用したなら、その（B）の「奉レ降之」にかえてわざわざ新たに「使レ降之」としたその理由をあらためて問わなければならない。合理的な説明が、それに可能であろうか[5]。

　一書の一節（部分）をよせあつめて〔本伝〕の一節（全体）が成りたつものと仮定すると、どうしても隘路に入りこまざるをえない。そこで、逆に、〔本伝〕の一節をもとに一書の一節が成りたつことの可能性をさぐってみるに、たとえば〔書一〕を除く一書がともに「稜威之道別道別」を欠くことについても、それの皇孫みずから威厳をもって道をおし分けに分ける天降りを強調する表現では、高皇産霊尊が天の八重雲をおし分けて皇孫を天降すかたちにそぐわないために省いたといった解釈が可能であろう。「奉レ降之」に関連する表現上の問題も、〔本伝〕にもとづくものだとすれば、（A）～（F）を縮約するさいの、それにともなう改変として処理できる。すなわち、まずは主語二つを一つに統合し、文の構成要素を間引き、そうして「使レ降之」をもとに、一文全体をまとめる結びとしてそれを改めたのが「奉レ降之」である。ただし、〔書四〕と〔書六〕とは結果的にその同じかたちをとるとはいえ、そこにいたる過程を恐らく異にする。いま（A）～（F）にかぎるとして、結論からいえば、〔本伝〕の一節をまず改変したのが〔書四〕であって、〔書六〕は、その〔書四〕をひき継いでいるはずである。そのことを確かめるためにも、所伝の全体にまで考察の対象をひろげる必要がある。

五、〔書四〕の改変とその意図

しかし実は、〔本伝〕をもとに〔書四〕が成りたつことを推測させる手懸りが、もう一つある。そこに、また〔書四〕のいわば改変の意図なり方向なりも明らかなので、次にとりあげてみる。前掲〔書四〕の一節の（B）「以奉レ降之」の直後に位置する次の一節がその例。

〔書四〕(X)于レ時、大伴連遠祖天忍日命、帥二来目部遠祖天槵津大来目一、背負二天磐靫一、臂著二稜威高鞆一、手捉二天梔弓・天羽羽矢一、及副二持八目鳴鏑一、又帯二頭槌剣一、而立二天孫之前一(H)遊行降来、(I)到二於日向襲之高千穂(J)槵日二上峯天浮橋一、而立二於浮渚在之平地一、膂宍空国、自二頓丘一覓レ国行去、到二於吾田長屋笠狭之御碕一。

右の一節のなかに、主語は「大伴連遠祖天忍日命」ただ一つしかない。（X）（H）（I）（J）のつながりにも、一見して区切りはみとめがたい。どうみても、一節全体を、一つの主語にそくして、つまりは天忍日命の行為として一貫させているとみるほかない。

それにもかかわらず、実際は、〔本伝〕との関係上、それに対応する箇所と対応しない箇所との二つの部分から、この一節は成りたっている。すなわち、冒頭から続く傍線（X）の長文は、天忍日命が大来目を率いて天孫の前に立つもののしい先払いのさまをいう。そのあとの傍線部（H）以下は、一転して天から地に降り到る描写に移る。これがそのまま〔本伝〕の次の一節に対応する。表現、内容ともに多くが重なる。

〔本伝〕(H)既而皇孫遊行之状也者、(J)則自二槵日二上天浮橋一、立二於浮渚在平処一、而膂宍之空国、自二頓丘一覓レ国行去、到二於吾田長屋笠狭之碕一矣。

〔本伝〕の前掲（911頁）一節の最後に位置する「(F)天二降於(G)日向襲之高千穂峯一矣」という一文の直後に、右の一節は直結する。皇孫が高千穂峯に天降ったあと、国覓ぎのはてに吾田長屋笠狭の碕に到るまでを、（H）にいう「遊行之状」として伝える。前掲の一節からの所伝の展開をたどってみると、

〔本伝〕		〔書四〕	
（A）（B）	高皇産霊尊、皇孫を天降らせる（使降）------→	（A）（D）（E）（B）	←高皇産霊尊の奉降
（C）～（G）	皇孫、日向襲の高千穂峯に天降る------→	（X）	←天忍日命の先払い
（H）～（J）	皇孫、遊行して吾田長屋笠狭の碕に到る------→	（H～J）	←天孫の国覓ぎ

右のように継起的に展開するきわめて整然としたかたちをとる。そうしてまとまりをもつ三つの段落をもって、〔本伝〕は全体を構成している。この〔本伝〕をひき継ぎ、だから高皇産霊尊が天降りを主導するかたちをとるが、その「使レ降之」を「奉レ降之」に改めると共に、（X）以下の天忍日命による先払いをそれに続け、その最後を「立二天孫之前一」と明示した上で、（H）の「遊行降来」につなぐ。先払いに直結するそのつながりの上では、天忍日命が当然その主語に立つ一方、あくまでそれは先払いなのだから、実質的には天孫をその主体とする天降りであり、要するに、天忍日命を先払いに立てた天孫の天降り以外のなにものでもない。〔本伝〕の展開と、右に示す図のとおり確かに対応する。

〔本伝〕にもとづきながら部分的に改変を加えた結果というのが、この〔書四〕の成りたちである。図に明らかなとおり、高皇産霊尊は奉降を、天忍日命が先払いをそれぞれ分担するかたちをとる。そうして、たとえば天降りを「～以奉レ降之」といった表現に集約してしまうが、皇孫の天降りに、高皇産霊尊が敬意をもってその最

後まで関与したことをそれはあらわす。皇孫が、高皇産霊尊の命をうけてはいるものの、単独かつ主体的に天降りを行ったという〔本伝〕のかたちに対して、新たな解釈を加えている。また一方、皇孫単独の遊行を、天忍日命が大来目をひきい、もののしい出で立ちでその前にたって天降りの最後まで導く先払いを新たにつけ加え、内容まで一新したのが、先に引用した（X）以下に続く長文の一節である。高皇産霊尊の関与といい、天忍日命の先駆といい、皇孫の天降りや遊行に新たに意味を賦与することを通して、皇孫じしんの位置づけの転換をはかるところにその本質がある。詳細は後述するが、たとえば天降りをめぐる〔本伝〕の（D）「離㆓天磐座㆒」を〔書四〕が高皇産霊尊の行為として「引㆓開天磐戸㆒」に改変することも、その例の一つである。「天磐戸」は、かの天石窟にこもった天照大神（日神）がそこから出るさい開けた「磐戸」に通じる。(6)第七段にそれを、〔本伝〕「細開㆓磐戸㆒窺之」、〔書二〕「日神方開㆓磐戸㆒而出焉」、〔書三〕「乃細開㆓磐戸㆒而窺之。是時、天手力雄神侍㆓磐戸側㆒、則引㆓開之㆒者、日神之光満㆓於六合㆒」などと伝えている。皇孫の降臨を、それによって明らかに天照大神の出御に重ねている。

六、「皇孫」と「天孫」との相関

こうした改変が、どこまでも火瓊瓊杵尊をめぐって、高皇産霊尊にただ降臨させられる対象から、逆にその高い敬意や手厚い保護をうける至尊へと高める、いわば地位ないし立場の変更にともなうことは言をまたない。これと照応するという点でもとりわけ注目にあたいするのが、火瓊瓊杵尊の呼称である。〔本伝〕が、火瓊瓊杵尊を、皇孫と天孫との二種類の呼称をもっていいかえ、しかも二つを使い分けているのに対して、〔書四〕は呼称を「天孫」に統一している。〔本伝〕の使い分けとそれがどうかかわるのか、皇孫や天孫の本質にねざす問題でありながら、従来、ほとんど関心をひくことさえない。一般的には、むしろ皇孫と天孫との違い、あるいはそのそれぞれの意義などの解明に力点をおく傾向が根づよい。

なかでも詳細な論を展開しているのが、神野志隆光氏「『天孫』をめぐって――『日本書紀』「神代」の世界像――」（『青木生子博士頌寿記念論集　上代文学の諸相』平成五年十二月。塙書房）である。「四　『天孫』と『皇孫』」と題する論考のなかに、主に「王権」にかかわる分析をみることができるが、たとえば天孫と皇孫について次のような指摘がある。

「天孫」と呼ばれるのはニニギだけではない。ニニギの子、ホホデミも「天孫」と呼ばれる（第十段、四例）。「孫」は『爾雅義疏』に「按孫亦遠孫之通称」という如く、「天孫」は「天神」の裔たることをいうものだ。（82頁）

「皇孫」に即していえば、「皇祖」高皇産霊尊との系譜的関係によってニニギを「孫」というのである。一般的な「天孫」の「孫」とは異なる。（84頁）

天孫と皇孫とを、主にはその「天」と「皇」との違いにそくして全く異なるものとみなす。そうしてもっぱら異なりを説くことに主眼を置く。用例の実際のあらわれは、しかしもっと柔軟である。(7)

さて、その用例のあらわれを見極める上には、当然ながら文脈にそくしたアプローチが重要である。その点、前掲（A）にあたる一節の「皇孫」に加えた新編日本古典文学全集頭注（一八・119頁）の説明は示唆にとむ。そこに「後文の国覓説話においては、国神が皇孫に対して呼び掛ける場合に『天孫』といっている。」と説く。基本的にはまさにその通りだが、厳密には、「後文の国覓説話」だけでなく、また「呼び掛ける場合」に限らない。

国神を中心とする天神以外のものが、会話文に皇孫をさして天孫というのが通例であり、第九段の〔本伝〕〔書二〕を通してそれは一貫している。念のため実例をもって示せば、次の通り。

（1）（大己貴神）以㆓平㆑国時所㆑杖之広矛㆒授㆓二神㆒曰「吾以㆓此矛㆒卒有㆑治㆑功。天孫若用㆓此矛㆒治㆑国者、必当㆓平安㆒。」〔本伝〕

（2）（鹿葦津姫）誓之曰「妾所㆑娠、若非㆓天孫之胤㆒、必当㆓雥滅㆒。如実天孫之胤、火不㆑能㆑害。」〔本伝〕

（3）磐長姫大慙而詛之曰「仮使天孫不㆑斥㆑妾而御者、生児永寿、有㆘如㆓磐石㆒之常存㆖。」〔書二〕

（4）神吾田鹿葦津姫見㆓皇孫㆒曰「妾孕㆓天孫之子㆒。不㆑可㆓私以生㆒也。」（中略）而誓之曰「吾所㆑娠、是若他神之子者、必不㆑幸矣。是実天孫之子者、必当㆑全㆑生。」〔書二〕

〔本伝〕〔書二〕ともに、右に掲出した例以外に「天孫」はなく、他は「皇孫」を専用する。その専用の間に介在させている右掲の「天孫」すべて、会話文にその使用を限定している。（4）の地の文に使う「皇孫」との使い分けは、（2）でも引用箇所に先行して「皇孫未㆑信之曰」とあり、〔本伝〕をひき継ぐ。すなわち、皇孫に対して敬意をあらわすべく言いかえた呼称というのが天孫の実態である。皇孫と天孫とは、決して互換的な関係にはない。あくまで皇孫が主であり、国神に関連した立場からそれに敬意をあらわす言いかえだから、「天孫」の「天」は、「天神」と同じ冠称とみるのが自然である。とはいえ、「天神」が「国神」に対応するようには、もちろん一般性がない。「皇孫」同様、血統を継いでいなければならない。「皇孫」の存在を、ここでも前提とする。「『天孫』は『天神』の裔たることをいうものだ」（前掲神野志説）、「天神の子孫の意」（前掲新編日本古典文学全集の頭注）と説く限りでは、必ずしも十分ではない。

七、皇孫から「天神之子」への展開、〔書一〕

さて、この「天孫」「皇孫」をめぐっては、問題がなお別にある。「天神之子」との関連である。実は、第九段と第十段とをわかつ明確な指標が存在する。すなわち、第九段は「天神之子」を、一方の第十段は「天神之孫」をそれぞれ専用している（各段の当該用例の専用実態等については通釈参照）。同じ神、たとえば火火出見尊でも、各段のその専用にともなうあらわれをみせる。

第九段〔書五〕次避二火熱一時、躡誥出児亦言「吾是天神之子、名彦火火出見尊。吾父及兄等、何処在耶。」

第十段〔書一〕火火出見尊対曰「吾是天神之孫也」。乃遂言二来意一。

第十段では、一貫して火火出見尊を「天神之孫」という。右の〔書一〕のほか、〔書二〕〔書三〕〔書四〕など全ての一書にその例がある。これとは逆に、「天神之子」を火火出見尊にあてる例はもとより、そもそもその例じたい、第十段には一切ない。まさにそれは第九段の専用語であって、次のように皇孫を言いかえた例もある。

天鈿女復問曰「汝何処到耶、皇孫何処到耶。」対曰「天神之子、則当レ到二筑紫日向高千穂槵触之峯一。吾則応レ到二伊勢之狭長田五十鈴川上一。」〔書一〕

この一節は、皇孫が天降りのさい通過する「天八達之衢」にいる衢神、猨田彦大神と、この神に対処すべく遣わされた天鈿女との問答を伝えるくだりの一部であり、その問答の始めに、

是時、衢神問曰「天鈿女、汝為之、何故耶。」対曰「天照大神之子所レ幸道路、有二如レ此居之者一。誰也、敢問之。」衢神対曰「聞三天照大神之子、今当二降行一。故、奉レ迎相待。吾名、是猨田彦大神。」

右のように皇孫を「天照大神之子」と言い、それを言い換えたのが、直前の一節の「天神之子」である。

皇孫は、第九段ではかくてまぎれもなく「天神之子」にほかならない。ただ、その「天神之子」の内実となると、そう単純ではない。右の例では、たしかに「天照大神之子」だけれども、前掲第九段〔書五〕の一節の「天神之子」の場合、当人は彦火火出見尊だから、通常の父子関係をもって言えば、火瓊瓊杵尊の子に当たる。ところが同じ第九段〔書五〕は、彦火火出見尊らに先だち、「天孫幸二大山祇神之女子、吾田鹿葦津姫一、則一夜有レ身。遂生二四子一。」というように天孫が四子をもうけたことを冒頭に伝える。この四子を生んだ当の鹿葦津姫の「抱レ子而来進曰、天神之子、寧可二以私養一乎。故、告レ状知聞。」という告知を聞いた天孫、すなわち火瓊瓊杵尊はこれを疑い、嘲るが、その理由について「何則、雖二復天神之子一、豈能一夜之間使二人有一レ身者哉、固非二我子一矣。」という。この記述がくだんの〔書五〕冒頭の前掲一節に対応することは明らかだから、ここにいう「天神之子」とは、妊娠させた天孫当人を言う。また一方、その天孫の子の彦火火出見尊ら四子も、その母と子みずから「天神之子」と告げる。

これを要するに、皇孫ないし天孫じしんはもとより、その所生の子まで、いずれも「天神之子」に当たり、しかもこれには顕著な傾向が伴う。該当する用例のどれもが会話文中にあり、皇孫ないし天孫がみずからを国神に対して称するか、もしくは国神の側から皇孫ないし天孫を称するかのいずれかの呼称として使うというのがそれである。第九段を通して、その使い方を一貫させている。

しかしながら、第九段の〔本伝〕のはじめからその使い方が固定していたわけではない。問題は、その使い方に移行したそのはじまり及び理由である。各一書の所伝そうごの関係が、そこに深くかかわる。そこで、まずは〔本伝〕の関連する所伝を次に抜きだしてみる。

時、彼国有二美人一。名曰二鹿葦津姫一。皇孫問二此美人一曰「汝誰之子耶。」対曰「妾、是天神娶二大山祇神一所レ生児也。」皇孫因而幸之。即一夜有レ娠。皇孫未レ信之曰「雖二復天神一、何能一夜之間令二人有一レ娠乎。汝所レ懐者、必非二我子一歟。」

論点をしぼりこむ必要から、傍線部に焦点をあてるとして、一夜で妊娠したことに疑いをもち、鹿葦津姫の懐妊した子を、わが子ではないと主張する皇孫の不信の言葉を伝える。一方、二重線を付した「天神」の前出例については、字面を追うかぎりは、直前の、鹿葦津姫がみずからの出生を言うなかの父である「天神」をさすものとみるほかない。後出例はこれとは別に、つまりは一夜娠みの事実にそくした展開のうえでは、妊娠をさせた当の皇孫が、特別な身分にあることをいわば笠に着て、みずからをそう称したものという見方が当然あり得る[8]。げんに、一夜娠みをめぐる〔書五〕の一節には「我知二本是吾児一。但一夜而有レ身、慮レ有二疑者一、欲レ使三衆人皆知二是吾児、并亦天神能令二一夜有一レ娠。」という天孫みずから「天神」と明確に称した例がある。

その〔書五〕の例はさておき、〔本伝〕のあの傍線部にかよう一節を、〔書二〕〔書五〕も伝えているが、そのなかでは、〔本伝〕の「天神」にあたるのが「天神之子」である。次にその一節をしめす。

〔書二〕皇孫曰「雖二復天神之子一、如何一夜使二人娠一乎。抑非二吾之児一歟。」

〔書五〕天孫曰「心疑之矣。故嘲之。何則、雖二復天神之子一、豈能一夜之間使二人有一レ身者哉。固非二我子一矣。」

一夜孕みをめぐる所伝の基本のかたちを、ともにふみはずしているわけではない。しかもともに「天神之子」としているのだから、もとより偶然の一致ではなく、それをそのようにした理由なり事情なりも、所伝の内部には恐らく求めがたい。

そして外に求めるとして、もっとも有力な候補が、〔本伝〕と〔書二〕〔書五〕との間に介在する〔書一〕である。すなわち、〔書一〕が伝える「天神」「天神之子」の例は、〔本伝〕のそれとは違う一方、〔書二〕〔書五〕に通じるからである。たとえば「天神」をみるに、〔書一〕には、「天照大神勅二天稚彦一曰（中略）。乃賜二天鹿児弓及天真鹿児矢一遣之。」に対応する次のような例がある。

天稚彦乃取二天神所レ賜天鹿児弓・天真鹿児矢一、便射レ之。則矢達二雉胸一、遂至二天神所レ処。時、天神見二其矢一曰「此、昔我賜二天稚彦一之矢也。（以下略）」

この「天神」は、対応上、明らかに天照大神をさす。これ以降の例も、やはり天照大神を言いかえたかたちをとる。「天神之子」も、実は、先に引用したそれを伝える一節のとおり（922頁）、天照大神を言いかえたのが「天神」であり、当然のことながらその子をさす(9)。皇孫を、〔書二〕がこの「天神之子」をもって言いかえたことをひき継いだのが、すなわち〔書二〕〔書五〕にほかならない。「天神之子」は、上述のとおり第九段に固有であり、会話文にその使用をきびしく限定するなどの特徴をもつ。この第九段の初出例こそ〔書一〕の例だから、以下に続く一書がその使用を一貫して踏襲するだけに、天照大神の神威を、この「天神之子」を通して国神の側が次第にかつ広汎に受け容れる契機としてもそれは位置する。

また一方、一夜娠みの一節にそくしていえば、〔本伝〕の「天神」を「天神之子」に変更したことになるが、「天神」じたいにその理由がある。すなわち、〔本伝〕では、「天神」を、国譲りをめぐるくだりの「今天神有二此借問之勅一」という高皇産霊尊をさす例をはじめ、さきの鹿葦津姫の出生にかかわる「妾、是天神娶二大山祇神一所レ生児」という特定神との対応を欠く例、そして一夜娠みをめぐる前掲の「雖二復天神一、何能一夜之間令二人有レ娠乎。」という皇孫じしんがひき合いに出した例などがある。〔本伝〕の限りでさえ、「天神」には、こうした不確定性、悪くいえばうさんくささがつきまとう。そのまた別の例として、〔書一〕の天照大神をさす例も加わる。かくて皇孫と「天神」との結びつきに不利な状況がまずは前提としてあるなかで、天照大神を「天神」と言いかえ、それと対応する「天神之子」を皇孫にあてたことによって、これ以降は、その「天神之子」をもって皇孫がみずからを称するというかたちに積極的にかえていったというのが、「天神之子」をめぐる展開の内実だったに違いない。

八、皇孫の変容、〔書一〕〔書二〕

その展開は、皇孫じたいの変容と不可分のかかわりをもつであろう。そもそもこの皇孫とは、〔本伝〕冒頭に「故、皇祖高皇産霊尊特鍾二憐愛一以崇養焉。遂欲下立二皇孫天津彦彦火瓊瓊杵尊一以為中葦原中国之主上。」という、どこまでも「皇祖」にとっての孫であり、それと対応するところにその本質がある。皇孫を降臨させるさい、「真床追衾」をもって覆うなどの配慮をするのも、「皇祖」という立場と無縁ではない。

一方、〔書一〕の所伝は天照大神を中心に展開する。冒頭に「天照大神勅二天稚彦一曰、豊葦原中国、是吾児可レ王之地也。」というように、「吾児」（天忍穂耳尊）が天照大神に対応する。この「吾児」の降臨するちょうどその時、皇孫が誕生する。それを伝えるのが次の一節である。

時、天照大神勅曰「若然者、方当レ降二吾児一矣。」且将レ降間、皇孫已生。号曰二天津彦彦火瓊瓊杵尊一。時有レ奏曰「欲下以二此皇孫一代降上」

この「皇孫」については、特に「吾児」の降臨直前に誕生したことに焦点を当てる。あくまで天照大神を中心に、その勅により降臨する当事者の交替をめぐって、所伝は展開する。それだけに、〔本伝〕の「皇祖」に対応する「皇孫」とは別の、まさに天照大神の「皇孫」として位置づけていることはもとより、「皇孫」そのものの内実をつたえることにも力点を置くはずである。皇孫も、この〔書二〕では、天照大神にとっての「吾児」に代り、その立場・地位等をそのままひき継ぐ。そのことが、のちに「天照大神之子」、さらには「天神之子」といった表現に結びつくことは疑いない。そして右に引用した一節の傍線部を、〔書二〕はほぼそのとおり踏襲している。

（故、時居二於虚天一而生児、号二天津彦火瓊瓊杵尊一。）因欲下以二此皇孫一代レ親而降上。

このあと、さながら〔書一〕の展開にそうかのように、すなわち右の一節の直後に猨田彦大神をめぐる展開のなかで皇孫を「天神之子」としたその延長上に位置するのが、かの一夜娠みのくだりの「天神之子」である。皇孫ではありながら、「皇祖」との対応より、むしろ天照大神との関係に根ざす、由来するありかたを、〔書一〕からひき継ぐ。そうである以上、みずからを「天神之子」と称することじたい、変容をとげた皇孫のそのありかたを象徴的にあらわすものであったに相違ない。

九、皇孫から天孫へ、〔書四〕〔書五〕

さて、ここでようやく天孫にたちもどることができる。すでに確かめたところをふりかえってみるに、会話文においては国神の側のものが敬意をもって皇孫をいいかえた呼称というのが天孫の実態であり、〔本伝〕〔書二〕ともにそれを一貫させている。ところが、〔書四〕〔書五〕では、地の文、会話文の別なく天孫を専用する。〔本伝〕のようなもはや言い換えから転じて、たとえば〔書四〕の場合、冒頭の表現を、上述の通り〔本伝〕の皇孫に対する「使レ降之」という使役から、天孫に対して逆に敬語を使った「奉レ降之」に改変しているはずであり、高皇産霊尊より高い待遇を天孫に与えている。天孫を、そうしていわば絶対的に高い敬意をあらわすものとして待遇している点は、〔本伝〕の皇孫を言い換えた天孫じたいが、質的に転換を遂げていることを如実にものがたる。その点では、〔書二〕は〔本伝〕の単なるひきうつしではない。

　すなわち、〔本伝〕の皇孫に対する言い換えというかぎりでは、それはどこまでも国神の側があらわす敬意だから、皇孫じたいの身分ないし待遇表現をかえるものではありえない。まして高皇産霊尊より高い敬意をあらわすことには、それはとうてい結びつかない。前節に指摘した「天神之子」にちなむ皇孫の変容こそ、〔書四〕の天孫のありかたをもたらす上に決定的な意味をもっていたとみるのが恐らく自然である。その変容を〔書一〕が導く以上、後述（938頁）するとおり、〔書二〕はこの変容の延長上にある。そしてげんに、この〔書四〕の直後の〔書五〕は、一夜娠みに関連して「天神之子」の誕生を中心に展開する。天孫はもとより、その所生の子も「天神之子」として伝え、いわば「天神之子」をめぐる所伝といった性格をもつ。ここに到って、天孫は皇孫とのかかわりの実質をほとんどもたない。

十、先行所伝との相関、差違化による展開、〔書六〕

　それだけに、系譜を主とする一書（〔書七〕〔書八〕）以外では第九段の最後に位置する〔書六〕は、奇妙というほかない。これまでの一書の流れに逆行するかのように皇孫を多用し、さらにそのなかに天孫もまじえているからである。内容のうえでも、先行して位置する〔本伝〕及び一書の各所伝との違いが目立つが、わけても「云云」の多用（五例）は他に例をみない。〔書六〕初出の「云云」には「書紀は一書を引用する際、他の異伝にもある記事は省略することがある。この云云はその一例。」（日本古典文学大系当該頭注一〇・161頁）といった説明がある。そうだとすると、「云云」以外は、独自な内容だけを、それこそ先行する各所伝に逐一あたったうえで選択的に残したことになる。

実際は、もちろんそれが全てではあり得ない。「他の異伝にある記事」でも、必要なら、「省略すること」はない。必要の判断を逐一検証することは望めないとはいえ、たとえばすでにとりあげた一節の「是時、高皇産霊尊乃用二真床覆衾一、裹二皇孫天津彦根火瓊瓊杵根尊一而排二披天八重雲一以奉レ降之」には、〔本伝〕にのっとる〔書四〕を、さらに縮約して襲用したといったあとをたどることができる。それにかぎらず、先行所伝との関係やさらには一書の展開の流れなどをひろくさぐるうえでも、この〔書六〕はきわめて示唆にとむ。その作業をすすめるにあたって指標の役割をはたすのが、くだんの皇孫、天孫である。

まずは皇孫についてみるに、右に引用した一節のなかの「皇孫天津彦根火瓊瓊杵根尊」にかぎっては、上述の通り〔書四〕によるはずの一節全体とは別に、つまりそのなかの「天津彦国光彦火瓊瓊杵尊」が「皇孫」を欠くのとは違い、さかのぼって〔本伝〕の前掲（911頁）一節の傍線部（A）の「皇孫天津彦彦火瓊瓊杵尊」に一致する。「皇孫」を神名に冠するそうした表記の仕方だけを、そのもとのかたちにそくしてとりこんだものとかんがえるほかないが、〔本伝〕とのかかわりは、実はそれだけにとどまらない。皇孫の天降りに先だつ葦原中国の平定をめぐっても、高皇産霊尊を中心に展開するそのありかたをはじめ、〔本伝〕と内容上深いかかわりをもつ。そこでも、「皇孫天津彦彦火瓊瓊杵尊」〔本伝〕と「皇孫火瓊瓊杵尊」〔書六〕とが対応する。かかわりの実態をみきわめるために、次に〔書六〕の一節を抜き出し、〔本伝〕のそれに対応する部分とつきあわせてみる。

及レ至レ奉レ降二皇孫火瓊瓊杵尊於葦原中国一也、(1)高皇産霊尊勅二八十諸神一曰「(2)葦原中国者、(3)磐根木株草葉、猶能言語、(4)夜者、若二熛火一而喧響之、昼者、如二五月蝿一而沸騰之、云云。

該当箇所の前半にあたるこのなかでは、（1）に、〈本伝〉の「高皇産霊尊召二集八十諸神一而問レ之曰」が対応する。その直前の「彼地多有二螢火光神及蝿声邪神一。復有二草木咸能言語一。」に対応するのが、（2）以下である。しかし、（3）と（4）については、解釈に問題がある。すなわち、この二句を全く切りはなす（間に句点をうつ）のが通例なのだけれども、「光神・邪神」と「草木」とに二分する〈本伝〉のそのかたちに、それはとらわれすぎている。新編日本古典文学全集では、（4）の口語訳のなかに、「夜は瓮の中で焚く火のように邪神が音を立てて騒がしく」とわざわざ「邪神」を補ってもいる。「昼者」以下の訳には、神を補足しない。

それじたい矛盾であるとはいえ、補足するには理由がある。〈本伝〉がそうであることをふまえ、当該二句について、日本古典文学大系の補注（2・二　草木咸能言語・567頁）が「六月晦大祓」の「祝詞」に「如レ此依志奉志国中尓荒振神等乎神問志問志賜、神掃掃賜比弖、語問志磐根樹立草之垣葉毛語止弖」という一節にそくして「磐や木立や草の葉が、物をいうことは、荒ぶる神たちが活動するのと同列に取扱われている。」と説く。自然物の言語活動と荒ぶる神たちの活動とがいわばセットの関係にあるとする見方をうながすかのようだが、〈書六〉の表現の内実は、それとは大きく異なる。すなわち、（3）じたい、〈本伝〉の「草木」によらず、右の「祝詞」の詞章に通じるかたちをとり、（4）に対してはその主語にたつ。人の「言語」とは異質なそのありかたを、比喩をもって表現したのが（4）である。具体的には、「熛火」が「火の飛び散る音を含むと考えられ」（新編日本古典文学全集当該頭注六・150頁）る以上、そのように「喧響」する夜と、「五月蝿」も音に関連し、それのように「沸騰」する昼との対応から成りたつ。夜昼ともに音にかかわる。〈本伝〉の「螢火光神」と「蝿声邪神」といった目に見るものと耳に聴くものとの対応を、もっぱら「磐根木株草葉、猶能言語」という奇怪な言語音にそくして「熛火」「五月蠅」におきかえるとともに夜と昼とに配し、さらにその全体を統一的に音に関連させながら敷衍したというのが内実である。

〔本伝〕のそれに対応する一節は、本来、高皇産霊尊の「吾欲レ令レ撥二平葦原中国之邪鬼一。」にむすびつくはずだから、「彼地多有二螢火光神及蠅声邪神一」に力点をおくであろう。それを切りすてた上で、むしろ副次的な一節を右のように敷衍している。後半にあたる天稚彦の派遣及び雉の派遣をめぐっても、天稚彦の派遣にさいして弓矢の下賜はなく、派遣先の葦原中国での国神の女との結婚にも一切言及しない。かわって大写しするのが、雌雄それぞれに活動を分けた雉である。派遣された雄雉については、「因見二粟田・豆田一則留而不レ返。此世所レ謂、雉頓使之縁也。」というさながら起源譚のかたちをとるが、その実「留而不レ返」にそくして、その田の豊かな稔りから葦原中国の豊穣へ、さらに天稚彦の「久不レ来」の理由へと連想を誘う。〔本伝〕に対してそれだけ独自な所伝をめざしているとみるほかなく、さればこそ、表現のあい通じる箇所も、次のようにほとんど寥々たるものにすぎない。

（1）
怪三其久不二来報一〔本伝〕
至レ今所二以久不レ来者〔書六〕

（2）
乃遣二無名雉一伺之。其雉飛降〔本伝〕
乃遣二無名雄雉一往候之。此雉降来〔書六〕

（3）
如吾防禦者、国内諸神、必当二同禦一〔本伝〕
蓋是、国神有二強禦之者一〔書六〕

(4)〔其矢洞㆓達雉胸㆒而至㆓高皇産霊尊之座前㆒也／中㆑矢立死〔本伝〕
為㆓天稚彦㆒所㆑射、中㆓其矢㆒而上報／云云〔書六〕

この(4)の「中㆓其矢㆒而上報」の直後に「云云」があり、そのあとに続くのが、皇孫の天降りをめぐる前掲(911頁)〔書四〕の(A)を縮約した一節である。「云云」は、確かにそこが天稚彦の死やさらには大己貴神相手の葦原中国平定に関連したくだりにあたるという点では、それの省略をあらわすには違いないけれども、右のように独自な所伝への志向がつよいだけに、一口に省略といっても、平定をめぐる〔本伝〕〔書一〕〔書二〕のどの所伝のどこまでなのか、見きわめは到底つかない。漠然と想定していたというより、むしろその想定しうるところを積極的に切り捨てることによって、つまりそれすら手段として所伝の独自をめざしていたことをおもわせる。

いいかえれば、それは先行する所伝に対する差違化にほかならないが、一定の範囲内にとどまるとはいえ、独自な内容をめざして積極的に出るほか、先行する所伝をいくつかくみあわせることにも意欲をみせる。右に列記したなかでは、(2)が〔書一〕の「使㆑雉往候之」を参照したことは明らかである。その規模の比較的大きい組み合せの一つが、降臨後の皇孫と在地の事勝国勝長狭との出会いをめぐるくだりである。それを伝える一節には、すでに皇孫の天降り関連の一節について指摘したとおり、〔書四〕が対応する。その対応の指標となるのが、すなわち「天孫」である。まずは〔書六〕の該当する一節を次にしめす。

及㆓其遊行之時㆒也、云云、(1)到㆓于吾田笠狭之御碕㆒。遂登㆓長屋之竹嶋㆒。乃巡㆓覧其地㆒者、(2)彼有㆑人焉。名曰㆓事勝国勝長狭㆒。(3)天孫因問㆑之曰「此誰国歟。」(4)対曰「是、長狭所㆑住之国也。然今乃奉㆓上天孫㆒矣。」

比較のため、右の傍線部に対応する記述を、それぞれ〔本伝〕〔書四〕から抜き出し、次につきあわせてみる。

（1）到二於吾田長屋笠狭之碕一矣〔本伝〕
　　到二於吾田長屋笠狭之御碕一〔書四〕

（2）其地有二一人一。自号二事勝国勝長狭一〔本伝〕
　　彼処有二一神一。名曰二事勝国勝長狭一〔書四〕

（3）皇孫問曰「国在耶以不」〔本伝〕
　　天孫問二其神一曰「国在耶」〔書四〕

（4）対曰「此焉有レ国。請任レ意遊之」〔本伝〕
　　対曰「在也」。因曰「随レ勅奉矣」〔書四〕

両伝間に違いがある箇所は、右傍に付した○印に明らかな通りほとんどが〔書四〕に一致する。〔本伝〕に〔書四〕がのっとり、その〔書四〕を〔書六〕がひき継ぐという関係を、右の各記述は明確に示す。しかも、〔本伝〕から遠ざかるにつれ、所伝が独自を強めるといった傾向が著しい。その端的なあらわれが、〔本伝〕〔書四〕とひと連なりにつづく（1）～（4）に対応する傍線部を除いたところの、すなわち〔書六〕に独自な「遂登二長屋之竹嶋一。乃巡二覧其地一者、」という一節である。

　そのなかの「長屋」は、当該一節に先行する（1）の「吾田長屋笠狭」によるであろう。そして一節全体はといえば、たとえば神武天皇条の次の記述（三十一年四月）に類縁をもつ。

　皇輿巡幸。因登二腋上嗛間丘一而廻二望国状一曰「妍哉乎、国之獲矣。（以下略）」

この記述を国見にかかわるとみる従来の見方に対して、むしろ国見や望見といった行為をそのうちに含む巡狩にかかわることをかって指摘したが[10]、これらの類例の一つに、〔書六〕の当該一節も当然加わる。そこで巡狩という観点からあらためてみなおしてみるに、〔書六〕の引用箇所の冒頭に「及㆓其遊行之時㆒也」とある。「云云」を介して続く（1）やそのあとの独自な一節は、まさにその「遊行」にちなむ。巡狩との対応といった点では、それは、右の神武天皇条が伝えるなかの「巡幸」にあたる。

偶然の一致などではないはずだから、巡狩のかたちにのっとり、それらしく表現を新調したのが、あの独自な一節だったに相違ない。本来、天降った皇孫と在地の事勝国勝長狭との出会いをめぐるくだりは、「覓㆑国行去」〔本伝〕〔書二〕〔書四〕という国覓ぎを主題とする。さればこそ、皇孫が「国在耶以不」〔本伝〕、「国在耶」〔書四〕と問い、長狭がそれに「此焉有㆑国」〔本伝〕、「是有㆑国也」〔書二〕、「在也」〔書四〕と答えるのだが、この国覓ぎをもとに、〔書六〕は巡狩への転換をはかったことになる。これにそくして、（3）の問いと（4）の答えとを、国の領有・支配をめぐるすぐれて政治的な内容にあらためたはずである。

しかしながら、それを正面きってめざしたわけでは恐らくない。事勝国勝長狭に続いて皇孫の出会うのは大山祇神の二人の女であり、その妹の一夜娠みによって火酢芹命（〔書二〕同名）、火折尊（亦号、彦火火出見尊、〔書二〕同名）が誕生することへ所伝はうつる。第九段の一夜娠みをめぐる所伝の基本的方向にそって所伝を展開させているからである。新たな所伝へ脱皮をとげるところまでには、革新は及ばない。これまで同様、ここでもやはり先行する所伝にのっとる。たとえば大山祇神の二人の女という設定は、その名を含め〔書二〕による。大山祇神の女でありながら、天孫が問うなかに「其於㆓秀起浪穂之上㆒起㆓八尋殿㆒而手玉玲瓏、織経之少女者、是誰之子女耶。」と海に縁をもつ女性であるかのようにいうこの表現にしても、同じ〔書二〕の、女との出会いを伝える「遊㆓幸海浜㆒、見㆓一美人㆒。」をひき継ぐ。その問いとそれに対する答えの一部、「是誰之子女耶。答曰、大山祇神之女等。」もまた、〔書二〕の「汝、是誰之子耶。対曰、妾、是大山祇神之子。」に重なる。さらに一夜娠みをめぐる「皇孫因幸二豊吾田津姫一、則一夜而有レ身。皇孫疑之。」にしても、〔書二〕の「妹（神吾田鹿葦津姫）有二国色一。引而幸之、則一夜而有レ身。」に通じる。しかし、その一方、〔本伝〕の「皇孫因而幸之」にくわえ、〔書五〕の「天孫幸二大山祇神之女子、吾田鹿葦津姫一、則一夜有レ身。（中略）天孫日、心疑之矣。」を参照したことも、実は、否めない。

その輪郭は、しかし明確にふちどるまでもないであろう。あれかこれかどちらか一方の専用ではなく、あれもこれもとりこむ、あるいはくみあわせるといった手法により、そこに所伝の独自や個性をめざすというのが、まさしく〔書六〕の特徴である。その差違化により、一夜娠みをめぐる皇孫の疑いに関連させ、豊吾田津姫の恨みと皇孫の憂えといった新たな方向にさらに展開させている。最後に、憂えた皇孫の「沖つ藻は辺には寄れどもさ寝床はあたはぬかもよ浜つ千鳥よ」という歌をもって所伝をとじる。新たな展開だとはいえ、皇孫を憂えさせるにいたった豊吾田津姫の「恨二皇孫一不二与共言一。」という毅然たる態度は、一夜娠みをめぐる皇孫の疑いに起因する。その点、だからその疑いを晴らす行為（「無戸室」に入り、そこで火をつけて子を産むこと）に通じるという以上に、それのいわば一種の異伝としての性格がつよい。

それは、まさにこの〔書六〕という一書じたいの根本に根ざす。雉に焦点をあてたり、あるいは国覓ぎを巡狩にむしろ通じる巡覧に転換したりすることと、基本的にはかかわりがない。それらでなくても、先行所伝そのままを忠実になぞるくだりはない。先行所伝をふまえながら、それとは違うおのが独自を発揮していたということ、その独自の程度に違いこそあれ、そうした所伝を成りたたせる手法を、〔書六〕を通して一貫させている。そこに、さらに、先行所伝あるいはその語句を複数くみあわせることもまじえる。その結果を、前節の検討を確かめる意味も含め、次に整理してしめす。

〈皇孫火瓊瓊杵（根）尊〉

葦原中国の平定――〔本伝〕（〔書一〕）

皇孫の天降り――〔書四〕（〔本伝〕）

〈天孫〉

事勝国勝長狭の国献上――〔書四〕

〈皇孫〉

大山祇神の女、姉妹――〔書二〕

一夜孕み――〔書二〕（〔本伝〕〔書五〕）

豊吾田津姫との不和――右に準じる

〔書六〕全体を、基本の大枠では〔本伝〕をはじめ先行一書をもとに構成していることは、右に明らかである。それこそが、まさに〔本伝〕及びそれに続く各一書に対する〔書六〕の一書たるゆえんである。いわば、〔本伝〕をはじめとする先行一書から離れるのではなく、それらとのつながりを保ちながら、しかも差違化をはかる、これが所伝を成りたたせる基本的な手法である。

その手法は、なにも〔書六〕に固有のものではない。〔書四〕〔書五〕が天孫を専用することじたい、同じ手法によるであろう。〔書一〕に皇孫を「天神之子」として新たに位置づけたことにそくして、〔書二〕では、皇孫みずから「天神之子」と自称する。こうした展開を通して変容した皇孫をひき継ぐのが、〔書四〕〔書五〕の天孫にほかならない。さき（918頁）にとりあげた〔本伝〕に対する〔書四〕の改変にしても、もとをただせばその天孫の専用と一連の関係にある。とりどりに、かくて、異伝たるべく意匠を凝らし、差違化をはかっている。

十一、〔書二〕を中心とした降臨後の皇孫、その国の領有と結婚

差違化の実態をひと通り見極めたところで、この成果を踏まえ、改めて第九段全体を対象に〔本伝〕及び各一書間の相関に差違化がどのようにかかわっているのか、その実態を検証する。ただし、降臨前については第五章にあらまし論じているので、ここでは主に降臨後の皇孫をめぐる所伝に対象を絞り込む。そこに焦点をあて、めざすは各一書が先行する〔本伝〕や一書に対して差違化をはかったその明確な徴証の読みとり、確認である。

まずは、葦原中国の平定や皇孫の天降りを高皇産霊尊の主導でおこなわせるというかたちをとる〔本伝〕に対して、まさに対照的に、それを天照大神が命じるかたちにつくる〔書二〕の、葦原中国の平定からいきなり始まる冒頭の一節をとりあげてみる。表現上のたがいの対応が著しい。次には二神派遣に関する例を示す。

〔本伝〕（高皇産霊尊欲下降二皇孫一君中臨此地上）故、先遣二我二神一、駈除平定。

〔書二〕故、天照大神復遣二武甕槌神及経津主神一、先行駈除。

ここは、〔本伝〕を〔書二〕がひき継ぐはずだが、そのなかの「駈除」については、意味上も、右の一節に続く〔本伝〕の「汝意何如。当レ須レ避不。」という「避」や後出の「避去」が対応する。同じ文脈のなかでそれにあたる〔書二〕の一文は、それとは違い、「汝将二此国一奉二天神一耶以不。」につくる。この後にも、事代主が父の大己貴神の問いに報じて「天神所レ求、何不レ奉歟。」という。「駈除」の追い払って除くという意味に、この「奉」が対応するとは考え難い。当初の二神派遣をめぐっては、〔本伝〕に対応させて「駆除」としながら、実際の交渉に関連して国の譲渡、献上というより積極的な内容に改めたはずである。

「奉」に置き換えること、それこそが差違化にほかならないが、次の波線部のとおり、〔書一〕はそれをそのままひき継ぐ。

〔書一〕　時、二神降二到出雲一、便問二大己貴神一曰「汝将二此国一奉二天神一耶以不。」

〔書二〕　既而二神降二到出雲五十田狭之小汀一、而問二大己貴神一曰、「汝将二此国一奉二天神一耶以不。」

このうち、〔書二〕の傍線部は、〔本伝〕の「二神、於レ是、降二到出雲国五十田狭之小汀一。（中略）而問二大己貴神一曰」による。さきに〔書六〕の所伝を通して指摘した組み合わせの手法にもとづく差違化の、その明らかな一例でもある。

さて本題の皇孫の降臨後だが、この「奉」に関連して、〔書二〕には、その皇孫の召しに応じて国主の事勝国勝長狭の対えた「是有レ国也。取捨随レ勅。」という言葉をつたえている。同じ言葉を、〔書四〕では「（天孫問二其神一曰、国在耶。対曰）在也。因曰、随レ勅奉矣。」とする。「取捨随レ勅」より、このほうが献上を強調する。さらに〔書六〕は、明らかにその後者に対応する「（天孫因問之曰、此誰国歟。対曰）是長狭所レ在之国也。然今乃奉二上天孫一矣。」という天孫への献上に焦点を当てたかたちをとる。〔本伝〕からここに至る事勝国勝長狭による国の扱いをめぐる表現の展開を追うと、次のように一定のまとまりをみせる。

〔本伝〕　請任意遊之。
〔書二〕　取捨随レ勅。
〔書四〕　随レ勅奉矣。
〔書六〕　奉二上天孫一矣。

〔書二〕の「随レ勅」を〔書四〕がそのまま襲っているとおり、〔書二〕以降は国の献上に力点を置き、かつその内容を次第に明確にする著しい傾向をたどる。これら〔書二〕以降と〔本伝〕とは、明らかに一線を画している。この異なりが、〔書一〕に皇孫を新たに「天照大神之子」、即ち「天神之子」としたこの位置づけに伴うことは既述のとおりである。〔書一〕を境に、後はその位置づけにそくして差違化をはかる展開が一書を追うごとに強まる。「奉」は、まさにその展開を身に刻む端的な例にほかならない。

　この事勝国勝長狭にひき続き、傾国の美女ともいうべき鹿葦津姫に皇孫は出会う。そして、この姫との結婚をめぐる所伝があとに展開する。詳細は通釈に譲るとして、〔本伝〕では、結婚に至る過程を、問答を中心に「皇孫問二此美人一曰、汝誰之子耶。対曰、妾是天神娶二大山祇神一所レ生児也。皇孫因而幸之。」と簡潔につたえるにすぎない。〔書二〕は、出会った直後の皇孫の求婚にも、姫が「妾父大山祇神在。請以垂問。」と請い、また大山祇神も「乃使下二女持二百机飲食一奉進上」と対処する。安康天皇が大草香皇子にその妹を大泊瀬皇子（後の雄略天皇）に嫁がせるよう要請した際に、皇子が「故欲レ呈二丹心一、捧二私宝名押木珠縵一、附二所レ使臣根使主一而敢奉献。」（安康天皇元年二月）と応じたと同じ丁重な応対だから、皇孫は、明らかに「天神之子」の処遇をうける。

　この〔書二〕の差違化による新たな展開は、鹿葦津姫に姉が存在し、その姉妹を「皇孫謂二姉為レ醜、不レ御而罷。妹有二国色一、引而幸之。」と対比的に皇孫が処遇する点に著しい。醜い姉を退けるこの皇孫の処遇は、しかし必ずしも不当ではない。遡れば、伊奘諾尊・伊奘冉尊は、足の立たない蛭児を「雖二已三歳一、脚猶不レ立。故、載二之於天磐櫲樟船一而順レ風放棄。」と放棄している。また垂仁天皇も、立后と同時にその后の妹三人を妃として喚したにもかかわらず、竹野媛一人だけを同じく「因二形姿醜一、返二於本土一。」（十五年八月）と退ける。この処遇に、竹野媛は「則羞二其見一レ返、葛野、自堕レ輿而死之。」と自死するが、その理由とした「羞二其見一レ返」に、皇孫の「不レ御而罷」という処遇を受けた磐長姫の「大慙」は明らかに通じる。尊貴な「天神之子」による処遇であれば、そうするほかなかったにせよ、相手の女性に与える衝激ははかり知れない。

そして磐長姫のばあい、それに「大慙而詛之」という呪詛が伴う。問題は、その内容である。まずはこの呪詛のことばを示す。

仮使天孫不レ斥レ妾而御者、生児永レ寿、有下如二磐石一之常存上。今既不レ然。唯弟独見レ御。故、其生児、必如二木花一之移落。

この直後に続く「一云」では、「磐長媛恥恨而唾泣之曰、顕見蒼生者、如二木花一之俄遷転、当二衰去一矣。此世人短折之縁也。」と人の短命起源につなげている。呪詛の及ぶ対象を鹿葦津姫所生の児に限る本文とは比較を絶しているけれども、呪詛が、人を「如二木花一」と花にたとえ散落するものとする点は共通する。その点がまた呪詛の核心に当たる。それは、しかし呪詛に関連した全てではない。呪詛の前掲一節の冒頭に「仮使天孫不レ斥レ妾而御者、生児永レ寿、有下如二磐石一之常存上。」という仮定だけに終った磐長姫との結婚こそ、後には海神が「天神之孫」をもてなす一環として豊玉姫を妻としたと同じく（第十段〔書一〕）、「天神之子」を心から歓待する大山祇神の発意による。結婚によって生まれてくる「天神之子」の子を祝福して、磐石のごとき「永寿」を授かることを慮るものであろうし、結婚する当の磐長姫が十分そのことを承知していなければならない。この経緯を、右に引く一節の冒頭に仮定した一文は示唆する。その結婚が、「今既不レ然」と不調に終る。

結局、皇孫は、ただに「妹有二国色一」という木花開耶姫と結婚する。前述のとおり皇孫の求婚をうけた鹿葦津姫の「吾姉磐長姫在。（中略）妾父大山祇神在。請以垂問。」という配慮や、さらに「大山祇神乃使下二女持二百机飲食一奉進上」という忠誠を尽くす対応、はては磐長姫じしんの「生児永レ寿、有下如二磐石一之常存上。」という超絶能力をもつ子を生みなすことなどの一切が、さながら烏有に帰すことになる。それらを差し引いてみれば、ほとんど「(皇孫)引而幸之。則一夜有レ身。」という一節を残すだけだが、〈本伝〉の「皇孫因而幸。即一夜而有レ娠。」とほとんど差違がない。まさに「天神之子」の皇孫を迎えた国神の応対を、磐長姫を中心に劇的に展開する挿話としてつたえたもの、〈本伝〉に対して、〈書一〉を承けそうして差違化をはかったというのが実態である。差違化に伴い、結果的に、次に続く一夜娠《はら》みをめぐる皇孫の疑いに鹿葦津姫が応じた「誓《うけひ》」を、皇孫の結婚をめぐる拒絶に磐長姫の応じた「詛《とごひ》」が対比的な対応を通して導く。

十二、皇孫の子の誕生、出産をめぐる各一書間の相関

この差違化は、〈本伝〉にほぼ対応をもつ鹿葦津姫の一夜娠みをめぐる一節にも、もちろん分かちがたくかかわる。たとえば皇孫の「汝所レ懐者、必非二我子一歟。」という疑いに、〈本伝〉は「故、鹿葦津姫忿恨。」と応じる。同じ疑いでも、〈書二〉は「木花開耶姫、甚以慙恨。」とするが、磐長姫を退けた皇孫の「不レ御而罷」という対処後の「故、磐長姫大慙。」に、それは確実に対応する。

同じように磐長姫に関連した内容をうけて差違化をはかった例が、同じ〈書二〉のうちにまた別に散見する。磐長姫の呪詛は、「天孫」の「御」を受けた妹所生の子を直接対象とするが、その子を生むことじたいに焦点を当てたのが次の一節である。「一夜有レ身」を承ける。

是後、神吾田鹿葦津姫見二皇孫一曰「妾孕二天孫之子一。不レ可二私以生一也。」

この直後に「皇孫曰、雖二復天神之子一、如何一夜使二人娠一乎。抑非二吾之児一歟。」という皇孫の疑いが続く。〈本伝〉では、「一夜而有レ娠」のあと直ちにこの皇孫の疑いを続けている。それを基本的にひき継ぐはずだから、右

に引用した一節は、まさに〔本伝〕を差違化した端的な例として位置する。

この一節には、実は類例がある。さきにも言及した彦火火出見尊の海神の宮訪問をめぐる所伝に、帰郷する彦火火出見尊に豊玉姫が語った言葉を次のようにつたえている。

先レ是、豊玉姫謂二天孫一曰「妾已有レ娠也。天孫之胤、豈可レ産二於海中一乎。故、当二産時一、必就二君処一。〔第十段〔書三〕〕

このあと、彦火火出見尊が産屋を作り終えない内に、豊玉姫は到来すると同時に出産する。豊玉姫が課した禁を破って、その八尋大鰐に化して出産する光景を、彦火火出見尊は見てしまう。それが、豊玉姫の「知三天孫視二其私屛一、深懐二慙恨一。」につながる。鹿葦津姫のばあいも、あの引用した一節のあと、皇孫の疑いに「甚以慙恨」と応じている。夫の破禁と疑いという違いにもかかわらず、「天孫之子」「天孫之胤」という高貴な子の出産をめぐって、その妻の側に委ねることを禁忌とする点にはなんら違いがない。〔書二〕が、〔本伝〕をひき継ぐ一方、こうした「天孫之子」の出産に力点を置くことを、かの一節は如実にものがたる。

げんに、実際にその子を生む一節に、〔書二〕は明らかに差違化をはかっている。すなわち〔本伝〕では、「放レ火焼レ室。始起烟末生出之児、号二火闌降命一。」とつたえる。書紀集解がすでに傍線部を「始テオコルケフリノサキヨリナリイツルノミコヲ」と訓み、後の注釈も、「末《すゑ》」に改めるほかはほぼこれを踏襲する。このあと誕生する「次避レ熱而居、生出之児、号二彦火火出見尊一。次生出之児、号二火明命一。凡三子矣。」といういずれの「生出之児」も、「なりいづるこ」と訓むのが通例である。この〔本伝〕の三子の誕生に対して、〔書二〕は基本を襲いながら、全て「生児」、すなわち「うむこ」とする。

以レ火焚レ室。于レ時、燄初起時共生児、号二火酢芹命一。次火盛時生児、号二火明命一。次生児、号二彦火火出見尊㆒。亦号㆓火折尊㆒。

さきに引用した一節に「妾孕㆓天孫之子㆒。不㆑可㆓私以生㆒也」というこの出産に、この場面の出産は確実に対応する。一つが、「私以生」ではなく、皇孫の目の当たりに見る室中でそれを行っている点、もう一つが「生児」というように出産のかたちをとる点である。引用した一節を、ここにくりひろげる出産の布石に置いている。

この布石もなく、ただ皇孫の「汝所㆑懐者、必非㆓我子㆒歟。」という不信を解くことだけを目的とする「誓」であればこそ、〔本伝〕は前述のとおり「生出児《なりいづるこ》」とし、無事に誕生するか否かにもっぱら力点を置く。〔書二〕は、かの一節を梃子に差違化をはかり、〔本伝〕の基本を襲いながらも、むしろ「天孫之子」の出産に力点を移す。そして出産という人になぞらえたかたちをとったことに伴い、「以㆑火焚㆑室」という異常な事態のなかで出産した子の並外れた存在を暗示することにつながる。この暗示を承け、それとして表に立てて強調するかたちに差違化をはかったのが、続く〔書三〕である。次の一節がその冒頭である。

初火燄明時生児、火明命。次火炎盛時生児、火進命。又曰火酢芹命。次避㆓火炎㆒時生児、火折彦火火出見尊。凡此三子、火不㆑能㆑害、及母亦無㆑所㆓少損㆒。

明らかに先行所伝を踏まえるが、〔書二〕以外にも、〔本伝〕の「避㆑熱」「凡三子矣」「火不㆑能㆑害」などとは対応をもち、これらを採り込んだに違いない。それら先行所伝がとりどりに「生出之児」〔本伝〕「生児」〔書二〕に限ってその無事出産をつたえて幕を閉じるのとは対照的に、むしろ出産後に焦点を当て、出産した子に加え、出産した当の母の無事をいう。

この〔書三〕の延長上に、とはいえそこに付随的に加えた地名起源や「卜定田」の稲による酒や飯など関連する一切を捨て、もっぱら皇孫〔天孫〕の子の誕生それじたいに焦点を当てた一書が、このあとに続く〔書五〕である。右の〔書三〕の出産をめぐる新たな展開にも関連して、とりわけ火をかけた室内での出産を母子ともに無事きりぬけたことを中心に、その内幕に当たる内容にまで及ぶ詳細をつたえる。注目すべきは、傍線部と波線部との対応である。なお、ここでは、「うむ」を明示する「所レ生」に作る。

（子の出産後）然後、母吾田鹿葦津姫、自二火燼中一出来、就而称之曰「妾所レ生児及妾身、自当二火難一、無レ所二少損一。天孫豈見之乎。」対曰「我知二本是吾児一。但一夜而有レ身。慮レ有二疑者一、欲レ使四衆人皆知三（A）是吾児、并亦天神能令二一夜有レ娠。亦欲レ明下（B）汝有二霊異之威一、子等復有中超レ倫之気上。故、有二前日之嘲辞一也。

この一節の最後にいう「前日之嘲辞」とは、鹿葦津姫が「一夜有レ身。遂生二四子一。」という子たちを抱いて天孫に「天神之子、寧可二以私養一乎。」と申し出ると、「天孫見二其子等一、嘲之曰、妍哉、吾皇子者、聞喜而生之歟。」と嘲ったことばを指す。〔書二〕の「妾孕二天孫之子一。不レ可二私以生一也。」を踏まえ、出産から養育へ禁忌の対象を移して差違化をはかってはいるが、生まれた子をめぐる疑惑じたいに違いはない。もとより、所伝の基本を先行所伝と共有している。

その端的な一節が、傍線部の鹿葦津姫の発言である。「然後」に続けているように、出産後をつたえる〔書三〕の「凡此三子、火不レ能レ害。及母亦無レ所二少損一。」をひき継ぐ。鹿葦津姫が突きつけるこの事実に対して、すべてを篤と承知していた上で衆人に知らせるための方便として嘲りの言葉を弄したと天孫は釈明する。その波線を付した一節のうち、まず（A）に子が吾児か否かや一夜娠みなどをめぐる疑惑を払拭するそれまでの展開にそくした内容を挙げ、一転して今度は全く新たな事実を（B）に示す。この事実こそが、傍線部にいう火難を母子ともに切り抜けた理由であるかのように、（A）ではなくこの（B）を、傍線部の一節に対応させている。そしてまたこの点にこそ、〔書五〕は差違化をはかる上で最も力を入れていたはずである。

このあと、さらに〔書六〕が、ひき続き〔書二〕と同じく磐長姫を姉にもつ木花開耶姫をめぐる「一夜而有㆑身。皇孫疑之。」という一夜娠みに関連した所伝をつたえている。ただ、この一書は右の一節の直後に「云云」を介して「遂生㆓火酢芹命㆒」をはじめとする子の出産を続ける一方、このあとには疑った皇孫を恨む姫との不和やこれを嘆く皇孫の歌などを交える。この一書の省略を多用する形態、さらに全体を〔本伝〕に対応させた構成、またそれにそくして実際に皇孫を主とするなか天孫を一部交用するなど、他の先行一書、その〔書一〕から順次展開する〔書五〕までとは恐らく一線を画している。それだけに、〔書五〕までの各一書のたがいのつながりを逆に際立たせることになる。実際、一夜娠みに伴う子をめぐる疑惑を解く「誓」に関連した子の誕生、出産を例にすれば、次のように順次新たな要素を加えては一書が展開している。

〔本伝〕	三子生出（なりいづ）		
〔書二〕	天孫之子出産（うむ）		
〔書三〕	同右	出産後、母子無事	
〔書五〕	同右		母有㆓霊異之威㆒、子等復有㆓超倫之気㆒

〔本伝〕は、あくまで鹿葦津姫の宿した「天孫之胤」であり、これが「始起烟末生出之児」というように烟の末から子として出現するかたちをとる。〔書二〕以降は、出産のかたちに移る。一書を追うごとに、母子の特異が明確化する展開、〔書五〕のその極に向けた一書のこの一貫した展開こそ、まぎれもなく差違化をはかったその明らかな軌跡だったはずである。

もっとも、差違化が所伝の新たな展開を紡ぎ出す一方、先行所伝のひき継ぎも、当然それに伴う。最後に、この先行一書のひき継ぎを、大きく差違化をはかっている〔書五〕を例に検証する。ここでは対象を絞り込むことにして、系譜主体の一書以外では最も短く、しかし前述のとおり付随的に地名起源など特異な所伝を付加する〔書三〕とのかかわりを中心に、対応する記述を次につきあわせてみる。

初火燄明時、生児、火明命〔書三〕
其火初明時（中略）名火明命〔書五〕

次火炎盛時、生児、火進命〔書三〕
次火盛時、（中略）名火進命〔書五〕

次避二火炎一時、生児、火折彦火火出見尊〔書三〕
次避二火熱一時（中略）名彦火火出見尊〔書五〕

こうして〔書三〕に対応させ、誕生した子を三人から四人に増やす。そしてそこでも、増やしたその子の名を、火の状態と生まれた子の名とを相関させる原則をもとに、〔書三〕の第三子「火折彦火火出見尊」をひき継ぎ、新たに加えた「火炎衰時」にそくして「火折尊」とする。この「火折尊」をめぐっては、〔書三〕の「火折彦火火出見尊」が〔書二〕の「次生児、号彦火火出見尊、亦号火折尊」をひき継いだあとを承け、その「亦号」をもとに、「彦火火出見尊」から切り離して独立させたという経緯をたどる。「尊」称まで含め、〔書二〕とも確かにつながっている。さらにこれに関連して、右のいずれの（中略）にもあたる「躡誥出児自（亦）言、吾是天神之子、」は、〔書三〕の「生児」ではなく、〔本伝〕の前掲一節の「始起烟末、生出之児」や「次避レ熱而居、生出之児、」をむしろひき継ぐ。〔書五〕の「避二火熱一」は、それをたしかに裏づけてもいる。

そうして〔書三〕〔本伝〕を中心にひき継ぎ、かつ組みあわせた上に、右に引用した名告りにひきつづいて、誕生した四子それぞれに「吾父何処坐耶」「吾父及兄何処在耶」「吾父及兄等何処在耶」という問いかけさえつけくわえている。それらは、「躡誥」に対応し、みずからいう「吾是天神之子」にふさわしい資質、すなわち後につたえる「子等復有二超レ倫之気一」とわかちがたくかかわるであろう。「天神之子」の誕生をめぐる所伝として、それは〔書三〕〔本伝〕に対して差違化をはかったそのたしかなあらわれの一つだったはずである。

十三、『三国志』裴松之注の施注方法

差違化とは、ひっきょう異伝をめざす取り組みにほかならない。それをはかる各種各様の取り組みをとおして各一書が成りたっているという点では、一書をめぐる問い、たとえばなぜそれが存在するのかといった問いは、異伝をなぜめざすのか、あるいはなぜそれを必要としたのかを問うことにつながる。端的には、異伝をなぜ次々につむぎだしていったのか、それが問いの核心である。もとより、文献ないし記録類が存在したからなどといった検証不能なことを前提とする立場を、ここではとらない。一書を多く引載する（「多引二載一書一」）ことについて『釈日本紀』（巻一・開題）の示す次の説明にも、だから加担することは到底できないが、

　上古之間、好レ事之家所レ著古語之書、稍有二其数一也。撰二此書一之時、雖レ不二尽採用一而不レ能レ弃。仍所二加載一也。

しかしながら、この直後の「是則裴松之三国志注例也」という指摘は注目にあたいする。「加載」はともかく、一書が多数併存する事実じたいは、『三国志』の裴松之注にたしかに通じるからである。(11)

そこで、『三国志』に裴松之がつけ加えた注に着目してみるに、「上三国志注表」のなかに、施注の方針に言及した記述がある。とりわけ重要なのが、陳寿の『三国志』を評価する一方、「然失在二于略一、時有二脱漏一。」という批判を加えた点である。歴史記述の内容あるいは史観には触れず、もっぱら簡略にすぎ、脱漏があることをつく。そうした欠点を補うのが目的とばかり、「務在二周悉一。上捜二旧聞一、傍摭二遺逸一。」という方向をめざし、それをさらに具体的なかたちで敷衍したのが次の一節である。

其寿（陳寿）所レ不レ載、事宜二存録一者、則罔レ不三畢取以補二其闕一。或同説二一事一而辞有二乖雑一、或出事本異、疑不レ能レ判、並皆抄レ内以備二異聞一。

陳寿が収載しなかったもので、残すべきは全てとりあげてその欠を補ったというのが一つ、同じ歴史を伝えながら陳寿の記述とは文辞に違いがあるものやあい異なって是非の判断ができないものなどを、残らずひろいあげ異聞として具備したというのがもう一つ。どちらにせよ、資料、記録の類を尊重し、それらをもって陳寿の『三国志』を補完しようとしたことにかわりはない。

注を、『三国志』という史書を補完するものとして積極的につみあげていく。いいかえれば、『三国志』の記述を補完する資料・記録の類を本伝に付載するのがその注の内実だから、それじたい、史書の編述に通じるといっても決して過言ではない。『三国志』の本伝に対しては、時に、注の付載する各文献がそれを相対化する意味をもつであろう。本伝と異なる内容を伝えていて、しかも是非の判断がつきかねる場合は、次の例のように、

○案此書（献帝伝）称二沮授之計一、則与二本伝一違也。（魏書・董二袁劉伝第六・195頁）(12)

○案本伝、邈詣レ術、未レ至而死。而此（献帝春秋）云レ諫レ称二尊号一。未レ詳二孰是一。（魏書・呂布藏法伝第七・222頁）

違うという事実の指摘にとどめる。本伝だからといって、それを絶対視しているわけではない。本伝に対する手厳しい批判も、少なくない。武帝が袁紹と戦ったさいの兵の数を、本伝が「時公兵不レ満レ万」と伝えるのに対して、さまざまな角度から検証しながら「未レ応二如レ此之少一也」「以レ理而言、竊謂不レ然。」「此兵不レ得二甚少一、一也。」「是不レ得二甚少一、二也。」「是不レ得二甚少一、三也。」と一つ一つ論破し、「将二記述一者、欲二以レ少見一レ奇。非二其実録一也。」として退ける（魏書・武帝紀第一・20頁）。批判は、「評」にも及ぶ。一例をあげれば、荀彧を評した「未レ能レ充二其志一也」という一節をとりあげ、「世之論者」の説をしめした上で、陳寿の批評はそれに同じと断じ、あらためて荀彧の事跡について詳細に論じて「可レ謂二任重道遠、志行義立一」、それなのに「評」に「謂二之未一レ充」というのは、「其殆誣歟」といって一蹴する。

厳しい批判は、歴史の事実にせまろうとする裴松之の強い姿勢を端的にものがたる。本伝に対する批判は、だから当然といえば当然なのだが、注としてあげる文献に対しても容赦ない批判をあびせている。そのなかには、曹操と戦って敗れた審配を「逃二于井中一」と伝える二書、楽資の『山陽公載記』と袁暐の『献帝春秋』に対する次のような批判もある。

臣松之以為、配（審配）一代之烈士、袁氏（袁尚）之死臣。豈当二数窮之日一、方逃二身于井一。此之難レ信、誠為レ易レ了。（中略）未レ能レ識二別然否一、而軽弄二翰墨一、妄生二異端一、以行二其書一。如レ此之類、正足下以誣二罔視聴一、疑中誤後生上。寔史籍之罪人、達学之所レ不レ取者也。（魏書・董二袁劉伝第六・206頁）

審配の人となりからして井に逃げこむことなど信じ難く、そんなことすぐわかることだとした上で、事の是非も識別できないのに軽率に筆を弄し、みだりに異端をなして書物をはやらせた、この類は、まっとうな視聴を無理にあざむき、後の人々を疑わせ、誤らせるものにほかならず、史書の罪人であり、達学の人は無視するというのが内容のあらましである。事は井に逃げこんだという、歴史の大きな流れからみればまことに些細なことでしかないが、そのことの是非に始まり、批判は文献そのものにまで及び、いかにも苛烈である。

それが、かりに針小棒大あるいはためにする議論だったにせよ、いわゆる史料批判といった点では、事実に対して潔癖なまでに厳格な姿勢で臨んでいたことは疑いをいれない。批判の程度や内容こそ違え、類例は、それこそ諸処に散見する。本伝に対する以上に、注が引く文献にそうした批判を多く加えている。(13)文献を本伝の注として付載するというただそれだけにとどまらず、付載にあたって史料批判のふるいにかけていたということ、ここに史書を編述することに通じるなみなみならぬ意欲を一層明らかにみることができる。さきに対袁紹戦での武帝の兵数をめぐって事実関係を精査、検証して最後に「非二其実録一也」と断じているとおり、史料批判を通してめざすは、この「実録」を主体とする歴史の事実である。本伝も、史料批判のふるいの外にあるわけではない。

それにもかかわらず、実際には、裴松之が批判あるいは攻撃を加えた記述は、全体のほんの一部にすぎない。それ以外は、少くとも批判あるいは攻撃するまでもないもの、前述したかの歴史記述の伝統としてひき継ぐ原則や基本（通釈649頁）に合致するものと判断したとみるのが筋である。それらのなかには、たとえば「余書不レ見、故載二録之一。」（魏書・董二袁劉伝第六・195頁）といった孤例も混る。「務在二周悉一」（前掲上三国志注表）という当該歴史の事実に関連した記録の悉皆網羅の網を、まさにその宣言どおり駆使していたことを如実にものがたる。『三国志』の本伝のもとにそうしてそれを補完するために文献の記述を網羅的に付載することは、歴史を一つの観点から唯一の事実として伝える杓子定規とは、およそ無縁である。

十四、神代紀のめざした記述、裴松之注の応用

この裴松之の施注をめぐる特質を際立たせるのが、本伝と異なる内容を伝えた文献である。少しふみこんで説明をくわえると、荀攸について、かれが参画した董卓暗殺計画が露見して逮捕・投獄されたあと、『三国志』本伝は「会㆓卓死㆒、得㆑免。」（魏書、荀彧荀攸賈詡伝第十・323頁）と伝える。その注には、しかし「魏書云、攸使㆓人説㆑卓、得㆑免。与㆑此不㆑同。」とある。結果は同じ助かったということだが、あるいは同じだからなのか、それが董卓の死によるのか、はたまた董卓に対する説得工作によるか、そのいずれが事実なのかについては論評を加えない。注として付載する文献相互に、伝える内容に違いがある場合も同様である。たとえば、太祖（曹操）がみずからのもとに逃げこんだ劉備を予州の牧に任じたことをめぐって、『魏書』と『傅子』との間には大きな違いがある（魏書・程郭董劉蔣劉伝第十四・433頁）。劉備を始末して禍根を絶つべきだとの進言をうけた太祖がそれを郭嘉に問うと、英雄の名のある劉備を除けば四海の期待に背くことになるとかれは答え、そのことを太祖が評価したというのが『魏書』、これに対して、郭嘉みずから劉備を早く始末すべきだと進言したにもかかわらず、当時の状況から太祖はそれに従うことができなかったというのが『傅子』、この違いについて、裴松之は「案、魏書所㆑云、与㆓傅子㆒正反也。」と指摘するにとどまり、事実関係の詮索はしていない。

もとより、これだけの例をもって全体を推しはかることはできないけれども、施注の一つの形式を成している。対立あるいは相違する歴史記述を、その状態をめぐる文献批評を含めなんら言及することなく、ただ注として載録する。いわば歴史記述の多様を、そのままつっぱなして示すだけにすぎない。歴史記述を捌くとは対照的な、

それじたい、裴松之の方法をものがたる、まちがいなくその一例である。歴史記述の多様を、施注のめざす「務在二周悉一」という方法が実現した結果だが、言葉を換えれば、文献の違いに止むを得ず、あるいは必然的に伴うあい反する事実もまた、その歴史のあり方の一つとして、その事実をそのまま伝えることに道をひらいたということにほかならない。史料批判に厳しい姿勢を貫く反面、事実との距離だけを唯一の物指しとして歴史やその記述をはかる硬直は、そこにはない。

この裴松之の方法を、神代紀の一書は応用して成りたつ。その応用が差違化につながり、差違化を、所伝を成りたたせる手段として、多様な記述をそのまままつっぱなして連ね、展開するそうしたひろがりにおいて神代紀を記述する。具体的には、裴松之が注として付載した文献になぞらえ、注以外はその歴史記述に加えた史料批判をはじめ一切を捨てる一方、その文献の多様だけにそのまま倣い、一書をそれにあてたことになる。それら文献相互の内容上の差違の大きさとは、もとより、一書間の相違は本質的に異なる。差違化といっても、上述の通り一定の範囲内にとどまるという以上に、歴史記述の実際にあったその現実に根ざす多様なひろがりには到底及ぶべくもなく、原拠を共にすることにともなう限界があったからである。過去の実際あった事実ならぬ、かくあったものとして記述をつむぎだすほかなかった神代紀の、それはまた限界でもあったはずである。

注

（1）本伝の呼称については、『三国志』に注を付した裴松之の、『三国志』の記述をさして「本伝」という例に倣う。その一例を、本章「十三、『三国志』裴松之注の施注方法」に引いている。

（2）太田氏の著書の同じ箇所を、青木周平氏「『日本書紀』海宮遊幸章の一書と歌――本書の視点から――」（『太田善麿先生追

悼論文集　古事記・日本書紀論叢』477頁。平成十一年八月。群書）も引用するが、それについて「重要なことは、海宮遊幸章の本書が、諸一書との補完関係により成り立っているという指摘である」という批評を加えたうえで、「本書を補完するものとして一書をよみとく必要性があり、その補完のあり方が、構想の問題として具体的に分析されねばなるまい」と説き、その「補完のあり方」を海宮遊幸章の具体例にそくして詳細に分析している。青木氏には、これに先立ち、「本書と一書との関係」についての「研究史と問題点」を簡潔にまとめた論考（「第五章『日本書紀』一書論――本書から見た場合――」『古事記研究』594頁。平成六年十二月。おうふう）がある。そのなかで、諸一書を統合して本書が成りたつとする太田氏らの所説のほか、「統合的性格が一書にも及ぶことを論証した」という中村啓信氏の論にも言及し、「こうなると、一書＝本書の原資料という素朴な見方は成り立ち得ないであろう。むしろそこで問わるべきは、どのような統合原理がはたらいているかということであり、一書の配列順へも視野を広げる必要がある」と指摘する。毛利正守氏「『日本書紀』「神代」」（『国文学』特集・神話の思想史、平成六年五月号、第三九巻第六号）にも、「どの資料を正文とし、どれを一書とするか」に関連して、資料と編纂者とのかかわりをめぐる言及がある（66頁）。なお、このほか、一書の原史料の復元を試みた山田英雄氏「日本書紀神代巻の一書について」（『日本書紀研究』第十六冊。昭和六十二年十二月。塙書房）、また一書の原本及びその成立等について論じた梅澤伊勢三氏「三神代紀『一書』の性格」（『続記紀批判』。昭和五一年三月。創文社）、さらに「『日本書紀』に先立ち、『日本書紀』編纂の史料となった『帝紀』の異伝と考えるべきである」と説く黒須重彦氏「『日本書紀』の「一書」について」（『武蔵野文学』47・5頁）などもある。

（3）荻原氏は、このあと、「多くの新しい要素の付加によって肥大していった発達の最終段階の姿」の〈記〉や〈一〉の舞台から、〈本〉から〈二〉までの所伝には登場した「事勝国勝長狭」なる存在が消えていると指摘した上で、「降臨神を迎える者として事勝国勝長狭がなくなった代わりに、猿田毗古神が登場してくることに気付く」（102頁）。この交代を、降臨神を迎える者の変容、「最終的には『天神御子』に対蹠する『国神』に変質する、という変転コースをたどっていることになる」（104頁）とみなす。しかし、〈一〉、すなわち第九段〔書一〕がつたえるのは「果如㆓先期㆒、皇孫則到㆓筑紫日向高千穂槵触之峯㆒」という天降りまでで、猿田彦神の登場は、どこまでもそれにともなうものでしかない。これに対して、事勝国勝長狭は、どれも皇孫

〈天孫〉の天降り後の「覓レ国行去」において出会う相手として一貫している。全く別の所伝の、別の役割を負う二人に、「変容」「変質」はなじまない。

（4）「覆」を「オフ」と訓む可能性は、ほとんどゼロに近い。試みに『万葉集』に当ってみるに、「覆」は「オホフ」と訓むのが通例。それを「オフ」と訓み改めるべき例があることを完全には否定できないとはいえ、「オホフ」の正訓字として定着していたことは疑いない。ちなみに、「オフ」の例は、『古事記』雄略天皇条の歌に「新嘗屋に生ひ立てる槻が枝は上つ枝は阿米袁淤幣理」以下、「阿豆麻袁淤幣理」「比那袁淤幣理」などがある。

（5）山田宗睦氏『日本書紀史注』巻第二に「第八段本文には、真床追衾が有り、五部神と神勅が無く、この点は第四・六の一書に従ったことがわかる。」（87頁）と説く。「天孫降臨神話に必要な道具としての随従する神々（特に五部神——榎本補筆）や神勅のことを全く欠いている」ことをもって、これに該当する〈本伝〉〈書四〉〈書六〉を一括してⒶ型とし、「皆揃っている」ところの〈記〉〈書二〉のⒷ型に対し、「このⒶ型の神話群はそうした古い姿をとどめた伝承なのである」とみなす守屋俊彦氏「天孫降臨神話の構図」（『記紀神話論考』以上282・286頁。平成元年一月。雄山閣）を承け、この守屋説の区分が真床追衾の有無にそくした区分と重なることを指摘したうえで導いたのが、山田氏の所説である。所伝の一部記述の有無だけを楯に、「従ったことがわかる」わけではない。

（6）注（5）所引の守屋氏の論考に、真床追衾を物忌みの道具であるとして「すれば、それは天岩屋戸と関係があるどころではなく、全く同一のものであることになる」と説き、〈書四〉の（A）（B）の記述にそくして「天孫降臨神話のこの部分は天岩屋戸神話と全く同じ内容を持ったものとなろう」（286頁）という。たしかに無縁ではないが、そこまで言いきれるのか。

（7）山田宗睦氏『日本書紀史注』巻第三（36頁以下。一九九八年二月。風人社）に、「皇孫」「天孫」の用例を簡潔に整理してある。「Ⅱ皇孫」には、「（一）もちろん皇孫はニニギのこと」につづいて「（二）（34）（35）だけが例外でヒコホホデミ」という指摘がある。（34）（35）は、第十段〈書四〉の例だが、同〈書二〉にも同じ例がある。例外というだけではすまない。

（8）当該用例にそくして、すでに「『天神』が『皇孫』（瓊瓊杵尊）を指示する用例である」という明確な指摘が青木周平氏（注2）所引著書（43頁）にある。

（9）この「天神之子」は、「天神」が天照大神のいいかえであることをはじめ、『古事記』がつたえる「天神御子」に通じる。その「天神御子」については、「天神之御子」との違いやそれのモデルとみなしうる中国古典の例とのつきあわを含め、拙稿（「『古事記』が伝える天神御子とはなにか」『京都語文』第四号。平成十一年十月）に論じている。

（10）拙稿「国見から巡狩へ、呪縛を解くこころみ」（『京都語文』第三号。平成十年十月）。

（11）裴松之注を利用した確実な例に、孝徳紀大化二年二月条の「管子曰」以下の一節がある。小島憲之先生『上代日本文学と中国文学』上（昭和三十七年。塙書房）に「述作者はこの注本の三国志によったことがわかる」（349頁）との指摘があり、この驥尾に付いて論じた拙稿「日本書紀出典考」（『佛教大学研究紀要』第65号。昭和五十六年三月）もある。なお、太田善麿氏「第五章　日本書紀歌謡の一考察」（『古代日本文学思潮論（Ⅲ）――日本書紀の考察――』255頁。昭和三十七年十一月。桜楓社）のなかに、斉明天皇六年是歳条の記述について「事実の忠実な記録とするのにふさわしくないものであるが、この部分を見て思いあわされるのは」として、裴松之注所引の文献の一節を掲出し、「それは裴松之集注の三国志に接したことのある史官の筆によって記定されたものであった可能性がきわめて濃厚であると考えられる」という。『三国志』本伝の利用は積極的であり、雄略天皇九年三月条の一節の頭注（日本古典文学大系本、一三）に「雄略・継体・欽明・孝徳・天智紀は、三国志の呉志・魏志を利用することが多い」と指摘する。

（12）頁数は、中華書局出版『三国志』（全五冊）による。

（13）念のためその一部の例を拾い出してみるに、謝承『後漢書』の記述に対して「此皆誣罔不通之甚者」（魏書、董二袁劉伝第六・180頁）、『献帝春秋』の記述に対して「此語、妄之甚矣」（同前・190頁）、『魏氏春秋』の記述に対して「皆非二事実一」（同、呂布臧洪伝第七・232頁）、『典略』の記述に対して「慕レ勢之言、為レ不レ然也」（同、荀彧荀攸賈詡伝第十、309頁）、『晋紀』『普陽秋』の記述に対して「二書所レ云、皆為レ非也」（同前・321頁）などの批判を加える。なお、関連して捕足すれば、宮岸雄介氏に「裴松之の史学観」と題する論考（『早稲田大学大学院　文学研究科紀要』四二、第一分冊）がある。その最後に「歴史を論じる前提条件として、実録を重視した史書の叙述方法、更には考証学的な方面の発展をも促した」というように裴松之の「史学の方法論」に対する高い評価を付す。

第七章　海幸山幸をめぐる所伝の相関

――神代紀第十段の成りたち、及び古事記、浦島子伝とのかかわり――

一、はじめに――一つの例示

いわゆる海幸山幸の所伝を、古事記と日本書紀とがともにつたえている。たがいの間には、共通ないし類似する点が少なくない。そのことをめぐって、さまざまな説がある。そのなかでも、所伝間の異同を分析してその詳細さにおいても群を抜いているのが、梅澤伊勢三氏の論考であろう。対象は、数十項目にも及ぶ。それらの分析の結果をまとめて「以上全体を通じてみられる『古事記』説話の明瞭な性格は、要するに『統一説話の整備完成』という点に帰着しているものと断じてよいもののようである。」（「神代の巻後部の考察―海幸山幸の段―」『続記紀批判』181頁。昭和五十一年三月。創文社）と指摘する。そしてこれらが「『古事記』所伝の一般的傾向」であり、他の段の分析結果と「はしなくも全く符節を合わせる」ことをつけ加える。海幸山幸の所伝も、こうして梅澤氏の紀前記後説の構想に一役かうことになる。

その分析結果にも明らかなのだが、古事記の所伝の構成あるいは構造の解明に、梅澤氏は主眼を置いている。それかあらぬか、微に入り細をうがつほど詳細であるにもかかわらず、日本書紀の分析には、往往にして荒さが目につく。その一つ、山幸が海神の宮を訪れたあと豊玉姫と結婚するくだりをとりあげてみるに、次のように説く。後の論の展開にもかかわるので、途中をはしょらずに引用する。

しかも更に注意すべきことがある。というのは書紀の各書は、この二人の結婚を記すに、ただ単に「妻之」とだけ記してそれ以上のことは言っていない。ところが、『古事記』だけはこれを「令レ婚」としてそこに海神の意思を出しているのである。これによれば二人はすでに相愛の仲（「目合」は記伝巻第十によれば「互いに心有り思ヒ合ヒて見交なり」としている。）でありながらも、父たる海神によって「令レ婚」たことになるわけである。とすれば、深い事情も知らない舅と妻とにひかれ、且つは妻への愛にひかれて思わずも海宮に長居をしたことになるわけであり、かくて読者も三年という期間を止むを得ぬものとし、あえて疑問視しないことになる筈である。少なくとも書紀各書が、関係者のすべてが男の「失鉤」を探していることを知りながら、その上で結婚して鉤を探すこともなく三年を過し、帰るに及んで急遽これを探すというような、いわば場当り式の説話構成をしているのに比較すれば、『古事記』の説話は、はるかに入念にしかも思慮深く構成されているといわざるを得ないのである。いうなれば書紀の構成は、粗雑・幼稚・素朴であり、『古事記』のは極めて緻密・入念・良識的とさえいってよいものである。（前掲書171頁）

実は、この直後に「我々は書記の漢文に幻惑されてはならない。」という警告まで付けくわえてもいる。本居宣長の言説と見紛うばかりの主張であり、分析の荒さもそれと無縁ではない。

たとえば山幸と豊玉姫との結婚をめぐっては、日本書紀第十段のすべての所伝が「妻之」とつたえているわけではない。そのかたちをとるのは、いずれも海神を主語に立てた構文の「時、海神迎拝延入、慇懃奉レ慰。因以二女豊玉姫一妻之。」（書一）、「海神則以二其子豊玉姫一妻之。」（書三）という二つの所伝にすぎない。しかもこれらの所伝では、山幸を貴賓として厚遇するそのもてなしの一環として、海神はおのが女を妻《めあわ》せている。まさにそれと同じかたちを、古事記が「爾海神（中略）即於レ内率入而（中略）具二百取机代物一、為二御饗一、即令レ婚二其女豊玉毘売一。」とつたえている以上、日本書紀の所伝に対するかの悪し様の批判には根拠がない。そればかりか、二人の結婚をめぐって〔本伝〕に「已而彦火火出見尊、因娶二海神女豊玉姫一。」とつたえる通り、山幸がみずからの意思で豊玉姫を娶ったかたちを、日本書紀はむしろ〔本伝〕として位置づけている。この基準からみれば、一書や古事記がつたえる伝承は異伝でしかない。

二、〔本伝〕及び一書の成りたちをめぐる先行諸説

しかも、同じ日本書紀の所伝ながら、等し並みには一括できないほどの違いが、〔本伝〕及び各一書間にある。その違いを析出する方法・視点が異なれば、導きだす結果・結論もそれこそ区々にならざるを得ない。解釈にしても、もとより一律ではない。まず梅澤説では、〔本伝〕及び四つの一書は「おそらく同類または親近の書であることを認めざるを得ないのである。同類の書とは、成立の時期も近く、筆者も同一か又は頗る親近の人物だったという意味である。」（梅澤氏前掲書136頁）と続く。一方、日本書紀じたいにそくして一書をもとに〔本伝〕が成りたつとみなすのが、太田善麿氏「神代紀『海宮遊行章』考」（『古代日本文学思潮論（Ⅲ）――日本書紀の考察――』186頁。昭和四十六年九月再版。桜楓社）である。太田氏は「結論的なことを述べるならば、本章の本書というものは、この四つの一書があれば組立てられる性質のものである。」と指摘し、さらに四つの一書をもとに成りたつ「本書」のなかには、たとえば「化二為八尋大鰐一」（第3一書）を「化二為竜一」とした「本書」のこの「竜」などのように「まぎれもなく新趣向として登場した文字」が加わっていることを付言する。なおまた、山田宗睦氏『日本

書紀史注』(巻第二。316頁。一九九七年七月。風人社)は、前節に引用した梅澤説(の一節)に拠り、それと太田説とを結びつけたかたちの「一書群→本文→記という方向」をたどる成立論を展開してもいる。

これら先学の成立論には、あえて言えば、本文にそくした精細な分析の裏付けを欠く。一方には、もちろん、一書間の違いを細かく検討したうえで、それらの個々の成立あるいはそのもつ意味などについて考察を加えた論考がある。見るべき成果も少なくないが、それらにも問題がないわけではない。たとえば三宅和朗氏「海幸山幸神話」(『記紀神話の成立』118・134頁。昭和五十九年三月。吉川弘文館)では、「隼人の服属起源」と「天孫とトヨタマヒメの婚姻(ウガヤフキアヘズの誕生)」という二つの要素を基準に、「『記』、『紀』本文、第四の一書は二要素を同時に語っているのに対して、第一・第三の一書は前者を欠き、第二の一書は後者のモティーフをもっていないと截然と区別することができよう。」と指摘した上で、〔書一〕〔書二〕〔書三〕を推古朝以前の原形により近い所伝とみなす。これには、「豊玉姫と天孫の婚姻譚のない形が、この神話の原形とは考えにくい。」といった荻原千鶴氏の批判(「海宮遊行神話諸伝考」『日本古代の神話と文学』147頁。一九九八年一月。塙書房)がある。

その荻原氏の論考は、〔本伝〕と〔書二〕、〔書三〕と古事記、〔書一〕と〔書四〕という共通ないし類似する程度の高い所伝二つを対比的に論じる。とりわけ〔書一〕〔書四〕に論を集めているが、一つだけを「独自の要素を多く含む、それぞれ独自の展開を遂げた所伝」(前掲書152頁)とみることじたい裏付けを欠き、疑いを禁じ得ない。確かに潮を操る二つの瓊を授けるのではなく、海神じしんが風波を起こして海幸を溺らせるというかたちをとる点は、二つの所伝に独自ではある。二つのそのかたちについて、前者を「干満珠の奉献は天孫への海水支配能力の委譲」、後者を「海水・海風支配能力をもってしての協力、守護、あるいは服属」とみなし、それと、後者だけが、所伝の展開のなかで彦火火出見尊が誰か判明する身分明かしのかたちをとることとを関連させ、次のように説く。

> ことさら「天神孫」であることの判明を記す〈一〉〈四〉の趣旨は、〞海宮にやってきたのは、質してみると実は天孫であった。それで海神は協力を惜しまなかった〟となり、それに対し訪問者が天孫であることを当然の事実のように記す〈本〉や〈二〉の趣旨は、〞天孫が海宮に行って、海神の惜しみない協力奉仕を得た〟ということになる。両者の相違は、事件の進行を見る視座の相違を彷彿させる。その相違のあり方は、前述の風波モティーフと同じく、海神の側から見た時に大きな意味をもつだろう。前者〈一〉〈四〉にわずかに痕跡をとどめる海神の側からの視座をもつような所伝が、天孫側に重点を移して語り直された時、後者〈本〉〈二〉のようなトーンの所伝を生み出すのだと考えることができる。後者においては、海神をおとなうのは天孫であることが自明であり、かつその天孫には海神が呪能を委譲するという完全服属が行われる。より後次的な（ただし現存各所伝成立の時間的新古を意味しない）所伝とみてよい。（154頁）

論旨を誤りなく追うために、引用がいくぶん長くなったが、「海神の側からの視座」といった従来にない視点から興味深い論を展開している。ただこの「視座」に関していえば、〔書一〕〔書四〕と〔本伝〕〔書二〕との趣旨の違いを、荻原氏はことさら強調しすぎではないか。後者にしても、所伝は「復授㆓潮満瓊及潮涸瓊㆒而誨之曰」〔本伝〕、「乃以㆓思則潮溢之瓊、思則潮涸之瓊㆒、副㆓其鉤㆒而奉進之曰」〔書二〕とつたえ、前者と同じように「海神は協力奉仕を惜しまなかった」と言い換えたとしても、なんら差し支えない。違いといえば、海神がみずから風波を起こして溺らせる（直接）のと、溺らせることも救うことも自在な瓊を授ける（間接）のと、本質的にはこのもっぱら方法にかかわる。それに先立つ「天孫が海宮に行って」もまた、所伝の上では、豊玉姫が「有㆓一希客者㆒」〔本伝〕、「顔色甚美、容貌且閑。殆非常之人者也。」〔書二〕とみるだけだった人物のその素性を、海神は招き入れ対面するや察知できたという筋立てのはずだから、「海宮にやってきたのは、質すまでもなく天孫だと知った」というのがむしろ実態である。この限り、ただに質したか否かにむしろ違いがあり、質したという所伝だけにことさら「海神の側からの視座」を認めることには、やはり無理がある。

なおまた、それとは別に素朴な疑問もある。たとえば「海宮にやってきたのは、質してみると実は天孫であった。」を、「それで」を介して「海神は協力を惜しまなかった」に結びつけているが、所伝はそのかたちをとってはいない。後述するとおり、そして一例をあげれば「火火出見尊対曰、吾是天神之孫也。乃遂言二来意一。時海神迎拝延入、慇懃奉レ慰。因以二女豊玉姫一妻之。」〔書一〕という海神の手厚いもてなしこそ、「それで」が導くものにほかならない。そのもてなしの一環に、女の豊玉姫を妻《めあわ》せることが位置する。この先にあるはずだから、「協力」などではなく、臣従にもとづく「献身的奉仕」にむしろ相当するであろう。一方、荻原氏がこの〔書一〕にたぐうとみなす〔書四〕のばあい、右の引用箇所に対応する記述には、来意をめぐる問答すらなく、わずかに「乃知二是天神之孫一、益加二崇敬一。云云。海神召二赤女・口女一問之曰。」という一節しかない。しかもその「云云」を含む省略のかたちは、むしろ〔書二〕に通じる（969頁参照）。〔書一〕〔書四〕が実際は他の一書とつながること、これも後述するが、そうしたつながりなりひろがりなりを表現にどこまでもそくして見極めたうえで、さて、はたして「〈一〉〈四〉など比較的阿曇連の近くで伝承され来たった伝をもとにしていることを思わせる所伝の、風・波の制御による協力を誓言する海神の姿には、海上交通に関ることを旨とした、往年の阿曇連の姿が重なる。」（同前書160頁）とまで言いきれるのか、疑いを禁じ得ない。とりわけ阿曇連に関した伝承に至っては、検証するすべをもたない。なお言及すべき先学の論考も少なくはないが、〔本伝〕及び各一書間の記述あるいは所伝の内容等をめぐる互いのかかわりについては、参照すべき成果が管見にはなかなか入ってこない[1]。そうした点も考慮し、日本書紀がつたえる海幸山幸の所伝の全てを対象に、関連する所伝にも目を配りながら、各所伝の記述にあくまでそくして分析を加える取り組みをここではめざす。

三、「天神之孫」をめぐる尊貴化の多様な一書の展開

そこで、手始めに、〔本伝〕と各一書との異なり、とりわけたがいを他と分かつその指標を見極めることにする。その例の一つが、「天神之孫」である。[2] 用例の全く無い〔本伝〕に対して、一書にはどれにもそれがある。しかもそのあらわれに、著しい特徴がある。用例の全てを次にしめす。

〔書一〕火火出見尊対曰「吾是天神之孫也。」乃遂言二来意一。時、海神迎拝延入、慇懃奉レ慰。

〔書二〕海神白言「今者、天神之孫、辱臨二吾処一。中心欣慶、何日忘之。」

〔書三〕是時、海神自迎延入、（中略）以尽二主人之礼一。因従容問曰「天神之孫、何以辱臨乎。」／已而召二集鰐魚一、問之曰「天神之孫、今当二還去一。儞等、幾日之内、将二以奉レ致。」

〔書四〕海神見之、乃知二是天神之孫一、益加二崇敬一。

どれも火火出見尊を指し、尊じしんが海神に対して身分を明かすか、もしくは海神が尊を呼称ないし察知するかのいずれにせよ、天神の子孫に当たる火火出見尊のその尊貴を無条件に保証する象徴的な意味を、それはもつ。

右に引用したかぎりでも、各一書がその「天神之孫」を相手とする海神の対応をとりどりにつたえている。〔書一〕の「慇懃奉レ慰」、〔書二〕の「辱臨二吾処一。中心欣慶。」以下、〔書三〕の「尽二主人之礼一」また「何以辱臨乎」、「奉レ致」、〔書四〕の「益加二崇敬一」などだが、〔本伝〕には、これらに相当する例がまったくない。また

勿論、所伝の内容とも、それは不可分である。詳細は後述するとして、一例を挙げれば、〔書一〕では、右に引用した一節の直後に「因以二女豊玉姫一妻之。」とある。〔本伝〕が「已而彦火火出見尊、因娶二海神女豊玉姫一。」というように火火出見尊じしんがみずからすすんで娶ったかたちをとるのに対して、海神が妻《めあわ》せるとつたえ、前掲一節とのつながり、すなわち「時、海神迎拝延入、慇懃奉レ慰、因以二女豊玉姫一妻之。」という結びつきは、結婚をもてなしの一環として位置づけていたことを如実にしめす。〔書三〕も、また同じように「海神則以二其子豊玉姫一妻之。」という妻せるかたちをとる。その「則」が「尽二主人之礼一」「辱臨」などの表現をうける展開上、能う限り最高のもてなしの一環として位置づけていたことは疑いをいれない。

一方、〔書二〕と〔書四〕はともに結婚をつたえない。そのことじたい、〔本伝〕との際立った違いなのだが、火火出見尊と豊玉姫との出会いの場面を、〔本伝〕のそれにごく近い展開のなかで〔書二〕がつたえるほか、豊玉姫の出産をめぐる課禁・破禁・別離などの一連の展開を〔書四〕もつたえていることに照らして、筋立ての基本まで変えているわけではない。結婚にかわって、したがってもてなしの一環ではなく、別離に際して火火出見尊への熱い惜別の思いをかたったのが、〔書二〕の前掲（963頁）一節である。それに次の一節がつづく。

乃以二思則潮溢之瓊、思則潮涸之瓊一、副二其鉤一而奉進之曰「皇孫雖レ隔二八重之隈一、冀時復相憶而勿二棄置一也。」

カッコで括った海神の言葉は、さながら男女の別離を彷彿とさせる。前掲一節の最後にいう「何日忘之」と、それは対応する。その惜別の強い心情に照らせば、鉤に副えて奉進する瓊は、海神がみずからの思いを託した形見の品に通じる。崇敬措くあたわざる貴人、すなわち「天神之孫」との離別の場面にまことにかなうものとしてそのかたちをとったはずである。結婚をつたえないもう一つの〔書四〕のばあい、前掲一節には「云云」がつづく。

兄の降伏のあとには、豊玉姫の出産や別離などを定番どおりつたえている構成の上でも、そこに結婚関連の記述を省略したとみるのが相当である。しかもその記述を欠く事実そのものは、そうしてもなんら差し支えないと認めた上で処理した結果だから、結婚をあえてつたえない〔書二〕のその扱いに通じる。

〔書四〕があえて結婚をさし措いて特筆するのが、火折尊（後には彦火火出見尊の名に一旦改まる）が「天神之孫」であるか否かを「試以察之」という判定をめぐる一節である。そしてその判定結果をつたえる前掲の「乃知二是天神之孫一」という一節をはじめ、「天神之孫」に関連したこれら全てが〔本伝〕にはない。〔書二〕の「天神之孫」関連記述も、もちろん〔本伝〕にない。結婚を海神のもてなしの一環としてつたえる〔書一〕〔書三〕のそのかたちも、前述のとおり〔本伝〕の火火出見尊が娶るかたちとは決定的に違う。その違いこそ、火火出見尊を「天神之孫」とするか否かによる。結局、「天神之孫」の位置づけが、各一書を〔本伝〕とは大きく異なる所伝の展開に導いた最大の要因であったといっても過言ではない。

「天神之孫」は、かくてすぐれて象徴的な意味をもつ。火火出見尊の身分をあらわすと共に尊貴を無条件に保証し、なおかつそれにまさにふさわしく所伝が展開し、そのどの内容も〔本伝〕とは際立った違いをみせる。象徴的とは、このようにどの一書も共通してその所伝の内容上の特質をそれぞれその表現に刻んでいることをもっていう。すぐれて象徴的な「天神之孫」を、はたして切りすてて〔本伝〕は成りたつのであろうか。切りすてては、崇敬措くあたわざる貴人をその立場から引きずりおろすことに通じる。そうする必然性もそうだが、それが実際にありえたとは考えがたい。逆にむしろ〔本伝〕から一書への展開を想定するほうが、所伝の成りたちの上ではるかに自然なはずである。

四、海陸の繋絆《つながり》を強調する一書、〔書一〕〔書三〕

この想定には、裏付けをとることができる。そのいくつかをここにとりあげてみるに、まずは豊玉姫が産んだ児の命名について、〔本伝〕はわずかに「故因以名レ児、曰二彦波瀲武鸕鷀草葺不レ合尊一。」とつたえるだけにすぎない。命名は豊玉姫との結婚とセットのかたちをとり、〔書一〕〔書三〕がそれをつたえる。とりわけ注目にあたいするのが、児の名の由来に関する〔書一〕の次の記述である。

（留二其女弟玉依姫一、持二養児一焉。）所三以児名称二彦波瀲武鸕鷀草葺不レ合尊一者、以下彼海浜産屋、全用二鸕鷀羽一為レ草葺之而甍未レ合時、児即生上焉故、因以名焉。

名に「波瀲」「鸕鷀草葺不レ合」などを含むその由来ないし理由をいう。しかし「所以」の用法上、これには不審がある。類例をもってしめせば、同じ第十段の〔書二〕に、鉤をのみこんだ口女に対して海神が「又不レ得レ預二天孫之饌一」と命じたことをつたえ、直後に「即以二口女魚一、所三以不二進御一者、此其縁也。」とある。天皇の食事に口女魚を進めないというその起源を説く。また「今敵所三以不二妄来一者、州柔設二置山険一、尽為二防禦一、山峻高而谿隘、守易而攻難之故也。」（天智天皇元年十二月）も、敵が妄りに攻めこんでこないという現下の事実、つまり現状についてその理由を説明する。どれにも先行する関連記述があって、それにそくしてその由来や理由について説明するというのが、「所以」のここにとりあげた実例に共通する使用法である。ところが右の用例は、わずかに児の養育をいうカッコ内の記述ばかりで、前もって名をなんらつたえずに、だからいきなり、名の由来を説く。右に引用した記述のかぎりそうみるほかないとはいえ、「所以」の誤用ではないはずだから、残る可能性は一つ、つまりカッコ内の先出する「持二養児一焉」というその児にそくして、「故因以名レ児、曰二彦波瀲武鸕鷀草葺不レ合尊一。」とつたえる〔本伝〕の一節を踏まえた上で名の由来を説明したものだったに相違ない。その〔本伝〕には、肝腎な「鸕鷀羽」はもとより、名づけに関連した記述が一切ない。

仮にもしその〔本伝〕の一節が無ければ、〔書一〕が「所以」以下の記述をもつこと自体、ありえなかったか、少なくとも不自然さは否めない。〔書一〕の成りたちは、明らかに〔本伝〕の存在を前提とする。類例に、玉依姫関連の記述がある。〔本伝〕のそれは、わずかに「後豊玉姫、果如二前期一、将二其女弟玉依姫一、直冒二風波一、来二到海辺一。」というだけ、まさに付けたし同様につたえるにすぎない。しかし遡れば、「彦火火出見尊、因娶二海神女、豊玉姫一。」の結婚に伴い、これが嫁入りに相当するはずだから、たとえば後漢の劉熙の釈名（釈親属）に「姪娣曰レ媵《よう》。媵、承也。承二事嫡一也。」と説明する古代の貴族の嫁入りに姪《めい》や娣《いもうと》を従わせた習俗に通じる。栗原圭介氏『古代中國婚姻制の禮理念と形態』（その「第5章　婚姻制と媵」。昭和五十七年二月。東方書店）が、釈名の説明を「承事の用例から見るに、嫁子即ち嫡に事えるという本来の至上命令に絶對に奉仕する意と相通ずる」と解するほか、「后妃の左右に侍る媵」について「助」ないし「佐」と説く（309頁）。

実際に、〔書一〕〔書三〕ともに、豊玉姫が火火出見尊と離別・帰郷したあと、豊玉姫が産んだ彦波瀲武鸕鷀草葺不レ合尊（以下には、葺不レ合尊と略称する）の養育に玉依姫が携わったことをつたえる。〔本伝〕の補足を、明らかなねらいとする。〔書三〕では、当初「豊玉姫自馭二大亀一、将二女弟玉依姫一、光レ海来到。」と連れて来た玉依姫も豊玉姫と共に帰郷したのち（帰郷をつたえる記述はないが）を、「是後、豊玉姫聞二其児端正一、心甚憐重。欲二復帰養一、於レ義不レ可。故遣二女弟玉依姫一以来養也。」とつたえ、わざわざ葺不レ合尊のもとにもどして養育させたことをつけ加えている。豊玉姫の帰郷によって途絶する海神及びその世界との絆を、「縢」にも通じる強固な血縁の妹玉依姫を養育に携わらせることをとおしてつなぎとめる。〔書一〕は、豊玉姫が帰郷するさい「留二其女弟玉依姫一、持二養児一焉。」というように玉依姫を直接みずからの代役として留める。これをもとに、豊玉姫の心情にそくして差違化をはかったのが〔書三〕だから、絆をそこにいっそう強固にする。この系列に独自な展開であり、豊玉姫が玉依姫を伴ってこなければ、この養育もありえなかったというより、養育にあたることを当初から織りこんだ上で伴ってくるというかたちをとったはずである。

所伝の展開上では、第十一段〔本伝〕が「彦波瀲武鸕鷀草葺不レ合尊、以二其姨玉依姫一為レ妃。」のあと、神武天皇を含む四男の誕生をつたえる。第十段〔本伝〕のあのわずかに「将二其女弟玉依姫一」というだけにすぎない記述では、この第十一段につなげるのに必ずしも十分ではない。右掲第十段一書がつたえる養育には、第十一段につなぐ橋渡しの意味あいがつよい。この一書の玉依姫に関連した展開を前提にしていればこそ、〔本伝〕はどこまでも火火出見尊の事蹟に限定し、だから豊玉姫との別離と、その姫との間に子を生みなしたこととその児の名とをつたえるだけにとどめたのであろう。そこに、子の養育は、やはり不可欠とはいいがたい。

〔本伝〕が一書を前提にしたことは、翻って、一書にしても〔本伝〕を踏まえて成りたつことを示唆する。それの具体例を一つとりあげてみるに、たとえば〔書一〕では、養育をめぐる前掲「留二其女弟玉依姫一、持二養児一焉。」が玉依姫の初出の記述である。豊玉姫が火火出見尊のもとに来ることを「是後、豊玉姫、果如二其言一来至。」とつたえるなかに、玉依姫の名はない。この後の帰郷にさいして豊玉姫は玉依姫を「留」めたという以上、伴ってきていることは明らかだから、ただその名をあらわしていないだけにすぎない。〔書一〕が独立した一書だったとすれば、名をあらわさないことじたい不審というほかないが、それがありえたというのも、〔本伝〕に「後、豊玉姫、果如二前期一、将二其女弟玉依姫一、直冒二風波一、来二到海辺一。」とつたえるこの記述を踏まえ、同じ文脈を担保に、玉依姫を伴っているという含みをもちえたからであったとみるのが相当である。

五、海陸の隔絶《へだたり》を強調する一書、〔書二〕〔書四〕

この〔本伝〕と一書との関係は、なにも〔書一〕〔書三〕に限定的なものではない。結婚に関連した記述をとりあげたなりゆき上、それをもつ〔書一〕〔書三〕に論が集中したにすぎない。もう一つ別にあいたぐう〔書二〕〔書四〕にしても、そもそも結婚関連の記述をもたないというそのことじたい、〔本伝〕と同じ文脈を担保に、その保証があってはじめて可能だったはずである。そうして〔本伝〕の所伝を基準としたばあい、結婚関連の記述も含め所伝構成の要素を大きく省略している点にも、〔書二〕〔書四〕に共通した著しい特徴がある。

とりわけ〔書二〕に、たとえば火火出見尊が海神の宮に至るまでの一切を省略するなど、それが著しい。一方、〔書四〕には、「云云」が四ヵ所と「已見レ上」が一ヶ所ある。後者は省略そのものではないが、「云云」に通じることをはじめ、なかなかに示唆に富む。次にそれの関連部分を引用する。

初豊玉姫別去時、恨言既切。故火折尊知二其不レ可二復会一、乃有二贈歌一。已見レ上。

「已見レ上」の「上」を、〔書三〕の「沖つ鳥鴨著《づ》く島に我が率寝《ゐね》し　妹は忘らじ世の尽《ことごと》も」を指すとみて、直前の「有贈歌」については「歌を贈る（贈りたまふ）こと有り」と訓むのが通例（日本古典文学大系・新編日本古典文学全集・日本書紀史注など）だけれども、歌を指すとみるならば、まさにその歌こそが「已見レ上」の主語ないし主体に当たるはずだから、この関係に直にそくした「贈る歌有り」の訓みがむしろふさわしい。しかしどのように訓もうと、実は〔書三〕のどこにも、そもそも「贈歌」の「贈」にあたる記述を見出すことさえできない。別れ際の二人の心情にいたっては、まったく言及してもいない。次がその〔書三〕の問題の一節である。

（対曰「宜レ号ニ彦波瀲武鸕鷀草葺不レ合尊一。」）言訖、乃渉レ海径去。于レ時、彦火火出見尊乃歌之曰（前掲「沖つ鳥」の歌）。

妻の去った時、残された男がただ歌ったというだけに過ぎない。このあと、「亦云」にはじまる養育関連の記述に転じる。すなわち、自分の生んだ児が端正と聞いた豊玉姫はみずから養育したいと望むが、「於レ義不レ可」、そこで妹の玉依姫をつかわし、養育を委ねる。そのさい玉依姫に託して、火火出見尊に「報歌」を奉っている。この直後に、その歌と火火出見尊の歌とをあわせ、「凡此贈答二首、号曰ニ挙歌一。」という解説を付す。火火出見尊の歌を「贈歌」とするこの位置づけをひき継いだのが、〔書四〕のくだんの「有ニ贈歌一」だったはずである[3]。

ひき継ぎにともない、その「贈歌」を「已見レ上」といって指示したかたちをとるけれども、内容の上では、むしろ独自をきわだたせている。たとえば豊玉姫が去ったまさにその時、火火出見尊がただ歌をうたったというだけの〔書三〕に対して、再会などもはやあり得ないことを火折尊が知り、そこで歌ったというのが〔書四〕である。歌の「妹は忘らじ世の尽も」をもとに、いつまでも忘れないというその恋情が火折尊の「知ニ其不レ可ニ復会一」によること、要するに二度とは会えないと知ればこそ永遠の恋慕を歌にして贈ったという、そうした内情を明らかにしてみせたものにほかならない。

この手法は、もちろん「云云」のばあいにも通じる。豊玉姫との別れにかかわるので、最後の「云云」を一つだけとりあげてみる。

先レ是、豊玉姫出来、当ニ産時一、請ニ皇孫一曰、云云。皇孫不レ従。豊玉姫大恨之曰「不レ用ニ吾言一、令ニ我屈辱一。故自レ今以往、妾奴婢至ニ君処一者、勿ニ復放還一。君奴婢至ニ妾処一者、亦勿ニ復還一。」

この一節の直後に、別れ際に焦点を当て「遂以二真床覆衾及草一裹二其児一、置二之波瀲一、即入レ海去矣。此、海陸不二相通一之縁也。」と続ける。ここに生んだ子を草で裹んで波瀲に置きざりにするという内容が、〈本伝〉のつたえる「乃以レ草裹レ児、棄二之海辺一、閉二海途一而俓去矣。」に対応することにくわえ、「此、海陸不二相通一之縁也。」にしても、〈本伝〉がつたえる豊玉姫の「如有レ不レ辱レ我者、則使三海陸相通、永無二隔絶一。」ということば、及びそれにちなむ〈本伝〉の右の引用箇所中の「閉二海途一」に通じるという以上に、それを確実に踏まえる。(4) 右にとりあげた一節のなかでも、冒頭の「豊玉姫出来、当二産時一、請二皇孫一曰、」が〈本伝〉の「来二到海辺一、逮二臨レ産時一、請曰、」に重なる。対照的にこの「請」を会話文に使い、「請勿レ臨之」と直接要請する表現のかたちをとるのが、一書の「来至、謂二火火出見尊一曰、妾今夜当レ産。請勿レ臨之。」〈書一〉、「俓入居焉。已而従容謂二天孫一曰、妾方産。請勿レ臨之。」〈書三〉などである。〈書四〉は、これら一書より、むしろ〈本伝〉を踏まえる。

したがって「云云」についても、「この『云云』の内容は、出産の時に『見るな』と約束したこと。」〈新編日本古典文学全集。186頁頭注五〉ではなく、〈本伝〉の「妾産時、幸勿二以看一之。」にそくした内容が当てはまりそうだが、実際はそう単純ではない。だい一、「云云」直後の「皇孫不レ従」のあとに、どの所伝にも共通する豊玉姫の出産の光景を見たという記述がなく、だからその見たということまで「皇孫不レ従」が含みこんでいるとみなすほかない。げんに、いきなり「豊玉姫大恨之曰」がつづく。出産をめぐって、豊玉姫が本来の姿、すなわち「龍」〈本伝〉、「八尋大熊鰐」〈書一〉、「八尋大鰐」〈書三〉にたちもどることはもとより、見るなの禁を課すことやその禁を破ることなども所伝の表舞台から消し去り、かわって豊玉姫の要請に皇孫が従わなかったという一点に絞りこんで対立の構図をきわだたせる。それを端的にあらわすのが、豊玉姫のその恨み言の「不レ用二吾言一、令二我屈辱一。」であり、さらには「妾奴婢至二君処一者、勿二復放還一。君奴婢至二妾処一者、亦勿二復還一。」という決然とした意志をつたえる一節である。陸にあるものは陸に、海にあるものは海にそれぞれその現にあるままに帰属させ、互いの交通あるいは交流を一切断絶するという意志を示したものにほかならない。〔本伝〕の「如有レ不レ辱レ我者、則使三海陸相通、永無二隔絶一。」に対して、表現を仮定から「不レ用二吾言一、令二我屈辱一。」という結果のかたちにかえ、隔絶だけを強調する。この延長上に、やはり〔本伝〕を踏まえたあの起源をものがたる「此、海陸不二相通一之縁也。」という一節が位置する。

六、一書の系列化、〔書一〕〔書三〕と〔書二〕〔書四〕

〔本伝〕なくしては、どの一書も成りたちえない。それだけ密接なかかわりを〔本伝〕との間に各一書がもち、そうしたなかでとりどりに所伝をつむぎ出していたというのが実情である。そこには、その〔本伝〕とのかかわりに伴い、〔書一〕と〔書三〕、またさらには〔書二〕と〔書四〕というそれぞれたがいにあい通じ、しかも系統的なあらわれをみせる系列二つの対応が成りたっている。そのことも、各一書がバラバラに存在したのではなく、たがいに密接なかかわりをもって成りたつ明白な証左にほかならない。そこで、その対応する内実を、改めて各一書の分析をとおして見きわめることにする。

はじめに結婚関連の記述をみるに、前者の系列は「已経二三載一」〔書一〕、「已経二三年一」〔書三〕というほぼ同じ表現の一節を共有する。さらにこの三年が経過したのち、火火出見尊が帰るに及んで海神が鉤を得て授けるという所伝の展開もまた、あい呼応する。その部分を次に抜きだして示す。

〔書一〕以二女豊玉姫一妻之。故留二住海宮一、已経二三載一。（在レ此貴客、意望レ欲レ還二上国一。）海神（中略）故即

召二赤女一、見二其口一者、鉤猶在レ口。便得之。乃以授二彦火火出見尊一、因教之曰、

〔書三〕以二其子豊玉姫一妻之。遂纏綿篤愛、已経二三年一。（及二至将レ帰一）海神乃召二鯛女一、探二其口一者、即得レ鉤焉。於レ是、進二此鉤于彦火火出見尊一、因奉レ教之曰、

三年経過後に鉤を取得するというこのかたちは、実は海神の配慮によるその女との結婚を承けた、いわば仲睦まじい夫婦生活に伴う。もとより、二つの一書に独自である。〔本伝〕では、三年経過はおろか、豊玉姫との結婚より前、つまり火火出見尊が海神にその宮にいたった事情をうちあけた直後に鉤の取得をつたえる。

〔本伝〕海神、於レ是、鋪二設八重席薦一以延内之、坐定、因問二其来意一。時、彦火火出見尊、対以二情之委曲一。海神乃集二大小之魚一、逼問之。僉曰「不レ識。唯赤女比有二口疾一而不レ来。」固召之探二其口一者、果得二失鉤一。

この直後には、あの彦火火出見尊じしんの意志による結婚をつたえる「已而彦火火見尊、因娶二海神女豊玉姫一。」という一節がつづく。前述のとおりその部分を欠き、鉤を取得すると直後に「及下至彦火火出見尊将レ帰之時上」と帰郷に向けた展開に転じるかたちをとってはいるものの、右に引用した〔本伝〕の一節とほぼ共通するのが、〔書二〕の次の一節である。

〔書二〕時、父神（聞而奇之）、乃設二八重席一、迎入。坐定、因問二来意一。対以二情之委曲一。時、海神便起二憐心一、尽召二鰭広鰭狭一而問之。皆曰「不レ知。但赤女有二口疾一、不レ来。」（中略）即急召至、探二其口一者、所レ失之針鉤、立得。

この〔書二〕が、結婚関連のくだりを省略したという点でも、同じ系列の〔書四〕に通じる。たとえば右の一節のカッコでくくった（聞而奇之）は、火火出見尊来訪の知らせに接した海神をあらわし、このあと来意をめぐる問答がつづく。〔書四〕では、その問答による事情明かしを、「天神之孫」の判定、すなわちその素性明かしにか

えてはいても、来訪の知らせに接してまことに思いがけない出現とすればこそ、その判定につながっている。しかもその迎え入れをめぐる「海神聞之曰、試以察之、乃設二三床一、請入。」という印を付した表現が、〔書二〕とほぼ一致、類似する。このあと、やはり鉤の取得がつづき、そこに鉤をのみこんだ魚を「口女」とするのは、ほかに〔書二〕の、右に引用したなかには（中略）とした「亦云、口女有二口疾一。」と、引用箇所の直後につづく一節の「於レ是、海神制曰、儞口女、従レ今以往、不レ得レ呑レ餌。」との二例だけにすぎない。

さらにまた、〔本伝〕をかりに基準とすれば、この〔書二〕〔書四〕ともに、結婚をめぐる記述を欠く分、兄を屈服させるくだりの、所伝全体に占める割合が相対的に大きく、そこに特徴がある。たとえば兄の屈服をあらわす〔本伝〕の「乃自伏レ罪曰、従レ今以後、吾将レ為二汝俳優之民一。」に当たる記述が、豊玉姫の結婚をつたえる〔書一〕〔書三〕にまったくないのとは対照的に、〔書二〕〔書四〕では、この〔本伝〕をひき継ぎながらあたかも内容を敷衍したかのように次第に詳細の度を増す。

〔書二〕乃伏レ罪曰「吾已過矣。従レ今以往、吾子孫八十連属、恒当レ為二汝俳人一。」一云、狗人。

〔書四〕便遥請レ弟曰「汝久居二海原一、必有二善術一。願以救之。若活レ我者、吾生児八十連属、不レ離二汝之垣辺一、当レ為二俳優之民一也。」

これらは、実は一部でしかない。そして屈服をめぐる一連の記述をとおして、〔書二〕〔書四〕ともに力点を置くのが、海神の支援を得て火火出見尊が超能力を発揮するくだりである。それに兄の屈服をあらわす右の一節がつづき、さらに、次のようにほぼ同じ内容の一節を双方がつたえている。

〔書二〕弟還出二涸瓊一、則潮自息。於レ是。兄知三弟有二神徳一、遂以伏二事其弟一。是以、火酢芹命苗裔、諸隼人等、至レ今不レ離二天皇宮墻之傍一、代吠狗而奉レ事者矣。

〔書四〕於レ是、弟嘯已停、而風亦還息。故、兄知二弟徳一、欲二自伏一レ辜。（俳優者の手足を使って「溺苦之状」を
模した所依、略）自レ爾及レ今、曽無二廃絶一。

超能力を発揮する手段あるいは方法に違いがあるとはいえ、それを停止したところで、両一書とも弟の「徳」を兄が知って服従したことをいう。さらには共に、これを、今に至るまで不断に続く奉仕の起源としてもいる。「随二其所一レ乞、遂赦之。」とだけつけたえる〔本伝〕に対して、弟の偉大を、一連の記述をとおしてことさら強調することに重点をおく。

一方、〔書一〕〔書三〕には、〔本伝〕がわずかにつたえる「遂赦之」さえない。〔書一〕にいたっては、帰郷後に海神の支援を得て実際に兄を屈服させたという本来は当然あるはずの一節すらない。それだけに、ただにつたえていないというより、むしろあえて切り捨てたというのが実情だったに相違ない。そうして〔本伝〕があればこそ、切り捨てることも可能だったはずだから、まさに〔本伝〕の存在を前提とする。それでいて、前述のとおり結婚をもてなしの一環とするなど、〔書一〕〔書三〕ともに〔本伝〕とは明らかに内容を異にする。独自を演出することに意欲をみせ、火火出見尊を送りかえすことをめぐって、〔本伝〕がわずかに「天孫若欲レ還レ郷者、吾当レ奉レ送。」という海神の言葉をつたえるだけにとどまるのとは対照的に、実際に大鰐に乗せて送ったというのが〔書一〕の「於レ是、乗二火火出見尊於大鰐一、以送二致本郷一。」、また一方、鰐魚を集めその中から最も短い日数で送ることができるという一尋鰐魚を選んで送らせたというのが〔書三〕の「已而召二集鰐魚一問曰、天神之孫、今当二還去一。儞等幾日之内、将二以奉一レ致。（以下略）」である。大鰐や最速の一尋鰐魚などの乗りものをわざわざ仕立てて送りかえすという措置が、崇敬措くあたわざる「天神之孫」に対する配慮に出ることは疑いない。もてなしの一環として女を妻《めあわ》せることと、それが一連のものであることも明らかである。

七、差違化による多様な組み合わせ、系列相互の乗り入れ

もっとも、〔書一〕〔書三〕、〔書二〕〔書四〕のこの二組の組み合わせは、実は決して固定的なものではない。バラバラでも、無限定でもなく、豊玉姫の結婚や火火出見尊による兄の屈服などといった所伝を構成する柱となる内容をめぐって、そしてまさにそのかぎり、四つの一書が対応する二組の系列に分かれるということだけでしかない。取り上げる対象をかえれば、組み合わせもかわる。言いかえれば、対象をかえても、組み合わせがかわるだけでしかない。柱となる内容をめぐって二組の系列に分かれたように、所伝のもう一つ別の柱となる内容に関連して、やはり各一書が系統的なあらわれの違いをみせる。

その内容とは、海神が取得した鉤を火火出見尊に与えることにかかわる。火火出見尊が兄を屈服させる上に必要な教示を海神からうけるという所伝構成の上でもとりわけ重要な部分なのだが、ここでは、〔書一〕〔書四〕と〔書二〕〔書三〕とがそれぞれ対応する。まずは、鉤の授与をめぐって、対応の具体的内容を見ることにする。

〔書一〕乃以Ⓐ授二彦火火出見尊一。因教之曰「以レ鉤与二汝兄一時、則可二Ⓑ詛言一レ『甲』、而後与レ之。」

〔書四〕時海神Ⓐ授二鉤彦火火出見尊一。因教之曰「還二兄鉤一時、天孫則当二Ⓑ言一レ『甲』、言訖、三下レ唾与レ之。」

〔書二〕乃以二思則潮溢之瓊、思則潮涸之瓊一副二其鉤一而奉ⓐ進之曰「（中略）」因教之曰「以二此鉤一与二汝兄一時、則ⓑ称レ『甲』。言訖、ⓒ以二後手一投棄与之、勿二以向授一。」

〔書三〕於レ是。ⓐ進二此鉤于彦火火出見尊一。因奉レ教之曰「以レ此与二汝兄一時、乃可二ⓑ称曰一レ『甲』。言訖、則可下ⓒ以二後手一投賜上。」

四つの一書ともに、〔本伝〕の「便授（A）二所レ得鉤一。因誨之曰、以二此鉤一与二汝兄一時、則陰呼二此鉤一曰二貧鉤一、然後与之。」にそくしたほぼ類似の内容をあらわす。その〔本伝〕の「貧鉤」に当たるのが『甲』であり、内容が区々であるため省いたが、それを除く右のごく短い記述にも、たがいの対応は著しい。〔本伝〕をほぼなぞるかたちの〔書一〕に、（A）（B）をはじめ、（C）のかたちをとらない点を含め〔書四〕があい通じる。

これに対して、〔書二〕〔書三〕が別に対応をもつ。まず（a）の「進」については、〔書二〕が「奉」を加えて「奉進」の敬語表現とするが、〔書三〕でも「進」に「奉レ教」を続ける。（A）の「授」と意図的に使い分ける。また「進」に関連して、これが「以二思則潮溢之瓊、思則潮涸之瓊一、副二其鉤一而奉進。」というように「瓊」を「鉤」に副えて対象とする〔書二〕のこのかたちが、「瓊」を対象とする「復進二潮満瓊・潮涸瓊、二種宝物一」という〔書三〕の表現と一致する。（b）の「称」にしても、〔本伝〕の「陰呼二此鉤一曰二貧鉤一」でもなく、また（B）の「言」でもない、そうした違いを身上とするであろう。そしてもう一つの著しい対立が、鉤の返しかたを（c）「以二後手一投」とするか否かである。

この（c）にいたるまで、鉤に関連した一連の記述では、どちらかといえば〔書一〕〔書四〕のほうが〔本伝〕により近いが、瓊をめぐっては、それが逆転する。だいいち、〔書一〕〔書四〕ともに、海神の支援は、瓊ではなく海神じしんが風波を起こすというかたちをとる。瓊を進るという〔書二〕〔書三〕とあわせ、次に列記してみる。

〔書一〕又汝兄渉レ海時、吾必起二迅風洪濤一、令二其没溺辛苦一矣。

〔書四〕又兄入レ海釣時、天孫宜下在二海浜一以作中風招上。風招即嘯也。如レ此則吾起二瀛風辺風一、以二奔波一溺悩。

〔書二〕乃以二思則潮溢之瓊一、思則潮涸之瓊一、副二其鉤一而奉進之曰（中略）若兄起二忿怒一、有二賊害之心一者、則出二潮溢瓊一以漂溺之。若已至二危苦一、求レ愍者、則出二潮涸瓊一以救之。如レ此逼悩、自当二臣伏一。

〔書三〕復進二潮満瓊・潮涸瓊、二種宝物一、仍教二用レ瓊之法一。

〔書二〕〔書四〕はたがいに逐語的にも対応をもつ。一方、〔書二〕が「潮溢瓊」「潮涸瓊」の使い方を逐一教えるかたちをとるのに対して、〔書三〕がそれを端的に「教二用レ瓊之法一」とだけつたえる。この記述の繁簡を、直後もそのままひき継ぐ。すなわち「瓊」を操作した結果をめぐっても、次のように繁簡の明らかな対応をみせる。

〔書二〕故弟(A)出二潮溢瓊一、則潮大溢而(B)兄自没溺。因請之曰「吾当三事レ汝為二奴僕一。願垂二救活一。」弟(a)出二潮涸瓊一、則潮自涸而(b)兄還平復。

〔書三〕弟時(A)出二潮満瓊一、則(B)兄挙レ手溺困。還(a)出二潮涸瓊一、則(b)休而平復。

この対応の特徴は、〔書二〕のそれぞれ傍線部（A）と（B）、（a）と（b）という弟と兄の行為と、〔書三〕のそれとが、あたかも前者を取り出し組み合わせて後者が成りたつかのように緊密に重なる点である。〔書三〕のその組み合わせの限りでは、それぞれなぜ（A）則（B）、（a）則（b）なのか、その句の相関の内実は不明というほかない。（B）から（a）へ、その間をつなぐなんら説明もなく転じているが、ただに（A）（B）、（a）（b）を並べているだけだから、これまた内実は知り得ない。この〔書二〕にしても、本来的には、文脈上、「則」が（A）を「潮大溢」に、また（a）を「潮自涸」につなげる、そうした含みにおいて理解すべきだし、また一方、（B）のあと「吾当三事レ汝為二奴僕一。願垂二救活一。」という兄の命乞いを承けて（a）につながる、やはりそうした展開を、文脈上は暗黙裡に伏在させているはずである。

すなわち、〔書三〕は〔書二〕を前提に、その所伝を構成する基幹部分だけをもって成りたっているというのが実態である。この直前一書の対応を二組並記したその後者の、瓊を進めることをつたえたなかに、〔書三〕はそれにあわせ末尾に「仍教二用レ瓊之法一」という一節を加える。この「用レ瓊之法」が、対応する〔書二〕の、さきの引用箇所では（中略）のあと「若兄起二忿怒一」以下につたえる二つの瓊の使用法をさすことも著しい。瓊を進めること及び兄の屈服をめぐり、〔書三〕がこうしていわば〔書二〕を縮約したかたちをとることと、その〔書二〕が豊玉姫との結婚を欠く一方、これとは対照的に前述のとおり豊玉姫との結婚を〔書三〕が大きくつたえていることとは、明らかに相関するかかわりにある。

　その逆の対応が、〔書一〕〔書四〕である。さきに引用した箇所をあらためてここにとりあげてみるに、〔書一〕は「又汝兄渉レ海時、吾必起二迅風洪濤一、令二其没溺辛苦一矣。」という海神の教示をつたえるだけで、火火出見尊が帰郷後どう実際に兄を屈服させたかについて一切言及しない。それが全てだとすれば、兄を屈服させることに火火出見尊はまったく関与しなかった事になる。しかしながら、所伝の展開の上では、〔書一〕の「汝兄渉レ海時」と「吾必起二迅風洪濤一」との間に、〔書四〕の前掲一節の傍線部が「天孫宜下在二海浜一以作中風招上。風招即嘯也。如レ此則」とつたえるような火火出見尊の関与があるべきだし、その傍線部の一節がそこにまさに期待どおりピッタリ当てはまることじたい、関与を前提とすることを裏付けるはずである。そのことは、〔書二〕に対して〔書三〕がそうであったように、〔書一〕が〔書四〕を前提に成りたつことを示唆する。したがってまた、〔書一〕でも、その兄屈服への弟の関与を〔書四〕に委ねてみずからは省いたことと、その一方で豊玉姫との結婚をつたえていることとの相関的なかかわりがおのずから浮かび上がる。

八、一書の系列化と差違化の組み合わせ、多様の演出

一書は、かくてそれじたい単独では存在していないし、そもそも存在し得ない。系列をかたちづくりながら、たがいに一方が対応する他方を前提として成りたっている。しかもその対応じたい、相手を自在に換え、系列の枠を乗り超える。とはいえ、無原則では決してない。そこで、改めてこの一書そうごの対応をめぐる相関の内実に光を当ててみるに、たとえば前述のとおり相関的なかかわりに根ざす確かなあらわれを、〔書三〕と〔書一〕という豊玉姫の結婚をつたえる一書がともにみせることじたい、はなはだ有意的である。すなわち、それは、〔書二〕〔書四〕が豊玉姫の結婚をつたえないかわりに、それぞれ「瓊」と「嘯」とによる兄屈服をめぐる展開を大写しにあらわすことと表裏するからである。対応する一書二つが、たがいに排他的に、あるいは相補的に相関する。各一書のこれら相関するあらわれを、便宜、結婚と屈服の二つに対象をしぼって表（次頁）にしめす。

この表に、一書間の対応やその対応する二つの一書そうごの相関なども著しいが、なお若干補正すれば、〔書二〕〔書四〕のそれぞれ「瓊」と「嘯」との対応は、実は〔本伝〕の「瓊」と〔書一〕の「嘯」との対応に重なるという以上に、それをひき継ぐ。そのなかで、それぞれ〔書二〕が「俳人」を、〔書四〕が「俳優者」を加え差違化をはかったというのが実態である。この相関は、次の二つの対応から成る。

〔本伝〕瓊──→〔書二〕瓊＋俳人

〔書一〕嘯──→〔書四〕嘯＋俳優者

この〔本伝〕とこれを差違化した〔書一〕との対応を基軸に、以下に各一書がそれぞれ差違化をはかって成りた

つこのありかたじたい、先行する第九段に通じる。しかも、対応する二つの系列の一方を、他方が前提とし、またあるいはその一部を取り込むなど、たがいに分かちがたくかかわる。最後に位置する〔書四〕に、とりわけそれが顕著である。

念のため表のあらわれにそくして検証してみるに、〔書四〕だけが対応する内容を先行一書以上に詳細につたえている上に、記述の量でも「嘯」と「俳優者」とがほぼ等分のかたちをとる。問題は、それと先行一書との相関の内実である。該当部分のすべてを次に示す。

火折尊帰来、具遵二神教一。至二及兄釣之日一、弟居レ浜而嘯之。(A)時迅風忽起。兄則溺苦。無レ由レ可レ生。便遥請レ弟曰「汝久居二海原一。必有二善術一。願以救之。若活レ我者、(B)吾生児八十連属、不レ離二汝之垣辺一、当レ為二俳優之民一也。」於レ是、弟嘯已停、而風亦還息。故兄知二弟徳一、欲二自伏レ辜、而弟有二慍色一、不二与共言一。（以上、「嘯」）

於レ是、兄著二犢鼻一、以レ赭塗レ掌塗レ面、告二其弟一曰「吾汚レ身如レ此。永為二汝俳優者一。」乃挙レ足踏行、学二其溺苦之状一。初潮漬レ足時、則為二足占一。（至レ膝時から至レ頸時及びその各様態は省略）自レ爾及レ今、曽無二廃絶一。（以上、「俳優者」）

書一	書二	書三	書四
結婚		結婚	
留住三年	瓊	篤愛三年	嘯
望郷		×	
送致	俳人	奉送	俳優者
嘯		瓊	

この一節のはじめに「弟居レ浜而嘯之」とした部分が〔書一〕の「嘯」にあたる。具体的には、傍線部（A）の「迅風忽起、兄則溺苦」じたい、これよりさき同じ〔書四〕内に海神の教示としてつたえる

「吾起二瀛風辺風一、以二奔波一溺悩。」より、〔書一〕の「吾必起二迅風洪濤一、令三其没溺辛苦二矣。」に近い。したがって前者の「以二奔波一」を省いたというより、これも、むしろ〔書一〕の「迅風」と「洪濤」とを組み合わせた「起二迅風洪濤一」をもとにすればこそ、「迅風」が「洪濤」を起こすことをおのずから含み、かつ前提とする。

前述のとおり、この類例が瓊をめぐる次の対応である。

〔書一〕弟出二潮溢瓊一、則潮大溢而兄自没溺。

〔書三〕弟時出二潮満瓊一、則兄挙レ手溺苦。

「瓊」と「嘯」と違ってはいても、それぞれ「洪濤」、「潮大溢」などといった兄を溺れさせる波や潮に関した記述を、後出の一書が省くという同じかたちをとる。さらに傍線部（B）が〔書二〕の次の一節に対応する。

「（吾已過矣。従レ今以往、）吾子孫八十連属、恒当レ為二汝俳人一。一云、狗人。請哀之。」弟還出二涸瓊一、則潮自息。於レ是、兄知三弟有二神徳一、遂以伏二事其弟一。

（B）が「吾生児八十連属」の直後に続ける「不レ離二汝之垣辺一」を、ほとんど同じ文脈でありながら右の一節は欠く。しかしこれにひきつづいて、〔書二〕が隼人に言及したなかには「火酢芹命苗裔、諸隼人等、至レ今不レ離二天皇宮墻之傍一。」とつたえている。この奉仕を強調する「不レ離二天皇宮墻之傍一」を取り込み、右の〔書二〕の一節をもとに、その「瓊」を「嘯」に置きかえてそれに内容を合わせいわば換骨奪胎をはかったというのが、（B）の成りたちの経緯だったはずである。（A）にしても、〔書三〕と同じ縮約のかたちをとったという以上に、その「瓊」を「嘯」に置きかえたことにともなう改変とみるのが相当である。

そのねらいは何かといえば、右の表に顕著な組み合わせの多様がそこに大きくかかわる。〔本伝〕をもとに、まずは〔書一〕がその基本的枠組みを襲いながら、〔本伝〕に対応する異伝として差違化をはかる。これ以降、この対応する〔本伝〕と〔書一〕とを基軸に、各一書ごとに、所伝構成の要素に順次改変を加え、先行一書との違いをそれぞれの個性として演出した結果が、その組み合わせの多様につながったはずである。表に掲げた各要素は、多様の一端にすぎない。そしてその多様を結果的に導いた個性の演出こそ、神代紀の一書の成立そのものの原動力となった差違化のはたらきにほかならない。

九、浦島子伝をめぐる問題点の整理

ところで、海幸山幸の所伝に関連して、丹後国風土記逸文としてつたえる浦島子伝との類似が従来さまざまに論じられてきている。類似の度合いも高く、わけても所伝の成りたちを考える上には避けて通れない問題でもある。もとより、差違化とも無縁ではありえない。その検証も視野に入れ、以下には両所伝のかかわりについて少しく検討を試みる。先学の論考に対する疑義が、実はまずある。

従来は、とりわけ浦島子伝をめぐる論考に、往々にしてその原形にまで溯ろうとする論調が目立つ。海幸山幸の所伝との関連について論じたなかにも、そうした傾向が根強い。(5)水野祐氏の労作『古代社会と浦島伝説　上』（昭和五十年二月。雄山閣）は、古事記・日本書紀の海幸山幸の所伝をひとまとめにして、「ともに海神の女と天神の子との神婚神話であり、特に山幸彦と海幸彦との抗争説話がそれに絡んでいるが、（中略）隼人などの漁撈民の間に伝えられていた海神にまつわる神話が、海幸彦に結合されて構成されたものであるとみられる点で、浦嶼子伝説の原形が海神の女との神婚伝説であることと同じ系統の説話と考えられる。」（174頁）と説く。これとあい呼応するかのように、荻原千鶴氏も、「浦島子伝承の原形と海宮遊行神話の豊玉毘売系の話の一部は、海の異郷訪問・神婚・呪物将来という元来同一系統の話として、南方系海人集団によって伝承されたものと考える。」（「浦島子伝承の成立と海宮遊行神話」前掲書123頁）というように「同一系統の話」とみなす。また一方、くだんの日本書紀の所伝と浦島子伝との類似に言及した小島憲之氏の論考（『上代日本文学と中国文学　中』1097頁。昭和三十九年十月。塙書房）が、伝承の段階的な成立をめぐって次のように指摘する。

なおこの風土記の遊仙窟の娘子に対して、父母を点出してゐることは注意すべきである。彼を迎へて「女娘父母共相迎、揖而定レ坐」と描き、また帰国の原因として、父母の故郷を想ひ思す《ママ》「遊二仙都一、既逕二三歳一、忽起二懐レ土之心一」の如き記事は、神代紀海幸山幸の所謂海宮遊幸章の条の「（父神）乃設二八重席一、迎入、坐定」（第二の一書）や「仍留二住海宮一、已経二三年一……猶有二憶レ郷之情一」に似る。また海宮に至る条も、神代紀の描写に類似し、むしろわが伝承の部分を思はしめる。要するにこの風土記の伝説は、古い伝承の部分に潤色を加へた馬養の書いた部分に、更に中国的な表現、特に遊仙窟の内容文章をもって作られた文学的伝説と云ふことができる。

小島氏が想定した成立の三つの段階は、最初が浦島子伝のいわば原形ともいうべき「古い伝承」、次がそれに潤色を加えた「旧宰伊預部馬養連所レ記」、最後が遊仙窟の内容文章を中心とする中国的な表現をもって最終的に仕上げた「文学的伝説」となる。最後のそれが、風土記逸文としてつたえる浦島子伝にあたる。この最後の段階の浦島子伝について、海幸山幸の所伝と表現上類似する点をいくつかもつというのが小島氏の指摘である。[6]

系統まで同じなのか、あるいは表現上の類似にとどまるのかといった問題にかぎらず、両所伝のかかわりについては、なお定説をみない。それどころか、というより、そもそも丹後国風土記逸文がつたえる「旧宰伊預部馬養連所レ記」のその内容にしても、明白だとは必ずしもいえない。それをつたえる記述の訓みでさえ、問題がないわけではない。原文は次のとおり。

此人夫、日下部首等先祖、名云二筒川嶼子一。為レ人、姿容秀美、風流無レ類。斯所レ謂水江浦嶼子者也。是、旧宰伊預部馬養連所レ記、無二相乖一。故、略陳二所レ由之旨一。

傍線部を「是は、旧の宰伊預部の馬養の連が記せるに相乖くことなし。」と訓むのが通例である。解釈をしめせば、「馬養の書いた浦島子伝（現伝しない）と土地の伝承と相違するところがない。」（日本古典文学大系『風土記』当該頭注一九）、「古老の伝承と馬養の記録とが相違していないので、」（水野氏前掲書75頁）、「在地の『筒川嶼子』の伝承が馬養の『浦島子伝』に『相乖くこと』がないから」（注6所引三浦氏論考757頁）などのように、通常は「是」を在地の伝承を指したものとみなす。

さて、しかしそうした訓み及び解釈は妥当であろうか。浦島子伝としてつたえる丹後国風土記逸文のその冒頭に、たとえば「古老曰」などと明示してあればともかく、在地の伝承を、文人として著名な馬養の記録とつきあわせた、そうしていわば箔を付ける必要があったものか、そのことじたい疑わしい(7)。そこで改めて傍線部に着目してみるに、「此」と使いわける「是」は、「是は」ないし「是《こ》れ(8)」と訓むほかなく、そうである以上、表現上「所レ記」がそれをうけるのではないか。同じ丹後国風土記逸文に「奈具社」の所伝があり、そこに、天に帰れなくなった天女が、追いたてを迫る老夫婦に対して言いはなった抗弁の言葉をつたえているが、その一節の「妾非下以二私意一来上。是、老夫等所レ願。」（「是は、老夫等が願へるなり。」日本古典文学大系『風土記』の訓み）という傍線部の表現に明らかに通じる。浦島子伝のなかにも、「是、亀比売之夫也。」という類例がある。これらの「是」は、たとえば前者の例が「来（老夫等のもとに来たこと）」、後者が「嶼子（女娘が連れてきた男）」をそれぞれ指すように、先行してあらわす具体的内容を指すのがそのはたらきである。くだんの例にしても、そのはたらきに違いはないはずだから、在地の伝承などといったなんら具体的でもない対象を指すのではなく、先行記述中の「此人夫」について、なかんずく「為レ人」に焦点をあててつたえるその内容を指すものとみるのが筋である。

ここに改めて問題となるのが、直後につづく「無二相乖一」との関連である。「是」と「旧宰伊預部馬養連所レ記」（以下には、便宜これを「所記」と略称する）とを「無二相乖一」の関連で結びつけるとすれば、表現のかたちは、たとえば「古事記与二類聚歌林一、所レ説不レ同。」（万葉集、90番歌左注）という「与」を使うか、同じ浦島子伝の一節に「乖二違期要一」という「乖」に「所記」を下接させるか、いずれをとることも可能である。そのいずれのかたちもとっていないことが、従来の訓みを疑わせる一因だが、翻って「無二相乖一」という以上、二つの事項の関係を規定したその表現に徴して、かつまたその二つの事項として「是」と「所記」以外はなく、まさにその二つの間になんら乖離のないことをあらわしたものとみるほかない。そうだとすれば、次の二つの解釈を想定することができる。

（A）「是」は「所記」に「無二相乖一」。

（B）「是」は「所記」であり、（それと）「無二相乖一」。

「所記」に対して、「是」がそれに「無二相乖一」というのであれば、「是」＝「所記」という等式が（A）にも成りたつ。直接その等式にのっとったかたちをとるのが（B）である。ただし、この（B）では、「是」と「所記」とは、原則上同一の関係にある。このばあい、「是」は「所記」であって、二つは「無二相乖一」、すなわちなんら乖離がないことを特に強調したものとなる。

従来の訓みは、（A）である。筒川嶼子について人となりを中心に述べた上で、それを「是」が承け、「所記」と違いが無いことをいう。しかし表現の原則に忠実な（B）でも、「是」とは「所記」なのであるから、「是」が

「所記」に当たるという実質は、なんら違いがない。その限り、訓みはともかく、その実質の上では、「筒川嶼子」をめぐる馬養「所記」の記録があり、それをほぼ忠実になぞる内容をすでに備えた所伝として、浦島子伝は成りたつであろう。それが建前だけにすぎないのか、もしくは事実をつたえているのかは、今となっては定めがたい。ただ少くとも、すでにまとまったかたちをとる馬養の筆録に違わないという以上、もはや潤色をくわえるまでもなかったというより、そもそもその必然性がない。浦島子伝の「即女娘独留、双レ肩接レ袖、成二夫婦之理一。」及びこの前後の一節について、「馬養作『浦島子伝』の場合、こうした閨房描写はもっと詳しかったのではないか。なぜなら、それがなければ、浦島子の淹留譚に対する読者の興味は半減してしまうからである。」（注6所引三浦氏論考761頁）といった指摘もあるが、期待が過ぎるのではなかろうか。

十、浦島子伝から海幸山幸の所伝へ、その神仙譚の類型

確かに、たとえば遊仙窟がつたえる内容と比較すれば、閨房描写とは到底いえないほどに浦島子伝のそれは見劣りがする。遊仙窟は、しかし、神仙境入りした張文成が仙女の十娘や五嫂とかわす機智に富んだ会話や詩の応酬に特色をもつ。閨房での交渉もまた、その一つでしかない。表現を一部借りてはいても、そうした閨房をめぐる展開を浦島子伝が襲っているわけではない。

浦島子伝の成りたちに参与した可能性の高い中国の神仙譚については、先学に多くの指摘がすでにある。(9) そのうちとりわけ注目にあたいするのが、出石誠彦氏「浦島の説話とその類例について」（『支那神話伝説の研究』昭和四十八年十月増補改訂版。中央公論社）である。そこに挙げた「続斉諧記」（『蒙求』巻中）の一節を、たとえば三浦氏

のいう閨房描写につながりそうな浦島子伝の一節にひきあててみるに、

○(A)各出二楽器一、歌調作レ樂。(B)既向レ暮、仙女各還去。(C)劉阮就二所レ邀女宿一、言語攷美、又行二夫婦之道一。（続斉諧記）

○(A)仙哥寥亮、神儛透迤、其為二歓宴一、万倍二人間一。於レ茲、不レ知二日暮一。(B)但黄昏之時、群仙侶等、漸々退散。(C)即女娘独留、双レ肩接レ袖、成二夫婦之理一。（浦島子伝）

（A）から（C）へ順次展開していくその次第や内容の一致は、浦島子伝が「続斉諧記」を拠りどころにしていることをつよく示唆する。

その一方、右に引用した一節の直後を、「続斉諧記」がわずかに「(D)住二十五日一、(E)求レ還。」としかつたえていないのとは対照的に、浦島子伝は次のように詳細に描く。

(D)于レ時、嶼子遺二旧俗一、遊二仙都一、既逕二三歳一。(E)忽起二懐レ土之心一、独恋二二親一。(F)故吟哀繁発、嗟歎日益。

このあと、さらに望郷をめぐる嶼子と女娘とのやりとりが延々とつづく。（D）から（E）へつづく同じ展開にかんがみて、ここもなお「続斉諧記」と無縁ではないはずだが、内容のうえでは、むしろ独自色がつよい。（F）になると、「続斉諧記」にそれにあたる記述は全く無く、浦島子伝の独自性をきわだたせる。そして（D）からこの（F）にいたる一連の展開に重なるのが、前掲小島氏論考が指摘したとおり海幸山幸の所伝の次の一節である。（C）以下、浦島子伝に通じる内容に同じ記号を付す。

(C)已而彦火火出見尊、因娶二海神女豊玉姫一、(D)仍留二住海宮一、已経二三年一。(E)彼処雖二復安楽一、猶有二憶レ郷之情一。(F)故時復太息。

この直後の一節に、豊玉姫が父に語った「天孫悽然数歎。蓋懐レ土之憂乎。」という、右の（E）及び（F）の内容を敷衍した言葉がつづく。それらを含め、一連の展開やその内容も、浦島子伝の前掲一節の（E）、（F）にほぼ重なる。

所伝の（C）から（F）への展開及び内容が右のように緊密に対応する以上、これが偶然の一致による可能性は、ほとんど零に近い。たとえば、（E）に火火出見尊の望郷の心情をいう「憶レ郷之情」、あるいは豊玉姫が夫の心中を察していう「懐レ土之憂」などに、漢籍がつたえるその類例として「悟二戍卒之言一、断二懐レ土之情一。」（班叔皮「王命論」『文選』巻第五十二）をひきあてることもできるけれども、それよりむしろ浦島子伝の同じ（E）に位置する、したがって文脈を等しくする「懐レ土之心」がいっそう親近を持つ。浦島子伝にあっては、嶼子が「忽起二懐レ土之心一」というみずからの心情を弁明したなかに「古人言、少人懐レ土、死狐首レ岳。僕以二虚談一、今斯信然也。」と拠りどころに「古人言」を引く。『論語』（里仁）の「君子懐レ徳、小人懐レ土。」にもとづくという指摘（日本古典文学大系『風土記』当該頭注二二）はあるが、その本来の意味(10)より、故郷を恋い懐うといった限定的な意味をそれがあらわす点、「懐レ土之憂」とまさしく対応する。その対応の核となる「懐レ土」こそ、神仙境からの帰還と神女との永訣、さらにいえば不老長生の獲得失敗を導く原因として、浦島子伝がことさら選びとったいわば勘所だったに相違ない。「続斉諧記」の前掲（E）「求レ還」という単純な動機ではなく、「少人懐レ土、死狐首レ岳。」という未熟な人間の性なり、本能なりに根ざす「懐レ土」としたことに、同書の（D）「住二十五日一」などといった短期の在住ではなく、そうした性や本能が抑えようもなくつき動かすのに必要な長期経過とした「逕二三歳一」が連動する。そしてそれが、「汎二出海中一為レ釣、経二三日三夜一。」や「先世有二水江浦嶼子一、独遊二蒼海一、復不二還来一、今経二三百余歳一者。」などと一連のかたちをとった表現であることも言をまたない。(11)

翻って、海幸山幸の所伝に目を移してみると、〔書四〕を除く全てに、「経二三年一」もしくは「経二三載一」とつたえている。もっとも、それが所伝の展開に不可欠であったわけではない。すでに「果得二失鉤一」という以上、三年留住はおろか、豊玉姫を娶ることすら、その目的達成からみれば余計なことでしかない。しかし当の相手豊玉姫が子を懐妊・出産するという後につづく展開上は、娶ることも、さらに長期にわたる留住も、確かにその前提の位置を占めてはいる。さりながら、目的を達成したあとただちに豊玉姫を連れて帰郷するといった筋の展開も、別の選択肢としてゆうにありえたはずだから、それをはじめ他の選択肢の一切とひき換えに、娶ること及び長期留住のかたちをとったことになる。そこに格好のモデルとしたのが、すなわち浦島子伝がつたえるかたちだったのではないか。少くとも、「経三年」の限りでは、しかも帰還した葦原中国の経過時間とそれは同じなのだから、「今経二三百余歳一」を導くことができないように、その逆モデルの可能性は皆無に等しい。

　その推測をもう少し掘り下げてみるに、浦島子伝の描く神仙境には「其為二歓宴一、万倍二人間一。」という歓楽があり、女娘との結婚がそれにつづいたことが、嶼子をして「遺二旧俗一、遊二仙都一、即逕二三歳一。」にいたらしめる。神仙境のこの三年にわたる歓楽を、「忽起二懐レ土之心一、独恋二二親一。」という望郷、帰省の思いがくだく。三年経ったあとのそうした遊楽と望郷との対立を、海幸山幸の所伝でも、〔本伝〕が「留二住海宮一、已経二三年一。彼処雖二復安楽一、猶有二憶レ郷之情一。」というように確かに組み込んでいる。内容に加え、表現の組み立てにいたるまで緊密に対応する。しかし神仙境にたまたま入り込んだのではなく、兄に失鉤の返済を強引に督促されている身なのだから、この展開の上では、望郷を「留住」うち切りの原因とすることなど本来あり得ない。「憶レ郷之情」に失鉤の一件などつゆほどにもまじえないはずだから、浦島子伝の遊楽と望郷との対立（つまりは葛藤）という劇的な一場を借りたことが、その一件の後回しにつながったとみるのが筋である。それが借りものだからこそ、一書にはその対立が無く、〔書一〕は望郷だけ、〔書三〕にいたってはその望郷すら姿を消す。その〔書三〕

では、「留二住海宮一」（本伝・書一）にかえて「纏綿篤愛」とし、この三年に及ぶ仲睦まじい夫婦生活の延長上に、山幸と豊玉姫とが別離後になお相手を想う歌をかわすという新たな展開を導く。「海神則以二其子豊玉姫一妻之」にそくして差違化をはかればたどる、それこそ自然な結末だったに違いない。

また一方、浦島子伝の神仙譚としてのかたちに関して、もう一つ海幸山幸の所伝とのかかわりを推測させるのが、女娘が玉匣を嶼子に授けるというくだりである。[12] まずはその内容をみるに、女娘は「君終不レ遺二賤妾一、有二眷尋一者、堅握レ匣、慎莫二開見一。」と禁を課す。「開見」しないならば、「眷尋」が可能であるといったそうした設定を、明示的なかたちではないけれども、そこに確かに認めうる。それが、実は重要な意味をもつ。というのも、神仙境からひとたび出てしまえば、もはや尋ねることがけっしてできないという類型が神仙譚にはあり、[13]「続斉諧記」もその類型を踏んでいるからである。

果得レ還二家郷一、無二相識一。郷里怪異。乃験二七世子孫一、伝聞、上世翁入レ山不レ出、不レ知二所在一。今乃是既無二親属・栖宿一。欲レ還二女家一、尋二山路一、不レ獲。至二太康八年一、失二二人所在一。

家郷にようやく帰還できたものの、識った者とてなく、傍線部のように神女のもとに還ろうとして山路を尋ねるが不首尾に終る。浦島子伝の特異は、この型通りの結末にかえ、玉匣を「開見」しないという条件をつけて「尋」を可能としたことにある。禁を守ることは、しかしあくまで条件でしかない。禁を守ってさえいれば、「尋」がおのずから実現するわけではないであろう。可能とするそのものは、玉匣を措いて他になく、「開見」しなければ「尋」につながる、実現するという意味では、超能力を秘めた呪物としての性格をそれはもつ。

神仙境や冥界といったひろく異界に入りこんだ者がそこで呪物を入手するという所伝を、わけても六朝志怪小説が多くつたえるが、神仙伝にも、その例がある。浦島子伝に関連して、とりわけ注目にあたいするのが呂文敬の所伝（『太平広記』巻第九所引「神仙伝」）である。彼の仙界入り後をつたえる一節を次にしめす。

即随二仙人一去二日、乃授二恭（呂文敬の名）秘方一首一。因遣レ恭去曰「可レ視二郷里一。」恭即拝辞。三人（仙人の数）語レ恭曰「公来二日、人間已二百年矣。」恭帰レ家。但見二空宅一、子孫無二復一人一也。乃見二郷里数世後人、趙輔者一、問二呂恭家人皆何所在一。輔曰「君従レ何来、乃問二此久遠人一也。吾昔聞、先人説云、昔有二呂恭者一。持二奴婢一入二太行山一採レ薬、遂不二復還一。以為二虎狼所レ食。已二百余年矣。」

右に傍線を付した「恭帰レ家」以下の一節は、内容・表現ともに浦島子伝の次の一節に近似する。そこに登場する郷人が、呂文敬の所伝にいう趙輔にあたる。

忽到二本土筒川郷一。即瞻二眺村邑一、人物遷易、更無レ所レ由。爰問二郷人一曰「水江浦嶼子之家人、今在二何処一。」郷人答曰「君何処人、問二旧遠人一乎。吾聞、古老等相伝曰、先世有二水江浦嶼子一。独遊二蒼海一、復不二還来一。今経二三百余歳一者。何忽問レ此乎。」

近似の度合いが高く、浦島子伝の出典の一つに挙げうるであろうが、[14] それだけに、呂文敬の所伝にいう「乃授二恭秘方一首一」に、こなた浦島子伝の「女娘取二玉匣一、授二嶼子一。」がつながっているとみて誤りないはずである。仙「秘方一首」の効能を、所伝は「復還二少壮一、至二二百歳一、乃入二山中一。子孫世世不二復老死一。」とつたえる。仙人と交わした会話に「問レ恭曰、子好二長生一乎、乃勤苦艱険如レ是耶。恭曰、実好二長生一。而不レ遇二良方一。」という呂文敬ゆえに、不老長生の「秘方一首」を仙人が授ける。浦島子伝のばあい、仙境入りのあと「成二夫婦之理一」という展開を経ればこそ、別れ際に「君終不レ遺二賤妾一、有二眷尋一者、」と再来訪の場合を想定し、上述のとおり「尋」を可能にする「玉匣」を女娘が授ける。

そして海幸山幸の所伝もまた、このかたちをとる。海神の授けた「潮満瓊及潮涸瓊」こそが、兄の海幸を屈服させることを可能にする呪物にほかならない。所伝がそこに焦点をあてる一方、入手した鉤については、それを兄に与える方法を「陰呼二此鉤一曰二貧鉤一、然後与之。」というように海神がわざわざ誨えていながら、その実際の使用や効能になんら言及していないこと（例外的に〔書二〕だけが、鉤返却にともなう「若兄起二忿怒一、有二賊害之心一者、」という結果にかろうじて言及）も、もっぱらその呪物を中心とした展開と表裏する事実だから、この展開に類型を参与させていることを強く示唆する。(15) 換言すれば、海宮入りの当初から、失鉤を得ること以上に、兄を屈服させる呪物の入手に力点を置く展開を織り込んでいたことになり、この事実こそ、まさに海宮入りを仙境入りに重ねていたまぎれもない証しである。前述の望郷をめぐる浦島子伝との不可分のかかわりに照らして、ここでもそのかかわりをひき継ぎ、一連の展開のなかで浦島子伝を取り込んでいたはずである。

十一、一書の浦島子伝離れ、差違化による展開――黄泉譚を借りる

それにしても、神仙譚ないしそれに通じる所伝の型を、かりにそのまぎれもなく一つの典型ともいうべき浦島子伝にとったばあい、〔本伝〕が上述のとおりその型に即応するのとは対照的に、一書には、いわば型ばなれが目立つ。海神が火火出見尊に「潮満瓊及潮涸瓊」を授けるというかたちをとらない〔書一〕〔書四〕は、かわって海神みずから風波を起こして海幸を溺らせるとつたえる。(16) そのぶん、浦島子伝はおろか、龍王から如意宝珠を得るという所伝、またあるいは仙人が呂文敬に「秘方一首」を授けたという前掲所伝などとも大きく隔たる。〔書二〕が「潮満瓊・潮涸瓊、二種宝物」という「宝物」にしても、瓊を呪物とみなす見方との乖離をおもわせる。そうしてこの〔書三〕だけが、唯一、山幸が帰還したあと鉤に呪詛をかけて返した結果を「其後、火酢芹命、

日以襤褸而憂之曰、吾已貧矣。乃帰二伏於弟一。」と大きくつたえる。瓊が、ここではむしろ付随的でしかない。

実は、この型ばなれのいっそうきわだつのが、仙女（異界の女性）との結婚・淹留・望郷をめぐるくだりである。さきに言及したとおり（990頁）、〔本伝〕だけが、その三要素にくわえ、「彼処雖二復安楽一、猶有レ憶二郷之情一。」という遊楽と望郷との対立をつたえる。一書になると、その対立をつたえたものはなく、かろうじて望郷だけは〔書一〕がつたえてはいるものの、〔書三〕にはそれもなく、〔書二〕〔書四〕になると結婚以下すべてあとかたさえ消え去る。一書が「天神之孫」に対する海神の手厚いもてなしの一環として結婚を位置付けたことが、そのことに明らかにかかわる。手厚いもてなしの一環だから、別のかたちをもって結婚に代えることもできる。代えるより省略に従い、「天神之孫」を手厚くもてなす海神のその心情を直接それとしてあらわす手法にかけたのが、〔書二〕〔書四〕である。手厚いもてなしと、同じ相手に対する強力な支援・助力とは一体をなす。そして手厚いもてなしの延長上に、大鰐による送致〔書一〕と一尋鰐魚による奉送〔書三〕とがあり、また一方の支援・助力の延長上には、それを得て兄を屈服させる山幸の偉大を強調した「兄知三弟有二神徳一、遂以伏三事其弟一。」〔書二〕と「兄知二弟徳一、欲二自伏レ辜。」〔書四〕が位置する。

なおまた、右のように「天神之孫」に関連ないし付随していわば派生的に差違化をとげた一群の例とは別に、あくまで個別にとどまる差違化の例が一方にある。差違化の実態、すなわちその多様かつ多彩を如実にものがたるそうした例を、念のため一つ次にとりあげてみる。〔本伝〕がその神仙譚とつながるなかに浦島子伝を借りた著しいあらわれをみせるのに対して、火火出見尊と豊玉姫との別離をめぐって、海神の宮からの夫の帰還にともなういわばしばしの別れにつづき、場面をこの世界に移し、妻が課した見るなのタブーを夫が破り、妻の正体を見たことによって妻はもとの世界に去る、結果的に永訣にいたるが、一書はむしろ次の黄泉譚の一節に重なる。

時伊奘冉尊曰「吾夫君尊、何来之晩也。吾已湌二泉之竈一矣。雖レ然、(A)吾当二寝息一。請勿レ視之。」伊奘諾尊不レ聴、陰取二湯津爪櫛一、牽二折其雄柱一以為二秉炬一而見之者、則膿沸虫流。（中略）時、伊奘諾尊大驚之曰「吾不レ意到二於不須也凶目汚穢之国一矣。」乃急走廻帰。于レ時、(B)伊奘冉尊恨曰「何不レ用二要言一、令二吾恥辱一。」乃遣二泉津醜女八人一、（神代上、第五段〔書六〕）

（a）是後、豊玉姫果如二其言一来至、謂二火火出見尊一曰「(a)妾今夜当レ産。請勿レ臨之。」火火出見尊不レ聴、猶以レ櫛燃レ火、視之。時、豊玉姫化為二八尋大熊鰐一、匍匐逶虵。〔書一〕

（b）皇孫不レ従。(b)豊玉姫大恨之曰「不レ用二吾言一、令二我屈辱一。」〔書四〕

（A）は黄泉を舞台とし、暗闇のなか、見るなのタブーを聴きいれず、櫛の雄柱を秉炬として見るという黄泉譚を象徴する一節であり、（a）がわざわざ夜の出産を予定し、櫛を燃やして視るというかたちをとる点を含め、この一節に緊密に対応する事実は、就中注目に値する。〔書一〕に限って、ことさら「今夜」というように夜を選んで出産する理由ないし必然性は見出し難いが、夜陰に乗じて出産するためであったにせよ、〔本伝〕に該当する記述がないだけに、（A）をもとに差違化をはかったものとみるのが相当である。また（B）「何不レ用二要言一」と（b）「不レ用二吾言一」は、「恨」による発話の同じ内容を表す。内容上、この（B）（b）の言いかえが、それぞれ（A）と（a）の同じ「不レ聴」にあたる。この（a）（b）のかたちが、〔本伝〕をはじめ他の一書などのあい通じる内容をつたえるなかでも特異なだけに、（A）（B）に（a）（b）の対応をはかり、いわば同じモチーフを使い、差違化するなかにそれぞれ〔書一〕（a）と〔書四〕（b）とに振りわけた可能性が高い。

振りわけをめぐって、さらに注目にあたいするのが〔本伝〕との関係である。（a）（b）は、〔本伝〕の次の一節と対応する。

（豊玉姫）来二到海辺一。逮二臨産時一、請曰「(a)妾産時、幸勿二以看一之。」天孫猶不レ能レ忍、竊往覘之。豊玉姫方産、化為レ龍。而甚慙之曰「(b)如有レ不レ辱レ我者、則使三海陸相通、永無二隔絶一。(b)今既辱之。将何以結二親昵之情一乎。」

第五段〔書六〕「黄泉譚の一節」

第十段
〔本伝〕

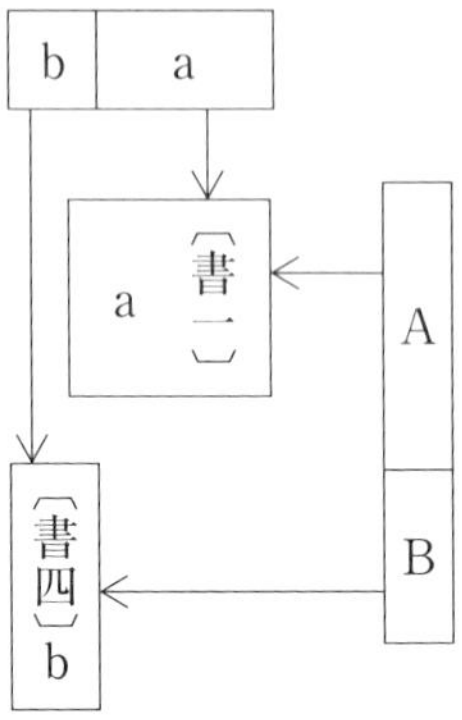

（b）の対応はいくぶん緩いとはいえ、〔本伝〕の右の引用箇所につづく「乃以レ草裹レ児、棄二之海辺一、閉二海途一而径去矣。」にあたる一節を、〔書四〕もまた「遂以二真床覆衾及草一裹二其児一、置二之波瀲一、即入レ海去矣。」とつたえ、それに「此、海陸不二相通一之縁也。」と付言するほか、産んだ児を波瀲に置き去りにしたというかたちとは別に、「一云」のもとに「置二児於波瀲一者非也。豊玉姫自抱而去。久之曰、天孫之胤、不レ宜レ置二此海中一、乃使二玉依姫一之送出焉。」という一節を併載してもいる。このあとさらに、「初豊玉姫別去時」に火折尊に贈歌があったことにまで記述は及ぶ。これら一連の展開のすべてが、（b）、つまりは豊玉姫の出産を見た以後にあたる。

　これに対して、出産を見る以前にあたるのが（a）である。〔書一〕は、まさにそこに焦点をあてる。出産を見た後については、かろうじて「遂以レ見レ辱為レ恨、則径帰二海郷一。」とつたえるだけで、豊玉姫の慙恨のことばなど一切ない。〔書四〕とは著しく対照的である。こうしたそれぞれの所伝の成りたちを、たがいの関係を結ぶかたちで素描したのが、右掲の模式図である。

　海幸山幸の所伝全体からみれば、ほんの一部にすぎないとはいえ、全体の所伝の成りたちをめぐるメカニズムを、その一部が象徴的にものがたっているといっても過言ではないであろう。たとえば〔書一〕のばあい〔本伝〕の（a）をもとに、（A）にそくして夜の出産に改めるといったそのはたらきに、差違化はあからさまである。〔書四〕では、〔本伝〕の（b）の「辱之」を、（B）の黄泉譚に「令二吾恥辱一」という表現にそくして「令二吾屈辱一」に差違化をはかる。一書間のさきに指摘したたがいの対応や相関なども、所伝を構成する要素をとりどりに組み合わせて差違化をはかったその結果にほかならない。

十二、古事記への展開——神代紀を差違化するはたらき

差違化という点では、だから、黄泉譚の一節を借用した（a）（b）も、前述のとおり〔書一〕〔書四〕のあい通じる一連の用例、たとえば嘯をもって瓊に代えた例などともとより別ではない。すなわち、差違化という同じはたらきによってどれもが成りたっている。〔書二〕〔書三〕の成りたちにも、もちろんそれは通じる。そして古事記でさえ、所伝の成りたちにはこの差違化がかかわる。

その実態を、これまでの論述やそこに導いた結論を検証する意味もかね、最後にごく簡潔にではあるが、見きわめることにする。日本書紀がつたえる海幸山幸の所伝に関連して、古事記に内容上もっとも多く重なるのが〔書三〕である。梅澤氏前掲書が「この一書はその特異な所伝を『古事記』と共有している所が頗る多い。」（143頁）と説き、さらには荻原氏前掲書にも「こうしてみると〈三〉と〈記〉の類似度は相当高いと言えよう。」（151頁）といった指摘がある。この「共有している」あるいは「類似度は相当高い」ものとして両氏が同じく採りあげた、つまり重なる用例に、「無レ目堅間小船」「可レ怜御路」「海驢皮八重」「饌百机」「大鉤、踉䠙鉤、貧鉤、痴騃鉤」「歌の贈答」などがある。

こうしたほとんど語句の類似だけにとどまるとすれば、恐らくそのもつ意味も限定的であろうが、実際にはそれだけではない。前節をひき継ぎ、便宜、豊玉姫の出産及び別離をめぐるくだりに対象を限っても、類似ないし一致は、その全体に及び、かつまた程度も極めて高い。〔書三〕に独自な、したがって差違化の卓越したそのくだりと、あい通じる古事記の一節とを対比して次にしめす。

（一）豊玉姫（古事記は豊玉毗売命。以下に妻と略称）が夫に語る、地上で出産することになったその理由

天孫之胤、豈可レ産二於海中一乎〔書三〕

天神之御子、不レ可レ生二海原一（古事記）

（二）妻が上陸するや、完成を前に産屋に入ったその理由

孕月已満、産期方急〔書三〕

不レ忍二御腹之急一（古事記）

（三）夫が、出産を見てはならないという妻の請願に背いたその理由

心怪二其言一、（竊覘之）〔書三〕

思レ奇二其言一、（竊伺）（古事記）

（四）妻が、夫のもとを去るに至ったその理由

知三天孫視二其私屏一、深懐二慙恨一〔書三〕

知二其伺見之事一、以為二心恥一（古事記）

豊玉姫が上陸して以降、出産から別離にいたる所伝の一連の展開、とりわけ柱となるいわば基幹部分の文脈でさえ、右のようにほとんど違いがない。梅澤、荻原両氏が指摘した類似例は、こうした語句をはじめ文脈全体に及

ぶ重なりの一端に過ぎない。それだけに、この重なりを偶然の結果とみなす余地は、恐らく皆無に近い。

共通の祖伝を想定することも、所伝の実態にはそぐわない。なぜなら、古事記の所伝にかぎって、〔書三〕以外の所伝に対応する記述をもつからである。このことは、〔書三〕を基に、それ以外の所伝を部分的に取りこみながら古事記の所伝が成りたつことを強く示唆する。具体例をもって示せば、同じ出産・別離をめぐるくだりのなかで古事記の所伝に対応をもつ記述を、〔書三〕を除く他の所伝から抜きだしてみるに、たとえば〔書一〕の「匍匐透虵」のように古事記の「匍匐委蛇」に緊密に対応する例のほかに、対応の比較的緩い次のような例もある。

○　甚慙之曰「(A)如有レ不レ辱レ我者、則使三海陸相通、永無二隔絶一。今既辱之。将何以結二親昵之情一乎。」(B)乃以レ草裹レ児、棄二之海辺一、閉二海途一而俓去矣。(C)故因以名レ児、曰二彦波瀲武鸕鷀草葺不レ合尊一。〔本伝〕

○　(b1)乃生二置其御子一而白「(a)妾恒通二海道一欲二往来一。然伺二見吾形一、是甚怍之。」(b2)即塞二海坂一而返入。(c)是以名二其所レ産之御子一、謂二天津日高日子波限建鵜葺草葺不レ合命一。〔古事記〕

緩いとはいっても、それぞれ（A）の「使三海陸相通、永無二隔絶一」と（a）の「妾恒通二海道一、欲二往来一」という相通、往来が、「今既辱之」「是甚怍之」という恥辱により破綻したことをいう内容、表現とも、本質的にはむしろあい通じる。またそうして恥辱をくわえられたとみなしたことが、結局は生んだ子を置き去りにして（B）「閉二海途一而俓去矣」、（b）「塞二海坂一而返入」という結果につながったことを含め、構造の上でも対応する。（C）（c）にいたっては、構文さえ一致をみる。

〔本伝〕と右のように対応する古事記のこの一節が、実は前掲（四）の直後に位置する。念のためそのつながりをたどれば、「（四）知二其伺見之事一、以為二心恥一。(b1)乃生二置其御子一而白（以下略）」となり、（四）までつづいた〔書三〕と対応する流れが、右掲一節の（b1）からは直後に続く（a）（b2）も含め、〔本伝〕の（B）及び（A）との対応に切り替わっている。〔書三〕のその（四）の一節の直後には、そもそも（a）にあたる一節がない。（四）に続き、「既児生之後」を介して〔書三〕がこのあとつたえるのは、児の命名をめぐる（a）にあたる「天孫就而問曰、児名何称者当レ可乎。対曰、宜レ号二彦波瀲武鸕鷀草葺不レ合尊一。」という問答と、この直後の「言訖、乃渉レ海径去。」という豊玉姫の辞去のあと、火火出見尊の惜別歌を介して子の養育へ話頭が転じ、その任務に当たらせるべく妹の玉依姫を送り出すと共に、別れた夫に宛てた歌を託すというように、離絶よりむしろ繋がりに所伝は力点を置く。こうした展開上、関係の破綻について豊玉姫みずからその理由を告白したくだりをつたえない〔書三〕を捨て、告白を詳細につたえる〔本伝〕（A）を、わざわざ〔書三〕から乗り換えるかたちをとってまでして採用したというのが、古事記の（a）をはじめとする前掲一節の成りたちをめぐる内実である。

告白は、内容の上では絶交の宣告に等しい。しかしその実、〔本伝〕の（A）の最後にして決定的な一句「将何以結二親昵之情一乎」を捨てている。代って、これ以降は〔書三〕をひき継ぐ。すなわち、〔書三〕から〔本伝〕に乗り換えたあと、また〔書三〕に戻るという過程をたどっている。遡れば、古事記では、そもそも山幸との出会いを、かの根国入りした大穴牟遅神と出会った須勢理毗売について「其女須勢理毗売出見、為二目合一而相婚、還入、白二其父一言、甚麗神来。」とつたえた一節に通じる表現をもって「爾豊玉毗売命思レ奇、出見、乃見感、目合而白二其父一曰、吾門有二麗人一。」とつたえているとおり、豊玉毗売命じしんが積極的に山幸をうけいれたそのなれそめに始まる関係に根ざす。この関係が豊玉毗売命の行為を規定する。所伝の最後にも、〔書三〕のほぼ右に豊玉姫の辞去のあとをまとめたとおり繋がりに力点を置く展開を襲い、山幸のもとを去ったあともなお「雖レ恨二其伺情一、不レ忍二恋心一、因下治二養其御子一之縁上、付二其弟玉依毗売一而献レ歌之。」というように豊玉毗売命が妹に託して山幸に歌を献じたことをつたえる。その歌に、かつての夫を讃美して「赤玉は緒さへ光れど　白玉の君が装《よそひ》し貴くありけり」とうたってもいる。海神の宮に来たばかりの山幸について豊玉毗売命の婢が形容した「甚麗壮夫也。益二我王一而甚貴。」という表現に、その歌は明らかに通じる。信頼を裏切る行為があっても、そしてそれによって別れたあとも、婢と同じように当初いだいたはずの讃美の念をいささかも失わせてはいなかったというそのことを通して、山幸の尊貴を強調する、古事記が所伝に託したねらいは恐らくそこにある。ちなみに、婢のその言葉は、〔書四〕の同じく豊玉姫の侍者が「吾謂二我王独能絶麗一。今有二一客一。彌復遠勝。」と賛美する表現にもとづく。最後に、念のため、神代紀をもとに成りたつ古事記の構成にそくして、既述の対応を表にまとめて示す。全般にわたる緊密な対応は、神代紀の枠組みをほとんど出ない古事記のその差違化の限界を映し出してもいる。

〔書三〕	（一）	（一）
	（二）	（二）
	（三）	（三）
〔本伝〕	（A）	（a）
	（B）	（b1）（b2）
	（C）	（C）
〔書二〕	豊玉姫の辞去後、子の養育、玉依姫送出、旧夫婦互尊、贈答歌	
		古事記

もちろん、これが古事記の差違化のすべてではないけれども、差違化の実態を如実にあらわす。翻って一書のばあい、山幸の偉大を、さきに指摘した「天神之孫」に関連する尊貴化とは別に、たとえば前掲「兄知三弟有二神徳一、遂以伏二事其弟一。」〔書二〕、「兄知二弟徳一、欲二自伏レ辜。」〔書四〕などがつたえてもいる。差違化が、そうした「徳」による屈服という新たな展開をひき出す。「徳」とはいえ、しかしそれは、もとを糺せば、海神の支援・助力に負うものでしかない。そのかぎり、〔本伝〕と基本的に変わりが

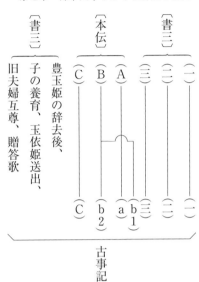

ない。一書には、こうして多様を促す差違化が活発にはたらく反面、どこまでも〈本伝〉に準拠してその枠組みを逸脱しないという限定がともなう。そもそも一書という名称じたい、〈本伝〉を前提とする。古事記のばあい、神代紀がまさにこの〈本伝〉に当たる。そして限定を伴う枠組みのなかでとりどりに差違化をめざす一書と古事記とのこのありかたが、第十段ばかりか、神代紀全体を通じて一貫していることを、もはや確実に見通すことが可能なはずである。

注

（1）皆無なわけでは、勿論ない。たとえば青木周平氏『日本書紀』海宮遊幸章の一書と歌――本書の視点から――」（『太田善麿先生追悼論文集　古事記・日本書紀論叢』。平成十一年七月群書）は、本書（〈本伝〉に相当）と各一書とを、内容や表現などにそくして詳細に比較・検討した上で、たとえば「一書第一は、逆に〈神婚〉の文脈をもたず、隼人の隷属譚として完結している。兄弟争いの文脈を補完していることは間違いない。」以下、「一書第四」は「一書第三の歌のあり方を補完している。」、「一書第二を除いて、他の一書の〈神婚〉の文脈のあり方は、本書の玉依姫や鸕鷀草葺不合尊の位置づけを補完するものであった。」（498・499頁）という「補完」のはたらきを説く。傾聴にあたいするとはいえ、比較する一方がある要素を欠くというだけで、もう一方を付加したとは決めかねるのではないか。まして「補完」となれば、「完」の認定が不可欠だが、手続きに遺漏ないのか、否、そもそもそうした認定じたい可能であろうか。補足したり、付加したり、あるいは省略したりなどの、いわば多角的、多面的なはたらきをみとめるべきではないか。小稿にいう差違化とは、まさにそのはたらきを指す。

（2）「天神之孫」については、「天孫」「皇孫」との相違も問題となる。ただし、「天孫」「皇孫」じたい、たとえば神野志隆光氏「『天孫』をめぐって――『日本書紀』「神代」の世界像――」（『青木生子博士頌寿記念論集　上代文学の諸相』。平成五年十二月。塙書房。のち、同氏『古代天皇神話論』一九九九年十二月に収載。若草書房）でもなんら注意を払わないが、「天孫」を地の文にも会話文にも使う〔本伝〕に対して〔書一〕は地の文に火火出見尊の呼称を専用し、会話文中に一ケ所「天孫」を使うだけ、また一方「皇孫」に関しては、豊玉姫との結婚をつたえず、兄の屈服を委細につたえる〔書二〕「書四」だけにそれがあるといったように、所在箇所の違いにもかかわり、なお検討の余地を残す。その解明にもつながるので、相違の問題は稿を改めてとりあげることにする。

（3）火火出見尊の「有贈歌」〔書四〕と豊玉姫の「奉報歌」〔書三〕とは、『遊仙窟』がつたえる別離に際しての、張文成の「贈詩」と、十娘、五嫂の「報詩」とに通じる。

（4）山田宗睦氏『日本書紀史注』巻第二に、逆に「本文（1）は（4）第四の一書にもとづいて、海陸相通の問題を書いた。」（395頁）とある。「（4）第四の一書」として「入㆑海去矣、此海陸不㆓相通㆒之縁也」を挙げるが、豊玉姫がただ「入㆑海去」というだけでは、火火出見尊のもとを去ったことをつたえているに過ぎず、「此海陸不㆓相通㆒之縁也」には到底むすびつかない。山田氏も引用する「（1）本文——使㆓海陸相通㆒、永無㆓隔離㆒……閉㆓海途㆒而俓去矣」があってこそ、それを暗に踏まえることによってむすびつけが可能だったはずである。

（5）吉井巌氏「火中出産ならびに海幸山幸説話の天皇神話への吸収について」（『天皇の系譜と神話』昭和四十二年十一月。塙書房）では、海幸山幸説話の民間説話としての生成から「現存のごとき天皇神話に変貌する」（372頁）までの過程を説く。一方、次田真幸氏「海幸山幸神話の形成と阿曇連」（『日本神話の構成と成立』昭和六十年十一月。明治書院）は、「海幸山幸神話の原形とされる南方の釣針探求型の説話」を「隼人族」が伝えていたとみなすほか、「ホノスソリノ命がヒコホホデミノ命に服従を誓う話」を「阿曇連の伝承」にもとづくとし、さらに大嘗祭儀の所伝への反映なども説く（51〜54頁）。海幸山幸の所伝をめぐっても、こうした原形あるいはそこからの成立過程の究明をめざした論考が少なくない。

（6）この小島氏の指摘に対して、勝俣隆氏「浦島伝説の一要素——丹後国風土記逸文を中心に——」（『国語国文』第五十四巻第二号。一九八五年二月）に「小島氏の言のように、日本古来の伝承が骨格にあると考えざるを得ない。」（31頁）という賛同が、逆に三浦佑之氏「浦島子伝ノオト——古代小説論のために——」（『神田秀夫先生喜寿記念　古事記・日本書紀論集』。平成元年十二月。續群書類従完成會）に「『古い伝承の部分に潤色を加へた馬養の書いた部分』と小島氏はいうが、『古い伝承』部分がどこに見られるかということは何も述べていない。しかも、馬養の経歴や『懐風藻』詩における神仙趣味からみれば、馬養の『浦島子伝』自体が神仙思想や漢文学の知識あるいは表現に依拠して書かれていたとみるのが当然ではないか。」（758頁）という批判がそれぞれある。もちろん、賛否はこの両氏にとどまらない。ちなみに、「伊預部馬養」は「撰善言司」を拝し（日本書紀持統天皇三年六月）、「撰㆓定律令㆒」の功により禄を賜わる（続日本紀文武天皇四年六月）など、持統・文武朝の代表的知識人、文人。

（7）勝俣隆氏『異郷訪問譚・来訪譚の研究』（その「第二章浦島伝説」。179頁。二〇〇九年一一月。和泉書院）に、「伊予部馬養連の神仙思想への傾倒を考慮すると」と断った上で、亀比売や昴星・畢星などにそくして「中国の神仙小説の影響の下に、天文の知識を援用し不老不死の神仙譚として、古老相伝の地方的伝説を俟たずに馬養が作り上げた可能性の方がやや高いようにも思われる。」と説く。

（8）『風土記逸文注釈』（上代文献を読む会編。二〇〇一年二月。翰林書店）は「是れ、旧の宰、伊預部の馬養の連が記せるに相《そ》乖《む》くことなし」と訓み、「是」に「このことは」の訳を付す（担当、植垣節也氏）。〔語釈〕のなかで「記」について、日本古典文学大系の前掲（985頁）の解釈を踏襲する（326頁）。

（9）本章（983頁）に所引の水野氏『古代社会と浦島伝説　上』の「神仙説と浦嶼子伝説」という一節に、「神仙説」の理解や「中国の神仙譚としての仙郷淹留伝説」の受容など考え難いとして「ただちに日本の浦嶼子伝説の起源・系統を中国の伝説に求めることは誤りであるといわねばならぬ。」といった結論を付す。また注（7）所引の勝俣氏前掲書も、「浦島伝説に於ける玉匣（玉手箱）は、不老不死の薬が入っていたものであると推論した。」ことをもとに、「必ずしも不老不死を中国からの一方的な影響と見なす必要はない。」（139頁）と説く。ただし、浦島子伝に限れば、見るなのタブーをめぐる類型に照らしても、玉匣の中身は神女の「玉蘭之体」でなければならない。後掲の中村宗彦氏も、同じ見解。一方に、目加田さくを氏「伊予部馬養作『水江浦島子伝』（仮称）考」（『国文学　言語と文芸』昭和三十五年十一月号）が「西王母穆天子の故事」によることを説き、注（6）所引の勝俣氏論考が浦島子伝の「天界訪問譚的要素」に『博物誌』『荊楚歳時記』などの影響を指摘するほか、『遊仙窟』『文選』（神女賦・洛神賦）『列仙全伝』『抱朴子』その他ひろく漢籍の文辞と比較・検討を加えた中村宗彦氏「浦島古伝の探索」（『古代説話の解釈』昭和六十年四月。明治書院）など、中国の古典との関連を強調する一連の論考がある。

(10)「懐土、重遷。」（何晏集解所引孔安国の説）「懐土、謂溺其所処之安。」（朱熹集注）などを例示する『漢語大詞典』（巻7、786頁）は、「懐土」を「安于所処之地。謂安土重迁。」と釈す。

(11) 本章（960頁）に引く荻原氏論考が「三」を「南西諸島の民話」の用例に関係づけるのに対して、注（1）所引の青木氏の論考は日本書紀の用例にそくして「滞在の最大許容年数としての意味をもつ『三年』であろう。」（482頁）と説く。後者に説得力がある。

(12) 注（9）参照

(13)「陶潜桃花源記」（『芸文類聚』巻八十六「桃」）の結びに、異界から帰還したという報告をうけ「太守遣レ人随而尋レ之、迷不二復得レ路。」とつたえるほか、『捜神後記』（巻一）には、この話とあわせて、薬草採取によって異界に迷いこんだ劉驎之が帰還したのち「驎之欲二更尋索一、不二復知レ処矣」とつたえてもいる。

(14) 山上憶良「沈痾自哀文」（万葉集巻五）における『神仙伝』の利用について林田正男氏『万葉集と神仙思想』（平成十一年十月）に言及がある（266頁）。さらに「雲に飛ぶ薬」（万葉集848番）を、胡志昂氏『奈良万葉と中国文学』（一九九八年十二月。笠間叢書316）は「神仙伝に見える准南王の説話によるものであろう。」（193頁）と説く。また崩去した日本武尊が白鳥と化して陵から出て飛び去ったあと、その陵には明衣が残るだけだったとつたえる日本書紀の所伝（景行天皇四十年是歳条）について、松田智弘氏『古代日本道教受容史研究』（昭和六十三年九月。人間生態学談話会）が内容上それに通じる『神仙伝』の話と比較してもいる（188頁）。

(15) 廣畑輔雄氏「海幸・山幸神話」（『記紀神話の研究―その成立における中国思想の役割―』昭和五十二年十二月。風間書房）が日本書紀の所伝にそくして『大智度論』に構想を得たことを説く一方、本章（959頁）所引の太田善麿氏論考は所伝の記定時に『法華経』の所説を思い合わせたことを指摘する。古事記の所伝については、『経津異相』に拠るとする瀬間正之氏「『海宮訪問』と『経律異相』」（『記紀の文字表現と漢訳仏典』平成六年十月。おうふう）がある。『賢愚経』が「善事太子入海品第三十七」（巻第九）につたえる善事太子をめぐる所伝も、候補たりうる。

（16）原文は〔書一〕の「吾必起二迅風洪濤一」に、〔書四〕の「吾起二瀛風辺風一」が対応する。この〔書四〕では、「天孫宜下在二海浜一以作中風招上。風招、即嘯也。」という一節をそれは承ける。「風招」と「嘯」との関連については、慣用句に近い「虎嘯而谷風至」（淮南子、巻三天文訓）、「虎嘯二深谷底一、鶏鳴二高樹巓一。」（文選、第二十六巻行旅上。陸士衡「赴レ洛道中作二首（その二）」。李善注に淮南子の例を引く）などの虎の嘯により谷風至るという例がある。漢語大詞典は「嘯風」を「犹呼风」として「仰二庭槐一而嘯レ風、風既至而如レ湯。」（漢王粲「大暑賦」）を挙げる。一方、楚辞「招魂」では、魂を招く嘯を「招具該備、永肅呼些二。」とつたえる。これら嘯によって風（魂）を招く、生じさせるという先例に、当該例はもとづく。

第八章　丹生川上の祭祀

一、はじめに、問題の所在

神武天皇の東征を神が支援・助力する例には、際立った特徴がある。その熊野において遭難した折の天照大神による例と、もう一方の菟田入りのあと賊虜に行く手をはばまれた折の天神による例との、この二つの緊密な対応である。実際、前者の「時、夜夢、天照大神訓二于天皇一。」という夢の訓えに天皇は「我皇祖天照大神欲三以助二成基業一乎」という認識をもつに至り、これをなぞるように後者も「是夜自祈而寝。夢有二天神一訓。」と天皇みずから夢の訓えを得る。「基業」をめぐっても、前者が夢の訓えによりそれを確信する一方、後者もまた夢の訓えに従い、天香山の埴土を椎根津彦ら二人に採取に行かせるが、無事に採って帰還できるか否か、この二人に「基業成否、当二以レ汝為一レ占。」と命運を託す。夢の訓えとこの基業とに、熊野遭難時の認識と菟田難局対処とが、こうして著しい対応をみせる。ここに、偶然の介在する余地はない。

そうであればこそ、天照大神とは積極的に切り分けて、別に天神の支援・助力を設定しているとみるべきであろう。そしてこの天神による「宜下取二天香山社中土一以造二天平瓮八十枚一幷造二厳瓮一而敬二祭天神地祇一、亦為中厳呪詛上。」という夢の訓えに従った祭祀を、丹生川上で実修する。そこに至る展開が劇的であると共に、この祭祀をめぐる展開も、極めて物語性（祈《うけひ》など）に富む。そしてこれら劇的な、物語性に富む展開が、対《つい》を基調とする構造をもとに成りたっている。丹生川上の祭祀も、もとよりこの構造と無縁ではあり得ない。

従来、丹生川上の祭祀やこの直後に行った「顕斎」などを論じた先学の研究は少なくないが、こうした所伝の展開あるいは構造に焦点を当てた論考にいたっては、容易には管見に入らない。恐らくその数も寥寥たるものではないか。祭祀をそれだけで単独に行うはずもなく、所伝の展開あるいは構造にそくして分析考察を加えるのが筋である。ここでは特に所伝の構造の分析・解明に力点を置き、その成果をもとに丹生川上の祭祀をめぐる諸課題に取り組むことにする。なかでも、東征にこの祭祀が極めて重要な位置を占め、かつ意味をもつその内実を探ることに主眼を置く。

二、天香山の埴土採取と祭祀をめぐる夢辞と奏言との対応

そこでまずは丹生川上の祭祀に直接かかわる所伝の範囲だが、前述のとおり菟田入りのあと、賊虜が行く手を塞いで進軍もできない困難をつたえる「賊虜所レ拠、皆是要害之地。故、道路絶塞、無二処可一レ通。」という戊午年九月条の記述が実質的な始まりに当たる。この直前には、賊虜の布陣する拠点をつたえる。天皇がその各陣営を遠望したという描写が「天皇陟二彼菟田高倉山之巓一、瞻二望域中一。」である。新編日本古典文学全集が当該頭注に「『毛詩』魏風『陟岵』の『陟二彼岵一兮瞻二望父一兮』を学んだもの」と指摘して、「瞻望」を「遥か遠くを眺めること」とみる。「陟岵」の表現を採りこんだねらいは、むしろその詩に「瞻二望母一兮」「瞻二望兄一兮」と繰り返す父母や兄弟のように心を寄せるものをはるかに望むことになぞらえ、今まさに「中洲」をめざしている意を言外に込めるはずである。「瞻二望域中一」というこの時に賊虜の陣を布く拠点も、墨坂以外すべて「中洲」の方角

に位置する。「道路絶塞、無二処可一レ通。」という道路も、その方向に伸びる先、すなわち行く手が塞がっていることをいう。ちなみに、熊襲討伐後に日向入りした景行天皇が「東望」して故郷を偲び、「是日、陟二野中大石一、憶二京都一而歌之曰」（景行天皇十七年三月）とうたった「思邦歌」がある。「陟」を、ここでも心を故郷に寄せる「東望」「憶二京都一」と組み合わせている。

この状況を打開すべく、前述のとおり天皇は、天照大神が夢に訓えた過去の追体験にかける。その夢の訓えに対応するとさきに指摘した天神による夢の訓えを、「是夜、自祈而寝。夢有二天神一訓。」とつたえる。このなかの「祈」を、たとえば「ここは夢によるウケヒ」（新編日本古典文学全集の当該頭注）とみなすのが通例である。しかし天照大神による夢の訓えを先例として踏まえるはずだから、崇神天皇が二子のいずれを後継者とするかを決める上に、夢によって占うという意向にしたがい「二皇子、於レ是、被レ命、浄沐而祈寐。各得レ夢也。」（崇神天皇四十八年正月）とつたえるこの傍線部の「祈《の》みて寐たり」にむしろ通じる。問題の傍線部も、同様に「自ら祈《の》みて寝たり」と訓むのが相当である。二皇子がそれぞれ奏した「夢辞」の内容をもとに、崇神天皇は後継者を定める。神武天皇も、同じく「以二夢辞一為二吉兆一」とこれに従う。「夢辞」を局面打開の拠りどころとして絶対視するという基本を、両者は確実に共有している。

そしてこの「夢辞」のいわば神意のあらわれに対応するのが、人の奏言である。神と人双方から発する同じ内容のメッセージを、神武天皇は受けとる。念のため、この二つの対応する一節を次に並記する。

（A）　夢有二天神一訓之曰「宜下取二天香山社中土一以造二天平瓮八十枚一、幷造二厳瓮一而敬二祭天神地祇一、亦為中厳呪詛上。如レ此則虜自平伏。」天皇祇承二夢訓一、依以将レ行。

（B）　時、弟猾又奏曰「（各地の八十梟帥）此類皆欲下与二天皇一距戦上。臣窃為二天皇一憂之。宜下今当取二天香山埴一以造二天平瓮一而祭中天社国社之神上。然後撃レ虜則易レ除也。」

これを承け、直後に続くのが「天皇既以二(A)夢辞一為二吉兆一、及レ聞二(B)弟猾之言一、益喜二於懐一。」という一節であり、ここに（A）夢辞と（B）奏言を得た喜びをかたる。天香山の埴土の採取とこの土を用いた祭器の製造、その祭器による神祇祭祀という一連の内容が一致する以上、夢辞と奏言とをあい通じる内容の一組の対応として組み合わせていることは疑いを容れない。その組み合わせが、また「益喜」という度重なる大きな喜びに天皇を導くことになる。

三、天香山の埴土採取に伴う「占」と「祈」との対応

次に、夢辞と奏言によるいわば神意の確認に続き、これにそくした天香山の埴土採取をめぐる展開に移る。あい通じる内容を組み合わせた一組の対応をもとに、この展開も成りたっている。一つは天皇を主体とし、もう一つが椎根津彦を主体とする。ともに、神意の確認を内容とする。前節の夢辞と奏言との対応にならい、次にその両者を並記する。

（神武天皇）乃使下椎根津彦著二弊衣服及蓑笠一為中老父貌上、又使三弟猾被レ箕為二老嫗貌一而勅之曰「宜下汝二人到二天香山一、潜取二其巓土一而可中来旋上矣。基業成否、当二以レ汝為一レ占。努力慎歟。」

（椎根津彦）（是時、虜兵満レ路、難二以往還一。）時、椎根津彦乃祈之曰「我皇当三能定二此国一者、行路自通。如不レ能者、賊必防禦。」

神武天皇に関連した一節の傍線部については、前述のとおり熊野の険峻な山中超えに難渋する天皇が夢に「我皇

祖天照大神欲三以助二成基業一乎」と覚《さと》った体験につながり、ともに東征の事業をさして「基業」という。夢に天照大神が訓えた内容を、頭八咫烏の飛来によって確信する。これを天皇が「此烏之来、自叶二祥夢一。」という一句に、右の一節の傍線部「以レ汝為レ占」があたる。「基業」成就の有無を、神意の具体的あらわれによって確かめる点が共通する。

一方、かかわりの上では、並記した椎根津彦に関連する一節との、傍線部そうごの対応がいっそう著しい。神武天皇のいう「基業成否」は、椎根津彦のいう「我皇当三能定二此国一者」と「如不レ能者」との組み合わせに重なる。前者の「以レ汝為レ占」とは、「汝二人到二天香山一、潜取二其巓土一而可二来旋一矣。」の実現が可能か否かをもって「占」とすることをいう。この能否は、後者の「行路自通」と「賊必防禦」との組み合わせに重なる。前者、後者ともに、天香山の土を採取して来旋できるか否かをもって、東征のめざす事業、すなわち前者は「基業」、後者は「能定二此国一」をそれぞれ成就できるか否かを判定しようとする。将来の予見にかかわり、前者の「占《うらなひ》」、後者の「祈《うけひ》」と異なりはあっても、事業の成否という未知を、天香山の土の採取・来旋の能否という具体的行為の成りゆきによって見極めようとする基本をたがいに共有していることがむしろ重要である。この基本をもとに成りたつ、言い換えれば同じ構造を共有する所伝を、明らかに対応させている。

この「占」や「祈」の結果は、所伝の展開のなかに「二人得レ至二其山一、取レ土来帰。」とつたえるにすぎない。「占」をめぐっては「基業」の成就、また「祈」により「我皇当三能定二此国一」という事態の将来の実現が明確になったはずだけれども、しかしその結果についても、ただ「於レ是、天皇甚悦。」という表現にとどまる。そのかたちを殊更とるのも、実は前節に採りあげた「天皇既以二夢辞一為二吉兆一、及レ聞二弟猾之言一、益喜二於懐一。」との対応をはかったからにほかならない。対応に照らして、神武天皇が夢辞と奏言とを得たことによって「虜自平伏」や「撃レ虜則易レ除」などといった賊虜の攻略を確信するに至ったように、「占」や「祈」などの結果としてあらわれた将来の事態の実現を天皇に確信させるのが、右の簡潔なかたちをとった表現である。

対応をもとに成りたつ表現は、しかし一つのあらわれにすぎない。対応が所伝の成りたちを規定している、言い換えれば対応じたいが構造的に成りたっている。所伝の展開にそくして、この対応を次に取り出して示す。

〈前〉　天香山採取の埴土を用いた祭器造りとこれによる神祇祭祀をめぐる夢辞と奏言との一致

a
虜自平伏（天神の夢辞）
撃レ虜則易レ除（弟猾の奏言）

→天皇既以二夢辞一為二吉兆一、及レ聞二弟猾之言一、益喜二於懐一。乃（〈後〉の課題実施）

〈後〉　天香山の土採取と帰還をめぐる占と祈との一致

b
基業成否、当二以レ汝為レ占（神武天皇の占）
我皇当二能定二此国一者、行路自通。如不レ能者、賊必防禦（椎根津彦の祈）

→二人得レ至二其山一、取レ土来帰。於レ是、天皇甚悦。（〈前〉の課題実施）

〈前〉〈後〉それぞれに、見出しとして示すとおり、a、bのもとに括った事項二つがまずは対応・一致する。このa、bを承けて、それの実現を確信ないし確認した天皇の心情を、↓印以下の一節に表す。その直後に、カッコ内にまとめたとおり課題の実施に着手する。この大枠のもと、個別的には、まず〈前〉では、その課題を、aのカッコ内に挙げた夢辞と奏言とが同じように示す。そしてその課題の達成・実現により、aのもとにまとめた成果につながる。夢辞と奏言とのあい通じる内容がその成果を保証することを、↓印以下の傍線部に天皇の「益喜」という表現によって暗示する。一方、〈後〉は課題を達成・実現することそれ自体ではなく、それができるか否かに焦点を当てる。bのもとに、神武天皇、椎根津彦それぞれが、その能否をもって、今まさに取り組んでいる事業成就の有無を判定することをいう。当初の課題は、天皇の指示した変装工作が功を奏して実現する。↓印以下にそれを表すが、事業成就の有無の判定をそこに組み込んだことに伴い、東征をめざす事業そのものの成就を必然的に予見させるに至る。

〈前〉〈後〉をこうして対応させると共に、その内部にあい通じる事項二つの内容の対応を組み込むことにより、その対応を通してたがいに一方が他方を支え、支えあう構造が強固にできあがっている。しかも〈前〉の賊虜の平伏・除去から、〈後〉では基業成就や国の平定へと転換をはかってもいる。対応を基軸としてそれを重ねて展開する構造のなかに、この転換は揺るぎなく位置し、いささかの齟齬も破綻も来さない。かつまた転換を契機に、〈後〉の↓印以下の一節のあと、「乃」を介してそのあとに続く一節につたえる祭祀が、当初の〈前〉に課題としたとおり忠実に行う神祇祭祀のほかに、bにそくして天皇みずから改めて主体的に取り組む祭祀（諸神祭祀）も加わり、二つあい前後して続く。祭祀を、そうして天神の教示に従うものと、みずから主体的に取り組むものとに切り分け、対応させている。次節以下の論述への橋渡しを兼ね、この祭祀をめぐる対応を、要点を摘記して次に示しておくことにする。

（教示に従う）

於レ是、天皇甚悦、乃（中略）陟二于丹生川上一、用祭二天神地祇一。

（独自に行う）

天皇大喜、乃抜二取丹生川上之五百箇真坂樹一、以祭二諸神一。

四、祭場の「丹生川上」は、川のほとりか、川の上流か

祭祀は、ともに「丹生川上」に深くかかわる。この地に関しては、従来『神武天皇聖蹟調査報告』（昭和十七年三月。文部省宗教局）が「聖蹟」として丹生川上（旧官幣大社の丹生川上神社中社の域内に丹生川上顕彰碑を建立）を「奈良県吉野郡小川村（現東吉野村）」に所在するとしたこの選定結果に多くしたがってきたが、これに反論を加えたのが新編日本古典文学全集の当該頭注（二一・213頁）である。次のように新しい考えを示す。

「丹生の川上」とあるためか、奈良県吉野郡の「丹生川上神社」の場所とされるが、文脈上、吉野郡に求むべき理由はなく、その社も上社・中社・下社のいずれの地とも決定できない。文脈からいえば、神武天皇の拠点は宇陀郡宇賀志、しかも次に「彼の菟田川……」とあるから、「丹生の川」は菟田川のことになる。つまり、その上流が丹生の地（榛原町大字雨師に延喜式内社丹生神社がその名を残す）であるから、菟田川を「丹生の川」と称したと考える。

ここではなぜ「丹生川上神社」に上・中・下の三社があるのか、その来歴や中社を旧官幣大社としたその沿革などになんら言及もなく、ただ「文脈」によって、場所を吉野郡から移している。「文脈」だけを頼りに説く限りでは、菟田川を「丹生の川」とみなす根拠、そう称する理由、「川上」に限定する意味等のいずれについても、決め手を示し得ない。やはり説得力を欠く。

結局、「丹生川上」はどこかという原点にたちかえってみるほかない。しかもこの問題は、実は場所探しの域を超えて、根が深い。まずは表現だが、その構成上、後出の一節に「我今当㆘以㆓厳瓮㆒沈㆗于丹生之川㆖」とあり、

「丹生の川上」と訓むのが通例である。しかし同じ神武天皇紀に「時、有二菟狭国造祖一、号曰二菟狭津彦・菟狭津媛一。乃於二菟狭川上一造二一柱騰宮一而奉レ饗焉。」（甲寅年十月）という傍線部の訓みには、旧の「菟狭《うさ》の川上《かはかみ》」（日本古典文学大系）と新の「菟狭川の上《ほとり》」（新編日本古典文学全集）との二通りがある。「川上」の訓みの二通りのいずれを採るべきなのか、これの見極めが先決である。なお、西宮一民氏に「『五十鈴川上』考」（『上代祭祀と言語』平成二年十月。桜楓社）と題する論考がある。このなかの「二、『川上』の訓義」には、「カハカミ」「カハノヘ」「カハノホトリ」「カハラ」の各語について、該当する用例を博捜して分析を加えている。その上で、「五十鈴川上」を始め「川上《かはかみ》（上流）」（292頁）説を展開するが、用例の解釈に偏りがあり、「菟狭川上」も採りあげていない。

さて、この「菟狭川上」」については、景行天皇の九州討伐伝承のなかに「唯有二残賊者一。一曰二鼻垂一。妄仮二名号一、山谷響聚、屯二結於菟狭川上一。」（十二年九月）という同一の例がある。この限りでは訓みを定めがたいが、同じ討伐に関連して碩田《おほきた》国に入った直後に、その地の大石窟に居住する土蜘蛛を討伐するなかに「襲二石室之土蜘蛛一而破二于稲葉川上一、悉殺二其党一。血流至レ踝。」（同十月）とつたえ、「亦血流之処曰二血田一也」と地名起源を付す。「稲葉川上」は、これら「石室（大石窟）」や「血田」に近接する。しかもこの直後には、敵の猛反撃にあい「天皇更返二城原一而卜二於水上一」とつたえる。「城原」を「稲葉川の河畔にあたる」についてはともかく、「卜」を「卜居の意であろう。」（以上、ともに日本古典文学大系の当該頭注）と解する説明は肯いがたいが（通釈556頁）、「水上」を「かはのほとり」と訓むように、「稲葉の川上」と訓むにせよ、実態は「稲葉の川のほとり」の意を表すとみるのが相当である。前掲の「菟狭川上」も同断であり、これと一連の「居二於御木川上一」（耳垂）、「居二於高羽川上一」（麻剝）、「隠二住於緑野川上一」（土折猪折）なども、それぞれの川のほとりに居住するというのが実態だったに相違ない。

ひとまず訓みの方向を見定めたところで、また別に用例を若干補ってみるに、神武天皇紀に「天皇欲レ省二吉野之地一、乃従二菟田穿邑一、親率二軽兵一巡幸焉。」（戊午年八月）という吉野巡幸をつたえる。この際、「吉野国樔部始祖」の磐排別の子と出会ったあと、「縁レ水西行」と川沿いに西へ巡幸を進める。恐らくこの巡幸の事蹟にちなみ、応神天皇十九年十月に天皇が吉野幸行すると「時、国樔人来朝之。因以二醴酒一献二于天皇一而歌之日（歌略）」とつたえ、この歌を物産献上の折にうたうことやそれに伴う特異な遺則のほか、習俗さらに地理などに記述が及ぶ。そのなかに「其土自レ京東南之、隔レ山而居二于吉野河上一。」とつたえる。神武天皇の巡幸に「縁レ水」と川に名称を付していないように、ここでもあくまで吉野の「河上」に居住していることをいうはずである。この直後に「峯嶮谷深、道路狭巘。」という険峻な山の奥深く入った土地を流れる河でも、国樔の居住はその上《ほとり》であって、上流ではない。前述の景行天皇の討伐を受けた土蜘蛛らの居住する「川上」も、それぞれ上接する地名のその地を流れる川の上《ほとり》をいう。たがいに明らかに対応する。土蜘蛛や国樔などに集中する用例は、彼らがそこを居住地とすることを表してもいる。川の上に居住する例は、神武天皇の妻問いをめぐって、古事記でも「於レ是、伊須気余理比売命之家在二狭井河之上《ほとり》一、天皇幸二行其伊須気余理比売之許一、一宿御寝坐也。」とつたえる。

かくてこの「川上」の訓みじたいについては明らかになったとはいえ、実は、あの「菟狭川上」に関連して、右には「屯二結於菟狭川上一」（鼻垂）という討伐を受ける側にそくした例を拾い出したにすぎない。あいたぐう「於二菟狭川上一造二一柱騰宮一而奉レ饗焉。」（菟狭国造祖）には、また別に宮の造営にかかわる一連の類例がある。その代表的な例が、天照大神の伊勢国鎮座の由来をつたえる「故、随二大神教一、其祠立二於伊勢国一。因興二斎宮于五十鈴川上一。是謂二磯宮一。則天照大神始自レ天降之処也。」（垂仁天皇二十五年三月）という傍線部を付した「五十鈴川上」である。天照大神が鎮座地として教えたこの地をめぐっては、神代下第九段〔書一〕に、降臨する皇孫を途中の衢で迎えた猨田彦大神じしんの「吾則応レ到二伊勢之狭長田五十鈴川上一」という乞いに従い、天鈿女命が送り届けたという由緒をつたえる。また後には、伊勢斎宮の栲幡皇女が密通・妊娠の讒言を受けて罪を問われると、無実を主張して「俄而皇女齎二持神鏡一、詣二於五十鈴河上一、伺二人不一レ行、埋レ鏡経死。」（雄略天皇三年四月）と「五十鈴河上」に詣り、この場を通る者のないスキを伺い鏡を埋めて自死する。そのあとには、「乃於二河上一虹見如レ蛇、四五丈者。」という異変が、ここに生じてもいる。二例の「河上」を同じ場所とみるほかなく、栲幡皇女は、この地を磯宮という斎宮の立つ神聖な境域と見定めて特に死に場所としたはずである。河の上流では、そもそもつじつまがあわない。この斎宮をめぐるつながりが、天照大神の鎮座に関連した先行例についても、同様に五十鈴の川の上《ほとり》を鎮座地に相応しいと選定したことをおのずから示唆する。

　そして、この五十鈴の川の上を、前掲のとおり「天照大神始自レ天降之処也」と天降り場所とつたえる一節に、表現を含めあいたぐう一群の類例がある。「五十鈴川上」に天から猨田彦大神が到ったという例と併せ、その内容の上でも通じるのが、素戔嗚尊の天からの降下をつたえる例である。〔本伝〕と一書とがつたえるそれらを、比較対照のため、天照大神及び猨田彦大神の例を始めに挙げたあとに列記して次に示す。

○　其猨田彦神者、則到二伊勢之狭長田五十鈴川上一。（神代下第九段〔書一〕）

○　天照大神始自レ天降之処（五十鈴川上の磯宮）也。（垂仁天皇二十五年三月）

○　素戔嗚尊、自レ天而降二到於出雲国簸之川上一。時、聞三川上有二啼哭之声一。（神代上第八段〔本伝〕）

○　素戔嗚尊、自レ天而降二到於出雲簸之川上一。則見二稲田宮主簀狭之八箇耳女子、号稲田媛一。（同〔書一〕）

○　素戔嗚尊、下二到於安芸国可愛之川上一也。彼処有レ神。名曰二脚摩手摩一。（同〔書二〕）

素戔嗚尊のばあい、天から降り到った直後、すなわちその「時」、その場「川上」で「有二啼哭之声一」を聞き、また「稲田媛」を見る。最後の例も、その降り到ったその「可愛之川上」の「彼処」を出会いの場とする。素戔嗚尊が天から降った直後に、いずれもその時、その場で国神と出会うというかたちをとる。その舞台とする「川上」こそ、国神の居住する場のはずだから、上掲のそこに居住するとつたえる諸例と、もとより別ではない。

ただし、訓みについては、必ずしも一律には定め難い。たとえば「五十瓊敷命居二於茅渟菟砥川上宮一、作二剣一千口一。因名二其剣一、謂二川上部一。亦名曰二裸伴一。」（垂仁天皇三十九年十月）という一節の傍線部の対応上、「茅渟菟砥川上宮」で作ったことに因り、その剣を「川上部」と名付けている。後者は「かはかみのとも」と訓むのが通例であり、「川上」に川の上《ほとり》の訓みはなじまない。一方、対応する「茅渟菟砥川上宮」については、ここに五十瓊敷命が居住するだけに、上掲の討伐関連の類例に通じるとはいえ、ここを「作レ剣」の場とする関係の上では、やはり「川上宮」と訓むほかない。しかし構成の上では、「茅渟の菟砥」（和泉国日根郡）の地を流れる川の上《ほとり》に所在する宮とみなすのが相当である。上掲の「於二菟狭川上一造二一柱騰宮一」、「興二斎宮于五十鈴川上一。是謂二磯宮一。」などと明らかにあい通じる。言い換えれば、用例によっては、時に「かはかみ」という訓みを当てることがあっても、それはあくまで個別の事情等による。時代が下がって皇極天皇の世に発生した大旱魃に、神祇祭祀や読経なども効験がないなかで、最後は「天皇幸二南淵河上一、跪二拝四方一、仰レ天而祈。即雷大雨、遂雨五日。」（皇極天皇元年八月）とつたえる。「南淵の河上」と訓むのが通例だが、実態はまさに河の上《ほとり》の祈祷以外のなにものでもない。河の上を祈祷のため特に選んでいる。これを裏付ける例がある。兄の武内宿禰を異心ありと弟の甘美内宿禰が讒言して「二人各堅執而争之。是非難レ決。」という膠着状態に陥った際に、応神天皇の「令下請二神祇一探湯上」という勅により、二人は「共出二于磯城川湄一、為二探湯一。」（応神天皇九年四月）とそれを磯《し》城川《きのかは》の湄（ほとり、みぎわ）で行う。結果は武内宿禰の勝、まさにこの「川湄」を神意を得る適所とする。

五、「陟㆓丹生川上㆒」と「陟」をめぐる表現の類型

以上が、本題に入るに当って必要な検討のあらましである。これで尽きるわけでもなく、わずかに日本書紀に限って拾いあげた用例について検討を加えた結果だから、そうした条件を伴うとはいえ、ともかくも実態としては、特にそこを適所として見定めた川の上《ほとり》を表すというのが「川上」の原則である。「丹生川上」も、この原則との関連をまず見極める必要がある。従来の通説は、しかし原則など一切考慮しない。さきに引用した新編日本古典文学全集の頭注は、「丹生之川」と「菟田川」とを同じ川とみて「つまり、その上流が丹生の地（榛原町大字雨師に延喜式内社丹生神社がその名を残す）であるから、菟田川を『丹生の川』と称したと考える。」と説く。原則にのっとるか否かという以前に、考えそのものに問題がある。「上流」ではなく、「菟田川」を「丹生の川」と称したのでもない。「丹生之川」と明記するとおり丹生の地（丹生神社の所在地は、宇陀市榛原雨師の朝原。二〇一六年四月三日、古式に則り二十年毎の式年社殿御造営奉告祭を執行）を流れる川をそれは指し、したがってその上《ほとり》を原則どおり「丹生川上」の内実とみなしてほぼ大過はないはずである。

さて、問題はその祭祀との関連である。改めてこの「丹生川上」をめぐる本来の問題に取り組むとして、それが、ここを場とする「祭㆓天神地祇㆒」という祭祀である。すでに「菟狭川上」では一柱騰宮を造営して「奉㆑饗」の儀礼を、また「五十鈴川上」でも斎宮（磯宮）を興てて祭祀をそれぞれ行うなどの例を採りあげてはいるが、この天神地祇の祭祀は営造物を欠く。さきの皇極天皇による「南淵河上」での「跪㆓拝四方㆒、仰㆑天而祈。」とい

う祈雨、あるいは応神天皇の勅に従い「武内宿禰与二甘美宿禰一、共出二于磯城川湄一、為二探湯一。」という磯城の川の湄《ほとり》（「濱」に作るテキストもあるが、訓は同じ）で行う「探湯」にむしろ通じる。しかしこれらとも、特に「陟二于丹生川上一」という「陟」は決定的に異なる。

このすぐれて独自な「陟」の用例じたい、日本書紀に六例を数えるなかの二例が神武天皇紀にあり、そのうちの初出例が前述（1008頁）の「天皇陟二彼菟田高倉山之巓一、瞻二望域内一。」である。景行天皇の「思邦歌」に関連した例ともども、詩経（魏風「陟岵」）の詩の表現を借りている。もう一つの当面する例を除くと、残り三例は同じ表現から成る。

○命二有司一、設二壇場於磐余甕栗一、陟二天皇位一。遂定レ宮焉。（清寧天皇元年正月）

○命二有司一、設二壇場於泊瀬列城一、陟二天皇位一。遂定レ都焉。（武烈天皇即位前紀）

○方今、古人大兄在、而殿下（中大兄皇子）陟二天皇位一、便違二人弟恭遜之心一。（孝徳天皇即位前紀）

右掲最後の例は、中臣鎌子連（のちの鎌足）が中大兄皇子に「陟二天皇位一」を思いとどまらせる議を進言した一節にあり、この議を嘉した中大兄皇子が画策して、皇極天皇の譲位、古人大兄の即位固辞、出家と続いたあと、「由レ是、軽皇子不レ得二固辞一、升レ壇即レ祚。」という孝徳天皇の即位へと展開する。この即位について「于レ時、大伴長徳連帯二金靫一、立二於壇右一。犬上健部君帯二金靫一、立二於壇左一。百官臣連国造伴造百八十部、羅列匝拝。」とつたえる儀礼は、前二例の「設二壇場一〜陟二天皇位一。」に対応する。

三例のそのあい通じる関係は、表現の一致に明らかである。しかし孝徳天皇の即位をめぐる傍線部の「升レ壇即レ祚」は、直後の「于レ時」以下につたえる儀礼がその実態のはずだから、そのなかんずく「壇」のありかたを前二者の例とは異にする。その二者の前者、清寧天皇条の例については、新編日本古典文学全集の当該頭注が次のように簡潔な説明を施している。

『後漢書』光武帝紀に「有司ニ命ジテ、壇場ヲ鄗ノ南ノ千秋亭ノ五成陌ニ設ク」、賢注「壇ハ土ヲ築クヲ謂フ。場ハ地ヲ除クヲ謂フ」とある。（中略）「壇場」は、祭祀を行うために設ける一段高い所。書紀では天皇の即位の場の意に用いられる。（中略）「陟」は帝位に登る意。『尚書』舜典に「汝陟帝位」、孔子伝「陟、升也」とある。

出典と「壇場」の訳ともに、先行する日本古典文学大系の清寧、武烈両天皇紀の当該頭注に依拠しているので、右の説明がほとんど通説に近い。参照すべきだとはいえ、委細にみると、たとえば光武帝紀の右に引用した限りでは、「壇」を祭祀に関連させた説明につながらない。一方、『尚書』（舜典とするが、実は堯典）を光武帝紀と切り離してもいるが、この取り扱いにも問題がある。双方の原文を示せば次のとおり。

光武、於レ是命二有司一、設二壇場於鄗南千秋亭五成陌一。六月己未、即二皇帝位一。燔レ燎告レ天、禋二于六宗一、望二於群神一。（後漢書・光武帝紀第一上）

帝（堯）曰「格、汝舜。（中略）汝陟二帝位一。」舜譲二于徳一、弗レ嗣。正月上日、舜受二終于文祖一。（堯から帝位を譲り受け）肆類二于上帝一、禋二于六宗一、望二于山川一、徧二于群神一。（書経・堯典）

即位をめぐる対応と、とりわけ即位後の天の祭り、六宗（天の神々）に対する禋祭、群神に対する祭祀ほかの一致などに照して、光武帝紀は堯典を踏まえている可能性が高い。清寧・武烈両天皇紀もまた、主には光武帝紀の記述を借りて表現を成りたたせるなかに、その「即二皇帝位一」については、光武帝紀が踏まえたように堯典を参照し、この「陟二帝位一」にそくして改変を加えたとみるのが自然である。

なお、「壇場」をめぐっては、さきにも言及したとおり孝徳天皇の即位関連記述では「壇」に作り、「たかみくら」の訓を付す。その左右に臣下が立ち、百官が拝するなど、玉座を彷彿とさせる。「壇場」は、これとは違い、二例それぞれに「磐余甕栗」「泊瀬列城」という土地を場とする。後者の武烈天皇即位前紀の当該例に日本古典文学大系の頭注九が「中国では祭礼を行なうために設けた一段高い所の意。」と説明を加え、この説明に拠る新編日本古典文学全集の前掲頭注の一節が挙例する「賢注」（原文は「壇謂㆓築土㆒、場謂㆓除地㆒」）のとおり土を盛り上げて築いた土地をいう。李賢の注では、さらに原文の「鄗南千秋亭、五成陌」について「秦法、十里一亭。南北為㆑阡、東西為㆑陌。」とその規模にも言及する。光武帝紀の本文を借用する上に、李賢注も参照しているとみるのが筋だから、清寧・武烈両天皇の即位に当たってそれぞれの土地に設けた「壇場」も、相当な規模をもつことを含みとするであろう。

もとより、それはあくまで出典からの類推にすぎない。その規模はともかく、少なくとも「壇場」が、はからずも「祭祀を行うために設ける一段高い所」（前掲頭注）とみなすように野外に特設した高所を表すことは、出典にもとづく表現じたいに明らかである。そして「升㆑壇」（孝徳天皇の即位）という表現が明示する内実を、「設㆓壇場㆒於～、陟」があらわしていることも、これまた疑いない。まさにこの壇場に陟るという即位儀礼を象徴する行為に、かの「陟㆓丹生川上㆒」は相当する。さればこそ、堯典の「陟㆓帝位㆒」が祭天以下の祭祀を伴い、この即位・祭祀の一体的な儀礼を光武帝紀が踏襲したように、この丹生の川の上《ほとり》の儀礼として一体的に「用祭㆓天神地祇㆒」という祭祀を行うはずである。この祭祀じたいは、前述のとおり「夢有㆓天神㆒訓之曰」という天神の教示による。さらに「天皇祇承㆓夢訓㆒、依以将㆑行。」というようにどこまでも天神の教示にしたがい厳修する祭祀である以上、それじたい天神に応じる、報じるといった意味あいが強い。それが、さながら「壇場」に通じる丹生の川の上にことさら陟って執り行う理由だったに相違ない。「陟岵」を出典とする例を除き、残る三例を同じ出典をもつ「陟二天皇位一」に厳しく限り使用していたと同じ用法に従うとみるのが相当である。

六、「有レ所二呪着一」を水沫にたとえる表現とその意味

ところで、天神の教示のなかには、この天神地祇祭祀に加え、「亦為二厳呪詛一」という呪詛もある。確かに、神祇祭祀の直後に「則於二彼菟田川之朝原一、譬如二水沫一而有レ所二呪著一也。」とつたえてはいる。しかし天神の教示した「為二厳呪詛一」と実際のこの呪とは、内容を大きく異にする。なによりも、呪の行為の主体を明示しない。表現上そうみるほかないが、これを退け、天皇を主体として「有所呪著《かしりつ》けたまへり」と訓むのが新編日本古典文学全集である。「菟田川之朝原」をめぐって、この頭注では、「宇陀川の上流。この川に面した原で潔斎し、神に祈って呪い事をするのである。」と説明を施した上で「従来この後文が不可解とされるが、ここに『天手抉あまのたくじり』の祭祀土器を導入すると解ける。実はこの天手抉八十枚が呪詛の具なのである。」と新説を示す。さらに「水沫の如くして」には「たとえば水泡が浮かんでは消えるように、八十梟師の命運を天手抉八十枚に呪いつけて浮かべ沈ませること。クジリ（抉）とカシリ（呪）との音の響き合いもある。」と呪詛の具に説き及ぶ。「天手抉八十枚」が、天皇の呪によって浮かんだり、沈んだりすれば、それこそ呪いを彷彿させる奇観を呈するに相違ないけれども、はたしてそうか。

呪詛とは何か、その実例として唐律（故唐律疏議巻第十八）には「諸有レ所二憎悪一、而造二厭魅一及造二符書呪詛一、欲二以殺レ人者。」という条文があり、厭魅と呪詛を一括して「厭呪」ともいう。「厭魅」の「厭」は「或図二画形像一、或刻二作人身一、刺レ心釘レ眼、繋レ手縛レ足。」など、また「魅」にも「或仮二託鬼神一、或妄二行左道一。」など

と例示するが、「符書呪詛」は具体例を欠く。『譯註日本律令七、唐律疏議譯註篇三』（律令研究会編）は後世の注を参照して「まじないのおふだを書いたり、相手方の名前を画いたりして、或はその書きものを埋めて、邪神の祟りを求め、或は焼いて物の怪に頼るなど、又は、殺そうとする人の生年月日を書いて呪詛するなどの類が考えられる。」（解説、133頁）と説く。「符書」の語が集約して表すように主には文字化・図像化した表象にこめる呪いであり、それが「欲二以殺一レ人」となれば犯罪に当たる。

神武天皇の時代やそれ以前に、もちろん「符書」など存在したとは考え難い。文字にかわって言語表現を、呪詛は使う。神代下第十段〔書一〕のつたえる海神が彦火火出見尊に鉤を授けて教えたなかに「以レ鉤与二汝兄一時、則可二詛言一『貧窮之本、飢饉之始、困苦之根』而後与之。」という「詛言」の例がある。またさらに、当面の呪詛に通じるという点でも注目すべき例を、神代下第九段〔書二〕がつたえている。次に当該一節を引用する。

於レ是、大山祇神乃使三二女持二百机飲食一、奉進。時、皇孫謂二姉為一レ醜、不レ御而罷。妹有二国色一。引而幸之、則一夜有レ身。故、磐長姫大慙而詛之曰「仮使天孫不レ斥レ妾而御者、生児永寿、有下如二磐石一之常存上。今既不レ然。唯弟独見レ御。故、其生児必如二木花一之移落。」

傍線部の表現をめぐっては、直後の「一云」に「唾泣之曰『顕見蒼生者、如二木花一之、俄遷転、当二衰去一矣。』」という類例があり、本文の「移」に「俄遷転」が、また「落」に「当二衰去一」がそれぞれ対応する。「木花」じたい、万葉集の歌に「あしひきの山の木末《こぬれ》も、春去れば花開きにほひ、秋づけば露霜負ひて、風交りもみち落りけり」（大伴家持「悲二世間無常一歌」19・四一六〇）、「開く花も、時にうつろふ」（同「挽歌」19・四二一四）などとうたう無常のありかたを宿す。この「木花」の散り落ちるありかたを比喩する「如」は、これに「之」を下接して「如くして」の意を表すはずである。「如二磐石一」にしても、生んだ児の寿命の永いことを、比喩により「磐石の如くして」と表現する。

呪詛をめぐるこの表現に、くだんの「譬如二水沫一而」は、「之」を「而」としていっそう述語的性格を強め、比喩を含め明らかに一致する。しかも「如二水沫一」は、表現上「如二木花一」に重なる。万葉集には、「水沫」を同じく比喩する次の歌がある。

泊瀬女の造る木綿花《ゆふばな》、み吉野の滝の水沫《みなわ》に、開《さ》きにけらずや（6・九一二）

「水沫に」は、直前の「山高み白木綿花に落ち激《たぎ》つ、滝の河内《かふち》は見れど飽かぬかも」（6・九〇九）に日本古典文学全集（小学館）の当該頭注が「このニは名詞について比喩的な修飾句を作る。」と指摘し「白木綿花はユフ（楮《こうぞ》の皮の繊維をさらしたもの）の白く美しいさまを花にたとえた。」と説くこの「白木綿花に」通じる。当該頭注では「この咲くは、波の泡の白いさまを花にたとえていった。」と解釈を施す。

こうした「水沫に」の比喩の用例に徴する限り、それは「譬如二水沫一」に通じるはずだから、前掲新編日本古典文学全集が頭注に示す「たとえば水泡が浮かんでは消えるように」などという説明の成りたつ余地は、恐らく皆無である。「水沫」じたい「浮かんでは消える」より、むしろその泡立つさまにそくして、前述のとおり万葉集に「開《さ》く」（九一二）とうたう。あるいはまた神代上第四段〔本伝〕では、大日本豊秋津洲をはじめとする「大八洲国」を構成する「洲」を陽神、陰神が遘合によって産んだあと、その果てに、「対馬嶋・壱岐嶋及処処小嶋」などの島嶼は、「皆是、潮沫凝成者矣。亦曰二水沫凝而成一也。」と海の「潮沫」あるいは「水沫」が泡立ったまま凝り固まって成るものとする。これに関連して、延喜式祝詞「祈年祭」に「皇神の敷きます島の八十島は、谷蟆のさ度る極み、塩沫の留まる限り、狭き国は広く、峻しき国は平らけく、島の八十島堕つることなく、皇神等の依さし奉るが故に」とある。鈴木重胤『延喜式祝詞講義』（貳之巻）は、島嶼の成りたちをいう右の神代紀の関連する一節を引き、この傍線部をめぐって「潮沫水沫を凝着け留め給ひ国形を漸大きく広く物為て」と説く。海水の泡沫が大小の島島として凝り留まり、それによって国の形状を大きく広くすることをいう。この水の泡沫が立って白い花の咲いたような状態となるさまを表す比喩が、くだんの「譬如二水沫一」である。

ただし、さきにあい通じると指摘した磐長姫の呪詛とつきあわせると明らかなのだが、表現には問題がある。関連する記述を次に抜き出してみる。

（天皇）陟二于丹生川上一、用祭二天神地祇一。則於二彼菟田川之朝原一、（一）譬如二水沫一（二）而有レ所二呪著一也。

生児永寿、（A）有下如二磐石一（B）之常存上。（磐長姫）

其生児、（a）必如二木花一（b）之移落。（木花開耶姫）

後掲の木花開耶姫に関連する例の傍線部（a）（b）を組み合わせた表現が、文構造上もっとも単純なかたちをとる。その（a）（b）に、磐長姫に関連する先掲例の（A）（B）は確実に対応する。「有」が、「必」と同じくそのまとまり全体を対象とする。さて、しかしくだんの一節の（一）（二）に同じ構造を認めうるのか。なかんずく問題が「有」の処理である。（A）（B）のつながりは強固だが、日本語の訓みにそくしてその語順どおり表記すれば、たとえば「磐石の如くして（A）、常に存すること（B）、有り」となる。この語順に従い、仮に仮名を除き、漢語として「如」「有」を用いて表わせば、次のかたちをとるであろう。

如二磐石一之有二常存一

このかたちが（一）（二）に重なることとは、一見して明らかである。たがいの重なりに照らして、「有二常存一」の「常存」が「磐石」のごとしという存在の様態を表すと同じく、「所二呪著一」もまた、「水沫」をたとえとする存在の様態を表すとみるのが自然である。

本来の漢文とは認めがたいけれども、「於二彼菟田川之朝原一」という長い修飾句までかかえこんだ対象を「有」がとったばあい、それの対象とする範囲の特定に困難が増す。しかし「有」を「所二呪著一」に上接させた最大の要因は、切り離せなかった、すなわち「有」が「所〜〜」を直接対象とするばあいこれに上接するという表現の構造にある。たとえば「嘗大己貴命謂二少彦名命一曰、吾等所レ造之国、豈謂二善成一之乎。少彦名命対曰、或有レ所レ成、或有レ不レ成。」（神代上第八段〔書六〕）という国造りに関する例でも、振り返ってみるに、造った国のなかに「成」る所もあれば「成」らない所もあるというように、その成果をめぐる評価をものがたる文に使っている。当面の呪詛に関連した例の直後の「祈」をめぐっても、厳瓮を丹生の川に沈めて大小の魚が浮いて流れるか否か、「譬猶二柀葉之浮流一者、吾必能定二此国一。如其不レ爾、終無レ所レ成。」というようにやはりその結果について判定を下す表現のかたちをとる。「有レ所二呪著一」も、表現の一致に照らせば、同じように結果ないし成果を表すとみるのが筋である。げんに、上接する一文に天神地祇の祭祀をつたえる。これを受ける「則」が、まさにその祭祀の成果、結果を表す「有レ所二呪著一」につなぐ順接のはたらきをになう。

文の構造上、一部表現に前述のとおり確かに問題があっても、右のように文相互の関係に整合をはかり、もとより破綻などない。改めて内容を確かめてみるに、丹生の川の上に陟って天神地祇を祭れば、結果、菟田川の朝原において、木綿花さながらに白く水の泡が咲くように（立ち）、呪詛の生起をみた、それがたちあらわれたという次第である。当初あの天神が教示した「敬二祭天神地祇一、亦為二厳呪詛一」という祭祀と呪詛とを併せ行うかたちに対して、祭祀がそのまま呪詛につながり、それの明確な現前を具体的な事象のあらわれを通して表現する。現にみることができない呪詛の結果を、「譬如二水沫一而有レ所二呪著一也。」と明瞭に示し、かつまた現に今まさにそれと知ることができる現象に転換することが、そのねらいだったに相違ない。

七、祭祀と「祈《うけひ》」の相関とその表現をめぐる対応

この呪詛をめぐって神祇祭祀に伴い生起した現象を最後に、当初の天神による教示に関連した一段が幕を閉じる。その現象は、天神の教示をとどこおりなく全て完遂したことの証しであると同時に、新たに天皇じしんの自発的、主体的な行動がそれをひき継ぐ契機としても位置する。すなわち天神の夢辞やこれに対応する弟猾の奏言などが、なお八十梟師などの賊虜の討伐、いわば直面する難局の突破に限定的であったのに対して、その突破の確証を得たことにより、東征の本来めざす目標の実現へと課題を切り換える。ここにまた新たな段階に入る。

ただし、討伐には、いまだ移行していない。冒頭に「天皇又因祈之曰、吾今当下以二八十平瓮一、無レ水造上レ飴。」と神祇祭祀に使用した祭器をそのまま使用する「祈《うけひ》」と、「又祈之曰、吾今当下以二厳瓮一、沈中于丹生之川上。」と同じ祭器を使って丹生の川に鎮める「祈」とをあい前後させる展開上、「陟二于丹生川上一」という祭祀の場を出ているとは考えがたい。さらにはこの「祈」に続き、「頃之」としばらく時間が経過した後に、その結果を椎根津彦が見て奏上すると、天皇は大いに喜び、同じ祭祀の場で改めて諸神を祭る。その祭祀の場のみならず、「祈」に始まり諸神祭祀へと続くこの一連の展開が、天神の教示による神祇祭祀に関連した展開に対応する。構造の上でも、二つはたがいに重なり合う。次にそれをつき合わせて示す。

（神祇祭祀）
天皇の占（汝二人到二天香山一潜取二其巓土一而来旋）──→基業成就
椎根津彦の祈（行路自通）──→我皇当三能定二此国一

⇩二人（椎根津彦と連れの弟猾）得レ至二其山一、取レ土来帰。於レ是、天皇甚悦、乃以二此埴一造二作八十平瓮・天手抉八十枚・厳瓮一而陟二于丹生川上一用祭二天神地祇一。

（諸神祭祀）

天皇の祈（以二八十平瓮一、無レ水造レ飴。飴成）→吾必不レ仮二鋒刃之威一、坐平二天下一

天皇の祈（以二厳瓮一沈二于丹生之川一。魚無二大小一悉酔而流）→吾必能定二此国一

⇩椎根津彦見而奏之。天皇大喜、乃抜二取丹生川上之五百箇真坂樹一以祭二諸神一。

⇩（カッコ内の上句を承け、意味上はナラバに相当）の矢印を境に、それ以前は、「占」「祈」によるそれぞれ「基業成就」「我皇当三能定二此国一」という願望する事態に関する成否の判定と、後に続く二件の「祈」によるそれぞれ「吾必不レ仮二鋒刃之威一、坐平二天下一」「吾必能定二此国一」という同じ事態の成否をめぐる判定とが対応する。これを承け、⇩の矢印の直後には、その成否の判定結果を、ともに椎根津彦がもたらす。それに天皇が大いに喜悦すると波線部につたえたあと、またともに「乃」が承けて、それぞれ本題の祭祀へと同じように展開する。

こうして両者ともに、事前に「占」や「祈」によって事態の成否を見極め、その結果を承けて祭祀を始める。全体にわたる構造の共有が、この一連の所伝の展開に一致をもたらしていることは明らかである。この祭祀をめぐる構造は、実は後の伝承にも認めることができる。その著しい例を、神功皇后による新羅討伐伝承がつたえている。まずは「祈」だが、皇后は松浦県玉島里の小河での食事に際して「勾針為レ鉤、取レ粒為レ餌、抽二取裳縷一為レ緡、登二河中石上一而投レ鉤、」（摂政前紀。仲哀天皇九年四月）という釣りにより、「祈」どおり魚を獲る。

祈（朕西欲レ求二財国一。成レ事）→河魚飲レ鉤

⇩因以挙レ竿、乃獲二細鱗魚一。時皇后曰二希見物一也。（中略）既而皇后（則識二神教有一レ験）更祭二祀神祇一。

（躬欲二西征一）

事前に「朕西欲レ求二財国一。若有レ成レ事者」という事の成否を「祈」により見極めようとして、その結果を、カッコで括った一節に「識二神教有レ験」と明示する。構造的には、もちろんそれ無くしても、神祇祭祀へのつながりに支障はない。同じ構造に基づきながら、景行天皇の九州討伐をめぐる伝承（景行天皇十二年十月）にいたっては、柏峡の大野にあった大石（長さ六尺、広さ三尺、厚さ一尺五寸）を「天皇祈之曰、朕得レ滅二土蜘蛛一者、将レ蹶二茲石一、如二柏葉一而挙焉。」と蹶りあげる「祈」を大写しする一方、祭祀をわずかに「是時禱神、則志我神・直入物部神・直入中臣神三神矣。」と神名を挙げて暗示するだけにとどめる。それでも、やはり「祈」により事の成否を見極める「験」を得た上で、「禱」を行ったはずだから、構造を共有することにかわりはない。

一方には、「祈」によらない、だから「験」などに頼るまでもなく、神がその神意を直接示し、これに従って祭祀を行うというかたちをとる一群の用例がある。神功皇后の新羅討伐伝承のなかにも、まず「既而神有レ誨曰」とあり、そのあと「即得二神教一而拝礼之。因以二依網吾彦男垂見一為二祭レ神主一。」（摂政前紀。仲哀天皇九年九月）とつたえる例をはじめ、類型的なあらわれをみせる。これはこれで、神教に従う祭祀という構造をいずれも共有する。翻って、景行天皇条の前述した大石による「祈」に付してわずかに「禱神」の名を列挙するに過ぎない例にしても、その神名列挙じたいが、「祈」に引き続いて「禱」を行った証左であり、「祈」を祭祀に組み合わせた構造をもつまぎれもない一例と認め得る。これを、同じ構造から成る例のなかでも単純の一方の極とすれば、多様の一方の極に、あの丹生の川の上を場とする祭祀が位置するであろう。神祇祭祀と諸神祭祀との重層的な組み合わせじたい、この多様を演出するはからいなくしてはあり得ない。

八、「丹生川上」という祭場とその祭祀

構造的な成りたちのなかで、祭祀をめぐってその多様をどのように演出しているのか、これが残る問題である。神祇祭祀と諸神祭祀との対応の内実こそその本質だが、天神の教示どおりまさに厳修するのが前者である。しかもまた、天香山の埴土を採取しそれで祭器を造って祭れというその教示に天神の挙げる天香山は、あの天照大神が高天原の天石窟に幽居した時に、その前で「(天児屋命・太玉命)掘二天香山之五百箇真坂樹一而上枝懸二八坂瓊之五百箇御統一、中枝懸二八咫鏡一、下枝懸二青和幣・白和幣一、相与致二其祈禱一焉。」(神代上第七段〔本伝〕)と神事において使用した真坂樹の茂る天香山に重なる。従来、この天香山を「ここは高天原にあるカグヤマ」(新編日本古典文学全集の当該頭注)と定め、埴土を採取した天香山をこれとは別の山とみなすのが通例である。しかしたとい「夢訓」だとはいえ、天神の直接話法のかたちをそれがとる以上、少なくとも神武天皇の聴く限り、天香山は一つでなければならない。高天原での神事を執り行った天児屋命・太玉命は、のちに高皇産霊尊の勅により「汝天児屋命・太玉命、宜下持二天津神籬一、降二葦原中原一、亦為二吾孫一奉上レ斎焉。」(第九段〔書二〕)と地に降っている。この「奉レ斎」に「真坂樹」を使うとすれば、当然、天香具山に採取するであろう。そしてこの天神が、後述(1038頁)のとおり高皇産霊尊に当たる。

かくていわば、高天原の神事に祭器を懸けるほどに、この上なく神聖な真坂樹を掘り採った天香山だからこそ、天神が「天香山社中土」と示し、神武天皇が特に「宜下汝二人到二天香山一、潜取二其巔土一而可中来旋上矣。基業成否、当以レ汝為レ占。」とその山頂の土の採取に「基業成否」を賭けるかたちをとるはずである。採取した天香山

の埴で天皇みずから造った祭器の「八十平瓮・天手抉八十枚・厳瓮」は、高天原の神事では天香山で掘り採った真坂樹に懸けた瓊の御統・八咫鏡・青白の和幣などに当たる。この祭器そうごの対応が、祭祀そのものの関係と無縁だとは考えがたい。関係の内実については推測のほかないとはいえ、少なくとも高天原の神事とのつながりを、神武天皇が丹生の川の上《ほとり》を祭場として選定し、そこにことさら陟るかたちをとる主な要因として祭祀に組み込んでいることは疑いを容れない。意味の上では、儀礼の神聖化、尊貴化、権威化に加えそれのもたらす験効などを祭祀に強くにじませる。

この特別な祭祀というありかたを、「祈《うけひ》」がひき継ぐ。二つの「祈」それぞれに、「吾今当下以二八十平瓮一、無レ水造上レ飴。」、「吾今当下以二厳瓮一、沈中于丹生之川上。」というように祭祀に供えた祭器を用いる。後者の「祈」は、特に祭場の丹生の川の上に直につづく「丹生之川」を場としてもいる。この「祈」のありかたをさらにひき継ぐのが、まさに諸神祭祀である。

抜二取丹生川上之五百箇真坂樹一以祭二諸神一。

わずかにこの一文の限りでしかないが、ここには、恐らく省略がある。前述の高天原神事では、「掘二天香山之五百箇真坂樹一」に続いてその枝に御統などの祭器を懸ける。この諸神祭祀のばあい、祭器を懸けたか否かはともかく、この直後に「自レ此始有二厳瓮之置一也」と起源を付記する以上、祭りに厳瓮を置いていることになり、それはそのまま丹生の川の上の祭祀をひき継いでいることも示唆する。げんに「丹生川上之五百箇真坂樹」じたい、祭祀を行った神聖な丹生の川の上に茂る真坂樹だからこそ、抜き取って祭祀に使うはずである。

そのことは、この諸神祭祀に先行する神祇祭祀が高天原の神事につながる特別な意味をもつことの証しであると共に、その祭場だからこそ「陟」を特に使用したという前述の指摘を裏付けるであろう。そこで改めて「陟二于丹生川上一用祭二天神地祇一」という祭場の「丹生川上」にたち返ってみるに、この祭祀に供えた祭器を使って「祈」をまず行い、直後の二度目の「祈」で「祈之曰、吾今当下以二厳瓮一、沈中于丹生之川上。」とそれを丹生の川に沈めたのだから、この祭場の傍らを川が流れていることを前提とした上で、展開上この川の上《ほとり》で祭祀に引き続いて「祈」を行ったとみるのが自然である。さきに「川上」について検討を加えた結果を参照すれば、「丹生川上」とは、丹生の地を流れる川の上にほかならないが、特に神聖この上ない祭祀の場として神武天皇が選定し、祭祀直後の祭器を使用した「祈」に天皇みずから「丹生之川」と言うように、まさに天神地祇の祭祀にそくしてそれに相応しく丹生の地を流れる川に「丹生之川」の呼称をあてたものだったに相違ない。

もっとも、丹生の地がどこか確証を得ない。万葉集に「寄二赤土一」を題詞にもつ「大和の宇陀の真赤土《まはに》のさ丹《に》著《つ》かば、そこかも人の我を言なさむ」（8・一三七六）という歌がある。宇陀が真赤土の産地として著名であったことが、赤土を赤面の譬喩とする表現を誘ったのであろう。一方、豊後国風土記（海部郡）が丹生の郷の地名起源を次のようにつたえる。

昔時之人、取二此山沙一、該二朱沙一。因曰二丹生郷一。

「朱沙」は、辰砂や鉛丹を含み朱色の顔料とする砂土をいう。これを産する地だから、丹生の郷という。宇陀にしても、「菟田県」という行政区分による地名とは別に、真赤土を産することにちなみ、そのより狭い地域を指して同じように丹生と名付けることは当然あり得る。げんに、宇陀の大和水銀鉱山（本州最大の水銀鉱山、近年まで稼働）近くに見田・大沢古墳群があり、和田萃氏『日本古代の儀礼と祭祀・信仰下』（その「付論　丹生水銀をめぐって」471頁。一九九五年六月。塙書房）が「六世紀半ばには確実にこの地で水銀が採掘され、朱が利用されていたということが判明しています。（中略）宇陀は、全域に水銀鉱床があり、そこから朱が産出されています。」

と指摘する。また、前述のとおりこの地には、丹生を社名にもつ丹生神社がある。延喜式内社でもあり、すでに万葉集の時代に、丹生の地にちなむ社名をもつ神社として鎮座していた蓋然性が高い。神武天皇のいう「丹生之川」とは、まさにこの丹生の地を流れる川を指す。

一方、あの神祇祭祀の結果として呪詛の生起した川が「於二彼菟田川之朝原一、譬如二水沫一而有レ所二呪著一也。」という菟田川にほかならない。さきに「天皇陟二彼菟田高倉山之巓一、瞻二望域中一。」と望見した菟田高倉山と対応する。ともに「彼」を冠する。かって熊野から頭八咫烏の導きを得て到達した「菟田下県」の「菟田穿邑」を拠点に、「菟田県之魁帥者」という猾兄弟を攻略して「菟田県」を支配下に置いた自軍の勢力圏からみて、「彼菟田高倉山」は、山間地の山の連なりの向こうに敵勢力圏を望むいわば最前線に当たる。その敵勢力圏との間を流れる菟田川の地勢にそくして、対比的に、川についての最前線を「彼菟田川之朝原」に設定し、そうして対応をはかったに違いない。呪詛の生起は、この敵の勢力圏と接する場所だけに、その白木綿のごとき白い水の泡の立つ光景さながらの現象を敵が望見し畏怖するという展開に、おのずからつながる。

九、高皇産霊尊を祭神とする「顕斎」、その天照大神祭祀との対応

二つの祭祀をめぐる対応とその多様なありかたについてひと通り検討を加えたが、実はこの祭祀のあとに、もう一つ「顕斎」が続く。これにさき立つ祭祀は、「祈」などの、事前にめざす事業の成否、あるいは達成の能否を見極めるくだりが先行し、この前段と中心の祭祀とを組み合わせた構造を共有する。後世の同じ構造から成る祭祀に対しては、その前例として位置する。しかも前後二つの祭祀により、それぞれ「天神地祇」と「諸神」を

すでに祭り終えている。もはや祭り残した神など存在しないなかで、祭祀の構造からも外れた「顕斎」をなぜ必要とするのか。

　その目的や意味をはじめ、この祭祀に関した基本的な点ですら、問題が少なくない。通釈（593頁以下）に、先行研究を批判的に踏まえた上で、ささやかな私見を示しているが、これの検証も課題である。そこで先行する祭祀との関連を視野に入れ、ここではもっぱら祭祀の成りたちや構造そのものの解明に取り組むことにする。

　時、勅㆓道臣命㆒「今以㆓高皇産霊尊㆒、朕親作㆓顕斎㆒。用㆑汝為㆓斎主㆒、授以㆓厳媛之号㆒。」而名㆓其所㆑置埴瓮㆒為㆓厳瓮㆒、又火名為㆓厳香来雷㆒、水名為㆓厳罔象女㆒、粮名為㆓厳稲魂女㆒、薪名為㆓厳山雷㆒、草名為㆓厳野椎㆒。

先行祭祀との関連の上では、冒頭の「時」が「抜㆓取丹生川上之五百箇真坂樹㆒以祭㆓諸神㆒。」という諸神祭祀を直に受ける。以下の展開も、これに先行する神祇祭祀と同じ場所、すなわち「丹生川上」を明らかに舞台とする。念のため補足すれば、この斎場には「丹生川上之五百箇真坂樹」を立てている。祭りの場に立てる常緑樹（常磐木）は、ひもろきである。万葉集に「神名火にひもろき立てて斎へども」（11・二六五七）とうたう例がある。また「厳瓮」にしても、諸神祭祀を「自㆑此始有㆓厳瓮之置㆒也」と起源とする上に、さらに遡っては神祇祭祀のために天香山の埴でそれを造ったという経緯がある。その埴で造った祭器の「八十平瓮」は、後に崇神天皇が大物主神の祟りを鎮める祭祀に「命㆓伊香色雄㆒而以㆓物部八十平瓮㆒作㆓祭神之物㆒」（崇神天皇七年十一月）と作らせた祭器に重なる。これら祭場、ひもろき、祭器などを、先行祭祀をひき継ぐなかに共有している以上、「顕斎」は、一連の「丹生川上」祭祀を締め括る位置に明らかに立つ。

　一連の関連に照らして、丹生の地を流れる川の上を斎場とするこの祭祀には、伊勢の斎宮の起源にかかわり、天照大神を鎮めるため「欲㆑居㆓是国㆒」という教示にしたがい「其祠立㆓於伊勢国㆒。因興㆓斎宮于五十鈴川上㆒。

是謂二磯宮一。則天照大神始自レ天降之処也。」（垂仁天皇二十五年三月）と五十鈴の川の上《ほとり》に興てた斎宮の祭祀があい通う。所伝によれば、この斎宮を天照大神が天降った処として、直接祭るというかたちをとる。これよりさき、天照大神の祭祀は、大物主神の祟りによる世情の乱れを契機に、次のように変遷する。

先レ是、天照大神・倭大国魂二神、並祭二於天皇大殿之内一。然畏二其神勢一、共住不レ安。故、以二天照大神一、託二豊鍬入姫命一、祭二於倭笠縫邑一。仍立二磯堅城神籬一。（崇神天皇六年）

天照大神を豊鍬入姫命に託けて宮中から倭笠縫邑に移し、そこに「立二磯堅城神籬一」とひもろきを立て暫定的に祭る。そのあと菟田に到り、さらに近江国や美濃を廻り、最後に右のとおり伊勢国では新造の斎宮に鎮座する。この間ずっと豊鍬入姫命に憑依（「託」）して国々を経めぐる天照大神が、最後の伊勢国に到り「是神風伊勢国、則常世之浪、重浪帰国也。傍国可怜国也。欲レ居二是国一。」（垂仁天皇二十五年三月）とみずから意向を示す。まさに現にいますが如く顕現して、たとえば倭の笠縫邑では「立二磯堅城神籬一」という野外の仮の場で、また伊勢国でも当初は「五十鈴川上」という川の上でそれぞれに祭祀を受けていたとみるのが相当である。斎宮の起源をつたえるなかに、最後は「天照大神始自レ天降之処也」と付記する。祭祀を、天照大神がその場に顕現・鎮座していることを前提に執り行っているという既成の事実の起源をそこにものがたる。

もはや川の上《ほとり》という祭場やそこにひもろきを立てたなどの部分に限らず、現にそこに坐す、顕在する祭神を祭るという祭祀の本質じたいが共通する。「顕斎」の内実を探る上には、天照大神の祭祀に通う「顕斎」のそのありかたこそが鍵である。次に掲出する両者の、まずは表現の構成に着目する。

○　以二高皇産霊尊一、朕親作二顕斎一。用レ汝（道臣命）為二斎主一。（顕斎）

○　以二天照大神一、託二豊鍬入姫命一、祭二於倭笠縫邑一。仍立二磯堅城神籬一。（天照大神祭祀）

後者の主語は、明記していないが、もちろん崇神天皇である。「祭二於倭笠縫邑一」に、続いてもう一方の大国魂神の祭祀を並記し、そこに天皇の命によることを「以二日本大国魂神一、託二渟名城入姫命一、令レ祭。」（「令」には校異あるが、通行に従う）と明示している。また一方「以」をめぐっては、右の高皇産霊尊以下の祭神を対象とする例とは別に、「以二大田田根子一、為下祭二大物主大神一之主上」（崇神天皇七年八月）にそくして「天皇、以二大田田根子一、令レ祭二大神一。」（同八年十二月）と表現するとおり、祭主を対象とする顕著な類型がある。これもまた、主語は崇神天皇である。崇神天皇を主語とする一連の祭祀に関連した表現は、こうしていずれも類型をもとに成りたつ。次にこの類型を模式化して示す。

（甲）天皇、以二祭神一、託二祭主一、祭（令レ祭）

（乙）天皇、以二祭主一、令レ祭二祭神一。

「顕斎」の該当する型は、（甲）である。その「以二祭神一」という祭神には、高皇産霊尊があたる。しかし「託二祭主一」を欠くだけに、（甲）そのものではない。一方、道臣命を使う「用レ汝為二斎主一」の限りは、（乙）に該当する。それらを勘案し、改めて組み立て直した表現の型が次の模式である。

（甲）天皇、以二祭神一（高皇産霊尊）、（X）

（乙）天皇、用二斎主一（道臣命）、令レ斎二祭神一

右の（甲）に「託二祭主一」という憑依に相当する神の来臨・現前がなければ、祭りそのものが成りたたない。そこを仮に（X）としたが、実際には、当然「顕斎」が該当する。祭神が顕現してそこに坐すには、そうしたかたちをとる主体の存在を前提とする。神武天皇以外にその主体はあり得ないはずだから、まさに天皇が高皇産霊尊を祭神として、そこに坐す、顕在するかたちをとってみずから斎祀を作《な》し、実質上は道臣命を斎主として執行さ

せる、これが「顕斎」の恐らくは内実である。（X）には、もちろんこの「朕親作二顕斎一」があてはまる。

十、天神、すなわち高皇産霊尊の神助、そして「鵄瑞」

この「顕斎」が高皇産霊尊を祭神とするについては、神武紀の冒頭につたえる東征の発議のなかに「昔我天神、高皇産霊尊・大日孁尊、挙二此豊葦原瑞穂国一而授二我天祖、彦火瓊瓊杵尊一。」と振り返るとおり、天降る火瓊瓊杵尊に豊葦原瑞穂国を授けた天神として、天照大神より上位に高皇産霊尊を立てる位置づけと無縁ではない。神武天皇にとっては、高皇産霊尊こそが、この地上の国の統治を根拠づけ、保証するいわば主宰神として位置するはずである。難局を打開する神助を仰ぐべき、最も相応しい天神に当たるであろう。

しかもこの位置づけには、もちろん裏がある。実は、神武天皇とのかかわりにつながるが、高皇産霊尊に強い関連を「顕斎」そのものがもつ。神代下第九段〔書二〕が、その前段を中心に展開する高皇産霊尊をめぐる所伝のなかに、それをつたえている。すなわち高皇産霊尊の勅により示した皇孫との分治案に大己貴神が同意して退隠したあとを承け、大物主神が八十万神を率い昇天して至誠を陳べると、高皇産霊尊は「宜下領二八十万神一、永為二皇孫一奉上レ護。」と命じる。そしてまた別に、この皇孫のための祭祀に関連した勅を次のように示す。

高皇産霊尊因勅曰「吾則起二樹天津神籬及天津磐境一、当下為二吾孫一奉上レ斎矣。汝天児屋命・太玉命宜下持二天津神籬一、降二於葦原中国一、亦為二吾孫一奉上レ斎焉。」乃使下二神陪二従天忍穂耳尊一以降上之。

皇孫のための「奉斎」を、天から降る二神に命じると共に、高皇産霊尊みずから行うことをいう。これ以前に大物主神に命じた「為二皇孫一奉レ護」と軌を一にして、一つに連なる。

皇孫のために心を砕くこの高皇産霊尊こそ、「顕斎」に現に坐す、顕在するかたちをとる祭神にほかならない。「顕斎」の「斎」は、高皇産霊尊の「奉斎」にあきらかに対応する。「斎」を通して、祭り、祭られる高皇産霊尊と皇孫との関係に、天皇と高皇産霊尊との関係が重なるという以上に、それによって、東征の発議に挙げた天神の高皇産霊尊を祭神として顕現させたはずである。この天神の補助、加護を祈願することを、「顕斎」は目的とする。さればこそ、東征を発議したなかに、前述のとおり「我天神、高皇産霊尊・大日孁尊」と高皇産霊尊を上位に立てる序列じたい、「顕斎」をあらかじめ織り込んでいたであろう。そしてこの天神による神助を、熊野遭難に際しては、天照大神が葦原中国平定の事蹟にそくして天上から下す。菟田遭難ではむしろ逆に、神武天皇じしんが高皇産霊尊を皇孫奉護のその勅に重ねて招ぎ降ろし、現に今まさに祭神として顕現するかたちをとり、直にそれを受ける。遭難当初の「是夜、自祈而寝。」に「夢有二天神一訓之曰」と天神が応じたことじたい、高皇産霊尊がこの「朕親作二顕斎一」に応じることをあらかじめ織り込んでもいたに違いない。「丹生川上」の構造的に対応して成りたつ二つの祭祀を中に挟み込んで、その契機として位置する天神の教示と、最後にその締め括りとして位置する「顕斎」との明らかな首尾の呼応が、それの効験を確実に裏付けてもいる。

げんに翌十月の一日には「天皇嘗二其厳瓮之粮一、勒レ兵而出。」と出撃した直後に、「先撃二八十梟帥於国見丘一、破斬之。」となんら抵抗にもあうことなく容易に敵を破り、斬る。このあとも、「余党猶繁、其情難レ測。」という相手でさえ、天皇の「密旨」を受けた道臣命が「一時殺レ虜。虜無二復噍類者一。」と壊滅させる。もはや残る主要な敵は、利害を説き降伏を促しても聴きいれない「兄磯城等猶守二愚謀一、不レ肯二承服一。」という兄磯城らのほか、長兄の五瀬命を戦死に至らしめた長髄彦だが、兄磯城らを皇軍が挟撃して破り斬殺すると、直後には長髄彦の攻撃に移る。苦戦するさなか、金色の霊鵄が飛来して流電のごとき光を発するや、長髄彦の軍卒は目がくらんで抗戦不能に陥り、最後は饒速日命が「夫長髄彦稟性愎佷、不レ可三教以二天人之際一。」と見限って殺す。

この長髄彦を「猶守二迷図一、無二復改レ意」という。これに先立って斬殺した兄磯城らについて前掲一節の傍線部に「猶守二愚謀一、不レ肯二承伏一」という表現に、明らかに対応させている。帰服をかたくなに拒むさまを、特に頑迷・愚昧とさげすむ表現は、帰服を逆に当然であり、賢明な選択とする考えに基づく。こうした考えや表現じたい、東征を正義の理想的征伐と位置づけかつ意味づけている明確な証左にほかならない。そして正義の理想的な征伐だからこそ、天がこれを嘉して金鵄を降す。後には端的に「鵄瑞」という。征伐時に示現した瑞祥の例に、古代中国のかの武王が殷の紂王を討つべく黄河を渡った折の「有レ火、自レ上復二于下一、至二于王屋一、流為レ烏。其色赤、其声魄云。是時、諸侯不レ期而会二盟津一者、八百諸侯。諸侯皆曰、紂可レ伐矣。」（史記・周本紀第四）という著名な故事がある。武王が文王をひき継いでその大業を成就する祥瑞であり、芸文類聚の「祥瑞部下・烏」（巻九十九）が引く緯書に「尚書緯曰、火者陽也。烏者有二孝名一。武王卒成二大業一。故烏瑞臻。」とつたえるほか、同じく緯書の「孫子瑞応図」では「赤烏、武王時銜二穀米一、至二屋上一。兵不レ血レ刃而殷服。」という祥瑞の「赤烏」があらわれ、武力を使わずに殷が降伏したことをいう。とりわけこの兵武に関する孫子の緯書の例は、金鵄の飛来により「飛来止二于皇弓之弭一。其鵄光曄煜、状如二流電一。由レ是、長髄彦軍卒、皆迷眩不二復力戦一。」と敵兵が全て戦い不能に陥ったというその瑞祥の効果につなげている点に一致をみる。金鵄じたい、「兵不レ血レ刃」のまま降伏に至らしめた「赤烏」に内容も近い。

十一、「丹生川上」祭祀、その東征及び歴史上の意義

金鵄の飛来を「鵄瑞」と表現すればこそ、右のように武王の故事に通じる。そしてその祥瑞をめぐる芸文類聚所載の故事との対応上、天が東征を嘉して降した「鵄瑞」に、たとえば前掲の「尚書緯」が「武王卒成㆓大業㆒。故、烏瑞臻。」というように「烏瑞」を大業成就の祥瑞としたと同じ意味をこめていることは、容易に推測し得る。大業成就の祥瑞は、あくまで武王の討伐がそれにふさわしいかたちをとった証しとして出現する。「鵄瑞」にしても、前述のとおり東征が同じようにそれに相応しく正義の理想的征伐のかたちをとればこそ示現したはずだが、それがまた天下平定、統治といった大業の成就を予兆する意味をもつ。

もっとも、緯書の内容じたい、たとえば文選の魏都賦が魏の「受命」に先行して予めそれを「蔵㆓気讖緯㆒」（王者の気を讖緯に蔵する）と説く一節に通じる。全釈漢文大系の文選（文章編一）の当該「讖緯」の語釈は、「緯」について「経書に付託して未来のこと、また禍福吉凶の予言を記したもの」（319頁）と説明する。前述の「尚書緯」は、典型的なこの「緯」に当たり、武王の「成㆓大業㆒」とは、周建国の予言をいう。その予言の徴証ともいうべき「烏瑞臻」に、前述のとおり「鵄瑞」の飛来が対応する以上、神武天皇の建国をそれは確実に予言するはずだけれども、所伝はその飛来をめぐって「由㆑是、長髄彦軍卒、皆迷眩不㆓復力戦㆒。」とつたえるにすぎない。東征に祥瑞は欠かせないという必要に応える一方、建国の予言にまでわたる必要がなかったとすれば、もはや代わるものがすでにあったからとみるのが筋である。それが、まさに「丹生川上」の祭祀に関連した一連の記述である。現に天香山の埴土採取をめぐって神武天皇が「基業成否、当以㆑汝為㆑占。」という「占」、また天神地祇を祭祀した直後の「祈」に「飴成則吾必不㆑仮㆓鋒刃之威㆒、坐平㆓天下㆒。」という予言などは、武王の大業成就の祥瑞にほぼ重なるであろう。「占」も「祈」も、その結果は成就と出る。それらは天の意志ではないけれども、やがて金鵄の飛来を「鵄瑞」につなげる契機を確実に兆している。

それだけに、東征のなかでも、とりわけ「丹生川上」の一連の祭祀のもつ意味は極めて重い。東征のいわば転換点として位置するばかりでなく、天下平定、統治へやがて展開するその足がかりを固めたといっても過言ではない。祭祀を構成する、あるいはそれに伴うさまざまな要素が、天と深く結びついている。その関連をとおして、祭祀じたいを天につなげる。この祭祀によって、東征が正義の理想的征伐としての意味を明確にもつに至る。そこに、東征の成就のみならず、天下平定や統治まで見通した正統の根拠を置くであろう。実質的にも、地上の祭祀の嚆矢に当たる。この祭祀のもつそうした歴史上の意義や位置づけを、前述のとおり「五十鈴川上」の斎宮による天照大神祭祀がひき継ぐ。祭祀のこの歴史的展開の上でも、「丹生川上」の祭祀を改めて見直す意義は、確実に想定をはるかに越えるはずである。

終章　神話を紡ぐ、歴史を紡ぐその文献の成りたち

一、差違化に伴い、神代紀全体に及ぶ尊貴化

神代紀を中心に、関連あるいはあい通じる古事記の所伝、さらには神武紀などにも対象をひろげ、いわゆる神話に当たる記述について、序章に示した「文献学」をむねとする研究をめざしてきたが、はたしてどれほど徹底できたのか。この研究が真に実りある成果をもたらしたか、とりわけ「徴証」の発掘にかかる成果となると、残念ながら覚束ない。一方また模索を重ねてきた果てのこの期だからこそ、見えてきた課題も少なくない。神代紀の成りたちを、本書は差違化に焦点を当てて論じてきたので、最後に、総括を兼ね、この差違化にかかわりたちあらわれてきた課題を中心に、解明に取りくんでみる。

それが、差違化に伴い、その多様、多彩な展開を一書が繰り返すなかの際立ったあらわれであり、かつまた力学としてもはたらく尊貴化である。その顕著な例として、神代下に「天神之子」（第九段）、「天神之孫」（第十段）を指摘したが、火瓊瓊杵尊を「天照大神之子」とした上で「天神之子」とする一方、その子を「天神之孫」とするこの位置づけは、当然ながら神代下が尊貴化を一書に組み込んでいたまさに徴証にほかならない。尊貴化の拠りどころを天照大神に置き、擬制的な、その子、孫というかたちをとる以上、継起的にひき継ぐ尊貴化じたい、神代下を貫く力学でなければならない。それが神代下にはたらくと同じく、天照大神の誕生をつたえる神代上に

もそのはたらきを認めるのが筋である。

この見方に立ち改めて振りかえれば、第五段〔本伝〕の「既而伊奘諾尊・伊奘冉尊共議曰、吾已生二大八洲国及山川草木一。何不レ生二天下之主者一歟。於レ是、共生二日神一。号二大日孁貴一。」という夫婦から誕生したかたちをとる大日孁貴は、確かに「此子光華明彩、照二徹於六合之内一」という夫婦そろって歓喜する「霊異之児」には違いない。男女の「遘合」による通常の出産によって誕生する限り、これに優る尊貴な子はあり得ない。さればこそ、〔書六〕は却って積極的に夫婦からの誕生というかたちを捨て、伊奘諾尊が亡妻を追って黄泉入りした結果の「吾身之濁穢」を滌濯後に「然後、洗二左眼一。因以生レ神。号曰二天照大神一。」というまさに異常な化生のかたちを選びとったはずである。どんなに尊貴を強調しても、所詮は母が出産する人と同じ生まれにまつわるいわば人並みの限界を、異常な化生というかたちに差違化をはかることによって乗り超え、いやが上にも尊貴化することに賭けたというのが内実だったに違いない。

これに通じる例を、第四段もつたえている。同じ伊奘諾尊・伊奘冉尊による国生みである。〔本伝〕は、その過程で犯した陰神、伊奘冉尊の先唱の誤りを、陽神が「吾是男子。理当二先唱一。如何婦人反先言乎。事既不祥。宜二以改旋一。」と咎め、改めてやり直すだけでしかない。これに対して、陰神の「先唱」により生まれた蛭児を葦船に乗せて流し、続いて生まれた淡洲も児の数に充てないというように、その誤りの結果を〔書一〕は大きくとりあげる。さらにその誤りの原因を知り得ない二神は、次のように天に上詣して天神に窮状を訴える。

故、還復上二詣於天一、具奏二其状一。時、天神以二太占一而卜合之、乃教曰「婦人之辞、其已先揚乎。宜二更還去一。」乃卜二定時日一而降之。

天神が卜占して原因を究明するほどに、ことほどさように重大かつ厳粛な秘事として結婚をとりあつかう。やり直したあとなにごとも無かったかのように順調に出産をはたす〔本伝〕は、所詮は人並みの過誤だからやり直すだけ、それだけに、とうてい比較にならないほど安直というほかない。しかも、〔書一〕では、そもそもこの国生みじたい「天神謂二伊奘諾尊・伊奘冉尊一曰、有二豊葦原千五百秋瑞穂之地一。宜二汝往脩一之。廼賜二天瓊戈一。」と天神が命じ、天瓊戈まで賜うという念の入ったかたちをとる。右に引用した一節はこれに対応し、二神の帰還する日時まで卜占によって定めたとつたえる。これら全ては、結婚をいやが上にも厳かな儀礼（右旋左旋、先唱後和もその一環）的性格を備えた行為とすることにより、国生みをめぐるこの差違化を通して生まれてくる子（洲）、延いては大八洲国の尊貴化をはかった結果とみるのが相当である。〔本伝〕が胞衣《えな》とする「淡路洲」を第二子に回し、「大日本豊秋津洲」を第一子に立てることも、この尊貴化に伴う。

もちろん、これが全てではない。ただ神代上も、尊貴化にかかわる趨勢なり原則なりを前述の神代下と共有している事実に限れば、これ以上は屋上屋を架すことになりかねない。もはや神代紀全体を通じて、差違化に伴って尊貴化を積極的にはかり、一書がこのはたらきをもとに成りたっていることは動かない。ここに問題は、尊貴化のはたらきのその内実である。尊貴化じたい、時を超えてひき継がれる伝承や物語が往往にしてその主人公像をはじめ内容を変容させることに通じる。この変容を参照し、比較をとおして尊貴化のはたらきの内実に可能な限り迫り、見極めることをめざす。外から改めて見直すことが課題である。

二、尊貴化と伝承記録の変容との関連

たとえば、浦島子がいる。「常世《とこよ》」に至り「老いもせず死にもせずして永き世にありけるものを」、里心がつい

たばかりに人の得難い僥倖を手離してしまった水江の浦島子を、万葉集では「愚か人」「おそやこの君」（9・一七四〇・四一）とうたう。一方で、丹後国風土記逸文は、神仙境（蓬山）を舞台とする神女との恋と別れに重点を置く。嶼子の処遇に「称二説人間仙都之別一、談二議人神偶会之嘉一」と態態明示するとおり、もとはあくまでただ人にすぎない。ところが、平安朝以降、この主人公像が劇的に変容する。浦島子伝（群書類聚「文筆部」巻第百三十五所収）は神仙譚のかたちをとり、神女に「我成二天仙一、楽二蓬萊宮中一。子作二地仙一、遊二澄江浪上一。」と言わせている。これを、続浦島子伝記（同前）がいっそう発展させてひき継ぎ、冒頭から「浦島子者、不レ知二何許人一。蓋上古仙人也。齢過二三百歳一。」と記す。中世の御伽草子「浦島太郎」に至る多彩多様な「浦嶼子伝説」を、水野祐氏『古代社会と浦島伝説上』（その「第三章　浦嶼子伝説の史的変遷」昭和五十年二月。雄山閣）が網羅的に拾いあげ、解説を加えているが、概ねは平安朝の造型にもとづく。その解説の一節には、

> ここで鎌倉時代になると、（中略）そして彼が、ただ神仙として、三百四十余年の長寿を保ち、たまたま淳和天皇の天長二年に帰朝して、なお生きつづけたという神秘的な存在であることに関心が集中し、それからまたいろいろと附会された話ができたという一つの事実を、『元亨釈書』は提供してくれているのである。浦嶼子が天長二年に帰朝したという説は、『水鏡』以降、鎌倉時代を通じて、一般に信じられてきた説であって、『帝王編年記』などもその説をとっている。（133頁）

鎌倉時代を生きる人々の好みや考えにつれ、当該伝説が内容やかたちを変えていくことを指摘している。平安朝の造型をひき継ぎながら新たな展開を遂げ、この鎌倉時代には歴史の裏付けをもつに至る。

こうした変容を歴史の事実につなげる典型が、かの聖徳太子をめぐる伝承である。日本書紀（崇峻・用明・推古の各紀）が伝える仏教興隆に尽力した歴史上の人物は、時代と共に大きく変容をとげる。その画期となったのが

上宮皇太子伝補闕記（藤原猶雪編『聖徳太子傳上巻』「彰考館本」臨川書店）である。たとえば太子四十七歳の庚午年四月の記述のなかに、太子の飼い馴らした黒馬について「其毛烏斑。太子馭レ之、凌レ空躡レ雲、能筋二四足一。東登二輔時《フジ》岳一、三日而還。北遊二高志《コシ》之州一、二日而還。」とつたえる。神仙の超人的な能力をもつと見紛う太子の変容を含め、補闕記の「説話内容」を二十八の項目に分類・摘記した上で、渡辺信和氏「『聖徳太子伝暦』がつくりあげた太子像」（大山誠一編『聖徳太子の真実』二〇〇三年一一月。平凡社）が後世への展開を次のように説く。

　これらは『伝暦』に年次を変えて取り込まれている。そのことは『伝暦』がもつ『書紀』を基礎にした枠組みのなかに、それとは別のところで成立した聖徳太子の伝承を組み入れたことを意味する。そしてこの枠組みがその後のスタンダードとなっていったのである。その意味では『伝暦』がつくりあげた枠組みは大きな意味をもっていると言えよう。（345頁）

このあと「『伝暦』の太子像」について考察を加え、そこに「聖徳太子は呪術者として」「聖徳太子が観音である」「日本に再誕したのは伝教興隆のため」「菩薩であり化人である聖徳太子」などの記述がつづく。それだけ、いわば伝奇的な性格を強めながら、しかし年次にかけて『伝暦』がもつ『書紀』を基礎とした枠組」そのものは、これを固く維持している。浦島子とは、そこに決定的な違いがある。伝奇的な性格を、年次をかけることによって、いわば『書紀』と同じ歴史の事実へ融けこませ、そうして逆に歴史そのものを伝奇化する。

　歴史上の人物である以上、あるいはそうした人物として造型する限り、時代を経るなかで、この歴史の伝奇化はますます進むであろう。最後に思いきって外国に例をとってみるに、山我哲雄氏「イエスの最後の言葉」（『図書』第七九七号。二〇一五年七月。岩波書店）が、変容の続くイエスの言葉に聖書学の立場から考察を加えている。これを頼りに、その言葉を中心に変容の内実を追うことにする。

（1）わが神、わが神、なぜわたしをお見捨てになったのですか。（マルコ福音書一五34。紀元70年頃）

（2）わが神、わが神、なぜわたしをお見捨てになったのですか。（マタイ福音書二七46。紀元80年代）

（3）父よ、わが霊を御手にゆだねます。（ルカ福音書二三46。紀元90年代）

（4）成し遂げられた。（ヨハネ福音書一九30。1世紀末）

（1）について「十字架に架けられ、激痛の中で死んでいくイエス自身のまさにその瞬間の心情を吐露したものと受け止めざるを得ない。それはまさに、断末魔の叫びである。彼は神に『見捨てられた』という絶望的な思いと、自分を『見捨て』た神への抗議の気持ちを抱きながら、死んでいったのであろうか。」と説く。（2）は、（1）と同じ意味だが、イエスが日常的に教えを述べていたアラム語による（1）とは違い、古典ヘブライ語による。この変更の結果、「イエスが旧約聖書を引用しているとする解釈が可能になった」「神への信頼を歌う詩編を口ずさみながら死んでいった（ただし、その最初の部分でこと切れた）という解釈が成りたつようになったのである。」とする。さらに（3）になると「イエスは十字架の苦難を従順に神から与えられた自分の使命ととらえ、神を信頼しきって、すべてをその神の手に委ねて穏やかに死んだことになる。」と述べ、最後の（4）にいたっては「イエスの十字架上の死が神から与えられたイエスの全使命の完成として意味づけられており、」と指摘している。

右に列挙したイエスの最後の言葉そうごの関係についても、言及がある。山我氏によれば、「歴史的・文献学的な聖書学では、四つの福音書のうち、内容や思想に独自性の多いヨハネ福音書を除いたマタイ、マルコ、ルカの三福音書を『共観福音書』と総称し、このうち最も古いのはマルコ福音書で、マタイ福音書とルカ福音書はそれぞれ独立してこのマルコ福音書を資料（すなわち『種本』）の一つとし、それに独自の編集を加えて成立したとする見方がほぼ定説になっている。」ということだが、この各福音書の成立をめぐる関係がイエスの言葉にも関連する。最初の（1）の「この言葉に最も当惑した人々の代表」が、「言葉の記述の衝撃を和らげるよう、」、（2）では「控え目で微妙な手法」、また（3）では「よりドラスティクな手法」をそれぞれ用いて変更したとする。特にこの（3）の言葉をめぐっては、「マルコの記述はどうしても受け入れることのできないもの、『何かの間違い』としか考えられないものだったのであろう」、そこで「あらゆる『誤解』を避けるために、それをより『安全』で、自分が抱くイエスのイメージにより近い別の詩編の言葉に変えたのであろう。」と説く。

　イエスの死に際しての、すぐれて歴史の事実に根ざす言葉を、その事実とは違うとみなせばこそ「何かの間違い」を疑う。これに伴い「自分が抱くイエスのイメージ」にそくして変更を加える。この展開自体、前述の聖徳太子をめぐって補闕記の加えた修訂とほとんど違いがない。その冒頭に次のように成書化の経緯を明かしている。

　日本書紀、暦録、并四天王寺聖徳王伝、具見二行事奇異之状一、未レ尽二委曲一。憤々不レ尠。因レ斯、略訪二耆旧一、兼探二古記一。儻得二調使膳《ツキノヲミカシハテノ》臣等二家記一、雖三大抵同二古書一而説有二奇異一。不レ可レ捨レ之。故録レ之云爾。

史書や伝録などに「行事奇異之状」を具さに見ても、委曲を尽くしてはいないというこの鬱憤が、資料の博捜とそこに見出した「奇異」の記録へと駆りたてる。ここに山我氏の言葉を借りれば、「マルコの記述はどうしても受け入れることのできないもの」と同様に、既存の文献記録の伝える「行事奇異之状」は「どうしても受け入れることのできないもの」だったはずである。さればこそ、「自分が抱く聖徳太子のイメージにより近い別の記録に変えた」ということ、これが補闕記の成りたつ経緯にほかならない。そしてさきに指摘した歴史の伝奇化の、これがその内実でもある。ここに、歴史をたて前とする以上、事実もまたかくあるものとして存在する。

三、尊貴化をひき継ぐ神武紀、そして古事記への展開

もとは生身の人間としてつたえる伝承や記録が、歴史を経るなかで変容をとげる。浦島子は神仙化、聖徳太子は奇異化、イエスは理想化などと、時代や事情等により様様だが、しかしどの場合も、先行ないし既存の伝承、記録のつたえるかたちに対する不寛容、不満あるいは批判などを契機とする。それだけに、変容となれば、そのかくあるもの一つだけが事実だから、先行、既存のかたちとの共存などそもそもあり得ない。

このあり得ない共存を、複数の一書を系統的に配列している事実がなにより雄弁にものがたる。しかも各段ごとに、当該段の〔本伝〕に対して一書が差違化をはかって成りたつということの事実は、その段の〔本伝〕と一書とが時間を共有しているなにより確かな証しでもある。第九段は「天神之子」の時代であって、第十段の「天神之孫」の時代がそれに先行することなどあり得ないと同様に、「子」と「孫」それぞれの時代の限定、すなわちその共有する枠のその外に出ることもあり得ない。〔本伝〕をもとに差違化をはかって一書が成りたつ以上、そして尊貴化がそれに伴う限り、そこに展開する変容は、かたちこそ神仙化、奇異化、理想化とあい通じるものの、時代の変遷に一切関与しない。もとより、後の時代の不寛容などの変容をもたらす契機とも無縁である。

結局、尊貴化も差違化の一環であり、総じては神やその世界の多様かつ多彩な展開を推進するはたらきを担い、かつ原動力となる一方、その神や世界を尊貴に導くはたらきを同時に兼ねる。先行する文献記録等に対する不寛容などを契機とする変容とは対照的に、〔本伝〕と各一書との共存それじたいが、通釈（650頁）に指摘のとおり『三国志』裴松之注を先例として倣えばこそ、その併存する記述に事実の保証を賦与する。そうして多様、多彩

な展開をはかり、たとえば一書の系統的な配列に顕著な統一性、体系性を、ほかならぬこの尊貴化が象徴してもいる。それだけ、だから差違化と尊貴化とは相即の関係にあり、両者あいまって神代紀の形成に参与していたということにほかならない。

この神代紀のあと、神武紀は歴史の世に入る。神武天皇が東征を発議したなかに、皇祖皇考の「多歴二年所一」をひき継ぐ今を「自二天祖降跡一以逮、至レ今一百七十九万二千四百七十余歳。」と数字を挙げて示す。天孫の降臨まで歴史を遡らせてはいるが、実質的には、まさに今ここに歴史の起点を置く。それが、この発議に続く「是年也、太歳甲寅。」という記述である。歴史の時代に、もはやその事実を伝える記述は一つである。少くとも差違化など、この歴史の事実を旨とする記述になじまない。その限り、神代紀とは記述のありかたそのものを異にするけれども、歴史を天孫の降臨まで遡らせているように、神代紀をひき継いでいることも著しい。

そのひき継ぎに関連したそれぞれ個別の具体例は通釈や各論に譲り、一つ特徴的な例を示せば、神代紀の「天神之子」（第九段〔書一〕）の初出例と、こなた神武紀に独自な「天神子」のこれまた初出例とは、次のように会話文の文脈を含め緊密に対応する。共に導き手がその呼称を使う。

（猨田彦）聞三天照大神之子今当二降行一、故、奉レ迎相待。（中略）皇孫何処到耶。（猨田彦大神）対曰、天神之子、則当レ到二筑紫日向高千穂槵触之峯一。

（珍彦）聞二天神子来一、故、即奉レ迎。又問之曰、汝能為レ我導耶。対曰、導之矣。（甲寅年十月）

前者では、つとに降臨を聞き知り、待ち迎えていた猨田彦神が「天照大神之子」を「天神之子」に言い換え、その到る先を告げて導く。そしてこの呼称を、以下に続く各一書がひき継いでいる。後者もまた、珍彦が待ち迎え、さらに導き役を務める。これ以降、この「天神子」をひき継ぐ。とりわけ注目すべきその例を、神武天皇軍の中洲入りを聞いて敵愾心を募らせる長髄彦の言葉に、次のようにつたえる。

　夫天神子等所二以来一者、必将レ奪二我国一。

侵略を疑う長髄彦が天皇軍を迎え撃ち、五瀬命に矢傷を負わせて進軍をはばむと、天皇は神策を運らせ、次のように敗因を分析した上で巻き返しをはかる。

　今、我是日神子孫而向レ日征レ虜。此逆二天道一也。不レ若、退還示レ弱、礼二祭神祇一、背負二日神之威一、随レ影圧躡。如レ此、則曽不レ血レ刃、虜必自敗矣。（以上、戊午年四月）

この神策どおり東征を進め、熊野で遭難した折には「天照大神謂二武甕雷神一曰、夫葦原中国、猶聞二喧擾之響一焉。宜二汝更往而征一之。」、さらに山中で難渋した際にも「天照大神訓二于天皇一曰、朕今遣二頭八咫烏一。宜三以為二郷導者一。」（同年六月）と天照大神の神助を、大神じしんが直接的に気遣い守護するかたちをとって下す。こうした天照大神との親子にも擬すべき分ち難い関係なくしては、神武天皇を「天神子」とする位置づけもあり得ない。

　そして東征の最終局面に至り、仇敵長髄彦と直接対決したなかでは、「天神子」と「天神之子」とをめぐる論争にまで発展する。かたや長髄彦の側としては「嘗有二天神之子一、乗二天磐船一、自レ天降止。」という饒速日命を君として仕えている現状を笠に着て、「夫天神之子、豈有二両種一乎。奈何更称二天神子一以奪二人地一乎。吾心推之、未二必為一レ信。」と筋の一応通った主張を展開する。これに天皇は「天神子亦多耳。」と応じて、「天神之子」「天神子」をめぐる真偽の確認に話題を移す。饒速日命のもつ「天神之子」を証明する「表物」の「天羽羽矢一隻及歩靫」を示した長髄彦に、天皇は自分のもつ同じ物の「天表」を見せる。これが長髄彦を「益懐二踧踖一」と、いよいよ敬い畏まらせる。

　短い一節だけれども、「天神子」の実質をものがたる極めて重い意味をもつ。すなわち「天神子」とは自称であり、実際に「自レ天降止」という「天神之子」ではないが、そのことをむしろ逆手に取り、「表物」以上の「天表」をもつことにそくして、「天神子」が「天神之子」の上に立つことを具体的に示す。これにより、それまでの天照大神と分かち難い関係をもつ「天神子」の実質化をはかったはずである。この実質化のなかで、「天神子」が「天神之子」の上に立つ地位を明示したことは、実質化に尊貴化が伴うことをおのずから示唆するであろう。事実を旨とする歴史記述に差違化はなじまないとはいえ、初出例をはじめとする「天神子」をめぐる展開の最後に、「天神之子」との関連をとおして尊貴化をはかっている以上、この神武紀もまた神代紀に明らかに連なる。

さらには、この連なりの延長上に、確かに古事記が位置する。ここに改めて関連をたどれば、古事記のばあい、神武天皇に専用する「天神子」に当たるのが、その熊野遭難をめぐって初見の「天神御子」である。天照大御神が神武天皇をいう「我之御子」の言い替えに使う。これ以降、この初出例の「之」を除くかたちを即位に至るまで襲用する。また前掲（1051頁）のとおり神代下第九段〔書一〕では、「天照大神之子」を猨田彦神が「天神之子」と言い替えているが、古事記もまた、同じく猿田毘古神が天照大御神のいう「吾御子」を「天神御子」と言い替え、以下はこの呼称による。いずれも、天照大御神が「御子」と呼称する関係にそくして、それを古事記は「天神御子」と言い替える。この原則に外れるたとえば火遠理命（山佐智毘古）には、そうした言い替えがない。神代下第十段からして、そもそも彦火火出見尊（山幸彦）が天照大神とは直接関係をもたず、言い替えを、「天神之子」（第九段）に続く「天神之孫」とする。さればこそ、この「天神之孫」を古事記は採らなかったに違いない。

神代紀から神武紀につながる連続のさきに、古事記もこうして確かな位置を占める。神代紀を神武紀がひき継ぎ、その展開を総じて古事記がひき継いで、まさに「天神之子」「天神子」と「天神御子」とを軸に分かちがたくつながる以上、両者は一体となって古代神話を形成しているといっても過言ではない。「天神」が天地開闢につながると全く同様に、「天神之子」「天神之孫」「天神子」「天神御子」もそこを淵源とする。言い換えれば、その天地開闢からの連続性、一体性、体系性を身に刻んでいる。それだけに、尊貴化をはかると共に、その語を軸に展開するいわば系統的な神代を象徴する意味を込めてもいたはずである。時が移り、神武天皇が即位して以降、即位の年数をもって年を表示する新しい時代に入れば、歴史の事実をもっぱらとし、天皇のほかには呼称をもたない。天皇の統治を、その即位を起点に、歴史の事実として記述する。しかしこの天皇の時代を東征がもたらし、それが神代をさまざまにひき継いでいる以上、新しい時代は神代の上に成りたつと言っても過言ではない。このあと続く天皇の時代に、神武紀が神代を繋ぐ仲だちに立ち、その歴史的正統の根拠を与えている。歴史が連続的かつ継起的に神代をひき継ぐここに、日本という国の特質も明らかに根ざす。

初出一覧

序章と通釈の全て、そして各論第八章と終章は、書き下ろし論文である。それ以外も、既発表論文をもとに、全面改稿している。その程度は論文によって区区だが、論題を含め、もとのかたちを留めているものが無い。そこで、各論のそれぞれの章に対応する論文の原題を示すほかは、一切説明を加えない。

二　各論

第一章　神神の生成をめぐる記紀の相関
日本書紀の冒頭神話の成り立ちとその論理（『菅野雅雄博士喜寿記念　記紀風土記論究』二〇〇九年三月。おうふう）
神神の生成をめぐる記紀の神話とその成りたちの原理――「尊卑先後之序」のこと――
（『國學院雑誌』第一一二号。二〇一一年十一月）

第二章「根国」をめぐる記紀の相関
「根国」の展開――日本書紀神代上第五段〈本伝〉と各一書、及び古事記との相関――
（『古事記論集』古事記学会編。二〇〇三年五月）

第三章　記紀の所伝成立をめぐる相関
記紀の所伝成立をめぐる相関――神代紀第五段、六段から古事記へ――
（『京都語文』第十九号。佛教大学国語国文学会。二〇一二年十一月）

大気都比売神の被殺関連神話の成り立ち（『京都語文』第十八号。二〇一一年十一月）

第四章　「うけひ」をめぐる第六段〈本伝〉と各一書との相関
「うけひ」を論じて『日本書紀』神代上第六段の所伝のなりたちに及ぶ（『京都語文』第七号。二〇〇一年五月）

第五章　国譲りをめぐる神神の関与と相関
異国の装い、『日本書紀』がつたえる大物主神とその所伝（『京都語文』創刊号。一九九六年十月）

第六章　皇孫の天降りをめぐる所伝の差違化
神代紀の一書とはなにか――第九段、皇孫の天降りをめぐって――（『京都語文』第六号。二〇〇〇年十月）

第七章　海幸山幸をめぐる所伝の相関
海幸山幸をめぐる所伝の展開――日本書紀〈本伝〉から一書、そして古事記へ――
（『京都語文』第十号。二〇〇三年十一月）

第八章　丹生川上の祭祀
（同題で口頭発表。日本史研究会例会。京都。二〇一六年六月）

あとがき

ようやく本になる。当初は、これほど長大になるとは、まして長年月を費やすとはまったく思っていなかっただけに、今更ながら、論の統一性、一貫性、あるいは体系性などを保ち得ているのか、はなはだ心許ない。また一方、これで論じ尽くしているのか、心残りも強い。反省を挙げれば、ほとんど際限ない。

もちろん、この本は未熟かつ未完成である。たとえば「差違化」をいわば術語として頻用するが、そもそも「差違」に「化」はなじまない。あえて採用したのも、「差違」を他動詞化する方便による。〔本伝〕をもとに、これに多様、多彩に手を加え、「差違」を作り出し、演出して各一書を成りたたせているとみなすこの自説の立証が、本書の第一に掲げた目的である。神代紀の成りたちを、この「差違化」が象徴する。そしてこの神代紀をもとに、それこそこれを「差違化」して古事記が成りたつ一方、神武紀は再解釈してひき継ぎ、その上に歴史記述を編み出す事実を、本書は見極めようとする。これに、徴証の発掘を前面に掲げて挑み、この取り組みを通して、文献学の確立をめざしてもいる。振り返って、あの中原中也の「風が立ち、浪が騒ぎ、無限の前に腕を振る」（「盲目の秋」『山羊のうた』）とうたう詩句に、みずからを重ねるほかない。

そんなこの本でも、上梓にこぎ着けるまでに、お蔭を多くこうむり、それなりに来歴がある。遡れば、東大の神野志隆光教授に定年退官直前の年度に押し掛け同然に私学研修員として私を受け入れていただき、研修を始めて間もなく、先生からこれまでの研究成果を本にまとめるよう勧めがあり、塙書房を紹介して下さったのが発端である。この機縁がなければ、本書はない。二〇〇九年の確か六月のさる雨の日、東大駒場駅前の小さな茶店で、塙書房の寺島正行氏を相手に、その温容に甘えて相当無鉄砲な話をした記憶が、今も鮮やかに蘇る。

その後、御多分に洩れず役職勤めや入院など世のほだしがうち続き、作業は長らく停滞したが、また縁あって、大徳寺塔頭瑞峯院で前田昌道和尚から禅の手ほどきを受けるに至る。看経や座禅のさなか、神神が立ち現れる。そうして迫る。本堂がさながら神との問答の場と化した頃から、ようやく作業も進み出して、それが今に繋がっている。問答は、まさに模索である。閃きがあれば、それを原稿や校正ゲラに反映させる。そんな作業がなん年にもわたり、さすがに念校と刻印されたゲラと半年ほど格闘した挙句に手を離したが、寺島氏の忍の一字には、お礼の言葉もない。

しかし、この間の十年は、たかだか十年ほどでしかない。今は遥か昔、小川環樹先生や辻本春彦先生を中心に、松尾良樹氏ら当時の京大中文の院生が寄り集って均社を立ち上げ、中国語学の特に音韻研究を進めていた。梁山泊を彷彿とさせる、まさに意気天を衝くかの観を呈していた。そこから「日本書紀を中国の文章として読んでみるとどうなるか」（均社論叢第五巻第二期七号）という趣旨のもと、均社輪読会で「口訳日本書紀」の取り組みを開始した。最初に採りあげたのが神武紀である。均社のなかに芽生えたひこばえじたいは、圧倒的な幹のもとでそれほど成長をみるには至らなかったけれども、まだどこか紛争の残滓をとどめていた面面が、ここを踏み台に大きく飛躍を遂げたのは特筆に値する。本書も、ささやかながらこれに連なる。あの会の始まりが一九七六年の三月だから、本年はそれから四十年の星霜を閲したことになる。

だからと言って、年月が箔をつけてくれるわけではない。白髪頭になっても、あの頃の学の未明を依然として引きずっている。一方では、この取り組みが未熟の自覚を促す。臨済が、これに追い討ちをかける。

道流《どうる》、山僧が説処を取ること莫れ。何が故ぞ。説に憑拠《ひょうこ》無く、一期《いちご》の間に虚空に図画《とが》すること、彩画像《さいがぞう》等の喩《たと》えの如くなればなり。（入谷義高訳注『臨済録』「示衆一四」。その訳に「諸君、わしの言葉を鵜呑みにしてはならぬぞ。なぜか。わしの言葉は典拠なしだ。さし当たり虚空に絵を描いてみせて、色を塗って姿を作ってみたようなものだ」。岩波文庫139頁）

天下に名高い古典の一節である。臨済みずから、自説を信用するなとつき放す。直後には、畳みかけて「道流、仏を将《も》って究竟《くきょう》（至上のもの）と為すこと莫れ。我れ見るに猶お厠孔《しく》（便壺）の如し。菩薩羅漢は尽く枷鎖《かさ》（手枷《てかせ》足枷《あしかせ》）、人を縛《ばく》する底《てい》の物なり。」と断じている。峻烈な表現は、他に例をみない。真意はなにか。文庫本に、入谷氏の「解説」がある。直接の答えではないが、そこに次のように説く。

「仏もなく、法もなく、修することもなく、証することもなし」とする究極の空観に彼は立つ以上、もし何らかの主宰者を己れの内に立てるならば、それはいわばウルトラ仏の内在を自ら認めることにほかならない。それは忽ち「仏魔」と化して、こちらを金縛りにするであろう。（222頁）

さきの「仏」や「菩薩羅漢」も、もしそれを「主宰者」として自己の内に立てれば、たちまち「仏魔」「枷鎖」と化し、こちらを金縛りにしてしまう。「仏もなく」以下の「究極の空観」に立つ臨済にとって、仏は便壺、菩薩羅漢も枷鎖の如く、まして自説など虚空に描いた幻像でしかない。

もっとも、いくら「究極の空観」とはいえ、仏そのものを全否定するのではない。たとえば臨済のもとを訪ねた王常侍（河南府知事）が、堂内の僧はなにをするのかと問うと、「総に伊《かれ》をして成仏作祖《じょうぶつさそ》し去らしむ（かれらをみんな仏や祖師にならせる）」（『臨済録』「勘弁一三」165頁）と答えている。「解説」のなかにも、「主宰者」に関連した「『自信不及』の修業者たちに活《かつ》を入れるための便法として、これを仮設したに過ぎない。」という指摘がある。

仏便壺説は、あくまで「便法」である。「自らを信じ切れぬ（「自信不及《じしんふぎゅう》」な）修業者たちの自らの外《そと》に仏を求めようとする在り方」（220頁）を厳しく戒めるところにこそ、あの毒舌の真意がある。

翻って臨済じしんはと言えば、やはり入矢氏に興味深い指摘がある。臨済録の右に引いた一節直後に説く「三乗五性、円頓の教迹」の教えをめぐって、入谷氏は「先の説法とこれとではまるきり正反対で救いようがありません。この矛盾はどう理解したらよいか。」（「雪峰と玄沙」『増補　自己の超越』岩波文庫66頁）と問題を投げかける。従来この点については皆よけて通っているとして、次の「仮説」を示す。

これは仮説なのですけれども、私は、臨済においても、玄沙、雲門にみられたように、段階の深まり、臨済の禅自体の進展、深化があったのではないか、その痕跡の一つがここに出ているのではないかと思うのです。

深入りするには場違いだから、若干補足するにとどめるが、玄沙、雲門の「段階の深まり」については、「仏を超えた、仏のさらに先のほうに踏み出たひとつの主体、それがやはり新しい価値主体として存在してはだめだ、ということです。そういう痕跡を残してはいけない。そういうあり方をもさらに乗り越えなくてはいけない。」（65頁）という先に、「向上の自己」をも超越した段階があると説く。こうした段階に立つ玄沙は、臨済をコテンパンに批判する（72頁）。その矢面に立つ臨済みずから教説を「進展、深化」させたのではないか、「まるっきり正反対」の説法に、その「痕跡」を「仮説」が見出している。この「進展、深化」をめざす悪戦苦闘こそ、臨済録について入矢氏「解説」（219頁）のいう「『自己格闘』の軌跡」の内実だったに違いない。

さきにことさら採りあげた仏便壺説も、この凄まじい「自己格闘」のさながら膏血である。仏を無いがしろにするどころか、「法身仏」「報身仏」「化身仏」を説いた上で、臨済は「此の三種の身は、是れ你《なんじ》即今目前聴法底の人なり（三種の仏身とは、今わしの面前で説法を聴いているその人なのだ）。」（示衆一）とさとす。「仏をこちらがわに奪い取って己《おの》れに主体化する」（「解説」220頁）ことを、修業者を叱咤激励して迫る。「自己格闘」が激烈を極める所以である。

神は、この仏とは余りにも遠い。そもそも本質を異にする。しかし神を神聖視し、絶対視する余り、その前に思考停止に陥るならば、そしてただその字面を詮索するだけでは、その神をめぐる教説じたいの「進展、深化」はない。臨済の「自己格闘」が、そのままみずからの教説の「進展、深化」につながり、「まるっきり正反対」の説法に結実して、その「痕跡」を臨済録にとどめているという。「仏を将って究竟と為すこと莫れ」と口を極めて迫る臨済の教説は、仏と神との違いを越えるであろう。

この違いを違いとして自覚的に乗り越えたとき、恐らく正面きって神話論に取り組む地平が開けるはずである。そしてそこに、八岐大蛇の化身のごとく多様、多彩に「差違化」する神話の首根っこを押さえてその正体を突きとめることも、視野に入ってくるに違いない。もちろん本書の見直し、とりわけ数限りない過誤を正し、未熟を鍛えるそうした作業をはじめ、検証への取り組みは待ったなし、されば、またあの中也のうたう「無限の前に腕を振る」のフレーズを耳にしなければならない。「無限」は、しかし「空」ではあっても「無」ではない。神話論の構築を彼方に見据えたこの取り組みが、やがて生きることそのものとなることを、切に願わざるを得ない。

なお、本書を刊行するに当たり、佛教大学から平成二十九年度出版助成費の交付を受けることができた。記して満腔の謝意を表する。

平成三十年二月

榎本福寿

索　　引

凡　　例

1、本索引は、Ⅰ事項、Ⅱ神・人名、Ⅲ地名、Ⅳ引用著書・論文名、Ⅴ引用著書・論文著者名の各項目ごとの五索引から成る。各索引とも排列は全て五十音順による。なお本書全体の分量を圧縮する必要上、特に選択と集中を旨とし、用例の採録を極力抑制したことに伴い、以下の措置を講じている。
2、まずⅠ事項索引では、各論を除外し、通釈だけに採録対象を限定した。そして通釈でも、私に主要ないし重要と判断する語句に対象を絞り込む一方、これに関連する語句は努めて汎く採録した。またⅡ神・人名索引のばあい、論述中の用例だけに対象を限って採録し、引用した本文および図式等の用例は全て除外した。
3、排列については、Ⅰ事項、Ⅱ神・人名の索引とも五十音順に排列した見出し語句のもとに、これに関連する用例を一括して採録した。この関連する用例に「—」印を付すと共に、その語句の排列上本来の位置にも当該用例を掲出した上で「→」を付した見出し語句を併記し、その語句のもとに一括して採録していることを表示した。
4、事項・人名を巡っては、古事記と重なるため、この両索引において古事記の用例に適宜「(記)」の略称を付し、それと明示して区別した。
5、用例の訓みについては、Ⅰ事項索引は原則として古訓に従い、Ⅱ神・人名、Ⅲ地名の各索引では、利用の便をはかり、全て慣用の読みを現代仮名遣いにより表示した。
6、本索引は鈴木典子氏（佛教大学大学院文学研究科修士課程修了）の尽力に負うところが大きい。ここに記して謝意を表する。

索　　引

I 事項索引

〔い〕

〔う〕

〔え〕

〔お〕

〔く〕

〔け〕

〔し〕

〔ち〕

〔と〕

〔な〕

〔に〕

II 神・人名索引

〔あ〕

〔い〕

Ⅲ 地名索引

＊地名は全ての章を対象とした。

〔あ〕

〔い〕

〔う〕

〔え〕

Ⅳ 引用著書・論文名索引

＊全ての章において引用したものを対象とし、「日本書紀」・「古事記」本文は原則として除外した。

〔カ行〕

〔ナ行〕

〔ハ行〕

〔マ行〕

V 引用著書・論文著者名索引

〔サ行〕

〔タ行〕

〔ナ行〕

〔ハ行〕

〔マ行〕

〔ヤ・ラ行〕

〔ワ行〕

榎本　福寿（えのもと　ふくじゅ）

略　歴
昭和23年　埼玉県生まれ
昭和47年　國學院大學文学部卒業
昭和53年　京都大学大学院文学研究科博士課程国語学国文学専攻満期退学
昭和53年　佛教大学文学部専任講師
昭和58年　同助教授
平成元年　中華人民共和国西安外国語学院（現西安外国語大学）文教専家（1年間）
平成6年　佛教大学教授、現在に至る
平成13年　中華人民共和国北京大学高級訪問学者（1年間）
平成21年　東京大学大学院総合文化研究科私学研修員（1年間）

主要論文
『日本書紀』の被動式に異議あり（『記紀と漢文学』和漢比較文学叢書10、1993年9月。汲古書院）
『日本書紀』の「之」に関する調査研究報告（『京都語文』第9号、2002年10月。佛教大学国語国文学会）
日並・高市両皇子の挽歌と天武天皇―神話、歴史に根ざすその成りたち―（『萬葉集研究』第35集、2014年10月。塙書房）
亡妻挽歌の成立とその後―柿本人麻呂「泣血哀慟」歌の成りたちと悼亡詩―（古代文学と隣接諸学9『万葉集』と東アジア、2017年9月。竹林舎）

古代《こだい》神話《しんわ》の文献学《ぶんけんがく》

2018年3月31日　第1版第1刷

著　者　榎　本　福　寿
発行者　白　石　タ　イ

発行所　株式会社　塙　書　房
〒113-0033　東京都文京区本郷6丁目8-16
電話　03(3812)5821
FAX　03(3811)0617
振替　00100-6-8782

印刷・製本：亜細亜印刷

定価はケースに表示してあります。落丁本・乱丁本はお取替えいたします。

ISBN978-4-8273-0130-4　C3091